U0603834

国家社科基金
GUOJIA SHEKE JIJIN HOUQI ZIZHU XIANGMU
后期资助项目

"诗言志"新辨

A New Argument on the Theory That Poems Express the Inclination with Strong Emotions

韩国良 著

中華書局
ZHONGHUA BOOK COMPANY

图书在版编目（CIP）数据

"诗言志"新辨/韩国良著. —北京：中华书局，2021.5
（国家社科基金后期资助项目）
ISBN 978-7-101-15172-5

Ⅰ.诗…　Ⅱ.韩…　Ⅲ.古典诗歌–诗歌研究–中国
Ⅳ.I207.22

中国版本图书馆 CIP 数据核字（2021）第 080162 号

书　　　名	"诗言志"新辨
著　　　者	韩国良
丛　书　名	国家社科基金后期资助项目
责任编辑	陈　乔
出版发行	中华书局
	（北京市丰台区太平桥西里 38 号　100073）
	http://www.zhbc.com.cn
	E-mail:zhbc@zhbc.com.cn
印　　　刷	北京瑞古冠中印刷厂
版　　　次	2021 年 5 月北京第 1 版
	2021 年 5 月北京第 1 次印刷
规　　　格	开本/710×1000 毫米　1/16
	印张 45½　插页 2　字数 700 千字
国际书号	ISBN 978-7-101-15172-5
定　　　价	158.00 元

国家社科基金后期资助项目出版说明

后期资助项目是国家社科基金设立的一类重要项目,旨在鼓励广大社科研究者潜心治学,支持基础研究多出优秀成果。它是经过严格评审,从接近完成的科研成果中遴选立项的。为扩大后期资助项目的影响,更好地推动学术发展,促进成果转化,全国哲学社会科学工作办公室按照"统一设计、统一标识、统一版式、形成系列"的总体要求,组织出版国家社科基金后期资助项目成果。

全国哲学社会科学工作办公室

目　录

引　论

一

　　新时期以来,随着改革开放的不断深入,我们的学术研究也获得了突飞猛进的发展,不仅在许多领域成就卓著,而且研究视野也空前阔大,许多前人没有涉足的领域,我们今天都涉及到了。不过,另一方面也不可讳言,在大量的前人所未涉足的空白不断被填充的同时,也有不少传统论题被渐渐淡忘了。之所以出现这样的情状,其主要原因不外有二:一是认为这些传统论题大都被解决了,二是认为那些没有解决的论题,由于目前我们所掌握的文献材料有限,因此也是很难深入下去的。

　　然而,如果把前人有关这些传统论题的探讨加以梳理,将不难发现:其实有不少我们以为已解决的论题,或者说已成定论的论题,前人的论证却是相当薄弱的。也有不少我们认为文献材料有限,已无可能得到明确答案的论题,其实如果我们就目前所能见到的材料认真加以分析,其内在奥秘也是不难察见的。

　　“诗言志”是中国诗歌的开山纲领,也是中国文学的首要论题。可是无论是“诗言志”本身,还是与之相关的诸多论题,我们上文所说的那些缺憾,在它们身上也都存在。这对我们准确把握中国文学与传统文论的特质,显然是很不利的。也正基于以上背景,所以本书才以“诗言志新辨”为题,从八个大的方面,在中国古代文学中着重挑选了二十几个与之相关的传统热门论题,对它们又作了一一辨析。

　　诚然,对于“诗言志”问题的探讨,前人已有很多成果,譬如朱自清的《诗言志辨》、王文生的《诗言志释》等便都是以“诗言志”命名的。另外还有许多著作虽然不是以研究“诗言志”为主,但对有关“诗言志”的问题也同样都有很可贵的探索。如霍松林等的《中国诗论史》,蔡钟翔等的《中国文学理论史》,陈伯海等的《中国诗学史》,王运熙等的《中国文学批评通史》,袁行霈等的《中国诗学通论》,胡经之等的《中国古典文艺学》,陈良运的《中国诗学体系论》,萧华荣的《中国古典诗学理论史》,张晶的《中国古典诗学新论》,刘士林的《中国诗学原理》和叶维廉的《中国诗学》等。至于其他单篇论文,数量就更多了。既是如此,那么,笔者此书以"诗言志新辨"为题,究竟"新"在何处呢?具体来说,主要表现在以下两个方面。第一,论题旧,角度新。譬如《诗三百》的成书问题,屈原的楚辞创作问题,"辞赋"的得名缘由与审美特征问题,两汉文人的屈原评价问题,老子的"自然无为"问题,韩非子的"崇实尚用"问题,以及汉乐府的设立问题等等,这些论题显然都是比较陈旧的,但是把这些论题与我国古人对"诗言志"观念的建构结合起来,从中探讨我国古人对"诗言志"观念的建构指向,则是罕有人论及的。第二,论题旧,解释新。详言之,也即是本书虽以"诗言志"命名,但并不打算对"诗言志"问题作系统论说,它的核心只在一个"辨"字。"辨"什么?当然是"辨疑"。所以本书着重要探讨的就是与"诗言志"相关的一些传统热门疑难论题。有些论题,如"献诗陈志""六艺之教""风雅正变""缘情绮靡""言意之辨""风骨神韵""格调性灵"等,由于前人已有很好的论述,所以笔者就不再赘语了。本书重点要辨订的就是以下四类论题:①古人已有正确的看法,这些看法在今天也得到了多数学者的肯认,但是论证还不够充分。对此,笔者又作了进一步探析。②古人虽有正确的看法,但是这些看法在今天并不流行,甚至还被视为错误的认识。对于这些看法,笔者通过一系列考释,对它们又作了重新肯认。③古人虽也有正确的看法,这些看法在今天或流行,或不流行,但是当今学者对于它们的理解却是有误的。有鉴于此,笔者通过一系列论析,对于这些看法的本义也同样作了进一步揭示。④还有一些论题,虽然我们也常常谈及,但是却很少有人去探索它们的本蕴。即使提出一些见解,这些见解也是片面的。对于这样的传统论题,笔者依据个人的探讨,也同样对它们作出了新的诠释。

二

由于本书内容量较大,为了方便读者理解,现特将本书的主要内容和基本观点概述如下。第一章"'诗言志'新说",主要探讨"诗言志"的本义以及"诗言志"观念产生的年代。经过一系列考析,不难发现"诗言志"之"志"

乃指一种强烈的情感，我国先民早在西周之初对于诗歌创作的特殊本质就已有了比较清醒的认识。

第一节"情志不同，志烈于情"，主要探讨"诗言志"的本意。对于"情""志"二者的关系，目前比较流行的观点是"志"就是"情"，"情"就是"志"，"情""志"二者原是同义的。但笔者认为这一看法并不准确，我们应当遵从孔颖达的解释："情动为志。"再进一步说，也就是其实早在先秦时期我国古人就已认识到诗歌创作乃缘于人的不能自已的情感冲动，乃是主体在遭到比较强烈的情感冲击时而采取的一种不自觉的情感宣泄活动。先秦时期尽管尚无文史哲的分工，但是诗歌作为一种特殊的语言表现形式，它的强烈抒情特征已为我国先民所认识。

第二节"论'诗言志'观念产生于西周之初"，主要探讨"诗言志"观念产生的时代。对于"诗言志"观念产生的时代，前人有"西周中期""西周春秋之际""春秋战国时期"和"秦汉之际"等多种说法，笔者在前人相关研究的基础上，第一次提出了"诗言志"观念产生于西周之初的看法，认为中国诗歌从《诗经》开始就一直沐浴着"诗言志"的光辉。与西方文学相比，中国文学虽然在戏剧、小说方面成熟较晚，在散文方面与西方也不分轩轾，但是诗歌的成熟却是要远较西方为早的。

第二章"'《诗》三百'的成书与'诗言志'"，主要探讨"《诗》三百"的成书与"诗言志"观念的建构二者间的关系。"《诗》三百"的成书过程，实际也就是上古先民对于"诗言志"观念的规约、重建与升华过程，上古先民对于"诗言志"观念的建构也同样体现在他们对《诗经》的编订上。

第一节"'诗言志'与春秋所称'逸诗'的属性"，主要通过对春秋所称"逸诗"属性的探讨，揭示《诗经》的编选原则及其对"诗言志"观念建构的意义。关于春秋所称"逸诗"与"孔子删诗"的关系，自唐代开始就一直是《诗经》研究中的一个热门话题。但是对这一话题的探讨，有一个疑点长期以来都未受到重视。具体说来，也就是《左传》《国语》所赋引的"逸诗"，它们与《诗经》究竟是什么关系？是整部《诗经》各类诗歌之逸，还是其中某些特殊部类之逸？笔者认为《左传》《国语》所载"逸诗"，全部都应来自那些政治上的显贵地区，尤其应当来自《周颂》和二《雅》。这不仅由《左传》《国语》的赋诗引诗特点可以看出，而且也可由战国文献里的赋诗引诗记载得到证实。即使《周颂》、二《雅》的诗歌在《诗经》的成书过程中，也同样面临着被删除的危险,当时人对于诗歌的要求之高由此不难察知。上文我们说"《诗》三百"的编辑史,实际也就是"诗言志"观念的重塑史,依据春秋称诗的特点及其所称"逸诗"的属性,我们是完全可以得出这一结论的。

第二节"'诗言志'与《商颂》作年",主要通过对《商颂》作年的探讨,揭示《诗经》的编选原则及其对"诗言志"观念建构的意义。在《商颂》作年问题上,有不少学者都认为《商颂》五首乃是宋诗,另外还有说应是"商三宋二"或"商四宋一"的。不过对于这些看法,已有不少学者给予驳斥,在目前应当说大多数学者都是把《商颂》五首当商诗看的。笔者认为《商颂》五首应属商诗已基本无疑,但是前人有关这一问题的探讨仍有不少需要进一步完善的地方。比如宋国作为亡国之后,在当时的不少寓言故事中都是被讥笑的对象,可是《商颂》五首在《左传》《国语》中的赋引率却非常之高,这一现象就一直未能得到"商诗"论者的重视。在《诗经》的成书过程中,编辑者所以只编商诗而不编宋诗,这与他们在"诗言志"观念上的政教化倾向显然也有极密切的联系。

第三节"'诗言志'与'孔子删诗'",主要探讨"孔子删诗"及其对"诗言志"观念建构的意义。孔子是否有过"删诗"之举,被不少学者称为中华学术的"第一学案"。对于这个论题的论争虽然所涉及的头绪也非常之多,但加以归纳,不外以下六个方面:第一,在孔子之前古诗是否已达三千之多?第二,"《诗》三百"是孔子删定之数,还是本来只有此数?第三,季札"观乐"所依文本与今本《诗经》有何差异?第四,孔子说"思无邪"是否是指《诗》三百中无淫诗?第五,孔子一生仕途坎坷,是否具有"删诗"的权力或资格?第六,如果说孔子确曾有过"删诗"之举,那为何先秦文献均无记载?据实而论,在以上六个方面"孔子删诗"的肯定论者与否定论者之间的论争,无论在哪一方面都是互有胜负的,甚至可以说在不少方面肯定论者还略占上风。但是十分奇怪,在目前的学术界学者们却大都更愿相信后者。笔者认为这样的学术态度显然是很不健康的。也正基此,所以在"孔子删诗"的问题上,笔者又在以上六个方面的每个方面都作了进一步开掘。举例来说,如不少学者都喜以《左传》《国语》所载"逸诗"之少来否定"孔子删诗",对这一点笔者即根据《左传》《国语》所称"逸诗"的属性作了进一步反驳。"孔子删诗"乃中国文化史上的一件大事,它充分体现了孔子为挽救当时"礼坏乐崩"的文化危局而付出的努力。尽管孔子在"删诗"时考虑的并不仅是思想,但对诗歌究竟应当抒发什么样的情志,这无疑乃是他选录诗歌的首要标准。也正基于这一认识,所以笔者认为孔子对于《诗》三百"的删定,向世人提供的并不仅仅是一部诗国圣典,借助这部圣典他还向我们进一步展示了他对"诗言志"观念的独特悟解。我国向有通过编诗以展现诗学理想的传统,这一传统的形成与孔子的影响显然是分不开的。

第三章"'兴'与'诗言志'",主要探讨"兴"的各种用法及其与"诗言志"的关系。在中国古代文论中,"兴"是一个非常重要的概念,它涉及文学的表现手法、创作原则、审美风格和社会功能等一系列重大问题,而所有这些又都和我国古人对于"诗言志"观念的规约、升华密切相关。具体来说,"赋比兴"之"兴"乃指托物言志,它主要展现的是上古先民的天人合一情结。"兴寄""兴托""兴喻""兴象"等等概念也均是由它化出的。不过,它们乃对"赋比兴"之"兴"的引申,其具体所指已侧重于言之有物,有感而发,所反映的乃是我国先民的诗乐规讽情结。这与"赋比兴"之"兴"显然已有很大差异。"情兴"之"兴"指情不可抑,任情而发,它主要展现的乃我国先民的返真复性情结。"兴会""兴趣""兴致""意兴"等等概念,也均是在这一意义使用的。可以毫不夸张地说,不了解"兴"的复杂蕴涵,对我国古人在"诗言志"观念的合法化改造上所付的努力,就不可能有一个真切的认识。

第一节"'比兴'与'诗言志'",主要探讨"比""兴"的含蕴与差异,"兴"的文化背景及其对"诗言志"观念建构的意义。关于"比兴"之"兴"的具体所指,笔者认为应当遵从东汉郑众、南朝刘勰和唐代孔颖达的解释。郑众对"兴"的解释是"托事于物",意谓以外物托起人事,使人事的表达依托于外物。刘勰对"兴"的解释是"依微拟议",意谓依托微小的外物展开议论。孔颖达对"兴"的解释是"取譬引类",意谓取物为譬,连物为类。不待明言,三家的解释虽然字面表达有异,但其内在蕴涵上却是完全相通的。古人每有取法天地、效法自然的情志,彼此对照,不难得知作为一种表现手法,"兴"的运用实际也是这种效天法地、追求天人合一的思想情感的反映。尽管说大而言之"兴"也是譬喻,但是"比"与"兴"之间还是有明显不同的。郑众对"比"的解释是"比方于物",刘勰对"比"的解释是"切类""切象",孔颖达说"凡言'如'者皆比辞也",皎然说"取象曰比,取义曰兴"。如果四家所说不错,则显而易见"比""兴"的主要差别就在于:兴辞侧重的是假托,比辞侧重的是切似;兴辞强调的是情义,比辞强调的是象状;兴辞的艺术效果是委婉含蓄,比辞的艺术效果是鲜明具体。前人所以说"比显而兴隐,比直而兴婉",其最根本的缘由正在这里。

第二节"'兴寄'与'诗言志'",主要探讨"兴寄"之"兴"对"赋比兴"之"兴"的因承与发展,"兴寄说"的独特蕴涵及其在"诗言志"观念建构上的意义。对于"兴寄"的具体涵蕴,前人虽有清醒的认识,但是有关这一概念的历史渊源与涵蕴变迁,有不少学者认识还是很模糊的。也正基此,所以笔者在本节主要讲了三层意思。其一,"兴寄"之"兴"乃由"赋比兴"之"兴"演化而来,特别是"香草美人"一类的"托物言志"的"兴寄",它所展现的就依然还是"托事于物""天人合一"的思想逻辑,只不过它所喻指的本体未在其下文出现而已。其二,"兴寄"的本质乃有所托寄,"托物言志"虽是其据以得名的最直接原因,也是其最早的表现型式,但是却远不是它的全部。反而是那些"非托物言志"类的创作,成了"兴寄"最主要的载体。这显然乃是"赋比兴"之"兴"的二度引申。其三,"兴寄"的创作原则主要强调两点,一是含蓄蕴藉,富有余味,二是言之有物,有的放矢。这两者都是从其有所托寄的本义引申出来的。不过,相对而言,后者的比重显然要更大一些。强调文艺创作要反映现实,不作空言,这乃是"兴寄"这一范畴的最大亮点。而这一意义与"赋比兴"之"兴"已相去甚远。

第三节"'情兴'与'诗言志'",主要探讨"情兴"之"兴"与"赋比兴""兴寄"之"兴"的不同,"情兴论"思想的产生与发展及其在"诗言志"观念建构上的意义。由现有文献可以看出,"兴"在魏晋之后又出现了两种新的用法。它们或指诗歌创作情不自已,任情而发的情感状态,如"情兴""兴会""兴趣""兴致""意兴";或指诗歌创作言之有物,含蓄蕴藉的审美风貌,如"兴寄""寄兴""兴托""兴喻""兴象"。"兴寄"之"兴"乃由"赋比兴"之"兴"发展而来,"情兴"之"兴"与"赋比兴"之"兴"则毫无联系。前者读去声,后者读平声,它们完全是两种不同的用法。如果说"赋比兴"之"兴"主要强调的是效天法地,天人合一,"兴寄"之"兴"主要强调的是言之有物,讽喻美刺,那"情兴"之"兴"则主要强调的是返真复性,回归本元。这一美学范畴之所以得以产生,并受到世人的高度肯定,这与魏晋玄学对于心性至善以及道德直觉的大肆宣扬,无疑有着极密切的联系。对心性至善、道德直觉的热情肯认,使魏晋士人获得了高度的自信。正是这种高度的自信,才使他们的审美实践、审美好尚得以自由驰骋,跌宕生姿,别开生面。这一现象一直延续到唐代,并在唐代达到巅峰。唐代之后随着理学的兴起,这一盛况才慢慢衰落下去。

第四节"前人对'赋比兴'之'兴'的诸多误解",主要探讨前人对"赋比兴"之"兴"的三大误解及其原因。为了进一步加深对"兴"的认识,对于前人有关"赋比兴"之"兴"的误解,笔者也作了全面的梳理。具体来说,这些误解主要表现为:"援引情兴,以释比兴";"谓兴无义,可兼赋比";"抹杀差别,执求统一"。

第四章"《离骚》与'诗言志'",主要探讨屈原以《离骚》为代表的楚辞创作在"诗言志"观念建构上的独特贡献。纵观《离骚》在中国文学史上的地位,它至少在以下三个方面都获得了突出的成就。一是"诗"的辞化,也即以"辞"为"诗",大大增强了诗歌述情言志的表现力。二是推动了"兴辞"的发展,把《诗经》中片言只语的"兴辞",杂乱无统的"兴象"发展成为具有稳定的思想意义、规范的意象体系的象征技法,对于诗歌的言志功能也同样是一个有力的开拓。三是深化了诗歌创作的境域,把笔触延伸到了文人士大夫复杂的内心世界,确立了中国文人在诗歌创作中所反复抒写的"忠而被谤,信而见疑",苏世独立,高洁不污的主题,大大提升了"诗言志"观念的精神境界。虽然就具体文论看,屈原的直接表述并不多,但是通过以《离骚》为代表的楚辞创作,屈原实际上也向我们间接展示了他的文学趣尚,他对"诗言志"观念的重塑与升华。不过,由于以"辞"为"诗",牵扯面太大,我们将于另章讨论,在这一章我们就只着重探讨一下屈原对"兴"的发展以及对"诗言志"观念的改造与升华。然后在此基础上,对汉人对于屈原"离骚观"的接受也作一简单阐发。

第一节"'男女君臣之喻'与'兴'的发展",主要通过对《离骚》"女媭""中正""求女"具体涵蕴的分析,来探讨楚辞的"男女君臣之喻"对于《诗经》之"兴"的继承与发展。对于《离骚》中的"女媭""中正"和"求女",前人的解释也十分之多。如对"女媭",前人就有屈原姊、屈原妹、屈原女、屈原母、屈原女伴、屈原妾和屈原侍女等多种说法。笔者认为根据《离骚》的"男女君臣之喻"以及楚人"以姊为媭"的旧俗,在屈原笔下"女媭"显然象征一位年事较高、涉世较深、做事圆滑而又良心未泯的楚国老臣。也正因此,所以在《离骚》中他才会发出那些对屈原既爱且怨、既怜又责的詈语。而所谓"求女",则应遵从王逸之说解为"求贤臣"。其中"高丘之女"喻指楚国王廷里的贤能近臣。"下女",也即那些闺中待嫁之女,喻指即将成为楚王近臣的楚国地方官员或楚国贵族。而"他国之女"则象征的是其他诸侯国里的贤能之臣。屈原"求贤臣"的目的乃是希望通过其他贤臣的帮助,由此得到楚国国君或他国君主的信任,以顺利实现自己的政治抱负。至于"中正",则应当是屈原通过向重华陈辞,而从重华那里得到的"求女"自助的建议。由于屈原对大舜十分崇敬,因此对大舜的建议才以"中正"称之。显而易见,如果不了解屈原托男女喻君臣、以男女证君臣的思维逻辑,对于《离骚》中的"女嬃""中正"和"求女"的涵蕴是不可能有一个透彻体悟的。

第二节"'离骚'的涵蕴与'诗言志'境界的提升",主要探讨"离骚"的本意,以及屈原以《离骚》为代表的楚辞创作在"诗言志"观念建构上的意义。对于"离骚"二字的涵蕴,前人也有多种解释,如遭忧、别愁、民心离散之愁、摆脱忧愁、牢骚、离开骚臭、斥骂申诉和太阳之歌等。不过,在笔者看来"离"的确切涵蕴应是背叛,它包括君父的食言、奸佞的排挤、徒友的变节、国人的误解等多个方面。所谓"离骚"即因众叛亲离而骚怨。韦昭《国语》"骚离"注说:"骚,愁也。离,畔(叛)也。"虽然不是对"离骚"而发,但毫无疑问对我们正确理解"离骚"的涵蕴是非常有启发的。对于"离骚"之意的认识,固然在很大程度上要以《离骚》的情感指向为依据,但是对于"离骚"之"离"的"背叛"之意的最终确定,显然也使我们对《离骚》的情感指向的理解由此变得更明晰。可以毫不夸张地说,作为士人知识分子或者说文人士大夫的杰出代表,屈原在《离骚》中所展现的精英意识,所抒写的"忠而被谤,信而见疑",苏世独立,宁折不污的思想情志,在"诗言志"观念的建构上实有里程碑的意义。自屈原之后,中国文学虽几经变迁,但是屈原这种"忠而被谤,信而见疑"的"叛"的遭遇、"离"的困境,以及屈原所抒发的苏世独立,宁折不污的思想情志,可以说一直都是历代文人反复咏歌的主题。十分明显,如果对"离骚"之"离"的"叛"的意义理解不明确,那对屈原在"诗言志"境界上的开拓之功,其认识也一定是不深刻的。

第三节"从两汉文人的屈原评价看其对'离骚观'的接受",主要通过两汉文人的屈原评价来探讨他们对屈原"离骚观"的不同认识。两汉文人对"离骚观"的接受主要经历了三大转关。第一次转关发生在武帝之后。武帝之后由于皇权专制与中央集权的高度膨胀,导致文人们的社会地位骤然剧降。这一政治形势的急遽变化促使文人们的政治心态从西汉前期的良禽择木,轻于去就,变为西汉中期的别无他择,倾心事主。与此相应,他们对屈原的"离骚"情怀也从否定转向了肯定。第二次转关发生在元帝之后。元帝之后由于儒学独尊的真正实现,使得文人的知识传播与经典阐释角色得到了空前凸显。由于社会角色的变化,促使他们对于自己的历史身份与社会价值又再度作出了新的评价,并进而导致他们的政治心态从西汉中期的别无他择,倾心事主转向了西汉后期至东汉前期的达则兼济,穷则独善。与此相应,屈原那不顾安危、骚语苦谏的"离骚"情怀也再次遭到了时哲的否定。第三次转关发生在安帝之后。安帝之后由于皇权旁落,外戚宦官横行,广大文人"达则兼济"的理想永成泡影。面对危局,无路可行,文人们被迫奋起抗争,以豪杰自许,以天下自任,最终走上了与外戚宦官这些士外邪流争夺天下领导权的道路。于是其政治心态又再度由西汉后期至东汉前期的达则兼济、穷则独善转向了东汉后期的积极干预、舍身匡救。与此相应,屈原的"离骚"情怀也再次得到了时贤的肯定。但是这次肯定与西汉中期不同,西汉中期的肯定主要想通过对屈原耿耿忠心的揄扬而换取统治者对文人批评精神的悦纳,而东汉后期的肯定则主要想通过对屈原匡救情怀的盛赞而凸显文人对天下的责任。虽然同是对"离骚"的肯定,但是他们在自我角色的设定上,其自觉程度却是大不相同的。

第五章"辞赋与'诗言志'",主要探讨"辞""赋"的产生对于"诗言志"观念建构的意义。作为中国文学史上的两个重要范畴,前人对"辞""赋"的评论虽然很多,但是对于它们的得名缘由以及与"诗言志"的关系,则直到今天研究也很薄弱。在历史上"辞""赋"常常相连为语,并且二者还可作同义词使用,但是说到它们的原初内涵,却是大不相同的。再明确说,也即是:称其为"辞"主要是从其曲托假借、长于文饰的语言特征讲的,而称其为"赋"则主要是从其不假于物的言志方式或不假于乐的吟读方式讲的。"辞"与"赋"在上古都有特殊的涵蕴,如果对它们不加区分,那对我们正确把握它们的得名缘由、审美特征及其与"诗言志"的关系,也显然都是很不利的。

第一节"释'辞'",主要探讨"辞"的本义,"辞"在先秦文学中的不同体现,以及"辞"的产生对于"诗言志"观念建构的意义。在先秦两汉文学研究上,人们历来都把"辞"理解为一般的言辞,笔者认为这一看法很值得商榷。"辞"在先秦除了指一般的言辞外,也常用以指一种曲托假借、言近旨远的文饰语体,这无论在《周易》"卦爻辞""行人辞令",还是"楚辞"中展现的都很充分。诚然,在两汉时期"辞"的外延又有进一步扩大,它有时单用,有时与"赋"并称,用以作为包括楚辞在内的所有辞赋创作的通名,但是其内在涵蕴并无本质变化,只不过较之先秦它的"言近旨远"的意义已经不再像先前那样突出罢了。尤其是在大赋中,这种"言近旨远"的涵蕴就更消逝殆尽了。不过尽管如此,大赋创作仍是一种极重文饰的文体,甚至还可以说对于文饰的重视乃是它区别于其他文体的最显著的标志。在这方面它与先秦的《周易》"卦爻辞""行人辞令"以及"楚辞"无疑仍是一脉相承的。十分明显,由于理清了"辞"的蕴涵,这不仅为我们深入认识《周易》"卦爻辞""行人辞令""楚辞"以及汉大赋的审美特征提供了依据,而且也为我们正确理解"辞达而已""修辞立其诚"等的蕴涵提供了凭借。同时,由屈原、宋玉等的引"辞"入诗,以"辞"为诗,我们还可进一步看出文人士大夫作为一支潜在的生力军,在逐步走上诗歌舞台,成为诗歌创作的主力军之后,面对诗、乐的分离,为了提高诗歌创作自身的表现力,满足其述情言志的需要,在诗歌语言的修辞艺术上所付出的巨大努力。更言之,也即是上古先民对于"诗言志"观念的建构,并不仅仅局限在"志"字上,而且也体现在"言"字上。通过楚辞对"诗"的辞化,我们完全可以推知如何借助必要的修辞而使自己的心志得到充分的表达,这对屈原、宋玉来讲早已不是什么不传之秘了。弄明这一点,对于我们有关宋词(辞)的研究也同样是有指导意义的。

　　第二节"说'赋'",主要探讨"赋"的得名,"赋"的所指,"赋"与"诗""辞"之间的关系,以及大赋创作在"诗言志"观念建构上的意义。在先秦两汉文论史上,"赋"字主要有三种用法:一为"赋比兴"之"赋",与"比兴"相对,指的乃是一种不假外物、直言其志的表达方式。尽管由于不假比兴,表现力受限制,因此不得不呈现为铺陈,但铺陈并不是它的必备涵蕴。二为"赋诗言志"之"赋",与"歌"相对,指的乃是一种不假于乐的吟读方式。虽然常常被释为"不歌而诵",但严格而论它与"诵"又是有别的。"诵诗"不但可用乐器伴奏,而且在腔调节奏上较之"赋诗"也有更高的要求。不过由于春秋称诗乃以"赋诗"为主,所以"赋诗言志"才最终成了春秋称诗的通名。换言之,也就是在很多时候虽然我们说的是"赋诗言志",但其实在它里面也是兼含"诵诗"和"歌诗"的。"赋诗言志",据实而论,它主要体现的乃是对前人之诗的依托。虽然赋的是他人之诗,但实际上在它里面也是包含着诗歌到底应该抒写什么样的情志的认识的。三为"辞赋"之"赋"，与《诗》三百相对，其突出特征就是对"诗"的辞化。表面看来，它好像与"赋比兴"之"赋"、"赋诗言志"之"赋"都无联系，而实际上它的得名也完全是由"赋诗言志"之"赋"演化来的。具体说，也就是由于"赋"的涵义乃"不歌而诵"，因此加以引申，它也常常用以指那些可以配曲，但没有配曲，只能吟诵的诗。"诗"是一个总的名字，"歌"和"赋"乃是它的两种不同表现形式。"辞赋"之"赋"之所以也以"赋"为称，就也是由它"不歌而诵"的特征决定的。不过，虽然同是"不歌而诵"，但"不歌而诵"的原因却有差异。古诗之"赋"是可以配曲而没有配曲，"辞赋"之"赋"是太过"辞化"，篇幅太长，无法配曲。大赋创作尤其如此。也正基此，所以我们认为虽然"辞赋"之"赋"包括楚辞之"赋"和大赋之"赋"两种形式，二者都属"诗"的辞化，都可称为"古诗之流"，但大赋创作显然"流"得太远了。如果说楚辞之"赋"还可勉强称"诗"，还可视为一种新的诗体的话，那大赋之"赋"就只能称"赋"，它已演化为与"诗"相对的一种新的文体了。西汉扬雄之所以把以荀卿、屈原为代表的楚辞之"赋"称为"诗人之赋"，认为它们"丽以则"，而把以宋玉、司马相如为代表的大赋之"赋"称为"辞人之赋"，认为它们"丽以淫"，毫无疑问，他也同是就它们对古诗的"辞化"的不同程度讲的。由大赋创作在古诗"辞化"的道路上的突出表现，我们不难看出：作为一种特殊的文体，大赋创作实际呈现了我国先民在"诗言志"观念建构上的另一进路。虽然扬雄"辞人之赋"与"诗人之赋"的划分，对于大赋创作颇有贬讥，但另一方面它也使我们对辞赋创作讲究词采的特征认识得更加清楚了。

　　第三节"曲终奏雅与宣情驰藻"，主要探讨"曲终奏雅"与大赋创作"宣情驰藻"二者间的关系。对于大赋创作"曲终奏雅"的功能，前人也给出了多种诠释。有的说是"卒章显志"，有的说是"劝百讽一"，有的说是"作家内心矛盾的反映"等等。而笔者认为这种"曲终奏雅"的行文方式完全是一种幌子，它的目的就是要为赋作前文的情感宣泄、才藻驰骋提供一件合法的外衣，从而使作家自由宣泄情感、自由驰骋才藻的理想，在它所提供的平台上得到最淋漓、最充分的炫示。所谓以文干政、有助讽谏云云，与这类文体是根本不相干的。也正因此，所以随着"曲终奏雅"行文模式的消逝，大赋创作的艺术魅力也随之慢慢衰落下去。如果对此缺乏认识，则显而易见对大赋创作追求"极致"的审美风尚，也即描绘描到极致，叙述叙到极致，抒情抒到极致，议论议到极致，也同样难有一个真切的体认。

第六章"诸子文论与'诗言志'"，主要阐析先秦诸子的相关文论对于"诗言志"观念建构的影响。众所周知，在中国文化史上，先秦诸子的地位是非常之高的。无论是《诗经》、楚辞等文学文本，还是《左传》《国语》等史传著作，其对后世文化的影响都不像诸子那样巨大。有关这一点，也同样表现在它们对"诗言志"观念建构的规约、整合与升华上。虽然说对于诸子文论，前人已有大量论述，但是十分遗憾，他们的论述也有诸多不足。这主要表现在两个方面：一是对诸子文论中的不少论题存在误解，二是很少把它们与"诗言志"的探讨结合起来。正鉴于此，所以我们认为选择一些前人存在误解的论题，并把它们放在"诗言志"的境域下，对其具体涵蕴及文论价值再加探索，这无疑仍是很有意义的。

第一节"孔子的'兴观群怨'与'诗言志'"，主要探讨孔子的"兴观群怨"思想对于"诗言志"观念建构的价值。对于"兴观群怨"的涵义学界历来大都沿袭的是孔安国、郑玄的解释："引譬连类"（孔）、"观风俗之盛衰"（郑）、"群居相切磋"（孔）、"怨刺上政"（孔）。据实而论，孔、郑二家所作的解释也是比较符合孔子的原意的。不过十分遗憾，由于表述过于简单，致使它们的真正意指直到今天也仍然没有完全为学界所认识，尤其是在"兴"的理解上。笔者认为在"兴观群怨"的语境上，我们应遵从萧华荣的解释，把"兴观群怨"放在春秋时代"称诗言志"或"称《诗》言志"的历史背景下来体味。实事求是地说，所谓"引譬连类"，其实也就是引《诗》为譬，连《诗》为类，它实际反映的乃是上古先民的经典崇拜意识。再明确说，也即是在孔子看来，"《诗》三百，一言以蔽之，曰：思无邪"，在交际活动中君子如能"托《诗》言志"，不仅可以使自己的言语更具合法性，而且也可以更好地展现其温文尔雅、彬彬有礼的君子风度。虽然说具体而论，"兴观群怨"乃有赋《诗》、引《诗》两种形式，但无论是赋《诗》还是引《诗》，它们都属引《诗》为譬，连《诗》为类，反映的都是上古先民师法经典的思想意识。孔子对于"称《诗》言志"的重视，充分展现了他对经典的尊重，对于经典所述情志的高度肯认。虽然并未对"诗言志"观念作直接界定，但实际上在它里面显然也包含着诗歌究竟应该抒写什么样的情志的认识。后世学者所说的"宗经""征圣"，其实就是由孔子的"兴观群怨"发展而来的。

第二节"孟子的'以意逆志'与'诗言志'"，主要探讨孟子的"以意逆志"

理论对于"诗言志"观念建构的价值。对于孟子"以意逆志"的涵蕴前人也有多种解释,但是由于皆未弄清"文""辞""意"的含义,所以,所作诠解大都是有违孟子本意的。笔者认为在孟子"不以文害辞,不以辞害志,以意逆志"这一表述里,"文"字应取"文采"之意,"辞"乃代表一种曲托假借、长于文饰的语体,"意"乃诗歌的言外之意。在这里孟子实要表达的是:人们在欣赏诗歌作品时,既不能囿于"辞"的文采而影响了对于"辞"的理解,更不能拘于"辞"的表面意义,而妨害了对作者主观情志的探析。只有善于把握"辞"的弦外之音,言外之意,才有可能真正探得作者的主观情志。不过,纵观孟子对"以意逆志"的运用,不难发现与其说孟子是要借助这一理论探寻经典的本义,还不如说他乃是在进行经典重建,也即借助"以意逆志"的理论,打着为修辞解蔽的旗号,通过对所择经典的有意误读,而将自己认为应当表达的情志添注到经典里。很显然,孟子借助"以意逆志"的理论,不仅可以通过对修辞性话语的自由指认、自由解释,顺利实现经典创新,而且还可通过经典创新,在世人面前树立一个"志"的典范。通过这一典范告诉世人:我们究竟应当抒发什么样的情志。也正是基于这一认识,所以笔者认为孟子对于经典的打造,其实也是对"诗言志"观念的规约和重建,并且也可为人们的"兴观群怨"提供一个新的理想范本。如果认识不到这一点,那也同样意味着我们对孟子"以意逆志"的理解是不深入的。

　　第三节"老子的'自然无为'与'诗言志'",主要探讨老子的"自然无为"学说对于"诗言志"观念建构的意义。在《老子》一书中直接提及"美"的文句,一共有 6 个,但是真正称得上美学命题的却只有三个,即:2 章"天下皆知美之为美,恶已";20 章"美与恶,其相去何若";68 章"信言不美,美言不信"。具体来说,"天下皆知美之为美,恶已",其意乃谓人的各种美善情感、美善行为都是在自然而然、毫不作意的情状下发出的,如果人们知其为美为善而有意逐求,那么争竞、作伪的巧诈之恶就要产生了。"美与恶,其相去何若",其意乃谓那些所谓的美善情感、美善行为,其实它们与那些邪恶的情感、邪恶的行为并无多大差距。尽管它们原本也是发于真心,但是由于社会对它们的提倡,致使它们也随之变成了人们竭力追逐、刻意仿效的东西。有时为了获得美善的称号,人们不仅相互欺骗,相互倾轧,甚至发动战争也在所不惜。也正是为了使人们的美善情感、美善行为保持本性,永不变色,所以老子才又提出了"信言不美,美言不信",也即"申言不美,美言不申"的命题,认为申说的言语不完美,完美的言语不申说。众所周知,"不言"乃是"无为"的体现,所谓"无为之治"其实也就是无扰天下,任其自然。所以老子这三个美学命题虽各有侧重,但其最终所指都是"自然无为"。在中国文学史上,老子"自然无为"的审美趣尚影响非常广泛,不过鉴于本书主旨,我们在此只着重探讨它对作家情感表达的影响。顾名思义,作家的情感表达要体现"自然无为"的原则,那它就必须做到情由衷出,发自性灵,不假思索,不可遏止。并且情感触发得越迅疾,呈显得越酣畅,其自动性、源发性、切己性,也即自然性,也就体现得越充分。对于这样的情感,前人早有命名,那就是前文我们所反复称道的"情兴""兴会""兴致""兴趣"与"意兴"。如果说孔孟二家"兴观群怨""以意逆志"的"言志"理论,它们对后世文论的影响主要在"宗经说""征圣说"方面的话,那么,老庄"自然无为"的"言志"理论,它对后世文论的影响则主要体现在"兴会说""童心说""性灵说"的产生上。

第四节"韩非的'崇实尚用'与'诗言志'",主要探讨韩非子的"崇实尚用"思想对"诗言志"观念建构的意义。虽然墨子与韩非都是以"崇实尚用"的功利主义思想为旗帜,来对人们以情感宣泄为主要内容的审美艺术活动进行理论分析与政治批判的,但是两者相较,韩非子的论述无疑要更深入,更系统。他不仅把墨法二家"崇实尚用"的功利主义的文艺观提升到了"文质论"的高度加以讨论,打通了它与儒道二家相应思想的联系,使得先秦这一饱受争议的功利主义文艺观,终于获得了可以在"文质论"的平台上,通过与儒道二家文艺观的比较,以充分展示自我价值的机会,而且借助他对艺术活动、审美行为徒有娱情乐性之效,而无富国强兵之实的特性的揭示,我们也可更清楚地看到先秦学人对于审美艺术超越功利的情感宣泄功能的清醒认识。虽然韩非子对此持批判态度,但是在客观上他所作的这些大量展示所具有的认识价值,却是任何一个先秦学者都无法比拟的。

第七章"汉乐府与'诗言志'",主要阐析两汉乐府的一立一罢对于"诗言志"观念建构的影响。在中国文论史上,对于"诗言志"观念的建构,官方音乐署衙的倡导与参与无疑也有十分重要的影响。虽然由于历史文献的缺乏,对于周、秦两代音乐署衙的作为,我们已难知其详,但是对于汉代音乐署衙在这方面的成就,我们还是可以观其大概的。两汉乐府署衙的一立一罢,乃是两汉诗乐史上的一件大事,它不仅代表着中国诗乐发展方向、价

值趣尚的转变，而且也是两汉朝廷对"诗言志"观念的建构进行主动干预的
标志性事件。两汉音乐署衙在"诗言志"观念建构上所发挥的作用，尽管头
绪繁多，内容复杂，很难一一讲清楚，但是如果抓其大节，遗其细末，则其基
本脉络还是不难察见的。

第一节"汉乐府之立与'诗言志'"，主要探讨汉武帝的"乐府之立"在
"诗言志"观念建构上的影响。"乐府"之名虽然秦代已有，但汉乐府乃由武
帝首立。《史记》《汉书》等古籍所载武帝之前的"乐府"皆系泛指，它们都是
指"太乐"而言的。地下考古提供的诸多新证，它们也同样无法证明汉代乐
府自汉初已立。西汉武帝时期不仅是大汉王朝最繁荣最鼎盛的时期，而且
也是其在政治经济文化等各方面进行改革，规模最宏大，变动最剧烈的时
期。汉武帝之所以要立乐府而采歌谣，大量创制新的乐曲，一方面固是为
了祭天祀地，愉悦神灵，另一方面也同样出于假借郊祀之名，广纳民间俗
乐，改造传统雅乐，以满足大汉君臣因经济、国力的崛起而随之产生的强烈
的情感宣泄、精神消费的审美需要。如果我们把汉武帝的乐府之立与其对
辞赋的热爱，对辞赋作家的青睐结合起来，那么，对于他的审美需求我们必
会有一个更深入的认识。不过，十分遗憾，由于时代的限制，虽然在武帝之
时国力已相当强盛，经济已相当繁荣，但是其哲学思想、生存理论却远未达
到晋唐之时的开放程度，所以当时的很多改革都是在儒家礼乐的包装下进
行的。比如在理政方针上汉武帝实行的是"以儒术缘饰文法吏事"，在文化
生活上汉武帝实行的是"内多欲而外施（饰）仁义"。与此相应，在辞赋创作
上赋作者也不得不"曲终奏雅"，以为其前文的娱情乐性，骋才驰藻提供一
件合法的外衣。明白于此，那么汉武帝的立乐府而采歌谣，大肆吸纳郑卫
之音，创制新曲，其具体用意何在也就不难推知了。也正基此，所以我们认
为如果否认武帝的乐府之立对于"诗言志"观念建构的影响，这样的做法也
同样是不明智的。

第二节"汉乐府之罢与'诗言志'"，主要探讨汉哀帝的"乐府之罢"对
"诗言志"观念建构的影响。两汉时期的文艺观念有两大转关，一以汉乐府
之立为标志，展现的是武宣之世时人在情感宣泄与精神消费上的生命冲动
与审美自觉。一以汉乐府之罢为标志，展现的是元成之后特别是哀帝之后
时人对文艺创作社会功能的重新定位，以及对"诗言志"观念的再度规范。
虽然说"罢黜百家，独尊儒术"这一改革早在武帝时代就开始了，但是武帝

拿它主要作一个幌子,他所真正施行的实乃"外儒内霸",因此儒学的真正独尊应当说是从元成特别是哀帝之后才开始的。也正缘此,所以我们认为汉哀帝的"乐府之罢",它在两汉文艺的变革史上也同样具有里程碑的意义。把它视为两汉元成以后文艺变革最具代表性的标志,可以说也是当之无愧的。有关这一点,不仅表现在东汉乐署对西汉乐署所扮演的社会职能的因承变化上,而且也表现在东汉乐署所采诗歌思想内容与艺术风貌的迁易上。在这之中最有说服力的就是《孔雀东南飞》。对于《孔雀东南飞》的思想指向,由于受"五四"以后新文化思潮的影响,在很长一段时间内我们都认为它是反封建反礼教的。新时期以来,反封建反礼教的说法虽已不再流行,但仍有不少学者认为它有反宗法制度、反封建家长制、反包办婚姻的倾向。另外还有学者认为它是表现官吏的贪恋女色,或者女性的"恋儿情结",甚乃"更年期综合症"的。笔者认为对于《孔雀东南飞》的思想主旨,我们必须将它放在哀帝"罢乐府"的大背景下来认识。只有如此,我们才能体悟诗人寄寓在它里面的道德教诚意义:教育人们要尊崇家庭道德规范,重视人伦关系构建,强化宗族情感纽带,从而确保家庭的亲好和睦,使焦刘的悲剧不再重演。由此出发,我们还可进而体悟到诗人借它所展现的"经夫妇,成孝敬,厚人伦,美教化,移风俗"的文艺理念。如果脱离哀帝"罢乐府"的文化背景,否认东汉乐署在"诗言志"观念建构上的努力,那么,我们对以《孔雀东南飞》为代表的众多乐府诗歌的思想指向与艺术风貌,其理解也一定是不到位的。

　　第八章"'诗言志'观念在后世的深化",主要阐析魏晋之后我国古人由"诗言志"观念出发,对于诗文创作审美特征的探索。自从"诗言志"观念产生之后,我国古人对它的建构、升华与深化可谓一直都未停止过。在笔者这里,"建构"是一个总的说法,"升华"是就诗歌的社会功能讲的,而"深化"则是就诗歌的本体特征讲的。对于"诗言志"观念的建构,在先秦两汉时期可以说主要是围绕诗歌创作的社会功能展开的,道德教化、政治美刺乃是这一时期我国先民所着力强调的。在中国文学史上真正对"诗言志"观念进行深化乃是从魏晋之后开始的。魏晋之后我国古人对于"诗言志"观念的深化虽然表现在方方面面,但是其中最主要的不外以下三个维度:一是对诗歌创作抒情性的体认,二是对诗歌创作语言美的体认,三是对诗歌创作可感性的体认。这三个方面其实也是文学审美最核心的部分。关于诗歌的语言美,古人表述得很清楚,我们无需多议。关于诗歌的抒情性与可感性,由于古人在很多时候讲得都不是太明确,所以我们很有必要再对他们的相关论述加以阐说。

第一节"'兴趣说'对'诗言志'观念的深化",主要探讨严羽的"兴趣说"对于中古"情兴论"思想的绍承与突破。严羽的"兴趣说"乃是上承中古的"情兴论"思想发展而来的。虽然说"情兴论"思想也是魏晋之后才产生的一种崭新的文论学说,但是由于前人对"赋比兴"的解释总是与它夹缠在一起,所以我们才把它与"赋比兴"之"兴"放在一起来讨论,致使它在章节分布上与严羽的"兴趣说"远远拉开了距离。而我们之所以要把"兴趣说"置于"文气说"之前,也正是希望能够借此进一步突出它与"情兴论"的联系。相对于"情兴论",严羽的"兴趣说"其最突出的贡献就在于把流行于中古的"情兴论"思想与宋代崇尚才学、强调理识的文人化、学者化倾向紧密地结合了起来。既维护了诗歌创作以"兴趣"也即"情兴"为宗的本色,又肯定了宋人企图以学养才识提升诗歌的文化品位,以与唐人分庭抗礼的努力,大大丰富了兴盛于中古时期的"情兴论"思想的蕴涵,为我国古代的诗歌创作又开辟了一条新的道路。尽管严羽对于宋人读书穷理的肯定只有寥寥数句,但是他说不读书不穷理就不能"极其至",其表述的明晰性也是毋庸置疑的。虽然严羽认为汉魏之诗在对"兴趣"也即"情兴"的抒发上所呈现的随感而发、无迹可求的创作状态,就是连盛唐诗人也要稍逊一筹,但是他最终还是把诗歌创作的巅峰境界也即"入神"境界归给了李杜。据此我们也可更进一步看出严羽之所谓"镜花水月"与"言有尽而意无穷"其实讲的完全是情、言、意的关系。如何彻悟诗歌创作以"兴趣"为本的特质,使所读之书(言)、所穷之理(意)与人的兴趣(情)高度融合在一起,做到"不落言筌""不涉理路",这才是严氏所要着力强调的。那种认为"镜花水月"之喻所要表达的乃是情景交融或形象思维的看法是完全站不住脚的。

第二节"'文气说'对'诗言志'观念的深化",主要探讨"言志说"主导下的中国文学如何实现文艺创作的可感性问题。虽然在汉语中"气"有多种涵义,但是在古代文论里它的涵义一般都是指血气或者人的血气化反应,也即人的内在情志的血气化、情绪化。人的血气反应虽是一种生理现象,但是当它为人的内在情志所激发所驱动时,它也同样会演变成一种心理现象。在以"诗言志"为主导的中国古代文学里,人的内在情志的血气化、情绪化主要包含三层涵义：一是人的内在情志只有充分血气化、情绪化，它才是发自肺腑，不可遏抑，真诚无伪的，这主要强调的是内在情志的真实性。二是人的内在情志只有充分血气化、情绪化，它才是真切可感，沁人肌肤，入人心脾的，这主要强调的是情感抒发的可感性。三是人的内在情志只有充分血气化、情绪化，创作主体才能真正实现对言语活动的直觉体验与真切感知，这主要强调的是语言表达的准确性。把情感抒发的可感性，语言表达的准确性，牢牢地建基在内在情志的真实性上，这实是由"诗言志"的创作原则出发，我们必然得出的结论。在中国文论史上，在"文气说"的建构上具有重要影响的主要有以下数家。一是孟子，是他最早揭示了人的内在情志与血气的关系，提出了著名的"养气说"，也即"浩然之气"说。二是《乐记》，是它最早揭示了人的内在情志的充分血气化给艺术作品带来的强大感染力，提出了著名的"乐气说"，也即"气盛化神"说。三是曹丕，是他第一次明确地把"气"与"文"直接联系在一起，提出了著名的"文气说"。四是刘勰，是他第一次全面系统地对"文气说"的丰富内蕴作了深入阐析，提出了"情与气偕""气以实志""气盛辞断""务盈守气""砥砺其气""调畅其气"等一系列"文气说"命题。五是韩愈，是他第一次着重探讨了人的内在情志的充分血气化所含具的真实性对于诗文创作语言表达的全面决定，对于作家对于言语活动的直觉体验与真切感知的深度强化，提出了著名的"气盛言宜"说。在中国文论史上还有一种说法，那就是"气辅说"。虽然表面看来它与"气主说"针锋相对，而实际上二者乃系从不同的角度立论，它们是完全可以并行不悖的。也正基于以上认识，所以笔者认为与"意象""意境""境界"相较，"气象"一词更能展示中国文学别具一格的可感性特征。所谓"气象"其实也就是人的内在情志的血气化在作品的音韵、节奏、辞采与意象上的体现，它的涵盖面显然是要较"意象""意境""境界"更为宽泛的。如何使作品的"气象"饱含"生气"，以给接受者真切的感受，这显然是"言志说"主导下的中国文学，区别于"模仿说"主导下的西方文学的又一大特色。

　　第三节"'境界说'对'诗言志'观念的深化"，主要探讨"境界"的本义，"境界"与"意象""意境"三者的异同，王国维对传统"境界说"的改造及其在"诗言志"观念建构上的得失。将"境""界""境界"三词的涵蕴加以对比，不难得知当"境界"一词作"境象"讲时，它实乃一偏义词。由于它的涵义偏在"境"上，"界"字只起音节陪衬作用，所以在这个意义上它与"境"字完全同意,都是指心物交融的物象讲的。也正因此,所以"境界"与"意象""意境"在心物交融的意义上实是完全相通的。三者的区别主要表现在"境界"稍稍偏重于物象的客观可感方面,而"意象""意境"则稍稍偏重于物象的主观情感方面。"意象"一般指具有一定的思想情感指向的单个物象,而"境界""意境"则指由一系列单个物象构成的浑然一体的具有某种思想意蕴与情感色彩的物象群。但是当"意境""境界"到了王国维笔下,它们的意义又发生了一巨大变化。王国维虽然并不否定其心物交融的意义,但是他所更为强调的则是它们的可感不隔。由于受西方"形象直观"说的影响,所以他才把潜含于"意境""境界"之中的可感不隔的义素给明确地揭示了出来,并将其视为文学创作最突出的特征、最基本的原则。对于文学创作的可感性特征我国古人虽也有清醒的认识,但是由于理论意识的缺乏,因此一直都未把它明确凸示出来。也正缘此,所以我们认为王国维以"不隔说"为核心的"境界说"的提出,在我国文论史上也同样具有里程碑意义。不过,另一方面也需看到王国维对于"境界说"的提出虽然深受西方"形象直观"说的影响,但他却是将其牢牢地建基在中国文化的土壤里的。从对"境界""意境""不隔"等概念的选择,到对真切诚挚、自然兴会等情态的青睐,可以说时时处处都闪耀着中国传统文论的光辉,体现着王国维对于"心性论""言志说"主导下的中国文学的主动回归。也正基此,所以我们认为王国维不仅是中国文论现代化的开先者,也是西方文论中国化的奠基者。唯一遗憾的地方仅在于"有我""无我"说的提出,由于对叔本华的"意志美学"与西方的"壮美优美"之说太过迷恋,致使他的"境界论"学说最终还是带上了一个粗劣的尾巴。

三

本书有关中国古代文学中与"诗言志"相关的一些传统论题的探讨,其主要内容与基本观点已如上述,通过这些概述不难发现前人有关这些论题的探讨确实还有很多需要进一步开拓和修订的地方。鉴于这样的研究现状,笔者本书主要从以下五个方面着手,对前人的相关研究存在的问题又作了进一步的修订和完善。

（一）紧扣"诗言志"观念展开探讨,进一步彰显了"诗言志"的纲领地位。这主要表现在以下四个方面。第一,首先辨明"诗言志"的本意以及"诗言志"观念产生的年代,从思想逻辑与时间先后两个方面凸显"诗言志"观念对中国文学与传统文论的统领地位。再明确说,也即是对于"诗言志"的本意,我们借助一系列的考释,得出了"情动为志"这一结论,并确证早在西周初年我国先民对此已有清楚的认识。《商颂》乃是殷商中后期的作品,从殷商中期到西周初年,时间长达两三个世纪,说西周初年我国先民即已有成熟的诗歌意识,已经深切地体悟到了诗歌创作乃人的强烈情感的不能自已的宣泄,这并不足怪。也正以此为前提,所以我们认为中国文学从《诗经》开始就已沐浴着"诗言志"的光辉,中国传统文论对于诗歌创作的社会功能、理想风貌与艺术本质的阐发,对于"诗言志"观念的建构、升华与深化,可以说也都是在"情动为志"这一大背景下进行的。离开了"情动为志"这一参照,那么无论对我国的文学创作还是文论发展,其评价都将是不准确的。然而十分遗憾,自上世纪"五四"以后,对于"诗言志"这一观念,学者们要么将"志"释为道德理念,要么将"志"释为一般情感,并把"诗言志"这一观念的产生置于《诗经》之后。这样的结果不仅使《诗》三百"这一文学元典游离于"诗言志"观念之外,而且也使我国为数众多的具有着强烈的抒情气息的诗文创作,以及与之相关的文论命题,失去了因承,成了无源之水,无本之木,以致我们对于它们的价值根本无从作出公允的评判。笔者本书之所以在全书开头首先探讨"诗言志"的本意以及"诗言志"观念产生的时代,就是希望由此恢复"诗言志"观念对中国文学特别是中国文论的统领地位,使全书的内容有一个总的参照,使中国文论的发展轨迹重归有序。

第二,拓展了"诗言志"观念的探索途径,展现了"诗言志"观念对我国文学影响的广泛性。进言之,也即是"诗言志"既是中国诗歌的开山纲领,那它的影响就应该是多方面的,不能仅仅局限在诗学理论上。也正基此,所以本书对于古人对于"诗言志"观念建构的探索,除了保留前人的部分视点外,如"比兴""兴寄""情兴",以及"兴趣说""文气说""境界说"等,还把大量笔墨转移到了一些新的领域的探索上。譬如通过"《诗》三百"的成书,我们就进一步探查到了其实早在《诗经》的编订过程中,我国先民对"诗言志"观念的政教化改造就已开始了。通过对屈原以《离骚》为代表的楚辞创作的分析,我们也同样清楚地体会到了作为文人士大夫的杰出代表,屈原所抒写的"忠而被谤,信而见疑",苏世独立,宁折不污的思想情志,在"诗言志"观念建构上的里程碑意义。通过对"辞赋"的语体渊源与审美特征的探索,我们也深入领悟到了上古先民在"诗言志"之"言"的建构上的高度自觉。通过对诸子文论相关话题的探索,如"兴观群怨""以意逆志""自然无为""崇实尚用"等,我们也更准确地弄明白了先秦不同学派对于人的精神消费与情感舒泄所持的不同理念,及其对中国文学的重大影响。通过对汉乐府一立一罢的对比,我们也更真切地体察到了作为两汉官方力量的代表,汉代乐府署衙在"诗言志"观念建构上的巨大贡献等等。所有这些,对于我们更进一步认识上古先民在"诗言志"观念建构上的努力,显然都是非常有启发的。

第三,积极针对那些涉及诗文创作所抒情志的合法性的论题展开探索,通过这一探索进一步凸显了我国古人对于"诗言志"观念建构的关注。"诗言志"观念对于中国文学的影响不仅十分广泛,而且也十分深远。反映到文论建构上,我国古人有一个十分突出的表现就是特别留意对诗文创作所抒情志的合法性的探讨。如"赋比兴"之"兴",主要强调的就是所述情志要与天地合一,体现了我国先民效法天地的天人合一情结。而"兴观群怨"之"兴"则主要强调的是所述情志要与经典合一,体现了我国先民宗经征圣的经典崇拜情结。"兴寄"之"兴"与"情兴"之"兴"也同样如此。具体来说,前者主要强调的是所述情志要与现实需要合一,体现了我国先民匡时救弊的诗乐规讽情结;后者主要强调的是所抒情志要与生命本真合一,体现了我国先民崇尚本我的归真复性情结。除了以上论题外,我们另外还选了不少论题,它们虽然并不直接涉及诗文创作思想情志合法性的问题,但是我们之所以选择它们,也是因为在这些论题里古人的所作所为也依然是遥指诗文创作所抒情志的合法性的。如《诗经》的成书与"孔子删诗",这其中显然就包涵着古人通过经典打造以为世人提供"言志"典范的心机。再如孟子的"以意逆志",在它里面显然也潜含着一个当经典不合乎我们的需要时,如何对它进行改造的问题。再如"离骚"的本旨与汉人对于"离骚观"的接受,这里边无疑也蕴涵着古人对于"忠而被谤,信而见疑","惜诵致愍""发愤抒情"的"言志"观的评价问题。再如汉乐府的一立一罢,虽然表面看来涉及的只是汉代音乐署衙的兴废问题,而实际上在其背后也同样隐藏着我国古人对于郑卫之乐所舒情志的合法性的认识。再如老子的"自然无为",它虽然并不是专对诗文创作而发,但是对于诗文创作发自肺腑,乘兴而作的"言志"理路显然也是有着重要指导意义的。再如韩非子的"崇实尚用"，它虽然对人们的情感宣泄、精神消费持否定态度，但是这也可以使我们从反面看到我国古人对于文艺创作"言志"活动的现实维度的高度重视。显而易见，如果忽视了我国古人对于文艺创作所抒情志合法性的关注，那对他们对于"诗言志"观念的规约、改造与升华，也同样不可能有一个清醒的认识。

第四，严守"诗言志"的内在逻辑，对中国文论的理论旨趣展开探索，通过这一探索进一步彰示了中国文学的本土特色，以及"诗言志"观念对于中国文学的决定意义。众所周知，西方流行的是"模仿说"，其文学模式主要是叙事文学。中国流行的是"言志说"，其文学模式主要是抒情文学。虽然说抒情性与可感性乃文学创作最本质的特征，但是由于中西文学的明显差异，因此其抒情性与可感性的表现形式也必然各具特色。首先在抒情性上，西方文学主要是间接抒情，作家的情感往往是隐藏在故事叙述之后的。而中国文学则主要是直接抒情，尽管它也有物象或事象点染，但是相对而言，它的抒情性还是要更直接的。也正基此，所以我国文学有一个十分突出的特点，那就是极重写情兴。对于那些发自肺腑，不可遏抑，酣畅淋漓的情感，我国古人特别青睐。尽管这样的情感抒发常常打着返本复性的旗帜，但是强调情感的强烈浓郁，郁勃难抑，这也是与"情动为志"的"言志说"的本蕴高度相契合的。重视情兴，注重兴会，这实乃是从"诗言志"出发所得的必然结论。严羽的"兴趣说"之所以在高度肯定"读书""穷理"对于诗文创作的重要性的同时，对于"不落言筌""不涉理路"，"镜花水月"般的抒情形态极尽赞扬之能事，可以说正是以"言志说"主导下的中国文学善写情兴，崇尚兴会的审美追求为前提的。其次在可感性上，西方文学依据其叙事写人的特点，更为强调形象直观，而中国文学鉴于其情感宣泄的特点，更为倾向气象生动。它首先要求人的内在情志要充分血气化，化作人的生命情绪，然后再把这些生命情绪充分展现在作品的音韵、节奏、辞采与意象里。只有如此，才能使作品因饱含血气而充满生气，呈现出气象生动，真切可感的艺术魅力。这一涵蕴虽然在我国古代的"文气说"里并没有得到系统的阐发，充分的揭示，但是我国古人对此认识的还是有颇为清楚的。也正基于这一事实，所以我们认为王国维受西方"形象直观"说的启发，以可感不隔的"境界"为诗文创作最显著的标志，虽然大大弥补了我国传统文论的不足,并使其本人成为西方文论中国化,中国文论现代化的奠基人,但是由于他并没有选择"气象"这一更能体现中国文学"言志"特征的概念作为其核心范畴,致使他的文论建构最终也还是功亏一篑。

　　(二)旧文献新利用,对前人在一些文献材料上的不当看法进行大胆纠正。如在第一章第二节"论'诗言志'观念产生于西周之初"中,对于《左传·襄二十七年》"诗以言志"这一记载,有不少学者都在"诗"上加了书名号,写作"《诗》以言志",并以此为据,证明"诗言志"的观念产生于春秋赋诗之后,乃是由春秋时期的"赋《诗》言志"进一步引申出来的。针对前人的这一不当认识,笔者又对春秋赋诗的相关文献进行了重新梳理,借助《左传》"赋诗断章,余取所求"与"歌诗必类"等等记载,充分证明在"诗以言志"这一表述里,其中的"诗"字只能作"诗",指单个诗篇,而绝不能作"《诗》",指整部诗集。否则,与"赋诗断章""歌诗必类"等其他记载就会形成尖锐的矛盾。通过这一证明,就为"诗言志"观念至迟也出现在春秋之世找到了坚实的证据,从而也为我们进一步论证"诗言志"观念产生于西周之初埋下了一个重要铺垫。

　　再譬如在第二章第三节"'诗言志'与'孔子删诗'"中,面对《论语》也用逸诗的现象,有不少学者都认为如果《诗经》由孔子删定,那《论语》之中就不会有逸诗。对此,笔者指出《论语》之中虽有逸诗,但只有1首。从这首逸诗所在的原文看:"'棠棣之花,偏其反而。岂不尔思,室是远而。'子曰:'未之思也,夫何远之有'",孔子对这首诗完全持的是批判态度。这不仅不能说明孔子未曾"删诗",而且还恰恰证明由于孔子对这首诗所表述的观点有异议,于是遂把它删除了。十分明显,仅仅以《论语》之中出现了一首孔子所否定的逸诗为据,就从而认定孔子未曾"删诗",这样的论证逻辑显然太武断了。

　　再譬如在第三章第三节"'情兴'与'诗言志'"中,对于《礼记·乐记》中的这一表述:"人生而静,天之性也。感于物而动,性之欲也",有不少学者都引以为据,证明"赋比兴"之"兴"就是感物而动,触景生情。殊不知《礼记·乐记》的这一表述,紧接着还有以下话语:"夫物之感人无穷,而人之好恶无节,则是物至而人化物也。人化物也者,灭天理而穷人欲者也。于是有悖逆诈伪之心,有淫泆作乱之事……此大乱之道也。"通过这些论述不难发现作为儒家的重要经典,《礼记》对感物而动,触景而生的情感是完全否定的。孔子主张"哀而不伤,怨而不怒",可谓与《乐记》所载遥相呼应。儒家学者既然否定感物而动,触景而生的情感,那他们又怎么会把《诗经》中的"兴辞"理解为触景生情呢? 这显然是不可思议的。也正基此,所以笔者认为《礼记·乐记》中的这一表述也同样不能证明"比兴"之"兴"就是触景生情的意思,并且它还可以更进一步说明在当时儒家学者的观念里,是根本不可能出现以"触景生情"释"兴"的看法的。

再譬如在第四章第三节"从两汉文人的屈原评价看其对'离骚观'的接受"中,对于西汉后期至东汉前期这一阶段在士人身上所出现的"达则兼济,穷则独善"的"明哲保身"心理,有不少学者都持否定态度,认为这是知识分子受儒家忠君、中庸思想的影响而导致的怯于反抗、懦弱苟且的卑微人格的表现。而笔者认为这种"达则兼济,穷则独善"的"明哲保身"心理,乃是在西汉后期至东汉前期这一阶段儒学真正获得独尊的历史条件下,知识分子的独立意志因为受儒家尊重知识、尊重经典的思想指向的鼓舞而导致的对于自我角色、自我地位重新反思的结果。更准确地说,这实乃是知识分子人格觉醒,重视自我,敢于与最高统治者分庭抗礼的精神风貌的体现,将其视为两汉知识分子人格理想处于低谷的反映,这显然是很难说通的。由于对"达则兼济,穷则独善"的士人心理作了重新定位,这就使我们对于扬、班等人对于屈原'离骚观'的接受也获得了一个新的认识。

再譬如在第六章第一节"孔子的'兴观群怨'与'诗言志'"中,对于《周礼·春官·大司乐》"以乐语教国子兴道讽诵言语"这句话,有很多学者都喜把它读为:"以乐语教国子:兴、道、讽、诵、言、语。"这样,就把"兴道讽诵言语"看作了六种不同的表达方式。然而在笔者看来这句话的真正句读应该是:"以乐语教国子兴道:讽诵、言语。"再具体说,也就是所谓"乐语"即配乐的歌词,也即诗。"兴",即托诗言志。"道",即门道、方法。"以乐语教国子兴道",其意即以乐曲之诗教授国子,使他们学会托诗立言的技艺。"讽诵"即赋诗。"言语"即引诗,也即托诗而言、托诗而语。二者在表现形式上虽有不同,但是不管是言语引诗还是断章赋诗,两者都是托诗立言,这一点则是毫无疑义的。正因如此,所以《周礼》的作者才将"兴道"一分为二,划分为"讽诵""言语"两种形式。十分明显,经这一解释,不仅避免了前人将"兴道讽诵言语"一分为六的繁琐和无据,而且也与孔子的"兴观群怨"联系了起来,使我们对孔子的"兴观群怨"理论由此又获得了一个更深入的认识。

　　(三)积极发掘新的材料,对一些前人所忽视或重视不够的材料进行大胆采用。这也是本书得以成书的一个十分重要的原因。举例来说,如在第一章第一节"情志不同,志烈于情"中,对于《说文》有关"志"字"从心之声"的字形分析,尽管有不少学者也已看出这乃是"从心从之之亦声"的简略说法,"志"的本义乃是心有所之,心有所往,可是却皆未照此思路分析下去。而笔者则认为我们应当紧紧抓住"志"字另外还有"记忆""记载"之意的特点,进而分析:所谓"心有所之""心有所往"也就是心有牵挂、念念不忘的意思。因为心有牵挂、念念不忘,所以再加引申才有"记忆""记载"的意思。这样,通过对"志"的字形结构与其具有"记忆""记载"之意两者之间内在联系的分析,就把"志"的念念不忘,情感强烈的特征给凸示了出来。毫无疑义,如果不是情感强烈,念念不忘,从"志"的本义是无论如何也不会引申出"记忆""记载"的含义的。老子《道德经》55 章、33 章说:"心使气曰强","强行者有志",与此也同样是可以互为发明的。

　　再譬如在第二章第三节"'诗言志'与'孔子删诗'"中,我们列举了《左传》襄二十九年有关"季札观乐"的这样一段记载:"吴公子札来聘","请观于周乐。……为之歌《郑》,曰:'美哉! 其细已甚,民弗堪也。是其先亡乎!'为之歌《齐》,曰:'美哉,泱泱乎! 大风也哉! 表东海者,其大公乎! 国未可量也。'……为之歌《陈》,曰:'国无主,其能久乎?'自《邶(桧)》以下无讥焉。"对于这则材料中季札对于《郑风》《陈风》的贬评:"其细已甚,民弗堪也","国无主,其能久乎",应当说无论是"孔子删诗"的肯定论者还是否定论者都应看到了,可是千百年来也同样未有哪位学者把它与孔子是否"删诗"联系起来。笔者认为从《论语》中孔子的相关言论看,如"非礼勿听,非礼勿言","子不语怪力乱神",《诗》三百,一言以蔽之,曰:'思无邪'"等,"《诗》三百"在孔子眼中应当是无一不善的。可是众所周知,"季札观乐"时孔子已八岁。孔子八岁时,当时的诗歌文本还良莠不齐,而在孔子成年后,"《诗》三百"却已俨然变成篇篇合礼、语语无邪的圣典了,这其中的差别我们究竟应如何看呢? 毫无疑问,如果否定"孔子删诗",那对这一现象是很难作出合理解释的。

　　再譬如在第三章第一节"'比兴'与'诗言志'"中,由于刘勰对"比"的理论阐说很不明确,在这种情况下我们就理应把注意力转移到他所列举的大量例子上。可是长期以来学界对于刘勰"比兴"观的研究,却很少有学者对他所举之例一一核对过。笔者通过对刘勰所举之例的原始出处的一一检索,发现他所列举的例子几乎全部都是带有比喻词的,或者为"如",或者为"似",或者为"若"。这与唐人孔颖达所说的"诸言'如'者皆比辞也"显然是高度一致的。如此,通过对刘、孔二家在对"比"的理解上的高度一致性的确认,我们对刘勰"比兴"观的认识自然也就变得更为深刻了。

再譬如在第五章第一节"释'辞'"中,对于《周易·系辞传上》的这一说法:"书不尽言",圣人"系辞焉以尽其言",一千多年来对它有所接触乃至有所研究的学者也可谓不计其数,可是却从未有哪位学者注意到"书""辞""言"三者作为三种不同的表意形式,它们之间究竟有何区别。笔者根据这一表述自身的逻辑,据实指出"辞"乃一种既不同于"书",也不同于"言",但又能把"言"的丰富蕴含充分表达出来的特殊语体,这就为我们有关"辞"在上古的特殊含义的探索打下了一个良好的基础。可以毫不夸张地说,如果少了这条证据,则整个第五章有关"辞"的语体特征、文体特征的探索,其可信度就要大打折扣了。

再譬如在第七章第二节"汉乐府之罢与'诗言志'"中,我们列举了《毛诗序》的这样一段话:"诗者,志之所之也。在心为志,发言为诗……故正得失,动天地,感鬼神,莫近于诗。先王以是经夫妇,成孝敬,厚人伦,美教化,移风俗。"对这则材料,"五四"之后应当说很多研究《孔雀东南飞》的学者也都看到了。可是在解释《孔雀东南飞》的主题时,学者们却也同样把这则材料忽略了。否则,所谓"反封建反礼教""反家长制""反包办婚姻""恋儿情结",乃至"更年期综合症"等等解释也就不会出现了。本书对于《孔雀东南飞》主题的重新确立,当然靠的并不是这一则材料,但是毋庸置疑,这则材料对于《孔雀东南飞》主题的重获确立无疑也是具有极其重要的价值的。

(四)注重相关概念原始关联的探索,力避潜心枝叶,不顾本源。在中国古代文论的研究中,有一个现象十分突出,那就是研究者往往只注意对个别概念、个别称谓具体涵义的探索,而对相关概念、相关称谓之间的本源联系则缺乏重视。这也是导致中国古代文论传统论题研究停滞不前的重要原因之一。有鉴于此,所以笔者本书对古代文论中的一些相关名词的内在关联,也给予了特别关注。举例来说,如"兴"字,它在先秦两汉文论中就至少有两种用法,一是"赋比兴"之"兴",二是"兴观群怨"之"兴"。对于这两种用法的解释,可以说长期以来学者们也都是分别进行的。讲"赋比兴"的时候只讲"赋比兴",讲"兴观群怨"的时候只讲"兴观群怨",很少有谈到二者的统一性的。而笔者通过对"兴"字字形结构的分析,得出了"兴"的本义乃"托物使起"的结论,并以此为基础,把"兴观群怨"之"兴"与"赋比兴"之"兴"这两种用法间的内在联系也挖掘了出来。具体来说,也就是无论是"兴观群怨"之"兴"还是"赋比兴"之"兴",二者都是指对他者的依托。"兴观群怨"之"兴"是指依托于《诗》,"赋比兴"之"兴"是指依托于物。前者反映了上古先民对经典的取法,后者反映了上古先民对自然的仿效。十分明显,通过对二者统一性的挖掘,我们不仅可以使它们彼此互证,而且也使它们各自的涵义变得更为明确了。

　　再譬如"辞"字,在先秦两汉文学里也有多重用法。如《周易》"卦爻辞"之"辞","行人辞令""纵横之辞"之"辞","楚辞""辞赋"之"辞",以及"辞达而已""修辞立其诚""不以文害辞"之"辞"等。对于"辞"的这些不同用法之间的联系,前代学者虽也有所探索,但是他们的探索也同样都是很不充分的。笔者通过对"辞"的本义以及其他要素的综合分析,推出了"辞"在上古乃指一种曲托假借、长于修饰的特殊语体的结论。如此,就把"辞"在先秦两汉的不同用法统统联系了起来。就像上文对"兴"的探索一样,不仅实现了"辞"的各种不同用法间的彼此互证,而且也使它们各自的涵义由此变得更为显明了。比如孔子所说的"辞达而已",前人一般都将它理解为:言辞,就是为了要把人的思想明确表达出来啊!这样的认识大而言之固然也不算错,但是总让人感到有失笼统。现在弄明了"辞"在上古的特殊涵义,再来看孔子这句话就显豁多了。原来孔子虽然认为"言之无文,行而不远",但是对于"辞"的过分修饰、刻意雕琢,他也同样是持反对态度的。

　　再譬如"赋"字,在先秦两汉文学中它的用法也同样有很多。如"赋比兴"之"赋","断章赋诗"之"赋",古诗之"赋",以及"辞赋"之"赋"等。对于"赋"的这些不同用法背后的联系,前人的论释也同样有失薄弱。笔者通过对"赋"的本义,也即"赋敛"之意的分析,发现上古赋敛之制本来就是贡其本土所生,而不假外求的。由于探出了在"赋"的本义中本来就含有"不假于外"的成分,如此也就同样把"赋"的各种不同用法间的内在关联打通了。再明确说,也即是"赋比兴"之"赋"指不假于物,也即不假比兴,"断章赋诗"之"赋"指不假音乐,古诗之"赋"指可以配乐,但没有配乐的诗,"辞赋"之

"赋"指篇幅太长，无法配乐的诗，或者介于散文与诗之间的一种无法咏唱的新的文体。如此，各种用法都与"赋"的本义相联系，我们对"赋"的认识就也同样变得更全面了。

再譬如"气"字，涉及它的概念也同样极其繁多，如"浩然之气""气盛化神""文以气为主""情与气偕""气盛言宜""气象""气格""气骨""生气"等等。前人对于它们的解释也往往是各自为政的，罕有学者将以上诸"气"打通来认识。也正缘此，所以笔者本书也特对传统文献中"气"的各种含蕴作了重新梳理，并从中绎出了这样的结论：当"气"字用于人身时，它一般都指人的生理血气。但此生理血气也常常为人的情感活动所驱使，从而使这种生理血气一变而成一种心理血气。这也就是我们通常所说的血气情绪，它在本质上实际也就是人的内在情志所引起的血气反应。而以上所列所有那些概念中的"气"字便都是在这一意义使用的。如此以来，我们就也把孟子的"浩然之气"，《乐记》的"气盛化神"，曹丕的"文以气为主"，刘勰的"情与气偕"，韩愈的"气盛言宜"，以及其他诸如"气象""气格""气骨""生气"等等概念的内在含蕴全都统一起来了。不仅使这些概念彼此之间得以相互发明，而且也使我们对于"元气论"背景下的中国文学的"言志"特征有了一个更为深刻、更为全面的认识。

再譬如前人在解《离骚》之中的"女嬃""中正"与"求女"的含蕴时，也往往是各自为释的。由于未能将此三者有机联系起来，这就使我们在读《离骚》的后半部分时总是感到颇多疑惑。鉴此，笔者在对此三者作解时，便将三者全都放在了《离骚》一诗"以男女喻君臣"的大背景下来认识。首先，根据楚人"以姊为嬃"的旧俗，以及女嬃对于屈原不无关爱的詈语，笔者将"女嬃"定位为一位年事较高、涉世较深、做事圆滑，而又良心未泯，对屈原不乏关切之意的楚国老臣。而"中正"则是指屈原在受到女嬃不无善意的规讽责骂后，通过向重华陈辞，而从重华那里得到的"求女"自助的建议。由于屈原对大舜十分崇敬，因此对大舜的建议才以"中正"称之。而所谓"求女"则应如王逸所说，乃是"求贤臣"，即通过寻求其他贤臣的理解、帮助而改变自己在政治上孤立无援的危局。很显然，由于把此三者都放在了《离骚》"以男女喻君臣"的背景下，使它们得以互为贯通，互为映衬，这就使我们不仅加深了对此三者的理解，而且也使整个《离骚》的后半部分，因为这三者的彼此呼应而变得更加意畅词顺。

（五）对于人的社会实践，特别是言语活动的复杂性给予高度重视，力避机械武断，望文生义。众所周知，人类不仅是一种理性动物，也是一种感性动物，因此可以说人的所有社会活动都不可能是严格按照客观的理性、科学的逻辑进行的，言语活动更是如此。因此在理解与中国古代文论相关的文献材料时，笔者认为对于这些历史文献所承载信息的复杂性也必须予以特别关注，力避前人研究的不周延。举例来说，如第三章有关"兴"的认识，有不少学者都喜把"赋比兴"之"兴"理解为"触景生情"，这显然是带有望文生义之嫌的。因为触景生情固然是先写外物，然后再说人事，但师法自然也同样是先写外物，然后再说人事，先物后人的表述形式与触景生情显然并不是一对一的关系。在这种情况下仅凭直觉就武断地认为这种先物后人的语言形式就是触景生情的体现，这样的结论显然太草率了。

再譬如第二章在对孔子是否有"删诗"权力问题的探讨上，有不少学者都认为孔子一生仕途坎坷、身在草野、地位低下，因此他是没有资格"删诗"的。殊不知春秋而下，王权衰落，士人崛起，文化下移，中国文化正是靠这些无权的士人传播下来的。我们知道，在中国历史上，从现有的文献看孔子是第一个大力宣传《诗》三百的。从孔子之后的用诗情况看，哪部著作与孔子的关系越密切，与儒家的关系越亲近，哪部著作所用逸诗比率就越小。从这里我们就足以看出孔子在先秦的文化影响是多么巨大的。又，从整个先秦的用诗情况看，在孔子之前除了本国人的称诗外，那些非显贵地区的诗歌是从来都不被赋引的。但是在孔子之后，那些非显贵地区的诗歌，如《魏风》《齐风》和《秦风》等，不仅屡次被引用，而且也全都出现在那些儒家的文献里，如《孟子》《荀子》和《礼记》等，这与孔子对"《诗》三百"的经典化以及儒家后学对于孔子的尊崇显然也是密不可分的。孔子在先秦既有如此之大的影响，我们又怎能单凭后世中央集权力量的加强、布衣之士文化影响力的降低就从而否定孔子有资格"删诗"呢？更何况在《论语》中还明确载有孔子"正乐"的话，孔子既敢"正乐"，难道就不敢"删诗"吗？这显然也是不待明言的。足见以孔子在当时的政治地位、社会地位之低，来否定孔子"删诗"，这样的逻辑理路也同样太机械了。

再譬如第五章有关"赋"的探讨，有不少学者都认为汉大赋的"曲终奏雅"乃是志在讽谏，或者也可能是作家内心矛盾的反映。志在讽谏或作家内心有矛盾，固然都可呈现为"曲终奏雅"的型态，但骋才宣情，炫示藻采，追求淋漓尽致、登峰造极的超越感也同样可以以"曲终奏雅"为掩护。表象虽只一个，但形成这种表象的原因却很多，面对这种情况我们显然也是不能轻下结论的。

再譬如第七章有关汉乐府设立时间的探讨，在上世纪 70 年代之前学术界几乎一直认为不仅汉乐府，而且乐府也是由武帝首立的。可是自 1977 年在秦始皇墓附近发现了一件刻有"乐府"二字的秦编钟后，情况就发生根本变化了。学者们不仅一致认为乐府机关自秦代已有，而且连汉乐府乃由武帝所立这一历史记载，也几乎没有学者再愿相信了。本来依照常理，刻有"乐府"字样的秦代编钟的出现，只能说明秦时已设乐府，它与汉乐府的设于何时乃是两个不同性质的问题。可是为什么在学术界得知秦代已设乐府之后，会在汉乐府设立时间的认定上产生如此之大的变化呢？十分明显，这显然也是将历史看作直线发展的机械唯物主义理念在作祟。任何一个民族的历史都是这个民族的社会实践史，在绝大多数情况下它们的发展都不可能是直线式的。在其发展过程中必会有曲折，有断裂，而且恐怕还常常会出现一些非理性的东西。既是如此，则不难得知秦代已有乐府机构，并不代表汉初就一定也有。在汉乐府乃由武帝所立与秦代已设乐府机关之间，是并没有什么矛盾可言的。如果因为乐府机关秦代已有，就从而认定汉乐府也必在汉初已立，这样的思想理路也同样是十分幼稚的。

再譬如第八章有关严羽"兴趣说"的讨论，对于严羽的"镜花水月"之喻，有不少学者都把它当作形象思维问题来认识，认为严羽这里所讨论的乃是情景交融，借景抒情问题。"镜花水月"之说，常常被后人借以说明情与景的关系，这固然不假，但是严羽的"兴趣说"，所主要讨论的乃是"兴趣"，也即"情兴""兴会""兴致""意兴"，与读书、穷理之间的关系。如何使情（兴）、书（言）、理（意）三者密切交融在一起，使作家的语言素养、理性洞识不要游离于情感之外，这才是严羽所要着重探讨的问题。所谓"不涉理路，不落言筌"，"言有尽而意无穷"，其实讲的也就是这一意思。所谓"言有尽"也即是指语言表达不枝蔓，不外溢，不要对情感形成遮蔽，而要完全融化在情感里。只有如此才算达到了"不落言筌"。所谓"意无穷"，也同样是指作家的理性认识不要直接展露出来，而要使它彻底融化到情感中，让读者在情感陶醉中自己去体味。只有如此才会感到余味无穷，发人深思，也只有如此才算达到了"不涉理路"的境地。严羽之所以如此强调情（兴）、书

（言）、理（意）的统一，如此崇尚诗文情感对作家才学理识的兼容，他显然乃是针对以才学为诗，以议论为诗，以文字为诗的宋代文学流弊而发的。宋代文学首先欠缺的是文学的抒情性，而并非是情感抒发与景物描写的分离。把"镜花水月"误认作是对情与景、意与境、心与物的关系的比喻，这样的理解显然也同样是带有望文生义之嫌的。

除了以上五个方面的努力，另外本书在结构设置与内容安排上，还有以下三点也需注意：一是由于本书指向所在，对前人在相关论题上的看法作了大量列举。其目的一方面固然在展现前人认识的分歧，说明前人对这些传统论题的看法不统一，宣示对这些传统论题再作进一步探讨的必要性，另一方面也意在呈现前人的研究已达什么程度，标明笔者对相关论题的研究究竟是在什么样的背景下进行的。换句话说，也就是本书对于前人观点的罗列完全是出于学术研究的需要，而并非是为了炫耀自己如何超越了前人。

二是本书的内容涉及考证的比重比较大，这也同样是基于问题阐发的需要而不得不然的。因为笔者本书所挑选的论题，都是传统的热点疑点难点问题，可以说要想就其中任何一个论题展开探索，并从中抽绎出比较可信的观点，推演出比较可靠的结论，离开了深入、系统的考证，都是寸步难行的。在这其中尤为突出的，如《商颂》究竟是商诗还是宋诗，孔子究竟是否有过"删诗"之举，汉乐府究竟是否由武帝首立，王国维的"有我""无我"究竟是何意等，如果对这类问题考不出一个可信的答案，那以它们为基础的有关我国先民对于"诗言志"观念的建构、升华与深化的探讨，也就根本无从谈起。而如果有关这类问题的考证得以顺利进行，那我国先民对于"诗言志"观念的建构，其情状如何也就不言自喻。

三是鉴于本书的内容比较复杂，因此在章节安排上虽以时间为主，但同时也兼顾逻辑关联与以类相从的原则。举例来说，譬如第一章是直接探讨"诗言志"的本意以及"诗言志"观念产生的时代的，由于无论在时间上还是逻辑上，"诗言志"观念对中国文学都居统领地位，所以自然要把它放在第一章。由第一章出发，本书主要讨论了两大方面的问题。一是我国先民对"诗言志"观念的升华，二是我国先民对"诗言志"观念的深化。如前所说，所谓升华主要是针对文学创作的社会价值讲的，所谓深化主要是针对文学创作的审美特征讲的。由于我国先民极重文学的社会价值，而对文学审美属性的探讨则要相对迟后些,所以我们便把这部分内容放在了全书最后一章。再譬如第六章"诸子文论与'诗言志'",如果仅以时间论,它显然应该放在第三章,紧承第二章"'《诗》三百'的成书与'诗言志'"之后。但是由于现在的第三章"'兴'与'诗言志'"所讨论的"比兴"问题,不仅与《诗》三百"的关系也很密切,而且从逻辑关系看,对于"兴"的问题的解决也是我们进一步认识第六章第一节"孔子的'兴观群怨'与'诗言志'"的基础,所以我们经过反复权衡,便把二者的次序颠倒了一下。而在作了这样的调整后,由于第四章《离骚》与'诗言志'"的第一节"'男女君臣之喻'与'兴'的发展",讨论的也是"兴"的问题,而第五章"辞赋与'诗言志'"不仅与第四章密切相关,而且有关"辞赋"问题的探讨,在逻辑上也同样是我们进一步认识第六章第二节"孟子的'以意逆志'与'诗言志'"的基础,所以经过再三考虑,我们最终还是把"诸子文论与'诗言志'"放在了第六章。再譬如第三章中间两节"'兴寄'与'诗言志'""'情兴'与'诗言志'",如果按照时间顺序,我们也同样应将其放在最后一章,因为无论是"兴寄"还是"情兴",它们都是魏晋之后才产生的概念,但是考虑到二者也以"兴"命名,并且前人对于"比兴"的认识,也常常总与"兴寄""情兴"夹缠在一起,如果不把它们弄清楚,对"比兴"也同样不会有准确的认识。有鉴于此,所以经过反复比较,我们最终仍选择了目前的顺序。再譬如第八章第一节"'兴趣说'对'诗言志'观念的深化",如果依照时间顺序,我们也同样应把它与第二节"'文气说'对'诗言志'观念的深化"的位置调换一下。但是由于"兴趣说"乃遥承上文"情兴说"而来,乃是对"情兴说"的进一步展开,而"'文气说'对'诗言志'观念的深化",与下文第三节"'境界说'对'诗言志'观念的深化"关系也同样很密切,所以我们之所以作目前的安排,也依然是有其内在依据的。

第一章　"诗言志"新说

第一节　情志不同,志烈于情

"诗言志"是中国古典文论的开山纲领。清人刘毓崧云:"千古诗教之源,未有先于'言志'者矣。"[①]所言是十分确当的。众所周知,"诗言志"三字最早出现在《尚书·虞书·舜典》里:"帝曰:'夔,命汝典乐,教胄子。……诗言志,歌永(咏)言,声依永(咏),律和声,八音克谐,无相夺伦,神人以和。'夔曰:'于,予击石拊石,百兽率舞。'"[②]对于"诗言志"之"志"的含义,学界历来有两种解释:一是"情""志"不分,"情"与"志"二者乃是同意的;二是"情""志"对立,"情"指人的内在情感,而"志"则指摆脱了情感纠割的德性认识。前一种看法主要流行于中国古代,如陆机《文赋》李善注:"诗以言志,故曰缘情。"[③]江盈科《雪涛诗评》:"'诗言志',志者心之所之,即性情之谓也。"[④]袁枚《随园诗话》:"千古善言诗者,莫如虞舜教夔典乐,曰'诗言志',言诗之必本乎性情也。"[⑤]等等。后一种看法主要流行于"五四"以后,新世纪以来虽然学者们越来越倾向前一看法,但持后一看法的学者也仍不少。如有的学者说:"从我国最早的文学观念'诗言志'的提出就可以看出,'志'为第一要素,而不是'情'为第一要素。……'志'是指理想、抱负,更多的是政治伦理道德方面的内容,虽然它也包括情感,但是,与情感没有必然的联系。"[⑥]还有学者认为:"'诗言志'强调的是文学对社会的反映、对社会的作用,而'诗缘情'着眼的是文学对个人情感的抒发、对个人情感的宣泄

---

① 刘毓崧《古谣谚序》,杜文澜《古谣谚》,中华书局,1984年,第1页。
② 孔颖达《尚书正义》卷3,孔颖达等《十三经注疏》,中华书局,1980年,第131页。
③ 李善等《六臣注文选》卷17,中华书局,2012年,第312页。
④ 江盈科《雪涛诗评·用今》,《江盈科集》,岳麓书社,1997年,第797页。
⑤ 袁枚《随园诗话》卷3,江苏广陵古籍刻印社,1998年,第49页。
⑥ 胡经之、李健《中国古典文艺学》,光明日报出版社,2006年,第215页。

与排遣。"①等等。那么,作为中国诗歌开山纲领的"诗言志",其涵义究竟何在呢?若严格而论,其实即使认为"情""志"不分、异名同谓这样的看法也同样是不够准确的。因为根据种种材料来看,与"情"相较,"志"的反应显然要更为强烈。把它仅仅等同于一般情感,这样的看法很值得商榷。

一、"情动为志"说的提出及其学术价值

我们知道,在中国文论史上最早指出"情""志"不分的是唐代的孔颖达,但他不是对"诗言志"讲的,他是在解释《左传》的"六志"《礼记》何以写作"六情"时讲的。严格说来,它与"诗言志"并没有多大联系。《左传》昭二十五年云:"民有好恶、喜怒、哀乐,生于六气。是故审则宜类,以制六志。"孔颖达正义云:"此六志,《礼记》谓之'六情'。在己为情,情动为志,情、志一也。"②显然,孔颖达的评述包含两层意思:第一,"情""志"之间是有区别的;第二,但从广义讲,二者又是可以不加区分的。孔颖达的话虽不是针对"诗言志"而发,但无疑认为"诗言志"就是"诗言情"的看法是受到了它的启发的。只是这种启发只限于"情""志"统一的一面,"情""志"的区别并没有得到应有的重视。如果说对《左传》的"六志"和《礼记》的"六情"我们还可以不加分别的话,那么,在"诗言志"这一中国古代诗歌的开山纲领里,我们对"情""志"的异同就不能不予以区分。因为这牵涉到了古人是如何看待诗歌创作的问题,这个问题在中国古代文论里无疑是非常重要的。

那么,"在己为情,情动为志"这句话对于"情""志"的异同到底作了怎样的解释呢?顾名思义,在孔颖达眼里,"志"字显然不指一般的情感,它应该是对情感的强烈状态讲的。"情动"即情感已经强化到了十分热烈的程度,它已超出了个人的可控范围。当个人还可以驾驭情感时,这种情感就是"在己",也即还在自己的控制范围内。这时候可以称"情",而不可称"志"。但当它超出了个人的控制范围,达到了比较强烈的状态时,就不能再称"情",而只能称"志"。又,在《毛诗正义》中,孔氏还有类似的话:"志之所适,外物感焉","感物而动,乃呼为志","作诗者,所以舒心志愤懑,而卒成于歌咏"③。所述显然也是同样的意思。

---

① 赵树功《气与中国文学理论体系构建》,人民出版社,2012年,第430页。
② 孔颖达《春秋左传正义》卷51,孔颖达等《十三经注疏》,中华书局,1980年,第2108页。
③ 孔颖达《毛诗正义》卷1,孔颖达等《十三经注疏》,中华书局,1980年,第270页。

如果孔颖达所说不错,这显然是非常有意义的。因为早在先秦那么久远的时代我国先民就提出了"诗言志",就对诗歌创作的本质内蕴认识得如此透彻,这确乎是非常可喜的。这不仅较外国与此类似的诗歌理论早出好多年,就是较陆机《文赋》"诗缘情而绮靡"①的理论也早出很多世纪。而这一点,却是那些认为"诗言志"就是"诗言情"的论者们,所均无论及的。

二、从字形分析看"志"的本义

那么,上古先民对于诗歌创作的认识真有这么透彻吗?问题的关键乃在于要弄清孔颖达的这一认识究竟有没有依据。如果这仅是孔氏个人的看法,则我们上文所作的阐述就很难成立。虽然在这方面我们所掌握的材料并不是太多,但是对于落实孔颖达的看法,应当说还是相当充分的。

首先,从字形上来分析。《说文解字》说"志"的结构是"从心之声",这一表述显然是并不完善的。因为根据《说文》段注的理论,这显然应该是"从心从之,之亦声"的省略形式。"志"字不仅是一个形声字,它同时也是一个会意字。闻一多《歌与诗》说:"志"字从心从止下一,"从止下一,像人足停止在地上",所以"志"的本义就是"停止在心上","停在心上亦可以说是藏在心里",因此"'志'有三个意义:一、记忆;二、记录;三、怀抱"②。对此朱自清《诗言志辨》不仅十分赞成,并且还据此进而认为"诗言志"就是诗言"怀抱"的意思③。既是如此,则显而易见,说"志"字同时也是一个会意字,这显然并非笔者一家的认识。

但是,值得注意,闻先生把"志"当会意字,这固然没错,可是他对"志"的字形分析却是很不恰当的。《说文解字》把"志"上之"士"看作"之",而闻一多偏说是"止(屮)下一"。"止(屮)下一"就是"之":"'止(屮)'为人足趾形,是'趾'的初文,'一'是个字缀,指地面之起讫点,表示人足于地面起讫点有所往义。《尔雅·释诂》:'之,往也。'当为其初义。"④这早已是学界已成定论的东西。《说文解字》说:"之,出也",也基本是正确的,但它认为"之"象草从地上生出之状,显然是把"止(屮)下一"的"止(屮)"符,误作了

---

①张少康《文赋集释》,人民文学出版社,2002年,第99页。
②闻一多《神话与诗》,上海人民出版社,2006年,第151页。
③朱自清《诗言志辨》,华东师范大学出版社,1996年,第2页。
④李圃《甲骨文字学》,学林出版社,1995年,第232页。

草苗之形,二者在古文中是十分相近的。总之,"志"的本义就是心有所往的意思,有所往也就是有所运动,有所牵挂,有所钟情,有所执着之意,用孔颖达的话说也就是"情动为志"。《孟子·公孙丑上》:"夫志,气之帅也。"赵岐注:"志,心所念虑也。"①《礼记·学记》:"一年视离经辨志。"郑玄注:"辨志,谓别其心意所趋向也。"②对于"志"的本义应当说讲的都是很清楚的。由于心有所趋,饱含牵挂,念念不忘,所以加以引申才有记忆、记录之义。蒋人杰说:"《徐笺》:'志'本古文,假借作'识'耳。……戴氏侗曰:心之所注为志,志在焉而不亡(忘),故因为纪(记)念之义,与'识'通用,又为志(誌)载、铭志(誌)。"③应当说讲的是非常有见地的。

　　用"止"来表示运动,这在汉字中是一个十分常见的现象,如在甲骨文中,"前"即"舟"旁一个"止",表示船只在前进;"出"即地穴口(凵)一个"止(屮)",表示已经离穴而去;"正"——"征"的初文——即"一"下一个"止",表示前往某一目的地去征讨;"武"即"戈"旁一个"止","止"表示步行前进,合起来象征用武力去征讨敌人;"走"即一个倾头甩臂的人形下一个"止",表示此人在跑动;"奔"即一个倾头甩臂的人形下三个"止",表示该人在狂奔等等。由此可知,古人训"之"为"往"、为"动"是非常正确的。"之"字既然表示"往""动","志"字从心从之,自然也应是心有所往、心有所动之意。可见,孔颖达所言确实不虚,而闻一多的看法则是有失偏颇的。

　　所以,在汉语中"志"的涵义虽多种多样,如"意志""志气""情志""志意""志愿""记忆""记录"和"记载"等,但只有"意志"和"志气"才是在"志"的本义上使用的,才真正代表作为一种特殊的情感,"志"所具有的不可控抑的特质,而"情志""志意"和"志愿"则都不外是"志"的泛化,它们与"情"已并无多大区别。至于"记忆""记录"和"记载",则更是"志"的引申,它们与"志"的本义,其关系无疑就更疏远了。但是也恰恰正因其关系疏远,反过来更能印证"志"的本义。试想如果不是感情强烈到了极点,让人朝夕牵挂、念念不忘,从"志"的本义中又怎么会引申出"记忆""记录"和"记载"的含义?这显然是很难想象的。

　　当然,关于"志"的情不可遏的本义,古今论者所以鲜有论及,这与《说

————————————

①焦循《孟子正义》卷6,中华书局,1987年,第196页。
②朱彬《礼记训纂》卷18,中华书局,1996年,第547页。
③蒋人杰《说文解字集注》,上海古籍出版社,1996年,第2203页。

文》对于"志"的解释太过笼统显然也有密切的联系。《说文·心部》曰："志,意也。"这样的解释显然太简略了。不错,"志"与"意"也确实有其相通的一面,但是二者也有差异。无视二者有同有异的实际,而将二者完全等同起来,这样的诠解显然太过随意。其实,关于"志"的情不可遏的特质,在文献中并不难找到根据。譬如孔子说"三军可夺帅也,匹夫不可夺志也"[①],这一表述就很能展现"志"的情不可遏的涵义。又,老子《道德经》55章、33章说:"心使气曰强"[②],"强行者有志"[③]。这就更足说明以情不可遏、情感强烈释"志",确乎于古有据。不仅如此,"志"不同于一般的情感,这一特点即是在现代生活的语境里也同样可以得到证实。譬如对于音乐的一般爱好,我们只能说对于音乐有一些情感罢了。但是当这一爱好达到了执着的程度,这恐怕就只能用"有'志'于音乐艺术"来形容了。也正基于以上事实,所以我们认为《说文》"志,意也"的解释是并不准确的。只有将其表述为"志,情烈也",方能说真正抓住了"志"的本旨。

有很多学者都认为"志"以理性认识为基础,伴有很多理性成份。尽管如此,但它毕竟还是一种情感,理性认识只不过使这种情感更加强化罢了,而且愈是遥远的古代,这种理性认识就越稀微。《说文解字》说:"情,欲也。"由此而论,"情"也并非不含理性因素,作为一种欲望,它也同样可以包含一些理性成份。"情动为志",欲望强烈了就是"志",严格来讲,孔颖达的这一解释确实是非常深刻的。它不仅可以帮助我们弄清"情""志"的区别,而且也使我们对于上古诗歌的创作特质产生一个更为明晰的认识。

三、"情动为志"的文献依据

字形分析只能为"诗言志"本义的探索提供初步的根据,要弄明"诗言志"之"志"究竟是不是从"志"的本义来讲的,我们还要在文献中找依据。"情动为志"在文献中也有所本,对此我们也是不难证明的。

首先来看"六志说"的原文。《左传》昭二十五年载子产之言曰:"民有好恶、喜怒、哀乐,生于六气(杜预注:此六者,皆禀阴阳、风雨、晦明之气),是故审则宜类,以制六志。哀有哭泣,乐有歌舞,喜有施舍,怒有战斗。喜

---

① 杨伯峻《论语译注》,中华书局,1980 年,第 95 页。
② 高明《帛书老子校注》,中华书局,1996 年,第 96 页。
③ 高明《帛书老子校注》,中华书局,1996 年,第 404 页。

生于好,怒生于恶,……哀乐不失,乃能协于天地之性,是以长久。"①孔颖达的"在己为情,情动为志"就是对此而发的。"好恶、喜怒、哀乐"六者,明明是"情",而《左传》一书却偏称为"志"。原来古人在指称某一对象时,如其侧重点不同,其称谓也是有异的。从这段话后面的叙述看,"喜怒哀乐"显然都是比较强烈的情感。试想哀而哭泣,乐而歌舞,喜而施舍,怒而战斗,这怎么能是一般的"好恶"呢?也正基此,所以我们认为《左传》之称也是很有道理的。孔颖达在此之所以说"情动为志",可以说也正是看出了其中的端倪。至于《礼记》所以把"六志"称为"六情",这显然是语言环境的变化所导致的。有关这一点,只要我们看看它的原文就不难得知。《礼记·礼运》:"何谓人情?喜怒哀惧爱恶欲七者,弗学而能。何谓人义?父慈子孝,兄良弟弟(悌),夫义妇听,长惠幼顺,君仁臣忠,十者谓之人义。"②《礼记》说的本来是"七情",孔颖达由于行文方便,所以称"六情"。具体数目虽有出入,但这并不影响经文的含蕴。将《礼记》《左传》稍加对照,即不难看出它们的语境确实颇有不同。明白于此,那么,《礼记》《左传》的称谓之所以产生变化,其中的缘由也就不难得知了。

　　下面再看一个更典型的例子。《诗大序》云:"诗者,志之所之也。在心为志,发言为诗。情动于中而形于言;言之不足,故嗟叹之;嗟叹之不足,故永(咏)歌之;永(咏)歌之不足,不知手之舞之,足之蹈之也。"③仔细阅读这节诗论,我们至少可以看出以下三点寓意:第一,"志"就是心有所往的意思。《毛诗序》的作者云:"诗者,志之所之也",这正说明他也是认为"志"字是从心从之的。因为"志之所之"也即"志之所往",这明显带有拆字解义的意味。第二,情动为志。在这段文字中上文说"诗者,志之所之也。在心为志,发言为诗",下文说"情动于中而形于言",从上下文的逻辑看,这里显属换词为意。再具体说,也就是"情动于中"就是指"志"而言的。"情动"如果不是指"志"而言,那"志之所之"在下文也就失去照应了,或者换句话说,那上下文的文意就很不连贯了。有的学者认为《毛诗序》这段话包括"诗言志"和"诗言情"两个命题,这一认识显然是片面的。第三,"诗"是"志"的必然产儿。虽然《毛诗序》的作者并没有明说"诗"是诗人"情动于中",不得不

①杨伯峻《春秋左传注》,中华书局,1990年,第1458~1459页。
②朱彬《礼记训纂》卷9,中华书局,1996年,第345页。
③孔颖达《毛诗正义》卷1,孔颖达等《十三经注疏》,中华书局,1980年,第269~270页。

发的产物,但从下文"嗟叹","永(咏)歌","手之舞之,足之蹈之"的不能自主的情况看,"情动于中而形于言"显然乃是一种情不得已的行为。又,在上文《尚书·虞书·舜典》里,也有"予击石拊石,百兽率舞","无相夺伦,神人以和"的话,这也同样可以证明诗歌对于"志"的宣泄乃是不能自已的。基此以断,不难发现"诗言志"显然要比"诗言情"更能揭示诗歌创作的深层意蕴。诗歌创作乃是诗人强烈情感的宣泄,这一点在那么遥远的古代就已为我国先民所认识,这无疑是十分可贵的。

由以上所说不难看出,"诗言志"之"志"在古人眼里确乎乃指一种强烈的情感,它和一般人所说的"情"并不是一回事。那么,这样分析是否过于拔高了古人的认识呢?完全不是。因为在当时有很多人也都提出过类似的看法。如孟子说:"困于心,衡(横)于虑,而后作。"(《告子下》)对此赵岐解释说:"困瘁于心","横塞其虑于胸臆之中",而后发为"愤激之说也"[①]。荀子说:"天下不治,请陈佹诗。"(《赋篇》)清王先谦《荀子集解》释此两句之意说:"荀卿请陈佹异激切之诗,言天下不治之意也。"[②]又,屈原说:"惜诵以致愍兮,发愤以杼(抒)情。"(《惜诵》)[③]又,司马迁说:《诗》三百篇,大抵贤圣发愤之所为作也。此人皆意有所郁结,不得通其道也,故述往事,思来者。"(《太史公自序》)[④]又说:"屈平疾王听之不聪也,谗谄之蔽明也,邪曲之害公也,方正之不容也,故忧愁幽思而作《离骚》。"(《屈原贾生列传》)[⑤]又,王褒也谓:"传曰:诗人感而后思,思而后积,积而后满,满而后作。"(《四子讲德论并序》)[⑥]等等。由以上论述不难察知,认为诗歌创作乃系人的强烈情感的渲泄活动,这显然并不是哪一家的见解。

不仅如此,从《诗经》的相关文句看,说"诗言志"之"志"乃指人的强烈情感,也同样于古有据。在《诗经》中,有很多自明作诗缘由的句子,如"维是褊心,是以为刺"(《魏风·葛屦》),"心之忧矣,我歌且谣"(《魏风·园有

---

① 焦循《孟子正义》卷 25,中华书局,1987 年,第 871 页。

② 王先谦《荀子集解》卷 18,中华书局,1988 年,第 480 页。

③ 洪兴祖《楚辞补注》卷 4,中华书局,1983 年,第 121 页。

④ 司马迁《史记》卷 130,上海古籍出版社,1997 年,第 2487 页。

⑤ 司马迁《史记》卷 84,上海古籍出版社,1997 年,第 1900 页。

⑥ 张少康、卢永璘《先秦两汉文论选》,人民文学出版社,1996 年,第 418 页。

桃》）①，"夫也不良，歌以讯之"（《陈风·墓门》）②，"是用作歌，将母来念"
（《小雅·四牡》）③，"家父作诵，以究王讻"（《小雅·节南山》）④，"作此好
歌，以极反侧"（《小雅·何人斯》）⑤，"君子作歌，维以告哀"（《小雅·四
月》）⑥等等。所有这些显然也都是就人的不能自已的情感来立论的。孔
子提倡"哀而不伤，怨而不怒"，无疑也是因为认识到了诗歌创作乃是人的
强烈情感的渲泄活动，不加限制就会有伤中和，所以才促使他发出这样的
呼唤。

　　诗歌创作乃人的强烈情感的渲泄活动，由于上古诗乐不分，所以这一
认识也体现在当时的乐论里。如《孟子·离娄上》说："仁之实，事亲是也；
义之实，从兄是也。……乐（歌乐）之实，乐（悦乐）斯（此）二者，乐（歌乐）则
生矣。生则恶（何）可已（止）也？恶（何）可已（止），则不知足之蹈之，手之
舞之。"⑦又，荀子《乐论》说："夫乐者，乐也，人情之所必不免也。"⑧又，《礼
记·乐记》说："乐者，音之所由生也，其本在人心之感于物也。""感于物而
后动"，"人心之动，物使之然也"。"情动于中，故形于声，声成文，谓之
音"⑨，故"唯乐不可以为伪"⑩。又，董仲舒《春秋繁露·楚庄王》说："乐者，
盈于内而动发于外者也。"⑪等等。不难发现，当时人对于"乐"的认识与他
们对于"诗"的认识，其基本观点实是高度相呼应的。并且也同是基于对音
乐创作情感特质的清醒认识，所以和孔子宣扬"哀而不伤，怨而不怒"一样，
当时的音乐论者也齐声共唱，主张要"以礼制乐"。如《乐记》云："乐者，所
以象德也。礼者，所以缀（辍）淫也。"⑫又，荀子说："人不能不乐，乐则不能
无形，形而不为道，则不能无乱。先王恶其乱也，故制《雅》《颂》之声以道

①朱熹《诗集传》卷5，上海古籍出版社，1980年，第63～64页。
②朱熹《诗集传》卷7，上海古籍出版社，1980年，第83页。
③朱熹《诗集传》卷9，上海古籍出版社，1980年，第101页。
④朱熹《诗集传》卷11，上海古籍出版社，1980年，第129页。
⑤朱熹《诗集传》卷12，上海古籍出版社，1980年，第144页。
⑥朱熹《诗集传》卷12，上海古籍出版社，1980年，第149页。
⑦焦循《孟子正义》卷15，中华书局，1987年，第532～533页。
⑧王先谦《荀子集解》卷14，中华书局，1988年，第379页。
⑨朱彬《礼记训纂》卷19，中华书局，1996年，第559～560页。
⑩朱彬《礼记训纂》卷19，中华书局，1996年，第582页。
⑪苏舆《春秋繁露义证》卷1，中华书局，1992年，第20页。
⑫朱彬《礼记训纂》卷19，中华书局，1996年，第575页。

(导)之,使其声足以乐而不流,使其文足以辨而不諰。"①等等。彼此对照,不难发现其基本理路实可谓是如出一辙的。

由以上论述足以看出,说古人早在先秦就已认识到诗歌是人的强烈情感的不能自已的渲泄活动,这确乎不为呓语。特别是在当时古人以文传世的思想还很不流行,古人作诗并不是"为赋新诗强说愁",从而博得声誉和青睐,他们的作诗完全是一种不得已的自然而然的行为。试想如果不是情感强烈、不得不泄,对他们的作诗目的我们还能作怎样的解释呢? 有的学者说,诗歌最初的目的只是为了"记忆",甚至还举出《诗经·豳风》中的《七月》作例子②,这一看法固然不能说完全错误,但是只要将它与《诗经》中包括《七月》在内的所有诗作比较一下,就不难看出它是多么片面的。诚然,以"记"释"志",把"诗言志"理解为"诗记物"在古籍中也并非全无根据。如《管子·山权数》:"诗者,所以记物也。"③《新书·道德说》:"《诗》者,志德之理而明其指,令人缘之以自成也。"④等等。 表面看来,这些记载好像颇能证明诗歌创作就是为了以备遗忘,然而只要我们读读它们所在的原文,就不难发现这些古籍所载也同样是牵强附会。如前者曰:"诗者,所以记物也。时者,所以记岁也。春秋者,所以记成败也。"(同上)后者曰:"《书》者,著德之理于竹帛而陈之令人观焉。……《诗》者,志德之理而明其指,令人缘之以自成也。……《春秋》者,守往事之合德之理与不合而纪其成败,以为来事师法。"(同上)"记""著""志""纪"四者同义。彼此对照,不难发现无论是《管子》还是《新书》,它们都抹杀了诗歌与其它文体的差别。这样的认知理路显然是不足为据的。

四、"诗言志"与《诗经》、楚辞中的抒情用语

古人作诗完全是一种情感宣泄行为,它的情不自禁特征表现的是非常鲜明的,上文所列古人评述可以清楚展示这一点。从文学发展的实际情况看,也同样应该是这样的。《汉书·艺文志》说上古民歌皆"感于哀乐,缘事而发",可谓正是对这一情况的精辟总结。有关这一点,我们通过《诗经》、

---

①王先谦《荀子集解》卷14,中华书局,1988年,第379页。
②闻一多《神话与诗》,上海人民出版社,2006年,第151页。
③黎翔凤《管子校注》卷22,中华书局,2004年,第1310页。
④王洲明、徐超《贾谊集校注》,人民文学出版社,1996年,第328页。

楚辞的词汇分析也同样可以得到证实。

据有关专家考证,《诗经》、楚辞之中尤多抒情用语。前者如:"不殄心忧""心亦忧止""我心则说(悦)""我心伤悲""我心忧伤""我心惨惨""我心悠悠""悠悠我心""悠悠我思""我心写兮""中心摇摇""中心如醉""中心如噎""中心悁悁""中心怛兮""中心吊兮""忧心殷殷""忧心烈烈""忧心孔疚""忧心有忡""忧心靡乐""忧心且悲""忧心且伤""忧心忡忡""忧心惙惙""忧心悄悄""忧心钦钦""忧心愈愈""忧心弈弈""忧心恫恫""忧心如醉""忧心如熏""劳心忉忉""劳心怛怛""劳心博博""以慰我心""涕既陨之""辗转反侧""我心匪石,不可转也""我心匪席,不可卷也""知我者谓我心忧,不知我者谓我何求"等等。后者如:"愁叹苦神""忧心不遂""悲莫悲兮生别离""心郁郁之忧思""伤余心之忧忧""心怛伤之憺憺""结微情以陈词""怀朕情而不发""余焉能忍与此终古""魂一夕而九逝""万变其情岂可盖""志沈菀而莫达"等等①。像以上这些抒情用语,实可以说是举不胜举的。通过这些词语我们也同样可以看出古代诗歌创作的真正动因。上述词语见于三《颂》者不占一例,见于《大雅》者唯"不殄心忧""忧心殷殷"二句,其他全部都出自《国风》《小雅》和楚辞。"感于哀乐,缘事而发"虽然只是对民歌而言,但它对《小雅》、楚辞也同样是适用的。如上所言,上古时期还没有产生作诗求名的思想,诗歌创作主要还是源于一种不能自己的情感宣泄行为。由以上所列不难发现:上古诗作确实是以难以自抑的情感激奋、情感宣泄为基础的。"中心摇摇""中心如醉"等等词语,对此实可谓是最充分的展示。

钱谦益《爱琴馆评选诗慰序》云:"夫诗者,言其志之所之也。志之所之,盈于情,奋于气,而击发于境风识浪奔昏交凑之时世。于是乎朝庙亦诗,房中亦诗,吉人亦诗,棘人亦诗,燕好亦诗,穷苦亦诗,春哀亦诗,秋悲亦诗,吴咏亦诗,越悲亦诗,劳歌亦诗,相舂亦诗。穷尽其短长高下抑抗清浊吐含曲直乐淫怨诽之极致,终不倍背乎五声六律七音八风九歌之伦次。诗之教,如是而止。"②虽然这段话并不只是针对上古诗歌而发,但它对《诗》、骚等先秦诗歌应当说是尤为适用的。

---

①参见陈良运《中国诗学体系论》,中国社会科学出版社,1992年,第103～110页。
②钱谦益《牧斋有学集》卷15,《钱牧斋全集》,上海古籍出版社,2003年,第713页。

也正基此,所以我们认为少数学者把"诗言志"理解为"诗言意"是颇嫌失当的。如司马迁在引述《尚书》"诗言志,歌永(咏)言"时,就将其径直改为"诗言意,歌长言"①。如果说以"长"代"永"还有一定道理的话,因为"永(咏)言"毕竟把"言"声音加"长"了,那对"志"的改写就很嫌轻率了。"诗言志"强调的是"诗"的情不可遏,而这一点在"诗言意"中却恰恰被遮蔽了。又,《汉书·司马迁传》引董仲舒之言曰:"诗以达意。"②《尚书·虞书·尧典》"诗言志"郑玄注曰:"诗所以言人之志意也。"③《诗大序》"诗者,志之所之也",孔颖达正义曰:"诗者,人志意之所适也。"④等等。所有这些,其表达也都是欠周延的。

五、对于"情""志"关系的进一步发明

"情""志"既有相通的一面,同时也有相异的一面。孔颖达一方面说"情动为志",一方面又说"情志一也",对此讲的是很清楚的。也正鉴此,所以我们认为对于"情""志"关系的两个方面都不能忽视。承认"情""志"有相通的一面,那就意味着"志"也同样是一种情感;承认"情""志"有相异的一面,那又意味着"志"乃一种特殊情感,它与一般情感是有区别的。为了对"诗言志"的观念有一个更深入的理解,下面不妨再对这两个方面分别加以阐析。

首先来看"情""志"相通的一面。古人所以视"情""志"为一,这实是因为在他们的话语体系里,确乎存在着大量的"情""志"不分的例子。有关这一点,只要我们对现存文献稍加翻检,即不难得知。这些"情""志"相通的例子,它们有的属于换词为义,有的属于近义并列,但是不管哪种情况,我们都可得出这样的结论,即"情"与"志"是完全可以相通的。举例来说,前者如屈原《九章·怀沙》:"抚情效志兮,冤屈而自抑。"⑤严遵《老子指归》:"奋情舒志,各肆所安。"⑥蔡邕《难夏育请伐鲜卑议》:"情存远略,志辟四

---

①司马迁《史记》卷1,上海古籍出版社,1997年,第27页。
②班固《汉书》卷62,中华书局,1962年,第2717页。
③孔颖达《毛诗正义·诗谱序》引,孔颖达等《十三经注疏》,中华书局,1980年,第262页。
④孔颖达《毛诗正义》卷1,孔颖达等《十三经注疏》,中华书局,1980年,第270页。
⑤洪兴祖《楚辞补注》卷4,中华书局,1983年,第142页。
⑥樊波成《老子指归校笺》卷6,上海古籍出版社,2013年,第194页。

方。"①曹植《感婚赋》:"登清台以荡志,伏高轩而游情。"②嵇康《声无哀乐论》:"歌以叙志,舞以宣情。"③陆机《文赋》:"六情底滞,志往神留。"④刘琨《劝进表》:"外以绝敌人之志,内以固阃境之情。"⑤鲍照《从临海王上荆初发新渚》:"孤兔怀窟志,犬马恋主情。"⑥阳固《演赜赋》:"情盘桓而犹豫兮,志狐疑而未决。"⑦《文心雕龙·明诗》:"人禀七情,应物斯感。感物吟志,莫非自然。"⑧等等。后者如《尹文子·大道下》:"乐者所以合情志。"⑨《古诗十九首·东城高且长》:"涤荡放情志,何为自结束?"⑩郑玄《六艺论》:"情志不通,故作诗者以颂其美而讥其过。"⑪嵇康《琴赋》:"导养神气,宣和情志。"⑫陆机《文赋》:"颐情志于典坟。"⑬挚虞《文章流别论》:"夫诗虽以情志为本,而以成声为节。"⑭范晔《狱中与诸甥侄书》:"常谓情志所托,故当以意为主,以文传意。"⑮沈约《宋书·谢灵运传论》:"自兹以降,情志愈广。"⑯《文心雕龙·附会》:"以情志为神明,事义为骨髓。"⑰等等。由以上所列不难得知:"情""志"原有相通的一面,这确乎是毋庸置疑的。如果面对如此众多的文例,仍要坚持认为"诗缘情"强调的是情感,"诗言志"张扬的是德性,那是无论如何也难让人接受的。实事求是地说,最早把"诗""情"直接相连的并不是陆机的《文赋》,而是西汉刘歆的《七略》:"诗以言情,情者,性之符也。"⑱难道我们据此便认为早在西汉末年"言志"与"言

①严可均《全后汉文》卷73,《全上古三代秦汉三国六朝文》,中华书局,1958年,第870页。
②赵幼文《曹植集校注》卷1,人民文学出版社,1984年,第31页。
③戴明扬《嵇康集校注》卷5,中华书局,2014年,第357页。
④张少康《文赋集释》,人民文学出版社,2002年,第241页。
⑤李善等《六臣注文选》卷37,中华书局,2012年,第703页。
⑥钱仲联《鲍参军集注》卷5,上海古籍出版社,2005年,第305页。
⑦严可均《全后魏文》卷44,《全上古三代秦汉三国六朝文》,中华书局,1958年,第3732页。
⑧范文澜《文心雕龙注》卷2,人民文学出版社,1958年,第65页。
⑨厉时熙《尹文子简注》,上海人民出版社,1977年,第37页。
⑩逯钦立《先秦汉魏晋南北朝诗·汉诗》卷12,中华书局,1983年,第332页。
⑪严可均《全后汉文》卷84,《全上古三代秦汉三国六朝文》,中华书局,1958年,第927页。
⑫戴明扬《嵇康集校注》卷2,中华书局,2014年,第140页。
⑬张少康《文赋集释》,人民文学出版社,2002年,第20页。
⑭郁沅、张明高《魏晋南北朝文论选》,人民文学出版社,1996年,第180页。
⑮郁沅、张明高《魏晋南北朝文论选》,人民文学出版社,1996年,第256页。
⑯沈约《宋书》卷67,中华书局,1974年,第1778页。
⑰范文澜《文心雕龙注》卷9,人民文学出版社,1958年,第650页。
⑱张少康、卢永璘《先秦两汉文论选》,人民文学出版社,1996年,第457页。

情"的对立就已产生了吗？这显然是很难让人信服的。唯一可行的解释恐怕只能是由于"情""志"本有相通的一面，所以才使古人在表达"诗言志"这一观念时，有时也出现以"情"代"志"的现象。

　　弄清了"情""志"相通的一面，接下来再看"情""志"之异。孔颖达说"在己为情，情动为志"，应当说是对"情""志"之异的最佳概括。在此之前，我国古人对于"情""志"之异虽也有清醒的认识，但是由于理论意识的缺乏，对此并没有给出明确的界定。不过，这一现象在孔颖达之后大大改观，较之以前古人对于"志"字的诠解，其清晰程度实可谓有天渊之别。如柳宗元曰："刚健之气，钟于人也为志，得之者，运行而可大，悠久而不息。"①张载曰："志刚而意柔，志阳而意阴。"②朱熹曰："心之所之谓之志。……志乎此，则念念在此，而为之不厌矣。"③又曰："志是心之所之，一直去底。""意者，心之所发；情者，心之所动；志者，心之所之，比于情、意尤重。"④又，程端蒙也云："心之所之，趋向期必，能持于久，是之谓志。"⑤等等。彼此比较，不难看出他们对于"志"的论析，虽不尽相同，但是有一点却是完全一致的，即"志"乃一种强烈的情感，它一经产生，便轻易不变，更不用说消失了。像这样的情感，如果得不到顺利的宣泄，那对人来讲一定是非常痛苦的。有关这一点，南宋陈淳诠解得尤为充分。如其《北溪字义》曰："志者，心之所之。之犹向也，谓心之正面全向那里去。如志于道，是心全向于道；志于学，是心全向于学。一直去求讨要，必得这个物事，便是志。若中间有作辍或退转底意，便不得谓之志。志有趋向、期必之意，心趋向那里去，期料要恁地，决然必欲得之，便是志。"⑥在这段精彩的阐述里，所谓"全向那里去"，所谓"必得这个物事"，所谓"决然必欲得之"，可以说把"志"的情感强烈、发自肺腑、不可改易、不可遏止的特征，全都揭示出来了。

　　伴随着古人对于"志"的本义越来越明确的表述，他们对诗歌发自肺

---

① 柳宗元《天爵论》，《柳河东集》卷 3，上海古籍出版社，1993 年，第 31 页。
② 黎靖德《朱子语类》卷 5 引，中华书局，1986 年，第 96 页。按，当今学者胡家祥曰："'志'既然是坚毅的，因而便具有阳刚的性质。"这一看法与柳、程二氏所说实是一脉相承的。详《志情理：艺术的基元》，百花洲文艺出版社，2017 年，第 14 页。
③ 朱熹《论语集注·为政》卷 1，《四书集注》，上海书店，1987 年，第 7 页。
④ 黎靖德《朱子语类》卷 5，中华书局，1986 年，第 96 页。
⑤ 程端蒙《性理字训·情性》，徐梓、王雪梅《蒙学辑要》，山西教育出版社，1992，第 133 页。
⑥ 陈淳《北溪字义》卷上，中华书局，1983 年，第 15～16 页。

腑,不可遏止的抒情特征,其阐发也同样越来越清晰。如徐铉《萧庶子诗序》曰:"人之所以灵者情也,情之所以通者言也。其或情之深,思之远,郁积乎中,不可以言尽者,则发为诗。诗之贵于时久矣。"①袁燮《题魏丞相诗》曰:"志之所之,诗亦至焉。直己而发,不知其所以然。"②陆游《澹斋居士诗序》曰:"盖人之情,悲愤积于中而无言,始发为诗,不然无诗矣。"③朱熹《诗集传序》曰:"或有问于予曰:诗何为而作也?予应之曰:人生而静,天之性也;感于物而动,性之欲也。夫既有欲矣,则不能无思;既有思矣,则不能无言;既有言矣,则言之所不能尽,而发于咨嗟咏叹之余者,必有自然之音响节族而不能已焉。此诗之所以作也。"④李贽《杂说》曰:"世之真能文者,比其初皆非有意于为文也。其胸中有如许无状可怪之事,其喉间有如许欲吐而不敢吐之物,其口头又时时有许多欲语而莫可所以告语之处,蓄极积久,势不能遏。一旦见景生情,触目兴叹,夺他人之酒杯,浇自己之块垒,诉心中之不平,感数奇于千载。"⑤陈子龙《诗经类考序》曰:"夫诗以言志,喜怒哀乐之情郁结而不能已,则发而为诗。"⑥等等。对于诗歌发自肺腑,不可遏止的抒情特征,学者们如此反复论说,并且还讲得如此透彻,这在以前确乎是未曾有过的。

　　这一现象充分说明虽然古人对于"情""志"相通的一面,并不否认,但是对于"志"的本义,对于"诗言志"观念的特殊蕴涵,其认识也同样很明确。对于诗歌创作发自肺腑,不可遏止的抒情特征,古人的论述虽然很少将其直接建立在对"志"的本义的分析上,但是从逻辑关系上看,它们显然都是以"志"的本义为基础的。在这方面表现得最为突出的就是朱熹。如上所示,他一方面认为"志"的含蕴"比于情、意尤重",是"一直去底",是"念念在此",另一方面又认为诗歌创作之所以产生,这实乃源于诗人因"感于物而动"而导致的"不能已"。将此两者加以对照,不难发现它们在逻辑上的密切联系。如果看不到这一点,那对诗歌发自肺腑,不可遏止的抒情特征,就不可能有一个深入的理解。

---

① 蒋述卓等《宋代文艺理论集成》,中国社会科学出版社,2000 年,第 1 页。
② 蒋述卓等《宋代文艺理论集成》,中国社会科学出版社,2000 年,第 931 页。
③ 蒋述卓等《宋代文艺理论集成》,中国社会科学出版社,2000 年,第 781 页。
④ 朱熹《诗集传》,上海古籍出版社,1980 年,第 1 页。
⑤ 李贽《焚书》卷 3,《焚书 续焚书》,中华书局,2009 年,第 97 页。
⑥ 陈子龙《安雅堂稿》卷 4,辽宁教育出版社,2003 年,第 56 页。

六、余论

鉴于以上论述不难看出:认为"诗言志"侧重道德说教,"诗缘情"侧重个人情感,确乎是非常不恰当的;把"志"看作一般情感,认为"诗言志"就是"诗言情"或"诗言意",这也同样难成立。"志"是一种强烈的情感,"诗言志"的意思即诗是人的强烈情感的不能自已的宣泄。如上所言,古人早在先秦就已认识到这一点,这确实是让我们非常感佩的。虽然在古代文献里,因同是表示情感,"情""志"也常常有彼此不分的时候,但是在"诗言志"这种原则性问题上,我们是不能不予以区分的。

日本美学家今道友信说:"西方古典艺术理论是摹仿再现,近代发展为表现。而东方的古典艺术理论却是写意即表现,关于再现即写生的思想则产生于近代。"①"志"的本义既然指的是一种不能自已的情感激奋状态,"诗言志"所揭示的诗歌创作特质与今道友信所言显然是高度相契的。中国文学所以从《诗经》开始就以抒情、气韵见长,忽略了"志"的情感激奋内涵,我们对此是很难作出合理解释的。

然而令人深感叹惋的是由于两汉儒学的影响,"诗言志"的观念在进入两汉后,很快便被大量的儒家礼学思想所渗透,从而使它发愤抒情的特征受到了很大削弱。如上所列,之所以至今还有学者坚持认为"诗缘情"主情,"诗言志"主德,可以说正是由此造成的。但是不管怎样,"志"就是"志","情"就是"情","情""志"之异从两词一产生就已存在了。儒家礼教对"诗言志"观念的渗透,虽然可以削弱其发愤抒情的强度,但是情感强烈,不可改易,既是"志"的本质特征,那在"诗言志"的表述背后所潜藏的发自肺腑,不可遏止的抒情特征,是无论如何也难完全掩盖的。在这方面儒家文论经典《诗大序》"诗者,志之所之也。……不知手之舞之,足之蹈之也"这段话,对此展现得就很充分。也正鉴此,所以我们认为即使在两汉"儒家独尊"时期,儒家礼教对于"诗言志"的压抑,也未完全掩盖它的光辉。因为作为一个诗学命题,不管人们如何曲解,这一命题的基本意义也依然会透过其字面表达而得以宣示。这是一个客观事实,我们是无论如何也否定不了的。然而十分遗憾,对于"志"的情感强烈意义,我国古人还能本着实事

---

① [日] 今道友信《关于美》(鲍显阳、王永丽译),黑龙江人民出版社,1983年,第74页。

求是的态度,予以正视,反而是我们今人对于它的认识却很不清晰。如刘若愚的《中国文学理论》是他向国外介绍中国传统文论的一部重要著作,对于"诗言志"的具体涵蕴,该书这样评介说:"古代中国的原始主义诗观结晶于'诗言志'这句话中,它在字面上的意思是:'诗以言语表达心愿/心意。'"①对于"诗言志"的本然之蕴,连我们自己都不甚了了,我们又如何能给他人以明确的揭示呢?这样的文论困境显然是需要我们尽快予以打破的。

第二节 论"诗言志"观念产生于西周之初

"诗言志"是中国古典文论的开山纲领,对它的产生年限加以探讨,对我们正确认识上古时代的文艺观念无疑也是很有帮助的。到目前为止,有关"诗言志"产生年代的看法主要有四类:(一)"'诗言志'纲领产生在西周中期的公元前九世纪中叶。……'诗言志'的'志',不是以'知'和'意'为中心的理性活动,而是以'情'为主的感情活动。"②(二)"诗言志"的说法产生于西周、春秋之际,"可以视为西周、春秋之际人们对于诗歌性质、功能的认识的一种概括性表述"③。(三)"诗言志"观念"产生在春秋、战国时期,说明那时的人对于文学艺术的性质已有比较清楚的认识"④。(四)"'诗言志'这一重要诗学观念的逻辑起点,是春秋时代的'《诗》以言志'","这一观念的出现,当在秦汉之际,在'本于心'的文体诗创作发轫之后"⑤。显而易见,对于"诗言志"观念产生的年限,我们至今也没形成统一的认识,这对我们研究先秦文学,特别是先秦诗歌的思想气韵、风格面貌显然都是很不利的。"诗言志"观念的产生至迟也在西周之初,中国文学可以说从《诗经》开始就一直沐浴着它的光辉。中国文学所以总以抒情、气韵见长,这与"诗言志"观念的较早产生无疑有着千丝万缕的联系。

---

① 刘若愚《中国文学理论》(杜国清译),江苏教育出版社,2005年,第101页。
② 王文生《诗言志释》,三联书店,2012年,第2页。
③ 王运熙、顾易生《中国文学批评史新编》,复旦大学出版社,2001年,第11页。
④ 周勋初《中国文学批评小史》,长江文艺出版社,1981年,第6页。
⑤ 陈良运《中国诗学体系论》,中国社会科学出版社,1992年,第48页。

一、"诗言志"的被记载与"诗言志"观念的产生

众所周知,"诗言志"三字最早见于《尚书·虞书·舜典》:"诗言志,歌永言,声依永,律和声。"①对于这节文字的涵义,郑玄注曰:"诗所以言人之志意也。永,长也,歌又所以长言诗之意。声之曲折,又长言而为之。声中律乃为和。"②不难看出,郑玄把他对《舜典》的理解表述的还是很清楚的:(一)诗是用来抒发人的志意的;(二)诗与乐二者在当时是不分家的。尽管他把"诗言志"之"志"理解为"志意"并不准确,不过由于我们上文已有详述,所以这里就不再赘语了。

《舜典》这段话先秦其他文献均未述及,从现有材料看,最早给以认可的应是汉代司马迁。他的《史记·五帝本纪》引述了这段话,只不过误把"诗言志"写作了"诗言意"。这一点我们在前文已有辨析。第二个对《舜典》所载给予认可的则应是东汉的班固,他的《汉书·艺文志》说:"《书》曰:'诗言志,歌咏言'"③,可见他对《舜典》所载也是肯认的。以后便是郑玄和刘勰,郑玄的话已见上文,刘勰的话在他的《文心雕龙·明诗》里:"大舜云:诗言志,歌永言。圣谟所析,义已明矣。"④由于这些权威人士的肯定,加上中国人的贵远心理,"诗言志"出自传说中五帝之一的大舜之口,似乎从此就成了不容争辩的事实。

虽然在历史上也有一些学者对"诗言志"出于大舜之口的说法提出过疑义,但是终因论据不足,所以并未引起学界的重视。直到近代,这方面的研究才有突破。所以如此,一个非常重要的原因就是人们对《今文尚书》有了新的认识。陈梦家、蒋善国等认为:《今文尚书》二十八篇最早的作于西周时期,而涉及西周以前的历史各篇大都是战国时候的拟作或补叙;《尧典》《舜典》盖出现于墨子之后、孟子之前,即公元前372~前289年之间,而今本《尧典》《舜典》则又在秦并天下到秦末这段时间,进一步经受过儒者和博士的整编⑤。顾颉刚先生曾撰写《从地理上证今本〈尧典〉为汉人作》一

---

①孔颖达《尚书正义》卷3,孔颖达等《十三经注疏》,中华书局,1980年,第131页。
②孔颖达《毛诗正义》,孔颖达等《十三经注疏》,中华书局,1980年,第262页。
③班固《汉书》卷30,中华书局,1962年,第1708页。
④范文澜《文心雕龙注》卷2,人民文学出版社,1958年,第65页。
⑤蒋善国《尚书综述》,上海古籍出版社,1986年,第168页。

文,更把《尧典》《舜典》勘定为西汉人的作品①。正是基于这样的背景,所以学者们才又对"诗言志"的产生年限作了新的推断。上文所列四种看法,即是以此为背景的。

笔者在《尚书》研究方面是个外行,但是仍觉得"诗言志"这一观念产生的早晚,与《尧典》《舜典》写作的时间先后应是两个根本不同的问题。有关这一点,其实有不少学者也早注意到了。如翁其斌曰:"《尧典》'诗言志'的论述虽然可能是战国时才出现的,但这并不等于'诗言志'的观念,或者说'诗言志'的意识,也是到了战国时才产生的。"②杨明③、刘若愚④也有类似的看法。也正因此,所以笔者认为:即使退一步说,《尧典》《舜典》确为西汉人的作品,"诗言志"这一观念也应早就存在,只不过直到《尧典》《舜典》才得以"诗言志"三字明确记载下来罢了。说"诗言志"这段话定型于战国或战国以后则可,说"诗言志"这一诗学观念产生于战国或战国以后就不恰当了。"诗言志"这一诗学观念的产生绝不会晚于西周之初,这与《尧典》《舜典》的出现早晚二者之间并不矛盾。

二、从孟子的"以意逆志"看"诗言志"观念产生的时间

由于《尧典》《舜典》的成型时间有可能晚至西汉,尽管这种可能性很小,但是为了谨慎起见,我们还是应把眼光进而投放到其他先秦典籍有关"诗言志"观念的记载上。首先来看战国人的表述:(一)《庄子·天下》:"《诗》以道志,……《礼》以道行,《乐》以道和。"⑤(二)《荀子·儒效》:"《诗》言是其志也,……《礼》言是其行也,《乐》言是其和也。"⑥(三)《礼记·乐

---

① 顾颉刚等《古史辨》第 1 册,上海古籍出版社,1982 年,第 201～202 页。
② 陈伯海等《中国诗学史》(先秦两汉卷),鹭江出版社,2002 年,第 129 页。
③ 杨明曰:"《尧典》的写作年代,学术界尚有不同看法。这段话或许是春秋战国时期所写。但'诗言志'的说法,与上引《诗经》中例证所体现的观念相一致。即使这一说法正式提出较晚,也还是可以视为西周、春秋之际人们对于诗歌性质、功能的认识的一种概括性表述。"详王运熙、顾易生《中国文学批评史新编》,复旦大学出版社,2001 年,第 11 页。
④ 刘若愚曰:"尽管《书经》这一部分的系年是现代学者争论不休的问题,甚至有些人相信此语迟至公元前 2 世纪方才出现,但其中所表达的诗歌观念显然流行于公元前第 4 世纪,而且可能更早。"详[美]刘若愚《中国文学理论》(杜国清译),江苏教育出版社,2006 年,第 101 页。
⑤ 郭庆藩《庄子集释》卷 10,中华书局,1961 年,第 1067 页。
⑥ 王先谦《荀子集解》卷 4,中华书局,1988 年,第 133 页。

记》："诗言其志也,歌咏其声也,舞动其容也。"①(四)《孟子·万章上》："咸丘蒙曰:'舜之不臣尧,则吾既得闻命矣。《诗》云:"普天之下,莫非王土;率土之滨,莫非王臣。"而舜既为天子矣,敢问瞽瞍之非臣如何?'曰:'是诗也,非是之谓也。劳于王事而不得养父母也。曰此莫非王事,我独贤劳也。故说《诗》者,不以文害辞,不以辞害志,以意逆志,是为得之。如以辞而已矣,《云汉》之诗曰:"周馀黎民,靡有孑遗。"信斯言也,是周无遗民也。'"②(五)上博《诗论》:"诗亡(无)隐志,乐亡(无)隐情,文亡(无)隐言。"③

　　综合以上五家的论述,不难发现说"诗言志"观念至迟在战国时代即已产生应是毫无疑义的。如果再进一步说,我们还可进而推断这一观念很有可能在战国前期即已流行。因为荀子虽是战国后期人,《乐记》也可能是《荀子·乐论》的发挥,《庄子·天下》也有可能是庄子后学所为,上博《诗论》的真伪还有待进一步讨论,但孟子乃是战国中期人,在他的著作中既然已有"诗言志"观念的相关表述,则"诗言志"观念在战国前期即已流行,这显然是非常可能的。

　　不错,对于《孟子》"以意逆志"的涵义,历来认识并不统一。不过,尽管如此,仍有一点是完全可以肯定的,那就是在孟子看来,《诗经》各篇都表达了作诗者之"志",这个"志"读者是完全可以通过"以意逆志"的方法予以把握的。尽管孟子并没有明确指出"诗言志",但他的话里分明包含着这样一个前提,否则,"不以辞害志,以意逆志"的说法就无从谈起了。试想,如果诗歌并不是用以言"志",那我们又如何"以意逆志"呢?这显然是不可思议的。刘熙载说:"'诗言志',孟子'文辞志'之说所本也。"④翁其斌说:"正是有了'诗言志'的意识,才会产生'以意逆志'的观念。"⑤陈良运说:"孟子说'以意逆志',是承认《诗》中蕴含着作诗人的心志。"⑥这样的说法无疑都是很有见地的。据此足见,"诗言志"观念早在孟子之前就已相当流行,这一点应是完全可信的。即如顾颉刚所说,《尧典》《舜典》的产生确实在西汉,"诗言志"观念产生在孟子之前,这一实事我们也是无法否认的。

①朱彬《礼记训纂》卷19,中华书局,1996年,第582页。
②焦循《孟子正义》卷18,中华书局,1987年,第637～638页。
③黄怀信《上海博物馆战国楚竹书〈诗论〉解义》,社会科学文献出版社,2004年,第267页。
④刘熙载《艺概·诗概》卷2,上海古籍出版社,1978年,第49页。
⑤陈伯海等《中国诗学史》(先秦两汉卷),鹭江出版社,2002年,第131页。
⑥陈良运《中国诗学批评史》,江西人民出版社,2007年,第50页。

三、从"诗以言志"看"诗言志"观念产生的时间

　　"诗言志"观念不仅在孟子之前即已流行,它的产生还可以进而上溯至春秋时期。对此,我们也同样是不难证明的。

　　《左传》襄二十七年(前546)载:"郑伯亨赵孟于垂陇,子展、伯有、子西、子产、子大叔、二子石从。赵孟曰:'七子从君,以宠武也。请皆赋,以卒君贶,武亦以观七子之志。'子展赋《草虫》。赵孟曰:'善哉,民之主也!抑武也,不足以当之。'伯有赋《鹑之奔奔》。赵孟曰:'床第之言不逾阈,况在野乎?非使人之所得闻也。'子西赋《黍苗》之四章。赵孟曰:'寡君在,武何能焉?'子产赋《隰桑》。赵孟曰:'武请受其卒章。'子大叔赋《野有蔓草》。赵孟曰:'吾子之惠也。'印段赋《蟋蟀》。赵孟曰:'善哉,保家之主也!吾有望矣。'公孙段赋《桑扈》。赵孟曰:'"匪交匪敖",福将焉往?若保是言也,欲辞福禄,得乎?'卒享。文子告叔向曰:'伯有将为戮矣,诗以言志,志诬其上而公怨之,以为宾荣,其能久乎?幸而后亡。'叔向曰:'然。已侈,所谓不及五稔者,夫子之谓矣。'"①在以上这段文字里文子明确指出"诗以言志",可见"诗言志"观念早在春秋之世即已产生了。孟子的"以意逆志"思想可谓也正是在此基础上发展起来的。

　　不过,"诗以言志",也有不少学者常常将其读为"《诗》以言志",并以此为据进而认为这一表述仅能证明当时人已"意识到可以用《诗》言己之志",而对于"作诗言志"的创作功能还远未有一个清醒的认识②。那么,事实果真如此吗?这样的理解显然是站不住脚的。不错,在孔子所订"《诗》三百"问世以前,在当时的知识界肯定存在有旧的诗歌传本,否则各国士大夫在彼此的交往中,由于缺少一个统一的诗歌传本,你赋引的诗我不知道,我赋引的诗你不知道,那流行于春秋时代的"称诗喻志"现象也就无从谈起了。正因在当时流行有统一的为大家所公认的诗歌传本,所以在有的场合,我们在"诗"上加上书名号,自然也就成了顺理成章的事,如《左传》僖二十七年(前633)载赵衰之言曰:"《诗》《书》,义之府也;《礼》《乐》,德之则也"③,就是一个典型的例子。但是在另一方面我们也需看到,在许多时候古人所

---

①杨伯峻《春秋左传注》,中华书局,1990年,第1134～1135页。
②陈良运《中国诗学体系论》,中国社会科学出版社,1992年,第39页。
③杨伯峻《春秋左传注》,中华书局,1990年,第445页。

说之"诗"并不是指某一特定的作品集,而是指单个的诗歌作品或者"诗歌"这类作品,上文文子所言"诗以言志"就属这种情况。有关这一点我们在相关文献中也是可以看得很清楚的。

如《左传》襄二十八年(前545)载齐人卢蒲癸之言曰:"赋诗断章,余取所求焉。"①其中的"诗"字就应是指具体的作品而言的。因为下文的"断章"乃是承上文的"诗"字而来的,如果"诗"字指的是诗集而非诗歌作品,那"断章"云云显然也就不知所指了。那么,什么叫"断章"呢? 这在当时有两种情况,一是赋吟者从某首诗中截取一章加以赋吟,借以表达自己的情志,一是赋吟者虽赋的仍是整首诗,但是借以表达情志的却并不是整首诗,而只是其中的某一章或者其中的某一两句。能不能顺利实现交际,这完全要看交际双方在这方面能否达成默契。之所以会出现"断章取义"的赋诗方式,其主要原因乃在于当时所流行的诗集所包含的诗歌数量毕竟有限,而现实社会人的情感却是无限复杂的,因此在很多时候,当赋诗者要表达的"志"无法在现有的诗集中找到相应的诗歌来表达时,采用"断章取义"的方法,只将自己所要表达的心志寄托在某首诗的某一章或某一两句,这无疑也是一种不得已的办法。这种办法在今天看来固然很不可取,但是它毕竟大大提高了"赋诗言志"的功能,扩展了所言之"志"的范围,并且在当时由于某种政治文化以及社会心理的需要,它还是相当流行的。如上所列,《左传》襄二十七年所载郑国诸臣与晋国赵孟之间的赋诗,便都属于这种情况。

再具体说,也就是子展所赋《召南·草虫》,实际只是取首章"未见君子,忧心忡忡。亦既见止,亦既觏止,我心则降"②,以表达对赵孟的钦慕之意。伯有所赋《鄘风·鹑之奔奔》,也仅是借其中的"人之无良,我以为君"③,向赵孟暗示他对郑伯的怨愤。子西对于《小雅·黍苗》第四章的赋吟,也同样仅是借"肃肃谢功,召伯营之;烈烈征师,召伯成之"④,以周宣王时的名臣召伯比况赵孟,以称扬其德。以下四臣所赋之诗,也尽皆如此,在此我们就不再一一列举。将文子所说的"诗以言志"与卢蒲癸所说的"赋诗断章,余取所求焉"加以对照,不难发现我们只有把"诗以言志"之"诗"看作

①杨伯峻《春秋左传注》,中华书局,1990年,第1145页。
②朱熹《诗集传》卷1,上海古籍出版社,1980年,第9页。
③朱熹《诗集传》卷3,上海古籍出版社,1980年,第30页。
④朱熹《诗集传》卷15,上海古籍出版社,1980年,第170页。

具体的诗歌作品,这样才能与春秋时代"赋诗言志"的风尚相一致。

又,《左传》襄十六年(557)载:"晋侯与诸侯宴于温,使诸大夫舞,曰:'歌诗必类。'齐高厚之诗不类。荀偃怒,且曰:'诸侯有异志矣。'"①这一记载更可视为"诗以言志"之"诗"所指乃为具体诗歌作品的铁的证据。我们知道,春秋歌诗乃是春秋赋诗的一种特殊形式,也正因此,所以"歌诗必类"与"赋诗断章"之"诗"其所指必是相同的。关于"歌诗必类"的涵义,学界早有明确的解释。简而言之,也即是在前人所作的诗歌里,有的是描写天子赐命或宴饮大臣与诸侯的,有的是反映诸侯相见之事的,有的是用以祭祀上天或先王的,有的是记述一般社会生活的。由于各类诗歌都有其相应的使用场合,所以按照当时的礼乐制度,就要求赋(歌)诗者所赋(歌)之诗必须与自己的身份相一致。所谓"歌诗必类"就是这个意思。从襄十六年这段记载上下文的逻辑看,"齐高厚之诗不类"之"诗"显然是承上文"歌诗必类"之"诗"而来的,因此二者在具体属性上也必是同一的。也就是说它们要么都是指诗集,要么都是指诗歌作品,在这方面它们是不应有异的。由于"齐高厚之诗不类"之"诗"毫无疑问乃是指具体的诗歌作品,由此以断,则"歌诗必类"之"诗"也必然如此。如上所说,"歌诗"乃是"赋诗"的特殊形式,既是如此,则"赋诗断章"之"诗"所指为何也自不言而喻。春秋"赋诗"既然所指乃具体的诗歌作品,而文子所说的"诗以言志"也是对赋诗而言,则"诗以言志"决不能读为"《诗》以言志",自然也就绝无可疑。

又,在《左传》襄十六年这段记载里,齐国高厚由于歌诗"不类",于是便被晋人荀偃视为"有异志"。在这里面显然也包含这样一个前提,即"诗以言志",诗歌是用来言志的。否则,由于齐国高厚所歌之诗"不类",就从而推定"诸侯有异志",这样的理路是万难讲通的。既然在《左传》襄十六年这段记载里也同样暗含着一个"诗以言志"的认识,由此而断,我们就更可见出把文子所言"诗以言志"读为"《诗》以言志",这确是很值得商榷的。

也正基此,所以我们认为在"诗以言志"这四字里,显然包含着以下信息:由于诗歌是用以言志的,任何一篇作品都包含着某种"志",所以赋诗者才会借助赋吟前人之"诗",来表达自己内心与之相类的情感。再明确说,也即是一首诗歌不管是在作诗者那里,还是在赋诗者那里,它都是用来言

---

① 杨伯峻《春秋左传注》,中华书局,1990 年,第 1026～1027 页。

志的。文子所以说"诗以言志",他的真正意指正在于此。进言之,由于任何一首诗歌都包含着一定的"志",因此才要求赋诗者要从众多的诗歌中选择出那些包含着与自己内心之志相同或相似的诗歌加以赋吟,以使自己内心的情感得到顺利表达。所以显而易见,如果没有"作诗言志"也即"诗言志"的认识,那"赋诗言志"的活动也就根本无从产生。据此足见,所谓"诗以言志",意思就是诗歌是用来言志的,它与"诗言志"所指并无差异。有的学者说:"诗以言志","后来又进而简写为'诗言志'"①,也就是说"诗言志"乃是由"诗以言志"简缩来的,这一看法无疑是非常有见地的。

　　一方面"诗以言志"之"诗"乃系指"诗歌"而非指《诗》,另一方面在《左传》襄十六年"诸侯有异志"的话语里也同样暗含着一个"诗以言志"的意思,有鉴于此,足以见出说"诗言志"观念早在春秋之世即已产生,这确乎是毫无疑义的。

四、从"诗"与"志"的形声关系看"诗言志"观念产生的时间

　　为了进一步确定"诗言志"观念产生的时间,接下来我们不妨再从音韵文字上对"诗""志"的关系加以辨析。从这一角度还可看出,"诗言志"观念不仅流行于春秋之世,而且还可进一步上溯至西周之初。只不过与"诗以言志"的表述相比,它的呈现更为含蓄罢了。

　　《说文·言部》:"诗,志也。从言寺声。"又云:古文"诗","寺"省"寸"。段玉裁注:古文"诗","左从古文言,右从之(坐)省寸"。对于《说文》与段氏的说法我们至少应该注意三点:其一,《说文·寸部》:"寺,廷也,有法度者也。从寸之(坐)声。"由此足见,"诗""寺"之"土",皆"之(坐)"之变形,它们与"土地"之"土"并非一字。其二,谓古文"诗"省"寸"并不恰当,应当说"古文'诗'无'寸'"方才准确。古文"诗"字并无"寸"符,"寸"符是后人添加的。所以如此,这实与后人"诗者,持也","为诗所以持人之行,使不失队(坠)"②的认识有关。其三,古人析字解义,凡言"声"者皆表音,凡言"从"者皆表意。由段玉裁古文诗"左从古文言,右从之(坐)省寸"的论述我们也不难得知:"之(坐)"在这里不仅是声符,它同时也是表意的。所以如此,这

---

①[美]刘若愚《中国的文学理论》(杜国清译),江苏教育出版社,2006年,第178页。
②孔颖达《毛诗正义》,孔颖达等《十三经注疏》,中华书局,1980年,第262页。

与古人"诗以言志","诗""志"不分的观念也可谓密切相联系。

因为正如第一节所言,"志"字从心从之(虫)。《尔雅·释诂》:"之,往也。"所以"志"的本义就是"心之所之",也即"心有所往""心有所向""心有所动""心有牵挂"的意思。《玉篇·心部》:"志,慕也。"《论语·述而》"志于道"何晏注:"志,慕也。"①《孟子·告子上》"必志于彀"朱熹注:"志,犹期也。"②对此,均为有力的佐证。由于心有牵挂,念念不忘,所以加以引申才有"记忆""记载"之义。《说文》:"诗,志也,志发于言。"今本《说文》无"志发于言"四字,杨树达据《韵会》所引认为应当补入。《毛诗序》云:"诗者,志之所之也。在心为志,发言为诗。"与《韵会》所引实可谓是一脉相承的。也正因此,所以杨氏又云:"志字从心虫(之)声,寺字亦从虫(之)声,虫(之)、志、寺古音无二。古文(诗)从言虫(之),言虫(之)即言志也。篆文从言寺,'言寺'亦'言志'也。……盖诗以言志为古人通义,故造文者之制字也,即以言志为文。其以虫(之)为志,或以寺为志,音同假借耳。"③这一见解对于我们准确理解"诗""志"的关系,显然是非常有启发的。

不过,对于"诗"与"志"的关系,我们还可换个角度来认识:"志"乃"心之所之",故字从心、之(虫);发言而为诗,故古文"诗"从言、之(虫)。把"心"符换作"言",则"志"即一变而为"诗";把"言"符还原为"心",则依然是"志"字。由"诗""志"二者的形、义关系,也同样不难推断:"诗"字应是依"志"字后造的。这也就是说"诗"之初文本来从心、之(虫),因受"诗者,持也"观念的影响,所以才又改作从心、寺。杨树达先生以"之(虫)""寺"为"志"之假借,已从声音上解释了"诗""志"的联系。如果再结合字形加以探讨,则我们对"诗""志"二者的联系必有一个更清楚的认识。又,高华平曰:"《说文解字》对'寺'字的解释也是不对的,至少没有准确说明'寺'字的本义。在我看来,'寺'字本来应是'志'字,因为'寺'下面的'寸'旁(即'忖'之古体),在字义上与'心'是相同的;在字形的写法上,'心''寸'二字在上古时有时也是相同或相近的。……我推测'寺'字当初本是'志'字,只由于下面'心'的写法产生了讹误,故而变形了。后来人们在隶定时将错就错,就别立了一个'寺'字。这才有了'寺'与'志'二字的不同。但从其本源上来

---

①刘宝楠《论语正义》卷8,中华书局,1990年,第257页。
②朱熹《四书章句集注·孟子集注》卷11,上海书店,1987年,第163页。
③杨树达《积微居小学金石论丛》,上海古籍出版社,2007年,第40页。

说,二者当初应是同一个字。……'诗'字本应该是个'誌'字,是'言'和人心中的'志'的结合体,只因为'志'和'寺'原本是一个字,故而被误写成了'诗'字,以至于后来人们为了要说清楚'诗言志'或'诗者,志之所之也,在心为志,发言为诗'这句话的意思,竟要走那么长的曲折道路。"①虽然说高先生的解释与我们颇多不同,但是在探讨"诗""志"关系的总体理路上,与我们实是一脉相贯的。

下面再来看《左传》昭十六年(前 526)所记载的一个赋诗的例子:"夏四月,郑六卿饯宣子(名起)于郊。宣子曰:'二三君子请皆赋,起亦以知郑志。'子齹赋《野有蔓草》。宣子曰:'孺子善哉! 吾有望矣。'子产赋郑之《羔裘》。宣子曰:'起不堪也。'子大叔赋《褰裳》。宣子曰:'起在此,敢勤子至于他人乎?'子大叔拜。宣子曰:'善哉,子之言是! 不有是事,其能终乎?'子游赋《风雨》。子旗赋《有女同车》。子柳赋《萚兮》。宣子喜,曰:'郑其庶乎! 二三君子以君命贶起,赋不出郑志,皆昵燕好也。二三君子,数世之主也,可以无惧矣。'"②

在这段文字里,有两句话需要我们特别注意:一是"二三君子请皆赋,起亦以知郑志",其意思是说请各位君子各自赋诗,我也好借此观察一下你们郑人之"志"。另一句是"赋不出郑志",意谓各位所赋皆未出"郑志"。文中所赋之诗均在今本《诗经·国风·郑风》里,由此可知诸人所赋均为郑诗。诸人所赋均为"郑诗",按理应说"赋不出郑诗",为什么却说"赋不出郑志"呢? 这其间一个非常重要的原因就在于在当时人的心里"诗""志"二者是不分的。由于"诗"乃是表达出来的"志",是"志"的另一存在形态,所以表面上虽然赋的是诗,实际上向外展示的却是赋者的内心之"志"。闻一多说:《左传》记韩宣子闻郑六卿赋诗的赞语是:'所赋不出郑志。'由此可证诗与志是通称的。唐人《诸宫旧事》卷三转载《襄阳耆旧传》引古本《高唐赋》:'王曰:"愿子赋之以为楚志。"'可作旁证。"③分析的可谓是非常有道理的。

为了进一步说明这一问题,我们不妨再来看两个例子。《汉书·司马相如传》:"诗大泽之博,广符瑞之富。"王念孙注:"诗者,志也。志者,记也。

---

① 高华平《诗言志续辨:结合新近出土楚简的探讨》,《文学评论》2008 年第 1 期,第 107 页。
② 杨伯峻《春秋左传注》,中华书局,1990 年,第 1380~1381 页。
③ 郑临川《闻一多论古典文学》,重庆出版社,1984 年,第 13 页。

谓作此颂以记大泽之溥博,广符瑞之富饶也。"①又,清华简《周公之琴舞》之整理意见:"本篇(《周公之琴舞》)与《芮良夫毖》形制、字迹相同,内容也都是诗,当为同时书写。《芮良夫毖》首简背面有篇题'周公之颂志(诗)'曾被刮削,字迹模糊。该篇题与其正面内容毫无联系,疑是书手或书籍管理者据《周公之琴舞》的内容概括为题,误写在'芮良夫毖'的简背,发现错误后刮削未尽。竹简篇题本为检取方便而加,篇题异称不足为怪,《周公之琴舞》又称《周公之颂志(诗)》的可能性很大。"②由以上二例,可进一步见出"诗""志"二字的相互替代、相互换用在当时确实是比较常见的。

　　不仅如此,在文献中还有许多标示"诗""志"关系的例子,除了以上已列者外,其他又如《礼记·乐记》:"诗,言其志也。"③《孔子闲居》:"志之所至,诗亦至焉。"④《诗谱序》孔颖达疏引《春秋说题辞》:"诗之为言志也。"⑤《洪范五行传》郑玄注:"诗之言志也。"⑥屈原《九章·悲回风》"窃赋诗之所明"王逸注:"诗,志也。"⑦《吕氏春秋·慎大览》"若告我旷夏尽如诗"高诱注:"诗,志也。"⑧等等。表面看来,这些表述好像都很浅易,然实际上我们只有明白了"诗"就是"志","志"就是"诗","诗"字就是依据"志"字所造之后,才能真正理解它们的含蕴。

　　既然"诗"字乃缘"志"字而造,则我们自可得出如下结论,即早在"诗"字被造之前,"诗言志"的观念就已存在于人们的心里。也正基此,所以只要我们弄清了"诗"字在文献之中最早出现的时间,则"诗言志"观念产生的时代也就不难确知。

　　由现有材料看,《尧典》《舜典》的记载既然有争议,则"诗"字的最早使

---

①王念孙《读书杂志·汉书第十》,上海古籍出版社,2015年,第819页。

②李学勤《清华大学藏战国竹简》(叁)下册,中西书局,2012年,第132页。

③朱彬《礼记训纂》卷19,中华书局,1996年,第582页。

④朱彬《礼记训纂》卷29,中华书局,1996年,第751页。

⑤孔颖达《毛诗正义》,孔颖达等《十三经注疏》,中华书局,1980年,第262页。

⑥伏胜《尚书大传》卷2《洪范五行传》,中华书局,1985年,第65页。

⑦王夫之《楚辞补注》卷4,中华书局,1983年,第157页。

⑧许维遹《吕氏春秋集释》卷15,中华书局,2009年,第355页。又如《庄子·天下》"《诗》以道志",《荀子·儒效》"《诗》言,是其志也",《春秋繁露·玉杯》"《诗》道志"等等,虽然它们所言皆为《诗》而非"诗",也即皆为典籍而非文体,但是它们的语意渊源显然也必须放在"诗""志"不分、"诗"缘"志"造的大背景下,才能被认识。详郭庆藩《庄子集释》卷10,中华书局,1961年,第1067页;王先谦《荀子集解》卷4,中华书局,1988年,第133页;苏舆《春秋繁露义证》卷1,中华书局,1992年,第36页。

用就应在《尚书·金縢》里:"于后,(周)公乃为诗以贻(成)王,名之曰《鸱鸮》。"①又,《大雅·卷阿》"矢诗不多,维以遂歌"②,《大雅·崧高》"吉甫作诵,其诗孔硕"③,《小雅·巷伯》"寺人孟子,作为此诗"④,也同样是一些较早的例子。《诗序》以《卷阿》为成王时作,《崧高》为宣王时作,《巷伯》为幽王时作,与上文《金縢》加以对照,说"诗"字自西周之初即已产生应当说是并无多大问题的。然朱自清云:"《诗序》不尽可信,《金縢篇》近来也有学者疑为东周时所作;这个字的造成也许并没有那么早,所以只能说大概周代才有。"⑤若依朱说,则"诗"字产生的具体时间也同样难确立。按,古人读书贵远贱近,今人又往往矫而过之。即使《诗序》《金縢》不能全信,我们也依然不能判定以上诸诗都是东周时的作品。又,《小雅·四牡》:"岂不怀归,是用作歌。"⑥《节南山》:"家父作诵,以究王讻。"⑦《大雅·桑柔》:"凉曰不可,覆背善詈。虽曰匪予,既作尔歌。"⑧《烝民》曰:"吉甫作诵,穆如清风。仲山甫永怀,以慰其心。"⑨等等。虽然这些诗歌也未直接说明"诗以言志",但在它们里面分明已包含着"诗言志"的意思。和《卷阿》《崧高》等加以对照,它们在诗歌理念上显然是一气相应的。现在学者一般都认为:"《大雅》多数为周初和宣王'中兴'时作,少数为西周后期厉、幽两代之什。《小雅》也以西周后期者为多,少数为春秋之作。"⑩袁梅、陆侃如、冯沅君经过一系列考证更进一步认定:《大雅·卷阿》确是"召康公从周成王游歌于卷阿之上而作"⑪,《大雅·崧高》也确"系周宣王时诗"⑫。《尚书·金縢》即使真不可信,我们也不能说它全系伪作。特别是它所记载的也为成王时事,里边也同样涉及以"诗"为谏的问题,这与《卷阿》显然高度相一致。由

---

① 孔颖达《尚书正义》卷13,孔颖达等《十三经注疏》,中华书局,1980年,第197页。
② 朱熹《诗集传》卷17,上海古籍出版社,1980年,第199页。
③ 朱熹《诗集传》卷18,上海古籍出版社,1980年,第213页。
④ 朱熹《诗集传》卷12,上海古籍出版社,1980年,第145页。
⑤ 朱自清《诗言志辨》,华东师范大学出版社,1996年,第13页。
⑥ 朱熹《诗集传》卷9,上海古籍出版社,1980年,第101页。
⑦ 朱熹《诗集传》卷11,上海古籍出版社,1980年,第129页。
⑧ 朱熹《诗集传》卷18,上海古籍出版社,1980年,第210页。
⑨ 朱熹《诗集传》卷18,上海古籍出版社,1980年,第215页。
⑩ 郭预衡《中国古代文学史》,上海古籍出版社,1998年,第31页。
⑪ 袁梅《诗经译注》(雅颂部分),齐鲁书社,1982年,第411页。
⑫ 陆侃如、冯沅君《中国诗史》,作家出版社,1956年,第44页。

此以断,说"诗言志"观念产生于西周之初,这显然并不是毫无根据的妄论。

五、从"志"字出现的早晚看"诗言志"观念产生的时间

为了进一步谨慎起见,接下来我们不妨再对"志"字的产生时间作一探析。与"诗"字一样,"志"字的最早使用也是在《尚书》里。《尚书·盘庚》说:"今予其敷心腹肾肠,历告尔百姓于朕志。"①《盘庚》所载乃商王盘庚迁都于殷的训辞,"志"字出现在这样的时代,这在时间上显然比"诗"要早得多。上文已言,"志"的本义是"心之所之",也就是心有所向,心有牵挂,念念不忘的意思,加以引申才又有"记忆""记录"之义。然闻一多云:卜辞"业(之)","从止(趾)下一,像人足停止在地上",而"'志'从业(之)从心,本义是停止在心上。停在心上亦可以说是藏在心里"。因此"志有三个意义:一记忆,二记录,三怀抱"②,"而志的最初意义当是记忆"。"记忆太多,不能胜记,才产生记录,发展为第二种含义。至于怀抱,当是由记忆引申出来的,不过时代较晚一些。"③这一认识显然是很不周延的。

《说文·正部》:"正,是也。从一,一以止","古文正从一足。足亦止也。"众所周知,"正"字乃是"征"的古字,上面的"一"代表的乃是目的地,下面的"止(足的象形)",方向向上,代表的乃是"有所往"之意。曹先擢、苏培成云:"正,甲骨文、金文下面是足(止),上面是区域处所,合起来表示前往目的地。"④所言显然是非常有见地的。《说文》尽管以"是"释"正"十分牵强,但它把"正"字视为"一"与"止"的结合,这也是十分明智的。再如"出"字,上面一个"屮",乃"止(趾)"的讹变,也为脚的象形,下面一个"凵"代指地穴,两者合起来表示"从半地穴式的原始居住处出来"⑤。也正基此,所以《集韵·至韵》云:"出,自内而外也。""之(屮)"从止(趾)下一,"正"从止(趾)上一,"出"从止(趾)下凵,三者的造字手法可谓是非常相似的。由此以断不难得知:"之"的本义就是有所往,"志"的本义就是心有所之。《尔雅·释诂》:"之,往也",《小尔雅·广诂》:"之,适也",《玉篇·至部》:"之,

---

①孔颖达《尚书正义》卷9,孔颖达等《十三经注疏》,中华书局,1980年,第171页。

②闻一多《诗话与诗》,上海人民出版社,2006年,第151页。

③郑临川《闻一多论古典文学》,重庆出版社,1984年,第10页。

④曹先擢、苏培成《汉字形义分析字典》,北京大学出版社,1999年,第688页。

⑤曹先擢、苏培成《汉字形义分析字典》,北京大学出版社,1999年,第72页。

至也",对此揭示的都是很清楚的。所以我们认为,"志"的本义就是"心之所之",它一产生就含"怀抱"的意思。《说文》说"志"字从心从之（屮），而闻先生偏从心从止（趾）下一。"止（趾）下一"其实就是"之（屮）","之（屮）"字所取就是"往"的意思。《毛诗序》说:"诗者,志之所之（屮）也。""志之所之（屮）",如前所言,显然带有拆字解义的意味。彼此对照,闻先生的说法显然是需要进一步斟酌的。

"志"字之"士"就是"之",这一点古人早已指出,闻先生身为一代明哲,为什么会对此视而不见呢? 据实而论,这实是因为闻先生已事先有了这样的文学观:诗在最初只是为了方便记忆。之所以会有这样的认识,表面看来似是受了章学诚"六经皆史"思想的影响,而实际上它乃"五四"之后弥漫一时的疑古思潮的重要表现。"五四"之后的疑古思潮带有浓厚的政治色彩,并非纯粹的学术探索,这早为学界所公认。所以当时学者所得的结论,有很多都是带有意气之争的成份的。闻先生的这一观点也不例外。

可是令人遗憾的是由于闻先生在现代学术史上的崇高地位,直到今天也仍有一些学者依据其"至于怀抱,当是由记忆引申出来的,不过时代较晚一些"的判断,错误地认为:"在《盘庚》中,'志'字却有了相当准确的用法",这在当时"是不可能的"。且由此出发,试图进而把"志"字的出现置于"诗"字之后,并由此得出"《诗经》的作者们是没有'诗言志'观念的"的结论[1]。如上所说,闻先生的说法既不可靠,则这样的论断显然也是难立足的。

六、余论

总之,说"诗言志"观念产生于西周之初,这一看法是完全可成立的。虽然由现有文献看,有关"诗言志"观念的明确表述最早也仅在春秋之世,但是依据"诗""志"二字的形声关系,依据它们在文献中相互替代的事实,依据"志"字在文献中出现的早晚,我们还是足以看出:说"诗言志"观念产生于西周之初,这绝非妄论。试想,如果不是已有"诗言志"的观念,那"诗"字之造何以竟会在字形、声韵上与"志"字存在着那么密切的联系? 这显然是很难解释的。有的学者说:"对中国诗学真正有奠基意义的是'诗言志'

---

① 陈良运《中国诗学体系论》,中国社会科学出版社,1992年,第34页。

的观念而未必是'诗言志'的命题"①,"(诗)'言志'的观念与'诗'字成形同样古老"②,这一论断无疑是非常有见地的。

又,从我国诗歌的历史发展看,时至周初,我国诗歌的成熟已有相当长一段时间,这由《诗经·商颂》的时代可以得到充分证实。长期以来有不少学者都坚持认为《商颂》乃花商遗民宋国的作品,但时至今日,已有越来越多的学者逐渐认识到把《商颂》视为殷商中后期的作品无疑更可信。有关这一点,我们在下文还会有专门的讨论。如果《商颂》确为殷商中后期的作品,那就意味着我国诗歌至少在商代中期即已成熟。虽然目前我们所看到的《商颂》只有五首,但透过其繁复的铺陈,大胆的想象,铿锵的音调,斑斓的文采,我们仍不难感受到其炽热的情感,浓烈的诗意。这充分说明我国诗歌早在商代即已达到很高的档次。从商代中期到西周初期又经两三个世纪,在这样的文学背景下出现"诗言志"这样的观念显然并不足怪。

也正是由于我国文学早自《诗经》时代就已沐浴着"诗言志"的光辉,因此才与"摹仿说"影响下的西方文学形成了鲜明的对照。要想对中西方文学不同的精神气韵、中国诗歌的早熟以及中国诗歌在中国文学中的一家独大现象有一个透彻的认识,正确把握"诗言志"观念产生的时代,这显然也是一个不可或缺的前提。

---

① 胡家祥《志情理:艺术的基元》,百花洲文艺出版社,2017年,第44页。
② 萧华荣《中国古典诗学理论史》,华东师范大学出版社,2005年,第9页。

第二章　"《诗》三百"的成书与"诗言志"

第一节　"诗言志"与春秋所称"逸诗"的属性

在中国文学史上既被视为典型的文学作品,又被视为神圣的政教元典的文本只有一部,那就是《诗经》。也正因如此,所以有关这一文本的诸多问题的争论直到今天也仍在继续,而且其中有的问题由于文献材料的缺乏,恐怕还要永远争论下去。或者换句话说,对于这些问题因为文献材料缺乏,我们是根本无法判定是否已获得确切答案的。不过另一方面也需注意,在这诸多问题中还有一类问题,虽然目前我们也仍在争论,但这却并不意味着我们现在所掌握的材料尚不足以给我们提供确切的答案。只是由于对这些材料我们的剖析梳理还不够深入,所以才使我们对于它们所能绎出的结论懵然无知。举例来说,如在《诗经》成书问题上,《左传》《国语》所载逸诗与《诗经》究竟是什么关系,《诗经》中的《商颂》到底是商诗还是宋诗,孔子究竟是否有过删《诗》之举等等,所有这些可谓都是很典型的例子。

也正鉴此,所以笔者认为对以上问题再加探讨无疑仍是很有意义的。通过对以上问题的深入探析,我们将不难发现"《诗》三百"的编辑修订完善过程,实际上也同样是上古先民对"诗言志"观念进行规约、重塑与升华的过程。换句话说,也就是正是由于上古先民已经认识到了诗歌创作情感强烈、不可遏抑的特征,所以他们才希望对它加以净化、加以规约,以使它走上健康发展、服务社会、裨益人生的道路。只是由于上古先民缺乏理论表述的自觉,而更重具体实践的践履,所以才使他们的许多宝贵思想都只体现在了他们的具体实践里。在这里,我们之所以说借助上古先民对于"《诗》三百"的编辑、修订与完善,我们从中也可发现其对"诗言志"观念的规约、改造与升华,其中的道理也正在此。众所周知,通过编诗以体现自己的诗学理想,此乃吾人的一大传统。这一传统的形成固然原因很多,但是对于《诗经》的效仿,显然是其最重要的动力。如果将《诗经》的成书与此联系起来,则我们对于它的探讨,意义也就更大了。

一、对《左传》《国语》赋引之诗的统计

首先,让我们先来探讨一下春秋所称"逸诗"的属性问题,看一看它与"诗言志"观念的建构究竟有着怎样的联系。众所周知,在春秋战国时期无论是国际交往、朝会宴饮,还是君臣论道、日常交际,通过赋诗引诗以传达己意,这在当时是十分普遍的。《汉书·艺文志》说:"古者诸侯卿大夫交接邻国,以微言相感,当揖让之时,必称诗以喻其志,盖以别贤不肖而观盛衰焉。"[1]这虽然讲的只是国际交往,但其实对于朝会宴饮、君臣论道及日常交际也同样是适用的。有关这一点,我们在先秦的两部重要历史著作《左传》《国语》中可以看得很清楚。有关《左传》《国语》的赋诗引诗情况,有不少学者,如董治安、俞志慧等,都曾做过比较详细的统计[2],不过由于赋引之诗数量太多而且在具体文献中也比较分散,所以他们的统计或多或少都有一些纰漏。为了对《左传》《国语》中的赋诗引诗情况有一个更详细的了解,现将前人的各类统计加以综合,并予以补充,悉列如下[3]:

(一)《周颂》:引 20 赋 2,去重得 12 首

1.《敬之》引 2,僖公二十二年鲁臧文仲对鲁君引,成公四年鲁季文子评晋侯引[4]。

2.《我将》引 3 赋 1,文公四年君子评"逆妇姜于齐"引,文公十五年鲁季文子评齐侯引,昭公六年晋叔向对郑子产引,昭公十六年晋韩宣子对郑六卿赋[5]。

3.《赉》引 2,宣公十一年晋郤成子对晋诸大夫引,宣公十二年楚王对楚潘党引。

4.《酌》引 1,宣公十二年晋士季对晋荀林父引。

5.《武》引 2,宣公十二年晋士季对晋荀林父引,宣公十二年楚王对楚

---

① 班固《汉书》卷 30,中华书局,1962 年,第 1755~1756 页。按,原文"诗"字有书名号,不从。
② 董治安《先秦文献与先秦文学》,齐鲁书社,1994 年,第 35~45 页。俞志慧《君子儒与诗教:先秦儒家文学思想考论》,三联书店,2005 年,第 139~178 页。
③ 按,下文所作统计,悉据杨伯峻《春秋左传注》,中华书局,1990 年;徐元诰《国语集解》,中华书局,2002 年。
④ 按,这里所说的"引",也包括评诗或说诗,因为评诗、说诗也同样带有借诗为证的色彩。
⑤ 按,《左传》《国语》中的赋诗活动,或称赋,或称诵,或称歌。今不加区别,取其通名,一律称"赋"。

潘党引。

6.《时迈》引2,宣公十二年楚王对楚潘党引,《周语上·穆王将伐犬戎》周祭公谋父对周穆王引。

7.《桓》引1,宣公十二年楚王对楚潘党引。

8.《思文》引2,成公十六年楚申叔时对楚子反引,《周语上·厉王说荣夷公》周芮良夫对周厉王引。

9.《丰年》引1,襄公二年君子评鲁季文子引。

10.《烈文》引3,襄公二十一年晋祁奚对晋范宣子引,昭公元年君子评莒展舆引,哀公二十六年鲁子赣对卫出公使者引。

11.《昊天有成命》赋1,《周语下·晋羊舌肸聘于周》周单靖公对晋叔向赋。

12.《天作》引1,《晋语四·文公在狄十二年》郑叔詹对郑文公引。

(二)《商颂》:引8赋0,去重得5首

1.《玄鸟》引1,隐公三年君子评宋宣公引。

2.《长发》引3,成公二年齐宾媚人对晋人引,昭公二十年孔子评郑子大叔为政引,《晋语四·文公在狄十二年》宋公孙固对宋襄公引。

3.《殷武》引2,襄公二十六年蔡声子对楚子木引,哀公五年郑子思评"郑驷秦富而侈"引。

4.《烈祖》引1,昭公二十年齐晏子对齐侯引。

5.《那》引1,《鲁语下·齐间丘来盟》鲁闵马父对鲁子服景伯引。

(三)《鲁颂》:引1赋0,去重得1首

1.《闷宫》引1,文公二年君子评鲁"逆祀"引。

(四)《大雅》:引75赋13,去重得20首

1.《既醉》引4赋1,隐公元年君子评郑颍考叔引,成公二年齐宾媚人对晋人引,襄公三十一年卫北宫文子对卫侯引,襄公二十七年楚子荡对晋侯赋。《周语下·晋羊舌肸聘于周》晋叔向对周单之老引。

2.《行苇》引1,隐公三年君子评"周郑交恶"引。

3.《泂酌》引1,隐公三年君子评"周郑交恶"引。

4.《文王》引12赋2,桓公六年郑太子忽对郑人引,庄公六年君子评卫君黔牟被放引,文公二年晋赵衰对晋诸大夫引,宣公十五年晋羊舌职评晋侯赏罚引,成公二年楚子重对楚人引,襄公十三年君子评晋范宣子引,襄公三十年君子评"澶渊之会"引,昭公六年晋叔向对郑子产引,昭公十年齐陈桓子自评己之仁政引,昭公二十三年沈戍评楚政引,昭公二十八年孔子评晋魏献子引,襄公四年晋侯使乐工对鲁叔孙豹赋,《周语上·厉王说荣夷公》周芮良夫对周厉王引,《鲁语下·叔孙穆子聘于晋》晋悼公使乐工对鲁叔孙穆子赋。

5.《板》引 7 赋 1,僖公五年晋士蒍对晋侯引,宣公九年孔子评宋泄治引,成公八年鲁季文子对晋韩穿引,襄公三十一年晋叔向评郑子产引,昭公六年宋向戌对宋华亥引,昭公二十八年晋司马叔游对晋祁盈引,昭公三十二年卫彪傒评晋魏舒僭越引,文公七年晋荀林父对晋先蔑赋。

6.《荡》引 3,宣公二年晋士季对晋灵公引,襄公三十一年卫北宫文子对卫侯引,《周语下·灵王二十二年穀洛斗》周太子晋对周灵王引。

7.《抑》引 8,僖公九年君子评晋荀息引,僖公九年秦公孙枝对秦伯引,襄公二年君子评鲁季文子引,襄公二十一年晋叔向对其室老引,襄公二十二年君子评郑公孙黑肱引,襄公三十一年卫北宫文子对卫侯引[①],昭公元年晋赵文子对晋祁午引,昭公五年孔子评鲁叔孙昭子引。

8.《皇矣》引 5,僖公九年秦公孙枝对秦伯引,文公二年君子评晋狼瞫引,文公四年君子评秦穆公引,襄公三十一年卫北宫文子对卫侯引,昭公二十八年晋成鱄对晋魏献子引。

9.《旱麓》引 4,僖公十二年君子评齐管仲引,成公八年君子评"晋侵沈"引,《周语中·晋既克楚于鄢》周单襄公对周郤桓公引,《周语下·景王二十一年将铸大钟》周单穆公对周景王引。

10.《思齐》引 2,僖公十九年宋子鱼对宋公引,《晋语四·文公问于胥臣曰》晋胥臣对晋文公引。

11.《民劳》引 4,僖公二十八年君子评晋文公引,文公十年楚子舟对楚人引,昭公二年晋叔向对鲁叔弓引,昭公二十年孔子评郑子大叔为政引。

12.《桑柔》引 4,文公元年秦伯对秦大夫引,襄公三十一年郑冯简子对

---

① 按,此引《左传》原文作:"诗云:'敬慎威仪,惟民之则。'"今本《诗经》同,唯"惟"作"维"。又,此引诗文也见《鲁颂·泮水》,但一则因为北宫文子在此所引之诗总计 5 首,除去 1 首为《邶风》,1 首兼见于《大雅》《鲁颂》外,其余全属《大雅》,二则在《左传》《国语》赋引之诗中《大雅》的数量远远超过《鲁颂》,鉴此,将此处所引之诗视为《大雅》显然更合理。《诗经》原文详朱熹《诗集传》卷 18、20,上海古籍出版社,1980 年,第 203、239 页。

卫侯引,昭公二十四年沈戍评楚政引,《周语下·灵王二十二年穀洛斗》周太子晋对周灵王引。

13.《假乐》引 3 赋 2,成公二年君子评"蔡许之君失位"引,昭公二十一年鲁叔孙昭子评蔡太子朱失位引,哀公五年郑子思评"郑驷秦富而侈"引,文公三年鲁公对晋侯赋,襄公二十六年晋侯对齐侯郑伯赋。

14.《烝民》引 6,文公三年君子评秦孟明引,文公十年楚子舟对楚人引,宣公二年晋士季对晋灵公引,襄公二十五年卫大叔文子评卫宁喜引,昭公元年晋叔向对晋赵文子引,定公四年郧公对其弟引。

15.《文王有声》引 1,文公三年君子评秦子桑引。

16.《瞻卬》引 4,文公六年君子评秦穆公引,襄公二十六年蔡声子对楚子木引,昭公十年鲁叔孙昭子对鲁诸大夫引[1],昭公二十五年宋乐祁对宋公引。

17.《韩奕》赋 1,成公九年鲁季文子对鲁君赋。

18.《大明》引 3 赋 3,襄公二十四年郑子产对晋范宣子引,昭公二十六年齐晏子对齐侯引,襄公四年晋侯使乐工对鲁叔孙豹赋,昭公元年楚子围对晋赵孟赋,《鲁语下·叔孙穆子聘于晋》晋悼公使乐工对鲁叔孙穆子赋,《晋语四·文公在狄十二年》齐姜对晋重耳引。

19.《绵》引 1 赋 3,哀公二年晋乐丁对晋诸大夫引,襄公四年晋侯使乐工对鲁叔孙豹赋,昭公二年鲁季文子对晋韩宣子赋,《鲁语下·叔孙穆子聘于晋》晋悼公使乐工对鲁叔孙穆子赋。

20.《灵台》引 2,昭公九年鲁叔孙昭子评鲁季平子引,《楚语上·灵王为章华之台》楚伍举对楚灵王引。

(五)《小雅》:引 50 赋 42,去重得 39 首

1.《巧言》引 5 赋 1,桓公十二年君子评"宋无信"引,文公二年君子评狼瞫引,宣公十七年晋范武子对其子士燮引,襄公二十九年郑裨谌对郑然明引,昭公三年君子评齐晏子引,襄公十四年卫师曹代卫献公对卫孙蒯赋。

2.《出车》引 1,闵公元年齐管仲对齐侯引。

3.《十月之交》引 3,僖公十五年晋韩简对晋惠公引,昭公七年晋侯对

---

① 按,所引诗句"不自我先,不自我后",也见《小雅·正月》。由于大小《雅》相较,《大雅》的被引率更高一些,故此也将其视为《大雅》之诗。详朱熹《诗集传》卷 18、11,上海古籍出版社,1980 年,第 220、129 页。

晋士文伯引,昭公三十二年晋史墨评鲁政引。

4.《正月》引3,僖公二十二年周富辰对周天子引,襄公二十九年郑子大叔对卫大叔仪引,昭公元年晋叔向对晋赵孟引。

5.《小旻》引4,僖公二十二年鲁臧文仲对鲁君引,宣公十六年晋羊舌职评晋国政治引,襄公八年郑子驷对郑大夫引,昭公元年晋乐王鲋对盟国诸大夫引。

6.《六月》引2赋3,宣公十二年楚孙叔敖对楚人引,昭公十三年周刘献公对晋叔向引,僖公二十三年秦伯对晋重耳赋,襄公十九年鲁季武子对晋范宣子赋,《晋语四·文公在狄十二年》秦伯对晋重耳赋。

7.《常棣》引3赋2,僖公二十四年周富辰对周天子引,昭公七年晋大夫对晋范献子引,襄公二十年鲁季武子对宋褚师段赋,昭公元年晋赵孟对盟国诸大夫赋,《周语中·襄王十七年郑人伐滑》周富辰对周襄王引。

8.《小明》引2,僖公二十四年君子评郑子臧引,襄公七年晋穆子对晋公族引。

9.《青青者莪》赋2,文公三年晋侯对鲁公赋,昭公十七年小邾穆公对鲁君臣赋。

10.《湛露》赋1,文公四年鲁公对卫宁武子赋。

11.《彤弓》赋2,文公四年鲁公对卫宁武子赋,襄公八年鲁季武子对晋范宣子赋。

12.《鸿雁》赋2,文公十三年郑子家对鲁文公赋,襄公十六年鲁穆叔对晋范宣子赋。

13.《四月》引1赋1,宣公十二年君子评郑乱引,文公十三年鲁季文子对郑伯赋。

14.《采薇》赋1,文公十三年鲁季文子对郑伯赋。

15.《雨无正》引3,文公十五年鲁季文子评齐侯引,昭公八年晋叔向评晋师旷引,昭公十六年鲁叔孙昭子评齐以大欺小引。

16.《角弓》引2赋2,宣公二年君子评宋羊斟引,昭公六年晋叔向对晋侯引,襄公八年鲁季武子对晋范宣子赋,昭公二年晋韩宣子对鲁季武子赋。

17.《信南山》引1,成公二年齐宾媚人对晋人引。

18.《节南山》引4赋1,成公七年鲁季文子评"吴伐郯"引,襄公七年晋穆子对晋公族引,襄公十三年君子评吴师之败引,昭公二年鲁季武子对晋韩宣子赋,《楚语上·灵王虐白公子张骤谏》楚白公子张对楚灵王引。

19.《桑扈》引1赋1,成公十四年卫宁惠子对晋苦成叔引,襄公二十七年郑公孙段对晋赵孟赋。

20.《裳裳者华》引1,襄公三年君子评晋祁奚引。

21.《鹿鸣》引2赋2,昭公七年孔子评鲁孟僖子引,昭公十年鲁臧武仲评鲁季平子"杀人以祭"引,襄公四年晋侯使乐工对鲁叔孙豹赋,《鲁语下·叔孙穆子聘于晋》晋悼公使乐工对鲁叔孙穆子赋。

22.《四牡》引1赋2,襄公二十九年郑子展对郑伯有引,襄公四年晋侯使乐工对鲁叔孙豹赋,《鲁语下·叔孙穆子聘于晋》晋悼公使乐工对鲁叔孙穆子赋。

23.《皇皇者华》引1赋2,襄公四年晋侯使乐工对鲁叔孙豹赋,《晋语四·文公在狄十二年》晋重耳对齐姜引,《鲁语下·叔孙穆子聘于晋》晋悼公使乐工对鲁叔孙穆子赋。

24.《采菽》引1赋2,襄公十一年晋魏绛对晋侯引,昭公十七年鲁季平子对小邾穆公赋,《晋语四·文公在狄十二年》秦伯对晋重耳赋。

25.《北山》引3,襄公十三年君子评晋范宣子引,昭公七年楚无宇对楚王引,昭公七年晋士文伯对晋侯引。

26.《青蝇》赋1,襄公十四年姜戎驹支对晋范宣子赋。

27.《都人士》引1,襄公十四年君子评楚子囊引。

28.《祈父》赋1,襄公十六年鲁穆叔对晋中行献子赋。

29.《黍苗》赋3,襄公十九年晋范宣子对鲁季武子赋,襄公二十七年郑子西对晋赵孟赋,《晋语四·文公在狄十二年》晋重耳对秦伯赋。

30.《鱼丽》赋1,襄公二十年鲁季武子对鲁君赋。

31.《南山有台》引2赋1,襄公二十四年郑子产对晋范宣子引,昭公十三年孔子评郑子产引,襄公二十年鲁君对鲁季武子赋。

32.《小弁》引1,襄公二十五年卫大叔文子评卫宁喜引①。

33.《蓼萧》赋2,襄公二十六年齐国景子代齐侯对晋侯赋,昭公十二年鲁君对宋华定赋。

---

① 按,所引诗句"我躬不阅,遑恤我后",也见《邶风·谷风》。由于《小雅》的被引量远较《邶风》为大,故此也将其列于《小雅》内。详朱熹《诗集传》卷12、2,上海古籍出版社,1980年,第141、21页。

34.《隰桑》赋1,襄公二十七年郑子产对晋赵孟赋。

35.《小宛》赋2,昭公元年晋赵孟对楚子围赋,《晋语四·文公在狄十二年》秦伯对晋重耳赋①。

36.《瓠叶》赋1,昭公元年晋赵孟对郑子皮赋。

37.《吉日》赋1,昭公三年楚王对郑伯赋。

38.《蓼莪》引1,昭公二十四年郑子大叔对晋范献子引。

39.《车辖》引1赋1,昭公二十六年齐晏子对齐侯引,昭公二十五年鲁叔孙昭子对宋公赋。

(六)《周南》:引2赋0,去重得2首

1.《兔罝》引1,成公十二年晋郤至对楚子反引。

2.《卷耳》引1,襄公十五年君子评楚国之政引。

(七)《召南》:引8赋6,去重得9首

1.《采蘩》引2赋1,隐公三年君子评"周郑交恶"引,文公三年君子评秦穆公引,昭公元年鲁叔孙豹对晋赵孟赋。

2.《采苹》引1,隐公三年君子评"周郑交恶"引。

3.《行露》引2,僖公二十年君子评"随之见伐"引,襄公七年晋穆子对晋公族引。

4.《羔羊》引1,襄公七年鲁叔孙豹评卫孙文子引。

5.《摽有梅》赋1,襄公八年晋范宣子对鲁君赋。

6.《甘棠》引2赋1,襄公十四年晋士鞅对秦伯引,定公九年君子评郑子然引,昭公二年鲁季武子对晋韩宣子赋。

7.《草虫》赋1,襄公二十七年郑子展对晋赵孟赋。

8.《鹊巢》赋1,昭公元年鲁叔孙豹对晋赵孟赋。

9.《野有死麕》赋1,昭公元年郑子皮对晋赵孟赋。

(八)《邶风》:引5赋5,去重得8首

1.《谷风》引1,僖公三十三年晋臼季对晋文公引。

2.《泉水》引1,文公二年君子评鲁"逆祀"引。

3.《绿衣》赋2,成公九年宋宣公夫人穆姜对鲁季文子赋,《鲁语下·公

---

① 按,《国语》原文作:"秦伯赋《鸠飞》。"韦昭注据《小宛》首章:"宛彼鸣鸠,翰飞戾天",谓《鸠飞》即
　《小宛》。其说可从。详徐元诰《国语集解》,中华书局,2002年,第339页。

父文伯之母欲室文伯》鲁公父文伯之母对其宗老赋。

4.《简兮》引1,襄公十年鲁孟献子评晋鲁盟军引。

5.《匏有苦叶》赋2,襄公十四年鲁叔孙豹对晋叔向赋,《鲁语下·诸侯伐秦及泾莫济》鲁叔孙穆子对晋叔向赋。

6.《式微》赋1,襄公二十九年鲁荣成伯对鲁君赋。

7.《柏舟》引1,襄公三十一年卫北宫文子对卫侯引。

8.《静女》引1,定公九年君子评郑子然引。

(九)《鄘风》:引4赋5,去重得5首

1.《载驰》赋3,闵公二年许穆夫人伤卫之乱赋,文公十三年郑子家对鲁文公赋,襄公十九年鲁穆叔对晋叔向赋。

2.《桑中》引1,成公二年楚申叔跪对楚巫臣引。

3.《相鼠》引2赋1,昭公三年君子评郑伯石引,定公十年君子评晋涉佗引,襄公二十七年鲁叔孙豹对齐庆封赋。

4.《鹑之奔奔》赋1,襄公二十七年郑伯有对晋赵孟赋。

5.《竿旄》引1,定公九年君子评郑子然引。

(十)《卫风》:引1赋3,去重得4首

1.《硕人》赋1,隐公三年卫人为卫庄公妻齐庄姜赋。

2.《氓》引1,成公八年鲁季文子对晋韩穿引。

3.《淇澳》赋1,昭公二年卫北宫文子对晋韩宣子赋。

4.《木瓜》赋1,昭公二年晋韩宣子对卫北宫文子赋。

(十一)《曹风》:引2赋0,去重得1首

1.《候人》引2,僖公二十四年君子评郑子臧引,《晋语四·文公在狄十二年》楚成王对楚子玉引。

(十二)《王风》:引1赋0,去重得1首

1.《葛藟》引1,文公七年宋乐豫对宋昭公引。

(十三)《唐风》:引1赋1,去重得2首

1.《蟋蟀》赋1,襄公二十七年郑印段对晋赵孟赋。

2.《扬之水》引1,定公十年郧驷赤对鲁叔孙成子引。

(十四)《豳风》:引2赋0,去重得2首

1.《七月》引1,昭公四年鲁申丰对鲁季武子引。

2.《狼跋》引1,昭公二十年齐晏子对齐侯引。

(十五)《郑风》:引 2 赋 10,去重得 9 首

1.《清人》赋 1,闵公二年郑人为郑高克赋。

2.《缁衣》赋 1,襄公二十六年郑子展代郑伯对晋侯赋。

3.《将仲子》引 1 赋 1,襄公二十六年郑子展代郑伯对晋侯赋,《晋语四·文公在狄十二年》齐姜对晋重耳引。

4.《野有蔓草》赋 2,襄公二十七年郑子大叔对晋赵孟赋,昭公十六年郑子蠚对晋韩宣子赋。

5.《羔裘》引 1 赋 1,襄公二十七年君子评宋子罕引,昭公十六年郑子产对晋韩宣子赋。

6.《褰裳》赋 1,昭公十六年郑子大叔对晋韩宣子赋。

7.《风雨》赋 1,昭公十六年郑子游对晋韩宣子赋。

8.《有女同车》赋 1,昭公十六年郑子旗对晋韩宣子赋。

9.《蘀兮》赋 1,昭公十六年郑子柳对晋韩宣子赋。

(十六)《秦风》:引 0 赋 2,去重得 2 首

1.《黄鸟》赋 1,文公六年秦人为子车氏之三子赋。

2.《无衣》赋 1,定公四年秦哀公对楚申包胥赋。

(十七)《逸诗》:引 15 赋 5,去重得 17 首

1.逸诗(诗题不详)引 1,庄公二十二年齐田敬仲对齐侯引。

2.逸诗(诗题不详)引 1,僖公九年秦公孙枝对秦伯引①。

3.逸诗《河水》赋 2,僖公二十三年晋重耳对秦伯赋,《晋语四·文公在狄十二年》晋重耳对秦伯赋②。

4.逸诗(诗题不详)引 1,宣公二年晋赵盾对晋太史引。

5.逸诗(诗题不详)引 1,成公九年君子评莒人之败引。

6.逸诗(诗题不详)引 1,襄公五年君子评楚共王引。

7.逸诗(诗题不详)引 1,襄公八年郑子驷对郑大夫引。

8.逸诗(诗题不详)引 1,襄公二十一年晋叔向对晋人引。

9.逸诗《辔之柔矣》赋 1,襄公二十六年齐国景子代齐侯对晋侯赋。

---

① 按,《左传》原文作:"臣闻之:'唯则定国'",并未显明是诗歌,然《吕氏春秋·慎大览·权勋》云:"诗云:'唯则定国'",故视为逸诗。详许维遹《吕氏春秋集释》卷 15,中华书局,2009 年,第 366 页。

② 按韦昭注以为《河水》即《小雅·沔水》,证据不足,故不从。详徐元诰《国语集解》,中华书局,2002 年,第 340 页。

10. 逸诗《茅鸱》赋 1，襄公二十八年鲁叔孙穆子使乐工对齐庆封赋。

11. 逸诗（诗题不详）引 1，襄公三十年君子评"澶渊之会"引。

12. 逸诗（诗题不详）引 1，昭公四年郑子产对郑子宽引。

13. 逸诗《祈招》引 1，昭公十二年楚子革对楚王引。

14. 逸诗《新宫》赋 1，昭公二十五年宋公对鲁叔孙昭子赋①。

15. 逸诗（诗题不详）引 1，昭公二十六年齐晏子对齐侯引。

16. 逸诗（诗题不详）引 3，昭公十九年郑子产对晋使者引，昭公二十二年宋君对楚薳越引，《周语下·灵王二十二年穀洛斗》周太子晋对周灵王引②。

17. 逸诗《支》引 1，《周语下·敬王十年刘文公与苌弘欲城周》卫彪傒对周单穆公引。

二、对《左传》《国语》赋引"逸诗"属性的分析

由以上所列可以看出，在《左传》《国语》二书中，《诗经》305 篇被赋引的数量和比率是很不平衡的。首先除去《秦风》《郑风》和逸诗不讲，不难发现当时人对"诗"的赋引，其范围十分有限：《雅》和《颂》乃是朝廷用诗，豳为周王室的发祥地，二南乃周公、召公的分陕之地，曹乃文王之子、周武王和周公之弟振铎的受封之地，三卫（也即邶鄘卫）乃文王之子、周武王和周公之弟康叔的受封之地③，唐乃周武王的儿子、周成王的弟弟叔虞的受封之

---

① 按，江永《群经补义》谓《新宫》即《小雅·斯干》，证据不足，故不从。见杨伯峻《春秋左传注》，中华书局，1990 年，第 1455 页。

② 按，《左传》原文分别作："谚曰：'无过乱门'"，"人有言曰：'唯乱门之无过'"，《国语》原文作："人有言曰：'无过乱人之门。'又曰：'佐饔者尝焉，佐斗者伤焉。'又曰：'祸不好不能为'"，皆未表明此为诗歌，然《吕氏春秋·贵直论·原乱》云："诗曰：'毋过乱门'"，故也视为逸诗。详许维遹《吕氏春秋集释》卷 23，中华书局，2009 年，第 638 页。

③ 按，关于"三卫"，在文献中有两种说法。一以《汉书·地理志下》为代表："河内本殷之旧都，周既灭殷，分其畿内为三国，《诗风》邶、庸（鄘）、卫国是也。邶（邶），以封纣子武庚；庸（鄘），管叔尹之；卫，蔡叔尹之。以监殷民，谓之三监。故《书序》曰：'武王崩，三监畔（叛）。'周公诛之，尽以其地封弟康叔，号曰孟侯，以夹辅周室。"一以郑玄《毛诗谱》为代表："邶、墉（鄘）、卫者，商纣畿内方千里之地。……周武王伐纣，以其京师封纣子武庚为殷后，庶殷顽民被纣化日久，未可以建诸侯，乃三分其地置三监，使管叔、蔡叔、霍叔尹而教之。自纣城而北谓之邶，南谓之墉（鄘），东谓之卫。"皇甫谧《帝王世纪》同："自殷都以东为卫，管叔监之；殷都以西（笔者按：应为南）为墉（鄘），蔡叔监之；（殷）都以北为邶，霍叔监之，是谓三监。"分别见班固《汉书》卷 28，中华书局，1962 年，第 1647 页；孔颖达《毛诗正义》卷 2，孔颖达等《十三经注疏》，中华书局，1980 年，第 295 页；皇甫谧《帝王世纪》，中华书局，1985 年，第 31 页。

地,王乃周东都洛邑王城畿内之地。看来《左传》《国语》对"诗"的赋引并不是毫无选择的,它们主要集中在一些政治上的显贵地区。要确定《左传》《国语》"逸诗"的属性,二书在赋诗引诗上所呈现出来的这一特点,我们必须加以注意。

下面再看《秦风》《郑风》的问题。和《齐风》《陈风》等诸国之风一样,秦、郑之风其政治地位应当说也比较低,可是它们怎么也被一再赋引呢?这一点其实并不难解释。由上文所列可以看出,《秦风》虽然被赋 2 次,但是赋诗者都是秦人,这足以说明《秦风》在当时的政治交往中也是并不流行的。《郑风》被引 2 次被赋 10 次,但其中所有的赋诗者也全系郑人。尽管 2 次引诗一为"君子"①,一为齐姜,初看起来好像与上文所说的《左传》《国语》对诗的赋引"主要集中在一些政治上的显贵地区"的说法相矛盾,可是如果稍加分析便会发现其实这也并不难理解。首先在今本《诗经》"十五国风"中,《郑风》录诗 21 首,其他"十四国风"除三《卫》之一的《邶风》录诗 19 首外,其余皆在 14 首以下,少者甚至只有四五首。由此以断,郑国当时的诗歌创作应当是十分繁荣的。在《论语》中孔子屡屡对郑诗提出批评,如《阳货》云:"子曰:'恶紫之夺朱也,恶郑声之乱雅乐也'"②等等。郑诗的创作竟已繁荣到扰乱"雅乐"的程度,其创作之盛于此可知。在《左传》《国语》中,郑人对于本国之诗的使用,如上所列,其数量竟然高达 9 首 10 次,远非秦、齐、唐(晋)、卫诸国所能比,这也再次说明郑国诗歌之繁荣确乎是其他诸侯国难以企及的。郑国的诗歌创作既然如此之盛,那么偶然为他国之人引用一两次,也就自然不足为怪了。其次,再从《郑风》的政治地位说,郑国的开国封君乃西周中兴之主周宣王的弟弟,据此,《郑风》虽然在政治地位上不如二南、三卫、豳、王、唐、曹高贵,但是较之秦、齐、陈、桧、魏诸国之风,地位无疑又是要略胜一筹的。从这个角度讲,《郑风》为他国之人引用一两首,也同样可以理解。也正鉴此,所以我们认为在《国语》《左传》中,秦、郑二风的屡被赋引对于我们上文所作的结论并不构成威胁。盖也正因如此,所以有的学者说《左传》《国语》所赋引的"'风'诗,都具有某种高贵的世系,

---

① 按,在《左传》中常常可以看到身份不明的"君子曰"式的评论,这些"君子"可能是当时之"君子",也可能是后世之"君子",还可能是作者借以委婉表达个人意见的一种特殊称谓。因此严格来说,在"君子曰"中出现的引诗,其论证力是十分有限的。

② 杨伯峻《论语译注》,中华书局,1980 年,第 187 页。

因而都具有某种程度的'雅''颂'性质"。"春秋赋引《诗》不仅很少用及那些不具有雅、颂性质的作品，而且即使偶有用及，也主要限于本国人士或与该国人事相关的特殊场合。"①这一论断无疑是很有见地的。

为了进一步说明问题，下面我们再作一组对比。在上文所列291首次的赋引里，其中赋诗94首次——"逸诗"5，《秦风》2，《郑风》10，《豳风》0，《唐风》1，《王风》0，《曹风》0，三《卫》13，《召南》6，《周南》0，《小雅》42，《大雅》13，三《颂》2；引诗197首次——"逸诗"15，《秦风》0，《郑风》2，《豳风》2，《唐风》1，《王风》1，《曹风》2，三《卫》10，《召南》8，《周南》2，《小雅》50，《大雅》75，三《颂》29。由这些数字不难看出：①除去"逸诗"的属类不能辨别外，《秦风》只出现在赋诗里，而所有的引诗全部都来自上文所说的显贵地区。②在这所有的显贵地区中，除去《豳风》《唐风》《王风》《曹风》《周南》五家数量太少不予计算外，三《卫》《郑风》《召南》《小雅》与三《颂》《大雅》也显然存在着差别。《郑风》主要用于赋诗，三《卫》《召南》《小雅》大致赋、引参半，而三《颂》《大雅》则主要用在引诗里。虽然不论赋、引都是对"诗"的依托，但依托的性质显然是很不相同的。引诗的目的重在为立论提供依据，而赋诗则主要体现的是一种表达方式，说得更明确一点也就是借助赋诗述说己志；引诗的场合一般都比较严肃，而赋诗则带有更多的即兴娱乐的性质，它之所以多用于宴饮场合，其中的道理也正在此。如果以上所论不差，则我们是否可以得出如下结论，即越是政治地位较高的作品就越较多地用在引诗里。由此以断，也同样可以看出春秋之时人们对诗的赋引，其选择性、倾向性确实是很鲜明的。

春秋之时，"诸侯卿大夫交接邻国""称诗以喻其志"，既然所习用的都是那些政治上的显贵地区的诗歌，其他地区的诗歌即使在赋诗中也难得一见，如此则显而易见，《左传》《国语》所载逸诗决不可能是《诗经》之中全部诗作的剩余，它们只能出自那些政治上的显贵地区。很难想象，那些非显贵地区的诗歌连在《左传》《国语》中露脸的机会都没有，二书之中所载逸诗又怎么会来自它们呢？这显然是很难说通的。

此外还有两点需要注意，从这两点我们还可进一步看出《左传》《国语》所保存的逸诗，其所属范围甚至比我们上文所说的还要小。具体来说，这

①陆晓光《中国政教文学之起源：先秦诗说论考》，华东师范大学出版社，1994年，第93～95页。

两点分别是:其一,《左传》《国语》的 17 首逸诗,如上所列,总计被引 15 首次、被赋 5 首次,这样的比例即是较之三《卫》《召南》《小雅》的赋、引参半,其被引率也是要高出很多的。如上所言,政治地位越高的作品就越较多地出现在引诗里,既是如此,则不难推知这 17 首逸诗,它们中的很大部分其政治地位也应当是十分之高的(如三《颂》《大雅》之类)。其二,如上所示,除去逸诗,《左传》《国语》对诗的赋引共计 271 首次,而在这 271 首次中,三《颂》、二《雅》就占了 211 首次,拥有全部赋引的 78%。据此以断,也同样不难得知《左传》《国语》所赋引的逸诗,其所属范围确乎是十分有限的。如果将以上两点综合起来,再将《商颂》《鲁颂》剔除出去——它们分别只被赋引了 8 首次与 1 首次,较之《周颂》的 22 首次、《大雅》的 88 首次、《小雅》的 92 首次相差太远,所以也可忽略不计,那么《左传》《国语》的这 17 首逸诗其最有可能源出的范围就是《周颂》和二《雅》,或者说它们其中的很大部分都应当是源自它们的。这一结论较之我们上文所得的结论,在所属范围上显然又缩小了很多。

三、先秦其它典籍所载"逸诗"与《左传》《国语》的一致性

《左传》《国语》所赋引的逸诗与《诗经》的关系已如上述,这一特点其实对先秦其他文献也同样适用。如果一定要说有什么不同,那也不过是所赋引之诗的显贵程度或高或低,稍有出入罢了。

举例来说,譬如《战国策》,全书引诗总计 10 首次(无赋诗现象)①,其中《大雅·荡》2 首次,分别见《秦策四·顷襄王二十年》楚黄歇对秦昭王引,《秦策五·谓秦王》无名氏对秦王引;《小雅·北山》1 首次,见《东周策·温人之周》温人对周人引;《小雅·巧言》1 首次,见《秦策四·顷襄王二十年》楚黄歇对秦昭王引;《小雅·菀柳》1 首次,见《楚策四·客说春申君》赵荀况对楚春申君引;逸诗(诗题不详)2 首次,分别见《秦策三·范睢至秦》魏范睢对秦王引,《秦策三·应侯谓昭王》魏范睢对秦昭王引;逸诗(诗题不详)1 首次,见《秦策四·顷襄王二十年》楚黄歇对秦昭王引②;逸诗(诗题不详)1 首次,见《秦策五·谓秦王》无名氏对秦王引;逸诗(诗题不详)1 首次,

① 此据刘向《战国策》,上海古籍出版社,1998 年。
② 按,此处《战国策》原文作:"诗云:'大武远宅不涉。'"孙诒让等以为此乃化用《逸周书·大武》"远宅不薄"而来。证据不足,不从。详吴毓江《墨子校注》卷 4,中华书局,1993 年,第 193 页。

见《赵策二·王立周绍为傅》赵王对其臣周绍引[①]。由以上所列不难看出：除去逸诗不讲，《战国策》所引全部出自《大雅》《小雅》，其所引诗歌的显贵程度甚至比《左传》《国语》还要高。既是如此，则它里面的四首逸诗，其源出二《雅》的几率也就更大了。

再如《墨子》，它总计引诗 14 首次（无赋诗现象）[②]，其中《召南·驺虞》1 首次，见《三辩》；《小雅·大东》2 首次，分别见《亲士》《兼爱下》；《小雅·皇皇者华》1 首次，见《尚同中》；《大雅·桑柔》1 首次，见《尚贤中》；《大雅·抑》1 首次，见《兼爱下》；《大雅·皇矣》2 首次，分别见《天志中》《天志下》；《大雅·文王》1 首次，见《明鬼下》；《周颂·载见》1 首次，见《尚同中》；《周颂·维清》1 首次，见《三辩》；逸诗（诗题不详）1 首次，见《所染》；逸诗（诗题不详）1 首次，见《尚贤中》；逸诗（诗题不详）1 首次，见《非攻中》。与上文《战国策》所引诗文加以比较，不难看出二者的情况非常相类。尤其需要注意者，《墨子·尚贤中》所引逸诗，作者明确指出它出于《周颂》："《周颂》道之曰：'圣人之德，若天之高，若地之普。……'"[③]这就更为《墨子》所引逸诗地位显赫提供了明证。

再看《荀子》。据董治安统计，全书引诗共计 60 首 96 次（无赋诗现象），其中《齐风》《秦风》《周南》《豳风》和《卫风》各 1 首 1 次，其篇目分别为《东方未明》《小戎》《卷耳》《七月》和《淇奥》；《邶风》2 首 2 次，其篇目分别为《柏舟》和《雄雉》；《曹风》1 首 4 次，其篇目为《鸤鸠》；《周颂》8 首 16 次，其篇目分别为《维清》《天作》《时迈》《执兢》《雝》《武》《酌》和《桓》；《商颂》2 首 4 次，其篇目分别为《那》和《长发》；《小雅》18 首 26 次，其篇目分别为《出车》《鱼丽》《鹤鸣》《节南山》《十月之交》《小旻》《巧言》《何人斯》《大东》《北山》《无将大车》《小明》《楚茨》《裳裳者华》《采菽》《角弓》《黍苗》和《绵蛮》；《大雅》17 首 32 次，其篇目分别为《文王》《大明》《棫朴》《思齐》《皇矣》《下武》《文王有声》《既醉》《泂酌》《卷阿》《民劳》《板》《荡》《抑》《桑柔》《烝民》和《常武》；逸诗 7 首 7 次，诗题皆不详[④]。由上文所列可以看出，虽然与《左

---

① 按，此处姚本原文作"诗云：'服难以勇，治乱以知'"，鲍本"诗"作"谚"。此据姚本。详刘向《战国策》卷 19，上海古籍出版社，1998 年，第 667～668 页。
② 此据吴毓江《墨子校注》，中华书局，1993 年。
③ 吴毓江《墨子校注》卷 2，中华书局，1993 年，第 79 页。
④ 董治安《〈荀子〉论〈诗〉、引〈诗〉表》，《先秦文献与先秦文学》，齐鲁书社，1994 年，第 67～71 页。

传》《国语》《战国策》和《墨子》不同,《荀子》引了两首非显贵地区的诗,即《秦风·小戎》《齐风·东方未明》,但是稍加对比便可发现这两首非显贵地区的诗,每首在《荀子》中都只被引了 1 次,相对于全书的 96 次简直可以说是微乎其微的。所以总体而言,《荀子》一书在赋诗引诗上与《左传》《国语》等书也同样无二致。

先秦文献含有赋诗引诗现象的,除了以上所列外,还有《论语》《孟子》《庄子》《管子》《韩非子》《吕氏春秋》《晏子春秋》和三《礼》等。对这 10 部典籍的赋引情况,当今学者董治安等也有统计。根据他们的统计,不难发现这 10 部典籍赋引之诗与《左传》《国语》等也同样表现出惊人的一致。具体来说,这 10 部典籍共计称诗 167 首 252 首次,撇开逸诗不讲,除了《孟子·万章上》《尽心上》分别引了《齐风·南山》和《魏风·伐檀》①,《礼记·坊记》《射义》分别引了《齐风·南山》和《秦风·小戎》,《大戴礼记·投壶》赋了《魏风·伐檀》②外,各书所赋引的其他诗歌,毫无例外也全部都来自上文所说的包括郑国在内的显贵地区。如果将上文所列《荀子》所引的《秦风·小戎》和《齐风·东方未明》也考虑进来,则先秦典籍对于非显贵地区的诗歌的赋引实际只有 7 首次(上文所列秦人对于本国之诗的两赋除外)。若除其复重,则仅有 4 首诗,即《秦风·小戎》《魏风·伐檀》和《齐风》之《东方未明》与《南山》。而《陈风》《桧风》在全部先秦文献中更连赋引 1 次的机会也没有。所有这些对我们确定先秦文献所载逸诗的属性,无疑都是非常有帮助的。

四、余论

由以上所述不难看出,在"《诗》三百"最终成书前,当时人对于诗歌的赋引,其倾向性确实是非常鲜明的。他们托以言志的诗歌作品,不仅全部都源自那些政治上的显贵地区,而且尤多源自《周颂》和二《雅》。那么,为什么会出现这种情况呢?这恐怕与诗歌的语言艺术或者说修辞技巧联系不大,它更多的恐怕还是和当时人对于"诗言志"观念的规约、升华相关联。换句话说,诗歌究竟应当抒写怎样的情志,作诗者究竟应不应当对自己的

---

① 董治安《〈孟子〉论〈诗〉、引〈诗〉表》,《先秦文献与先秦文学》,齐鲁书社,1994 年,第 65 页。
② 董治安《〈周礼〉〈仪礼〉〈礼记〉〈大戴礼记〉歌〈诗〉、奏〈诗〉、论〈诗〉、引〈诗〉表》,《先秦文献与先秦文学》,齐鲁书社,1994 年,第 75 页。

情感加以限制,以确保其不背离当时的政教规范与人伦精神,这恐怕才是当时人在称诗时所着力考虑的问题。当时人在称诗时为什么只称引那些政治地位高贵的诗,如果不结合他们的"言志"理想、"言志"诉求,我们恐怕是很难给出一个合理解释的。

尤其需要注意者,由上文我们所说的"逸诗"的属性不难得知,即是那些政治地位高贵的诗歌,它们在《诗经》的成书过程中,也同样面临着被抛弃、被删除的危险。那些源自非显贵地区的诗歌,它们的被删除、被舍弃,其比率无疑就更大了。如果明白了这一点,那当时人对于诗歌的要求之高也就不难察悉。上文我们所以说"《诗》三百"的编辑史,实际上也是上古先民对"诗言志"观念的重塑史,依据春秋称诗的特点以及所称"逸诗"的属性,我们是完全可以得出这一结论的。

第二节　"诗言志"与《商颂》作年

《商颂》究竟是殷商的旧作,还是宗周时代宋的作品,这个问题在两千年前就有争论,并且直到今天这一争论也仍在继续。譬如聂石樵、熊宪光都是先秦文学研究的大家,二家的看法就很不一致:前者认为今本《诗经》以《商颂》为最早,"《商颂》5篇大约是殷商中后期的作品"[①],而后者则认为"《商颂》并非商诗,而是春秋殷商后裔宋国的庙堂乐歌"[②]。盖也正因如此,所以我国当代著名《诗经》研究专家夏传才先生才将"《商颂》的时代问题"与"孔子删诗问题"、"《毛诗序》的作者和尊废问题"、"《国风》作者与民歌的问题",一并列为我国《诗经》学史上的"四大公案"[③]。众所周知,《商颂》乃今本《诗经》的重要组成部分,对它的年限至今仍争论不已,这不仅会影响我们对《诗经》年代跨度的认识,影响我们对商文化的进一步探讨,而且也不利于我们准确把握《诗经》的编辑与"诗言志"观念的建构二者间的关系。

①袁行霈《中国文学史》第1卷,高等教育出版社,1999年,第61页。
②郭预衡《中国古代文学史》(一),上海古籍出版社,1998年,第31页。
③夏传才《诗经学四大公案的现代进展》,《河北学刊》1998年第1期,第62页。

一、前人关于《商颂》作年的四种看法

据有关文献看,对于《商颂》产生的年代,最早予以揭示的是《国语·鲁语下》:"昔正考父校商之名《颂》十二篇于周大师,以《那》为首。"①但是仔细品味,这则材料所给出的信息却是十分模糊的。因为正考父是西周末春秋初人,所以如果按照字面之义将"校"释为"校理",则至少可以得出以下三个结论:(一)《商颂》是商诗;(二)《商颂》是西周建立以后至正考父以前作为殷商后裔的宋人所作的宋诗;(三)《商颂》中既有商诗,也有西周建立以后至正考父以前作为殷商后裔的宋人所作的宋诗。由于无论说商诗还是宋诗,它们都在正考父以前,所以不管选择哪个答案,与这段记载都不矛盾。而如果按照王国维之说将"校"视为"效"之借字,解为"献"②,则除了以上三个结论外,还可再追加一个结论,那就是《商颂》12首也有可能是正考父自作的。盖正是由于这一记载的模糊性,所以才为两汉及其以后的"商""宋"诗之争埋下了伏笔。那么,据实而论,前人有关《商颂》作年的看法究竟有哪些呢?大而言之,我们可以将其归为四类:

(一)"商诗"说。以两汉古文学家为代表,如《毛诗序·那序》云:"微子至于戴公,其间礼乐废坏。有正考父者,得《商颂》十二篇于周大(太)师。"微子是商纣王的庶兄,西周建立后被封于宋,以承殷祀,这也就是说他乃是宋国的开国之君。戴公为宋君在西周末年,正考父乃是他的殿下之臣。《毛诗序》一方面说自微子至戴公"礼乐废坏",另一方面又说"有正考父者,得《商颂》十二篇于周大(太)师",两相对比,不难得知《毛诗序》之意显然是说由于宋国"礼乐废坏",因此它所保存的《商颂》到戴公之时已经残佚或者说已经完全消失。也正是在这种情况下,所以才由正考父前往周廷,将保存在周王室那里的《商颂》重新抄写一份带回宋国。当然也可能是拿着本国的残本,到周太师处进行比对,以纠正本国藏本的讹误,填补其缺失。孔颖达说:"《国语》云校商之名《颂》十二篇,此云得《商颂》十二篇,谓于周之太师校定真伪,是从太师而得之也。"可以说就是从这一角

①徐元诰《国语集解》,中华书局,2002年,第205页。
②王国维《观堂集林·说商颂》卷2,中华书局,1959年,第114页。

度立论的①。

（二）"正考父所作"说。这主要以两汉今文诗学中的韩、鲁二派为代表，如《史记·宋微子世家》说："（宋）襄公之时，修行仁义，欲为盟主。其大夫正考父美之，故追道契、汤、高宗殷所以兴，作《商颂》。"②两汉今文诗分齐鲁韩三家，由于司马迁习的是《鲁诗》，所以他的观点应该是代表《鲁诗》的。又，扬雄《法言·学行篇》云："正考甫（父）尝睎尹吉甫矣。"③对此王先谦阐释说："《大雅》云：'吉甫作颂，穆如清风。'考甫（父）睎之，即谓作《商颂》。雄亦习《鲁诗》者也。"④若王说不错，此可再证《鲁诗》确有正考父作《商颂》之说。又，《后汉书·曹褒传》："昔奚斯颂鲁，考甫（父）咏殷。"李贤注引《韩诗薛君章句》曰："正考甫（父），孔子之先也，作《商颂》十二篇。"⑤又，裴骃《史记集解》云："《韩诗·商颂章句》亦美襄公。"⑥这足以说明《韩诗》也是主张正考父作《商颂》的。

（三）"宋诗"说。今文诗之《齐诗》学者主之。《礼记·乐记》"爱者宜歌《商》"郑玄注："《商》，宋诗也。"⑦由于郑玄早年曾习《齐诗》，所以此可视为《齐诗》的观点。虽然齐鲁韩皆为今文诗，有很多地方都是相同的，但是彼此也有差异。因此在没有可靠证据的前提下，我们不能贸然断定《齐诗》也以《商颂》为正考父作。《商颂》为"宋诗"与《商颂》为正考父作，这二者之间还是有很大差别的。又，王国维《说商颂》曰："《商颂》为考父所献，即为考父所作欤？曰：否。《鲁语》引《那》之诗，而曰：'先圣王之传，恭犹不敢专，称曰"自古"，古曰"在昔"，昔曰"先民"'。可知闵马父以《那》为先圣王之诗，而非考父自作也。""由是言之，则《商颂》盖宗周中叶宋人所作以祀其先王。"⑧很显然，王国维的这一说法与《齐诗》学者的观点乃是一脉相承的。

---

①孔颖达《毛诗正义》卷 20，孔颖达等《十三经注疏》，中华书局，1980 年，第 620 页。按，王先谦曰："夫'校'者，校其所本有；'得'者，得其所本无。改'校'为'得'，傅会显然。"这一看法显然太拘泥。详王先谦《三家诗义疏》卷 28，中华书局，1987 年，第 1090 页。

②司马迁《史记》卷 38，上海古籍出版社，1997 年，第 1301 页。

③汪荣宝《法言义疏》卷 1，中华书局，1987 年，第 28 页。

④王先谦《三家诗义疏》卷 28，中华书局，1987 年，第 1089 页。按，"颂"今本《诗经》作"诵"，见《大雅·烝民》，或谓二字古通。详朱熹《诗集传》卷 18，上海古籍出版社，1980 年，第 214 页。

⑤范晔《后汉书》卷 35，中华书局，1965 年，第 1204 页。

⑥司马迁《史记》卷 28，上海古籍出版社，1997 年，第 1302 页。

⑦朱彬《礼记训纂》卷 19，中华书局，1996 年，第 604 页。

⑧王国维《观堂集林》卷 2，中华书局，1959 年，第 115～117 页。

（四）"商宋兼有"说。即认为今本《诗经·商颂》5篇，其中既有商诗也有宋诗。这一看法最早由王夫之提出。他认为《长发》《殷武》两篇诗歌"颂契曰'桓拨'，颂相土曰'烈烈'，颂汤曰'莫我敢曷'，颂后王曰'勿予祸适'，颂武丁曰'挞彼殷武'"，"词夸而不惭，音促而不舒，荡人以雄而无以养"，"此不问而知其非商之旧也"。所以他最后得出的结论是："《长发》《殷武》，宋之颂也。《那》《玄鸟》《烈祖》之仅存，不救其粲矣。"①对这一看法，今人程俊英等也表认同："《那》《烈祖》《玄鸟》为祭祀乐歌，不分章，产生的时间较早。后二篇《长发》《殷武》是歌颂宋襄公伐楚的胜利，皆分章，产生的时间较晚。"②又，姚小鸥也云："在《商颂》五篇中，没有明显的理由将前四篇分开，而最后一篇《殷武》，则需加以讨论。……《殷武》中谈到的所伐之楚绝非商代可能还活动在黄河中下游中原地区的楚人；伐楚时间不在殷商时期而必在西周成、康之世或其后，很可能在西周中叶楚的力量渐积而和中原王朝势必冲突之时。如此则'殷武'不指武丁或任何一位商王，当此名号者就只有宋国国君宋武公了。"③"关于《殷武》之外的《商颂》四篇，我们认为当传自殷商时代。"④尽管他对《商颂》5篇归属的划分与以上二家不同，但是在认为《商颂》既有商诗也有宋诗这一点上，他们的看法则是同类的。

二、"商诗"论者对"宋诗"论者的反驳

对于《商颂》的具体作年，虽然我们以上列举了四种说法，但是为了叙述方便，我们这里姑且将其分为二类，即"商诗"说和"宋诗"说。如上所列，"正考父所作"说也可列在"宋诗"说之下，这固不必，就是"商宋兼有"说，如果从其也承认《商颂》中含有宋诗的角度看，其实也同样可以把它视为"宋诗"说。换一句话说，也就是我们这里所说的"商诗"说乃是指把《商颂》5篇全部视为"商诗"的看法，而另外三种观点，如上所说，为了叙述方便，我们便都以"宋诗"说称之。总览前人在《商颂》归属问题上的争论，虽然说"商诗"论者并没有最终取得胜利，但是若从整体来看应当说他们是明显居

---

①王夫之《诗广传》卷5，中华书局，1964年，第173～174页。
②程俊英、蒋见元《诗经注析》，中华书局，1991年，第1023页。
③姚小鸥《〈商颂〉五篇的分类与作年》，《文献》2002年第2期，第13页。
④姚小鸥《〈商颂〉五篇的分类与作年》，《文献》2002年第2期，第19页。

于上风的。为了更进一步弄清《商颂》的归属，下面我们还是首先对"商诗"论者对"宋诗"说的反驳作一简单回顾。

（一）对正考父年龄的质疑

"商诗"论者对"宋诗"说的反驳最早是从对正考父的年龄的质疑开始的。《左传·昭七年》载孟僖子之言曰："及正考父佐戴、武、宣，三命兹益共（恭）。"①又，同书《隐三年》《桓二年》说："宋穆公疾，召大司马孔父而属殇公焉。""宋穆公卒，殇公即位。"②"宋督攻孔氏，杀孔父而取其妻。（殇）公怒，督惧，遂弑殇公。"③"孔父"即孔父嘉，正考父之子。又，据《史记》《左传》等相关史书记载，从宋戴公到宋襄公其君位递嬗之序应是这样的：戴公元年（前799）—武公元年（前765）—宣公元年（前747）—穆公元年（前728）—殇公元年（前719）—庄公元年（前710）—愍公元年（前691）—新君元年（前682）—桓公元年（前681）—襄公元年（前650）。宋襄公在位共计14年。由以上所列不难看出：正考父在戴公之时即已出仕，其子作大司马也是在穆公、殇公时。戴公卒于前766年，而襄公即位则在前650年，上下相距116年，说正考父在襄公之时仍能作《商颂》赞美其君，这显然是不可思议的。盖也正因如此，所以唐司马贞《史记索隐》云："考父佐戴武宣，则在襄公前且百许岁，安得述而美之？斯谬说耳。"④

不过，对于这一指责"宋诗"论者也有应辞。如魏源说："《世家》诸国，年数淆讹。而穆公七年当鲁隐元年，始入《春秋》，其前比戴、武、宣三世之年，尤不可考。假如三公之年，共止十余载，而孔父嘉嗣位，乌（何）知非考甫（父）中年引疾致仕，传政于子，而襄公世尚存乎？商之老彭、伊陟，周之君奭、老聃、子夏，汉之张苍、伏生、窦公，皆身历数朝，年逾百载。""恭则益寿"，正考父至襄公时仍然健在是完全可能的⑤。但是正如许多学者所说，司马迁《世家》所记固有"淆讹"，但有关戴、武、宣三世世系更替的记载则是十分清楚的。只因它们早于《春秋》《左传》，我们现在除了司马迁所记之外，在其他典籍别无所见，便否认司马迁所记的真实性，这样的疑古心理显

---

①杨伯峻《春秋左传注》，中华书局，1990年，第1295页。
②杨伯峻《春秋左传注》，中华书局，1990年，第28～29页。
③杨伯峻《春秋左传注》，中华书局，1990年，第85页。
④司马迁《史记》卷38，上海古籍出版社，1997年，第1302页。
⑤魏源《诗古微》上编之六，《魏源全集》，岳麓书社，1989年，第405页。

然是不可取的。又，退一步说，"即令如今文经学家所说，正考父活了一百多岁，也不可能去从事诗歌创作。古今中外百岁寿星确实不乏其人，但却从未听说过百岁老人作诗的事。这是因为从生理上说，诗歌创作需要精神体气，需要将自己的生命力注入于诗歌之中。……而《商颂》中的有些诗章也恰恰体现出气盛情炽的特点。……这种磅礴一切的气势，这种如火般的激情，这种热烈、豪迈的口吻，难道会出于一个年逾百寿、气息奄奄的垂暮老人之手吗？只要我们不抱成见，只要我们认同一些常识，我们就不会说正考父作《商颂》赞美宋襄公这些违反常理的话。"①彼此对照，不难发现这一反驳确实是非常有力的②。

（二）正考父作《商颂》与春秋称诗的矛盾

关于正考父作《商颂》，除了上面所说的年龄问题外，还有一个问题，即这一说法也与《国语》《左传》有关春秋称诗的记载相抵牾。《左传·隐三年》记"君子"评宋宣公曰："宋宣公可谓知人矣。立穆公，其子飨之，命以义夫！《商颂》曰：'殷受命咸宜，百禄是荷。'其是之谓乎！"③又，《国语·晋语四》载公孙固劝宋襄公："《商颂》曰：'汤降不迟，圣敬日跻。'降，有礼之谓也。君其图之。"④如果今本《商颂》真为正考父美襄公而作，那它与《国语》《左传》中的这两条记载显然相冲突。如清陈奂曰："隐三年左传美宋宣公，引商颂'殷受命咸宜，百禄是何'。《晋语》公孙固对宋襄公，引商颂'汤降不迟，圣敬日跻'。则商颂不作于宋襄，内外传有明证矣。"⑤又，刘毓庆、张启成曰："如果说《商颂》确是宋襄公时的制作，一则公孙固不会作为圣言引来劝襄公，再则即使引时，也只说'颂曰'便可，何必冠一'商'字呢？"⑥又，"鲁隐公三年，为公元前七二〇年"，这也就是说在"宋襄公即位前七十年，人们

---

① 陈桐生《史记与诗经》，人民文学出版社，2000年，第168~169页。
② 按，从《史记》《左传》所载世系看，即令戴公临死前的前766年正考父始出仕，那么到襄公即位也已116年。襄公在位前后14年。假如正考父初仕时只有20岁，而且仅仅活到襄公中期，那他的年龄也已高达143岁。说这样的老人还能进行诗歌创作，这是任何一个还有一点正常思维能力的人也不可能相信的。
③ 杨伯峻《春秋左传注》，中华书局，1990年，第30页。
④ 徐元诰《国语集解》，中华书局，2002年，第329~330页。
⑤ 胡承珙《毛诗后笺》卷30，黄山书社，1999年，第1639页。按，胡承珙撰《毛诗后笺》未完而卒，自《鲁颂·泮水》以下为陈奂补。又按，"内外传"即《国语》和《左传》。古人常以《左传》为《春秋内传》，而以《国语》为《春秋外传》。
⑥ 刘毓庆《〈商颂〉非宋人作考》，《山西大学学报》1980年第1期，第62页。

早已在引用《商颂》"了。据此以断,说"《商颂》非颂美襄公之作",这就更无疑义了①。十分明显,"商诗"论者对于"宋诗"论者的这一反驳也同样是持之有故的。

(三)"宋诗"说与《商颂·殷武》"奋伐荆楚"的矛盾

今本《商颂》总共 5 篇,《殷武》是其最末一篇,它主要描述的是商人对于楚人的讨伐以及商人的赫赫武功。其中描写商人伐楚的句子说:"挞彼殷武,奋伐荆楚。罙入其阻,裒荆之旅。"②可以说将商人的勇猛善战、大胜楚军的场面展现的是非常生动的。可是纵览宋襄公在位的十四年,总共与楚国发生了两次冲突。一次是鲁僖公二十一年(前 639),宋襄公欲继齐桓公做新的霸主,"为鹿上之盟",合诸侯于"盂",结果却是"楚执宋公以伐宋"。也就是说在这次诸侯会盟的大会上楚国不仅把宋襄公抓了起来,并且还进而讨伐宋国。直到这年冬天与其他诸侯在"薄"会合才把他释放③。另一次冲突是鲁僖公二十二年(前 638),宋人伐郑,而"楚人伐宋以救郑"。楚、宋二国遂"战于泓"。本来在楚人渡河的过程中,宋国有多次机会可能攻击取胜,可是宋襄公拘于"君子不重伤""不禽二毛""不鼓不成列"等等迂腐的教条,结果反被楚国打得大败,并且还伤了自己的屁股,受到了国人的一片指责④。第二年夏天便带着伤病与称霸不成的遗憾而一命呜呼了⑤。如此狼狈的"战绩",这与《殷武》所写"罙入其阻,裒荆之旅"的辉煌显然是不相配的。

也许连"宋诗"论者自己也感到与事实不符,所以其中有的学者,如魏源等,便又说这是"宋襄作颂,以美其父"⑥。宋襄公的父亲为宋桓公,纵览在他在位的 31 年时间里,与楚国的战争只有一次。《左传·僖四年》说:"齐侯以诸侯之师侵蔡。蔡溃,遂伐楚。"而宋国正是这众多的"诸侯之师"之一。可见在这次战争中宋国只是其中的一个参加者而已,其主要领导人乃是齐桓公,并且与楚国也并没有真正打起来,齐、宋等诸侯仅仅是在楚国

①张启成《论〈商颂〉为商诗》,《贵州文史丛刊》1985 年第 1 期,第 93 页。
②朱熹《诗集传》卷 20,上海古籍出版社,1980 年,第 247 页。
③杨伯峻《春秋左传注》,中华书局,1990 年,第 389～391 页。
④杨伯峻《春秋左传注》,中华书局,1990 年,第 396～398 页。
⑤杨伯峻《春秋左传注》,中华书局,1990 年,第 402 页。
⑥魏源《诗古微》上编之六,《魏源全集》,岳麓书社,1989 年,第 407 页。

北境召陵与楚国会了一下盟,充其量只是向楚国示了一下威①。这样的战斗场面与《殷武》所说"罙入其阻,裒荆之旅"也同样是相差很远的。

　　盖也同是感到《商颂·殷武》的描写与宋桓公的战绩也不相应,所以有些"宋诗"论者便又进而指出它描写的乃是西周中期宋国与楚国的战争。如李山云:"史料及金文资料表明,西周从昭王至穆王时期,在今淮河中下游及汉水流域与淮夷、楚人进行过旷日持久的战争,昭王时期又是战争最激烈的年代。……昭王时器小臣言速簋铭文中出现'殷八师'的记载,'殷八师'系王朝驻扎在成周之地的王朝直辖武装。……这表明,时至昭王时代,殷遗民已不再是周王朝的'顽民'。"正因为"宋国在这场战争中是为周朝效过力的,因此宋国才真正受到'二王之后'的特殊待遇。《商颂》的创作正以此为契机"②。又,如前所示,姚小鸥也云:《殷武》中谈到的伐楚战争,时间"必在西周成、康之世或其后,很可能在西周中叶楚的力量渐积而和中原王朝势必冲突之时"。当时宋国的国君乃是"宋武公"。

　　可是正如许多"商颂"论者所说,宋桓公伐楚是跟着齐桓公,西周中叶宋楚之间如果真有战争,如李、姚所言那也是跟着周王室。尽管后者在战争的规模及激烈程度上都有可能超过前者,但是宋国在其中所扮演的追随者的角色却并没有因此而发生改变。难道作为一个追随者,作为一个被领导者,协助他方取得了胜利,就可以像自己取得胜利一样,表现得如此兴高采烈、豪情万丈吗? 这显然也是不合情理的。更何况前贤早有论说:"考《商颂》五篇,皆盛德之事,非宋之所宜有。且其诗有'邦畿千里,维民所止','命于下国,封建厥福'等语,此复非诸侯之事,是《序》说无可疑者。"③"邦畿千里,维民所止"见《商颂·玄鸟》,"命于下国,封建厥福"见《殷武》。在《殷武》中与此相类的句子还有"莫敢不来享,莫敢不来王,曰商是常","商邑翼翼,四方之极。赫赫厥声,濯濯厥灵"等④,如果作诗者是站在一个诸侯国的角度来进行创作的话,那他是无论如何也写不出这些只有天子才有可能拥有的气派的。或者换句话说,殷人处于天子之位时所拥有的那种希望"主宰天下拥抱世界"、"万方来朝四夷宾服"的"文化心态",是作为一

---

①杨伯峻《春秋左传注》,中华书局,1990 年,第 288~293 页。
②李山《〈商颂〉作于'宗周中叶'说》,《北京师范大学学报》2003 年第 4 期,第 17 页。
③吴闿生《诗义会通》卷 4 引,中华书局,1959 年,第 275 页。
④朱熹《诗集传》卷 20,上海古籍出版社,1980 年,第 245~247 页。

个一般诸侯国的宋人所无论如何也"无法体验"的[①]。

那么,西周中期宋楚之间的战争与《殷武》所写不相符,那殷商时期有无伐楚之战呢? 对此,不少"商诗"论者根据上世纪 60 年代以来陆续发表的地下考古发掘报告,如周世荣《湖南石门县皂市发现商殷遗址》(《考古》1962 年第 3 期)、高至喜《湖南宁乡黄材发现商代铜器和遗址》(《考古》1963 年第 12 期)、唐兰《关于江西吴城文化遗址与文字的初步探索》(《文物》1975 年第 7 期)和湖北省博物馆盘龙城发掘队、北京大学考古专业盘龙城发掘队《盘龙城一九七四年度田野考古纪要》(《文物》1976 年第 2 期)等,明确指出殷商时代在殷、楚两个民族之间确实发生过大规模的战争。如黄挺云:"湖北省黄陂县盘龙城殷代中期宫城遗址的发掘,表明商王朝的统治势力已经达到江汉地区。湖南宁乡黄材、石门皂市,江西清江吴城等地殷商遗址和铜器的发现,又表明商王朝的政治、文化影响更渗透到长江以南。在交通不便,经济交流还不发达的历史条件下,这种影响更大程度上是由于商王朝对南方采取的军事行动所造成的。武丁时期卜辞中'立(莅)事于南'的记载,说明殷高宗武丁曾经亲自率领商朝军队,对居住在南方的先楚民族进行过一次战争。……古史书没有殷商伐楚的记载,《殷武》作为反映殷楚关系的可靠文献资料,恰能补充史书所未及。"[②]这一论断无疑是很有说服力的。有的学者说:以上这些论证"只能证明《商颂》所述历史有其真实性,并不能证明它就作于商代。"[③]这样的持论显然有点太机械了。依常理而论,楚民族也是一个古老的民族,在商王朝崛起的过程中,势必与其发生冲突,这与周王朝要发展自己的势力也不得不选择与楚民族发生战争一样,二者都是难避免的。一方面《殷武》对于殷人讨伐楚人的战争的描写,言语之中明显呈现着天子气象,另一方面在商王朝崛起的过程中它与楚国又确实发生过激烈的战争,在这种情况下如果仍然要怀疑《殷武》为商代作品的结论的可靠性,这样的思想理路显然太过拘泥了。

(四)关于"校"字如何理解的问题

如上所引,《国语·鲁语下》说:"昔正考父校商之名《颂》十二篇于周太师。"对于这个"校"字,"商诗"论者历来都解为"校勘""校理",但是这一解

①陈桐生《史记与诗经》,人民文学出版社,2000 年,第 169~171 页。

②黄挺《〈商颂〉"宋诗说"驳议》,《韩山师专学报》1986 年第 2 期,第 46 页。

③周宝宏《〈诗经·商颂·殷武〉的词义研究》,《辽宁大学学报》2001 年第 5 期,第 52 页。

释却并未得到"宋诗"论者的肯认。在他们看来这里的"校"字只能解为"效"之借字，解为"校勘""校理"是根本说不通的。如王国维《说商颂》曰："考汉以前初无校书之说，即令校字作校理解，亦必考父自有一本，然后取周大师之本以校之。……余疑《鲁语》校字当读为效。效者，献也，谓正考父献此十二篇于周大师。"①

总览"宋诗"论者所作的论述，不难看出它们主要包含了两层意思：一是两汉以前无校书之说，二是《商颂》乃是宋国的"土风"，正确无讹的善本应保存在宋国。因此无论从以上哪个方面说，释"校"为"校勘""校理"都是不当的。那么，"商诗"论者对此又怎样看呢？他们认为"宋诗"论者所提出的这两个理由也同样站不住脚。首先，一个新的王朝保存有旧王朝的诗乐，这是毫不足怪的。更何况周王朝保存有商的诗乐，这在史书中也是有明确记载的。如《史记·殷本纪》："殷之太师、少师乃持其祭乐器奔周。"②又，《周本纪》也云："太师疵、少师强抱其乐器而奔周。"③根据这些记载可以肯定：在"殷王朝乐师随身带去的东西"中，"应该包括《商颂》一类的祭歌及其乐谱"，因为"古代诗乐一体，既持其祭乐器，就必然有祭祖宗神灵的颂歌"④。又，孔子说："殷因于夏礼，所损益可知也；周因于殷礼，所损益可知也。"（《论语·为政》）⑤这也说明"夏、商、周三代礼乐互为损益"，就是周王朝的礼乐也是经"斟酌损益殷商的礼乐制度而建立起来的"。据此愈见在周王室的太师手中一定保存有"殷商王朝的礼乐文献"。

其次，正考父拿宋国所保存的《商颂》就校于周太师，这也是合乎常理的。尽管如上所列古文诗学家所说的"微子至于戴公，其间礼乐废坏"的话可能有些夸张，但是宋国作为亡商之后，其礼乐制度一直未得很好恢复，这也是完全可以理解的。大概到了戴武宣之世随着国力的发展以及亡国之后的身份的淡化，礼乐重建才真正提上日程。在这种情况下，"作为执政大臣的正考父当然要承担起审校《商颂》的责任。因此正考父持已有的《商颂》和周太师的歌辞音律底本进行考校"，这自然也是理所当然的⑥。有些

①王国维《观堂集林》卷2，中华书局，1959年，第114页。
②司马迁《史记》卷3，上海古籍出版社，1996年，第73页。
③司马迁《史记》卷4，上海古籍出版社，1996年，第82页。
④陈桐生《史记与诗经》，人民文学出版社，2000年，第162页。
⑤杨伯峻《论语译注》，中华书局，1980年，第21～22页。
⑥陈桐生《史记与诗经》，人民文学出版社，2000年，第162页。

"宋诗"论者说："考父生宋中叶，礼乐散缺"，他之所以要到周太师那里去，仅是为了"审校音节，使合《颂》声"，而并非校正诗的文字①。这样的认识也同样太过狭隘了。

其三，文籍校理虽在两汉才有系统论述，但究其历史，于时也甚早。甚至可以说自从有文本传世的时候，文籍校理就开始了。不过从目前我们所能见到的材料看，最早对文籍进行自觉校理的还应是孔子。如《论语·八佾》："子曰：'夏礼，吾能言之，杞不足征也；殷礼，吾能言之，宋不足征也。文献不足故也。足，则吾能征之矣。'"②这里的"征"字就明显包含有"搜集""审核""校理"的意思。又，《吕氏春秋·慎行论·察传》载：有人问孔子："乐正夔一足，信乎？"孔子回答说：是"夔一，足"，而非"夔，一足"。也就是说孔子认为像夔这样的人，一个就足够了，而并不是说夔只有一只脚。虽然孔子对于"夔一足"的解释并不一定准确，但他已经懂得用正确的句读为文本进行断句，这却是事实。又，同书又云：子夏过卫，听到有人读史记说："晋师三豕过河。"子夏纠正说："非也，是己亥也。""'己'与'三'相近，'豕'与'亥'相似"，所以才将文字弄错了③。不难看出，作为孔子的学生，子夏也早已懂得利用文字的字形来对文本进行校正了。综合以上这些相关记载，不难发现说两汉以前无校书之说，这样的看法显然太绝对了。

又，《国语·齐语》和《管子·小匡》都有这样的记载："合群叟，比校民之有道者，设象以为民纪。"唯一的不同就是《管子》的"叟"字误作了"国"字。对于这句话韦昭注曰："合，会也。叟，老也。比，比方也。校，考合也。谓考其德行道艺而兴贤者。"④又，黎翔凤曰："《齐语》韦注训'校'为考合，乃'核'之借。"董增龄曰："尹（知章）注：'校试其人，有道者与之设法象而为人纪。'案成十五年《传》'善人，国之纪也'，言取有道之人，使民法而象之，故下言'班叙颠毛，为民统纪'。……知章此注，似合《传》义。"⑤如果以上诸家所说不错，则《国语》《管子》这里的"校"字其语意显然都是指通过对有道之人的核校比对，选出其中的最佳者，用以作为百姓的楷模。尽管在这

---

① 魏源《诗古微》上编之六，《魏源全集》，岳麓书社，1989年，第404页。
② 杨伯峻《论语译注》，中华书局，1980年，第26页。
③ 许维遹《吕氏春秋集释》卷22，中华书局，2009年，第618～619页。
④ 徐元诰《国语集解》，中华书局，2002年，第218页。
⑤ 黎翔凤《管子校注》卷6，中华书局，2004年，第396～398页。

里讲的都是人而非书,但是我们对书籍的校勘实际上也同样是将不同的版本、不同的句读加以比对,从而选出其中的最优者。有的学者说:《国语》之中的这个"校"字既然可以"作'考合'或'审核'解",那就足证"王国维把'校'解作'献',并不符合《国语》'校'字的原义"①。这一论断无疑也是非常有道理的。

(五)关于《商颂·那》中的"万舞"问题

在《商颂·那》中有这样一句:"庸鼓有斁,万舞有奕。"②对此皮锡瑞说:"《那》中有'万舞有奕'句,郑笺释为'其干舞又闲习'。郑笺本于《春秋公羊传·宣公七年》'万者何?干舞也'何休解诂:'干,谓盾也,能为人扞难而不使害人,故圣王贵之,以为舞乐。万者,其篇名,武王以万人服天下,民乐之,故名之云尔。'据何休之说,则万舞之名始于周,若《商颂》作于商时,不得有万舞。"③

那么,实际情况是否是这样呢?对此"商诗"论者也同样是不予认可的。《墨子·非乐上》引逸书《武观》曰:"启乃淫溢康乐,野于饮食,将将铭,苋磬以力,湛浊于酒,渝食于野,万舞翼翼,章闻于天,天用弗式。"④这足以证明早在夏代就已有"万舞"了。盖也正因如此,所以有的"商诗"论者说:"'宋颂'论者说:万舞是周乐非商乐,而《商颂》却说'万舞有奕',由此证明《商颂》非商诗。案:这种说法是很难站住脚的。我们不能因商代古籍除《商颂》外未曾提到'万舞',而就断论万舞为周乐,正如不能因没有见到尧舜时的文献,而就否定尧舜的存在一样。更何况事实证明商代就有万舞呢?据《墨子·非乐上》引武观云:'万舞翼翼',则知夏代已有万舞。"⑤彼此对照,不难发现在一方面"商诗"论者的反驳也同样是掷地有声的。

(六)关于"殷商""商汤"和"荆楚"等称呼问题

在有关《商颂》是商诗还是宋诗的论争中,还有一个问题争论得也很激烈。具体说来,那就是《商颂》中的一些相关称呼问题。如《商颂·玄鸟》:"天命玄鸟,降而生商。""殷受命咸宜,百禄是荷。"又,《那》:"奏鼓简简,衎

---

①张启成《论〈商颂〉为商诗》,《贵州文史丛刊》1985年第1期,第92页。

②朱熹《诗集传》卷20,上海古籍出版社,1980年,第243页。

③王先谦《诗三家义集疏》卷28引,中华书局,1987年,第1095页。

④吴毓江《墨子校注》卷8,中华书局,1993年,第383页。

⑤刘毓庆《〈商颂〉非宋人作考》,《山西大学学报》1980年第1期,第62页。

我烈祖。"又,《长发》:"武王载斾,有虔秉钺。"又,《殷武》:"昔有成汤,自彼氐羌。""维女荆楚,居国南乡。"①等等。对于这其中的诸多称谓,"宋诗"论者说:"卜辞称国都曰商不曰殷,而颂则殷商错出;卜辞称汤曰大乙不曰汤,而颂则曰汤、曰烈祖、曰武王。"②"楚入《春秋》,历隐、桓、庄、闵,止称荆,至僖二年始称楚,安得高宗即有伐楚之名?"③"荆蛮称楚,绝不见于《诗三百》,西周诗中称伐荆蛮者数次,皆不称楚,则荆楚之称乃春秋时事。"④据此以断,则《诗经·商颂》乃宋人之作而非商人之诗,也无可疑。

但是对于"宋诗"论者的这些言论,"商诗"论者也同样给予了一一驳斥。如关于"殷商"的称呼问题,"商诗"论者说:"'宋颂'论者云:卜辞称国都曰商不曰殷,而《商颂》则殷商错出,名称之异,正表明《商颂》非商诗。"可是"如果说商王朝根本不称殷,为何《商书》中却屡见不鲜呢? 如:'殷降大虐'(《盘庚》),'降监殷民'(《微子》),'天既讫我殷命'(《西黎戡黎》),难道这全是出于周人的伪作吗?"⑤十分明显,这一反驳也是"宋诗"论者很难作出回答的。

又,关于"商汤"的称呼问题,"商诗"论者谓:甲骨文中虽无"汤"字,却有"唐"字。郭沫若《卜辞通纂》谓:"唐与大丁、大甲连文,而又居其首,疑即汤也。《说文·口部》:'唐,古文唐,从口易。'与汤字形相近。《博古图》所载《齐侯镈钟》铭曰:'赫赫成唐,有严在帝所,溥受天命。'又曰:'奄有九州,处禹之都。'夫受天命有九州,非成汤其孰能当之?……卜辞之唐,必汤之本字。"⑥如果郭氏所说不错,则"《商颂》中称商王汤,实有卜辞印证"⑦。有关这一点即是"宋诗"说的主要倡导者王国维在他稍后所作的《殷卜辞中所见先公先王考》中也不得不承认:"卜辞之唐,必汤之本字。后转作唐,遂通作汤。"⑧又,在甲骨卜辞中还有"武唐"的说法,"'武唐'即是

①朱熹《诗集传》卷 20,上海古籍出版社,1980 年,第 243~247 页。
②王国维《观堂集林》卷 2《说商颂》,中华书局,1959 年,第 116~117 页。
③魏源《诗古微》上编之六,《魏源全集》,岳麓书社,1989 年,第 407 页。
④傅斯年《〈诗经〉讲义稿》,上海古籍出版社,2011 年,第 61 页。
⑤刘毓庆《〈商颂〉非宋人作考》,《山西大学学报》1980 年第 1 期,第 63 页。
⑥郭沫若《郭沫若全集》"考古编"第 2 册,科学出版社,2002 年,第 320~321 页。
⑦江林昌《甲骨文与〈商颂〉》,《福州大学学报》2010 年第 1 期,第 45 页。
⑧王国维《观堂集林》卷 9,中华书局,1959 年,第 429 页。

'武汤'"①。《史记·殷本纪》说:"于是汤曰:'吾甚武。'号曰武王。"②由卜辞证之,司马迁之说也显非妄论。如此看来,"汤之称武王,始于商代,并非两周人信口之称。至于'烈祖'之称,并不是什么专用名词,其意就是'威烈的先祖',这怎能也到卜辞中去找呢?"③足见,在这一点上"宋诗"论者的阐说也同样是不周详的。

又,关于"荆楚"的称呼问题,"商诗"论者谓:尽管目前我们在甲骨卜辞中还没有发现楚国在商代就已称"楚"的证据,但是我们说《商颂》作于商代,却并不排除"包括宋人在内的后人对它进行修改和加工润色"④。"关于《商颂》中荆楚之称,也可能是出于正考父或周太师之笔——或许在校的过程中,因原稿字迹残阙,正考父等度意填补,或是将旧称改为新名,这并非无可能。"所以我们"决不能因一名称之故而否定它是商代之作,正如《木兰辞》存有唐人笔迹一样,并不能因此就否定它是北朝民歌"。"楚民族夏前活动在黄河流域,后被夏民族战败,才退到长江流域,此后曾多次向中原进犯,故太史公说:'或在中国,或在蛮夷,弗能记其世。'近年曾在江西清江县发现商代遗址,说明商代势力确已达到长江以南。……可知《商颂》所云'奋伐荆楚''有截其所',并非虚言。当然目前尚缺乏资料,不能确定武丁伐楚的具体时间、地点与规模,也没有这么一个东西为《商烦》'奋伐荆楚'作坚证,只能凭一些零碎的资料来推测。但是如果因甲骨文没有伐楚的记载,而就否定事实的存在,那么甲骨文中同样也很少见到关于周人的卜辞,但亡殷者却是周。这又该如何解释呢?"⑤足见以甲骨卜辞为据固然可以解决很多问题,但是鉴于目前我们所能见到的甲骨卜辞的数量有限,以及甲骨文字的难于辨认,如果对甲骨遗存过于依赖,这样的学术态度也同样是不可取的。彼此比较,不难看出在"荆楚"称呼问题上"商诗"论者所作的阐发也同样是要较"宋诗"论者所作的论析更经得起推敲的。

---

①刘毓庆《〈商颂〉非宋人作考》,《山西大学学报》1980年第1期,第62页。
②司马迁《史记》卷3,上海古籍出版社,1996年,第64页。
③刘毓庆《〈商颂〉非宋人作考》,《山西大学学报》1980年第1期,第62页。
④陈桐生《史记与诗经》,人民文学出版社,2000年,第171页。
⑤刘毓庆《〈商颂〉非宋人作考》,《山西大学学报》1980年第1期,第63~64页。

(七)关于"景山"的地理位置问题

"景山"二字见于《商颂·殷武》:"陟彼景山,松柏丸丸。"①在有关《商颂》作年的论争中,对于它的地理位置的探讨也是争论双方都想力图辨明的重要问题之一。首先来看"宋诗"论者的辩说。如王国维《说商颂》云:"《殷武》之卒章曰:'陟彼景山,松柏丸丸。'毛、郑于景山均无说。《鲁颂》拟此章,则云:'徂徕之松,新甫之柏',则自古以景山为山名,不当如《鄘风·定之方中》传'大山'之说也。案《左氏传》:'商汤有景亳之命。'《水经注·济水篇》:'黄沟枝流北径己氏县故城西,又北径景山东。'此山离汤所都北亳不远,商丘蒙亳以北惟有此山,《商颂》所咏,当即是矣。而商自盘庚至于帝乙居殷虚,纣居朝歌,皆在河北,则造高宗寝庙,不得远伐河南景山之木。惟宋居商丘,距景山仅百数十里,又周围数百里内别无名山,则伐景山之木以造宗庙,于事为宜。"此也可以视为"《商颂》当为宋诗,不当为商诗"的又一个重要证据②。

对于王国维的这一说法,"商诗"论者当然也是否定的。不过依其所依论据不同,我们也可将其意见分为三类:其一,"偃师"说。即认为景山不在商丘而在偃师。不过,在这里需要特别指出的是这一说法并不是在王国维之后才提出的,可以说它早在清人陈奂的《诗毛氏传疏》中就已经讲得很清楚了。其文曰:"《文选·洛神赋》'陵景山'李善注称《河南郡图》曰:'景山在缑氏县南七里。'考今河南偃师县有缑氏城,县南二十里有景山。即此诗之景山也。昭(公)四年《左传》云:商汤有'景亳之命'。盖亳,汤都名。西亳有景山,亦称景亳。《楚语》云:'昔殷武丁能耸其德,至于神明,以入于河,自河徂亳。'汤、武丁同都河南。诗咏'陟彼景山',此即自河而徂亳也。"③虽然陈奂此说并不是针对王国维而发,但是由于它与王国维之说正相反对,所以在王国维之后也得到了不少学者的回应。如陈子展先生就依据《河南偃师二里头早商宫殿遗址发掘简报》,更进一步断定陈奂的"偃师"之说是最为可信的④。

其二,"鼓山"说。即认为《殷武》中的"景山"乃是指太行山东麓的一条

①朱熹《诗集传》卷20,上海古籍出版社,1980年,第247页。

②王国维《观堂集林》卷2,中华书局,1959年,第115~116页。

③陈奂《诗毛氏传疏》卷30,中国书店,1984年,第18页。

④陈子展《诗经直解》卷30,复旦大学出版社,1983年,第1216页。

支脉,今名鼓山,"商丘"说、"偃师"说都不正确。如刘毓庆说:"在殷墟北偏西的鼓山(也叫滏山)古代就叫景山,此地在武安县东二十里。距殷墟约九十里强,是太行山第四陉。山岭高深,林木茂密,为历代军事要地。殷王朝在此地伐木有什么不可以的呢?"①对这一观点阐述的就是很清楚的。不过,在这个问题上讲得更为明切的还是宋涟圭先生。在他看来无论是"商丘"说还是"偃师"说,它们都有一个共同特点,那就是太过"拘泥于'景亳之命'之说,因此总是把景与亳连在一起,在亳的周围找景山。而亳又有南亳、北亳、西亳之分,从而引出了商丘与偃师之争"。"其实,《史纪·殷本纪》'汤始居亳'也好,《左传》商汤有'景亳之命'也好,说的都是汤,而不是武丁。从盘庚迁殷到祖庚初年立庙祀武丁,商都殷已有108年了,是不可能再在亳建寝庙祀武丁的。而在殷建寝庙则不可能到几百里外的商丘或偃师的景山去伐木的。因为殷之西不远就是太行山脉,何木没有?何必舍近而求远呢!那么,这座景山到底在哪里呢?如果我们跳出'景亳之命'的框框,到太行山去找,这个问题就迎刃而解了。这就是今河北省邯郸市峰峰矿区的鼓山。鼓山,又名响堂山、滏山,是太行山东麓的支脉,古称'景山'。汉刘安《淮南子·地形训》载:'釜出景。'高诱注:'景山在邯郸西南,釜水所出,南流入漳。其源浪沸涌,正势如釜中汤,故曰釜,今谓之釜口。'……鼓山主峰老石台,海拔886米,另一峰石圣台海拔782米,南北展布,绵延21公里,宽5公里,非高四丈之商丘景山可比也。此山古多松柏。至今,虽因干旱周围群山都是光秃秃的,唯独南鼓山顶上仍是松柏葱茏。此地离殷墟(安阳)不足百里,而且交通便利。"因此十分明显,说《商颂·殷武》中的"景山"就是这里的鼓山、响堂山,这才是我们理应选择的唯一正确的答案②。

其三,"大山"说。即认为《商颂·殷武》中的"景山"就是"大山"的意思,它乃是一种笼统的说法,并不是专指那一座山脉而言的。如有的学者谓:"据《诗经》诗看来,诗中的'景'字与'大'同义,如:《定之方中》'望楚与堂,景山与京';《公刘》'既溥既长,既景乃冈';《玄鸟》'景员维河,殷受命咸宜';《既醉》'君子万年,介尔景福'。因此,《商颂》中的'景山'应是泛指大

---

① 刘毓庆《〈商颂〉非宋人作考》,《山西大学学报》1980年第1期,第65页。
② 宋涟圭《〈商颂·殷武〉之景山考》,《邯郸职业技术学院学报》2002年第2期,第7页。

山而言。"①或又云:"'商汤有景亳之命'的景亳,决非景山与北亳的联称。《左昭四年传》与此同举者有八地,皆系指历代王侯会诸侯之地,各指一处,并无两地联称之例。景亳也当指一地。景宜训为大。与《诗经》'景行行止'的景字同义。景亳即大亳——商王朝每迁一地,必立亳社,因此到处留下亳或博、薄的地名。此处当指成汤所都之亳。据新出土史料,其地在今河南郑州。《史记正义》以为景亳因景山而得名,实属望文生义之辞。《商颂》景山,也应是泛指大山,与《定之方中》的'景山'同义。若说是指汉己氏县的景山,其地则在曹县东三十里许,春秋前期,属于曹国的版图。宋灭曹在鲁哀公八年,即公元前 487 年。宋建宗庙,为何能跑到曹国去伐木呢?而且还要讴歌异国风光,实令人不解!"②彼此对照,不难发现这一说法也同样是很有说服力的。

(八)关于《商颂》的风格问题

在《商颂》作年的论争中,《商颂》五篇的语言风格也是争论双方借以立论的重要依据之一。不过从争论双方对《商颂》五篇语言风格的不同着眼点看,我们也同样可以将其分为二类。其一,将《商颂》五篇作为一个整体来看待,从《商颂》五篇总的风格来判定它的作年。首先还是来看一下"宋诗"论者的观点。如魏源曰:"尝读《三颂》之诗,窃怪《周颂》皆止一章,章六、七句,其词噩噩尔。而《商颂》则《长发》七章,《殷武》六章,且皆数十句,其词灏灏尔。何其文家之质,质家之文?"③又,皮锡瑞曰:《商颂》"若是商时人作,商质而周文,不应《周颂》简,《商颂》反繁"④。又,傅斯年也云:"《周颂》最先,故少韵;《鲁颂》《商颂》甚后,用韵一事乃普遍",所以"便和风雅没有分别了"⑤。

那么,对于"宋诗"论者的上述质疑,"商诗"论者又是如何看待呢?首先,一部分学者认为"宋诗"论者所说的周、商二《颂》之异只是表面现象,如果仅仅以此为据就从而判定《商颂》作于周代,那只能说是一种误会。不过有关这一点,也是很早就有学者提出了,并不是在"宋诗"论者提出质疑后

---

① 杨公骥《商颂考》,《中国文学》第 1 分册附录 1,吉林人民出版社,1980 年,第 476 页。
② 刘毓庆《〈商颂〉非宋人作考》,《山西大学学报》1980 年第 1 期,第 65 页。
③ 魏源《诗古微》上编之六,《魏源全集》,岳麓书社,1989 年,第 403 页。
④ 皮锡瑞《经学通论二·诗经》,中华书局,1954 年,第 45 页。
⑤ 傅斯年《〈诗经〉讲义稿》,上海古籍出版社,2011 年,第 20 页。

学术界才有这样的发现。如南宋朱熹云："《商颂》虽多如《周颂》,觉得文势自别。《周颂》虽简,文自平易。《商颂》之辞,自是奥古,非宋襄可作。"①又,清人姚际恒曰："商颂五篇文字,风华高贵,寓质朴于敷腴,运清缓于古峭,文质相宜,尤为至文。孰谓商颂尚质耶? 妄夫以为春秋时作,又不足置辨。虞廷赓歌,每句用韵,商颂多为此体,正见去古未远处。"②等等。当今学者只不过是面对"宋诗"论者的质疑,而又对前人的这些论说作了进一步发挥罢了。如杨公骥曰："《周颂·清庙》等篇所以简而古奥,其词噩噩,是因为它是封建宗教的说教诗,宣扬抽象的道德观念,使用概念化的庄严语言,追求神秘的形式;《商颂》之所以是繁而流畅,其词灏灏,是由于它是奴隶制社会的颂歌,宣扬的暴力思想,使用着神话材料和史实,继承着英雄诗歌的传统。"③

　　另外还有一部分学者认为《商颂》在语言形式上固然表现的比《周颂》更为铺陈、更善用韵,但这却并不能作为我们划定其年代先后的决定依据。因为诗歌在语言形式上出现不同,其原因可能很多,我们并不能只拘限在一个方面找答案。如刘毓庆曰："西周《大雅》诗中的多数篇章,繁于东周的风诗,周初的《七月》远长于陈风《株林》(毛诗以此为三百篇之最后一篇)。如果不对具体事物作具体分析,一味地拿先简后繁、先古奥后流畅的尺码衡量历史上的文学作品,那么,《孔雀东南飞》只有搁在杜甫名下才适宜,《史记》除非晚清不能产生,《离骚》也该是近人的伪作。"④又,张启成也云:《诗经》中的"《商颂》的性质与《大雅》相通而异于《周颂》,故不宜作简单的类比。……《毛诗正义》:'作诗歌其功,遍告神明,以保神恩也,此惟《周颂》耳。'《商颂》是祭其先王之庙,述其生时之功,非以成功告神,其体异于《周颂》也。'按:《大雅》中的《生民》《公刘》《绵》《皇矣》《文王》《大明》等,正是一组'祭其先王之庙,述其生时之功'的颂诗。因而结论是:《商颂》的性质与《大雅》相通而异于《周颂》。"等等。足见"宋诗"论者通过比较《商颂》《周颂》文风的不同而断其年代先后,这一做法本身就是不周延的。

　　其二,将《商颂》五篇区别对待,根据它们文风的不同而把它们划归于

---

①黎靖德《朱子语类》卷81,中华书局,1986年,第2140页。
②姚际恒《诗经通论》卷18,中华书局,1958年,第361页。
③杨公骥《商颂考》,《中国文学》第1分册附录1,吉林人民出版社,1980年,第481页。
④刘毓庆《〈商颂〉非宋人作考》,《山西大学学报》1980年第1期,第67页。

不同时代。如上所列,在《商颂》归属问题上持"商宋兼有"说的三位学者:
王夫之、程俊英和姚小鸥,除了后者乃是以《商颂·殷武》中的战争描写为
据而将《商颂》分解成"四商一宋"外,其余二家可以说都是以《商颂》五篇的
不同文风为据而将其分作"三商二宋"的。如王夫之说《长发》《殷武》二诗
其"词夸而不惭,音促而不舒,荡人以雄而无以养","此不问而知其非商之
旧也"。又,程俊英也云:"《那》《烈祖》《玄鸟》为祭祀乐歌,不分章,产生的
时间较早。后二篇《长发》《殷武》是歌颂宋襄公伐楚的胜利,皆分章,产生
的时间较晚。"对此展示得就很充分。

那么,如何看待这一观点呢? 其实也同样不难解释。因为"商诗"论者
也同样可以以《长发》《殷武》体近《大雅》而异于《周颂》,而认为将它们与
《周颂》相比是不妥当的。如有的"商诗"论者说:"就文体格式而言,《商颂》
的《那》《烈祖》《玄鸟》三首,与《周颂》相近",因为它们"全是一章",也即都
是不分章的。"《商颂》的《长发》《殷武》两首,与《大雅》相近",因为它们分
别为"七章""六章",与《大雅》的每首"平均七章"十分相类。虽然"明末学
者王夫之提出的《商颂》五篇为'商三宋二'说",也"是根据《商颂》具有两种
不同的文体特征而提出来的",但是王氏之说单凭这一文体特征就据以"判
断《商颂》的时代",这样的认识显然"不够确切"。因为"如果就文体特征来
区分,说《商颂》五篇中,三首属'颂'体,二首属'雅'体",这样回答才算"近
于事实"[1]。彼此比较,不难得知在这个问题上"商诗"论者所作的论析也
同样要较"宋诗"论者更恰切。又,还是在这一问题上有的"商诗"论者又
云:"《商颂》5 首在艺术风格上不尽相同"乃是有原因的。虽然一方面"从
形式上看,《那》《烈祖》《玄鸟》三首的篇幅不长,而《长发》《殷武》则极尽铺
排之能事,形成《诗经》中的鸿篇巨制",但是另一方面如果"从内容上说,
《那》《烈祖》《玄鸟》重在歌颂祖宗神享受天命福禄的神异,表现对祖宗神庇
荫后人的感戴及崇敬之情;《长发》《殷武》中也颂美祖先,但炫耀武力却构
成一个突出的现象。如果就其主导方面而言,我们是否可以说前三篇是祖
先颂,后两篇是英雄颂? 祖先颂的风格特点是庄严热烈,英雄颂的特点则
是气势磅礴、激情澎湃,两者之间的细微差别是任何一位细心的读者都不

---

① 张启成《论〈商颂〉为商诗补证》,《贵州文史丛刊》1996 年第 5 期,第 41～42 页。

难体味的"①。不言而喻，若此说不错，它显然也意在说明《商颂》五篇的语言风格之所以彼此不同，其原因是很复杂的。如果仅凭某一方面的原因就从而认定《商颂》五篇归属不同的时代，这样的做法也同样太武断。

三、对《商颂》五篇时代归属的进一步论证

"商诗"论者与"宋诗"论者关于《商颂》作年的论争，除了以上八条之外还有很多。如魏源曰："薛氏《钟鼎款识》载《正考甫鼎铭》云：'惟四月初吉，正考甫作文王宝尊鼎，其万年无疆，子孙永保用享。'案《竹书纪年》，商武丁子曰文丁，此器当成于作颂之时，称文丁为文王，犹称武汤为武王也。考父大夫，止得祀其家庙，使非奉命作颂，何由作祭器以享先王乎？则知《商颂》十二篇中，必有祀文丁之颂，而亡之矣。"又曰："《左氏》季札观周乐，为之歌《颂》，曰：'美哉，盛德之所同也。'杜注：'《颂》有殷鲁，故云盛德之所同。'若非皆周世所作，何以季札观周乐，统之《周颂》中乎？"②又，皮锡瑞曰："（《殷武》）'命于下国，封建厥福'，《传》云：'封，大也。'……愚按：（《毛传》）训'封建'为'大建'，义颇迂回，此当指周初封建微子于宋而言，谓微子深知天命，故得命于下国，封建之以锡福也。"③等等。但是由于这类问题大都比较琐碎，而且在具体的论争过程中也同样都遭到了"商诗"论者的一一反驳，因此这里就不再赘述了。通过对争论双方在以上八个方面的相互论争的简单回顾，可以说对"商诗"论者和"宋诗"论者在《商颂》归属问题上的争论我们已经有了一个基本的了解。为了使这一问题得到更进一步的解决，下面我们打算从三个方面对此再作一更深入的探索。

（一）从春秋称诗看《商颂》的作年

其实对于今本《商颂》到底作于何时，我们还可换个角度来认识。借助对春秋时期人们对于《商颂》赋引情况的分析，我们从中也同样可以找到确定《商颂》作年的依据。通过上文第一节的论证我们已得知，春秋称诗有一个十分显著的特征，具体说来也就是除了极个别的特殊情况外，时人所赋引的所有诗歌全部都来自那些政治上的显贵地区，而且政治地位越高的诗歌被赋引的几率也越大，政治地位越高的诗歌就越被较多地用在引诗里。

---

①陈桐生《〈商颂〉为商诗补证》，《文献》1998年第2期，第13页。
②魏源《诗古微》上编之六，《魏源全集》，岳麓书社，1989年，第405页。
③王先谦《诗三家义集疏》卷28引，中华书局，1987年，第1096页。

那么既然如此,《商颂》的赋引情况如何呢?下面我们不妨作五组对比。

其一,《商颂》五首之间赋引次数的对比。由前文第一节所列数据不难得知:在《商颂》五首中《长发》被引 3 次,《殷武》被引 2 次,《那》《玄鸟》《烈祖》各被引 1 次。如上所说,清人王夫之、今人程俊英等不少学者都认为《商颂》五篇"三商二宋":《那》《玄鸟》和《烈祖》是商诗,而《长发》和《殷武》属宋诗。可是如果按照这一说法,那就必然引出这样一个无法解答的问题,具体说来也就是:如上所言,政治地位越高的诗歌其被赋引的几率也越高,那《长发》《殷武》作为宋诗,它们因为什么而在政治地位上高于作为商诗的《那》《玄鸟》和《烈祖》,从而引起了更多士人的重视,而在《国语》《左传》等典籍中得到了更多的赋引呢?这显然是很难回答的。由此以断,王夫之等所谓"三商二宋"云云,显然难成立。

其二,三《颂》之间赋引首次的对比。依第一节所示,在《左传》《国语》中时人对三《颂》的赋引总计 18 首 31 次,但是其分布却是极不平衡的:《周颂》12 首 22 次,《商颂》5 首 8 次,《鲁颂》1 首 1 次。众所周知,鲁乃周公之子伯禽受封之地。朱熹《诗集传》云:"成王以周公有大勋于天下,故赐伯禽以天子之礼乐,鲁于是乎有颂,以为庙乐。其后又自作诗以美其君,亦谓之颂。"[1]可见,《鲁颂》在当时的地位也是非常之高的。那么,《商颂》为何被赋引 5 首 8 次之多,而《鲁颂》却只有 1 首 1 次呢?这应当与《商颂》的作年也大有关联。我们知道,宋国在当时的政治地位并不高,有不少轶闻掌故,如揠苗助长、守株待兔等,都是以它为讥笑对象的。如果我们将《商颂》视为宋的作品,那么对它何以在春秋之时如此受人重视就很难解释。另外我们也可将《商颂》的用诗情况与其他地区的用诗情况比较一下。如第一节所示,《周南》《王》《唐》《曹》《豳》在当时的政治地位也都比较高,但《国语》《左传》对它们的赋引却皆不过一两次。这一情况也同样值得我们深思。

其三,《诗经》各部赋引首次与所录首数之比的对比。如上所言,政治地位越高的诗歌,其被赋引的几率就越大,那么我们通过《诗经》各部赋引首次与所录首数之比的展示,也同样可以看出《商颂》的特异。如第一节所示,《左传》《国语》共计赋引今本《诗经》中的诗歌 271 首次,《诗经》录诗 305首,其平均赋引率为 89%。再看《诗经》各部的情况,《大雅》被赋引 88 首

---

[1]朱熹《诗集传》卷 20,上海古籍出版社,1980 年,第 237 页。

次,《诗经》录诗 31 首,其赋引率为 284％,排第一。《商颂》赋引 8 首次,《诗经》录诗 5 首,其赋引率为 160％,排第二。《小雅》赋引 92 首次,《诗经》录诗 74 首,其赋引率为 124％,排第三。《召南》赋引 14 首次,《诗经》录诗 14 首,赋引率为 100％,排第四。《鄘风》赋引 9 首次,《诗经》录诗 10 首,赋引率为 90％,排第五。《周颂》赋引 22 首次,《诗经》录诗 31 首,赋引率为 71％,排第六。以下分别是《郑风》57％,《邶风》53％,《曹风》50％,《卫风》40％,《豳风》29％,《鲁颂》25％,《周南》18％,《唐风》17％,《王风》10％。彼此比较,不难看出从这一角度说当时人对《商颂》的重视也同样是非同寻常的。

其四,《诗经》各部赋引首数与所录首数之比的对比。对于"《诗》三百"各部分在当时所受重视程度的判断,并不能纯粹以它们在《左传》《国语》中被赋引的总量为依据。如果将赋引首数与它们在《诗经》当中的采录首数加以对照,也同样可以为我们对"《诗》三百"各部分在当时所受到的重视程度的判断提供根据。如第一节所示,《国语》《左传》所赋引之诗,除去复重,见于今本 305 篇者总计 122 首,其平均赋引率为 40％。如果具体到《诗经》各部,则除去复重,《商颂》之诗赋引 5 首,《诗经》录 5 首,赋引率为 100％,比值最高,排第一。《大雅》赋引 20 首,《诗经》录 31 首,赋引率为 65％,排第二。《召南》赋引 9 首,《诗经》录 14 首,赋引率为 64％,排第三。《小雅》赋引 39 首,《诗经》录 74 首,赋引率为 53％,排第四。《鄘风》赋引 5 首,《诗经》录 10 首,赋引率为 50％,排第五。《郑风》赋引 9 首,《诗经》录 21 首,赋引率为 43％,排第六。其下依次为《邶风》42％,《卫风》40％,《周颂》38％,《豳风》29％,《鲁颂》《曹风》25％,《周南》18％,《唐风》17％,《王风》10％。前后对照,不难发现由这一角度看《商颂》的赋引率竟然是最高的,高达 100％,即使排在第二的《大雅》(仅 65％)也远难与之比肩。其他如《小雅》《周颂》就更不在话下了。赋引比率如此之高,这显然也不是道一个"偶然"就能够把问题轻易解决的。

其五,《诗经》各部被引首次与被赋引首次之比的对比。如上所言,春秋称诗还有一个显著特征,那就是政治地位越高的作品就越较多地出现在引诗里。既是如此,则通过《诗经》各部在《左传》《国语》中的被引量在其全部赋引量中所占比率的对比,我们也同样可以对《诗经》各部在当时人心目中的地位有所体认。如第一节所示,在《左传》《国语》中总计赋引今本《诗经》271 首次,其中引诗 182 首次,占全部赋引的 67％。如果考虑到《鲁颂》《周南》《曹风》《王风》《唐风》和《豳风》六者赋引量太小(都仅只一两次),而略去不计,那么《商颂》的被引率也依然是最高的。再具体说,也就是在《左传》《国语》中《商颂》被赋引 8 首次,而这 8 首次全部为引诗,其百分率依旧是 100％。排在第二位的是《周颂》,总计被赋引 22 首次,其中引诗 20 首次,被引率为 91％。《大雅》第三,75 比 88,被引率为 85％。《召南》第四,8 比 14,被引率为 57％。《小雅》第五,50 比 92,被引率为 54％。其下依次为《邶风》50％,《鄘风》44％,《卫风》25％,《郑风》17％。那么,对于以上这些现象我们又当如何解释呢? 其实如把《商颂》看作商诗,便都一切迎刃而解了。因为尽管宋国在当时的地位并不高,但是商诗乃商人祭祖之诗,它作于前代,自然是西周之后许多侯国的诗歌无法比拟的。虽然它是商代早期的作品还是商代中晚期的作品,对此我们还不能最终确定,但由春秋时期赋诗引诗的情况看,它乃是商人所作则应当是没有疑义的。因为如果我们不作这样的界定,那《商颂》何以在春秋时期如此受人重视就很难解释。一方面《商颂》乃商人所作,古代文献如《毛诗序》等已有明确记载,另一方面由春秋称诗的情况我们也只能得出这样的结论。在这种情况下如果我们还要否定《商颂》乃商人所作,那就未免太幼稚了。

又,从我们现在所能见到的战国文献看,它们的称诗活动也同样存在着重《商颂》而轻《鲁颂》的倾向。我们知道,在今本《诗经》中《商颂》五首,《鲁颂》四首,其所录数量应当说是基本相同的。然而由董治安对战国文献的称诗情况所作的统计可以看出:《鲁颂》仅被称引了 2 首 3 次,分别为《论语·为政》引《駉》1 次①,《孟子·滕文公》引《閟宫》2 次②。而《商颂》则被称引了 4 首 9 次,分别为《荀子·大略》引《那》1 次,《臣道》《荣辱》和《议兵》引《长发》各 1 次③;《礼记·孔子闲居》引《长发》1 次,《中庸》引《烈祖》1 次,《大学》引《玄鸟》1 次;《大戴礼记·五将军文子》引《长发》1 次④;《晏子春秋·外上五》引《烈祖》1 次⑤。被称引的首次差别如此之大,这也同样是很

①董治安《〈论语〉论〈诗〉、引〈诗〉表》,《先秦文献与先秦文学》,齐鲁书社,1994 年,第 64 页。
②董治安《〈孟子〉论〈诗〉、引〈诗〉表》,《先秦文献与先秦文学》,齐鲁书社,1994 年,第 66 页。
③董治安《〈荀子〉论〈诗〉、引〈诗〉表》,《先秦文献与先秦文学》,齐鲁书社,1994 年,第 71 页。
④董治安《〈周礼〉〈仪礼〉〈礼记〉〈大戴礼记〉歌〈诗〉、奏〈诗〉、论〈诗〉、引〈诗〉表》,《先秦文献与先秦文学》,齐鲁书社,1994 年,第 80～81 页。
⑤董治安《〈晏子春秋〉引〈诗〉表》,《先秦文献与先秦文学》,齐鲁书社,1994 年,第 85 页。

能说明问题的①。

(二)从《商颂》的性质和语言形式看其作年

　　如上所示,对《商颂》的性质及其语言特征前人已多有论述,可是十分遗憾这些论述都只揭示了《商颂》在具体用途和语言特征上与《周颂》《大雅》的异同,而对产生这些异同的原因却并没有完全讲清楚。本来通过这些原因的分析,也同样可以为《商颂》的作年提供新的论证,但是由于前人探讨的不够深入,致使我们直到目前对于《商颂》作年的认识也仍然隔了一层。那么,《周颂》《大雅》和《商颂》,它们在具体用途和语言特征上既相异又统一的原因何在呢? 这也需要从以下三个方面加以说明。

　　其一,商、周二《颂》的用途之异及其原因。关于商、周二《颂》的用途之异前人早有详述。如孔颖达《毛诗正义》释《诗大序》"颂者,美盛德之形容,以其成功告于神明者也"说:"作颂者,美盛德之形容。"天子"道教周备","任贤""养民","远迩咸服,群生尽遂其性,万物各得其所","故作诗歌其功,遍告神明,所以报神恩也"。不过在三《颂》中能够符合这一点的"唯《周颂》耳,其商、鲁之颂则异于是矣。《商颂》虽是祭祀之歌,祭其先王之庙,述其生时之功,正是死后颂德,非以成功告神,其体异于《周颂》也"②。那么,实际情况果真如此吗? 请看《毛诗序》对《商颂》五首具体用途的解释:"《那》,祀成汤也。""《烈祖》,祀中宗也。""《玄鸟》,祀高宗也。""《长发》,大禘也。""《殷武》,祀高宗也。"那么,何为"大禘"呢? 郑玄认为乃"郊祭天也",而王肃则云此"为殷祭,谓禘祭宗庙,非祭天也"。彼此比较,我们认为王肃的说法是要更可信的。因为其他四首诗歌既皆属祭祖,唯独断这首诗歌为祭天,这显然是有违常理的。孔颖达说:"《那》序云'祀成汤',是颂成汤也。《烈祖》序云'祀中宗',是颂中宗也。《玄鸟》《殷武》序皆云'高宗',《长发》居中,从可知是《玄鸟》三篇颂高宗也。此颂之者,皆在崩后颂之。""由此三王皆有功德",故"时人有作诗颂之者"③。孔颖达的论述应当说把

---

① 按,对商、鲁二《颂》的这一差别,郝明朝先生也早有注意。他认为包括《荀子》在内的先秦文献之所以多称《周颂》《商颂》而少称《鲁颂》,这一现象"颇值得思考"。可以肯定这决不是"偶然"的,"亦很难以'当引则引,不当引则不引'作解释"。虽然说对这一现象他在最后并没给出答案,但是他对这一问题的提出对我们对这个问题的进一步探索仍很有启发。详郝氏《〈荀子〉引〈诗〉说》,《聊城大学学报》2002年第4期,第86页。

② 孔颖达《毛诗正义》卷1,孔颖达等《十三经注疏》,中华书局,1980年,第272页。

③ 孔颖达《毛诗正义》卷20,孔颖达等《十三经注疏》,中华书局,1980年,第620～625页。

其中的道理讲的是很明白的。其名为"颂",却是歌颂祖宗,这与《大雅》的《生民》《公刘》《文王》《大明》显然是十分相似的。盖也正因如此,所以如上所言,有的学者才据此提出了"《商颂》的性质与《大雅》相通而异于《周颂》"的论断。

那么,为什么《周颂》可以祭天祷神(也包括祖宗神)[①],感谢天恩神德,而《商颂》却只能祭祖,而不能有答谢神恩的内容呢?其实原因很简单,那就是"以其成功告于神明",乃是一个朝代或者君主王权神受,代天理民,享有合法身份的标志,具有无比的神圣性,在夏商周时代尤为如此。也正因这样,所以在商亡以后,一方面继其宗嗣的宋人作为一个普通诸侯国,已经没有资格再保存那些只有天子才得享用的"以其成功告于神明"的"颂"类诗歌了,而另一方面继商而立的周人,他们因为有自己的"颂"歌,因此对于前朝那些同类"颂"歌也同样没有必要再保存,或者说即使作了保存,也不会再让它流行于世。在这种情况下,商代人所使用的那些具有真正"颂"体特征的"颂"诗所以没有流传下来,自然也就不奇怪了。明白于此,则我们现在所看到的《商颂》五首之所以完全没有"以其成功告于神明"的内容,而只有类同于《大雅》的祭祖歌唱,也就完全可以理解了。有的学者不了解这一点,遂谓"三颂之中,《周颂》《商颂》皆用以告神明,而《鲁颂》乃以为善颂善祷"[②],这一看法显然是很难成立的。

其二,《商颂》五首与《大雅》《周颂》的文风异同及其原因。关于《商颂》五首与《大雅》《周颂》的文风异同前人也早有详述,总其要旨可归纳如下:首先在篇章结构上,《周颂》31 首全是 1 章,也即全不分章,平均每章 10.9 句。《商颂》5 首,《那》《烈祖》和《玄鸟》3 首不分章,平均每首 22 句;《长发》《殷武》2 首分章,平均每首 6.5 章,每章 6.8 句。《大雅》31 首全部分章,平均每首 7 章,每章 7.4 句。其次在辞藻铺排上,《商颂》比《周颂》更富丽,《大雅》比《商颂》更铺张。有关这一点,即是由它们的篇幅长短也可以看出。如《商颂·那》《烈祖》和《玄鸟》虽也不分章,和《周颂》相似,但是前者

---

① 按,颂以成功告神,既可是祖宗之神,也可是天地之神。如孔颖达《周颂谱》正义说:"皆歌当时成功,告其父祖之神明。"这显然指的是祖宗神。又,《诗大序》正义说:"虽社稷山川四岳河海,皆以民为主,欲民安乐,故作诗歌其功,遍告神明,所以报神恩也。王者,政有兴废,未尝不祭群神,但政未太平,神无恩力,故太平德洽,始报神功。"这显然又是指天地之神讲的。详孔颖达《毛诗正义》卷 19、1,孔颖达等《十三经注疏》,中华书局,1980 年,第 581、272 页。

② 赵德《诗辨说》,中华书局,1985 年,第 11 页。

平均每首 22 句,而后者平均每首却只有 10.5 句,篇幅长短竟然差了一倍。再如《商颂·长发》和《殷武》虽然与《大雅》接近,但是在篇幅长短上,如前所列较之《大雅》也同样要略逊一筹。有的学者说:"就文学的技巧看,《那》《烈祖》及《玄鸟》近于《周颂》。各篇均二十二句,不分章;在三百篇中,除《周颂》外,只有这三篇是不分章的。《长发》与《殷武》显然近于二《雅》,尤其在叙武功以颂圣这一点上。篇幅较前三篇为长,且均分章,多少可以看出这二篇的进步。"①虽然讲得仍不全面,但是总体而言应当说是抓住了《商颂》的基本特点的。

那么《商颂》五首与《大雅》《周颂》在语言风格上的异同,又能给我们带来什么启发呢? 如果从文学发展的一般进程看,我们完全可以得出如下结论,即《商颂》五首只能是商人所作,中国诗歌发展的历史进程也同样是由单章到多章,由简单到复杂,由质朴到藻饰而逐步成熟起来的。再具体说,也就是《周颂》虽为周人所作,但它所代表的文体却是非常古老的,《商颂》五首可以说正是以它为基础才被创制出来的。比如《那》《烈祖》和《玄鸟》,虽然仍只 1 章,但已由《周颂》的平均 10.5 句扩展到了 22 句。再如《长发》和《殷武》,它们更由单章发展为多章,由一二十句扩展到四五十句。其在文体上的进步可谓是显而易见的。也正是以这一进步为基础,此后周人的《大雅》以至《小雅》才得顺利产生。

当然,我们这里说《周颂》《商颂》和《大雅》所代表的文体在客观上存在着先后因承关系,只是就整体而言的,并不是说每首诗歌都绝对符合这一程序。比如《周颂》固然一般都在 10 句左右,有的甚至只有五六句,如《维清》5 句、《潜》6 句,但是句数较多的也可高达二三十句,如《良耜》23 句、《载芟》31 句。再如《大雅》固然一般都在 50 句左右,有的甚至高达 100 多句,如《桑柔》112 句、《抑》114 句,但是其中也有一二十句的,如《泂酌》15句、《灵台》20 句。再如《商颂》五篇,我们只是说从一般逻辑讲前 3 篇要早于后 2 篇,但也并不是说就一定是这样的。

不过在另一面我们也不得不承认,从整体看,说《商颂》之诗不仅由《周颂》所代表的文体发展而来,而且也为此后二《雅》的产生奠定了基础,这一判断则是完全可以成立的。因为一方面由上文的分析可以看出《商颂》不

---

① 陆侃如、冯沅君《中国诗史》,作家出版社,1956 年,第 33 页。

同于《周颂》而通于《大雅》。《周颂》之诗由于仅为告神,内容量较少,并不需要太多文字,所以它还可以继续沿用旧有的文体。而《商颂》之诗由于体通《大雅》,乃颂祖之诗,需要表达的内容越来越多,这就为它突破旧有文体而创制新式文体提供了动力。而另一方面从《大雅》的创作体制看,它也绝不可能是一朝而就的,它也必然有所承继、有所因袭。如果说商代还没有像《商颂》一样的祭祖颂歌,则《大雅》之诗忽然一下子就如此繁荣、如此成熟,这显然也是不可能的。也正基于以上这些认识,所以我们认为只有把《商颂》视为商诗,这才合乎文学发展的一般逻辑。如果再进一步,将这一分析与我们前文所作的分析结合起来,那《商颂》五首乃商人所作也就更加没有疑义了。

那么说《商颂》为商人所作,商人在什么时候所作呢? 对此虽然我们并不能完全确定,但是依照文体发展的一般规律,显然应将其定于商代中晚期为宜。因为《大雅》和《商颂》固然在文风上比较接近,但前者毕竟是周代的作品。尽管说它里面确有不少作品作于周初,可是如果把《商颂》定在商代前期,则与《大雅》的时间间距相差仍然太遥远了。在那么早的时代是否就已有了像《商颂》这样如此接近《大雅》体制的诗歌,这显然是令人怀疑的。而若将《商颂》置于商代中晚期,则与《大雅》的时间前后相接。在这种情况下再说《大雅》乃由与之接近的《商颂》发展而来,那就显得可信多了。

其三,商、鲁二《颂》的文风异同及其原因。为了使《商颂》作于商代中晚期的观点得到更深入的论证,下面我们不妨再将它与《鲁颂》作一对比。首先,《鲁颂》也非告神之歌,这一点与《商颂》是完全相同的。如《毛诗序》曰:"《駉》,颂僖公也。""《有駜》,颂僖公君臣之有道也。""《泮水》,颂僖公能修泮宫也。""《闷宫》,颂僖公能复周公之宇也。"[1]尽管也有学者认为《毛诗序》之说不可全信:"旧说皆以为伯禽十九世孙僖公申之诗,今无所考。独《闷宫》一篇,为僖公之诗无疑耳"[2],但是它们皆为颂祖之诗,而"非告神之歌"[3],虽有"颂"名,却并"非《周颂》之流"[4],却是没有疑义的。那么,众所周知,鲁国因为周公之勋,得享天子之礼,既是如此,那它为何也无告神之

---

[1]孔颖达《毛诗正义》卷20,孔颖达等《十三经注疏》,中华书局,1980年,第608~614页。
[2]朱熹《诗集传》卷20,上海古籍出版社,1980年,第237页。
[3]孔颖达《毛诗正义》卷20,孔颖达等《十三经注疏》,中华书局,1980年,第609页。
[4]孔颖达《毛诗正义》卷1,孔颖达等《十三经注疏》,中华书局,1980年,第272页。

"颂"呢？对此,孔颖达《诗谱·周颂谱》正义解释说:"以位在诸侯,不敢辄作"①,可以说把其中的道理讲的是很清楚的。看来鲁国尽管也享天子之礼,但是就像宋国一样,它也仅限于宗庙祭祀,而像"以其成功告于神明"的告神礼仪,无论什么时代也都是只有天子才能独享的。

　　其次,《鲁颂》之诗篇幅加长,有的篇章更趋铺陈,这一点与《商颂》又是有异的。具体来说,《鲁颂》四首:《有駜》3 章 27 句,《駉》4 章 32 句,《泮水》8 章 64 句,《閟宫》9 章 121 句。尤其是《閟宫》不仅章、句多不说,而且还是《诗经》中篇幅最长的诗。与《鲁颂》相较,《商颂》五首在这方面就逊色多了,不仅《那》《烈祖》《玄鸟》三诗皆为单章,而且即是篇幅较长的《殷武》与《长发》也分别只有 6 章 37 句、7 章 51 句,这与《鲁颂》,特别是《鲁颂》中的《泮水》《閟宫》显然是相差很远的。王安石说:"《周颂》之辞约","《鲁颂》之辞侈"②,可以说对于《鲁颂》的辞藻特征认识的也是颇为清楚的。

　　第三,商、鲁二《颂》之别不仅表现在篇幅、铺排上,而且也表现在章句型式上。不过,在具体探讨这一问题之前,我们需要先对《诗经》的章句型式作一总的梳理。总览《诗经》的章句特征,不难发现它可分为四个类别:一是一章独唱式,这主要以《周颂》为代表;二是多章联唱式,这主要以二《雅》为代表;三是复沓迭唱式,这主要以《国风》为代表;四是多章联唱与复沓迭唱混合式,这也主要表现在《国风》、二《雅》里。从这四种章句型式的关系说,应当说一章独唱式是最古老的,多章联唱式与复沓迭唱式都是在它的基础上发展起来的。多章联唱式可以说是多个一章独唱的组合,由于它需要的知识量、词汇量都比较大,也即需要的文化素养比较高,因此这种型式主要为官方机构或官方人士所习用。复沓迭唱式也是一章独唱式的发展,不过与多章联唱式不同,它只是将同一个一章独唱重迭起来,而仅在部分关键部位更换几个字。由于这种型式比较简单,所以它主要为民间百姓所喜爱。而多章联唱与复沓迭唱的混合式则是官方型式与民间型式的进一步融合,它的产生应当说就更晚了。

　　那么,商、鲁二《颂》的章句型式又如何呢?具体而言,其基本情况为:《商颂》五首,《那》《烈祖》《玄鸟》皆为一章独唱式,《长发》《殷武》则为多章

---

① 孔颖达《毛诗正义》卷 19,孔颖达等《十三经注疏》,中华书局,1980 年,第 581 页。
② 王安石《诗义钩沉》卷 20,中华书局,1982 年,第 300 页。

联唱式。《鲁颂》四首,《閟宫》为多章联唱式,《泮水》为混合式,而《駉》《有
駜》则皆为复沓迭唱式。不难看出,在章句型式上《商颂》与《鲁颂》的差别
也是很大的。商、鲁二《颂》均为祭祖之诗,可是在语言形式上却有如此大
的差别,这其中的原因又在哪里呢?有关这一点我们还要从其产生时间上
来认识。更明确说,也就是一方面由于《商颂》乃商代之作,而《鲁颂》乃周
代之作,产生时间较晚,因此它才会根据时代需要,而完全抛弃了一章独唱
的狭小形制,篇幅加长,更趋铺陈,另一方面也同是因为这一原因,导致了
它较多地受到了民歌的影响,所以才使它作为官方产品,却采用了民间的
语言形式。不难看出,这些差别如果不从产生时间上加以考虑,我们也同
样是难于给出合理解释的。

对于《鲁颂》的文体特征前人曾有过多种评语,如"《鲁颂》之文,尤类小
雅"①。"《鲁颂》多分章,且其体又近乎风,盖实鲁风焉。"②"《鲁颂》四篇,有
风体,有小雅体,有大雅体。"③"(《鲁颂》)这四首诗虽然划在了《颂》里,但
从作诗技巧和内容的角度看,应是风诗或雅诗。"④等等。彼此比较,不难
发现前两种说法应当说是比较片面的。《鲁颂》之诗作为时代较晚的创作,
一方面它固然受到了民间"风"诗的影响,但另一方面它既出于官方之手,
也必然打上官方的烙印。也正因此,所以才使它的诗歌既有"风"体,也有
"雅"体,任何否定一方肯定一方的做法都是不当的。而并且我们还应注
意,《鲁颂》之诗虽然采用了"风"诗的型式,但这却并不意味着它在思想内
容上也同样具有"风"的特点。《鲁颂》乃是祭祖之诗,尽管它在表现形式上
受到了"风"的影响,但却并没有改变它在内容上属于祭祖颂歌的性质。有
关这一点,我们也同样应予重视。

(三)从今文诗家的分歧看《商颂》的作年

有关《商颂》五首的作年,长期以来"宋诗"论者一直都有这样一个观
点,即在两汉时期在《商颂》的归属问题上除了古文诗家坚持"商诗"说外,
今文诗三家,也即齐鲁韩三家不仅都赞同《商颂》为"宋诗"说,而且还都认
为它们的作者就是孔子的先祖正考父。如皮锡瑞曰:"三家义同","三家说

①孔颖达《毛诗正义》卷19,孔颖达等《十三经注疏》,中华书局,1980年,第581页。
②程俊英、蒋见元《诗经注析》引陈廷杰语,中华书局,1991年,第1011页。
③王柏《诗疑》卷1,中华书局,1985年,第12页。
④袁长江《先秦两汉诗经研究论稿》,学苑出版社,1999年,第10页。

同","三家以《商颂》为美宋襄"①。王先谦曰:"僧贯休《君子有所思行》'我爱正考父,思贤作《商颂》',犹用三家义。"②等等。其实就现在我们所能见到的材料看,应当说"宋诗"论者的这一看法也同样是没有根据的。

首先,在今文诗三家中,我们只能找到鲁韩二家主张《商颂》为正考父作的证据,而并找不到齐诗学者也主此论的证据。因为如上所列,在我们目前所能见到的材料中,有关齐诗学者在《商颂》归属问题上的看法的文献只有一条,即《礼记·乐记》"爱者宜歌《商》"郑玄注:"《商》,宋诗也。"由于郑玄早年曾习齐诗,所以我们一般都将此视为齐诗论者的观点。可是在这则材料中郑玄只说《商颂》(简称《商》)为"宋诗",并没有指出它的作者。虽然说齐鲁韩皆为今文诗,它们在很多地方都是相通的,但是在很多地方相通并不代表在每一个地方相通,仅仅以此为据就断言三家诗论者在有关《商颂》具体作者的看法上也完全一致,这样的立论显然缺乏依据。

其次,今文诗家不仅在《商颂》是否为正考父作的看法上不统一,而且在《商颂》究竟是"商诗"还是"宋诗"的看法上也同样不统一。在今文诗的阵营中"也有不少主张《商颂》为商诗"的学者③。如《韩诗外传》卷三:"成王封伯禽于鲁,周公诫之曰:'……《诗》曰:"汤降不迟,圣敬日跻。"诫之哉!子其无以鲁国骄士也。'"④周公训子在西周初期,当时宋国刚刚建立。在这么早的时候就已引用《商颂·长发》的诗句,由此记载足以见出《韩诗外传》的作者,也即韩诗学派的创始人韩婴,他也同样是不将《商颂》作"宋诗"看的。又,西汉后期著名学者刘向习的是鲁诗,其《说苑·敬慎篇》也有类似的记载:"昔成王……封周公子伯禽于鲁,辞将去,周公诫之曰:'……《诗》曰:"汤降不迟,圣敬日跻。"其诫之哉,子其无以鲁国骄士矣。'"⑤据此也同样可证鲁诗学者也并非都将《商颂》作"宋诗"看。又,《淮南子·修务训》:"诵《诗》《书》者期于通道略物,而不期于《洪范》《商颂》。"⑥《洪范》为商代大法,为殷末箕子写给周武王的。《淮南子》这里将《洪范》与《商颂》并称,也可见同属鲁诗学派的《淮南子》,它也同样没把《商颂》视作"宋诗"。

---

① 皮锡瑞《经学通论二·诗经》,中华书局,1954 年,第 44～45 页。
② 王先谦《诗三家义集疏》卷 28,中华书局,1987 年,第 1096 页。
③ 张启成《论〈商颂〉为商诗补证》《贵州文史丛刊》1996 年第 5 期,第 39 页。
④ 许维遹《韩诗外传集释》卷 3,中华书局,1980 年,第 117～118 页。
⑤ 向宗鲁《说苑校证》卷 10,中华书局,1987 年,第 240～241 页。
⑥ 刘文典《淮南鸿烈集解》卷 19,中华书局,1989 年,第 657 页。

在这里我们尤需一提的还有齐诗学者班固。据《汉书·叙传》载：师丹传齐诗于班伯，班固为班伯族子，因此学界历来也都将班固作齐诗学者看。对于班固在《商颂》归属上的态度，今文经学家皮锡瑞曾有论及："三家与毛又有大驳异处，如以《鲁颂》为公子奚斯作，以《商颂》为正考父作是也。扬子《法言》曰：'正考父尝睎尹吉甫矣，公子奚斯睎正考父矣。'《后汉书·曹褒传》曰：'昔奚斯赞鲁，考父咏殷。'班固《两都赋序》曰：'故皋陶歌虞，奚斯颂鲁。'王延寿《鲁灵光殿赋》曰：'奚斯颂僖，歌其路寝。'曹植《承露盘铭序》曰：'奚斯鲁颂。'……锡瑞案：《曹褒传》注引薛君《韩诗章句》曰：'奚斯，鲁公子也，言其新庙弈弈然盛。是诗公子奚斯所作也。正考父，孔子之先也，作《商颂》十二篇。'是奚斯作《鲁颂》，考父作《商颂》，义出《韩诗》。而《史记》用《鲁诗》，班固用《齐诗》，三家义同，乌（何）得偏据《毛诗》以驳之乎？"[1]仔细审视，不难发现在皮锡瑞这段评述里明显包含有以下两个推理：第一，"奚斯赞鲁，考父咏殷"乃是彼此相联的，承认了前者也一定会承认后者，认可了后者也一定会接受前者。他之所以仅由班固《两都赋序》的"故皋陶歌虞，奚斯颂鲁"就从而得出班固也同样认同"考父作《商颂》"的结论，可以说正是以此为根据的。第二，班固所习者乃齐诗，因此他的观点也必然与齐诗相一致。也正基此，所以皮锡瑞才认为齐鲁韩三家的观点都是相同的。

那么实际情况是否这样呢？我们认为这一看法实是十分牵强的。因为"奚斯赞鲁"代表的只是对《鲁颂》的认识，而"考父咏殷"代表的则是对《商颂》的认识。这两个认识虽皆为今文诗家所持有，但却并不代表每个今文诗家对这两者都肯认。比如班固就是如此。其《汉书·礼乐志》说："自夏以往，其流不可闻已，殷颂犹有存者。周诗既备，而其器用张陈，《周官》具焉。"[2]所谓"殷颂犹有存者"显然就是指保存于今本《诗经》中的《商颂》五首而言的。因为除此五首，我们在《汉书·艺文志》中就再也找不到其他任何有关"商颂"篇目的记载了。有的学者说："'自夏以往，其流不可闻已，《殷颂》犹有存者。'这意思是说，夏代的乐诗已湮没无闻，而商代的诗乐还有保存下来的，亦可见《商颂》自当为商诗。"[3]这一认识无疑是完全可信

①皮锡瑞《经学通论二·诗经》，中华书局，1954年，第43～44页。
②班固《汉书》卷22，中华书局，1962年，第1038页。
③张启成《论〈商颂〉为商诗》，《贵州文史丛刊》1985年第1期，第98页。

的。又,《礼乐志》曰:"昔殷周之雅颂,……光名著于当世,遗誉垂于无穷也。"①上文班固将"殷颂"与"周诗"并列,此处又将"殷""周"并提,于此我们也可再次见出班固在《商颂》作年上的认识。当代著名《诗经》研究专家陈子展说:"班固亦尝确认《商颂》为殷商诗。……曰:'殷周之《雅》《颂》,……光名著于当世,遗誉垂于无穷也。'班氏家习《齐诗》,在毛、郑学未显之前,即以《商颂》为殷商诗。"②这一见解无疑也是持之有故的。

不过,需要特别指出的是在《汉书》中"殷"与"周"并不总是相对的,在有的时候它也可以涵盖在"周"字之下。如《艺文志》说:"古有采诗之官,王者所以观风俗,知得失,自考正也。孔子纯取周诗,上采殷下取鲁,凡三百五篇,遭秦而全者,以其讽诵不独在竹帛故也。"③首先由"上采殷下取鲁"六字可以看出"殷"与"鲁"在时间上也同样不属一个层次,否则"上"与"下"云云也就无从谈起了。结合上文所列班固的阐述,可以肯定他在这里也必是把《商颂》作"商诗"看的。可是这样一来,"纯取周诗"四字如何解呢?笔者认为可以作两种解释。一是仍照字面理解,"纯取周诗"即全部都是从周王室所保存的诗歌中选录的,而并未选录那些下属侯国私采的诗。譬如楚国,它就也当有它本国独具特色的文本,但是孔子出于捍卫"礼乐征伐自天子出"的原则,对它的诗歌并不采录。二是把"纯"字看作"屯"的借字,把"纯取周诗"解为屯聚搜集周王室所保存的各种诗歌,然后再对它加以去取。《召南·野有死麕》"白茅纯束"郑笺:"纯读如屯。"陆德明释文曰:"屯,聚也。"④可见,把"纯"字解为"屯集"之"屯"的假借也是于古有据的。但是彼此比较,不难看出无论作出哪种解释,其基本语意并无大别。郑玄《商颂谱》说:"问曰:周太师何由得《商颂》?曰:周用六代之乐,故有之。"对此孔颖达进一步解释说:"周用六代之乐,乐章固当有之,故得有《商颂》也。然则自夏以上,周人亦存其乐,而得无其诗者,或本自不作,或有而灭亡故也。此《商颂》五篇自是商世之书。"⑤综合郑、孔所作的分析,不难得知把商、鲁二《颂》都作"周诗"看待,这也是完全可行的。

①班固《汉书》卷 22,中华书局,1962 年,第 1071 页。
②陈子展《诗经直解》卷 30,复旦大学出版社,1983 年,第 1212 页。
③班固《汉书》卷 30,中华书局,1962 年,第 1708 页。
④孔颖达《毛诗正义》卷 1,孔颖达等《十三经注疏》,中华书局,1980 年,第 293 页。
⑤孔颖达《毛诗正义》卷 20,孔颖达等《十三经注疏》,中华书局,1980 年,第 620 页。

总之,在今文诗家的阵营里,齐鲁韩三家在《商颂》归属的问题上远未达成共识。就我们现在所能见到的材料看,主张"商诗"说的今文诗学者其实并不比"宋诗"论者少,那种认为今文诗三家都以《商颂》为正考父作,都以《商颂》为"宋诗"的观点是根本站不住脚的。换一句话说,也就是在两汉时期主张《商颂》为"宋诗"说的学者其数量也不占优势。"宋诗"论者为了张大"宋诗"说的声势,硬把部分今文诗家的观点说成是全部今文诗家的认识,试图制造出一种"宋诗"说一度在历史上占据优势的假象,这样的学术态度显然也是很不可取的。

四、正考父所得"《商颂》十二首"是否含宋诗

最后再补充说明一个问题,即正考父所得"《商颂》十二首"是否含宋诗? 由以上所述可以得知,《商颂》五首、《鲁颂》四首虽然分别为宋、鲁二国所拥有,但是由于《商颂》五首乃商代之作,因此这实际上就意味着在今本《诗经》中宋国是无《颂》的。据史籍记载,宋、鲁二国在当时都是有资格享有天子之礼的,那为何鲁国国君死后有《颂》而宋国国君却没有这样的殊荣呢? 对这个问题,目前有不少学者都认为今本《商颂》五篇固为"先代之诗",但是根据史籍记载,正考父校于周太师的乃是 12 篇,其中亡佚的"七篇作品,则很有可能就是属于《商颂》中的当代之诗,是祭祀宋国之君的祭歌,只是被《诗经》的编者有意识地将其删去罢了"①。那么,这一看法是否可信呢? 就一般常理来说,应当说当时各诸侯国在其国君死后都是有权作颂的(实际为雅),但是关键是所作的颂诗能否得到周廷的承认,或者换句话说这些颂诗是否会被周廷录存。由于鲁国是享有天子之礼的,所以它的颂歌自可得到周廷的保存。而宋国虽也享有天子之礼,但由于它的亡国之后的身份,致使它的国君在世人面前常常呈现的是一种立功赎罪的角色。如上所说,在先秦时代之所以有不少寓言故事都以宋人为讥笑对象,这显与他们的亡国之后的身份密切相关。因此除其前代之颂《商颂》外,对于当时宋国国君的颂歌周廷自然不愿录存。至于其他诸侯国由于均未享有天子之礼,所以有关他们的颂歌不被周廷录存,也就更不难理解了。春秋之

---

①王永《〈商颂〉十二篇之原貌索隐:兼论王国维之〈说商颂〉》,《宁夏大学学报》2006 年第 5 期,第 76 页。

时人们对诗的赋引之所以只有《周颂》《商颂》和《鲁颂》而没有宋《颂》以及
其他各国之《颂》，其根本原因正在这里。鉴此，说亡佚的七篇《商颂》应为
"宋诗"，这一看法也同样是需要商榷的。

　　为了进一步说明这一点，我们不妨再来探讨一下为何宋、鲁二国也均
无"风"诗的问题。对这一问题郑玄《诗谱》、孔颖达《诗谱》正义曾有这样的
解释："曰：列国政衰则变风作，宋何独无乎？曰：有焉，乃不录之。王者之
后，时王所客也，巡守述职不陈其诗，亦示无贬黜客之义也"，"所以无宋诗
也"[①]。又曰："巡守之礼云，命太师陈诗以观民之风俗，然则天子巡守采诸
国之诗，观其善恶，以为黜涉。今周尊鲁若王者，巡守述职不陈其诗，虽鲁
人有作，周室不采。……故王道既衰，变风皆作而鲁独无之。"[②]那么，如何
看待二家的解释呢？就整体而言应当说都是颇有道理的。试想一下，宋、
鲁二国由于均享天子之礼，所以朝廷只录其"颂"而不录其"风"——《商颂》
虽为商代所作，但是由于为宋国掌管，实际上也就相当于宋国之《颂》，而其
他各诸侯国如秦齐郑卫等由于均未享天子之礼，所以朝廷只录其"风"而不
录其"颂"，彼此对照，这其中的情由不是很明白吗？足见，十五诸侯所以只
有"风"而无"颂"，宋、鲁二国所以只有"颂"而无"风"，作为殷商之后的宋人
所以只有前朝之"颂"而无当今之"颂"，原来所有这一切都是由周王朝的录
诗制度、录诗倾向所决定的。

五、余论

　　由以上所述可以看出，由于宋国亡国之后的身份，宋国的诗歌是很难
得到周廷的认可的。当时人之所以对《商颂》那么青睐，这显然包含着这样
一个认识，即商朝的灭亡固然在于商末统治者的残暴，但这与殷商先王的
励精图治显属两个不同性质的问题。《商颂》作为殷商先王伟大功绩的反
映，它表达的乃是世人对明君圣主的无限渴慕，对于这样的诗歌创作，显然
不能因其朝代的灭亡就随而舍弃。周廷的乐师所以将其编入当时的诗歌
文本，当时的人们所以对它反复称引，这其中显然有一个十分重要的原因，
那就是这些歌颂明君圣主的诗章无疑正和当时人所尊奉的"诗言志"观念

①孔颖达《毛诗正义》卷20，孔颖达等《十三经注疏》，中华书局，1980年，第620页。
②孔颖达《毛诗正义》卷20，孔颖达等《十三经注疏》，中华书局，1980年，第608页。

相一致。《商颂》作为异代之诗,而竟然得到了周人的如此厚爱,这充分说明当时人对于诗歌创作是有他们的评价原则和思想标准的。合乎了这一标准,即是异代之作也要予以激赏;违背了这一标准,即是同代之诗也要予以弃舍。

此外,还有一点也需注意,即前人有关《商颂》作年的争论,其实古籍记载的缺乏与模糊只是其中的一个比较表面的原因,它的另一个更为根本的原因恐怕也还是"诗言志"的观念问题。再进一步说,也即是两汉的今文诗学者,由于他们担心若把《商颂》当商诗看待,它们就会逸出周代礼乐文化之外。把这样的诗歌奉为经典,这显然与他们秉持的儒家诗教观念相抵牾。他们之所以把《商颂》挂在正考父名下,说是正考父因为宋襄公奉行仁义而作,其中的缘由正在这里。而两汉的古文诗学者,他们的诗教观念应当说与今文诗学者并无太大差异,他们所以仍旧把《商颂》当商诗看待,这恐怕与他们思想的通达密切相关。进言之,也即是商代之诗虽然不是周代礼乐文化孕育的结果,但是它们也有与周代礼乐文化相统一的地方。周代礼乐文化并不是从天而降,它也是损益殷商文化而来的。《商颂》五首既是由周人从商代之诗中挑选而来,那它们与周代礼乐文化自不矛盾。不顾商周文化发展的连续性,而一定要将其完全割裂开来,这样的认识显然太机械了。彼此对照,不难发现古文诗学者的看法无疑更周延。

不过,说《商颂》作年之争也是"诗言志"的观念之争,这主要是就早期说的,其实越到后来,有关《商颂》作年的争论就越发展为真伪之争、知识之争,甚乃意气之争,而不再是思想之争、观念之争了。尤其是在"五四"以后,这种征象就更突出了。有关这一点,我们也同样应有一清醒的认识。

第三节 "诗言志"与"孔子删诗"

孔子与《诗经》的关系如何,这是中国文化史上的一件大事。有的学者说:"孔子是否删定过《诗》可谓是中华学术第一学案。"①这一说法并不夸张。盖也正因如此,所以千百年来才有无数学者为之争论不已。表面看来,这一争论好像只在澄清一个历史事实,而实际上前人所以在这个问题

①蔡先金等《孔子诗学研究》,齐鲁书社,2006年,第17页。

上争论如此激烈,乃是因为对这个问题的不同回答,就意味着我们必对《诗经》产生不同的认识。再明确说,也即是如果《诗经》确由孔子删定,那《诗经》这部书就必然打上孔子的印记,体现着孔子的诗学追求,呈现出孔子对于"诗言志"观念的规约与重塑。如果真是如此,那就意味着我们在接受《诗经》时,一定要顾及孔子对《诗经》的影响,把《诗经》的思想内容、艺术趋尚与孔子的社会理想、审美追求结合起来,而不能将其视为与孔子本来无涉乃至完全无关的东西。而如果认为孔子不曾"删诗",《诗经》的篇数本来就那么多,那《诗经》就成了与孔子原本无关的东西。如果真是这样的话,那《诗经》的神圣性自然就要大打折扣了,《诗经》与当时的诗歌创作两者的关系自然也要重新考论。足见,《诗经》是否由孔子删定,对这个问题的不同回答,确实会让我们对先秦诗歌与孔子的文化地位产生截然不同的认识。也正基此,所以笔者认为对这一论题再加探讨无疑仍是很必要的。

一、"孔子删诗"说的提出

众所周知,有关孔子"删诗"的说法在先秦文献中并无明确记载,最早提出这一说法的乃是西汉司马迁。《史记·孔子世家》说:"古者诗三千余篇,及至孔子,去其重,取可施于礼义,上采契、后稷,中述殷、周之盛,至幽、厉之缺,始于衽席。故曰《关雎》之乱以为《风》始,《鹿鸣》为《小雅》始,《文王》为《大雅》始,《清庙》为《颂》始。三百五篇,孔子皆弦歌之,以求合《韶》《武》《雅》《颂》之音。礼乐自此可得而述,以备王道,成六艺。"①由这段文字可以看出,司马迁把孔子"删诗"的步骤和标准讲的都是很清楚的。

司马迁之后,至唐代孔颖达正式对司马迁之说提出疑义前,对"孔子删诗"说持肯定态度的还有班固、赵岐、王充、王逸、郑众、郑玄和杜预等。不过,在这里需要特别指出的是:在以上这些学者中并不是每一位对孔子是否删诗的表述都很清楚,比如郑众和郑玄,他们的有些表述就颇嫌含糊。也正因此,所以学术界对于他们所作表述的理解长期以来也一直存在着争

---

① 司马迁《史记》卷 47,上海古籍出版社,1997 年,第 1515 页。按,原文"诗"字有书名号,不从。另,"《关雎》之乱以为风始",即《关雎》这种乱乐作为《国风》之首。由于周代大型乐舞常以《关雎》充当乱乐,所以才有"《关雎》之乱"的说法。《墨子·公输》:"公输般为楚造云梯之械。""云梯之械"就指云梯,"《关雎》之乱"也指《关雎》,二者的语法结构是完全一致的。详吴毓江《墨子校注》卷 13,中华书局,1993 年,第 764 页。

议。由于无论是郑众还是郑玄都是两汉经学举足轻重的人物,能否准确把握他们的观点,都直接影响着我们对孔子删诗问题的认识,因此在这里对于他们的观点我们也很有必要再加辨析。

首先来看郑众的论述。《周礼·春官·大师》"教六诗,曰风,曰赋,曰比,曰兴,曰雅,曰颂"郑众注:"古而自有风、雅、颂之名,故延陵季子观乐于鲁时,孔子尚幼,未定《诗》《书》,而因为之歌《邶》《鄘》《卫》曰:'是其卫风乎?'又为之歌《小雅》《大雅》,又为之歌《颂》。《论语》曰:'吾自卫反鲁,然后乐正,《雅》《颂》各得其所。'时礼乐自诸侯出,颇有谬乱不正,孔子正之。"①对于这段文字,刘立志先生评论说:"郑众话语含糊,注文中'正'字的意旨比较宽泛,实际上没有明确涉及删《诗》事宜,对此求之过深反而会失之愈远。"②又,朱金发博士也云:"这里,郑众认为,鲁襄公二十九年(公元前 544)吴公子季札观乐于鲁,《诗经》已经定型,此时孔子方幼,是不可能对其进行删定的,认为孔子只对《诗经》在礼乐制度中使用的混乱情况进行了整理而已。"③那么,如何看待刘、朱的理解呢?这可以从以下两个方面来认识。第一,郑众认为"古而自有风、雅、颂之名",也就是说"风""雅""颂"的命名与孔子无关。因为季札观乐于鲁时,孔子尚幼,而这个时候"风""雅""颂"之名就已出现了。对这一点郑众讲的应该说是很清楚的。可是"风""雅""颂"之名虽已确定,并不意味《诗经》的版本也随之确定,朱博士说"鲁襄公二十九年(公元前 544)吴公子季札观乐于鲁,《诗经》已经定型",这显然不能说是郑众的认识。第二,郑众说的"谬乱不正",其意思确实有点不太明确,但是如果从上下文以及这段文字所涉及的历史语境看,应当说其语意也是不难弄清的。首先从上下文的逻辑看,当时的礼乐所以"谬乱不正",如郑众所言乃是因为"礼乐自诸侯出"。既然"礼乐自诸侯出",这就决不仅仅意味着诗歌在礼乐制度方面的使用发生了"混乱",这其中也必然包含着诸侯以其新诗新乐掺入传统雅乐的意思。否则,我们对"礼乐自诸侯出"的"出"的理解就是不全面的。其次再从这段文字所涉及的历史语境看,应当说孔子之时诸侯卿大夫对礼乐的僭越和当时的新诗新乐对传统雅乐的冲击这两种现象都是存在的。《论语·八佾》说:"孔子谓

① 贾公彦《周礼注疏》卷 23,孔颖达等《十三经注疏》,中华书局,1980 年,第 796 页。
② 刘立志《孔子删〈诗〉论争平议》,《南京师大学报》2008 年第 6 期,第 135 页。
③ 朱金发《孔子删〈诗〉说讨论综述》,《南阳师范学院学报》2007 年第 1 期,第 55 页。

季氏：'八佾舞于庭,是可忍也,孰不可忍也?'"①"八佾"之乐乃是天子之乐,而作为鲁国的大夫,季氏竟敢盗而用之,这显然属于一种僭越行为。又,《论语·阳货》："子曰：'恶紫之夺朱也,恶郑声之乱雅乐也。'"②"郑声"显属诸侯之乐,而孔子却说它扰乱了"雅乐",这也充分说明诸侯所创的新诗新乐对于传统雅乐的冲击确是很大的。既然诸侯士大夫僭用礼乐和诸侯的新诗新乐冲击传统雅乐这两种情况都同时存在,则我们显然没有理由认为郑众仅只是就前一情况而言的。基此,则所谓郑众的"'正'字的意旨比较宽泛","对此求之过深反而会失之愈远",以及郑众并不认为孔子"删定"过《诗经》,仅只认为孔子"对《诗经》在礼乐制度中使用的混乱情况进行了整理而已"等等,这样的看法显然都是缺乏依据的。

　　下面再看郑玄的论述。对于孔子是否删诗,郑玄在其作的较晚的《六艺论》中曾有明确的论述："孔子录周衰之歌及众国贤圣之遗风,自文王创基至于鲁僖四百年间,凡取三百五篇。"③不过在其早年所作的《仪礼注》里,他也同样讲得比较含糊。《仪礼·乡饮酒礼》"乐《南陔》《白华》《华黍》"郑玄注："《南陔》《白华》《华黍》,《小雅》篇也,今亡,其义未闻。昔周之兴也,周公制礼作乐,采时世之诗以为乐歌,所以通情相风切也,其有此篇明矣,后世衰微,幽、厉尤甚,礼乐之书稍稍废弃。孔子曰：'吾自卫反鲁,然后乐正,《雅》《颂》各得其所。'谓当时在者而复重杂乱者也。恶(何)能存其亡者乎?"④对于郑玄的这段论述,也有学者评论说："郑玄认为孔子所看到的《小雅》中的笙诗是'周公制礼作乐,采时世之诗以为乐歌'编定而成的。礼崩乐坏之后,'稍稍废弃',其中有的内容在《诗经》的流传过程中逸失了,并不是孔子删去的。郑玄指出,即使当时存留下来的诗歌也是'复重杂乱'的,孔子就是对这些重复杂乱的诗歌进行了整理,并不存在将不合礼仪的诗歌删去的事。""由此看来,郑玄在孔子是否删《诗》的问题上,前期和后期是存在着矛盾的。"⑤那么,对这一评述我们又当如何看呢? 这也同样应当

---

①杨伯峻《论语译注》,中华书局,1980年,第23页。

②杨伯峻《论语译注》,中华书局,1980年,第187页。

③孔颖达《毛诗正义》引,孔颖达等《十三经注疏》,中华书局,1980年,第263页。

④贾公彦《仪礼注疏》卷9,孔颖达等《十三经注疏》,中华书局,1980年,第986页。

⑤朱金发《孔子删〈诗〉说讨论综述》,《南阳师范学院学报》2007年第1期,第55页。

从以下两个方面来认识①。第一，《南陔》《白华》《华黍》3 首"笙诗"在孔子正乐前已经亡佚，对此郑玄固然讲得很明白，但这却并不意味着"今存三百篇之外的诗章皆亡佚于孔子之前"，由此出发我们也同样不能得出"郑玄否定孔子删《诗》之说"的结论②。这显然也是没有疑义的。第二，郑玄之所谓"复重杂乱"，"复重"的意义固然很清楚，但"杂乱"的意义也同样不明确。它既可指孔子所见诗歌篇次的杂乱，也可指诗歌在思想内容、道德境界上的良莠不齐，还有可能二者兼而有之。仅仅把"复重杂乱"理解为"篇目复重、篇次杂乱"，并据以推定郑玄这里仅是认为孔子只是对那些篇目复重、篇次杂乱的诗章"进行了整理，并不存在将不合礼仪的诗歌删去的事"，这样的论说也同样太武断。更何况按照一般逻辑，郑玄在这里既讲得不太清楚，我们自可根据他讲得比较清楚的地方对此加以推断。如上所列，郑氏在其后来的《六艺论》中对孔子是否删诗既有明确的表述："孔子录周衰之歌及众国贤圣之遗风，自文王创基至于鲁僖四百年间，凡取三百五篇"，那我们据此完全可以推定所谓"复重杂乱"之"杂乱"，在郑玄这里必然包含着孔子所见诗歌思想杂乱、未能尽合礼义的意思。正因为未能尽合礼义，所以才有删取的必要。仅仅根据"复重杂乱"这一模糊的表述就从而认定"郑玄在孔子是否删《诗》的问题上，前期和后期是存在着矛盾的"，这一看法也同样有失偏颇。

总之，无论是郑众还是郑玄的论述都应当是在司马迁"孔子删诗"说的大背景下进行的。我们没有任何理由断定二郑对司马迁的说法不熟悉。也正基此，所以我们认为郑众说风、雅、颂之名孔前已有，郑玄说《南陔》《白华》《华黍》3 诗孔前已亡，这都只能被视为对司马迁之说的补充。如果二者真是有意对司马迁之说进行否定，相信他们是不会讲得这样含糊的。

二、前人对孔子是否删诗的论争

如上所说，孔子是否有删诗之举，这乃是中国文化史上的一件大事。

---

① 按，关于这 3 首笙诗的亡佚时间，郑玄在后来笺注《诗经》时又有新的说法：《南陔》《白华》《华黍》三篇，"孔子论诗，《雅》《颂》各得其所，时俱在耳"，后"遭战国及秦之世而亡之"。两处说法截然不同。孔颖达考校二者之异，并引《郑志》，以为郑玄注《礼》时未见毛诗，故有此失。后世学者多从其说。详孔颖达《毛诗正义》卷 9，孔颖达等《十三经注疏》，中华书局，1980 年，第 418 页。
② 刘立志《孔子删〈诗〉论争平议》，《南京师大学报》2008 年第 6 期，第 135 页。

虽然在唐代孔颖达之前，并没有哪位学者对司马迁的"孔子删诗"说提出过异议，但是在孔颖达之后学术界有关这一问题的论争却是非常激烈的。那么最早对司马迁之说产生疑义的孔颖达，他究竟因为什么而对司马迁之说产生怀疑呢？在他之后学术界有关孔子删诗问题的论争其具体情况又是怎样的呢？显然，对这些问题加以回顾，并从中理出其产生争议的症结所在，这对我们顺利解决孔子是否有删诗之举的历史疑案，无疑也同是很有帮助的。

（一）关于"古诗三千"问题的争论

古诗是否如司马迁所说有"三千余篇"，这是前人对孔子删诗所提出的第一个质疑。这一质疑的最早提出者也是我们上文所说的最早对司马迁之说产生怀疑的孔颖达。其《诗谱序》"谓之变风变雅"正义说："《史记·孔子世家》云：'古者诗本三千余篇，去其重，取其可施于礼义者三百五篇。'是诗三百者，孔子定之。如取《史记》之言，则孔子之前诗篇多矣。案书传所引之诗，见在者多，亡逸者少，则孔子所录不容十分去九。马迁言古诗三千余篇，未可信也。"①通观孔颖达这段论述，不难发现它主要包涵两层意思：一方面他并不否认孔子删诗，另一方面对司马迁"三千"之说却又充满怀疑。在他看来，今本《诗经》仅三百余篇，假若古诗真有三千之多，则孔子删去的就有2700多首，占全部古诗总量的十分之九。可是通览各种文献典籍所载之诗，见于今本《诗经》者多，不见于今本《诗经》者少，这与司马迁所说的十去其九显然相矛盾。

孔颖达之后对司马迁"三千"之说提出质疑的学者还有很多，不过依照他们对于孔子删诗的不同态度又可把他们的观点分为两类。其中一类仍像孔颖达一样，只怀疑古诗"三千"，而并不否定孔子删诗，如朱熹说："太史公说古诗三千篇，孔子删定三百，怕不曾删得如此多。"②另外一类，也可以说是其中的大多数，则更进一步把孔子"删诗"也一并否定了。如崔述说："以《论》《孟》《左传》《戴记》诸书考之，所引之诗，逸者不及十一，则是颖达

①孔颖达《毛诗正义》，孔颖达等《十三经注疏》，中华书局，1980年，第263页。
②黎靖德《朱子语类》卷23，中华书局，1986年，第541页。按，关于孔子"删诗"，朱熹的说法前后不一，如在有的场合他又说："人言孔子删诗，看来只是采得许多诗，夫子不曾删去，往往只是刊定而已。""当时史官收诗时，已各有编次，但到孔子时已经散失，故孔子重新整理一番，未见得删与不删。"这与上文所说显然相矛盾。详同书卷23、34，第542、856页。

之言,左券甚明。……由此论之,孔子原无删诗之事。"①等等。

不过,对于以上各家所提出的质疑,有不少学者并不谓然。依其所依理由的不同,我们也可将其观点分为三类。其一,认为"三千"之数并不算多,司马迁之说符合当时的历史实际。如卢格云:"《史记》:古诗三千余篇,孔子取三百五篇。孔颖达以为未可信。按《王制》:'天子五年一巡狩,命太师陈诗以观民风。'西周盛时,环海而封者千八百国,使各陈一诗,亦千八百篇矣。"②

其二,认为"三千"之数并非实指,乃是文学上的夸张用法。如袁长江云:"司马迁的'三千'之数不是实指,应是上千篇或数千篇的同义语,这是太史公的习惯用法。如果翻开《史记》,就会发现作者用'三千''数千'的数目说明'之多'的例子很多。如《孔子世家》有'古诗三千余篇''弟子盖三千焉'。《魏公子列传》有'食客三千人'。《春申君列传》有'春申君客三千余人'。《吕不韦列传》又云'至食客三千人'。《孟尝君列传》《平原君列传》都是'数千人'。"③

其三,认为"三千"之数乃是各版本累加的总和,并不是说孔子所见到的诗歌单篇有"三千"之多。如刘操南说:"孔子好学,'知其不可为而为之'。在周游列国中,感到'《诗》《书》缺',很有可能,或者说十分注意周室及列国诸侯的藏书,从而寻找机会检读'拾遗补缺',正乐定诗。譬如说:可看的有周的藏本、鲁的藏本、齐的藏本、卫的藏本、宋的藏本、郑的藏本、陈的藏本、魏的藏本、晋的藏本、楚的藏本。这些藏本孔子是有机会可能访见的。……这些藏本汇萃起来诗篇共计是有三千余篇的。……司马迁概括地说:'古者诗三千余篇。'这句话写得太概括了些,看来与事实有些不尽符合,因而引起后人的误解,但是把这意思吃透还是可以理解的。"④又,刘毓庆也云:"史公所言甚明,删诗之内容,一是'去其重',二是'取可施与礼义',如此而得者不过三百余篇而已。刘向校书,可为左证,汉改秦之败,大收篇籍,迄孝武世,书缺简脱,礼坏乐崩。刘向'所校雠中《管子》三百八十

---

① 崔述《洙泗考信录》卷3《辨删〈诗〉之说》,《崔东壁遗书》,上海古籍出版社,1983年,第309页。按,原文"诗"字皆有书名号,不从。
② 朱彝尊《经义考》卷98引,林庆彰等《经义考新校》,上海古籍出版社,2010年,第1838页。
③ 袁长江《先秦两汉诗经研究论稿》,学苑出版社,1999年,第73页。
④ 刘操南《孔子删〈诗〉初探》,《杭州大学学报》1987年第1期,第46页。

九篇,大中大夫卜圭书二十七篇,臣富参书四十一篇,射声校尉立书十一篇,太史书九十六篇,凡中外书五百六十四篇,以校,除复重四百八十四篇,定著八十六篇(《管子书录》)'。是十去其八。……'所校雠中《孙卿书》,凡三百二十二篇,以相校,除重复二百九十篇,定著三十二篇(《孙卿书录》)'。是十去其九。以此推之,孔子删诗,十去其九,乃情理中事。"①不难发现二家之说虽各有侧重,但在对"三千"之说具体成因的阐释上则是完全一致的。

(二)关于"《诗》三百"问题的争论

我们知道,在《论语》中孔子曾两次提到"《诗》三百",如《为政》云:"子曰:'《诗》三百,一言以蔽之曰:思无邪。'"②又,《子路》云:"子曰:'诵《诗》三百,授之以政,不达;使于四方,不能专对;虽多,亦奚以为?'"③那么,孔子所称的这个"《诗》三百"是孔子之前本来就有呢,还是经由孔子删定的?这也是孔子是否"删诗"的争论双方所激烈争论的话题之一。

对孔子"删诗"持否定态度的学者认为:孔子之时既然已有一个"《诗》三百"的定本,则《诗经》305 篇(一说 311 篇)显然不是孔子删定的。如叶适说:"《论语》称'《诗》三百',本谓古人已具之《诗》,不应指其自删者言之也。"④又,傅斯年说:"'诗三百'一辞,《论语》中数见,则此词在当时已经是现成名词了。如果删诗三千以为三百是孔子的事,孔子不便把这个词用得这么现成。"⑤

而对孔子"删诗"持肯定态度的学者则谓:孔子之时已有"《诗》三百",这不仅不能作为孔子未曾删诗的证据,而且还恰好证明今本《诗经》305 篇(一说 311 篇)就是由孔子亲定的。如徐醒生、张中宇云:"在孔子之前,文献并无'诗三百'之称。……如果孔子之前数十年或超过百年就已编定包括雅、风、颂三部分的综合性文献诗集(且不论当时雅、风、颂地位迥异,是否具备编订综合性文献诗集的社会心理条件),完全确定了三百余篇之数及具体篇目,作为一部在当时就有广泛影响、被大量征引的文献,这数十年

---

① 刘毓庆《先秦两汉诗经著述考》,《诗经研究丛刊》第 2 辑,学苑出版社,2002 年,第 106 页。
② 杨伯峻《论语译注》,中华书局,1980 年,第 11 页。
③ 杨伯峻《论语译注》,中华书局,1980 年,第 135 页。
④ 叶适《习学记言序目》卷 6,中华书局,1977 年,第 62 页。
⑤ 傅斯年《〈诗经〉讲义稿》,上海古籍出版社,2011 年,第 7 页。

或百余年间须有其他人提到《诗三百》才合理,必不待孔子第一个说《诗三百》。但《国语》《左传》引诗远超过百例,时间直到鲁哀公二十七年(前 468年),无一例称'诗三百',也无任何其它人提到'诗三百'。"①这就足以说明今本三百篇的本子应是由孔子首定的。也正因"孔子删定的这三百余篇《诗》传了几代至战国时期才流行于世,为公众所接受,并且影响越来越大,所以战国以后的著作中才逐渐有了'诗三百'的记载,如《墨子·公孟》:'诵诗三百,弦诗三百,歌诗三百,舞诗三百。'《礼记·礼器》:'诵诗三百,不足以一献。'"②前后对比,不难发现徐、张所论也不能说是没有道理的。

(三)关于"季札观乐"问题的争论

在孔子是否删诗的争论中还涉及到一个问题,即"季札观乐"。据《左传·襄二十九年》载:楚使季札到鲁访问,向鲁大夫叔孙穆子提出"请观周乐"的要求。那么,何以在鲁观乐,观的却是"周乐"呢?原来鲁国初封之君乃周公之子伯禽,因为周公辅佐成王,功业宏大,所以周天子才特允鲁国也得享有天子之乐。在这次观乐中,鲁国乐工依次给季札演奏了十五《国风》《小雅》《大雅》和《颂》。从其演奏的顺序看,不仅风、雅、颂的排列顺序与今本《诗经》无异,而且十五《国风》的排列顺序与今本《诗经》也十分相近。稍有不同的一点就是今本《诗经》中的《齐风》之后依次是《魏风》《唐风》《秦风》《陈风》《桧风》《曹风》《豳风》,而季札所观之乐却变成了《豳风》《秦风》《魏风》《唐风》《陈风》《桧风》《曹风》。也正是季札所观之乐与今本《诗经》高度一致,所以才使孔子"删诗"的否定者们更加坚信今本《诗经》决不是由孔子删定的。因为季札观乐时孔子只 8 岁,在这样小的年龄他是决不可能删《诗》的。如苏天爵说:"当季札之聘鲁,请观《周乐》,于时夫子未删《诗》也,自《雅》《颂》之外,其十五《国风》尽歌之,今三百篇及鲁人所存,无加损也,其谓夫子删《诗》,其可信乎?"③

然正如上文争论双方在"《诗》三百""古诗三千"问题上的争论一样,孔子"删诗"的肯定者也同样以"季札观乐"为据,证明今本《诗经》实是由孔子删定的。不过,依其立论角度不同,我们也可将其分为三类:其一,对于"季

---

① 张中宇《〈国语〉〈左传〉的引"诗"和〈诗〉的编订:兼考孔子"删诗"说》,《文学评论》2008 年第 4 期,第 34 页。
② 徐醒生《"孔子删诗说"管见》,《淮北煤师院学报》1992 年第 4 期,第 76 页。
③ 朱彝尊《经义考》卷 98 引,林庆彰等《经义考新校》,上海古籍出版社,2010 年,第 1838 页。

札观乐"这一历史记载的真实性产生怀疑。如东汉服虔《左传》注说:"哀公十一年孔子自卫反鲁,然后乐正,雅颂各得其所。"而"季札观乐"前于此事62年,"当时雅、颂未定,而云为之歌《小雅》《大雅》《颂》者,传家据已定录之"①。又,南宋王柏也云:"夫子生于鲁襄公二十二年,吴季札观乐于襄之二十有九年,夫子方八岁,雅颂正当庞杂之时,左氏载季札之辞,皆与今《诗》合,止国风微有先后尔。果如季札之所称,正不必夫子之删,已如今日之《诗》矣。甚矣,左氏之诬,其诳我哉!"②等等。

其二,认为"季札观乐"只是提到了十五《国风》、大小《雅》和《颂》的名称,对于具体篇目和诗歌数量皆无涉及,据此并不能断定季札所观之乐与今本《诗经》已无差异。如徐醒生说:"无论是季札还是叔孙穆子都没有说'诗三百'这样的话,可见当时诗并未成一个三百余篇的定本。"③

其三,认为今本《诗经》的最终定型并不是一下子完成的,而是经历了一个不断完善的过程,因此即使季札所观之乐所依托的确是一个相对完整的诗歌传本,那这与孔子"删诗"也不矛盾。如张中宇说:"'季札观乐'远不能提供孔子8岁时文学文本《诗三百》编定的证据,充其量只是表明具有某些相似性的音乐文本已形成,这部音乐文本或许为文学文本的编纂提供了启示或借鉴。但一部高标准经典文献诗集的编纂,还有很多工作要做。"④又,胡三林也云:"《左传》中所载与今本《诗经》虽大体一致,但仍有许多不一致的地方。如十五国国风的前八国之风与今本《诗经》次序一致,而自《豳》风后的七国之风的次序就不一致了。显然,这些变更的部分就有可能是孔子所为。"⑤等等。

(四)关于"思无邪"问题的争论

"思无邪"一语,本来出自《鲁颂·驷》:"思无邪,思马斯徂。"⑥后来才被孔子拿来借以概括今本《诗经》的思想倾向。如上所列,这一概括记录在《论语·为政》里:"子曰:'《诗》三百,一言以蔽之曰:思无邪。'"可是恐怕就

---

①孔颖达《毛诗正义》引,孔颖达等《十三经注疏》,中华书局,1980年,第263页。

②王柏《诗疑》卷1,中华书局,1985年,第12页。

③徐醒生《"孔子删诗说"管见》,《淮北煤师院学报》1992年第4期,第75页。

④张中宇《〈国语〉〈左传〉的引"诗"和〈诗〉的编订:兼考孔子"删诗"说》,《文学评论》2008年第4期,第33页。

⑤胡三林《"孔子删诗说"概观》,《高等函授学报》2005年第6期,第53页。

⑥朱熹《诗集传》卷20,上海古籍出版社,1980年,第238页。

连孔子本人也不会想到:就是他说的这个"思无邪",若干年后却竟成了后世学者争论他是否"删诗"的重要凭借。在否定孔子"删诗"的学者看来,既然孔子认为"《诗》三百"篇篇无邪,篇篇都像司马迁所说的那样"可施于礼义""合韶武雅颂之音",那么,就必会出现以下两个无法解释的矛盾。第一,在《论语》中孔子多次贬斥郑声之淫,如《卫灵公》云:"放郑声,远佞人。郑声淫,佞人殆。"①《阳货》云:"恶郑声之乱雅乐也,恶利口之覆邦家者。"②这都说明孔子对淫乱的郑国之音是十分厌恶的。可是在《诗经》中"郑风"不仅作为"国风"之一而被堂而皇之地编了进来,而且在所有十五《国风》中数量还是最多的,高达21篇,这显然是不可思议的。如清人崔述就对此提出疑问说:"且孔子所删者,何诗也哉? 郑卫之风,淫靡之作,孔子未尝删也。"③又,近人傅斯年也云:"若孔子删诗的话,郑卫桑间如何还能在其中?"④等等。

第二,既然孔子对于诗歌的评价乃是以"无邪"为标准,那今本《诗经》如果真是孔子所删,则在三《礼》《国语》等先秦古籍中为何会有这样一些逸诗,它们也常常被用在十分隆重、庄严的典礼场合,而孔子在编《诗》时却将它们删去了? 这显然也是很难说通的。如郑樵云:"《驺虞》《狸首》《采蘋》《采蘩》,古之乐节也,日用之间不可阙。今《狸首》亡逸,诗自逸,非夫子逸之也。观《狸首》诗可见矣。"⑤又,朱彝尊云:"且如行以《肆夏》,趋以《采齐》,乐师所教之乐仪也,何不可施于礼义,而孔子必删之? 俾堂上有仪而门外无仪,何也?……燕礼升歌《鹿鸣》,下管《新宫》;大射仪乃歌《鹿鸣》三终,乃管《新宫》三终;而孔子于《鹿鸣》则存之,于《新宫》则去之,俾歌有诗而管无诗,又何也?"⑥等等。

对于孔子"删诗"否定论者以"思无邪"为据所提出的这些质疑,孔子"删诗"的肯定论者也同样给予了一一驳斥。首先来看他们对"郑声淫"问题的解释。在这个问题上依其所持论据不同,也可将其分为三类:其一,认

---

① 杨伯峻《论语译注》,中华书局1980年,第164页。

② 杨伯峻《论语译注》,中华书局1980年,第187页。

③ 按:崔氏又云:"余按:《国风》自《二南》《豳》以外,多衰世之音,《小雅》大半作于宣、幽之世,夷王以前寥寥无几。如果每君皆有诗,孔子不应尽删其盛,而独存其衰。"这段论述虽然并不是就"《郑风》之淫"立论,但是其基本理路并无差异。详见《洙泗考信录》卷3《辨删〈诗〉之说》,《崔东壁遗书》,上海古籍出版社,1983年,第309页。

④ 傅斯年《〈诗经〉讲义稿》,上海古籍出版社,2011年,第7页。

⑤ 郑樵《六经奥论》卷3《逸诗辨》,《文渊阁四库全书》第184册,上海古籍出版社,1987年,第65页。

⑥ 朱彝尊《经义考》卷98,林庆彰等《经义考新校》,上海古籍出版社,2010年,第1838页。

为孔子说的"思无邪"并非指诗歌的思想属性，而是就诗歌的政教目标、教育功能讲的。如朱熹云："《诗》中所言有善有恶，圣人两存之，善可劝，恶可戒"，"所以圣人存之不尽删去，便尽见当时风俗美恶，非谓皆贤人所作耳"①。其二，认为"郑声"与"郑诗"是两个概念，"郑声淫"并不代表"郑诗淫"。如高拱曰："夫子所谓郑声淫者，以此：诚谓其声调淫靡流荡，能散人心志而使人懈慢，故放之耳。非谓其词语之淫媟也。"②顾起元曰："言郑声淫者，谓郑国作乐之声过于淫，非谓郑诗皆淫也。"③其三，认为孔子讲的"郑声淫"，乃是就郑国诗歌创作的整体风貌而言的，它并不代表选入《诗经》的郑国诗歌也是不健康的。有的学者认为《诗经》中的《郑风》也应划为淫诗，那只能代表他们自己的观点，并不能说这也是孔子的认识。孔子的很多思想即使在今天看来也是很开明的。如张中宇曰："《诗三百》虽不选'淫'诗，在当时却大量存在这一类郑、卫之声，这是为何《论语》记载孔子批评'郑声淫''恶郑声''放郑声'的原因。孔子所'恶'是社会上流传的大量露骨的郑声，而非《诗三百》编入的少量符合'思无邪'标准的郑声。"④

　　那么，一些常常用于正规、高档的礼义场合的逸诗，孔子不录，对此孔子"删诗"的肯定论者又作何解释呢？具体来说，按其立论角度的不同，我们也可将之分为二类：其一，认为并非所有的雅正之诗都可进入《诗三百》，孔子编《诗》为了避免重复繁杂，他所选录的诗歌都是那些最具代表性的。如朱熹《诗集传序》说："去其复重，正其纷乱，而其善之不足以为法，恶之不足以为戒者，则亦刊而去之，以从简约，示久远，使夫学者即是而有以考其得失，善者师之而恶者改焉。"⑤所说显然就是这个意思⑥。其二，认为孔子录诗采用的是"知人论世"的原则，对于其人其意了解的则录之，不了解的则去之。如元马端临说："作诗之人可考，其意可寻，则夫子录之，殆'述而

---

① 黎靖德《朱子语类》卷 80，中华书局，1986 年，第 2090～2092 页。
② 高拱《本语》卷 1，中华书局，1985 年，第 10 页。
③ 朱彝尊《经义考》卷 107 引，林庆彰等《经义考新校》，上海古籍出版社，2010 年，第 2001 页。
④ 张中宇《〈国语〉〈左传〉的引"诗"和〈诗〉的编订：兼考孔子"删诗"说》，《文学评论》2008 年第 4 期，第 33 页。
⑤ 朱熹《诗集传》，上海古籍出版社，1980 年，第 1 页。
⑥ 又，王崧云："《史记》所谓古诗三千余篇者，盖太师所采之数。追比其音律，闻于天子，不过三百余篇。何以知之？采诗非徒存其辞，乃用以为乐章也。音律之不协者，弃之。即协者尚多，而此三百篇于用已足，其余但存之太史，以备所用之或阙。"此说虽然以"删诗"属之太师，但其"三百篇于用已足"之说，与朱熹所论显然也有相通之处。详王崧《说纬》，上海书店，1988 年，第 67 页。

不作'之意也。其人不可考，其意不可寻，夫子删之，殆'多闻阙疑'之意也。"也正因此，所以"于其可知者，虽词意流泆，不能不类于狭邪者，亦所不删，如《桑中》《溱洧》《野有蔓草》《出其东门》之类是也。于其所不可知者，虽词意庄重，一出于义理者，亦不果录，如'周道挺挺，我心扃扃'，"礼义不愆，何恤于人言'之类是也。"①"周道挺挺"四句逸诗，见于《左传·襄五年》君子评楚共王引②和《昭四年》子产评国人之谤引③。显然马端临认为由于孔子对于这首诗的具体语境不够了解，所以才删而去之。

（五）关于"孔子删诗权力"问题的争论

在孔子是否"删诗"的论战中，孔子是否有删诗之权，孔子所删之诗是否有人认同，这也是长期以来争论双方争论不休的问题。首先来看否定论者的观点。如朱彝尊云："窃以《诗》者，掌之王朝，班之侯服，小学大学之所讽诵，冬夏之所教，莫之有异。故盟会、聘问、燕享，列国之大夫赋诗见志，不尽操其土风。使孔子以一人之见取而删之，王朝、列国之臣其孰信而从之者？"④又，今人范军也云："在当时要掌握全国各地那么多诗歌，只有周太师才有条件做到。而孔子当时并不得志，'若丧家之犬'，他显然难以掌握那么多诗歌；就算能掌握，而且删了诗，能使各国士大夫都相信他，以他的诗歌本子为标准吗？"⑤等等。

那么，孔子"删诗"的肯定论者又怎样看呢？具体来说，他们认为孔子编《诗》乃是出于实际的需要，再明确说也即教学的需要。在他们看来，士的崛起"造成了春秋时代思想与知识权力的下移"，同时也"形成了一个不拥有政治权力却拥有文化权力的知识人阶层"⑥。孔子"删诗"以培养自己的信徒，可谓正是这种时代精神的反映。如王先进说："孔子教授学生编纂讲义有删诗的必要。古诗三千余篇，孔子势不能全部教给学生，必然有所去取，取者编入讲义之中，就是现在诗经中的篇章。去者都是删去的诗，现在多不见了。"⑦又，江秀玲、姜修章说："孔子首倡私学，聚徒教授，有必要

①马端临《文献通考》卷178《经籍考五》，中华书局，1986年，第1542页。
②杨伯峻《春秋左传注》，中华书局，1990年，第943页。
③杨伯峻《春秋左传注》，中华书局，1990年，第1254页。
④朱彝尊《经义考》卷98，林庆彰等《经义考新校》，上海古籍出版社，2010年，第1838页。
⑤范军《"孔子删诗"说述略》，《编辑学刊》1997年第1期，第81页。
⑥葛兆光《中国思想史》第1卷，复旦大学出版社，1998年，第162页。
⑦王先进《孔子删诗问题的研究》，《山东大学学报》1989年第4期，第25页。

对《诗》进行删订编纂,以提高《诗》的文化艺术品位。"①等等。

（六）关于"史书无载"问题的争论

在孔子是否"删诗"的争论中,还有一个问题争论也很激烈,那就是今本《诗经》如果真的为孔子所删,那司马迁之前的文献为何只字未提。如崔述说:"孔子删诗,孰言之? 孔子未尝自言之也,《史记》言之耳。"②又,傅斯年说:"遑有删诗之说,《论语》《孟》《荀》书中俱不见。"③等等。

但是对这些说法,孔子"删诗"的肯定论者也同样不认同。如冯良方云:"孔子删诗确实为汉人最早提出,但不能因此确证孔子未删诗。因为《史记》所记之事,很多都是先秦典籍所无,不能据此完全以先秦典籍研究证明《史记》所记为非,否则《史记》就不是'实录'了(如屈原其人先秦典籍几乎无所记载,如《史记·屈原列传》所记则不容否定。曾有人提出屈原否定论,还受到许多人的反击)。而且司马迁作太史令看到了很多秘籍,非一般人所能见,其孔子删诗说可能有所本。"④

三、对孔子"删诗"的进一步论证

通观以上各家所说,不难看出可以说在以上六个方面的每一方面否定论者所作的阐发都是不占上风的。可是令人不解的是有一个奇怪现象,现在所有的报章杂志、大中专教材及学术专著在论及孔子"删诗"时,竟大都认为前人有关孔子"删诗"的论断已经被颠覆了。其他还有很多类似的学术命题也是这样。这样的学术趋尚显然是不健康的。那么,孔子与《诗经》的关系到底怎样呢? 其实正如我们上文所说,如果我们能将目前所能见到的材料再作一番细致的梳理,对这一问题我们是并不难找到确切答案的。再具体说,这个答案就是今本《诗经》确由孔子删定。对这一点,由我们现在所见到的材料完全可以确定下来。不过,在这里要特别指出的是为了更好地展示我们接下来的论证与前人论证的关系,我们下文的阐发将依然按照上文的顺序依次展开。

---

① 江秀玲、姜修章《"孔子删诗说"辨正》,《人文杂志》1998年第5期,第138页。
② 崔述《读风偶识》卷3《〈郑风〉多淫诗》,《崔东壁遗书》,上海古籍出版社,1983年,第558页。
③ 傅斯年《〈诗经〉讲义稿》,上海古籍出版社,2011年,第7页。
④ 冯良方《孔子删诗说辨析》,《孔学研究》第13辑,云南人民出版社,2007年,第176页。

(一)关于"古诗三千"的问题

如上所言,古诗是否确如司马迁所说有"三千余篇",这是司马迁"孔子删诗"说在历史上遇到的第一个挑战。对这一挑战孔子删诗的肯定论者提出了三条反驳意见:其一,司马迁之说符合当时的历史实际;其二,"三千"之数并非实指,乃属文学上的夸张用法;其三,"三千"之数乃是各种版本累加的总和,并非孔子所见真有"三千"之多。彼此比较,不难发现二、三两条应当说都是很有说服力的。如果说仅是就"三千"之说展开讨论,可以说有关它的质疑已经完全可以消除了。不过,如上所示,孔子"删诗"的否定论者之所以会对"古诗三千"提出质疑,其根本原因乃在"书传所引之诗,见在者多,亡逸者少","亡逸"之数还不到"见在者"的十分之一——有的学者甚至认为还不到"见在者"的"二三十分之一",如赵翼[①]。虽然我们可以证明孔子之前古诗并无"三千"之多,但是书传之中所见逸诗如此之少,这也同样不能不让人对孔子"删诗"产生怀疑。虽然严格而论,"删多删少都可以称作删"[②],但是在另一方面我们也不得不承认逸诗的稀少确实对孔子"删诗"说的成立构成了巨大威胁。也正鉴此,所以我们认为如何化解孔子"删诗"与逸诗稀少的矛盾,这才是我们目前所应着力解决的问题。

本章第一节我们已阐明,先秦典籍赋引之诗,除了逸诗的属性暂不明确外,几乎全部都来自那些政治上的显贵地区,尤其是《周颂》和二《雅》,竟至占了全部赋引的一大半。如《左传》《国语》,除去逸诗,总共称诗 271 首次,而《周颂》、二《雅》就占了 202 首次,占了全部赋引的 74%。再如《墨子》,除去逸诗,总共称诗 11 首次,而《周颂》、二《雅》就占了 9 首次,占了全部赋引的 82%。再如《战国策》,比值更高,竟然高达 100%。也正是基于这样的情状,所以我们认为先秦典籍所载逸诗,也同样应当源自那些政治上的显贵地区,尤其是应当源自《周颂》和二《雅》。固然,如第一节所示,先秦典籍对那些非显贵地区的诗歌也有赋引,但是依当代著名先秦文献专家董治安统计,在《左传》《国语》《战国策》《论语》《孟子》《荀子》《墨子》《庄子》《管子》《晏子春秋》《韩非子》《吕氏春秋》和三《礼》等 15 部先秦主要典籍里,除去逸诗,总计称诗近 700 首次,而非显贵地区的诗歌却只占 7 首次:

①赵翼《陔余丛考》卷 2,中华书局,1963 年,第 25~26 页。
②刘立志《孔子删〈诗〉论争平议》,《南京师大学报》2008 年第 6 期,第 135 页。

《孟子》《荀子》和《礼记》各 2 首次，《大戴礼记》1 首次。除去复重，则只有 4 首诗，即《秦风·小戎》《魏风·伐檀》和《齐风》之《东方未明》与《南山》①，这样的赋引比率简直可以说是微乎其微的。更何况从具体时间看，这些赋引也全部都出现在孔子删《诗》之后。孔子删《诗》之后，由于被选录在它里面的非显贵地区的诗歌也一样被经典化，在这个时候人们对它们有所赋引，其实已经不奇怪了。

　　如果以上所述可以成立，则以先秦典籍所载逸诗稀少为据而对孔子"删诗"进行否定，这样的论证理路显然就变得很不合理了。试想一下那些显贵地区的诗歌，特别是《周颂》和二《雅》，由于其政治地位、文化地位极其显贵，它们本来被删除的几率就不大，我们又怎能据此就认为孔子未有"删诗"之举呢？这样的论证逻辑显然是很难站得住脚的。

　　又，刘立志、翟相君云："先秦引《诗》，未必谨遵规范，韵语与谚语交错纠缠，散文化或增改文字乃其常态，因故逸诗或湮没在群籍传世典籍中的普通行文之间，认定尚有困难，学者难能一致。《周礼·春官》郑注：'敕尔瞽，率尔众工，奏尔悲诵，肃肃雍雍，无怠无凶。'贾公彦疏：'"奏尔悲诵"等似逸诗。'"②又，"《论语》中的某些句子，是否为逸诗也很难确定。如《论语·宪问》有'深则厉，浅则揭'，若不是有《邶风·匏有苦叶》存在，就很难看出原为诗句。假定《鲁颂·駉》失传，恐怕也不会有人把'思无邪'当作逸诗句子。"③这一见解显然也是十分深辟的。再明确说也即是先秦典籍中很多引诗，引诗者常常并不加"诗曰""诗云"或"诗所谓"等字样，如上文刘、翟二家所举的三个例子便都是如此，并且有的时候引诗者还会随意增文改字，甚而至于给出完全散文化的处理，这就使我们很难判断它们是谚语、箴言还是诗句。

　　为了更清楚说明这一点，接下来我们不妨再举几个例子。如《左传·襄二十七年》载君子评宋子罕曰："君子曰：'彼己之子，邦之司直'，乐喜（即子罕）之谓乎？"④又，《管子·小问》："语曰：'泽命不渝'，信也。"⑤"彼己之

---

① 董治安《先秦文献与先秦文学》，齐鲁书社，1994 年，第 35～45、64～88 页。
② 刘立志《孔子删〈诗〉论争平议》，《南京师大学报》2008 年第 6 期，第 138 页。
③ 翟相君《孔子删诗说》，《河北学刊》1985 年第 6 期，第 90 页。
④ 杨伯峻《春秋左传注》，中华书局，1990 年，第 1136 页。
⑤ 黎翔凤《管子校注》卷 16，中华书局，2004 年，第 959 页。

子,邦之司直"与"泽命不渝",皆见今本《诗经·郑风·羔裘》,所不同者只是"己"与"泽"二字皆被改作了本字,也即写作了"其"和"舍"①。倘若不是《羔裘》一诗至今仍存,我们恐怕很难想到它们会是诗句。再如《左传·文七年》载宋乐豫对宋昭公说:"葛藟犹能庇其本根,故君子以为比。"杨伯峻注曰:"此用《诗·王风·葛藟》义。其首章云:'绵绵葛藟,在水之浒。终远兄弟,谓他人父。谓他人父,亦莫我顾。'《序》云:'《葛藟》,王族刺平王也。周室道衰,弃其九族焉。'"②杨氏之说可以说把乐豫所言与《王风·葛藟》的关系讲的也是非常清楚的。可是如果不是《葛藟》仍在,我们也同样不会想到乐豫这里乃是在暗用诗文。再如《左传·僖九年》载秦公孙枝对秦伯说:"臣闻之:'唯则定国。'"③《吕氏春秋·慎大览·权勋》也引此语,可是"臣闻之"却变成了"《诗》云"④。再如《左传·昭十九年》载郑子产对晋使者说:"谚曰:'无过乱门'"⑤,《左传·昭二十二年》《国语·周语下·灵王二十二年穀洛斗》和《吕氏春秋·贵直论·原乱》也皆引此语,可是其表述却分别变成了"人有言曰:'唯乱门之无过'"⑥,"人有言曰:'无过乱人之门'"⑦和"诗曰:'毋过乱门'"⑧。如果不是《吕氏春秋》的这两处提醒,我们也同样无法判定《左传》《国语》所引乃为逸诗。一方面正如我们上文所说那些政治上的显贵地区的诗歌,特别是《周颂》、二《雅》的诗歌本来被删除的几率就不大,另一方面在这些被删的诗文中又有很大一部分因为引诗者的随意性或不严谨性而被掩盖了。在这种情况下如果还要以逸诗之少而否定孔子"删诗",这就令人更难接受了。

当然,在我们上文所说的这些逸诗中,有的可能在孔子之前就已变成逸诗了。如张西堂曰:"所谓逸诗,或逸于孔子之前,……并不是因孔子删削而后逸的。"⑨所指就是这种情况。有的逸诗或许源自已佚的今文诗,也就是说它们很可能是今本《诗经》也即"毛诗"的异文。如魏源说:"今所奉

①朱熹《诗集传》卷4,上海古籍出版社,1980年,第50页。
②杨伯峻《春秋左传注》,中华书局,1990年,第557页。
③杨伯峻《春秋左传注》,中华书局,1990年,第331页。
④许维遹《吕氏春秋集释》卷15,中华书局,2009年,第366页。
⑤杨伯峻《春秋左传注》,中华书局,1990年,第1404页。
⑥杨伯峻《春秋左传注》,中华书局,1990年,第1433页。
⑦徐元诰《国语集解》,中华书局,2002年,第99页。
⑧许维遹《吕氏春秋集释》卷23,中华书局,2009年,第638页。
⑨张西堂《诗经六论·诗经的编订》,商务印书馆,1957年,第96页。

为正经章句者,《毛诗》耳。而《孔疏》谓《毛诗》与三家异者,动以百数。……夫《毛》以三家所有为逸,犹《韩》以《毛》所有为逸,果孰为夫子所删之本耶? 是逸诗之不尽为逸。"①对此阐述的也是很清楚的。可是像这类诗歌毕竟只占我们今天所见逸诗的一部分,由此我们只能得出并非所有逸诗都由孔子所删的结论,如果据此就从根本上否定孔子"删诗",这也同样是让人无法接受的。

(二)(三)关于"《诗》三百"与"季札观乐"

对于"《诗》三百"和"季札观乐"的问题,我们在上文是把它们分开讨论的。不过由于二者联系比较紧密,所以我们也可将其放在同一部分。由以上所述可以看出,在这两个问题上争论双方争论的焦点就在在楚国"季札观乐"时,是不是已经有了一个十分接近今本《诗》三百"的诗歌文本。否定孔子"删诗"的学者认为"季札观乐"所依照的文本与孔子所说的"《诗》三百"应十分接近,"《诗》三百"并不是孔子所选,它在孔子之前就已基本定型。但是对这一看法,孔子"删诗"的肯定论者也从以下四个方面提出了质疑:第一,"《诗》三百"如果在孔子之前就已定型,那为什么在孔子之前没有一个人提过这一称谓? 第二,"季札观乐"所依据的文本与我们今天所见的"《诗》三百"如此相似,那它是不是"传家据已定录之",或者根本就是传家编造的? 第三,"季札观乐"固然提到了十五《国风》、大小《雅》和《颂》的名字,而且十五《国风》与风、雅、颂的排列顺序也与今本《诗经》大体一致,但是由于季札既没有提及任何具体篇目,也没有提及他当时所见诗歌究竟有多少篇,据此即断定它与今本《诗经》大同小异,这是不是也同样太草率了? 第四,今本《诗经》的最终定型并不是一下子完成的,而应当是经历了一个漫长的过程,如果因为"季札观乐"时已经有一个诗歌文本,因此就认定孔子再无重订的必要,这是不是也有点太绝对? 彼此比较,不难看出除第二条反驳太过主观外,其他三条应当说都是很有道理的。

为了更进一步说明这一问题,下面我们不妨再对"《诗》三百"的成书过程作一梳理。这可以从以下三个方面来认识。

其一,春秋之时赋诗引诗的风气已十分流行了,而《诗》三百的篇目仍不完备,有很多诗歌的产生都是很晚的。这充分说明"《诗》三百"的成书确

①魏源《诗古微》上编之一,《魏源全集》,岳麓书社,1989年,第184~185页。

实经历了一个十分漫长的过程,其文本一直都处在一种流动状态。首先来看《硕人》《载驰》《清人》和《黄鸟》这四首诗,它们的产生在《左传》中都有明确记载:"卫庄公娶于齐东宫得臣之妹,曰庄姜,美而无子,卫人所为赋《硕人》也。"①"卫之遗民男女七百有三十人,⋯⋯立戴公以庐于曹。许穆夫人赋《载驰》。"②"郑人恶高克,使帅师次于河上,久而弗召,师溃而归,高克奔陈。郑人为之赋《清人》。"③"秦伯任好卒,以子车氏之三子奄息、仲行、鍼虎为殉,皆秦之良也。国人哀之,为之赋《黄鸟》。"④《左传》始于隐公元年(前722),以上四事中间两事发生在闵公二年(前660),首尾二事分别发生在隐公三年(前720)和文公六年(前621),而《左传》有关诗的赋引活动的记载早在桓公六年(前706)就开始了。《左传·桓六年》载郑太子拒婚曰:"公之未婚于齐也,齐侯欲以文姜妻郑大子忽。大子忽辞。人问其故。大子曰:'人各有耦,齐大,非吾耦也。诗云:"自求多福。"在我而已,大国何为?'"⑤此事上距《硕人》只有14年,而比《载驰》《清人》早出46年,比《黄鸟》更早出85年。由《左传》所载资料看,《硕人》以前虽没有引赋诗现象,但《载驰》《清人》前已有3次,《黄鸟》前已有17次,这之间还不包括"君子曰"之类的引诗。因为"君子曰"中的"君子"固然可指当时之君子,但也可能指后世君子对前事的评论,所以这里不将它们计算在内。由此而断,"《诗》三百"的观念在当时人的心中是不可能出现的。

不仅如此,据近现代学者考证:《诗经》之中还有比《黄鸟》更晚的,如《陈风·株林》作于宣公九年(前600),《邶风·击鼓》作于宣十二年(前597),《曹风·下泉》更晚至昭三十二年(前510)⑥,当时孔子已经41岁,再过35年至哀二十年(前475),历史即进入战国时期。由此愈见,春秋之时尤其是在孔子之前,人们赋诗引诗所依据的文本绝非今本"《诗》三百",这一点当是毫无疑义的。有的学者说:"《诗三百》的成书年代,不能早于诗歌的创作年代,不可能先定出《诗三百》的名字而后搜集诗。因此,《诗三百》的成书年代应在《曹风·下泉》诗的创作年代之后。⋯⋯把《诗三百》的成

---

① 杨伯峻《春秋左传注》,中华书局,1990年,第30~31页。
② 杨伯峻《春秋左传注》,中华书局,1990年,第266~267页。
③ 杨伯峻《春秋左传注》,中华书局,1990年,第268页。
④ 杨伯峻《春秋左传注》,中华书局,1990年,第546~547页。
⑤ 杨伯峻《春秋左传注》,中华书局,1990年,第113页。
⑥ 陆侃如、冯沅君《中国诗史》,作家出版社,1956年,第54~60页。

书年代定在公元前 544 年季札观乐之前是不可信的。"①这一见解无疑是十
分精辟的。

　　其二,从《左传》对"季札观乐"的记载看,"季札观乐"所依据的文本也
确实还不具备成为经典的条件。《左传》襄二十九年(前 544)"吴公子札来
聘","请观于周乐"云:"为之歌《郑》,曰:'美哉! 其细已甚,民弗堪也。是
其先亡乎!'为之歌《齐》,曰:'美哉,泱泱乎! 大风也哉! 表东海者,其大公
乎! 国未可量也。'……为之歌《陈》,曰:'国无主,其能久乎?'自《邶(桧)》
以下无讥焉。"②由此材料不难看出:第一,当时的诗歌并非全善,由"其细
已甚""国无主"和"自《邶》以下无讥焉"等,我们不难看出当时人对于诗歌
优劣的评判。第二,歌诗的风气依然存在,它的目的还是"观兴衰",在当时
人的心中仍然保留着采诗"观风"的观念。第三,季札通过"观乐"看到了
郑、陈二国的败征,而二国当时均未被灭——郑国亡于前 375 年,陈国亡于
前 478 年③,据此可知:当时所歌之诗必是新近所采,古代采诗之风直到此
时也仍未完全消歇。我们很难想象:季札会通过很久以前的诗歌来判断
郑、陈当前的兴衰。第四,既然采诗之风仍未绝迹,则我们完全可以肯定在
当时人的心中,诗歌的采集整理仍在继续。更明确一点说,也就是诗歌的
篇目仍处在流动状态。上文说《下泉》产生于 510 年,比季札观乐(前 544)
又晚出 34 年,也同样说明当时的诗歌篇目仍在继续变动着。第五,据《左
传》记载,季札此次所赏之诗除了郑、陈、齐三国外,还包括"雅""颂"及其他
十二"国风",由此可断,季札所赏必是从"雅""颂"及十五"国风"中依次挑
出的若干篇子——他是没有工夫把所有诗歌全部欣赏一遍的。既然如此,
则不难推定当时的诗歌评价仍然带有较大的偶然性、随意性,人们还没有
对这些诗歌作系统研究,产生经典的条件直到此时也仍未成熟。第六,季
札观乐于鲁而称"周乐",可见当时的诗歌采集工作仍由中央负责。尽管这
种采集活动可能已很不正常,但由地方到中央、再由中央到地方这种诗歌

---

①翟相君《孔子删诗说》,《河北学刊》1985 年第 6 期,第 86～87 页。按,翟氏认为《曹风·下泉》"事
　在公元前 516 年,比季札观乐还晚二十八年,当时孔子已经三十六岁"。与陆、冯观点略有不同,
　但并不影响我们上文所作的结论。
②杨伯峻《春秋左传注》,中华书局,1990 年,第 1162～1163 页。
③陈梦家《尚书通论·西周年代考》,河北教育出版社,2000 年,第 461 页。

流通渠道应该说还是部分存在着①。

一方面"季札观乐"所依据的文本,其中的诗歌"邪""正"并存,另一方面诗歌文本的思想体系、具体篇目都还未固定,也即还处在一种不断生成、不断增减的流动状态,对于这样的诗歌文本我们显然是很难把它作为一部诗歌圣典来看待的。

其三,孔子"删诗"极有必要,"《诗》三百"经典权威的最终形成也是由孔子确定的。由现在我们所能见到的文献可以得知在孔子之前那些一直处于流动状态的诗歌文本的经典地位是一直都未建立起来的。在"季札观乐"的时代自不必说,即使在"季札观乐"之前诗歌文本的神圣地位也是和孔子之后不能同日而语的。不错,在"季札观乐"之前我们在文献中的确可以看到不少时人对"诗"的赞语。如《国语·楚语上》载申叔时语曰:"教之'春秋',而为之从善而抑恶焉,以戒劝其心;……教之'诗',而为之道广显德,以耀明其志;教之'礼',使知上下之则;教之'乐',以疏其秽而镇其浮。"②又,《左传·僖二十七年》载赵衰语曰:"'诗''书',义之府也;'礼''乐',德之则也。"③等等。但是稍加分析,我们即可看到这些赞语并不代表当时的诗歌文本已经获得了圣典地位。

首先,这里的"诗""书""礼""乐"与"春秋"都不应加书名号,它们所代表的都仅只是一些不同的文体名称。譬如"春秋"就是当时各国编年类史书的通名,它与孔子之后所说的《春秋》完全不是一回事。"诗""书""礼""乐"也同样如此。其次,"诗"不仅可以和"书""礼""乐""春秋"相连,而且也可以和其他文体种类相连。如上文《国语》所载申叔时的议论,除了已列出的"春秋""诗""礼""乐"外,还有"教之'世'""教之'令'""教之'语'""教之'故志'""教之'训典'"等各种文体类别。又,《国语·周语上》曰:"故天子听政,使公卿至于列士献诗,瞽献曲,史献书,师箴,瞍赋,蒙诵,百工谏,

① 按,袁长江云:"春秋时代,各诸侯国强大,各自为政,周天子只是名义上的天子,因此不再到各地巡守,从而献诗观民风的程序也就随之蠲免了。虽然如此,各国太师收集整理本地诗歌,然后选送周太师的工作还一如既往,没有间断。周太师及时整理、编选,分送各国,以供贵族子弟学习和乐工演唱。……到春秋中叶,王室衰微,各国太师不再选送,这项工作才告结束。"按,袁先生所说很有道理,不过说春秋中叶采诗活动完全停止,这一结论稍嫌绝对。详袁长江《先秦两汉诗经研究论稿》,学苑出版社,1999 年,第 8~9 页。
② 徐元诰《国语集解》,中华书局,2002 年,第 485 页。
③ 杨伯峻《春秋左传注》,中华书局,1990 年,第 445 页。

庶人传语,近臣尽规,亲戚补察,瞽史教诲,耆艾修之"①,则更把"诗"与"百工""庶人"的话语也连在了一起。《左传·襄十四年》也有类似的记载:"自王以下各有父兄子弟以补察其政。史为书,瞽为诗,工诵箴谏,大夫规诲,士传言,庶人谤,商旅于市,百工献艺。"②明白于此,则在《国语》《左传》中之所以在引"诗"的同时,也常常引用一些童谣、谚语来作为论证的理据也就不必为怪了。如《左传·僖五年》:"(卜偃)对曰:'童谣云:"丙之晨……虢公其奔。"'其九月、十月之交乎!"③又,《昭公三年》:"(晏子)曰:'谚曰:"非宅是卜,唯邻是卜。"二三子先卜邻矣。'"④又,《襄二十七年》:"叔孙曰:'豹闻之:"服美不称,必以恶终。"美车何为?'"⑤等等。第三,在当时行人士大夫的赋诗活动中,"诗"的含义更是被随意发挥。正如我们上文所说,春秋赋诗带有十分浓厚的即兴娱乐的性质,赋诗者"往往断章取义,随心所欲,即景生情,没有定准"⑥。"古人所作,今人可援为己诗。彼人之诗,此人可赓为自作。""人无定诗,诗无定指。"⑦赋诗者与听诗者往往都是"各取所求,不顾本义"。《左传·襄二十八年》载齐人卢蒲癸之言曰:"赋诗断章,余取所求焉"⑧,对此展示的就是很清楚的。虽然说有关卢蒲癸的记载在襄二十八年,仅比次年的"季札观乐"早一年,但这并不仅只代表季札所处时代的情况,它更可视为对此前春秋赋诗活动基本特征的总结。由春秋赋诗的这一特点,我们也可再度看出即是在"季札观乐"前,在时人的心里也同样没有把他们的诗歌文本当经典看。

如果说不断变动的诗歌文本在"季札观乐"前,虽然并未取得经典地位,但是至少还是被当作正面的东西看的话,那么在"季札观乐"时代,由于周王朝实际统治地位的衰落,当时的诗歌文本就已变得良莠不齐了。季札批评当时郑国的诗歌"其细已甚",此后孔子也有"郑声淫""恶郑声之乱雅乐"的话,综合他们的这些评价足以看出在季札时代,由于大量淫乱诗歌的

①徐元诰《国语集解》,中华书局,2002年,第11～12页。
②杨伯峻《春秋左传注》,中华书局,1990年,第1017页。
③杨伯峻《春秋左传注》,中华书局,1990年,第310～311页。
④杨伯峻《春秋左传注》,中华书局,1990年,第1238页。
⑤杨伯峻《春秋左传注》,中华书局,1990年,第1127页。
⑥朱自清《诗言志辨》,华东师范大学出版社,1996年,第18页。
⑦董运庭《春秋诗话笺注》卷1,中国社会科学出版社,2013年,第19页。
⑧杨伯峻《春秋左传注》,中华书局,1990年,第1145～1146页。

掺入,当时的诗歌文本其雅正程度不仅不能和孔子之时的"《诗》三百"相提并论,而且较之前代的诗歌文本也大大不如了。"季札观乐"所观的诗乐乃为"周乐",这说明这些"其细已甚"的诗歌也是由姬周王朝选录整理的。可是由于其时已经发展到了儒家学者所说的"衰世",诗歌经过选录整理之后,也仍然无法改变其整体质量的下降。孔子的"删诗"活动应当说就是在这样的背景下进行的。

通观《论语》所载,不难发现经过孔子删录的"《诗》三百",其纯正程度不仅超过了"季札观乐"时的文本,而且也不是"季札观乐"前的文本所能比拟的。这从孔子对于"《诗》三百"的评价以及孔子的立身原则足以看出。《论语·为政》:"子曰:'《诗》三百,一言以蔽之,曰:'思无邪。'"①又,《子路》:"子曰:'诵《诗》三百,授之以政,不达;使于四方,不能专对;虽多,亦奚以为?'"②又,《阳货》:"子曰:'小子何莫学夫《诗》?《诗》,可以兴,可以观,可以群,可以怨。迩之事父,远之事君。'"③又,《颜渊》:"子曰:'非礼勿视,非礼勿听,非礼勿言,非礼勿动。'"④又,《述而》:"子不语怪力乱神。"⑤由以上所列不难得知:"《诗》三百"在孔子时代确已成书,它篇篇合礼,无一不善,已经俨然是神圣的教科书了。孔子一方面给予"《诗》三百"以很高的评价,另一方面又反复强调要远离"非礼"言行,远离"怪力乱神",由此出发我们只能得出这样的结论。不少学者认为"思无邪"的意思是善者学之,不善者戒之,如此才能使人的思想达到无邪的境地。这样的理解是不符合孔子"非礼勿听,非礼勿言""不语怪力乱神"的立身标准的⑥。

当然,孔子对于"《诗》三百"的解释也常多附会。如《论语·八佾》:"子夏问曰:'"巧笑倩兮,美目盼兮,素以为绚兮。"何谓也?'子曰:'绘事后素。'

---

①杨伯峻《论语译注》,中华书局,1980年,第11页。
②杨伯峻《论语译注》,中华书局,1980年,第135页。
③杨伯峻《论语译注》,中华书局,1980年,第185页。
④杨伯峻《论语译注》,中华书局,1980年,第123页。
⑤杨伯峻《论语译注》,中华书局,1980年,第72页。
⑥按,元人马端临说:"圣人固不语乱,然《春秋》所记无非乱臣贼子之事。盖不如是,无以见当时风俗事变之实,而垂鉴戒于后世,故不得已而存之,所谓道并行而不相悖者也。"这一观点显然不能成立。《春秋》所记固多乱臣贼子之事,然字里行间已经暗寓着作者的褒贬,这与儒家眼中的《郑风》对于淫邪之事的沉醉是有天壤之别的。详马端临《文献通考》卷178《经籍考五》,中华书局,1986年,第1539页。

曰：'礼后乎？'子曰：'起予者商也！始可与言《诗》已矣。'"①"巧笑倩兮，美目盼兮"这样的诗句，明明讲的是女性之美，而孔子师徒却把它与"仁""礼"的先后关系联系了起来，这样的解诗方法与上文卢蒲癸所说的"赋诗断章，余取所求焉"显然有着诸多相似。但是如果认真加以对比，二者却有本质差异。因为像这样的附会解诗，在卢蒲癸那里是公开承认、毫不避讳的，这说明他根本就不在乎这样的做法是否有损于当时所流行的诗文本的地位。而在孔子师徒那里，他们却都认为他们的这种附会解释就是诗歌的本义②。据此足见他们对于"《诗》三百"的地位是要竭力维护的。一方并不怕诗文本的地位受到损害，而另一方却要千方百计维护"《诗》三百"的形象，由此我们也同样不难得出先秦诗歌文本的神圣地位乃由孔子最终确立的结论。

（四）关于"思无邪"问题

由以上所述可以看出在"思无邪"的问题上，孔子"删诗"的否定论者总共提出了两大质疑：一是在《论语》中孔子多次贬斥郑声，而在《诗经》中"郑风"的选录数量却高居十五《国风》之最，这与孔子"删诗"的说法显然相矛盾。二是孔子录诗既以"无邪"为标准，那为何一些常被先王用于隆重的典礼场合的诗歌也被删去？对于第一个质疑，孔子"删诗"的肯定者主要从三个方面给予了驳斥：一是"思无邪"并非指诗歌的思想属性，而是指善者学之，不善者戒之的教育功能。二是"郑声"与"郑诗"乃是两个概念，孔子反对的是"郑声"而不是"郑诗"。三是孔子所说的"郑声淫"乃是就郑国诗歌创作的整体风貌而言的，它并不代表录入《诗经》的郑国诗歌也同样不健康。如上所言，孔子强调"非礼勿听，非礼勿言"，善者学之，不善者戒之的理解与此显然相抵牾。又，孔子之时"诗""乐"并没有完全分家，所以"郑声""郑诗"乃两个概念的说法也难成立。因此彼此比较，应当说只有第三条讲的是比较到位的③。这一理解足可化解否定论者的质疑。

---

① 杨伯峻《论语译注》，中华书局，1980年，第25页。

② 按，也许在内心深处，孔子师徒也知道他们的解释并不符合诗歌的本义，但是为了要为他们的思想学说提供依据，他们必须违心地否认他们对于《诗经》的解释乃是一种穿凿附会。

③ 按，孔子对于"郑诗"的态度，很有点像李白对于六朝诗歌的态度。譬如李白说："自从建安来，绮丽不足珍"（《古风五十九首》），可是他对建安以后的诗歌并不是全盘否定的。其《金陵城西楼月下吟》诗云："解道澄江静如练，令人常忆谢玄晖。"《宣州谢朓楼饯别校书叔云》诗云："蓬莱文章建安骨，中间小谢又清发。"对谢朓的诗文表现得如此敬重，这是很能说明问题的。详瞿蜕园、朱金成《李白集校注》卷2、7、18，中华书局，1980年，第91、520、1077页。

对于第二个质疑,肯定论者给予的回击也同样分两个方面。一是认为并非所有的好诗都能进入"《诗》三百",孔子在录诗时以"简约"为原则,对那些"善"而"不足法"的诗歌也是不选录的。换一句话说,也就是为了避免雷同重复,孔子在进行录诗时总是优中选优的。二是孔子"删诗"所遵从的也是"知人论世"的原则,对于作者及其思想意指不了解的诗歌也同样不采录。但是这两种说法显然都有不足,比如朱彝尊说:"凡射,王以《驺虞》为节,诸侯以《狸首》为节,卿大夫以《采苹》为节,士以《采蘩》为节。今大、小《戴记》载有《狸首》之辞,未尝与礼义悖,而孔子于《驺虞》《采蘩》《采苹》则存之,于《狸首》独去之,俾王与大夫、士有节,而诸侯无节,又何也?"①换句话说,这难道也是孔子用其他更好的诗歌将其替代了吗?或者对于诗人及其创作意图孔子不熟悉?对此如果仍用"优中选优"或"知人论世"来诠解,显然就有点说不过去。所以我们必须另寻新释。

其实对于像《狸首》这样用于先王典礼却不见于"《诗》三百"的现象,东汉的郑玄早就注意到了。其《周南召南谱》曰:"射礼:天子以《驺虞》,诸侯以《狸首》,大夫以《采苹》,士以《采蘩》为节。今无《狸首》,周衰,诸侯并僭而去之,孔子录诗不得也。"②又,《毛诗序》"有正考父(甫)者,得《商颂》十二篇于周之太师"笺曰:"自正考甫至孔子之时,又无七篇矣。"③又,《小雅·由庚》《崇丘》《由仪》注曰:"此三篇者,《乡饮酒》《燕礼》亦用焉,曰'乃间歌《鱼丽》,笙《由庚》;歌《南有嘉鱼》,笙《崇丘》;歌《南山有台》,笙《由仪》',亦遭世乱而亡之。《燕礼》又有'升歌《鹿鸣》,下管《新宫》'。《新宫》亦诗篇名也,辞义皆亡。"等等。所有这些可谓都是针对先王典礼用诗却不见于今本"《诗》三百"的现象所作的专门解释。对于这样的解释,唐代孔颖达也表示支持,如针对"《新宫》之亡",其正义曰:"《新宫》并义亦无,故言'皆亡'。……自宋公赋《新宫》,至孔子定《诗》,三十余年,其间足得亡之也。圣人虽无所不知,不得以意录之也。"④足见他也认为有的诗歌是在孔子之前就已亡佚。

不过,也有学者不同意这一观点,其证据之一就是《狸首》一诗并未亡

<hr>

① 朱彝尊《经义考》卷98,林庆彰等《经义考新校》,上海古籍出版社,2010年,第1839页。
② 孔颖达《毛诗正义》,孔颖达等《十三经注疏》,中华书局,1980年,第265页。
③ 孔颖达《毛诗正义》卷20,孔颖达等《十三经注疏》,中华书局,1980年,第620页。
④ 孔颖达《毛诗正义》卷10,孔颖达等《十三经注疏》,中华书局,1980年,第419~420页。

佚。因为《礼记·射义》述诸侯之射时对《狸首》之诗作了引用,其原文是:
"故诗曰:'曾孙侯氏,四正具举。大夫君子,凡以庶士。小大莫处,御于君
所。以燕以射,则燕则誉。'言君臣相与尽志于射,以习礼乐,则安则誉也。"
尽管《礼记》并未明确指出此处所引就是《狸首》,但是依据上下文关系,说
它是《狸首》应是没有疑义的。那么,我们如何看待这一新的矛盾呢? 其实
这也同样不难解释。因为正如孔颖达所说,这里所引只是《狸首》的一个
"章节":"所歌乐章节者,此《狸首》之诗也"①,它并不能证明孔子在当时就
一定见到了它的全文。如果孔子所见也非全篇,也仅是这里所引的一部
分,那《狸首》之诗不为孔子所录也就同样不难理解了②。

　　当然,事情也许并不像这样简单。譬如有的否定论者说:"所谓逸诗,
或逸于孔子之前,或逸于三百篇之后。"③"秦始皇焚书,《诗经》也亡掉了几
篇。"④"像《狸首》《新宫》既屡见于'三礼',为举行大礼时所奏,且往往与现
存《诗经》某些篇目并提,揆其情理,就极可能原属孔门传诗所固有,而为秦
汉间所亡佚。"⑤那么,对这一看法我们又如何看呢? 其实,即使真有这种
情况存在,那它与孔子删诗也同样不相悖。否定论者可以以此否定孔子
"删诗",肯定论者也可借此化解先王典礼用诗而不见于今本"《诗》三百"的
矛盾。显然如果仅仅据此就怀疑孔子"删诗",这也一样是说不通的。

(五)关于"删诗权力"问题

　　在孔子是否"删诗"的问题上,有关孔子是否有"删诗权力"的论争相对
比较简单。否定论者认为孔子人微言轻,所见有限,既没有"删诗"的资格,
也缺乏"删诗"的条件。而肯定论者认为春秋末年,文化下移,士人虽仍不
拥有政治权力,但是却拥有文化权力。况且孔子首倡私学,聚徒教授,也很

---

①孔颖达《礼记正义》卷 62,孔颖达等《十三经注疏》,中华书局,1980 年,第 1687 页。
②按:崔述云:"余按:《国风》自《二南》《豳》以外,多衰世之音,《小雅》大半作于宣、幽之世,夷王以
　　前寥寥无几。如果每君皆有诗,孔子不应尽删其盛,而独存其衰。……故世愈近则诗愈多,世愈
　　远则诗愈少。孔子所得,止有此数。或此外虽有,而缺略不全。则遂取是而厘正次第之,以教门
　　人,非删之也。"这一看法明显包含以下意思:孔子所见只有三百篇,三百篇以外的诗歌大部分亡
　　于孔子之前,少数残于孔子之前。亡者自无法录,残者又不便录,所以后人所见也就只有这三百
　　篇。这一看法虽然与我们所持的观点相去甚远,但是对于我们认识像《新宫》《狸首》这类先王典
　　礼用诗何以不见今本"《诗》三百"的问题显然也是很有帮助的。详崔述《洙泗考信录》卷 3《辨删
　　诗之说》,《崔东壁遗书》,上海古籍出版社,1983 年,第 309 页。
③张西堂《诗经六论·诗经的编订》,商务印书馆,1957 年,第 96 页。
④高亨《文史述林·诗经引论》,中华书局,1980 年,第 173 页。
⑤董治安《先秦文献与先秦文学》,齐鲁书社,1994 年,第 62 页。

有必要对前代的诗歌文本进行重新删订。换句话说也就是孔子所删定的诗歌文本并不需要得到全社会的承认,只要他的学生能够认可并加以实践就行了。实事求是地说,在这个问题上肯定论者也同样是略占上风的。

不过,为了更好地说明问题,我们还可从另外两个新的角度来探索。其一,孔子能"正乐",就能"删诗"。关于孔子正乐的记载,见于《论语·子罕》:"子曰:'吾自卫返鲁,然后乐正,雅颂各得其所。'"[①]孔子周游列国,到处碰壁,不得已才"自卫返鲁",重归故国。这可以说是他人生最低迷的时期。但是在这样的时候,他还勇于正乐,我们又怎能因其地位低下就从而怀疑他是否具有"删诗"的资格和条件呢? 这样的论证逻辑显然也是很难成立的。

其二,《诗经》在后世的顺利传播,与孔子后学的积极传布也密切相关。尤其在两汉以前,更是如此。这只要浏览一下当时学者对《诗》的赋引就不难得知。首先看《论语》,依董治安统计,它共涉及 10 首诗,赋引 11 次,具体来说即《周南·关雎》2 次,分别见《八佾》《泰伯》;《邶风·雄雉》《匏有苦叶》各 1 次,分别见《子罕》《宪问》;《卫风·淇奥》《硕人》各 1 次,分别见《学而》《八佾》;《小雅·小旻》1 次,见《泰伯》;《大雅·抑》1 次,见《先进》;《周颂·雍》1 次,见《八佾》;《鲁颂·駉》1 次,见《为政》。此外还有一首逸诗,见《子罕》。其中只有《关雎》称引 2 次[②]。有关《硕人》的引用,其原文是:"子夏问曰:'巧笑倩兮,美目盼兮,素以为绚兮。'何谓也?"有人以"素以为绚兮"不见今本《硕人》定其为逸诗。然而一方面"素以为绚兮"与"巧笑倩兮,美目盼兮"相连为文,是一个整体,另一方面据清人王先谦《三家诗义集疏》考证,今文诗中的《鲁诗》有此一句[③],所以我们这里并不把它当逸诗看待。这也就是说整部《论语》只有一首逸诗。有的学者说:"如果《诗经》是孔子编订的,《论语》中就不会出现逸诗。"[④]这一看法值得商榷。因为据逸诗所在原文看:"'棠棣之花,偏其反而。岂不尔思,室是远而。'子曰:'未之思也,夫何远之有'"[⑤],孔子对这首诗是持批判态度的。也就是说这首诗

①杨伯峻《论语译注》,中华书局,1980 年,第 92 页。
②董治安《〈论语〉论〈诗〉、引〈诗〉表》,《先秦文献与先秦文学》,齐鲁书社,1994 年,第 64~65 页。
③王先谦《诗三家义集疏》卷 3,中华书局,1987 年,第 283 页。
④袁长江《先秦两汉诗经研究论稿》,学苑出版社,1999 年,第 72 页。
⑤杨伯峻《论语译注》,中华书局,1980 年,第 96 页。

所以不见于今本"《诗》三百",也正是因为孔子对它所表述的观点有异议,所以才未选录。它不仅不能证明孔子未"删诗",而且还恰好可以作为孔子"删诗"的铁的证据。也正鉴此,所以更严格一点说,在《论语》中实际上并未出现被正面赋引的逸诗。

再看《孟子》。据董治安统计,《孟子》引诗共计 31 首 37 次(无赋诗现象),其中《魏风》《齐风》《周颂》各 1 首 1 次,《鲁颂》1 首 2 次,《邶风》《豳风》各 2 首 2 次,《小雅》7 首 7 次,《大雅》15 首 20 次。另有一逸诗也被引 1 次①。再看《荀子》。如第一节所示,共计引诗 60 首 96 次(无赋诗现象),其中《齐风》《秦风》《周南》《豳风》《卫风》各 1 首 1 次,《邶风》2 首 2 次,《曹风》1 首 4 次,《周颂》8 首 16 次,《商颂》2 首 4 次,《小雅》18 首 26 次,《大雅》17 首 32 次,逸诗 7 首 7 次。再看大小戴《礼记》。据董治安统计,二戴《礼记》共称诗 83 首 154 次,其中《齐风》《魏风》《秦风》《郑风》《豳风》各 1 首 1 次,《曹风》3 首 6 次,二《南》7 首 9 次,三《卫》9 首 15 次,《小雅》24 首 32 次,《大雅》17 首 46 次,《周颂》10 首 26 次,《商颂》3 首 4 次,逸诗 5 首 11 次②。

再看《吕氏春秋》,据董治安统计,共计引诗 17 首 20 次(无赋诗现象),其中《周南》《郑风》《曹风》各 1 首 1 次,《邶风》2 首 2 次,《小雅》3 首 4 次,《大雅》5 首 7 次,逸诗 4 首 4 次③。再看《墨子》。如第一节所列,总计引诗 12 首 14 次(无赋诗现象),其中《召南》1 首 1 次,《小雅》2 首 3 次,《大雅》4 首 5 次,《周颂》2 首 2 次,逸诗 3 首 3 次。再如《韩非子》,据董治安统计,共计引诗 4 首 6 次(无赋诗现象),其中《小雅》3 首 5 次,逸诗 1 首 1 次④。再如《管子》,据董治安统计,共计引诗 3 首 3 次(无赋诗现象),其中《郑风》1 首 1 次,《大雅》1 首 1 次,逸诗 1 首 1 次⑤。再如《战国策》,如第一节所列,总计引诗 8 首 10 次(无赋诗现象),其中《大雅》1 首 2 次,《小雅》3 首 3 次,逸诗 4 首 5 次。再如《庄子》,据董治安统计,仅引逸诗 1 首 1 次⑥。

由以上所列不难发现,只有《论语》没有正面称引一首逸诗。《孟子》称

---

① 董治安《〈孟子〉论〈诗〉、引〈诗〉表》,《先秦文献与先秦文学》,齐鲁书社,1994 年,第 65～66 页。
② 董治安《〈周礼〉〈仪礼〉〈礼记〉〈大戴礼记〉歌〈诗〉、奏〈诗〉、论〈诗〉、引〈诗〉表》,《先秦文献与先秦文学》,齐鲁书社,1994 年,第 72～82 页。
③ 董治安《〈吕氏春秋〉论〈诗〉、引〈诗〉表》,《先秦文献与先秦文学》,齐鲁书社,1994 年,第 87 页。
④ 董治安《〈韩非子〉论〈诗〉、引〈诗〉表》,《先秦文献与先秦文学》,齐鲁书社,1994 年,第 86 页。
⑤ 董治安《〈管子〉论〈诗〉、引〈诗〉表》,《先秦文献与先秦文学》,齐鲁书社,1994 年,第 85 页。
⑥ 董治安《〈庄子〉论〈诗〉、引〈诗〉表》,《先秦文献与先秦文学》,齐鲁书社,1994 年,第 84 页。

引的逸诗与其全部称引的比率是 1 比 31，约占 3.2%。《礼记》是 5 比 83，约占 6%。《荀子》是 7 比 60，约占 11.7%。《吕氏春秋》是 4 比 17，约占 23.5%。《墨子》《韩非子》分别是 3 比 12、1 比 4，皆占 25%。《管子》是 1 比 3，约占 33.3%。《战国策》是 4 比 8，占 50%。《庄子》是 1 比 1，占 100%。彼此对比，不难得知与孔子关系越近的著作，其称引逸诗的比率就越小。首先看《论语》，它记录的是孔子及其弟子的言行，他们是严格按照孔子所删定的"《诗》三百"来赋引的。孟子受教于孔子之孙子思之门人，与孔子的关系也比较近，所以整部《孟子》称诗 31 首，而其中只有 1 首逸诗。《礼记》乃是儒家学者解释《仪礼》材料的汇编，思想比较博杂，因此所称逸诗便稍多一些。荀子虽为儒学大师，但是他除了与孔子的关系比较远不说，而且对"《诗》三百"等儒家经典还多有贬语。如《荀子·劝学》："《诗》《书》故而不切。"又曰："不道礼宪，以《诗》《书》为之，譬之犹以指测河也。"[①]又，《儒效》："隆礼义而杀《诗》《书》。"[②]等等。所以他称引的逸诗就更多一点。《吕氏春秋》《墨子》《韩非子》等由于都是儒家以外学派的著作，因此它们所称引的逸诗比率便更高。不过彼此对比，不难察见它们之间也有区别。首先《吕氏春秋》《墨子》《韩非子》和《管子》，它们虽然与儒家不是一个学派，但是儒家所倡导的仁义学说，它们也并不完全反对，所以相对《战国策》和《庄子》来讲，它们所称引的逸诗比率就小一些。而《战国策》和《庄子》，一个完全提倡权诈变术，一个完全否定儒家教化，所以它们所称引的逸诗所占的比重自然就更大一些。尽管这些非儒家的著作，多数由于称诗数量太少，其中也可能带有一些偶然因素，并不像上文我们所说的那样绝对，但是从整体来看，与孔子关系越近的著作，其称引逸诗比率就越少，这一总的规律应当说还是大致可信的[③]。

如果以上所说不错，这就显然意味着：其一，在孔子删定"《诗》三百"后，还有其他一些诗歌传本与它并行。否则，《荀子》《战国策》《吕氏春秋》等所以能够继续称引逸诗也就不可理解了。因为它们所称引的逸诗必然

①王先谦《荀子集解》卷 1，中华书局，1988 年，第 14～16 页。
②王先谦《荀子集解》卷 4，中华书局，1988 年，第 138 页。
③在先秦战国文献中，稍显意外的应是《晏子春秋》。据董治安统计，共计称诗 18 首 20 次，但是其中所称逸诗也仅 1 首次。有的学者说，《晏子春秋》主要表达的也是儒家思想，如果此说不错，则《晏子春秋》所称逸诗之少，就也不让我们感到奇怪了。详董治安《〈晏子春秋〉引〈诗〉表》，《先秦文献与先秦文学》，齐鲁书社，1994 年，第 84～85 页。

源自前代流传下来的文本,如果是战国时代才产生的散乱的未经权威机构或权威人士删录的缺乏公信力的诗歌,它们是不会引以为据的。其二,孔子所编定的文本只在儒家学者手里才得到足够的重视。这不仅表现在他们少引逸诗,而且也表现在他们对于非显贵地区的诗歌的称引。如《孟子》引《齐风》《魏风》各 1 次,《荀子》引《齐风》《秦风》各 1 次,《礼记》引《齐风》《秦风》《魏风》各 1 次。《论语》无引当属特例。这些非显贵地区的诗歌之所以能得到儒家学者的重视,这无疑与孔子对它们的经典化密切相联系。儒家之外的学者无一引用,这也充分说明他们对孔修文本是并不认可的(或不完全认可)。由此足见正是由于儒家学者对孔编《诗经》的保护、传习,这才使它得以最终保存下来,并成为唯一一部流传于世的前代诗歌传本。而其他非孔编传本由于在保护、传习方面后继乏人,所以便都一一亡佚了。可见,孔子在当时地位固然不高,但是正是他这个地位不高的士人所编订的《诗经》,最后却取代了其他所有文本而成了唯一流传于世的合法传本,孔子本人也伴随着他所编订的经典的日益合法化,而最终成为中华民族至高至贤的圣人。据此愈见,那些认为孔子没有"删诗"权力的观点,认为他所删定的文本不会被世人认可的观点,与我国先秦文化传播的历史实际是多么扞格不入的。

(六)关于"史书无载"问题

在"史书无载"问题上,否定者的观点是孔子"删诗"自己没有说,先秦文献也无载,司马迁一定是把"正乐"误作了"删诗"。但是对于这一怀疑肯定论者也同样不认可。他们一方面指出《史记》所载而不见于先秦文献的事情很多,难道我们都要认为它们不真实吗?另一方面又坚信孔子时代诗乐舞未分,所以"正乐"与"删诗"本来就是属于一个整体的。

那么,对于前人在一问题上的争论我们又怎样看呢?首先认为司马迁误把"正乐"当作"删诗"或认为在孔子的"正乐"中本来就包含着"删诗",这样的认识显然都太武断了。在《史记》中司马迁明显把"删诗"与"正乐"当作二事看:"古者诗三千余篇,及至孔子,去其重,取可施于礼仪"以下,明显讲的是"删诗"。"三百五篇,孔子皆弦歌之"以下,明显讲的是"正乐"。"删诗"在前,"正乐"在后。说司马迁误把"正乐"当作"删诗"云云是根本没有根据的。不是司马迁误读了《论语》,而是否定论者误读了《史记》。这显然是无需多议的。又,在《论语》中确实有很多地方表明诗、乐并未分家,比如

《宪问》："若臧武仲之知,公绰之不欲,卞庄子之勇,冉求之艺,文之以礼乐,亦可以为成人矣。"①又,《季氏》："天下有道,则礼乐征伐自天子出;天下无道,则礼乐征伐自诸侯出。"②在这里所谓"礼乐"显然都应当是包含着诗歌在内的。可是在有的时候孔子却又分明是将"诗""乐"分开讨论的,如《泰伯》："子曰:'兴于《诗》,立于礼,成于乐。'"③在有的场合"诗""乐"虽没有相对为文,如《学而》："子曰:'赐也,始可与言《诗》已矣'"④,但是由其语境我们也同样不难看出它是单从言词上来讲的。所以在孔子所说的"正乐"中究竟是否包含着"删诗",仅从"正乐"这句话,我们是并不能得到确证的。

其次孔子既"正乐",也必"删诗",并且"正乐"还必须以"删诗"为前提。孔子所以要"正乐",因为"乐"已坏。而"乐"所以已坏,乃是因为时代已坏,人心已坏。既然时代已坏,人心已坏,则诗也必坏。决不会存在时代已坏,人心已坏,而只影响乐而不影响诗的道理。既然诗、乐都坏了,那孔子必然是要既"正乐"也"删诗"。作为一个思想家、政治家和教育家,他决不可能只校正一方而对另一方置之不理。尤其需要注意的是,在孔子时代,虽然诗与乐可以分离,各自为用,但是二者之间的密切联系并没有在根本上发生改变。换一句话说,也就是音乐的产生在绝大多数情况下也仍要以诗歌为前提。《今文尚书·虞书·舜典》说:"诗言志,歌永言,声依永,律和声,八音克谐,无相夺伦。"⑤对于上古音乐与诗歌的关系显示的应当说是十分清楚的。也正鉴此,所以我们认为在诗、乐皆坏的情况下,孔子要想"正乐",必先"删诗"。否则,依据淫邪的诗歌而想制定出雅正的音乐,这是根本无法想象的。

从《论语》中可以看出孔子"正乐"乃在"自卫反鲁"之后,当时孔子已经69岁。再过3年即离开人世。既是如此,那么孔子"删诗",是与"正乐"一起进行的呢,还是在"正乐"之前就已进行了? 我们认为《论语》一书多次提到"《诗》"和"《诗》三百",除了上面已列者外,其他又如《八佾》"起予者商

---

①杨伯峻《论语译注》,中华书局,1980年,第149页。
②杨伯峻《论语译注》,中华书局,1980年,第174页。
③杨伯峻《论语译注》,中华书局,1980年,第81页。
④杨伯峻《论语译注》,中华书局,1980年,第9页。
⑤孔颖达《尚书正义》卷3,孔颖达等《十三经注疏》,中华书局,1980年,第131页。

也,始可与言《诗》已矣"①,《述而》"《诗》《书》执礼,皆雅言也"②,《季氏》"不学《诗》,无以言"③,《阳货》"《诗》可以兴,可以观,可以群,可以怨"④等等,毫无例外《论语》所给出的全部都是正面的赞语。这充分说明所有这些称谓应当全部都是就孔子所编的"《诗》三百"讲的。否则,如果仍像"季札观乐"时所看到的那类文本,其中仍然包含着"其细已甚"的诗作,孔子师徒是不可能给出如此之高的评价的。正鉴于此,所以按照一般逻辑,我们显应相信这样的观点,即"孔子对《诗》的整编,不是一次性完成的,大概在中年设教时,即《史记·孔子世家》所谓定公五年(公元前504年)'孔子不仕,退而修《诗》《书》《礼》《乐》,弟子弥众'时,应教学之需先初步整编出《诗三百》,晚年即《论语》所谓'自卫反鲁'时(公元前484年)又曾对《诗三百》的部分篇章进行过调整和正乐的工作。"⑤因为如果不采信这样的观点,而把"正乐"和"删诗"等而视之的话,那我们就要把上文所列全部孔子有关《诗》或《诗》三百"的评价放在他69岁之后,判定"《诗》三百"乃是孔子临死前三年才着手编录的。这样的看法显然是有些不近情理的。

四、余论

综合以上所述,不难看出可以说在以上六个方面的每一方面否定论者所作的论证都是很薄弱的。如上所说,"孔子删诗"乃中国文化史上的一件大事,我们在并无充分根据的情况下,竟然长期对此表示怀疑,甚乃完全予以否定,这样的学术习尚显然值得深思。现在我们既确定了"《诗》三百"的最终成书与孔子的关系,那么对孔子有关"《诗》三百"的诸多评价的认识自然也就有了可靠的依据。如上所列,孔子说:"《诗》三百,一言以蔽之,曰:'思无邪。'"又说:"诵《诗》三百,授之以政,不达;使于四方,不能专对:虽多,亦奚以为?"又说:"小子何莫学夫《诗》?《诗》,可以兴,可以观,可以群,可以怨。迩之事父,远之事君。"等等。所有这些,如果脱离了"孔子删诗"的背景,则我们的理解应当说都是不透彻的。只有以"孔子删诗"为前提,

---

①杨伯峻《论语译注》,中华书局,1980年,第25页。
②杨伯峻《论语译注》,中华书局,1980年,第71页。
③杨伯峻《论语译注》,中华书局,1980年,第178页。
④杨伯峻《论语译注》,中华书局,1980年,第185页。
⑤刘生良《〈诗论〉与"孔子删诗说"》,《光明日报》2003年1月15日。

我们从中才能体味到孔子为挽救当时"礼坏乐崩"的文化危局而付出的努力。以上孔子对于"《诗》三百"的这些评价,不仅是孔子删定"《诗》三百"的标准,而且也是他通过"《诗》三百"的删定而向世人昭示的诗学理想。这样的诗学理想并不是他强加给"《诗》三百"的,而是他在选录"《诗》三百"时,就已将其寄寓在了"《诗》三百"这一诗国圣典上。尽管孔子在决定一首诗歌能否进入"《诗》三百"时,考虑的并不仅仅是思想,但是对于诗歌究竟应当表达什么样的情志,这无疑乃是他选录"《诗》三百"的首要标准。也正基于这一原因,所以笔者认为孔子对于"《诗》三百"的删定,向世人呈现的并不仅仅是一部诗国圣典,借助这部圣典他还向世人进一步宣示了他对"诗言志"观念的独特悟解。前文已论,借助编诗以体现自己的诗学理想,此乃古人的一大传统。这一传统之所以得以形成,这与孔子的典范引领显然是分不开的。如果我们不能从根本上论定"孔子删诗",那后世文人的编诗活动,其理论地位也就要大打折扣了。

最后,为使"孔子删诗"的观点得到进一步确证,我们不妨对徐正英先生近几年来有关这一问题的探讨也作一简单介绍。徐先生的考证精彩之处甚多,不过最突出的主要表现在两点。一是对出土文献中的逸诗给予了充分注意,将其与传统文献中的逸诗结合起来,这样就进一步提高了"孔子删诗"的论证力。如其《清华简〈周公之琴舞〉与孔子删〈诗〉相关问题》一文说:"清人马国翰《目耕帖》辑佚110条,马银琴从《大戴礼》所辑4条,马王堆帛书存逸句1条,郭店楚简存逸句1条,上博简存逸诗47首,清华简存逸诗22首(其中《周公之琴舞》一组诗就占17首),合计185首。"①虽然只是短短几句话,但是其中所蕴含的信息量却是非常之大的。

二是通过《周公之琴舞》的分析,为"孔子删诗"提供了最直接的证据。如其《清华简〈周公之琴舞〉组诗的身份确认及其诗学史意义》一文说:"清华简第三册《周公之琴舞》存周公悊臣诗四句、成王自儆诗九首,是题目、短序、乐章标识俱全的乐舞诗章。成王九首诗中祀祖、自儆、儆臣内容连贯,又符合古诗乐以'九'成组篇制结构,还与传世文本《诗经·周颂》多为组诗的原初形态暗合,故九首是一完整的组诗。其中第一首见于今本《诗经·周颂》的《敬之》篇,故整体为《诗经·周颂》作品无疑。由短序推知,周公四

---

① 徐正英《清华简〈周公之琴舞〉与孔子删〈诗〉相关问题》,《文学遗产》2014年第5期,第19~20页。

句诗原来是另九首,同属《诗经·周颂》'逸诗'。两组十七首'逸诗'的诗学史意义是:一为'孔子删诗'公案的最终解决提供了新的支撑,并为其删诗'十分去九'提供了文本范例,且启示人重新理解司马迁'去其重'的含义不只指删除重复诗篇,还指删除内容相近的诗篇;二为《毛诗序》形成时代的最终解决提供了新证,说明《诗经》至迟到战国中期已有序;三是揭示了《诗经》'颂'诗有别于'风''雅'只唱不舞而诗乐舞三位一体的原始特征。"[1]仅仅由《周公之琴舞》一组诗篇的出土,就联想到如此之多的问题,这样的学术眼光显然是十分敏锐的。如果上博简、清华简的真实性可以得到确保,那徐先生的以上论证,其学术价值应当说不管给出多高的评价,也是不为过的。

---

[1]徐正英《清华简〈周公之琴舞〉组诗的身份确认及其诗学史意义》,《复旦学报》2014年第1期,第76页。

第三章 "兴"与"诗言志"

第一节 "比兴"与"诗言志"

在中国古代文学中,"兴"是一个非常重要的概念,它涉及文学的表现手法、创作原则、审美风格和社会功能等一系列重大问题,而所有这些重大问题又都和我国古人对于"诗言志"观念的规约、升华与重建密切相联系。可以说不了解"兴"的涵蕴,对作为我国诗歌创作纲领的"诗言志"观念,就不可能有一个透彻的解悟。然而遗憾的是正是这样一重要诗学范畴,我们至今也未就它的涵蕴达成共识。钱锺书说:"'兴'之义最难定"①,朱自清云:"你说你的,我说我的,越说越糊涂"②,对此展示得都是很清楚的。之所以产生这样的情状,其主要原因不外有三:一是对"兴"字的本义缺乏认识,对《说文》"兴,起也"的真正含义并未完全理解;二是没弄明"兴"的文化渊源,对"兴"的产生与我国古人的经典崇拜情结(兴观群怨)、天人合一情结(赋比兴)、诗乐规讽情结(兴寄)与归真复性情结(情兴)之间的联系,认识很不深刻;三是没能把与"兴"相关的各种概念彼此间的关联完全理清楚,致使"兴观群怨""赋比兴""兴寄""情兴"等各种概念彼此干扰,相互夹缠。在这种情况下,"越说越糊涂"的局面自属必然。不过,原因虽三条,但主要还是前两条。如果我们弄清了"兴"的本义,弄明了"兴"的文化渊源,那与"兴"相关的各种概念彼此间的关系也自不难理清楚。

一、托物使起曰兴

首先来看"兴"的本义。《说文·舁部》:"兴(興),起也。从舁同。同,同力也。"这一诠解显然很不准确。首先,说"兴"字"从舁"固然无误,但说

---

① 钱锺书《管锥编》第 1 册,三联书店,2008 年,第 110 页。
② 朱自清《诗言志辨》,华东师范大学出版社,1996 年,第 49 页。

"兴"字"从舁同"则值得商榷。由甲骨文、篆文不难得知,"兴"字古体原作四手共抬井栏之状🐾,一说不是井栏而是舟船,另外也有说是祭盘的。后来又于井栏之下加一个"口"符作为参照🐾,说明井栏已离"口"而起。既是如此,则"同"符显然乃由所举之物与"口"变来,"舁"符也由四手共托之象化出。《说文》把所托井栏与"口"结合而解为"同",并以"同力"相训,这一诠解显然说不通。

其次,四手共托确有"同力"之义,但是这一点并不绝对。《说文·舁部》:"舁,共举也。"这一解释无疑是正确的。举例来说,如"舆""与(與)""举(舉)"均含"舁"符,所以三者便均含"齐同"义。"舆"有"公众"义,如"舆论";"与(與)"有"联合"义、"佐助"义,如"相与(與)为一";"举(舉)"有"全部"义,如"举(舉)国上下"。它们与"齐同"可谓皆有着密切联系。但是"兴(興)"字与它们却颇不相同,遍查古今旧典、各类辞书,都未见到"兴"有"齐同""同力"的意思。足见,从这一角度来讲,《说文》的训解也同样需斟酌。

第三,《说文》"从舁同。同,同力也"的理解确实有误,不过释"兴"为"起"还是颇值得肯定的。只是表述比较简略,我们还需结合"兴"的字形以及用法,对它再作进一步发明。具体说来,这里的"起也"实际乃含两层意思:一是不及物动词,就是"起来"的意思,如"夙兴夜寐"。二是及物动词,也即"使起""托起"之意,如"百废待兴""兴利除弊"。并且,根据"兴"字的原始字形,后者才更应是它的本义。杨树达云:"兴之训起,以字形核之,当为外动举物使起之义。""余谓众手合举一物,初举时必令齐一,不容有先后之差,故必有一人发令,众人同时并作,字从口者盖以此。"[1]虽然杨树达对"口"的解释颇嫌附会,但是对于"兴"的本义,理解还是颇精到的。

总之,"兴"的本义即"托物使起",再明确说也即"使某物起来""托起某物",再加引申才有"起来"的意思,仅仅将其释为"起也"显然太简略。虽然大而言之,"起"字既有"起来"的意思,也有"使起""托起"的意思,《说文》以"起"释"兴"也不算错,但是就"兴"来看,这二者毕竟又是有远近之别的。因此若就这一角度说,则《说文》的训解,确乎太简单了。

二、托事于物,天人合一曰兴

在中国文学史上一提到"兴",人们恐怕首先想到的就是"赋比兴"。从

---

[1] 杨树达《积微居小学述林》,中华书局,1983年,第91页。

"兴"在中国古代文学中的诸多用法看,"赋比兴"之"兴",也即用作创作手段的"兴",在时间上也是较早为我国先民所认识的。与"兴观群怨"之"兴"对于经典的师法不同,"赋比兴"之"兴"主要体现的是上古先民以自然为师,取法天地的"天人合一"思想。再明确说,也就是"兴观群怨"之"兴"主要强调的是所述情志要与经典合一,而"赋比兴"之"兴"则主要强调的是所述情志要与天地合一,二者与上古先民对于"诗言志"观念的规约、升华都有密切联系。不过,颇为遗憾的是有不少学者都没认识这一点,这也是学界至今都未就"赋比兴"之"兴"的涵蕴达成共识的主要原因。

　　由现在所见文献材料看,最早给"赋比兴"之"兴"下定义的是东汉的郑众:"兴者,托事于物。"①他的这一认识与"兴"的本义显然是一脉相承的。西汉的孔安国在解释《论语·阳货》"《诗》可以兴,可以观,可以群,可以怨"中的"兴"时说:"兴,引譬连类。"②这与郑众的解释显然也是彼此相应的。"托事于物"即使人事的表达依托于外物。"引譬连类"即引《诗》为譬,连《诗》为类。如果将这两种表述形式交换一下,则"兴观群怨"之"兴"也可以说是"托事于《诗》","赋比兴"之"兴"也可以说是引物为譬、连物为类。可见,"托事于物"与"引譬连类"讲的都是对另外一物的依托,它们在本质含意上是并不矛盾的。但是由于孔安国讲的是"兴观群怨",所以我们仍然认为对于"赋比兴"之"兴"的解释,郑众仍然是最早的③。

　　"兴观群怨"之"兴"是对《诗》的依托,"赋比兴"之"兴"是对物的依托。所以出现这样的情状,这与古人的思维习惯实是密切相关的。再具体一点说,也就是古人在言行方面除了每每追求与经典合一外,他们也常常追求与自然合一。他们总喜欢以天地为师,以自然为法,力求从天地自然中寻找自己做事的依据。这一思维习惯也就是我们通常所说的"天人合一"。有关这一点,在我国古代的相关文献中展现的也是非常清楚的。如《周易·系辞下》:"古者包牺氏之王天下也,仰则观象于天,俯则观法于地,观

---

① 贾公彦《周礼注疏》卷 23,孔颖达等《十三经注疏》,中华书局,1980 年,第 796 页。

② 刘宝楠《论语正义》卷 20,中华书局,1990 年,第 689 页。

③ 有的学者说:"'引譬连类'其实就是'托事于物'的话语的倒过来:孔安国的'譬',就是郑众的'物',孔安国的'类',就是郑众的'事';孔安国是说诗人从譬喻得到他所要说的思想,郑众是说诗人把他所要说的思想寄托在自然界的景物上——即用譬喻表达出来。"这样的区分显然值得商榷。详见胡念贻《〈诗经〉中的赋比兴》,《中国古代文学论稿》,上海古籍出版社,1987 年,第 177～178 页。

鸟兽之文,与地之宜,近取诸身,远取诸物,于是始作八卦,以通神明之德,以类万物之情。"①又,《论语·阳货》:"子曰:'予欲无言。'子贡曰:'子如不言,则小子何述焉?'子曰:'天何言哉?四时行焉,百物生焉,天何言哉?'"②等等。虽然这种追求天人合一的思想在其他民族的文化中也有体现,但是可以毫不夸张地说,它在华夏文化中体现得更鲜明。以自然为法,以天地为师,这实可谓华夏文化一个最显著的特征③。

以自然为法,以天地为师既然是中华文明最显著的特征,那么作为一种信仰,或者也可以说是一种价值认同,那它就必然会对上古先民的思维方式产生重要影响。上古先民所以在阐发事理时总以自然助证,在很大程度上就是由此决定的。有关这一点,在相关典籍文献中体现得也很充分。如《老子》66章:"江海所以能为百谷王者,以其善下之,故能为百谷王。是以欲上民,必以言下之;欲先民,必以身后之。"④《庄子·秋水》:"井蛙不可以语于海者,拘于虚也。夏虫不可以语于冰者,笃于时也。曲士不可以语于道者,束于教也。"⑤《孟子·尽心上》:"流水之为物也,不盈科不行。君子之志于道也,不成章不达。"⑥《墨子·修身》:"原(源)浊者,流不清。行不信者,名必耗。"⑦《荀子·劝学》:"积土成山,风雨兴焉。积水成渊,蛟龙生焉。积善成德,而神明自得,圣心备焉。"⑧《左传》宣十五年:"川泽纳污,山薮藏疾,瑾瑜匿瑕,国君含垢,天之道也。"⑨《国语·周语上》:"为川者决之使导,为民者宣之使言。"⑩《战国策·秦策一》:"毛羽不丰满者不可以高飞,文章不成者不可以诛罚。"⑪等等。表达的是人事,可总要从自然之物

---

①孔颖达《周易正义》卷8,孔颖达等《十三经注疏》,中华书局,1980年,第86页。

②刘宝楠《论语正义》卷20,中华书局,1990年,第698页。

③"兴观群怨"之"兴"体现的是与经合一,"赋比兴"之"兴"体现的是与天合一。除此之外,其实古人还追求与史合一。如《汉书·刘向传》曰:"(石)显诬谮(张)猛,令自杀于公车。更生(刘向)伤之,乃著《疾谗》《摘要》《救危》及《世颂》,凡八篇,依兴古事,悼己及同类也。"详班固《汉书》卷36,中华书局,1962年,第1948页。

④王弼《老子道德经注》,楼宇烈《王弼集校释》,中华书局,1980年,第170页。

⑤郭庆藩《庄子集释》卷6,中华书局,1961年,第563页。

⑥焦循《孟子正义》卷27,中华书局,1987年,第914页。

⑦吴毓江《墨子校注》卷1,中华书局,1993年,第11页。

⑧王先谦《荀子集解》卷1,中华书局,1988年,第7页。

⑨杨伯峻《春秋左传注》,中华书局,1990年,第759页。

⑩徐元诰《国语集解》,中华书局,2002年,第11页。

⑪刘向《战国策》卷3,上海古籍出版社,1998年,第80页。

中找依据。看来以自然为法,以天地为师的价值信仰对于上古先民思维方式的影响确乎很深刻。

众所周知,语言是思维的物质外壳,有什么样的思维方式,就必然有某种相应的语言表述形式与之相对应。有的学者说:"与'生产方式''生活方式'乃至'信仰方式'相比,'思维方式'有着更大的隐蔽性和抽象性,它甚至可以视为一种'无内容的形式',是一种思维框架和心理定势。然而,这种'无内容的形式'一旦形成,便又会反过来决定和制约着具体的物质和精神成果的创造过程,即赋予那些'无形式的内容'以特有的结构和风貌。"①这一认识无疑是非常精辟的。正是由于这样的原因,所以才使以上那些来自不同典籍、承载着不同思想内容的诸多语句在句子结构和语体风貌上表现得如此统一。在句子结构上它们均采用了先列外物,然后再及人事的表述形式;在语体风貌上,由于外物的参与,使它们均获得了深微含蓄、发人深思的艺术魅力。天人合一思想对于人的思维方式、表述形式以及语体风貌的影响,我们由此不难察知。

弄清了天人合一思想在人们的思维及语言表达方面产生的影响,再来探讨"兴"的蕴涵就方便多了。《诗经》中的兴辞也是先言他物再及人事,这与古人的思维习惯和表达方式显然也是一脉相通的。

先看以下几个例子。《卫风·氓》:"桑之未落,其叶沃若。于嗟鸠兮,勿食桑葚。于嗟女兮,勿与士耽。士之耽兮,犹可说(脱)也。女之耽兮,不可说(脱)也。"②《邶风·谷风》:"采葑采菲,无以下体。德音莫违,及尔同死。"③《召南·鹊巢》:"维鹊有巢,维鸠居之。之子于归,百两(辆)御之。"④《鄘风·墙有茨》:"墙有茨,不可扫也。中冓之言,不可道也。所可道也,言之丑也。"⑤《周南·关雎》:"参差荇菜,左右流之。窈窕淑女,寤寐求之。"⑥尽管这些例子皆采于"《诗》三百",但显而易见在思维特征和表述形式上,它们与上文所列先秦散文的诸多用例并无差别。由于鹊鸠鸟食桑椹过量

①陈炎、廖群《中国审美文化史》(先秦卷),山东画报出版社,2000年,第9页。
②朱熹《诗集传》卷3,上海古籍出版社,1980年,第37页。
③朱熹《诗集传》卷2,上海古籍出版社,1980年,第21页。
④朱熹《诗集传》卷1,上海古籍出版社,1980年,第8页。
⑤朱熹《诗集传》卷3,上海古籍出版社,1980年,第28页。
⑥朱熹《诗集传》卷1,上海古籍出版社,1980年,第2页。

会"醉而伤其性",因此诗人才托以为言,劝戒女性"无与士耽"①。蓫、菲之菜"皆上下可食",不可"以下体根茎之恶,并弃其叶",因此诗人才引以为助,说明"为室家之法,无以其妻颜色之衰,并弃其德"②。鸤鸠"不自为巢",而"居鹊之成巢",由此诗人才据以为言,生发出"国君积行累功",有所成就,才有"国君夫人来嫁"的感叹③。墙生蒺藜,不便打扫,于是诗人才取以为证,说明宫中丑闻确难言道。荇菜随水飘摆不定,所以诗人才据以为佐,说明"窈窕淑女"恰似荇菜,"左右无方,随水而流,未即得也"④。

由此足见,所谓"赋比兴"之"兴"并不是诗人一时的感发,它反映的乃是人事与外物的依托关系。《淮南子·泰族训》曰:"《关雎》兴于鸟,而君子美之,为其雌雄之不乖居也;《鹿鸣》兴于兽,君子大之,取其见食而相呼也。"⑤《论衡·商虫》曰:"《诗》云:'营营青蝇,止于藩。恺悌君子,无信谗言。'谗言伤善,青蝇污白,同一祸败。《诗》以为兴。"⑥对此阐析的可谓都是很明确的。诗人总是先有对人事的感发,然后才以此为起点,去选择恰当的外物与之相连类。讲的是人事,可是总要从天地外物中找依据,希望借助对天地外物的假借以弥补直接表达的不足,郑众的所谓"托事于物"可谓正是对此而言的。自然和经典都是人类的老师,它们在先民心中的地位都在兴辞上得到了充分显示。尤需注意者,正如有的学者所说,《诗》三百的以物取兴本是源于上古先民的宗教崇拜(包括自然崇拜和图腾崇拜),这种宗教崇拜的核心"就是对于自然物象的神化"⑦,《诗经》之中有不少物象都是带着这种"宗教痕迹"的⑧。如果这一认识不错,则上古先民之所以那样热衷对自然的取法,《诗经》之中之所以有那么多的兴辞,这一现象就更易解释了。

在郑众之后,对"比兴"之"兴"仍能作出比较准确的解释的,还有南朝

---

① 孔颖达《毛诗正义》卷3,孔颖达等《十三经注疏》,中华书局,1980年,第324页。
② 孔颖达《毛诗正义》卷2,孔颖达等《十三经注疏》,中华书局,1980年,第303～304页。
③ 孔颖达《毛诗正义》卷1,孔颖达等《十三经注疏》,中华书局,1980年,第283页。
④ 姚际恒《诗经通论》卷1,中华书局,1958年,第16页。
⑤ 刘文典《淮南鸿烈集解》卷20,中华书局,1989年,第675页。
⑥ 黄晖《论衡校释》卷16,中华书局,1990年,第720页。
⑦ 赵沛霖《兴的起源:历史积淀与诗歌艺术》,中国社会科学出版社,1987年,第104～105页。
⑧ 赵沛霖《兴的起源:历史积淀与诗歌艺术》,中国社会科学出版社,1987年,第5～6页。

的刘勰和唐代的孔颖达。前者把"兴"解为"依微以拟议"①，后者把"兴"解为"取譬引类"②。"依微以拟议"就是"托事于物"，"取譬引类"就是"引譬连类"，显而易见，刘勰、孔颖达的解释与郑众也是遥遥相应的。

三、取象曰比，取义曰兴

众所周知，"兴"与"赋比"是相对而言的，"赋比兴"乃是三种不同的用法。"兴"与"赋"的区别十分明显："兴"的本质是"托事于物"，而赋辞则是不假比兴的直言。因此我们要真正弄明"兴"的意义，就必须首先探明它与"比"的区别。弄清"比""兴"之间的差异，这对我们正确把握"兴"的蕴涵无疑是极为重要的。

最早对"比""兴"之义加一区别的还是东汉郑众："比者，比方于物也；兴者，托事于物。"③南朝齐梁时期的刘勰、唐代的孔颖达对此又有进一步发挥。刘勰云："兴者，起也"，"起情者依微以拟议"，"环譬以托讽"。"比者，附也"，"附理者切类以指事"，"写物以附意"。"故金锡以喻明德，珪璋以譬秀民，螟蛉以类教诲，蜩螗以写号呼，瀚衣以拟心忧，席卷以方志固，凡斯切象，皆比义也。至如'麻衣如雪'，'两骖如舞'，若斯之类，皆比类者也。"④孔颖达也云："郑司农云：'比者，比方于物'，诸言'如'者皆比辞也。司农又云：'兴者，托事于物'，则兴者，起也，取譬引类，起发己心，《诗》文诸举草木鸟兽以见意者，皆兴辞也。"⑤在以上刘、孔所述的这两段文字里，所谓"起情"也就是以外物托起人情。所谓"依微以拟议"也就是依托微小的外物以展开对人情的拟议。所谓"取譬引类，起发己心"也就是取物为譬，引物为类，以使自我的情志得到发明、得到托助。所谓"附理""附意"也就是要使人事之理、人心之意有所附依。所谓"切类"也就是要使喻体与本体两类事物高度相切似。而所谓"诸言'如'者皆比辞"，则是指凡是带有比喻词"如"的都应是比喻。

孔颖达的论述比较简明，刘勰所说稍显复杂一点。由他的阐析不难发

---

① 范文澜《文心雕龙注》卷8，人民文学出版社，1958年，第601页。
② 孔颖达《毛诗正义》卷1，孔颖达等《十三经注疏》，中华书局，1980年，第271页。
③ 贾公彦《周礼注疏》卷23，孔颖达等《十三经注疏》，中华书局，1980年，第796页。
④ 范文澜《文心雕龙注》卷8，人民文学出版社，1958年，第601～602页。
⑤ 孔颖达《毛诗正义》卷1，孔颖达等《十三经注疏》，中华书局，1980年，第271页。

现，他把比喻分为二类，一为"比义"，一为"比类"。虽然他并没明说两者的区别，但从他所举的例子看，"比义"显然是以具体喻抽象，"比类"显然是以具体喻具体。刘勰所列皆采于《诗》，具体说来即《卫风·淇奥》："有匪（彼）君子，如金如锡。"①《大雅·卷阿》："如圭（珪）如璋，令闻令望。"②《小雅·小宛》："螟蛉有子，蜾蠃负之。教诲尔子，式穀似之。"③《大雅·荡》："咨女殷商，如蜩如螗。"④《邶风·柏舟》："心之忧也，如匪（彼）澣衣。""我心匪（非）席，不可卷也。"⑤《曹风·蜉蝣》："蜉蝣掘阅，麻衣如雪。"⑥《郑风·大叔于田》："执辔如组，两骖如舞。"⑦前后对照不难看出，以上各句皆有一个比喻词，多数为"如"，其一为"似"，其一为"匪（非）"。很显然，这与孔颖达的看法是完全相合的。孔颖达尽管只谈到"如"字，但是对于其他比喻词，应当也是包涵在内的。

刘勰又云："夫比之为义，取类不常：或喻于声，或方于貌，或拟于心，或譬于事。宋玉《高唐》云：'纤条悲鸣，声似竽籁。'此比声之类也。枚乘《菟园》云：'焱焱纷纷，若尘埃之间白日。'此则比貌之类也。贾生《鵩赋》云：'祸之与福，何异纠纆？'此以物比理者也。王褒《洞箫》云：'优柔温润，如慈父之畜子也。'此以声比心者也。马融《长笛》云：'繁缛络绎，范蔡之说也。'此以响比辩者也。张衡《南都》云'起郑舞，蔂曳绪。'此以容比物者也。"由以上所言更可看出，连带不带比喻词也是表面问题。"比"的最根本的蕴涵乃是"切象"，刘勰此篇末尾说："故比类虽繁，以切至为贵；若刻鹄类鹜，则无所取焉"⑧，正可以视为"切象"的注脚。"鹄"是天鹅，"鹜"是野鸭，若刻鹄成鹜，这自然是不可思议的。

据此足见，"比"的中心即"比方于物"，"兴"的中心即"托事于物"。"比"的侧重点在象在似，通过比喻旨在使本体表现得更鲜明、更生动、更直观、更形象；"兴"的侧重点在义在托，通过兴辞旨在使本体表现得更深微、

①朱熹《诗集传》卷3，上海古籍出版社，1980年，第35页。
②朱熹《诗集传》卷17，上海古籍出版社，1980年，第199页。
③朱熹《诗集传》卷12，上海古籍出版社，1980年，第138页。
④朱熹《诗集传》卷18，上海古籍出版社，1980年，第204页。
⑤朱熹《诗集传》卷2，上海古籍出版社，1980年，第15页。
⑥朱熹《诗集传》卷7，上海古籍出版社，1980年，第87页。
⑦朱熹《诗集传》卷4，上海古籍出版社，1980年，第49页。
⑧范文澜《文心雕龙注》卷8，人民文学出版社，1958年，第602页。

更蕴藉、更婉曲、更有余意①。唐人皎然说："取象曰比,取义曰兴。"虽然他的本意并不在强调比、兴的差异②,但我们这里却可借用一下,把它视为判断比、兴之别的标尺③。比与兴所以有如此大的差别,其根本原因就在于它们一个强调象似,一个强调义理。如《邶风·谷风》:"采葑采菲,无以下体。德音莫违,及尔同死。"《正义》评价说:"言采葑菲之菜者,无以下体根茎之恶,并弃其叶。以兴为室家之法,无以其妻颜色之衰,并弃其德。"④显而易见这属兴辞,讲的是义理。枚乘《菟园》:"焱焱纷纷,若尘埃之间白日。"不难发现这理当为比辞,讲的是象似。盖也同样出于这样的认识,所以刘勰又谓:"观夫兴之托喻,婉而成章;称名也小,取类也大","毛公述传,独标兴体,岂不以风通而赋同,比显而兴隐哉!"⑤孔颖达也云:"比显而兴隐。毛传特言'兴也',为其理隐故也。"⑥由此可知,"取义""取象",这确实可以作为我们借以判定比、兴的标志。比的重点在求取象似,故显明;兴的重点在发挥义理,故婉曲。北宋程颐说:"兴便有一兴喻之意;比则直比之而已,'蛾眉''瓠犀'是也。"⑦又说:"曰比者,直比之,'温其如玉'之类是也;曰兴者,因物而兴起,'关关雎鸠''瞻彼淇澳'之类是也。"⑧又,两宋之交的庄绰说:"比者,直而彰此者也;兴者,曲而明此者也。"⑨又,南宋林景

---

① 有的论者不知比、兴显隐不同的原因,遂乃以为比为"直喻",兴为"隐喻",这样的看法无疑也是很值得商榷的。详谢无量《诗经研究》,商务印书馆,1923 年,第 140 页。

② 皎然的本意是强调比、兴同体,二者是同一对象的不同侧面。他的原文是:"今且于六义之中略论比兴。取象曰比,取义曰兴。义即象下之意。凡禽鱼草木人物名数,万象之中,义类同者,尽入比兴。《关雎》即其义也。"详皎然《诗式》,何文焕《历代诗话》,中华书局,1981 年,第 30 页。

③ 按,在刘勰《文心雕龙·比兴》篇末尾也有"拟容取心"一语。王元化说:"比属于描绘现实表象的范畴,亦即拟容切事之义。兴属于揭示现实意义的范畴,亦即取心示理之义。"钟子翱、黄安祯也云:"拟容:比拟形貌,比多如此。取心:撷取事物的内在意义,兴多如此。"如果二家所说不错,则"拟容取心"与"取象曰比,取义曰兴"显然同义。详王元化《释〈比兴篇〉"拟容取心"说》,《文学评论》1978 年第 1 期,第 71 页;钟子翱、黄安祯《刘勰论写作之道》,长征出版社,1984 年,第 385 页。

④ 孔颖达《毛诗正义》卷 2,孔颖达等《十三经注疏》,中华书局,1980 年,第 304 页。

⑤ 范文澜《文心雕龙注》卷 8,人民文学出版社,1958 年,第 601 页。

⑥ 孔颖达《毛诗正义》卷 1,孔颖达等《十三经注疏》,中华书局,1980 年,第 271 页。

⑦ 程颢、程颐《二程集》卷 2,中华书局,1981 年,第 311 页。

⑧ 程颢、程颐《二程集》卷 24,中华书局,1981 年,第 311 页。按,"蛾眉""瓠犀"语见《卫风·硕人》:"肤如凝脂,领如蝤蛴,齿如瓠犀,螓首蛾眉。""温如其玉"语见《秦风·小戎》:"言念君子,温如其玉。""瞻彼淇澳"语见《卫风·淇澳》:"瞻彼淇奥,绿竹青青。有匪君子,充耳秀莹。"十分明显,程颐对于"比"的理解也同样可以概括为"诸言'如'者皆比辞"。详朱熹《诗集传》卷 3、6、3,上海古籍出版社,1980 年,第 36、75、35 页。

⑨ 庄绰《鸡肋编》卷中,中华书局,1983 年,第 59 页。

熙说："比，形而切；兴，托而悠。"①又，元人方回也云："比徒以拟其形状，不若兴而有关于道理。"②若欲探寻比、兴的差别，其最根本的差别正在这里。

由于比、兴自身特点不同，因而也决定了它们适用不同的文体。一般来讲，兴辞多用于诗骚中，而比辞则多用在辞赋里。刘勰云："楚襄信谗，而三闾忠烈，依《诗》制《骚》，讽兼比兴。炎汉虽盛，而辞人夸毗，诗刺道丧，故兴义销亡。于是赋颂先鸣，故比体云构，纷纭杂沓，倍（通背，原作信，据范注改）旧章矣。""至于扬班之伦，曹刘以下，图状山川，影写云物，莫不织（原作纤，据范注改）综比义，以敷其华，惊听回视，资此效绩。""日用乎比，月忘乎兴，习小而弃大，所以文谢于周人也。"③我们这里姑且不论刘勰对诗、赋的褒贬是否正确，若仅就他对比、兴在不同文体的使用情况的分析来看，无疑是很有鉴识的。通过比、兴在不同文体使用的频率以及刘勰对它们的态度，我们也同样不难察知比、兴的差异。

当然，说比与兴之间存在着差异，并不是绝对的。如果从大的方面讲，其实后者也同是喻辞。由现有文献看，最早运用"兴"的理论来对《诗经》加以解说的是汉初的毛亨，通过他的解说我们即可很清楚地看到比与兴之间确实存在颇多相似。如《郑风·山有扶苏》毛传："兴也。扶苏，扶胥，小木也；荷华，扶渠也，其华菡萏。言高下大小各得其宜也。"④《唐风·采苓》毛传："兴也。苓，大苦也；首阳，山名也。采苓，细事也；首阳，幽辟也。细事喻小行也，幽辟喻无征也。"⑤《小雅·鹿鸣》毛传："兴也。苹，萍也。鹿得萍，呦呦然鸣而相呼，恳诚发乎中，以兴嘉乐宾客，当有恳诚相招呼以成礼也。"⑥《鲁颂·有駜》毛传："振振，群飞貌。鹭，白鸟也。以兴洁白之士。"⑦等等。又，《礼记·学记》云："不学博依，不能安诗。"对此，郑玄说："博依，广譬喻也。"孔颖达说："博，广也。依谓依倚也，谓依倚譬喻也。若欲学诗，

①林景熙《王修竹诗集序》，《霁山文集》卷5，《文渊阁四库全书》第1188册，上海古籍出版社，1987年，第750页。
②方回《跋宋广平梅花赋》，《桐江集》卷4，江苏古籍出版社，1988年，第268页。
③范文澜《文心雕龙注》卷8，人民文学出版社，1958年，第602页。
④孔颖达《毛诗正义》卷4，孔颖达等《十三经注疏》，中华书局，1980年，第341页。
⑤孔颖达《毛诗正义》卷6，孔颖达等《十三经注疏》，中华书局，1980年，第367页。
⑥孔颖达《毛诗正义》卷9，孔颖达等《十三经注疏》，中华书局，1980年，第405页。
⑦孔颖达《毛诗正义》卷20，孔颖达等《十三经注疏》，中华书局，1980年，第610页。

先依倚广博譬喻,若不学广博譬喻,则不能安善其诗,以诗譬喻故也。"①陈可大说:"诗人比兴之辞,多依托于物理。物理至博,学者不能广求物理之所依附者,则无以验其实,而于诗之辞必有疑殆而不能安者矣。"②显而易见,无论是《学记》还是郑孔陈,和毛亨一样,他们也同样都是将比、兴当作同类看的。

不过,另一方面我们也须注意,比与兴虽然同属喻辞,但其侧重点毕竟又有很大差异。如上所列,毛传确实把兴辞皆释为譬喻,但是十分明显,毛传所说的这些譬喻都是借用自然外物以助证人事之"当",人事之"宜"的。毛传说"当有恳诚相招呼以成礼也","言高下大小各得其宜也",对此展示得可谓十分清晰。再进一步说,也即是在毛传看来,所有兴辞都是先民师法自然、以人合天思想的反映,这与只求形似,目的只是为了把描写对象表现得更为鲜明、更为生动的比辞,显然不是一回事。固然在毛传中也有不少解说颇嫌简略,并没有把以自然外物助证人事之"当"之"宜"的意思充分说清楚,但是借助毛传中那些比较明确、比较详细的阐释,其基本意指仍是不难察知的。

四、"赋比兴"概念的提出、涵蕴的界定与汉人的关系

由以上所述不难看出,对于"赋比兴"含义的归纳与推绎,显然并不能仅以《诗经》为依据。除了《诗经》文本以外,我们更应予以注意的还有汉人的解释。罗根泽云:"赋比兴的说法,大概起于汉初的经师。"③这一看法可以说代表了学界大多数人的认识。尽管"赋比兴"的概念首见于《周礼·春官·乐师》:"太师掌六律,……教六诗:曰风,曰赋,曰比,曰兴,曰雅,曰颂"④,而《周礼》产生的具体时间甚至还要进一步上溯至西周后期,但是由于先秦旧典每有后人附益,所以这与罗根泽的看法并不矛盾。即使退一步讲,"赋比兴"的提出确实在先秦,汉人距先秦也毕竟比较近,所以他们的解释与先秦人的观点也更有可能相一致。

举例来说,如《王风·葛藟》:"绵绵葛藟,在河之浒。终远兄弟,谓他人

---

①孔颖达《礼记正义》卷 36,孔颖达等《十三经注疏》,中华书局,1980 年,第 1523 页。
②朱彬《礼记训纂》卷 18,中华书局,1996 年,第 549 页。
③罗根泽《中国文学批评史》,上海古籍出版社,1984 年,第 77 页。
④贾公彦《周礼注疏》卷 23,孔颖达等《十三经注疏》,中华书局,1980 年,第 795~796 页。

父。谓他人父,亦莫我顾。"毛传曰:"兴也。"①可见在汉人看来它也是"托事于物"的。那么,先秦人对此又如何看呢?《左传》文七年:"宋成公卒。……昭公将去群公子,乐豫曰:'不可。公族,公室之枝叶也;若去之则本根无所庇荫矣。葛藟犹能庇其本根,故君子以为比,况国君乎?"②显然,在这里体现的也同样是一种以自然为法的心理。其中"君子以为比",一般都认为就是指《葛藟》及其作者而言的。乐豫生活在春秋中期,与《诗经》的作者们可以说同属一个时代。因此他对《葛藟》的评价,应当说也代表了《诗经》作者们的认识。无论是乐豫还是毛传都把葛藟视为对人的道义情感的托证,这足以说明两汉人的观点与先秦人的观点确乎是十分相近的。

　　当然,我们这里所说的"汉人"乃是就整体上说的,并不是说所有的汉人都是这种认识。如郑玄云:"比,见今之失,不敢斥言,取比类以言之。兴,见今之美,嫌于媚谀,取善事以喻劝之。"③显而易见,在郑玄这段论述里明显包含两层意思:(一)以比对恶事,以兴对善事。这一论断显然毫无道理。也正因此,所以历史上便遭到了不少学者的贬斥,如《毛诗正义》云:"比云见今之失,取比类以言之,谓刺诗之比也。兴云见今之美,取善事以劝之,谓美诗之兴也。其实美刺俱有比兴者也。"④又,今人黄侃《文心雕龙札记》云:"案后郑以善恶分比兴,不如先郑注谊之确。且墙茨之言,毛传亦目为兴,焉见以恶类恶,即为比乎?"⑤可以说评述的都是很有见地的。(二)把比和兴都视为托物见义。不过,对这一点前人则很少有贬议。可是正如前文所说,"比"的中心是强调"形似","兴"的中心是强调"托义";"比"的效果是"直而显","兴"的效果是"隐而曲";"比"追求的是形象鲜明,"兴"追求的是立意深微。郑玄把比与兴皆释为"托物证志",如此,便完全抹杀了"比""兴"的差异。所以如果从这一角度讲,则仅仅着重于对郑玄以比隶恶、以兴属善的批评,这样的做法也依然是不全面的。

　　由于郑玄的说法不仅与《诗经》的实际相错甚远,而且与孔安国、毛亨、

①孔颖达《毛诗正义》卷4,孔颖达等《十三经注疏》,中华书局,1980年,第332页。
②杨伯峻《春秋左传注》,中华书局,1990年,第556～557页。
③贾公彦《周礼注疏》卷23,孔颖达等《十三经注疏》,中华书局,1980年,第796页。
④孔颖达《毛诗正义》卷1,孔颖达等《十三经注疏》,中华书局,1980年,第271页。
⑤黄侃《文心雕龙札记》,上海古籍出版社,2000年,第174页。

郑众等其他汉代学者的理解也大不相类,因此我们这里所说的"汉人"显然是并不把他包含在内的[①]。

五、余论

通过以上分析不难看出,对于"比""兴"二者的差异,郑众、孔颖达等汉唐学者解释的都是很清楚的。结合《诗经》,并依据这些汉唐学者的解释,我们完全可以得出如下结论。具体说来,也即是"比"乃比喻,是借助比方而使人喻(明白);"兴"乃譬喻,是借助譬况而使人喻(明白)。对于"比""譬"二字我们一般都不作区分,但是在讲到比、兴之别时,还是应区别对待的。有关这一点,在刘勰、孔颖达等的阐释里展现的可谓都是很明确的。有的学者说:比兴思维在思维方式上,"反映了古代人类处于类比思维阶段的共同思维特征"[②]。这一评断对于"兴辞"固然无错,但是对于"比辞"则很不相类。因为正如上文所示,在"兴"中喻体是用来帮助说明本体的合法性的,本体的存在是否合宜是要以喻体为依据的,而在"比"中喻体则只是用以凸显本体的手段,它的运用是否恰当,反过来还要以本体为根据。换言之,在兴中是要以本体与喻体相合,而在比中则是要以喻体与本体相合。在前文,我们说比的侧重点乃在象似,兴的侧重点乃在托义,由此出发也必然绎出这样的结论。如上所列,在毛传中毛亨在说明喻体与本体的关系时,有时也用"以兴"二字。所谓"以兴",其实也就是"用以托起……"之意。毫无疑问,毛传之中的这一用语,对我们正确把握"兴"的蕴涵也同样是很有启发的。事实证明,如果不了解"兴辞"的天人合一追求,不了解先民对于所述情志合法性的执着,那么对于"兴辞"的原初本蕴,以及上古先民的"言志"理念是不可能有一个透彻理解的。

[①]按,对于郑玄的观点,后世学者绝少认同,不过也有个别学者认为郑玄所言也是有其历史依据的。如张震泽曰:"赋、比、兴也是《诗》的三用。不过我们所说的用,不是孔颖达说的'三纬'之'用',而是赋诗言志之'用'。……是在另外某些场合(例如宴会),为了发言得体或应对得宜,打乱风、雅、颂之体而灵活运用的方法。也就是,有时需要直陈,就用赋的方法;有时需要以善物喻善事,就用兴的方法;有时不敢直斥其非,就用'取比类以言之'的比的方法。"详《〈诗经〉赋、比、兴本义新探》,《文学遗产》1983 年第 3 期,第 7 页。

[②]鲁洪生《从赋比兴产生的时代背景看其本义》,《中国社会科学》1993 年第 3 期,第 220 页。

第二节　"兴寄"与"诗言志"

作为中国古代文论中的重要概念,如上所言,学术界之所以对"兴"的意义争论不休,其中一个十分重要的原因就在于对于"兴"的语意变化及其因承关系缺乏一个系统的梳理。在先秦两汉时期人们对"兴"的界说主要是"托事于物""引譬连类",但是这样的诠解只适合"兴观群怨"与"赋比兴"之"兴",而对魏晋以后"兴"的两个新的用法就颇不相合。这两个新的用法,一指诗歌创作的言之有物,含蓄蕴藉,如"兴寄""兴托""讽兴""兴喻"等,一指诗歌情感的酣畅淋漓,难以遏制,如"情兴""兴会""兴趣""意兴"等。由于这两个新的用法各自都有自己的含义,因此与"赋比兴"之"兴"的关系可谓远近不一。可是在"兴"的阐释史上,人们却总喜把它们与"赋比兴"之"兴"夹缠在一起,如此,朱自清之所谓"越说越糊涂"的局面,自然也就不可避免了。

首先来看"兴"的第一个新意,也即诗歌创作的言之有物,含蓄蕴藉。有关这一用法的概念,如上所列,尽管有"兴寄""兴托""讽兴""兴喻"等多种说法,但是最常见的还是"兴寄"。《说文·宀部》:"寄,诧(托)也。"又,《言部》:"诧(托),寄也。"又,杨雄《方言第二》:"托、寓,寄也。"十分明显,"兴""寄"二字之所以能够相连为语,实是由于它们都有"托"的意思。对于"兴寄"的具体蕴涵,应当说学界已有比较深入的认识,不过由于对"赋比兴"之"兴"存在误解,由此也影响了我们对它更准确的体认。那么,对于"兴寄"一语,我们究竟应如何理解呢? 这可以从以下四个方面加以解析。

一、"赋比兴"之"兴"与"托物言志"的"兴寄"

"兴寄"包括两种形式,其一便是"托物言志"。此乃由"赋比兴"之"兴"发展而来,二者之间既有差别也有联系。也正基此,所以我们很有必要对二者作一对比。虽然其差别表现在诸多方面,但是最根本的还是前者的本体不出现,而后者的本体出现。朱熹说:"兴是借彼一物以引起此事,而其事常在下句。"①尽管朱熹对比、兴的理解并不准确(详下文),但是他这里

①朱熹《朱子语类》卷80,中华书局,1986年,第2069页。

所说的"而其事常在下句",对于"赋比兴"之"兴"却是十分切合的。而"兴寄"则不同,它所要表达的真正寓意,也即兴辞的本体,在文中一般都是不出现的。不过,也须注意,尽管"兴寄"的本体并不出现,呈献给我们的只有喻体,也即只有兴句,只有外物,但是其"托事于物"的性质却并未改变。作品所展现给我们的依然是对外物的假借或依托,体现的依然是天人合一的路子。无论是零散的兴句还是整篇的兴句都是如此。

举例来说,如《诗经·卫风·氓》"淇则有岸,隰则有泮(畔)",在它的下文显然就省略了"君子之心,亦当有制"或"君子之心,反无节制"之类的话语。对这一诗句,汉人解释说:"泮读为畔。畔,涯也。言淇与隰皆有厓(涯)岸以自拱持,今君子放恣心意,曾无所拘制。"[①]应当说把作者所要托举的思想揭示的是非常清楚的。不过,像这类兴句在《诗经》之中终属偶见,它的大量出现应当说还是在楚辞里。如屈原《离骚》:"众女嫉余之蛾眉兮,谣诼谓余以善淫"[②],就是一个很典型的例子。在这里诗人尽管只写出了兴体,而要兴起、托起的对象并未出现,但是其基本理路无疑仍是晓然可见的。具体来说,其基本理路即:倩女蛾眉,丑女潜之。贤士美德,谗佞害之。就像倩女每每遭妒于丑女一样,贤德之士也往往是很难取容于谗佞小人的。很显然,在屈原的这两句诗文里是明显隐藏有这层意思的。

大概也正因"香草美人"一类的修辞和"关关雎鸠"之类的描写具有同样的托助力,所以如王逸、刘勰等都十分明确地指出了这类兴辞和《诗经》之"兴"的联系。如王逸说:"《离骚》之文,依《诗》取兴,引类譬喻,故善鸟香草,以配忠贞;恶禽臭物,以比谗佞;灵修美人,以媲于君;宓妃佚女,以譬贤臣;虬龙鸾凤,以托君子;飘风云霓,以为小人。"[③]刘勰也云:"楚襄信谗,而三闾忠烈,依《诗》制《骚》,讽兼比兴。炎汉虽盛,而辞人夸毗,讽刺道丧,故兴义销亡。于是赋颂先鸣,故比体云构,纷纭杂沓,倍(通背,原作信,据范注改)旧章矣。"[④]如前所述,大而言之,兴辞也同属一种譬喻,也正因此,所以王逸才以"引类譬喻"来说明《离骚》"依《诗》取兴"的含义。刘勰说"讽兼比兴",虽没有王逸明确,但他既然批评两汉"赋颂先鸣""比体云构","辞人

①孔颖达《毛诗正义》卷3,孔颖达等《十三经注疏》,中华书局,1980年,第325页。
②洪兴祖《楚辞补注》卷1,中华书局,1983年,第14～15页。
③王逸《楚辞章句·离骚序》,洪兴祖《楚辞补注》卷1,中华书局,1983年,第2～3页。
④范文澜《文心雕龙注·比兴》卷8,人民文学出版社,1958年,第602页。

夸毗”“兴义销亡”,则显而易见他也同是把“香草美人”当作兴辞看的。因为两汉赋颂所缺少的就是“香草美人”之类的兴托,而如枚乘《七发》如下的比喻,在汉赋之中则是随处可见的:“其始起也,洪淋淋焉,若白鹭之下翔。其少进也,浩浩潑潑,如素车白马帷盖之张。其波涌而云乱,扰扰焉如三军之腾装。其旁作而奔起也,飘飘焉如轻车之勒兵。”①也正缘此,所以我们认为在刘勰之所谓“讽兼比兴”里,它的主要所指也是偏在“兴”上。

这也可以从以下两个方面加以说明。第一,“比兴”都有讽规之效,也正因此,所以刘勰才有“讽兼”之语。又,本篇上文云:“比则畜(蓄)愤以斥言,兴则环譬以托讽。”②这也同样说明如果把比辞排除在讽规之外是不恰当的③。第二,比辞虽也有讽规之效,但是正如我们上节所说,由于它与兴辞存在着“取象”与“取义”的不同,所以它的讽规之效是很有限的。举例来说,如《大雅·荡》曰:“咨女殷商,如蜩如螗,如沸如羹。”朱熹注曰:“蜩、螗,皆蝉也。如蝉鸣,如沸羹,皆乱意也。”④那么,除了呈现殷商的乱象,“蜩螗”“沸羹”还说明了啥呢? 显然,由这些描写,我们是很难再找到更多内容的。可是像“关关雎鸠,在河之洲。窈窕淑女,君子好逑”,“众女嫉余之蛾眉兮,谣诼谓余以善淫”这些兴辞,它们的含蕴就丰富多了。足见,比辞只能展现人形、物貌的美好与丑恶,至于究竟要讽规什么,表达何意,在它们上面是很难找到答案的。明白于此,那么,刘勰下文所以说两汉辞赋“比体云构”,“讽刺道丧,故兴义销亡”,其中的缘由我们也就不难理解了。上文我们所以说“讽兼比兴”,其句子的重心乃在“兴”上,也即乃在“香草美人”之类的兴辞上,可谓正是以此为根据的。

可是有不少学者并未认识这一点,甚至每每也将“香草美人”之类的表述视为比辞。如朱熹云:“赋,则如《骚经》首章之云也;比,则香草恶物之类也;兴,则托物兴词,初不取义,如《九歌》‘沅芷’‘澧兰’以兴‘思公子’而‘未

---

① 费振刚等《全汉赋》,北京大学出版社,1993年,第20页。
② 范文澜《文心雕龙注·比兴》卷8,人民文学出版社,1958年,第601页。
③ 按,如上所列,郑玄曰:“比,见今之失,不敢斥言,取比类以言之。兴,见今之美,嫌于媚谀,取善事以喻劝之。”刘勰这里说“比则畜(蓄)愤以斥言,兴则环譬以托讽”,显然也受了郑玄的影响。不过,通观刘勰对“比兴”的描述,对于“取象曰比,取义曰兴”,他还是区分得很清楚的。由于这一点我们在上文已有明论,所以这里就不再赘语了。
④ 朱熹《诗集传》卷18,上海古籍出版社,1980年,第204页。

敢言'之属也。"①胡念贻云："屈原诗中的这种比喻（指善鸟香草以配忠贞，恶禽臭物以比谗佞之类），不是通过章首起兴的句式来表现，按说不应和兴相混。"②等等。毋庸置疑，二者都是把"香草美人"当作比辞看的。如上所说，比辞强调的是此与彼的相似，目的是要把表现对象展示得更鲜明、更真切，兴辞强调的是此对彼的假托，目的是要把表现对象展现得更深微、更婉曲。《史记》本传评屈骚云："其文约，其辞微，其志洁，其行廉，其称文小而其指极大，举类迩而见义远"，应当说对"香草美人"的审美效果讲的也是很充分的。两相比较，不难得知把"香草美人"视为兴辞无疑更明智。

当然，"兴寄"之说的产生，并非仅仅建基于这些零散的，甚乃偶见的兴句上，那些全篇皆"兴"的作品对它的产生无疑更具建基意义。不过，像这类作品在先秦之时并不多见，只有《诗经》之《硕鼠》《鸱鸮》，楚辞之《橘颂》等少数几例。具体说，《硕鼠》《鸱鸮》暗含的理路显然是：硕鼠、鸱鸮不劳而获，缺乏善心，令人厌恶；在上者贪得无厌，不恤众庶，也让人痛恨。《橘颂》暗含的理路显然是：橘树生于南国，受命不迁，苏世独立；人生在世，也应该以橘为师，洁身自爱，秉志不移。很显然，在这类全篇皆"兴"的作品里，也都同样潜存着一个由物及人的托证逻辑。我们历来所说的"托物言志"，虽然也包括那些偶见的、零散的兴句，但是其主要所指还应是这类全篇皆兴的作品。用一两句话来描写一个外物，而不指出它所托助的本体，与用一个整篇来描写一个外物，而不指出它所托助的本体，这在具体的思维模式上显然并无什么差异。

也正基于这样的前提，所以在两汉以后，随着这些全篇皆"兴"的作品的不断增多，以"兴寄""兴托""讽兴""兴喻"等诸多含"兴"的词语所命名的一种新的抒情言志的模式，也就慢慢踏入人们的视野而为广大学者所认识。这样的作品十分之多，简直可谓不胜枚举。如刘邦《鸿鹄》诗："鸿鹄高飞，一举千里。羽翼以（已）就，横绝四海。横绝四海，又可奈何？虽有矰缴，尚安所施？"③曹操《观沧海》诗："东临碣石，以观沧海。水何澹澹，山岛竦峙。树木丛生，百草丰茂。秋风萧瑟，洪波涌起。日月之行，若出其中；

①朱熹《楚辞集注》卷1，上海古籍出版社、安徽教育出版社，2001年，第6页。
②胡念贻《论赋比兴》，《文学评论丛刊》第1辑，中国社会科学出版社，1978年，第64页。
③逯钦立《先秦汉魏晋南北朝诗·汉诗》卷1，中华书局，1983年，第88页。

星汉灿烂,若出其里。幸甚至哉,歌以咏志。"①刘桢《赠从弟诗三首》其二:"亭亭山上松,瑟瑟谷中风。风声一何盛,松枝一何劲。冰霜正惨凄,终岁常端正。岂不罗(罹)凝寒,松柏有本性。"②嵇康《兄秀才公穆入军赠诗十九首》其三:"鸳鸯于飞,啸侣命俦。朝游高原,夕宿中洲。交颈振翼,容与清流。咀嚼兰蕙,俛仰优游。"③等等。彼此对照,不难发现这些诗歌,其基本理路可以说与《橘颂》《硕鼠》《鸱鸮》等,均是一脉相贯的。

二、"兴寄"的另一表现型式:"直述其事"

"兴寄"的表现型式并不仅仅是"托物言志",除此之外,它还有另一型式,即"直述其事"。这一型式虽系直接对审美对象展开摹写和铺叙,但是由于其中也寄寓着作者丰富的思想情感,所以古人也常以"兴寄"待之,但实际上它与"赋比兴"之"兴"已相去甚远。如上所示,"托物言志"体现的依然是对外物的依托,而"直述其事"则主要采用的是"赋"的方法。尽管两者都可兼"比",也即兼用比喻,或者兴而比,或者赋而比,但是其主要表现手法已有根本之异。虽然说如严格而论,这种"直述其事"的表达方式被命名为"兴寄",与"赋比兴"之"兴"也有一定联系,但由于它乃"赋比兴"之"兴"的二度引申,所以我们并不能因此就模糊了它们的差距。

然而历史常常就是那么不可思议,把"直述其事"的作品名为"兴寄",尽管在称谓上并不那么恰切,可是恰恰正是这类创作,反而在历史上获得了更广泛的重视。有关这一点,只要我们稍稍翻阅一下相关文献就不难得知。在历史上有很多作品,诸如曹操的《蒿里行》《短歌行》,阮籍的《咏怀八十二首》,左思的《咏史八首》,陶渊明的《饮酒二十首》,鲍照的《拟行路难十八首》,庾信的《拟咏怀二十七首》,李白的《古风五十九首》,杜甫的《三吏》《三别》等等,它们其实并不以"托物言志"见长,可是却一致被奉为"兴寄"的典范。这一情况充分说明"兴寄"的得名虽与"赋比兴"之"兴"相关,但是作为我国古代文论的一个新的观念,对于作家情感的表达是否已从外物寻得了依托,是否合乎天人合一的理路,显然已不再是它所关注的重点了。它的重心无疑已转移到了作品所托载的作家的思想情感是否丰富是否深

①曹操《曹操集》,中华书局,1959年,第11页。
②俞绍初《建安七子集》卷7,中华书局,2005年,第192页。
③戴明扬《嵇康集校注》卷1,中华书局,2014年,第9~10页。

刻上。

　　有关这一点,我们从"兴喻"这一概念的使用,也可看得很清楚。虽然从根本上说,"兴"与"喻"的相连为读,也是缘于"兴辞"本身就是一种譬喻,但是如果从字面渊源看,则汉代《诗经》学者对"兴"的解释,恐怕才是它们彼此相连的最直接的肇因。如《唐风·葛生》"葛生蒙楚,蔹蔓于野"毛传云:"兴也,葛生延而蒙楚,蔹生蔓于野,喻妇人外成于他家。"①《秦风·蒹葭》"蒹葭苍苍,白露为霜"郑笺云:"蒹葭在众草之中,苍苍然强盛,至白露凝戾为霜,则成而黄。兴者,喻众民之不从襄公政令者,得周礼以教之,则服。"②等等。也正是以这样的诠释理路为基础,所以"兴"与"喻"才最终走在一起,并成为我国古代文论中的一个重要术语。如王充《论衡·物势》云:"兴喻,人皆引人事(即援引人们习见的事物助证)。人事有体,不可断绝。"③王符《潜夫论·务本》云:"诗赋者,所以颂善丑之德,泄哀乐之情也,故温雅以广文,兴喻以尽意。"④白居易《采诗官》云:"若求兴喻规刺言,万句千章无一字。不是章句无规刺,渐及朝廷绝讽议。"⑤《读谢灵运诗》云:"岂唯玩景物,亦欲摅心素。往往即事中,未能忘兴喻。"⑥黄佐《孙蒉传》云:"初若不甚经意,而气象雄浑,兴喻深致,骎骎乎,魏晋之风。"⑦等等。

　　但是前后对照,不难看出古人对于"兴喻"的使用,其涵蕴并不完全一致。进言之,也即是:王充所说的"兴喻"体现的还是《诗经》之"兴"的托证逻辑,而王符所说的"兴喻"则已明显兼容了"托物言志"的型式。至于白居易与黄佐,他们则是在更广泛的意义上使用的。其中不仅包含了《诗经》之"兴","托物言志"之"兴",而且还更包含了"直述其事"之"兴"。对此最具说服力的就是《读谢灵运诗》。谢灵运的诗歌最主要的内容就是写景与叙事,景为山水之景,事为游历之事,其中根本罕有"托事于物"或"托物言志"的成份,可是白居易却仍然评价他"往往即事中,未能忘兴喻"。这对我们准确理解"兴喻"的涵蕴,显然是很有启发的。"兴喻"一词清清楚楚带一

----

①孔颖达《毛诗正义》卷6,孔颖达等《十三经注疏》,中华书局,1980年,第366页。

②孔颖达《毛诗正义》卷6,孔颖达等《十三经注疏》,中华书局,1980年,第372页。

③黄晖《论衡校释》卷3,中华书局,1990年,第145页。

④汪继培、彭铎《潜夫论笺校正》卷1,中华书局,1985年,第19页。

⑤白居易《白居易集》卷4,中华书局,1979年,第90页。

⑥白居易《白居易集》卷7,中华书局,1979年,第131页。

⑦黄佐《广州人物传》卷12,中华书局,1985年,第107页。

"喻"字,其中包含着"譬喻"的意思是毫无可疑的。可是即是这样,古人在使用它的过程中,对于其"譬喻"指向也越来越不加意。这一现象充分说明在古人心中,对于"兴寄""兴托""讽兴""兴喻"这类概念,他们所特别看重的并不是它们的"托物言志",而是它们的思想深刻、情感丰富。如果看不到这一点,那么对"兴寄"等等概念,其认识也一定是不深入的。

三、"兴寄"的含蓄蕴藉特征

"兴寄"的表面意义固为托寄,不过人们在使用它时对于它的理解则各有侧重。他们或强调它的韵味悠长,含蓄蕴藉,或强调它的言之有物,有的放矢。当然,有时二者也兼而有之。因为毕竟,无论是含蓄蕴藉还是言之有物,它们都是"兴寄"的本有属性或自然延伸。因为有所托寄,所以发人深思;因为有所托寄,所以不作空论。显而易见,由"托寄"出发,"兴寄"这一表现手法既可走向含蓄蕴藉,也可走向关注现实。前人之所以在运用"兴寄"这一概念时,有时强调它的韵味悠长,有时强调它的有的放矢,其根本原因正在于此。

首先来看"兴寄"的"含蓄蕴藉",这一特征是南朝钟嵘最早提出的。不过他所用的词语并不是"含蓄蕴藉",而是"文已尽而意有余"。首先来看它的原文,其《诗品序》曰:"文已尽而意有余,兴也;因物喻志,比也;直书其事,寓言写物,赋也。"①虽然表面看来,钟嵘这里所解释的乃是"赋比兴"之"兴",而并非"兴寄",但是实际上由于文学创作自身的发展,钟嵘这里所说的"兴",与《诗经》之中那种"借彼一物以引起此事,而其事常在下句"的"兴",已颇有不同。有关这一点,我们通过以下四个方面不难得到证明。

首先,从《诗品》一书所评价的诗歌看,除了少数汉诗外,其他都是魏晋南朝的作品。这些诗歌之中的兴辞,除了少数篇章外,绝大多数都已不再是"关关雎鸠"之类的句子。它们或者只有兴句,没有本体,如古诗《行行重行行》"胡马依北风,越鸟巢南枝"②,曹植《赠白马王彪》"鸱枭鸣衡轭,豺狼当路衢"③,王粲《七哀诗》"狐狸驰赴穴,飞鸟翔故林"④,嵇康《与阮德如》

---

①曹旭《诗品笺注》,人民文学出版社,2009年,第25页。
②逯钦立《先秦汉魏晋南北朝诗·汉诗》卷12,中华书局,1983年,第329页。
③赵幼文《曹植集校注》卷2,人民文学出版社,1998年,第297页。
④俞绍初《建安七子集》3,中华书局,1989年,第87页。

"泽雉穷野草,灵龟乐泥蟠"①,傅玄《秋胡行》"清浊必异源,凫凰不并翔"②,陆机《壮哉行》"松茑欢蔓延,樛葛欣累萦"③等等。或者全篇都用"托物言志"的型式。如班婕妤《怨歌行》:"新裂齐纨素,鲜洁如霜雪。裁为合欢扇,团团似明月。出入君怀袖,动摇微风发。常恐秋节至,凉飚夺炎热。弃捐箧笥中,恩情中道绝。"④何晏《言志诗》二首之一:"鸿鹄比翼游,群飞戏太清。常恐夭网罗,忧祸一旦并。岂若集五湖,顺流唼浮萍。逍遥放志意,何为怵惕惊。"⑤张华《荷诗》:"荷生绿泉中,碧叶齐如规。回风荡流雾,珠水逐条垂。照灼此金塘,藻曜君玉池。不愁世赏绝,但畏盛明移。"⑥等等。十分明显,由于所托之事,也即兴辞的本体并未出现,其含蓄程度显然是要更高一筹的。

其次,从"文已尽而意有余"的原文看,钟嵘以"寓言写物"四字释"赋",这与此语之上的"直书其事"显然相矛盾。众所周知,"寓"字本为"托""寄"之意,以"直"释"赋"也为古人通训,如郑玄云:"赋之言铺,直铺陈今之政教善恶"⑦,孔颖达云:"《诗》文直陈其事不譬喻者,皆赋辞也"⑧,朱熹云:"赋者,敷(铺)陈其事而直言之者也"⑨等等。据此,则以"寓言写物"释"赋"绝难成立。近代陈衍说:"既以赋为直书其事,又以寓言属之,殊为非是。寓言属于比兴矣。"⑩所说可谓极有洞识。也正鉴此,所以笔者认为钟嵘原文必作"寓言写物,文已尽而意有余,兴也;因物喻志,比也;直书其事,赋也",方才合理。所谓"寓言写物",也即寓言似地写物,或者说像寓言一样写物,也即表面上是写物,而实际上却别有所托,别有所寄。汉人郑众以"托事于物"释"兴","托事于物"与"寓言写物"语意相近,由此也可再证今本《诗品》之误。古籍中常有文字倒置现象,对此我们无需多疑。刘熙载以误本"直

---

①戴明扬《嵇康集校注》卷1,中华书局,2014年,第113页。
②逯钦立《先秦汉魏晋南北朝诗·晋诗》卷1,中华书局,1983年,第556页。
③逯钦立《先秦汉魏晋南北朝诗·晋诗》卷5,中华书局,1983年,第663页。
④逯钦立《先秦汉魏晋南北朝诗·汉诗》卷2,中华书局,1983年,第117页。
⑤逯钦立《先秦汉魏晋南北朝诗·魏诗》卷8,中华书局,1983年,第468页。
⑥逯钦立《先秦汉魏晋南北朝诗·晋诗》卷3,中华书局,1983年,第622页。
⑦贾公彦《周礼注疏》卷23,孔颖达等《十三经注疏》,中华书局,1980年,第796页。
⑧孔颖达《毛诗正义》卷1,孔颖达等《十三经注疏》,中华书局,1980年,第271页。
⑨朱熹《诗集传》卷1,上海古籍出版社,1980年,第3页。
⑩陈衍《钟嵘〈诗品〉平议》,中国人民大学古代文论资料选编组《中国古代文论研究论文集》,上海古籍出版社,1989年,第269页。

书其事，寓言写物，赋也"为据，遂谓"赋兼比兴"，乃"以言内之实事，写言外之重旨"①，这一看法显然是很难服人的。

"寓言写物"既为兴辞而发，这则再次说明钟嵘这里所说的"兴"，与《诗经》之"兴"是有很大不同的。钟嵘所说的"兴"恰如寓言，其所写之物虽也是作家情志得以立足的依托，得以立足的基础，但是情志本身却并不直接展露，而是完全寄寓在所写之物中。钟嵘对于"兴"的解释，之所以在"寓言写物"后，又进而加上"文已尽而意有余"，可以说正是以汉魏以后，伴随着我国文学的蓬勃发展，兴辞所展现出来的崭新型态为参照的。

其三，在钟嵘解释里，虽然并没提到"兴寄"一词，但是在《诗品》后文对作家的评论里，我们却可看到"兴托""托喻"二语。前者是对张华的评价："其体华艳，兴托不奇"②，后者是对嵇康的论析："托喻清远，良有鉴裁"③。如上所示，"托喻""兴托""兴寄"都是同义词，"寓言"也是"托言"的意思，据此，我们完全可以断定在钟嵘"寓言写物，文已尽而意有余"的解释里，其实就暗含着一个呼之欲出的概念"兴寄"。当然也可以说是"兴托"或"托喻"。只是钟嵘囿于传统称谓的影响，并没有直接将其点出而已。

其四，如果以钟嵘所说之"兴"为《诗经》之"兴"，则与其下文有关"赋比兴"的描述也很不一致："若专用比兴，则患在意深，意深则词踬。若但用赋体，则患在意浮，意浮则文散。嬉成流移，文无止泊，有芜漫之累矣。"④诚然，在本章第一节"'比兴'与'诗言志'"里，我们确实对《诗经》之"兴"的委婉含蓄也有明确的肯认。但是即使如此，我们也不能说它已达到"意深"而"词踬"的地步。因为毕竟《诗经》的兴辞，其所述之事"常在下句"，上文所指，下文紧接着就予以揭示，如此，其含蓄性显然是要大打折扣的。举例来说，如《小雅·伐木》："伐木丁丁，鸟鸣嘤嘤。出自幽谷，迁于乔木。嘤其鸣矣，求其友声。"诗歌如果只到此而止，则毫无疑问，言近旨远，字里行间颇有余意。可是诗人紧接着却说："相彼鸟矣，犹求友声。矧伊人矣，不求友

---

① 刘熙载《艺概·赋概》卷3，上海古籍出版社，1978年，第97页。
② 曹旭《诗品笺注》，人民文学出版社，2009年，第122页。按，"兴托不奇"之"不"，诸本多如此，曹旭据《吟窗杂录》《格致丛书》《诗法统宗》《词府灵蛇》本及《竹庄诗话》《诗人玉屑》所引改为"多"，今不从。
③ 曹旭《诗品笺注》，人民文学出版社，2009年，第118页。
④ 曹旭《诗品笺注》，人民文学出版社，2009年，第25页。

生"①,把诗歌的寓意和盘托出,其原有的含蓄性自然也就一下子几乎给泄尽了。再如《关雎》,如果我们只读兴句:"关关雎鸠,在河之洲。参差荇菜,左右流之。参差荇菜,左右采之。参差荇菜,左右芼之"②,这与南朝乐府民歌《江南》:"江南可采莲,莲叶何田田,鱼戏莲叶间。鱼戏莲叶东,鱼戏莲叶西,鱼戏莲叶南,鱼戏莲叶北"③,无疑也是十分相似的。但是我们之所以感到后者更含蓄,这其中一个十分重要的原因正在于前者把爱情的追求,诸如"窈窕淑女,寤寐求之""窈窕淑女,琴瑟友之"④等,都点了出来,而后者对男女的相欢则只字未提。两汉经学家所以没有以"寓言写物,文已尽而意有余"释"兴",这显然乃是其中一个十分重要的原因。

综合以上四条分析,不难发现钟嵘对于"兴"的界定,的确与《诗经》已有相当的距离。如果我们不将钟嵘之"兴"视为"托物言志"的"兴寄",也实在没有更好的解释。《诗经》之"兴"因所述之事"常在下句",其含蓄性大大受到限制,虽也呈现一定的婉约性,但是根本未达"文已尽而意有余"的境地。汉儒们对此缺乏关注,绝不是因为经学的影响限制了他们对作品审美效果的探求。因为在《孟子·尽心下》中已有"言近而指远者,善言也"⑤的表述,在《周易·系辞下》中也有"其旨远,其辞文"⑥的说法,在汉儒盛推的《诗大序》里更有"主文而谲谏"⑦的号召,说汉儒由于时代的局限没能顾及作品的审美效果,这显然是很难说通的。唯一可行的解释只能是,伴随着文学创作自身的发展,兴辞的表现面目已产生了变易,已经由"借彼一物以引起此事,而其事常在下句"的兴辞演变成了只有兴句,没有本体的兴辞。在这种情况下,其实我们已不宜再单称之曰"兴",将其称为"兴寄""兴托""讽兴""兴喻"无疑更恰切。钟嵘之所以一方面称其为"兴托""托喻",另一方面又单称之曰"兴",这完全是因传统称谓的影响,致使这些新的说法还未完全定型造成的。钟嵘以"文已尽而意有余"释"兴",就是因为他所面对的已是"托物言志"的"兴寄"。有关这一点,我们由其"寓言写物"的论语也

---

① 朱熹《诗集传》卷9,上海古籍出版社,1980年,第103页。
② 朱熹《诗集传》卷1,上海古籍出版社,1980年,第1~2页。
③ 逯钦立《先秦汉魏晋南北朝诗·汉诗》卷9,中华书局,1983年,第256页。
④ 朱熹《诗集传》卷1,上海古籍出版社,1980年,第2页。
⑤ 焦循《孟子正义》卷29,中华书局,1987年,第1010页。
⑥ 孔颖达《周易正义》卷8,孔颖达等《十三经注疏》,中华书局,1980年,第89页。
⑦ 孔颖达《毛诗正义》卷1,孔颖达等《十三经注疏》,中华书局,1980年,第271页。

不难得知。西晋傅玄《蜉蝣赋序》说:"读《诗》至《蜉蝣》,感其虽朝生暮死,而能修其羽翼,可以有兴,遂赋之。"①这更是一个在"托物言志"的"兴寄"意义上使用"兴"字的典型例子。唐人陆德明在释毛传之"兴"时,之所以会说"兴是譬喻之名,意有不尽,故题曰兴"②,这显然乃受了钟嵘的启发。不过,由于他所说的乃是"意有不尽",而并不是"文已尽而意有余",其含蓄程度显然还是要稍弱一些的。也正因此,所以我们认为他的这一表达对于毛传之"兴",也即《诗经》之"兴"来说,也是并不为过的。

　　总之,钟嵘所说的兴辞,实为"兴寄",由于其所指之事并不出现,所以明显带有某种象征意味。这与毛传之"兴"也即《诗经》之"兴"显然是不同的。不过另一方面我们也应看到,钟嵘释"兴"固多创意,但是在"比"的解释上却是很不成功的。首先它把比辞定义为"因物喻志"过于笼统,远不如刘勰的"比义""比类"之分来得明确——如前所述,"比义"即以具体喻抽象,如"心之忧也,如匪(彼)澣衣";"比类"即以具体喻具体,如"麻衣如雪""两骖如舞"。其次对于比、兴之别也乏阐说,致使后人很难摸清他所谓"比"的含蕴。如他阐述"赋比兴"的功能说:"若专用比兴,则患在意深,意深则词踬。若但用赋体,则患在意浮,意浮则文散。嬉成流移,文无止泊,有芜漫之累矣。"很显然,钟嵘只区分了比兴与赋的差异,而对比与兴的差异,他除了"寓言写物,文已尽而意有余"与"因物喻志"的描述外,整部《诗品》竟再无一语道及,这显然太过粗略了。大概依钟嵘之意,虽然说"比显而兴隐""比直而兴婉",但比与兴毕竟都是对他物的假借。如《卫风·硕人》写庄姜之美:"手如柔荑,肤如凝脂,领如蝤蛴,齿如瓠犀,螓首蛾眉",写得固然异常生动,但是庄姜究竟是什么样子,仅靠这些奇特的比喻,我们依旧无法获得一个清晰的认识。盖也正是出于这一原因,所以钟嵘才有"比兴"连称,患其"意深"的论语③。

　　当然,说"兴寄"具有"文已尽而意有余"之意,这并不仅仅是就它的"寓言写物"或"托物言志"讲的。因为后人对于"兴寄"的理解,并未囿于钟嵘

---

①严可均《全晋文》卷 51,《全上古三代秦汉三国六朝文》,中华书局,1958 年,第 1755 页。

②孔颖达《毛诗正义》卷 1 引,孔颖达等《十三经注疏》,中华书局,1980 年,第 273 页。

③按,明李东阳云:"所谓比兴者,皆托物寓情而为之者也。盖正言直述,则易于穷尽,而难于感发。惟有所寓托,形容摹写,反复讽咏,以俟人之自得,言有尽而意无穷。"这样的理解根本忽视比、兴的差别,而把二者完全看作一回事,显然有违比、兴的本义。详《麓堂诗话》,丁福保《历代诗话续编》,中华书局,1983 年,第 1374 页。

的解释。在很多时候虽然诗歌并不具备"寓言写物"的特点,但是如果它们也同样饱含着隽永的情感、悠长的韵味,古人也同样会将其作"兴寄"看待。如李白曰:"兴寄深微,五言不如四言,七言又其靡也。"①许学夷曰:"汉魏五言,深于兴寄,盖风人之亚也。若李杜五言古,以所向如意为能,乃词人才子之诗,非汉魏比也。读汉魏诗,一倡(唱)而三叹,有遗音矣。"②沈德潜曰:"阮公《咏怀》,反复零乱,兴寄无端,和愉哀怨,杂集于中,令读者莫求归趣。"③等等。十分明显,以上这些所谓的"兴寄",显然都不是仅对"寓言写物"来说的。

为了更进一步说明这一点,下面我们不妨再分析一个新的概念:"兴象"。这一概念首见于殷璠《河岳英灵集》,如"都无兴象,但贵轻艳"④。"既多兴象,复备风骨。"⑤"无论兴象,复兼故实。"⑥等等。在殷璠之后它也同样衍变成为我国古代文论的重要范畴。如胡应麟《诗薮》云:"作诗大要不过二端,体格声调,兴象风神而已。"⑦又云:"盛唐绝句,兴象玲珑,句意深婉。"⑧又,高棅《唐诗品汇总叙》云:"有唐三百年诗,众体备矣。……至于声律、兴象、文词、理致,各有品格高下之不同。"⑨又,纪昀《挹绿轩诗集序》云:"冥心妙悟,兴象玲珑,情景交融,有余不尽之致,超然于畦封之外。"⑩等等。

虽然像古代文论的许多概念一样,并没有人给"兴象"下一严格的定义,但是综合前人的各种论析,我们仍不难得知:所谓"兴象"其实也就是"有所兴寄的物象"。当然这里之所谓"物象"乃系泛指,与我们今日所说之"形象"已基本同意。那么,什么样的"物象"才是"有所兴寄的物象"呢?可以说是非常广泛的。凡是寄托着一定的没有直接说出的思想情感的物象,都可以"兴象"概之。古人绝无将其与"寓言写物"或"托物言志"等同的意

---

①孟棨《本事诗·高逸第三》引,丁福保《历代诗话续编》,中华书局,1983年,第14页。

②许学夷《诗源辨体》卷3,人民文学出版社,1987年,第48页。

③沈德潜《古诗源》卷6,中华书局,2006年,第118页。

④殷璠《河岳英灵集叙》,傅璇琮等《唐人选唐诗新编》(修订本),中华书局,2014年,第156页。

⑤殷璠《河岳英灵集》卷上,傅璇琮等《唐人选唐诗新编》(修订本),中华书局,2014年,第196页。

⑥殷璠《河岳英灵集》卷下,傅璇琮等《唐人选唐诗新编》(修订本),中华书局,2014年,第232页。

⑦胡应麟《诗薮》内编卷5,上海古籍出版社,1979年,第100页。

⑧胡应麟《诗薮》内编卷6,上海古籍出版社,1979年,第114页。

⑨高棅《唐诗品汇》,上海古籍出版社,1988年,第8页。

⑩王镇远、邬国平《清代文论选》,人民文学出版社,1999年,第540页。

思。更言之,也即是:托物是兴,绘景是兴,游仙是兴,咏史是兴,写人是兴,甚至抒情也是兴。譬如"山气日夕佳,飞鸟相与还"①,这是托物;"明月松间照,清泉石上流"②,这是绘景;"左挹浮丘袖,右拍洪崖肩"③,这是游仙;"金张藉旧业,七叶珥汉貂"④,这是咏史;"白头宫女在,闲坐说玄宗"⑤,这是写人;"从此无心爱良夜,任他明月下西楼"⑥,这是抒情。所有这些,由于它们均承载着作者丰富的思想情感,所以我们皆可以"兴象"谓之。虽然"兴象"与"兴寄"乃两个概念,但是如上所析,在"兴象"里面其实也包含着"兴寄"的意思。也正基此,所以我们认为对于"兴象"所作的分析,对于我们认识"兴寄"的涵蕴也是有帮助的。

四、"兴寄"的言之有物特征

理清了"兴寄"的含蓄蕴藉特征,下面再看它的言之有物特征。虽然表面看来,由"兴寄"的"托寄"涵蕴出发,"兴寄"这一表现手法既可走向韵味悠长,含蓄蕴藉,也可走向言之有物,关注现实,当然也可二者兼具,但是概念就是概念,并不一定都成现实。就我国古代文学、文论发展的实际看,对现实的关注,对时政的干预,这才是"兴寄"的主要内容。之所以出现这样的局面,并不是说古人对含蓄不够重视,而是因"兴寄"这一概念,本来就是为抵制那种脱离实际,言之无物,无所针砭,空有辞藻的不良文风而流行开来的。牢牢把住这一点,对于我们准确认识"兴寄"的审美特质,无疑是非常重要的。

那么,事实果真如此吗?在正式回答这一问题前,还有一个重要概念我们需要略加论析。具体说来,那就是"比兴"。不过,我们这里所说的"比兴"并不是"赋比兴"中的"比"与"兴",而是"兴寄"的又一说法,它与"兴托""讽兴""兴喻"也是同意的。王元化说:"(比兴)还有一种意义,则是把比兴

---

① 陶渊明《饮酒二十首》其五,龚斌《陶渊明集校笺》卷3,上海古籍出版社,1996年,第220页。
② 王维《山居秋暝》,赵殿成《王右丞集笺注》卷7,上海古籍出版社,1998年,第122页。
③ 郭璞《游仙诗十九首》其三,逯钦立《先秦汉魏晋南北朝诗·晋诗》卷11,中华书局,1983年,第865页。
④ 左思《咏史诗八首》其二,逯钦立《先秦汉魏晋南北朝诗·晋诗》卷7,中华书局,1983年,第732页。
⑤ 元稹《行宫》,元稹《元稹集》卷15,中华书局,1982年,第169页。
⑥ 李益《写情》,王亦军、裴豫敏《李益集注》,甘肃人民出版社,1989年,第333页。

二字连缀成词,作为一个整体概念来看。"①就是指这种情况而言的。"比"
与"兴"本来乃两个不同的概念,它们之所以能连成一词,主要是由以下四
方面的原因导致的。

其一,认为"比兴"乃一偏义词,"比"在这里并不表意。对于那些对
"比""兴"之意均无误解的学者,我们只能作出这样的解释。如刘勰《文心
雕龙·辨骚》曰:"虬龙以喻君子,云霓以譬谗邪,比兴之义也。"②如上所
说,刘勰对于比、兴的差别,辨别的是很清楚的。他把"香草美人"之类的修
辞视为兴辞,这也是上文我们已经证明了的。既是如此,则毫无疑问,他在
这里所说的"比兴",其含义一定是偏在"兴"上的。

其二,对于"比"的认识有误,误以"比"为"兴"的同类。如王充《论衡·
物势》:"夫比不应事,未可谓喻。……兴喻,人皆引人事。人事有体,不可
断绝。"③郑玄《周礼注·大师》:"比,见今之失,不敢斥言,取比类以言之。
兴,见今之美,嫌于媚谀,取善事以喻劝之。"④郭璞《尔雅图赞·释草》云:
"卷施之草,拔心不死。屈平嘉之,讽咏以比。取类虽迩,兴有远旨。"⑤尽
管郑玄对于"比""兴"仍有区分,但是在根本认识上他也同是将"比"当作
"托物为证"的修辞看的。因此若就这方面讲,他与王充、郭璞并无差异。
由于"比""兴"成了同类,甚至可以说"一物二名",如此将它们二者相连为
称,视为一词,自然也就没什么不当了。

其三,虽然也同把"比兴"视为偏义词,但对"比""兴"都作了错误的解
释。如朱熹云:"'手如柔荑,肤如凝脂,领如蝤蛴,齿如瓠犀,螓首蛾眉。巧
笑倩兮,美目盼兮',赋也。"⑥"比则香草恶物之类也;兴则托物兴词,初不
取义。"⑦十分明显,朱熹的解释把"比"的意思转给了"赋",把"兴"的意思
转给了"比",而"兴"则是无义的。如此,"比兴"相连,其所取者自应为"比"
意。不过,虽然所取乃是"比"义,但它与第一种情况的取"兴"舍"比",第二
种情况的"比""兴"兼取,在本质含蕴上其实并无什么差异。

①王元化《释〈比兴〉篇'拟容取心'说》,《文学评论》1978年第1期,第69页。
②范文澜《文心雕龙注》卷1,人民文学出版社,1958年,第46页。
③黄晖《论衡校释》卷3,中华书局,1990年,第145页。
④贾公彦《周礼注疏》卷23,孔颖达等《十三经注疏》,中华书局,1980年,第796页。
⑤严可均《全晋文》卷121,《全上古三代秦汉三国六朝文》,中华书局,1958年,第2155页。
⑥朱熹《诗集传》卷3,上海古籍出版社,1980年,第36页。
⑦朱熹《楚辞集注》卷1,上海古籍出版社,2001年,第6页。

其四,把"兴"的原意转给"比",而以"有感而发"作"兴"的新意。如西晋挚虞《文章流别论》曰:"比者,喻类之言也。兴者,有感之辞也。"①贾岛《论六义》曰:"取类曰比,感物曰兴。""比者,类也,妍媸相类相显之理。或君臣昏佞,则物象比而刺之;或君臣贤明,亦取物比而象之。""兴者,情也,谓外感于物,内动于情,情不可遏,故曰兴。感君臣之德政废兴而形于言。"②如果依照这样的解释,那"比兴"相连成一新词,其语义显然就变成了有感而发,托物美刺的意思。这样的意思虽然较前三者略有不同,但是也并无什么根本之别。

至于钟嵘说:"若专用比兴,则患在意深,意深则词踬",这里的"比兴"则仍为两个词,它与意同"兴寄"的"比兴"并非一回事。在历史上以"比兴"代指"兴寄"者代不乏人,如刘知几《史通·叙事》云:"昔文章既作,比兴由生,鸟兽以媲贤愚,草木以方男女,诗人骚客,言之备矣。"③柳宗元《杨评事文集后序》云:"辞令褒贬,本乎著述者也;导扬讽谕,本乎比兴者也。"④吕本中《童蒙诗训》云:"极风雅之变,尽比兴之体,包括众作,本以新意者,唯豫章一人。"⑤黄彻《䂬溪诗话自序》云:"至于嘲风雪,弄草木,而无与于比兴者,皆略之。"⑥李梦阳《缶音序》云:"夫诗,比兴错杂,假物以神变者也。"⑦施补华《岘佣说诗》云:"《三百篇》比兴为多,唐人犹得此意。"⑧冯班《钝吟杂录》云:"文无比兴,非诗之体也。"⑨等等。以上这些,可谓都是在"兴寄"的意义上使用的。不过,十分遗憾,由于古人并没有对"比兴"合称的缘由作进一步论析,所以他们所说的"比兴"究竟是从以上四个方面的哪个方面讲的,对此我们则并不能给出明确的答案。

那么,说"比兴""兴寄"言之有物的特征,在古人那里更受重视,其根据何在呢?这可由历史上三次以"比兴""兴寄"相号召的文学革新活动得到证实。这三次文学革新活动,第一次主要由陈子昂发起,他对当时"绮错婉

---

① 严可均《全晋文》卷77,《全上古三代秦汉三国六朝文》,中华书局,1993年,第1905页。
② 贾岛《二南密旨》,张伯伟《全唐五代诗格汇考》,凤凰出版社,2002年,第372页。
③ 浦起龙《史通通释》卷6,上海古籍出版社,2009年,第165页。
④ 柳宗元《柳河东集》卷21,上海古籍出版社,1993年,第203页。
⑤ 郭绍虞《宋诗话辑佚》,中华书局,1980年,第604页。
⑥ 黄彻《䂬溪诗话》,丁福保《历代诗话续编》,中华书局,1983年,第345页。
⑦ 蔡景康《明代文论选》,人民文学出版社,1993年,第106页。
⑧ 王夫之等《清诗话》,上海古籍出版社,1978年,第974页。
⑨ 王夫之等《清诗话》,上海古籍出版社,1978年,第39页。

媚","争构纤微"的六朝遗风很不满意。也正缘此,所以也是他在中国文学史上第一次大声疾呼,以"比兴""兴寄"相号召,使两者自此以后一变而成历代文人反对形式主义文风的重要旗帜。如他在著名的《修竹篇序》中说:"仆尝暇观齐、梁间诗,彩丽竞繁,而兴寄都绝,每以永叹,思古人常恐逶迤颓靡,风雅不作,以耿耿也。"①又,其《喜马参军相遇醉歌序》也云:"夫诗可以比兴也,不言曷(何)著?"②有的学者认为:"所谓兴寄,即要求作品中寄托作者深沉充实的感慨。汉代经师解释《诗经》,常将诗中的具体形象视为寄托着某种深意,并认为,此种所谓'托事于物'的表现手法便是'兴'。而文士则结合创作加以体会,从另一角度加以补充,说'兴'是'有感之辞'。陈子昂所谓兴寄,系从'有感'的一面申发,强调真实深沉的感慨,而不局限于'托事于物'的手法。……他虽然没有明白直接地去说到诗歌与现实、与社会政治的联系,但在'兴寄'说的深处隐含着要求诗人关注社会现实的因素。"③虽然这一阐析对"兴"的解释颇有问题,但是认识到"兴寄"这一概念,已经不再局限于"托事于物"的用法,它的重心已转移到"要求作品中寄托作者深沉充实的感慨","要求诗人关注社会现实",这一见解则无疑仍是十分深刻的。尽管评论者在这段论语里并没有提到"比兴"概念,但是只要我们看一下《喜马参军相遇醉歌》的全文,就不难了解其序言之所谓"夫诗可以比兴也,不言曷(何)著"的含义。其文曰:"独幽默以三月兮,深林潜居。时岁忽兮,孤愤遐吟。谁知我心?孺子孺子,其可与理兮。"④通观全诗不难看出,这首诗歌可谓通篇全用赋体,既不是什么"寓言写物",也谈不上什么含蓄蕴藉。由此足见在陈子昂这里所谓"比兴"就如"兴寄"一样,也完全是就作品的言之有物,关注现实的特征讲的。

在文学史上第二次大力以"比兴""兴寄"相号召的诗人是中唐的元稹和白居易。二人对于"比兴""兴寄"的看法与陈子昂完全一致。在《寄唐生》诗中白居易说:"篇篇无空文,句句必尽规。""惟歌生民病,愿得天子知。"⑤在《与元九书》中白居易更云:"文章合为时而著,歌诗合为事而作。"

①陈子昂《陈子昂集》卷1,中华书局上海所,1960年,第15页。
②陈子昂《陈子昂集》卷2,中华书局上海所,1960年,第42页。
③王运熙、顾易生《中国文学批评史新编》,复旦大学出版社,2001年,第181页。
④陈子昂《陈子昂集》卷2,中华书局上海所,1960年,第42页。
⑤白居易《白居易集》卷1,中华书局,1979年,第15页。

据此,足可见出他也是把言之有物,服务现实,刷新时政作为文学创作的主要指向的。尤其是在《与元九书》中,作者更全面地阐述了自己的诗歌理想。其语曰:"晋、宋已还,……六义浸微矣。陵夷至于梁陈间,率不过嘲风雪,弄花草而已。噫!风雪花草之物,三百篇中,岂舍之乎?顾所用何如耳。设如'北风其凉',假风以刺威虐也。'雨雪霏霏',因雪以愍征役也。'棠棣之华',感华以讽兄弟也。'采采芣苢',美草以乐有子也。皆兴发于此,而义归于彼,反是者可乎哉?然则'余霞散成绮,澄江净如练','离花先委露,别叶乍辞风'之什,丽则丽矣,吾不知其所讽焉。故仆所谓嘲风雪,弄花草而已,于时六义尽去矣。"又云:"唐兴二百年,其间诗人,不可胜数。所可举者,陈子昂有《感遇》诗二十首,鲍防有《感兴》诗十五首。又诗之豪者,世称李杜。李之作才矣,奇矣,人不逮矣,索其风雅比兴,十无一焉。杜诗最多,可传者千余首,然撮其《新安》《石壕》《潼关吏》《芦子》《花门》之章,'朱门酒肉臭,路有冻死骨'之句,亦不过三四十首。杜尚如此,况不逮杜者乎?"

那么,对于白居易这里的"比兴",我们又当如何看呢?首先他之所谓"比兴"也并不都是就"托事于物"讲的。固然对于《诗经》他列举了"北风其凉""雨雪霏霏"等等例子,但是对于杜甫他所列出的却是《新安》《石壕》之章,"朱门酒肉臭,路有冻死骨"之句。杜甫的这些诗作无疑也都是十分典型的赋体,如果把它们也归于"托物言志"的喻辞,显然是很难讲通的。

其次,白居易之所谓"兴发于此,而义归于彼"也不是就"比兴"的含蓄性讲的。它的真正目的乃在强调诗歌创作应该有所针对、有所指斥。如上文所列杜甫的那些暴露社会时弊的诗歌,它们有什么含蓄性可言呢?又,同是在《与元九书》中,作者又说:"自拾遗来,凡所适所感,关于美刺兴比者,又自武德讫元和,因事立题,题为新乐府者,共一百五十首,谓之'讽谕诗'。""'讽谕'者,意激而言质。""请为左右终言之。凡闻仆《贺雨》诗,而众口籍籍,已谓非宜矣。闻仆《哭孔戡》诗,众面脉脉,尽不悦矣。闻《秦中吟》,则权豪贵近者相目而变色矣。闻《乐游园》寄足下诗,则执政柄者扼腕矣。闻《宿紫阁村》诗,则握军要者切齿矣。大率如此,不可遍举。"①所谓"讽谕诗",乃是白居易自我标举的"风雅比兴"的代表,这些诗歌思想指向

---

①白居易《白居易集》卷45,中华书局,1979年,第961~965页。

表现得如此鲜明,如此的"意激而言质",这就更足说明作者对于传统上所谓的"风雅比兴"的含蓄性,已经不太强调了。

最后,白居易之所谓"比兴",乃指诗歌必须有深刻的社会思想内容。如他对于《诗经》中那些"刺威虐""愍征役"等等诗句的标举,对于杜诗中那些具有明确的现实针对性的作品的推崇,对此展示的都是很清楚的。又,其《读张籍古乐府》云:"张君何为者? 业文三十春。尤工乐府诗,举代少其伦。为诗意如何? 六义互铺陈。风雅比兴外,未尝著空文。读君学仙诗,可讽放佚君。读君董公诗,可诲贪暴臣。读君商女诗,可感悍妇仁。读君勤齐诗,可劝薄夫敦。"①所谓"可讽放佚君""可诲贪暴臣"等等,显然也都是就作品强烈的现实批判精神讲的。

与白居易相比,元稹有关诗歌"比兴""兴寄"的表述,文字要略少一些,但是在具体旨意上也同样很明确。如其《叙诗寄乐天书》云:"有人以陈子昂《感遇》诗相示,吟玩激烈……由是勇于为文。又久之,得杜甫诗数百首,爱其浩荡津涯,处处臻到,始病沈宋之不存寄兴。"②又,其《进诗状》云:"臣九岁学诗,少经贫贱,十年谪宦,备极恓惶,凡所为文,吟玩激烈。故自古风诗至古今乐府,稍存兴寄。"③尽管白居易讲的是"比兴",元稹讲的是"寄兴""兴寄",但通过他对陈子昂、杜甫的褒扬,对沈宋的贬议,以及"吟玩激烈"等等话语,我们也同样不难推知他之所谓"兴寄""寄兴"的含义。盖也正由于此,所以在《与元九书》中,白居易才会有"自思所陈,亦无出足下之见"④的话语。由此话语,也可再次看出白氏之"比兴"与元氏之"兴寄"实是完全同意的。

在中国文学史上第三次高举"比兴""兴寄"的旗帜以相号召的是清代著名的词派常州派,其主要代表人物为张惠言、陈廷焯等。如张惠言《词选序》说:"传曰:'意内而言外者谓之词。'其缘情造端(端),兴于微言,以相感动,极命风谣里巷男女哀乐,以道贤人君子幽约怨诽不能自言之情,低徊要眇以喻其致。盖《诗》之比兴,变风之义,骚人之歌,则近之矣。然以其文小,其声哀,放者为之,或淫荡靡曼,杂以昌(猖)狂俳优。然要其至者,罔不

---

①白居易《白居易集》卷1,中华书局,1979年,第2页。
②元稹《元稹集》卷30,中华书局,1982年,第352页。
③元稹《元稹集》卷35,中华书局,1982年,第406页。
④白居易《白居易集》卷45,中华书局,1979年,第960页。

恻隐盱愉,感物而发,触类条鬯,各有所归,不徒雕琢曼(嫚)饰而已。"①又,陈廷焯《白雨斋词话自序》也谓:"夫人心不能无所感,有感不能无所寄,寄托不厚,感人不深,厚而不郁,感其所感,不能感其所不感。伊古词章,不外比兴,《谷风》阴雨,犹自期以同心,攘诟忍尤,卒不改乎此度,为一室之悲歌,下千年之血泪,所感者深且远也。"②又,同书卷七又云:"古人为词,兴寄无端,行止开合,实有自然而然。一经做作,便失古意。"③等等。

由以上所述不难看出,与陈子昂、白居易和元稹相比,常州词人对于"比兴""兴寄"的看法可谓稍有不同。一是他们都特别强调"比兴""兴寄"乃是对外物的假借。张惠言之所谓"极命风谣里巷男女哀乐,以道贤人君子幽约怨诽不能自言之情",陈廷焯之所谓"《谷风》阴雨,犹自期以同心",所表达的便都是这一意思。《谷风》一诗见于《诗经·邶风》,对其首句"习习谷风,以阴以雨",毛传解释说:"兴也。习习,和舒貌。东风谓之谷风。阴阳和而谷风至,夫妇和则室家成,室家成而继嗣生。"④陈廷焯所言,盖正指此。二是对于"比兴""兴寄"的含蓄性也同样很重视。张惠言说"兴于微言","意内言外",陈廷焯说"古人为词,兴寄无端",可谓都是这一意思。

但是尽管如此,我们也仍需注意,在强调"比兴""兴寄"的假托与含蓄的同时,张惠言、陈廷焯也都认为诗词创作应当极力表达贤人君子"幽约怨诽""恻隐盱愉"的"不能自言之情",做到托寄"厚郁",感人"深远",甚至"下人血泪"。这则又与陈子昂、白居易和元稹等所说的文学创作应当具有丰富深刻的社会思想内容,存在着密切的联系。也正鉴此,所以我们才也把常州词人的词作理论,当作唐人"兴寄"之说,也即"风雅比兴"观的同类。

五、余论

综合以上所述不难看出,在魏晋之后"兴"的涵蕴确实发生了很大变化。其中一个十分重要的体现就是"兴寄""兴托""讽兴""兴喻""比兴"等概念的出现。诗歌创作的"兴寄"精神,应当说早在《诗经》时代即已产生,这不仅表现在那些揭露黑暗、讽刺时弊的诗篇里,如《伐檀》《硕鼠》《鸱鸮》

---

①张惠言《茗柯文编》二编卷上,上海古籍出版社,1984年,第58页。
②屈兴国《白雨斋词话足本校注》,齐鲁书社,1983年,第1～2页。
③屈兴国《白雨斋词话足本校注》卷7,齐鲁书社,1983年,第542页。
④孔颖达《毛诗正义》卷2,孔颖达等《十三经注疏》,中华书局,1980年,第303页。

等,而且也表现在诗人自己对写作目的的表述上,如《小雅·四牡》:"王事靡盬,不遑将母。驾彼四骆,载骤骎骎。岂不怀归?是用作歌。"①《小雅·节南山》:"昊天不平,我王不宁。不惩其心,覆怨其正。家父作诵,以究王讻。"②《大雅·桑柔》:"民之未戾,职盗为寇。凉曰不可,覆背善詈。虽曰匪予,既作尔歌。"③等等。但是稍加审视,即可发现《诗经》之中的这些"兴寄",还远未达到理论的自觉。诗人们虽已认识到可以借诗歌发泄不满,讥刺时弊,抒写幽愤,但是并未将此上升到理论高度,加以总结,形成原则,并以此指导自己的创作实践。这一现状一直到战国末期的楚辞也未改观。如屈原《九章·悲回风》曰:"介眇志之所惑兮,窃赋诗之所明。"④《惜诵》曰:"惜诵以致愍兮,发愤以抒情。"⑤等等。彼此对照,不难发现这些表述,较之《诗经》之《四牡》《节南山》并无两样。

两汉时期随着儒家地位的不断提高,儒家思想的日益普及,人们对诗歌创作的"兴寄"功能才终于产生了理论建构的冲动。如《诗大序》曰:"至于王道衰,礼义废,政教失,国异政,家殊俗,而变风变雅作矣。"⑥郑玄曰:"君道刚严,臣道柔顺,于是箴谏者希,情志不通,故作诗者以诵其美而讥其过。"⑦班固曰:"至于武宣之世,乃崇礼官,考文章,内设金马石渠之署,外兴乐府协律之事","故言语侍从之臣,若司马相如、虞丘寿王、东方朔、枚皋、王褒、刘向之属,朝夕论思,日月献纳。""或以抒下情而通讽谕,或以宣上德而尽忠孝。雍容揄扬,着(著)于后嗣。"⑧等等。但是稍作对照,仍不难发现这些所谓的理论自觉,也还是一些粗略的论说,零散的表述,并未凝炼出精警的词汇,核心的概念。其思想意指仍需进一步强化,其理论重心仍需进一步凸显。也正是在这样的背景下,"兴寄""兴托""讽兴""兴喻""比兴"等诸多概念,才应运而生,使得两汉的"兴寄"思想又获得了进一步升华。

---

①朱熹《诗集传》卷9,上海古籍出版社,1980年,第101页。

②朱熹《诗集传》卷11,上海古籍出版社,1980年,第129页。

③朱熹《诗集传》卷18,上海古籍出版社,1980年,第210页。

④洪兴祖《楚辞补注》卷4,中华书局,1983年,第157页。

⑤洪兴祖《楚辞补注》卷4,中华书局,1983年,第121页。

⑥孔颖达《毛诗正义》卷1,孔颖达等《十三经注疏》,中华书局,1980年,第271页。

⑦郑玄《六艺论》,孔颖达《毛诗正义·诗谱序》引,孔颖达等《十三经注疏》,中华书局,1980年,第262页。

⑧班固《两都赋序》,费振刚等《全汉赋》,北京大学出版社,1993年,第311页。

　　诚然,"兴寄""兴托""讽兴""兴喻""比兴"等概念,在其产生之初有的
并不具有关注现实,讽时刺世的蕴涵,如王充《论衡》"兴喻,人皆引人事"中
的"兴喻",僧肇《答刘遗民书》"此作兴寄既高,辞致清婉"①中的"兴寄"等。
有的虽然已有这样的蕴涵,但是这一蕴涵并不鲜明,如王符《潜夫论》"温雅
以广文,兴喻以尽意"中的"兴喻",钟嵘《诗品》"其体华艳,兴托不奇"中的
"兴托",徐勉《萱草花赋》"览诗人之比兴,寄草木以命词"②中的"比兴"等。
但是,尽管如此,这些概念的先后出现,其意义仍然不可小觑。它们的产生
不仅意味着"兴寄"理论的进一步深化,而且也是"兴寄"理论走向最终成熟
不可或缺的环节。如果没有这些环节,那么,陈子昂、白居易等"兴寄"学说
的创立,是绝不可能获得如此圆满的成功的。

第三节　"情兴"与"诗言志"

　　在中国文论史上,人们对于"兴"的探索,之所以至今也没形成一个统
一的看法,除了没有把"兴寄"之"兴"与"赋比兴"之"兴"区别开来外,对"情
兴"之"兴"与"赋比兴"之"兴"之间的关系缺乏认识,这无疑也是其中一个
十分重要的原因。严格而论,"情兴"之"兴"与"赋比兴"之"兴"可谓风马牛
不相及,这和"兴寄"之"兴"与"赋比兴"之"兴"之间的引申被引申关系,可
谓大不相同。如果看不到这一点,那我们对于"兴"的探索,就永远也不会
得出一可信的结论。那么何谓"情兴"呢？所谓"情兴",又称"兴会""兴趣"
"兴致""意兴",它呈现给我们的往往是一种忽有感发、突与心会、兴高采
烈、不可遏制的淋漓情致。这一情致往往都是非理性的、直觉式的,因而也
是高审美的。它之所以得以产生,并受到世人的高度肯定,这与魏晋玄学
对于心性至善以及道德直觉的大肆宣扬,无疑有着极密切的联系。对心性
至善、道德直觉的热情肯认,使魏晋士人获得了高度的自信,正是这种高度
的自信,才使他们的审美实践、审美好尚得以自由驰骋,跌宕生姿,别开生
面。这一趣尚一直延续到唐代,并在唐代达到巅峰。唐代之后随着理学统
治的兴起,这一盛况才慢慢衰落下去。

①严可均《全晋文》卷164,《全上古三代秦汉三国六朝文》,中华书局,1958年,第2410页。
②严可均《全梁文》卷50,《全上古三代秦汉三国六朝文》,中华书局,1958年,第3236页。

一、"赋比兴"之"兴"与"情兴"之"兴"的差异

众所周知,在汉语中"兴"有两个音调,一是平声,一是去声。读平声的时候,它的意思是起来、使起、托起,如"夙兴夜寐""兴利除弊""百废待兴"等。读去声的时候,它的意思是酣畅浓郁的情绪,如"情兴""兴会""兴趣""兴致""意兴"等。再明确说,也即是它常常指一种忽有感发、突与心会、兴高采烈、不可遏制的淋漓情致。这与读平声的"赋比兴"之"兴"显然有着根本差异。如上所说,"赋比兴"之"兴"主要取的是"使起""托起"的意思,它体现的乃是对外物的依托,对天地的师法,它乃古人"天人合一"思想的反映。这与触景生情的"情兴"之"兴",显然走的乃是两种不同的路子。前者乃是引物证人,也即作者先有了某种思想情志,然后选择外物予以托起,后者则是因物生情,也即作者先看到某种外物,然后才触发了他们的思想情志。

如《小雅·采薇》云:"采薇采薇,薇亦作止。曰归曰归,岁亦莫(暮)止。靡室靡家,猃狁之故。不遑启居,猃狁之故。 采薇采薇,薇亦柔止。曰归曰归,心亦忧止。忧心烈烈,载饥载渴。我戍未定,靡使归聘。 采薇采薇,薇亦刚止。曰归曰归,岁亦阳止。王事靡盬,不遑启处。忧心孔疚,我行不来。"[1]这一诗歌显然体现的就是薇苗的由"作"而"柔",由"柔"而"刚",也即由初生到柔长,由柔长到枯干,在征人心中引发的岁月流逝,有家难归的思乡愁绪。很明显,在这种触景生情的抒情模式里,情与物之间并不存在什么譬喻关系,景物的描写也不是用来为人的情感提供什么合法支持。这样的情感表达,纯是以景物作为情感生发的触媒,它在表现手法上完全应该归在"敷(铺)陈其事而直言之者也"[2]的"赋"的名下,无论是与"托事于物""取譬引类"的"赋比兴"之"兴",还是与"寓言写物""托物言志"的"兴寄"之"兴",都是有天壤之别的[3]。

不过,对于这一点,前人的认识并不清晰。如托名贾岛的《二南密旨》

---

[1] 朱熹《诗集传》卷9,上海古籍出版社,1980年,第105~106页。

[2] 朱熹《诗集传》卷1,上海古籍出版社,1980年,第3页。

[3] 按,如前所说,钟嵘以"寓言写物,文已尽而意有余"释"兴",这样的诠解显然是就"兴寄"讲的。既是如此,则他此处的"兴"字也显应读平声。然有的学者说:"(钟嵘)论兴寄别为一解,然似以去声之兴字,解为平声之兴字矣。"这样的批评显然是不成立的。详汪师韩《诗学纂闻》,王夫之等《清诗话》,上海古籍出版社,1978年,第440页。

说："布义曰赋，取类曰比，感物曰兴。""赋者，敷也，布也，指事而陈，显善恶之殊态。外则敷本题之正体，内则布讽诵之玄情。""比者，类也，妍媸相类相显之理。或君臣昏佞，则物象比而刺之，或君臣贤明，亦取物比而象之。""兴者，情也，谓外感于物，内动于情，情不可遏，故曰兴。感君臣之德政废兴而形于言。"①又，北宋李仲蒙也云："叙物以言情谓之赋，情物尽者也；索物以托情谓之比，情附物者也；触物以起情谓之兴，物动情者也。"②等等。显然，二者都把"赋比兴"之"兴"与"情兴"之"兴"混为一谈了。由于把"情兴"之"兴"误作了"赋比兴"之"兴"，致使"赋比兴"之"兴"的本义无处安插，于是便只好将其移植到比辞上。

　　当然，我们说"情兴"之"兴"与"赋比兴"之"兴"没有关联，并不是说去声之"兴"与平声之"兴"了不相干，二者乃是同形异义，根本是两个不同的词汇。实际上两者乃属一词多义，它们的关系也是潜相交通的。就像"美好"之"好"引申为"爱好"之"好"，它的声调也由上声转为去声一样，去声之"兴"也是由平声之"兴"衍化而来的。更言之，也就是"兴"字本来读平声，意思是起来、使起或托起，加以引申，遂也指触景而生、感物而起的淋漓情致。为了与本义相区别，其声调才随之发生了变异。在我国古代向有"破读"之说，"兴"读去声正系其例。有关这一点，我们在相关文献中也是可以看得很清楚的。

　　如杨修《孔雀赋并序》曰："临淄侯感世人之待士，亦咸如此，故兴志而作赋。"③陆机《赠弟士龙诗十首并序》曰："凡厥同生，凋落殆半。收迹之日，感物兴哀。"④孙绰《三月三日兰亭诗序》曰："情因所习而迁移，物触所遇而兴感。"⑤王羲之《三月三日兰亭诗序》曰："向之所欣，俯仰之间，已为陈迹，犹不能不以之兴怀，况修短随化，终期于尽！""每览昔人兴感之由，若合一契，未尝不临文嗟悼，不能喻之于怀。"⑥傅亮《感物赋并序》曰："怅然有怀，感物兴思。"⑦刘勰《文心雕龙·诠赋》曰："原夫登高之旨，盖睹物兴

①贾岛《二南密旨·论六义》，张伯伟《全唐五代诗格汇考》，凤凰出版社，2002年，第372页。
②胡寅《致李叔易》引，《斐然集》卷18，中华书局，1993年，第386页。
③严可均《全后汉文》卷51，《全上古三代秦汉三国六朝文》，中华书局，1958年，第757页。
④陆机《陆机集·陆机集补遗》卷2，中华书局，1982年，第155页。
⑤严可均《全晋文》卷61，《全上古三代秦汉三国六朝文》，中华书局，1958年，第1808页。
⑥严可均《全晋文》卷26，《全上古三代秦汉三国六朝文》，中华书局，1958年，第1609页。
⑦严可均《全宋文》卷26，《全上古三代秦汉三国六朝文》，中华书局，1958年，第2574页。

情。情以物兴,故义必明雅;物以情观,故词必巧丽。"①等等。由以上文例不难察知,去声之"兴"确需以平声之"兴"为基础。在上述"兴志""兴哀""兴感""兴怀""兴思""兴情"等等词语里,"兴"字显然仍应读平声。由于为外在事物所感发,所触动,所以才使人兴起了各种志、哀、感、怀、思、情等心理反应。这些志、哀、感、怀、思、情等心理反应,如果一言以蔽之,其实也皆可称"兴",但这时它就要读去声。它与"兴志""兴哀""兴感"等等中的"兴"字,其声调已不同。也正是以此"兴"为基础,继而才有"情兴""兴会""兴趣""兴致""意兴"等词语的产生。显而易见,在"情兴""兴会"等词语中,"兴"字用的虽不是起来、使起、托起的本义,但却是起来、使起、托起的对象,也即触物而起的淋漓情致。这足以说明在"兴"的两个音调、两个义项间,也是存在着潜在联系的。如果看不到这一点,那我们对于"情兴"之"兴",其认识同样也不全面。

二、先秦两汉学者对"情兴"的否定

对于触景而生、感物而起的淋漓情致,我国先民并不是一开始就予肯认的。诚然,正如我们本书第一章所说,我国古人早就认识到诗歌创作是伴随着十分强烈的情感冲动的,"诗言志"之"志"就是指这种强烈的情感冲动讲的。但是由于上古生产力水平的低下,以及与之相应的思想理念的限制,人的这种情感反应在当时并未获得应有的重视。对这一发自内心,不可遏止的淋漓情致,学者们几乎众口一词,给出的全都是批评性的评价。有关这一点,在先秦两汉的文献里,展现的也是非常之清楚的。

如孔子即云:诗歌创作应该做到"乐而不淫,哀而不伤"②。对于那些情感表达比较开放的郑乐,他则感到异常愤懑:"恶紫之夺朱也,恶郑声之乱雅乐也。"③又,《左传》也谓诗歌创作应该做到"忧而不困""哀而不愁""乐而不淫"④,认为:"哀有哭泣,乐有歌舞,喜有施舍,怒有战斗。喜生于好,怒生于恶。……哀乐不失,乃能协于天地之性。"⑤因此,对于那些"烦

---

① 范文澜《文心雕龙注》卷 2,人民文学出版社,1958 年,第 136 页。
② 杨伯峻《论语译注·八佾》,中华书局,1980 年,第 30 页。
③ 杨伯峻《论语译注·阳货》,中华书局,1980 年,第 187 页。
④ 杨伯峻《春秋左传注·襄公二十九年》,中华书局,1990 年,第 1162~1164 页。
⑤ 杨伯峻《春秋左传注·昭公二十五年》,中华书局,1990 年,第 1458~1459 页。

手淫声,慆堙心耳,乃忘平和"的邪淫之乐,君子是坚决"弗听"的[①]。

　　像以上这些论述还有很多,简直可以说俯拾皆是。如《荀子·性恶》云:"今人之性,生而有好利焉,顺是,故争夺生而辞让亡焉;生而有疾恶焉,顺是,故残贼生而忠信亡焉;生而有耳目之欲,有好声色焉,顺是,故淫乱生而礼义文理亡焉。"[②]又,《礼论》云:"人生而有欲,欲而不得,则不能无求。求而无度量分界,则不能不争。争则乱,乱则穷。先王恶其乱也,故制礼义以分之,以养人之欲,给人之求,使欲必不穷乎物,物必不屈于欲,两者相持而长,是礼之所起也。"[③]又,《乐论》云:"夫民有好恶之情而无喜怒之应则乱"[④],"先王恶其乱也,故制《雅》《颂》之声以道(导)之,使其声足以乐而不流,使其文足以辨而不諰,使其曲直、繁省、廉肉、节奏足以感动人之善心,使夫邪污之气无由得接焉。"[⑤]

　　又,《礼记·中庸》云:"喜怒哀乐之未发,谓之中;发而皆中节,谓之和。中也者,天下之大本也;和也者,天下之达道也。"[⑥]又,《乐记》云:"乐者,所以象德也;礼者,所以缀淫也。"[⑦]"先王之制礼乐也,非以极口腹耳目之欲也,将以教民平好恶而反人道之正也。人生而静,天之性也。感于物而动,性之欲也。物至知(智)知,然后好恶形焉。好恶无节于内,知(智)诱于外,不能反躬,天理灭矣。夫物之感人无穷,而人之好恶无节,则是物至而人化物也。人化物也者,灭天理而穷人欲者也。于是有悖逆诈伪之心,有淫泆作乱之事,是故强者胁弱,众者暴寡,知(智)者诈愚,勇者苦怯,疾病不养,老幼孤独不得其所,此大乱之道也。"[⑧]等等。

　　通过以上这些古今闻名的经典表述,不难看出对于人的情感生活,上古学者虽然所论各有侧重,但是仍有一点是完全相同的,那就是对于人的情感,反对不加限制,任其自然。强调人的情感应当囿于一定范围,限于一定强度,这乃是他们的共同主张。有关这一点,即使当时的道家著作与黄

①杨伯峻《春秋左传注·昭公元年》,中华书局,1990年,第1221~1222页。

②王先谦《荀子集解》卷13,中华书局,1988年,第434页。

③王先谦《荀子集解》卷17,中华书局,1988年,第346页。

④王先谦《荀子集解》卷14,中华书局,1988年,第381页。

⑤王先谦《荀子集解》卷14,中华书局,1988年,第379页。

⑥朱彬《礼记训纂》卷31,中华书局,1996年,第772页。

⑦朱彬《礼记训纂》卷19,中华书局,1996年,第575页。

⑧朱彬《礼记训纂》卷19,中华书局,1996年,第563~564页。

老著作,其态度也同样很鲜明。

如《老子》3 章曰:"虚其心,实其腹;弱其志,强其骨。恒使民无知无欲也,使夫知不敢,弗为而已。"①《庄子·在宥》曰:"人大喜邪,毗于阳;大怒邪,毗于阴。阴阳并毗,四时不至,寒暑之和不成,其反伤人之形乎!使人喜怒失位,居处无常,思虑不自得,中道不成章,……彼何暇安其性命之情哉!"②《管子·内业》曰:"凡人之生也,必以平正,所以失之,必以喜怒忧患。是故止怒莫若诗,去忧莫若乐,节乐莫若礼,守礼莫若敬,守敬莫若静。内静外敬,能反其性,性将大定。"③《尸子·贵言》曰:"目之所美,心以为不义,弗敢视也;口之所甘,心以为不义,弗敢食也;耳之所乐,心以为不义,弗敢听也;身之所安,心以为不义,弗敢服也。"④《吕氏春秋·仲春纪·情欲》曰:"天生人而使有贪有欲,欲有情,情有节,圣人修节以止欲,故不过行其情也。故耳之欲五声,目之欲五色,口之欲五味,情也。此三者,贵贱愚智贤不肖欲之若一,虽神农、黄帝其与桀、纣同。圣人之所以异者,得其情也。"⑤等等。

由以上所列不难看出,黄老、道家虽皆以强调"自然"闻名,但是他们的"自然",也同样以情感的适可而止,不使过度,不加放纵为准绳。这充分说明由于上古生产力水平的低下,人类的物质生产还不足以承载起人们较高的精神需求。人们对自由的神往,对情感的倾泻,对审美生活的尽情享受,还远未变成其迫切需要与现实追求。人们首先考虑的还是如何生存,怎样生活,至于情感世界的自由豪畅、飘逸奔放、天马行空、无所拘泥,这则在上古时期与人们的实际生活还有一段相当的距离。

这种情况不仅表现在先秦,在两汉时期也同样如此。如西汉时期的大赋创作之所以总在末尾来一个曲终奏雅,东汉时期的京都大赋之所以总以东都否定西都,可以说也都是因对这种酣畅淋漓的情感消费、情感审美无法认同造成的。这一情状一直持续到汉末。如东汉末年的郑玄说:"乐,所以荡正民之情思,使其心应和也。"⑥应劭说:"礼崩乐坏,诸侯恣行,竞悦所

---

① 高明《帛书老子校注》,中华书局,1996 年,第 237 页。
② 王先谦《庄子集解》卷 3,中华书局,1987 年,第 90 页。
③ 黎翔凤《管子校注》卷 16,中华书局,2004 年,第 947 页。
④ 朱海雷《尸子译注》,上海古籍出版社,2006 年,第 7 页。
⑤ 许维遹《吕氏春秋集释》卷 2,中华书局,2009 年,第 42~43 页。
⑥ 郑玄《周礼·地官司徒·大司徒》注,孙诒让《周礼正义》卷 19,中华书局,2013 年,第 761 页。

习,桑间、濮上、郑、卫、宋、赵之声,弥以放远。"①仲长统说:"情无所止,礼为之俭(检);欲无所齐,法为之防。越礼宜贬,逾法宜刑,先王之所以纪纲人物也。若不制此二者,人情之纵横驰骋,谁能度其所极者哉!"②荀悦说:"喜怒哀乐思虑必得其中,所以养神也。""夫善养性者无常术,得其和而已矣。"③等等。显而易见,对于人的自由奔放的豪畅情感,他们也同样是持否定态度的。

也正鉴于以上原因,所以我们认为以触物起情,情不可遏解释"赋比兴"之"兴",这无论在先秦还是两汉都是不可能的。很难想象,在当时学者对于人的淋漓情感、自由情志根本不予认同的情况下,他们会以这种观点来看待儒家元典著作《诗经》中的这一如此重要的表现手法。

三、魏晋六朝士人对"情兴"的肯认

较之先秦两汉,魏晋六朝所开启的乃是一个新的时代。在这个时代,一方面由于生产力的发展,为人们纯粹的审美活动提供了更为坚实的物质基础,另一方面由于门阀势力的坐大、皇权专制的衰落、礼教统治的破产,也为广大士人自由意志的觉醒、审美需求的扩张提供了新的契机。作为魏晋六朝士人自我解放的重要思想武器,无论是魏晋玄学还是印传佛学都一致认为:人的本性天然至善,要使它得到圆满实现,需要的就只是不加拘束,凭心而发,任其自然。也正是以这样的玄佛理论为背景,触景而生、兴高采烈、不可遏制的淋漓情感才最终获得了它合法的地位。

有关这一点,我们在魏晋玄佛学者的著述里,也是可以看得很清楚的。如王弼《论语释疑·阳货》说:"不性其情,焉能久行其正?"④所谓"性其情",其实也就是让人的情感在其本然质性的自动作用下,从其内心自然流出。在《老子指略》中王弼之所以批评世人"怀情失直"⑤,受其影响,此后的其他玄佛学者之所以也一再强调要"直而无累"⑥,"直道而行"⑦,"率性

---

① 王利器《风俗通义校注·声音》卷6,中华书局,2010年,第267页。
② 孙启治《昌言校注·阙题五》,中华书局,2012年,第353页。
③ 黄省曾、孙启治《申鉴注校补·俗嫌》,中华书局,2012年,第126页。
④ 楼宇烈《王弼集校释》,中华书局,1980年,第631页。
⑤ 楼宇烈《王弼集校释》,中华书局,1980年,第199页。
⑥ 陆德明《经典释文》引向秀语,郭庆藩《庄子集释》卷8,中华书局,1961年,第787页。
⑦ 戴明扬《嵇康集校注·卜疑》卷3,中华书局,2014年,第235页。

而直往"①,"内心真直"②,可以说均是以这种"性其情"理论为前提的。之所以这样说,其主要原因即:只有当人的情感从其内心直接而出,在这个时候我们才能说它是自然的。而触物而起,应感而发,酣畅淋漓,不可遏止,正是这一情感最显著的特征。

虽然说魏晋玄学乃由老庄哲学发展而来,魏晋佛学也受到了老庄哲学的重要影响,但是正如上文所示,对于人的情感不加节制,任其奔泻,任其升腾,任其飘逸,任其恣肆,则在老庄的著作里展现的还是相当不充分的。在其他学者的著作里,呈现的就更稀微了。也正与此相应,所以在先秦两汉的现实生活中,虽也不乏一些奇特之士表现出对人的淋漓情致的热衷与陶醉,并且在东汉后期展现得更突出,如髡首的接舆、裸行的桑扈、高啸出京的二疏、荡然肆志的班嗣、善学驴叫的戴良、乞讨为生的向栩、采药不返的庞公、中路逃官的韩康、因穴为室的矫慎、击鼓骂曹的祢衡、体气高妙的孔融等等,但是真正广泛普遍深入地把这种情感融入生活,并使其成为一种思潮,一种运动,一种时代标志,一种人文景观,则明显要到魏晋以后。再进一步说,也就是虽然魏晋以后的思想解放、人性自觉,论其渊源,也要上溯至先秦的老庄,但是它显然已不是对老庄的简单蹈袭与照搬,而是同时从理论与行动两个方面,对老庄所作的再诠释,再拓展,再发扬,再广大。在某种程度上,老庄其实只是时人高举的旗帜,他们已对其灌注了许多新的内容。许多原本并不明显,并不突出,甚至还只是一些模糊影像的东西,经过时人的再度描摹,再度加色,再度夸张,甚或再度变形,于是遂被更为醒目、更为显豁地呈现出来了。有关这一点,在魏晋六朝的相关文献里,展现的也是相当充分的。

如王隐《晋书》云:"(阮)籍邻家处子有才色,未嫁而卒。(阮)籍与无亲,生不相识,往哭,尽哀而去。"③《世说新语·任诞》云:"桓子野每闻清歌,辄唤:'奈何!'谢公闻之,曰:'子野可谓一往有深情!'"④又云:"王长史登茅山,大恸哭曰:'琅琊王伯舆,终当为情死!'"⑤又,同书《惑溺》云:"荀

---

① 郭象《庄子注》,郭庆藩《庄子集释》卷3,中华书局,1961年,第281页。
② 僧肇《注维摩诘经·菩萨品第四》,《大藏经》卷38,台湾佛陀教育基金会,1990年,第363页。
③ 刘孝标《世说新语注》引,徐震堮《世说新语校笺》卷下,中华书局,1984年,第393页。
④ 徐震堮《世说新语校笺》卷下,中华书局,1984年,第406页。
⑤ 徐震堮《世说新语校笺》卷下,中华书局,1984年,第410页。

奉倩与妇至笃。冬月,妇病热,乃出中庭自取冷,还,以身熨之。妇亡,奉倩后少时亦卒。"①又,《伤逝》云:"王戎丧儿万子,山简往省之,王悲不自胜,简曰:'孩抱中物,何至于此?'王曰:'圣人忘情,最下不及情,情之所钟,正在我辈!'简服其言,更为之恸。'"②又,唐修《晋书》云:"羲之既去官,与东土人士尽山水之游,弋钓为娱。又与道士许迈共修服食,采药石不远千里。遍游东中诸郡,穷诸名山,泛沧海,叹曰:'我卒当以乐死!'"③等等。以上这些,可以说都是极典型的例子。

为了使这一问题得到更好的说明,下面我们不妨再看几个王子猷的例子。《世说新语·任诞》云:"王子猷尝暂寄人空宅住,便令种竹。或问:'暂住何烦尔?'王啸咏良久,直指竹曰:'何可一日无此君!'"④由这则故事不难看出,王子猷对于竹子的热爱,简直达到了顷刻难离、如痴如醉的地步。如此放纵自己的情感,这与魏晋六朝士人对于自我本性的高度肯认、极力尊崇,显然是密切相关的。又,同书《简傲》谓:"王子猷尝行,过吴中,见一士大夫家极有好竹。主已知子猷当往,乃洒扫施设,在听事坐相待。王肩舆径造竹下,讽啸良久。主已失望,犹冀还当通,遂直欲出门,主人大不堪,便令左右闭门,不听出。王更以此赏主人,乃留坐,尽欢而去。"⑤由这则故事,我们更可看出:王子猷不仅十分爱竹,十分放纵这种爱竹的情感,而且在与人的交往中,也同样把情由中出,真诚无伪,不加遏抑,不加拘束,作为其可否与交,可否为友的最高标准。故事中的竹子主人之所以在起初一再遭到王子猷冷落,其根本缘由就在于他的洒扫施设,听事坐待,貌似热情,但却并非发自本心,出于至诚,而仅仅是由于艳慕王子猷当时的声名,希与结交,自抬身价,以博美誉。对于这样的虚伪心态,王子猷当然是不屑一顾的。而故事最后,由于眼看王子猷要扬长而去,竹子主人不堪其辱,不胜其怒,吩咐家人,关门闭垣,坚决不让王子猷就这样轻易离去,一定要向他讨个说法。在这个时候竹子主人则显然已回复到了他的情感常态,恢复了他的为人本性,而这一点恰恰正是王子猷等当时名士所特别追求,特别看重

---

①徐震堮《世说新语校笺》卷下,中华书局,1984 年,第 489 页。
②徐震堮《世说新语校笺》卷下,中华书局,1984 年,第 349 页。
③房玄龄等《晋书》卷 80,中华书局,1974 年,第 2101 页。
④徐震堮《世说新语校笺》卷下,中华书局,1984 年,第 408 页。
⑤徐震堮《世说新语校笺》卷下,中华书局,1984 年,第 416 页。

的。所以对此,王子猷不仅没有产生反感,产生抵触,而且还因此转鄙为喜,深深爱上了竹子主人的这种真情流露,以致宾主双方尽欢而散,反而使故事获得了一个圆满的结局。这样富于戏剧性的情节转换,可以说正是魏晋六朝人士崇尚真诚,崇尚直率,放情任性,反对压抑,追求自由,追求解放的审美心态的成功体现。

不仅如此,王子猷还有一个更为人称道、传颂的故事,这个故事也同样记载在《世说新语・任诞》里:"王子猷居山阴。夜大雪,眠觉,开室命酌酒。四望皎然,因起彷徨,咏左思《招隐》诗。忽忆戴安道,时戴在剡,即便夜乘小船就之。经宿方至,造门不前而返。人问其故,王曰:'吾本乘兴而行,兴尽而返,何必见戴!'"①由于在这一记载里,清清楚楚地出现了两个"兴"字,而且这两个"兴"字也均是在"情兴"的意义上使用的,所以王子猷的这一故事更可以说是魏晋六朝士人珍视性灵,崇尚本真,热爱情兴的凸出体现。"乘兴而行,兴尽而返",虽然只仅仅八个字,但它却最集中最充分地体现了魏晋六朝名士的无尽风流。虽然它只是对访友活动而发,但实际上对于魏晋六朝士人的所有放情行为都是适用的。也正是基于这样的认识,所以宗白华先生说:"这截然地寄兴趣于生活过程的本身价值而不拘泥于目的",可谓正显示了魏晋六朝士人"唯美生活的典型"②。

四、魏晋六朝的诗歌、文论对"情兴"的体现

魏晋六朝士人对"情兴"的肯认,不仅表现在他们的日常行为里,同时也表现在他们的诗歌创作与文论建构上。首先,作为人的内在情志的反映,按照事物的一般逻辑,当时人的诗歌就理应展现他们的心灵指向与情感轨迹。有不少学者都曾指出,与先秦两汉的诗歌相比,魏晋六朝的诗歌创作有一个十分突出的特征,那就是诗人们不仅"向外发现了自然",而且也"向内发现了自己的深情"。他们的诗歌创作之所以能在先秦两汉之后再创辉煌,别开生面,"不仅是基于他们的意趣超越,深入玄境,尊重个性,生机活泼,最主要的还是他们的'一往情深'"。正因为他们"富于这种宇宙的深情",所以在文学艺术上才会"有那样不可企及的成就"③。这一见解

---

① 徐震堮《世说新语校笺》卷下,中华书局,1984年,第408页。
② 宗白华《论〈世说新语〉和晋人的美》,《美学散步》,上海人民出版社,1981年,第221页。
③ 宗白华《论〈世说新语〉和晋人的美》,《美学散步》,上海人民出版社,1981年,第213～215页。

对于我们深入认识魏晋六朝的诗歌特色,无疑也是非常有启发的。

当然,魏晋六朝的诗歌转向应当说早自建安时代就开始了。有关这一点,前人讲得也同样很明确。如《文心雕龙·时序》说:"自献帝播迁,文学蓬转。……观其时文,雅好慷慨,良由世积乱离,风衰俗怨,并志深而笔长,故梗概而多气也。"①又,刘师培《论汉魏之际文学变迁》说:"建武以还,士民秉礼。迨及建安,渐尚通脱。脱则侈陈哀乐,通则渐藻玄思。"②等等。不过,如果更严格一点说,建安时代的慷慨陈情,主要所陈的还是功业之情,济世之情,它与魏晋玄佛兴起之后,人们所抒发的那种飘逸之情,洒落之情,还是颇有不同的。前者还带有明显的功利性,与先秦两汉的诗教观念还依然存在着千丝万缕的联系,而后者则纯是一种性灵之情,唯美之情,它更能彰显人们的生命本性。

在这方面表现得最突出的应当说要数嵇康、陶渊明与谢灵运。如嵇康《游仙诗》云:"遥望山上松,隆冬郁青葱。自遇一何高,独立迥无双。愿想游其下,蹊路绝不通。王乔昪(举)我去,乘云驾六龙。飘飘戏玄圃,黄老路相逢。授我自然道,旷若发童蒙。采药钟山隅,服食改姿容。蝉蜕弃秽累,结友家板桐。临觞奏《九韶》,雅歌何邕邕。长与俗人别,谁能睹其踪!"③陶渊明《读〈山海经〉十三首》其一云:"孟夏草木长,绕屋树扶疏。众鸟欣有托,吾亦爱吾庐。既耕亦已种,时还读我书。穷巷隔深辙,颇回故人车。欢言酌春酒,摘我园中蔬。微雨从东来,好风与之俱。泛览《周王传》,流观《山海图》。俯仰终宇宙,不乐复何如!"④谢灵运《石壁精舍还湖中作》云:"昏旦变气候,山水含清晖。清晖能娱人,游子憺忘归。出谷日尚早,入舟阳已微。林壑敛暝色,云霞收夕霏。芰荷迭映蔚,蒲稗相因依。披拂趋南径,愉悦偃东扉。虑澹物自轻,意惬理无违。寄言摄生客,试用此道推。"⑤等等。虽然这三首诗歌所写内容互不相同,一个写游仙,一个写田园,一个写山水,但是它们显然都有一个共同特点,那就是对尘俗的蔑视,对性灵的张扬,对本然之真的讴歌,对放情率意,纵心开怀,无拘无束的生活的陶醉。

①范文澜《文心雕龙注》卷9,人民文学出版社,1958年,第673~674页。
②刘师培《中国中古文学史讲义》,中国人民大学出版社,2004年,第10页。
③戴明扬《嵇康集校注》卷1,中华书局,2014年,第64~65页。
④龚斌《陶渊明集校笺》卷4,上海古籍出版社,1996年,第334~335页。
⑤顾绍柏《谢灵运集校注》,中州古籍出版社,1987年,第112页。

字里行间处处透露出一种超越世俗的高傲与飘逸,自得与明智,让人读后身心俱畅,怡乐之至。这样的自由感,这样的解放感,显然是前代诗歌无论如何也无从比拟的。

盖也正是基于这样的前提,所以魏晋六朝的诗歌特别青睐那些意指情兴、兴会的"兴"字,有不少诗家都将其直接写进了诗文里。如郗超《答傅郎诗六章》其五:"望关启扉,披帷解衿。情兴未足,祈我冲箴。"①殷仲文《南州桓公九井作》:"四运虽鳞次,理化各有准。独有清秋日,能使高兴尽。"②谢灵运《归途赋序》:"事出于外,兴不自己。"③鲍照《园中秋散诗》:"临歌不知调,发兴谁与欢。"④颜延之《和谢监灵运诗》:"亲仁敷情昵,兴玩究辞凄。"⑤谢惠连《泛南湖至石帆诗》:"即玩玩有竭,在兴兴无已。"⑥支道林《善思菩萨赞》:"登台发春咏,高兴希遐踪。"⑦庐山诸道人《游石门诗》:"超兴非有本,理感兴自生。"⑧等等。像这样如此之多地在情兴、兴会的意义上使用"兴"字,这在前代的诗文里确乎是十分罕见的。如上所说,诗歌创作乃是人的情感的忠实反映,通过魏晋六朝诗歌对"兴"的运用,我们也可再次看到当时人对于"兴"的重视。

当然,我们说魏晋六朝士人对触景而生的"情兴"之"兴"特别肯认,只是就整体而言的,并不是说每人都如此。如《世说新语·惑溺》云:"奉倩(荀粲)曰:'妇人德不足称,当以色为主。'裴令(楷)闻之曰:'此乃兴到之事,非盛德言,冀后人未昧此语。'"⑨其中裴楷显然就认为"兴到"之言是并不足采信的。不过这个例子虽然让我们看到了当时人在"兴"的看法上存在的分歧,但其中的"兴到"二字也足以说明"兴"在情兴、兴会意义上的使用,在当时已相当普遍了。因为如果不是这样的话,那"兴"和"到"字是无论如何也连不到一起的。

---

① 逯钦立《先秦汉魏晋南北朝诗·晋诗》卷12,中华书局,1983年,第888页。
② 逯钦立《先秦汉魏晋南北朝诗·晋诗》卷14,中华书局,1983年,第933页。
③ 顾绍柏《谢灵运集校注》,中州古籍出版社,1987年,第304页。
④ 钱仲联《鲍参军集注》卷6,上海古籍出版社,2005年,第375页。
⑤ 逯钦立《先秦汉魏晋南北朝诗·宋诗》卷5,中华书局,1983年,第1233页。
⑥ 逯钦立《先秦汉魏晋南北朝诗·宋诗》卷4,中华书局,1983年,第1192页。
⑦ 道宣《广弘明集》卷15,上海商务印书馆,1936年,第200页。
⑧ 逯钦立《先秦汉魏晋南北朝诗·晋诗》卷20,中华书局,1983年,第1086页。
⑨ 徐震堮《世说新语校笺》卷下,中华书局,1984年,第490页。

　　魏晋六朝士人对"情兴"的肯认，也同样体现在他们的文论里。把文学创作看作情兴、兴会的最集中的体现，这也是当时人在对人性至善观念产生自觉以后，在文学创作方面所产生的新认识。当然，这里之所谓新认识，也同样是相对而言的，其实早在汉魏之交，这种因"兴"为文，以"兴"为本的"兴本论"思想就已初见端倪。如王延寿《鲁灵光殿赋序》曰："诗人之兴，感物而作，故奚斯颂僖，歌其路寝，而功绩存乎辞，德音昭乎声。"①曹植《与丁敬礼书》曰："倾不相闻，覆相声音，亦为怪。故乘兴为书，含欣而秉笔，大笑而吐辞，亦欢之极也。"②又，其《答诏示平原公主诔表》复云："奉诏并见圣思所作《故平原公主诔》，文义相扶，章章殊兴，句句感切，哀动神明，痛贯天地。"③等等。不过，正如我们上文所说，这个时候人们对于"兴"的认识，还没有将它与人的生命本性相联系，也即还不是在人的天然本真或自然真性的意义上讲的。我们还只能称其为"感情"，而并不能将之名为"性情"，也即从人的本性、性灵深处所发之情。虽然与先秦两汉的那种带有负面色彩的"情欲"之"情"相较，其负面色彩已经消失，但是仍远未达到魏晋玄佛"性其情"理论所要求的层次。

　　也正基此，所以我们认为魏晋玄佛兴起之后，当时文论对"兴"的褒扬，才更能展现"兴本论"思想在我国古人心目中的地位。有关这一点，无论是在当时人的诗序里，还是其文学专论里，展现的也都很充分。如孙绰《兰亭诗序》说："原诗人之致兴，谅歌咏之有由。"④意思是说推究一下诗人所获的情兴，就可以十分清楚地知道：诗人们之所以总是那样喜欢歌咏，这实是有其不得已的缘由的。显而易见，在孙绰看来，诗人们之所以那样沉迷歌咏，这实是由那触物而起，不可遏抑的淋漓情兴所促成的。又，庐山诸道人《游石门诗序》说："于时交徒同趣，三十余人，咸拂衣晨征，怅然增兴。……各欣一遇之同欢，感良辰之难再，情发于中，遂共咏之云尔。"⑤其中所蕴含的显然也是同样的意思。

　　有关这一点，我们在当时的一些文学专论里可以看得更清楚。如《颜

①严可均《全后汉文》卷58，《全上古三代秦汉三国六朝文》，中华书局，1958年，第790页。
②严可均《全三国文》卷16，《全上古三代秦汉三国六朝文》，中华书局，1958年，第1141页。
③严可均《全三国文》卷15，《全上古三代秦汉三国六朝文》，中华书局，1958年，第1137页。
④严可均《全晋文》卷61，《全上古三代秦汉三国六朝文》，中华书局，1958年，第1808页。
⑤逯钦立《先秦汉魏晋南北朝诗·晋诗》卷20，中华书局，1983年，第1086页。

氏家训·文章》说:"文章之体,标举兴会,发引性灵。"①《文心雕龙·物色》说:"山沓水匝,树杂云合。目既往还,心亦吐纳。春日迟迟,秋风飒飒。情往似赠,兴来如答。"②又,钟嵘《诗品》评陶谢之诗说:"笃意真古,辞兴婉惬。"③"兴多才博,寓目辄书。"④等等。另外,还有一种现象,我们也应给予重视,那就是当时人也常常在一些其他文体中讨论文学问题。如帛道猷《与竺道壹书》说:"优游山林之下,纵心孔释之书,触兴为诗,陵峰采药,服饵蠲疴,乐有余也。但不与足下同日,以此为恨耳。因有诗。"⑤萧统《答晋安王书》说:"炎凉始贸,触兴自高,睹物兴情,更向篇什。"⑥沈约《宋书·谢灵运传论》说:"爰逮宋氏,颜谢腾声,灵运之兴会标举,延年之体裁明密,并方轨前秀,垂范后昆。"⑦萧子显《南齐书·文学传论》说:"文章者,盖情性之风标,神明之律吕也。蕴思含毫,游心内运,放言落纸,气韵天成,……图写情兴,各任怀抱。"⑧萧纲《三日赋诗教》说:"气序韶明,风云调谧,岂直洛格嘉宴,金谷可游? 景落兴遒,舞雩斯在,咸可赋诗。"⑨等等。由于以上这些书信、史论或教文,它们所探讨的也同样是一些文学问题,所以在这里我们也完全可以将其作文学专论看待。

　　十分明显,在当时人的这些文学专论里,"兴本论"的色彩是非常浓厚的。尤其是颜之推"文章之体,标举兴会,发引性灵",帛道猷"优游山林之下,纵心孔释之书,触兴为诗",萧统"触兴自高,睹物兴情,更向篇什"和萧纲"景落兴遒,舞雩斯在,咸可赋诗"数语,把文学创作以"兴"为本的特点,表述得可谓尤为明晰。这充分说明由于魏晋玄佛的影响,魏晋六朝士人对于兴会为诗的自觉,确实已达很高的境界。

---

①王利器《颜氏家训集解》卷4,中华书局,1993年,第238页。按,唐人李善《宋书·谢灵运传论》注曰:"兴会,情兴所会也。"足见,"兴会"与"情兴"原是一义相通的。见李善等《六臣注文选》卷50,中华书局,2012年,第946页。

②范文澜《文心雕龙注》卷10,人民文学出版社,1958年,第695页。

③曹旭《诗品笺注》,人民文学出版社,2009年,第154页。

④曹旭《诗品笺注》,人民文学出版社,2009年,第91页。按,"兴多才博"之"兴",各本并如此。曹旭据《太平御览》《竹庄诗话》所引改为"学",颇显武断。今不从。

⑤慧皎《高僧传·竺道壹传》卷5,中华书局,1992年,第207页。

⑥严可均《全梁文》卷20,《全上古三代秦汉三国六朝文》,中华书局,1958年,第3064页。

⑦沈约《宋书》卷67,中华书局,1974年,第1778~1779页。

⑧萧子显《南齐书》卷52,中华书局,1972年,第907页。

⑨许敬宗《文馆词林》卷699,罗国威《日藏弘仁本文馆词林校证》,中华书局,2001年,第470页。

当然,魏晋六朝文论对于"情兴"的肯认,并不仅仅只有以上这些。除了以上所列之外,还有很多不含"兴"字的论述,其实对此也同样展现得很明白。如曹丕《又与吴质书》曰:"每至觞酌流行,丝竹并奏,酒酣耳热,仰而赋诗,当此之时,忽然不自知乐也。"①陆机《文赋》曰:"遵四时以叹逝,瞻万物而思纷。悲落叶于劲秋,喜柔条于芳春。……慨投篇而援笔,聊宣之乎斯文。"②王羲之《兰亭诗序》曰:"永和九年,岁在癸丑,暮春之初,会于会稽山阴之兰亭,修禊事也。群贤毕至,少长咸集。此地有崇山峻岭,茂林修竹,又有清流激湍,映带左右。引以为流觞曲水,列坐其次。虽无丝竹管弦之盛,一觞一咏,亦足以畅叙幽情。"③《文心雕龙·物色》曰:"物色相召,人谁获安?是以献岁发春,悦豫之情畅;滔滔孟夏,郁陶之心凝;天高气清,阴沉之志远;霰雪无垠,矜肃之虑深。岁有其物,物有其容;情以物迁,辞以情发。一叶且或迎意,虫声有足引心,况清风与明月同夜,白日与春林共朝哉!"④钟嵘《诗品序》曰:"若乃春风春鸟,秋月秋蝉,夏云暑雨,冬月祁寒,斯四候之感诸诗者也。嘉会寄诗以亲,离群托诗以怨。至于楚臣去境,汉妾辞宫;或骨横朔野,或魂逐飞蓬;或负戈外戍,或杀气雄边;塞客衣单,孀闺泪尽;又士有解佩出朝,一去忘返;女有扬蛾入宠,再盼倾国:凡斯种种,感荡心灵,非陈诗何以展其义,非长歌何以骋其情?"⑤等等。与上文那些带"兴"的论述加以对比,不难发现这些不带"兴"的论述,其实在对情兴为本的诗歌理念的表达上,其明晰程度与表现力量也是一点不逊色的。特别是刘勰与钟嵘的表述:"物色相召,人谁获安","一叶且或迎意,虫声有足引心,况清风与明月同夜,白日与春林共朝哉","凡此种种,感荡心灵,非陈诗何以展其义,非长歌何以骋其情",其对诗歌情兴的肯定,更可以说是热情向往,掷地有声,深信不疑的。

五、唐代的诗歌、文论对"情兴"的体现

魏晋六朝的"情兴论"思想对后世产生了巨大影响,这无论在文学创作

---

① 夏传才、唐绍忠《曹丕集校注》,河北教育出版社,2013年,第110页。
② 张少康《文赋集释》,人民文学出版社,2002年,第20页。
③ 王羲之《兰亭诗序》,严可均《全晋文》卷26,《全上古三代秦汉三国六朝文》,中华书局,1958年,第1609页。
④ 范文澜《文心雕龙注》卷10,人民文学出版社,1958年,第693页。
⑤ 钟嵘《诗品序》,曹旭《诗品笺注》,人民文学出版社,2009年,第28页。

还是文论建构上表现得都很突出。不过,具体而言,影响最大的还是唐朝,唐朝才是"情兴论"思想最鼎盛的阶段。这主要表现在两个方面:第一,越名任心,放情率意,已不再只是少数名士的行为,它已延伸到社会的各个阶层,生活的各个方面。从男性到女性,从市井到朝廷,从爱情到朝政,整个唐代可以说事事处处都闪耀着"情兴论"的光彩。它已被大大世俗化了。第二,任情而动,注重兴会,崇尚自然,反对人为,已成当时极为流行,十分普遍的创作观念。它不仅为广大文人所高度肯认,而且也为广大民众所特别青睐。中国诗歌所以以唐为最,以唐诗代表其最高成就,其间的原因固然很多,但是其中最根本的恐怕还在这种肇端于汉魏之交的"情兴论"思想,经过魏晋六朝数百年的发展,到了唐代,无论是在创作实践还是理论认识上,都已达到其巅峰状态。

对于前一方面,由于本书篇幅所限,我们这里暂不多论。对于后一方面,由于本书主旨所系,我们很有必要再作进一步挖掘。众所周知,有不少学者都认为,唐诗主情,宋诗主意。其实,说宋诗主意固然不错,但说唐诗主情,则颇嫌笼统。如上所说,"诗言志"乃中国诗歌的开山纲领,抒情言志乃中国诗歌的固有传统,如果我们说唐诗主情,那又有哪个时代的诗歌不是主情呢? 所以为准确起见,我们不妨说唐诗主兴,宋诗主意,更为妥当。

所谓唐诗主兴,也即唐诗创作尤以情兴为本。虽然在不同的流派,不同的时期,唐人对情兴的态度并不一致,但是就整体而言,唐代诗歌以情兴为主,则是一个不争的事实。之所以出现这种情况,这实与唐人力崇老释,甚乃把老释奉为国教所导致的。也正因此,所以若从这个角度说,则大唐文化不仅是六朝的延续,而且还是它的进一步高扬。明白于此,则魏晋六朝的"情兴论"思想之所以能在唐代结出最丰硕的成果,个中缘由不言自喻。

唐代诗歌以情兴为主,其表现当然在方方面面,但是其中最醒目的恐怕也还是"兴"字的大量运用。一方面,它大量出现在当时的诗文里,成为诗人热忱讴歌的对象,另一方面也大量出现在当时的文论里,成为唐代文论最核心的概念。

首先来看前一方面,举例来说,如骆宾王《寓居洛滨对雪忆谢二兄弟》

曰："高人觊有访,兴尽讵须回。"①陈子昂《秋日遇荆州府崔兵曹使宴》曰："兴尽崔亭伯,言忘释道安。"②张九龄《春江晚景》曰："兴来只自得,佳处莫能传。"③孟浩然《秋登万山寄张五》曰："愁因薄暮起,兴是清秋发。"④王维《终南别业》曰："兴来每独往,胜事空自知。"⑤韦应物《答韩库部协》曰："清宵有佳兴,皓月直南宫。"⑥元稹《春游》曰："欲终心懒慢,转恐兴阑散。"⑦刘禹锡《答后篇》曰："近来渐有临池兴,为报元常欲抗行。"⑧韩愈《叉鱼招张功曹》曰："叉鱼春岸阔,此兴在中宵。"⑨贾岛《送周判官元范赴越》曰："过淮渐有悬帆兴,到越应将坠叶期。"⑩李商隐《病中闻河东公乐营置酒口占寄上》曰："兴欲倾燕馆,欢终到习家。"⑪杜牧《忆归》曰："兴罢花还落,愁来酒欲醒。"⑫司空图《率题》曰："宦路前衔闲不记,醉乡佳境兴方浓。"⑬温庭筠《送北阳袁明府》曰："莫作东篱兴,青云有故人。"⑭韦庄《三堂东湖作》曰："何处最添诗客兴,黄昏烟雨乱蛙声。"⑮等等。由于文例实在太多,简直可谓不胜枚举,所以我们这里只挑选了15个作家,而且每人也只列举了一例。即使如此,我们也仍然不难感到唐代文人那热衷情兴,开怀放意,无所拘泥的扑鼻气息。

为了使这一问题有一更充分的展示,下面我们不妨再来看看唐代最著名的三大诗人的例子。首先来看李白诗中的"兴"字,如其《当涂赵炎少府粉图山水歌》曰："心摇目断兴难尽,几时可到三山巅。"⑯《酬殷明佐见赠五

---

①陈熙晋《骆临海集笺注》卷2,上海古籍出版社,1985年,第67页。

②陈子昂《陈子昂集》卷2,中华书局,1960年,第39页。

③张九龄《曲江集》,广东人民出版社,1986年,第110页。

④佟培基《孟浩然诗集笺注》卷上,上海古籍出版社,2000年,第135页。

⑤赵殿成《王右丞集笺注》卷3,上海古籍出版社,1998年,第35页。

⑥孙望《韦应物诗集系年校笺》卷2,中华书局,2002年,第126页。

⑦元稹《元稹集》卷26,中华书局,1982年,第312页。

⑧瞿蜕园《刘禹锡集笺证·外集》卷7,中华书局,1989年,第1426页。

⑨屈守元、常思春《韩愈全集校注》,四川大学出版社,1996年,第164页。

⑩李嘉言《长江集新校》卷10,上海古籍出版社,1983年,第116页。

⑪刘学楷、余恕诚《李商隐诗歌集解》,中华书局,1988年,第1242页。

⑫杜牧《杜牧全集·别集》,上海古籍出版社,1997年,第224页。

⑬祖保泉、陶礼天《司空表圣诗文集笺校》卷3,安徽大学出版社,2002年,第75页。

⑭彭定求等《全唐诗》卷583,中华书局,1999年,第6811页。

⑮聂安福《韦庄集笺注》卷1,上海古籍出版社,2002年,第39页。

⑯瞿蜕园、朱金城《李白集校注》卷8,上海古籍出版社,1980年,第543页。

云裘歌》曰："顿惊谢康乐,诗兴生我衣。"①《淮海对雪赠傅霭》曰："兴从剡溪起,思绕梁园发。"②《下寻阳城泛彭蠡寄黄判官》曰："名山发佳兴,清赏亦何穷。"③《江上寄元六林宗》曰："幽赏颇自得,兴远与谁豁。"④《秋日鲁郡尧祠…范侍御》曰："我觉秋兴逸,谁言秋兴悲。"⑤《广陵赠别》曰："兴罢各分袂,何须醉别颜。"⑥《赠别王山人归布山》曰："还归布山隐,兴入天云高。"《江夏别宋之悌》曰："人分千里外,兴在一杯中。"⑦《送杨山人归天台》曰："兴引登山屐,情催泛海船。"⑧《送贺宾客归越》曰："镜湖流水漾清波,狂客归舟逸兴多。"⑨《答王十二寒夜独酌有怀》曰："昨夜吴中雪,子猷高兴发。"⑩《春日游罗敷潭》曰："淹留未尽兴,日落群峰西。"⑪《与周刚清溪玉镜潭宴别》曰："兴与谢公合,文因周子论。"⑫《望月有怀》曰："无因见安道,兴尽愁人心。"⑬等等。

再看杜甫诗中的"兴"字,如其《刘九法曹郑瑕邱石门宴集》曰："掾曹乘逸兴,鞍马到荒林。"⑭《陪李北海宴历下亭》曰："云山已发兴,玉佩仍当歌。"⑮《与李十二白同寻范十隐居》曰："入门高兴发,侍立小童清。"⑯《上韦左相二十韵》曰："感激时将晚,苍茫兴有神。"⑰《题李尊师松树障子歌》曰："老夫平生好奇古,对此兴与精灵聚。"⑱《九日蓝田崔氏庄》曰："老去悲秋强自宽,兴来今日尽君欢。"⑲《寄张十二山人彪三十韵》曰："草书何太古,

---

① 瞿蜕园、朱金城《李白集校注》卷 8,上海古籍出版社,1980 年,第 580 页。
② 瞿蜕园、朱金城《李白集校注》卷 9,上海古籍出版社,1980 年,第 596 页。
③ 瞿蜕园、朱金城《李白集校注》卷 14,上海古籍出版社,1980 年,第 867 页。
④ 瞿蜕园、朱金城《李白集校注》卷 14,上海古籍出版社,1980 年,第 879 页。
⑤ 瞿蜕园、朱金城《李白集校注》卷 15,上海古籍出版社,1980 年,第 895 页。
⑥ 瞿蜕园、朱金城《李白集校注》卷 15,上海古籍出版社,1980 年,第 919 页。
⑦ 瞿蜕园、朱金城《李白集校注》卷 15,上海古籍出版社,1980 年,第 949～950 页。
⑧ 瞿蜕园、朱金城《李白集校注》卷 16,上海古籍出版社,1980 年,第 976 页。
⑨ 瞿蜕园、朱金城《李白集校注》卷 17,上海古籍出版社,1980 年,第 1010 页。
⑩ 瞿蜕园、朱金城《李白集校注》卷 19,上海古籍出版社,1980 年,第 1143 页。
⑪ 瞿蜕园、朱金城《李白集校注》卷 20,上海古籍出版社,1980 年,第 1170 页。
⑫ 瞿蜕园、朱金城《李白集校注》卷 20,上海古籍出版社,1980 年,第 1184 页。
⑬ 瞿蜕园、朱金城《李白集校注》卷 23,上海古籍出版社,1980 年,第 1362 页。
⑭ 仇兆鳌《杜诗详注》卷 1,中华书局,1979 年,第 13 页。
⑮ 仇兆鳌《杜诗详注》卷 1,中华书局,1979 年,第 37 页。
⑯ 仇兆鳌《杜诗详注》卷 1,中华书局,1979 年,第 45 页。
⑰ 仇兆鳌《杜诗详注》卷 3,中华书局,1979 年,第 227 页。
⑱ 仇兆鳌《杜诗详注》卷 6,中华书局,1979 年,第 460 页。
⑲ 仇兆鳌《杜诗详注》卷 6,中华书局,1979 年,第 490 页。

诗兴不无神。"①《赴青城县出成都寄陶王二少尹》曰："文章差底病,回首兴滔滔。"②《严公厅宴同咏蜀道画图》曰："兴与烟霞会,清樽幸不空。"③《放船》曰："江流大自在,坐稳兴悠哉。"④《奉观严郑公厅事岷山沱江画图十韵》曰："绘事功殊绝,幽襟兴激昂。"⑤《宴戎州杨使君东楼》曰："胜绝惊身老,情忘发兴奇。"⑥《送十五弟侍御使蜀》曰："喜弟文章进,添余别兴牵。"⑦《秋野五首》其三曰："礼乐攻吾短,山林引兴长。"⑧《祠南夕望》曰："兴来犹杖屦,目断更云沙。"⑨等等。

再看白居易诗中的"兴"字,如其《题玉泉寺》曰："兴尽下山去,知我是谁人。"⑩《白云期黄石岩下作》曰："见酒兴犹在,登山力未衰。"⑪《绝句代书赠钱员外》曰："欲寻秋景闲行去,君病多慵我兴孤。"⑫《春夜喜雪有怀王二十二》曰："山阴应有兴,不卧待徽之。"⑬《自咏》曰："闷发每吟诗引兴,兴来兼酌酒开颜。"⑭《别苏州》曰："还乡信有兴,去郡能无情。"⑮《花前有感兼呈崔相公刘郎中》曰："少日为名多检束,长年无兴可颠狂。"⑯《白莲池泛舟》曰："谁教一片江南兴,逐我殷勤万里来。"⑰《酬皇甫宾客》曰："自嫌诗酒犹多兴,若比先生是俗人。"⑱《登天宫阁》曰："午时乘兴出,薄暮未能还。"⑲《喜闲》曰："兴发宵游寺,慵时昼掩关。"⑳《咏老赠梦得》曰："唯是闲谈兴,

①仇兆鳌《杜诗详注》卷8,中华书局,1979年,第656页。
②仇兆鳌《杜诗详注》卷10,中华书局,1979年,第824页。
③仇兆鳌《杜诗详注》卷11,中华书局,1979年,第905页。
④仇兆鳌《杜诗详注》卷12,中华书局,1979年,第1040页。
⑤仇兆鳌《杜诗详注》卷14,中华书局,1979年,第1187页。
⑥仇兆鳌《杜诗详注》卷14,中华书局,1979年,第1221页。
⑦仇兆鳌《杜诗详注》卷17,中华书局,1979年,第1464页。
⑧仇兆鳌《杜诗详注》卷20,中华书局,1979年,第1733页。
⑨仇兆鳌《杜诗详注》卷22,中华书局,1979年,第1956页。
⑩白居易《白居易集》卷6,中华书局,1979年,第126页。
⑪白居易《白居易集》卷7,中华书局,1979年,第137页。
⑫白居易《白居易集》卷14,中华书局,1979年,第272页。
⑬白居易《白居易集》卷14,中华书局,1979年,第282页。
⑭白居易《白居易集》卷20,中华书局,1979年,第451页。
⑮白居易《白居易集》卷21,中华书局,1979年,第467页。
⑯白居易《白居易集》卷25,中华书局,1979年,第571页。
⑰白居易《白居易集》卷27,中华书局,1979年,第612页。
⑱白居易《白居易集》卷28,中华书局,1979年,第633页。
⑲白居易《白居易集》卷28,中华书局,1979年,第639页。
⑳白居易《白居易集》卷32,中华书局,1979年,第718页。

相逢尚有余。"①《和河南郑尹新岁对雪》曰:"白雪吟诗铃阁开,故情新兴两徘徊。"②《曲江》曰:"何人赏秋景,兴与此时同。"③《又题一绝》曰:"貌随年老欲何如,兴遇春牵尚有余。"④等等。

同是由于篇幅所限,所以以上三家我们也各列了 15 例,而实际上他们都是有五六十处乃至上百处之多的。像这样如此频繁地使用"兴"字,不要说是唐以前,即使唐以后,也是鲜有朝代可比拟的。唐刘全白《故翰林学士李君碣记》评李白说:"善赋诗,才调逸迈,往往兴会属词,恐古人之善诗者亦不逮。"这虽然只是对李白而言,但实际上如果把唐代作为一个整体,以此相评也同样是十分契合的。

与唐代诗歌对"兴"字的挚爱相对应,唐代文论也同样具有喜用"兴"字的特征。这有的体现在当时的作家集评里,如殷璠《河岳英灵集》评常建之诗曰:"其旨远,其兴僻"⑤,评刘眘虚之诗曰:"情幽兴远,思苦词奇"⑥,评贺兰进明之诗曰:"《行路难》五首,并多新兴",评崔署之诗曰:"言词款要,情兴悲凉"⑦等等。

有的体现在当时的诗法著作里,如王昌龄《诗格·论文意》曰:"意欲作文,乘兴便作。若似烦,即止,无令心倦。常如此运之,即兴无休歇,神终不疲。"又曰:"凡神不安,令人不畅无兴,无兴即任睡,睡大养神。"又曰:"纸笔墨常须随身,兴来即录。若无纸笔,羁旅之间意多草草,舟行之后即须安眠。眠足之后,固多清景,江山满怀,合而生兴。"又曰:"须屏绝事务,专任情兴。因此,若有制作,皆奇逸。看兴稍歇,且如诗未成,待后有兴成,却必不得强伤神。"⑧又曰:"凡作诗之人,皆自抄古人诗语精妙之处,名为随身卷子,以防苦思。作文兴若不来,即须看随身卷子,以发兴也。"又曰:"凡诗,物色兼意下(兴)为好。若有物色,无意兴,虽巧亦无处用之。"⑨等等。

---

① 白居易《白居易集》卷 32,中华书局,1979 年,第 735 页。
② 白居易《白居易集·外集》卷上,中华书局,1979 年,第 1511 页。
③ 白居易《白居易集·外集》卷上,中华书局,1979 年,第 1518 页。
④ 白居易《白居易集》卷 33,中华书局,1979 年,第 739 页。
⑤ 殷璠《河岳英灵集》卷上,傅璇琮等《唐人选唐诗新编》(修订本),中华书局,2014 年,第 165 页。
⑥ 殷璠《河岳英灵集》卷上,傅璇琮等《唐人选唐诗新编》(修订本),中华书局,2014 年,第 186 页。
⑦ 殷璠《河岳英灵集》卷上,傅璇琮等《唐人选唐诗新编》(修订本),中华书局,2014 年,第 253～254 页。
⑧ 张伯伟《全唐五代诗格汇考》,凤凰出版社,2002 年,第 170 页。
⑨ 张伯伟《全唐五代诗格汇考》,凤凰出版社,2002 年,第 164～165 页。

也正是基于对于"情兴"在诗歌中的核心地位的清醒认识,所以王昌龄还进一步提出了如何进入情兴、抒发情兴的十四种途径:"起首入兴体十四:一曰感时入兴。二曰引古入兴。三曰犯势入兴。四曰先衣带,后叙事入兴。五曰先叙事,后衣带入兴。六曰叙事入兴。七曰直入比兴。八曰直入兴。九曰托兴入兴。十曰把情入兴。十一曰把声入兴。十二曰景物入兴。十三曰景物兼意入兴。十四曰怨调入兴。"并且对每一种"入兴"途径都举了具体诗例予以说明。如"叙事入兴":"谢灵运诗:'时竟夕澄霁,云归日西驰。密林含馀清,远峰隐半规。久昧昏垫苦,旅馆眺郊岐。'此五句叙事,一句入兴。古诗:'遥闻木叶落,疑是洞庭秋。中宵起长望,正见沧海流。'此三句叙事,一句入兴。"又如"直入比兴":"左太冲诗:'郁郁涧下松,离离山上苗。以彼径寸茎,荫此百尺条。'此诗头两句比入兴也。潘安仁诗:'微身轻蝉翼,弱冠忝嘉招。'此诗一句比入兴也。"①等等。把诗歌创作如何"入兴"的途径探研得如此详细,据此我们也可再次看到"兴"在唐人诗作中的至上地位。

　　唐代文论对"兴"的沉醉,还有一个重要体现,那就是当时的论诗诗。不过,我们这里所说的论诗诗,乃是在广义上讲的,并不是指后世所说的那种专门以诗论诗的诗歌形式。因为这样的诗歌在唐代数量还较少,尽管也有个别成功的例子,如李白《古风五十九首》其一、杜甫《戏为六绝句》等,但是若从整体来看,应当说还依然处在滥觞状态,还远不能反映唐代文论的主要成就。倒是许多并不以论诗为主要指归的诗歌,其中却存在着大量的零散的有关唐人诗歌理念的句子。这些句子由于数量极其繁多,所以对我们认识唐人的诗歌思想,其作用无疑也十分巨大,甚至还可以说超过了那些专论著作。也正缘此,所以我们才也把它们列在论诗诗的名下。有关这一点,在其对"诗""兴"关系的展示上,表现也很突出。

　　举例来说,如王绩《醉后口号》曰:"百年何足度,乘兴且长歌。"②宋之问《夜饮东亭》曰:"高兴南山曲,长谣横素琴。"③张九龄《旅宿淮阳亭口号》曰:"兴来谁与晤,劳者自为歌。"④张说《伯奴边见归田赋因投赵侍御》曰:

<hr>

① 张伯伟《全唐五代诗格汇考》,凤凰出版社,2002年,第173~175页。
② 王绩《王无功文集》卷2,上海古籍出版社,1987年,第58页。
③ 陶敏、易淑琼《宋之问集校注》卷4,《沈佺期宋之问集校注》,中华书局,2017年,第577页。
④ 张九龄《曲江集》,广大东人民出版社,1986年,第197页。

"放言久无次,触兴感成篇。"①岑参《送王大昌龄赴江宁》曰:"舟中饶孤兴,湖上多新诗。"②储光羲《敬酬陈掾亲家翁秋夜有赠》曰:"清秋忽高兴,震藻若有神。"③刘禹锡《送王司马之陕州》曰:"案牍来时唯署字,风烟入兴便成章。"④权德舆《浩歌》曰:"杖策出蓬荜,浩歌秋兴长。"⑤等等。彼此对照不难发现,它们把"兴"在诗歌创作中的重要意义、重要特征,可谓也都展现出来了。

当然,对此呈现得更加充分的还要数李杜白,他们在这方面取得的成就,较之他人也同样是佼佼者。举例来说,如李白《江上吟》曰:"兴酣落笔摇五岳,诗成笑傲凌沧州。"⑥《庐山谣寄卢侍御虚舟》曰:"好为庐山谣,兴因庐山发。"⑦《留别广陵诸公》:"乘兴忽复起,棹歌溪中船。"⑧《送鞠十少府》曰:"试发清秋兴,因为吴会吟。"⑨《酬张司马赠墨》:"今日赠余兰亭去,兴来洒笔会稽山。"⑩《玩月金陵城西…访崔四侍御》曰:"兴发歌绿水,秦客为之摇。"⑪《答族侄僧中孚赠玉泉仙人掌茶》:"朝坐有余兴,长吟播诸天。"⑫等等。杜甫《陪李北海宴历下亭》曰:"云山已发兴,玉佩仍当歌。"⑬《和裴迪登蜀州东亭送客逢早梅》曰:"东阁官梅动诗兴,还如何逊在扬州。"⑭《可惜》曰:"宽心应是酒,遣兴莫过诗。"⑮《至后》曰:"愁极本凭诗遣兴,诗成吟咏转凄凉。"⑯《西阁二首》曰:"诗尽人间兴,兼须入海求。"⑰《宴

①张说《张燕公集》卷7,上海古籍出版社,1992年,第44页。

②廖立《岑嘉州诗笺注》卷1,中华书局,2004年,第32页。

③彭定求等《全唐诗》卷138,中华书局,1999年,第1396页。

④瞿蜕园《刘禹锡集笺证》卷28,上海古籍出版社,1989年,第882页。

⑤彭定求等《全唐诗》卷320,中华书局,1999年,第3613页。

⑥瞿蜕园、朱金城《李白集校注》卷7,上海古籍出版社,1980年,第480页。

⑦瞿蜕园、朱金城《李白集校注》卷14,上海古籍出版社,1980年,第863页。

⑧瞿蜕园、朱金城《李白集校注》卷15,上海古籍出版社,1980年,第917页。

⑨瞿蜕园、朱金城《李白集校注》卷18,上海古籍出版社,1980年,第1057页。

⑩瞿蜕园、朱金城《李白集校注》卷19,上海古籍出版社,1980年,第1097页。

⑪瞿蜕园、朱金城《李白集校注》卷19,上海古籍出版社,1980年,第1123页。

⑫瞿蜕园、朱金城《李白集校注》卷19,上海古籍出版社,1980年,第1127页。

⑬仇兆鳌《杜诗详注》卷1,中华书局,1979年,第37页。

⑭仇兆鳌《杜诗详注》卷9,中华书局,1979年,第781页。

⑮仇兆鳌《杜诗详注》卷10,中华书局,1979年,第803页。

⑯仇兆鳌《杜诗详注》卷14,中华书局,1979年,第1199页。

⑰仇兆鳌《杜诗详注》卷17,中华书局,1979年,第1474页。

胡侍御书堂》曰:"翰林名有素,墨客兴无违。"①《暮春陪李尚书李中丞过郑监湖亭泛舟》曰:"玉尊移晚兴,桂楫带酣歌。"②等等。白居易《香炉峰下新置草堂即事咏怀题于石上》曰:"兴酣仰天歌,歌中聊寄言。"③《山路偶兴》曰:"独吟还独啸,此兴殊未恶。"④《有感三首》曰:"更若有兴来,狂歌酒一盏。"⑤《闲咏》曰:"夜学禅多坐,秋牵兴暂吟。"⑥《座中戏呈诸少年》曰:"兴来吟咏从成癖,饮后酣歌少放狂。"⑦《北窗三友》曰:"兴酣不叠纸,走笔操狂词。"⑧《春尽日天津桥醉吟偶呈李尹侍郎》曰:"兴发诗随口,狂来酒寄身。"⑨《对酒闲吟赠同老者》曰:"兴来吟一篇,吟罢酒一卮。"⑩等等。

另外,还有一些诗人,在这方面取得的成就也堪与李杜白比列,譬如钱起,在他的诗文里就也有不少涉及诗、兴关系的句子。如其《省中对雪寄元判官拾遗昆季》曰:"今朝谢家兴,几处郢歌传。"⑪《裴迪南门秋夜对月》曰:"夜来诗酒兴,月满谢公楼。"⑫《苏端林亭对酒喜雨》曰:"芳尊深几许,此兴可酣歌。"⑬《送李秀才落第游荆楚》曰:"名逃郄诜策,兴发谢玄文。"⑭《奉和杜相公移长兴宅奉呈元相公》曰:"兴来文雅振,清韵掷双金。"⑮《太子李舍人城东别业与二三文友逃暑》曰:"兹夕兴难尽,澄罍照墨场。"《中书王舍人辋川旧居》曰:"景深青眼下,兴绝彩毫端。"⑯《江行无题一百首》曰:"幸有烟波兴,宁辞笔砚劳。"⑰等等。

虽然以上诗句都很简略,所表达的意指也并不费解,但是像这样如此

---

①仇兆鳌《杜诗详注》卷21,中华书局,1979年,第1878页。
②仇兆鳌《杜诗详注》卷21,中华书局,1979年,第1883页。
③白居易《白居易集》卷7,中华书局,1979年,第137页。
④白居易《白居易集》卷8,中华书局,1979年,第153页。
⑤白居易《白居易集》卷21,中华书局,1979年,第469页。
⑥白居易《白居易集》卷25,中华书局,1979年,第558页。
⑦白居易《白居易集》卷28,中华书局,1979年,第648页。
⑧白居易《白居易集》卷29,中华书局,1979年,第666页。
⑨白居易《白居易集》卷33,中华书局,1979年,第743页。
⑩白居易《白居易集》卷36,中华书局,1979年,第824页。
⑪彭定求等《全唐诗》卷237,中华书局,1999年,第2618页。
⑫彭定求等《全唐诗》卷237,中华书局,1999年,第2624页。
⑬彭定求等《全唐诗》卷237,中华书局,1999年,第2640页。
⑭彭定求等《全唐诗》卷238,中华书局,1999年,第2647页。
⑮彭定求等《全唐诗》卷238,中华书局,1999年,第2655页。
⑯彭定求等《全唐诗》卷238,中华书局,1999年,第2658～2659页。
⑰彭定求等《全唐诗》卷239,中华书局,1999年,第2675页。

不厌其烦地述说着同一主题:诗歌创作乃以人的情兴为基础,情兴乃诗歌创作的根本动力,这在之前确是未曾有过的。不仅是以前,即使在以后也同样没有哪个朝代堪与比肩。这一情状再次表明以兴为本,放怀任意,不加拘束,一任自然,这确实已成唐人为诗的基本理念。这种理念不仅被唐人视为其精神自由,思想解放的标志,而且也同样被视为其真性发露,文学觉醒的表现。显而易见,在他们心中,情兴为诗不仅是唐诗最显著的特色,而且也是唐人对于中国诗坛的最大贡献。也正基于这样的前提,所以"兴"字才会最终成为唐代文论的核心范畴。虽然"兴"字在"情兴"意义上的使用可以远溯至汉末,但是正如本节开头所示,之所以一直到唐代,它的含蕴才得在托名贾岛的《二南密旨》里得到揭示:"兴者,情也,谓外感于物,内动于情,情不可遏,故曰兴",这与唐人对于唐代诗歌以"兴"为本的艺术风貌、审美特质以及历史地位的清醒认识,显然是有着千丝万缕的联系的。

虽然说在《二南密旨》里,作者并没有把"赋比兴"之"兴"与"情兴"之"兴"区分开来,但是由此我们也只能得出他对"赋比兴"之"兴"缺乏认识的结论,而并不能据此就从而认为他对"情兴"之"兴"也缺乏理解。或者换句话说,《二南密旨》的作者实是把"情兴"之"兴"误当作"赋比兴"之"兴"了。之所以出现这种情况,这当是因为无论是"外感于物,内动于情"的"情兴"之"兴",还是"先言他物以引起所咏之词"的"赋比兴"之"兴",它们在表现形式上都是先物后人,并不存在什么明显的差别,所以《二南密旨》的作者将其混为一谈,也就并不奇怪了。

六、唐代之后"情兴论"思想地位的变化

如上所述,"情兴论"思想之所以得以在中古流行,并在唐代达到巅峰,原因固然非止一端,但是其中最根本的恐怕还是门阀势力的长期执政,佛老哲学的长期繁荣所导致的。也正因此,所以随着中古门阀制度的解体,宋明理学统治的加强,那种以兴为本,纵情放意,不加拘束的诗学理念与创作风气也就逐渐消落下去。这也可以从三个方面加以说明。

第一,纵情放意,不加拘束的创作风气,虽然在唐代之后依然存在,但这只主要体现在一些词曲、戏剧与小说的创作中。由于这些创作往往被正统观念视为"雕虫小道",不登大雅之堂,所以反而使它们得以逍遥法外,不受拘束,并由此取得了巨大发展。如宋词创作,元杂剧创作,汤显祖与洪昇

等的传奇创作,蒲松龄与曹雪芹等的小说创作,可以说在这方面都是很典型的。不过,颇为遗憾的是在明清以后,随着理学统治的进一步强化,这些不登大雅之堂的"雕虫小道"也每每被打上礼法政教的色彩,如此,相对于理学影响还比较薄弱的宋词创作、元杂剧创作,明清时期就连这些所谓的"雕虫小道",其乘兴而作,纵情而为的特点也进一步淡化了。最起码从整体来看是这样的。明白于此,那么明清时期词的创作之所以远远赶不上宋代,而戏剧与小说创作之所以也每每良莠杂陈,其中的缘由也就不难推知了。

第二,在诗歌创作上,虽然在接下来的宋代,也仍有不少诗人喜用"兴"字,并且其数量与唐人相比也毫不逊色,但是由于他们的诗作数量也十分之大,往往比唐人高出一两倍,甚乃好几倍,所以若就"兴"字的使用频率看,较之唐人他们也仍是要衰逊很多的。

在这方面最具说服力的就是陆游。由于陆游的诗歌创作十分注重对唐人的学习,所以诗中用到的"兴"字也十分之多,甚乃高达二百四五十例,这是任何一个唐人都无法比拟的。可是另一方面由于陆游现存的诗歌数量也十分之大,高达上万首,是白居易的三倍多,杜甫的六倍多,李白的九倍多,所以若就"兴"字的使用频率看,他不仅远远比不上李白与杜甫,并且也比不上白居易。倒是作诗数量并不算太多的王禹偁与王安石,他们的诗中"兴"字的频率还要与李杜接近些。除此之外,其他诗人,如欧阳修、梅尧臣、苏东坡、黄庭坚、陈师道、陈与义、杨万里、范成大、戴复古与刘克庄等,与李杜相较,也都是要相差很远的。不仅比不上白居易,即与陆游相较,也是罕少能超越的。而在唐代诗歌中能与李杜比肩者却大有人在,如张说、孟浩然与岑参等。还有不少诗人其用"兴"的比率甚至比李杜还要高,如张九龄、高适与钱起等。

据此足见,虽然在唐代之后,也有一些诗人很喜用"兴"字,但是其在总体趋向上还是要明显呈下降态势的。宋代不如唐代,元明清又不如宋。也正是以此为根据,所以我们才认为情兴为诗,一从自然,这只有在唐代才是最流行的。如果再考虑到唐代之后的诗歌创作,大都带有为文造情,为作而作,心中无"兴"而强自说"兴"的色彩的话,那么,唐代诗歌其乘兴而作,开怀放意,无所拘泥的创作趣尚,也就变得更为醒目,更为凸出了。

第三,在文论建构上,虽然唐人对"情兴论"思想的表述,既不规范也不系统,但是这并不意味着他们对此认识不深刻。正如许多学者所说,由于唐人崇尚佛老,热爱自由,笃信自然,所以他们往往敢于行动,勇于实践,而对理论的阐发表述则并不热心。也正缘此,所以我们认为唐人在"情兴论"思想的建构上,虽然表现得并不完善,但这只能说是表述的不完善,而并不能说是认识的不完善。也正由于唐人对于"情兴为诗"已有清醒的认识,所以对于"兴"的本质,对于"情兴论"思想的核心内涵,都已作了明确的揭示,只是表述不够规范,不够系统,比较零碎罢了。后人有关这一问题的阐述,虽然较唐人更为充分,更为周延,但是也仍然不外是对于唐人的已有阐发所作的发挥延伸,修葺补苴而已,对于"情兴论"的基本蕴涵其实并无多大发明。

如杨万里《答建康府大军库监门徐达书》曰:"大抵诗之作也,兴,上也;赋,次也;赓和,不得已也。我初无意于作是诗,而是物是事适然触乎我,我之意亦适然感乎是物是事。触先焉,感随焉,而是诗出焉。我何与也哉?天也,斯谓之兴。"[1]谢榛《四溟诗话》曰:"诗有不立意造句,以兴为主,漫然成篇者,此诗之入化也。"[2]"凡作诗悲欢皆由乎兴,非兴则造语弗工。欢喜之意有限,悲感之意无穷。欢喜诗,兴中得者虽佳,但宜乎短章;悲感诗,兴中得者更佳。至于千言反覆,愈长愈健,熟读李杜全集方知无处无时而非兴也。"[3]袁黄《诗赋》曰:"感事触情,缘情生境,物类易陈,衷肠莫罄,可以起愚顽,可以发聪听,飘然若羚羊之挂角,悠然若天马之行径,寻之无踪,斯谓之兴。"[4]王昱《东庄论画》曰:"未作画前,全在养兴。或睹云泉,或观花鸟,或散步清吟,或焚香啜茗,俟胸中有得,技痒兴发,即伸纸舒毫,兴尽斯止。至有兴时,续成之。自必天机活泼,迥出尘表。"[5]归庄《吴门唱和诗序》曰:"夫兴会,则深室不如登山临水,静夜不如良辰吉日,独坐焚香啜茗不如与高朋胜友飞觥痛饮之为欢畅也。于是分韵刻烛,争奇斗捷,豪气狂才,高怀深致,错出并见,其诗必有可观。"[6]等等。

以上这些论述,可以说都是古人说"兴"的著名文段。可是如果与上文

---

① 蒋述卓等《宋代文艺理论集成》,中国社会科学出版社,2000 年,第 817 页。
② 谢榛《四溟诗话》卷 1,《历代诗话续编》,中华书局,1983 年,第 1152 页。
③ 谢榛《四溟诗话》卷 3,《历代诗话续编》,中华书局,1983 年,第 1194 页。
④ 马积高《历代辞赋总汇》(明代卷)第 8 册,湖南文艺出版社,2014 年,第 7273 页。
⑤ 王昱《东庄论画》,于安澜《画论丛刊》,人民美术出版社,1989 年,第 260 页。
⑥ 归庄《归庄集》卷 3,中华书局,1962 年,第 191~192 页。

所列唐人的相关表述加以对比，将不难发现它们实际并无什么新的内容，至多不过是把"情兴为诗"的特点作了更进一步的阐释罢了。不要说是"情兴"的培养，"情兴"对作诗的重要价值，也不要说是"情兴"的酣畅郁勃，不可遏止，即是"情兴"那难以测度，来去无踪的神妙特征，如上所列，储光羲、李白与白居易等人的诗句，也同样早就作出了明确的揭示。如"清秋忽高兴，震藻若有神"，"兴来洒笔会稽山"，"兴酣落笔摇五岳"，"兴发诗随口"，"兴酣不叠纸，走笔操狂词"等等。

当然，唐代之后学者们对于"情兴论"的阐发，还有更有体系的著作。如严羽的"兴趣说"，李贽的"童心说"，公安三袁与袁枚的"性灵说"，王士祯的"神韵说"等。但是稍加辨析，也不难发现无论是"童心说"还是"性灵说"，它们所强调的都不外是"情兴"的本真性，有关这一点，其实中古人早就讲得很清楚了。所以它们对于"情兴论"的提升，也是十分有限的。至于严羽的"兴趣说"与王士祯的"神韵说"，前者主要强调的是"情兴"对于才学与哲理的吸收与融合，后者主要强调的是风流自然、从容自得、淡然无迹的雅人深致，二家的探讨虽然开阔了"情兴论"的视域，但是其实已偏离了"情兴论"的本旨。所以若就"情兴论"自身的发展看，他们对它所作的开掘也同样是有限的。

由此足见，作为中古文论的最大贡献，"情兴论"思想在唐代的构建确已取得极大成就。尽管唐人对于它的阐述既不规范，也不系统，但是其核心内涵已经得到明确的揭示，其潜在义蕴也已得到清醒的认识。唐代之后学者们对它尽管还有不断的阐发，但对它的基本要义已经不能再增添什么了。尽管对它也有不断的关注，但它在魏晋六朝以及唐人心中那种一家独大的地位，也早如昔日黄花，辉光难再了。如果看不到这一点，那无论是对中国诗歌的创作史还是理论史，其认识都将是不深刻的。

七、余论

由以上所述不难看出，以魏晋玄佛心性至善的人性论思想以及与之相应的"性其情"理论为基础，中古士人对诗歌创作的认识确实发生了很大变化。把诗歌创作看作人的内在真性的体现，把"情兴为诗"看作诗歌创作的根本途径，这样的创作思想确实为"诗言志"观念的发展完善注入了新的内容。正如"赋比兴"之"兴"强调效天法地，天人合一，"兴寄"之"兴"强调人文关怀,现实干预一样,"情兴为诗"这一思想在中古的流行,也同样从另一角度对诗歌创作所抒情志的合法性提出了新的要求。再进一步说,也就是"赋比兴"之"兴","兴寄"之"兴"与"情兴"之"兴",它们三者虽然对于"诗言志"观念的理解不同,对于诗歌创作所提出的要求不同,但是在希望对诗歌创作的"言志"特征有所规范,有所提升这一点上,它们则是完全一致的。明白于此,那么"情兴为诗","以兴为本"这一创作理念的产生,其对"诗言志"观念建构的价值有多高,其对中国诗歌发展的意义有多大,我们也就无需多议了。

总之,与"赋比兴"之"兴"、"兴寄"之"兴"不同,"情兴"之"兴"完全是在另一理路、另一义域提出的。它不像前二者那样都读平声,而是另起炉灶,别为一家,读作去声。由于这一差别的存在,所以我们在理解那些含"兴"的概念时,首先第一步就是要弄清它们的读音。既不能把平声读为去声,也不能把去声读为平声。比如潘岳的《秋兴赋》,李善注说:"兴者,感秋而兴此赋,故因名之。"这一理解显然就是不准确的。因为"兴"在这里显应读去声,意为"情兴",而李善显然把它读成平声了。熊开发说:"'秋兴'就是有感于秋风秋气秋景而起之兴","秋风一起,骤然而生种种感怀,这就叫做'秋兴'"。这样理解就融切多了。上文李白《秋日鲁郡尧祠亭上》说:"我觉秋兴逸,谁言秋兴悲。"这两个"兴"字无疑就也是在这个意义讲的。

再如"感兴",它也是中国诗论中一个十分重要的概念。有的学者说:"所谓'感兴'之'兴',有时指的就是因感而起的'情',有人直接就称之为'情兴'。"[1]有的学者说:"'感兴'是一种直接触发的状态,其中没有(或很少)推理分析活动,这与平常为文常由理智指导不同,故称这种感兴为'兴趣'。"[2]还有学者认为:"'感兴'是指创作情感的自由激发","是一种突发性的情感激荡"[3],"代表个体身心进入一种高度兴奋状态"[4]。等等。以上理解,无疑也都是需要斟酌的。因为"感兴"之"兴"显然也应读平声,而以上诸家却一律都把它读作了去声。读作平声,其意乃谓因为遇到了某物的

①熊开发《关于"兴象"之"兴"字源语义的辨析》,《北京联合大学学报》2016 年第 3 期,第 91 页。

②黄景进《严羽及其诗论之研究》,台湾文史哲出版社,1986 年,第 114 页。

③袁济喜《论六朝"感兴说"与时代风尚》,《中国社会科学院研究生院学报》1990 年第 4 期,第 76～79 页。

④王一川《感兴传统面对生活—文化的物化:当代美学的一个新课题》,《文艺争鸣》2013 年第 13 期,第 16 页。

感发,于是兴起了种种心念。这些心念可以是某种哲理,也可以是某种情感;可以是某种历史反思,也可以是某种现实感慨。总而言之,其涵蕴是非常广泛的。可是一旦读为去声,那么,"兴"就只能指某种酣浓的感情,这样一来,把"感兴"这一概念的应用范围,就给大大缩小了。

再如"兴象",其中的"兴"字也同样是平声,它的所指也是非常广泛的。可是有的学者说:"'兴'就是情,但不是一般的感情,而是触物所兴,形之于诗之情",并且还举了李白"好为庐山谣,兴因庐山发",杜甫"东阁官梅动诗兴,还如何逊在扬州"等等诗句作为证明①。这样理解,就也同样把"兴象"的使用范围给大大缩减了。据此可见,由于"兴"在古代文论中的用法十分复杂,所以对那些含"兴"的概念,我们理应小心对待。如果不弄清它们的读音就妄下判断,那是很容易造成误解的。

第四节　前人对"赋比兴"之"兴"的诸多误解

正如本章第一节所说,"赋比兴"的概念即使是由先秦人提出的,但对它们最早加以解释的也是汉人。由于汉人毕竟去先秦比较近,因此他们的解释无论是与《诗经》的作者还是"赋比兴"概念的提出者,其思维理路都应当是更接近的。正基于此,所以我们认为在魏晋之后的众多解释中,除了钟嵘、刘勰和孔颖达等少数学者乃对汉人的发挥或沿袭外,其他多数解说都是不正确的。当然这里说"不正确",并不意味着它们毫无意义,或者说在创作中根本不存在,而是指这些理解一方面已经背离了《诗经》的本来面目,篡改了"赋比兴"的本来蕴含,而另一方面却又认为只有它们才是最可信的。那么,在魏晋之后主要都出现了哪些不周延的解释呢?大而言之,主要有以下三类:一是强引情兴,以释比兴;二是谓兴无义,可兼赋比;三是抹杀差别,执求统一。

一、强引情兴,以释比兴

正如我们上文一再强调的,魏晋人所说的"情兴"之"兴"与两汉人所说的"比兴"之"兴"实不是一回事,前者读去声,后者读平声,二者无论在哲学

---

① 霍松林《中国诗论史》,黄山书社,2007 年,第 499 页。

基础还是具体所指上可以说都是风马牛不相及的。不过,值得注意的是,由于"情兴"之"兴"往往乃指一种触景而生、因物而发的主体情感,因此它在表述形式上在很多时候与"赋比兴"之"兴"可以说并无两样。也就是说就像"赋比兴"之"兴"往往先列外物,然后再举人事一样,诗人主体对于"情兴"之"兴"的叙写往往采用的也是这一形式,即先列物景,然后再由景及人。也正由于这种形式的相似,所以历来有不少学者在解释"赋比兴"之"兴"时,都不同程度地受到了"情兴"的影响。

如西晋挚虞说:"比者,喻类之言也。兴者,有感之辞也。"①北宋李仲蒙说:"索物以托情谓之比,情附物者也。触物以起情谓之兴,物动情者也。"②南宋黄彻说:"比者引物连类,兴者因事感发。"③明郝敬说:"意象附合曰比,感动触发曰兴。"④清人方东树说:"比但以物相比,兴则因物感触,言在于此而义寄于彼。"⑤又,今人黄春贵说:"比者,为一种类似之联想,亦即类似之譬喻。""兴者,为一种继起之联想",两物之间"不必类似",甚至还可彼此"相对","故有物同而感异者,亦有事异而情同者",总之"随兴所之","见景生情,偶然感发,无迹可寻"⑥。又,黄振民说:凡"无意触物,起于无意联想者"为兴,凡"有意索物,起于有意联想者"为比⑦。又,叶嘉莹说:"'比'是先有一种情意然后以适当的形象来拟比,其意识之活动乃是由心及物的关系;而'兴'则是先对于一种物象有所感受,然后引发起内心之情意,其意识之活动乃是由物及心的关系。前者之关系往往多带有思索之安排,后者之关系则往往多出于自然之感发。"⑧等等。彼此对照,不难看出以上所有这些论说,它们所表达的意指可谓是非常一致的。

可是在事实上,把"赋比兴"之"兴"释为"触物以起情",这却是根本经不起推敲的。因为《诗经》之"兴"有关外物的描写,有很多都是对平日常见之物的撷取,只是为当下的思想感受提供托助,所以才被诗人引而入诗。

---

①挚虞《文章流别论》,严可均《全晋文》卷77,《全上古三代秦汉三国六朝文》,中华书局,1958年,第1905页。

②胡寅《致李叔易》引,《斐然集》卷18,中华书局,1993年,第386页。

③魏庆之《诗人玉屑》卷13引,上海古籍出版社,1978年,第268页。

④郝敬《毛诗原解序》,《毛诗原解》,中华书局,1991年,第9页。

⑤方东树《昭昧詹言》卷18,人民文学出版社,1984年,第419页。

⑥黄春贵《文心雕龙之创作论》,台湾文史哲出版社,1978年,第53~59页。

⑦黄振民《诗经研究》,台湾正中书局,1982年,第186页。

⑧叶嘉莹《叶嘉莹说词》,上海古籍出版社,1999年,第115页。

譬如《鄘风·相鼠》"相鼠有皮,人而无仪",显然不是看到了老鼠,然后才想到人应当有仪。《邶风·谷风》"采葑采菲,无以下体。德音莫违,及尔同死",显然也不是看到了葑菲,然后才想到对待妻子要德、貌并取。《卫风·氓》"桑之未落,其叶沃若。于嗟鸠兮,勿食桑椹。于嗟女兮,勿与士耽",也同样不应当是目睹了桑、鸠,然后才懂得了"勿与士耽"的道理。如果认为必须"触物以起情"才能称"兴",这显然与《诗经》"兴辞"的实际相违背。

虽然在《诗经》中也确实有一些取兴之物,我们将之视为眼前之景也于理不悖,但是在实际上它们究竟是否是眼前之景,我们常常却是很难证明的。譬如《周南·关雎》首章"关关雎鸠,在河之洲",我们就很难判定它是当下所见还是往日所历[①]。更何况据实而论,借助以前所见到的自然景象加以托证,和借助眼前的自然景象加以托证,二者之间其实也并无什么本质差异。也正基此,所以我们认为有的学者,如清人吴毓汾、今人黄侃等,虽然也强调"兴辞"的假托功能,但是另一方面却又把这种"假托"仅仅局限在对眼前忽见之物的假托上,这样的界定也同样太狭隘了。如前者说"好恶动于中而适触于物,假以明志谓之兴"[②],后者说"原夫兴之为用,触物以起情,节取以托意"[③]等等。所以彼此比较,我们还是认为南宋朱熹说得好:"兴体不一,或借眼前物事说将起,或别自将一物说起。……如'青青河畔草''青青水中蒲',皆是别借此物,兴起其辞,非必有感有见于此物也。"[④]虽然朱熹有关"兴"的其他方面的理解也不正确(详下),但是在对起兴之物究竟是往日所历还是当下所见的认定上,他的看法还是颇为可信的。

当然,在《诗经》中一些并不带譬喻意义的,也即纯粹的触景生情的文例也是有的。如《秦风·蒹葭》:"蒹葭苍苍,白露为霜。所谓伊人,在水一方。"又,《小雅·采薇》:"采薇采薇,薇亦作止。曰归曰归,岁亦莫(暮)止。"等等。十分明显,前者是诗人因秋景的凄凉,更触发了他对爱人的想望;后者是诗人由薇的变化,感受到了时间的推移,由此更触发了他久戍不归的

---

①按,黎锦熙云:"作诗的人,偶然看见河洲上有一对水鸟,鸪鸪地叫得狠(很)和悦可听,便兴起了求相当的配偶的感想。"这样的论断显然太绝对。详黎锦熙《修辞学比兴篇》,商务印书馆,1936年,第64页。

②陈奂《诗毛氏传疏》卷1引,中国书店,1984年,第3页。

③黄侃《文心雕龙札记》,上海古籍出版社,2000年,第172页。

④黎靖德《朱子语类》卷80,中华书局,1986年,第2070~2071页。

哀伤。可以说无论是前者还是后者都应当是实景实说,把它们理解为触景生情是完全可行的。那么,两汉人对此又怎样看呢?由毛传看,对于后者毛亨并没有把它当"兴"看,而对前者毛亨虽也给了一个"兴也"的判断,但是他对此所作的解释却是:"兴也。蒹,廉。葭,芦也。苍苍,盛也。白露凝戾为霜,然后岁事成,国家待礼然后兴。"①毫无疑问,他所遵依的也还是取物为譬,引物为类,"托事于物"的路子,而并没有把它当"触景生情"来认识。尽管这一解说并不符合"蒹葭苍苍"的实际,表现得颇为生硬牵强,但是它却从另一方面说明实景实说、触景生情乃为"赋",它与"比兴"之"兴"是并不相干的。无视"兴""比"同为譬喻的成说,而将其训解为"触景生情",这样的理解显然远远背离了"兴辞"的本义②。

　　因为"触景生情"表述形式的影响,前人在"比兴"之"兴"的理解上所犯的另一个错误是:有不少学者都喜把"兴辞"的含蓄婉转、发人深思,归因到作者的偶见外物,猝与物会,感发无端,无迹可求上。如北宋苏辙说:"夫兴之为体,犹曰其意云尔。意有所触乎当时,时已去而不可知,故其类可以意推,而不可以言解也。《殷其雷》曰:'殷其雷,在南山之阳。'此非有所取乎雷也,盖必其当时之所见而有动乎其意,故后之人不可以求得其说,此其所以为兴也。"③又,南宋罗大经说:"兴者,因物感触,言在于此,而意寄于彼,玩味乃可识,非若赋比之直言其事也。"④又,南宋郑樵说:"'关关雎鸠',……是作诗者一时之兴,所见在是,不谋而感于心也。凡兴者所见在此,所得在彼,不可以事类推,不可以理义求也。兴在鸳鸯,则'鸳鸯在梁',可以美后妃也;兴在鸤鸠,则'鸤鸠在桑',可以美后妃也;兴在黄鸟,在桑扈,则'绵蛮黄鸟''交交桑扈',皆可以美后妃也。如必曰关雎,然后可以美后妃,他无预焉,不可以语诗也。"⑤又,清人陈启源说:"兴者兴会所至,非

---

①孔颖达《毛诗正义》卷6,孔颖达等《十三经注疏》,中华书局,1980年,第372页。
②按,在刘勰的《文心雕龙》中,"比兴"之"兴"与"情兴"之"兴"不仅两者共存,而且区分的还是很清楚的。如上所引,其《比兴》篇曰:"兴则环譬以托讽","依微以拟议"。这显然用的乃汉人旧义。但在其他一些篇目中,如《物色》云:"四序纷回,而入兴贵闲","春日迟迟,秋风飒飒。情往似赠,兴来如答"等等,这则显然用的又是"情兴"之"兴"。详范文澜《文心雕龙注》卷10,人民文学出版社,1958年,第694~695页。
③苏辙《诗论》,《栾城应诏集》卷4,《栾城集》,上海古籍出版社,1987年,第1614页。
④罗大经《鹤林玉露》乙编卷4《诗兴》,中华书局,1983年,第185页。
⑤郑樵《六经奥论·总论六经·读诗易法》,《文渊阁四库全书》第184册,上海古籍出版社,1987年,第12页。

即非离,言在此,意在彼,其词微,其指远。比者,一正一喻,两相譬况,其词决,其指显。"①又,今人刘永济说:"比者,著者先有此情,亟思倾泄,或嫌于径直,乃索物比方言之。兴者,作者虽先有此情,但蕴而未发,偶触于事物,与本情相符,因而兴起本情。前者属有意,后者出无心。有意者比附分明故显,无心者无端流露故隐。"②等等。

如前所言,钟嵘对于"兴"的"文已尽而意有余"的含义的界说,既是对两汉旧义的继承,也是对两汉旧义的发挥。因为在《诗经》中,与"比"相较,比显而兴隐,比直而兴婉,兴辞的含蓄性本来就是它自身所涵存的。只是由于《诗经》中的兴辞往往都是"借彼一物以引起此事,而其事常在下句",所以其含蓄性才无法与那种只有"兴"句而没有本体的兴辞相比论。足见"兴"的含蓄性实由托物为助、以物证人而来,这一点是我们无论如何都无法否认的。更何况在上文我们还有反复的论证,证明表示"情不可遏"的"情兴"之"兴"与表示"有所托助"的"赋比兴"之"兴",乃是两种根本不同的文学现象。前后二者一读去声,一读平声,连语音都是有别的③。"文已尽而意有余"之"兴"既由"赋比兴"之"兴"发展而来,则其语意与"情兴"之"兴"也自当有天渊之别。说"文已尽而意有余"的修辞表现是"言在此而意在彼"固然没错,但是把这种"言在此而意在彼"的艺术特征的生成,完全看作是忽与物遇,猝然感发,往来无迹,难以理推的"情兴"之"兴"的必然结果,这样的理解就与"赋比兴"之"兴"的本有面目相去甚远了。

为了进一步证明"比兴"之"兴"与"情兴"之"兴"的同一性,有的学者甚至还进而将探索的笔触伸展到了对"兴"的本义的探求上,希望通过这一探求进一步说明触景生情、情不可遏,原本就是内在于"比兴"之"兴"的用法中的。如陈世骧说:"兴"原本"乃是初民合群举物旋游时所发出的声音,带着神采飞逸的气氛,共同举起一件物体而旋转"④。又,周策综说:"兴"原为祭仪,与祈求或欢庆丰产的宗教活动有关。早期的"兴"即是陈器物歌舞,并相伴颂赞祝诔之词。这种习俗后来就演变成了"即物起兴"的诗

---

①陈启源《毛诗稽古编》卷25,《文渊阁四库全书》第85册,上海古籍出版社,1987年,第698页。

②刘永济《文心雕龙校释》,中华书局,1962年,第142页。

③按,有的学者说:"兴观群怨"之"兴"应读平声,指"诗的功用";"赋比兴"之"兴"应读去声,指"诗的作法"。这种看法显然难以成立。详蔡仲翔等《中国文学理论史》,北京出版社,1987年,第17页。

④陈世骧《原兴:兼论中国文学特质》,《陈世骧文存》,辽宁教育出版社,1998年,第155页。

法①。又,刘怀荣也云:"赋、比、兴本为巫文化的产物,最初都与具体的祭祀行为有关,不过各有侧重罢了。兴重在追求'人神同一'的境界,比重在借舞蹈(双人舞、集体舞)获取'人神相亲'的效果,赋则是通过献上物品,以求得人神的交通。"②等等。

那么,以上这些说法都有何根据呢?概而言之,不外有三:其一,"兴"字的古形:四手共抬一物,物下一"口",被认为是抬物共呼的写照。但是正如许多学者所说,四手共抬一物,所取乃是"使起""托起"之意;下面复加一"口",乃为参照之用,说明所抬之物已离"口"而起。一定要将它与《吕氏春秋·仲夏纪·古乐》所描写的带有某些原始宗教色彩的"昔葛天氏之乐,三人操牛尾投足以歌八阕"③的庆典活动联系起来,这样的做法也显然太过随意,太乏理性了。"兴"的本义就是"起""使起"的意思,加以引申才有"情兴""兴会"之义,这早已是一不争的事实。推翻这一前提而试图把"情兴""兴会"当作"兴"的初义,这一做法无疑也同样值得商榷。

其二,古代的兴祭。《周礼·天官·司裘》:"大丧,廞裘。"郑玄注:"廞,兴也,若《诗》之兴,谓象似(原作饰,从阮校改)而作之。凡为神之偶衣,物必沾而小耳。"贾公彦疏:"廞,犹兴也。兴,象生时裘而为之。……《车仆》云:'大丧,廞革车。'《圉人》云:'廞马。'亦如之,即是所廞车马。又《礼记·檀弓》云:'竹不成用,瓦不成味,琴瑟张而不平,竽笙备而不和。'皆是兴,象所作明器。……郑云'神之偶衣',谓作送死之衣与生时衣服相似。又云'物沾而小'者,沾,粗也,谓其物沾略而又小,即'竹不成用,瓦不成味'是也。"④也正是以此根据,所以有不少学者都认为"兴"的更原始的意义乃是娱神的祭祀,并进而根据《周礼·地官·舞师》的记述"凡小祭祀,则不兴舞"⑤,进一步认为这种兴祭活动中所伴随的歌舞就叫"兴舞"。其实无论是"兴舞"之"兴",还是上文的"廞(兴)裘""廞(兴)革车""廞(兴)马"之"廞

---

①周策纵《古巫医与"六诗"考:中国浪漫文学探源》,上海古籍出版社,2009年,第132页。
②刘怀荣《赋比兴与中国诗学研究》,人民出版社,2007年,第4页。
③许维遹《吕氏春秋集释》卷5,中华书局,2009年,第118页。
④贾公彦《周礼注疏》卷7,孔颖达等《十三经注疏》,中华书局,1980年,第684页。
⑤贾公彦《周礼注疏》卷12,孔颖达等《十三经注疏》,中华书局,1980年,第721页。

（兴）"，它们都是"依仿""仿拟""拟托"的意思①，它们与"赋比兴"之"兴"对天地的师法、效仿、依托，实际上只是同一词语在不同场合的运用。场合虽然有异，但语义并无不同。所以上古"兴祭"的存在不仅不能形成对《诗经》兴辞"托事于物"的基本含义的否定，而且恰恰相反，对它还是一个新的佐证②。

其三，"兴"有"喜"意。如《礼记·学记》："不兴其艺，不能乐学。"郑玄注曰："兴之言喜也，歆也。"③不少学者即以此为据，认为"歆""喜"才是"兴"的本义，并结合"兴"的字形，以及"兴祭""兴舞"等等记载，遂进一步推定"兴"字原本指的就是一种带有宗教色彩的乐舞活动。诚然，在古今汉语中，"兴"字都有"情兴""兴会"之意，但此"情兴""兴会"之"兴"所指乃是情感的强烈或者说浓郁，"兴"而作"喜"实无依据。所以这里的"兴"字，它更有可能是一个假借字，或者说是"喜"或"歆"的音误，认为它本身就有"喜""歆"之意，这显然也是不准确的。为了证明"比兴"之"兴"本来就有"情兴""兴会"的意思，学者们竟然如此不惜钻皮求羽，个中缘由显然也是很值得我们深思的。

二、谓兴无义，可兼赋比

在"赋比兴"的阐释史上，南宋理学家朱熹对于"兴"意的阐说，影响也是非常之大的。然而遗憾的是也正是因为有了他的阐说，人们对于"比""兴"的理解从此才变得更加淆乱了。朱熹对于"赋比兴"的解释最有名的是他在《诗集传》中所说的以下三句话："赋者，敷（铺）陈其事而直言之者也"；"比者，以彼物比此物也"；"兴者，先言他物以引起所咏之词也"④。但是将这三句论说与他在他的另外两部著作《楚辞集注》和《朱子语类》中所作的相关论说加以比较，不难发现其语意实是相当模糊的。

---

① 按，"凡小祭祀，则不兴舞"郑玄注曰："兴犹作也。"这一解释显然不成立。"兴舞"与上文的"廞（兴）裘""廞（兴）革车""廞（兴）马"一样，都是一种模仿性的、象征性的祭祀活动，把它释为"作舞""起舞"是很值得商榷的。所谓"不兴舞"，也即不表演模仿性、象征性的舞蹈。

② 按，贾公彦所说的"兴象生时裘"之"兴""象"，二字意思也是完全相通的。《周易·系辞下》说："象也者，像此者也。"《象也者，像也。"《系辞上》也云："圣人有以见天下之赜，而拟诸其形容，象其物宜，是故谓之象。"所有这些均皆说明"象"字也是有"摹仿""依仿"之意的。详孔颖达《周易正义》卷8、7，孔颖达等《十三经注疏》，中华书局，1980年，第86～87、79页。

③ 朱彬《礼记训纂》卷18，中华书局，1996年，第549页。

④ 朱熹《诗集传》卷1，上海古籍出版社，1980年，第1～4页。

综观现在我们所能见到的朱熹有关"赋比兴"之意的论说,他对"兴辞"的理解,一言以蔽之,就是"兴"是完全无义的。再具体说,也即是"兴"的功能就只是引发,除此之外,它就再无其他任何功用了。如朱熹《楚辞集注》说:"赋则如《骚经》首章之云也;比则香草恶物之类也;兴则托物兴词,初不取义。"①又,《朱子语类》说:"直指其名,直叙其事者,赋也;本要言其事,而虚用两句钓起,因而接续去者,兴也;引物为况者,比也。""(兴)多是假他物举起,全不取其义。""《诗》之兴,是劈头说那没来由底两句,下面方说那事,这个如何通解!"②"兴只是兴起,谓下句直说不起,故将上句带起来说,如何去上讨义理。"③等等。

当然,对于兴辞"全不取义"的特征的表述并不仅仅以上这些,为了对它有一个更明确的展示,朱熹还进而将其分为四类:第一,以物之有无起兴。如《朱子语类》说:"有将物之无,兴起自家之所有;将物之有,兴起自家之所无。前辈都理会这个不分明,如何说得《诗》本指!"④又说:"'丰水有芑,武王岂不仕!'盖曰丰水且有芑,武王岂不有事乎!此亦兴之一体,不必更注解。"又说:"'山有枢,隰有榆',别无意义,只是兴起下面'子有车马','子有衣裳'耳。"⑤显而易见,在朱熹看来以物之有无兴人之有无,就纯是起一个引发作用,它与作者所要表达的情意或者义理是并无瓜葛的。又,《楚辞集注》说:"兴则托物兴词,初不取义,如《九歌》沅芷澧兰以兴思公子而未敢言之属也。"⑥所谓"沅芷澧兰以兴思公子而未敢言",也即《九歌·湘夫人》中所说的"沅有芷兮澧有兰,思公子兮未敢言"⑦。显然在朱熹看来,由于它也是拿沅、澧之"有"以兴"思公子而未敢言"之"未",因此自然也是"初不取义",也即"本不取义"的⑧。

---

① 朱熹《楚辞集注》卷1,上海古籍出版社,2001年,第6页。
② 黎靖德《朱子语类》卷80,中华书局,1986年,第2067～2072页。
③ 黎靖德《朱子语类》卷80,中华书局,1986年,第2085页。
④ 黎靖德《朱子语类》卷80,中华书局,1986年,第2071页。
⑤ 黎靖德《朱子语类》卷80,中华书局,1986年,第2084页。
⑥ 朱熹《楚辞集注》卷1,上海古籍出版社,2001年,第6页。
⑦ 朱熹《楚辞集注》卷2,上海古籍出版社,2001年,第37页。
⑧ 按,以物之有无兴我之有无,只是笼统而言,并不是说在文中一定要出现"有""无"字。有关这一点,在朱熹的论说中也同样展示得很清楚。如云:"'奕奕寝庙,君子作之',只(是)说个'他人有心,予忖度之'。""'行苇勿践履','戚戚兄弟,莫远具尔',……'勿'字乃兴'莫'字。"等等。分别见《朱子语类》卷80,中华书局,1986年。第2069、2076页。

第二，兴而兼比。本来在朱熹那里，"比"与"兴"是有很大差别的。如其《朱子语类》说："比是以一物比一物，而所指之事常在言外。兴是借彼一物以引起此事，而其事常在下句。""说出那物事来是兴，不说出那物事是比。……比底只是从头比下来，不说破。"①又说："问：'"泛彼柏舟，亦泛其流"，注作比义。看来与"关关雎鸠，在河之洲"，亦无异，彼何以为兴？'曰：'他下面便说淑女，见得是因彼兴此。此诗才说柏舟，下面更无贴意，见得其义是比。'"②看来，在朱熹眼里比的本质就是比（譬）喻，兴的本质就是引起。二者所言之事之所以一个必须出现，一个可不出现，这本来就是由它们的内在本质决定的。

也正是因为"兴"的本质就是引起，并不取义，所以朱熹进而又说：在有的时候它也是可与"比"合而为一的。如《朱子语类》曰："问：'《诗》中说兴处，多近比。'曰：'然。如《关雎》《麟趾》相似，皆是兴而兼比。然虽近比，其体却只是兴。且如'关关雎鸠'本是兴起，到得下面说'窈窕淑女'，此方是入题说那实事。盖兴是以一个物事贴一个物事说，上文兴而起，下文便接说实事。如'麟之趾'，下文便接'振振公子'，一个对一个说。盖公本是个好底人，子也好，孙也好，族人也好。譬如麟趾也好，定（腚）也好，角也好。"③仔细体味朱熹这段论述，应当说他把"兴而兼比"的道理讲的是很清楚的。有关这一点，在其《诗集传》中也有类似的描述。如《曹风·下泉》："冽彼下泉，浸彼苞稂。忾我寤叹，念彼周京。"朱熹注曰："比而兴也。……王室陵夷，而小国困弊，故以寒泉下流而苞稂见伤为比，遂兴其忾然以念周京也。"④尽管这里说的是"比而兴"，而《朱子语类》说的是"兴而兼比"，但是其具体指向显然是完全一致的。日人青木正儿说："先举比喻然后叙说真意之法，叫做兴"，"只叙述比喻，而真意隐藏着的，便是比"⑤。彼此对照，不难看出青木正儿所说的"兴"与朱熹所说的"比而兴"或"兴而兼比"实是完全同意的。

当然我们还需注意，在《诗集传》中朱熹所说的"比而兴"（有时也说"兴

① 黎靖德《朱子语类》卷80，中华书局，1986年，第2069页。
② 黎靖德《朱子语类》卷81，中华书局，1986年，第2102页。
③ 黎靖德《朱子语类》卷80，中华书局，1986年，第2069页。
④ 朱熹《诗集传》卷7，上海古籍出版社，1980年，第88页。
⑤〔日〕青木正儿《中国文学概说》（隋树森译），开明书店，1947年，第59～60页。

而比")并不都是指"比""兴"合一的。在很多时候它实际乃指比、兴的连用。如《周南·汉广》："南有乔木,不可休息。汉有游女,不可求思。汉之广矣,不可泳思。江之永矣,不可方思。"朱熹注曰:"兴而比也。……文王之化,自近而远,先及于江汉之间,而有以变其淫乱之俗,故其出游之女,人望见之,而知其端庄静一,非复前日之可求矣。因以乔木起兴,江汉为比,而反复咏叹之也。"①也就是说在以上这八句诗文里,"南有乔木,不可休息"只是用以兴起下文"汉有游女,不可求思",除此以外别无他意。而后面四句则是以江汉之"广"之"永",也即"不可泳""不可方(桴)",比喻汉女"端庄静一",难以苟得。十分明显,在这里的"兴"与"比"只是前后相连,它与前面的《关雎》《麟趾》的"比""兴"同体实是完全不同类的。又如《卫风·氓》:"桑之未落,其叶沃若。于嗟鸠兮,无食桑葚。于嗟女兮,无与士耽。"对此,朱熹注曰:"比而兴也。……言桑之润泽,以比己之容色光丽。然又念其不可恃此而从欲忘反,故遂戒鸠无食桑椹,以兴下句戒女无与士耽也。"②这无疑也是一个"比""兴"相连的例子。

第三,兴而兼赋。也即是说描写的虽是实景实物,但对人的情思却也同样具有引发作用。这一用法实际上也就是我们通常所说的触景生情。对景、物进行直接描写,这自然是"赋",但是由于它们同时对人的思绪又有某种启发,因而这自然又属"兴"。如《朱子语类》说:"问:'《兔罝》诗作赋看,得否?'曰:'亦可作赋看。但其辞上下相应,恐当为兴。然亦是兴之赋。'"③《兔罝》,诗见《诗经·周南》:"肃肃兔罝,椓之丁丁。赳赳武夫,公侯干城。"对此朱熹注释说:"肃肃,整饬貌。罝,罟也。丁丁,椓杙声也。赳赳,武貌。干,盾也。干城,皆所以扞外而卫内者。化行俗美,贤才众多,虽罝兔之野人,而其才之可用犹如此。故诗人因其所事以起兴而美之,而文王德化之盛,因可见矣。"④意思乃是说由于文王"化行俗美","虽罝兔之野人"干起活来也"整饬"端方,有规有矩。由此诗人遂触景生情,推想到即是这样的乡间野人也可充作"赳赳武夫",扞卫公侯。朱熹把这样的描写称为"兴之赋",也即可以起兴的"赋"或者说用以起兴的"赋",别的且不说,即是

①朱熹《诗集传》卷1,上海古籍出版社,1980年,第6页。
②朱熹《诗集传》卷3,上海古籍出版社,1980年,第37页。
③黎靖德《朱子语类》卷81,中华书局,1986年,第2098页。
④朱熹《诗集传》卷1,上海古籍出版社,1980年,第5页。

这一称谓本身也已把他的本旨展示得很清楚了。

不过对于这种"兴之赋",朱熹在《诗集传》中更为常见的称谓则是"赋而兴"。如《王风·黍离》:"彼黍离离,彼稷之苗。行迈靡靡,中心摇摇。"朱熹注曰:"赋而兴也。……周既东迁,大夫行役至于宗周,过故宗庙宫室,尽为禾黍。闵周室之颠覆,彷徨不忍去,故赋其所见黍之离离,与稷之苗,以兴行之靡靡,心之摇摇。"[①]与上文所说的"兴之赋"的例子加以对照,不难看出二者实是如出一辙的。但是正如上文"兴而比""比而兴"的情况一样,在《诗集传》中有的时候朱熹所说的"赋而兴"也同样是指"赋""兴"连用的。如《卫风·氓》:"及尔偕老,老使我怨。淇则有岸,隰则有泮。总角之宴,言笑晏晏。信誓旦旦,不思其反。"朱熹注曰:"赋而兴也。……言我与女本期偕老,不知而见弃如此,徒使我怨也。淇则有岸矣,隰则有泮(畔)矣,而我总角之时,与尔宴乐言笑,成此信誓,曾不思其反复以至于此也。此则兴也。"[②]进言之,也即是:"及尔偕老,老使我怨",这用的是"赋",而"淇则有岸,隰则有泮"以下用的则是"兴",二者也是前后相连的[③]。

除此以外,在《诗集传》中,朱熹还曾给我们举出过几个"赋而兴又比也"的例子。如《小雅·頍弁》:"有頍者弁,实维伊何。尔酒既旨,尔肴既嘉。岂伊异人,兄弟匪他。茑与女萝,施于松柏。未见君子,忧心奕奕。既见君子,庶几说怿。"对此朱熹阐释说:"赋而兴又比也。……此亦燕兄弟亲戚之诗。故言有頍者弁,实维伊何乎?尔酒既旨,尔肴既嘉,则岂伊异人乎?乃兄弟而匪他也。又言茑萝施于木上,以比兄弟亲戚缠绵依附之意。是以未见而忧、既见而喜也。"[④]揣其文意,显然是说在这段诗文中,开头六句主要在着力铺陈兄弟宴饮的场面之盛,所以是"赋"。而"茑萝"二句一方面借茑萝缠木以比兄弟亲戚的缠绵依附,而另一方面又为下文的"未见君子,忧心奕奕。既见君子,庶几说怿"的情感抒发提供了引子,所以它们不仅属"比",也属"兴"。十分明显,在朱熹这里,所谓"赋而兴又比也",实际也就是在一段"赋辞"之后又加了一段"兴而兼比"的兴辞。如果为了更好

---

① 朱熹《诗集传》卷4,上海古籍出版社,1980年,第42页。

② 朱熹《诗集传》卷3,上海古籍出版社,1980年,第38页。

③ 按,如上所列,在《朱子语类》中,《关雎》《麟趾》皆被认为是兴而兼比的例子,《兔罝》则被认为是兴而兼赋的例子,但是在《诗集传》中三者却皆只被标曰"兴也"。由此以断,则《诗集传》中那些仅仅标有"兴也"的文句,其中有不少恐怕也是"兴而兼比"或"兴而兼赋"的。

④ 朱熹《诗集传》卷14,上海古籍出版社,1980年,第161页。

理解,朱熹完全可以在前六句之后标曰"赋也",然后再在后六句之下标曰"兴而比也"或"比而兴也"。他之所以没有这样做,一方面固然是为了让表述显得更为集中更为概括,但另一方面恐怕也是不乏故弄玄虚之嫌的。

第四,全不取义。虽然按照朱熹的解说,"兴辞"都是"全不取义"的,但是由于"兴"可兼"赋"、"兴"可兼"比",所以如果站在这个角度说,说它全部不涉义理,也是不够切当的。即是像上文所列第一种情况,以物之有无兴人之有无,严格来讲,依一般的逻辑,它也同样是可作"兴而兼比"看的。因此,这里之所谓"全不取义",实指那些既不兼"赋"也不兼"比"的"兴辞",它们才是真正与思想义理全无关联的。对此朱熹虽然讲得并不多,但是所述也是颇为明确的。如《朱子语类》说:"兴,起也,引物以起吾意。如雎鸠是挚而有别之物,荇菜是洁净和柔之物,引此起兴,犹不甚远。其它亦有全不相类,只借他物而起吾意者,虽皆是兴,与《关雎》又略不同也。"[1]又说:"(《棫朴》)'倬彼云汉,为章于天;周王寿考,遐不作人!'先生以为无甚义理之兴。"[2]如果说"其它亦有全不相类"这一表述,其中也可能还包括有"以物之有无兴人之有无"的情况的话,那么,"倬彼云汉"云云,"先生以为无甚义理之兴",所指恐怕就只能是一种完全不涉义理的"兴辞"了。

总观朱熹的以上论述,不难发现朱熹所说的"兴而兼比"以及"以物之有无兴人之有无",实际上就是郑众、孔颖达等所说的"兴";朱熹所说的"兴而兼赋",从郑众、孔颖达等的表述看,它们实际就是"赋"。至于"全不取义"的纯粹的"兴辞",在郑众、孔颖达等的观念里,可以说是根本没有位置的。彼此对照,不难得知朱熹对于"赋比兴"的理解与郑众、孔颖达等前人所作的解释,其差别无疑是非常巨大的。

为了对朱熹的"兴"论有一个更深入的认识,下面我们还需对他的"比"论作两点说明。其一,如上所示,郑众、孔颖达等都认为"比辞"只关物象而不关义理,并且它们绝大部分还都是带有比喻词的。如上所列,《卫风·硕人》"手如柔荑,肤如凝脂,领如蝤蛴,齿如瓠犀,螓首蛾眉",就是一个典型的例子。可是对这类比喻,朱熹却标曰"赋也"[3],据此则朱熹显然把郑、孔等人所说的"比辞"也当作了"赋"。

---

①黎靖德《朱子语类》卷 81,中华书局,1986 年,第 2096～2097 页。
②黎靖德《朱子语类》卷 81,中华书局,1986 年,第 2128 页。
③朱熹《诗集传》卷 3,上海古籍出版社,1980 年,第 36 页。

其二,依据上文朱熹的论述,他显然把"比辞"分作二类:一是"比""兴"合体,所比之事列于下句。换句话说,也就是既有喻体,也有本体。二是单独使用的"比辞",只有喻体而没有本体。用朱熹的话说也就是"比是以一物比一物,而所指之事常在言外"。楚辞之中那些"香草恶物之类"的描写,可以说就是这方面的典型①。然而在事实上依照郑众、孔颖达等的解释,这些"香草恶物之类"的描写实际上也同是"托事于物",取物为譬,引物为类的"兴辞",只不过其所托之事、所托之义没有在下文直接写出罢了。另外,在《诗经》与楚辞里还有这样一些篇子,前者如《硕鼠》《鸱鸮》,后者如《橘颂》。这些篇子与"香草美人"之类的描写有一个很大不同,那就是它们通篇都是写"物"的。这样一些篇子,依照朱熹"比是以一物比一物,而所指之事常在言外"的理论,它们显然也同样应当视为"比辞"。可是如果遵从郑众、孔颖达等的表述,它们无疑也同样展现的是"托事于物",取物为譬,引物为类的路子。因为用一两句话来描写一个外物,而不指出它所托助的本体,与用一个整篇来描写一个外物,而不指出它所托助的本体,这在具体理路上应当说是毫无差异的(按,以上道理,具体论证详见本章第二节)。

如果以上所说不错,则显而易见对于朱熹的"兴"论思想,我们还可进一步再作如下概括,即朱熹所说的"比""兴而兼比"实际上都是郑众、孔颖达等所说的"兴",而郑众、孔颖达等所说的"比",朱熹则将其完全归入了"赋辞"中。至于朱熹所说的"全不取义"的"兴"则更纯粹是他个人的发明,它在郑众、孔颖达等前人所作的论述里可以说是完全不存在的。虽然孤立地看,朱熹的"兴"论思想也有他独到的地方,但是如果与郑众、孔颖达等前人的论述加以比较,其局限性无疑就非常明显了。

首先,他把"手如柔荑,肤如凝脂,领如蝤蛴,齿如瓠犀,螓首蛾眉"这些只关物象、不关义理的"比辞"作"赋"看待,太过偏狭,与"比"的称呼也是格格不入的。因为"比"字古形本来就是两人相并,"比方""比照""对比"乃是它的本义。"手如柔荑,肤如凝脂"等等描写既然与"比"的词义契若合符,仅仅因为它们喻体、本体同时出现,不符合朱熹"所指之事常在言外"的私家规定,就从而把它们排除在"比辞"之外,这样的做法显然太武断了。尤

①按,对于比辞的形式特征,朱熹也作过这样的断语:"盖比诗多不说破这意,然亦有说破者。"综合他的各种论述不难推知:他之所谓"不说破"者,应当就是比,而所谓"说破者"则应是指那些"兴而兼比"或者说"比而兼兴"的兴辞。详《朱子语类》卷81,中华书局,1986年。第2097页。

其需要注意者,这些带"如"的修辞方式,自古以来人们都将其作"比"看待,几乎可以说是人无异词。不顾这样的客观实际,而一遵自我的主观之需,对这类约定俗成的世俗观念任加改变,这样的学术理路显然也是很不明智的。

其次,认为"兴辞"只是引发,"全不取义",这样的理解不仅与郑众、孔颖达等的论述两相抵牾,而且与中国传统文论中的其他"兴"论思想也是扞格不容的。众所周知,中国古代文论所说的"兴"除了"赋比兴"之"兴"外,还有"兴寄"之"兴"和"兴象"之"兴"等。所谓"兴寄"也就是有所寄托、有所托寓的意思,"兴""寄"二者乃属同意并列关系。所谓"兴象"也即有所托载之象,"兴"字在此也同是作"托"讲的。再明确说,也即是无论是"兴寄"之"兴"还是"兴象"之"兴",它们都旨在强调文学创作、文学意象应当展现一定的情感、一定的义理。这与郑众、孔颖达等所说的"赋比兴"之"兴"实可谓是一脉相应的。可是如果像朱熹这样,认为"赋比兴"之"兴"只是引发,"全不取义",这样的论断不仅会破坏中国古代"兴"论思想的整体统一,而且也必然会使"兴寄""兴象"这两个中国古代文论的重要概念的理论源头受到遮蔽。

此外,还有一点需要注意,即朱熹的"比兴"学说虽然不乏独到的地方,但是在它里面也存在着不少矛盾。譬如"兴辞"既是"全不取义"的,那它靠什么引起下文? 再譬如朱熹说"比辞"是"以一物比一物,而所指之事常在言外",而"兴辞"则不仅"全不取义",并且其所指之事也"常在下句"。既是如此,则"比辞"显然应较"兴辞"更含蓄。可是对于二者的审美效果,朱熹却谓"比虽是较切,然兴却意较深远","比意虽切而却浅,兴意虽阔而味长"[①],这样的表述也同样让人不知所以。

不过尽管如此,由于朱熹在中国文化史上的崇高地位,他的"兴"论学说在中国文论史上产生的影响还是非常之大的。如明代徐渭说:"诗之'兴'体,起句绝无意味,自古乐府亦已然。乐府盖取民俗之谣正与古国风一类。今之南北东西虽殊方,而妇女、儿童、耕夫、舟子、塞曲、征吟、市歌、巷引,若所谓《竹枝词》,无不皆然。此真天机自动,触物发声,以启下段欲

---

① 黎靖德《朱子语类》卷80,中华书局,1986 年。第 2069～2070 页。

写之情。默会亦自有妙处,然决不可以意义说者。"①又,清姚际恒说:"兴者,但借物以起兴,不必与正意相关也"②又,今人刘大白说:"(兴)就是把看到听到嗅到尝到碰到想到的事物借来起一个头。这个起头,也许合(和)下文似乎有关系,也许完全没有关系。"③又,钟敬文也云:"我以为兴诗若要详细点剖释,那末,可以约分作两种:1.只借物以起兴,和后面的歌意了不相关的,这可以叫它做'纯兴诗'。2.借物以起兴,隐约中兼略暗示点后面的歌意的,这可以叫它'兴而带有比意的诗'。"④等等。十分明显,以上所有这些论述应当说都是受到了朱熹的影响的。

　　又,另外还有一种情况也需注意,那就是有不少学者甚乃认为:"兴辞"不仅"全不取义",而且与"赋""比"也是不相兼的。如果一定要说有什么作用,那它的唯一功能就是押韵。这一看法与朱熹的认识虽颇有不同,但显然仍是对朱意的发挥。诚然,在《诗集传》中我们也可见这样的注解:"因所见以起兴,其于义无所取,特取'在东''在公'两字之相应耳。"此注见于《召南·小星》"嘒彼小星,三五在东。肃肃宵征,夙夜在公"下⑤。但是不难看出依朱熹的理解,这里之所谓"在东""在公",也应属于以物之有无以兴我之有无的灵活用法。其根本之点乃是以物之"在"而兴人之"在"。有的论者说朱熹这里仅是取"东""公"押韵,"以声解兴"⑥,这显然是不合实际的。所以如果据实而论,最早提出"押韵"说的还应是朱熹的好友项安世:"作诗者多用旧题而自述己意,如乐府家'饮马长城窟''日出东南隅'之类,非真有取于马与日也,特取其章句音节而为诗耳。……《王》国风以'扬之水,不流束薪'赋戍甲之劳;《郑》国风以'扬之水,不流束薪'赋兄弟之鲜。作者本用此二句以为逐章之引,而说诗者乃欲即二句之文,以释戍役之情,见兄弟之义,不亦陋乎!大抵说文者皆经生,作诗者乃词人,彼初未尝作诗,故多不能得作者之意也。"⑦虽然项安世这里并非专论"比兴",但是他认为这里的"兴辞"之用,纯在"音节"之助,这一点我们还是可以看得很清楚的。

---

①徐渭《奉师季先生书》,《徐渭集》卷16,中华书局,1983年,第458页。
②姚际恒《诗经通论·诗经论旨》,中华书局,1958年,第1页。
③刘大白《六义》,顾颉刚等《古史辨》第3册,上海古籍出版社,1982年,第686页。
④钟敬文《谈谈兴诗》,顾颉刚等《古史辨》第3册,上海古籍出版社,1982年,第681页。
⑤朱熹《诗集传》卷1,上海古籍出版社,1980年,第12页。
⑥陈丽虹《赋比兴的现代诠释》,中国美术学院出版社,2002年,第17页。
⑦项安世《项氏家说》卷4,中华书局,1985年,第47页。

又，今人何定生、顾颉刚云："'兴'的定义，就是：'歌谣上与本意没有干系的趁声。'"①以《关雎》为例，"作这诗的人原只要说'窈窕淑女，君子好逑'，但嫌太单调了，太率直了，所以先说一句'关关雎鸠，在河之洲'。它的最重要的意义，只在'洲'与'逑'的协韵。至于雎鸠的情挚而有别，淑女与君子的和乐而恭敬，原是作诗的人所绝没有想到的"②。彼此对照，不难发现他们所作的这些阐说实可视为对项氏之说的进一步发明。为了更进一步说明这一问题，有的学者甚至还以数字起兴的儿歌乃至示威口号为例，来说明"兴辞"纯是押韵的特点。前者如："一二一，一二一，香蕉苹果大鸭梨，我吃苹果你吃梨。"后者如："一二三四，战争停止！五六七八，政府倒塌。"③等等。争论了一二千年的"比""兴"概念，最后竟沦落到要靠儿歌或示威口号来加以说明，这样的情状实是令人难以想到的④。

为了更彻底地展现朱子"兴"论的不足为据，下面我们再作一点补充，那就是《诗经》的时代毕竟离我们比较远，在那个时代由于宗教观念的影响，当时人对于自然的崇拜与我们今天也一定是大不相同的。他们取法自然的习尚，较之今人，也肯定更虔诚。只是由于诗歌创作毕竟重在情感抒发，它所追求的乃是情感的逻辑，并不像议论文那样逻辑严密，所以才导致了不少"兴"句初看上去与其下文并无联系。但是尽管如此，如果认真加以体味，或者借助古人的训释，其借自然为助、崇尚天人合一的用心还是足可察见的。

举例来说，如《召南·摽有梅》："摽有梅，其实七兮。求我庶士，迨其吉兮。"上下文之间就很难一下看出有什么联系。可是毛传、郑笺却云："兴也。摽，落也。盛极则隋（堕）落者，梅也。""梅实（果实）尚余七未落，喻始

---

① 何定生《关于诗的起兴》，顾颉刚等《古史辨》第3册，上海古籍出版社，1982年，第702页。
② 顾颉刚《起兴》，顾颉刚等《古史辨》第3册，上海古籍出版社，1982年，第676页。
③ 钱锺书《管锥编》第1册，三联书店，2008年，第112～113页。
④ 又，黎锦熙云："若用纯文学的眼光看来，所谓兴，义有三：一曰'兴兼比'。……二曰'兴不兼比'。……三曰'兴却兼赋'。"初看起来，黎锦熙的观点与朱熹完全相同，可是由于他所说的"兴不兼比"也同样是指"'袭来'一个冒头，'沿'着几只韵脚"，也即完全只是为了押韵，所以他的观点实际乃是把朱熹与项安世等的观点加以糅合而得来的。又，朱自清云："因为初民心理简单，不重思想的联系而重感觉的联系，所以'起兴'的句子与下文常是意义不相属，即是没有伦理的联系，却在音韵上（韵脚上）相关连着。""常是意义不相属"也即有时相属有时不相属。据此，则朱自清在此所提的观点，与黎锦熙所言也颇为相似。详黎锦熙《修辞学比兴篇》，商务印书馆，1936年，第74页；朱自清《关于兴诗的意见》，顾颉刚等《古史辨》第3册，上海古籍出版社，1982年，第684页。

衰也。谓女二十,春盛而不嫁,至夏则衰。""求女之当嫁者之众士,宜及其善时。"①也就是说梅树的果实熟透之后就会坠落,追求我的庶士,也应在我风华正茂时娶我。十分明显,借助汉人对此的解释,其假托之旨也是不难探知的。

再如《鄘风·相鼠》:"相鼠有皮,人而无仪。人而无仪,不死何为? 相鼠有齿,人而无止。人而无止,不死何俟? 相鼠有体,人而无礼。人而无礼,胡不遄死?"②礼仪乃是人的门面装饰,人有礼仪就如鼠之有皮。直至今天,那些不顾礼仪廉耻的人也仍被斥为"没脸没皮",由此足见在传统文化中"皮"与"礼"的密切联系。所以《相鼠》一诗由鼠之有皮而证人当有仪,可谓正反映了上古先民托物助证的心理。有的学者因为下文的"相鼠有齿""相鼠有体(指肢体)"与其后面的"人而无止(容止)""人而无礼"只有押韵关系,没有语意联系,便谓"兴辞"可不取义,甚至全不取义,殊不知这完全只是一种修辞技巧,整首诗歌主要乃建基于"皮"与"礼"的相似上。"齿"与"体"之所以但取押韵,只不过是因为文势所在,也即诗歌重章叠句的需要,而灵活采用的一种修辞技巧罢了。如果没有"皮"与"礼"的相似为前提,那"齿""体"二章诗文的写作是绝无可能的。

再如《周南·麟之趾》:"麟之趾,振振公子,于嗟麟兮。麟之定(腚),振振公姓,于嗟麟兮。麟之角,振振公族,于嗟麟兮。"③表面看来"趾""定(腚)""角"与下文也只有押韵关系,但实际上整首诗歌乃是以兽中麒麟出类拔萃为助,说明公之子、公之姓、公之族也同样都属人伦之英,不同凡俗。用以起兴的乃是麒麟,而并不是麒麟的趾、定(腚)、角,只是为了诗歌押韵的需要以及形式的活泼,诗人才采用了这种比较灵动的形式。如果仅仅以此为据,就冒然断定《诗经》之"兴"可不取义,甚乃全不取义,这也同样太机械了。

当然,一些诗歌纯粹流于由物及人的形式,上下句之间并无语意联系,这一现象在后世也是有的,但是这只能视为对"兴"的表现形式的灵活借用,我们已经不能再把它们当典型的"兴辞"看了。如果因为这些"兴辞"变体用法的产生,就从而企图推翻前人有关"赋比兴"的论说,对它们的内涵

---

①孔颖达《毛诗正义》卷 1,孔颖达等《十三经注疏》,中华书局,1980 年,第 291 页。
②朱熹《诗集传》卷 3,上海古籍出版社,1980 年,第 32 页。
③朱熹《诗集传》卷 1,上海古籍出版社,1980 年,第 7 页。

进行重新界定,这样的学术习尚显然也是很不严肃的。不错,在哲学领域里朱熹的贡献确实非常巨大,但是在对"赋比兴"的阐释上,他的这种不顾前人的传统认识,不顾"赋比兴"之"兴"与中国古代文论中其他"兴"论思想的因承关联与整体统一,一心只求理论创新,刻意彰显个人新见的做法,我们实是不便恭维的。

三、抹煞差别,执求统一

在"赋比兴"的阐释史上还有一个问题也很突出,那就是有不少学者都常常喜欢抹煞差别,执求统一。这主要表现在两个方面:其一,混一"比""兴",以"象"为释。也即把"比"和"兴"看作一回事,认为二者都是形象塑造的代名词。其二,混一"六诗",同类相视。也即把"赋比兴"与"风雅颂"看作彼此并列的同类概念,认为二者都是指不同的诗体或不同的用诗方法,而传统上以"风雅颂"为诗歌的类别,以"赋比兴"为作诗的方法,这样的认识则是根本不成立的。

那么,对于以上二者我们又当怎样看呢? 首先让我们先来看一看以"比兴"为形象化手段的说法。如晚明许学夷说:"诗有景象,即风人之兴比也。唐人意在景象之中,故景象可合不可离也。"①又,清人乔亿说:"景兼比兴,无景非诗。"②又,章学诚也云:"《易》象通于《诗》之比兴。""《易》象虽包六义,与《诗》之比兴,尤为表里。""战国之文,深于比兴,即其深于取象者也。"③等等。

诚然,如果严格而论,在《易》"象"与《诗》"兴"之间确实存在着极为密切的联系。举例来说,如《周易·乾卦》:"见龙在田,利见大人。"④《大过》:"枯杨生稊,老夫得其女妻。"⑤《大壮》:"羝羊触藩,不能退,不能遂。"⑥《明夷》:"明夷于飞,垂其翼。君子于行,三日不食。"⑦《中孚》:"鹤鸣在阴,其

---

①许学夷《诗源辨体》卷 27,人民文学出版社,1987 年,第 270 页。
②乔亿《剑溪说诗又编》,郭绍虞《清诗话续编》,上海古籍出版社,1983 年,第 1130 页。
③叶瑛《文史通义校注·易教下》卷 1,中华书局 1985 年,第 19～20 页。
④王弼《周易注》,楼宇烈《王弼集校释》,中华书局,1980 年,第 211 页。
⑤王弼《周易注》,楼宇烈《王弼集校释》,中华书局,1980 年,第 357 页。
⑥王弼《周易注》,楼宇烈《王弼集校释》,中华书局,1980 年,第 389 页。
⑦王弼《周易注》,楼宇烈《王弼集校释》,中华书局,1980 年,第 397 页。

子和之。我有好爵，吾与尔靡之"①等等。可以说，无一例外，它们也都是先列外物，然后再及人事的，与《诗经》的"兴辞"所展现的效天法地、以自然为师的逻辑理路十分一致。然而十分遗憾，章学诚的论析却并不是从这一角度来立论的。通观《文史通义》有关《易》"象"与《诗》之"比兴"关系的论说，不难发现恰如许学夷、乔亿一样，他也同是将《诗》之"比兴"作为一种形象说理、形象表意的方法看的。尤其需要注意者，在《文史通义》中，除了论析《易》"象"与《诗》之"比兴"外，章学诚也探讨了印传佛教的"象教"问题。在他看来，佛教与儒教的一个很大不同就在于它更加注重以"象"化人。诸如"丈六金身，庄严色相，以至天堂清明，地域阴惨，天女散花，夜叉披发，种种诡幻"，虽然屡被"儒者斥之为妄"，"愤若不共戴天"，然究其实，就如《易》之龙血玄黄，张弧载鬼"一样，它们也同样是旨在劝善，"非无本也"。只不过相对而言，由于佛教更加强调"以象为教"，因而在形象构铸方面它也因此表现得更为突出罢了②。如上所言，《易》"象"之造原也是带着十分浓厚的取法天地，托物为助，追求天人合一的色彩的，而章学诚这里却将其视为佛教形象感化、以象为教的同类，据此则显而易见，他对《易》"象"、《诗》"兴"的特殊蕴涵也同样是缺乏认识的。

　　在明清之后，对于"比兴"之法的形象塑造功能，能够再次予以强调的主要是今人。譬如有的学者说："诗要用形象思维，不能如散文那样直说，所以比、兴两法是不能不用的。"③还有学者说："'比兴'都是通过外物、景象而抒发、寄托、表现、传达情感和观念（'情''志'），这样才能使主观情感与想象、理解（无论对比、正比、反比，其中就都包含一定的理解成份）结合联系在一起，而得到客观化、对象化，构成既有理知不自觉地干预而又饱含情感的艺术形象。"④或又谓："古典诗学里，兴和比常常并举（比兴），用来描述诗的艺术特色，并举的基础就在于它们都体现了中国诗歌物态化的追求。"⑤等等。

　　如前所述，"兴"的侧重点本在以物托人，体现的本是古人天人合一的

---

① 王弼《周易注》，楼宇烈《王弼集校释》，中华书局，1980 年，第 516 页。
② 叶瑛《文史通义校注·易教下》卷 1，中华书局，1985 年，第 19～20 页。
③ 毛泽东《给陈毅的信》，中共中央文献研究室编《毛泽东文集》卷 8，人民出版社，1999 年，第 422 页。
④ 李泽厚《美的历程》，《美学三书》，安徽文艺出版社，1999 年，第 62 页。
⑤ 李怡《中国现代新诗与古典诗歌传统》，北京大学出版社，2008 年，第 42 页。

思维特征。虽然在客观上对于作品的形象塑造也有某种辅助功能,但是在其内在本旨上其实与形象塑造并无太大联系。"比"的侧重点虽在追求形似,与形象塑造颇有关联,如"手如柔荑,肤如凝脂","不知细叶谁裁出,二月春风似剪刀","问君能有几多愁,恰如一江春水向东流"等等,但是十分明显借助比喻以求形似,这也仅是诸多形象塑造的方法之一。因此,把"比兴"相连而赋予它一个把主观世界客观化、对象化、物态化的新意,这固然不能说全无根据,但是根本而言,这一见解也同样是建立在对于中国古代的"比""兴"观念颇多误解的基础上的。

弄明了"比兴"手法与形象塑造的关系,下面再看把"赋比兴"与"风雅颂"同类相并的学者们的认识。如上所言,在"赋比兴"的阐释史上,还有一个十分特别的倾向,那就是有不少学者都认为:既然"赋比兴"原与"风雅颂"并列为六,合称"六诗"或"六义",那它们"便当为同类概念,不应半为体裁,半为表现方法"。或者说得再明确一点,那就是作为"六诗""六义"的"赋比兴",与后来被当作表现方法的"赋比兴",从本质上讲完全应是"含义不同的概念"①。前者才是原始的,本源的,而后者则是后起的,衍生的,是经由前者不断引申、发展才出现的。

我们知道,"赋比兴"的概念最早见于《周礼·春官·大师》:"大师……教六诗,曰风,曰赋,曰比,曰兴,曰雅,曰颂。"②其后又见于《毛诗序》:"故《诗》有六义焉,一曰风,二曰赋,三曰比,四曰兴,五曰雅,六曰颂。"③从现有文献看,最早对它们予以系统阐释的乃是东汉郑玄:"风言贤圣治道之遗化也;赋之言铺,直铺陈今之政教善恶;比,见今之失,不敢斥言,取比类以言之;兴,见今之美,嫌于媚谀,取善事以喻劝之;雅,正也,言今之正者,以为后世法。颂之言诵也,容也,诵今之德,广以美之。"这一阐发与其后贾公彦、孔颖达的阐说虽然颇有不同,但是其基本理路显然是一气相通的。因为贾氏说:"按《诗》上下,惟有风雅颂是诗之名也,但就三者之中有比赋兴,故总谓之六诗也。"④又,孔氏也云:"六义次第如此者,以诗之四始,以风为先,故曰风。风之所用,以赋比兴为之辞,故于风之下即次赋比兴,然后次

---

① 鲁洪生《从赋比兴产生的时代背景看其本义》,《中国社会科学》1993 年第 3 期,第 213～222 页。
② 贾公彦《周礼注疏》卷 23,孔颖达等《十三经注疏》,中华书局,1980 年,第 796 页。
③ 孔颖达《毛诗正义》卷 1,孔颖达等《十三经注疏》,中华书局,1980 年,第 271 页。
④ 贾公彦《周礼注疏》卷 23,孔颖达等《十三经注疏》,中华书局,1980 年,第 796 页。

以雅颂。雅颂亦以赋比兴为之。既见赋比兴于风之下,明雅颂亦同之。"换言之,也即是:"风雅颂者,《诗》篇之异体;赋比兴者,《诗》文之异辞耳。……赋比兴,是《诗》之所用;风雅颂是《诗》之成形。用彼三事,成此三事,是故同称为'义'。非别有篇卷也。"自汉代以来,学者们之所以都把"赋比兴"看作三种不同的表现手法,而把"风雅颂"看作内容不同的三种诗歌类别,应当说都是由此着眼的。

可是也同是这一汉代的郑玄,在另一方面却又说:"比赋兴吴札观诗已不歌也,孔子录诗已合风雅颂中,难复摘别。"①这显然又是把"赋比兴"与"风雅颂"当作同一类概念来看待。自上世纪"五四"以后,学术界之所以就"六诗""六义"的本旨问题展开了热烈的讨论,其中的原因固然很多,但是郑玄所作的这一评述无疑也是其中一个十分重要的诱因。不过需要特别指出的是,郑玄将"赋比兴"与"风雅颂"同类并列的看法,乃出自《郑志》,而《郑志》乃是郑玄弟子追记的有关郑玄与其门人的相与问答之词。由于是随问随答,所以免不了即兴发挥,其严肃性、准确性较之《周礼注》显然是要大打折扣的。也正基此,所以我们认为《周礼注》所载才真正代表郑玄的认识,在"赋比兴"的阐释史上最早把"赋比兴"与"风雅颂"同类相视的实乃南宋的王质。因为对于《周礼》《毛诗序》所载的"六诗""六义",王质在其《诗经》研究名作《诗总闻》中评述说:"当是赋比兴三诗皆亡,风雅颂三诗独存。"②这就十分清楚地表明直到王质,才真正把"风雅颂"与"赋比兴"当作同类概念来认识。

在王质之后,把"风雅颂"与"赋比兴"同类相并的看法又成绝响,直到上世纪初期以后,由于各种疑古思潮的影响,把"风雅颂"与"赋比兴"同类相视的学者才又骤然增多起来。如朱自清云:"风、赋、比、兴、雅、颂似乎原来都是乐歌的名称,合言'六诗',正是以声为用。"又云:"'比'原来大概也是乐歌名,是变旧调唱新辞。""'兴'似乎本来也是乐歌名,疑是合乐开始的新歌。"③等等。这显然就是把"赋比兴""风雅颂"六者都当乐歌看的。又,章太炎云:"赋之为名,文繁而不可被管弦也。……比者,辩也。……其义亦肆,不被管弦,与赋同。……兴者,《周官》字为𣂏。大师'大丧,帅瞽而

①孔颖达《毛诗正义》卷1,孔颖达等《十三经注疏》,中华书局,1980年,第271页。
②吴文治《宋诗话全编》第6册,江苏古籍出版社,1998年,第6022页。
③朱自清《诗言志辨》,华东师范大学出版社,1996年,第79~85页。

廞,作匽谥。'郑君曰:'廞,兴也,兴言王之行。谓讽诵其治功之诗。'……与诔相似,亦近述赞。"据此足见,"赋比兴"三者"虽依情志",但是由于其"广博多华,不宜声乐",因此都是不能歌唱的[①]。这一看法显然又把"赋比兴"看作不可咏歌的徒诗,而与可以咏歌的"风雅颂"相区别。

又,章必功曰:"《周礼》'六诗'反映了周代国学'声、义'并重的诗歌教授内容和由低级到高级、由简单到复杂的诗歌教学过程。这一过程分为三个阶段:'风''赋'为第一阶段,是基本功的训练,要求国子能熟练地歌唱诗,朗诵诗。前者是以'声'为用的基本形式,后者是以'义'为用的基本形式。'比''兴'为第二阶段。是诗歌义理的训练,要求国子能准确、深刻地以'义'为用。""比"即托事于诗,切类指事,也就是班固所说的"称诗以喻其志",而"兴"则是指善于通过连类旁通、举一反三和以意逆志而从诗的本义中引申出更为深刻的新意。"'雅''颂'为第三阶段。是正声诗乐的训练,要求国子能严格地按照周礼以'声'为用"[②]。又,王昆吾谓:"六诗之分原是诗的传述方式之分,它指的是用六种方法演述诗歌。'风'和'赋'是两种诵诗方式——'风'是本色之诵(方音诵),'赋'是雅言之诵;'比'和'兴'是两种歌诗方式——'比'是赓歌(同曲调相倡和之歌),'兴'是相和歌(不同曲调相倡和之歌);'雅'和'颂'则是两种奏诗方式——'雅'为用弦乐奏诗,'颂'为用舞乐奏诗。风、赋、比、兴、雅、颂的次序,从表面上看,是艺术成份逐渐增加的次序;而究其实质,则是由易至难的乐教次序。"[③]毋庸置言,以上两家显然又是企图从学诗、用诗的角度,而为"赋比兴"与"风雅颂"并列的原因寻找新解的。尽管与朱自清、章太炎的角度不同,但是十分明显,他们也同是志在为把"赋比兴"与"风雅颂"解释为同类概念而探索、努力。

然而十分遗憾,正如有的学者所说:由于"时代渺邈,文献不足征",所谓历史"溯源"至多也不过"是一些假定和推测"罢了[④]。其实,由于古人缺乏逻辑表达的自觉,他们有很多表达都是不合我们今天的规范的。举例来说,如《老子》25章:"人法地,地法天,天法道,道法自然。"[⑤]若依经文,难道

---

①章太炎《检论》卷2《六诗说》,《章太炎全集》,上海人民出版社,1984年,第391~393页。

②章必功《"六诗"探故》,章必功等《先秦两汉文学论集》,学苑出版社,2004年,第15~22页。

③王昆吾《诗六义原始》,《中国早期艺术与宗教》,东方出版中心,1998年,第296页。

④陈丽虹《赋比兴的现代诠释》附录《赋比兴通释》,中国美术学院出版社,2002年,第141页。

⑤王弼《老子道德经注》,楼宇烈《王弼集校释》,中华书局,1980年,第65页。

就真要认为"人只能法地,地只能法天,天只能法道,道才能法自然"吗？这显然是无法讲通的,古人也决不可能是这样认识的。老子之所以这样说,只不过是想要让自己的表达更加生动罢了。同样道理,古人把"风雅颂"与"赋比兴"合称"六诗"或"六义",也依然是一种概括而简便的说法。至于是否合乎我们今人的习惯,古人是不暇计虑的。在这种情况下我们只能采用"得意忘言"的方法来加以理解,紧紧拘泥于它的字面表达也同样是不科学的。东汉郑玄说"比赋兴吴札观诗时已不歌也,孔子录诗已合风雅颂中,难复摘别",已属猜测,今人朱自清、章太炎等强为解说更是泥古太甚。明白于此,那么,对将"风雅颂"与"赋比兴"并列合解的种种怪说,自然也就见怪不怪了。

四、余论

由以上所论足以看出,其实直到唐代为止,学界对于"兴"的理解一直都是比较有序的。虽然其间也有东汉郑玄以善恶论"比""兴"、唐代皎然以"比兴同体"论"比""兴",颇让人费解,又有西晋挚虞提出"兴者,有感之辞也",开了以触景生情释"兴"的先河,但是在另一方面像刘勰、钟嵘、孔颖达、陈子昂和元白等,或者发明旧义,或者引申旧义,对于"比""兴"的理解总体而言还是均能做到言之成理,持之有故的。直到宋代的李仲蒙、郑樵、朱熹等纷纷提出新见,后人对于兴辞的解释才真正走上了一条不归路。

总观郑众、孔颖达等汉唐学者的阐释,他们有关"比兴"的见解其要点不外有四:一是二者都是譬喻;二是前者"取象",后者"取义";三是前者侧重相似,后者侧重托证;四是前者追求显明,后者追求含蓄。虽然二者无论在具体指向上还是审美效果上都有很大差异,但是这些差异却是以二者皆属譬喻为前提的。自北宋开始学者们之所以对"兴辞"每每产生误解,看不到"兴辞"也属譬喻,这显然是其中最主要的原因。由于把"兴辞"排除在了譬喻之外,这就迫使他们不得不背离汉唐旧说而另觅新释。在历史上有不少学者都认为毛传把"兴"解作了"比",如北宋苏辙云:"彼(《毛传》)不知夫《诗》之体固有比也,而皆合之以为兴。……若夫'关关雎鸠,在河之洲',是诚有取于其挚而有别,是以谓之比,而非兴也。"① 又,明代郝敬曰:"《毛传》

---

① 苏辙《诗论》,《栾城应诏集》卷4,《栾城集》,上海古籍出版社,1987年,第1614页。

误以'关雎''葛覃'之类为兴,……而不知其所谓兴者,其实皆比也。"①又,今人钱锺书说:"毛、郑诠为'兴'者,凡百十有六篇,……命之曰'兴',而说之为'比'","似未堪别出并立,与'赋''比'鼎足骖靳也。"②又,刘怀荣也谓:"汉人的比兴观,实质上是有比而无兴,兴向比的汇合在此早已完成并趋于定型。"③等等。而实际上恰恰正是这些后人的新说远离了古诗的实际,远离了古人取法自然,以天地为师的思想心理。

不过,在另一方面我们也应看到,说宋代以后前人对"比""兴"产生了误解,主要只是相对《诗经》和汉人的旧义而言的,这并不意味着自宋代以后,前人的解释都是毫无价值的。更准确地说,前人所产生的所有这些误解,即使说百分之百地都违背了《诗经》的旧义与汉人的旧说,那他们也是有其独特的审美追求的。只不过他们的这些追求,乃是通过对"赋比兴"的阐释或者说误释而间接加以呈现罢了。

---

①郝敬《毛诗原解序》,《毛诗原解》,中华书局,1991年,第9页。
②钱锺书《管锥编》,三联书店,2008年,第110~113页。
③刘怀荣《赋比兴与中国诗学研究》,人民出版社,2007年,第295页。

第四章 《离骚》与"诗言志"

第一节 "男女君臣之喻"与"兴"的发展

《离骚》是中国诗歌史上光照千古的杰作,有关它的研究可谓代不乏人。然而由于文献的阙失,有很多问题直到今天我们也仍未有一个明彻的认识。总观《离骚》在中国文学史上的地位,它至少在以下三个方面都获得了突出的成就。一是"诗"的辞化,也即引"辞"入"诗",把长于修辞的辞体艺术运用于诗歌创作,促进了"楚辞"的产生,大大增强了诗歌述情言志的功能。二是推动了"兴辞"的发展,把《诗经》中的片言只语的"兴辞",杂乱无统的"兴象"发展成为具有稳定的思想意义、规范的意象体系的象征技法,对于诗歌述情言志的功能也同样是一个有力的强化。三是开拓了诗歌创作的境域,把笔触延伸到了文人士大夫复杂的内心世界,确立了中国文人在诗歌创作中所反复抒写的"忠而被谤,信而见疑",苏世独立,高洁不污的主题,大大提升了"诗言志"观念的境界。如果以上所说不错,则显而易见,屈原通过《离骚》的创作,实际上也向我们间接展示了他对"诗言志"观念的规约、改造和升华。虽然就具体文论看,屈原并没有太多表述,但是通过屈原以《离骚》为代表的楚辞创作,我们对他的文学趋尚还是可以有一个基本了解的。不过,需要特予指出的是,由于以"辞"为"诗"牵扯面比较大,因此我们将于另章讨论,在这一章我们就只着重探讨一下屈原对"兴"的发展和对"诗言志"境界的提升问题,同时也对汉人对于屈原"离骚观"的接受作一简单分析。

一、"女嬃"考辨

一提到楚辞,我们常常都会想到"男女君臣之喻"。再具体说,也即是在传统上人们常常有这样的认识,即在包括《离骚》在内的楚辞创作中,作者常常表面上写的是男女,而实际上却是在映射君臣。举例来说,如屈原

《离骚》云："众女嫉余之蛾眉兮,谣诼谓余以善淫。"①在这里尽管诗人写的只是女性,而实际上它却是在暗譬朝臣。再明确说,其基本理路即:倩女蛾眉,丑女谮之;贤士美德,谗佞害之。就像倩女每每遭妒于丑女一样,贤德之士也往往是很难取容于谗佞小人的。很显然,在屈原的这两句诗文里是明显潜含着这层意思的。在前文我们之所以把这类只见喻体而不见本体的诗文也视为"兴辞",其根本缘由也正在于在它里面确实潜含着一个由甲到乙、假托比附、取譬引类的托证逻辑。表面看来,在这种"男女君臣之喻"中,"男女"也属人的范畴,由"男女"到"君臣"似乎展现的并不是我们上文所说的由物及人的理路,而实际上"男女君臣之喻"乃是一种特殊的"兴辞",在这种特殊的"兴辞"里,"男女"也是作"物"看的。

当然,说楚辞中广泛存在着"男女君臣之喻"一类的"兴辞",这只是从总体上说的,至于何处用了这样的"兴辞",何诗用了这样的"兴辞",前人的认识则颇不统一。就《离骚》来说,比如"女婆"与屈原究竟是什么关系,"中正"一词究系何指,诗人的"求女"活动究竟有何寓意等等,像这些问题,学术界的争论一直都是很激烈的。也正基此,为了对屈原的"男女君臣之喻"手法有一个更深入的了解,对这类问题再加探索无疑也仍是很有价值的。

通观《离骚》一诗可以看出,它主要包含三个部分:从诗文开头至女婆之詈为第一部分,自女婆之詈至诗尾"乱曰"为第二部分,"乱曰"以下为第三部分。由于第三部分的乱辞乃系全诗的总结,文字很少,所以第一、第二部分实为全诗的主体,而女婆之詈所处的位置正是第一、第二部分的转关处,《离骚》一诗后半部分的陈辞重华、求女漫游等等上天入地的求索活动可谓皆由它引出。清人陈本礼《屈赋精义》说:"此借女婆为中峰起顶,以下陈辞上征,占氛占咸,总从此一詈生出。"②所言可谓是非常切当的。既是如此,那么下面我们就首先来探讨一下"女婆"的寓意问题。

(一)前人对"女婆"的不同理解

前人对于"女婆"身份的理解,总体而言可分 15 类。出现如此众多的歧解,这恐怕也是屈原生前无论如何也意想不到的。具体来说,这些歧解分别是:

---

① 洪兴祖《楚辞补注》卷 1,中华书局,1983 年,第 14～15 页。
② 陈本礼《屈辞精义》卷 1,杜松柏《楚辞汇编》第 5 册,台湾新文丰出版公司,1986 年,第 658 页。

1.屈原姊。此说最早盖由贾逵提出。《说文·女部》："婹,女字也。从女须声。楚词(辞)曰:'女婹之婵媛。'贾侍中说:'楚人谓姊为婹。'"段注曰:"贾语盖释楚辞之'女婹'。"①所说应当是完全可信的。又,王逸曰:"女婹,屈原姊也。"②又,朱熹曰:"女婹,屈原姊也。……女婹以屈原刚直太过,恐亦将如鲧之遇祸也。"③据此则王逸、朱熹对"屈原姊"之说也是认可的。

2.屈原妹。此说最早由郑玄提出。《诗经·小雅·桑扈》孔颖达正义引《周易·归妹》郑玄注:"屈原之妹名女须(婹)。"④今人岑仲勉对此也表认同:女婹"实屈原的妹子","婹就是古汉语的'女弟'"⑤。然《说文·女部》"婹"字段注曰:"王逸、袁山松、郦道元皆言女婹屈原之姊,惟郑注《周易》:'屈原之妹名女须(婹)。'《诗》正义所引如此。'妹'字恐'姊'字之讹。"⑥如果段注所言不差,则"屈原妹"之说就是今人岑仲勉最早提出了。

3.屈原女。此说主要由刘石林提出:女婹"应从方言的角度理解为'女儿'。'女婹之婵媛兮,申申其詈予'即:'我那未出嫁的女儿,一边撒娇,一边安慰和责备我。''女婹'并不是作名字使用,而是'女儿'的通称。"⑦

4.屈原女伴。此说最早在郭沫若那里初露端倪:"女须(婹)旧以为人名,或说为屈原姊,或说为屈原妹,均不确。今姑译为'女伴',疑是屈原之侍女。"⑧此后文怀沙、马茂元等也表示肯认,如文氏曰:女婹应"从沫若师,作'女伴'"⑨。马氏曰:女婹"或说是屈原之姊,或说是屈原之妹,均无确证。郭沫若译作女伴,较为恰当"⑩。

5.女伴之年长者。此说最早由游国恩提出,如云:"这女婹不过是一个假设的老太婆——与他有相当关系的老太婆。说得文雅一点,只是师傅保

①段玉裁《说文解字注》,浙江古籍出版社,1998年,第617页。
②王逸《楚辞章句》卷1,洪兴祖《楚辞补注》,中华书局,1983年,第18页。
③朱熹《楚辞集注》卷1,上海古籍出版社、安徽教育出版社,2001年,第15页。
④孔颖达《毛诗正义》卷14引,孔颖达等《十三经注疏》,中华书局,1980年,第480页。
⑤岑仲勉《楚辞注要翻案的有几十条》,《中山大学学报》1961年第2期,第63页。
⑥段玉裁《说文解字注》,浙江古籍出版社,1998年,第617页。
⑦刘石林《女婹考》,《求索》1990第2期,第88页。
⑧郭沫若《屈原赋今译》,人民文学出版社,1981年,第117页。
⑨文怀沙《屈原离骚今绎》,中华书局,1958年,第79页。
⑩马茂元《楚辞选》,人民文学出版社,1998年,第18页。

姆之类罢了。"①又云:"以责劝之态度、内容及语气观之,则其人身分盖女伴中之长者,故可以直言训斥而又深有关切之情也。"②梅桐生对此也表支持,"从《离骚》文例来看,女嬃应是屈原虚构的一个'老大姐'式的人物,并不是实指"③。

6.屈原母。此说主要由龚维英提出:"《北齐书》的《后妃传》及《诸王传》载,称生母和乳母均曰'姊姊'。而宋高宗赵构也称母亲韦太后为'大姊姊'(《四朝闻见录》)。……又,《说文·女部》:'蜀谓母曰姐。'……古时母、女往往混用,故《天问》'女歧无合'之女歧,到《吕氏春秋·谕大》内,便成了歧母(闻一多《天问疏证》)。然则,《离骚》的'女嬃'岂不就是'嬃母',也即"妈妈"的同义语吗?……由老母之口发出慈爱之'詈'(或'骂'),就不是不可理解的了。"④

7.女性始祖。此说最早在闻一多那里初露端倪:"女嬃似又即女嬇,楚之先妣也。女嬃为人名,又为星名,与下文重华亦星名兼人名同例。"⑤此后蒋方等又有进一步的发挥:"在楚人,'女某'是一特殊的名号,它指称神话传说中的女性始祖,而兼有神与巫的身份,因此推论女嬃与重华、巫咸和灵氛一样,都是在楚人中享有尊崇地位的具有神性的人,只不过她是一位具有神性的女人。"⑥虽然所述并不完全相同,然其认识理路显然是一脉相应的。

8.屈原侍女。如郭沫若云:"据我看来,'女嬃'不应该是屈原的姊或妹,因为《离骚》是屈原晚年六十二岁的作品,在那时候不应该还有老姊和老妹陪着他过窜逐的生活,而且做老姊、老妹的人也不好那样'申申'地去骂他。'女嬃'可以解为屈原的侍女。"⑦又,薛亚康云:"春秋战国之时,贵族女子出嫁,必有陪嫁之媵妾和陪嫁之侍女(即后世之通房丫头)。屈原之《离骚》乃是一篇浪漫主义的杰作,其比兴手法的运用,神乎其技。其既以

①游国恩《楚辞论文集·楚辞女性中心说》,古典文学出版社,1957年,第198页。
②游国恩《离骚纂义》,中华书局,1980年,第189页。
③梅桐生《楚辞今译》,贵州人民出版社,2000年,第16页。
④龚维英《女嬃为屈母说》,《贵州社会科学》1982年第3期,第92～93页。
⑤闻一多《离骚解诂》,上海古籍出版社,1985年,第27页。
⑥蒋方《离骚中的女嬃和上古时期的女性名号》,《古典文学知识》2003第4期,第31页。又见蒋氏《女嬃之角色及其意义的探析》,《文学遗产》1990年第3期,第111页。
⑦郭沫若《屈原研究》,《历史人物》,人民文学出版社,1979年,第19页。

'美人'自喻,又以男女嬿好比君臣之遇合,故比中用比,用'女嬃'来比喻自己的同情者。这个同情者,因地位低下,没有匹配君王的资格,所以,屈原视其为自己的'侍女'。"①

9.屈原妾。此说最早由姜亮夫提出:"就辞气论之,此不宜姊氏,而当为小妻。"②此后汤炳正等也主此论:"女嬃,即侍妾。《周易·归妹》六三'归妹以须',汉帛书'须'作'嬬'。《说文》:'嬬,下妻也。'下妻即侍妾。故《广雅·释亲》云:'妾谓之嬬。'嬬即须,亦即嬃。"③虽然"侍妾"之说与"侍女"之说颇多相似,然严格而论二者毕竟又是不尽相同的。

10.妾之低贱者。此说主要由汪瑗提出:"须(嬃)者,贱妾之称,以比党人也。屈原以娥眉自比,故前言众女之嬟,指其党之盛也,此言女嬃之詈,斥其德之贱也。"④"夫须(嬃)何以谓为女之贱也?盖尝考之《天官书》,天文有织女三星,婺女四星。织女,天女孙也,女之至贵者也。婺女,贱妾之称,妇职之卑者。《尔雅》曰:'须女谓之婺女。'婺又一作务。是婺星之谓须(嬃)女,须(嬃)之谓贱女也明矣。故女须(嬃)者,谓女之至贱者也。嬃正作须,女傍者,后人所增耳。"⑤虽然汪氏之说颇不明确,然细推其义,也不难得知此说盖谓屈原自比妻妾中之君子,而以党人为妻妾中之小人。

11.妾之年长者。此说最早由刘梦鹏初露端倪:"嬃,众女相弟兄之称,盖以比朝士大夫。"⑥此后王闿运又作了进一步发挥:"女嬃,女有才智者。《易》曰:'归妹以嬃(须)。'妾之长称嬃,盖以喻臣之长,上官、令尹之属,阳与原为同志者。旧以为屈之姊,屈姊容亦名嬃,作赋不宜见姊名也。"⑦所谓"众女相弟兄之称"也即女性之间彼此对对方的尊称,这与"妾之长称嬃"其含义是十分相近的。与汪氏之说一样,刘王之说盖也认为屈原乃将自己与其他同僚同比为妻妾。所不同者汪氏乃是从贵贱立论,而刘王乃是以长幼立论罢了。

12.女巫。此说最早由周拱辰提出:"按《汉书·广陵王胥传》,胥迎李

①薛亚康《关于楚辞中的几个问题》,《解放军外语学院学报》1990年第1期,第86页。

②姜亮夫《楚辞通故》第2辑,云南人民出版社,1999年,第176页。

③汤炳正等《楚辞今注》,上海古籍出版社,1996年,第17页。

④汪瑗《楚辞集解》,北京古籍出版社,1994年,第57页。

⑤汪瑗《楚辞集解》,北京古籍出版社,1994年,第347页。

⑥刘梦鹏《屈子章句》,游国恩《离骚纂义》,中华书局,1980年,第186页。

⑦王闿运《楚辞释》,游国恩《离骚纂义》,中华书局,1980年,第188页。

巫女婆,使下神祝诅。则婆乃女巫之称,与灵氛之詹卜同一流人,以为原姊缪矣。"①此后林昌彝等也表肯认:"其曰'女婆之婵媛兮,申申其詈予',乃屈子往见女巫,问以休咎,女巫告以明哲保身。此与《楚辞·卜居》篇往见太卜郑詹尹前后为一例,则女婆非屈原之姊妹也明矣。"②

13.女人通称。此说最早由张凤翼提出:"婆以鲧为诫,似非知原者,何足为贤。恐婆者女人通称,未必原姊,不过如室人交遍责我之谓耳。"③此后张云璈、马茂元等也表赞同。如张氏云:"注以女婆为原姊,按《汉书·高帝纪》:'吕禄过其姑吕婆。'师古曰:'婆,吕后妹。'吕婆,樊哙妻也。《陈平传》:'帝命平斩哙,道中计曰:"哙,后女弟吕须夫。"'是妹亦可称婆。则知婆乃女之通称,不必专属姊妹。"④又,马氏曰:"'婆'的本义为女,楚语谓女为'婆',因而'女婆'应当作为广义的女性来解释。"⑤等等。

14.须女星。此说最早由李嘉言提出:"'女婆'与'须女'同意。须女本是星名。……屈原于行至吴越荒野区域四顾无人之时,忽然仰观上苍,看见或联想及婆女星,遂假托之为对话人,借以引起他下面的一段话。……《离骚》本多神仙家之词,而神仙家又无不善星宿,《离骚》中的羲和、巫咸及屈原之祖重黎、伯阳皆精通天文,则'女须'之应解作星名,更无可疑。"⑥此后李兰柱等又有进一步发挥:"'女婆'就是'须女',也就是天上的女宿——须女四星的形象。屈原在心情郁结、仿徨无路,必同流合污而又心志不愿之际,仰天长叹而见'须女'正明,所以借'须女'这个'天之少府,主裁制、嫁娶'之神来斥世态、剖心曲,淋漓尽致地写出屈原当时的矛盾心境和痛苦心情,是再合适也没有的了。"⑦

15.另一个自我。此说最早由朱碧莲提出:"说女婆是女巫,就身份来说,是对的,然认为是现实中的人物,似太拘泥。……我认为女婆是诗人虚构的女性形象,她的身分与灵氛、巫咸相似,是代表神灵的女巫之类。……其实,女婆和灵氛、巫咸说的话是诗人内心一世界的形象表现。面对党人

①周拱辰《离骚拾细》,游国恩《离骚纂义》,中华书局,1980年,第185页。
②林昌彝《砚精绪录》,游国恩《离骚纂义》,中华书局,1980年,第188页。
③张凤翼《文选纂注》,游国恩《离骚纂义》,中华书局,1980年,第184页。
④张云璈《选学胶言》,游国恩《离骚纂义》,中华书局,1980年,第187页。
⑤马茂元《楚辞注释》,湖北人民出版社,1999年,第32页。
⑥李嘉言《离骚丛说》,《河南师大学报》1982年第5期,第20页。
⑦李兰柱《女婆试诠》,《许昌师专报》1990年第2期,第39页。

的围攻、诽谤和国君的昏庸不明,究竟还要不要坚持节操,继续斗争? 是去国远游,还是怀恋故土? 怎样表明自己的心迹和决心? 对于这些问题,《离骚》就是通过与女媭等神巫的设问设答来表现的。"①此后潘啸龙等也表支持:"此节出现的'女媭'究竟是谁? 旧说纷纭杂陈,莫衷一是。但若把这一人物看作诗人的虚设(当为诗人假托的'亲近之人'),我们就可领悟这一节'人我对话',亦是诗人内心两个'自我'冲突的展开。"②

(二)对"女媭"身份的进一步剖析

前人有关"女媭"身份的认识如此不一,那么在以上这 15 种看法里又有哪一个更可信呢? 严格来说,应当说都是不周延的。因为:

第一,以夫妇或男女喻君臣,这乃是《离骚》乃至整个楚辞创作的重要特征③。有关这一点不仅在《离骚》以及许多楚辞作品中有切实依据,如"众女疾余之娥眉兮,谣诼谓余以善淫""曰黄昏以为期,羌中道而改路"④等,而且前代不少学者对此也有明确揭示,如东汉王逸释"众女疾余之娥眉"曰:"众女,谓众臣。女,阴也,无专擅之义,犹君动而臣随也。"⑤又,南宋朱熹释"曰黄昏以为期"曰:"黄昏者,古人亲迎之期,《仪礼》所谓初昏也。……中道而改路,则女将行而见弃,正君臣之契已合而复离之比也。"⑥等等。既然以男女喻君臣,乃《离骚》的基本手法,则"女媭"的身份就必然是一臣子无疑。可是令人奇怪的是上文各家除汪瑗、刘梦鹏、王闿运和薛亚康认为屈原乃是以女媭譬喻朝臣外,竟再无一人从男女君臣之喻的角度对女媭的角色加以厘定,就连男女君臣之喻的倡导者王逸、朱熹也未能幸免,这样的情状实让人遗憾⑦。

---

① 朱碧莲《论〈离骚〉中的女媭和"子兰"》,《兰州大学学报》1985 年第 1 期,第 63~65 页。

② 潘啸龙《论屈赋抒写心灵冲突的三种对话方式》,潘啸龙、蒋立甫《诗骚诗学与艺术》,上海古籍出版社,2004 年,第 196~197 页。

③ 按,有的学者说在《离骚》中"不存在一个以夫妇或男女比喻君臣关系的比喻系统,其抒情主人公始终是一个伟岸的男性长者的形象"。这一看法显然需要进一步商榷。详赵逵夫《〈离骚〉的比喻和抒情主人公的形貌问题》,《中国社会科学》1992 年第 4 期,第 215 页。

④ 洪兴祖《楚辞补注》卷 1,中华书局,1983 年,第 10 页。

⑤ 王逸《楚辞章句》,洪兴祖《楚辞补注》卷 1,中华书局,1983 年,第 14 页。

⑥ 朱熹《楚辞集注》卷 1,上海古籍出版社、安徽教育出版社,2001 年,第 10 页。

⑦ 按,虽然游国恩也曾有云:"此处必以女媭为言者,因屈子尝托美人以自喻,故假设有人责劝之亦当托以女性,此亦犹上文嫉余蛾眉者之必为众女也",但他并未进而指出屈原之所以这样安排,就像把自己设定为女性一样,也同是从男女君臣之喻的角度考虑的,因此我们认为游国恩在有关女媭臣子身份的认定上也同样是十分模糊的。

第二,借助女媭对屈原的詈语:"鲧婞直以亡身兮,终然殀乎羽之野。汝何博謇而好修兮,纷独有此姱节?……世并举而好朋兮,夫何茕独而不予听"①,不难发现她在思想性格上主要具有以下三个特点:其一,谙于世故,明哲保身;其二,以长者自居,对屈原的劝说颇含训诫意味;其三,良心未泯,对屈原不乏关切之意。有关以上三个特点,应当说不少前人都注意到了。如《说文·女部》"媭"字段注曰:"须即媭字也。《周易》:'归妹以须。'郑云:'须,有才智之称。天文有须女。'按郑意须(媭)与谞、胥同音通用。谞者,有才智也。"②又,朱熹曰:"女媭以屈原刚直太过,恐亦将如鲧之遇祸也。"(见前)贺贻孙曰:"自鲧婞直以亡身,至汝何茕独而不予听八句,呢喃絮叨,无限亲爱。"③朱亦栋曰:女媭"詈词,是爱惜不是嫉妒"④。等等。综合以上这些论述,不难看出前人有关女媭个性的认识应当说还是颇为全面的。

那么,弄清了女媭以上两个方面的问题,这对我们最终确定女媭的身份有何帮助呢?具体来说,女媭既然与屈原同殿为臣,彼此并列,那在以上15种说法中,所谓屈原女、屈原母、屈原妾、屈原侍女、女巫、女性始祖、须女星和另一个自我,这八种观点显然都是难成立的。之所以这样说,最根本的原因就在于她们在身份属性上与屈原都不是并列的。而在剩下的七种看法中,由于屈原妹、屈原女伴、妾之低贱者和女人通称这四种观点,也都明显不能满足我们上文所绎出的女媭的性格——屈原妹和屈原女伴不能满足一二条,妾之低贱者和女人通称三条都不能满足,既是如此,则它们显然也同样难成立。那么,对于最后剩下的三种看法,也即屈原姊、女伴之年长者和妾之年长者,我们又如何看呢?结合楚辞创作长于男女君臣之喻的特点,应当说只有"妾之年长者"才是最经得起推敲的。不过,需要注意的是这里所说的"妾"并不与"妻"相对,而是与"夫"相对,或者更为明确地说,它乃是"妻妾"的泛称。虽然字面只是"妾",但其实也包含"妻"在内。因为在中国古代无论是"妻"还是"妾",在丈夫面前都是自称为"妾"的。

一方面"妾"与"夫"对,而"姊"和"女伴"不与"夫"对,因此把"女媭"理

---

①洪兴祖《楚辞补注》卷1,中华书局,1983年,第19~20页。
②段玉裁《说文解字注》,浙江古籍出版社,1998年,第617页。
③贺贻孙《骚筏》,游国恩《离骚纂义》,中华书局,1980年,第185页。
④朱亦栋《群书札记》,游国恩《离骚纂义》,中华书局,1980年,第187页。

解为"妾之年长者"应当说更合乎楚辞"男女君臣之喻"的特点，而另一方面"妻妾"之间彼此也可视为"女伴"，"妾之年长者"也可视如"姐姐"，因此把"女嬃"解为"妾之年长者"也是兼含"女伴之年长者"以及"姐姐"之意的。也正是基于以上这些原因，所以我们认为屈原这里所说的"女嬃"应当依贾逵"楚人谓姊为嬃"的训语释为"姐姐"。但是这个"姐姐"乃是从"妾之年长者"的意义讲的，她与屈原自己的同胞姐妹并不是一回事。更进一步说也就是她在这里乃属一种比兴用法，具体象征一位年事较高、涉世较深、做事圆滑的楚国老臣。这位老臣一方面善于自保，另一方面又良心未泯，对屈原不乏关切之意，故而才会发出上文所说那些对屈原既爱且怨、既怜又责的詈语。

如上所引，刘梦鹏、王闿运尽管已提出应把"女嬃"释为"妾之年长者"，然另一方面他们却又认为女嬃"盖以比朝士大夫"，"盖以喻臣之长，上官、令尹之属，阳与原为同志者"，这则显然又是不准确的。"朝士大夫"过于笼统，"上官、令尹之属"乃屈原无情鞭挞的奸佞之臣。陈仅曰："女嬃以鲧比原，重在忘身，岂有党人而称屈原以博謇好修、独有姱节者？似不必强作翻案。"[1]尽管他的批驳乃是对汪瑗的"须（嬃）者，贱妾之称，以比党人也"的观点而发，但是显而易见对我们认识王闿运的"上官、令尹"之说的不合情理，也同样是有启发的。至于王亚康氏，他虽然也看到了"女嬃"应喻"同情"屈原的朝臣，但却认为其地位较低，并将其释为屈原"自己的'侍女'"，这与我们上文所述的相关要素也同样是不相合的。

二、"中正"考辨

通读屈原《离骚》可以得知，在遭到了女嬃詈骂之后，随之就是屈原的南济沅湘，陈辞重华："依前圣以节中兮，喟凭心而历兹。济沅湘以南征兮，就重华而陈词。"[2]陈辞重华之后就是进一步的周游天地，上下求女："驷玉虬以乘鹥兮，溘埃风余上征"，"路漫漫其修远兮，吾将上下而求索"。而"跪敷衽以陈辞兮，耿吾既得此中正"[3]这两句诗，就正处在陈辞重华与上下求女的转接处。有不少学者都指出这两句诗在上下文中具有承上启下的作

<hr>

①陈仅《读选意签》，游国恩《离骚纂义》，中华书局，1980年，第188页。
②洪兴祖《楚辞补注》卷1，中华书局，1983年，第20页。
③洪兴祖《楚辞补注》卷1，中华书局，1983年，第25～26页。

用,如汪瑗曰:"此二句与上'依前圣以节中'章相照应,结上起下之词。"①
朱冀曰:此二句"乃上下过脉处,第一句束上,第二句起下"②等等。可是究
竟是一个怎样的承上启下,前人的解释却是颇让人费解的。之所以出现这
样的情状,原因固然非只一端,然而其中最根本的恐怕还在前人对"中正"
的理解不准确。

(一)前人对"中正"及其在上下文中的作用的理解

关于"中正"的含义及其在上下文中的作用,前人的解释也十分众多,
不过总体而言也可将其划分为以下八类。具体来说,它们分别是:

第一,王逸曰:"言己上睹禹、汤、文王修德以兴,下见羿、浇、桀、纣行恶
以亡,……中心晓明,得此中正之道,精合真人,神与化游。故设乘云驾龙,
周历天下,以慰己情,缓幽思也。"③

第二,汪瑗曰:"中者,无过不及之谓。正者,不偏不倚之谓。指己所陈
之词,得圣人中正之道也。己既陈毕而舜无答词,其意若将深有以许之
矣,……而遂乘龙跨凤溘然上行,将以周历天下,以慰己情缓幽思,如下文
所云也。"④

第三,朱熹曰:"此言跪而敷衽,以陈如上之词于舜,而耿然自觉吾心已
得此中正之道,上与天通,无所间隔,所以埃风忽起,而余遂乘龙跨凤以上
征,……求贤君也。"⑤

第四,贺宽曰:"跪而陈辞者,如上之辞已陈于重华矣,……而中正之道
固已朗然于吾心,庶几可上诉上帝乎?"⑥

第五,顾成天曰:"陈词之后,吾之得中且正,重华既鉴之,则在天之灵
可以上谒矣。"⑦

第六,朱冀曰:"跪而布衽,其陈词非不诚且久矣,而重华终若罔闻。因
而忧心耿耿,自思吾平日所为,皆前圣所垂大中至正之道,可以陈之重华而
无愧者,亦可以质之上帝而无惭。……奄忽之间,与随风之埃尘同其飞扬,

①汪瑗《楚辞集解》,北京古籍出版社,1994年,第69页。
②朱冀《离骚辩》,游国恩《离骚纂义》,中华书局,1980年,第248页。
③王逸《楚辞章句》,洪兴祖《楚辞补注》卷1,中华书局,1983年,第25页。
④汪瑗《楚辞集解》,北京古籍出版社,1994年,第69~70页。
⑤朱熹《楚辞集注》卷1,上海古籍出版社、安徽教育出版社,2001年,第18~19页。
⑥贺宽《饮骚》,游国恩《离骚纂义》,中华书局,1980年,第248页。
⑦顾成天《离骚解》,游国恩《离骚纂义》,中华书局,1980年,第248页。

余遂冉冉上行也。"①

第七，马茂元曰："所谓中正之道，实际上就是指上述陈词中所说的那些道理。向舜陈词，原是一种设想，这里没有设想舜的答词，意谓陈词已为舜所首肯，由是坚定了自己的信念。这两句在结构上具有承上启下的作用。承上，为女婴劝告、陈词重华的归结；启下，谓既得中正，乃神游天地。"②

第八，刘永济曰："此于已陈辞之后，明确自己所志、所行皆合于中正之道，下文乃追述从前在朝事君求合与求贤辅佐的往事。"③

（二）对前人认识的简单分析

前人有关"中正"的含义以及它在上下文中的作用的解释已如上述，尽管他们的论析各不相同，但是仍有一点是相同的，具体说来也就是他们都把"中正"释为"中正之道"，认为它就是屈原在向重华历数大禹、商汤、文王修德以兴，夏启、后羿、寒浇、桀纣行恶以亡的历史盛衰之后，所总结出的治国修身之道，也即："举贤而授能兮，循绳墨而不颇。"④客观地说，说屈原深明治国修身之道，这本身并没有错，但是认为它就是屈原这里所说的"中正"的含义，这则完全站不住脚。因为正如上文所说，"跪敷衽以陈辞兮，耿吾既得此中正"正处在陈辞重华与上下求女的转接处，依照情势它是应该具有承上启下的作用的。可是如把"中正"解释为"举贤而授能兮，循绳墨而不颇"的治国修身之道，那它与屈原的陈辞重华又有何关系呢？与下文的上下求女又有何关系呢？这显然是很让人费解的。为了更清楚地展示前人这些见解的不合逻辑，下面我们不妨再对它们的内在理路一一加以辨析。

第一，由王逸的阐述可以看出，他显然认为"中正之道"乃由屈原自己悟出，并不与重华有什么关系。屈原悟此正道之后，于是便"乘云驾龙，周历天下，以慰己情"。

第二，由汪瑗的阐述可以看出，他显然认为"中正之道"虽由屈原悟出，但也得到了重华的深许。在得到了重华的深许之后，屈原"遂乘龙跨凤溘

---

①朱冀《离骚辩》，游国恩《离骚纂义》，中华书局，1980年，第250页。
②马茂元《楚辞注释》，湖北人民出版社，1999年，第42页。
③刘永济《屈赋音注详解屈赋释词》，中华书局，2010年，第26页。
④洪兴祖《楚辞补注》卷1，中华书局，1983年，第23～24页。

然上行,将以周历天下,以慰己情"。

第三,由朱熹的阐述可以看出,他显然也认为"中正之道"乃由屈原悟出,并不与重华有什么关系。屈原悟此正道之后,于是便开始了他上下游遨的"求女"活动。只不过在这里他并没有直接说"求女",而是把"求女"看作了"求贤君"的象征。

第四,由贺宽的阐述可以看出,他显然也认为"中正之道"乃由屈原悟出,并不与重华有什么关系。屈原悟出这一正道之后,于是便进而上征于天,向上帝倾诉。

第五,由顾成天的阐述可以看出,他显然也认为"中正之道"虽由屈原悟出,但也得到了重华的鉴察。也正是因为得到了重华的鉴察,使屈原因此更为自信,所以他才会进而上征天衢,告白天帝。

第六,由朱冀的阐述可以看出,他显然也认为"中正之道"乃由屈原悟出,但却并未得到重华的回应。也正是因为这一原因,所以屈原才要进而求证于天,"质之上帝"。

第七,由马茂元的阐述可以看出,他显然也认为"中正之道"虽由屈原悟出,但也得到了重华的"首肯"。由于得到了重华的"首肯",所以屈原才更加自信,于是开始"神游天地"。

第八,由刘永济的阐述可以看出,他显然也认为"中正之道"乃由屈原悟出,并不与重华有什么关系。在悟出了这一正道之后,于是屈原便追述起了从前在朝事君求合与"求女"辅佐的事情。不过,他这里也没有说"求女",而是把"求女"看作了"求贤"的象征。

由以上所析不难发现,屈原在受到女媭之詈之后,特意不辞千里,南渡沅湘,向重华陈辞,可是重华对于屈原的帮助在以上这八种看法中,至多也不过是对屈原所悟出的"中正之道"表示"首肯",这与下文屈原的求助巫咸、灵氛,从巫咸、灵氛那里都得到明确指示,并遵照执行,显然不一致。屈原经受女媭詈骂而向重华陈辞,显然是想从重华那里求得帮助,可是重华对他却没有提出任何可行的指示,这在故事情节的发展上显然不合逻辑。又,如上所言,屈原在向重华陈辞之后的乘龙驾凤、周历天下,乃是为了上下求女,可是以上诸家或者认为屈原乃是要寻找安慰,或者认为是要进而诉诸天帝,或者认为是要进而"神游天地",而朱熹和刘永济二家虽然把屈原的这一遨游活动与求女相联系,但是从逻辑上看屈原在得了"中正之道"

之后,为什么要进而求女,或者如刘永济所说要追叙求女,对于这前后二者的关系二家所述也同样都是很不明确的。也正鉴此,所以我们认为以上前人的这些解释都是很值得斟酌的。

(三)对《离骚》"中正"之意的进一步剖释

为进一步弄清"中正"的含义,并显明前人的偏误所在,我们不妨对《离骚》的行文逻辑再作一次重新梳理。由《离骚》所述可以看出,其后半部分上天入地的"求女"漫游,是在前半部分对自身遭遇的叙述的基础上展开的,而女媭这个人物就出现在这由自身遭遇的叙述,向漫长而曲折的"求女"活动转化的关捩处。正如上文陈本礼所说:"此借女媭为中峰起顶,以下陈辞上征,占氛占咸,总从此一詈生出。"那么我们为什么会这样说呢?其根本原因就在于在"女媭之婵媛兮,申申其詈予"之前屈原虽经重重打击,但他的内心却是平衡的:"进不入以离尤兮,退将复修吾初服。制芰荷以为衣兮,集芙蓉以为裳。不吾知其亦已兮,苟余情其信芳。""民生各有所乐兮,余独好修以为常。虽体解吾犹未变兮,岂余心之可惩。"可是当他听了女媭的谏告:"鲧菉葹以盈室兮,判独离而不服。众不可户说兮,孰云察余之中情"[1],他的内心就不能不受到震动,产生怀疑:是啊,我的芳洁固然不会因为奸佞的陷害而受到污损,可是天下百姓这样众多,我怎么能够挨家挨户去解说呢?"重华陈辞"一节,可谓正是在这样的背景下展开的。

不难看出,向重华陈辞的真正目的乃在向大舜表露委屈,诉说自己"信而见疑,忠而被谤"[2]的不幸遭遇,并希望从他那里得到指引。"启《九辩》与《九歌》兮,夏康娱以自纵。不顾难以图后兮,五子用夫家巷。""夏桀之违常兮,乃遂焉而逢殃。后辛之菹醢兮,殷宗用而不长。汤禹严而祗敬兮,周论道而莫差。举贤而授能兮,循绳墨而不颇。"[3]屈原这里所以反复陈述禹、汤、文王修德以兴,羿、浇、桀、纣行恶以亡的历史兴衰,其根本目的正在向大舜展示自己所行之路的正确无误,所受疑谤的可叹无辜,其希望能够得到大舜指引的情感可谓溢于言表。屈原之所以在向重华陈辞之后说"跪敷衽以陈辞兮,耿吾既得此中正:驷玉虬以乘鹥兮,溘埃风余上征。朝发轫于苍梧兮,夕余至乎悬圃。欲少留此灵琐兮,日忽忽其将暮。吾令羲和弭

①洪兴祖《楚辞补注》卷1,中华书局,1983年,第17~20页。
②司马迁《史记·屈原贾生列传》卷84,上海古籍出版社,1997年,第1901页。
③洪兴祖《楚辞补注》卷1,中华书局,1983年,第21~23页。

节兮,望崦嵫而勿迫。路漫漫其修远兮,吾将上下而求索"①,其真正用意显然是要表明他已从重华那里得到了"中正之道"。所谓"溘埃风余上征""路漫漫其修远兮,吾将上下而求索"云云,正是对这一"中正之道",也即重华的"求女"自助建议的具体实施。

屈原在舜帝祠内是通过求签,还是占卜,还是其他别的什么方法得到这一指示我们不得而知,但是"上下求女"显然源于大舜的建议。如果我们否定这一点,那么下文的"求女"活动就很难得到解释。试想在诗歌的前半部屈原已经展示出了异常坚决的决绝态度:"不吾知其亦已兮,苟余情其信芳","民生各有所乐兮,余独好修以为常。虽体解吾犹未变兮,岂余心之可惩",怎么会在女嬃申言、重华陈辞之后又去四处干谒,"上下求女"呢?这显然是不可思议的。因此我们只有这样理解:女嬃的詈语"薋菉葹以盈室兮,判独离而不服。众不可户说兮,孰云察余之中情",打破了诗人内心的平衡,使他不得不向重华哭诉,哭诉自己的不幸委屈,希望舜帝能为他指明道路。而重华在听了他的哭诉后,或者更为准确地说是神职人员在倾听了他的哭诉后,便向他提出了"求女"自助的建议。诗歌下文的"求女"活动,可谓正是在这样的背景下拉开帷幕的。

三、"求女"考辨

如上所言,在《离骚》这首诗的前半部,诗人的内心本是平衡的,平衡的基础就是屈原认为不管自己如何遭受排斥、不被重用,自己都是完善的。然而女嬃的詈骂:"众不可户说兮,孰云察余之中情",使他对自己独善的完满性产生了怀疑,也正是在这样的情况下他才通过向重华陈辞,获得了一个新的自我实现的途径,也即求女自助。可以说整首诗歌的后半部分主要都是在写其求女活动的,"'求女'构成了《离骚》的后一半"②。也正是鉴于求女活动在《离骚》一诗中的重要地位,所以对于"求女"意蕴的准确把握,这也是我们深入了解屈原生平及其心路历程的重要一环。

(一)前人对"求女"的不同认识

那么,屈原"求女"这一活动,它究竟具有怎样的意蕴呢?对此我们还

①洪兴祖《楚辞补注》卷1,中华书局1983年,第25~27页。
②顾农《〈离骚〉新论》,《天津师范大学学报》1991年第5期,第57页。

是先来看看前人的解说。就像对"离骚""女媭"和"中正"的诠解一样，前人对于"求女"的理解，其观点也同样是很不统一的。具体来说，我们至少应将其分为 11 类：

第一，求贤臣。如王逸曰："女以喻臣"，"吾方上下左右，以求索贤人，与己合志者也"①。金开诚曰："'求女'是比喻寻求志同道合的人，是寻求君主以外的贤人的了解与支持。"②等等。

第二，求通君侧者。如梅曾亮：求女"言求所以通君侧之人"③。游国恩曰："屈原之所谓求女者，不过是想求一个可以通君侧的人罢了。因为他既自比弃妇，所以想要重返夫家，非有一个能在夫主面前说得到话的人不可。"④与上文的"求贤臣"之说加以比较，很显然"求通君侧者"之说不过是"求贤臣"之说的进一步延伸罢了。

第三，求知音。如赵逵夫曰："'求女'表现了寻求知音的心情"⑤，"是在寻求知音，寻求一种理解"⑥。胡大雷曰："'求女'即寻求了解自己的人。"⑦

第四，求天下贤君。如朱熹注："哀高丘之无女"云："女，神女，盖以比贤君也。于此又无所遇，故下章欲游春宫，求宓妃、见佚女、留二姚，皆求贤君之意也。"⑧又，李陈玉曰："言求女者，求贤君之譬也。"⑨蒋骥曰："求女，即求贤君也。"⑩"《离骚》以女喻贤君，以芳草喻贤臣，首尾一线，不相混淆。"⑪

第五，求护国女神。这一说法主要由赵沛霖提出："帝王和英雄通过求女而得到了神的嘉贲，或消除灾难，使民生息；或奠基立国，天下得治。……求女而与之婚媾无异于是以最可靠的方式请到护国女神。……

---

① 王逸《楚辞章句》，洪兴祖《楚辞补注》卷 1，中华书局，1983 年，第 27～30 页。
② 金开诚《屈原辞研究》，江苏古籍出版社，1992 年，第 131 页。
③ 梅曾亮《古文辞略》，游国恩《离骚纂义》，中华书局，1980 年，第 287 页。
④ 游国恩《楚辞论文集·楚辞女性中心说》，古典文学出版社，1957 年，第 200 页。
⑤ 赵逵夫《屈骚探幽》，巴蜀书社，2004 年，第 39 页。
⑥ 赵逵夫《屈骚探幽》，巴蜀书社，2004 年，第 44 页。
⑦ 胡大雷《从屈原的人生痛苦论〈离骚〉"求女"指寓》，《山西大学师范学院学报》2002 年第 2 期，第 47 页。
⑧ 朱熹《楚辞集注》卷 1，上海古籍出版社、安徽教育出版社，2001 年，第 20 页。
⑨ 李陈玉《楚辞笺注》，游国恩《离骚纂义》，中华书局，1980 年，第 290 页。
⑩ 蒋骥《山带阁注楚辞》卷 1，上海古籍出版社，1984 年，第 48 页。
⑪ 蒋骥《山带阁注楚辞·余论》卷上，上海古籍出版社，1984 年，第 190 页。

现实的发展与屈原的主观愿望形成了强烈的反差,但是,屈原并没有因此而动摇,也没有因为个人不断遭受排挤打击而放弃自己的主张。他矢志不屈,洁身自好,怀抱的理想越来越执着,与群小的斗争越来越坚决。当诉之于诗的时候,这种不可抑制的崇高情怀和凝聚着全部生命的坚定意志,便唤醒了积淀在他内心深处的观念意识,于是南方传统的原始宗教观念和以巫史文化为特征的文化心理结构,使他采取了非同寻常而又最有激发力量的表达手段,即通过求女与之婚媾所具有的传统观念意义来寄托其追求国势强盛,民族兴隆的内心情怀和愿望。求女的失败正是这种愿望的破灭。"①

第六,求贤妃。如赵南星曰:"昔者幽王信用褒姒,谗巧败国,其大夫伤之,思得贤女以配君子。……屈原患郑袖之蛊慝,亦托为远游,求古圣帝之妃以配怀王。"②陈子展曰:"屡言求女不可得,隐喻其所冀幸于怀王之宠妃郑袖者亦已绝望矣。"③

第七,求女杰。这一看法主要由屈复提出:"楚国尽为朋党,丈夫中无可语者。女中或有,亦未可知。"④

第八,求爱情。如顾农曰:屈原"求女"的原因主要是"在政治上失败之后,内心失去平衡,转而用寻求爱情来填补有所失落的心灵,找一个避风港以取得休息和慰藉","以美好的爱情来填补政治上失落以后留下的心灵空白"⑤。

第九,求理想。如逯钦立曰:"《离骚》这种追求爱情的描写,较之《诗经·关雎》篇所谓'窈窕淑女,寤寐求之',是更加形象和深刻了。《关雎》篇没有寓托之意,它却是以爱情的追求象征对理想的追求。而其所寓托的理想不外是兴复楚国的理想和爱国心。"⑥

第十,旨意不定说。即认为屈原"求女",含义并不固定。"女"字在不同语境,所指对象也随之改变,屈原在文中所"求"前后并不一致。如汤炳正曰:《离骚》"求女""有时喻贤士良臣,如'相下女之可诒'之'下女'、'哀高

①赵沛霖《〈离骚〉求女的寓意及其观念基础》,《河北学刊》1991年第1期,第77页。
②赵南星《离骚经订注》,游国恩《离骚纂义》,中华书局,1980年,第343页。
③陈子展《读离骚经:辨骚札记之一》,《贵州文史丛刊》1985年第2期,第6页。
④屈复《楚辞新注》,游国恩《离骚纂义》,中华书局,1980年,第293页。
⑤顾农《〈离骚〉新论》,《天津师范大学学报》1991年第5期,第61~63页。
⑥逯钦立《屈原离骚简论》,辽宁人民出版社,1957年,第33页。

丘之无女'之'女';有时又喻明君,如'岂唯是其有女'之'女'。"①又,魏泽奇曰:"《离骚》'五求女',一求帝宫之玉女,喻指追求上古明君如颛顼、尧、舜等;二求高丘之神女,喻指追求像'三后'那样'纯粹'的楚之先君;三求宓妃,喻指追求当世明君;四求有娀氏之佚女,喻指追求贤臣;五求虞氏之二姚,喻指追求美政。"②等等。

第十一,多义说。即认为屈原所求之"女"含义丰富,她往往具有多方面的含义,不能看得太过单一。如聂石樵曰:"关于屈原'求女'的涵义,有以比贤臣、比贤君、比贤后、比贤士以及随文生训等说法。这些说法都是有道理、有根据的,但同时又是有缺欠的,即他们或者把问题简单化,将'求女'固执为一说,或者作机械的比附,认为'女'单指某某等。他们不了解作家的创作过程,即是对社会生活和作为这种社会生活的反映的作家思想的概括和提炼的过程,文学作品是作家对社会生活和作家思想概括和提炼而成。对寓言体的作品来说,更是如此。屈原的'求女',是一种寓言性质的描写,它概括了屈原自己极其丰富的精神活动,包涵了以上各家的多种说法。"③

(二)《离骚》"求女"的真正涵义

前人对屈原"求女"的思想蕴含,看法如此之多,那么我们究竟何所信从呢?据实而论,在以上这诸多看法里,应当说以王逸等的"求贤臣"之说最为准确。之所以这样说,其原因主要有二:其一,如上所言,"古人常常以男女关系来说明君臣关系"④,在《离骚》之中也确实存在着一个以男女关系比喻君臣关系,再具体说也即以男性喻君主、以女性喻臣子的比喻系统⑤。也正基此,所以我们认为在以上这11种看法里,除了"求贤臣""求通

---

①汤炳正等《楚辞今注》,上海古籍出版社,1996年,第34页。

②魏泽奇《论〈离骚〉的"五求女"及其喻意》,《牡丹江教育学院学报》2012年第1期,第1页。

③聂石樵《屈原论稿》,人民文学出版社,1992年,第119页。

④姜亮夫《楚辞今绎讲录》(修订本),北京出版社,1983年版,第63页。

⑤按,有的学者虽然也认为在《离骚》中存在着一个以男女关系比喻君臣关系的比喻系统,但是在另一方面却又认为:"前半篇中诗人将楚王比为'美人'而将'自我'化为女子,后半篇中则又将'自我'化为男性而用神话传说中的女性来比拟楚王。"这样的看法显然也是很值得商榷的。《离骚》前半部说的"恐美人之迟暮"之"美人"与"众女疾余之蛾眉兮"之"蛾眉"皆系指女性,也皆系屈原自指,后半部的上下"求女"也同样是以女子求女子,也即以臣子求臣子。所谓在《离骚》中屈原前后性别不同的观点是根本不成立的。详见池万兴《屈原的"男女君臣之喻"与汉赋作家的女性人格》,《运城师专学报》1993年第3期,第36页。

君侧者"和"求知音"三种看法外,其它九种看法都是错误的。其二,再进一步说,"求贤臣""求通君侧者"和"求知音"三种说法,虽然都不能算错,但是彼此相较,"求贤臣"之说显然更周延。因为屈原之所以要"求贤臣",除了通君侧、寻理解外,与其他贤臣互相配合、互相协助而共撑危局,恐怕也是其中一项重要内容。因此如从这个角度说,则所谓"求通君侧者""求知音"云云,也同样是不准确的。

不过,仅仅明白了上下"求女"的总的意指,并不意味着我们对屈原的"求女"活动就有了一个透彻的理解。要想真正理解屈原"求女"的丰富蕴含,我们还必须把探索的笔触进一步深入到《离骚》中屈原的各次不同的"求女"行动上。具体来说,在《离骚》中屈原的"求女"活动一共有五次,但是概而言之,又可将其划为三类:求高丘之女、求下女、求他国之女。虽然按照《离骚》以男女喻君臣的义例,这三者都是人臣的象征,但是如果我们区分得再细一点,则她们的寓意又彼此不同。

首先来看"高丘之女"。对于"高丘"所指,前人也有楚山名、阆风山、高唐、昆仑山及昆仑山天门外之高山等多种理解,但是彼此相较,应以"昆仑山"之说最为恰当。因为第一,昆仑山在上古也常称"丘",这在文献里展现得很清楚。如《山海经·西山经》:"西南四百里,曰昆仑之丘,是实惟帝之下都。"[1]又,《大荒西经》:"赤水之后,黑水之前,有大山,名曰昆仑之丘。"[2]又,《穆天子传》:"乃至于昆仑之丘,以观春山之瑶。""天子升于昆仑之丘,以观黄帝之宫。"[3]"南至于春山珠泽昆仑之丘,七百里。"[4]"高丘"之名盖正由此而来。

第二,以高丘代指昆仑之丘也极合行文逻辑。总览屈原的昆仑之行,前后主要有四个驻足点。驻足点一:"朝发轫于苍梧兮,夕余至乎县圃。欲少留此灵琐兮,日忽忽其将暮。""悬圃",地名,神人所居,相传在昆仑山的中级地带。洪兴祖补注引《水经注》曰:"《昆仑说》曰:'昆仑之山三级:下曰樊桐,一名板松;二曰玄(县)圃,一名阆风;上曰层城,一名天庭。'"[5]"琐",

---

①袁珂《山海经校注·山海经山经柬释》卷2,上海古籍出版社,1980年,第47页。
②袁珂《山海经校注·山海经海经新释》卷11,上海古籍出版社,1980年,第407页。
③郭璞注《穆天子传》卷1,中华书局,1985年,第4~7页。
④郭璞注《穆天子传》卷4,中华书局,1985年,第24页。
⑤洪兴祖《楚辞补注》卷1,中华书局,1983年,第26~27页。

刻在门楼上的花纹。"灵",极言花纹之美。"灵琐",指悬圃之门,这里借指悬圃。这四句诗的意思是本想在此悬圃稍稍停留,但是由于日色已晚,只得继续赶路。

驻足点二:"饮余马于咸池兮,总余辔乎扶桑。折若木以拂日兮,聊逍遥以相羊。"①依文献记载,一般认为咸池、扶桑在东,若木在西。如《淮南子·天文训》曰:"日出于旸谷,浴于咸池,拂于扶桑,是谓晨明。"②又,《山海经·大荒北经》:"大荒之中,有衡石山、九阴山、洞野之山,上有赤树,青叶,赤华,名曰若木。"对此郭璞注曰:"生昆仑西,附西极,其华光赤下照地。"③又,王逸章句:"若木,在昆仑西极,其华照下地。"④对此,展示的可谓都是很清楚的。然而依《离骚》所述,屈原是先到县圃再到咸池,然后才得见到扶桑和若木。县圃既已在昆仑山上,则咸池、扶桑就没有理由处于东海日所升处,它们与若木似皆在一地。又,此诗上文曰:"吾令羲和弭节兮,望崦嵫而勿迫。"⑤"崦嵫"乃太阳西入之山,对此古今并无疑义。既是如此,则我们也同样不难推知:"咸池""扶桑"皆当为太阳西入崦嵫所途经之地,它们虽离崦嵫还有一段距离,但是应该并不太远。由此而断,认为咸池、扶桑必在东方太阳初升处,这样的认识也同样是不合《离骚》的行文逻辑的。那么,我们如何消解这一矛盾呢?对此,王观国说:"《玉篇》《广韵》皆曰:焱,而灼切。榑焱,焱木也。然则榑焱即扶桑也,焱木即若木也。"⑥又,《说文·焱部》段注:"《离骚》:'总余辔乎扶桑,折若木以拂日',二语相联,盖若木即谓扶桑,扶、若字即榑、焱字也。"⑦又,今人崔富章说:"文献中的'扶桑'有东、西之别,这儿写的是'西扶桑','咸池'亦在西方(一说即天池)。若木:即'扶桑',西扶桑。"⑧据实而论,三家的解说应当说都是很有见地的。当然对于这一"矛盾",还有另一种解释。如朱冀曰:"扶桑若木,东西遥隔,大夫岂真有千百亿化身也耶?盖此一章,专叙早行暮宿耳。"⑨

①洪兴祖《楚辞补注》卷1,中华书局,1983年,第27~28页。
②刘文典《淮南鸿烈集解》卷3,中华书局,1989年,第108页。
③袁珂《山海经校注·山海经海经新释》卷12,上海古籍出版社,1980年,第437页。
④王逸《楚辞章句》,洪兴祖《楚辞补注》卷1,中华书局,1983年,第28页。
⑤洪兴祖《楚辞补注》卷1,中华书局,1983年,第27页。
⑥王观国《学林》,游国恩《离骚纂义》,中华书局,1980年,第266页。
⑦段玉裁《说文解字注》,浙江古籍出版社,1998年,第272页。
⑧崔富章等注《楚辞》,浙江古籍出版社,1998年,第10页。
⑨朱冀《离骚辩》,游国恩《离骚纂义》,中华书局,1980年,第264页。

游国恩曰:"此文饮马二句,以平旦言;若木二句,则以薄暮言。"①不过,彼此比较,这两家的解说都是有些生硬的。

驻足点三:"吾令帝阍开关兮,倚阊阖而望予。时暧暧其将罢兮,结幽兰而延伫。世混浊而不分兮,好蔽美而嫉妒。"②"阊阖",天门。这里指昆仑山第三级"天庭"之门。如上所引,昆仑山乃"帝之下都",用郭璞的话说也就是"天帝都邑之在下者"③,故而才有"阊阖"之称。"帝阍",把守天门的人。帝阍不纳,天门不开,因此屈原根本无法进入天庭。

驻足点四:"朝吾将济于白水兮,登阆风而绁马。忽反顾以流涕兮,哀高丘之无女。"④上文云"时暧暧其将罢",指日暮,此言"朝济",正承上文"将罢"而来。"白水""阆风"皆在昆仑山上。"反顾"即反顾天庭,说明屈原对天庭仍有怀恋之意。怎奈"高丘无女",因此屈原只好洒泪而去。

综合以上所述不难看出,所谓"高丘"显而易见就是指昆仑山说的(认为是指昆仑山最上层于意也通)。由于昆仑山乃"帝之下都",所以它这里实际上象征的乃是楚国的王廷。而所谓"帝阍"表面看来乃指天庭的守门人,而实际上代表的也当是楚国王庭里的当道者,也即当政者。由于朝廷中没有品性贤良的近臣协助,天门不通,屈原希望重回怀王身边,东山再起的打算最终落空,所以他才会有"哀高丘之无女"的感叹。清人刘梦鹏说:"高丘,即《淮南子》所称最上一重丘,太帝所居,(屈)原所欲上征开关者。女,美女,比贤者。臣之事君,犹女之事夫。正士入之见忌,犹之美女入宫见妒。北济白水,绁马阆风,聊自娱忧,然贞淑见妒,君侧无人,每一反顾,又未尝不为之流涕也。"⑤这一解说可以说把"高丘""高丘之女"的含义揭示的是非常清楚的。然而十分遗憾,对于"高丘无女"与"昆仑叩阍"的关系,有不少学者并不理解。如金开诚曰:"'叩阍'一节即求君,而'求女'一节即求贤。"⑥又,马茂元曰:"九重天女既不可求,高丘神女复不可见",故"改求下女"⑦。又,潘啸龙曰:"关于《离骚》的'求',我以为包括了上叩帝

①游国恩《离骚纂义》,中华书局,1980 年,第 269 页。
②洪兴祖《楚辞补注》卷 1,中华书局,1983 年,第 29~30 页。
③袁珂《山海经校注·山海经山经柬释》卷 2,上海古籍出版社,1980 年,第 47 页。
④洪兴祖《楚辞补注》卷 1,中华书局,1983 年,第 30 页。
⑤刘梦鹏《屈子章句》,游国恩《离骚纂义》,中华书局,1980 年,第 294 页。
⑥金开诚《〈离骚〉的整体结构和求女、问卜、降神解》,《文学遗产》1985 年第 4 期,第 12 页。
⑦马茂元《楚辞注释》,湖北人民出版社,1999 年,第 54 页。

关以求取天宫玉女（非求见'天帝'）、登高丘以求取神女以及三求'下女'。"①虽然他们在具体的理解上并不完全相同，但是在把"高丘无女"与"昆仑叩阍"打为两截、分为二事上，则又是完全一致的。

　　弄清了"高丘之女"或者说"高丘无女"的真实含义，下面再来看"下女"的含义。在《离骚》中屈原在"哀高丘之无女"之后紧接着说："溘吾游此春宫兮，折琼枝以继佩。及荣华之未落兮，相下女之可诒。"②这也就意味着他已从寻求"高丘之女"转向了寻求"下女"。"溘"，意为迅疾。暗喻短暂，如同过客。"春宫"，即昆仑天庭，天帝之下都，暗喻楚国王廷。"下女"，与"高丘之女"相对，故名。蒋骥说："下女，指下处（宓）妃诸人，对高丘言，故曰下。"③闻一多说："'下女'指宓妃、有娀及二姚等。此辈本皆下土之人，对帝女为上天之神女言，故曰下女也。"④应当说对此讲的都是很明白的。上文已证，"高丘之女"乃指楚国王廷里的近臣。既然如此，则"下女"显应为尚未成为楚王近臣的楚国地方官员或楚国贵族。洪兴祖曰："下女，喻贤人之在下者。"⑤魏炯若曰："下女"，"可能隐喻楚王亲属中的年轻人"，"隐指还未成为执政的人"⑥。对于"下女"的真实喻意，二家的解说应当说也都是很精辟的⑦。

　　那么，事实果真是这样吗？由《离骚》一诗不难看出屈原对"下女"的寻求共计有三次：一是宓妃，一是有娀之佚女，一是有虞之二姚。但是不管所求何人，她们都有两个共同特征：一是她们在被访求时都是在家待嫁，一是她们后来都成了帝王之妃。宓妃，相传为宓羲帝的女儿，溺于洛水而死，被封为洛神，后来成为古部落首领后羿的妻子。屈原《天问》："帝降夷羿，革

①潘啸龙《〈离骚〉疑义略说》，《荆州师专学报》1995年第3期，第42页。

②洪兴祖《楚辞补注》卷1，中华书局，1983年，第30～31页。

③蒋骥《山带阁注楚辞》卷1，上海古籍出版社，1984年，第43页。

④闻一多《离骚解诂》，上海古籍出版社，1985年，第47页。

⑤洪兴祖《楚辞补注》卷1，中华书局，1983年，第30～31页。

⑥魏炯若《离骚发微》，四川人民出版社，1980年，第93页。

⑦按，还有学者认为：屈原所求"下女"，"从表面上讲，是指留家待字之女，而其喻指乃谓留止草泽而思用之贤。""这类贤人与同处草泽之长沮、桀溺、荷蓧丈人、楚狂接舆之流拒为世用者不同，与周游求用并已为别国所瞩目者，如孟柯、荀卿、苏秦、张仪之流亦不同。他们是避在草野而思圣君贤相来就而求己者，如古之傅说、吕望、宁戚诸贤皆是。但这类人多属择主而事之贤，挑剔很大。"这一说法，虽然大而言之也不能完全算错，但是由于太过具体，局限性太大，因而笔者认为也是需要进一步斟酌的。详王锡荣《〈离骚〉"求女"喻指发微》，《吉林大学社会科学学报》1995年第1期，第44页。

鞏夏民。胡射夫河伯,而妻彼洛嫔?"王逸章句:"夷羿,诸侯,杀夏侯相者也。""洛嫔,水神,谓宓妃也。"①对此展现得就很清楚。有娀之佚女即简狄,高辛帝喾之妃,相传她误吞鸟卵而生商之始祖契。有虞之二姚,少康帝之妻。屈原在寻求宓妃时说"保厥美以骄傲兮,日康娱以淫游",在寻求佚女时说"凤皇既受诒兮,恐高辛之先我",在寻求二姚时说"及少康之未家兮,留有虞之二姚",足见她们在被诗人寻访的时候均是在闺待嫁的。下文之"闺中既已邃远兮"之"闺中",显然也应该是兼指宓妃、佚女、二姚三者而言的。如上所言,以夫妇比君臣乃楚辞的通例,宓妃、佚女、二姚三者既然均是在闺待嫁,由此以断,则说她们乃象征即将成为或有望成为楚王近臣的楚国地方官员或楚国贵族,这显然很可信。屈原之意,盖正想通过这些即将进入权力中心的楚国地方官员或楚国贵族以疏通怀王,使自己重新获得怀王的信用。可是要么是对方无礼傲慢,要么是媒人才弱言拙,致使这三次"求女"均告失败。

最后再看他国之女。由于高丘之女、闺中下女皆不可求,大舜为他提供的求贤自助策略也同样行不通,所以屈原只好又卜疑于灵氛和巫咸,并最终接受他们的建议:"思九州岛之博大兮,岂唯是其有女","何所独无芳草兮,尔何怀乎故宇"②,进而往他国继续"求女":"和调度以自娱兮,聊浮游而求女"③,希望通过他国贤臣的援引以求见用于他国。对于"聊浮游而求女",游国恩说:"此女犹上文所欲求,然以介于他邦耳,灵氛所谓'岂惟是其有女'也。"④又,雷庆翼也谓:"浮游而求女,承上'求女'而言。楚国既不可求,便往他国。"⑤可谓讲的也都是十分到位的。然而由于对于故国的怀念:"陟升皇之赫戏兮,忽临睨夫旧乡。仆夫悲余马怀兮,蜷局顾而不行"⑥,使他最终中途而返,致使这一他国"求女"的理想也同样未实现。当代著名楚辞研究专家刘永济说:"求女一节,又含两意:一则已求之国中而不得,一则欲求之异国而不能。"⑦这一认识无疑是十分深刻的。盖也正因

---

① 王逸《楚辞章句》,洪兴祖《楚辞补注》卷 3,中华书局,1983 年,第 99 页。
② 洪兴祖《楚辞补注》卷 1,中华书局,1983 年,第 32～35 页。
③ 洪兴祖《楚辞补注》卷 1,中华书局,1983 年,第 42 页。
④ 游国恩《离骚纂义》,中华书局,1980 年,第 445 页。
⑤ 雷庆翼《楚辞正解》,学林出版社,1994 年,第 64 页。
⑥ 洪兴祖《楚辞补注》卷 1,中华书局,1983 年,第 47 页。
⑦ 刘永济《屈赋通笺·附笺屈余义》,中华书局,2010 年,第 68 页。

如此,所以诗人最后在《离骚》"乱语"中说:"已矣哉!国无人莫我知兮,又何怀乎故都?既莫足与为美政兮,吾将从彭咸之所居。""彭咸",殷大夫,谏其君而不听,遂投水而死。对于屈原这段话王逸解释说:"言时世之君无道,不足与共行美德、施善政者,故我将自沉汨渊,从彭咸而居处也。"①对于诗人的内心世界应该说把握的也是很准确的。一方面屈原欲遵灵氛、巫咸的建议,"求女"于他,但因怀念故土而不能成行,另一方面欲留故国,故国之"女"又不可求。他之所以最后决心"自沉汨渊,从彭咸而居处",这再次表现了他忠于理想、宁折不弯,决不与世俗小人同流合污的洁操亮节。

四、两个需要特别说明的问题

最后,再补充说明两个问题。第一,对于艺术作品的诠解不能太穿凿。尤其像《离骚》这样的浪漫主义的优秀作品,它的意象往往都是作者思想情感的直觉表现、朦胧象征,在写作过程中并没有经过作者特别的设计,对此我们在阅读时就更不能把它当作一个机械产品,进行简单的拼贴与拆卸。否则,不仅会闹出漏洞百出、令人喷饭的笑话,而且也会使我们对于文本的诠解走上一条"越讲越糊涂,越支离,令人堕入云雾"②的不归路。

举例来说,如对"高丘之女"与"下女"的区别,有的学者说:"高丘无女","是说怀王入秦所随从的人员皆不可依托。下面讲的'下女'乃指楚国国内王之妃妾,……即指留在楚国可通言于王的妃妾。"③或又谓:"上叩帝关以至'哀高丘之无女',其所喻指当为入秦被拘前的怀王。因为他后来'客死'升天,故以'上求'为喻。下求'妃'等,则喻指继立的顷襄王,在他登位之初诗人当曾寄予希望,故以'下求'为喻。"④或又谓:"《离骚》'求女'三阶段分别是求帝女、求下女、西行求女:求帝女象征诗人追求某种极其崇高、伟大而能胸怀天下苍生的母性关怀;求下女象征诗人追求某种胸怀楚地黎庶的母性关怀;西行求女则象征诗人追求某种关爱个体生命价值的母性关怀。"⑤等等。又如,对于屈原所求"下女"的含义,也有不少学者作出

---

①王逸《楚辞章句》,洪兴祖《楚辞补注》卷1,中华书局,1983年,第47页。

②游国恩《楚辞论文集》,古典文学出版社,1957年,第199页。

③雷庆翼《楚辞正解》,学林出版,1994年,第41~42页。

④潘啸龙《〈离骚〉疑义略说》,《荆州师专学报》1995年第3期,第42页。

⑤梅桐生、刘中黎《论〈离骚〉"求女"情节的深层文化心理》,《贵州文史丛刊》2003年第2期,第39页。

了如下区分。如云:"初求伏羲氏之女,皇凤也;再求高辛氏之女,帝凤也;又求少康之二姚,王凤也。如商鞅之三变其说,所求愈下,所遇愈难,故其情愈苦。"①或又谓:宓妃"言草泽之士,深隐远避,保身洁己,傲世而自怡,虽其志行可嘉,而无君臣之礼",有娀之佚女、少康之二姚"喻四方之贤者,(屈)原欲为君致之,与己匹合共匡君也"②。或又谓:宓妃为西方秦国君主的象征,佚女为北方赵国君主的象征,二姚为东方齐国君主的象征。"《离骚》抒情主人公向西、北、东三个方位去求女,……不到南方求女,暗示南方无女可求,楚国已经不可能找到明君圣主。"③等等。

通观以上这些论说,不难发现虽然它们各有侧重、相去甚远,但是仍有一点是相同的,那就是它们都完全脱离了《离骚》的实际,脱离了《离骚》的情感理路、思想逻辑,无视《离骚》作为一篇典型的文学作品,自身所特有的不可过度阐释的整一性,而将其作为一个可以简单拼合的机械装置而任意拆分。这样的阐释态度除了能得出一些令人费解的奇谈外,是很难给出令人信服的结论的。

第二,对于文学作品的阅读阐析也不能过度强调它的主观性、虚构性而忽视它的现实性。对于《离骚》这样的浪漫主义作品也同样如此。如有的学者说:"抒情主人公与楚王与女媭的关系,三次求女都具有明显的艺术假定性质,与原始性的历史事件、历史人物并没有必然的形式联系。""这种浪漫的表现型诗篇超出了具体事件的再现与叙述,情感抒发往往借助了想象的艺术形式。因此,我们在这里要充分地认识到艺术世界的虚拟性和假定性,不能将这种意态化的性恋关系与客观形态的历史等同起来。"④这样的认识显然也是不太妥当的。正如许多学者所说:《离骚》"这首诗几乎可以看作诗人的'自叙传',它曲折尽情地写出了诗人大半生的思想和行事"⑤。无论是"女媭之詈""上下求女"还是"陈辞重华""占氛占咸",这在屈原的生活中都应有具体的所指。

正如我们前文所说,在遭到女媭詈骂前,屈原的内心本来是平衡的,他

---

①李陈玉《楚辞笺注》,游国恩《离骚纂义》,中华书局,1980年,第290页。
②王夫之《楚辞通释》卷1,上海人民出版社,1975年,第15～16页。
③李炳海《〈离骚〉抒情主人公求女综考》,《江西社会科学》2010年第8期,第103～105页。
④梅琼林《〈离骚〉:男女君臣之喻及其原型追索》,《中南民族学院学报》1994年第6期,第99页。
⑤中国社会科学院文学研究所《中国文学史》,人民文学出版社,1962年,第100页。

对他的独善其身是充满自信的,但是女媭的詈骂:"众不可户说兮,孰云察余之中情",最终打破了他内心的平衡,使他继而又走上了"陈辞重华""占氛占咸""上下求女"的求索之路。尽管所有这些,屈原都写得那样惝恍迷离、奇谲变幻,但是据实而论它们在现实生活中却都应该是有其依凭的。具体说来,女媭的身份实如我们上文所言,应指一位处事圆滑而又良心未泯的老臣。像这样好心劝诫屈原的老臣决不会只一人,屈原这里只用一个女媭代表,这显然乃属艺术表现的需要。又,下文的"陈辞重华""占氛占咸"也未必就一定是远涉沅湘,诉于苍梧,或者就真的乃是直接向灵氛、巫咸哭诉,但是在不断探索人生出路、寻找实现理想的途径时,屈原常常向古代先圣乞灵,向当世名巫卜疑,应当说也是一不争的事实。只不过在具体创作时他将其加工成为了一个个具有丰富蕴含、奇幻色彩的艺术形象罢了。再如"求女"象征求贤臣,对此我们也同样不能说这不是对现实的映射。从倾心事主,遭受背叛,到坚守节操,弃世独善,到老臣责诚,劝其同俗,到占神卜巫,探求新路,到上下奔忙,寻贤自助,到到处碰壁,袭法彭咸,所有这些,可以说都是屈原现实人生的艺术再现。

众所周知,《史记》虽然也有屈原的传记,但是事迹十分简略。也正鉴此,所以如果我们能对《离骚》后半部的奇幻描写背后所隐含的现实内容作一发掘,理出它们与屈原生平的内在联系,则这不仅可以进一步加深我们对作品艺术特色、思想蕴含的理解,而且对诗人的生平阅历、生命轨迹、赴死心结,也同样会有一个更加深入、更为切实的体认。

五、余论

总括以上所述,不难看出在《离骚》中确实存在着一个"以男女喻君臣"的兴喻体系。从诗歌前半部的"曰黄昏以为期,羌中道而改路","众女疾余之娥眉兮,谣诼谓余以善淫","惟草木之零落兮,恐美人之迟暮",到诗歌后半部的"女媭之詈""中正之策""上下求女",显而易见如果离开了"男女君臣之喻"这一大的背景,我们是很难对它们有一个透彻理解的。关于《离骚》之中这些"男女君臣之喻"一类的"兴辞",长期以来有不少学者都将其作"比辞"看待,这对我们正确理解"赋比兴"的涵蕴以及屈原对"兴辞"的发展显然都是很不利的。如上所言,这些"男女君臣之喻"之类的"兴辞",虽然只有喻体而没有本体,但是毫无疑义,在它们里面也同样包含着一个"托事于物""依微拟议""取譬引类"的托证逻辑。有关这一点,有不少汉唐学者看的都是很清楚的。

如东汉王逸云:"《离骚》之文,依《诗》取兴,引类譬喻,故善鸟香草,以配忠贞;……宓妃佚女,以譬贤臣;虬龙鸾凤,以托君子;飘风云霓,以为小人。"①南朝刘勰也谓:"楚襄信谗,而三闾忠烈,依《诗》制《骚》,讽兼比兴。炎汉虽盛,而辞人夸毗,讽刺道丧,故兴义销亡。于是赋颂先鸣,故比体云构,纷纭杂沓,倍(通背,原作信,据范注改)旧章矣。"②如前所述,大而言之"兴辞"也同属一种譬喻,也正因此,所以王逸才以"引类譬喻"来说明《离骚》"依《诗》取兴"的含义。刘勰说"讽兼比兴",虽然没有王逸说得明确,但他既然批评两汉"赋颂先鸣""比体云构","辞人夸毗""兴义销亡",则显而易见他也同是把这种"男女君臣之喻"的描写当"兴辞"看的。因为正如我们前文所说,两汉赋颂所缺少的正是"男女君臣之喻"一类的兴托,而如枚乘《七发》下面这些只关物象、不关义理的比喻:"其始起也,洪淋淋焉,若白鹭之下翔。其少进也,浩浩澄澄,如素车白马帷盖之张。其波涌而云乱,扰扰焉如三军之腾装。其旁作而奔起也,飘飘焉如轻车之勒兵"③,在汉大赋中则是触目皆是的。

既然"男女君臣之喻"一类的描写也同属"兴辞",那屈原在"兴辞"的发展上所作的贡献也就显而易见了。首先《诗经》的"兴辞",如"关关雎鸠"之类,不仅有喻体,也有本体,而《离骚》的"兴辞"则往往只有本体,没有喻体。其次《诗经》的"兴辞"彼此之间大都是孤立的,缺乏联系的,而《离骚》的"兴辞"则每每构成一个严密的体系,只有彼此结合起来,才能看出它们的完整意义。比如屈原以男女喻君臣,由此出发,他便以"求女"喻求贤,以"黄昏相会"喻君臣遇合,以"众女妒美"喻群小嫉贤等等。十分明显,如果不把各种意象结合起来,我们是很难看出它们的整体寓意的。第三,《诗经》的"兴辞"大都是一些零星的片断,它们在全诗之中比重并不大,而《离骚》一诗则几乎通篇用"兴","兴辞"几成全诗的主干,可以说整首诗歌都是在"男女君臣之喻"这一大背景下展开的。第四,《诗经》的"兴辞"大都比较单纯,用以托兴的事物一般都带有较大的偶然性、随意性,而《离骚》的托兴之物,其意

---

① 王逸《楚辞章句·离骚序》,洪兴祖《楚辞补注》卷1,中华书局,1983年,第2~3页。
② 范文澜《文心雕龙注》卷8,人民文学出版社,1958年,第602页。
③ 费振刚等《全汉赋》,北京大学出版社,1993年,第20页。

指则大都比较固定,已经由一般的托喻发展为象征。在"兴辞"的表现形式上,《诗》《骚》之间既存在着如此之大的差异,基此我们足以看出屈原在"兴辞"的发展道路上所做的贡献。

第二节   "离骚"的涵蕴与"诗言志"境界的提升

众所周知,《诗经》各篇的标题都是由诗歌开头的两个字来充当,这与《论语》《孟子》显然很相似。而楚辞创作的多数作品可以说都已有了一个足以概括全文内容或主旨的标题,这与《庄子》,特别是《墨子》《荀子》《韩非子》,显然也很类似。因此如果从这个角度说,就像诸子散文到《荀子》《韩非子》才得最终成熟一样,中国诗歌也是到了楚辞以后,作家们才真正有了独立的创作意识。也正基此,所以笔者认为像屈原笔下这些篇幅较长的楚辞作品,它们的产生固然也源于作家情感的兴发,但是在创作之前在作家心里也必然已有一个初步的构思。即或诗歌的标题还没有最后确定,标题所蕴含的基本意旨也当已确定下来,只不过在辞作最终完成之后,才选择一个恰切的词语把这一意旨明确标示出来罢了。像《离骚》这样的长篇巨制尤应如此。既是这样,则显而易见对于作品题旨的把握固然离不开对于作品中作家情感指向的认识,但另一方面如果我们准确把握了作品的题旨,那对作品中作家情感指向的认识,无疑也很有指导意义。有关这一点,我们由《离骚》一诗也同样可以看得很明白。通过对《离骚》题旨的分析将不难发现,这不仅可以加深我们对作家思想情志的理解,而且对于这种思想情志在"诗言志"观念上的开拓之功,同样会有一个比较深切的体认。

一、前人对"离骚"的不同解释

关于"离骚"一词的含意,前人曾有多种解释。1990 年周建忠先生曾撰《〈离骚〉题义解说类览及反思》一文,将之归结为 27 类①。1990 年之后还有不少学者就这一问题展开了热烈讨论,并在前人研究的基础上提出了一些新的看法。今汰除少数尤为无谓者,在周氏归纳的基础上再作进一步的省并,将之概括为以下 18 类:

①周建忠《〈离骚〉题义解说类览及反思》,《文史哲》1990 年第 6 期,第 101～103 页。

1.与君离别、相隔难见的愁苦。此说最早由司马迁提出,《史记·屈原贾生列传》:"离骚者,犹离忧也。"①不过说得比较含糊。王逸《离骚序》说:"离,别也。骚,愁也。……言己放逐离别,中心愁思。"②这才明确把"离"的意思解释为"离别"。又,戴震《屈原赋注》说:"离,犹隔也。骚者,动扰有声之谓。盖遭谗放逐,幽忧而有言,故以《离骚》名篇。"③这显然又把"离"的涵义解作了"离隔"。又,文怀沙《屈原离骚今绎》说:"'离骚'二字,……较适合的解释,应该是:'被离间的忧思。'"④这显然又把"离"意解作了"离间"。表面看来"离别""离隔""离间"似为三种说法,然而三者之中由于皆含"与君离别、相隔难见"的意思,所以将之视为同类也是完全可行的。

有不少学者都认为,司马迁的"离"字不能按通常意思解,它应该是一个通假字,譬如通"罹""摛""丽"或"螭"等。但是正如魏炯若先生所说:"古代人训诂的成例是,常训不加解释。司马迁只解骚字,就是说离字是离别的常训"⑤,这一看法显然是更合古人的实际的。

2.遭受愁苦。此说最早由班固提出,其《离骚赞序》曰:"离,遭也。骚,忧也。明己遭忧作辞也。"⑥显然他把"离"字看作了"罹"的借字。又,明末钱澄之《庄屈合诂》曰:"离为遭,骚为扰动。扰者,屈原以忠被谗,去不忘君,心烦意乱,去住不宁,故曰骚也。"⑦显然与班固说的也是同一意思。在前人对"离骚"的所有解释中,以上两种看法无疑是其中最流行的。

3.民心散离之愁。此说主要由项安世提出。《项氏家说》曰:"《楚语》伍举曰:'德义不行,则迩者骚离,而远者距(拒)违。'韦昭注:'骚,愁也。离,畔(叛)也。'盖楚人之语,自古如此。屈原《离骚》必是以离畔(叛)为愁而赋之。其后词人仿之,作《畔牢愁》,盖如此矣。畔(叛)谓散去,非必叛乱也。"⑧由此可知,项氏之说实谓"离骚"乃德义不行、人心散离,屈原为之愁叹之意。

---

① 司马迁《史记》卷 84,上海古籍出版社,1997 年,第 1900 页。
② 王逸《楚辞章句·离骚序》,洪兴祖《楚辞补注》卷 1,中华书局,1983 年,第 2 页。
③ 戴震《屈原赋注》,游国恩《离骚纂义》,中华书局,1980 年,第 5 页。
④ 文怀沙《屈原离骚今绎》,中华书局,1958 年,第 11 页。
⑤ 魏炯若《离骚发微》,四川人民出版社,1980 年,第 9 页。
⑥ 班固《离骚赞序》,洪兴祖《楚辞补注》卷 1,中华书局,1983 年,第 51 页。
⑦ 钱澄之《庄屈合诂》,游国恩《离骚纂义》,中华书局,1980 年,第 5 页。
⑧ 项安世《项氏家说》卷 8,中华书局,1985 年,第 89 页。

4.去留楚国的苦恼。此说主要由钮国平提出:"离,去也;骚,犹忧也,愁也。去的忧愁,意思是离去不离去的苦恼,也就是去留楚国的苦恼。"①

5.遭遇谗言,忧念故国。此说主要由宋黎黎提出:"屈原这位爱国主义者,为楚国竭忠尽智,即使遭遇谗言所害,被楚王所疏所放,但是,心中仍然热爱他的祖国,担忧他的祖国。由此,本人认为'离骚'的含义即为'离谗忧国'。"②

6.摆脱离却内心忧愁。此说最早由钱锺书提出:"'离骚'一词,有类人名之'弃疾''去病'或诗题之'遣愁''送穷';盖'离'者,分阔之谓,欲摆脱忧愁而遁避之,与'愁'告'别',非因'别'生'愁'。犹《心经》言'远离颠倒梦想';或道士言太上老君高居'离恨天',在'三十三天之上'(《西游记》第五回),乃谓至清极乐、远'离'尘世一切愁'恨',非谓人间伤'离'伤别怨'恨'之气上冲而结成此天也。"③此后周致中等也表肯认:"离骚,依我体会,当理解为:告别、离却骚动、骚乱的心情","告别、离却我的心烦虑乱"④。虽然表述繁简不同,但所说意思显然是一样的。

7.离开蒲骚。此说最早由李嘉言提出,该说认为"离骚"之"骚"乃为"蒲骚"的简称,"其地在汉水之北应城县境"。"屈原既在汉北住过,蒲骚也正在汉北,那么,屈原住在汉北时就很可能是住在蒲骚。"基此,"《离骚》应是当他离别蒲骚时所作"⑤。对这一说法王廷洽先生也表认同,并进而把"蒲骚"视为屈原的故乡:"屈原的祖先屈瑕因为在蒲骚打了大胜仗,楚王就把蒲骚封赏给他,或让他驻守在那里;或者说楚武王为了表彰屈瑕的功绩,就把他的尸体葬在蒲骚,并且建立祠庙来纪念他。"因此,"在屈原看来,蒲骚就是自己的故乡"⑥。

8.离开骚乱、骚扰或骚臭。如黄崇浩云:"《离骚》命题的含义是:'被迫离开骚乱的王室(或中央政权)。'"⑦杨斌云:"'乱辞',众所周知,从内容上讲是对全诗主旨的概括。《离骚》的乱辞充分说明诗人的政治理想已难以

①钮国平《〈离骚〉题意小议》,《西北师大学报》1981年第3期,第84页。
②宋黎黎《"离骚"释义》,《科教导刊》(中旬刊)2011年第1期,第169页。
③钱锺书《管锥编》第2册,三联书店,2008年,第891页。
④周致中《离骚篇名臆解》,《上海师范大学学报》1981年第4期,第50~51页。
⑤李嘉言《〈离骚〉丛说》,《河南师大学报》1982年第5期,第17页。
⑥王廷洽《〈离骚〉题义新解》,《艺文志》第2辑,山西人民出版社,1983年,第51~52页。
⑦黄崇浩《〈离骚〉题旨辨证》,《黄冈师专学报》1984年第2期,第13页。

实现,但仍立志不悔,决心离开谗佞之党人的骚扰,追随故国先贤于地下。诗题'离骚'指的正是此意,是作品内容的集中概括。"①钱玉趾云:"离骚,是离别骚臭的意思。"②虽然三家之说互有不同,但在把"骚"字看作贬义词,看作屈原对楚国王廷的否定方面,则他们彼此又是完全一致的。

9.出离愤怒。此说主要由丁之强提出:"屈原'离骚'本义应该是'出离愤怒',而不是其它。'出离愤怒'的根本原因是'哀民生之多艰'和自己拥有'明于治乱'之才而不得施展。"③

10.离疏。即认为"骚"字应取"疏"意,与"离"意近。此说最早由岑仲勉提出:"古突厥文 sola- 及 sula-,有禁锢断绝(eineperren)之义。……屈原被放流,即是被禁锢而与怀王隔断,初无'牢愁'意味,古籍寄声不寄形,如必用有意义的汉字来表示,写作'离疏'(我县骚、疏同音)亦可以,盖楚语之失传久矣。"④又,徐仁甫《古诗别解·楚辞别解》也表认同:"《离骚》篇内有曰:'何离心之可同兮,吾将远逝以自疏。'离疏二字分用,疑离疏即离骚。疏骚双声,有方言读此二字同音者可证。"⑤虽然徐氏之说已不再与楚语、突厥语相联系,但显而易见他仍系受了岑氏的启发。

11.离绝逍遥。此说主要由廖季平提出:"《秦本纪》始皇三十六年,使博士为《仙真人诗》,即《楚辞》也。""《楚辞》为词章之祖,汉人恶秦,因托之屈子。"《离骚》就是秦博士所为《仙真人诗》之一。"离"即"离绝世俗","'骚'为逍遥之合音"⑥。

12.抒写忧愤。即认为"离"字乃是"摛"之借字。此说最早由杨柳桥提出:"'离'字有'发抒''陈布'的意思","是'摛'的借字","所以,'离骚'即是'舒忧''陈忧',也就是'抒忧'"⑦。此后龚维英等也表肯认。如龚氏云:"在《史记·老庄申韩列传》中,有'属书离辞,指事类情'这句话,从词组的结构看,'离辞'可释为陈述自己的意见。所以清代训诂学家王念孙在《读

---

① 杨斌《"离骚"新解》,《唐都学刊》1986 年第 3 期,第 34 页。
② 钱玉趾《离骚新解》,《文史杂志》2002 年第 2 期,第 57 页。
③ 丁之强《"离骚"意蕴与屈原之死》,《重庆职业技术学院学报》2008 年第 1 期,第 130 页。
④ 岑仲勉《楚辞注要翻案的有几十条》,《中山大学学报》1961 年第 2 期,第 58 页。
⑤ 徐仁甫《古诗别解》,上海古籍出版社,1984 年,第 22 页。
⑥ 廖季平《六译馆丛书·楚辞讲义》,黄中模《廖季平的〈楚辞新解〉未曾否定屈原:兼论廖氏从〈楚辞新解〉到〈楚辞讲义〉的变化》引,《中日学者屈原问题论争集》,山东教育出版社,1990 年,第 236～237 页。
⑦ 杨柳桥《〈离骚〉解题》,杨金鼎等《楚辞研究论文选》,湖北人民出版社,1985 年,第 231 页。

书杂志·〈史记〉第四》'离辞'条下,说:'离辞,陈辞也。'以此例彼,所谓《离骚》,岂不就是'陈述自己的忧愁'吗? 这和口语中的'发牢骚'有些近似。"①

13. 多重忧愁。此说最早由牛龙菲提出:"'离'与'丽'通假,都是相连比并之意","准此,'离骚'当理解为'双重乃至多重牢骚'"②。此后吴奇也表肯认:"离"有"两相并联"的意思,"'离骚'为'双重忧愁'或'多重忧愁',这显然是可以接受的。"③

14. 忧愁。此说最早由孙文鎏提出:"'离'不象王逸所说,是'别'的意思。实际上,它是'罹'的借字,但又不是班固所训的'遭'义。它还有另外一个见之于《诗经》的意义,而这个意义更有可能被诗人所选中。在《王风·兔爰》中的'逢此百罹'句下,毛传:'罹,忧也。'如果同时参看一下《说文》,'离'的意义和用法就更昭然了:'罹,心忧也。古多通用离。'通过以上的分析,'离骚'的题义就不辩而自明了。'离骚'是同义复合词,为'忧愁'之义。"④对此张叶芦也表肯认:"'遭忧'是班固对'离骚'的训解,而'忧愁幽思'实亦司马迁对'离骚'更通俗更明白的阐释。……金华方言有'螭骚'一词,意为愁苦烦懑。'螭骚'即'离骚',盖'离'与'螭(魑)'均从'离'得声,故'离'同'螭'。"⑤

15. 牢愁牢骚。此说最早由王念孙提出,他在解释《汉书·扬雄传》"又旁《惜诵》以下至《怀沙》一卷,名曰《畔牢愁》"中的"畔牢愁"时说:"牢读为憀",依《广韵》《广雅》和《集韵》应训"忧"。又《汉书·外戚传》"憀栗不言"颜师古注:"憀栗,哀怆之意也。"对此也是一个有力的证明。"牢愁,叠韵字也。畔者,反也。或言反骚,或言畔牢愁,其义一而已矣。"⑥十分明显,在王氏看来,"离骚"与"牢愁"含义相通,"畔"字与"反"字含义相通,因此"反骚"(也即"反离骚")就是"畔牢愁"的意思。对于王氏的这一说法,今人姜亮夫、范文澜等又作了进一步发挥。如姜氏曰:"韦昭以浑(牢)骚释牢愁,浑(牢)骚亦即离骚声转,今常语也,谓心中不平之意。"⑦范氏曰:"'离骚'

---

①龚维英《〈离骚〉题义别解》,《重庆师范学院学报》1982年第3期,第89页。
②牛龙菲《"离骚"新解》,《江汉论坛》1985年第5期,第60页。
③吴奇《"离骚"新诠》,《沙洋师范高等专科学校学报》2007年第1期,第17页。
④孙文鎏《"离骚"题辩》,《浙江师范学院学报》1983年第1期,第96页。
⑤张叶芦《〈离骚〉三论》,《贵州教育学院学报》1990年第4期,第10页。
⑥王念孙《读书杂志·汉书第十三》,上海古籍出版社,2015年,第922页。
⑦姜亮夫《屈原赋校注》,人民文学出版社,1957年,第2页。

即伍举所谓'骚离',扬雄所谓'牢愁',均即常语所谓'牢骚'耳,二字相接自成一词,无待分训也。"①尽管一个认为"离"字通"浑(牢)"而非通"㦡",一个认为"离骚""骚离""牢愁"皆为"牢骚",四者都是连绵词,"无待分训",与王念孙的说法并不完全相同,但是毫无疑义其基本意指则是完全相通的。

16.斥骂申诉。如苗族学者龙文玉、麻荣远认为:"离"和"骚"两个字用苗文拼写即"lis"和"sheut","离"与后面的诗句"女嬃之婵媛兮,申申其詈予"中的"詈"字同义,"骚"除了诉说之外又与汉语"数"(即"数落")同义。"湘西苗族中,如果有人认为自己被亲族虐待,便:'pib lis pib sheut,pib pud pib niand'(并詈并数,并说并哭),即边咒骂边数落,边说边哭。"具体到屈原,也就是他对国君、佞臣"不但'要诉说'心中的激愤,而且'诉说'到愤怒之极,'咒骂'加'数落'"②。

17.歌曲名。认同这一观点的学者情况比较复杂:有以"离骚"为"劳商"的假借的,如游国恩云:"《大招》有云:'伏戏《驾辩》,楚《劳商》之。'王逸注:'《驾辩》《劳商》皆曲名也。'……按'劳商'与'离骚'本双声字,古音宵、歌、阳、幽并以旁纽通转,疑'劳商'即'离骚'之转音,一事而异名者耳。"③有以"离骚"为"离别之歌"的,如浦江清云:"'离'是离别,'骚'是歌曲的名称,'离骚'就是离歌。"④有以"离骚"为楚歌的,如张中一云:"离""骚"都是楚方言,前者的本义是"楚",后者乃"歌曲"之意。"《离骚》即《楚歌》,是战国晚期楚国流行的歌曲。"⑤有以"离骚"为"琴骚"的,如郭祥贵云:"'离骚'即'琴骚',是用琴弹的一首曲子。《尔雅·释乐》:'大瑟谓之洒,大琴谓之离。'"⑥有以"离骚"为"太阳之歌"的,如龚维英云:"'离'义为太阳","'骚',即乐歌","《离骚》的题义应该是'太阳之歌'"⑦等等。虽然所说颇多差别,但在把"离骚"视为歌曲名上,以上诸说却又是高度一致的。

18.多义说。此说首倡于明人李陈玉:"骚乃文章之名。若离之为解,有隔离、别离、与时乖离三义。盖君臣之交,原自同心,而谗人间之,遂使疏

---

① 范文澜《文心雕龙注·辨骚》卷1,人民文学出版社,1958年,第48页。
② 龙文玉、麻荣远《苗语与楚语:兼答夏剑钦同志》,《学术月刊》1983年第7期,第49页。
③ 游国恩《离骚纂义》,中华书局,1980年,第6~7页。
④ 浦江清《屈原》,浦江清等《祖国十二诗人》,中华书局,1955年,第16页。
⑤ 张中一《屈赋新考》,湖南省屈原学会,1986年,第147~149页。
⑥ 郭祥贵《"离骚"别解》,《苏州大学学报》1987年第4期,第64页。
⑦ 龚维英《一曲太阳家族的悲歌》,《求索》1987年第5期,第94~95页。

远,相望而不相见,是谓隔离,此《离骚》中有'何离心可同'之语。一去永不相见,孤臣无赐环(还)之日,主上无宣室之望,是谓别离,此《离骚》中有'余既不难夫别离'之语。若夫君子小人,枘凿不相入,熏莸不共器,是谓乖离,此《离骚》中有'判独离而不服'之语。就骚解骚,方知作者当日命篇本意。"①今人李星也表肯认:太史公笔下的"离忧"之"离""兼有'间'即'离别'和'害'即'遭遇'(罹)二义"。"'离骚'这一题名,正是依据作品内容而定题,'离'字正含太史公所说的两层含义。""离骚"之意,"简言之,也就是'抒君臣分离遭罹忧患之情',这样解释似较符合作者屈原的原意"②。

二、对前人所作解释的简单剖析

由以上所列不难看出,这 18 种解释可谓皆有所据。长期以来学术界之所以对"离骚"的含义争论不休,在很大程度上就是由此造成的。可是如据实分析,将不难发现它们都是需要再作进一步斟酌的。不过,在这里我们并不打算对上述观点作一一评析,因为正如有的学者所说,上述观点尽管各有所依,但是其中有很大部分都是据其一端,随意发挥,甚至完全不顾《离骚》一诗的具体内容,只在"离骚"二字的各种歧义里打转转。对于这样的"奇异"认识我们显然没有必要再对它们作一一辨析。下面只就其中几种与《离骚》内容联系较多的观点,和个别虽然联系不多,但是影响较大的观点,加以阐析,以为我们下文对"离骚"之意的进一步探释作一铺垫。

1.遭受愁苦。这一说法当本自《九歌·山鬼》:"风飒飒兮木萧萧,思公子兮徒离忧。"③另外,《离骚》"进不入以离尤兮,退将复修吾初服"④,《九章·思美人》"独历年而离愍兮,羌冯心犹未化"⑤,也可视为佐助。可是第一,屈赋中"离"字也有"离别""离弃""背离"等用法,如《离骚》"余既不难夫离别兮,伤灵修之数化","竟菉葹以盈室兮,判独离而不服","何离心之可同兮,吾将远逝以自疏"等等。据此则将"离骚"释为"离别之愁""离弃之愁"或"背离之愁"也同样是可以的。而且彼此相较,假"离"为"罹",释为

①李陈玉《楚辞笺注》,游国恩《离骚纂义》,中华书局,1980 年,第 4~5 页。
②李星《离骚三辨》,《汉中师院学报》1983 年第 1 期,第 72~73 页。
③洪兴祖《楚辞补注》卷 2,中华书局,1983 年,第 81 页。
④洪兴祖《楚辞补注》卷 1,中华书局,1983 年,第 17 页。
⑤洪兴祖《楚辞补注》卷 4,中华书局,1983 年,第 147 页。

"遭受",似也远无以本字解释来得更直接。第二,纵观《离骚》一诗的内容,抒写屈原远离政治、不得重用的文字也占了相当篇幅。也就是说整首诗歌不仅写"骚",而且也写"离"。据此以断,则所谓"遭受忧愁之苦"云云,对此也同样是缺乏体现的。

2.忧愁。这一说法盖也同样本自《九歌·山鬼》"风飒飒兮木萧萧,思公子兮徒离忧",及《离骚》"进不入以离尤兮,退将复修吾初服",《九章·思美人》"独历年而离愍兮,羌冯心犹未化"。而且也同样是把"离"字视为"罹"之借字,只不过它把"罹"字解为"忧苦""心忧"而未解作"遭受""遭遇"罢了。但是显而易见,解为"遭受""遭遇"所面临的窘境,这一看法也同样是未能幸免的。

3.牢愁牢骚。如上所言,持这一观点的学者其证据主要有二:一是"牢愁""牢骚"与"离骚"声音相通,一是《汉书·扬雄传》载扬雄曾摹仿屈原《惜诵》等作《畔牢愁》:"先是时,蜀有司马相如,作赋甚弘丽温雅,雄心壮之,每作赋,常拟之以为式。又怪屈原文过相如,至不容,作《离骚》,自投江而死,悲其文,读之未尝不流涕也。以为君子得时则大行,不得时则龙蛇,遇不遇命也,何必湛身哉!乃作书,往往摭《离骚》文而反之,自岷山投诸江流以吊屈原,名曰《反离骚》。又旁(傍)《离骚》作重一篇,名曰《广骚》。又旁(傍)《惜诵》以下至《怀沙》一卷,名曰《畔牢愁》。"[1]对于这里的"牢愁"之"牢",宋代宋祁曾有这样一条引语:"(萧)该案:'牢字旁着水,晋直作牢。'韦昭曰:'浑,骚也。'"[2]上文姜亮夫之所以说"韦昭以浑骚释牢愁,浑骚亦即离骚声转",应当说就是以宋祁的这条引语为根据的。但是不难看出,无论是以"牢"为"浑"之省,还是以"牢"为"懰"之借,以及认为"牢骚""牢愁"不能分训,把"离骚"看作"牢骚""牢愁"的同义语,也依然存在以下两个弊端:第一,"离"字本身意已可通,视同"牢骚""牢愁"之"牢"颇费周折,并且在屈宋之作乃至整个先秦文献中,也都未见到"离"字假为"牢"字的用例。第二,把"离骚"看作"牢骚""牢愁"的同义语也同样褫夺了"离骚"之"离"的含义,就如把"离骚"解为"遭受愁苦""忧愁"一样,这一说法与《离骚》一诗"离"

---

① 班固《汉书》卷87,中华书局,1962年,第3515页。
② 宋祁《宋景文公笔记》卷中,中华书局,1985年,第10页。

"骚"兼重的内容也同样是不相应的①。

更有甚者，由《汉书·扬雄传》的这则材料不难察知："往往摭《离骚》文而反之"，指的只是《反离骚》。《广骚》《畔牢愁》与屈原的作品乃是一种依傍拟作的关系，它们与《反离骚》并不能相提并论。"畔牢愁"并不等于"反离骚"，把《畔牢愁》之"畔"字视为"反"是缺乏根据的。如上所引，项安世曰："屈原《离骚》必是以离畔（叛）为愁而赋之。其后词人仿之，作《畔牢愁》，盖如此矣。"所说显然更为恰切。也就是说在项氏眼里"畔牢愁"与"离骚"才是同义的："牢愁"就是"骚"的意思，"畔"字与"离"字二者同旨。与项氏之说加以比较，"牢骚"论者把"畔"等同于"反"、把"牢愁"看作"离骚"，这样的认识也同样不严密。又，魏晋之时的李奇曰："畔，离也。"②宋人王应麟曰："伍举所谓'骚离'，屈平所谓'离骚'，皆楚言也。扬雄为《畔牢愁》，与《楚语》注合。"③在这里所谓"《楚语》注"即三国吴人韦昭对《国语·楚语》"骚离"的注语："骚，愁也。离，畔（叛）也"，说扬雄的《畔牢愁》"与《楚语》注合"，显然和李奇、项安世一样，王应麟也同样认为"离骚"之"离"与"畔牢愁"之"畔"是同义的。又今人杨树达曰："《畔牢愁》为离忧，亦《离骚》之义也。……畔训离，牢训骚，《畔牢愁》为《离骚》明矣。"④逯钦立曰："西汉扬雄也把离骚翻译为畔牢愁。畔就是离，牢愁就等于骚。"⑤对此讲的也可谓都是非常清楚的。

4.抒写忧愤。这一说法大概本自《九章·惜诵》："惜诵以致愍兮，发愤以抒情。"⑥但是结合《离骚》乃至整个楚辞创作的实际情况，不难发现它也同样有两个方面说不通。一是楚辞之中并没有见到以"离"为"摛"，释为"发抒""陈布"的用例，二是把"离"看作"摛"的借字，就像以"离"为"罹"为"牢"一样，也同样褫夺了"离骚"之"离"的本有意义。这自然也会导致《离

---

① 笔者认为"牢骚"似应这样解释："骚"字从马蚤声，本来就指牛马的骚动。"牢"字从牛从宀，本来就指牛马的栏圈。据此以断，"牢骚"起初必为牛马拘关牢中，思念丰草，骚动不安之意。这一点即在今天也不难想象。"不满怨愤"显然是它的延伸义，至于"牢愁"则应当是进一步又由"牢骚"化来的。

② 宋祁《宋景文公笔记》卷中引，中华书局，1985年，第10页。

③ 王应麟《困学纪闻》卷6，商务印书馆，1935年，第622页。

④ 杨树达《汉书窥管》卷9，上海古籍出版社，1984年，第667页。

⑤ 逯钦立《屈原离骚简论》，辽宁人民出版社，1957年，第26页。

⑥ 屈原《九章·惜诵》，洪兴祖《楚辞补注》卷4，中华书局，1983年，第121页。

骚》一诗的"文不对题"。

5.离疏。这一说法把"骚"字看作"疏"的假借,它也存在两方面的问题:一是假"骚"为"疏"于古无据,二是这一见解虽然保留了"离"的意义,但是却褫夺了"骚"的意义,这与《离骚》一诗的内容也依然不相类。

6.与君离别,相隔难见的愁苦。这一说法虽然使"离""骚"二义都得到了保留,应当说在以上诸种看法中还是比较周延的。但是如上所言,"离"在《离骚》中有多种含蕴,这里只将其释为与君离别,相隔难见,这样的理解显然也同样不全面。

7.民心散离之愁。项氏之说意谓"离骚"乃屈原因楚王不行德义,民心离散,而为之愁叹之义。虽然在《离骚》之中确实含有这样的成份,或者更准确地说屈原确有这样的担忧,但是可以肯定地说这决不是《离骚》一诗的主流。因为通读全文不难发现作者在此叙写的主要就是"信而见疑,忠而被谤"①的痛苦和宁折不弯、苏世独立的节操,所谓德义不行、人心离散云云,在《离骚》之中显然并不是作者想要表达的重点。因此尽管项氏之说释"离"为"畔(叛)"颇有可取之处,但是他对《离骚》主旨的把握显然也有失偏颇。尤其需要注意者,《离骚》一诗虽多次提到"民"字,如"长太息以掩涕兮,哀民生之多艰","怨灵修之浩荡兮,终不察夫民心","民生各有所乐兮,余独好修以为常","皇天无私阿兮,览民德焉错辅","瞻前而顾后兮,相观民之计极","民好恶其不同兮,惟此党人其独异"等等,总共六处,但是毫无例外它们全部都是作"人"讲的。这已为不少学者所证实②。其实不仅《离骚》,屈原之作的其他四处"民"字,如《少司命》"竦长剑兮拥幼艾,荪独宜兮为民正"③,《哀郢》"民离散而相失兮,方仲春而东迁"④,《抽思》"愿摇起而横奔兮,览民尤以自镇"⑤和《怀沙》"民生禀命,各有所错兮"⑥,也同样如此。鉴此,愈见说屈原为民心散离而生愁,这确实是很难立足的。

---

① 司马迁《史记》卷 84,上海古籍出版社,1997 年,第 1901 页。
② 如白志勇云:"六处'民'字均可作'人'通释",尽管"所指不尽相同"。详《〈离骚〉"民"字解》,《宝鸡文理学院学报》2008 年第 4 期,第 80 页。
③ 洪兴祖《楚辞补注》卷 2,中华书局,1983 年,第 73 页。
④ 洪兴祖《楚辞补注》卷 4,中华书局,1983 年,第 132 页。
⑤ 洪兴祖《楚辞补注》卷 4,中华书局,1983 年,第 137 页。
⑥ 洪兴祖《楚辞补注》卷 4,中华书局,1983 年,第 145 页。按,"民生禀命"原作"万民之生",王逸注曰:"一云:民生有命。《史记》民作人。一云:民生禀命。"今据改。

　　8.歌曲名。这一观点其下又涵盖多种看法,但是由于论证皆不充分,而且除了游国恩的"劳商"说,其他各说也皆不太流行,所以这里只拟就游国恩的观点谈一点认识。游氏的"劳商"说有一个很重要的根据就是《离骚》末尾的乱辞:"乱曰:已矣哉! 国无人莫我知兮,又何怀乎故都? 既莫足以为美政兮,吾将从彭咸之所居!"①众所周知,乱辞乃乐曲卒章的标志,现在我们一般都称为尾声。王逸说它的作用是"发理词指(旨),总撮其要"②,所说大致是不差的。一方面《离骚》有歌词的遗迹,另一方面"劳商""离骚"二者又音近,因此把"离骚"视为"劳商"的音变,应该说并不是全无道理。但是这一说法也有两点难说通:一是楚辞本来就是在楚歌的基础上发展起来的,保留一点乐歌的痕迹,并不奇怪。有乱辞并不代表它就是乐歌,而且以《离骚》的篇幅之巨,说它是乐歌也是不现实的。二是《劳商》我们现在并不见它的歌词,与《离骚》根本就无法进行比较。贸然将"离骚"视为"劳商",显然也是欠斟酌的。

三、对"离骚"之意的进一步探释

　　以上18种说法既都难成立,那我们对"离骚"的涵义显然就应另求新释。首先,从《离骚》全诗的内容可以看出,此诗确有"离"的意思。但这个"离"并不仅仅是"离别",它更主要的是就屈原的遭背叛、被疏离讲的。这中间既有君父的疏远食言,也有党人的诬陷排挤。前者如:"荃不察余之中情兮,反信谗而齌怒。""曰黄昏以为期,羌中道而改路。初既与余成言兮,后悔遁而有他。余既不难夫离别兮,伤灵修之数化。"③"闺中既已邃远兮,哲王又不寤。"④后者如:"众女嫉余之蛾眉兮,谣诼谓余以善淫。"⑤"世混浊而不分兮,好蔽美而嫉妒。"⑥既有徒友的堕落变节,也有世俗的隔膜误解。前者如:"余既滋兰之九畹兮,又树蕙之百亩。……冀枝叶之峻茂兮,愿俟时乎吾将刈。虽萎绝其亦何伤兮,哀众芳之芜秽。"⑦"兰芷变而不芳兮,荃

①洪兴祖《楚辞补注》卷1,中华书局,1983年,第47页。
②王逸《楚辞章句》,洪兴祖《楚辞补注》卷1,中华书局,1983年,第47页。
③洪兴祖《楚辞补注》卷1,中华书局,1983年,第9~10页。
④洪兴祖《楚辞补注》卷1,中华书局,1983年,第34页。
⑤洪兴祖《楚辞补注》卷1,中华书局,1983年,第14~15页。
⑥洪兴祖《楚辞补注》卷1,中华书局,1983年,第30页。
⑦洪兴祖《楚辞补注》卷1,中华书局,1983年,第10~11页。

蕙化而为茅。何昔日之芳草兮,今直为此萧艾也。""余以兰为可恃兮,羌无实而容长。委厥美而从俗兮,苟得列乎众芳。"①后者如:"众不可户说兮,孰云察余之中情。"②"世幽昧以眩曜兮,孰云察余之善恶。"③足见只要紧扣作品原文,对"离"的含意就不难作出正确的理解。屈原在《离骚》末尾的"乱辞"中说:"国无人莫我知兮,又何怀乎故都?"④"国无人莫我知",这实可看作屈原对他所处的尴尬处境所作的最好总结。

其次,也正是由于对这种被疏离、遭遗弃的尴尬处境的深切体会,因此才使屈原在《离骚》中对他与世俗社会的对立作了淋漓尽致的描写,如"忽驰骛以追逐兮,非余心之所急"。"謇吾法夫前修兮,非世俗之所服。虽不周于今之人兮,愿依彭咸之遗则。"⑤"鸷鸟之不群兮,自前世而固然。何方圜之能周兮,夫孰异道而相安。""进不入以离尤兮,退将复修吾初服。"⑥"户服艾以盈腰兮,谓幽兰其不可佩。览察草木其犹未得兮,岂珵美之能当。"⑦"何琼佩之偃蹇兮,众薆然而蔽之。""何离心之可同兮,吾将远逝以自疏"⑧等等。屈原一生所追求的理想就是"两美相合",共为"美政",对此他在《离骚》中也有反复的叙说,如"昔三后之纯粹兮,固众芳之所在"⑨。"汤禹俨而祗敬兮,周论道而莫差。举贤而授能兮,循绳墨而不颇。"⑩"汤禹严而求合兮,挚咎繇而能调。""说操筑于傅岩兮,武丁用而不疑。吕望之鼓刀兮,遭周文而得举。"⑪等等。应当说与世俗社会的对立和对明君贤臣共兴"美政"的渴望乃是一个问题的两个方面,二者的联系十分紧密。它们之所以都在《离骚》中得到了如此充分的展现,可谓正是以此为前提的。也正缘此,所以作者才对"求女"活动显得那样热切:"路曼曼其修远兮,吾将上下而求索。"⑫通过"求女"以实现与楚王的重新亲合,这显然乃是他整个

①洪兴祖《楚辞补注》卷1,中华书局,1983年,第40～41页。
②洪兴祖《楚辞补注》卷1,中华书局,1983年,第20页。
③洪兴祖《楚辞补注》卷1,中华书局,1983年,第35～36页。
④洪兴祖《楚辞补注》卷1,中华书局,1983年,第47页。
⑤洪兴祖《楚辞补注》卷1,中华书局,1983年,第12～13页。
⑥洪兴祖《楚辞补注》卷1,中华书局,1983年,第15～16页。
⑦洪兴祖《楚辞补注》卷1,中华书局,1983年,第36页。
⑧洪兴祖《楚辞补注》卷1,中华书局,1983年,第40～43页。
⑨洪兴祖《楚辞补注》卷1,中华书局,1983年,第7页。
⑩洪兴祖《楚辞补注》卷1,中华书局,1983年,第23页。
⑪洪兴祖《楚辞补注》卷1,中华书局,1983年,第37～38页。
⑫洪兴祖《楚辞补注》卷1,中华书局,1983年,第27页。

"求女"活动的中心。据此以断,我们也同样不难看出遭受遗弃、被人疏离给屈原带来的巨大痛苦。而所有这些内容在全诗展现的都是很充分的。

　　第三,屈原的毕生理想都在"两美相合",也即明君贤臣共兴楚国,但是这一点不仅没得到时人的接受,相反还处处受到昏君奸佞的冷遇和诋毁。由此而论,因"离"而"骚",因"畔(叛)"而"怨",这也必然会成为《离骚》一诗的重心所在。也正因此,所以在《离骚》中有很多诗句都兼含"离(叛)""骚(怨)"两种含意。如在"苟余情信姱以练要兮,长顑颔亦何伤"①,"不吾知其亦已矣兮,苟余情其信芳"②两句里,其中"余情信芳"而"不吾知","余情信姱以练要"而"长顑颔",显然是"离",而"亦已矣""亦何伤"显然属"骚"。这应是没有疑义的。在该诗中像这样的例子还有很多,如"余虽好修姱以鞿羁兮,謇朝谇而夕替"③,"伏清白以死直兮,固前圣之所厚","虽体解吾犹未变兮,岂余心之可惩"④,"何离心之可同兮,吾将远逝以自疏","怀朕情而不发兮,余焉能忍与此终古"⑤,"国无人莫我知兮,又何怀乎故都","既莫足以为美政兮,吾将从彭咸之所居"⑥等等。由这些诗句我们也同样可看出,把"离骚"一词视作"离(叛)"与"骚(怨)"的结合是更可信的。正因为屈原的忠正之心处处遭到背叛,所以才使他在他的诗歌中抒发了如此深广的怨愤。

　　第四,这种因"离"而"骚"的情况在屈原的其他作品里也同样存在。如《惜诵》:"竭忠诚以事君兮,反离群而赘肬。""专惟君而无他兮,又众兆之所雠。"⑦《涉江》:"吾不能变心以从俗兮,固将愁苦以终穷。""鸾鸟凤皇日以远兮,燕雀乌鹊巢堂坛兮。露申辛夷死林薄兮,腥臊并御,芳不得薄兮。阴阳易位时不当兮,怀信侘傺忽乎吾将行兮。"⑧《哀郢》:"信非吾罪而弃逐兮,何日夜而忘之。"⑨《抽思》:"昔君与我诚言兮,曰黄昏以为期。羌中道

① 洪兴祖《楚辞补注》卷1,中华书局,1983年,第12页。
② 洪兴祖《楚辞补注》卷1,中华书局,1983年,第17页。
③ 洪兴祖《楚辞补注》卷1,中华书局,1983年,第14页。
④ 洪兴祖《楚辞补注》卷1,中华书局,1983年,第16~18页。
⑤ 洪兴祖《楚辞补注》卷1,中华书局,1983年,第35页。
⑥ 洪兴祖《楚辞补注》卷1,中华书局,1983年,第47页。
⑦ 洪兴祖《楚辞补注》卷4,中华书局,1983年,第122~123页。
⑧ 洪兴祖《楚辞补注》卷4,中华书局,1983年,第131~132页。
⑨ 洪兴祖《楚辞补注》卷4,中华书局,1983年,第136页。

而回畔兮,反既有此他志。""何灵魂之信直兮,人之心不与吾心同。"①等等。尽管这些诗句并非出自《离骚》,但是显而易见它们对我们理解"离骚"的含蕴也同样是有启发的。

第五,对于屈原满腹骚怨的原因,前人也早有明确的认识。如司马迁《史记》:"屈平疾王听之不聪也,谗谄之蔽明也,邪曲之害公也,方正之不容也,故忧愁幽思而作《离骚》。"②班固《离骚赞序》:"屈原以忠信见疑,忧愁幽思而作《离骚》。"③王逸《楚辞章句叙》:"屈原履忠被谮,忧悲愁思,独依《诗》人之义而作《离骚》,上以讽谏,下以自慰。遭时暗乱,不见省纳,不胜愤懑,遂复作《九歌》以下凡二十五篇。"④等等。勿庸置疑,前人所以会有"不容""见疑""被谮""不见省纳"等等认识,应当说也都是以屈原的创作特别是《离骚》作根据的。由此以断,说屈原乃因"离"而"骚",因"畔(叛)"而"怨",也同样可成立。

第六,上文已见,《国语·楚语》"德义不行,则迩者骚离,而远者距(拒)违"韦昭注:"骚,愁也。离,畔(叛)也。"于此可知,"离"字本来就有"畔(叛)"的意思。屈原被疏离、遭遗弃虽有君父疏远、奸佞排挤、徒友变节、国人误解等的不同,但用"畔(叛)"字来概括显然都是适用的。只不过与《国语》之"骚离"相比,《国语》之"离"是主动用法,《离骚》之"离"是被动用法;《国语》之"骚离"是因"骚"而"离",屈原之"离骚"乃因"离"而"骚"罢了。《国语》《离骚》都是先秦时代的作品,以《国语》之"骚离"来说明"离骚"的意蕴显然是非常妥贴,也非常可信的。可以说直到现在我们也仍然找不到比《国语》之"骚离"更有说服力的例子。特别是司马迁、王逸、韦昭都不把"离骚"或"骚离"当作连绵词("牢骚"),王逸释"离"为"别"与韦昭释"离"为"畔(叛)"语意又相近,并且"骚离"之"离"也不能视为"罹(遭)"之假借,由此以断,则释"离"为"畔(叛)"也同样是最恰当的。

总之,欲对"离骚"二字作出正确解释,我们必须考虑到"离""骚"的各个方面。前人的解释虽然各有所据,但是一个共同缺憾就是不全面。从思想内容上讲,《离骚》一诗显然包括两个方面,由"离"而"骚",由"离"生叹,

①洪兴祖《楚辞补注》卷4,中华书局,1983年,第137~140页。
②司马迁《史记》卷84,上海古籍出版社,1997年,第1900页。
③班固《离骚赞序》,洪兴祖《楚辞补注》卷1,中华书局,1983年,第51页。
④王逸《楚辞章句叙》,洪兴祖《楚辞补注》卷1,中华书局,1983年,第48页。

这才是《离骚》的主旨所在。而"遭忧""牢骚"二说都只顾及到了"骚"的一面,这与《离骚》的实际情况显然是不相合的。再从"离骚"所指的对象看,屈子所骚乃是楚人对自己的背叛,它包括君父的疏远、奸佞的排挤、徒友的变节、国人的误解等多个方面。而王、项二说乃把"离骚"解为因为自己的离别或君王的丢失民心而怨,这样的理解与"离骚"的所指也同样有差距。又,从文字训释看,《国语》之"骚离"直到目前也仍是我们所能见到的最为直接的证据,而"遭忧""别愁"两家之说却均未能对这一材料加以利用。"牢骚"一说虽有利用,但对"骚离"二字却作了错误的解释。我们之所以说前人的论说都需斟酌,这显然也是其中一个十分重要的原因。由以上所述足以看出,尽管能够证明"离骚"一词确切含义的历史文献并不多见,但是只要我们充分加以利用,对它的涵蕴还是能够作出准确解释的。

四、余论

通过以上分析,不难看出"离骚"之意乃因"离"而"骚"、因"叛"而"愁",确实毋庸置疑。对于"离骚"之意的确定,固然在很大程度上都是以《离骚》中作者所抒情感的指向为依据,但是对于"离骚"之"离"的"背叛"之意的最终确定,显然也使我们对《离骚》的情感指向的理解由此变得更深刻了。我们知道,虽然《诗经》内容十分丰富,涉及周族史诗、郊庙祭祀、朝廷燕飨、战争徭役、婚姻爱情、农业劳动和政治怨刺等多个方面,所反映的社会生活面十分广阔,但是如以楚辞为标准,则它也是有它的不足的。其中,一个十分突出的表现就在于作为一个独立的群体,士人的人生诉求、政治理想并没有得到充分的反映。可以毫不夸张地说,作为士人知识分子或者说文人士大夫的杰出代表,屈原在《离骚》中所展现的精英意识,所抒写的"忠而被谤,信而见疑",世独立,宁折不污的思想情志,在"诗言志"观念的建构史上实有里程碑的意义。自屈原之后,中国文学虽几经变迁,日趋繁荣,在每一朝代都有独特的成就,但是屈原这种"忠而被谤,信而见疑"的"叛"的遭遇、"离"的困境,以及屈原所抒发的苏世独立,宁折不污的思想情志,可以说一直都是历代文人反复咏歌的主题。因此如果就这一角度看,则我们实可以说屈原以《离骚》为代表的楚辞创作不仅改变了中国诗歌创作的走向,而且也提升了作为中国诗学纲领的"诗言志"的境界。"离骚"二字尽管只是《离骚》一诗的诗题,但是作为屈原楚辞创作基本精神的概括,作为"诗言志"观念的补充,它实际上已经成为中国诗歌创作的另一个纲领性原则。虽然在"离骚"之外,屈原还有"发愤抒情"的说法,但是"发愤抒情"只相当于"离骚"之"骚",并不包括"离骚"之"离(叛)",因此较之"离骚",它在明晰度上还是要略逊一筹的。

诚然,在屈原之后,西汉的司马迁也曾这样说:"《诗》三百篇,大抵圣贤发愤之所为作也。此人皆意有所郁结,不得通其道也,故述往事,思来者。"(《太史公自序》)①但是仔细品味这段话的涵蕴,不难发现其实"意有所郁结,不得通其道"就是"离(叛)"的意思,"发愤之所为作","述往事,思来者"就是"骚"的意思。换言之,也即是司马迁这段有名的论述其实就是"离骚"涵义的进一步发挥。长期以来我们都喜以"发愤著书"四字来概括这段话的蕴意,看来这一概括和"发愤抒情"一样,较之"离骚"也同样是不够明晰的。足见,如果对"离骚"之"离"的"叛"的意义理解不明确,那对屈原对"诗言志"观念的规约、拓展与升华,其认识也一定是不完善的。

第三节 从两汉文人的屈原评价看其对"离骚观"的接受

作为我国先秦最著名的诗歌大家,以及以死殉志、宁折不弯的忠正之士,屈原的"离骚"情怀宛如一面旗帜,对历朝历代的文人都产生了重要影响。不过彼此相较,从整体来看两汉文人对屈原"离"境"骚"情的热议,可以说是其他任何朝代都无法比拟的。从两汉文人现存的作品看,应当说其中绝大多数作家对于屈原的生平遭际、骚情抒泄都十分关注。也正基此,所以我们完全可以这样说:两汉文人对屈原的评价就像一个指示器,通过对它的分析审视,我们对两汉文人对屈原"离骚观"的接受就不难有一个明彻的认识。尽管对这一问题前人也曾做过一些梳理,但是十分遗憾,由于梳理者往往过分强调统治者的好恶以及儒家的名份思想对于文人的影响,而相对忽视文人的独立意志以及儒家尊重知识、经典的倾向对于确立文人的社会身份、历史地位的意义,所以直到目前为止,学术界对于两汉文人由屈原评价所展示的对于屈原"离骚观"的接受情状,其认识仍是很模糊的。两汉时期是中国士人在新的历史条件下,也即在君主专制、中央集权这一

---

①司马迁《史记》卷130,上海古籍出版社,1997年,第2487页。

新的政治大一统的历史背景下,对先秦诸子特别是儒家的"君臣观念"进行再反思、再规约的时期,对于我国后世知识分子的价值取向、人格选择与创作理念的形成都有十分重要的奠基意义。两汉文人的屈原评价既是我们认识其"离骚"心结的重要凭借,则显而易见在前人研究的基础上,对这一问题再加探索无疑仍是很有价值的。

一、从良禽择木到倾心事主,由否定"离骚"到肯定"离骚"

通观两汉文人的屈原评价,不难发现两汉文人对屈原"离骚观"的接受主要经历了三大转关。之所以出现这样的情状,这与两汉政局以及文人心态的变化均有密切联系。具体来说,第一次转关发生在武帝即位之后。由于武帝之后政治形势的一系列变化,促使文人的政治心态从西汉前期的良禽择木,轻于去就,变为西汉中期的别无他择,倾心事主,与此相应,他们对屈原的"离骚"情怀也从否定转向了肯定。

正如许多学者所说,西汉前期,也即从刘邦建国到武帝之前,刘汉王朝的政治统治与其以后的政治统治在经营模式上有很大差别。再明确一点说,也就是在西汉前期以君主专制、中央集权为主要特征的政治大一统局面并未完全确立,在很大程度上还带有春秋战国时期诸侯各自聘贤治民的余绪。《史记·五宗世家》说:"高祖时诸侯皆赋,得自除内史以下。汉独为置丞相,黄金印。诸侯自除御史、廷尉正、博士,拟于天子。"[1]又,《汉书·邹阳传》《游侠传》也云:"汉兴,诸侯王皆自治民聘贤"[2],"禁网疏阔,未之匡改也。是故代相陈狶从车千乘,而吴濞、淮南皆招宾客以千数。外戚大臣魏其、武安之属竞逐于京师,布衣游侠剧孟、郭解之徒驰骛于闾阎,权行州域,力折公侯。"[3]等等。所有这些应当说把西汉前期刘汉王朝的政治态势揭示的是很清楚的。

也正基于这样的政治局面,所以西汉前期文人对天子、诸侯的依附都不是很稳定的。如枚乘,《汉书》本传说:其初仕时,与邹阳、严忌一样,也是先仕于吴王刘濞的。由于刘濞不听劝谏,所以他们才一同离吴至梁,"从孝王游"。吴王等"七王之乱"平定之后,由于枚乘事先曾对吴王有劝阻之举,

①司马迁《史记》卷59,上海古籍出版社,1997年,第1635页。
②班固《汉书》卷51,中华书局,1962年,第2338页。
③班固《汉书》卷92,中华书局,1962年,第3698页。

所以刘汉朝廷对他青睐有加，特征召他为弘农都尉。可是枚乘由于"久为大国上宾，与英俊并游，得其所好，不乐郡吏"，所以旋即"以病去官"，复游于梁①。再如司马相如，《史记》本传说他仕宦之初，也曾一度"以资为郎，事孝景帝，为武骑常侍"。可是也同样由于与景帝兴趣不合，关系疏隔，因此在与从梁孝王来朝的枚乘、邹阳相见之后，便一面订交，称病去职，偕游于梁，"与诸生游士居"②。以上这些，都十分清楚地说明了在西汉前期，文人与天子、诸侯的关系确实是不够稳定的。就像在政治运行模式上的相似性一样，在文人对待统治者的态度上，西汉前期在很大程度上也同样是带有战国时期那种极为流行的良禽择木、轻于去就的士人遗风的。

但是武帝之后，情况就不同了。据《史记·五宗世家》《汉书·诸侯王表》载，武帝之后朝廷一方面继续推行文景时的"推恩之令"，"使诸侯王得分户邑以封子弟"，结果"齐分为七，赵分为六，梁分为五，淮南分为三"，虽"不行黜陟，而藩国自析"，而另一方面又进一步缩小诸侯王聘贤治民的权限，使"诸侯惟得衣食税租，不与政事"。如此，一天天衰落之后，到哀、平之际，"亲属疏远，生于帷墙之中，不为士民所尊"，其势竟至于"与富室亡（无）异"③。诸侯的威胁彻底被刘除，在嬴秦时期昙花一现，以君主专制、中央集权为主要特征的大一统局面，在大汉王朝终又获确立。这样的形势变化不能不对文人的政治态度、人生趋尚产生重大冲击。上文说武帝之后文人的处世态度已由良禽择木，轻于去就，转为别无他策，倾心事主，可以说主要就是从这一方面来立论的。

那么，实际情况果真如此吗？我们不妨看看《汉书·苏武传》所载苏武出使匈奴，被强行扣留，长久不归，面对匈奴的诱降所作的回答："武父子亡（无）功德，皆为陛下（汉武帝）所成就，位列将，爵通侯，兄弟亲近，常愿肝脑涂地。今得杀身自效，虽蒙斧钺汤镬，诚甘乐之。臣事君，犹子事父也。子为父死亡（无）所恨。"④将君臣关系如此明明白白、实实在在地看作父子关系，这在西汉前期甚至上溯到整个先秦恐怕也是很难察见的。武帝之后中国政治格局的变化，对于文人内心世界的影响之大，我们由此不难得知。

①班固《汉书》卷51，中华书局，1962年，第2359～2365页。
②司马迁《史记》卷117，上海古籍出版社，1997年，第2270页。
③班固《汉书》卷14，中华书局，1962年，第395～396页。
④班固《汉书》卷54，中华书局，1962年，第2464页。

由于两汉文人的思想心态发生了重大变化,随之而来也导致了他们对屈原的不同评价,以及对屈原"离骚"情怀态度的变化。西汉前期对屈原曾有专门评价的主要有三人:贾谊、严忌与东方朔,而在这三人之中最有代表性的则是贾谊。其著名赋作《吊屈原赋》说:"遭世罔极","逢时不祥"。"贤圣逆曳兮,方正倒植"。"国其莫吾知兮,子独壹(抑)郁其谁语? 凤缥缥(飘飘)其高逝兮,夫固自引而远去!""般纷纷其离此邮(尤)兮,亦夫子之故也。历九州而相其君兮,何必怀此都也?""使麒麟可系而羁兮,岂云异夫犬羊?"①在这一作品里,贾谊一方面为屈原的生不逢时、无罪遭黜而哀伤,另一方面又为屈原的只知忠君、不知通变而感喟。他批评屈原为什么不遍历九州,择贤而事? 为什么一定要死守楚君,抑郁终生,喋喋不休地抒发一些根本无人愿听的骚语? 假若骐骥甘舍自由,受人拘系,那它与犬羊又有何异? 也正因贾谊所坚守的乃是良禽择木,良臣择主的观点,所以在他看来屈原悲惨的一生,这与他自己的死守一君,不知通变的固陋意识也是分不开的。不难看出,如果说枚乘、邹阳与司马相如等主要还是通过他们的行为展现了他们的择主而事,不拘一国的政治态度的话,那么贾谊这里则更从理论上阐明了能臣贤才不应殉节一君的看法。十分明显,对于屈原抑郁泣语、痛心疾首的"离骚"情怀,贾谊是并不认可的。

与西汉前期一样,西汉中期文人对屈原的评价,也同样是我们认识其政治诉求、"离骚"心结的重要途径。首先来看司马迁。他的有关屈原的评价还明显带有从西汉前期向西汉中期过渡的特征。在《史记·屈原列传》中,司马迁一方面沿袭贾谊的观点,感叹屈原"以彼其材,游诸侯,何国不容,而自令若是",另一方面却又赞扬他"睠顾楚国,系心怀王,不忘欲反",对于他的"正道直行,竭忠尽智以事其君"的人格理想也给予了高度肯定,认为他的《离骚》创作"上称帝喾,下道齐桓,中述汤武,以刺世事。明道德之广崇,治乱之条贯,靡不毕见。其文约,其辞微,其志洁,其行廉,其称文小而其指极大"②。据此足见,司马迁的思想是明显打着西汉前、中两期的双重烙印的。

西汉中期对屈原作过专门评价的,司马迁而外还有刘安和王褒。不

①王洲明、徐超《贾谊集校注》,人民文学出版社,1996年,第410~412页。
②司马迁《史记》卷84,上海古籍出版社,1997年,第1901~1914页。

过,与司马迁的既赞许又否定的双重态度不同,他们两人对于屈原的事君
之心都是给予了全面肯认的。在班固《汉书·淮南王传》、荀悦《汉纪·孝
武皇帝纪》和高诱《淮南子序》中皆有刘安应武帝之请"为《离骚传》,旦受
诏,日食时上"①的记载,这一著作虽早已散逸,但在班固的《离骚序》中却
还保留了一段他对《离骚》的精彩赞语:"《国风》好色而不淫,《小雅》怨诽而
不乱,若《离骚》者,可谓兼之。蝉蜕浊秽之中,浮游尘埃之外,皭然泥而不
滓。推此志,虽与日月争光可也。"②由这段赞语我们足可见出刘安对于屈
原形象的重新定位。对于屈原的忠君之意、"离骚"之情评价如此之高,这
实可谓是前无古人的。

与刘安的这一崭新评价相呼应,王褒在其名作《九怀》中对于"伍胥兮
浮江,屈子兮沈湘"③的悲壮行为也给予了深切的理解和同情。王逸《楚辞
章句》评《九怀》之旨说:"怀者,思也。言屈原虽见放逐,犹思念其君,忧国
倾危而不能忘也。(王)褒读屈原之文,……追而愍之,故作《九怀》以裨其
词。"④当代著名楚辞研究专家李大明也云:"如果将《九怀》与贾谊《吊屈原
赋》、庄忌《哀时命》、东方朔《七谏》相比较,他们在悯伤屈原这一点上虽然相
同(至少可以说是相近的),但是贾谊等三人的作品对屈原不忍离去的思想行
为均提出了某种程度的批评,并主张贤智之人应远浊世而自洁,而《九怀》似
乎并没有这一层意思。"⑤经比较,不难看出李大明的观点与王逸可谓是完
全一致的。虽然说在《九怀》里王褒并没有对屈原的"离骚"作出直接评价,
但是他既对屈原作完全肯定,则其对"离骚"的态度,我们也是不难想见的。

二、从倾心事主到达兼穷独,由肯定"离骚"到否定"离骚"

众所周知,中国士人的崛起,也即成为政治舞台上的重要角色,乃在春
秋战国时期。也可以说正是因为当时诸侯割据、多国纷争的混乱局面,才
为士人特别是文士的崛起提供了契机。换句话说也就是中国士人自从登
上历史舞台的那一刻起,他们就是以一种社会批判者的姿态出现的。可是

---

①班固《汉书》卷44,中华书局,1962年,第2145页。
②洪兴祖《楚辞补注》卷1,中华书局,1983年,第49页。
③洪兴祖《楚辞补注》卷15,中华书局,1983年,第274页。
④洪兴祖《楚辞补注》卷15,中华书局,1983年,第268~269页。
⑤李大明《汉楚辞学史》,中国社会科学出版社、华龄出版社,2004年,第185页。

在嬴秦的短暂统一中,他们已经尝到了在政治大一统的背景下继续保持社会批判者的角色所付出的代价,所以到了西汉中期,也即武宣之世,面对新的更加稳固的集权统治,在统治者较之秦代统治者也略显开明的情况下,他们中的绝大多数,如上所言,还是抱着新的希望、新的憧憬,委曲求全,相忍为国,最终走上了倾心事主的道路。

不过,事物总是在不断变化的,当历史发展至西汉后期与东汉前期,作为中国士人的主要代表,文人的政治态度又再度发生了新的变化。具体说来,也就是从西汉中期的别无他择,倾心事主,又再度转变成了西汉后期至东汉前期的达则兼济,穷则独善。所以会有这样的变化,其根本原因主要有二:

(一)西汉中期文人的倾心事主,本来就是在别无他择的情况下所做出的不得已的让步,从他们的内心深处来讲他们中的绝大多数应当说对此并不是甘心情愿的。认为"臣事君,犹子事父",这毕竟只是少数文人出于他们善良的愿望,由于把君主专制过于理想化而产生的愚忠心理。实际上在他们大多数心中,对君主的忠心都是有条件的,这由他们对屈原的评价不难看出。因为假若从纯粹的集权专制的角度看,屈原对于君主的批判、对于权臣的斥责,这无疑都是在犯上作乱,可是无论是司马迁,还是刘安、王褒,都竭力把他这种斥责、批判言行描述为忠心事主、志在邦国的表现。很明显,三人的做法皆意在表明:作为对文人屈身抑己、倾心事主的报偿,专制君主也是应该俯身下问,予以包容,予以垂怜,听一听他们这些忠正之士的治国之策的。可见,西汉中期文人的倾心事主并不是要完全放弃他们的独立,在他们的内心深处,他们仍然希望能够在新的力量悬殊、无法抗拒的君主专制的大背景下,继续保持他们昔日的荣光,哪怕是最低限度的保留也让他们神往。实事求是地说,在当时绝大多数文人的内心中应当说都是抱有这样的愿望的。

(二)儒学信仰在西汉后期与东汉前期的进一步普及与强化,对当时文人内心世界的进一步觉醒也有重要的催发作用。虽然早在武帝时期,"罢黜百家,独尊儒术"的口号就已提出,但是在整个西汉中期统治者奉行的实乃内法外儒的统治策略,用传统的话说也就是"以儒术缘饰吏事"①,儒学

————————

① 按,语出《史记·平津侯主父列传》,原文作:"(公孙弘)习文法吏事,而又缘饰以儒术。"详司马迁《史记》卷112,上海古籍出版社,1996年,第2233页。

更主要的功能乃在装点门面。《汉书·元帝纪》说：元帝为太子时，"柔仁好儒，见宣帝所用多文法吏，以刑名绳下，大臣杨恽、盖宽饶等坐刺讥辞语为罪而诛，尝侍燕从容言：'陛下持刑太深，宜用儒生。'宣帝作色曰：'汉家自有制度，本以霸王道杂之，奈何纯任德教，用周政乎！且俗儒不达时宜，好是古非今，使人眩于名实，不知所守，何足委任！'乃叹曰：'乱我家者，太子也！'"①正如许多学者所说，汉宣帝这里所说的"汉家"并不能上溯到刘邦时代，它实际上乃是武宣之世御世之策的概括。并且，从这条记载还可看出西汉中期的统治模式到元帝之时已发生重大转折，作为西汉后期统治的开先之君，元帝的思想实际上已经确立了西汉后期统治的基本方向。又，《后汉书·儒林列传》说："及光武中兴，爱好经术，未及下车，而先访儒雅，采求阙文，补缀漏逸。先是四方学士多怀协图书，遁逃林薮，自是莫不抱负坟策，云会京师。"②与元帝一样，光武帝刘秀的这些作为，实际上也同样代表了东汉前期政治运作的基本特征。

无论在文学史与思想史上，历来都有不少学者把西汉后期与东汉前期划归一个历史阶段，这与它们在治国理念上的一致显然是分不开的。在统治政策上，西汉后期与东汉前期既然又有如此之大的变化，那它在文人的处世态度上也必然会再度留下深刻的印记。在这个时期文人的政治趣尚之所以会由别无他择，倾心事主转向达则兼济，穷则独善，这与儒家文化对知识、经典的重视对于文人内心世界的影响显然也是分不开的。因为作为知识传播与经典阐释的主要承担者，面对儒家文化对知识的张扬、经典的褒举，文人们对于自己的历史地位以及自己与专制君主的关系，不可能不再作一深入的反思。有关这一点，也同样表现在他们的屈原评价与"离骚"情结上。

与西汉中、前期一样，在西汉后期与东汉前期对于屈原曾予专门评价的也主要有三人，具体说来也即是刘向、扬雄和班固。他们有关屈原的评价也同样是我们认识当时文人思想特征、"离骚"情结的重要指示器。首先看刘向，他与司马迁相似，对于屈原的评价也同样透露出他内心的矛盾。譬如在《新序·节士》中他明确肯定屈原《离骚》之作、投湘之举的正当性：

①班固《汉书》卷9，中华书局，1962年，第277页。
②范晔《后汉书》卷79，中华书局，1965年，第2545页。

"屈原者,名平,楚之同姓大夫,有博通之知,清洁之行",但是由于君上不明,奸佞当道,结党营私,"共谮屈原",致使"屈原遂放于外,乃作《离骚》",并最终"自投湘水汨罗之中而死"①。但是在相传他为哀悼屈原而作的《九叹》中,在诗的末尾他却又抒发了坚守本真、远离浊世、自藏独善的心迹:"悲余性之不可改兮,屡惩艾而不迻","聊假日以须臾兮,何骚骚而自故(苦)"。"譬彼蛟龙,乘浮云兮","驰风骋雨,游无穷兮"②。如果再结合他在《说苑·谈丛》中所发的议论:"负石赴渊,……君子不贵之也"③,则不难看出,他对屈原的"骚苦"之怨、"赴渊"之举,也是有他不愿苟同的一面的。足见,在刘向身上也明显带有从西汉中期的别无他择,倾心事主,向西汉后期及东汉前期的达则兼济,穷则独善过渡的色彩。

但扬雄、班固就不一样了。《汉书·扬雄传》说:尽管有时扬雄也曾感叹"屈原文过相如,至不容,作《离骚》,自投江而死,悲其文,读之未尝不流涕也",但另一方面在"流涕"的同时,他也十分明确地认为:"君子得时则大行,不得时则龙蛇,遇不遇命也,何必湛身哉",对于屈原的"湛身",也即投水自杀,以死殉节,作了坚决的否定。又,在《反离骚》中扬雄又云:"夫圣哲之不遭兮,固时命之所有。虽增(曾)歔欷以於邑兮,吾恐灵修之不累改。"④在这里,所谓"不遭",也即不遇明主。"时命",也即当下的命运。"增(曾)歔",也即反复骚怨叹息。"於邑",也作"郁邑",压抑愁闷的样子。"灵修",指楚王。十分明显,在扬雄看来,明君贤臣两美相合的理想并不是由哪一位文人自己决定的。如果身遇昏主,而妄想用自己的愚忠死谏、骚语苦辞而使其改过迁善,这样的愿望是根本不现实的。所以一个明智的文人,最好的办法就是奉行达则兼济,穷则独善的方针,为了一个根本不可能改过迁善的昏君而申说不已、怨痛不止,甚乃牺牲自己的生命是根本无价值的。不难看出,在扬雄心中文人主体的价值已超过了事君,这样的认识与他对政治大一统背景下皇权专制的反思,以及儒家学说对于知识、经典的尊重所催发的文人对于自我地位的觉醒显然都是有着极密切的联系的。

有关这一点在班固身上也同样得到了很好的展示。虽然在《离骚赞

---

①石光瑛《新序校释》卷7,中华书局,2009年,第936~949页。
②洪兴祖《楚辞补注》卷16,中华书局,1983年,第309~312页。
③向宗鲁《说苑校证》卷16,中华书局,1987年,第404页。
④班固《汉书》卷87,中华书局,1962年,第3515~3521页。

序》中班固对于屈原的"痛君不明,信用群小","忠诚之情,怀不能已,故作《离骚》",也给予了一定同情,但是他的更为主要的认识还是表现在《离骚序》中:"君子道穷,命矣。故潜龙不见是而无闷,《关雎》哀周道而不伤,蘧瑗持可怀之智,宁武保如愚之性,咸以全命避害,不受世患。故《大雅》曰:'既明且哲,以保其身。'斯为贵矣。今若屈原,露才扬己,竞乎危国群小之间,以离谗贼。然责数怀王,怨恶椒、兰,愁神苦思,强非其人,忿怼不容,沉江而死,亦贬洁狂狷景行之士。"①与扬雄的论述加以比较,不难看出班固不仅沿袭了扬雄"遇不遇命也"的观点,认为时代的兴衰、君主的昏明并不能由文人自己来选择,而且对于文人的自我保护、长于自存也同样给予了高度的肯定,甚乃比扬雄表现得还要强烈。再明确一点说也就是班固这里所说的"露才扬己",并非像颜之推《颜氏家训·文章》所述的那样,认为此乃"显暴君过"②。和扬雄一样,班固也同样是从文人的自我独立、自我保护的角度讲的。更言之,也就是班固之所以批评屈原"露才扬己",并不是说这有违于对君主的尊重,而是认为对于那些愚暗不明,难以迁善的君主,作为一个自尊自信,以精英自期,以明哲自许的智者,是根本无需展现才华,陈布卓见,痛心疾首,骚言苦谏,从而为自己带来不必要的麻烦。固然班固也曾批评《离骚》"多称昆仑冥婚宓妃虚无之语,皆非法度之正"③,表现了儒家学说对他的消极影响,但在文人自我价值、自我地位的肯定上,显而易见儒家尊重知识、尊重经典的倾向,对于班固自信自重心态的确立无疑也是起着十分积极的作用的。

三、从达兼穷独到舍身匡救,由否定"离骚"到肯定"离骚"

文人的独立意志和儒家尊重知识、经典的倾向,对于文人自我意识的觉醒所起的作用并不仅仅表现在达则兼济、穷则独善的人生道路的选择上,也即并不仅仅表现在文人对皇权专制的疏离上,它有时也表现在文人对国家政治、国计民生的积极干预、舍身匡救上。也就是说文人们一旦意识到自己身担知识传播、经典阐释的重任,也很有可能形成他们以帝师自居、以豪杰自许的心理,认为只有他们才能真正使国家走向繁荣、走向有

①洪兴祖《楚辞补注》卷1,中华书局,1983年,第49～51页。
②王利器《颜氏家训集解》卷4,中华书局,1993年,第237页。
③洪兴祖《楚辞补注》卷1,中华书局,1983年,第49页。

序。如果说达则兼济,穷则独善主要体现的是文人在自我觉醒之后所导致的与专制皇权分庭抗礼的心机,那积极干预,舍身匡救则主要体现了文人在自我觉醒之后对于家国天下的高度责任。有关这一点在东汉后期应当说表现的也是非常突出的。

那么,同是出于文人的自我独立、自我觉醒,何以会导致达则兼济、穷则独善与达亦兼济、穷亦兼济两种如此相异的心态呢? 根本而言,这实是由文人自己所处的不同的时代、不同的社会条件所决定的。我们知道,除了王莽的短暂篡弑外,在西汉后期与东汉前期虽然也有外戚、宦官对于朝政的不断干预,但是朝廷的专断大权总体来说还都是牢牢把握在皇帝手中的。可是东汉后期就不一样了,东汉后期由于君主的年幼或者昏庸,外戚、宦官已基本上掌控了朝廷的大局。他们垄断仕路,为所欲为,唯权是求,唯利是图,广大文人的正当权益几乎完全被窃取。文人要想跻身仕途,除了拍马逢迎、降低人格,可谓别无他策。如果一定要坚守节操,保持气格,那么只有终身穷居。达而兼济的希望,几乎是永远也无法实现的。面对如此淆乱的政局,从相关文献看,文人们除了继续保持独善外,在东汉后期也另外出现了两大新变。一是一部分文人从儒家的独善其身,进而发展为自然无为,完全走上了道家的远弃政治的归隐道路。道家思想的重新抬头,尽管在西汉后期及东汉前期已见兆端,但是作为一种社会思潮应当说是直到东汉后期才真正流行的。二是还有一部分文人,也可以说是当时文人集团的主流,由于实在无法忍受外戚、宦官的长期霸占仕路,实在无法忍受"达则兼济"的理想永成泡影,于是遂奋而抗争,以豪杰自许,以天下自任,最终走上了与外戚、宦官这些士外邪流争夺天下领导权的道路。

请看《后汉书·党锢传》对此所作的描写:"逮桓灵之间,主荒政缪,国命委于阉寺,士子羞于为伍,故匹夫抗愤,处士横议,遂乃激扬名声,互相题拂,品核公卿,裁量执政,婞直之风,于斯行矣。"[1]又,同书《张纲传》载张纲之言曰:"秽恶满朝,不能奋身出命扫国家之难,虽生,吾不愿也。"[2]又,同书《黄琼传》载李固之言曰:"自生民以来,善政少而乱俗多,必待尧舜之君,此为志士终无时矣。"[3]又,同书《虞诩传》评虞诩之行曰:"好刺举,无所回

---

[1]范晔《后汉书》卷 67,中华书局,1965 年,第 2185 页。
[2]范晔《后汉书》卷 56,中华书局,1965 年,第 1817 页。
[3]范晔《后汉书》卷 61,中华书局,1965 年,第 2032 页。

容,数以此忤权戚,遂九见谴考,三遭刑罚,而刚正之性,终老不屈。"①等等。以上所有这些记载,可以说都是很能体现东汉后期文人以天下为己任,不甘长期闲居,碌碌一生而奋起抗争的精神特质的。

与这种以豪杰自居,以天下自任的精神相呼应,在东汉后期文人们对于屈原的舍身为国、骚言苦谏的主人翁意识也同样给予了积极的肯定。如《后汉书·寇荣传》载:寇荣每以"勇者不逃死"自勉,常"愿赴湘、沅之波,从屈原之悲;沉江湖之流,吊子胥之哀",为了国家,即使"犯冒王怒,触突帝禁","登金镬,入沸汤,糜烂于炽爨之下",也在所不惜②。这样的记载对于屈原在当时文人心目中的地位展现的无疑是非常充分的。不过,相比而言,在这方面表现得更为突出更有代表性的还应是王逸,他的《楚辞章句》也是我们今天所能见到的为屈赋作注的最早传本。在这部书中对于班固等前代学者对于屈原的贬议,王逸都一一给予了反驳。如针对班固的"露才扬己"之讥,王逸即申辩说:"今若屈原,膺忠贞之质,体清洁之性,直若砥矢,言若丹青,进不隐其谋,退不顾其命,此诚绝世之行,俊彦之英也。而班固谓之露才扬己,⋯⋯殆失厥中矣。"很明显,在王逸看来把一个人的舍身匡国,陈布卓见,放言直谏,知无不言,言无不尽的高洁品性看作"露才扬己"的表现,这是无论如何也说不过去的。为了更清楚地说明这一点,王逸还进而引用了《诗经·大雅·抑》的诗句为证说:"且诗人怨主刺上曰:'呜呼!小子,未知臧否,匪面命之,言提其耳!'风谏之语,于斯为切。然仲尼论之,以为大雅。引此比彼,屈原之词,优游婉顺,宁以其君不智之故,欲提携其耳乎!"也就是说屈原的仗义直言尽管激切,但是较之《大雅》的"提耳面命",应当说还是相当婉顺的。

又如班固等人认为屈原的不顾安危、骚言苦谏乃死守正道、不知天命的表现,对此王逸再度申言曰:"且人臣之义,以忠正为高,以伏节为贤。故有危言以存国,杀身以成仁。是以伍子胥不恨于浮江,比干不悔于剖心,然后忠立而行成,荣显而名著。若夫怀道以迷国,详愚而不言,颠则不能扶,危则不能安,婉娩以顺上,逡巡以避患,虽保黄耇,终寿百年,盖志人之所耻,愚夫之所贱也。"说得再明确一点,也就是作为一个优秀士子,忠心为国

①范晔《后汉书》卷58,中华书局,1965年,第1873页。
②范晔《后汉书》卷16,中华书局,1965年,第631页。

乃是他的本分,舍身匡主乃是他的义务,君主越是昏庸,世道越是混乱,就越是需要扶助者放言直谏,悉心拯救。那种以天命为借口,以保身为明哲,奉行所谓的"达则兼济,穷则独善"的人,实际上乃是在逃避他对天下的责任。这样的作为不仅为"志人之所耻",也为"愚夫之所贱",它是根本不合乎作为君主的扶助者、督导者的"人臣之义"的。如果将王逸的这一见解与上文李固的认识"自生民以来,善政少而乱俗多,必待尧舜之君,此为志士终无时矣"加一对照,不难看出,他们在内在理路上,实是遥相呼应的。

如上所示,班固等人除了批评屈原不知天命、露才扬己外,对他的"多称昆仑冥婚宓妃"之语也多有讥贬,认为它有违"法度之正"。对这一指责,王逸也同样大不谓然。他说:"夫《离骚》之文,依托五经以立义焉:'帝高阳之苗裔',则'厥初生民,时惟姜嫄'也;'纫秋兰以为佩',则'将翱将翔,佩玉琼琚'也;'夕揽洲之宿莽',则《易》'潜龙勿用'也;'驷玉虬而乘鹥',则'时乘六龙以御天'也;'就重华而陈词',则《尚书》咎繇之谋谟也;'登昆仑而涉流沙',则《禹贡》之敷土也。故智弥盛者其言博,才益多者其识远。屈原之词,诚博远矣。自终没以来,名儒博达之士著造词赋,莫不拟则其仪表,祖式其模范,取其要妙,窃其华藻,所谓金相玉质,百世无匹,名垂罔极,永不刊灭者矣。"① 又曰:"《离骚》之文,依《诗》取兴,引类譬喻,故善鸟香草,以配忠贞;恶禽臭物,以比谗佞;灵修美人,以媲于君;宓妃佚女,以譬贤臣。"② 等等。如此,通过与《诗》《易》《尚书》等儒家经典的比较,以呈现出屈原之骚与儒家经典的高度一致性,那么班固之说其合法性如何,也就自不待言了。

由王逸对班固等人的驳难不难看出,虽然他们立论的依据都是儒家经典,在他们身上也都体现着十分浓厚的儒家式的不满凡俗的独立意识,但是他们各自的侧重点却是有着很大不同的。班固等人因为轻视凡俗,不满暗政,所以希望通过独善其身、不与统治者合作,来展示文人自身的价值。而王逸虽也出于同样的原因,但他却选择了放言直谏、积极干预的方式,希望通过对暗政的改变以显示文人自身的价值。尽管"达则兼济,穷则独善"乃是儒家的常则,但是孔子也曾有过"知其不可而为之"的美誉,孟子也曾

---

① 王逸《楚辞章句叙》,洪兴祖《楚辞补注》卷1,中华书局,1983年,第48~49页。
② 王逸《楚辞章句·离骚序》,洪兴祖《楚辞补注》卷1,中华书局,1983年,第2~3页。

有过"舍我其谁"的豪语,所以王逸所言也同样无违儒家苏世独立、横而不流、洁身不污的精神。只不过他是从另一方面,也即从另一个更加积极的方面,来对它加以发挥罢了。因此我们完全可以这样说:王逸这种欲把屈原充分儒家化的倾向,对于进一步拓展儒家的精神空间也同样是有着十分重要的意义的。虽然王逸主要活动于安帝、顺帝时期,而以帝师自居,以救世自期的社会批判之风直到汉末桓灵之世才真正得以盛行,可是任何事物都有一个发展过程,不可能一下子即成潮流。东汉政治从安帝之时即已频现败象,东汉前后期之分所以以安帝为界也正基此。所以若从这个角度说,则王逸对屈原批判精神的肯定,实可谓已开东汉后期社会批判之风的先河,这与他所处的时代并无矛盾。

四、余论

由以上所述足以看出,两汉文人的思想心态实际上乃经历了一个逐渐自立、自我肯认的过程,与此相应,他们的屈原评价、"离骚"心结也自然随之发生变动。在西汉前期由于侯国的分立,客观上给文人的自由提供了一定便利。这种自由的便利固然使文人的自尊自重意识得以强化,但在另一方面这也阻碍了他们对自我角色以及与君主关系的深思。他们的自尊自重、喜骚敢骚更多的只是客观形势使然,还主要体现在经验层次,还没能进而提升至理性的畛域。也正因这个缘故,所以当历史一旦进入了武帝之后的君主大一统时代,文人们的自立便陡然减色。他们反复申说、处处强调屈原的以"骚"讽君也是忠君的表现,试图在高扬"忠"字大旗的名义下,为他们的讽君救世行为博得一隙存留的空间。在这种情况下他们首先所祈求的实际上就只是君主对以"骚"匡谏的肯认,君主的悦纳实际上已成了他们竭力争求的首要目标。这固然并不是他们的甘心情愿,但是据此我们也完全可以看出在其内心深处也确乎并未达到对其文人角色、社会价值的自觉。

直到西汉后期及东汉前期,由于时间的推移以及儒家思想的真正独尊,文人们通过长期的实践、严肃的反思,这才对自己的角色地位有了真正的认识。作为这一认识的结果,"达则兼济,穷则独善"的处世原则,终于由先秦少数人的思想,在汉代得到了众多文人的崇信。尽管这种处世方针不乏消极因素,使他们对朝廷的暗政采用了避"骚"旁观的态度,但我们也确实看到了文人对于自己历史地位、角色价值的自觉。也正是基于这种自觉,所以当历史进入东汉后期,面对外戚、宦官的交替专权,面对国家的纷然淆乱,文人们才进而又挺身而出,以拯济家国为己任,以匡君救世为己责,不顾生命,不顾安危,义无反顾地投身到了抨击弊政、以"骚"匡君、刷新国运的历史改革中。表面看来,这好像又回到了西汉中期,实际上二者之间却有莫大的差别。如果说西汉中期文人们对于屈原批判精神的肯定,主要地还是从他对君主家国的耿耿忠心的角度来立论的话,那么东汉后期文人们对于这一精神的肯定则主要是从文人的角色义务、历史职责的角度来立论的。前者主要是想由此获得帝王的悦纳,后者则主要是想以此来张大文人对天下的责任。虽然同是对"离骚"的肯定,对有为的期慕,但是他们在自我角色的设定上,其自觉程度却是大不相同的。

　　当然,说两汉文人自我独立意识的觉醒呈递进态势,乃是就整体立言的,并不是说每一时期文人的思想都只呈一种状态。如西汉前期晁错说:"救主之失,补主之过,扬主之美,明主之功,使主内亡(无)邪辟之行,外亡(无)骞污之名。事君若此,可谓直言极谏之士矣。"①完全将谏君看作忠君的表现,如此强调忠、骚的统一,依上所言,这显然乃是西汉中期的代表性话语。可是如果我们仅以此为据,就从而否定西汉中期与西汉前期文人在处世态度、"离骚"心结上的整体差别,这显然也是不明智的。

---

①班固《汉书》卷 49,中华书局,1962 年,第 2295 页。

第五章　辞赋与"诗言志"

第一节　释"辞"

　　作为中国文学史上的两个重要范畴,前人对于"辞""赋"的评论虽然很多,但是谈到它们得名的缘由以及与"诗言志"的关系,则直到今天我们的研究也仍是不到位的。在历史上"辞"与"赋"常常相连为语,如《史记·司马相如列传》"会景帝不好辞赋"①,班固《离骚序》"然其文弘博丽雅,为辞赋宗"②,王逸《哀时命序》"夫子名忌,与司马相如俱好辞赋"③等,而且每每还可作同义词使用,如《史记·屈原列传》"(屈原)乃作《怀沙》之赋"④,《汉书·扬雄传》"赋莫深于《离骚》","辞莫丽如相如"⑤,《法言逸文》"屈原、相如之赋,孰愈"⑥等。屈原所作明明是"辞",却可称为"赋";司马相如所作明明是"赋",却可称为"辞"。足见"辞""赋"二字确实完全可作同义词使用。但是另一方面我们也须看到,"辞"与"赋"虽然联系密切,可是二者的原初内涵却是大不相同的。再明确说也即是称其为"辞"主要是从其曲托假借、长于文饰的语言特征讲的,而称其为"赋"则主要是从其不假于物的言志方式或不假于乐的吟读方式讲的。"辞"与"赋"在上古都有特殊的涵蕴,如果对它们不加区分,那对我们正确把握它们的得名缘由、审美特征以及与"诗言志"的关系,显然都是很不利的。也正基此,所以对"辞"与"赋"的异同再加探讨,显然也仍是很有意义的。

---

① 司马迁《史记》卷 117,上海古籍出版社,1997 年,第 2270 页。
② 洪兴祖《楚辞补注》卷 1,中华书局,1983 年,第 50 页。
③ 洪兴祖《楚辞补注》卷 14,中华书局,1983 年,第 259 页。
④ 司马迁《史记》卷 84,上海古籍出版社,1997 年,第 1904 页。
⑤ 班固《汉书》卷 87,中华书局,1962 年,第 3583 页。
⑥ 汪荣宝《法言义疏》附录一《刘师培扬子法言校补》,中华书局,1987 年,第 606 页。

一、从《周易》"卦爻辞"看"辞"的涵义

在先秦时期以"辞"为称的文本主要有三类：一是《周易》"卦爻辞"，二是"楚辞"，三是行人"辞令"。虽然它们在文体形式上相去甚远，但是在语言特征上却有一个共同特点，即它们所呈示的都不是一般的言词，而更像是一种特经人为加工的曲托假借、言近旨远的文饰之语。那么，实际情况究竟是否这样呢？有关这一点，只要我们对它们三者分别加以剖释，就不难得出明确的答案。首先来看《周易》"卦爻辞"。

（一）《周易》"卦爻辞"在《周易》之中的重要地位

众所周知，我们今天所说的《周易》，主要包括《易经》和《易传》两大部分。《易经》部分由六十四卦的卦爻象（也可简称卦象、卦画）以及与之相应的卦爻辞组成，其中后者乃是对前者深刻奥义的揭示。《易传》即《十翼》，共有十篇，即《彖传》上下，《象传》上下，《系辞传》上下，《文言传》，《说卦传》，《序卦传》和《杂卦传》。它们都是用来解释《易经》，特别是"卦爻辞"的微言大义的。前后对照，不难发现在具体揭示《易经》"卦爻象"的深刻寓意方面，在整部《周易》中"卦爻辞"实是处在一个上连"卦爻象"，下连《十翼》的中心地位。

盖也正因如此，所以在《周易》中《易传》的作者们对于"卦爻辞"的功能和地位给予了高度评价。如《系辞传上》说："列贵贱者存乎位，齐大小者存乎卦，辨吉凶者存乎辞。……卦有大小，辞有险夷。辞也者，各指其所之。"①又云："《易》有四象，所以示也。系辞焉，所以告也。定之以吉凶，所以断也。"又云："圣人有以见天下之赜，而拟诸其形容，象其物宜，是故谓之象。圣人有以见天下之动，而观其会通以行其典礼，系辞焉以断其吉凶，是故谓之爻。极天下之赜者存乎卦，鼓天下之动者存乎辞。"②又，《系辞传下》说："八卦成列，象在其中矣。因而重之，爻在其中矣。刚柔相推，变在其中矣。系辞焉而命之，动在其中矣。……爻象动乎内，吉凶见乎外，功业见乎变，圣人之情见乎辞。"③又云："《易》之为书也，原始要终以为质也。

---

①孔颖达《周易正义》卷7，孔颖达等《十三经注疏》，中华书局，1980年，第77页。
②孔颖达《周易正义》卷7，孔颖达等《十三经注疏》，中华书局，1980年，第82～83页。
③孔颖达《周易正义》卷8，孔颖达等《十三经注疏》，中华书局，1980年，第85～86页。

六爻相杂,唯其时物也。……知(智)者观其象辞,则思过半矣。"①等等。由这些描述不难看出《周易》之"辞"在《周易》之中所居有的地位确是非常之高的。离开了它,我们对《周易》"卦爻象"中所蕴涵的"圣人之情","吉凶"之理,就根本无从探知。

(二)《周易》"卦爻辞"在语言表达上的基本特征

《周易》"卦爻辞"在《周易》之中既有如此之高的地位,那它在语言表达上究竟具有怎样的特征呢? 有关这一点,在《易传》中也展现得很清楚。

如《周易·系辞传上》说:"曰:书不尽言,言不尽意。然则圣人之意其不可见乎? 子曰:圣人立象以尽意,设卦以尽情伪,系辞焉以尽其言。"②仔细揣摩《系辞传上》的这段表述,不难看出它主要表达了两层意思:一是"言不尽意","圣人立象以尽意",一是"书不尽言",圣人"系辞焉以尽其言"。关于前一层意思,由于前人所述甚详,并且也与"辞"的蕴义的探讨并无多大关系,所以这里不再赘语。下面我们要重点探讨的就是"辞"在这里究竟取何意。

"书不尽言","系辞焉以尽其言",十分明显,在这一表述里一共出现了三个概念,即书、言和辞。"书"指书面文字,"言"指现实生活中人们当下所使用的活的言语,对于这二者前贤应当说并无异议。既是如此,那么"辞"呢? "辞"不同于"书",又可"尽言",那它在此究竟何意呢? 为对这一概念有一个更深入的了解,在具体探讨它的涵义前,我们不妨再重申一下"书""言"的区别。虽然"书"除了"书面文字",还有"书写""书籍"等意义,"言"除了"言语",还有"言说""语言""话语"等意义,但是如上所说,在"书不尽言","系辞焉以尽其言"这一表述里,"书"乃指书面文字,"言"乃指现实生活中人们当下所使用的活的言语,这一点则是毫无疑义的。在上古时代,人们常常将"书""言"相对,把"书"看作对"言"的秉笔直录。如扬雄《法言·五百》说:"圣人矢口而成言,肆笔而成书。"③《问神》曰:"言不能达其心,书不能达其言。"④又,许慎《说文解字叙》:"苍颉之初作书,盖依类象

①孔颖达《周易正义》卷8,孔颖达等《十三经注疏》,中华书局,1980年,第90页。
②孔颖达《周易正义》卷7,孔颖达等《十三经注疏》,中华书局,1980年,第82页。
③汪荣宝《法言义疏·五百》卷8,中华书局,1987年,第267页。
④汪荣宝《法言义疏·问神》卷5,中华书局,1987年,第159页。

形,故谓之文。其后形声相益,即谓之字。……著于竹帛谓之书。书者,如也。"①对此展示的可谓都是很明确的。也正是由于"书"对"言"的这一秉笔直录的性质,所以才使它常常在"言"的面前表现得力不从心。《庄子·天道》云:"世之所贵道者书也,书不过语。"②与《系辞传》所言可谓完全是同一意思。

那么为什么会出现这种情况呢?据实而论,恐怕最根本的原因就在于我们通常所说的与书面文字相对的言语,虽然缺乏书面语的规范性,但是由于它与现实语境的密切联系,以及它在被运用时所具有的灵活多样的表达方式,譬如运用不同的语调、重音、助音、停顿,乃至表情、体态、动作予以辅助等,其表意功能还是很强的。可是一旦变成抽象的书面语,离开了以上诸多媒介的辅助,其表现力自要大大受限制。《易传》所以说"书不尽言",可以说正是由此着眼的。唐人孔颖达说:"言有烦碎,或楚夏不同,有言无字,虽欲书录,不可尽竭于言。故云'书不尽言'也。"③虽然讲的不够全面,但对"书"与"言"的不同显然认识的也是很清楚的。

有关"书"与"言"的不同已见上文,"辞"既不同于"书"也不同于"言",却又能将"言"的蕴意充分加以展现,那么它的具体含蕴又究竟何在呢?对这一点,其实《周易·系辞传》中也有明确的体现。《易传·系辞传下》说:"夫《易》,彰往而察来,而微显阐幽,开而当名辨物,正言断辞,则备矣。其称名也小,其取类也大,其旨远,其辞文,其言曲而中,其事肆而隐。因贰以济民行,以明失得之报。"对此孔颖达进一步解释说:"'其旨远'者,近道此事,远明彼事,是其旨意深远。""'其辞文'者,不直言所论之事,……是其辞文饰也。"而"其事肆而隐"者,"其《易》之所载之事,其辞放肆显露,而所论义理深而幽隐也"④。如果此言不差,则显而易见"辞"的一个十分突出的特征就是曲托假借、精于修饰,它既不同于"书"也不同于"言",乃是一种经过作者精心结撰的言曲旨远的特殊语体。由于它已接受制作者的精心加工,获得了"其称名也小,其取类也大,其旨远,其辞文,其言曲"的传输功

①许慎《说文解字叙》,严可均《全后汉文》卷49,《全上古三代秦汉三国六朝文》,中华书局,1958年,第740页。
②郭庆藩《庄子集释》卷5,中华书局,1961年,第488页。
③孔颖达《周易正义》卷7,孔颖达等《十三经注疏》,中华书局,1980年,第82页。
④孔颖达《周易正义》卷8,孔颖达等《十三经注疏》,中华书局,1980年,第89页。

能,并不像一般的书面语那样只是对"言"作客观再现,所以才会有如此巨大的传输效力,能够将现实生活中那种活的言语所蕴含的丰富意义充分加以展现。盖也正基于此,所以《系辞传上》又曰:"圣人设卦观象,系辞焉而明吉凶。……是故君子所居而安者,《易》之序也;所乐而玩者,爻之辞也。是故君子居则观其象而玩其辞,动则观其变而玩其占。是以'自天佑之,吉,无不利'。"①那么,为什么必须通过反复的揣摩玩味才能把握"卦爻辞"的要旨呢? 这与上文"其称名也小,其取类也大,其旨远,其辞文,其言曲而中,其事肆而隐"的论述显然也是遥相呼应的。

那么事实果真如此吗? 对此我们不妨用《周易》的实际卦例作回答。如乾卦,它的卦象是由六个阳爻"—"重叠组成的,对于这一卦象的意义,作者自下而上用了"潜龙勿用""见龙在田""终日乾乾""或跃在渊""飞龙在天"和"亢龙有悔"六句卦辞来阐说。在这六句卦辞中尽管有四句用到了"龙"字,但是毫无疑问"乾卦"所论绝非龙的问题。既然如此,那它为何要假龙而议呢? 不待明言,这正是由《周易》之"辞"假托曲饰的语体特征决定的。由于语体的假托曲饰,这不仅一方面增强了《周易》言语的包容性,另一方面也使它的表达展现的更深微、更含蓄。那么"潜龙勿用""见龙在田"这些卦辞究竟何指呢? 对此《周易·象传》有明确的解释:"潜龙勿用,阳在下也。见龙在田,德普施也。终日乾乾,反复道也。或跃在渊,进无咎也。飞龙在天,大人造也。亢龙有悔,盈不可久也。"②不难看出,所用卦辞之含蓄,确是勿庸置疑的。再如井卦。它是由三个阳爻"—"和三个阴爻"--"交叉而成的,自下而上分别是:阴阳阳阴阳阴。与之相应的卦辞是:"井泥不食,旧井无禽","井谷射鲋,瓮敝漏","井渫不食,为我心恻,可用汲? 王明,并受其福","井甃无咎","井洌寒泉食","井收勿幕,有孚,元吉"。对于这些卦辞的意义,《周易·象传》也有解释:"井泥不食,下也;旧井无禽,时舍也。井谷射鲋,无与也。井渫不食,行恻也。求王明,受福也。井甃无咎,修井也。寒泉之食,中正也。元吉在上,大成也。"③其语言表达之婉曲也同样是无需争议的。

盖正是因为认识到了《周易》"卦爻辞"所具有的假托曲饰、言近旨远的

---

①孔颖达《周易正义》卷 7,孔颖达等《十三经注疏》,中华书局,1980 年,第 76～77 页。
②孔颖达《周易正义》卷 1,孔颖达等《十三经注疏》,中华书局,1980 年,第 13～15 页。
③孔颖达《周易正义》卷 5,孔颖达等《十三经注疏》,中华书局,1980 年,第 60 页。

语体特征,所以《周易·文言传》才以"文言"称之。换一句话也就是《周易·文言传》的"文言"并非指《文言传》,它乃是对《易经》的"卦爻辞"讲的。这里的"文"取的乃是"文饰"之义,它并不是指《文言传》中那些解释性的文字。明白这一点,不唯有助于我们理解《文言传》得名的缘由,对于我们认识"辞"在上古的审美特质以及先秦人的审美观念也同样具有十分重要的意义。

　　不过问题是,众所周知,在《周易》"十翼"中无论是《彖传》还是《象传》其主要功能都是用来解释"卦爻辞"的,既是如此,那在《彖传》《象传》之后为什么还要附以《文言传》呢?其实对这个问题,我们只要把《彖传》《象传》与《文言传》加以比较就不难得知。还以乾卦为例,如上所列,《周易·象传》对乾卦"爻辞"的评析只有寥寥数语,而《文言传》的解释却多达数百字。譬如"潜龙勿用"和"见龙在田",《象传》对其蕴义的解释都只有四字:"阳在下也""德普施也",而《文言传》却均给出了四十多字的阐释:"初九曰:潜龙勿用,何谓也?子曰:龙德而隐者也。不易乎世,不成乎名,遁世无闷,不见是而无闷。乐则行之,忧而违之,确乎其不可拔,潜龙也。九二曰:见龙在田,利见大人,何谓也?子曰:龙德而正中者也。庸言之信,庸行之谨,闲邪存其诚,善世而不伐,德博而化。《易》曰:见龙在田,利见大人,君德也。"①其解释串析之详细,实是《象传》无法比拟的。据此我们也可再次看出《周易》"卦爻辞"确实具有曲托假借、言近旨远、长于文饰的特征,传作者将其称为"文言"实是当之无愧的。

(三)《周易》"卦爻辞"在上古修辞史上的源头地位

　　如上所言,我们现在所见到的《周易》总共包括《易经》和《易传》两个部分,《易经》由六十四卦及与之相应的卦爻辞组成,《易传》即《十翼》,共有十篇,主要用来解释《易经》的微言大义。冯友兰说:"《易》之八卦,相传为伏羲所画。六十四卦,或云伏羲所自重,或云为文王所重。卦辞爻辞,或云系文王所作,或云卦辞文王作,爻辞周公作。'《彖》《象》《系辞》《文言》《序卦》之属十篇',即所谓《十翼》者,相传皆孔子作。然此等传说,俱乏根据。"②尽管如此,但《易经》乃西周初年的作品,《易传》乃孔子之后始出,这一点则

---

①孔颖达《周易正义》卷1,孔颖达等《十三经注疏》,中华书局,1980年,第15页。
②冯友兰《中国哲学史》,华东师范大学出版社,2000年,第279页。

是基本可信的。这也就是说《易经》"卦爻辞"产生时间比先秦绝大多数文献都早。

《周易·系辞传上》说："《易》有圣人之道四焉：以言者尚其辞，以动者尚其变，以制器者尚其象，以卜筮者尚其占。"①"《易》有圣人之道四焉：以言者尚其辞"，那么先秦文献或者说先秦诗文在语言表达上是否真的受到了《易经》的影响呢？对此我们应当这样来认识：巫觋文化是人类文明不可腾越的阶段，华夏文明也同样如此。可以毫不夸张地说，春秋战国文化正是以甲骨卜辞及《易经》卦爻辞所代表的巫觋文化为基础发展起来的。巫觋文化较之后世的人类文明自有其落后的一面，但是不可否认它已经闪烁着人文主义的光辉，否定巫觋文化对后世文明的影响是不科学的。由于语言是传达思想的最直接最有效的载体，因此对巫觋文化的取法是不可能抛弃它的语言单独进行的。《诗经》《论语》等先秦诗文虽然在语言上并不一定直接受到《易经》"卦爻辞"的影响，但是受到以这种"卦爻辞"为代表的巫觋文化的思维方式和话语模式的影响，这一点则是无可否认的。因此从这个角度讲，说"《易》有圣人之道四焉：以言者尚其辞"，应该说并不是没有道理的。最起码从客观形式上讲应是这样的。

那么实际情况是否这样呢？我们的回答是完全肯定的。如上所言，《周易》之"辞"最突出的特征是曲托假借、言近旨远，用《周易》的话说也就是："其称名也小，其取类也大，其旨远，其辞文，其言曲。"这一点，无论在先秦诗歌还是先秦散文中表现的都很突出。

清人章学诚《文史通义·易教下》说："（《易》）象之所包广矣，非徒《易》而已，六艺莫不兼之；盖道体之将形而未显者也。雎鸠之于好逑，樛木之于贞淑，甚而熊蛇之于男女，象之通于《诗》也。五行之征五事，箕毕之验雨风，甚而傅岩之入梦赉，象之通于《书》也。古官之纪云鸟，《周官》之法天地四时，以至龙翟章衣，熊虎志射，象之通于《礼》也。歌协阴阳，舞分文武，以至磬念封疆，鼓思将帅，象之通于《乐》也。笔削不废灾异，《左氏》遂广妖祥，象之通于《春秋》也。《易》与天地准，故能弥纶天地之道。"又曰："《易》象虽包六艺，与《诗》之比兴，尤为表里。夫《诗》之流别，盛于战国人文，所谓长于讽喻，不学《诗》，则无以言也。然战国之文，深于比兴，即其深于取

①孔颖达《周易正义》卷7，孔颖达等《十三经注疏》，中华书局，1980年，第81页。

象者也。《庄》《列》之寓言也,则触蛮可以立国,蕉鹿可以听讼。《离骚》之抒愤也,则帝阙可上九天,鬼情可察九地。他若纵横驰说之士,飞钳捭阖之流,徙蛇引虎之营谋,桃梗土偶之问答,愈出愈奇,不可思议。然而指迷从道,固有其功;饰奸售欺,亦受其毒。故人心营构之象,有吉有凶,宜察天地自然之象,而衷之以理,此《易》教之所以范天下也。"①

　　通览章氏的两段论述,不难发现虽然表面看来他所阐发的乃是"《易》象"对于先秦诗文的影响,但实际上他之所谓"《易》象"不仅包括"卦爻象",而且也包含"卦爻辞"。因为我们之所以说"卦爻辞"的基本特征是假托曲饰、言近旨远,在很大程度上也就是指它的"深于取象""深于比兴"来说的。譬如乾卦的以龙为喻、井卦的以井为喻,再如中孚卦所说的"鹤鸣在阴,其子和之"②,大过卦所说的"枯杨生华,老妇得其士夫"③等,可以说无不是假物取类,"深于取象"的范例。上文《系辞传下》说:《周易》之"辞","其称名也小,其取类也大,其旨远,其辞文",可以说也同是指它的"深于取象",长于假借,精于文饰的基本特征来讲的。有的学者说章氏这些论说"旨在说明'易象'通于'六艺'",揭示先秦文学"善用比喻、多用寓言、构思奇妙、取象生动"的"传统特征"④,这一见解无疑是非常之深刻的。

　　举例来说,譬如《墨子》,它向来都是以质木无文著称的,可是它的不少章节其曲托假借的语体特征呈现得也很充分。如《非攻上》曰:"今有人于此,少见黑曰黑,多见黑曰白,则必以此人为不知白黑之辩矣;少尝苦曰苦,多尝苦曰甘,则必以此人为不知甘苦之辩矣。今小为非,则知而非之;大为非,攻国,则不知而非,从而誉之,谓之义。此可谓知义与不义之辩乎?是以知天下之君子也,辩义与不义之乱也。"⑤这一表述在这方面就可谓是很典型的。再如《韩非子》,也向以"不文"著称,然《文心雕龙·诸子》曰"韩非著博喻之富"⑥,可见它的假物取类也同样很突出。缺乏文采、言之无文的《墨子》《韩非子》尚且如此,其他诗文著作就更可想而知了。看来,作为巫觋文化的代表,《周易》"卦爻辞"对于先秦文学的影响确实是非常之

①叶瑛《文史通义校注》卷1,中华书局,1985年,第18~19页。
②孔颖达《周易正义》卷6,孔颖达等《十三经注疏》,中华书局,1980年,第71页。
③孔颖达《周易正义》卷3,孔颖达等《十三经注疏》,中华书局,1980年,第42页。
④郭预衡《中国古代文学史》(一),上海古籍出版社,1998年,第14页。
⑤吴毓江《墨子校注》卷5,中华书局,1993年,第199页。
⑥范文澜《文心雕龙》卷4,人民文学出版社,1958年,第309页。

大的。

二、从"楚辞""行人辞令"看"辞"的涵义

既然先秦诗文在语体特征上与《周易》之"辞"都有如此密切的联系,那为什么不称《尚书》《诗经》《论语》《国语》等为《尚辞》《辞经》《论辞》《国辞》呢? 这其间显然牵扯到一个量的大小问题。据实而论,在先秦文献中受《周易》"卦爻辞"语体风格的影响,其情况是很不平衡的。比如《尚书》基本上都是一些政府文告,《春秋》乃是一部极其简洁,有似于"新闻标题"的编年史,三《礼》乃是有关两周时期官方典礼与士子礼仪的记录,它们由于自身文体的限制,因此在语言形式上所受"卦爻辞"的影响可以说都是不大的。再如《墨子》和《韩非子》,由于它们本身就反对华靡,崇尚实用,自然它们对于《周易》"卦爻辞"的因袭继承也是有限的。所以相比而言,在包括《诗经》在内的所有先秦诗文中,较多受到"卦爻辞"影响的主要就是"楚辞"和"行人辞令"。也正基此,所以在先秦众多的典籍文献中,也只有它们两者以"辞"为称。既是如此,那么通过"楚辞"和"行人辞令"语体特征的分析,反过来我们也同样可以对"辞"这一上古时期的特殊语体的基本特征有一个明确认识。

首先来看"楚辞"。关于"楚辞"之名的由来,目前流行的主要还是宋人黄伯思的观点:"盖屈宋诸骚,皆书楚语,作楚声,纪楚地,名楚物,故可谓之楚词(辞)。"可是这一定义只能说明为什么名以"楚",并不能说明为什么名以"词(辞)"。这一点其实在黄伯思接下来的论述里讲的也很明白:"若些、只、羌、谇、蹇、纷、侘傺者,楚语也。顿挫悲壮、或韵或否者,楚声也。沅、湘、江、澧、修门、夏首者,楚地也。兰、茝、荃、药、蕙、若、苹、蘅者,楚物也。他皆率若此,故以'楚'名之。"①那么黄伯思为什么只解释名以"楚"的原因,而不解释名以"词(辞)"的原因呢? 其中一个非常重要的因素恐怕就在在他看来"词(辞)"是没有必要解释的。因为把"楚辞"之"辞"视为一般的"言辞"之"辞",直至今天我们也是这样认识的。

那么,对"楚辞"之"辞"究竟如何认识呢? 首先还是先来看一看前人的评析。《史记》屈原本传说:"屈平之作《离骚》,盖自怨生也。《国风》好色而

---

① 黄伯思《校定楚词序》,《宋本东观余论》,中华书局,1988 年,第 344～345 页。

不淫,《小雅》怨诽而不乱,若《离骚》者,可谓兼之矣。上称帝喾,下道齐桓,中述汤武,以刺世事。明道德之广崇,治乱之条贯,靡不毕见。其文约,其辞微,其志洁,其行廉,其称文小而其指极大,举类迩而见义远。"①又,王逸《离骚序》:"《离骚》之文,依《诗》取兴,引类譬谕,故善鸟香草,以配忠贞;恶禽臭物,以比谗佞;灵修美人,以媲于君;宓妃佚女,以譬贤臣;虬龙鸾凤,以托君子;飘风云霓,以为小人。"②

　　验之于具体作品,也同样如此。举例来说,如《离骚》云:"余既滋兰之九畹兮,又树蕙之百亩。畦留夷与揭车兮,杂杜衡与芳芷。冀枝叶之峻茂兮,愿俟时乎吾将刈。虽萎绝其亦何伤兮,哀众芳之芜秽。"③又,《九章·涉江》云:"鸾鸟凤皇,日以远兮,燕雀乌鹊,巢堂坛兮。露申辛夷,死林薄兮。腥臊并御,芳不得薄兮。阴阳易位,时不当兮。怀信侘傺,忽乎吾将行兮。"④与《周易》"卦爻辞"加以比较,其语言表达上的相似性实可以说是不言而喻的。又,司马迁《太史公自序》说:"作辞以讽谏,连类以争义,《离骚》有之"⑤,把"辞"与"连类"相提并论,对此展示的可谓尤为明晰。又,《史记》邹阳本传说:"邹阳辞虽不逊,然其比物连类,有足悲者"⑥,对此也同样是一个有力的佐证。

　　那么为什么"楚辞"会在这方面表现得如此鲜明呢? 对这一问题其实我们并不难作出回答。众所周知,南楚文化与中原文化同出一源,它们都是由巫觋文化发展而来的。但是由于长江的阻隔,以及诸种因素的影响,二者的发展并不同步。相对而言,南楚文化与巫觋文化的联系较之中原要更密切。有关这一点,在相关文献中展现的也很清楚。如《国语·楚语下》:"夫人作享,家为巫史。"⑦又,《汉书·地理志下》:"(楚)信巫鬼,重淫祀。"⑧又,《郊祀志下》:"楚怀王隆祭祀,事鬼神。"⑨又,桓谭《新论·辨惑

①司马迁《史记》卷84,上海古籍出版社,1997年,第1901页。
②王逸《楚辞章句》,洪兴祖《楚辞补注》卷1,中华书局,1983年,第2页。
③洪兴祖《楚辞补注》卷1,中华书局,1983年,第10页。
④洪兴祖《楚辞补注》卷4,中华书局,1983年,第131页。
⑤司马迁《史记》卷130,上海古籍出版社,1997年,第2498页。
⑥司马迁《史记》卷83,上海古籍出版社,1997年,第1899页。
⑦徐元诰《国语集解》,中华书局,2002年,第515页。
⑧班固《汉书》卷28,中华书局,1962年,第1666页。
⑨班固《汉书》卷25,中华书局,1962年,第1260页。

篇》："昔楚灵王骄逸轻下,简贤务鬼。"[1]又,王逸《楚辞章句·九歌序》："昔楚国南郢之邑,沅湘之间,其俗信鬼而好祠。其祠,必作歌乐鼓舞以乐诸神。"[2]等等。又,从现在我们所能见到的楚辞作品看,这种崇信巫鬼的现象也同样很突出。如在屈原的作品中有一半以上都与巫鬼有关,如《九歌》11篇及《天问》《招魂》等。即在他的长篇抒情诗《离骚》中也可发现"重华陈辞""灵氛占卜""巫咸降神"等多个与巫卜相关的场面。因此尽管"楚辞"与大多数先秦散文一样也产生于战国时期,但是由于它们所处的文化背景的特殊性,因此也使它们的语体风貌产生了较大差异。具体来说也就是:先秦诗文对曲托假借之法的运用大多都是零散的、局部的,而楚辞创作则往往都是通篇如此。对这一点,我们通过上文的例子也可看得很清楚。既然"楚辞"和《周易》"卦爻辞"在文化背景、思维方式及语体特征上都如此相似,则沿用《易经》"卦爻辞"的称呼,把屈原等人的作品称为"楚辞",自然也就成了理所当然的事。

弄清了"楚辞"的得名缘由和语体特征,下面再看"行人辞令"。通过"行人辞令",我们也同样可以据以认识作为上古的特殊语体,"辞"所具有的曲托假借、言近旨远的文饰特征。

众所周知,在春秋战国时期诸侯卿大夫间的交往都很重视"辞令"之美。一个人能否得到对方认可,一个非常重要的因素就要看他的"辞令"是否含蓄婉转、富有文采。这在文献中展现得也同样很充分。如《左传·襄二十五年》曰:"冬十月,子展相郑伯如晋,拜陈之功。子西复伐陈,陈及郑平。仲尼曰:志有之:'言以足志,文以足言。'不言,谁知其志?言之无文,行而不远。晋为伯,郑入陈,非文辞不为功,慎辞哉!"[3]又,《说文·心部》:"志,意也。""意,志也。"综合《说文》与《左传》的表述不难看出:(一)所谓"言以足志"也可以说"言以足意"("志""意"义近),这一表述与《周易》所说的"言不尽意"显然相矛盾。(二)虽然"言以足志"这一表述与《周易》的"言不尽意"相矛盾,但是由于在它下面紧接着又有一句"文以足言",这实际上就又等于对"言以足志"的论断作了否定。换句话说,也就是言之所以能圆满地展现志,乃是因为文能圆满地展现言,如果离开了"文以足言"这一前

---

[1] 桓谭《新辑本桓谭新论》(朱谦之校辑),中华书局,2009年,第54页。
[2] 王逸《楚辞章句》卷2,洪兴祖《楚辞补注》,中华书局,1983年,第55页。
[3] 杨伯峻《春秋左传注》,中华书局,1990年,第1106页。

提,那"言以足志"也就无从谈起了。孔子之所以说"言之无文,行而不远",实际上也同样体现了他对一般言语,也即缺乏文采、文饰的言语的否定。(三)富于文采、文饰的言语就是"辞",也正因此,所以孔子才以"文辞"称之。不过需要注意的是这里说的"文辞"与我们上文说的"文言"虽然指的乃同一对象,但是它们的语法结却是大不相同的。比如说"大洋",因为"洋"本身就大,所以才称"大洋"。在"洋"和"大洋"之间,区别并不明显。在"洋"前加一"大",只不过是把"洋"的"大"的特征进一步突出罢了。再如"寒冰""白雪""严冬""黑夜""彩霞"等,也都是这样。它们与"文辞"的语法结构可以说都是相类的。而所谓"文言"就如"大水""彩云"一样,在"水"与"云"本身是并不包含"大"与"彩"的意思的。(四)"辞"是由"言"加工而来的,"言"之所以能变成"辞",承载起更丰富的"意",乃是因为加入了"文"的成分。由于加入了"文"的成分,也即经过了"文饰",具有了"文采",变成了"文言",也即"辞",当然也可以说"文辞",这才使它获得了巨大的传输效力,能够在国与国的外交活动中纵横驰骋,屡建功勋。如上所列,《周易》说"书不尽言","系辞焉以尽其言",又说"圣人之情见乎辞",十分明显这与孔子强调的"文以足言","言之无文,行而不远"和"非文辞不为功,慎辞哉",其基本语意可以说是完全一致的。(五)在先秦时期有关"行人辞令"的理论评价并不多,孔子这里的这段表述实可以说是先秦时期有关"行人辞令"语体特征的纲领性文献。尽管它在具体内容上与《易传》有关"言""意"关系的评述并不完全相同,但是在对"辞"的语体特征的认识上,可以说二家的观点是并没有什么大异的。

盖也正因如此,所以班固《汉书·艺文志》曰:"古者诸侯卿大夫交接邻国,以微言相感。"[1]又,刘知几《史通·叙事》与《言语》也谓:"古者行人出境,以词(辞)令为宗;大夫应对,以言文为主。"[2]"周监二代,郁郁乎文。大夫、行人,尤重词(辞)命,语微婉而多切,言流靡而不淫。若《春秋》载吕相绝秦(成十三),子产献捷(襄二十五),臧孙谏君纳鼎(桓二),魏绛对戮杨干(襄三)是也。""盖枢机之发,荣辱之主,言之不文,行而不远,则知饰词(辞)

---

[1]班固《汉书》卷30,中华书局,1962年,第1755页。
[2]浦起龙《史通通释》卷6,上海古籍出版社,2009年,第161页。

专对,古之所重也。"①春秋战国时期诸侯卿大夫交接邻国对"辞令"的要求
于此可知。由这些要求我们也可再次看出"辞"在先秦的特殊涵义。

为了使问题进一步明确,下面再来看两个具体的以"辞令"擅长的"行
人"的例子。一个是屈原,一个是公孙挥。《左传·襄三十一年》:"子产之
从政也,择能而使之。冯简子能断大事,子大叔美秀而文,公孙挥(字子羽)
能知四国之为,……善为辞令。……郑国将有诸侯之事,子产乃问四国之
为于子羽,且使多为辞令。"②又,《昭元年》:"(楚公子围)将入馆,郑人恶
之,使行人子羽与之言,乃馆于外。既聘,将以众逆。子产患之,使子羽辞
曰:'以敝邑褊小,不足以容从者,请墠听命。'"③又,《论语·宪问》:"子曰:
'为命,裨谌草创之,世叔讨论之,行人(外交官)子羽修饰之。'"④又,《史
记》屈原本传:"屈原者,名平,楚之同姓也。为楚怀王左徒。博闻强志,明
于治乱,娴于辞令。入则与王图议国事,以出号令;出则接遇宾客,应对诸
侯。王甚任之。……屈原既死之后,楚有宋玉、唐勒、景差之徒,……皆祖
屈原之从容辞令,终莫敢直谏。"⑤公孙挥一方面善于"辞令",另一方面又
长于"修饰"。宋玉、唐勒、景差之徒"皆祖屈原之从容辞令",然"终莫敢直
谏"。尽管这些记载都没有直接给"辞令"下定义,但是"修饰""莫敢直谏"
这些字眼,可以说把"辞令"委婉含蓄、言曲旨远,"语微婉而多切,言流靡而
不淫"的文饰特征揭示的都是非常明确的。

三、从语源学、文字学角度析"辞"的涵义

对于"辞"在上古的审美特征,我们还可以从语源学、文字学的角度加
以证实。众所周知,"辞"繁体作"辭"。左旁同"乱(亂)"之左旁,意思同"乱
(亂)",皆有"治理""修饬"之义;右旁为"辛",乃"罪辜"之义。也正因此,所
以《说文·辛部》对它才有"讼也""理辜也"的解释。所谓"讼也",也即对罪

---

① 浦起龙《史通通释》卷6,上海古籍出版社,2009年,第138页。按,"词(辞)令",也可称"词(辞)
命",也可单称为"辞"或"命"。对此学界早有共识。如陈彦辉曰:"'辞令',简称为'辞'""春秋
时也称为命"。"因为'命'与'令'本同一字","因此'辞令'也常常称为'辞命'"。详陈彦辉《春
秋辞令研究》,中华书局,2006年,第2~6页。
② 杨伯峻《春秋左传注》,中华书局,1990年,第1191页。
③ 杨伯峻《春秋左传注》,中华书局,1990年,第1199页。
④ 杨伯峻《论语译注》,中华书局,1980年,第147页。
⑤ 司马迁《史记》卷84,上海古籍出版社,1997年,第1900~1907页。

案的原委以及责任加以整饬梳理,它与"理辜也"的语意是完全相同的。由此以断,"辞"的曲托假借、长于修治的意义原本就是内在于它的本义的,或者说在"辞"的本义中就已有萌芽,乃是由"辞"的本义衍生出来的。

"辞"字本为"理辜"之言,也即"讼辞",这在上古文献中展现的也是很清楚的。如《尚书·周书·吕刑》说:"两造具备,师听五辞,五辞简孚(简核信实),正于五刑。"又云:"非佞折狱(断狱),惟良折狱,罔(莫)非在中,察辞于差(差错)。"又云:"民之乱(治理),罔不中听狱之两辞。"①等等。句中诸"辞"便都是在这个意义上使用的。也正因为"辞"乃诉讼双方互为辩难,互为自己开脱责任之言,所以互相辩解也就成了这类言语的显著特点。朱骏声《说文通训定声·颐部》说:"分争辩讼谓之辞。"徐灏《说文解字注笺·辛部》说:"凡有说以告于人者谓之辞。"《礼记·表记》"故仁者之过易辞也"郑玄注说:"辞,犹解说也。"②应当说对这一点展示的也都是很明白的。在汉语中人们常常在"借口""借辞"或"托辞"的意义上对"辞"加以使用,可以说正是以此为基础的。如《论语·季氏》载孔子之言曰:"君子疾夫舍曰欲之,而必为之辞。"③对于这个"辞"字,孔安国解为"更作他辞"④,杨伯峻解为"藉口"⑤,李泽厚解为"借口"⑥,唐满先解为"托辞"⑦,钱穆解为"另造一套说法"⑧等等,应当说对其涵义把握的都是比较准确的。又,《孟子·公孙丑下》:"古之君子,过则改之;今之君子,过则顺之。……岂徒顺之,又从为之辞。"其中的"辞"字与《论语》的用法也可谓是完全一致的。"借口""借辞",换一个说法也就是假托曲饰,假托曲饰每每又导致委婉含蓄。在先秦典籍如《左传》中,常常有以"某某辞曰:'……'"来表示委婉谢绝的表述形式,可以说也同是在这一意义上使用的。

关于"辞"的曲托假借、长于修饰的语体特征与诉讼"理辜"的关系,有不少学者都曾作过精辟的论析。如俞志慧曰:"诉讼断案时语词运用是否

①孔颖达《尚书正义》卷19,孔颖达等《十三经注疏》,中华书局,1980年,第249～251页。
②朱彬《礼记训纂》卷32,中华书局,1996年,第787页。
③杨伯俊《论语译注》,中华书局,1980年,第172页。
④邢昺《论语注疏》卷16,孔颖达等《十三经注疏》,中华书局,1980年,第2520页。
⑤杨伯峻《论语译注》,中华书局,1980年,第173页。
⑥李泽厚《论语今读》,安徽文艺出版社,1998年,第385页。
⑦唐满先《论语今译》,江西人民出版社,1982年,第171页。
⑧钱穆《论语新解》,巴蜀书社,1985年,第429页。

得体关系极大,喻之为一字千金绝非夸张,在这个意义上,辞自然非修不可。"①又,陈彦辉曰:"无论是'理狱争讼'的'讼辞',还是'有说以告人'的'说辞',它们在最根本的意义上都是'言词',同时,为了增强表达的效果,使自己的'讼词'在争讼时能够占有优势,或者使'说辞'能更好为对方理解、接受,有必要对这些言词进行修饰、文饰,那么,这些经过修饰加工后的'言词'就成为'文词',也就是我们所说的'辞令'之'辞'。"②又,傅道彬也云:"许慎以'讼辞'解释'辞',触及到了关于修辞产生的一个古老理论。古希腊修辞学源于论辩与诉讼,其目的在于说服法庭的法官、议会的元老和教堂的听众。正因为如此,古希腊人热衷于学习修辞学和逻辑学,认为只有掌握了修辞与逻辑的技巧,才能在论辩与诉讼中以理服人,克敌制胜。亚里士多德说:'修辞术的定义可以这样下:一种能够在任何一个问题上找出可能的说服方式的功能。'古希腊修辞理论的产生恰好用来解释《说文》以'讼'训'辞'的缘由,修辞技巧的高下,在诉讼中对争辩的胜负具有举足轻重的意义,因此'讼辞'体现着全面的修辞技巧的运用,成为典范的辞令形式。讼辞的核心有二:一是内容上的以理服人,以理取胜,在理论上立于不败;二是形式上,为了取得论争的胜利,就必须使用多种修辞手段,使'辞'成为美的富有文采的艺术语言。"③等等。所有这些,对于我们正确认识"辞"的涵义显然都是非常有帮助的。

又,《说文·司部》云:"词,意内而言外也。"对此段玉裁解释说:"有是意于内,因有是言于外,谓之辞。""意即意内,词即言外。言意而词见,言词而意见。意者,文字之义也;言者,文字之声也;词者,文字形声之合也。"显而易见,在段氏看来"词"即可以用声音言说、用文字书写的词汇。这一解释虽然与许慎所说的"意内而言外"也可勉强相通,但是让人读来终觉有点不太自然。张惠言说:"传曰:'意内而言外者谓之词。'其缘情造端(端),兴于微言,以相感动,极命风谣里巷男女哀乐,以道贤人君子幽约怨诽不能自言之情,低徊杳眇以喻其致。盖《诗》之比兴,变风之义,骚人之歌,则近之矣。"④虽然张惠言这里讨论的乃是作为一种诗歌体裁的"词",而并不是作

---

① 俞志慧《君子儒与诗教:先秦儒家文学思想考论》。三联书店,2005年,第20页。
② 陈彦辉《春秋辞令研究》,中华书局,2006年,第3页。
③ 傅道彬《诗可以观:礼乐文化与周代诗学精神》,中华书局,2010年,第138页。
④ 张惠言《词选序》,《茗柯文编》二编卷上,上海古籍出版社,1984年,第58页。

为一个文字符号的“词”，但是他既然把“意内言外”等同于“缘情造端（端），兴于微言”，“极命风谣里巷男女哀乐，以道贤人君子幽约怨诽不能自言之情”，等同于“《诗》之比兴，变风之义，骚人之歌”，则显而易见他乃是将“意内言外”当作曲托假借、委婉含蓄来理解的。那么，如何看待张惠言的理解呢？我们认为张氏的解释较之段玉裁是要更为符合“意内言外”，也即“词”的本义的。

　　再进一步说，也即是“辞”与“词”应为古今字关系，“辞”为古字，“词”为今字。《说文·辛部》云：籀文“辞”，右符（即“辛”）作“司”，也可帮助说明这一问题。不过，要完全把这一问题搞清楚，我们还需引入“辤”字——《说文·辛部》：“辤，不受也”——一并讨论。盖在上古造字之初，只有“辞”字而没有“词”和“辤”。由于“辞”由“讼也”“理辜也”加以引申而又有借口、借辞之意，由借口、借辞加以引申而又有假托曲饰、委婉含蓄之意，由假托曲饰、委婉含蓄再加引申，遂又衍生出婉言谢绝、推托不受、告辞、离别等多种含义，这就使得“辞”字因为担负语义过多而出现了有碍交际的问题。盖也正是基于这种情况，所以前人为了减轻“辞”的负担，更有利于语言交际，才不得已又另外造出两个新字，也即“词”和“辤”。用前者分担“辞”的“曲托假借、言近旨远”的意义，《说文·司部》：“词，意内而言外也”，可以证此；用后者分担“辞”的“推托不受”的意义，《说文·辛部》：“辤，不受也”，可以证此。尽管人们由于已经习惯了“辞”字，致使对“辤”的使用并未流行开来，而“辞”与“词”也形成了长期共存的局面，如“辞赋”既可写作“词赋”也可写作“辞赋”，“楚辞”既可写作“楚词”也可写作“楚辞”等等，但是“辞”为古字，“词”与“辤”为今字，这种古今字关系却是客观存在，我们永远也无法改变的。有的学者不了解这一点，而将“辞”与“词”，“辞”与“辤”都看作通假字关系，这样的认识显然是不恰当的。由对“辞”的语义演变以及“辞”与“词”、“辞”与“辤”关系的分析，不难发现：说“辞”在上古乃指一种假托曲饰、言近旨远的特殊语体，这一结论在文字学、语源学上也同样有其依据。

四、如何看待“修辞立诚”的涵蕴

　　为了更好地理解“辞”的涵义，下面我们再来看一个与“辞”相关的重要文论命题：“修辞立其诚”。这一命题，语见《周易·文言传》：“子曰：‘君子进德修业。忠信,所以进德也;修辞立其诚,所以居业也。'"①对此有的学者评论说:虽然"中国最早的修辞意识出现在《诗·大雅·板》第二章的下半章:'辞之辑矣,民之洽矣。辞之怿矣,民之莫矣'",但是"最早将'修辞'二字连用的著作"却"是《易经》"。《易经·文言传》说:"君子进德修业。忠信,所以进德也;修辞立其诚,所以居业也。"这可以说"是中国修辞学最初的萌芽"②,也"是中国传统修辞学的精髓所在"③。"修辞立诚"既然在中国修辞学史上居有如此之高的地位,那前人对它又是如何认识的呢?有关这一点,依据前人对"辞"的看法的不同,我们也可将其分为四类:

(一)以"文教""教令"释"辞",认为修理"文教""教令"要以"诚信""诚实"为基础。如唐李鼎祚《周易集解》引翟玄曰:"修其教令,立其诚信,民敬而从之。"④又,孔颖达曰:"辞谓文教,诚谓诚实也。外则修理文教,内则立其诚实,内外相成,则有功业可居,故云居业也。"⑤等等。

(二)以"言辞"释"辞",认为修饰言辞要发于至诚,切不可胸无真情,徒事华藻。如司马光曰:"君子外修言辞,内推至诚,内外相应,令无不行,事业所以日新也。"⑥又,周策纵曰:"其实'修辞'的意义并不难了解,应是指修饰言辞,辞可以包括口头和书写的文字。孔颖达等人把'辞'说成是'文教',倒不免有'增字解经'的毛病,弄得越不明白。'文教'一词,可作各种解释,如文化教育等等,含义决不与'辞'完全相等。"⑦等等。

(三)认为"辞"虽指"文教""教令",但也包含"言辞"在内。如周振甫云:"'修辞'指修治文教,文教指文化教育,这里也包括文辞在内。因此这里的'修辞'既不同于我们讲的'修辞',它的范围所指更广,但也包括我们所讲的'修辞',所以并不妨碍用它来指修饰文辞。"⑧又,白晓梅曰:"修辞其立诚",即"修饰言辞教令出于真情实感"。⑨等等。虽然周振甫这里也将

---

①孔颖达《周易正义》卷 1,孔颖达等《十三经注疏》,中华书局,1980 年,第 15 页。

②王有芬《从"修辞立其诚"到〈修辞学发凡〉》,《北京第二外国语学院学报》1997 年第 6 期,第 119 页。

③王希杰《修辞学通论》,南京大学出版社,1996 年,第 118 页。

④李道平《周易集解纂疏》卷 1,中华书局,1994 年,第 48 页。

⑤孔颖达《周易正义》卷 1,孔颖达等《十三经注疏》,中华书局,1980 年,第 15~16 页。

⑥司马光《温公易说》卷 1,上海古籍出版社,1989 年,第 7 页。

⑦周策纵《弃园文粹》,上海文艺出版社,1997 年,第 421~422 页。

⑧周振甫《中国修辞学史》,商务印书馆,2004 年,第 25 页。

⑨白晓梅《〈易传〉"修辞立其诚"的文学理论意义》,《福建师范大学学报》1985 年第 1 期,第 64 页。

"辞"解作了"文辞",但是他所说的"文辞"只是指文字言辞,与我们上文所说的具有假托、文饰特征的"文辞"并不是一回事。

(四)以"文饰之语"释"辞",认为"辞"虽为文饰之语,但是在进行具体文饰时,也要做到言之有物,发于真心。如刘向《说苑·反质》曰:"夫诚者一也,一者质也。君子虽有外文,必不离内质矣。"①又,王应麟《困学纪闻》曰:"今之文,古所谓辞也","修其内则为诚,修其外则为巧言"②。又,章学诚《文史通义·说林》《言公中》曰:"不文则不辞"③,然"《易》曰:'修辞立其诚。'……学者有事于文辞,毋论辞之如何,其持之必有其故,而初非徒为文具者。……'《易》奇而法,《诗》正而葩','《易》以道阴阳',《诗》以道性情也。其所以修而为奇与葩者,则固以谓不如是,则不能显阴阳之理与性情之发也。故曰:非求工也。无其实而有其文,即六艺之辞,犹无所取,而况其他哉?"④等等。

将以上四种看法加以比较,不难发现只有最后一种看法与我们上文对于"辞"的分析是相符的。如上所说,"辞"在上古乃指一种曲托假借、言近旨远的文饰之语,将其解为"文教""教令"或者"言辞"显然都是不恰当的。固然"辞"在汉语中也可指称一般的言辞,但是"修辞其立诚"既然见于《周易·文言传》,则我们把它解为"文言""文辞"显然更恰切。有的学者说:"'楚辞''辞命'和'辞令'三者的确均具有假物取类、言曲旨远的特点,但我们却很难推断'修辞立其诚'之'辞'是'一种假物取类、言曲旨远的文饰之语','在上古是一种特殊的语体'这样一个结论。如果把'辞'解释为一种文饰之语或一种特殊的语体,那么'修'又作何解释?又有什么存在的必要呢?我们认为,'辞'可以指称辞命、辞令中的语言文字,但不能指称辞命、辞令本身。"⑤这一看法显然难成立。因为语言称谓乃是一种十分复杂的现象,不能看得太机械、太单一。比如说"裁衣"显然是指裁剪布匹而使成衣,"铸剑"显然是指铸锻钢铁而使成剑,"修路"显然是指修筑土石而使成路。如果说已经是衣了,为何还要裁?已经是剑了,为何还要铸?已经是

路了,为何还要修? 这显然是不合情理的。同理,所谓"修辞"也就是要修饰言语而使成"辞"。"辞"是"修"的目的,也是"修"的结果。认为"辞"若已是"文饰之语",前面就不应再加"修"字,这样的逻辑理路显然太片面了。

那么,《周易·文言传》为何会提出"修辞立其诚"的话呢? 对此我们应将它与孔子的文艺思想结合起来来认识。有不少学者都认为《周易·文言传》乃出自孔子或孔子后学的手笔,这一点目前我们虽然还不能完全确定,但《文言传》的论述与孔子的学说十分接近,这则是毫无疑义的。别的且不说,就那拿对"言"的态度来看,二者的看法就颇为一致。

首先,二者对"立言"都特别重视。《左传·襄二十四年》载叔孙豹之言曰:"大上有立德,其次有立功,其次有立言"①,可是在《论语》中孔子却似把"立言"看得比"立功"更重要。如《论语·宪问》曰:"子曰:'有德者必有言。'"②这其中显然就包含着"有德者不一定有功,但一定要有言"的意思。又,《论语·先进》:"德行:颜渊、闵子骞、冉伯牛、仲弓;言语:宰我、子贡;政事:冉有、季路;文学:子游、子夏。"③显然也把"立言"放在了"政事"也即"立功"的前面。《文言传》也如此。如上所列,《文言传》说:"君子进德修业。忠信,所以进德也;修辞立其诚,所以居业也。"在这里《文言传》将"修辞"作为"居业"的要务而与"进德"并列,这与孔子的"言""德"并重显然是高度一致的。盖在孔子以及《文言传》的作者看来,"言语""政事"和"文学(指文献)"尽管都属"业"的内容,然对"君子"来说,或者说对于"有德者"来说最为重要的还是要"立言"。首先立足"忠信"使仁德日进,然后再依此仁德,发为言语,以此言语化育天下,垂范后世,这才是君子最伟大的事业。至于说"立功",那只能说是能立则立,不能立则已,对于"君子"的一生事业来说,它远不是最重要的。就以孔子为例,他的生前功业固然远不如子产、管仲大,但是在孔子后学或者儒家学者看来,他的伟大却又是子产、管仲远不能比的。总之,随着文化的下移、知识界的觉醒,在先秦文化界应当说从孔子开始就已对"立言"十分重视,把它置于"立功"之前了。也正是以这一文化背景为前提,所以我们认为将"修辞"解释为修治文教、教令是不准确的。《文言传》的"修辞"就如孔子所说的"有德者必有言"之"有言"一样,它

①杨伯峻《春秋左传注》,中华书局 1990 年,第 1088 页。
②杨伯峻《论语译注》,中华书局,1980 年,第 146 页。
③杨伯峻《论语译注》,中华书局,1980 年,第 110 页。

的范围是比较广的,涉及到世界观、人生观等诸多方面,仅仅将它理解为与"立功"关系比较密切的"文教""教令",其范围显然太狭窄了。

其次,二者都十分重视辞采与内容的统一。如上所说,孔子十分重视言语的修饰,如云"文以足言","言之无文,行而不远","非文辞不为功"等等。但是另一方面他也反复强调言语修饰要言之有物、发于真心,不可徒事华藻,华而不实。这在许多相关文献中表现的也是很充分的。如《论语·学而》:"巧言令色,鲜矣仁。"①又,《卫灵公》:"子曰:'巧言乱德。'""子曰:'辞达而已矣。'"②等等。对于"辞达而已矣",有不少学者都这样解释:言词就是为了达意,无需修饰。这是不合乎孔子本意的。因为孔子这里所说的"辞"本来就指文饰之语,正因为它是文饰之语,所以孔子才会强调:辞藻文饰也是为了达意,不能进行过度修饰。《礼记·表记》载孔子之言曰:"情欲信,辞欲巧。"③足见他对真情实感、辞藻文采二者乃是兼重的。认为孔子讲"辞达"就是不要文采,这一看法显然太幼稚。《论语·雍也》说:"质胜文则野,文胜质则史。文质彬彬,然后君子。"④又,《仪礼·聘礼》云:"辞多则史,少则不达,辞苟足以达,义之至也。"⑤又,苏东坡云:"孔子曰:'言之无文,行之不远。'又曰:'辞,达而已矣。'夫言止于达意,即疑若不文,是大不然。求物之妙,如系风捕影,能使是物了然于心者,盖千万人而不一遇也,而况能了然于口与手者乎?是之谓'辞达'。辞至于能达,则文不可胜用矣。"⑥等等。毫无疑问,应当说只有如此理解"辞达",才能说合乎孔子的本意。

那么,"修辞立其诚"这一表述是否也含有辞采与内容并重的意思呢?当然如此。因为如上所言,"辞"在上古本来就指一种曲托假借,言近旨远的文饰语体,《文言传》这里强调对于它的修治必须以人的真实情感为前提,这显然也充分表明《文言传》的作者也早已认识到作为一种特殊语体,"辞"的运用也是为了要更好地表情达意。如果离开了人的真实情感、真实感受而一味地铺陈华藻,卖弄无聊的文字游戏,那"辞"的假托文饰之功也

---

① 杨伯峻《论语译注》,中华书局,1980 年,第 3 页。
② 杨伯峻《论语译注》,中华书局,1980 年,第 167～170 页。
③ 朱彬《礼记训纂》卷 32,中华书局,1996 年,第 799 页。
④ 杨伯峻《论语译注》,中华书局,1980 年,第 61 页。
⑤ 贾公彦《仪礼注疏·聘礼》卷 24,孔颖达等《十三经注疏》,中华书局,1980 年,第 1073 页。
⑥ 苏轼《与谢民师推官书》,《苏轼文集》卷 49,中华书局,1986 年,第 1418 页。

就变得毫无意义。今人郭绍虞曰："孔子云：'辞达而已矣。'辞达之说，解者纷纭，实则此语可与'修辞立其诚'一语互相发明。立其诚者，所达之实。修辞者，达之方。所达欲求其诚，而修辞又所以济其达。一方面立诚，一方面修辞，结果则归之于一'达'。这即是尚文尚用折衷到恰好的地步。"①这一见解无论对我们理解"辞达而已矣"还是"修辞立其诚"，显然都是非常有启发的。

五、"辞"在两汉辞赋中的语义变化

综合以上所述，可以看出作为一种特殊的语体，"辞"在上古主要有三层含义：一是曲托假借，二是长于修饰，三是委婉含蓄。前两者是因，后者是果。尽管在《周易》"卦爻辞""行人辞令"和"楚辞"这三种文体中，曲托假借、长于修饰和委婉含蓄这三个特点表现得并不平衡，但是从总体来看应当说这三种文体对这三个特点都体现出来了。据实而论，对上古先民的语体观念，我们不能估计得太低。《左传·成十四年》引君子之言曰："《春秋》之称，微而显，志而晦，婉而成章，尽而不污。"②又，《孟子·尽心下》也云："言近而指远者，善言也。"③把这些认识与上文《易传》、孔子所作的论述加以对照，不难发现"辞"所以能在先秦广泛流行，先秦的比兴修辞、寓言创作所以那么发达，这显然都不是偶然的。如上所列，有的学者说在春秋时代已有"文学的自觉"，这一表述并不夸张。

不过，另一方面我们也要看到早在先秦时期"辞"的语义就已开始泛化了。在汉语中"语义泛化"的现象十分常见。如"君"本指君主，"公"本指公爵，"兄"本指兄长，可是在生活中它们却都变成了十分流行的社交称谓。"辞"也一样，不过"辞"的泛化情况稍微复杂一些。它既可完全脱去其修辞色彩，泛指所有的言辞，也可仅仅脱去其"委婉含蓄"的修辞色彩，泛指所有的修辞化用语。关于前者，因为比较简单，我们不再多议。关于后者，由于和汉代的重要文体"辞赋"密切相关，所以需要略加辨析。如上所说，无论是在《周易》"卦爻辞""行人辞令"还是"楚辞"中，言近旨远、委婉含蓄都是其重要的语体特征，然而随着时代的发展，或者说随着上古文化巫觋色彩、

---

①郭绍虞《照隅室古典文学论集》，上海古籍出版社，1983年第129页。
②杨伯峻《春秋左传注》，中华书局，1990年，第870页。
③焦循《孟子正义》卷29，中华书局，1987年，第1010页。

贵族色彩的退化,"辞"的这种言近旨远的语体特色也随之衰减。人们在谈到"辞"的时候,关注更多的乃是它的假托、文饰的特征,而对它的婉曲含蓄的特征已经不再那么强调了。

举例来说,譬如汉赋创作,尽管在它里面也的确不乏委婉含蓄的作品,但是较之《周易》"卦爻辞""行人辞令"和"楚辞",它显然不再以委婉含蓄为其主要特色了。可是在汉人对它或者它的作者的评价中,我们却仍然常常遇到许多以"辞"或"文辞"为说的例子。如《史记·司马相如列传》:"相如虽多虚辞滥说,然其要归引之节俭。"①《汉书·刘向传》:"更生以通达能属文辞,与王褒、张子侨等并进对,献赋颂凡数十篇。"②张衡《东京赋》:"相如壮《上林》之观,扬雄骋《羽猎》之辞。"③王充《论衡·案书》:"今尚书郎班固,兰台令杨终、傅毅之徒,虽无篇章,赋颂记奏,文辞斐炳。"④王符《潜夫论·务本》:"今赋颂之徒,苟为饶辩屈蹇之辞,竞陈诬罔无然之事。"⑤等等。如上所言,两汉赋作已经不再像《周易》"卦爻辞""行人辞令"和"楚辞"那样讲求含蓄了,而当时学人却仍然以"辞"或"文辞"来对它加以评论,这充分说明在这个时代"辞"的修辞属性确实已发生很大变化。

为了更进一步说明这个问题,下面我们不妨再看一个更具体的例子。《汉书·东方朔传》:"武帝初即位,征天下举方正贤良文学材力之士,待以不次之位,四方士多上书言得失,自炫鬻者以千数。……朔初来,上书曰:'臣朔少失父母,长养兄嫂。年十三学书,三冬文史足用。十五学击剑。十六学《诗》《书》,诵二十二万言。十九学孙吴兵法,战阵之具,钲鼓之教,亦诵二十二万言。凡臣朔固已诵四十四万言。又常服子路之言。臣朔年二十二,长九尺三寸,目若悬珠,齿若编贝,勇若孟贲,捷若庆忌,廉若鲍叔,信若尾生。若此,可以为天子大臣矣。臣朔昧死再拜以闻。'朔文辞不逊,高自称誉,上伟之,令待诏公车。"⑥从东方朔这段"高自称誉"的话语看,可以说除了淋漓尽致的自我夸耀外,是没有丝毫含蓄之蕴的,可是班固在这里却仍以"文辞"相称。这再次说明在两汉时期"委婉含蓄"已不再是"辞"的

---

① 司马迁《史记》卷 117,上海古籍出版社,1997 年,第 2318 页。
② 班固《汉书》卷 36,中华书局,1962 年,第 1928 页。
③ 费振刚等《全汉赋》,北京大学出版社,1993 年,第 446 页。
④ 黄晖《论衡校释》卷 29,中华书局,1990 年,第 1174 页。
⑤ 汪继培、彭铎《潜夫论笺校正》卷 1,中华书局,1985 年,第 19 页。
⑥ 班固《汉书》卷 65,中华书局,1962 年,第 2841~2842 页。

主要特征了。

那么,两汉赋作不再以"委婉含蓄"为其主要特征,它们是否仍有曲托假借、长于文饰的特点呢?在直接回答这个问题之前,我们不妨先来看看前人对于两汉赋作语体特征的评论。如司马相如曰:"合纂组以成文,列锦绣而为质,一经一纬,一宫一商,此赋之迹也。"①左思《三都赋序》曰:"相如赋《上林》,而引'庐桔夏熟';扬雄赋《甘泉》,而陈'玉树青葱';班固赋《西都》,而叹'以出比目';张衡赋《西京》,而述'以游海若'。假称珍怪,以为润色。若斯之类,匪啻于兹。考之果木,则生非其壤;校之神物,则出非其所。于辞则易为藻饰;于义则虚而无征。"②刘勰《文心雕龙·夸饰》曰:"自宋玉、景差,夸饰始盛。相如凭风,诡滥愈甚。故上林之馆,奔星与宛虹入轩;从禽之盛,飞廉与鹪鹩同获。及扬雄《甘泉》,酌其余波。语瑰奇则假珍于玉树;言峻极,则颠坠于鬼神。至东京之比目,西京之海若,验理则理无不验,穷饰则饰尤未穷矣!"顾炎武《日知录》曰:"古人为赋,多假设之辞,序述往事,以为点缀,不必一一附同也。子虚、亡是公、乌有先生之文,已肇始于相如矣。后之作者,实祖此意。"③等等。借助前人的这些论说,不难发现"委婉含蓄"尽管已不再是两汉赋作的主要特色,但是其曲托假借、长于文饰的修辞特征表现的仍是很突出的,甚至比先秦的《周易》"卦爻辞""行人辞令"和"楚辞"还要突出④。盖也正是由于这一原因,所以如上所述,时人才每每仍称它的行文为"辞"或"文辞",并将"辞"与"赋"结合起来,使"辞赋"得以和"赋"一道,也同样成为了所有楚辞创作和汉赋创作的通名。

由于"辞"在两汉的这一语义变化,所以从两汉开始"辞"就成了所有修辞性话语的总名。它并不排斥委婉含蓄,但却并不以委婉含蓄为其不可缺少的特征。哪怕某一修辞性话语没有任何含蓄性可言,人们也依然会把它作为"辞"或"文辞"看待。后世学者在谈到"辞"时,一般也都是从这一角度讲的。如唐人韩愈云:"人声之精者为言,文辞之于言,又其精也。"⑤宋代

---

① 葛洪《西京杂记》卷 2,中华书局,1985 年,第 12 页。
② 严可均《全晋文》卷 74,《全上古三代秦汉三国六朝文》,中华书局,1958 年,第 1882 页。
③ 黄汝成《日知录集释(外七种)》卷 19,上海古籍出版社,1985 年,第 1483~1484 页。
④ 按,枚乘《七发》云:"于是使博辩之士,原本山川,极命草木;比物属事,离辞连类。"枚乘是两汉大赋的重要作家之一,这段文字虽云"博辩之士",然实际上我们也可完全将之视为两汉大赋作家的夫子自道。详费振刚《全汉赋》,北京大学出版社,1993 年,第 18 页。
⑤ 韩愈《送孟东野序》,肖占鹏《隋唐五代文艺理论汇编评注》,南开大学出版社,2015 年,第 747 页。

司马光云："古之所谓'文'者,乃所谓礼乐之文,升降进退之容,弦歌雅颂之声,非今之所谓'文'也。""今之所谓文者,古之辞也。"①尽管司马光的说法不够严密,"文"在先秦也有"文采""文饰"的意义,但是彼此对照,仍不难看出他在"辞"的涵义的理解上,可以说与韩愈实是高度一致的。再明确说,也即是他与韩愈所说的"辞"都是就一般的或者说最广义的修辞性话语讲的。是否具有委婉含蓄的特征,显然已不是他们所说的"辞"的必要条件。

六、余论

综合以上所述,不难看出在先秦两汉时期,"辞"字除了指一般的言辞外,还有一个十分特殊的用法,那就是常常用以指一种曲托假借、注重修辞的文饰之语。以屈原的《离骚》、宋玉的《九辩》为代表的楚辞创作,之所以能够与《诗》相对而成一种新的诗体,其中一个十分重要的原因就在于它引"辞"入诗,以"辞"为诗,大大促进了"诗"的辞化,丰富了诗歌的艺术表现技巧。它充分体现了文人士大夫作为一支潜在的生力军,在逐步走上诗歌舞台,成为诗歌创作的主力军之后,面对诗、乐的分离,为了提高诗歌创作自身的表现力,满足其述情言志的需要,在诗歌的语言修辞艺术上所付的巨大努力。再进一步说,也即是上古先民对于"诗言志"观念的建构,并不仅仅局限在"志"字上,同时也体现在"言"字上。通过楚辞对"诗"的辞化,我们完全可以推知在屈原、宋玉等楚辞作家心里,确实已经有了自觉的语言意识。如何借助必要的修辞而使自己的心志得到充分的表达,这对屈原、宋玉来说早已成为一个无需争辩的原则,只不过由于我国先民理论意识的缺乏,使他们还没有用明确的语言把它表达出来罢了。如上所引,孔子说:"志有之:'言以足志,文以足言。'不言,谁知其志?言之无文,行而不远。……慎辞哉!"由此而断,则实际上早在孔子之时,甚至早在孔子之前,人们对于语言文饰、修辞艺术与人的内在心志的有效表达二者之间的密切关系,就已有相当清楚的认识了。虽然说在两汉辞赋中,"辞"的修辞属性已发生变化,但是它只是脱去了"委婉含蓄"的义素,作为一种文饰用语,其最基本的修辞特征依然得到了完全的保留。

不过,正如许多学者所说,事物总是一分为二的,语言修辞一方面固然

①司马光《答孔文仲司户书》,陶秋英《宋金元文论选》,人民文学出版社,1984 年,第 122 页。

可以使人的心志得到更有效的表达,而另一方面如果过分讲究修辞,唯"辞"是尚,它也同样可以使人的内在心志的表达受到遮蔽。《周易·文言传》之所以提出"修辞立诚"的主张,强调"辞"的运用应当立足于人的真实情志、真实感受,而不应一味地铺陈华藻,卖弄文字,可以说正是以这一认识为基础的。

总之,"辞"在上古有特殊的涵蕴,对此我们必须有清楚的认识。如果体察不到作为一种特殊的语体,"辞"的曲托假借、长于文饰的特征,那无论是对于楚辞的引"辞"入诗,以"辞"为诗,还是我国古人对于"言""志"关系的探索,我们的理解将都是不到位的。如果再联系到唐宋之后的词体之争,把词的创作与词体定位也考虑进来,那我们有关"辞(词)"的探索,其意义也就更大了。

第二节　说"赋"

在中国古典文学里,"赋"字主要有三种用法:一为"赋比兴"之"赋",指一种表现手法,与"比兴"相对;一为"赋诗"之"赋",指一种吟读方法或用这种吟读方法吟读的诗,与"歌"相对;一为"辞赋"之"赋",指一种新的诗体或文体,与《诗》三百相对。但是不管哪种情况,前人对它们的认识都很不统一。之所以出现这样的局面,其主要原因不外有二:一是没弄清"赋"的本义,不了解三种用法的原始关联,对它们何以皆名为"赋"的原因理解不准确。二是未理清"辞"与"赋"的关系,对"辞赋"之"赋"的语体渊源、审美追求认识不透彻,看不到它与"诗言志"观念的密切联系,以及它对"诗言志"观念建构的意义。由于在以上两个方面都存在着不足,对"赋"的三种用法无法达成共识,这自然也就成了无可避免的事。

一、不假于外曰赋

要对"赋"在古典文学中的三种用法有一个真切的把握,我们必须首先对它的本义有一个清醒的认识。《说文·贝部》:"赋,敛也。从贝武声。"我们一般都将"敛"视为"赋"的本义,其实这一认识是很不周延的。

《尚书·禹贡》:"厥赋惟上上错。"传曰:"赋谓土地所生以供天子。"①那么,"土地所生"是什么意思呢?《周礼·地官·大司徒》:"以令地贡,以敛财赋。"郑玄注曰:"地贡,贡地所生。"②又,《夏官·职方氏》:"制其贡,各以其所有。"郑玄注曰:"国之地物所有。"贾公彦疏云:"皆市取当国所有,以贡于王。"③又,《秋官·小行人》:"令诸侯春入贡。"贾公彦疏云:"其所贡之物,并诸侯之国出。"④又,《说文·贝部》:"贡,献功也。"段玉裁注:"按《太宰》:'以九贡致邦国之用。'凡其所贡,皆民所有事也,故《职方氏》曰:'制其贡,各以其所有。'"⑤

由以上所列不难看出《说文》对于"赋"的诠解确实太简单了,因为"赋"字除了"敛"的意义外,也即除了"使入贡""使进贡"的意义外,还有一个十分重要的意义,那就是"贡地所生",贡本土之所有,《说文》显然把这层意思遗失掉了。所谓"贡地所生",也就是只贡献本地所生产的东西,本地所不产的东西并不在入贡之列。譬如产大米者贡大米,产茶叶者贡茶叶,产布帛者贡布帛,产盐铁者贡盐铁等。《周礼·夏官·职方氏》说"制其贡,各以其所有",可以说把当时的赋敛原则、赋敛思想表述的是非常明白的。

又,《周礼·地官·小司徒》:"以任地事,而令贡赋。"郑玄注曰:"赋,谓出车徒给徭役也。"⑥又,《国语·鲁语下·季武子为三军》:"帅赋以从诸侯。"韦昭注曰:"赋,国中出兵车、甲士,以从大国诸侯也。"⑦又,《论语·公冶长》:"千乘之国,可使治其赋。"孔安国注曰:"赋,兵赋。"⑧等等。虽然以上这些解释,初看起来与我们上文所说的"贡地所生"相矛盾,但实际上所谓"车徒""兵车""甲士"和"兵赋"云云,也同样存在着一个国之所有、民之所能的问题。如果超出了国与民的能力所限,也同样会被认为是有违于赋敛的基本原则的。

可见,"赋"的一个十分重要的意义就是敛其所有、贡其所有,不假于

---

① 孔颖达《尚书正义》卷6,孔颖达等《十三经注疏》,中华书局,1980年,第146页。
② 贾公彦《周礼注疏》卷10,孔颖达等《十三经注疏》,中华书局,1980年,第704页。
③ 贾公彦《周礼注疏》卷33,孔颖达等《十三经注疏》,中华书局,1980年,第864页。
④ 贾公彦《周礼注疏》卷37,孔颖达等《十三经注疏》,中华书局,1980年,第893页。
⑤ 段玉裁《说文解字注》,浙江古籍出版社,1998年,第280页。
⑥ 贾公彦《周礼注疏》卷11,孔颖达等《十三经注疏》,中华书局,1980年,第711—712页。
⑦ 徐元诰《国语集解》,中华书局,2002年,第182页。
⑧ 刘宝楠《论语正义》卷6,中华书局,1990年,第172页。

外。如果仅仅将之理解为"敛取""贡献",相对于"赋"的本义来讲显然不全面。从我们现在所能见到的文献中的"赋"的意义看,它们有的是由"敛取""贡献"引申出来的,如"给予""颁布"。《说文·贝部》"赋"字段玉裁注说:"敛之曰赋,班之亦曰赋,经传中凡言以物班布与人曰赋。"[①]可以说将其中的引申、被引申关系讲的是非常清楚的。"赋"字作"给予"或"赋予"讲,在汉语中十分常见,因此我们这里不再举例。"赋"字作"颁布"讲,如《诗·大雅·烝民》:"天子是若,明命使赋。""赋政于外,四方爰发。"朱熹注曰:"赋,布也。"[②]就是一个典型例子。除了"给予""颁布"之意外,应当说"赋"的所有其他意义都是由它的"敛其所有,贡其所有,不假于外"的义素衍生的。举例来说,如"禀赋"之"赋",就是指先天所有,与生俱来,不假于外的品性,并非是后天努力获得的。再如"赋比兴"之"赋","赋诗"之"赋","辞赋"之"赋",也同样都是由此义素引出的。由于对这些义项,下文我们还要专门讨论,所以这里就不再赘述了。

总之,"赋"字从造字之初就有"不假于外"的意义,"不假于外"也是"赋"字先天固有的要义之一,它也是内在于"赋"的本义的。既是如此,则显而易见如果不把这一点完全弄清楚,要想对"赋"的所有用法都有一个正确的理解,这显然是不可能的。明白于此,则长期以来学术界之所以总在"赋比兴""赋诗""辞赋"之"赋"的解释上争论不休,也就毫不足怪了。

二、不假外物曰赋

下面首先来看"赋比兴"之"赋"的涵义。总览前人对它的看法,主要可以划分为以下六类:(一)以直言兼铺陈释"赋"。如郑玄云:"赋之言铺,直铺陈今之政教善恶。"[③]

(二)以铺布、铺陈或铺张释"赋"。如《释名·释典艺》:"敷(铺)布其义谓之赋。"[④]又,挚虞云:"赋者,敷(铺)陈之称也。"[⑤]又,刘师培云:"'赋'训

---

① 段玉裁《说文解字注》,浙江古籍出版社,1998年,第282页。
② 朱熹《诗集传》卷18,上海古籍出版社,1980年,第214页。
③ 贾公彦《周礼注疏》卷23,孔颖达等《十三经注疏》,中华书局,1980年,第796页。
④ 刘熙《释名》卷6,中华书局,1985年,第100页。
⑤ 挚虞《文章流别论》,严可均《全晋文》卷77,《全上古三代秦汉三国六朝文》,中华书局,1958年,第1905页。

为'铺',义取铺张。"①

（三）以直言兼譬喻释"赋"。如钟嵘云："直书其事,寓言写物,赋也。"②又,贾公彦云："凡言赋者,直陈君之善恶,更假外物为喻,故云铺陈者也。"③尽管"寓言写物"与"假外物为喻"其涵义并不完全相同,但是大而言之它们都应该属于譬喻,这则是毫无疑义的。

（四）以直言而不譬喻释"赋"。如孔颖达云："《诗》文直陈其事,不譬喻者,皆赋辞也。"④又,万光治曰："'诗六义'中的赋,是指不待比兴、直抒其情、直陈其事的表现手法。"⑤

（五）以叙物言情释"赋"。如李仲蒙云："叙物以言情谓之赋,情物尽者也。"⑥

（六）以平铺直叙释"赋"。如部分现代学者说："（赋）即诗人把思想感情及其有关的事物平铺直叙地表达出来。"⑦

结合上文我们对"赋"字本义的探讨,并与以上六种看法加以对照,不难看出：（一）在以上六种看法中应以孔颖达、万光治的看法最为完善。所以这样说,原因有二：其一,"赋比兴"三者应是相对而言的,"赋"的涵义应与"比兴"相对。正如上文第三章所说,"比"与"兴"虽有"取象""取义"之别,但大而言之它们都应是譬喻。孔颖达说："郑司农云'比者,比方于物',诸言'如'者皆比辞也。司农又云'兴者,托事于物',则兴者,起也,取譬引类,起发己心,《诗》之诸举草木鸟兽以见意者,皆兴辞也。"⑧足见他也同是将"比""兴"皆作譬喻看的。"赋"的涵义既与"比兴"相对,则显然把那些"直陈其事,不譬喻者",皆视为"赋辞",自是理所当然的。其二,"直陈其事"而"不譬喻",换一个说法也就是不假外物。上文我们说在"赋"的本义中,有一个十分重要的义素就是"不假于外",依此而断孔颖达的看法也是于义最优的。当然,我们这里所说的"不假外物",主要是说不假比兴,不用

①刘师培《中国中古文学史　论文杂记》,人民文学出版社,1959年,第137页。
②钟嵘《诗品序》,曹旭《诗品笺注》,人民文学出版社,2009年,第25页。
③贾公彦《周礼注疏》卷23,孔颖达等《十三经注疏》,中华书局,1980年,第796页。
④孔颖达《毛诗正义》卷1,孔颖达等《十三经注疏》,中华书局,1980年,第271页。
⑤万光治《汉赋通论》,中国社会科学出版社、华龄出版社,2004年,第36页。
⑥胡寅《致李叔易》引,《斐然集》卷18,中华书局,1993年,第386页。
⑦袁行霈《中国文学史》第1卷,高等教育出版社,2005年,第61页。
⑧孔颖达《毛诗正义》卷1,孔颖达等《十三经注疏》,中华书局,1980年,第271页。

譬喻,并不是说不能有景物描写,不能用侧面烘托。不假比兴,不用譬喻与对表现对象进行景物渲染,侧面铺垫,这二者之间是并不矛盾的。

(二)"直陈其事"不仅可以表现为"平铺直叙",而且也可以表现为"直言兼铺陈"。总之,只要是不假外物,我们都可以将其作"赋辞"看。尤其是在上古时期,先民们的语言表达能力有限,不用比兴而直书其事,表达效果也即艺术感染力自会受到限制。若想加强诗歌语言的表现力,铺陈排比在所难免。不要说《诗经》中《大雅·生民》《豳风·七月》这些有名的叙事作品,即如《关雎》《蒹葭》这些抒情短章,里面又何尝不充满铺陈? 如"窈窕淑女,寤寐求之","窈窕淑女,琴瑟友之","窈窕淑女,钟鼓乐之";"求之不得,寤寐思服。悠哉悠哉,辗转反侧"[①];"所谓伊人,在水一方","所谓伊人,在水之湄";"溯洄从之,道阻且长。溯游从之,宛在水中央。"[②]等等。《关雎》《蒹葭》之中这些回环往复、一唱三叹、生动形象的描写,可以说无一不和"铺排夸张"紧密相联。反复铺陈以渲染气氛,也同样是许多优秀作品所以能享誉后世的重要原因。也正鉴此,所以我们认为尽管把"赋"视为"平铺直叙"或"直言兼铺陈"都不全面,因为它们都只代表了"直陈其事",也即不假外物的一个方面,但是相对于"赋"在文学创作中的表现型态而言,"直言兼铺陈"的解释显然是要更为符合"赋"的运用实际的。至于说把"赋"解为"铺布""铺陈"或"铺张",表面看来好像与"直言兼铺陈"差别并不大,但是由于它们去掉了"直言"二字的限制,实际上已经等于改变了"赋"的性质,篡改了"赋"的本质,所以这些说法即是较之"平铺直叙"的解释,其准确性也是要相差很远的。以"叙物以言情"释"赋",也有此弊。

(三)在前人所作的种种解释中,当以"直言兼譬喻"的说法最无道理。不过,对钟嵘的"直书其事,寓言写物"与贾公彦的"直陈君之善恶,更假外物为喻",我们应区别对待。因为钟嵘这句话所在的全文是:"文已尽而意有馀,兴也;因物喻志,比也;直书其事,寓言写物,赋也。"依其逻辑,"寓言写物"显然应放在"文已尽而意有余"前。汉人郑众以"托事于物"释"兴","托事于物"与"寓言写物"语意相近,据此也可知今本《诗品》是有误的。古籍之中文字倒置时有发生,对此我们无需多虑。有的学者不了解这一点,遂以钟嵘

---

①朱熹《诗集传》卷1,上海古籍出版社,1980年,第2页。
②朱熹《诗集传》卷6,上海古籍出版社,1980年,第76页。

"直书其事,寓言写物"为据,认为文学之中也有"赋兼比兴"的现象,并谓这是"以言内之实事,写言外之重旨"①。这一看法显然也是有失斟酌的。

下面再看贾公彦的解释。贾公彦的解释由于在"直陈君之善恶"和"假外物为喻"之间加了一个"更"字,所以可以肯定他把"譬喻"视为"赋辞"显然不是误书。那么,为何会出现这种情况呢?大概他也和不少学者一样,也把"比"看作了我们今天所说的言在于此而意在于彼的"托物言志",而并未将"手如柔荑,肤如凝脂,领如蝤蛴,齿如瓠犀,螓首蛾眉"(《诗经·卫风·硕人》)②这类常见的比喻当作"比辞",反而将其作"赋"看待。举例来说,譬如朱熹,他一方面说"赋者,敷(铺)陈其事而直言之者也"③,好像与郑玄所说的"直铺陈今之政教善恶"完全同意,可是另一方面他又在"手如柔荑,肤如凝脂"等等之下注释说:"赋也"④,足见他对"赋"的认识与贾公彦是颇为相类的。又,今人池昌海说:"比"乃指"诗的实际意旨并不在字面上,而是通过比类关系连类他物他意,与单纯的修辞格比喻有很大不同"⑤。可以说将这层意思讲的也是很明白的。

那么,这一看法究竟对不对呢?我们的答案当然是否定的。正如我们第三章所说,郑众将"比"释为"比方于物",孔颖达更明确指出"诸言'如'者皆比辞"⑥,刘勰在《文心雕龙·比兴》中对"比"的解释也同样列举了大量的带有"如"的例子,如"麻衣如雪""两骖如舞"等⑦,说"赋比兴"之"比""与单纯的修辞格比喻有很大不同",这样的认识不管怎样也是很难让人接受的。

(四)"赋辞"虽然常常表现为铺陈,但"赋"字本身并无"铺陈"之义。这和"华人"主要都是"汉族人",但"汉族人"并不等于"华人"很有一些类似。不错,如上所列,"赋"在有的时候确实可以作"布"讲,如《诗经·大雅·烝

---

① 刘熙载《艺概·赋概》卷3,上海古籍出版社,1978年,第97页。

② 朱熹《诗集传》卷3,上海古籍出版社,1980年,第36页。

③ 朱熹《诗集传》卷1,上海古籍出版社,1980年,第3页。

④ 朱熹《诗集传》卷3,上海古籍出版社,1980年,第36页。按,郑玄给"比"所下的定义是:"比,见今之失,不敢斥言,取比类以言之。"初看起来好像也是将"比"视为"托物言志",但是由于在他对《诗经》的解释中,我们并没有见到他认为"某某是比""某某是赋"的例子,所以我们并不能断定他对"赋"的看法与贾公彦、朱熹也是相同的。详贾公彦《周礼注疏》卷23,孔颖达等《十三经注疏》,中华书局,1980年,第796页。

⑤ 池昌海《先秦儒家修辞要论》,中华书局,2012年,第184页。

⑥ 孔颖达《毛诗正义》卷1,孔颖达等《十三经注疏》,中华书局,1980年,第271页。

⑦ 范文澜《文心雕龙注》卷8,人民文学出版社,1958年,第601～602页。

民》："天子是若，明命使赋。""赋政于外，四方爰发。"朱熹注曰："赋，布也。"但是这个"布"并不是"敷（铺）布"而是"班（颁）布"。如上所引，段玉裁说："经传中凡言以物班布与人曰赋"，应当说把这一点交代的是很清楚的。"班（颁）布"所指代的是以物予人，从它里面引申不出"敷（铺）布""敷（铺）陈"的意思，所以如上所列，凡是认为"赋之言铺""赋训为铺"的观点都是不正确的。我们上文之所以对一些"铺陈"之说进行了部分肯定，这主要乃是从其表现形式考虑的，而并不是从其基本语义考虑的。

　　有关这一点，我们也可从两个方面加以说明。其一，"赋比兴"之"赋"作为一种表现手法常常表现为"铺陈"，"辞赋"之"赋"作为一种文体更以"铺陈"为其最基本的特征。有不少学者在面对它们时往往只看到它们长于"铺陈"的表象，而对其所以"铺陈"的原因却并不加深究（对于前者由于上文已说，对于后者由于下文将说，因此这里都不赘语），在这种情况下得出望"文"生义的结论自然是难免的。其二，古人在解释字词时每每喜欢根据同音随意附会。如《释名·释典艺》说："书，庶也，纪庶物也。""画，挂也，以五色挂物上也。"又，《说文·示部》："礼，履也，以事神致福也。"又，董仲舒《春秋繁露·仁义法》："义（義）之为言我也。"[1]又，《后汉书·方术列传》载樊英语曰："妻，齐也。"[2]等等。这样的解释风格实如牟宗三先生所说乃是在"凑字"[3]。这一现象在前人对"赋"的解释上表现得也很突出。除了以上所列者外，另外又如曹丕《答卞兰教》："赋者，言事类之所附也。"[4]《小尔雅·广诂》："颂、赋、铺、敷，布也。"等等。像这些解释，显然也都是很牵强的。尤其是后者，"颂"与"赋"作"布"讲乃是"班（颁）布"之意，"铺"与"敷"作"布"讲乃是"敷（铺）布"之意，它们之间是有很大不同的，而《小尔雅》的作者竟将它们一股脑地搜集到一块，而解之曰"布也"，这样的解字方法显然是很难让人认同的[5]。

---

[1] 苏舆《春秋繁露义证》卷8，中华书局，1992年，第249页。

[2] 范晔《后汉书》卷82，中华书局，1965年，第2724页。

[3] 牟宗三《从陆象山到刘蕺山》，上海古籍出版社，2001年，第156页。

[4] 陈寿《三国志·魏书·后妃传》卷5裴松之注引《魏略》，中华书局，1982年，第158页。

[5] 按，当今学者马积高云："古时贡赋必陈之于廷，赋、敷、布、铺古同声，韵部亦同，故赋又有铺陈之意。"这一解释虽然在作声训的同时，也提出了新的证据，但是所谓"古时贡赋必陈之于廷"云云实属马先生的猜测之词。由于在文献中并无根据，因此也是不足为证的。详马积高《历代辞赋研究史料概述》，中华书局，2001年，第2页。

三、不歌而诵曰赋

下面再看"赋诗"之"赋"。这里说的"赋诗"并不是指作诗,也即我们通常所说的诗歌创作,而是指流行于春秋时代的一种特殊的诗歌吟咏方式。《汉书·艺文志》说:"传曰:'不歌而诵谓之赋,登高能赋可以为大夫。'言感物造耑(端),材知深美,可与图事,故可以为列大夫也。古者诸侯卿大夫交接邻国,以微言相感,当揖让之时,必称诗以谕其志,盖以别贤不肖而观盛衰焉。故孔子曰:'不学《诗》,无以言'也。"①春秋赋诗,在《左传》《国语》等先秦旧典中都有很多记载。这种通过赋诗表达志意以实现"交接"的交际方式在春秋之世可以说是非常流行的。《艺文志》称:"传曰:'不歌而诵谓之赋。'"可见,在春秋赋诗这类活动中,"赋"字实指一种吟咏方式,它与我们今天所说的意指文学创作的"赋诗"之"赋"在语义上是大不相同的。

"赋"字指的是一种吟咏方式,这一点确乎毫无疑义,但到底指的是怎样的方式,古代文献却并无明确记载。因此我们只有对"诵"的含义加以分析,才能确切地推知"赋"的含义。首先"诵"与"歌"是不同的。《汉书·艺文志》:"诵其言谓之诗,咏其声谓之歌。"②足见二者乃是两种互不相同的吟歌方式:"歌"是歌唱的,"诵"是吟诵的。一是唱,一是吟。又,《左传·襄公十四年》:"公使歌之,遂诵之。""公",指卫献公。卫献公使乐官师曹"歌《巧言》之卒章",用以讽刺孙蒯,而师曹"诵之",使讽刺之意更加明显,结果致使卫国还因此遭受了一场内乱③。由这一用例也可进一步看出"歌"与"诵"二者之间确实是有着明显差别的。其次"诵"与"歌"也有相通的一面,它也讲究一定的腔调节奏。这一点文献中体现的也很清楚。如《周礼·春官·大司乐》:"以乐语教国子兴道讽诵言语。"郑玄注:"倍(背)文曰讽,以声节之曰诵。"贾公彦疏:"云'倍(背)文曰讽'者,谓不开读之。云'以声节之曰诵'者,此亦皆背文,但讽是直言之,无吟咏,诵则非直(只)背文,又为吟咏,以声节之为异。"④又,同书《春官·瞽蒙》:"讽诵诗,世奠系,鼓琴瑟。"郑玄注:"'讽诵诗'谓暗读之,不依咏(不依歌咏)也。……虽不歌,犹

①班固《汉书》卷30,中华书局,1962年,第1755~1756页。
②班固《汉书》卷30,中华书局,1962年,第1708页。
③杨伯峻《春秋左传注》,中华书局,1990年,第1011页。
④贾公彦《周礼注疏》卷22,孔颖达等《十三经注疏》,中华书局,1980年,第787页。

琴瑟以播其音美之。"贾公彦疏:"按上注云'倍(背)文曰讽,以声节之曰诵',别释之。此总云'暗读之,不依咏'者,语异义同,'背文'与'以声节之'皆是'暗读之'。""虽不歌咏,犹鼓琴瑟而合之,以美之也。"①在这里所谓"倍文""背文""不开读"和"暗读"显然都应是指不打开文本照着念的意思。综合郑、贾二人所作的阐述,不难察知尽管"诵诗"不同于歌唱,但是它也有一定的声调节奏,并且还可配以琴瑟②,这与我们今天所说的"背诵"显然是不同的。换句话说,也就是它与"歌"二者之间还是有一定的相通性的。盖也正因如此,所以在文献中有时二者也是可以换词为义的。如《汉书·朱买臣传》:"朱买臣字翁子,吴人也。家贫,好读书;不治产业,常艾薪樵,卖以给食,担束薪,行且诵书。其妻亦负戴相随,数止买臣毋歌呕(讴)道中,买臣愈益疾歌,妻羞之,求去。"③等等。

　　弄清了"诵"的内在含蕴,下面再看"赋"的涵义。上文说:"不歌而诵谓之赋。"足见"赋""诵"二者是同义的。然《国语·周语上》曰:"故天子听政,使公卿至于列士献诗,瞽献曲,史献书,师箴,瞍赋,蒙诵"④,"瞍赋""蒙诵"并列为文,"赋""诵"在语意上显然又当是有别的。

　　又,从《左传》所载春秋时代的赋诗情况看,有一种现象特别值得重视。具体说,也就是在《左传》中涉及到行人士大夫"赋诗言志"的记载,不仅言"歌"言"诵"者数量极少,而且还基本都是由乐工代劳的。除了以上所举的卫献公使乐工师曹"歌之",而师曹"诵之"的例子外,另外言"歌"言"诵"者还有3例,分别见《襄四年》:"穆叔如晋,报知武子之聘也,晋侯享之。金奏《肆夏》之三,不拜。工歌《文王》之三,又不拜。歌《鹿鸣》之三,三拜。"⑤《襄十六年》:"晋侯与诸侯宴于温,使诸大夫舞,曰:'歌诗必类。'齐高厚之诗不类。荀偃怒,且曰:'诸侯有异志矣。'"⑥《襄二十八年》:"叔孙穆子食庆封,庆封泛祭。穆子不说,使工为之诵《茅鸱》,亦不知。"⑦在以上三个例

---

① 贾公彦《周礼注疏》卷23,孔颖达等《十三经注疏》,中华书局,1980年,第797页。
② 按,朱自清云:"'诵',无弦乐相配,似乎只有节奏——也许是配鼓罢。"这一看法显然不准确。详《诗言志辨》,华东师范大学出版社,1996年,第19页。
③ 班固《汉书》卷64,中华书局,1962年,第2791页。
④ 徐元诰《国语集解》,中华书局,2002年,第11页。
⑤ 杨伯峻《春秋左传注》,中华书局,1990年,第932页。
⑥ 杨伯峻《春秋左传注》,中华书局,1990年,第1026～1027页。
⑦ 杨伯峻《春秋左传注》,中华书局,1990年,第1149页。

子中,《襄四年》《襄二十八年》显然都是由乐工代劳的,《襄十六年》虽为诸大夫自为,但是由于与"舞"相伴,是且歌且舞,这也足以说明其艺术要求是比较高的。又,在《左传》中言及乐工"歌诗"的还有1例,见《襄二十九年》:"吴公子季札来聘,……请观于周乐。使工为之歌《周南》、《召南》……"①尽管这次"歌诗"并不具"言志"因素,但它也同样可证"歌诗"的艺术要求比较高,并非人人都能胜任。既然言"歌"言"诵"者基本都是由乐工代劳,而凡言"赋"者无一例外皆为行人士大夫(当然也包括国君)所自为,则显而易见"诵"与"赋"虽然语意相通,但是在音声腔调等艺术要求上则必是有所区别的。

又,在文献中还有这样一些记载,通过它们我们甚至还可进而看出"诵"的工作本来就是乐工的重要任务之一。如《国语·晋语六》说:"王者政德既成,又听于民,于是乎使工诵谏于朝,在列者献诗。"②又,同书《楚语上》说:"居寝有亵御之箴,临事有瞽史之导,宴居有师工之诵。"③又,《左传·襄十四年》载:"自王以下各有父兄子弟以补察其政。史为书,瞽为诗,工诵箴谏,大夫规诲。"④又,《吕氏春秋·审应览·重言》云:"天子无戏言。天子言,则史书之,工诵之,士称之。"⑤等等。综合以上这些例子,不难推知作为乐工的一项重要专业工作,说"诵"的表演需要更多的专业技巧,这显然没有疑义。又,《汉书·王褒传》曰:"宣帝时修武帝故事,讲论六艺群书,博尽奇异之好,征能为《楚辞》九江被公,召见诵读。益召高材刘向、张子侨、华龙、柳褒等待诏金马门。"⑥虽然由于历史文献的缺失,九江被公究竟是否擅长音乐,我们已难推知,但是由这一记载我们也可看出"诵"是一项专业性很强的工作,它并不是随便哪个人都能操持的。

又,在文献中"诵"与"弦""歌""舞"常常相连为文,这也同样可证"诵"的艺术色彩是更浓厚的。举例来说,如《墨子·公孟》:"诵《诗》三百,弦《诗》三百,歌《诗》三百,舞《诗》三百。"⑦又,《诗经·郑风·子衿》"子宁不

①杨伯峻《春秋左传注》,中华书局,1990年,第116页。
②徐元诰《国语集解》,中华书局,2002年,第387页。
③徐元诰《国语集解》,中华书局,2002年,第501页。
④杨伯峻《春秋左传注》,中华书局,1990年,第1017页。
⑤许维遹《吕氏春秋集释》卷18,中华书局,2009年,第478页。
⑥班固《汉书》卷64,中华书局,1962年,第2821页。
⑦吴毓江《墨子校注》卷12,中华书局,1993年,第705页。

嗣音"毛传:"古者教以诗乐,诵之,弦之,歌之,舞之。"①又,《礼记·文王世子》:"春诵夏弦,大师诏之。"郑玄注:"诵谓歌乐也,弦谓以丝播诗。"孔颖达正义:"'诵谓歌乐'者,谓口诵歌乐之篇章,不以琴瑟歌也。云'弦谓以丝播诗'者,谓以琴瑟播彼诗之音节,诗音则乐章也。"②等等。我们知道,"弦""歌""舞"都需要专门的训练,"诵"字既每每和它们并列,这自然可以再一次说明与"赋"相较,它是有更高的艺术要求的。

那么,既是如此,二者的差别究竟何在呢? 依上文所说,"诵"的含义既是"以声节之",甚至有时还要配以琴瑟,则据理而断,"赋"的涵义必是不配琴瑟,并且在"以声节之"的要求上也是要较"诵"宽松很多的。换句话说,也就是我们只能判定"诵"居"歌""赋"之间,而决不能判定"赋"居"歌""诵"之间,因为如果是这样的话,那《左传》中为什么凡言"诵"者皆由乐工所代为,凡言"赋"者皆由行人士大夫(当然也包括国君)所自为,也就变得很难解释了。当然,从《国语》中所说的"瞍赋,蒙诵"看,"赋"也同样应当讲究一定的吟咏技巧,绝不会像我们平日所见的会议讲话、当众演讲或学生背书那样几乎对音声不作任何要求,否则就不会由"瞍"这样的专职人员出现了。

那么,这样理解是否也与"赋"的本义相联系呢? 当然是的。如上所说,"赋"的本义乃是不假于外。与"诵"相较,既然"赋"与"歌乐"相去更远,那它对音乐也就更加谈不上有什么依赖性了。"赋"的本义是本土所生,不假于外,由它衍生的"禀赋"之"赋"指的是与生俱来,不假后天学习,"赋比兴"之"赋"指的是不假比兴,不依外物,"歌诵赋"之"赋"指的是不假歌唱,不配音乐,彼此比较,不难得知就像"禀赋"之"赋"、"赋比兴"之"赋"一样,我们对"歌诵赋"之"赋"或者说"赋诗"之"赋"所作的解释,也同样是与"赋"的本义一脉相应的。

不过,要完全弄懂"赋"的意义,有两个问题还要加以说明:(一)"赋""诵"二者虽然指两种不同的吟咏方式,但在很多场合二者的界限又不那么分明,"诵"字常常也可作"赋"来用。盖也正因如此,所以古人才会以"不歌而诵"释"赋"。段玉裁《说文解字注》常常以"对文""散文"两个术语来说明

---

①孔颖达《毛诗正义》卷4,孔颖达等《十三经注疏》,中华书局,1980年,第345页。
②孔颖达《礼记正义》卷20,孔颖达等《十三经注疏》,中华书局,1980年,第1405页。

同义词的差别,如《说文·目部》"瞦"下注曰:"瞖者,才有朕而中有珠子;瞦者,才有朕而中无珠子。此又瞖与瞦之别。凡若此等,皆对文则别,散文则通。"①十分明显,对"赋""诵"二字我们也同样可以作此理解。这在文献中也是可以得到证实的。如《左传·襄公三十年》:"(子产)从政一年,舆人诵之,曰:'取我衣冠而褚之,取我田畴而伍之。孰杀子产?吾其与之!'"②又,《论语·子路》:"子曰:'诵《诗》三百,授之以政,不达;使于四方,不能专对:虽多,亦奚以为?'"③显而易见,这两处的"诵"字无疑用的也都是"赋"义,它们与我们上文所说的乐工之"诵"显然是不同的。

(二)春秋赋诗除诵诗、赋诗之外,还有歌诗。如果说诵诗因为与赋诗"对文则别,散文则通",也可用"赋诗"来统指的话,那"歌诗"与"赋诗"乃有本质之别,怎么也被前人涵盖在了"赋"字之下呢?其实这一点也不难理解。如上所说,春秋之时"歌诗言志"十分罕见,以《左传》为例,它有关当时人赋诗活动的记载高达几十次之多,而有关"歌诗"的记载如上所述却只有3例。盖正基此,所以前人才把春秋之时托诗言志的活动统统称为"赋诗"。有一个例子十分典型,《国语·鲁语下》:"公父文伯之母欲室文伯,飨其宗老,而为赋《绿衣》之三章。老请守龟卜室之族。师亥闻之曰:'善哉!男女之飨,不及宗臣;宗室之谋,不过宗人。谋而不犯,微而昭矣。诗所以合意,歌所以咏诗也。今诗以合室,歌以咏之,度于法矣。"④从这段文字中师亥所作的评论看,即"歌所以咏诗也""歌以咏之",《鲁语下》的作者显应将公父文伯之母"为赋《绿衣》之三章"改写为"为歌《绿衣》之三章"。可是这里却并没有写作"歌"而写作了"赋",由此我们也可再次见出在春秋"赋诗"这一称谓中,虽然字面表述并不含"歌"义,但实际上也是包含"歌诗"在内的。所以文献中尽管也保存了一些"歌诗"的记载,但这显然并不影响我们对于"赋"的涵义的界定。有的学者说:"歌诗与赋诗析言之则别,浑言之则同。……赋诗的概念所指较宽,歌诗则较窄。"⑤这一论断应当说是颇为精到的。

---

① 段玉裁《说文解字注》,浙江古籍出版社,1998年,第135页。
② 杨伯峻《春秋左传注》,中华书局,1990年,第1182页。
③ 杨伯峻《论语译注》,中华书局,1980年,第135页。
④ 徐元诰《国语集解》,中华书局,2002年,第199~200页。
⑤ 俞志慧《君子儒与诗教:先秦儒家文学思想考论》,三联书店,2005年,第77页。

关于"赋"与"诵"、"赋"与"歌"的异同,前人所作的论述还有很多,但是由于对历史上所流传下来的文献材料大都没能作一个彻底的梳理,因此有不少看法都是很片面的。如有的学者说:"赋"指"吟咏","诵"指"朗诵"①。有的学者说:"赋,有一定音节腔调的诵读。……诵,指不配合乐曲的诵读。"②有的学者说:"赋是唱,诵是抑扬顿挫地读。""但是,虽说'赋'是歌",然又是"与真正的唱歌有所区别的。真正的唱歌必须依照每首歌自己特有的曲调和旋律,而赋诗之'歌'则似乎是在音调和旋律上比较固定的一种对所有诗都可以用的唱法"③。或又谓:"春秋时代赋诗,或为乐歌,或为徒歌,总括以歌诗为正例,偶亦有诵诗者,则为赋诗罕见之变例。"④或又谓:"赋诗大都是自己歌唱,有时也叫乐工歌唱。"⑤乐工歌唱"有瑟作伴奏",自己歌唱"无瑟作伴奏","然而不论歌唱者为谁,伴奏与否,都称之为'赋《诗》'"⑥。或又谓:"春秋时的'赋诗'等于现在的'点戏'。那时的贵族家里都有一班乐工,正如后世的'内廷供奉'和'家伶'。贵族宴客的时候,他们在旁边伺候着。贵族点赋什么诗,他们就唱什么诗来。客人要答赋什么诗也就点了叫他们唱。""赋诗是交换情意的一件事。他们在宴会中各自拣了一首合意的乐诗叫乐工唱,使得自己对于对方的情意在诗里表出;对方也是这等的回答。"⑦等等。与我们上文所作的论析加以比较,不难发现以上这些看法都是很值得商榷的。

四、古诗之流曰赋

弄清了"赋比兴"之"赋"、"赋诗"之"赋"的涵义,下面再看"辞赋"之"赋"的涵义。除了"不歌而诵谓之赋"的古训外,班固还给我们保存了另外一条古训,这条古训见于他的《两都赋序》:"或曰:赋者,古诗之流也。"⑧那么,为什么会出现这一看法呢?要完全弄清这个问题,我们还要从"不歌而

---

①郁贤皓《中国古代文学作品选》第 1 卷,高等教育出版社,2003 年,第 105 页。

②朱东润《中国历代文学作品选》上编第 1 册,上海古籍出版社,2002 年,第 103 页。

③刘丽文《春秋的回声:〈左传〉的文化研究》。燕山出版社,2000 年,第 199～200 页。

④奚敏芳《〈国语〉赋诗考述》,台北《孔孟学报》第 71 期(1996 年 3 月 28 日),第 111 页。

⑤朱自清《诗言志辨》,华东师范大学出版社,1996 年,第 20 页。

⑥水渭松《对于"赋诗言志"现象的历史考察:兼论〈诗经〉的编辑和演变》,《东方丛刊》1996 年第 2 辑,第 153 页。

⑦顾颉刚《论〈诗经〉所录全为乐歌》,顾颉刚等《古史辨》第 3 册,上海古籍出版社,1982 年,第 649 页。

⑧费振刚等《全汉赋》,北京大学出版社,1993 年,第 311 页。

诵谓之赋"谈起。

如前所言，"赋"和"诵"本来都是指吟读方式，但是后来经过引申也常被用来指称那些没有曲谱、无法咏唱的诗。如《左传·僖二十八年》："晋侯患之，听舆人之诵曰：'原田每每，舍其旧而新是谋。'"①又，《襄四年》："国人诵之曰：'臧之狐裘，败我于狐骀。我君小子，朱儒是使。朱儒朱儒，使我败于邾。'"②又，《诗经·小雅·节南山》："家父作诵，以究王讻。"③《大雅·崧高》："吉甫作诵，其诗孔硕。"《蒸民》："吉甫作诵，穆如清风。"④等等。虽然《诗经》中的诗后来都有曲谱相配，但是可以肯定它们在家父、吉甫初作之时，必是无曲可依的，也正因此，所以才说"作诵"而不言"作歌"⑤。至于"舆人之诵"和"国人诵之"，因为都系一些简短、偶发的歌谣，事过境迁也就被人忘记，对这类诗歌恐怕就更没有人愿意为它们作曲了。它们所以也被人称呼为"诵"，那就更是顺理成章的事。足见，"诵"字本来仅指一种吟读方法，加以引申，才变成了那些尚未谱曲或者无需谱曲的诗的通名。"赋"的情况与之相类，它也兼有咏读方法和诗体名称双重含义。所以会出现这种情况，其中的道理与"诵"是完全一样的。盖也正基于此，所以有的学者说："诗歌没有入乐歌唱，只是吟诵的，在春秋以前常被称为'诵'。又因'不歌而诵'可以叫'赋'，因此后来也把不歌而诵的作品称为'赋'。"⑥这一理解显然是很有见地的。

可是，如果事情仅仅到此为止，那我们就只能得出如下结论："赋"与"诵"在本质上也是"诗"，"诗"是一个总的名字，古人按照是否配乐这一标准，才将其划为二类，即划为"赋（诵）"与"歌"。"歌"是依曲而唱的诗，"赋（诵）"是没有配乐的诗。"赋（诵）"与"歌"都不过是"诗"的不同表现形式。显而易见，如果仅仅从这个意义说，则所谓"赋者，古诗之流也"云云，无疑是很难说通的。那么，在"赋者，古诗之流也"这一古训里，"赋"的涵义究竟

---

①杨伯峻《春秋左传注》，中华书局，1990年，第458页。

②杨伯峻《春秋左传注》，中华书局，1990年，第940～941页。

③朱熹《诗集传》卷11，上海古籍出版社，1980年，第129页。

④朱熹《诗集传》卷18，上海古籍出版社，1980年，第213～215页。

⑤按，在今本《诗经》中除了"作诵"的说法外，也有"作歌"的说法，如《小雅·何人斯》"作此好歌"，《四月》"君子作歌"，《大雅·桑柔》"既作尔歌"等。之所以会有这样的区别，其主要原因盖在于有的诗歌是先有诗，后配乐，有的诗歌是从一开始就是以"歌"的面目出现的。详朱熹《诗集传》卷12，上海古籍出版社，1980年，第144、149、210页。

⑥曹道衡《汉魏六朝辞赋》，上海古籍出版社，1989年，第6页。

何在呢？具体来说，它应该是指大赋与楚辞。因为除了上文的古诗之"赋（诵）"外，在中国文学史上无论是大赋还是楚辞，尤其是前者，也每每都是以"赋（诵）"为称。有关这一点，我们在文献中也同样不难得到证实。如屈原《九章·惜诵》："惜诵以致愍兮，发愤以抒情。"①《抽思》："道思作颂（诵），聊以自救兮。"②又，《史记·屈原贾生列传》："屈原至于江滨，被发行吟泽畔，颜色憔悴，形容枯槁"，"乃作《怀沙》之赋"③。又，《汉书·艺文志》："大儒孙卿及楚臣屈原离谗忧国，皆作赋以风（讽）。"④等等。这显然都是以"赋（诵）"称呼"楚辞"的例子。再如司马相如《大人赋》，《史记》既称《大人赋》⑤，又称《大人之颂（诵）》⑥。王褒《洞箫赋》，《汉书》本传作《洞箫颂（诵）》⑦。扬雄《甘泉赋》，王充《论衡·遣告篇》作《甘泉颂（诵）》⑧等等。由以上诸例足以看出，汉代大赋固然以"赋"为其最常见的称谓，但是也未尝不可以呼为"诵"⑨。

那么，既然同样都被称为"赋（诵）"，那为什么古诗之"赋（诵）"就是"诗"，而楚辞之"赋（诵）"和大赋之"赋（诵）"却都只能被视为"流"呢？对这个问题，只要我们看看楚辞和大赋创作的文体特征就不难弄清楚。

---

① 屈原《九章》，洪兴祖《楚辞补注》卷 4，中华书局，1983 年，第 121 页。
② 屈原《九章》，洪兴祖《楚辞补注》卷 4，中华书局，1983 年，第 141 页。
③ 司马迁《史记》卷 84，上海古籍出版社，1997 年，第 1903～1904 页。
④ 班固《汉书》卷 30，中华书局，1962 年，第 1756 页。
⑤ 司马迁《史记》卷 117，上海古籍出版社，1997 年，第 2307 页。
⑥ 司马迁《史记》卷 117，上海古籍出版社，1997 年，第 2311 页。
⑦ 班固《汉书》卷 64，中华书局，1962 年，第 2829 页。
⑧ 黄晖《论衡校释》卷 14，中华书局，1990 年，第 641 页。
⑨ 按，"颂""诵"古通。如"不歌而诵谓之赋"，《文心雕龙·诠赋篇》即作"不歌而颂"。《孟子·万章下》："颂其诗，读其书，不知其人可乎？"其中的"颂"显然也是"诵"的借字。不过，在文献中以"颂"命篇的文本很多，我们并不能据此断定所有的"颂"字都是"诵"的假借。举例来说，如《后汉书·皇后纪下》："（灵）帝愍（刘）协早失母，又思美人，作《追德赋》《令仪颂》。"又，同书《班固传》："及肃宗雅好文章，固愈得幸，数入读书禁中，或连日继夜。每行巡狩，辄献上赋颂。"显然，对这两个"颂"字，我们就无法断定它们究竟是不是假借。之所以会有这样的情况，最根本的原因就在于作为一种文体，就像"赋（诵）"的讲究铺陈一样，"颂"也是非常讲究文采的。有关这一点，在文献之中讲的也是很清楚的。如《诗大序》曰："颂者，美盛德之形容。"刘勰《文心雕龙·颂赞》曰："颂惟典雅"，"敷（铺）写似赋"，"镂彩摛文，声理有烂"。陆机《文赋》李善注曰："颂以褒述功美，以辞为主，故优游彬蔚。"等等。以上所引分别见范文澜《文心雕龙注》卷 2，人民文学出版社，1958 年，第 134、158～159 页；焦循《孟子正义》卷 21，中华书局，1987 年，第 726 页；范晔《后汉书》卷 10、40，中华书局，1965 年，第 450、1373 页；孔颖达《毛诗正义》卷 1，孔颖达等《十三经注疏》，中华书局，1980 年，第 272 页；李善等《六臣注文选》卷 17，中华书局，2012 年，第 312 页。

　　首先看"楚辞"。众所周知,上古之诗总是诗、乐、舞三位一体的,语言艺术并没有从音乐艺术和舞蹈艺术中独立出来。《诗大序》云:"诗者,志之所之也,在心为志,发言为诗。情动于中而形于言,言之不足故嗟叹之,嗟叹之不足故永歌之,永歌之不足,不知手之舞之,足之蹈之也。"[①]可见,情感单靠诗歌语言本身并不足以得到充分的宣泄,必须加上嗟叹,加上乐舞,才能弥补诗歌语言表现力的不足。特别是在上古时期,人们的语言表达能力还比较有限,这就更需要乐舞的辅助。上文我们虽然说"赋(诵)"也指没有谱曲、无法咏歌的诗,但这类诗歌的数量毕竟是很少的,而且有的也仅只是暂时没有谱曲。春秋以后,诗歌与音乐逐渐分家,诗歌语言慢慢脱离了音乐、舞蹈的配合,而独立承担起了抒情言志的任务。为了使隐藏于主体内心深处的复杂情感得以顺利宣泄,写作主体势必要在语言本身痛下功夫,于是以"楚辞"为代表的"辞"体诗歌才得以产生。由于这种文学,如上所言,假物取类,特重修饰,因此较之前代诗歌已是新的文体。尽管屈原在其作品中有时也仍称自己的创作为"诗",如《九章·悲回风》:"介眇志之所惑兮,窃赋诗之所明"[②],但实际上与《诗经》相比,二者在语体风格上已相去甚远。对这一点我们只要把屈原的创作与《诗经》稍加对比就不难得知。《诗经》的语言比较平实,假物取类的比兴手法虽有运用,但也是比较零散的。而"楚辞"则不同,它不仅语富词丽、特重藻饰,而且更把假物取类的修辞手法的运用发挥到了极致。如果将《周易》"卦爻辞""行人辞令""楚辞"和《诗经》的语言加以对照,将不难发现"楚辞"和《周易》"卦爻辞""行人辞令"的语言风格无疑更接近。这也就是说《诗经》的语言仍然属于"言",而"楚辞"的语言已发展为"辞",二者在语言风格上是有很大不同的。正是因为"楚辞"对假物取类的文饰手法不厌其烦、淋漓尽致的排比式的运用,才使它的语汇更趋丰富,篇幅日渐加长,结构日益复杂,并最终走上与《诗经》分道扬镳的道路。后世之所以称"楚辞"为"辞"为"赋(诵)",而不再称其为"诗",最关键的因素正在这里。所以虽然楚辞除少数篇子(如《九歌》)外,因皆不可歌,我们也仍呼之为"赋(诵)",但"赋(诵)"的所指较之上文所说的古诗之"赋(诵)"已大为不同。说得更明确一点也就是这时的"赋(诵)"

---

①孔颖达《毛诗正义》卷 1,孔颖达等《十三经注疏》,中华书局,1980 年,第 269～270 页。
②屈原《九章》,洪兴祖《楚辞补注》卷 4,中华书局,1983 年,第 157 页。

已经不再是与"歌"相对的诗,它已经变成了一种新的文体。如果一定要把它当"诗"看待,那它也是与前代诗歌大不相同的新的诗体。

如果说屈原的楚辞创作还可称"诗"的话,那么到了宋玉,特别是到了两汉大赋,情况就根本不同了。刘勰《文心雕龙·诠赋》说:"赋者,铺也,铺采摛文,体物写志也"①,盖正是针对这类赋作而发的。也就是说在这类赋作中,由于文饰手法的进一步发挥运用,作品的词藻更趋繁富,铺陈更趋夸张,结构更趋宏大,体物更加雕琢,因此已与诗歌大相异趣,在这种情势下已经根本不能再以诗歌为称了。有的学者说:"最早的'赋'或'诵'本来就是诗,只是这部分诗由于'不歌而诵',渐渐地独立成为一种文体,因此才与诗有了区别。"②这一认识应当说是很可以视为"赋者,古诗之流也"这一古训的注脚的。如上所说,古诗之"赋(诵)"本来就是"诗",它之所以能够一变而为"楚辞"之"赋(诵)",再变而为"大赋"之"赋(诵)",这其间固有战国诸子之文、纵横之词的影响,但是其中最重要的恐怕还在于它与音乐的分离。可以毫不夸张地说,如果古诗总是和音乐结合在一起,则不要说汉大赋,就是以屈骚为代表的"楚辞"也是很难产生的。

总之,要完全弄清"赋者,古诗之流也"的意义,就必须紧紧抓住"赋"的"不歌而诵"的要质。如果没有这个"不歌而诵"作动力,那么古诗再"流"也是"流"不出什么新花样的。有不少论者都认为赋是"从诵读方式演变为文体之名"③的,或者更原始地说,乃是"春秋赋诗言志之变"④,应当说都是从这一角度立论的。不过,对这一点也不能讲得太绝对,如有的学者说:"窃疑赋自有一种声调,细别之与歌不同,与诵亦不同,荀屈所创之赋,系取瞍赋之声调而作。……汉世朱买臣、九江被公能读《离骚》,盖不仅能读楚国方音,兼能明赋之声调耳。……荀卿屈原之作赋,或亦借旧有声调别造新词以体物写情欤?"⑤这一论断显然就把话说得太拘泥了。古人作"赋(诵)"固然要讲究节奏、讲究韵律,以便诵读,不能像一般散文那样随意叙写,但是在字词的声调上必无太多讲究。如果认为荀、屈作赋就如后世之

---

① 范文澜《文心雕龙注》卷2,人民文学出版社,1958年,第134页。
② 曹道衡《汉魏六朝辞赋》,上海古籍出版社,1989年,第6页。
③ 骆玉明《论"不歌而颂谓之赋"》,《文学遗产》1983年第1期,第88页。
④ 陈敬夫《赋体探源》,《中国文学研究》1988年3期,第50页。
⑤ 范文澜《文心雕龙注·诠赋》卷2,人民文学出版社,1958年,第137页。

依谱填词、依律作诗一样,这样的认识显然把问题考虑得太复杂了。上文已言,"赋诗"与"诵诗"的区别主要就在于前者较后者更加简单化、更加浅易化,或者说更少受到音乐的限制,也正因如此,所以它在上古才更为普及、更为流行。后人对那些"不歌而诵"的文本之所以大多称"赋"而较少称"诵",甚至在两汉以后根本不再称"诵",而完全由"赋"来充当赋体文学的通名,其主要原因也正在于"诵"的特征是"以声节之","虽不歌,犹琴瑟以播其音美之",与乐工的专业表演还有较多联系,并没有从根本上从音乐的限制中摆脱出来。足见,把"赋"的声韵腔调的特殊性强调得过多,这也是不符合赋体文学产生的实际的。

五、对文体之"赋"语体渊源的进一步说明

通过上文一系列论析,我们对"辞赋"之"赋"的语体渊源已经有了一个初步的认识。不过,由于"辞赋"之"赋"不仅包括诗体之"赋",也即"楚辞"之"赋",而且也包括文体之"赋",也即"大赋"之"赋",因此对它的语体渊源我们仍有再予探讨的必要。更明确一点说,也就是对于"楚辞"的引"辞"入诗,以"辞"为诗,我们虽已有深刻的认识,但是对于"大赋"与"辞"的关系或者说"大赋"的辞化,则我们的阐述仍是很不够的。

关于楚、汉大赋特别是两汉大赋的文体渊源,前人主要有六种认识。

(一)来源于"六义"之"赋"。"六义"即风赋比兴雅颂,又称"六诗",分别见于《周礼·春官·大师》和《诗大序》。风雅颂为诗之体,赋比兴为诗之用。换句话说,也就是汉大赋乃是由《诗经》中的一种表现手法变来的。如刘勰《文心雕龙·诠赋》:"《诗》有六义,其二曰赋","及灵均唱《骚》,始广声貌","于是荀况《礼》《知》,宋玉《风》《钓》,爰锡名号,与诗画境。六义附庸,蔚成大国。遂客主以首引,极声貌以穷文,斯盖别诗之原始,命赋之厥初也。"[①]

(二)来源于《诗经》,即由《诗经》中的"雅""颂"演化而来。如吴小如《说"赋":〈中国历代赋选〉序言》:"若论其内容实质,则'赋'之更早的渊源实为《三百篇》中的《雅》《颂》。《大雅》中若干篇一向被称之为周代史诗的作品已俨然赋体。不仅其'体物'的职能已具,而且是从正面来写的歌功颂

---

① 范文澜《文心雕龙注》卷 2,人民文学出版社,1958 年,第 134 页。

德的文字,谈后世的赋而不上溯于《诗》之《雅》《颂》,即谓之数典忘祖,亦不为过。"①

（三）来源于"楚辞"。如刘师培《论文杂记》云:"诗篇以降,有屈、宋《楚辞》,为词赋家之鼻祖。"又云:"秦汉之世,赋体渐兴,溯其渊源,亦为《楚辞》之别派。"②

（四）来源于"行人辞令""纵横之词"。如章炳麟《国故论衡·辨诗》曰:"纵横者,赋之本。古者诵诗三百,足以专对。七国之际,行人胥附,折冲于尊俎间。其说恢张谲宇,抽绎无穷,解散赋体,易人心志。鱼豢称'鲁连、邹阳之徒,援譬引类,以解缔结,诚文辨之隽也'。武帝以后,宗室削弱,藩臣无邦交之礼,纵横既黜,然后退为赋家。"③

（五）来源于"隐语",也称"优语""俳词",是对"隐语"的发扬光大。如朱光潜曰:"隐语为描写诗的雏形,描写诗以赋规模最大,赋即源于隐。"④冯沅君曰:"汉赋乃是'优语'的支流,经过天才作家发扬光大过的支流。"⑤又,曹明刚也云:"赋在战国末期由俳词演变而成,是文学创作由口头形式向书面形式转化的结果。"⑥

（六）来源多元,并不是单由哪一种文体演变来的。如章学诚《校雠通义·汉志诗赋》曰:"古之赋家者流,原本《诗》《骚》,出入战国诸子。假设问对,《庄》《列》寓言之遗也;恢廓声势,苏张纵横之体也;排比谐隐,韩非《储说》之属也;征材聚事,《吕览》类辑之义也。"⑦又,《文史通义·诗教下》曰:"赋家者流,纵横之派别,而兼诸子之余风。""刘氏勰曰:'六义附庸,蔚成大国。'……文之敷张而扬厉者,皆赋之变体,不特附庸之为大国。"⑧

那么,对于以上六种看法我们究竟应如何看呢? 这可以从以下三个方面加以说明。（一）汉大赋不可能由"六义"之"赋"发展而来。对此,前人早

---

①尹赛夫等《中国历代赋选》,山西教育出版社,1989年,第6页。

②刘师培《中国中古文学　史论文杂记》,人民文学出版社,1959年,第111页。按,刘师培之说前后有矛盾,如其《论文杂记》第十四曰:"欲考诗赋之流别者,盍溯源于纵横家哉?"显然又将纵横之词看作辞赋的源头。详同书第129页。

③章炳麟《国故论衡》卷中,上海古籍出版社,2003年,第91页。

④朱光潜《诗论》,三联书店,1984年,第40页。

⑤冯沅君《冯沅君古典文学论文集》,山东人民出版社,1980年,第75页。

⑥曹明刚《赋学概论》,上海古籍出版社,1998年,第43页。

⑦王重民《校雠通义通解》卷3,上海古籍出版社,1987年,第117页。

⑧叶瑛《文史通义校注》卷1,中华书局,1985年,第79~80页。

有论析。如范文澜《文心雕龙·诠赋》注说:"窃谓赋比兴三义并列,若荀屈之赋自六义之赋流衍而成,则不得赋中杂出比兴。今观荀屈之赋,比兴实繁,……谓赋之原始,即取六义之赋推演而成,或未必然。"①又,马积高曰:"按:《周礼·大师》'教六诗:一曰风,二曰赋,三曰比,四曰兴,五曰雅,六曰颂。'郑玄注:'赋之言铺,直铺陈今政教善恶',然屈宋赋多比兴,荀况赋多隐语,皆与此不合,知《赋篇》之'赋',其取义固不在此。"②虽然范、万二家都是就楚辞与荀赋立论,来说明"辞赋"之"赋"不可能或不大可能由"六义"之"赋"发展而来,但是由于汉代大赋和荀屈宋之赋一样,也是非常善于运用比兴特别是譬喻的,所以二家之论对于汉大赋来讲无疑也是适用的。举例来说,如枚乘《七发》写波涛之状曰:"其始起也,洪淋淋焉,若白鹭之下翔。其少进也,浩浩澄澄,如素车白马帷盖之张。其波涌而云乱,扰扰焉如三军之腾装。其旁作而奔起也,飘飘焉如轻车之勒兵。"③又,王褒《洞箫赋》摹箫音之态曰:"听其巨音,则周流泛滥,并包吐含,若慈父之畜子也。其妙声则清静厌瘱,顺叙卑达,若孝子之事父也。科条譬类,诚应义理。澎濞慷慨,一何壮士! 优柔温润,又似君子。"④等等。十分明显,二者对于汉代大赋善用譬喻的特点展现的可谓都是很充分的。盖也正基于此,所以刘勰《文心雕龙·比兴》才对汉赋作出了"比体云构","辞赋所先"的断语⑤。可见,如果说两汉大赋乃由"六义"之"赋"发展而来,这与它的长于譬喻的特征显然也是相违背的。

诚然,"六义"之"赋"由于不假比兴,表现力受到限制,所以它也常常不得不对书写对象加以铺陈,这对以铺采摛文,词藻繁富为其基本特征的大赋创作无疑也是要产生一定影响的。可是对大赋创作产生一定影响,并不意味着大赋创作就一定要由它发展而来,对这一点我们显然也是无需多议的。

(二)影响汉大赋产生的原因确实很多,但是其中最主要的还应当说是古诗的不断"辞"化。如上所说,上古之诗总是诗、乐、舞三位一体,是诗、

---

① 范文澜《文心雕龙注》卷2,人民文学出版社,1958年,第137页。
② 马积高《赋史》,上海古籍出版社,1987年,第4页。
③ 费振刚等《全汉赋》,北京大学出版社,1998年,第20页。
④ 费振刚等《全汉赋》,北京大学出版社,1998年,第144页。
⑤ 范文澜《文心雕龙注》卷8,人民文学出版社,1958年,第602页。

乐、舞三者结合才满足了人们抒情言志的需要。可是春秋以后，诗与乐、舞逐渐分离，而独立地承担起了人们抒情言志的任务。为了使主体的复杂情感得以顺利宣泄，作家势必要在语言本身痛下功夫。那么，如何痛下功夫呢？那就是把"辞"的艺术成就大胆地吸收到诗歌创作中来。

在春秋之后的战国时期，作为一种特殊的语体，"辞"的艺术表现形式主要有三类：一是《周易》"卦爻辞"，二是包括纵横之词在内的"行人辞令"，三是诸子散文中那些富有文采的篇段。正是对于这些艺术形式的借鉴，才使较之古诗更富词采、更具藻饰特征的一种新的文体，也即"楚辞"，最终产生出来。而至于汉大赋则更是在"楚辞"的基础上，对《周易》"卦爻辞""行人辞令"和诸子散文中的修辞艺术，作了更大胆更疯狂的吸纳。盖也正是因为认识到了这一点，所以古人才说："赋者，古诗之流也。"

不过，要真正把握"赋者，古诗之流也"的涵义，我们还要弄清以下三个问题：第一，何谓古诗？我们这里所说的"古诗"乃有其特定的含蕴，它具体乃指楚辞之前所有那些尚未被"辞"化的上古诗歌，其中主要以《诗经》与楚歌为代表。《诗经》与楚歌虽然在语言形式和历史年代上都有不小差距，但是由于它们都没有脱离音乐，在语言风貌上都比较简朴，所以在词藻形态上还是应该归为一个类别的。换句话说，也就是楚歌固然较之《诗经》晚了几百年，在历史上根本不属一个时代，可是如果仅就词藻技巧来看，应当说它还是大致停留在《诗经》的水平的。既然楚歌在词藻形态上仍可纳入《诗经》的类别，则说楚辞乃是古诗的"辞"化，乃是"古诗之流"，自然也就不难理解了。

第二，如何看待古诗中的藻饰？如上所列，有的学者认为："'赋'之更早的渊源实为《三百篇》中的《雅》《颂》。《大雅》中若干篇一向被称之为周代史诗的作品已俨然赋体。"据实而论，不要说《三百篇》中的《雅》《颂》，即使《国风》和楚歌里边的许多篇章也同样呈现着辞赋的气息。举例来说，如《诗经·王风·君子于役》："鸡栖于埘，日之夕矣，羊牛下来。"[1]一连用了三个意象说明时间之晚。再如《卫风·硕人》："手如柔荑，肤如凝脂，领如蝤蛴，齿如瓠犀，螓首蛾眉。"[2]更一连用了六个意象表明硕人之美。再如

---

[1] 朱熹《诗集传》卷4，上海古籍出版社，1980年，第43页。
[2] 朱熹《诗集传》卷3，上海古籍出版社，1980年，第36页。

刘向《说苑·善说》保存的楚歌《越人歌》："今夕何夕兮,搴洲中流。今日何日兮,得与王子同舟。蒙羞被好兮,不訾诟耻。心几烦而不绝兮,得知王子。山有木兮木有枝,心说君兮君不知。"①其中不仅有铺陈,也有托物。可以说作为文学创作,古诗中的绝大多数都是有一定的词采藻饰的。然而在另一方面我们也需注意:即使像《诗经》中的《大雅》之作,它们的藻饰较之楚辞中的代表性作品也是有天渊之别的。所以包括楚辞在内的辞赋作品绝不仅仅是对古诗自身修辞艺术的发扬光大,更为准确的说法应该是辞赋创作通过对《周易》"卦爻辞""行人辞令"和诸子散文的吸纳,而将古诗大大"辞"化了。

第三,汉大赋何以很少称"辞"? 辞赋既然是古诗的"辞"化,则词采藻饰自是它的本质②。在这方面且不要说汉大赋,即是楚辞表现的也是很突出的③。后人之所以以"铺采摛文"说"赋",甚至误把"铺陈""铺布"当作"赋"的本义,应当说皆是由此着眼的。可是在两汉时期却有这样一个奇特现象,即无论是楚辞还是大赋,它们都可称"赋",称"辞赋",而"辞"字却始终都未成为它们的通名。举例来说,如《史记》屈原本传曰:"屈原既死之后,楚有宋玉、唐勒、景差之徒者,皆好辞而以赋见称。"④又,班固《汉书·叙传下》曰:"(司马相如)文艳用寡,子虚乌有,寓言淫丽,托风(讽)始终,多识博物,有可观采,蔚为辞宗,赋颂之首。"⑤又,王逸《九思序》曰:"至刘向、王褒之徒,咸嘉其义,作赋骋辞,以赞其志。"⑥等等。所有这些"辞"字显然指的都是赋的文辞,而"非关文体"⑦,它们与"楚辞"之"辞"在含义上是有很大不同的。如果说绝无例外,那也不尽然,如本节开头所举《汉书》扬雄本传所称"赋莫深于《离骚》","辞莫丽如相如",其中的"辞"字与"赋"并列,

---

① 向宗鲁《说苑校证》卷11,中华书局,1987年,第278页。

② 按,谢灵运《山居赋》云:"诗以言志,赋以敷(铺)陈,箴铭诔颂,咸各有伦。"这一表述将"诗""赋"相对,可以说将两者的区别展示的是非常清楚的。详顾绍柏《谢灵运集校注》,中州古籍出版社,1987年,第333页。

③ 按,南京大学教授曹虹曰:"由于赋的铺陈性的基本要求,诗人之赋也不能完全脱略外在形迹物态的描述,而且这种描述并非完全不可能强化诗人之赋的抒情意味。在这方面,屈原的作品已提供了示范。"所言极是。详曹虹《中国辞赋源流综论》,中华书局,2005年,第32页。

④ 司马迁《史记》卷84,上海古籍出版社,1997年,第1906~1907页。

⑤ 班固《汉书》卷100,中华书局,1962年,第4255页。

⑥ 洪兴祖《楚辞补注》卷17,中华书局,1983年,第314页。

⑦ 万光治《汉赋通论》,中国社会科学出版社、华龄出版社,2004年,第37页。

显然就是指文体而言的。但是这一现象无论在两汉还是以后都是极为少见的,这显然不能不引起我们的深思。

那么,词采藻饰既为辞赋的本质,那汉大赋何以不以"辞"相称呢? 这其中的主要原因恐怕还在于为了使它与楚辞相区别。虽然楚辞与汉大赋同样对《周易》"卦爻辞""行人辞令"和诸子散文有所借鉴,但其借鉴的程度以及侧重点却是颇有不同的。如果将"行人辞令"分为春秋"行人辞令"与战国"纵横之辞",那么楚辞对于《周易》"卦爻辞"和春秋"行人辞令"的借鉴较之汉大赋显然要更多一些,而汉大赋对于战国"纵横之辞"和诸子散文的借鉴较之楚辞显然要更多一些。尤其是在对"纵横之辞"和诸子散文的借鉴上,汉大赋对它们的吸纳甚至达到了反客为主的地步①。这一方面固然使大赋创作更加彻底地突破了音乐的限制,走向了辞藻修饰,走向了辞赋创作的极致,但是另一方面由于过度追求藻饰,使文本过于散文化,也使大赋创作几近走到了不仅不可歌而且也不可诵的境地。大概正是因为看到了大赋与楚辞的这种差别,为了彰显二者的不同,因此汉人才将他们心中同为"古诗之流"的大赋称为"赋",甚至称为"辞赋",可是自始至终都不愿把它称为"辞"。尽管这一称呼颇有不公,因为较之楚辞,汉大赋更有资格以"辞"相称,但是由于大赋成熟的时间晚,当大赋成熟的时候,"辞"字已经成了与古诗之"诗"相对的"楚辞"的专名,所以汉人只好退而求其次,将他们的大赋创作呼为"赋",以与前代的楚"辞"相对。

(三)隐语的产生对包括大赋在内的辞赋创作也有促进作用,但由于它只是"辞"的众多表现形式之一,所以过分夸大它的作用也是不明智的。"辞"在先秦的存在形态,除了上面所说的《周易》"卦爻辞""行人辞令"和诸子散文外,还有隐语。隐语,又称瘦辞。刘向《新序》卷2《杂事》载有"(齐)宣王大惊,发《隐书》而读之"②的话,既然当时已有专门记载"隐语"的《隐书》,可见隐语在先秦也是十分流行的。那么,何谓"隐语"呢? 刘勰《文心

---

① 按,汉大赋对"纵横之辞"和诸子散文的吸纳几乎达到了反客为主的地步,这就使得它与某些"纵横之辞"颇为相似。在历史上有的学者把《战国策》中的某些篇子也当辞赋看待,如姚鼐编《古文辞类纂》便将《战国策》之"楚人以弋说顷襄王""庄辛说襄王"收入"辞赋"类,这与二者之间高度的相似性显然密切相关。不过,尽管如此,辞赋乃是一种介于诗歌与散文之间,宜于吟诵的特殊文体,它与《战国策》中那些纯粹的散文作品毕竟是有差别的。
② 石光瑛《新序校释》卷2,中华书局,2009年,第288页。

雕龙·谐隐》曰:"讔者,隐也。遁辞以隐意,谲譬以指事也。"①又,《国语·晋语五·范文子暮退于朝》曰:"有秦客瘦辞于朝,大夫莫之能对也。"对此,三国吴韦昭注曰:"瘦,隐也。谓以隐伏谲诡之言问于朝也。"②又,《吕氏春秋·审应览·重言》载:"荆庄王立三年,不听而好讔(隐)。成公贾入谏,王曰:'不谷禁谏者,今子谏,何故?'对曰:'臣非敢谏也,原与君王讔(隐)也。'王曰:'胡不设不谷矣?'对曰:'有鸟止于南方之阜,三年不动不飞不鸣,是何鸟也?'王射之曰:'有鸟止于南方之阜,其三年不动,将以定志意也;其不飞,将以长羽翼也;其不鸣,将以览民则也。是鸟虽无飞,飞将冲天。虽无鸣,鸣将骇人。(成公)贾出矣,不谷知之矣。'明日朝,所进者五人,所退者十人。群臣大说,荆国之众相贺也。故《诗》曰:'何其久也?必有以也。何其处也?必有与也。'其庄王之谓邪?成公贾之讔(隐)也,贤于太宰嚭之说也。太宰嚭之说,听乎夫差而吴国为墟;成公贾之讔(隐),喻乎荆王而荆国以霸。"③综合以上三则材料不难看出,所谓"隐语"显然也同是一些依托假借,委婉含蓄的文饰之语,它与《周易》"卦爻辞"中所说的"见龙在田""亢龙有悔"等,实为同类。由于这些"隐语"往往出自于一些侍奉于权贵或帝王身边的俳优之口,所以有时也称之为"优语"或"俳词"。

既然隐语也同是一些假托曲饰的文饰之语,则在历史上被辞赋创作所借鉴,也自是理所当然的事。有关这一点,在文献之中也是有据可查的。首先,在历史上有不少辞赋作家的地位都与擅长隐语的俳优近似。譬如宋玉,据《韩诗外传》《新序》等相关文献记载,他在楚国宫廷中的地位就很有点像倡优。他常常陪伴国君左右,侍从游宴,调笑献媚,以此来获得君主的重视。再如东方朔、枚皋,《汉书》本传说他们"口谐辞给"④,"不通经术,诙笑类俳倡,为赋颂,好嫚戏",自言"为赋乃俳,见视如倡,自悔类倡也"⑤。可见,他们的地位与宋玉也是十分接近的。又,西汉另一个辞赋大家扬雄也谓辞赋创作"劝百讽一","颇似俳优淳于髡、优孟之徒,非法度所存"⑥。

①范文澜《文心雕龙注》卷3,人民文学出版社,1958年,第271页。
②徐元诰《国语集解》,中华书局,2002年,第381页。
③许维遹《吕氏春秋集释》卷18,中华书局,2009年,第478~479页。按,"胡不设不谷矣",犹言何不设隐言于不谷呢。
④班固《汉书》卷65,中华书局,1962年,第2860页。
⑤班固《汉书》卷51,中华书局,1962年,第2366~2367页。
⑥班固《汉书》卷87,中华书局,1962年,第3575页。

据此也可见他对辞赋作家的俳优角色的认识。盖也正基于此,所以元人马端临曰:"武帝时,虽文学如司马迁、相如、枚皋、东方朔辈,亦俱以俳优畜之,固未尝任以要职。"①又,今人龚克昌、万光治也云:"汉赋作家的地位身份与倡优差不多"②,尽管有个别帝王,如汉宣帝,有时也"称赋家'贤于倡优博弈远矣'",但"实质上他看待赋家,依然等同倡优"③等等。

又,从一些辞赋作家的赋作看,隐语对辞赋的影响也是可见的。譬如荀子的《赋篇》就是典型的隐语。再如宋玉的《风赋》,东方朔的《答客难》,扬雄的《解嘲》《逐贫赋》,以及班固的《答宾戏》等等,可以说也同样都有言在此而意在彼的以文为戏的色彩。《汉书·枚皋传》说枚皋"其文骫骳,曲随其事,皆得其意,颇诙笑"④,显然也当是指他的曲托假借、趣味横生的语言特色讲的。如果再把"隐语"的外延扩大一点,只取它的诙谐调笑、以文为乐的意义,则可以说自宋玉之后的大多数赋作,乃至绝大多数赋作,与这些"优语""俳词"都有相通的地方。盖也正是鉴于大赋创作与隐语的这一相似性,所以《汉书·艺文志》干脆就直接将《隐书》十八篇列在了"杂赋"类。刘勰《文心雕龙·谐隐》云:"汉世《隐书》十有八篇,(刘)歆(班)固编文,录之赋末。"⑤可以说就是指此而言的。

不过,另一方面我们也应注意,包括汉大赋在内的辞赋创作固然对于隐语的曲托假借、长于文饰的修辞技巧多有取法,但是由于隐语只是先秦之"辞"的众多表现形式之一,因此将大赋文体的产生完全归源于它显然也是不科学的。有的学者说:"我们虽然不能由此得出赋来源于隐语的结论,但他们之间存在着互相影响、互相承接的关系,是可以肯定的。"⑥这样的看法才是比较公允的。

六、诗人之赋与辞人之赋

"诗人之赋""辞人之赋"语出扬雄《法言·吾子》:"或问:'景差、唐勒、宋玉、枚乘之赋也,益乎?'曰:'必也淫!''淫则奈何?'曰:'诗人之赋丽以

---

① 马端临《文献通考》卷40《学校一》,中华书局,1986年,第387页。
② 龚克昌《汉赋研究》,山东文艺出版社,1990年,第102页。
③ 万光治《汉赋通论》,中国社会科学出版社、华龄出版社,2004年,第171页。
④ 班固《汉书》卷51,中华书局,1962年,第2367页。按,"骫骳",颜注:"犹言屈曲也。"
⑤ 范文澜《文心雕龙注》卷3,人民文学出版社,1958年,第271页。按,"赋",原作"歌",从范注改。
⑥ 费振刚《汉赋概说》,《广西大学梧州分校学报》2002年第2期,第2~3页。

则,辞人之赋丽以淫。如孔氏之门用赋也,则贾谊升堂,相如入室矣。如其不用何?'"对于"丽以淫",晋李轨注曰:"奢侈相胜,靡丽相越,不归于正也。"①应该说是符合扬雄的原意的。

《汉书·艺文志》对这段话也有引用,对"如其不用何",颜注说:"孔氏之门既不用赋,不可如何,谓贾谊、相如无所施也。"②据此可见,扬雄不仅对景差、唐勒、宋玉、枚乘之赋是否定的,对贾谊和司马相如的赋作也同样是否定的。再看扬雄对自己赋作的评价。《法言·吾子》:"或问'吾子少而好赋'。曰:'然。童子雕虫篆刻。'俄而曰:'壮夫不为也。'"③由此足见,扬雄对于宋玉以下的赋作几乎是全盘否定的。如果以上所论不差,则我们是不是可以得出如下结论,即在扬雄眼里自宋玉以下的赋作皆是"辞人之赋",只有此前的赋作才是"诗人之赋"。如果扬雄确实这样认为,应该说除了对贾谊稍稍不公外,还是基本可从的。

扬雄所以有这样的认识,这实是由他的诗教观念决定的。作为汉代儒家诗教观的主要代表之一,扬雄模仿《论语》而作的《法言》对这一观念有着十分集中的体现。首先,扬雄竭力主张语言表达要"宗经""征圣"。如《吾子》曰:"或问:'公孙龙诡辞数万以为法,法与?'曰:'……舍舟航而济乎渎者末矣,舍五经而济乎道者末矣。弃常珍而嗜乎异馔者,恶(何)睹其识味也? 委大圣而好乎诸子者,恶(何)睹乎其识道也? 山径之蹊,不可胜由矣;向墙之户,不可胜入矣。'曰:'恶由入?'曰:'孔氏。孔氏者,户也。'"④又曰:"或曰:'人各是其所是,而非其所非,将谁使正之?'曰:'万物纷错则悬诸天,众言淆乱则折诸圣。'或曰:'恶(何)睹乎圣而折诸?'曰:'在则人,亡则书,其统一也。'"⑤又,《问神》:"或曰:'淮南、太史公者,其多知与(欤)? 曷(何)其杂也?'曰:'杂乎杂。人病以多知为杂,惟圣人为不杂。书不经,非书也;言不经,非言也。言书不经,多多赘矣。'"⑥等等。

也正由于以此为基础,所以扬雄才对那些片面追求语言形式的华美的

①汪荣宝《法言义疏》卷2,中华书局,1987年,第49～50页。
②班固《汉书》卷30,中华书局,1962年,第1756页。
③汪荣宝《法言义疏》卷2,中华书局,1987年,第45页。
④汪荣宝《法言义疏》卷2,中华书局,1987年,第63～68页。
⑤汪荣宝《法言义疏》卷2,中华书局,1987年,第82页。
⑥汪荣宝《法言义疏》卷5,中华书局,1987年,第163～164页。

做法表现得十分厌恶。如《吾子》曰:"或曰:'雾縠之组丽。'曰:'女工之蠹矣。'"①又曰:"或曰:'女有色,书亦有色乎?'曰:'有。女恶华丹之乱窈窕也,书恶淫辞之淈法度也。'"当然,扬雄对于语言上的必要修饰并不是一概反对的。如《吾子》曰:"或问:'君子尚辞乎?'曰:'君子事之为尚。事胜辞则伉,辞胜事则赋,事辞称则经。'"②又,《寡见》曰:"或曰:'良玉不雕,美言不文,何谓也?'曰:'玉不雕,玙璠不作器;言不文,典谟不作经。'"③等等。但是尽管如此,他对那些因过分注重语言修饰而导致作品讽谏功能丧失的文本还是极为失望的。如《吾子》曰:"或曰:'赋可以讽乎?'曰:'讽乎?讽则已。不已,吾恐不免于劝也。'"④十分明显,扬雄之所以会对当时以及前代的辞赋创作作出"诗人之赋"与"辞人之赋"的划分,可以说正是以他的这种思想认识为背景的。

如上所说,在扬雄之前以"赋(诵)"为称的文本主要有三类:一是古诗之"赋(诵)",指那些没有谱曲、无法歌唱的诗,与"歌"相对,如"家父作诵,以究王讻","吉甫作诵,穆如清风"等。二是楚辞之"赋(诵)",以荀卿和屈原的作品为代表,它们虽然仍可称"诗"⑤,但与《诗经》一类的古诗已有较大差别。三是大赋之"赋(诵)",以宋玉等屈原后学特别是西汉大赋作家的作品为代表,它们已经演变成为与"诗"相对的一种新的文体,已经不能再以"诗"相称了。不过,需要注意的是,以"赋(诵)"为称的文本虽有三类,然

---

① 汪荣宝《法言义疏》卷 2,中华书局,1987 年,第 45 页。
② 汪荣宝《法言义疏》卷 2,中华书局,1987 年,第 57～60 页。
③ 汪荣宝《法言义疏》卷 7,中华书局,1987 年,第 221 页。
④ 汪荣宝《法言义疏》卷 2,中华书局,1987 年,第 45 页。
⑤ 按,从现有文献看,所作之文已为赋体而仍然自称为"诗"的作家,在先秦两汉时期就只两人。一为屈原,上文已见。一为荀卿,见其《佹诗》。《佹诗》虽然仍然称"诗",然正如当代辞赋研究大家万光治所说:"《佹诗》虽以诗名篇,实为赋体,故《玉烛宝典》卷 12 作《荆楚歌赋》,《艺文类聚》卷 24 亦将它归入赋类。"又,《战国策·楚策四》载:春申君"使人请孙(荀)子于赵,孙(荀)子为书谢,……因为赋曰:'宝珍隋珠,不知佩兮。袆布与丝,不知异兮。闾姝子奢,莫之媒兮。嫫母求之,又甚喜之兮。以瞽为明,以聋为聪,以是为非,以吉为凶。呜呼上天,曷维其同!'"这里所说的"宝珍隋珠"14 句赋,也见《佹诗》,对此有不少学者都曾指出,如鲍彪曰:"赋即《佹诗》末章。"又,朱熹《楚辞后语》也云:"荀子不还而遗之赋,盖即此《佹诗》也。"等等。尽管《战国策》所载与今本《荀子》文字稍异,但是《战国策》所载乃为《佹诗》则是毫无疑义的。荀子明明自称为"诗",而《战国策》的作者却以"赋"视之,于此也可再见荀子《佹诗》确为赋体。以上所引分别见万光治《汉赋通论》,中国社会科学出版社、华龄出版社,2004 年,第 86 页;刘向《战国策》(鲍彪等注)卷 17,上海古籍出版社,1998 年,第 567～569 页;朱熹《楚辞集注·楚辞后语》卷 1,上海古籍出版社、安徽教育出版社,2001 年,第 218 页。

而由于第一类数量太少，而且它们本身就是"诗"，在文体上根本无有独立性可言，所以在历史上当学者们把"赋（诵）"作为文体来谈论时，是并不把它们包括在内的。在这方面扬雄也不例外。也正因此，所以我们认为扬雄所说的"诗人之赋"与"辞人之赋"乃是分指楚辞之"赋（诵）"和大赋之"赋（诵）"的，二者都没有把古诗之"赋（诵）"包括在内①。

那么，扬雄把荀屈二人的赋作看作"诗人之赋"，而把宋玉及其之后的赋作（特别是汉大赋）看作"辞人之赋"，这是否符合他们的实际呢？首先来看《汉书·艺文志》和《史记》屈原本传对荀屈之赋的评价。《艺文志》曰："春秋之后，周道寖坏，聘问歌咏不行于列国，学《诗》之士逸在布衣，而贤人失志之赋作矣。大儒孙卿及楚臣屈原离谗忧国，皆作赋以风（讽），咸有恻隐古诗之义。"②屈原本传曰："屈平之作《离骚》，盖自怨生也。《国风》好色而不淫，《小雅》怨诽而不乱，若《离骚》者，可谓兼之矣。上称帝喾，下道齐桓，中述汤武，以刺世事。明道德之广崇，治乱之条贯，靡不毕见。……一篇之中，三致志焉。"③十分明显，在汉人眼里荀屈之赋与古诗或者说《诗经》确实是比较接近的，既然如此，则将它们称为"古诗之流"自然也是没问题的。

而宋玉、司马相如等的赋作，尽管在客观上也可以"古诗之流"相称，但是它们毕竟"流"得太远了。《史记·屈原列传》说："屈原既死之后，楚有宋玉、唐勒、景差之徒者，皆好辞而以赋见称，然皆祖屈原之从容辞令，终莫敢直谏。"④又，《汉书·艺文志》说："其后宋玉、唐勒，汉兴，枚乘、司马相如，下及扬子云，竞为侈丽闳衍之词，没其讽谕之义。"⑤又，扬雄本传说："（扬）雄以为赋者，将以风（讽）也，必推类而言，极丽靡之辞，闳侈钜衍，竞于使人不能加也，既乃归之于正，然览者已过矣。往时武帝好神仙，相如上《大人赋》，欲以风，帝反缥缥有凌云之志。由是言之，赋劝而不止，明矣。"⑥由于

① 按，有的学者说："'诗人之赋丽以则'者，谓古诗之作，以发情止义为美，即《自序》所谓'法度所存，贤人君子诗赋之正也。'故其丽也以则。"这一看法显然是值得商榷的。详汪荣宝《法言义疏》卷 2，中华书局，1987 年，第 51 页。

② 班固《汉书》卷 30，中华书局，1962 年，第 1756 页。

③ 司马迁《史记》卷 84，上海古籍出版社 1997 年，第 1901～1903 页。

④ 司马迁《史记》卷 84，上海古籍出版社，1997 年，第 1906～1907 页。

⑤ 班固《汉书》卷 30，中华书局，1962 年，第 1756 页。

⑥ 班固《汉书》卷 87，中华书局，1962 年，第 3575 页。

一味铺张,缺乏切实的贴近现实生活的思想内容,所以宋玉、司马相如等的赋作虽不乏文采,但由于没有屈原"上称帝喾,下道齐桓","一篇之中,三致志焉"的救国忧民、希望改革时政的情感,因而也就失去了荀屈之赋针砭时弊的力量。扬雄《法言·君子》说:"文丽用寡,长卿也"①,这虽然只是对司马相如而发,然从汉人的诗教观念看,应该说对宋玉、枚乘等所有大赋作家的赋作都是适用的②。

　　总之,荀卿的赋作和屈原的赋作尽管也是"辞",但是由于还没有"没其讽谕之义",换句话说,还"能符合《诗三百篇》的写作精神"③,所以扬雄并没有把他们当"辞人"看待,仍将他们的赋作划在"诗人之赋丽以则"的范围之内。而宋玉、司马相如等人的赋作不仅在"辞"的运用上更加变本加厉,使"辞"的文饰特征变得更加突出,并且在另一方面也缺乏传统认识所要求的"健康"的思想情感和鲜明的讽谏意识,这就使他们的赋作随而变成了纯粹的"辞"的游戏,或者也可以说变成了纯粹的为艺术而艺术的东西。在这种情况下,扬雄从其儒家的实用主义的诗教观念出发,将他们这类楚汉大赋作家称为"辞人",将其赋作称为"辞人之赋",并把他们的创作风格表述为"丽以淫",自然也就在所难免了。

　　当然,说荀屈之赋与荀屈之后的赋作不同类,这只是从整体而言的,我们并不能将此看得太绝对。举例来说,譬如屈原的《招魂》,它与大赋作品就是很接近的,而宋玉的《九辩》则是典型的"楚辞",它与宋玉的其它赋作,如《风赋》《高唐赋》《神女赋》及《登徒子好色赋》等,也显然不同类。显而易见,如果对这一点认识不清楚,那么,对扬雄"诗人之赋"与"辞人之赋"的划分,我们的理解也一定是不全面的。

---

① 汪荣宝《法言义疏》卷 12,中华书局,1987 年,第 507 页。
② 按,认为辞赋创作自宋玉一变,乃古今公论。魏晋之后有不少学者仍持这一观点。如清程廷祚曰:"宋玉以瑰伟之才,崛起骚人之后,……由是词人之赋兴焉。《汉书·艺文志》称其所著十六篇,今虽不尽传,观其《高唐》《神女》《风赋》等作,可谓穷造化之精神,尽万类之变态,瑰丽窈冥,无可端倪,其赋家之圣乎?"又,今人姜书阁也谓:"与其说《楚辞》为汉赋之源,或谓屈、宋开汉赋先声,不如说宋玉文章实为汉赋之祖,比较更确切而有征。他是在屈原之后,把《楚辞》引向汉赋的最具关键性的过渡人物,为功为罪,兹非所论,然其在文学史上地位之重要,则从可知已。"等等。分别见程廷祚《青溪集》卷 3《骚赋论中》,黄山书社,2004 年,第 66 页;姜书阁《先秦辞赋原论》,齐鲁书社,1983 年,第 135 页。
③ 郭绍虞《中国历代文论选》第 1 册,上海古籍出版社,2001 年,第 93 页。

七、余论

由上文一系列论析不难看出,"辞"与"赋"虽然常常相连使用,并且还均可用以指同一对象,如"楚辞"和"大赋"都既可称"辞"也可称"赋",但是彼此相较,"赋"的复杂性显然是要远远大于"辞"的。不过,尽管如此,只要我们仅仅抓住"赋"的本义,以及"赋"的各种不同用法与"诗言志"观念的联系,其基本意指也是不难察见的。

首先,从"赋"的本义看,无论是"赋比兴"之"赋","赋诗言志"之"赋",还是"辞赋"之"赋",它们的得名都与"赋"的敛其所有、贡其所有而不假于外的本义相关。"赋比兴"之"赋"指不假外物,也即不假"比兴"。"赋诗言志"之"赋"指不假于乐,也即"不歌而诵",加以引申也可指那些可以配曲,但没有配曲,只能吟诵的诗。而"辞赋"之"赋"则指的是一种篇幅较长,已经无法配乐,无法歌唱,只能吟诵的新的诗体或文体,前者如楚辞,后者如大赋。彼此对照,不难发现"赋诗言志"之"赋"与"辞赋"之"赋",二者的联系显然是要更为密切的。进言之,也即是"辞赋"之"赋"的得名也由它的不假于乐,也即"不歌而诵",它与"赋比兴"之"赋"的不假外物,不假"比兴",显然是风马牛不相及的。

其次,再从"诗言志"的观念看,无论是"赋比兴"之"赋","赋诗言志"之"赋",还是"辞赋"之"赋",它们与"诗言志"观念也都存在着不同程度的联系。具体来说,"赋诗言志"之"赋",正如我们前文所述,它主要体现的乃是对前人之诗的依托。由于所抒情志可以在前人的诗歌中找到依据,其合法性自然也就无需多议了。足见"赋诗言志"虽然赋的是他人之诗,但是在它里面显然也包含着诗歌到底应该抒写什么样的情志的认识。如果说"赋诗言志"之"赋"主要涉及的是对"诗言志"之"志"的认识的话,那么"赋比兴"之"赋"和"辞赋"之"赋",则主要与"诗言志"之"言"相关联。进言之,"赋比兴"之"赋"与"比兴"相对,它主要体现的是一种直言其志的表达方式。尽管它不一定表现为铺陈,但铺陈实为它最常见的特征。而"辞赋"之"赋",因主要指"诗"的辞化,曲托假借、铺陈排比、讲究词采更是它的基本特征。因此若就这一角度说,则它与"赋比兴"之"赋"实颇有相通性,在它们身上实际上呈显的乃是前人在"诗言志"观念建构上的另一进路。虽然西汉扬雄"辞人之赋"与"诗人之赋"的划分,对于大赋创作颇有贬讥之意,但是另一方面它也使我们对辞赋创作讲究词采的语言特征认识得更为清楚。

第三节　曲终奏雅与宣情驰藻

正如许多学者所说,赋之于汉就如诗之于唐、词之于宋一样,它也是刘汉王朝的代表性文体,尤其是其中的大赋创作更是那个时代空前繁荣、异代莫继的杰出成果。而在这些杰出成果中最受青睐、最能代表其巅峰成就的则应是那些"曲终奏雅"式的作品。这一点也早为学界所公认。当然,这里说"公认"乃是就整体而言的,并不是说每人都有这种认识。如果严格一点说,其实前人在对这些"曲终奏雅"式的大赋创作的艺术价值的挺贬态度上还是存在颇多分歧的。如有的学者认为这类赋作的"曲终奏雅"乃是劝百讽一,有的学者认为这不是劝百讽一而是卒章显志,有的学者认为这应是作者内心矛盾的反映,而还有学者认为这种"曲终奏雅"由于并非赋作的重点所在,因而完全可以置而不议。就一般常理而论,"曲终奏雅"既是这类赋作的共有属性,则这种结构安排对于它的审美追求就必然有着极为特殊的意义。可是对于"曲终奏雅"的艺术功能前人看法如此不一,这无论对我们正确认识这类赋作的审美特征,还是整个汉代大赋的审美特征,显然都是很不利的。

一、对前人有关"曲终奏雅"功能评价的简单回顾

那么,这种"曲终奏雅"的结构设置其艺术趋尚究竟何在呢?在直接回答这个问题之前,我们不妨先对前人有关这一问题的看法作一简单回顾。如上所列,就总体而言,前人有关这一问题的看法主要有四类:

(一)"劝百讽一"说。即认为"曲终奏雅"式的大赋创作,它虽然在末尾终归于正,提出了作者的正面主张,但是由于它在归正之前,已对否定性的反面对象作了许多大肆的铺陈,对于读者已经造成十分恶劣的影响,所以从其整体功能看,这样的结构设置对于读者的反向怂恿、负面引导显然是要远远大于对于他的正面规谏的。这一看法以西汉末年扬雄的评述最具代表性。班固《汉书》扬雄本传载:"雄以为赋者,将以风(讽)也。必推类而言,极丽靡之辞,闳侈巨衍,竞于使人不能加也,既乃归之于正,然览者已过

矣。……繇(由)是言之,赋劝而不止,明矣。"①对于扬雄的观点,《汉书》本传绍述的可谓是十分清楚的。又,《汉书·艺文志》:"汉兴,枚乘、司马相如,下及扬子云,竞为侈丽闳衍之词,没其风(讽)谕之义。是以扬子悔之。"②"扬子悔之"之"扬子"即扬子云。据此,则班固对于扬雄的观点也是赞同的。

那么,今人呢? 今人是否也有这样的看法? 万光治曰:"散体赋附加主题的出现,破坏了作品题材与主题的统一,割裂了作品的整体性。……不仅使作品出现双重主题,甚至造成双重主题之间的严重背离。"③所谓"附加主题",也即"曲终奏雅",终归于正的"正题"。由于它与前面的作为全文主体的有关反面对象的铺排渲染不相应,好像是硬加上去的,所以才有"附加"之谓。也正因如此,所以万光治才谓这类赋作乃是"双重主题"。十分明显,"劝百讽一"的观点即在今天也仍然不乏回应者。

(二)"卒章显志"说。即认为"曲终奏雅"的大赋创作,虽然主要篇幅乃在对否定性的反面对象进行大肆铺陈,但它毕竟在结尾终归于正,揭示了作赋的真正用意。虽然在文字数量上前后极不对称,但是由于正题的位置乃在文尾,特别重要,乃系全文的归结处,所以应把这种赋作称为"卒章显志",将其呼为"劝百讽一"是不合它的实际的。如司马迁《太史公自序》云:"《子虚》之事,《大人》赋说,靡丽多夸,然其指风(讽)谏,归于无为。"④班固虽在《艺文志》中也迎合了扬雄"劝百讽一"的观点,但是在《汉书·司马相如传赞》中他却赞同司马迁"相如虽多虚辞滥说,然要其归,引之于节俭,此亦《诗》之讽谏,何异"的说法,而对扬雄"以为靡丽之赋,劝百而风(讽)一,犹骋郑卫之声,曲终而奏雅"的观念,则给予了明确的否定,贬之曰:"不已戏乎!"⑤这足以说明他也曾是"卒章显志"说的积极支持者。又,刘勰《文心雕龙·杂文》、挚虞《文章流别论》评枚乘《七发》说:"始邪末正,所以戒膏粱之子也。"⑥"虽有甚泰之辞,而不没其讽谕之义也。"⑦所说显然也是同样

①班固《汉书》卷87,中华书局,1962年,第3575页。
②班固《汉书》卷30,中华书局,1962年,第1756页。
③万光治《汉赋通论》,中国社会科学出版社、华龄出版社,2004年,第335页。
④司马迁《史记》卷130,上海古籍出版社,1997年,第2501页。
⑤班固《汉书》卷57,中华书局,1962年,第2609页。
⑥范文澜《文心雕龙注》卷3,人民文学出版社,1958年,第254页。
⑦郁沅、张明高《魏晋南北朝文论选》,人民文学出版社,1996年,第180页。

的意思。

又,今人龚克昌云:司马迁、班固"虽仅提司马相如一人",但他们"实际上是在辨明一个带有普遍性的问题","汉大赋的确是几乎篇篇在'讽谏'统治阶级的淫奢,而指归'引之于节俭'的"①。李躍更云:这条尾巴代表着汉人对社会诉求的理性把握,"是大赋审美的至高点,是大赋审美的'头脑',是主体'巨丽'铺陈的升华"②。以上今人这些评述显然与司马迁、班固等的观点也是一脉相贯的。

(三)"内心矛盾"说。即认为"曲终奏雅"的结构型态,乃是大赋作者内心矛盾的反映。他们一方面有有意追求审美愉悦的倾向,但在另一方面又总是忘不了自己对于天下家国的责任。也正基于此,所以有的学者如许结等干脆就将此心理统称为"'尚美'与'讽谏'的深层矛盾"③。又,阮忠云:"'汉大赋'客观上'劝百讽一',有赋家以赋取悦于封建帝王的因素,但华美的语言外衣下裹着赋家讽谕的真情,这也不应忽视。"④对此阐述的也是很清楚的。

不过,在这个问题上讲得最充分,因而也最具代表性的应是詹福瑞。在他看来,"汉代体物大赋颂美与讽谏的冲突","使其成为文学史上最为显著的不和谐文体"。而这种冲突所以产生乃有两个原因:一是"汉代体物大赋的作者,多为天子的文学侍从或藩国侍臣",他们这种特殊角色使他们所作辞赋必须迎合皇帝的"趣味与爱好",而"使皇帝欢心";二是中国文学发展到汉代,文士们已经有了"文"的"自觉",这种"自觉"使汉代辞赋家明显地呈现出了"醉心丽文的心态","表现出了对铺采摛文写作方法的高度兴奋",体现出了"顽强"的"对于辞藻的偏爱"。这两个原因叠加在一起,就使汉大赋具备了"物象极为繁富,辞藻极为赡丽"的特点,这种特点与作家出于对家国天下的匡救之责、补衮意识而表现出来的讽谏指向,于是便构成了尖锐的矛盾⑤。与许、阮二氏的论述加以比较,不难看出,詹福瑞的剖析显然是要更加深刻、更为全面的。

---

① 龚克昌《中国辞赋研究》,山东大学出版社,2003年,第3页。
② 李躍《论汉赋结尾的审美意味》,《社会科学辑刊》1991年第1期,第123页。
③ 许结《汉代文学思想史》,南京大学出版社,1990年,第123页。
④ 阮忠《汉赋艺术论》,华中师范大学出版社,2008年,第48页。
⑤ 詹福瑞《汉大赋的内在矛盾与文士的尴尬》,《文艺研究》2001年第6期,第88~94页。

（四）"主次有别"说。即认为"曲终奏雅"的大赋创作，其主要贡献乃在对所写物象的大肆铺陈。崇尚文辞之丽，追求美的享受，这才是赋家所要竭力逐攀的目标。至于赋尾的终归于正在文本中只是处在一个十分次要的地位，因此在欣赏之时是完全可以置而不议的。如李泽厚、刘纲纪云：司马相如等汉赋作家的赋作，区别于"诗"和楚辞的根本之处乃"在于它处处自觉地讲求文词的华丽富美，以穷极文词之美为其重要特征。虽然它也有……所谓'讽谕'的政治作用，但构成汉赋最根本的特征的东西却在于它能给人充分的艺术美的享受，并以给人们这种享受为自觉追求的重要目的"。"在中国文学史上，汉赋的产生标志着中国文学开始强调文学的审美价值"；"不怕去追求一种强烈地刺激着感官，使人心神摇荡之美，正是以司马相如为代表的汉赋的一大成就"。"统观一切成功的汉赋，其成功之处决不在所谓'曲终而奏雅'那一点点常常是生硬地附加上去的讽谕之词。不以讽谕为根本目的，极少枯燥的说教，这才是汉赋可贵的地方。"①又，仪平策、陈炎也云：汉赋"尽管有一定的讽谕因素"，但其"主要审美特性和功能"却"并不在社会政治意义的讽谕"上，而是在"偏于铺排描摹和体物叙事的基本审美模式"上②。在对"曲终奏雅"式的汉大赋的审美观照的认识上，二家的论析显然是可以互为发明的。

另外，还有一类阐说，它们无论在现代、古代都是大量存在的。如陆机《文赋》说："赋体物而浏亮。"③葛洪《抱朴子·钧世》说："《毛诗》者，华采之辞也，然不及《上林》《羽猎》《二京》《三都》之汪濊博富也。"④孙晶说："尚奇是汉赋创作实践所呈现出的一种审美流向"，"尚奇是汉赋创作的潜在动力"⑤。陈望衡说："赋尚美，是一种唯美主义的艺术品种。赋的出现并在汉代出现繁荣，显示出艺术的审美觉醒，是对儒家重教化的诗歌传统的对立和补充。"⑥等等。以上这些论述虽今古不同，但它们皆有一个共同特点，那就是它们都只一味赞扬汉大赋的词采之美、铺陈之盛，而对其"曲终奏雅"的结构设置的得失利弊却皆不置词。不难推知，大概和李泽厚、刘刚

①李泽厚、刘纲纪《中国美学史》（先秦两汉编），安徽文艺出版社，1999年，第526～535页。
②仪平策、陈炎《中国审美文化史》（秦汉魏晋南北朝卷），山东画报出版社，2000年，第87～88页。
③张少康《文赋集释》，人民文学出版社，2002年，第99页。
④杨明照《抱朴子外篇校笺》下册卷30，中华书局，1997年，第70页。
⑤孙晶《尚奇：汉赋创作的潜在动力》，《山西师大学报》2003年第1期，第73页。
⑥陈望衡《中国古典美学史》上卷，武汉大学出版社，2007年，第417页。

纪等一样,在这些论者看来,与汉大赋的词采之美、铺陈之盛相比,它的那一点置于文尾、终归于正的讽喻之义也是不足为道的。

二、对大赋创作"曲终奏雅"审美功能的具体分析

对于汉大赋"曲终奏雅"功能的认识,前人的看法已如上述,那么对于前人的这些看法我们究竟应当怎样看待呢? 实事求是地说,除了"主次有别"说稍近正解外,其他看法都是很不周延的。

首先来看"卒章显志"说。我们一般所谓"卒章显志",都是指由前文的论述水到渠成地引出一个相应的结论,也就是说在前文的论述里已经暗含着末尾的观点,只是到了行文的末尾,才最后将它点明罢了。而枚乘、司马相如等这类"曲终奏雅"的作品,前文写得豪情无限、回肠荡气,到了结尾却断然否定,别出新意,就像硬把一个不相干的东西强加上去一样。说这样的设计就是"卒章显志",这显然是很难让人置信的。

再看"劝百讽一"说和"内心矛盾"说。"劝百讽一"说认为作者的本意本是要有所讽谏,但行文设计的缺憾却使这一意图受到了遮蔽。而"内心矛盾"说则认为"曲终奏雅"的辞赋创作其内在矛盾并非作者错误的设计,其真正原因应当是在作者内心本来就存在着矛盾。可是正如上文所示,这些"曲终奏雅"的辞赋创作,前后作者并非一人,难道他们的内心都存在着矛盾? 或者都未认识到采用这种结构形式,其讽谏效果只能是事与愿违? 尤其还应注意者,那就是在枚乘创作《七发》之后,继之又有傅毅《七激》、崔骃《七依》、张衡《七辩》、崔瑗《七厉》、曹植《七启》、王粲《七释》、桓麟《七说》和左思《七讽》等等拟作接踵而出,这难道也是他们内心矛盾的反映? 或者说他们也同样没有认识到运用这样的结构形式进行讽谏,其讽谏效果只能是事倍功半? 所以十分明显,无论是"劝百讽一"说认为在讽谏意图与行文设计间存在着矛盾,还是"内心矛盾"说认为赋作行文结构存在的矛盾乃是作者内心矛盾的反映,这两种看法也都是很难说通的。

最后再看"主次有别"说。在这一观点看来"曲终奏雅"的辞赋创作,尚美是主要的,讽谏是次要的。正因为它有主次之分,所以我们对它的欣赏就要着眼于它的主要方面,不能因为次要方面的干扰就影响了对它主要艺术成就的评价。可是正如上文所说,"曲终奏雅"的结构特征既为这类赋作的共有属性,那这类赋作的众多作者究竟出于什么心理都要在末尾加一点讽谏之义,以对前文的大肆铺陈来一个轻轻的否定呢? 有关这一点"主次有别"论者显然也是很难说清的。

那么,"曲终奏雅"的结构型态其审美功能究竟何在呢? 一言以蔽之,那就是要借这种终归于正的结尾方式,以为赋作前文的情感宣泄、才藻驰骋提供一件合法的外衣。说得再明确一点,也即是这样的"曲终奏雅"完全是一个幌子,它的目的就是要使作家自由宣泄情感、自由驰骋才藻的理想,在它所提供的平台上得到最淋漓、最充分的实现。所谓以文干政、有助讽谏云云,与这类文体是根本不相干的。一个作家稍有理智即可知道:依靠这类文体进行讽谏,那简直就是缘木求鱼。

也正由于这一认识,所以我们上文才有在前人对"曲终奏雅"的看法中,唯有"主次有别"说稍近正解的断语。之所以这样说,乃是因为无论是"卒章显志"说还是"劝百讽一"说,它们对作家的讽谕指向都是肯定的,所不同者只是一个认为这样的讽谕指向得到了实现,而另一个认为没有实现罢了。至于"内心矛盾"说,虽然对于作家的尚美趣尚已有所重视,但是由于它仍旧把赋尾的"曲终奏雅"看作赋作的重要组成部分,所以十分明显,较之"主次有别"说仅仅把"曲终奏雅"看作文本的一个非常次要、次而又次的方面,它的诠解也同样是要逊色很多的。当然这里说"逊色很多"并非本质上的,而是程度上的,因为即是"主次有别"说,它也同样把作家的讽谕指向看作客观的存在。只是与前面几说相比,它对作家的讽谕指向在作家心目中所占的地位看得更为轻淡罢了。较之把"曲终奏雅"纯粹看作"幌子"、看作"烟幕",也即完全否定作家补衮意识的存在,这一看法也同样是有失皮相的。我们所以说"主次有别"只是稍近正解,而非较近正解,或者说等同正解,其根本原由也正在此。

那么,"曲终奏雅"的大赋创作为什么一定要有一个虚假的结尾来捍卫它的合法性呢? 其实答案很简单,那就是这类赋作的宣情驰藻无论从儒墨道法哪一家的观点来看,它们都是不合宜的。举例来说,譬如枚乘《七发》,它的主体主要是由六部分构成的,具体来说即五音之乐、美食之乐、车马之乐、野游之乐、田猎之乐和观涛之乐。这些佚乐在传统的治国理念中,儒墨道法各家各派都是一概予以否定的。可是枚乘《七发》对它们的描写,目的就是要恣意宣泄作家对于这些世俗之乐的陶醉之情,极力展现作家在遣词造句、图物写貌方面的惊世之才;通过对自我情感淋漓尽致、无以复加的宣泄,通过对个人才藻登峰造极、无以凌越的炫示,以抒写作家达于自由、圆满境界的快乐。这种纯粹追求自由、圆满与极致的趣尚,我们除了以"唯美主义的追求"来为它定性外,是很难再将它与别的什么政治理念、道德教化挂上钩的。这种毫无政治功利、道德说教的纯粹娱乐性的审美诉求,在当时的历史条件下是很难被公众接受的。也正是基于这一原因,所以《七发》末尾才要加上一个孔老庄孟共"论天下之精微,理万物之是非",探讨"天下要言妙道"的光环①,以掩盖它在政教伦理上的不足;希望借助这耀眼的光环,以使它的远离政教的审美之乐,由此也获得一点合法的支持。

　　枚乘的《七发》是这样,司马相如的《子虚赋》《上林赋》及《大人赋》也同样如此。《子虚赋》末尾假借乌有之口批评子虚"不称楚王之厚德,而盛推云梦以为骄,奢言淫乐而显侈靡"②,《上林赋》末尾假借天子自悟之语,自我贬损:"此大奢侈","非所以为继嗣创业垂统也"③,这两者皆属虚饰之言,固无足论,即如《大人赋》末尾的"下峥嵘而无地兮,上嵺廓而无天。视眩泯而亡见兮,听敞恍而亡闻。乘虚亡(无)而上遐兮,超无友而独存"④,也同样带有"曲终奏雅",自我保护的性质。

　　正如许多学者所说,司马相如的这段文字乃是由楚辞《远游》变来的:"下峥嵘而无地兮,上寥廓而无天。视儵忽而无见兮,听惝恍而无闻。超无为以至清兮,与泰初而为邻。"两相比较,不难看出司马相如的赋文与楚辞《远游》完全是换词为义,二者在语意上并无差别。由于道家历来以"泰初"为万物之始,并常常将它用作"道"的别名,所以所谓"与泰初而为邻"实际上也就是"与道同体"之意。王逸解释这句话的含义说:"与道并也"⑤,足以见出他对此认识的也是很清楚的。又,著名汉赋研究专家万光治说:"相如所谓大人,关乎老庄哲学","应指得道之人"⑥。与王逸所说也为同义。不过,还应注意,虽然《大人赋》与《远游》所说皆是"与道同体"之义,但是二者的具体所指却是大不相同的。因为前者是写给帝王看的,塑造的是一个无为无作、与民休息的大人形象;后者则是作家的自我写照,塑造的是一个

①费振刚等《全汉赋》,北京大学出版社,1993年,第21页。
②费振刚等《全汉赋》,北京大学出版社,1993年,第49页。
③费振刚等《全汉赋》,北京大学出版社,1993年,第67页。
④费振刚等《全汉赋》,北京大学出版社,1993年,第92页。
⑤洪兴祖《楚辞补注》卷5,中华书局,1983年,第174～175页。
⑥万光治《汉赋通论》,中国社会科学出版社、华龄出版社,2004年,第258～259页。

抛弃尘世、无为逍遥的大人形象。《大人赋》正是通过这一大人形象性质的转换,也为它在前文对大人遨游天地的宏大场面的不合法的描写披上了一件合法的外衣。《史记·司马相如列传》说:"相如既奏《大人之颂》(即《大人赋》),天子大悦,飘飘有凌云之气,似游天地之间意。"①这充分说明汉武帝对《大人赋》有关神仙遨游天地的宏大场面的描写的真实用意也是心领神会的②。

三、"曲终奏雅"结尾的消逝与两汉大赋创作的衰落

"曲终奏雅"的大赋创作终归于正的虚假幌子,在西汉前期确实为这类赋作的合法存在争得了一席之地,不仅给作家自己的自由宣情、骋才驰藻开拓了空间,为封建帝王对这类赋作的公开欣赏留足了面子,而且也赢得了当时不少学者的肯认。仍以《大人赋》为例,如上所列,司马迁说:"《大人》赋说,靡丽多夸,然其指风(讽)谏,归于无为。"在这方面即是一个典型的例子。当然,司马迁对《大人赋》讽谏指向的肯定,在史籍中还有另一版本,那就是《史记·司马相如传》:"相如以为列仙之传居山泽间,形容甚臞,此非帝王之仙意也,乃遂就《大人赋》。"③之所以会有这样的认识,盖是因为误读了《大人赋》临近结尾的以下几句话:"吾乃今日睹西王母:暠然白首戴胜而穴处兮,亦幸有三足乌为之使。必长生若此而不死兮,虽济万世不足以喜。"实际上这里对西王母所作的描写乃是为了反衬大人的壮游之趣:"遍览八纮而观四海兮,朅度九江越五河。""排阊阖而入帝宫兮,载玉女而与之归。"④等等。它们在行文归属上仍然属于情志激荡、骋才驰藻的"靡丽多夸"部分,把它看作赋文末尾终归于正的讽谏是不符合《大人赋》的实

---

① 司马迁《史记》卷 117,上海古籍出版社,1997 年,第 2311 页。
② 按,除了汉武帝父子外,汉宣帝父子对辞赋的功能认识也很到位。如《汉书·王褒传》载宣帝之言曰:"辞赋大者与古诗同义,小者辩丽可喜。辟(譬)如女工有绮縠,音乐有郑卫,今世俗犹皆以此虞(娱)说(悦)耳目,辞赋比之,尚有仁义风(讽)谕,鸟兽草木多闻之观,贤于倡优博弈远矣。"在这里宣帝之所谓"大者"当系指"诗人之赋","小者"当系指"辞人之赋"。显然在他看来"辞人之赋"就如"女工有绮縠,音乐有郑卫"一样,其主要功能也是供人"虞(娱)说(悦)耳目"的。又,《王褒传》又载:"顷之,擢(王)褒为谏大夫。其后太子体不安,苦忽忽善忘,不乐。诏使(王)褒等皆之太子宫虞(娱)侍太子,朝夕诵读奇文及所自造作。疾平复,乃归。太子喜(王)褒所为《甘泉》及《洞箫颂》,令后宫贵人左右皆诵读之。"据此,更见宣帝父子不唯对辞赋的愉悦功能有着清醒的认识,并且还将它落实到了实践中。详班固《汉书》卷 64,中华书局,1962 年,第 2829 页。
③ 司马迁《史记》卷 117,上海古籍出版社,1997 年,第 2307 页。
④ 费振刚等《全汉赋》,北京大学出版社,1993 年,第 92 页。

际的。所以两相比较,我们还应以司马迁《太史公自序》中所说的"然其指风谏,归于无为"为准。

如果说司马迁等西汉前期学者对于"曲终奏雅"的大赋创作的讽谏指向还是给予了积极认可的话,那么在司马迁之后由于儒家学说的日益独尊,学者们对这类辞赋的讽谏力度、教谕效果就越来越表示怀疑了。如上所列,扬雄认为:"赋者,将以风也。必推类而言,极丽靡之辞,闳侈钜衍,竞于使人不能加也,既乃归之于正,然览者已过矣。……繇(由)是言之,赋劝而不止,明矣。"又,班固虽然在《汉书·司马相如传》中对于扬雄"靡丽之赋,劝百而风(讽)一"的观点也作了否定,但是在其更为正式的《艺文志》中,却对枚乘、司马相如等的赋作皆提出了尖锐批评:"竞为侈丽闳衍之词,没其风(讽)谕之义。"据此可知他对汉大赋的"曲终奏雅"也是很不满意的。

也正是由于儒家学者及官方话语的竭力遏制,所以在司马相如之后"曲终奏雅"的大赋创作便迅速衰落下去。由现在我们还能见到的比较完整的赋作看,除了扬雄的《羽猎赋》、傅毅的《七激》和张衡的《七辩》等少数几篇赋作还能勉强维持"曲终奏雅"的格局外,其余大多数大赋创作尊承的都是"首尾一贯"式的制作路子。盖也正因制作模式的改变,所以才使大赋创作陷入了一个十分尴尬的境地:不仅在情感宣泄方面大不如前,而且在辞藻铺陈方面也失去了先前的奇壮和辩丽。那么,是什么原因导致了这样的差别呢?其根本原因就在于由于"曲终奏雅"式的虚饰性结尾的消逝,使自此之后的大赋创作无论在审美物象的选择上,还是在情感的宣泄与辞藻的铺排上,都受到了很大限制。

那么何以会出现这样的情况呢?此乃因为"曲终奏雅"的大赋创作由于末尾有一个终归于正的虚假讽谏作幌子,这就使它无论在物象选择还是情感宣泄、才藻驰骋上都获得了极大便利,不管什么侈音美食、野游田猎,它都可以尽情描绘,心中无需任何顾忌。也正是由于这种可以尽情创造、尽情体验"极致"的自由,才使作家由此感到了无限的快乐,也使作品由此获得了无限的魅力。而"首尾一贯"式的大赋创作,由于它前文的铺陈描写在思想属性上总要与结尾的讽谕相一致,这就使它在物象选择上必须考虑物象的道德意蕴和政治价值。而物象选择道德意蕴和政治价值的设定,势必使作家的情感投入也即情感兴奋程度受到抑制,而作家的情感投入一旦减损,则必然进而使作家的想象力、语言运用能力也随之下降。如此,作为大赋创作创作模式的重要转换,"首尾一贯"式较之"曲终奏雅"式无论在物象、情感、辞采等诸方面都难与比肩,自然也就无庸赘语了。

　　那么,实际情况果真如此吗?我们不妨用司马相如之后大赋创作的四大代表王褒、扬雄、班固和张衡的代表性作品做个验证。首先来看王褒的名作《洞箫赋》。通读《洞箫赋》不难发现,作者自始至终都在歌颂洞箫的美质以及圣主对于洞箫的"渥恩"。说他歌颂洞箫的美质,乃是因为赋作从一开始就盛赞箫干的不凡:"原夫箫干之所生兮,于江南之丘墟。……托身躯于后土兮,经万载而不迁。吸至精之滋熙兮,禀苍色之润坚。感阴阳之变化兮,附性命乎皇天。"说他歌颂圣主的"渥恩",乃是因为圣主不仅把箫干从深山选拔了出来,而且还遵顺它的天命之性把它制造成了能够发出各种仁音的箫笛:"听其巨音,则周流泛滥,并包吐含,若慈父之畜子也。其妙声则清静厌瘵,顺叙卑达,若孝子之事父也。科条譬类,诚应义理。澎濞慷慨,一何壮士!优柔温润,又似君子。"也正因如此,所以人一旦听了这样的箫音,贪婪者即可变"廉隅",暴戾者即可变"不怼",刚武者即可"反(返)仁恩",逸乐者即可"戒其失"。一言以蔽之,幸蒙"圣化",遂使洞箫之声"从容中道,乐不淫兮;条畅洞达,中节操兮"①,完全达到了儒家之乐中正平和的境地。十分明显,由于这些大量的伦理化、说教化的句子的插入,遂使《洞箫赋》有关音乐的描写黯然失色。"首尾一贯"的结构方式对于大赋创作的审美成就究竟具有怎样的影响,我们由此不难得知。

　　下面再看扬雄的作品。扬雄的大赋数量较多,不过最具代表性的主要是以下四篇:《羽猎赋》《长杨赋》《河东赋》和《甘泉赋》。在这四篇赋作中,除了《羽猎赋》属于"曲终奏雅"式的作品外,其余三篇皆为"首尾一贯"式。与王褒的《洞箫赋》一样,这三篇作品也同样由于大量道德化、伦理化句子的插入,而使其生动性、艺术性大打折扣。最具说服力的就是《羽猎赋》和《长杨赋》,二者都是描写天子狩猎的作品,可是前者由于"曲终奏雅"的掩护,图物写貌十分便利,因此文中不乏这样的好句子:"壁垒天旋,神抶电击。逢之则碎,近之则破。鸟不及飞,兽不得过。军惊师骇,刮野扫地。"②等等。而后者由于"首尾一贯"的限制,物态描摹多所拘忌,所以即使一些

────────────

①费振刚等《全汉赋》,北京大学出版社,1993年,第143～144页。
②费振刚等《全汉赋》,北京大学出版社,1993年,第188页。

饱含伦理化的说教,如"今朝廷纯仁,遵道显义,并包书林,圣风云靡。英华沉浮,洋溢八区,普天所覆,莫不沾濡。士有不谈王道者,则樵夫笑之"①,等等,在它之中也为难得的佳句。如此对比鲜明的反差,个中蕴味不能不令我们深思。

"首尾一贯"式的大赋创作,至班固、张衡而达最高成就,也至班固、张衡而达最尴尬的境地。表面看来《两都赋》《二京赋》也是首先颂美,然后讽谏,好像与司马相如等一样展现的也是双主题,但在实际上二者却是有很大不同的。之所以这样说,乃是因为司马相如等的篇末之谏由于纯为障人耳目、纯为走形式,所以轻描淡写,十分简略,而班张的这两篇大赋作品颂美与讽谏的文字在数量上却几乎是完全相同的,在这种情况下我们就很难再将其讽谏视为幌子。因为如果真是幌子的话,那就也同样应当一笔带过、聊聊数语,是不应该像我们现在所看到的这样长篇大论的。所以《两都赋》《二京赋》后文的讽谏确实已对前文的颂美形成了否定,前文的颂美只是为后文的讽谏提供靶子,它们自身是并不具有独立性的。也正基于这样的实际,所以我们认为班张二人的大赋创作也仍然属于"首尾一贯"式,只不过他们所采用的乃是一种欲抑先扬的行文方式罢了。

可是问题恰恰也正出在这里,因为按照一般逻辑,作为全文的主体,赋作后文的讽谏部分无论在情感、辞藻方面都应胜过前文,然而由于其道德倾向的限制,使其在物象选择与描写上往往都拘限于儒家所谓的"制度之美"②,而充满道德规诫之论,如班固《东都赋》云:"四海之内,学校如林,庠序盈门,献酬交错,俎豆莘莘,下舞上歌,蹈德咏仁。"③等等。如此,作为全文的主体,赋作的讽谏部分写得反而不如前文作为靶子的颂美部分更富情采,自然也就成了不可避免的事。

四、余论

众所周知,汉代大赋创作的最大特点就在追求极致,具体说来也就是

---

① 费振刚等《全汉赋》,北京大学出版社,1993年,第203页。
② 范晔《后汉书》卷40,中华书局,1965年,第1335页。
③ 费振刚等《全汉赋》,北京大学出版社,1993年,第321页。

描绘描到极致,叙述叙到极致,抒情抒到极致,议论议到极致①。而要真正做到这一点,最有效的办法就是铺排与骈词。如上所列,班固《汉书》载扬雄之语说:"竞于使人不能加。"又,皇甫谧《三都赋序》说:"文必极美","辞必尽丽"②,刘熙载《艺概·赋概》说:"赋起于情事杂沓,诗不能驭,故为赋以铺陈之。斯于千态万状,层见迭出者,吐无不畅,畅无或竭。"③等等。所说可谓皆是这一意思。这种追求极致的心理实际上与人们追求高度圆满、高度自由的审美心态可谓密切相联系。然而遗憾的是如中国古代的许多时代一样,两汉时期像这样的审美追求也同样不为正统文化所允许,以枚乘、司马相如等为代表的大赋创作所以均要在文末加一个"曲终奏雅"的虚假幌子,其原因正在此。

然而在司马相如之后随着儒家的独尊、儒学统治的进一步加强,即使连这样的"曲终奏雅"也不再被允许,被冠以"劝百讽一"的污名而饱受贬斥,"首尾一贯"式的大赋创作正是在这样的背景下才一跃而成大赋的主流。但是如上所说,大赋创作以追求极致为指归,因此即使在"首尾一贯"式的大赋创作中,其追求极致化的倾向也仍然是十分突出的。只是由于道德化讽谏主旨的限制,使这类赋作在物象选择上多所拘忌,常常不得不以政教伦理方面的内容直接入赋,这才使它无论在抒情气息还是词藻修饰上都有逊于"曲终奏雅"式的作品。

西晋文论家挚虞《文章流别论》说:"古诗之赋,以情义为主,以事类为佐;今之赋,以事形为本,以义正为助。情义为主,则言省而文有例矣;事形为本,则言富而辞无常。文之烦省,辞之险易,盖由于此。"④据实而论,这

---

① 按,这种追求极致的风尚不仅在汉代,早在战国时期就已很突出。这不仅表现在《战国策》中,而且也表现在辞赋创作中。举例来说,如宋玉有《大言赋》,又有《小言赋》,前者比赛看谁说得大,后者比赛看谁说得小,对此就是一很好的说明。因《小言赋》较长,此仅录其《大言赋》:"楚襄王与唐勒、景差、宋玉游于阳云之台。王曰:'能为寡人大言者上座。'王因唏曰:'操是太阿剥一世,流血冲天,车不可以厉。'至唐勒,曰:'壮士愤兮绝天维,北斗戾兮太山夷。'至景差,曰:'校士猛毅皋陶嘻,大笑至兮摧覆思。锯牙云,唏甚大,吐舌万里唾一世。'至宋玉,曰:'方地为车,圆天为盖,长剑耿耿倚天外。'王曰:'未也。'玉曰:'并吞四夷,饮枯河海;跋越九州,无所容止;身大四塞,愁不可长;据地盼天,迫不得仰。'"详严可均《全上古三代文》卷10,《全上古三代秦汉三国六朝文》,中华书局,1958年,第72页。
② 郁沅、张明高《魏晋南北朝文论选》,人民文学出版社,1996年,第136页。
③ 刘熙载《艺概》卷3,上海古籍出版社,1978年,第86页。
④ 郁沅、张明高《魏晋南北朝文论选》,人民文学出版社,1996年,第179~180页。

里所谓"今之赋",也是应当包括"首尾一贯"式的大赋创作在内的。说得再明确一点,也就是就像枚乘、司马相如等的赋作一样,"首尾一贯"式的大赋创作也同样是"以事形为本,以义正为助"的。所不同者只在二者对于"义正之助"的依赖程度不同罢了。"曲终奏雅"的大赋创作完全把这种"义正之助"当作幌子,当作一个外在的套子,所以它的存在丝毫不影响作家对其审美才情的自由炫示。可是对"首尾一贯"式的大赋创作来说,此"义正之助"却恰如一个过滤器,任何超出或大于它的尺寸的东西都将被抑制。也正由于这类赋作在物象选择上的这一限制,使其所选物象的性质、特点首先在审美趣味、审美特征上就输了一筹,所以才使它的作者尽管也竭尽铺排之能事,但是在审美效果上最终还是无法与"曲终奏雅"式的大赋创作相比拟。

第六章　诸子文论与"诗言志"

第一节　孔子的"兴观群怨"与"诗言志"

春秋战国的诸子时代,是华夏文化第一次大放光明,大显神通,硕果累累,功盖千秋的时代,可以说此后任何一个时期所取得的成就,都难与它比肩。诸子文化的内容涵盖方方面面,其在中国文论发展史上也同样具有奠基地位。尽管对于诸子文论的许多问题,前人都已有比较深入的了解,但是仍有不少十分关键,甚乃十分重大的命题,前人并未很好地解决。譬如孔子为何要提出"兴观群怨",孟子为何要强调"以意逆志",道家"自然无为"的审美趣尚与文艺创作究竟有什么联系,墨法的"崇实尚用"精神对于文艺创作究竟有什么冲击等等,所有这些显然都是需要我们再作进一步探讨的。

那么,何以会有这样的情状呢? 当然,不同的问题,其原因也是各不相同的。但是如果细加梳理,我们也会惊奇地发现前人之所以对这些问题还未圆满解决,也有一个共同原因,那就是他们在考虑这些问题时,并没有将其与"诗言志"这一中国古老的诗学观念相联系。正如我们前文所说,"诗言志"乃中国诗歌的开山纲领,它在中国诗学理论中具有月映万川,统摄一切的地位。任何一个诗学命题,如果不放在它的视域,其自身所具的理论特质及其对中国诗论建构的重要意义,我们都无法有一个明彻的认识。也正鉴此,所以将以上论题重新放到"诗言志"的视域再加分解,再予阐析,这无疑对我们更为深入更为全面地认识诸子文论的诗学贡献仍具重要价值。首先来看"兴观群怨"的意义。

一、从"兴"的本义看"兴观群怨"的具体所指

众所周知,"兴观群怨"乃孔子诗论最重要的命题之一,它的原文见于《论语·阳货》:"子曰:'小子何莫学夫《诗》?《诗》可以兴,可以观,可以群,

可以怨;迩之事父,远之事君;多识于鸟兽草木之名。'"①由现有文献看,最早对"兴观群怨"加以解释的是西汉的孔安国和东汉的郑玄,他们将"兴观群怨"分别解释为:"引譬连类"(孔),"观风俗之盛衰"(郑),"群居相切磋"(孔),"怨刺上政"(孔)②。后世的种种诠解都不过是对二家之说的进一步发挥。在后世众多的发挥中最有代表性的主要有三家:(一)朱熹:"感发志意","考见得失","和而不流","怨而不怒"③;(二)杨伯峻:"培养想象力","提高观察力","锻炼合群性","学得讽刺方法"④;(三)萧华荣:"称诗以喻其志","以别贤不肖而观盛衰","彼此的想法达到交流与沟通","以称诗进行怨"⑤。其他各家的解说可以说均未超出以上三家的范围。

那么,对于以上各家的论说,我们究竟应当怎样看呢?笔者认为对"兴"的诠解无疑是最关键的。因为"观群怨"三者都以"兴"为基础,如果"兴"的诠解发生了错误,那对"观群怨"三者自然也不可能作出正确的诠解。

总观以上各家之说,孔安国将"兴"释为"引譬连类"无疑是最准确的。所谓"引譬连类"也即引《诗》为譬,连《诗》为类,孔子借此要强调的就是要对《诗经》的依托。前文已明,"兴"的本义乃托物使起,"引譬连类"与此显然有着密切的联系。因为引《诗》为譬,连《诗》为类,换句话说也即托《诗》为譬,托《诗》为类,也就是依托《诗经》述情言志,以使自己的情志表达有所准依。由于所述情志乃由《诗经》托起,在《诗经》之中有其依据,如此一来,其合法性自然也就毋庸置疑。物失其托则不能起,志失其托则不能立,孔子之所以如此强调对自我情志的抒发一定要托《诗》为助,以《诗》为据,其最根本的因由正在这里。显然,如果不了解"引譬连类"与"兴"的"托物使起"的本义二者之间的密切联系,我们对孔子所说的"兴观群怨"之"兴"的内在涵蕴就不可能有一个准确的解释。

那么,"引譬连类",以《诗》为据,人们究竟通过什么方式来实现呢?这一方式就是萧华荣先生所说的"称诗以喻其志",也即通过对《诗经》之中不

①杨伯峻《论语译注》,中华书局,1980年,第185页。
②刘宝楠《论语正义》卷19,中华书局,1990年,第689页。
③朱熹《论语集注》卷9,《四书集注》,上海书店,1987年,第130页。
④杨伯峻《论语译注》,中华书局,1980年,第185页。
⑤萧华荣《春秋"称诗"与孔子诗论》,《古代文学理论研究丛刊》第5辑,上海古籍出版社,1981年,第201~202页。

同诗歌的赋引,来传达自己内心的情志。说得再明确一点,也就是孔子所说的托《诗》为助,引《诗》为譬,连《诗》为类,并不仅仅是说要依据《诗经》的思想来述说情志,它同时还要求把对《诗经》思想的遵依落实在对《诗经》具体篇章的赋咏或具体诗句的征引里。正如前文所说,在春秋时期无论是国际交往、朝会宴饮,还是君臣论道、日常交际,通过赋诗引诗以传情达志,这在当时是极为流行的。《汉书·艺文志》说:"古者诸侯卿大夫交接邻国,以微言相感,当揖让之时,必称诗以喻其志,盖以别贤不肖而观盛衰焉。"①这虽然讲的只是国际交往,但其实对于朝会宴饮、君臣论道以及日常交际也同样是适用的。孔子之所谓"《诗》可以兴",所指也同是这种情况。只不过他所强调的乃是对他所编定的"《诗》三百"的依托,而不像之前或同时其他人,依托的乃是"《诗》三百"之外的其他传本罢了。

虽然表面看来,"称诗以喻其志"的说法出于班固,但是由于班固并未将它与孔子的"兴观群怨"相联系,所以我们仍将它的发明权归于萧华荣。不过,在这里需要特别强调的是,虽然与朱熹、杨伯峻等学者相较,萧华荣先生的解释更能体现孔子的原意,但是若与孔安国的"引譬连类"相较,它仍有两点是不妥当的。

第一,"称诗喻志"只是"引譬连类"的表现形式,它并未展现出孔子那引《诗》为譬,连《诗》为类的思想本旨。譬如萧华荣在解释"称诗喻志"的含义时说:"'称诗'包括引诗和赋诗。"所谓引诗乃是指"春秋时期,在政治、外交等场合,当人们发表意见、建议、主张时,往往引用诗句作为自己的论题的论据,以加强议论的权威性和说服力","这种引诗情况比较简单,也很容易理解,如同后来所说的'引经据典'"②。而"兴"在赋诗中的用法则是指"由诗句领悟出某种外交的意图或想法,使双方的思想得以沟通"③。仔细品味萧华荣的这段论述,不难看出他对"引诗"的理解要远比他对"赋诗"的理解来得更准确。因为无论是引诗还是赋诗,它们都是托诗为助,都是对他人之诗的依托,只不过前者把自己的观点、自己的情志说了出来,而后者

①班固《汉书》卷30,中华书局,1962年,第1755页。
②萧华荣《春秋"称诗"与孔子诗论》,《古代文学理论研究丛刊》第5辑,上海古籍出版社,1981年,第192～193页。
③萧华荣《春秋"称诗"与孔子诗论》,《古代文学理论研究丛刊》第5辑,上海古籍出版社,1981年,第199页。

则将其隐而不宣罢了。萧华荣把"兴"在赋诗中的用法界定为"由诗句领悟出某种外交的意图或想法,使双方的思想得以沟通",这与"称诗喻志"的说法固然不矛盾,但是显而易见它却把孔子引《诗》为譬,连《诗》为类的意旨给完全遮蔽了。足见,孔子之所谓"《诗》可以兴",虽然确乎是指"称诗喻志",但以"称诗喻志"来说明"《诗》可以兴"显然太笼统了,它远无"引譬连类"来得更为恰切更为明确。

第二,以"称诗喻志"释"兴"无法显示孔子之"兴"与"兴"的本义之间的联系,在这一点较之孔氏的解释,它也同样是不够切当的。并且事实证明,萧华荣也确实不是从"兴"的"托物使起"的本义来理解"兴观群怨"的。比如他说:"《说文》云:'兴,起也。''起'是'兴'的基本意义。""该字的本义是'站起来',……'站起来'表示感恩戴德。正是由这种具体可见的动作'兴'(起,站起来),引申出了那种表示思想受到启迪的抽象的心理活动的'兴'。在虚与委蛇的充满冰冷的利己打算的外交周旋中,如果有谁真的一本正经地去'欣赏'对方所赋诗篇固有的形象与感情,并接受其感染和激发,那才是'《诗》之失,愚'(《礼记·经解》)呢!"(同上)这样的理解显然是很难立足的。上文已证,"兴"的本义乃"托物使起",加以引申才有"引譬连类"的用法,抛开"托物使起"的本义不讲,而去从"'站起来'表示感恩戴德"中寻找"兴"字取义的依据,这样的诠解显然是需要斟酌的。萧华荣之所以把孔子之"兴"解释得那样笼统,对"兴"的本义缺乏认识显然也是其中一个十分重要的原因。

对于"兴观群怨"的理解,以"兴"为关键。把握了"兴"的意义,那么"观群怨"的意义也就不难理解了。既然"兴"乃引《诗》为譬,连《诗》为类,依托《诗经》述说情志,那么,与此相应,"观群怨"三者自然也当是指依《诗》观察彼此的心志,依《诗》交流思想情感,依《诗》向人表达怨刺。郑玄、孔安国将"观群怨"解释为"观风俗之盛衰","群居相切磋","怨刺上政",虽然大而言之也不算错,但是明显把"观群怨"的所指理解得太狭隘了。因为如上所说,"春秋称诗"适用于国际交往、朝会宴饮、君臣论道和日常交际等多种场合,以"观群怨"分别对应"观风俗之盛衰","群居相切磋"和"怨刺上政",这样的划分显然太机械了。尤其需要注意者,《诗经》在孔子那里已是经典,它的应用范围十分广泛,对于朋友、家庭、国政、外交都有指导意义。孔子绝不会把它的运用仅仅局限在某一方面或某一领域。萧华荣把"观群怨"

解释为"以别贤不肖而观盛衰","彼此的想法达到交流与沟通","以称诗进行怨",虽然初看上去颇较郑玄、孔安国全面,但是就像他对"兴"的诠解一样,他的这些表述也同样太笼统了。因为"兴"字既指对《诗》的依托,那"观群怨"自然也应以《诗》为基。"观"的时候要依《诗》而观,"群"的时候要依《诗》而群,"怨"的时候也要依《诗》而怨。《诗三百》不仅是"观群怨"的依据,而且也是"观群怨"的界域。一方面称《诗》者所称的诗歌可以为自己所表达的情志提供支持,提供依托,另一方面那些不符合《诗经》精神的情志,称《诗》者也是最好不要与《诗经》中的诗歌强行搭配,随意连类的。总之,在"兴观群怨"这种称《诗》活动里,孔子希望称《诗》者事事处处都能以"《诗三百》"为准的,充分尊重"《诗三百》"的权威地位,力求做到言必有依,语必有据,使人与人的情感交流,严格保持在他所向往的西周礼乐文明的大雅境界里。有关这一点,在萧华荣的表述里,显然是凸显得很不够的。

前人对于"兴观群怨"的解释,除了郑玄、孔安国和萧华荣外,如上所列,较有代表性的还有朱熹和杨伯峻,不过他们的理解较之孔子的本意相去就更远了。因为在"兴观群怨"这段论述里,孔子显然讲了三层意思:(一)《诗》可以"兴观群怨",用于交际;(二)《诗》可以陶冶思想,"事父""事君";(三)《诗》可以博物增识,"多识于鸟兽草木之名"。第一条属于对《诗》的赋引,也即运用,后两条属于对《诗》的阅读,也即学习。可是如依朱、杨二人的解释——前者谓"感发志意","考见得失","和而不流","怨而不怒",后者谓"培养想象力","提高观察力","锻炼合群性","学得讽刺方法",那"兴观群怨"就也同样是指对《诗经》的阅读与学习。这与孔子对于《诗经》功能的理解显然也是很不一致的。

二、对"春秋赋诗"引诗为譬,连诗为类的进一步说明

"春秋称诗"与"兴观群怨"的关系已如上述,为了对此有一更深入的了解,接下来我们不妨再对"春秋赋诗"引诗为譬,连诗为类的属性作进一步说明。如上所述,"春秋称诗"包括引诗和赋诗两种形式,它们都是对前人之诗的比附和依托,只不过由于后者表现得比较隐曲,致使有不少学者都对它存在着误解。再明确说,也即是有不少学者都有这样的认识,即春秋之时,"作者不名","当时只有诗,无诗人。古人所作,今人可援为己诗。彼人之诗,此人可赓为自作,期于'言志'而止。人无定诗,诗无定指,以故可

名不名,不作而作也"①。其实这一看法也是完全站不住脚的。春秋人赋诗,其内心十分清楚,就是对他人之诗的依托,对他人之诗的比附。有关这一点,我们在相关文献中也是可以找到充分依据的。

举例来说,如《国语·晋语四》载秦伯、重耳之会曰:"秦伯赋《六月》,子馀使公子(重耳)降拜。秦伯降辞。子馀曰:'君称所以佐天子匡王国者以命重耳,重耳敢有惰心,敢不从德?'"对于这一记载,韦昭解释说:"《六月》,《小雅》,道尹吉甫佐宣王征伐,复文、武之业。其诗云:'王于出征,以匡王国。'其二章曰:'以佐天子。'三章曰:'共武之服,以定王国。'此言重耳为君,必霸诸侯,以匡佐天子。"②由这一事例不难看出,在赋诗者心里对于所赋之诗与所言之志,赋诗者区分的还是很清楚的。"诗"是他人之诗,"志"是自我之志,赋诗者就是要拿他人之诗托起自我之志,以自我之志与诗中之志相比附。由于自我之志可以在前人之诗中找到依据,它的合法性、正当性自然也就毋庸置疑。具体到秦穆公所赋这首诗,正如韦昭所言,由于《六月》所述乃尹吉甫佐助周宣王恢复文、武之业的事,秦穆公赋此,显然是要表达这样的意思,即希望晋国重耳也能像尹吉甫一样,佐助周天子干出一番轰轰烈烈的事业。尹吉甫与晋重耳二者之间完全是一种比附关系,后者以前者为依托,尹吉甫的伟大正衬显出晋重耳的责任。虽然秦穆公并未把这层意思直接表达出来,但他显然已向晋重耳传递了这样一个信息,即《小雅·六月》所描述的,也正是我对你期望的,认为你必能达到的。秦穆公尽管只是把《六月》这首诗赋吟了一遍,但是他对重耳的勉励之意,我们完全可以通过比附的方法将其推导出来。

又如《左传》襄四年载:"穆叔(鲁叔孙豹)如晋,报知武子(晋荀罃)之聘也。晋侯享之,金奏《肆夏》之三,不拜。工歌《文王》之三,又不拜。歌《鹿鸣》之三,三拜。韩献子使行人子员问之,曰:'子以君命辱于敝邑,先君之

① 董运庭《春秋诗话笺注》卷1,中国社会科学出版社,2013年,第19页。又,翁其斌曰:"'赋诗'中所赋的诗已经不是原来意义上的诗了,已经被赋诗者重新赋以自己的意思了,赋诗者实际上是在利用'古人之作''彼人之诗'进行二度创作,是以述为作,'不作而作'。从这个意义上说,赋诗者所赋之诗,实际上也可视为赋诗者本人所作之诗。"这一说法与劳孝舆所说虽不尽一致,但他们最终所要表达的显然都是"彼人之诗,此人可赓为自作"。虽然说在客观上确实存在着他们所说的这种情况,但是当时人对此是不愿公开承认的。当时人交际在公开的名义上,还是公认这乃是对他人之诗的假托。详陈伯海、翁其斌《中国诗学史》(先秦两汉卷),鹭江出版社,2002年,第131页。
② 徐元诰《国语集解》,中华书局,2002年,第340页。

礼,藉之以乐,以辱吾子。吾子舍其大而重拜其细,敢问何礼也?'对曰:
'《三夏》,天子所以享元侯也,使臣弗敢与闻。《文王》,两君相见之乐也,使
臣不敢及。《鹿鸣》,君所以嘉寡君也,敢不拜嘉?《四牡》,君所以劳使臣
也,敢不重拜?《皇皇者华》,君教使臣曰:"必谘于周。"臣闻之:"访问于善
为咨,咨亲为询,咨礼为度,咨事为诹,咨难为谋。"臣获五善,敢不重
拜?'"①由这一记载也同样可以看出,春秋人对所赋之诗与赋诗者之志区
分的是非常清楚的。具体来说,鲁穆叔显然把晋方所赋之诗分作了三类:
(一)"《肆夏》之三"是"天子所以享元侯"的;(二)"《文王》之三"是"两君相
见之乐";(三)"《鹿鸣》之三",也即《鹿鸣》《四牡》和《皇皇者华》三诗,这才
是一个使臣该接受的。通观全文的逻辑不难看出,首先鲁穆叔并没有把晋
人赋诗所表达的良好祝愿与诗歌的原旨完全等同起来,他只将其看作一种
比附关系。也正因他只将其视为一种比附关系,所以他才批评晋人虽然赋
诗也旨在交好,但是所言之志与所赋之诗二者的比附却是失当的。

　　由这段记载还可看出,晋人也同样应知晓他们的赋诗只是类比式地表
达自己的情志,所不同者只在于他们对诗歌的原属类别认识得不够清楚罢
了。如果认为晋方的赋诗者已把《三夏》《文王》等等诗歌看作了自己的诗,
这在逻辑上无疑是很难讲通的。因为第一,鲁穆叔与韩献子等乃是同一时
代的人,他们对当时空前流行的"赋诗言志"活动在认识上不应存在太大分
歧。第二,像《三夏》《文王》这类诗,其诗歌内容都很具体,说赋诗者已把这
类诗歌当作了自己的诗,这也同样有悖于一般常理。足见,所谓"作者不
名","不作而作"云云,从《左传》的这一记载看也同样难成立。

　　又,《左传》文四年载:"卫宁武子来聘,公与之宴,为赋《湛露》及《彤
弓》。不辞,又不答赋。使行人私焉。对曰:'臣以为肄业及之也。昔诸侯
朝正于王,王宴乐之,于是乎赋《湛露》,则天子当阳,诸侯用命也。诸侯敌
王所忾,而献其功,王于是乎赐之彤弓一、彤矢百、玈弓矢千,以觉报宴。今
陪臣来继旧好,君辱贶之,其敢干大礼以自取戾?'"②与上文《左传》襄四年
的记载加以对照,不难发现宁武子对于鲁人的批评与鲁穆叔对于晋人的批
评,其所持理由实可谓是一脉相应的。

①杨伯峻《春秋左传注》,中华书局,1990 年,第 932～934 页。
②杨伯峻《春秋左传注》,中华书局,1990 年,第 535～536 页。

大概也同是因为看到了"春秋赋诗"对所托之诗的选择每每流于失当，所以当时人也曾一度提出过"歌诗必类"的主张。据《左传》襄十六年载："晋侯与诸侯宴于温，使诸大夫舞，曰：'歌诗必类。'齐高厚之诗不类。荀偃怒，且曰：'诸侯有异志矣。'"①由于"歌诗"乃是"赋诗"的特殊形式，因此这里的"歌诗必类"实际上也可视为"赋诗必类"的意思。所谓"歌（赋）诗必类"显然是说所歌（赋）之诗与所言之志一定要相类，孔安国把"兴观群怨"之"兴"解释为"引譬连类"，这个"类"字与"歌（赋）诗必类"之"类"在语意上无疑有着千丝万缕的联系。再进一步说，也即正因为"春秋赋诗"乃是对前人之诗的依托，是引诗为譬，连诗为类，所以春秋人才会根据当时"歌（赋）诗不类"的现象而要求"歌（赋）诗必类"。试想一想，如果"春秋赋诗"并不具有引诗为譬，连诗为类的性质，那何以会有"歌（赋）诗不类"或"歌（赋）诗必类"的说法呢？这显然是不可思议的。

又，《国语·鲁语下》载："公父文伯之母欲室文伯，飨其宗老，而为赋《绿衣》之三章。老请守龟卜室之族。师亥闻之曰：'善哉！男女之飨，不及宗臣；宗室之谋，不过宗人。谋而不犯，微而昭矣。诗所以合意，歌所以咏诗也。今诗以合室，歌以咏之，度于法矣。'"②这就更可以视为"春秋称诗"乃引诗为譬，连诗为类的有力证据。因为"诗所以合意"，顾名思义，显然是说所赋诗歌要与所言志意相合，"诗以合室"也同样是说所赋诗歌是用来与娶妻成室的志意相合的。所赋诗歌与所言志意如果不是两类东西，又怎么会用一个"合"字呢？这显然也是万难说通的。足见，说"春秋赋诗"乃是引诗为譬，连诗为类，这在文献中确实有其坚实的依据。

三、"兴观群怨"在"春秋称诗"活动中的具体体现

"兴观群怨"是对诗的赋引讲的，这一点由当时文献也可看得很清楚。如《左传》襄二十七年载："郑伯亨赵孟于垂陇，子展、伯有、子西、子产、子大叔、二子石从。赵孟曰：'七子从君以宠武也，请皆赋以卒君贶，武亦以观七子之志。'子展赋《草虫》，赵孟曰：'善哉！民之主也。抑武也不足以当之。'伯有赋《鹑之贲贲》，赵孟曰：'床第之言不逾阈，况在野乎？非使人之所得

①杨伯峻《春秋左传注》，中华书局，1990 年，第 1026～1027 页。
②徐元诰《国语集解》，中华书局，2002 年，第 199～120 页。

闻也。'子西赋《黍苗》之四章,赵孟曰:'寡君在,武何能焉?'子产赋《隰桑》,
赵孟曰:'武请受其卒章。'子大叔赋《野有蔓草》,赵孟曰:'吾子之惠也。'印
段赋《蟋蟀》,赵孟曰:'善哉,保家之主也。吾有望矣。'公孙段赋《桑扈》,赵
孟曰:'匪交匪敖,福将焉往? 若保是言也,欲辞福禄,得乎?'卒享。文子告
叔向曰:'伯有将为戮矣,诗以言志,志诬其上,而公怨之,以为宾荣,其能久
乎? 幸而后亡。'叔向曰:'然。已侈! 所谓不及五稔者,夫子之谓矣。'文子
曰:'其余皆数世之主也。子展其后亡者也,在上不忘降。印氏其次也,乐
而不荒。乐以安民,不淫以使之,后亡,不亦可乎?'"①

　　仔细阅读这段文字,不难发现它确实把"春秋赋诗"的"兴观群怨"功能
都涉及到了。首先通过赋诗可以托以言志(兴),这由"诗以言志"四字即可
看得很清楚。其次通过赋诗还可以观察彼此的心志(观),这由"武亦以观
七子之志"也可得到展示。第三,除了"诗以言志","武亦以观七子之志"的
表述外,在这段文字中还有"志诬其上"的说法,这无疑又是指通过赋诗还
可表达愤怨之情的(怨)。对于伯有所赋《鹑之贲贲》,杜预、孔颖达解释说:
"《诗·鄘风》,卫人刺其君淫乱,鹑鹊之不若义取人之无良。""伯有赋此诗
者,义取人之无善行者,我以此为君,是有嫌君之意。"②可以说把"志诬其
上"的怨刺之意揭示的也是很明确的。尽管在这段记载里,我们并没有看
到"诗可以群"之类的话,但是赋诗既然"可以兴","可以观","可以怨",那
"可以群",也即通过赋诗以使彼此的志意得以沟通(群),则自然也是在不
言之中的。

　　当然,在这里我们需要特别提示的是,"春秋赋诗"并不是每次都是"兴
观群怨"四者兼具的。如《左传》襄二十六年载:"秋七月,齐侯、郑伯为卫侯
故如晋,晋侯兼享之。晋侯赋《嘉乐》。国景子相齐侯,赋《蓼萧》。子展相
郑伯,赋《缁衣》。叔向命晋侯拜二君曰:'寡君敢拜齐君之安我先君之宗祧
也,敢拜郑君之不贰也。'"③很显然,在这次赋诗活动中就只有"兴观群"而
没有"怨"。

　　"兴观群怨"不仅指赋诗而言,它对引诗也是适用的。如上所引,萧华
荣先生说:"春秋时期,在政治、外交等场合,当人们发表意见、建议、主张

①杨伯峻《春秋左传注》,中华书局,1990年,第1134～1135页。
②孔颖达《春秋左传正义》卷38,孔颖达等《十三经注疏》,中华书局,1980年,第1997页。
③杨伯峻《春秋左传注》,中华书局,1990年,第1116页。

时,往往引用诗句作为自己的论题的论据,以加强议论的权威性和说服力。"对此讲的就是非常清楚的。还以《左传》为例,在它里面有关"春秋称诗"的记载共计 261 首次,其中引诗就占了 181 首次,而赋诗仅占 80 首次①。数量相差如此悬殊,由此以断,"兴观群怨"也更应把引诗包括在内。"引诗"也同样是托诗言志(也即兴),这是不待明言的。既是如此,则它也自应兼具观、群、怨三大功能。请看以下三个用例:

(一)《左传》庄二十二年:齐侯使敬仲为卿,辞曰:"羁旅之臣,幸若获宥,及于宽政,赦其不闲于教训而免于罪戾,弛于负担,君之惠也,所获多矣。敢辱高位,以速官谤。请以死告。诗云:'翘翘车乘,招我以弓,岂不欲往,畏我友朋。'"使为工正。②

(二)《左传》襄三十一年:卫侯在楚,北宫文子见令尹围之威仪,言于卫侯曰:"令尹似君矣! 将有他志,虽获其志,不能终也。诗云:'靡不有初,鲜克有终。'终之实难,令尹其将不免?"公曰:"子何以知之?"对曰:"诗云:'敬慎威仪,惟民之则。'令尹无威仪,民无则焉。民所不则,以在民上,不可以终。"公曰:"善哉!"③

(三)《国语·晋语四》:公子(指重耳)曰:"吾不动矣,必死于此。"姜曰:"不然。周诗曰:'莘莘征夫,每怀靡及。'凤夜征行,不遑启处,犹惧无及。况其顺身纵欲怀安,将何及矣! 人不求及,其能及乎? 日月不处,人谁获安? 西方之书有之曰:'怀与安,实疚大事。'郑诗云:'仲可怀也,人之多言,亦可畏也。'"④

显而易见,以上三例都是依托于诗来述说情志的,这皆属"兴"。在第一个例子里齐侯通过陈国公子敬仲托引之诗,看到了他不愿为卿的心理,只好让他作一个小小的工正,这显然又属"观"。在第二个例子里北宫文子与卫侯依托于诗,成功地进行了思想交流,统一了他们对令尹围的认识,这无疑又是"群"。在第三个例子里,重耳避难于齐,不思归晋,齐姜托诗陈辞,对重耳的"纵欲怀安"思想作了尖锐的批评,这显然又属"怨"。十分明

---

① 董治安《〈左传〉所载引诗、赋诗、歌诗、作诗综表》,《先秦文献与先秦文学》,齐鲁书社,1994 年,第 35~44 页。

② 杨伯峻《春秋左传注》,中华书局,1990 年,第 220 页。

③ 杨伯峻《春秋左传注》,中华书局,1990 年,第 1193~1194 页。

④ 徐元诰《国语集解》,中华书局,2002 年,第 324 页。

显，说"兴观群怨"四者也适用于引诗，这显然也不是毫无根据的妄言。

又，以上所举虽皆为政治、外交方面的例子，但"春秋称诗"却并不限于这两个方面。如上所列，《国语·鲁语下》载："公父文伯之母欲室文伯，飨其宗老，而为赋《绿衣》之三章。"这显然就是一个"春秋赋诗"而用于婚姻嫁娶的例子。又，清人劳孝舆《春秋诗话》论引诗云："（春秋时）自朝会聘享以至事物细微，皆引诗以证其得失焉。大而公卿大夫，以至舆台贱卒，所有论说，皆引诗以畅厥旨焉。"[①]这里所说虽不免夸张，然整体而言，也是符合当时的历史实际的。

四、"兴观群怨"在"孔门称诗"活动中的具体体现

如上所言，虽然"兴观群怨"的说法乃是由孔子最早提出的，但是其实早在孔子之前就已存在了。尽管在"兴观群怨"的活动中，孔门师徒所引以为譬，连以为类的都是"《诗三百》"，这与孔子之前、之时其他士人的称诗活动所依据的诗歌传本都有很大不同，但是在孔子之前、之时，这些不同于"《诗三百》"的其它诗歌传本，它们所载录的也同样是前人之诗，而且这些前人之诗也同样是经过专人编选才得以进入当时的诗歌文本的。既然如此，则它们的地位在当时人的心中虽不如孔子所编定的"《诗》三百"在孔门师徒心中的地位高贵，然毋庸置疑它们也同样应当属于正面的东西，最起码在大多数人心中应是这样的，否则当时人对它们就不会一再赋引了。既然也是正面的东西，那引以为譬，连以为类，也即托以为助，自然也就成了理所当然的事。也正基此，所以我们认为"孔门称诗"与孔子之前、之时其他人的称诗在所依文本上固然存在着很大不同，但称诗者都是依托前人的诗歌来抒发他们当下的情志，在这一点则又是无差异的。也正基于这一前提，所以为了更清楚地展示"兴观群怨"的意义，下面我们不妨也对孔门师徒的称诗情况作一分析。有关这一点，在《论语》之中展现的也是很充分的。

如《论语·子路》曰："子曰：'诵《诗》三百，授之以政，不达。使于四方，不能专对。虽多，亦奚以为？'"[②]在这段文字里，"授之以政"，显然是从读

---

① 董运庭《春秋诗话笺注》卷3，中国社会科学出版社，2013年，第190页。
② 杨伯峻《论语译注》，中华书局，1980年，第135页。

《诗》受教，"迩之事父，远之事君"的角度讲的。"出使专对"，显然是从"兴观群怨"、称《诗》言志的角度讲的。假若把这段文字与"小子何莫学夫《诗》"一段加以对照，将不难发现它们实是遥相呼应的。又，同书《季氏》云："(子)曰：'不学《诗》，无以言。'"①对此，邢昺注曰："'不学《诗》，无以言'，以古者会同皆赋《诗》见意，若不学之，何以为言也？"②据此愈见，借助对《诗》的赋引进行交际，在孔门师徒那里也是非常强调的。下面再看几个具体的例子：

（一）《论语·先进》："南容三复白圭，孔子以其兄之子妻之。"③

（二）《论语·学而》："子贡曰：'贫而无谄，富而无骄，何如？'子曰：'可也。未若贫而乐，富而好礼者也。'子贡曰：'《诗》云："如切如磋，如琢如磨。"其斯之谓与？'子曰：'赐也，始可与言《诗》已矣，告诸往而知来者。'"④

（三）《论语·颜渊》：子张问崇德辨惑。子曰："主忠信，徙义，崇德也。爱之欲其生，恶之欲其死。既欲其生，又欲其死，是惑也。〔《诗》云：〕'诚不以富，亦祇以异。'"⑤

（四）《论语·泰伯》："曾子有疾，召门弟子曰：'启予足，启予手。《诗》云："战战兢兢，如临深渊，如履薄冰。"而今而后，吾知免夫！小子！'"⑥

在以上四个例子中，第一个例子显然讲的是赋《诗》，意思是说南容把《诗经·大雅·抑》"白圭之玷，尚可磨也；斯言之玷，不可为也"⑦的诗句反复吟咏了数回，于是孔子便把自己的侄女嫁给了他。以下三个例子讲的都是引《诗》。彼此对照，不难看出四个例子都是托《诗》言志（兴），与人交际（群）。其中一二两例还有"观"的成份：观到了南容洁身自好的品性，观到了子贡"告诸往而知来者"的智慧。虽然在《论语》中我们还无法找到托《诗》而怨的例子，但托《诗》而怨只是托《诗》言志的特殊形式，托《诗》既可言志，也必可抒发怨情，这一点显然也是勿庸争议的。

---

① 杨伯峻《论语译注》，中华书局，1980年，第178页。
② 邢昺《论语注疏》卷16，孔颖达等《十三经注疏》，中华书局，1980年，第2522页。
③ 杨伯峻《论语译注》，中华书局，1980年，第111页。
④ 杨伯峻《论语译注》，中华书局，1980年，第9页。
⑤ 杨伯峻《论语译注》，中华书局，1980年，第127页。按，"诚不以富，亦祇以异"，语见《小雅·我行其野》。《论语》原文无"《诗》云"二字，据他章补。详朱熹《诗集传》卷11，上海古籍出版社，1980年，第124页。
⑥ 杨伯峻《论语译注》，中华书局，1980年，第79页。
⑦ 朱熹《诗集传》卷18，上海古籍出版社，1980年，第205页。

　　《论语·为政》说："或谓孔子曰：'子奚不为政？'子曰：'《书》云："孝乎惟孝，友于兄弟，施于有政。"是亦为政，奚其为为政？'"①这显然乃是一个依托《尚书》而对他人进行批评的例子。由这个托《书》以刺的例子，我们也可间接得知孔子对于托《诗》而怨也绝不可能是反对的。托《诗》而怨也是托《诗》"专对"、托《诗》"以言"的重要形式，由学《诗》"专对"，"不学《诗》，无以言"这些论述，我们也同样不难推知孔子是绝不会把托《诗》以怨排除在称《诗》言志之外的。

　　"兴观群怨"乃指对《诗》的赋引，这也可由《论语》中孔子对《诗经》的其他评述获得证实。如《论语·泰伯》云："兴于《诗》，立于礼，成于乐。"②"兴于《诗》"是"《诗》""兴"相连为文，"《诗》可以兴"也是"《诗》""兴"相连为文，据此，则毫无疑问"兴于《诗》"与"《诗》可以兴"必是同意的。又，《季氏》曰："子尝独立，鲤趋而过庭。曰：'学《诗》乎？'对曰：'未也。''不学《诗》，无以言。'鲤退而学《诗》。他日，又独立，鲤趋而过庭。曰：'学礼乎？'对曰：'未也。''不学礼，无以立。'鲤退而学礼。"③"兴于《诗》，立于礼"是"《诗》""礼"并列，《季氏》所云也是"《诗》""礼"并列，并且"不学礼，无以立"与"立于礼"二者又同义，由此以断，则"不学《诗》，无以言"与"兴于《诗》"的涵义也必是一致的。上文已言，"不学《诗》，无以言"也是指《诗》的赋引，若依此而论，则"兴于《诗》"显然也当是就《诗》的赋引讲的。"兴于《诗》"既然是就《诗》的赋引讲的，而如上所述，"兴于《诗》"与"《诗》可以兴"二者又同义，基此则"《诗》可以兴"所指为何也同样不难推知。又，从"不学《诗》，无以言"与"小子何莫学夫《诗》，《诗》可以兴"的句子结构看："不学《诗》，无以言"，言下之意就是"学《诗》可以言"。"小子何莫学夫《诗》，《诗》可以兴"，简而言之，也即"学《诗》可以兴"。"学《诗》可以言"与"学《诗》可以兴"句子结构如此相似，这也同样可以帮助说明我们以上所得的结论是完全可信的。

　　又，《庄子·天下》云："《诗》以道志，……《礼》以道行，《乐》以道和。"④《荀子·儒效》云："《诗》言是其志也，……《礼》言是其行也，《乐》言是其和

---

① 杨伯峻《论语译注》，中华书局，1980 年，第 20～21 页。
② 杨伯峻《论语译注》，中华书局，1980 年，第 81 页。
③ 杨伯峻《论语译注》，中华书局，1980 年，第 178 页。
④ 郭庆藩《庄子集释》卷 10，中华书局，1961 年，第 1067 页。

也。"①《春秋繁露·玉杯》云:"《诗》道志,故长于质;《礼》制节,故长于文;《乐》咏德,故长于风。"②《汉书·艺文志》云:"《乐》以和神,仁之表也;《诗》以正言,义之用也;《礼》以明体,明者著见,故无训也。"③由以上所列可以看出:《诗》《礼》《乐》三者在古代的分工确乎十分明确。《诗》的功用偏重于述情言志,《礼》的功用偏重于行为规范,《乐》的功用偏重于道德精神。孔子说"兴于《诗》,立于礼,成于乐",与此显然也是一气相贯的。"立"乃指依礼的行为规范而立,"成"乃指在乐的熏陶下在道德精神上有成,"兴"乃指依托《诗经》述情言志,据此足见,后世对于《诗》《礼》《乐》的分工,实是由孔子"兴于《诗》,立于礼,成于乐"的论述衍化而来的。前人不知"兴于《诗》,立于礼,成于乐"乃分指言、行、德三者而言,遂误以为"兴,起也,言修身当先学《诗》"④,这样的理解不仅误导了我们对"兴于《诗》"的认识,而且对我们准确把握"兴观群怨"的涵义也同样是一个不小的障碍。《礼记·内则》云:"十年,出就外傅,……朝夕学幼仪。……十有三年,学乐,诵诗,舞《勺》。成童,舞《象》,学射御。二十而冠,始学礼,可以衣裘帛,舞《大夏》。"⑤又,《王制》也云:"乐正崇四术,立四教。顺先王《诗》《书》《礼》《乐》以造士:春秋教以《礼》《乐》,冬夏教以《诗》《书》。"⑥等等。彼此对照,不难看出,所谓"修身先学《诗》"云云,实是没有根据的。事实上,就是从现在的实际情况看,诗、礼、乐三者的秩序也是不能有预先设定的。言语、行动、道德,这是每个个体立身的三大要则,孔子要求依《诗》立言、依礼立身、依乐成性,足见他对各个社会个体的全面发展多么重视。

五、"兴观群怨""赋比兴""兴寄"之"兴"的相通性

为了对"兴观群怨"之"兴"有一个更好的理解,接下来我们不妨再将它与"赋比兴"之"兴"及"兴寄"之"兴"作一对比。正如我们上文所说,"兴"字古体原作四手抬物之状,它的本义就是"托物使起",譬如"百废待兴""兴利除弊"和"振兴中华"等等说法,便都是在这一意义上使用的。又,汉语中

---

① 王先谦《荀子集解》卷4,中华书局,1988年,第133页。
② 苏舆《春秋繁露义证》卷1,中华书局,1992年,第36页。
③ 班固《汉书》卷30,中华书局,1962年,第1723页。
④ 邢昺《论语注疏》卷8,孔颖达等《十三经注疏》,中华书局,1980年,第2487页。
⑤ 朱彬《礼记训纂》卷12,中华书局,1996年,第440页。
⑥ 朱彬《礼记训纂》卷5,中华书局,1996年,第195页。

"兴"字还有"寄托""寓托"的用法,可以说也当是由这一意义引申出来的。具体到"赋比兴"之"兴"与"兴寄"之"兴",前者显然是在"托物使起"的意义上使用的,后者显然是在"寄托""寓托"的意义上使用的。前文我们所以说"兴寄"之"兴"乃由"赋比兴"之"兴"发展而来,这和"托物使起"与"寄托""寓托"彼此之间的引申、被引申关系,显然也是一脉相应的。

对于"赋比兴"之"兴",东汉郑众把它解为"托事于物"①,南朝刘勰把它解为"环譬托讽","依微拟议"②,唐代孔颖达把它解为"取譬引类"③。十分明显,他们都是在"托物使起"的意义立论的。"托事于物",即使人事的表达依托于外物。"环譬托讽",即环绕人事,引物为譬,而把讽谏托起。"依微拟议",即依托微小的外物展开议论。"取譬引类",即取物为譬,引物为类。毋庸置疑,如果不是立足于"托物使起"的意义来为"赋比兴"之"兴"提供解释的话,那么,是根本无法得出以上郑刘孔三家那样的结论的。对于"兴寄"之"兴",南朝梁钟嵘把它解释为"寓言写物"④,这与"寄托""寓托"的语意也是密切相关的。

并且,不仅如此,以"托物使起""寄托""寓托"的意义为基础,"赋比兴"之"兴"与"兴寄"之"兴"还进而又获得了一个共同的意义,具体来说,这个意义即委婉含蓄,发人深思。只不过彼此相较,由于"兴寄"的本体并不出现,而是完全的"托物言志",它的含蓄性因而也呈现得更强一些罢了。刘勰《文心雕龙·比兴》说:"夫兴之托喻,婉而成章;称名也小,取类也大。""毛公述传,独标兴体,岂不以风通而赋同,比显而兴隐哉!"⑤孔颖达《毛诗正义》说:"比显而兴隐。毛传特言'兴也',为其理隐故也。"⑥钟嵘《诗品序》说:"文已尽而意有余,兴也。"⑦对此展示的可谓都是很明确的。虽然说在《诗品序》里,钟嵘对于"兴寄"之"兴"的阐释,也是与"赋""比"并列进行的,但是钟嵘所说之"兴"乃就"托物言志"的"兴寄"而言,这一点则是毋庸置疑的。由于在前文,对于这个问题,我们已有比较详尽的论述,所以这

---

① 贾公彦《周礼注疏》卷 23,孔颖达等《十三经注疏》,中华书局,1980 年,第 796 页。
② 范文澜《文心雕龙注》卷 8,人民文学出版社,1958 年,第 601 页。
③ 孔颖达《毛诗正义》卷 1,孔颖达等《十三经注疏》,中华书局,1980 年,第 271 页。
④ 钟嵘《诗品序》,曹旭《诗品笺注》,人民文学出版社,2009 年,第 25 页。
⑤ 范文澜《文心雕龙注》卷 8,人民文学出版社,1958 年,第 601 页。
⑥ 孔颖达《毛诗正义》卷 1,孔颖达等《十三经注疏》,中华书局,1980 年,第 271 页。
⑦ 曹旭《诗品笺注》,人民文学出版社,2009 年,第 25 页。

里就不再多议了。

"兴观群怨"之"兴"与"赋比兴"之"兴"、"兴寄"之"兴"相似,可以说无论是在基本内涵还是艺术效果上,它们都是相通的。下面首先来看引诗。如《左传》成四年:"夏,公如晋,晋侯见公,不敬。季文子曰:'晋侯必不免。诗曰:"敬之敬之! 天惟显思,命不易哉!"夫晋侯之命在诸侯矣,可不敬乎?'"①又,《国语·晋语四》:"子玉曰:'然则请止狐偃。'王曰:'不可。曹诗曰:"彼己之子,不遂其媾。"邮之也。夫邮而效之,邮又甚焉。'"②显而易见,由于在议论之中引入了诗语,使话语表达明显带上了引经据典的性质,如此,不仅使自己的观点获得了依托,而且也因为诗语的置入而使自己的思想表现得更加深微,更耐寻味。由于这种引诗为助的称诗活动往往也是先列诗句,后得结论,所以它与"先言它物以引起所咏之词"③,"借彼一物以引起此事,而其事常在下句"④的"赋比兴"之"兴",在表述形式上无疑也是高度相似的。

再看赋诗。如《左传》襄八年载:"晋范宣子来聘,且拜公之辱,告将用师于郑。公享之,宣子赋《摽有梅》。季武子曰:'谁敢哉! 今譬于草木,寡君在君,君之臭味也。欢以承命,何时之有?'武子赋《角弓》。宾将出,武子赋《彤弓》。宣子曰:'城濮之役,我先君文公献功于衡雍,受彤弓于襄王,以为子孙藏。匄也,先君守官之嗣也,敢不承命?'"⑤按,"匄",即范宣子之名。"宣子赋《摽有梅》",意取诗中"求我庶士,迨其今兮"之语,希望鲁国赶快出兵。"武子赋《角弓》",意取诗中"兄弟昏姻,无胥远矣"之语,表示鲁国绝不会袖手旁观。最后又"赋《彤弓》",意取诗中"彤弓弨兮,受言藏之"之语,以天子宴饮有功诸侯,赐予彤弓、彤矢之事暗示宣子,祝愿晋国在对郑作战胜利后,再次受到天子的赏赐,重新成为天下的盟主。不难看出,由于双方都是托诗言志,并不直接表达自己的思想,因此较之引诗,其表达效果自然呈现得更加婉约,更加隐曲。由于这种赋诗活动,也是只见所赋之诗,而并不直接展现所表情志,因此它与"寓言写物","托物言志",只见兴辞而

---

①杨伯峻《春秋左传注》,中华书局,1990年,第818页。
②徐元诰《国语集解》,中华书局,2002年,第333页。
③朱熹《诗集传》卷1,上海古籍出版社,1980年,第1页。
④黎靖德《朱子语类》卷80,中华书局,1986年,第2069页。
⑤杨伯峻《春秋左传注》,中华书局,1990年,第959~960页。

不见本体的"兴寄"之"兴",在表达理路上也同样可谓高度相契。

虽然"孔门称诗"专有所指,但是正如上文所言,无论是依托《诗三百》,还是《诗三百》之外的其他诗歌传本,它们都是对前人之诗的依托,在这一点二者并无差异。既是如此,那么,不难推断这种深曲典雅、委婉含蓄的传输效果对《诗》三百自然也是同样适用的。如《论语·学而》载:"子贡曰:'贫而无谄,富而无骄,何如?'子曰:'可也。未若贫而乐,富而好礼者也。'子贡曰:'《诗》云:"如切如磋,如琢如磨。"其斯之谓与?'"①这无疑就是一个很典型的例子。也正缘此,所以我们认为"兴观群怨"之"兴"与"赋比兴"之"兴"、"兴寄"之"兴"一脉相通,我们在探讨其含义时最好与后二者结合起来来认识。它们的不同仅在于"赋比兴"之"兴"是托事于物,引物为譬,连物为类,"兴寄"之"兴"是托物言志,寓言写物,寄情于物,而"兴观群怨"之"兴"则是托事于《诗》,引《诗》为譬,连《诗》为类,或者说托《诗》言志,寓言赋《诗》。如果说它们有什么差别,它们的差别仅在于此。长期以来学者们之所以对它们的意义一直争论不休,在很大程度上就是因为没有把它们结合起来加以探索所导致的。"兴观群怨"之"兴"被古人解为"引譬连类","赋比兴"之"兴"被古人解为"取譬引类",而"兴寄"之"兴"的"寓言写物""托物言志",如前所言,也是"取譬引类"的衍生发展。既是如此,则显而易见,"引譬连类"与"取譬引类"在具体表达上如此相似,这显然不是道一个"偶然的巧合"就能把问题理明白的。

六、"兴观群怨"与经典情结及君子风度

要想完全弄清"兴观群怨"的涵义,我们还需进一步明确这样一个事实,即"兴观群怨"所指涉的《诗三百》乃是由孔子亲定的。《论语·为政》说:"子曰:'《诗三百》,一言以蔽之,曰:思无邪。'"②这可以视为孔子对于《诗三百》最基本的认识。

对于孔子所说的"思无邪",学界历来有两种解释:(一)邢昺:"曰'思无邪'者,……《诗》之为体,论功诵德,止僻防邪,大抵皆归于正。故此一句可以当之也。"③(二)朱熹:"凡《诗》之言,善者可以感发人之善,恶者可以惩

---

① 杨伯峻《论语译注》,中华书局,1980年,第9页。
② 杨伯峻《论语译注》,中华书局,1980年,第11页。
③ 邢昺《论语注疏》卷2,孔颖达等《十三经注疏》,中华书局,1980年,第2461页。

创人之逸志。其用归于使人得情性之正而已。故夫子言《诗》三百篇而惟此一言足以尽其义。"①十分明显，在邢昺看来，"思无邪"乃是孔子对《诗经》思想的总体评价，"《诗三百》"篇篇珠玑，无一不善，所以孔子才以"无邪"概之。而朱熹则认为"思无邪"乃是就《诗经》的功用讲的，"《诗三百》"并非篇篇雅正，其中也有一些是只能拿来作反面教材的。

那么，对于孔子的"思无邪"，我们究竟应当怎样看呢？这由《论语·颜渊》记载的孔子所说的以下几句话："非礼勿视，非礼勿听，非礼勿言，非礼勿动"②，我们不难看明白。若依朱说，《诗经》之诗有好有坏，善恶兼存，则这显然与孔子"非礼勿听，非礼勿言"的论述相矛盾。由"非礼勿听，非礼勿言"的原则足以得知："《诗三百》"在孔子心中必然是篇篇皆善的。孔子一方面说"小子何莫学夫《诗》？《诗》可以兴，可以观，可以群，可以怨"（见前），一方面又说"非礼勿听，非礼勿言"，据此可知孔子奉劝"小子"所学之"《诗》"也一定是指《诗经》而言的。不少论者在引用这句话时常常不加书名号，这是很难说通的。其实不唯以上两句，《论语》一书所有"诗"字也都应是指《诗经》而言。如《述而》："子所雅言：'《诗》《书》执礼，皆雅言也。'"③又，《学而》："子曰：'赐也，始可与言《诗》已矣，告诸往而知来者。'"④又，《泰伯》："兴于《诗》，立于礼，成于乐。"（见前）等等。孔子每次提到"诗"字时都会给以很高评价，表现出鲜明的经典意识，如果不是对"《诗》三百"而言，我们是很难解释的。

诚然，在孔子之时以及之前，也一定流行有其它诗歌传本，由于这些诗歌传本也系由专人编定，因此它们在当时人心中也同样应具某种范本的性质，否则它们就不会被反复赋引了。但是正如许多学者所说，在中国文化史上真正具有经典的自觉，处处都依经典立论，"述而不作，信而好古"，则是从孔子开始的。只有到了孔子那里，才真正出现了师法经典、尊崇经典，把经典视为生命归依的心理情结。也正基此，所以孔子对于"《诗三百》"的编定是很下了一番功夫的，"《诗三百》"在孔子心中的地位也是异常神圣的。明白于此，那么孔子所以会那么热切地奉劝弟子学习《诗经》，主张"兴

①朱熹《论语集注》卷1，《四书集注》，上海书店，1987年，第7页。
②杨伯峻《论语译注》，中华书局，1980年，第123页。
③杨伯峻《论语译注》，中华书局，1980年，第71页。
④杨伯峻《论语译注》，中华书局，1980年，第9页。

于《诗》",认为"《诗》可以兴",甚至认为"不学《诗》,无以言",其中的道理也就不难明白了。

　　当然,对于孔子所说的"《诗》三百,一言以蔽之,曰:思无邪",我们也要辩证地来认识。《诗三百》中的诗歌并非篇篇都是执礼合义的雅言,并非篇篇都合儒家的"善",只是孔子师徒在具体解经时总是将其加以引申,上升到礼义高度来对待,所以它们才都达到了"无邪"的标准。举例来说,如《论语·八佾》载:子夏问曰:"'巧笑倩兮,美目盼兮,素以为绚兮。'何谓也?"子曰:"绘事后素。"曰:"礼后乎?"子曰:"起予者商也! 始可与言《诗》已矣。"①"巧笑"之诗见于《卫风·硕人》②,它的本义纯粹是用来赞扬庄姜之美的,与"仁"和"礼"的谁先谁后毫无联系。但是孔子和他的弟子却从中看到了"礼后于仁"的义理,这显而易见是对原诗的附会。孔子所以给《诗三百》以"无邪"的评价,正是以他对《诗经》的这种独特理解为基础的。

　　最后,再补充一个问题,具体说来,也就是孔子所以提倡"兴观群怨",主张依《诗》立言,除了他对经典的有意彰显、自觉尊崇外,对于"君子风度"或者说"春秋风度"的由衷向往无疑也是其中一个十分重要的原因。众所周知,"春秋时代实可说是中国古代贵族文化已发展到一种极优美、极高尚、极细腻雅致的时代"③,也是一个高度重视以人格美、仪态美为主要内容的"君子风度"的时代。这种"君子风度"也就是我们历来所称扬的"春秋风度"。"春秋风度"的外在表现主要体现在衣饰、言语和行止上,而尤以言语为其最突出的标志。

　　作为春秋文化的最主要的代表,孔子对人的言语极其重视。如《论语·卫灵公》云:"子曰:'群居终日,言不及义,好行小慧,难矣哉!'"④又,《学而》云:"子曰:'君子食无求饱,居无求安,敏于事而慎于言。'"⑤又云:"巧言令色,鲜矣仁!"⑥又,《先进》云:"子曰:'夫人不言,言必有中。'"⑦又,

①杨伯峻《论语译注》,中华书局,1980 年,第 25 页。
②按,今本《诗经》无"素以为绚兮"一句,王先谦《三家诗义集疏》以为古《鲁诗》有。详《三家诗义集疏》卷 3,中华书局,1987 年,第 283 页。
③钱穆《国史大纲》(修订本),商务印书馆,1994 年,第 71 页。
④杨伯峻《论语译注》,中华书局,1980 年,第 165 页。
⑤杨伯峻《论语译注》,中华书局,1980 年,第 9 页。
⑥杨伯峻《论语译注》,中华书局,1980 年,第 3 页。
⑦杨伯峻《论语译注》,中华书局,1980 年,第 114 页。

《宪问》云:"子曰:'为命,裨谌草创之,世叔讨论之,行人子羽修饰之,东里子产润色之。'"①又,《雍也》云:"子曰:'质胜文则野,文胜质则史。文质彬彬,然后君子。'"②尽管在以上论述里孔子只在两处提到了"君子",但实际上他的所有论说都是以"君子之风"的培养为其最终目标的。由以上孔子的这些论述不难看出,孔子对合乎"君子"规范的言语交际的基本要求主要有两点:(一)言必有中,言必及义;(二)不野不史,文质彬彬。而这两点通过"兴观群怨"都可以得到充分的展示。

首先,《诗三百》在思想内容上是"无邪"的,依托于它述情言志,自可使言语执礼勿失,中仁及义。其次,由于"兴观群怨"乃是托诗交际,也即托诗而言,托诗而语,这就使它不仅能做到言必有中,言必及义,而且同时还必呈现出深曲典雅、委婉含蓄的美质。有关这一点,我们在上文已讲得很详细。正是由于对"兴观群怨"的运用常常使人的言语表现得深曲典雅,委婉含蓄,所以赋引者才每每总让人感到那样富有风度,那样文质彬彬。如上所列,《论语·宪问》说:孔子认为外交辞令的创制必须经过草创、讨论、修饰、润色四道工序,之所以会有这样的要求,最重要的原因恐怕也还是既要保证它的内容合乎礼义,又要使它的表达尽量做到温文尔雅,进退有节,委婉深曲。孔子之所以一再要求弟子要依《诗》立言,托《诗》而议,这与他的君子理想、立身处事原则,看来也是遥相呼应的。

孔子这种托《诗》立言的交际思想在春秋之时是非常有代表性的。《周礼·春官·大司乐》云:"以乐语教国子兴道:讽诵、言语。"③"乐语"即配乐的歌词,也即诗。"兴",即托诗言志。"道",即门道、方法。"以乐语教国子兴道"八字意谓以乐曲之诗教授国子,使他们学会托诗立言的技艺。"讽诵"指赋诗。《春官·瞽蒙》:"讽诵诗,世奠系。"④《汉书·艺文志》:"传曰:不歌而诵谓之赋。"⑤可见"赋""诵"二字原本同意。"言语"指引诗,也即托诗而言、托诗而语。它与讽诵赋诗在表达形式上是有明显差别的。但是不管是言语引诗还是讽诵赋诗,两者都是托诗立言,在这一点它们则又是完

①杨伯峻《论语译注》,中华书局,1980年,第147页。
②杨伯峻《论语译注》,中华书局,1980年,第61页。
③贾公彦《周礼注疏》卷22,孔颖达等《十三经注疏》,中华书局,1980年,第787页。
④贾公彦《周礼注疏》卷23,孔颖达等《十三经注疏》,中华书局,1980年,第797页。
⑤班固《汉书》卷30,中华书局,1962年,第1755页。

全相通的。也正因此,所以"兴道"一语分而言之是完全可以划分为"讽诵""言语"两个类别的。前人常常将此句读为"以乐语教国子:兴、道、讽、诵、言、语",把"兴道讽诵言语"视为六种表达形式,这显然是很不恰当的。足见,托诗立言、托诗言志,原是周王朝及各侯国对"国子"也即贵族子弟的基本要求,孔子只不过在春秋末年礼坏乐崩的形势下对此更为强调而已。孔子讲:"诵《诗》三百,授之以政,不达。使于四方,不能专对。虽多,亦奚以为。"(见前)又云:"小子何莫学夫《诗》?《诗》可以兴。"(见前)显而易见,他也是将他的弟子当"国子"看的。

　　总之,春秋时代是一个非常讲究"君子风度",讲究言语之美的时代,而要想呈现这种文质彬彬的"君子风度",体现这种温文尔雅、委婉含蓄的言语之美,一个非常重要的途径就是"称诗言志"。《文心雕龙·明诗》说:"春秋观志,讽诵旧章。酬酢以为宾荣,吐纳而成身文。"[1]又,今人陈彦辉说:"春秋辞令委婉含蓄之美"的一个突出表现就在于"春秋时人经常以赋诗方式表达自己的观点,把自己要表达的思想寄寓于一首诗或诗的某一章之中,通过对话双方对诗意的了解来交流思想"[2]。又,李春青也云:"春秋时代贵族的行为方式与人生价值准则与战国之后的中国人有着极大的区别当是不容怀疑的事实。战国的政治家奉行实用主义策略,只看结果,不论手段,所以鸡鸣狗盗、朝秦暮楚之士每每得势。春秋时的政治家是真正的贵族,他们有所不为,有所必为,讲信义、重荣誉,有一套自觉恪守的行为准则。赋诗之举在后人看来是那样迂腐幼稚,但在当时确是真正的贵族精神的展现。"[3]虽然"春秋称诗"不仅包括赋诗,也包括引诗,而以上三家所作的阐述都只注意到了前者而遗落了后者,但是他们有关春秋赋诗与春秋辞令之美二者之间关系的分析,对我们进一步认识"兴观群怨"的历史成因、审美功能,无疑仍是非常有启发的。

七、余论

　　通过以上所述,不难看出"兴观群怨"乃指称《诗》言志,确实毋庸置疑。不过,这种"称《诗》言志"乃系对《诗》的依托,也即引《诗》为譬,连《诗》为

[1]范文澜《文心雕龙注》卷2,人民文学出版社,1958年,第66页。
[2]陈彦辉《春秋辞令研究》,中华书局,2006年,第208页。
[3]李春青《先秦文艺思想史》,北京师范大学出版社,2012年,第605页。

类,它的一个十分重要的功能就在于要从《诗经》中寻找自己立论的依据,从而为自己述情言志的合法性提供有力的支持。孔子对于"称《诗》言志"的重视,充分展现了他对经典的尊重,对于经典所述情志的高度肯认。虽然并未对"诗言志"观念作直接界定,但是毋庸置疑,在他的表述里显然已包含这样的意思:诗歌创作究竟应该抒发什么样的情志,才能达到经典的高度,才能不越经典的藩篱。虽然说诗歌创作与人际交往二者之间是有着很大不同的,但是诗歌毕竟也是写给人看的,至少说在很多时候诗人的倾诉是希望得到他人倾听的。因此作为一种特殊的交际,诗歌创作显然也存在着一个如何对待经典的问题。孔子之后,荀子、扬雄与刘勰,他们之所以在论述文艺创作时,都特别强调"宗经""征圣",这与孔子的"兴观群怨"在本质精神上显然高度相应。也正鉴此,所以我们认为孔子的"兴观群怨"虽不是直接对"诗言志"而发,但是就像他对《诗三百》的删订一样,它对"诗言志"观念的建构也同样具有十分重要的指导意义。更何况在他对《诗三百》经典地位的强调中,其实就已包含着诗歌创作究竟应该抒发什么样的情志的思想指向。

当然,在另一方面我们也应看到,孔子对于"兴观群怨"的提倡,也与他对"君子风度"或者说"春秋风度"的青睐密切相关。如上所言,"春秋称诗"除了为自己的立论寻找依据外,还有一个十分显著的特征,那就是力求把话说得更委婉,更含蓄,以维系当时国与国、人与人之间那一层还没有完全消亡的"薄薄的温情脉脉的虚假的'礼'的面纱"①。特别是当时西周的繁文缛礼虽已开始崩坏,但是还没有完全消亡,保持一点温情脉脉的面纱,无疑还是非常必要的。孔子一生以复兴姬周礼乐文化为目标,"君子风度"或者说"春秋风度"作为姬周礼乐文化的重要标志,在孔子心中一直都保有着神圣的地位。如果看不到它与"兴观群怨"的联系,那也同样意味着我们对"兴观群怨"的认识是不深刻的。

尤其需要注意者,在春秋之时人们对于诗的赋引虽不是旨在活跃气氛的文艺娱乐,但是不可否认,在它里面也包含着某些活跃气氛、增加美感的动因。在当下进行的面对面的"称诗"活动中,交际双方不仅有情感的碰

---

① 萧华荣《春秋"称诗"与孔子诗论》,《古代文学理论研究丛刊》第 5 辑,上海古籍出版社,1981 年,第 195 页。

撞,心灵的交通,而且还有神会的快乐。这种颇有一点游戏色彩的"称诗"活动,作为一种高雅的娱乐,显然也是风行于当时的"君子风度"或者说"春秋风度"所不可或缺的。春秋之后"称诗"活动消逝,人们对于《诗经》的运用主要体现在著述引《诗》里。如《孟子》《荀子》对《诗经》都有大量的援引。虽然这种引《诗》也仍是对《诗》的依托,但是已完全变成赤裸裸的说教,较之"春秋称诗",无论是在娱乐功能还是含蓄风貌上都已不可同日而语。对这一点我们显然也应有一清醒的认识。

　　总之,要想对孔子"兴观群怨"的内涵有一个透彻领悟,我们必须做到以下四点:一要准确理解"兴"的本义,二要深入体会"兴观群怨"的经典崇拜特质,三要清楚认识"兴观群怨""赋比兴""兴寄"三"兴"的异同,四要充分把握孔门学术的文化渊源。特别是第三条,对于我们真正弄清"兴观群怨"的丰富蕴涵尤为关键。也正鉴此,所以我们很有必要结合前文的已有论述,再对以上三"兴"的中心意指作一小结。具体来说,也就是:"兴观群怨"之"兴"主要体现的是我国先民师法圣贤的经典崇拜情结,"赋比兴"之"兴"主要体现的是我国先民效法万物的天人合一情结,而"兴寄"之"兴"则主要体现的是我国先民注重托寄,不作空言的现实关怀情结。如果再把"情兴"之"兴"尊尚性灵,推重本然的归真复性情结也考虑进来的话,那么,有关"兴"在我国文论史上的丰富蕴涵,以及它对"诗言志"观念建构的意义,我们就都有所认识了。

第二节　孟子的"以意逆志"与"诗言志"

　　人类的诠释活动何时而起不得而知,但是说到阐释理论,则正像有的学者所说,在中国,就现有文献看,孟子实为第一人。他提出的"知人论世""养气知言""以意逆志"等阐释原则,涉及作者、读者、文本三大领域,三足鼎立,互为补充,共同构成了一个严密的阐释体系。不仅在中国,即在世界,在相当长的一段时间内也是一枝独秀的。具体来说,"知人论世"主要涉及的是"书不尽言"的问题,它试图通过语境重建来实现话语的全息还原。"养气知言"乃对读者的前理解言,它重在强调读者的道德素养在文本解读中的重要意义。而"以意逆志"则是就修辞遮蔽讲的,它旨在探讨如何对修辞性的话语遮蔽进行解蔽。

众所周知,"述而不作"一直是中国学者历代相传的圣训,学术上的每一次进步可以说几乎都是在尊经的名义下,通过对经典的重新阐释完成的。在上一节,我们之所以对"兴观群怨"的经典崇拜特质反复强调,其实有一个十分重要的原因就在于我们已看到了它与"述而不作"在"言志"精神上的高度一致。也正鉴此,所以如何才能使我们的文本阐释既不违经典,又别出新意,这实为衡量各种阐释理论成就大小的重要标志之一。若从这个角度讲,则"知人论世"主要是对历史文献的搜寻考证,它给人留下的阐释空间自然是很有限的。而"养气知言"虽可根据前理解的差异,通过自我素养的高自标置来为自己的学术创新提供辩护,但这种自大骄人的做法不要说是在当下,就是在我国古代也是很难找到市场的。因此相比而言,孟子的阐释理论虽然三足鼎立,但真正有助学术进步,便于创新阐释的,应该首推"以意逆志"。它可以在"不以文害辞,不以辞害志"的尊经旗帜下,通过对修辞性话语的自由指认,对那些不符合我们要求的经典文本进行大胆改造,以顺利实现学术创新,为孔门倡导的"兴观群怨",也为古代普遍存在的"明述暗作",提供合法的理论支持。不过,令人颇感遗憾的是:长期以来,由于学者们对"辞"在上古的特殊蕴涵缺乏了解,所以直到今天,我们对孟子"以意逆志"的学术价值,也仍缺乏一明切的认识。

一、前人对"以意逆志"的种种误解

"以意逆志",语见《孟子·万章上》,可以说直到目前为止,学术界也没有完全弄懂它的意思。首先来看它的原文:"咸丘蒙曰:'舜之不臣尧,则吾既得闻命矣。《诗》云:"'普天之下,莫非王土。率土之滨,莫非王臣。'而舜既为天子矣,敢问瞽瞍之非臣如何?"曰:"是诗也,非是之谓也。劳于王事,而不得养父母也。曰:此莫非王事,我独贤劳也。故说《诗》者,不以文害辞,不以辞害志,以意逆志,是为得之。如以辞而已矣,《云汉》之诗曰:'周余黎民,靡有孑遗。'信斯言也,是周无遗民也……"①

"《云汉》之诗"见《诗经·大雅》②,"普天"云云见《小雅·北山》:"陟彼北山,言采其杞。偕偕士子,朝夕从事。王事靡盬(没有止息),忧我父母。

<hr />

① 焦循《孟子正义》卷 18,中华书局,1987 年,第 637～638 页。
② 朱熹《诗集传》卷 18,上海古籍出版社,1980 年,第 211 页。

溥(普)天之下,莫非王土。率土之滨,莫非王臣。大夫不均,我从事独贤。"①对于"溥(普)天之下"这四句诗,上古典籍多有引用,如《吕氏春秋·孝行览·慎人》云:舜既为天子,"万民誉之,丈夫女子,振振殷殷,无不戴说(悦)",于是"舜自为诗曰:'普天之下,莫非王土;率土之滨,莫非王臣'"②。又,《韩非子·忠孝》云:"《诗》云:'普天之下,莫非王土;率土之滨,莫非王臣。'信若诗之言也,是舜出则臣其君,入则臣其父,妾其母,妻其主女也。"③等等。由此足见《北山》之诗在先秦时代所遭受的误解确是很大的。孟子提出"不以文害辞,不以辞害志,以意逆志"的原则,如果仅就《北山》之诗所遭受的误解看,显然可以说是正中其弊的。

对于孟子的这一原则,前人给出了种种解释,除了对"志"的涵义没有异议外,对"文""辞""意"的理解都很不统一。首先来看他们对"文""辞"的解释。(一)以"字"释"文",以"句"释"辞"。如南宋姚勉《诗意序》:"文之为言,字也;辞之为言,句也。"④朱熹《孟子集注》:"言说诗之法,不可以一字而害一句之义,不可以一句而害设辞之志。"⑤

(二)以"言词"之"词"释"文",以"篇章"释"辞"。如《说文·司部》"词,意内言外也"段玉裁注:"辞谓篇章也。词者,……谓摹绘物状及发声助语之文字也。积文字而为篇章,积词而为辞。孟子曰:'不以文害辞',不以词害辞也。"⑥

(三)以"文采"释"文",以"歌咏之辞"释"辞"。如后汉赵岐云:"文,诗之文章。""辞,诗人所歌咏之辞。""孟子言说诗者当本之志,不可以文害其辞,文不显乃反显也。"又,清焦循说:"辞则孟子已明指'周余黎民,靡有孑遗'为辞,即'普天之下'四句为辞,此是诗人所歌咏之辞已成篇章者也。赵氏以'文'为文章,……即篇章上之文采。如'我独贤劳',辞之志也。'莫非王臣',则辞之文也。说诗当以辞之志为本而显之。""文字于说诗非所取,故解为'诗之文章'。'诗之文章',即辞之文采也。"⑦

---

①朱熹《诗集传》卷13,上海古籍出版社,1980年,第150页。
②许维遹《吕氏春秋集释》卷14,中华书局,2009年,第337页。
③王先慎《韩非子集解》卷20,中华书局,1998年,第467页。
④姚勉《姚勉集》卷37,上海古籍出版社,2012年,第419页。
⑤朱熹《孟子集注》卷9,《四书章句集注》,上海书店,1987年,第127页。
⑥段玉裁《说文解字注》,浙江古籍出版社,1998年,第430页。
⑦焦循《孟子正义》卷18,中华书局,1987年,第638～640页。

按，赵、焦二家所说比较简约，有的地方需要稍加诠释。其一，古人所说的"文章"与我们今天所说的"文章"不同义，它主要指斑斓或斑斓的图案，文采或富有文采的文本。如屈原《橘颂》"青黄杂糅，文章烂兮"[①]，便是在前一个意义上使用的。而《汉书·公孙弘卜式儿宽传》之"文章则司马迁、相如"，"刘向、王褒以文章显"[②]，则是在后一意义使用的。其二，"此是诗人所歌咏之辞已成篇章者"，意谓"周余黎民"两句与"普天之下"四句，其歌辞语义相对完整，已成篇章，并非说"辞"有"篇章"之义。这与上文段玉裁所说，含义是不同的。其三，"'莫非王臣'，则辞之文也"，意谓"莫非王臣"乃"辞"的文饰说法，它旨在反衬"我独贤劳"。我们并不能望文生义，认为这是在强调君主的权威。

（四）以"篇章"释"辞"，以"整篇'辞'中的一部分"释"文"。如周裕锴云："这里的'文'不必仅限于个别的字眼，而应该理解为整篇'辞'（text）中的一部分，可以是词，也可以是词组（words）甚至句子（sentence）。……相对于全诗的'辞'来说，'普（溥）天之下'四句可以称作'文'。""'不以文害辞'的意思就是不要拘泥于文字片段的意义来理解篇章整体的意义。"[③]

（五）"文""辞"不分，均释为诗人志意之"显于外者"。如清吴淇《六朝选诗定论缘起》云："诗有内有外，显于外者曰文曰辞，蕴于内者曰志曰意。……即以此诗论之：不得养父母，其志也；'普天'云云，文辞也。"[④]

下面再看"意"字，前人对"意"的解释也可分为二类。（一）学《诗》者之心意。如后汉赵岐云："志，诗人志之所欲之事。意，学者之心意也。……人情不远，以己之意，逆诗人之志，是为得其实矣。"[⑤]又，朱熹《孟子集注》："当以己意迎取作者之志，乃可得之。"[⑥]等等。

那么，"志"属古人，而"以意逆志"的却是学《诗》者，二者古今悬隔，其沟通的可能性究竟何在呢？对此，前人也有两解：

其一，上文赵岐已言之："人情不远，以己之意，逆诗人之志，是为得其实矣。"对此南宋姚勉《诗意序》又有进一步发挥："在心为志，发言为诗。诗

①屈原《九章》，洪兴祖《楚辞补注》卷4，中华书局，1983年，第154页。
②班固《汉书》卷58，中华书局，1962年，第2634页。
③周裕锴《中国古代阐释学研究》，商务印书馆，2003年，第40～41页。
④吴淇《六朝选诗定论》卷1，《四库存目丛书补编》第11册，齐鲁书社，2001年，第49页。
⑤焦循《孟子正义》卷18，中华书局，1987年，第638页。
⑥朱熹《孟子集注》卷9，《四书章句集注》，上海书店，1987年，第127页。

者,志之所之也。《书》曰:'诗言志。'其此之谓乎? 古今人殊,而人之所以为心则同也。心同,志斯同矣。是故以学《诗》者今日之意,逆作诗者昔日之志,吾意如此,则诗之志必如此矣。……虽然,不可以私意逆之也。横渠张先生曰:'置心平易始知《诗》。'夫惟置心于平易,则可以逆志矣。不然,凿吾意以求诗,果诗矣乎!"①《孟子·告子上》:"口之于味也有同耆(嗜)焉,耳之于声也有同听焉,目之于色也有同美焉。至于心,独无所同然乎? 心之所同然者何也? 谓理也义也。"②赵、姚二人所以有这样的解释,盖正是以孟子的这种"性善论"思想为基础的。

其二,王国维:"善哉,孟子之言诗也,曰:'说诗者,不以文害辞,不以辞害志,以意逆志,是为得之。'顾意逆在我,志在古人,果何修而能使我之所意不失古人之志乎? 此其术孟子亦言之曰:'诵其诗,读其书,不知其人,可乎? 是以论其世也。'是故由其世以知其人,由其人以逆其志,则古诗虽有不能解者寡矣。"③如上所言,"知人论世",也是孟子的重要阐释理论之一,王国维引此以为"以意逆志"之助,显然在孟子"性善论"的基础上,又为"以己之意,逆诗人之志"的说法提供了一条新的论据。

(二)古人之意。如清吴淇《六朝选诗定论缘起》:"此意字与'思无邪'思字皆出于志,然有辨:思就其惨淡经营言之,意就其淋漓尽兴言之。则志古人之志,而意古人之意,故《选》诗中每以古意命题也。汉宋诸儒以一'志'字属古人,而'意'为自己之意。夫我非古人,而以己意说之,其贤于蒙(指臧丘蒙)之见也几何矣。不知'志'者古人之心事,以意为舆,载志而游,或有方,或无方,意之所到,即志之所在,故以古人之意求古人之志,乃就诗论诗,犹之以人治人也。即以此诗论之:不得养父母,其志也;'普天'云云,文辞也;'莫非王事,我独贤劳',其意也。其辞有害,其意无害,故用此意以逆之,而得其志在养亲而已。"④也就是说,在吴淇看来,诗歌虽为言志之作,但仅有此"志"是不够的。它必得接受外物的刺激,化为感触,转为"意兴",然后才会有创作的冲动。而所谓"文辞",不过是这一冲动的外在表现

---

①姚勉《姚勉集》卷 37,上海古籍出版社,2012 年,第 419 页。

②焦循《孟子正义》卷 22,中华书局,1987 年,第 765 页。

③王国维《〈玉谿生诗年谱会笺〉序》,《王国维集》(周锡山编校)第 1 册,中国社会科学出版社,2008 年,第 97 页。

④吴淇《六朝选诗定论》卷 1,《四库存目丛书补编》第 11 册,齐鲁书社,2001 年,第 49 页。

罢了。"志"是唯一的、恒定的、普遍的,而"意"以及与"意"相应的诗,则是多样的、随机的、变化的。有不同的场景就有不同的"意",有不同的"意"就有不同的诗。而不论这些诗多么不同,也仍是以同一"心志"为基础的。

由于吴淇的论述比较符合诗歌的实际,因而颇为当代学者所推崇。如敏泽谓:吴淇之论强调了"'说诗者'评论任何作品虽然不能不表现自己的意志和观点,但总不应以己之意,而应以作品表现的实际为依据"。因此,应该说这一理解"更切合实际,也更符合孟子的原意"①。显然对他的评价就是很高的。

那么,我们究竟应该如何看待前人的这些认识呢? 实事求是地讲,应该说它们与孟子的本意都是不相符的。古人解经,最为重视的乃是经典阐释的合法性,孟子于此也不例外。而以上诸说在这方面做的都是很不周延的。

首先,"人情不远",虽以孟子的"性善论"思想为依据,但孟子的"性善"乃指人的禀赋说的。而在实际生活中,孟子则认为:由于很多人都失掉了本心,所以人与人的道德境界是并不相同的。《诗经》早在孔子时就已被奉为"思无邪"的经典,如果以"人情不远"为据,说人人都可以以我之意明古人之志,这就意味着人们的道德素养并无差别,并均已达到经典的水准。这与孟子对圣人的尊崇,以及他的经典意识显然是很不一致的。

其次,"知人论世"与"以意逆志"乃是两种不同的解诗思路,孟子这里并没有将它们混为一谈。也就是说孟子此处谈的只是"以意逆志",他并未说明需以"知人论世"来辅助。引入"知人论世"来证明"以意逆志"的可能性,这不仅不符合孟子的原意,而且也恰恰反过来说明这种方法不可行。因为在很多时候,我们对作诗者的"人""世",也即创作背景,是根本无法弄清楚的。

第三,"以古人之意求古人之志",虽然较"以己之意逆古人之志"有一定的优越性,但在实际操作过程中,二者则并无什么大的不同。正如周裕锴先生说:"'以古人之意求古人之志'的方法看似客观,但这所谓的'古人之意',仍然只有通过说诗者的主观臆测才能获得,或者说这'古人之意'不

---

① 敏泽《中国文学理论批评史》,人民文学出版社,1981 年,第 36 页。

过是说诗者的主观预设,仍然摆脱不了他自己批评的'以己意说之'的陷阱。"①可见,吴淇之说也同样不能确保文本阐释合法性的实现。

二、从"辞"的语体特征看孟子"以意逆志"的涵义

前人之所以对孟子的"以意逆志"不能作出正确解释,最根本的原因就在他们没有认识到"辞"在上古的特殊涵义。正如上文第五章第一节所说,"辞"在上古有一个十分特殊的用法,那就是它常常被用以指一种曲托假借、言近旨远的文饰语体。对这一点,我们通过对《周易》"卦爻辞""行人辞令"和"楚辞"的语体特征,以及"辞"在字形、声韵上的特征的分析,在前文已经作了证实。

盖正是基于"辞"的这种曲托假借的文饰特征,因此上古学者才对它的制作提出了种种规范。如《周易·文言传》:"修辞立其诚。"②又,《论语·卫灵公》:"辞达而已矣。"③"辞"的文饰,其目的原在更好地表达人的情意,如果因文饰过度而影响了真情实意的表达,这显然就不是制作者的初衷了。《周易》之所以提出"立诚",《论语》之所以强调"辞达",应当说皆是由此着眼的。

孟子的"不以文害辞,不以辞害志"也不例外,所不同者只在它所涉及的不是"辞"的创制,而是"辞"的鉴赏、阐释罢了。"不以文害辞,不以辞害志,以意逆志,是为得之",显而易见,依孟子的观点,我们在对诗歌进行鉴赏、阐释时,既不能囿于"辞"的文采而影响了对"辞"的理解,更不能拘于"辞"的表面意义,而妨害了我们对作者主观情志的探索。只有善于把握"辞"的弦外之音,言外之意,才有可能真正探得作者的主观情志。很明显,如果我们了解了"辞"的文饰特征,明白了"辞"作为一种特殊的语体所具有的假托性质,那对孟子的"以意逆志"就不难作出正确的解释。

仍以《北山》为例,若仅就字面看"普天之下,莫非王土。率土之滨,莫非王臣"四句诗,它所讲的显然乃是天子对土地和臣民的绝对占有。但是如果认识到它乃是一种假托修辞,就不难彻悟它的弦外之意:天下乃大家之天下,君王乃天下之共主,可为什么独让我为它辛劳呢? 难道只有我才

---

① 周裕锴《中国古代阐释学研究》,商务印书馆,2003 年,第 43 页。
② 孔颖达《周易正义》卷 1,孔颖达等《十三经注疏》,中华书局,1980 年,第 15 页。
③ 杨伯峻《论语译注》,中华书局,1980 年,第 170 页。

适合干这样的差事吗？可以看出，读者只要把握了诗句的言外之意，那对作者忧念父母的心志就不难探知了。《孟子·尽心下》："言近而指远者，善言也。"[①]足见，对因巧妙运用语言而造成的含蓄之美，孟子是多么欣赏的。

实事求是地讲，赵岐、焦循将"文"视为"文采"是非常正确的，可惜他们并未照此思路进行下去。正是由于对"辞"的修辞性特征认识不足，所以才使前人对"以意逆志"的理解产生了诸多偏颇。

孟子的"不以文害辞，不以辞害志"，也即"以意逆志"理论，在中国文本阐释史上的影响不容置疑。孟子以后有许多学者对经典的阐释，都很重视"文辞"的弦外之旨。

仍以《诗经》为例。如苏轼《既醉备五福论》曰："夫《诗》者，不可以言语求而得，必将深观其意焉。故其讥刺是人也，不言其所为之恶，而言其爵位之尊，车服之美，而民疾之，以见其不堪也。'君子偕老，副笄六珈'，'赫赫师尹，民具尔瞻'是也。其颂美是人也，不言其所为之善，而言其冠佩之华，容貌之盛，而民安之，以见其无愧也。'缁衣之宜兮，敝，予又改为兮'，'服其命服，朱芾斯皇'是也。"[②]又，明王廷相《与郭价夫学士论诗书》曰："《三百篇》比兴杂出，意在辞表；《离骚》引喻借论，不露本情。东国困于赋役，不曰'天之不恤'也，曰：'维南有箕，不可以簸扬；维北有斗，不可以挹酒浆。'则'天之不恤'自见。"[③]不难看出，有了孟子的这一文本解读理论，确实给文本阐释带来了极大便利。它启示阐释者不要为文本的字面意义所蒙蔽，要善于觉识文本的修辞技巧，自觉地为那些修辞化了的文本话语进行解蔽。

三、"以意逆志"与文本改造及学术创新

孟子"以意逆志"的真实涵义，以及它在正确把握文本本有之义上的指导价值，已如上述。不过从中国学术发展的实际看，孟子的这一"以意逆志"理论其最重要的价值并不在这里，而是表现在如何为学术创新的合法性提供有效的理论支持上。如上所说，"述而不作"乃中国学人历代沿传的圣训，学术史上的每一创新几乎都是在尊经的名义下，通过经典的重新阐释而完成的。孟子的"以意逆志"理论，固然可以引导阐释者遵循"不以文

---

① 焦循《孟子正义》卷 29，中华书局，1987 年，第 1010 页。
② 苏轼《苏轼文集》卷 2，中华书局，1986 年，第 51 页。
③ 王廷相《王廷相集》卷 28，中华书局，1989 年，第 502 页。

害辞,不以辞害志"的原则,对文本中的修辞遮蔽进行解蔽,但另一方面人们也同样可以依这一理论,在文本的思想意义不符合自己的需要时,对它进行合法的改造,以顺利实现学术创新。

在《孟子》中就有很多这样的例子。如《魏风·伐檀》云:"不狩不猎,胡瞻尔庭有县(悬)貆兮?彼君子兮,不素餐兮!"[1]这明明是在讽刺统治者的不劳而食的,可是《孟子·尽心上》却给出了这样的解释:"公孙丑曰:'《诗》曰:"不素餐兮。"君子之不耕而食,何也?'孟子曰:'君子居是国也,其君用之,则安富尊荣;其子弟从之,则孝悌忠信。"不素餐兮",孰大于是!'"[2]更言之,也即是:"不狩不猎,胡瞻尔庭有县(悬)貆兮"与"彼君子兮,不素餐兮",这虽明明是两个反问句,以反问的语气凸显心中的愤懑,但是到了孟子手里,他却故意将其解为设问。经他这么强行一解,诗文显然就衍变成如下意思:你们这些君子不狩不猎,为什么也见你们庭中有悬貆呢?原来你们这些君子呀,"居是国也,其君用之,则安富尊荣;其子弟从之,则孝悌忠信"。虽然说你们未亲狩亲猎,但是也决不是白吃饭呀!诗歌里明明用的是反问,而孟子却硬把它诠解为设问,如此,借助"不以文害辞,不以辞害志",也即"以意逆志"的理论,轻而易举就把这首诗歌的思想意蕴作了完全相反的解释,就仿佛作者真是拟借此一问,以凸显那"不素餐"的结论似的。虽然说一首诗歌是否用了修辞,在文本中是客观存在的,但承认不承认它用了修辞,判断它用了什么修辞,乃至在何处用了修辞,却都是由阐释者自己决定的。因此如果阐释者有意对文本进行歪曲,以"不以文害辞,不以辞害志"为内容的"以意逆志"理论,不惟不能对此加以制约,相反,还会为他这种做法提供一件合法的外衣。上文孟子对《伐檀》的阐说就是一个典型的例子。

像这样的例子在《孟子》中还有很多,如在《梁惠王上》中,孟子说《大雅·灵台》是写古代贤王"与民偕乐"的[3]。在《梁惠王下》中又说《大雅》中的《公刘》《绵》是写"公刘好货","太王好色"的[4]。而在《公孙丑上》中,复

---

① 朱熹《诗集传》卷 5,上海古籍出版社,1980 年,第 66 页。
② 焦循《孟子正义》卷 27,中华书局,1987 年,第 925~926 页。
③ 焦循《孟子正义》卷 2,中华书局,1987 年,第 49 页。
④ 焦循《孟子正义》卷 4,中华书局,1987 年,第 137—139 页。

又推定《豳风·鸱鸮》是赞扬贤君能臣努力治国的[①]。等等。正基于此,所以我们认为作为中国古代阐释学的开山纲领,孟子的"以意逆志"的说诗方法绝非简单的"意图论"可以概括。实事求是地讲,孟子的这种说诗方法含有极为丰富的阐释学因子:一方面他肯定作者之志是一切阐释活动的目标,仿佛在提倡一种"意图论的阐释学",而另一方面,他借以实现这一目标的手段却又依赖于阐释者对文本中修辞性话语的自由指认。这就意味着承认每个人的阐释都具有合法性,从而由"意图论的阐释学"蜕变为"多元论的阐释学",为人们的"多元阐释"提供了合法的理论支持,为人们的学术创新提供了极富弹性的阐释空间。

其实,就现有的材料看,假借文本的修辞特征对文本进行创新阐释,早在孔子那里就已出现了。如《论语·八佾》云:"子夏问曰:'"巧笑倩兮,美目盼兮,素以为绚兮。"何谓也?'子曰:'绘事后素。'曰:'礼后乎?'子曰:'起予者商也! 始可与言《诗》已矣。'"[②]"巧笑"之诗见于《卫风·硕人》(今本《诗经》无"素以为绚兮"一句,王先谦《三家诗义集疏》以为古《鲁诗》有)[③],诗的本义纯粹是赞扬庄姜之美的,与"仁"和"礼"的孰先孰后毫无联系。但是孔子和他的弟子却从中阐释出了"绘事后素""礼后于仁"的义理,这显而易见是对原诗的附会。孔子所以给《诗三百》以"无邪"的评价,并且提出了一个极富经典崇拜色彩的"兴观群怨"理论,可以说正是以孟子这种独特的解《诗》方法为基础的。所不同者只在孔子还没有明确将这一解《诗》方法上升到理论高度,还不像孟子那样系统罢了。以孔孟之圣,绝不会对如此浅显的诗歌产生如此之大的误读,他们所以会作出这样的解释,这显然是由他们假古立义的阐释动机所决定的。

陈寅恪先生说:"世间往往有一类学说,以历史语言学论,固为谬妄,而以哲学思想论,未始非进步者。如《易》乃卜筮象数之书,王辅嗣、程伊川之注传,虽与《易》之本义不符,然为一种哲学思想之书,或竟胜于正确之训诂。"[④]以此评价中国的学术创新,无疑是非常恰切的。但问题是如何才能使自己的阐释获得人们的普遍认同,或者虽得不到人们的认同,而在遭到

[①]焦循《孟子正义》卷 7,中华书局,1987 年,第 224 页。
[②]杨伯峻《论语译注》,中华书局,1980 年,第 25 页。
[③]朱熹《诗集传》卷 3,上海古籍出版社,1980 年,第 36 页。
[④]陈寅恪《大乘义章书后》,《金明馆丛稿二编》,三联书店,2001 年,第 185 页。

对方的批驳时，自己也能拿出合法的依据，这才是事情的关键所在。因此如果从这个角度讲，则除了利用词的多义性进行创新阐释外，孟子所提出的"不以文害辞，不以辞害志"的"以意逆志"理论，实为人们在当时尊经重典的背景下进行学术创新，所可依赖的唯一有效的理论武器。至于"断章取义"云云，虽也同样可以借以进行学术创新，但它由于明显带有"赋诗断章，余取所求"（《左传·襄二十八年》）①的色彩，因此它的合法性自是要大打折扣的。

正基于此，所以在孔孟之后的相当长一段时间内，人们对于古代经典的创新阐释，可以说大都是以"以意逆志"的方式进行的。借助词的多义性进行创新阐释虽也有之，但是由于它的局限性太大，所以对于它的使用，频率并不是很高的。试以汉人对《诗经》的解说为例，我们从中即可发现大量的以"不以文害辞，不以辞害志"为借口，打着为修辞解蔽的幌子，通过对修辞性话语的自由指认或自由解释进行学术创新的例子。譬如《关雎》本是写青年男女的爱恋活动的，而西汉匡衡却说："孔子论《诗》，以《关雎》为始，言太上者民之父母，后夫人之行不牟乎天地，则无以奉神灵之统而理万物之宜。……此纲纪之首，王教之端也。"②再如《周南·汉广》"汉之广矣，不可泳思"，本来也只是写对可望不可及的爱情的喟叹，而郑笺却谓"喻女子之贞洁，犯礼而往，将不至也"③。再如《郑风·山有扶苏》"山有扶苏，隰有荷花。不见子都，乃见狂且"，所述显然也只是一位女子不见所爱的怨悔，而郑笺的解释却曰："人之好美色，不往睹子都，乃反往睹狂丑之人，以兴忽好善，不任用贤者，反任用小人。"④再如《郑风·风雨》"风雨凄凄，鸡鸣喈喈。既见君子，云胡不夷"，写的无疑也仅只是一对夫妻或情人相逢的惊喜，而毛传、郑笺却认为："风且雨凄凄然，鸡犹守时而鸣喈喈然"，"喻君子虽居乱世，不变改其节度"⑤。诸如此类，把男女的爱情一股脑儿地都附会为道德或政治，如果不借助孟子的以修辞性话语的自由指认、自由解释为主要内容的阐释方法，显然是很难完成的。

---

①杨伯峻《春秋左传注》，中华书局，1990年，第1145页。
②班固《汉书》卷81，中华书局，1962年，第3342页。
③孔颖达《毛诗正义》卷1，孔颖达等《十三经注疏》，中华书局，1980年，第282页。
④孔颖达《毛诗正义》卷4，孔颖达等《十三经注疏》，中华书局，1980年，第341页。
⑤孔颖达《毛诗正义》卷4，孔颖达等《十三经注疏》，中华书局，1980年，第345页。

　　不错,在与《孟子》同时或稍后的《庄子·外物》中已有"得意忘言"的说法:"荃(筌)者,所以在鱼,得鱼而忘荃(筌);蹄者,所以在兔,得兔而忘蹄。言者,所以在意,得意而忘言。"①但这一说法直到魏末的王弼,才真正将它发展为一种阐释理论。在此之前,且不说两汉,即是在《庄子》一书中,我们也很难找到用它来进行文本阐释的例子。所以它的出现并不影响孟子的"以意逆志"理论在经典阐释中的地位。

　　又,从另一方面说,虽然"以意逆志"与"得意忘言"乃属两套不同系统的理论——前者走的是修辞学的路子,探讨的是修辞的表意方式问题,强调的是言对意的有意遮蔽,后者走的是语言学的路子,探讨的是言、意的差别问题,强调的是言对意的无意遮蔽,但是在具体的操作方法上二者却是非常相似的。说得更明确一点,也就是二者都主张意在言外,都认为阐释者对文意的探求不能局限于表面文字。因此从这个意义讲,王弼所说的"言者所以明象,得象而忘言;象者所以存意,得意而忘象。……是故存言者,非得象者也;存象者,非得意者也"②,对孟子的解《诗》方法也同样是适用的。如《论语·宪问》:"子曰:'君子而不仁者有矣,夫未有小人而仁者也。'"对此孔安国注曰:"虽曰君子,犹未能备"③,应当说是符合孔子的原意的。然王弼注却说:"假君子以甚小人之辞,君子无不仁也"④,显然就用了"得意忘言"的方法对它进行了创新性阐释。而这一点,用孟子"不以文害辞,不以辞害志"的"以意逆志"理论,也同样是可以说得通的。

　　当然,由于材料的匮乏,我们还不敢说王弼"言意"理论的问世就一定受了孟子"以意逆志"理论的启发,但通过二者的对比,我们也足以看出孟子的阐释理论对于学术创新,其价值也同样是非常之大的。可以说在王弼的"言意之辨"理论发挥作用之前,孟子的"以意逆志"理论,一直都是尊经重典背景下人们的学术创新所可依赖的最主要的工具。

　　总之,孟子对经典的崇奉是有条件的,那就是这一经典在文意上必须符合他的旨趣。如果经典有违他的思想,那就要以"以意逆志"理论为武器,对它进行创新阐释。如果借助"以意逆志",最后也仍不能对文意加以

①郭庆藩《庄子集释》卷9,中华书局,1961年,第944页。
②楼宇烈《王弼集校释》,中华书局,1980年,第609页。
③刘宝楠《论语正义》卷17,中华书局,1990年,第559页。
④王弼《论语释例》,楼宇烈《王弼集校释》,中华书局,1980年,第630页。

改造,那这一文本的真实性就一定会受到他的怀疑。如《孟子·尽心下》云:"孟子曰:'尽信《书》,则不如无《书》。吾于《武成》,取二三策而已矣。仁人无敌于天下,以至仁伐至不仁,而何其血之流杵也?'"对此,赵岐注曰:"《书》,《尚书》。经有所美,言事或过。《武成》,逸《书》之篇名。言武王诛纣,战斗杀人,血流春杵。孟子言武王以至仁伐至不仁,殷人箪食壶浆而迎其师,何乃至于血流漂杵乎!故吾取《武成》两三策可用者耳,其过辞则不取也。"[①]"血流春杵",本来是暗示战斗之烈的,它与"周余黎民,靡有孑遗"的暗示干旱之剧,实为同一用法。但是显而易见孟子在此并没有把它当修辞看,所以如此,最根本的原因就在于即是作了修辞学的解释,也仍然无法抹杀战争的酷烈。而按孟子的思想,"仁人无敌于天下","武王以至仁伐至不仁",大规模的战争是决不可能发生的。据此愈见,孟子利用"以意逆志"理论进行学术创新,其指向性确实是非常明确的。有的论者批评孟子在运用"以意逆志"理论时,常常歪曲文本的原意,这一指责对于孟子显然是有失皮相的。

四、余论

综合上文一系列论述,不难看出如果对"辞"在上古的曲托假借、言近旨远、长于文饰的语体特征缺乏了解,那无论对孟子"以意逆志"的涵义,还是它在经典阐释中的重要价值,我们都不可能有一个明切的认识。总观孟子对"以意逆志"理论的运用,不难得知与其说孟子是要借助这一理论探寻经典的本义,还不如说他乃是在进行经典重建,也即借助"以意逆志"的理论,打着为修辞解蔽的旗号,通过对所择经典的有意误读,而将自己认为应当表达的思想或情志添加到经典里。经过这样的添加改造,所择经典就可由不合意而变为合意,由旧经典而变为新经典,于是所谓"不以辞害志,以意逆志",也即为修辞遮蔽进行解蔽的目标也就达到了。很显然,孟子之所以提出"以意逆志"的理论,他的目标就在经典重建,通过对经典的合法化改造,以顺利实现学术创新。表面看来,他好像对经典未做任何改动,而实际上经典的蕴意已被他悄悄更换了。

又,从"诗言志"观念的建构看,孟子对经典的重新阐释,实际上也同样

---

① 焦循《孟子正义》卷 28,中华书局,1987 年,第 959~960 页。

意味着他在世人面前树立了一个新的"志"的典范。诗歌创作究竟应当表达什么样的情志,孟子通过他的经典重建,实际上已将这个答案告诉了世人。举例来说,如上所引,《魏风·伐檀》云:"彼君子兮,不素餐兮!"这明明表达的是对于统治者不劳而食的强烈不满,然而孟子对此却作出了这样的解释:"君子居是国也,其君用之,则安富尊荣;其子弟从之,则孝悌忠信。"不素餐兮",孰大于是!"这样的诠解无疑就等于告诉世人对于君子的不劳而食是不应有不满的。由此足见,如果就这一角度说,则孟子对于经典的打造与重建,其实也是对"诗言志"观念的规约和改造,并且也为人们的"兴观群怨"提供了一个新的理想范本。如果认识不到这一点,那也同样意味着我们对孟子"以意逆志"的理解是不深入的。

第三节　老子的"自然无为"与"诗言志"

在中国文学史上,老子的影响一点也不亚于孔子,甚至还可以说有过之而无不及。老子哲学虽以"道"为最高范畴,但是其最终的落脚点却是在"德"上。说得再明确一点,也即是大道虽以"无",也即"无形无名",为其根本体征,但是这样的体征也必然使它进而呈现出"自然无为"的德性。"无形无名"是体,"自然无为"是性,而化生天地,无所不产则是它的无穷妙用。也正鉴此,所以我们认为对于大道的师法,不仅要师法它的"无形无名",而且也要师法它的"自然无为"。对于大道的"无形无名",应当说前人早已有清醒的认识,但是对于大道的"自然无为",前人的认识却颇有不足。这不仅表现在对"自然无为"这一思想本身的体味上,而且也表现在对一些体现老子"自然无为"审美趣尚的具体经文的理解上。既是如此,则显而易见,结合这些具体的经文,再对老子的"自然无为"思想及审美趣尚加以诠解,这无疑仍是非常必要的。

不过,由于本书题旨所系,我们在此除了对老子的"自然无为"思想及审美趣尚再加考析外,也拟再对这一审美趣尚对"诗言志"观念的建构所产生的影响作一探讨。虽然说老子的"自然无为"审美趣尚早已化入了我国文学的创作实践与理论建构中,但是正如上文所说,明确把它与"诗言志"这一中国诗歌的开山纲领联系起来加以剖论,这则在前人那里做的仍是很不到位的。正基于此,所以对老子的"自然无为"审美趣尚与"诗言志"的关系再加探释,这对我们进一步认识老子哲学对中国文学的影响无疑仍是很有价值的。

一、对"天下皆知美之为美,恶已"的再认识

在《老子》一书中直接提及"美"的文句,一共有 6 个,它们分别是:2 章"天下皆知美之为美,恶已;皆知善,斯不善矣"①;20 章"唯与诃,其相去几何? 美与恶,其相去何若"②;31 章"铦袭为上,勿美也。若美之,是乐杀人也"③;62 章"美言可以市尊,行可以加人"④;67 章"甘其食,美其服,乐其俗,安其居";68 章"信言不美,美言不信"⑤。虽然这 6 个文句对于我们认识老子的美学思想都不无价值,但是由于 31 章、62 章和 67 章的三个句子,所涉及的问题都比较具体,抽象程度都不高,因而均缺乏较强的理论普遍性,所以在以上 6 个句子中,真正称得上美学命题的其实只三个,那就是:2 章"天下皆知美之为美,恶已";20 章"美与恶,其相去何若";68 章"信言不美,美言不信"。虽然说这三个美学命题各有其旨,也各有侧重,但是它们的最终所指都是"自然无为"。只不过十分遗憾,长期以来由于《老子》经文自身的讹误,以及研究者探讨的不够深入,我们对这三个命题的理解都发生了偏差。这对我们准确把握老子的"自然无为"思想与审美趣尚及其对"诗言志"观念建构的意义,显然都是很不利的。幸有简帛《老子》的出土,这才为我们重新认识这三大命题的本真涵蕴提供了契机。

(一)"天下皆知美之为美,恶已"的本义与前人理解的失据

首先来看"天下皆知美之为美,恶已"这句经文。对于它所表达的含义,前人一般都遵照辩证法的逻辑,将其理解为:当人们知道了什么是美、什么是善的时候,那就意味着与之相对的恶和不善也随之产生了。如任继愈说:"天下的人都知道怎样才算美,这就有了丑了;都知道怎样才算善,这就有了恶了。""一切事物都有对立面。失去了对立的一方,另一方也就不存在。"⑥又,陈鼓应也云:"天下都知道美之所以为美,丑的观念也就产生

---

①高明《帛书老子校注》,中华书局,1996 年,第 229 页。
②高明《帛书老子校注》,中华书局,1996 年,第 316 页。
③高明《帛书老子校注》,中华书局,1996 年,第 390～391 页。
④高明《帛书老子校注》,中华书局,1996 年,第 127 页。
⑤高明《帛书老子校注》,中华书局,1996 年,第 154～155 页。
⑥任继愈《老子绎读》,北京图书馆出版社,2006 年,第 4 页。

了;都知道善之所以为善,不善的观念也就产生了。""(《老子》)本章以美与丑、善与恶说明一切事物及其称谓、概念与价值判断,都是在对立的关系中产生的。"①等等。

那么,如何看待前人的这些认识呢? 据实而论,它们与老子的本义都是相差很远的。在这里,老子实际要表达的是人的各种美善情感、美善行为都是在自然而然、无别无析、毫无造作、毫不作意的情状下发出的,如果人们知其为美为善而有意逐求、着意为之,乃至刻意为之,那么争竞、计虑、作伪,甚至相互倾轧的巧诈之恶就要产生了。

众所周知,在《老子》一书中,"自然"乃大道的根本属性、万物的最高准则。其25章说:"人法地,地法天,天法道,道法自然。"②对此彰示的就很明白。那么,何谓"自然"呢? 前人或将其解为事物本来的样子或个性,或将其解为事物自己的样子或个性,或将其解为事物本来如此或自己如此。然严格而论,这些解释也都是不准确的。"自然"之"自"并不能解为"本来""自己",它的真正含义应是"自动"。"自然"就是"自动然",也即"自动那样"。尽管这样解释,里面也包含着"本来然""自己然","本来那样""自己那样"的意思,但是"本来""自己"显然并不能充分凸显"自然"的涵义。

因为借"自然"一词,老子所要着重强调的实乃是作为宇宙的最高本体,大道所化生的一切事物都是自足的、完善的、没有任何缺憾的。作为自性完足的个体,无论遇到什么外来刺激,它们都能给以自动的、恰如其分的、没有任何差失的反应。这种反应无需任何计虑、任何预想,在它到来之前也没有任何兆端、任何征象,并且也正因如此,所以它也是无从认识的。王弼《老子》17章注说:"自然,其端兆不可得而见也,其意趣不可得而睹也,无物可以易其言。"③25章注说:"自然者,无称之言,穷极之辞也。"④应该说把老子"自然"一词的涵义揭示的是非常清楚的。再明确说,也就是由于"其端兆不可得而见也,其意趣不可得而睹也",因此对于它的认识、命名都是非常困难的。虽然将其呼为"自然",但"自然"一词的内涵却是非常空洞的,除了笼统地点明其"自动性"以外,就再也没有其他任何具体内容可

①陈鼓应《老子今译今注》,商务印书馆,2003年,第83~84页。
②高明《帛书老子校注》,中华书局,1996年,第353页。
③王弼《老子道德经注》,楼宇烈《王弼集校释》,中华书局,1980年,第41页。
④王弼《老子道德经注》,楼宇烈《王弼集校释》,中华书局,1980年,第65页。

言了。换句话说,"自然"一词的空洞程度,实在是已空洞到了无以复加的地步。王弼所以把"自然"称为"无称之言,穷极之辞",又说"无物可以易其言",可以说正是就它的这一特征立论的。

总之,对于老子的"自然"观念,我们必须从它的自动性上来理解,也即从它的不可臆测、不可界定、不可言论的特征上来理解。十分明显,将"自然"之"自"无论是诠释为"本来"还是"自己"都是无法彰显它的这一特征的。有的论者说所谓"自然"就是按照事物自身的规律或固有的个性来行事,仿佛在老子看来事物的"自然"是可以认识、有轨可循似的,这显然就是把"自然"之"自"误解为"自己""本来"而伴生的模糊性、不明确性所导致的。在《老子》一书中有很多倡"愚"贬"知"的经文,如 3 章云:"恒使民无知无欲也。"①10 章云:"明白四达,能毋以知乎?"②73 章云:"知不知(以不知为知),尚矣;不知不知(不以不知为知),病矣。"③20 章云:"我愚人之心也,沌沌呵。"④65 章云:"为道者非以明民也,将以愚之也。"⑤等等。如果不理解"自然"的涵义,对于这些经文的思想意蕴显然是不可能有一个明切的体悟的。

(二)"有无之相生也"的本义与前人理解的失据

那么,"天下皆知美之为美,恶已;皆知善,斯不善矣",既然表达的是老子尊尚自然的美学思想,那前人何以会把老子的这一表述看作其辩证美学观念的体现呢?这里边原因固然很多,但是其中最主要的恐怕还是他们误读了老子此章接下来的这段经文:"有无之相生也,难易之相成也,长短之相形也,高下之相盈也,音声之相和也,先后之相随也。"⑥

老子这段经文各本有异,我们这里所列乃是郭店楚简《老子》的经文。虽然楚简《老子》究竟是《老子》古本的摘本还是全本,目前学界仍在争论,但是它乃当下我们所见《老子》的最早传本,却是事实。2 章经文楚简《老子》保存完整,所以若就此章来说,我们就更应尊信这一事实。与楚简相比,后世传本与它的差别可谓各种各样,不过大而言之,或者说从其是否影

---

① 高明《帛书老子校注》,中华书局,1996 年,第 237 页。
② 高明《帛书老子校注》,中华书局,1996 年,第 267 页。
③ 高明《帛书老子校注》,中华书局,1996 年,第 177 页。
④ 高明《帛书老子校注》,中华书局,1996 年,第 321 页。
⑤ 高明《帛书老子校注》,中华书局,1996 年,第 65 页。
⑥ 荆门市博物馆《郭店楚墓竹简》,文物出版社,1998 年,第 112 页。

响文意的角度言之,我们也可将其粗略划为三类。一以傅奕本为代表,基本上保持了楚简的原貌①;一以帛书本为代表,最后一句作"先后之相随,恒也"②;一以河上公和王弼本为代表,六句皆无六"之"字③。严格说来,有没有"之"字、有没有"恒"字,对于这段经文的文意影响都很大,可是由于研究者对老子哲学缺乏认识,竟无视古代汉语的基本语法,而将其一律翻译为:"有与无既对立又相互产生,难与易既对立又相互促成,长和短既对立又相互体现,高和低既对立又相互包容,音和声既对立又相互和谐,前和后既对立又相互随从。"④这样的翻译显然是很难成立的。

在古汉语里,在句子的主语和谓语之间加一"之"字,则句子的独立性就被取消了。它要么作为一个短语词组,在一个更大的句子里充当主语、宾语或状语,要么作为一个分句,与其他分句构成一个复句,以共同表达一个完整的意思。这一现象即在《老子》一书中也有许多典型的例子。如上所列,"天下皆知美之为美","美之为美"显然就是作宾语的。又,80章:"弱之胜强,天下莫弗知也。"⑤"弱之胜强"显然是作主语的。64章:"民之从事也,恒于其成事而败之。"⑥"民之从事也"显然作状语。34章:"圣人之能成大也,以其不为大也。"⑦"圣人之能成大也"显然是在这个因果复句中充当分句的。66章:"圣人之欲上民也,必以其言下之。"⑧"圣人之欲上民也"显然是在这个假设复句中充当分句的。

正是由于在古汉语中存在着这样一种语法规则,所以我们认为就2章来看,如果遵从前人的解释:"有与无既对立又相互产生,难与易既对立又相互促成"等等,那就意味着我们必以"有无""难易"等为主语。可是如果以"有无""难易"为主语,那就意味着以楚简和傅本为代表的《老子》传本,它们的经文是根本难讲通的。因为在"有无之相生也""难易之相成也"等六个句子里,主语之后加一"之"字,这就等于把它们的独立性全都取消了,

---

① 傅奕《道德经古本篇》,四部要籍注疏丛刊《老子》,中华书局,1998年,第125页。
② 高明《帛书老子校注》,中华书局,1996年,第229页。
③ 蒋锡昌《老子校诂》,商务印书馆,1936年,第12~13页。
④ 孙以楷《〈老子〉注释三种》,安徽人民出版社,2003年,第7页。
⑤ 高明《帛书老子校注》,中华书局,1996年,第210页。
⑥ 高明《帛书老子校注》,中华书局,1996年,第138页。
⑦ 高明《帛书老子校注》,中华书局,1996年,第412页。
⑧ 高明《帛书老子校注》,中华书局,1996年,第146页。

使它们全都变成了名词性的短语词组："有与无的既对立又相互产生""难与易的既对立又相互促成"等等。六个名词性的短语词组并列在一起，根本无法表达一个完整的意思，马王堆帛书之所以在末尾加一"恒"字来充当前面六个词组的谓语，王弼、河上公等之所以去掉六个"之"字，从而使六个词组变成六个句子，应当说都是看到了这一缺陷的。

那么，既然"有无之相生也，难易之相成也"等无法表达一个完整的意思，那楚简和傅本等这些《老子》传本为什么还要接受、传抄这类经文呢？难道它们不知道这样的经文不通吗？或者乃是它们把经文抄错啦？事情显然是没有这么简单的。因为楚简和傅本这两个传本，前者远较他本为早，后者出自项羽妾墓，与帛书年代也基本相当。主谓之间加"之"取消句子的独立性，在上古时期不只是一般的常识，而且要求还十分严格，说楚简和傅本对此都不甚了解，这显然是很难让人信服的。所以如果说傅本等的存在还不足以让我们对《老子》的经文产生反思的话，那新出的楚简《老子》既系战国传本，比帛书的时代还要早出上百年，它的经文与傅本如此相似，那我们就不能不认真对待了。

那么，对于楚简、傅本等的经文，我们究竟应当怎样断句，才不致使它们存在语法讹误呢？看来只有一个办法，那就是以"有""难""长""高""音""先"为主语，而将这段经文读为："有，无之相生也；难，易之相成也；长，短之相形也；高，下之相盈也；音，声之相和也；先，后之相随也。"翻译成现代汉语也就是："有是自无生出的，难是由易造就的，长是由短形成的，高是由下辅垫隆起的，音是由声合和组构的，先是由后随而衬托的。"显而易见，这样断句不仅在语法上毫无挂碍，而且在意思上也是更加畅顺的。

（三）对"有无之相生也"原初意义的进一步证明

我们之所以这样断句，完全推翻传统的看法，并不是为了要刻意求异，实是由于前人的理解大大背离了老子的本意。有关这一点，我们是并不难证明的。

第一，汉语"相"字不仅可以解为"互相"，表示双方互为施动者也互为受动者，而且也可表示一方发出动作，另一方接受动作的偏指关系。举例来说，如《列子·汤问》："杂然相许"①，即指愚公的家人纷纷应许愚公。

---

①杨伯峻《列子集释》卷5，中华书局，1979年，第159页。

《史记·张耳陈馀列传》:"公拥兵数万,不肯相救"[①],即指陈馀不肯救助赵王与张耳。《孔雀东南飞》:"及时相遣归"[②],即指刘兰芝的婆婆遣归刘兰芝。王昌龄《芙蓉楼送辛渐二首》其一:"洛阳亲友如相问"[③],即指洛阳亲友问询王昌龄。十分明显,以上这些"相"字显然都是不能解为"互相"的。《老子》2章六个"相"字用法正同此。

第二,"声"和"音"只能理解为合成与被合成的关系,而绝不能理解为对立统一、相反相成的关系。这在上古先民的观念里区分的也是很清楚的。如《毛诗序》说:"声成文谓之音。"汉郑玄笺曰:"声,谓宫商角徵羽也。声成文者,宫商上下相应。"唐孔颖达疏云:"此言声成文谓之音,则声与音别。《乐记》注:'杂比曰音,单出曰声。'"[④]据此,足见说音与声是相互合和、相反相成、对立统一的关系,是根本讲不通的。音与声是由一方组合而成另一方的,它们在组合关系上并不是相互的。所以我们只能说"音,声之相和也",说"音声之相和也",把"相"解为"互相",就有违常理。"音声"既不能相连为读,则"有无""难易""长短""高下""先后"自然也不能相连为读。因为这六个句子既彼此并列,那它们在语法结构上就应当是彼此一致的。足见从这个角度看,把"有"与"无"、"难"与"易"等看成对立统一关系,也同样不成立。

第三,以《老》较《老》,《老子》2章这段经文也应读为:"有,无之相生也;难,易之相成也。"等等。如39章云:"故必贵而以贱为本,必高矣而以下为基。"[⑤]所谓"必高矣而以下为基"显然就是"高,下之相盈也"的意思。又,63章云:"天下之难作于易,天下之大作于细。"[⑥]所谓"天下之难作于易"也同样应是"难,易之相成也"的意思。又,64章云:"合抱之木,生于毫末。九层之台,作于累土。百仞之高,始于足下。"[⑦]这段经文虽然在字面上与"有,无之相生也;难,易之相成也"等等并无直接联系,但是它所表达的涵义与"有,无之相生也;难,易之相成也"这样的断句,显然在理路上也

①司马迁《史记》卷89,上海古籍出版社,1997年,第1972页。
②吴兆宜、程琰《玉台新咏笺注》卷1,中华书局,1985年,第43页。
③李云逸《王昌龄诗注》卷4,上海古籍出版社,1984年,第159页。
④孔颖达《毛诗正义》卷1,孔颖达等《十三经注疏》,中华书局,1980年,第270页。
⑤高明《帛书老子校注》,中华书局,1996年,第14页。
⑥高明《帛书老子校注》,中华书局,1996年,第133页。
⑦高明《帛书老子校注》,中华书局,1996年,第136页。

是一气相贯的。

第四,从老子哲学的本体论出发,我们也应把《老子》2章这段经文读为:"有,无之相生也;难,易之相成也。"等等。众所周知,老子哲学以大道为万物之本,一方面大道乃是一个客观存在的实体,天地万物皆由它化生,另一方面大道又是一个恍惚无形、超感难知、难以命名的东西,与具体有形、可感可知、皆有定名的万物有着根本的差异。从大道可以化生天地万物的角度看,老子哲学明显带有生成论的特点;从大道与万物的有无定形、可否定名的差别看,老子哲学又明显带有本体论的色彩。据此,老子哲学不仅回答了天地万物由谁化生的问题,而且也回答了谁有资格化生的问题。综合这两者加以推演,不难发现老子哲学实是以生成论为基础的具有浓厚的生成论色彩的特殊本体论,借用魏王弼的话说也就是"本末论"。把它视为单纯的"生成论"或单纯的"理本论"都是不恰当的。

老子哲学既为本末论,那"有"与"无"作为老子哲学最基本的范畴,二者的关系就不可能是相互依存,相互依赖的。因为"无"既为本,"有"既为末,那"无"就必是绝对的,无条件的,完全可以超"有"独存的,而"有"则必是相对的,有条件的,一定要赖"无"而生的。我们只能说"有,无之相生也",而绝不能说"有无是相生的"。由此以断,以"有"为读而以"无"属下,也同样是我们的最佳选择。"有/无"的关系既得确立,那么,其他各种由"有/无"进一步衍生的概念,如难/易、长/短、先/后、大/小、阳/阴、雄/雌、刚/柔、直/曲、福/祸等等,其关系当然也不难确定。与"有/无"一样,它们也同样都不能被视为对立统一、相反相成的关系。

第五,《老子》一书其他一些所谓的辩证思想的表述,也同样靠不住。除了"有无之相生也"一段文字外,在《老子》中还有一些句子,也常常被视为老子具有辩证法思想的铁证,而实际上这些所谓的铁证也同样都是我们的误读。如《老子》首章"无名万物之始也,有名万物之母也",其实它真正的句读应该是:"无,名万物之始也,又("有"通"又")名万物之母也。"[1]又,11章"有之以为利,无之以为用"[2],其实它所要表达的真正意指也应是:有形有名的万物要想产生利,那它就必须以"无"为凭借。又,41章"天下之

---

[1] 高明《帛书老子校注》,中华书局,1996年,第222页。
[2] 高明《帛书老子校注》,中华书局,1996年,第271页。

物生于有,有生于无"①,楚简《老子》作"天下之勿生于有,生于无"②,如果把"勿"视为否定词,则楚简所表达的也同样是以无为本,以有为末的意思。又,42章"万物负阴而抱阳,冲气以为和"③,它的意思也显然是说:万物背靠阴才能抱得阳,冲虚其气才能实现和。又,55章:"益生曰祥,心使气曰强。物壮即老,谓之不道,不道蚤(早)已。"④其中的"壮"字就也应该是"强"的假借。"壮""强"上古同在阳部,其音相近。《尚书·梓材》"戕败人宥"之"戕",《论衡·效力》引作"强",即是"壮(戕)""强"相通的一个有力佐证。所谓"物强即老",其意即如果一个人刻意逞强,那他就会更快老去,也即更快走向死亡。76章说:"人之生也柔弱,其死也筋韧坚强。"⑤说的就也是这个意思。更言之,也即是无论是"物壮(强)即老",还是"其死也筋韧坚强",它们所表达的都不是"物极必反"的意思。《老子》25章说:"大曰逝,逝曰远,远曰反(返)。"⑥所谓"远"也即极限,所谓"反(返)"也即回返。在《老子》中只有"物极必返"的思想,而绝没有"物极必反"的思想。也就是说在老子看来,当一个事物从无到有,达到"有"的极限时,它的生命就走到了尽头。从这个时候开始,它就要重新走向"无"。"死"并不是"无",而是坚强到了极点,僵硬到了极点,也即达到了"有"的极点。此后,当其躯体慢慢腐朽,慢慢消失,这才能说它又重新走向了"无"。足见,不管是"物壮(强)即老",还是"其死也筋韧坚强",它们所表达的也同样不是矛盾双方相互转换的意思。以"无"为本,以"有"为末,前者绝对,后者相对,这依然是这两句经文所要表达的真正含蕴。

又,58章"祸,福之所倚;福,祸之所伏",历来也同被研究者视为老子具有辩证法思想的坚证,可是如果参照其上文"其政闷闷,其民淳淳;其政察察,其邦缺缺"⑦,将不难发现老子在此实要表达的是:人们常常以为是祸的东西,其实里面藏着福;人们常常以为是福的东西,其实里面藏着祸。这一论断完全是由上文推衍出来的。进言之,"其政闷闷",这显然乃是世

---

①高明《帛书老子校注》,中华书局,1996年,第28页。
②荆门市博物馆《郭店楚墓竹简》,文物出版社,1998年,第113页。
③高明《帛书老子校注》,中华书局,1996年,第29页。
④高明:《帛书老子校注》,中华书局,1996年,第97页。
⑤高明:《帛书老子校注》,中华书局,1996年,第197页。
⑥高明:《帛书老子校注》,中华书局,1996年,第350页。
⑦高明《帛书老子校注》,中华书局,1996年,第110页。

人都视为灾祸的统治,可是在它里面却蕴含着"其民淳淳"的福音。"其政察察",这也是世人都视为福音的统治,可是在它里面也潜藏着"其邦缺缺"的祸根。十分明显,"祸,福之所倚",体现的乃是"有"由"无"生,"无"为"有"本;"福,祸之所伏",体现的乃是舍"无"必败,执"有"必失。"祸,福之所倚",与42章所言"天下之所恶,唯孤寡不谷,而王公以自名也"①,80章所言"受邦之垢,是谓社稷之主"②,可谓完全同意。"福,祸之所伏",与52章所言"启其兑,济其事,终身不救"③,57章所言"法物滋彰,而盗贼多有"④,也相表里。毫无疑义,无论是前者还是后者,它们所强调的也都应是老子以无为本的主旨,说它们乃老子辩证思想的反映,这也同样是不足为凭的。

综合以上所述不难发现,说老子具有辩证法思想决难成立,以"有,无之相生也"为老子旧读绝无可疑。有的学者说:"有"与"无"在老子哲学中有不同层面,"有无相生"乃是从形而下的角度讲的,我们不能把它与形而上的"有""无"混为一谈⑤。我国向有"天人合一""道器合一"之说,如果认为形而下的"有""无"与形而上的"有""无"不统一,这无疑就等于说在老子哲学里"道"与"器","天"与"人"是两相分离的。这样的看法不管怎样也是有违老子的本旨的。

(四)老子崇尚"自然""不知"之美的必然性

弄明了《老子》2章"有无之相生也"一段经文的涵义,再来看"天下皆知美之为美,恶已;皆知善,斯不善矣"的所指就容易多了。因为正如上文所说,老子所说的"自然",也是以"其端兆不可得而见也,其意趣不可得而睹也"为本蕴的。大道因为无形无名,所以才能无所设定,无所不生,一任自然。人类作为万物之一,当其处于本真状态时,由于其内心无知无欲,没有"前识"⑥,没有任何预先的设置,所以才也能随感而应、无所拘泥,产生出各种各样的美善情感和美善行为。虽然说人类皆有一定的形体,不像大

①高明《帛书老子校注》,中华书局,1996年,第31页。
②高明《帛书老子校注》,中华书局,1996年,第211页。
③高明《帛书老子校注》,中华书局,1996年,第75页。
④高明《帛书老子校注》,中华书局,1996年,第103页。
⑤萧无陂:《近三十年来〈老子〉文本考证与研究方法述评:兼与韩国良先生商榷》,《孔子研究》2012年第3期,第105页。
⑥高明《帛书老子校注》,中华书局,1996年,第6页。

道那样无形无名,但是在受到外物的刺激前,在人的内心也同样是没有任何"兆端可见"、"意趣可睹"的。在这种情况下,实际上它也同样是个"无"。在《老子》一书中尽管还没有"与道同体""与太极同体"的说法,然而从其哲学构架看,这不仅是它的主要内容,而且也是它的最后归宿。所以表面看来,"天下皆知美之为美,恶已"阐述的是老子崇尚自然的审美趣尚,"有,无之相生也"阐述的是老子以"无"为本的思想,但二者在本质上实是密切相通的。再明确说,也就是:如果以"无"为本,那就必然崇尚自然;如果崇尚自然,那就必先以"无"为本。明白于此,那么《老子》2 章何以会在"天下皆知美为美,恶已;皆知善,斯不善矣"之后,紧跟着就接以"有,无之相生也"一段文字,其中的奥秘我们也就不难察见了。

二、对"美与恶,其相去何若"的再认识

"美与恶,其相去何若",是老子"自然无为"的审美趣尚的又一经典表述。此乃《老子》20 章的经文,其原文作:"唯与呵,其相去几何? 美与恶,其相去何若? 人之所畏,亦不可以不畏人,望(荒)呵其未央才(哉)!"①虽然初看上去,这段经文与老子的"自然无为"思想毫无联系,而实际上如果脱离这一思想而别作他释,那是无论如何也得不出一可信诠解的。

(一)"唯与呵""美与恶"两句经文的本义与前人的解释

对于"唯与呵""美与恶"两句经文,前人主要有以下六种认识。第一,程度论,即认为唯与呵、美与恶只有程度之异,并无根本不同,因此对它们的区分是徒劳无益的。如徐大椿曰:"唯与阿不过词语顺逆之间,善与恶不过几微异同之际,亦何必过为分别以自扰其心乎?"②蒋锡昌曰:"美与恶二德,世人以为绝然相反之事,然亦不过程度之差耳。故曰:'唯之与阿,相去几何? 美之与恶,相去何若?'老子此言,盖欲圣人以无为为化,而自根本泯绝人间美恶之分也。四十九章:'圣人无常心,以百姓心为心。善者吾善之,不善者吾亦善之,德善。……圣人在天下,歙歙焉,为天下浑其心。'此正言圣人之治天下,当因民心之自然而使之同化,无用一身之聪明以察百姓之美恶,因匈匈焉以赏罚为事。如此,则善者固善,不善者亦善,天下复

①高明《帛书老子校注》,中华书局,1996 年,第 316～318 页。
②徐大椿《道德经注》卷上,四部要籍注疏丛刊《老子》,中华书局,1998 年,第 1386 页。

安有美恶之分乎？"①

　　第二，齐物论，即认为唯与呵、美与恶各有所长，并无高下优劣之分，在"道"面前它们都是齐一的。这种齐物论思想，学界也称"相对论"。不过，彼此比较，以"齐物论"相称，似更能体现它的本质。如高亨曰："此二句亦《老子》之相对论也。"②徐梵澄曰："唯、呵言是非也。美、恶言好丑也。后世言平等观，庄周已言物论之齐。……道，一也，为一则同异皆无所立，……非絜长度短，寸寸节节而为之也。"③古棣曰："高所说'相对论'，非指爱因斯坦之相对论，当指哲学上的相对主义。老子确有相对主义的倾向。在《老子》书中表述这种思想的，只此一章，还说得不十分绝对。到了庄子却绝对化了，发展成相对主义思想体系。他齐彼此、齐是非、齐物我，否认一切差别、任何差别。"④

　　第三，辩证论，即认为唯与呵、美与恶并不是固定不变的，而是相互转化的，因此对于它们的区分只能使人妄生逐求，徒增烦扰。如许抗生云："唯与呵、美与恶是无多差别的，是可以相互转化的。"⑤黄钊云："在本章中，老子还吐露了朴素的辩证法思想。他说：'唯与呵，其相去几何？美与恶，其相去何若？'从应诺与呵斥、美丽与丑恶的相互对立中，看到了'相去几何''相去何若'的一面。即从对立中看到了同一，这无疑是难能可贵的。在辩证法看来，彼中有此，此中有彼，甚至在一定条件下，此就是彼，彼就是此。这对于那些头脑为形而上学所禁锢的人来说，是无法理解的。"⑥陈鼓应云："在老子看来，贵贱善恶、是非美丑种种价值判断都是相对形成的。人们对于价值判断，经常随着时代的不同而变换，随着环境的差异而更改。世俗价值的判断，如风飘荡。所以老子感慨地说：'相去几何！'"⑦

　　第四，万物皆空论，即认为万物皆空，虚妄不实，等无差别，无需较计，那些所谓的美恶是非都是世人臆造的。这样的认识显然带有以佛解老的

---

① 蒋锡昌《老子校诂》，商务印书馆，1937年，第124页。
② 高亨《老子正诂》，中国书店，1988年，第45页。
③ 徐梵澄《老子臆解》，中华书局，1988年，第29页。
④ 古棣《老子校诂》，吉林人民出版社，1998年，第395页。
⑤ 许抗生《初读郭店楚简〈老子〉》，《中国哲学》第20辑《郭店楚简研究》，辽宁教育出版社，1999年，第98页。
⑥ 黄钊《帛书老子校注析》，台湾学生书局，1991年，第104页。
⑦ 陈鼓应《老子今注今译》，商务印书馆，2003年，第154页。

性质。如成玄英曰："顺意为美,逆心为恶。违顺既空,美恶安寄?"苏辙曰:
"圣人知万物同出于性,而皆成于妄,如画马牛,如刻虎巋,皆非其实,潴焉
无是非同异之辨,孰知其相去几何哉? 苟知此矣,则万物并育而不相害,道
并行而不相悖,无足怪矣。"①

第五,善恶报应论,即认为善得善报,恶得恶报,差之毫厘,异以千里。
如薛蕙曰:"'唯''阿',皆应声。'几何',不多也。言此二者但仅有迟速之
分,然一则为恭,一则为慢,其善恶相去则远矣。事有毫厘之异,而得失遽
相悬如此。"②任法融曰:"出口以谦让柔和而应于人,人皆得好感而结善
缘;以怠慢愤怒而回答人,人皆因反感而种恶根。'唯'与'阿'同出于口,相
去不远。然而因'唯'而得结善缘,因'阿'而会种恶感。其结果,相距
天壤。"③

第六,黑白颠倒论,即认为老子所生的时代,礼坏乐崩,黑白颠倒,老子
对此非常不满,所以才发出了"其相去几何","其相去何若"的愤激之言。
如卢育三说:"这段话表明老子对当时的社会是不满的。在这令人厌恶的
社会里,是可以斥之为非,非可以誉之为是;美可以说成是丑,丑可以说成
是美,根本没有什么真理和正义可言。人们随时都在担心有什么可怕的事
情发生。老子禁不住慨叹:渺茫啊! 这种世道还不知道有没有一个尽头!
他对这社会失去了信心。"④

按,以上六说虽各有道理,然皆不合老子的本旨。实际上,与"天下皆
知美之为美,恶已"一样,老子在此也同样是要告诉世人:尽管在实际生活
中一切值得称赞的美善情感,美善行为,都是从人的本心自动流出的,但是
人们如果知其为善为美而有意为之、着意为之,乃至刻意为之,那么,争竞
作伪、谄谀构陷的巧诈之恶就要产生了。也正因如此,所以即是那些确由
我们内心自然发出的美善情感、美善行为,我们也不能加以提倡。因为一
旦对此加以提倡,而为广大众生所认识,它们就会成为世俗社会所竭力追
逐、刻意仿效的东西。而一旦成为这样的东西,其真实性、美善性便会大打
折扣,甚而至于荡然无存。《老子》之所以在第 2 章一开头就明确提出:"天

① 苏辙《道德真经注》,华东师范大学出版社,2010 年,第 26 页。
② 薛蕙《老子集解》卷上,四部要籍注疏丛刊《老子》,中华书局,1998 年,第 1194 页。
③ 任法融《道德经释义》,东方出版社,2012 年,第 54~55 页。
④ 卢育三《老子释义》,天津古籍出版社,1987 年,第 105 页。

下皆知美之为美,恶已(矣);皆知善,斯不善矣",可以说也正是从这一角度来立论的。

　　有关这一点,三国时的王弼讲得尤为详切。如其《老子指略》说:"甚矣,何物之难悟也!既知不圣为不圣,未知圣之不圣也;既知不仁为不仁,未知仁之为不仁也。故绝圣而后圣功全,弃仁而后仁德厚。夫恶强非欲不强也,为强则失强也;绝仁非欲不仁也,为仁则伪成也。"①如果不是对老子的本末论思想有深刻的理解,其表述是绝不会如此清楚的。更言之,也即是那些在现实生活中常常被我们称赞的东西,包括那些美善的情感,美善的行为,虽然它们也都是由与大道同体的至善本心所化生的,但是它们毕竟都是"末有"的东西,毕竟都缺乏道本体、心本体所拥有的那种绝对性与独立性。如果我们仅仅执着于这些"末有"而不知返本,那这些所谓的美善情感,美善行为,就必然会因脱离本体而一变成为毫无生气,毫无真实性可言,徒有其表,纯为形式的虚假之物,甚乃进而成为人们据以谋名求利,相互欺诈,相互倾轧,作恶为非的借口或工具。古人云"诸侯之门,而仁义存焉"②,讲的就是这个意思。也正是因为这个原因,所以老子才云:"美与恶,其相去何若?""天下皆知美之为美,恶已(矣)。"

　　由此足见,虽然"唯与呵,其相去几何?美与恶,其相去何若"这两句经文,其字面之意仅仅是说"人们所肯认的东西与人们所贬斥的东西其相错有多远,人们视以为美的东西与人们视以为恶的东西其差别有多大",从中并未透显出多少老子的本蕴,但是我们对此经文的分析却并不能因此就随意附会。我们必须将它与老子的"本末论"思想相结合,只有如此,才能从中窥探出其以自然为尚的无为主义归趣。否则,脱离老子的本文而去作漫无遮拦的发挥,那是不可能对老子哲学有一个透彻领悟的。

(二)前人对"唯与呵""美与恶"两句经文产生误解的原因

　　那么,如此浅显的道理,前人何以会有以上五花八门的解释呢?何以一直到今天也未对老子的这一思想有一个明确认识?这里边原因固然很多,但是其中最重要的,恐怕还是没有理清这句经文的前后联系。这主要体现在以下两点。

---

① 王弼《老子指略》,楼宇烈《王弼集校释》,北京,中华书局,1980 年,第 199 页。
② 王先谦《庄子集解》卷 3,中华书局,1987 年,第 87 页。

第一，对"唯与呵"的本义缺乏理解，看不到它与"美与恶"的统一。之所以出现这一情况，当然首先一个原因就在于老子经文自身已出现讹异。具体来说，"唯与呵"，帛书乙本如此，甲本作"唯与诃"，楚简作"唯与可"，想尔本作"唯之与何"，潘静观本作"唯之与呵"，其他传本皆作"唯之与阿"。虽然说"诃"字乃是"呵"之异体，这是大家都知道的，"可""何"二字明显不通，应为借字，这也是显而易见的，但是"呵（诃）""阿"二者究竟何者为是，这仍是让我们费思索的。也正因此，所以在历史上才有不少学者皆以"阿"字为正。如范应元曰："'唯'，恭应也。'阿'，慢应也。"①吴澄曰："'唯''阿'皆应声。'唯'，正顺。'阿'，邪诣。"②蒋锡昌曰："按，《曲礼》：'父召，无诺。先生召，无诺。唯而起。'《玉藻》：'父命，呼唯而不诺。'是'唯'为幼者应长者之声，'诺'为长者应幼者或平辈者相应之声。'阿'与'诺'声近相假，吾无锡方言中犹有此音，可为实证。'唯'与'阿'二应，所以表示上下贵贱之别。"③等等。由于在经文本字的确认上已出现问题，自然也就谈不上什么准确解释了。

当然，前人之所以对老子本字产生误解，经文自身的讹误只是一方面的原因。除了这一原因外，还有一个更重要的原因，那就是对于"唯"与"呵"的具体所指不明确。由于没有认识到"唯""呵"的具体所指，所以有不少学者尽管已把"唯""呵"视为老子的本字，但是所作的诠解却依然与下文的"美""恶"不搭界。如刘师培所说就是一典型例子："'阿'当作'诃'。《说文》：'诃，大言而怒也。'《广雅·释诂》：'诃，怒也。''诃'，俗作'呵'。《汉书·食货志》：'纵而弗呵乎？'颜注：'责怒也。'盖'唯'为应词，'呵'为责怒之词。人心之怒，必起于所否，故老子因叶下文'何'韵，以'诃'代'否'，'唯之与阿'，犹言从之与违也。"④本来，正如我们上文所说，所谓"唯""呵"乃指人们所肯认的东西与人们所贬斥的东西，也即"唯"与"呵"的对象，而并非"唯"与"呵"本身，我们也只有如此理解，才能与下文的"美""恶"对应起来，但是由于研究者并未看到这层意思，所以即使他们已经把"唯""呵"看作老子的本字，可是所作的解释却依然与老子相去千里。

诚然，对于"唯与呵"的含义，也有学者给出过比较正确的解释。如徐

---

① 范应元《宋本老子道德经》卷上，国家图书馆出版社，2017年，第80页。
② 吴澄《道德真经注》卷1，汤一介《道书集成》第10册，九州图书出版社，1999年，第658页。
③ 蒋锡昌《老子校诂》，商务印书馆，1937年，第124页。
④ 刘师培《老子斠补》，《刘师培全集》第2册，中共中央党校出版社，1997年，第247—248页。

梵澄曰:"唯、诃言是非也。美、恶言好丑也。"许抗生曰:"唯与诃,即是与非。"①等等。但是十分遗憾,对于"唯与呵(诃)"何以指是非,二人却皆无只字说明。这样的解释显然太简略了。正是由于解释太简略,使得人们不明就里,所以才限制了它们的影响,致使很少有人能够站在"是与非"的角度,来对"唯与呵"的含义进行探析。虽然说即使明白了"唯与呵"乃指人们所肯认或所贬斥的东西,也即是与非,也并不见得就能对老子这两句经文的内在含蕴作出正确解释,如上所示,徐梵澄、许抗生就是分别以齐物论、辩证论来诠解老子这两句经文的,但是毫无疑问,如果人们确实都能从"是与非"的角度来理解"唯与呵"的话,那么,老子这两句经文的真正含蕴还是很有可能及早被揭示的。

第二,对"人之所畏,亦不可以不畏人"的讹误缺乏认识,这也是前人不能正确理解"唯""呵""美""恶"本蕴的又一要因。正如老子很多经文一样,"人之所畏,亦不可以不畏人"这句经文,各传本的情状也很不一致。具体来说,"人之所畏,亦不可以不畏人",只有帛书乙本是这样的,帛书甲本损毁严重,仅存"人之""亦不"四字,楚简《老子》二"畏"皆作"禔"②,其他传本皆作"人之所畏,不可畏"。虽然说帛书甲本损掩的文字可依乙本补添,楚简《老子》的"禔"字也可视为"畏"之借字,但是对"人之所畏,亦不可以不畏人"与"人之所畏,不可畏",我们究竟如何选择,这仍是非常难决断的。

仔细对比这两类经文,不难发现它们的最大差别就在句末是否有"人"字。有的学者认为这里的"人"字应为衍文,如古棣曰:"后一个'人'字为衍文。有此'人'字从义理上说,讲不通。从音韵上看,不押韵。"③有的学者认为此"人"应为"也"之讹误,如郑良树曰:"《文子·上仁》用老子文,作'人之所畏,不可不畏也'。《淮南子》引同。……疑帛书乙本'人'乃'也'之讹,《文子》及《淮南子》可为证。"④还有学者认为此"人"应与 13 章开头"宠辱若惊"四字相连为读。之所以会有这样的看法,主要乃因为在楚简《老子》里,"亦不可以不畏人"不仅下与 13 章相连,而且在"人"字之前还有一代表分章

①许抗生《初读郭店楚简〈老子〉》,《中国哲学》第 20 辑《郭店楚简研究》,辽宁教育出版社,1999 年,第 98 页。
②荆门市博物馆《郭店楚墓竹简》,文物出版社,1998 年,第 118 页。
③古棣《老子校诂》,吉林人民出版社,1998 年,第 396 页。
④郑良树《老子新论》,上海古籍出版社,2011 年,第 93 页。

符号的墨横。如郭沂曰:"在简本中,此章本来下接'人宠辱若惊'一章(今本第十三章)。太史儋在重新编纂老聃书时,将这两章分开。在这个过程中,此章把本属下章第一字的'人'字一同带走,造成帛本的样子。……但此'人'字毕竟致使章义阻隔,故世传本又删'人'字。我这样解释有两个重要的旁证。一是,从竹简图版看,此处正有句读,'人'字属下读。这就是说,一定是帛本将'人'字错抄到本章。二是,从用韵看,本章开始两句'呵''何'为韵,歌部;中间两句'恶''若'为韵,铎部;最后两句是'畏''畏'为韵,微部。如末字为'人'字,则失韵。因此,这个'人'字,又为简本早出说增添了一个铁证。"①

以上三种看法持论各异,但是仍有一共同认识,即认为在"不畏"之后绝不应再有一个"人"字。而与此相对,也有不少学者坚持认为句末有"人"更契实际。如张舜徽曰:"'人之所畏,亦不可以不畏人',按各本作'人之所畏,不可不畏',语意不明,显有缺夺,今据帛书乙本补正。此言人君为众人之所畏,人君亦不可不畏众人也。"②裴锡圭曰:"两相比较,帛书本的意思显然比今本好。而且此句末如无'人'字,按当时汉语通例,就不应说'不畏'而应说'弗畏'。'弗畏'犹言'不畏之','之'即指'人之所畏'的事物。简文既说'不畏',其后便应该有'人'字。所以简文此句应同于帛书本,'宠辱若惊'句上的'人'字原应属于此句,'不畏'与'人'之间的短横应为阅读者所误加,其正确位置应在'人'字之下。""关于'不''弗'的用法,可参阅刘殿爵《马王堆汉墓帛书〈老子〉初探(上)》(《明报月刊》1982年8月号15页)。刘文说:'"不"字不包含代名词宾语在内,但用"弗"字时,第三人称代名词宾语就必定省略不用',并举了今本《老子》由于把'弗'改为'不'而使文义模糊或改变的不少例子。今按:古汉语中'不''弗'的用法问题是很复杂的。在有些情况下,用'弗'字时,动词仍可带第三人称代词宾语。不过刘先生的说法对古本《老子》基本适用。"③等等。

那么,有的认为应有"人"字,有的认为"人"为论文,对此我们又如何看呢?笔者认为要想真正解决这一问题,就必须与其上下文结合起来认识。前人之所以对这一问题一直争论不休,一个根本原因就在于没有把这句经

①郭沂《郭店竹简与先秦学术思想》,上海教育出版社,2001年,第107~108页。
②张舜徽《老子疏证》卷下,《周秦道论发微》,华中师范大学出版社,2006年,第184页。
③裴锡圭《郭店〈老子〉简初探》,《道家文化研究》第17辑《郭店楚简专号》,三联书店,1999年,第38页。

文与其上下文的关系理清楚。如此，不仅影响了我们对这一经文的认识，对于"唯""呵""美""恶"含蕴的理解，也同样是一个巨大的障碍。

（三）前人对"人之所畏"这句经文与其上下文关系的理解及其不足

对于"人之所畏"这句经文与其上下文的关系，前人的看法也十分之多。不过，略而言之，我们也可将其分为七类。其一，认为此句与上下文不接，因此应该从此章划出。如高亨曰："此二句与上下文不联，盖自成一章。"①马叙伦曰："此二句疑当在七十二章'民不畏威'之上。彼文'民'当作'人'。石田羊一郎移后。"②

其二，认为"唯"与"美"因饱受青睐，人们唯恐不能拥有而受到轻视，甚乃受到惩戒，所以千方百计都想为自己贴上"唯""美"的标签，这是老子深感忧虑的。如王弼曰："夫燕雀有匹，鸠鸽有仇，寒乡之民，必知旃裘。自然已足，益之则忧。故续凫之足，何异截鹤之胫？畏誉而进，何异畏刑？唯呵美恶，相去何若？故人之所畏，吾亦畏焉，未敢恃之以为用也。"③

其三，认为这句经文乃对上文的转折，和上文的"唯呵美恶"之辩并不是一回事。如苏辙曰："圣人均彼我，一同异，其心无所复留，然岂以是忽遗世法，犯分乱理，而不顾哉？人之所畏，吾亦畏之；人之所为，吾亦为之。虽列于君臣父子之间，行于礼乐刑政之域，而天下不知其异也。其所以不婴（缨）于物者，其心而已。"④徐梵澄曰："唯、诃言是非也。美、恶言好丑也。后世言平等观，庄周已言物论之齐。此就个别者相对为问，姑平等视之也可。然世亦有公是公非大美大恶，非可等齐者，如'人之所畏，亦不可以不畏'，盖就普遍者言之也。"⑤

其四，认为善有善报，恶有恶报，毫厘之失，业果迥异，圣人于此也不可不心生畏惧，谨慎处之。如薛蕙曰："'唯''阿'，皆应声。'几何'，不多也。言此二者但仅有迟速之分，然一则为恭，一则为慢，其善恶相去则远矣。事有毫厘之异，而得失遽相悬如此，可不致畏于几微之际，以求免于不善乎？"⑥任法融曰："性体一动一静的微妙之机，确为善恶的因由。动之于

①高亨《老子正诂》卷上，中国书店，1988年，第46页。

②马叙伦《老子校诂》卷2，古籍出版社，1956年，第71页。

③王弼《老子道德经注》，楼宇烈《王弼集校释》，中华书局，1980年，第46～47页。

④苏辙《道德真经注》，华东师范大学出版社，2010年，第26页。

⑤徐梵澄《老子臆解》，中华书局，1988年，第29页。

⑥薛蕙《老子集解》卷上，四部要籍注疏丛刊《老子》，中华书局，1998年，第1194页。

'唯'结善缘,而得吉庆;动之于'阿'结恶果,而遭祸殃。真可谓'差之毫厘,失之千里'。故天地间的事物无不以此而畏惧,人亦不能脱离这种运化之道,故亦应畏之。"①

其五,认为"唯"与"阿","美"与"恶","人畏"与"畏人"三者一脉相贯,它们的经旨是完全相通的。如许抗生曰:"简本乙组有'人之所畏,亦不可以不畏人'句,帛书乙本与之同,而今本二十章则作'人之所畏,不可不畏',与简本、帛书本异。……从上下文义看,作'人之所畏,亦不可以不畏人',可能比较合乎老子的原义。这一段话基本上讲的是相对论思想,唯与阿、美与恶是无多差别的,是可以互相转化的,人之所畏即是指在上的统治者,而在上的统治者亦不可以不畏人,是互相相畏的。这也是讲的相对论思想。可见简本与帛书本的文句是前后照应的。如果按照今本通行本文句去理解则无这种照应的关系。"②孙以楷曰:"唯与阿、善与恶、令人畏惧与畏惧人,……一切都是相对的,世俗之学总是在相对的旋涡中挣扎,总想争个高低,辩个清楚,实际上是自我摧残,或者用庄子的话说是'天刑'。……面对世俗所为,老子宁愿守淡泊、若不足、似愚顽。这正是对世俗之学的超绝。"③

其六,认为唯阿美恶,变化不定,这是世人深感畏惧的,对于产生这种畏惧的原因圣人也深感畏惧。如丁原植曰:"弃绝人文规划的学业,回返自然,就能免除人世的忧烦。在人世之中,对于人文价值论议的应和与排斥,相距又有多远?对于它们的称赞与讥刺,相差又有多少?应和与排斥、赞赏与讥刺,二者不定,这是世人牵系而畏惧者。因此,对于会发生此种'畏惧'的原因,不能不加以畏惧。"④那么,世人产生此种畏惧的原因究竟是什么呢?对此丁原植虽无明说,但是揣其文意,显然是指不弃绝人文规划的学业造成的。

其七,认为呵与恶二者,不仅世人畏之,圣人也畏之,因为它们是威胁人的尊严甚至生命的。如郭沂曰:"在这里老子认为唯与呵、美与恶是相伴

---

①任法融《道德经释义》,东方出版社,2012年,第55页。

②许抗生《初读郭店楚简〈老子〉》,《中国哲学》第20辑《郭店楚简研究》,辽宁教育出版社,1999年,第98页。

③孙以楷《老子通论》,安徽大学出版社,2004年,第351~352页。

④丁原植《郭店竹简〈老子〉释析与研究》,台湾万卷楼图书有限公司,1998年,第271页。

而生的",虽然"人们并不畏惧唯、美之类,而畏惧呵、恶之类",但是"对于人们所畏惧的这些东西,自己也不能不畏惧,因为它们威胁人的尊严甚至生命。所以本章体现了老子珍重生命的思想"①。

按,总览以上诸家之说,应当说只有王弼之说是合乎《老》意的,而其他各说与老子的本旨都是不相关的。因为正如我们上文所说,所谓"唯呵美恶"相去不远,其意乃谓:那些被世人视以为美,加以肯认的东西,虽然它们原也由人心自然发出,但是那毕竟都属"末有"的东西。如果我们执住不放,着意鼓吹,则必然使人刻意模仿,不顾名实,从而产生争竞之伪,甚乃相互攻讦,相互倾轧,欺世盗名,无所不为,即使发动战争也在所不惜。古人云:"春秋无义战。"对此即是一个很好的说明。老子亲睹春秋乱象,对于"仁义礼智"这些"末有"之物所带来的危害深有感触,所以才发出了"唯与呵,其相去几何? 美与恶,其相去何若"的叹语。进言之,也即是那些为世人共"唯"共"美"的东西,包括那些美善的情感,美善的行为,尽管它们广受赞誉,世人皆把对它们的竞逐视为当然,毫无戒惧,但是在老子看来,即使如此,他也依然不能因此就不再为世人担心。

不过,十分遗憾,对于《老子》20 章这句经文,王弼的解释虽颇合《老》意,然而这也只能说是在思想上如此。如果联系到具体训释,则他的诠解也是颇不周延的。因为明明乃"希誉而进",也即渴求赞扬,希求赞誉,所以才千方百计去迎合世俗的好尚,而王弼为了与"人之所畏"相合,却偏偏说成是"畏誉而进",也即畏"唯"畏"美"而进。这样的解释,尽管在立意上并不与老子相悖,可是其表述的明畅性却远不如人意。因为毕竟,把害怕不被世俗赞誉说成"畏誉",而不说成"希誉",这不管怎样也是有些牵强的。而并且如据实而论,无论是经文作"人之所畏,不可不畏",或"人之所畏,亦不可以不畏",还是"人之所畏,亦不可以不畏人",恐怕都罕有人能够想到它所表达的会是如下意思:人们害怕不被赞誉,所以才千方百计地去迎合世俗的好尚,对于这样的不良情状,圣人也是深感忧虑的。也正基此,所以我们认为王弼这里所作的解释虽然立意不差,但是在具体经文的校理上也同样是做得远远不够的。

---

① 郭沂《郭店竹简与先秦学术思想》,上海教育出版社,2001 年,第 108~109 页。

(四)对"人之所畏"这句经文的校正及其思想本蕴的再认识

那么,对于老子这句经文,我们究竟应如何看呢?事实证明,如果不对它加以校正,是无论如何也讲不通的。结合老子哲学的精义,依据老子本章的逻辑,并参照前人已有的阐释,笔者认为老子此句只有作"人之无畏,亦不可以不畏人",方才合理。进言之,也即是那些为人赞美,为人肯认的东西,包括那美善的情感,美善的行为,它们虽也由人心自然而出,但是毕竟都属"末有"的东西。如果我们执住不放而大加提倡,也同样会给社会带来无尽的纷扰,甚乃无穷的灾难。所以如平心而论,它们实与那些我们动加申斥,视以为恶的东西相去不远。可是世俗之人总不明白这一点,他们对那些美善的情感,美善的行为,总是大力提倡,毫无畏惧,丝毫也不为他们的这种盲目做法担心。只有圣人心如明镜,才对世人追"唯"逐"美"的后果洞若观火。尽管世人好"美"不倦,沉浸其中,乐不知疲,但是圣人也并不能因此就不再为其盲目之举忧心。因为毕竟这种做法与大道相背,如果沿此发展下去,是永远也得不到一美好归宿的。显而易见,我们只有对"人之所畏"作如此校正,才能真正打通它与上下文的联系。

为了进一步说明这一问题,下面再列四条证据。其一,"所""无"二字古音相通,我们完全可以将"所"视为"无"的音误。《说文·斤部》:"所,伐木声也。从斤户声。""户""无"上古同在鱼部,分属匣明二母。韵母相同已可通假,更何况明与晓通,晓与匣通,据此则明匣二母也是音近的。关于晓匣相通,前人已多有论述,此不重叙。关于明晓相通,前人虽然论述不多,但是也有充分依据。如墨与黑,毛与耗,每与晦,芒与荒,民与昏等等,它们便都是分属明晓二母的。也正缘此,所以我们认为把"所"字视为"无"之假借,也是完全可行的。

其二,把"畏人"理解为"为世人担心",这在古汉语里也有依据。因为在古汉语里有一种"为动用法",所指就是这类句子。这样的文例十分之多,简直可谓不胜枚举。如《左传·隐公元年》"夫人将启之"[1],即指夫人姜氏将为共叔段打开城门。《成公二年》"邴夏御齐侯"[2],即指邴夏为齐侯驾车。《国语·鲁语上》"稷勤百谷而山死"[3],即指后稷为百谷辛勤而死在

---

[1]杨伯峻《春秋左传注》,中华书局,1990年,第13页。
[2]杨伯峻《春秋左传注》,中华书局,1990年,第791页。
[3]徐元诰《国语集解》,中华书局,2002年,第158页。

山中。《战国策·赵策四》"祭祀必祝之"①,即指赵太后祭祀必为女儿祈祷。《庄子·骈拇》"伯夷死名于首阳之下"②,即指伯夷为名而死在首阳山下。《韩非子·五蠹》"父母怒之弗为改"③,即指父母为他发怒而仍不改。《史记·陈涉世家》"死国可乎"④,即指为国牺牲怎么样等等。由此足见,把"不畏人"之"畏"理解为"为……担心",也是完全可信的。

其三,从20章下文的经义看,以"人之无畏,亦不可以不畏人"为老子之旧,也更切当。因为总观20章后面的经文,其核心之旨就体现在"吾欲独异于人,而贵食母"这一句。"母"即道。"贵食母"也即贵与道合一,贵从宇宙本体大道那里获得精神食养。而在这方面,老子与世人却是大相径庭的。有关这一点,只要我们对"亦不可以不畏人"之下的经文稍加审视,即不难得知:"众人熙熙,若享大牢,而春登台;我泊焉未兆,若婴儿之未咳,累呵如无所归。众人皆有余,而我独若匮,我愚人之心也,蠢蠢呵。众人昭昭,我独昏昏呵;众人察察,我独闷闷呵。"⑤既然老子如此强调与世俗的对立,那显而易见,无论是"人之所畏,不可不畏",或"人之所畏,亦不可以不畏",还是"人之所畏,亦不可以不畏人",与此都是不相应的。但如果把"所"看作"无"的假借,而以"人之无畏,亦不可以不畏人"为老子之旧,则世人的态度与老子的态度正好相反,这与下文所着重强调的"吾欲独异于人,而贵食母",显然就完全相应了。

其四,"不畏"后有"人"较无"人"语意更显明,"宠辱"前无"人"较有"人"表述更简畅。更言之,也即是虽然把"不畏人"之"人"置于"宠辱若惊"前于意也通,但是彼此对照,这样的断句显然没有以"人"属前,作"人之无畏,亦不可以不畏人"于意更通达。因为首先,就"宠辱若惊"说,它前面显然是不需要加"人"的。如果认为一定要加"人",才能显明"宠辱若惊"的施为者,这样的认识显然太机械了。有的学者说"人宠辱若惊"句多一"人"字,能"更清楚地说明人在宠辱之际所产生的惊动不安"⑥,这样的论断显然缺乏根据。而"人之无畏,不可不畏"或"人之无畏,亦不可以不畏",虽也

①刘向《战国策》卷21,上海古籍出版社,1998年,第770页。

②王先谦《庄子集解》卷3,中华书局,1987年,第80页。

③王先慎《韩非子集解》卷19,中华书局,1998年,第447页。

④司马迁《史记》卷48,上海古籍出版社,1997年,第1524页。

⑤高明《帛书老子校注》,中华书局,1996年,第318～322页。

⑥丁原植《郭店竹简〈老子〉释析与研究》,台湾万卷楼图书有限公司,1998年,第273页。

同样能展现老子对世俗的忧心,因为二者也同样可以翻译为:"对于那些可赞可美的东西,人们的竞逐是那样无畏,但我也并不能因此就不再为他们担心",可是若在其后再加一"人"字,这种"为人担忧"的意指显然更显明。在《老子》一书中,老子每每对世人的违道行为发出感叹,如 43 章:"不言之教,无为之益,天下希能及之矣。"①53 章:"大道甚夷,民甚好径。"②58 章:"人之迷也,其日固已久矣。"③70 章:"吾言甚易知也,甚易行也,而人莫之能知也,莫之能行也。"④等等。如果与"人之无畏,亦不可以不畏人"加以对照,不难发现它们的趣尚也同样是高度一致的。

(五)对"美与恶,其相去何若"惨遭误解的进一步说明

综合以上所述,不难得知"美与恶,其相去何若"这句经文,它的含蕴之所以长期以来一直被遮蔽,这主要是有两个原因造成的。一是对它所在的这段经文存在的讹误缺乏校正,二是没有将上下文的关系完全理清楚。非常明显,如果我们没有认识到老子的旧文乃"唯"与"呵"而非"唯"与"阿","唯"与"呵"的所指乃"唯"与"呵"的对象而并非"唯"与"呵"本身,那我们是无论如何也无法将它们与"美""恶"打通,并进而去探讨老子那别具一格、意蕴深长的"美恶观"的。同样道理,如果我们对"人之所畏"之"所"乃"无"字之误缺乏体认,那我们也同样无法确定这里的"畏"字乃承上文"唯"与"美"而来,更不可能知道所谓"人之无畏"乃指世人对于"唯"与"美"的危害毫无畏惧,罕有认识,也正因此,所以圣人才对世俗人的作为充满忧心,害怕他们"荒呵其未央哉",也即心行荒诞而不自知,沉迷其中,乐而不疲,永远也没有回归之日。据此再见,对于老子经文的研究,校其讹误成为关键,但要对其讹误有一个准确的校正,我们又必须打通它们与上下文的关联。实事求是地说,无论是对"天下皆知美之为美,斯恶已"这一美学命题的探究,还是对"美与恶,其相去何若"这一美学命题的探究,如果不顾它们所在的语境,而将它们抽离出来,单独加以讨论,那毫无疑问,对于二者所包含的"自然无为"的审美旨趣,我们是都不可能有一个透彻认识的。

---

① 高明《帛书老子校注》,中华书局,1996 年,第 38 页。
② 高明《帛书老子校注》,中华书局,1996 年,第 80 页。
③ 高明《帛书老子校注》,中华书局,1996 年,第 111 页。
④ 高明《帛书老子校注》,中华书局,1996 年,第 173 页。

三、对"美言不信，信言不美"的再认识

"信言不美，美言不信"乃是《老子》81 章的经文，对这一经文前人一般都将它理解为："真诚（或真实）的言语不华美，华美的言语不真诚（或不真实）"，这样的认识也是根本站不住脚的。

众所周知，"信"在古代与"申"相通，也有"申言""申说"之意。综括《老子》一书提供的信息，不难发现：借助"信言不美，美言不信"，老子实要表达的是"申言不美，美言不申"，也即申说的言语不完美，完美的言语不申说。更言之，也即是老子在此实是在宣扬"不言之教""无为之治"，反对统治者妄发号令，搅扰百姓的自然生活。看不到老子对"无为"之美的提倡，无视"信"字的假借功能，不顾《老子》的文本实际，把"信言不美，美言不信"曲解为"真诚（或真实）的言语不华美，华美的言语不真诚（或不真实）"，认为老子在这里乃是在强调说话要真诚，这样的看法是根本不合老子的本旨的。

（一）"信言不美，美言不信"与其所在经文的矛盾及前人的校正

那么，事实果真如此吗？如果说在帛书《老子》出土之前，我们对此还不能作出明确回答的话，那么在帛书《老子》出土之后，对这个问题的探究就容易多了。

首先来看帛书的经文："信言不美，美言不信。知（智）者不博，博者不知（智）。善者不多，多者不善。圣人无积，既以为人，己愈有。既以予人矣，己愈多。故天之道，利而不害。〔圣〕人之道，为而弗争。"①众所周知，楚简《老子》没有此章经文，此章经文应以帛书为最早传本。通行本的经文应当说都是在以帛书为代表的那些秦汉之交的《老子》传本的基础上衍变来的。由帛书《老子》可以看出，在 81 章存在着一个十分严重的矛盾，具体来说也就是，此章开头"信言不美，美言不信"八个字，与其后面的经文明显不相应。因为此章经文除此八字外，所展现的显然只有一个主题，那就是告诫人主一定要戒博戒多，不要因为对财富的过多占有而导致对他人的排压。但这一思想，无论我们怎样附会，也是与"信言不美，美言不信"不相关的。

大概正是因为深感 81 章存在着难以克服的矛盾，所以后世学者才纷

---

① 高明《帛书老子校注》，中华书局，1996 年，第 155～157 页。

纷踏上了对此章经文进行种种校改的漫漫征途。从目前所能见到的文献看,最早对此章进行校正的应是东汉初的严遵,他所采取的办法是把"善者不多,多者不善"改为"善者不辩,辩者不善",这样81章开头三句就变成了:"信言不美,美言不信。知(智)者不博,博者不知(智)。善者不辩,辩者不善。"①虽然这样改动对此章矛盾并无太大改变,但是由于"善者不辩,辩者不善"和"信言不美,美言不信"一样,也与老子此章所讨论的多寡问题不相关,它的存在使"信言不美,美言不信"与其他经文的矛盾,显然在某种程度上弱化了。

在严遵之后,对81章进行再度校改的是河上本《老子》。虽然有关河上公的年代,有的说是战国时人,有的说是西汉初人,但是据专家考证,河上本《老子》却是一部假托之作。它的问世也在东汉,并且较严遵本《老子》还要迟后一些。也正因此,所以它的校改也明显是在严遵本的基础上进行的。具体来说,也就是它更进一步把"善者不辩"二句移到了"知(智)者不博"二句前,作:"信言不美,美言不信。善者不辩,辩者不善。知(智)者不博,博者不知(智)。"②这样校改,使"信言不美,美言不信"与"善者不辩,辩者不善"进一步前后相连,中间不再夹着一句与下文经义密切相关、高度一致的经文"知(智)者不博,博者不知(智)",如此,81章的经文较之严遵自然也就更为畅顺了。

不过,较之严遵固然更畅顺了,可是其内在矛盾却依然存在着。一是"信言不美,美言不信"与"善者不辩,辩者不善。知(智)者不博,博者不知(智)"在语言形式上仍然不一致,二是"信言不美,美言不信。善者不辩,辩者不善"与"知(智)者不博,博者不知(智)"以下的经义依旧相矛盾。大概也正因感到这样也同样不畅顺,所以到了唐代的傅奕,便进而又把"善者不辩,辩者不善"改为"善言不辩,辩言不善"③。可是这样改动,虽然使"信言不美,美言不信"与"善言不辩,辩言不善"无论在语言形式还是思想寓意上都更接近,但是如从整体来看,81章的矛盾并未得到根本缓解。一是"信言不美,美言不信。善言不辩,辩言不善"与"知(智)者不博,博者不知(智)"在语言形式上仍然不统一,二是"信言不美,美言不信。善言不辩,辩

<hr>

① 樊波成《老子指归校笺》,上海古籍出版社,2013年,第221页。
② 河上公《老子道德经河上公章句》卷4,中华书局,1993年,第307页。
③ 傅奕《道德经古本篇》,四部要籍注疏丛刊《老子》,中华书局,1998年,第136页。

言不善"与"知（智）者不博，博者不知（智）"以下的经文，在具体经义上依然相矛盾。也正鉴此，所以我们认为唐代傅奕的这一校改，除了使"信言不美，美言不信"与"善言不辩，辩言不善"显得更为亲密外，对81章内部的矛盾其实一点都未改变。

以上校改既都不可行，那其他传本对此又是什么态度呢？大概由于东汉严遵的校本不够畅顺，而唐代傅奕的校本又改动太大，且于时较晚，所以在历史上最受青睐的还是河上公校本。可以说除了龙兴碑与顾欢认同严遵的校文，范应元、焦循和潘静观认同傅奕的校文外，其他传本几乎全部都是认同河上公的①。一直到清代俞樾的《诸子平议》出现，才再次对河上本的经文提出异议。具体来说，俞樾认为："信言不美，美言不信"应为"信者不美，美者不信"，因为只有如此，它与下文"善者不辩，辩者不善。知（智）者不博，博者不知（智）"的文法才一律。在俞樾看来，"河上公于'信者不美'注云：'信者如其实，不美者朴且质也。'是可证古本正作'信者不美'，无'言'字也"②。对于俞樾的这一看法，同时而稍后的陶鸿庆也表支持："愚案：俞氏据河上注，知经文两'言'字皆当作'者'，与下文一律，是也。今案王注云：'实在质也。''本在朴也。'但释'信'与'美'之义，而不及'言'，是其所见本亦作'者'也。"③

但是对于俞、陶的说法，学界并未予以认同。如朱谦之曰："王注六十二章'美言可以市'句云：'美言之，则可以夺众货之贾（价），故曰"美言可以市"也。'此章注：'实在质也，本在朴也。'义亦正同。虽未及'言'，而言在其中，何由证其所见（王）本必作'者'乎？"④又，蒋锡昌也云："按顾本河注：'信言者，实言也。……美言者，滋美之华辞。'是河同王本。俞据误本，谓河无'言'字，非是。六十二章'美言可以市'，可证《老子》自作'信言''美言'，不作'信者''美者'。"⑤彼此对照，不难发现朱蒋所说显然也是很有道理的。尤其应当注意者，如上所说，"信言不美，美言不信"与81章的矛盾，并不仅仅表现在语言形式上，同时也表现在具体经义上。俞樾、陶鸿庆把

---

① 蒋锡昌《老子校诂》，商务印书馆，1937年，第466～467页。
② 俞樾《诸子平议·老子》卷8，上海书店，1988年，第161～162页。
③ 陶鸿庆《陶鸿庆学术论著》，浙江人民出版社，1998年，第7页。
④ 朱谦之《老子校释》，中华书局，1984年，第311页。
⑤ 蒋锡昌《老子校诂》，商务印书馆，1937年，第467页。

"信言不美,美言不信"校为"信者不美,美者不信",固然化解了它与"善者
不辩,辩者不善。知(智)者不博,博者不知(智)"在句型上的矛盾,但"信者
不美,美者不信。善者不辩,辩者不善"与"知(智)者不博,博者不知(智)"
以下的经文,在具体经义上存在的矛盾却依然未得到有效解决。由此以
断,则俞陶二家所作的解说也同样是让人难置信的。

在马王堆帛书出土以前,前人为消解 81 章的矛盾而作的校正已如上
述。通观这些校正,不难发现虽然它们各有侧重,但是仍有两点是相同的。
一是它们都未从根本上解决 81 章的矛盾,二是它们的校正都是从字句校
改入手的。大概正因这样的情状,所以在帛书出土后,学者们对于 81 章矛
盾的化解便换了一种思路。具体来说,这一思路即把 81 章一分为二,将其
视为两个章节的错误拼接。进言之,也即是认为 81 章原属两个章节,讲的
是两重意思,传抄者误将其合为一章,所以才导致了其思想的矛盾。

既是如此,那么这两个章节又如何划分呢? 概言之,学者们的做法主
要有三类:一是以马王堆帛书为底本,将开头三句"信言不美,美言不信。
知(智)者不博,博者不知(智)。善者不多,多者不善"视为一章,而将其余
经文视为另一章。如尹振环①。二是以傅奕本为底本,将开头三句"信言
不美,美言不信。善言不辩,辩言不善。知(智)者不博,博者不知(智)"视
为一章,而将其余经文视为另一章。如古棣②。三是以河上本为底本,以
开头三句为一章,而以其余经文为另一章,并将 56 章开头的"知者不言,言
者不知"移至"信言不美,美言不信"上,作:"知者不言,言者不知。信言不
美,美言不信。知(智)者不博,博者不知(智)。善者不辩,辩者不善。"如王
垶③。不过,十分遗憾,这样的做法也同样是难成立的。

因为首先,这样的分章并没有使句式获得统一。如"信言不美,美言不
信"与"知(智)者不博,博者不知(智)。善者不多,多者不善","信言不美,
美言不信。善言不辩,辩言不善"与"知(智)者不博,博者不知(智)","信言
不美,美言不信"与"知者不言,言者不知""知(智)者不博,博者不知(智)。
善者不辩,辩者不善",它们的句式就依然不一致。

其次,这样的分章也同样没有解决经文主旨的矛盾。如"信言不美,美

①尹振环《帛书老子再疏义》,商务印书馆,2007 年,第 163 页。
②古棣《老子校诂》,吉林人民出版社,1998 年,第 253 页。
③王垶《老子新编校释》,辽沈书社,1990 年,第 184 页。

言不信"与"知（智）者不博，博者不知（智）。善者不多，多者不善"，"信言不美，美言不信。善言不辩，辩言不善"与"知（智）者不博，博者不知（智）"，"知者不言，言者不知。信言不美，美言不信""善者不辩，辩者不善"与"知（智）者不博，博者不知（智）"，其经意就依然不相干。

　　第三，这样的分章除了开头几句都是四字句外，其实并无什么可信的依据。诚然，有不少学者，如尹振环等，都曾作过这样的论析：在帛书甲本的经文中，在开头三句经文下，"清清楚楚地标有一个分章点"，这足以说明81章是应分为两章的，"这是再清楚不过的"①。可是也正如许多研究者所说，《老子》一书81章，而帛书甲本像这样的分章点却只有19个，因此就目前的情状看，"以这些圆点为分章标志，未免过于武断"②。尤其需要注意的是，在这19个所谓的分章点中，有13个都是用在章与章之间的，用在一章之中的只有6个。而在这6个之中，又大多都是很难作分章符号看的。如51章："道生之而德畜之，物形之而器成之。是以万物尊道而贵德。道之尊，德之贵也，夫莫之爵而恒自然也。·道生之畜之，长之育之，亭之毒之，养之覆之。生而弗有也，为而弗恃也，长而弗宰也，此之谓玄德。"③又，72章："民之不畏威，则大威将至矣。·毋狭其所居，毋压其所生。夫唯弗压，是以不压。是以圣人自知而不自见也，自爱而不自贵也。故去彼取此。"④又，75章："人之饥也，以其取食税之多也，是以饥。百姓之不治也，以其上有以为也，是以不治。·民之轻死，以其求生之厚也，是以轻死。夫唯无以生为者，是贤贵生。"⑤等等。将这些小圆点，也即所谓的分章符号前后的经文稍加对照，即不难发现我们实是很难将其一分为二的。据此愈见，以帛书甲本的19个圆点为分章符号，这样的看法也是同样难立足的。即使退一步讲，这19个圆点真是什么分章符号，那也不过是经文的传抄者或使用者一家的独见罢了。如果它们不合逻辑，我们也是同样可以不尊从的。

　　既是如此，则显而易见直到目前为止，前人对"信言不美，美言不信"与

①尹振环《帛书老子再疏义》，商务印书馆，2007年，第163页。
②戴维《帛书老子校释》，岳麓书社，1998年，第28页。
③高明《帛书老子校注》，中华书局，1996年，第69～73页。
④高明《帛书老子校注》，中华书局，1996年，第180～183页。
⑤高明《帛书老子校注》，中华书局，1996年，第192～194页。

其所在章节的矛盾,也仍未找到一个合理的解决办法。要使这一问题有一个更好的解决,我显需另觅新途。

(二)对"信言不美,美言不信"真实含蕴及所在章次的再探讨

那么,对于81章存在的矛盾,我们究竟应如何化解呢? 其实以"信言不美,美言不信"之"信"为"申"的假借,并将其视为62章的错简,这才是我们的最佳选择。之所以这样说,原因有六:

首先,"信言不美,美言不信"决非81章的经文,也决不可能与"知(智)者不博,博者不知(智)。善者不多,多者不善"单独成章,这从帛书《老子》可以看得很清楚。对于这一点,我们在上文也已有充分的论证。既是如此,那我们又为何不换一种思路而将其视为错简呢? 实事求是地说,这也是目前我们唯一还未尝试的路子。

其次,62章开头若无"信言不美,美言不信"一句,则其章旨严重残缺,根本表达不了一个完整的意思。有关这一点,只要我们对62章的经文稍加审视,即不难看出。具体来说,其文曰:"道者万物之注(主)也,善人之宝也,不善人之所保(宝)也。美言可以市尊,行可以加人。人之不善,何弃之有? 故立天子,置三卿,虽有拱璧以先驷马,不若坐而进此。古之所以贵此者何也? 不谓求以得,有罪以免欤? 故为天下贵。"[1]众所周知,"美"有完美、华美、甜美、美妙、赞美等多种含义,"美言可以市尊,行可以加人",其中的"美言"究竟何指呢? 这显然是我们通过上下文很难确定的。因为按照一般逻辑,著述者在使用某一概念时,如果这个概念的涵义不够明确,那著述者就必要对它加以界定,或者在前,或者在后,否则他的表述就一定是不成功的。而"美言可以市尊,行可以加人",可谓正是这样一个例子。

由于"美言可以市尊,行可以加人"正处62章中间的位置,它的涵蕴既不确定,那上下文的涵蕴又如何联系起来呢? 这显然是很成问题的。在这里,我们之所以以"信言不美,美言不信"为62章的错简,并将其置于此章之首,除了它们都含有"美言"二字可以相从属外,希望对"美言可以市尊"的涵蕴有所界定,这实为其中最主要的原因。一方面62章确实需要"信言不美,美言不信"一类的句子,为其残缺的经义作补充,另一方面"信言不美,美言不信"与其所在章节的经文又相矛盾。既是如此,那么,把"信言不

①高明《帛书老子校注》,中华书局,1996年,第126~130页。

美，美言不信"视为 62 章的错简，这显然是完全可行的。上文朱谦之和蒋锡昌在论及"信言不美，美言不信"的两个"言"字究竟应当作"言"还是作"者"时，皆引"美言可以市尊"为助，这足以见出他们二人也同样认为在"信言不美，美言不信"与"美言可以市尊"间是存在着密切联系的。

第三，从帛书《老子》的章次看，以"信言不美，美言不信"为 62 章错简也同样很可信。之所以这样说，此乃因为在通行本《老子》中，"信言不美，美言不信"所在的章节乃 81 章，也即《老子》的最后一章，而帛书《老子》却把它排在 68 章。由于通行本把"信言不美，美言不信"所在的章节排在最后一章，与 62 章相错太远，中间隔着 18 个章次，在这种情况下要想使人想到它乃 62 章错简，显然是相当困难的。但是帛书的出土大大拉近了"信言不美，美言不信"与 62 章的距离，二者仅错 5 个章次。彼此相隔如此之近，说"信言不美，美言不信"乃 62 章错简，自然也就更为可信。由此以断，也可再次看出，帛书《老子》的出土确为我们重新确定"信言不美，美言不信"所在的章次提供了极大便利。

第四，从"美言"二字的褒贬色彩看，读"信"为"申"也是我们的不二选择。对于"美言可以市尊，行可以加人"这句经文，前人主要有三种断句，或以"尊"字上属，将其读为"美言可以市尊，行可以加人"；或以"尊"字下属，将其读为"美言可以市，尊行可以加人"；或以"行"上承前省略一"美"字，将其读为"美言可以市尊，美行可以加人"。但是不管怎样断句，前人基本都是把"美言"当作褒义词看的。如陈鼓应等人就把"美言"释为"嘉美的言词"[1]。虽然也有少数学者将其看作贬义词，如南怀瑾曰："好话是可以收买人心的，历史上有记载，皇帝美言鼓励几句话，臣子一辈子就被骗定了"[2]，但是这样的理解与老子此处的语境显然是不相应的。也正缘此，所以如果按照传统的解释，把"信言不美，美言不信"理解为"真诚的言语不华美，华美的言语不真诚"，那"美言"就成了贬义词，这与 62 章的"美言"显然相矛盾。上文古棣、尹振环等先生虽然对于"信言不美，美言不信"与 81 章的矛盾已有清楚的认识，但是却并不认为它乃 62 章的错简，而是将它与另外两句单独成章，其中一个十分重要的原因就在于在他们看来这两个"美

---

[1] 陈鼓应《老子今注今译》，商务印书馆，2003 年，第 297 页。
[2] 南怀瑾《老子他说续集》，东方出版社，2010 年，第 254 页。

言"是相悖的。用他们的话说,也就是:81 章的"美言","是就形式而言,即言词优美,这和孔子指斥的'巧言'相类"。而 62 章的"美言","乃就其实质而言,亦即佳言、善言,其'美'字即'天下皆知美之为美'之'美'",所以它"对'美言'是肯定的"①。借助古尹等人的论述,不难发现能否把"信"视为假借,这确为我们能否把"信言不美,美言不信"视为 62 章错简的关键。因为在"申言不美,美言不申"中,"美言"也同样是褒义词,如此与 62 章"美言"的词性也就完全一致了。

第五,"信""申"相假乃古文通则,这在古籍中有大量的例子。如《吕氏春秋·孟春纪·本生》:"若此人者,不言而信,不谋而当,不虑而得。"②《列子·仲尼篇》:"西方之人有圣者焉,不治而不乱,不言而自信,不化而自行。"③这两个"信"字便都是申说、申述的意思,它们与"言"字乃换词为义。又,《庄子·盗跖》:"无耻者富,多信者显。"唐成玄英疏曰:"多信,犹多言也。夫识廉知让则贫,无耻贪残则富;谦柔静退则沈,多言夸伐则显。故观名计利,而莫先于多言,多言则是名利之本也。"④这就更可谓一个"信""申"相假的典型例子。由此以断,说"信言不美,美言不信"即"申言不美,美言不申","美言"在此乃褒义词,也同样是十分可信的。

第六,从《老子》一书"言"字的主要所指看,以"信"为"申",也依然是我们的必然结论。通观《老子》一书不难发现,"言"字的具体所指主要在两个方面。一是圣哲或老子的告诫。如 41 章"是以建(健)言有之曰"⑤,57 章"是以圣人之言曰"⑥,70 章"吾言甚易知也,其易行也"⑦等等。那么,"信言不美,美言不信"是不是旨在称赏与俗人相较,圣哲或老子的话语更真诚(或更真实)呢? 总览《老子》全书的经文,对此并不见有只字强调。真诚(或真实)的言说是否需要华饰,有了华饰的言说是否还真诚(或真实),老子显然还未关注这一问题。

在《老子》中"言"字的另一所指即"政教号令",这也是它最常见的用

---

① 古棣《老子校诂》,吉林人民出版社,1998 年,第 253～254 页。
② 许维遹《吕氏春秋集释》卷 1,中华书局,2009 年,第 16 页。
③ 杨伯峻《列子集释》卷 4,中华书局,1979 年,第 121 页。
④ 郭庆藩《庄子集释》卷 9,中华书局,1961 年,第 1002～1003 页。
⑤ 高明《帛书老子校注》,中华书局,1996 年,第 20 页。
⑥ 高明《帛书老子校注》,中华书局,1996 年,第 106 页。
⑦ 高明《帛书老子校注》,中华书局,1996 年,第 173 页。

法。有关这一点,前人也看得很清楚。如 56 章:"知者不言,言者不知。"对此,蒋锡昌解释道:"按二章:'行不言之教';五章:'多言数穷,不如守中';四十三章:'不言之教,无为之益,天下希及之。'是'言'乃政教号令,非言语之意也。'知者',谓知道之君;'不言',谓行不言之教,无为之政也。王注:'因自然也。'知道之君,行不言之教,无为之政,是因自然也。'言者',谓行多言有为之君;'不知',为不知道也。王注:'造事端也。'行多言之教,有为之政,则天下自此纷乱,是造事端也。"①有不少学者都曾指出,《老子》一书乃首对封君王侯而发,几乎它的所有论说都是为封君王侯设计的。结合蒋锡昌所作的论释,不难得知这样的认识显然是非常有见地的。既然如此,那是否可以说:"信言不美,美言不信"乃是在告诫人君真诚(或真实)的政教号令不华美,华美的政教号令不真诚(或不真实)呢?这与《老子》一书的主旨显然也是极不相应的。

也正基此,所以我们认为:彼此相较,还是以"信"为"申",以"信言不美,美言不信"为"申言不美,美言不申"更为可从。老子所以强调"申言不美,美言不申",认为"申说的言语不完美,完美的言语不申说",其根本用意就在倡导"无为"。有的学者说在《老子》一书中"'不言'与'无为'辞异谊同"②,这对老子"不言"的本质应当说把握的是非常到位的。至于说人的语言表达是否要真诚或者要真实,《老子》一书显然还未铺展到这一层次。长期以来,学者们一直都认为"信言不美,美言不信"乃是在探讨内容之真与言辞之美的关系,现在看来这一见解远远脱离了老子的实际。

"信言不美,美言不信"的含蕴既已确定,62 章的经文既已还原,那 62 章究竟要谈论什么,也就不难得知了。统览 62 章全章的经文,它的意思显然是说:申说的言语不完美,完美的言语不申说。大道乃万物真正的母主,它只以那些对人来说真正是宝的东西为善,而并不以那些人们自以为宝的东西为善。那些"不言之教",不加申说的美言,不仅可以为人买来尊贵,而且化为行动还可君临于人。世俗之人虽然不以它们为善,甚乃将它们弃若敝履,但是对那真正有道的人来说,它们又有什么可抛弃的?仁义之说,礼法之度,这些世人自恃为宝的东西,才是我们真正应当舍弃的。也正因此,

①蒋锡昌《老子校诂》,商务印书馆,1937 年,第 345 页。
②蒋锡昌《老子校诂》,商务印书馆,1937 年,第 37 页。

所以立天子，置三卿，即使怀抱拱璧，随以驷马，端庄威严，隆重无加，也不若坐行无为，不言为教。远古之人之所以总以不言为贵，为的不就是它无作无为，无所褒贬，不加选择，因任自然，可以使人有求而得，有罪而免吗？所以它才被天下特别看重。

彼此对照，不难看出以"信"为"申"，以"信言不美，美言不信"为62章错简，这至少帮助我们解决了三个问题。一是化解了81章的矛盾；二是化解了同为"美言"，而一为褒义一为贬义的对立；三是确定了62章的章旨，使我们知道其核心就在倡导以"不言"为美，破解了前人因不知62章章旨所在而乱加臆断的困局。譬如"善人之宝也，不善人之所保（宝）也"这一经文，前人就未均认识到两个"善"字皆为意动词，而是常常将其阐释为："'道'是万物的主宰，是善人的珍宝，也是不善人被保护的法宝"①，这样的认识显然是很牵强的。因为正如79章所说："夫天道无亲，恒与善人"②，大道又怎么能成为"不善人"的法宝呢？这与79章的经文显然相矛盾。大概也同因感到了这一点，所以有的传本，如严遵、景龙碑和龙兴碑等，便均在"所保（宝）"之间加一"不"字③，这样经文就变成了"不善人之所不保（宝）也"，也即不善人是不会把它当宝贝看的，但是这样的校改虽合《老》意，可是却有妄改经文之嫌，所以在老子阐释史上也是很少有人予以认同的。至于有的学者异想天开，更将此文读为"善，人之宝也；不善，人之所不保（宝）也"④，或读为"善，人之宝也；不善，人之所保也"，并将"保"字释为"防御"⑤，这就更不足为训了。再譬如"人之不善，何弃之有"这一经文，如上所示，"善"字也同样是意动词，可是前人也每每将其诠解为"不善人化于道，改过迁善，焉能弃之？"⑥或"不善的人，怎能把道舍弃呢？"⑦这样的认识无疑也同样很有问题。因为正如上文所列，在老子看来，"夫天道无亲，恒与善人"，我们又怎能说对于那些不善之人，圣人不能将他抛弃呢？或者那些不善之人不会把道抛弃呢？这与79章的章旨也同样不相应。再譬如

①李水海《帛书老子校笺译评》，陕西人民出版社，2014年，第282页。
②高明《帛书老子校注》，中华书局，1996年，第217页。
③蒋锡昌《老子校诂》，商务印书馆，1937年，第379页。
④朱谦之《老子校释》，中华书局，1984年，第252页。
⑤徐梵澄《老子臆解》，中华书局，1988年，第89页。
⑥高明《帛书老子校注》，中华书局，1996年，第129页。
⑦陈鼓应《老子今注今译》，商务印书馆，2003年，第297页。

"不谓求以得,有罪以免钦"这句经文,前人也总是把"善人"与"求以得","不善人"与"有罪以免"对应起来。"不善人"与大道既相违背,那"有罪以免"又从何谈起？这显然也是很难成理的。

(三)对"信言不美,美言不信"具体涵蕴的进一步发明

总之,前人对62章的误解十分之多,而产生这些误解的根本原因就在于"信言不美,美言不信"作为此章的首句,也是此章的总纲,长期以来一直与此章相分离。这一错误的发生不仅使我们对于62章的诠解失去了准依,而且也使老子"信言不美,美言不信"这一著名的美学论题,长期以来一直都未得到正确的认识。虽然说把"信言不美,美言不信"解释为"真诚(或真实)的言语不华美,华美的言语不真诚(或不真实)",从老子哲学的总体构架出发,我们也确可得出这样的结论,但是能否由老子得出是一回事,老子是否真有此说是另一回事,我们绝不能将两者混为一谈。通观《老子》全书的经文,不难发现老子哲学的中心主旨就在探讨究竟一个什么样的君主才能充当人间的圣王。至于言语表达是否要真诚,或者要真实,这显然还不是《老子》一书所要着力解决的问题。也正因此,所以尽管有不少学者均已看出"信言不美,美言不信"与81章的矛盾,并为这一矛盾的解决作出了种种大胆的尝试,但是"错简"一说却始终不为提及。因为按照"真诚(或真实)的言语不华美,华美的言语不真诚(或不真实)"这样的意指,在《老子》一书根本找不到与之相配的经文。据此,我们也可再度看出把"信言不美,美言不信"读为"申言不美,美言不申",这实是我们化解81章的矛盾,恢复62章的错简,明确62章的章旨唯一可行唯一有效的途径。而借助这些问题的解决,老子"信言不美,美言不信"所包含的以"不言"为美,以"无为"为美的审美趣尚也可得到进一步发明。

四、余论

综合上文一系列论述,不难看出老子这三大美学命题虽然各有侧重,但却均是以"自然无为"为指归的。通过这三大美学命题,老子显然想告诉世人:人的美善情感、美善行为都是由其内心自动发出的。也正因为是自动发出的,所以不仅是真诚的、无伪的,充满生命活力的,而且也是无需任何自我勉强或他人督导的。如果在上者不明这一点,而对此美善的情感、美善的行为大加褒扬、大加提倡,那就必然会使在下者心存竞逐,情不由

衷,行不由性,从而慢慢走上虚伪巧诈,相互欺骗,相互倾轧,其乃相互攻伐的恶性循环道路。这样以来,那些所谓的美善情感、美善行为,不仅不能继续拥有其固有的真实性、本源性、生动性、勃发性,从而退化成一些僵化的、空洞的,毫无生命力可言的抽象概念,诸如"仁""孝""礼""义"等,甚乃还会进一步沦为世人欺世盗名,党同伐异,损公肥私,为所欲为,无恶不作的工具。也正是在这个意义上,所以老子才谓"天下皆知美之为美,恶已(矣)",也即当天下人都知道什么是"美"的时候,那么,这个"美"便很有可能已经沦为世人沽名钓誉,哗众取宠,作恶为非的工具了。也同是因为这个原因,所以老子又云"美与恶,其相去何若",也即那些所谓的美的东西,包括那美善的情感,美善的行为,它们既常常沦为世人作恶为非的工具,那它们与那些恶的东西其差别又会有多大呢?

十分明显,"天下皆知美之为美,恶已(矣)"与"美与恶,其相去何若"这两个美学命题,前者主要展现的是美的东西何以会化为恶的东西,后者主要展现的是美与恶其实并无什么根本之异。虽然二者各有侧重,但是显然都在倡导以自然为美,也即只有那些从人的内心自动发出的美善情感、美善行为才有它们的存在价值。那么,这种弥漫着人的生命真气的美善情感、美善行为,究竟怎样才能确保其不断产生,生生不绝呢?在老子看来,一个十分重要的方面显然就在于在上者一定要尊奉"信言不美,美言不信",也即"申言不美,美言不申"的原则。所谓"美言不申"实际上也就是以"不言"为美,而"不言"正是老子"无为"思想最突出的体现。由于"无为"换个说法也就是"任自然",所以"信言不美,美言不信"这一美学命题所表达的审美趣尚,实际上与"天下皆知美之为美,恶已"和"美与恶,其相去何若"并无两样。在上文一系列论述里,我们之所以总把"自然""无为"相连为语,作"自然无为",也正是以此为前提的。

在中国文学史上,老子"自然无为"的审美趣尚影响非常广泛,它涉及作品的题材来源、情感抒发、创作构思与语言技巧等多个方面。不过,鉴于本书的主旨所在,我们在此只着重阐述一下它对作家情感表达的影响。顾名思义,作家的情感表达要体现"自然无为"的原则,那它就必须做到情由衷出,发自性灵,不假思索,不可遏止。并且情感触发得越迅疾,呈现得越酣畅,其自动性、源发性、切己性,也即自然性,也就体现得越充分。对于这样的情感,前人早有命名,那就是前文我们所反复称道的情兴、兴会、兴致、兴趣、意兴。如谢灵运《归途赋序》述其诗赋创作的动因说:"事出于外,兴不自己。"①刘勰《文心雕龙》分析山水草木对于人的情感触发说:"山沓水匝,树杂云合。目既往还,心亦吐纳。春日迟迟,秋风飒飒。情往似赠,兴来如答。"②有关这类表述,在后人的笔下更多,可以说它已俨然成了中国文论的一个重要课题了。如储光羲《敬酬陈掾亲家翁秋夜有赠》曰:"清秋忽高兴,震藻若有神。"③白居易《北窗三友》曰:"兴酣不叠纸,走笔操狂词。"④杨万里《答建康府大军库监门徐达书》曰:"大抵诗之作也,兴,上也;赋,次也;赓和,不得已也。我初无意于作是诗,而是物是事适然触乎我,我之意亦适然感乎是物是事。触先焉,感随焉,而是诗出焉。我何与也哉?天也,斯谓之兴。"⑤袁黄《诗赋》曰:"感事触情,缘情生境,物类易陈,衷肠莫罄,可以起愚顽,可以发聪听,飘然若羚羊之挂角,悠然若天马之行径,寻之无踪,斯谓之兴。"⑥王昱《东庄论画》曰:"未作画前,全在养兴。或睹云泉,或观花鸟,或散步清吟,或焚香啜茗,俟胸中有得,技痒兴发,即伸纸舒毫,兴尽斯止。至有兴时,续成之。自必天机活泼,迥出尘表。"⑦等等。以上所有这些表述,可以说都是老子"自然无为"的审美趣尚对于中国文论、中国文学所生影响的生动写照。

　　十分明显,与孔子的"兴观群怨"、孟子的"以意逆志"对于经典的执守、打造不同,老子"自然无为"的审美趣尚,它更加强调的是要抛却拟托,情由衷出。如果说孔孟二家"兴观群怨""以意逆志"的"言志"理论,它们对后世文论的影响主要是"宗经说""征圣说"的产生的话,那么,老庄"自然无为"的"言志"理论,它对后世文论的影响则主要体现在"兴会说""童心说""性灵说"的产生上。虽然说与前者相较,学者们对后者的认识要更清楚一些,但是由于对老子以上三大美学命题,前人也一样缺乏清醒认识,所以对这一问题再加探讨,无疑仍是很有意义的。

---

① 顾绍柏《谢灵运集校注》,中州古籍出版社,1987年,第304页。
② 范文澜《文心雕龙注·物色》卷10,人民文学出版社,1958年,第695页。
③ 彭定求等《全唐诗》卷138,中华书局,1999年,第1396页。
④ 白居易《白居易集》卷29,中华书局,1979年,第666页。
⑤ 蒋述卓等《宋代文艺理论集成》,中国社会科学出版社,2000年,第817页。
⑥ 马积高《历代辞赋总汇》(明代卷)第8册,湖南文艺出版社,2014年,第7273页。
⑦ 王昱《东庄论画》,于安澜《画论丛刊》,人民美术出版社,1989年,第260页。

第四节　韩非的"崇实尚用"与"诗言志"

在中国古代文论史上,墨子与韩非子都以"崇实尚用"著称。"崇实尚用"其实质就是一切以物质实利为准绳,凡是不能带来物质实利的活动都应加以取消。也正因此,所以无论是墨子还是韩非子,他们对于人类的各种艺术活动、审美行为都是否定的。在他们看来,这些艺术活动、审美行为,它们的主要功能就只是让人获得精神的愉悦,使人的情感得到宣泄,它们给人带来的往往都只是一些精神的抚慰,情感的满足,至于直接的物质利益,则和它们几乎是不相干的。

也正基于这样的前提,所以我们认为墨韩二家虽然都没有对"诗言志"观念作出正面评价,但实际上他们的学说之所以得以创立,"诗言志"观念的流行无疑也是作为其重要的文化背景之一而发生着不可替代的影响的。如果说儒家的"礼乐相须"思想主要强调的是人的情感宣泄一定要接受礼义的节制,老庄的"自然无为"思想主要强调的是人的情感宣泄一定要发自本性,那么,墨韩的"崇实尚用"思想,其重点强调的则是人的情感宣泄如果仅仅只是一种纯粹的情感消费、精神愉悦,那这样的情感宣泄就是毫无价值的。正是由于对于这种纯粹的情感消费、精神愉悦活动持有一种特别强烈的否定态度,所以无论是对于这种情感消费的载体,如诗歌、音乐、舞蹈、绘画与雕塑等,还是制作这些载体的各种艺术手段、艺术技巧,如修辞文藻、乐律音色、舞姿舞容、彩绘画技与镂刻造型等,墨韩都是大加贬斥的。

不过,另一方面我们也应看到,虽然墨韩都是以"崇实尚用"的功利主义思想为旗帜,来对人们以情感宣泄为主要内容的审美艺术活动进行理论分析与政治批判的,但是由于二者的出身阅历不同、所处时代不同、学术素养不同,因而也使他们无论在政治立场还是理论深度上也都存在着很大差异。具体来说,墨子是站在下层百姓的立场来对艺术活动、审美行为进行批判的,而韩非子则是站在君主专制的立场来对艺术活动、审美行为进行批判的。墨子对艺术活动、审美行为的分析、批判都比较直接,比较肤浅,而韩非子无论是在对这一问题的分析上还是批判上,都要较墨子更深入更系统。他不仅把墨法二家"崇实尚用"的功利主义的文艺观提升到了"文质论"的高度加以讨论,打通了它与儒道二家相应思想的联系,使得先秦这一饱受争议的功利主义文艺观,终于获得了可以在"文质论"的平台上,通过与儒道二家文艺观的比较,以充分展示自我价值的机会,而且借助他对艺术活动、审美行为徒有娱情乐性之效,而无富国强兵之实的特性的揭示,我们也可更为清楚地看到先秦学人对于审美艺术超越功利的情感宣泄功能的清醒认识。虽然韩非子对此持批判态度,但是在客观上他所作的这些大量展示所具有的认识价值,却是任何一个先秦学者都无法比拟的。

一、韩非子对墨子文艺观的继承与深化

在中国众多的文艺思想家中,墨子向以功利主义文艺观的创宗人著称。在墨子看来,对功利的追求乃是人的本性。如《墨子·经上》说:"利,所得而喜也。"①所谓"所得而喜",显然就是就人的天生本性说的。正是因为认为人们天生喜利,把对利的获得看作人的重要幸福标志之一,所以墨子才对当时的各种文艺创作、文艺鉴赏表现出了十分强烈的批判态度。有关这一点我们在《墨子·非乐上》中可以看得很清楚。

《墨子·非乐》原有上中下三篇,可惜后两篇早在宋代以前就已失传了,我们现在所能看到的就只有上篇。由这篇仅有 1800 余字的短文可以看出,墨子对于包括文艺审美在内的世间一切活动的肯定或否定,都是以是否有利于宇宙民生为依归的。在这篇文章开头墨子即云:"仁人之事者,必务求兴天下之利,除天下之害,将以为法乎天下。利人乎即为,不利人乎即止。"一个"仁者"如果仅是出于他个人的"目之所美,耳之所乐,口之所甘,身体之所安,以此亏夺民衣食之财",那他必是坚决"弗为"的。也正基于这样的认识,所以墨子才对当时的音乐艺术,一连提出了四大批评:一是乐器制造需大量钱财,这必使统治者"厚措敛乎万民",从而增加百姓的赋税。二是欲使音乐欣赏适人耳目,就必使表演者的衣饰容貌与美妙的音乐协调一致。而为了达到这一目的,表演者就必得"食必粱肉,衣必文绣",这也同样会耗靡天下财利。三是当时民有三患:"饥者不得食,寒者不得衣,劳者不得息",天下动乱,"强劫弱,众暴寡,诈欺愚,贵傲贱,寇乱盗贼并兴,不可禁止"。面对这样的困窘局面,即是天天"撞巨钟、击鸣鼓、弹琴瑟、吹竽笙而扬干戚",对于天下苍生也是毫末"无补"的。四是音乐表演需要大

---

① 吴毓江《墨子校注》卷 10,中华书局,1993 年,第 471 页。

量人力,音乐欣赏欲获共鸣也需众人相伴。如此,"使丈夫为之,废丈夫耕稼树蓺(艺)之时;使妇人为之,废妇人纺绩织纴之事";"与君子听之,废君子听治;与贱人听之,废贱人之从事"①。所以从这一方面说,音乐审美也同样是有百害而无一利的。

　　正如许多学者所说:在墨子所生活的时代,音乐固然主要指音乐,但同时也包括诗歌与舞蹈,"是一种尚未分化的古代艺术的综合体"②,也正因此,所以墨子这里的"所谓'非乐',也可以说是对一切文艺现象的总的清算与否弃"③。至少说按照墨子的"非乐"逻辑,"那么一切表面看来没有实用价值的文学艺术都将在否定之列"④。既然如此,那么,通过墨子《非乐》的论述,其对各种艺术活动、审美行为的态度,我们也就都可推知了。

　　对于墨子的文艺思想,作为墨子之后又一位著名的功利哲学大师,韩非子可以说给予了全面的继承。和墨子一样,他对各种文艺形式的否定也同样是建基在他对它们缺乏实际功利的认识上。如《韩非子·亡征》说:"好辩说而不求其用,滥于文丽而不顾其功者,可亡也。"⑤又,《显学》也谓:"象人百万,不可谓强","数非不众也","象人不可使距(拒)敌也"⑥。所谓"象人",显然指各种人体雕塑。韩非子把它与"辩说""文丽"等一并视为无益于世的无用之物,据此足见其对文艺审美的否定态度。

　　再看《韩非子·外储说左上》所记载的一个故事:宋王因为与齐结怨,于是便在齐、宋交界构筑防御工事。其间有一个名叫"讴癸"的歌者忽然唱起了美妙的歌声,以致使"行者止观,筑者不倦"。宋王得知,十分高兴,"召而赐之"。于是讴癸又推荐了他的老师"射稽",说老师的技艺比自己还要高超。可是当后来请来射稽歌唱时,"行者不止,筑者知倦",对此宋王大不乐意。然而讴癸却解释说:"王试度其功,(讴)癸四板,射稽八板;擿其坚,(讴)癸五寸,射稽二寸。"⑦"四板""八板",乃指筑墙的单位量度。"擿其坚",即用长锥用力刺向墙体,根据其所刺深浅以检验墙的硬度。讴癸的歌

---

① 吴毓江《墨子校注》卷 8,中华书局,1993 年,第 379~381 页。

② 李泽厚、刘纲纪《中国美学史》(先秦两汉编),安徽文艺出版社,1999 年,第 153 页。

③ 袁济喜《新编中国文学批评发展史》,中国人民大学出版社,2010 年,第 46 页。

④ 蔡钟翔等《中国文学理论史》(一),北京出版社,1987 年,第 31 页。

⑤ 王先慎《韩非子集解》卷 5,中华书局,1998 年,第 110 页。

⑥ 王先慎《韩非子集解》卷 19,中华书局,1998 年,第 460~461 页。

⑦ 王先慎《韩非子集解》卷 11,中华书局,1998 年,第 267 页。

声能使行者驻足、筑者不倦,这本来是极高的艺术造诣,可是在韩非子的笔下却因功效不及射稽而受到了贬损。在这其中所包含的理念,可以说与上文韩非子有关语言修辞、雕塑艺术所发的议论,实是一脉相贯的。有的学者说:"生活在战国前期的墨家学派的代表人物墨子,与生活在战国后期的法家学派的集大成者韩非,无论身份、立场还是学说理论都有极大的不同,但作为对儒家学派崇尚礼乐的一个反动,他们在注重实用和功利、鄙弃审美和艺术方面却有惊人的相似之处。"①这一认识无疑是非常有见地的。

　　不过,对于墨子的文艺思想,韩非子不仅有继承,更有创新。他之所以也能在先秦文论的元典建树中拥有一席之地,其原因也正在此。如果说墨子对于各种文艺形式的价值评判,主要是从纯粹的功利的角度来进行的话,那么韩非子的评价则明显打上了"唯质论"的印记。所谓"唯质论",也可称"唯实论",具体来说也就是反对对事物的本来面目作任何外饰,主张事物的价值完全应由事物的本来面目来决定;认为如果脱离事物的实际而期求通过人为的美化而对事物的价值有所改变,这样的做法不仅徒劳,而且还是非常有害的。不过,由于"唯实论"这个名字,在哲学上早已有其他用法——它常常用以指"实在论""实在主义",所以对于韩非子的这一思想,我们还是以"唯质论"称之。十分明显,反对对事物作任何虚饰,主张世间的一切都应以真实面目示人,这样的观点与法家"循名责实"的经国理念实是高度相一致的。

　　对于韩非子的"唯质论"思想在其文艺观上所产生的影响,我们至少应该从以下三个方面来认识。首先,韩非子认为:人为的藻饰、绘彩只适合表现那些虚假无实的东西,对于真实的存在它们往往无能为力。如《韩非子·外储说左上》中曾记载有这样一个故事:"客有为齐王画者,齐王问曰:'画孰最难者?'曰:'犬马最难。''孰易者?'曰:'鬼魅最易。夫犬马,人所知也,旦暮罄于前,不可类之,故难。鬼魅,无形者,不罄于前,故易之也。'"②这一故事显然意在告诉我们:那些越是虚假无实的东西,表现者就越易进行人为的虚夸与加工、布彩与构饰,越易千方百计地炫示他们的艺能与才技。而相反,对于那些人人可见、朝夕置前的东西,由于人人皆识其象,不

①陈炎、廖群《中国审美文化史》(先秦卷),山东画报出版社,2000年,第315页。
②王先慎《韩非子集解》卷11,中华书局,1998年,第270~271页。

容稍失,所以表现者就常常望而却步,不敢轻为。《后汉书·张衡传》说:"譬犹画工,恶图犬马而好作鬼魅,诚以实事难形,而虚伪不穷也。"①所说也是同样的意思。

又,同是在《外储说左上》中,韩非子又谓:新磨的利箭如果不设靶子,即是暗夜妄发,再蹩脚的射者也敢自诩自己的射技是能中秋毫的。但是一旦设下"五寸之的",立"十步之远",即是后羿、逢蒙也是无法全中的。可见,"有常仪的,则羿、逢蒙以五寸为巧;无常仪的,则以妄发而中秋毫为拙"。也正是基于这一事实,所以韩非子进一步引申说:"故无度而应之,则辩士繁说;设度而持之,虽知(智)者犹畏失也,不敢妄言。"②十分明显,在这里所谓"度"、所谓"仪的",正如上文之"犬马"一样,也同是指现实性的参照对象而言的。而所谓"辩士繁说"之"繁说",也正如所画"鬼魅"之变化超腾、穷奇极怪一样,也同是就它的空言无状、华而无实的虚夸之性立论的。所举的事例固有不同,所说的道理却是高度相合的。

以"唯质论"思想为依据,在文艺观上韩非子所执的第二个观点是:真正至美的东西并不需修饰,凡需修饰的东西它的本"质"一定不美。对此,《韩非子·解老》展示得极为清晰:"礼为情貌者也,文为质饰者也。夫君子取情而去貌,好质而恶饰。夫恃貌而论情者,其情恶也;须饰而论质者,其质衰也。何以论之? 和氏之璧不饰以五采,隋侯之珠不饰以银黄,其质至美,物不足以饰之。夫物之待饰而后行者,其质不美也。"③意思是说人为的礼仪乃是对人的内在情感的外在包装,人为的文采乃是对事物的本有质地的外在涂饰。和氏之璧、隋侯之珠,因为其美已极,所以才没有任何东西可以充作外在的虚饰,以使其显得更外鲜亮更加美丽。刘向《说苑·反质》中载有这样几句话:"吾亦闻之,丹漆不文,白玉不雕,宝玉不饰,何也? 质有余者不受饰也。"④用以说明韩非的观点也可以说是非常之恰切的。盖也同样看到了这一点,所以李泽厚、刘纲纪说:"韩非所谓'质'的美,指的是事物自身的质地本有的美;他所谓的'饰',指的是人工的装饰。在他看来,一事物如果他的质地本来就是美的,那就不需要任何装饰,装饰是多余的、

---

①范晔《后汉书》卷59,中华书局,1965年,第1912页。
②王先慎《韩非子集解》卷11,中华书局,1998年,第269页。
③王先慎《韩非子集解》卷6,中华书局,1998年,第133页。
④向宗鲁《说苑校证》卷20,中华书局,1987年,第511页。

无用的。假使一事物要经过装饰才能成为美的,那就说明它的质地原来不是美的。"①这一阐析无疑也是十分合乎韩非子的思想实际的。

又,同是在《解老》篇中,韩非子又云:"道者,万物之所然也,万理之所稽也。理者,成物之文也;道者,万物之所以成也。……短长、大小、方圆、坚脆、轻重、白黑之谓理。"②十分明显,在这里韩非之所谓"理",显然乃是就万物的天然形式而言的,它与我们今天所说的"纹理"之"理"应为同一含义。也就是说在韩非子看来,天地万物作为大道的产品,它们天生就带有自身的"纹理";只有这样的"纹理"才是它们本然质地的展示,除此以外,再做任何外在的附加,也不能改变它们的固有价值。据此以断,不难看出韩非子的文艺观不仅深受其"唯质论"思想的影响,而且在其"唯质论"思想的背后,还有更为广阔的宇宙论也即道体论思想作基础。正如道家的老庄与儒家的孔孟荀一样,作为先秦法家思想最杰出的代表,韩非子的文艺观也是和他的天道观,也即宇宙论思想密切联系在一起的。

以循名责实、不尚虚谈的"唯质论"思想为依据,韩非子在其文艺观上所持的第三个观点是:虚夸浮艳的文泽涂饰,不仅对事物的本来价值无任何添加,而且相反,它还会使事物本有的功用因为外在的涂泽而受到遮蔽。如《韩非子·外储说左上》所载录的"秦伯嫁女""买椟还珠"两个故事,就是对这一观点的生动展示:"昔秦伯嫁其女于晋公子,令晋为之饰装,从文衣之媵七十人,至晋,晋人爱其妾而贱公女,此可谓善嫁妾而未可谓善嫁女也。楚人有卖其珠于郑者,为木兰之柜,熏以桂椒,缀以珠玉,饰以玫瑰,辑以羽翠,郑人买其椟而还其珠,此可谓善卖椟矣,未可谓善鬻珠也。"

秦伯嫁女,盛为饰装,致使身着彩衣、花枝招展的伴嫁媵妾也多达七十人。楚人卖珠,也精心设计,以木兰做椟,以香木为熏,以珠玉、玫瑰、羽翠为之点缀烘饰。十分明显,秦伯、楚人所以如此费心,其根本愿望原是要以此突出"女""珠"的珍贵,可是事与愿违,事情的结果却是:"晋人爱其妾而贱公女"、"郑人买其椟而还其珠"。精心的装点不仅没有使审美对象得到更凸显的呈示,相反还因此而使它们受到了更为强烈的遮蔽。这其中所包含的悠悠哲意、深深感慨,毫无疑问也同样是很值得我们深思的。

---

① 李泽厚、刘纲纪《中国美学史》(先秦两汉编),安徽文艺出版社,1999年,第382页。
② 王先慎《韩非子集解》卷6,中华书局,1998年,第146～152页。

在列举了以上两个故事后,紧接着韩非子又谓:"今世之谈也,皆道辩说文辞之言。人主览其文,而忘有用,……怀其文,忘其直(值),以文害用也。此与楚人鬻珠、秦伯嫁女同类。"[①]由此,足见他对这两则故事所包含的深刻寓意的独特理解。我国当代著名文学理论家张少康先生说:韩非子借"秦伯嫁女""楚人鬻珠"的故事,充分地说明了"过多地讲究文饰,会使人只欣赏形式之美,而忘记了内容,而导致本末倒置"[②]。这一见解与韩非子的思想实际无疑也是高度相合的。

二、韩非子的文艺观与儒道二家文艺观的差异

由以上分析不难看出,在先秦文论史上,虽然同样宗尚功利,以物质功利为检验事物价值高下的唯一标准,但与墨子相较,韩非子的文艺观还有一个更为突出的贡献,那就是他还在宗尚功利的前提下,进而从"文"与"质"的关系入手,探讨了作为艺术加工手段与加工结果的形式之"文",对于事物本然之"质"的虚构、伪饰与遮蔽。更言之,也即是对于本来不存在的东西,经过人为的加工,可以使它栩然若生,俨然若存;对于质地丑恶的事物,经过人为的文饰,也可使它灿然若花、以次冒真。尤有甚者,有的东西本来已经很美,可是由于人为的虚饰,反而使它的美质妄遭幽闭,无人问津。显而易见,在墨子、韩非子的文艺观中,前者只是指出了文艺的无用性,而后者则更进一步分析了无用的原因。尽管强调循名责实、名实相符,据实论价、依实量功,这也是墨子学说的重要内容,但墨子并没有将此思想进一步应用于文论建构,从而创造出像韩非子这样的具有独特的"唯质论"色彩的文艺观。因此,若从这个角度说,则韩非子的文艺观确乎是要较墨子深刻得多、系统得多的。

在先秦文论史上,若大而言之也可以"唯质论"相称的还有道家的思想。不过道家所说的"质"乃至善之"质"。或者也可以这样说,在道家的哲学体系里,天地万物只要是自然而生,那它们的"质"就都是圆满的,没有任何缺憾的。因此若就这一意义讲,则道家的"唯质论"其实乃是"唯真论"——只要是本真的就都是美好的,这与韩非子所说的"质"的性质显然

---

① 王先慎《韩非子集解》卷 11,中华书局,1998 年,第 269 页。
② 张少康《先秦诸子的文艺观》,上海文艺出版社,1981 年,第 160 页。

是有很大不同的。韩非子笔下的"质"并不是皆善的,而是有不同等级的。如上所引,韩非子云:"夫恃貌而论情者,其情恶也;须饰而论质者,其质衰也。何以论之? 和氏之璧不饰以五采,隋侯之珠不饰以银黄,其质至美,物不足以饰之。夫物之待饰而后行者,其质不美也。"这一论述足以表明在韩非子眼里,万物的本"质"并不是齐一的。所以在《韩非子》中虽然确有两个篇目以《解老》《喻老》命名,但是韩非子的"解老""喻老",只是对老庄思想的借用、发挥,把它们视为对老庄思想的直接阐发是不正确的。

　　再进一步说,也即是:韩非子的"唯质论"之所以要反对对事物的本来质地作任何修饰,其根本原因并非如道家那样认为万物之"质"天然至善,无需修饰,他真正的目的乃是要通过保持万事百物的原有之貌,以据实定档、准确量价,以为最高权力者的行赏施罚提供依凭,并由此形成一种导向,引导臣民崇尚实绩、远弃浮华,以求在邦域之内形成一种求是厌巧、以实求功的风气。一个尚"质"是为了追求自然,使质性之"真"永不丧失,质性之"真"本身就是目的;一个尚"质"乃为据实量值,使赏不妄出,罚不妄加,从而训导出一种崇尚实功、不以行巧为荣的风气。十分明显,在后者的尚"质"的背后还有一个更高的更为根本的富国强兵、崇尚实利的目的,所谓尚"质"只不过是为实现这一目的而采用的手段而已。如果要区别道、法二家文艺观的不同,其主要不同正在这里。也就是说虽然同样唯质是尚,厌弃虚饰,反对人为,但他们所理解的"质"的含义、"质"的属性却是大不相同的。

　　在先秦时期,认为事物之"质"并非天然至善的,韩非子之外,还有儒家的孔子和荀子。孟子虽然认为人性天然而善,但他所说的"善"仅指成善的"种芽",是否能够枝叶茂盛、开花结果,还要看人后天的努力。所以若从这个层面说,则他与孔、荀的观点其实也是相一致的。既然如此,则将孔孟荀的文艺观与韩非子的文艺观加以比较,对我们充分认识韩非子文艺观的独特性也同样是很有裨益的。不过,由于本书篇幅所限,加之孟子、荀子的学说皆是对孔子的发挥,所以我们这里就只以孔子为例,对儒、法二家文艺观的异同作一分析。

　　首先和韩非子一样,以孔子为代表的儒家哲学也同样认为,如果某个对象本身缺乏善"质",那么再辉煌的人为加工、外在润饰也是徒劳的。如

《论语·八佾》云:"子曰:'人而不仁,如礼何? 人而不仁,如乐何?'"①又同书《阳货》:"子曰:'礼云礼云,玉帛云乎哉? 乐云乐云,钟鼓云乎哉?'"②《学而》:"子曰:'巧言令色,鲜也仁。'"③十分明显,在几句话里孔子之所谓"仁",实际上就是指事物的本然善"质",而所谓"礼""乐"、所谓"言""色",则是这"仁"的外在形式。很显然在孔子看来,如果没有作为事物本然之"质"的"仁"的存在,或者说虽然有"仁"却"仁"的不充分,那么再华美的"玉帛"之礼,再动听的"钟鼓"之声,再高妙的"巧言令色",对这"仁"质的缺乏也是难有补益的。

　　当然,以韩非子为代表的法家哲学与孔子所开创的儒家哲学,毕竟是两种不同性质的学说,因此他们在文艺观上除了相同的一面外,也有许多不同的地方。譬如上文已言,韩非子认为:"和氏之璧不饰以五采,隋侯之珠不饰以银黄,其质至美,物不足以饰之。"也就是说在他看来事物之"质"无论善与不善,外在的文饰都是不必要的。事物之"质"若恶,则外在的文饰只能说是徒有其表,于事物的本有之"质"并无任何改进;事物之"质"若美,则它自有相应的天然之"文",人为的加工润饰因为无力与事物的天然之"文"媲美,因而也同样是多余的。

　　但是这一思想在孔子的心目中就无法得到承认,因为在他的学说里,他还是给人为的文饰留下了足够的空间的。在他看来,"质"不独美,待"文"而善,不管是多么完美的本"质",没有"文"的雅化,也是粗而不度、不中绳墨的。如《论语·雍也》云:"子曰:'质胜文则野,文胜质则史,文质彬彬,然后君子。'"④也就是说"有文无质"固如史记,语多虚华,妄语欺人,但"质而无文"也同样不善,它会使人感到有一种粗野不雅的缺失。比如说同样是"仁",乡民之"仁"固然淳朴,但另一方面也常常会因缺乏节制,热情过度,而让人感到尴尬难处。而君子之"仁"则因合乎礼数,而常常使人感到温文尔雅,进退有度。孔子曾叹"言之无文,行而不远",《论语·宪问》也云:"子曰:'为命,裨谌草创之,世叔讨论之,行人子羽修饰之,东里子产润

①刘宝楠《论语正义》卷3,中华书局,1990年,第81页。

②刘宝楠《论语正义》卷20,中华书局,1990年,第691页。

③刘宝楠《论语正义》卷1,中华书局,1990年,第9页。

④刘宝楠《论语正义》卷7,中华书局,1990年,第233页。

色之。'"①这与"质胜文则野"所展示的显然也是同一意旨。固然在《论语·颜渊》中也有"文犹质也,质犹文也"②的断语,认为"质"自有"文","文"自有"质",彷佛与韩非子一样也同样认为"外饰无益",但是如果从孔子的整个思想体系看,则为人为之"文"留下一定的存在空间,这样的认识才是更合乎孔子的本意的。

足见,虽然儒、道二家也均有"唯质论"的倾向,但是更严格地说,他们实际上一为"唯真论",一为"文质彬彬论",也即"中庸论"。和韩非子的以循名责实为内容的"唯质论"思想相比,固然他们也各有其优越性,但韩非子的文艺观以循名责实为号召,着重从社会功利的角度强调"文"由"质"出,不可外求的重要性,认为"糟糠不饱者,不务粱肉;短褐不完者,不待文绣。夫治世之事,急者不得,则缓者非所务也"(《五蠹》)③,把人类现实的物质追求置于审美的艺术享受之上,这样的观点在当时的历史条件下,应当说也是有其特定的历史价值的。

三、韩非子的文艺观与三曹父子文艺观的差异

众所周知,在中国历史上韩非子的政治思想是很少有人公开支持的,除了秦代予以全面实施外,再予大力宣扬并认真执行的,恐怕就只有建安时期。可是另一方面却又有一个非常奇怪的现象,即三曹父子虽然也像韩非子一样,主张循名责实,依法治国,但是在对待文艺创作,审美鉴赏的态度上,他们与韩非子却又有天壤之别。三曹不仅都是中国古代著名的诗文大家,而且即使在思想认识上,他们对于诗文的社会价值、宣情功能与文饰特征也是给予高度肯认的。那么,这其中的原因究竟何在呢?显而易见,如果不把这个问题弄清楚,那我们对韩非子的文艺思想,其认识也仍是不完善的。

首先,韩非子与三曹父子之所以对文艺创作,审美鉴赏的社会价值认识不同,其最根本的原因就在于他们的人性论思想有别。我们知道,在先秦诸子中主张"性恶论"的主要有四家,即墨子、商鞅、荀子和韩非子,而其中有三家都是主张抵制文艺创作,取消审美活动的。之所以会有这样的情

---

① 刘宝楠《论语正义》卷 17,中华书局,1990 年,第 560 页。
② 刘宝楠《论语正义》卷 15,中华书局,1990 年,第 493 页。
③ 王先慎《韩非子集解》卷 19,中华书局,1998 年,第 450~451 页。

状,其根本原因就在于在"性恶论"看来,人性天生好逸恶劳,而文艺创作,
审美鉴赏正是他们这种好逸恶劳倾向的反映。如《韩非子·心度》《五蠹》
说:"夫民之性,恶劳而乐佚。"[①]"今修文学,习言谈,则无耕之劳而有富之
实,无战之危而有贵之尊,则人孰不为也?"[②]又,《商君书·农战》说:"夫民
之不可用也,见言谈游士事君之可以尊身也,商贾之可以富家也,技艺之足
以糊口也。民见此三者之便且利也,则必避农。避农则民轻其居,轻其居
则必不为上守战也。"[③]等等。足见,在他们心中对此打理得都是很清楚
的。如果再进一步从其政治根源说,则在社会上之所以会有这么多人能够
不劳而获,以"文"取利,以"艺"得荣,其实最主要的还在统治者自己的"恶
劳而乐佚"。如果统治者对此不感兴趣,则在人世间这种以"文"取利,以
"艺"得荣的现象也就很难再有市场了。盖也正是因为认识到了这一点,所
以作为先秦法家思想的集大成者,韩非子最终还是把消除商官技艺之士
"不垦而食"(《显学》)[④]的希望,寄托在了"圣人不引五色,不淫于声乐;明
君贱玩好而去淫丽"(《解老》)上[⑤]。有的学者说:"在他(指韩非子)的眼
里,审美和艺术活动完全只具有享乐的意义,而且这种享乐同统治者的其
他荒淫纵欲的活动,如'夏浮淫,为长夜'之类没有什么性质的不同。如果
说儒家教统治者提倡'文'和'乐',具有要统治者通过审美和艺术活动而提
高德行的意义,那么韩非却恰恰相反,把审美和艺术活动仅仅看作是统治
者纵欲享乐的各种手段之一。"[⑥]这一见解与韩非子的认识无疑是十分相
合的。

　　可是三曹父子就不同了,因为他们所认同的乃是"性偏论"。在这种观
点看来,虽然人们皆由元气化生,但是由于所禀之气各异,因而也使他们的
德性互有不同。如刘邵《人物志·九徵》曰:"凡有血气者,莫不含元一以为
质,禀阴阳以立性,体五行以著形。……是故温直而扰毅,木之德也;刚塞
而弘毅,金之德也;愿恭而理敬,水之德也;宽栗而柔立,土之德也;简畅而

①王先慎《韩非子集解》卷20,中华书局,1998年,第474页。
②王先慎《韩非子集解》卷19,中华书局,1998年,第452页。
③蒋礼鸿《商君书锥指》卷1,中华书局,1986年,第25页。
④王先慎《韩非子集解》卷19,中华书局,1998年,第461页。
⑤王先慎《韩非子集解》卷6,中华书局,1998年,第145页。
⑥李泽厚、刘纲纪《中国美学史》(先秦两汉编),安徽文艺出版社,1999年,第381页。

明砭,火之德也。"①对此讲的就是很清楚的。各人的德性既有不同,则他们适宜从事的职业也必有所异,换句话说,也就是每个人都只适宜干那些与他们的所禀之气的气性相对应的事。如《人物志·材理》说:"是故质性平淡,思心玄微,能通自然,道理之家也。质性警彻,权略机捷,能理烦速,事理之家也。质性和平,能论礼教,辨其得失,义礼之家也。质性机解,推情原意,能适其变,情理之家也。"②所说就是这个意思。也正基此,所以在一个社会里,有的人适于从军,有的人适合从政,有的人长于道德,有的人妙于文艺,军政德艺相辅相成,共为一体,这才能说是一个完整的社会。在这里面,应当说缺少任何一方,我们的社会都是不完美的。文艺创作与审美鉴赏也同样如此。在《人物志·流业》里,刘劭把世上重要的职业分为12类:"盖人流之业十有二焉,有清节家,有法家,有术家,有国体,有器能,有臧否,有伎(技)俩,有智意,有文章,有儒学,有口辨(辩),有雄杰。"③其中,"伎(技)俩""文章"和"口辨(辩)",便都应是与文艺相关的。

又,曹丕《典论·论文》曰:"盖文章,经国之大业,不朽之盛事。……是以古之作者,寄身于翰墨,见意于篇籍,不假良史之辞,不托飞驰之势,而声名自传于后。"④在这里,所谓"假良史之辞"乃指某人在某个方面特别突出,因而引起了史家的注意。所谓"托飞驰之势"乃指某位个体的功业十分显赫,因而得以名垂青史。十分明显,和刘劭一样,曹丕显然也认为包括后世所说的文学创作在内的"文章",就和其它许许多多的"经国之大业,不朽之盛事"一样,它也同样是可以凭藉自己独特的魅力而使作者的名声传扬后世的。足见,以"性偏论"思想为基础,是很难得出否定文艺创作,审美鉴赏的结论的。

其次,由于韩非子与三曹父子对于文艺创作的社会价值认识不同,因而也导致了他们对艺术加工的功能定位有异。如上所说,在韩非子看来,人为的藻饰、绘彩只适合表现那些虚假无实的东西,对于真实的存在它们往往无能为力;真正至美的东西并不需修饰,凡需修饰的东西都是不美的;虚夸浮艳的文泽涂饰,不仅不能改变事物原有的善恶,而且恰恰相反,它还

①刘劭《人物志》卷上,文学古籍刊行社,1955年,第1～3页。
②刘劭《人物志》卷上,文学古籍刊行社,1955年,第13～14页。
③刘劭《人物志》卷上,文学古籍刊行社,1955年,第10页。
④李善等《六臣注文选》卷52,中华书局,2012年,第967页。

常常会使事物本有的美质因为外在的涂泽而受到遮蔽。说得再明确一点，也就是对于本来不存在的东西，通过人为的加工，可以使它栩然若生、俨然若存；对于质地丑恶的事物，借助人为的加工，也可使它灿然若花、以次冒真。尤有甚者，有的东西本来已经很美，可是由于人为的虚饰，反而使它本有的美质妄遭遮蔽。据此足见，一切人为的艺术加工、修辞技巧，除了能够满足人们与生俱来的好逸恶劳、爱慕浮华、追求享受的不健康心理外，就再也没有其他任何价值了。

　　然而与韩非子不同，三曹父子却认为文艺创作作为大千世界的一"偏"，也是有其独特个性的，而这一独特个性其实也就是文艺创作所必不可少的艺术改造与修辞加工。如果离开了人为的剪裁、编辑与创造，那艺术作品也就不成其为艺术作品了。尽管对这个问题三曹论述的并不是太直接，但是对其基本意向我们还是能够看清楚的。如曹丕《典论·论文》说："诗赋欲丽。"①曹植《前录序》说："君子之作也"，"摛藻也若春葩"②。又，曹植《七启序》称赞枚乘等人的辞赋创作说："辞各美丽，予有慕之焉。"③《王仲宣诔》称赞王粲的诗赋风格说："文若春花。"④《与吴季重书》称赞吴质的语言特质说："文采委曲，晔若春荣，浏若清风。"⑤等等。所有这一切，都充分说明三曹父子对于诗赋的审美特征认识的都是很明确的。也可以说，在三曹父子眼中作为"文章"的主要表现形式的文学创作，它们之所以能够成为"经国之大业，不朽之盛事"，其根本原因就在于它们的富于文采、长于修辞，可以使人们的情感得到更淋漓的宣泄，更生动的展示，可以使人们从它们身上获得其他人工产品所无法替代的快乐。毫无疑问，由三曹父子"性偏论"的思想逻辑，以及他们对于文艺创作的技巧性、修辞性的反复强调，我们是完全可以得出这样的结论的。

　　有关这一点，其实我们也可通过三曹父子对于诗文创作欢乐情景的描写得到证实。如曹操《龟虽寿》说："幸甚至哉，歌以咏志。"⑥曹丕《又与吴质书》说："每至觞酌流行，丝竹并奏，酒酣耳热，仰而赋诗，当此之时，忽然

①李善等《六臣注文选》卷52，中华书局，2012年，第967页。
②赵幼文《曹植集校注》卷3，人民文学出版社，1984年，第434页。
③赵幼文《曹植集校注》卷1，人民文学出版社，1984年，第6页。
④赵幼文《曹植集校注》卷1，人民文学出版社，1984年，第164页。
⑤赵幼文《曹植集校注》卷1，人民文学出版社，1984年，第143页。
⑥曹操《步出夏门行》，《曹操集》，中华书局，1959年，第11页。

不自知乐也。"①曹植《与丁敬礼书》说："乘兴为书,含欣而秉笔,大笑而吐辞,亦欢之极也。"②等等。看来在三曹父子眼中,自由运用语言修辞,充分宣泄自己的情感,这实为人生一大幸事。将其视为人性好逸恶劳的表现,这是三曹无论如何也不能苟同的。

最后,由于韩非子与三曹父子的人性论思想不同,从而也导致了他们对文艺创作的历史属性认识不同。在韩非子看来,基于人类与生俱来的好逸恶劳的本性,所以在远古时代,由于人少物多,人们还可勉强相安无事。但是随着时代的发展,人口数量越来越大,彼此间的争夺也就变得日趋激烈。与此相应,严格赏罚,循名责实也就随之变得日益迫切。如韩非子《五蠹》曰:"古者丈夫不耕,草木之实足食也;妇人不织,禽兽之皮足衣也。不事力而养足,人民少而财有余,故民不争。是以厚赏不行,重罚不用而民自治。今人有五子不为多,子又有五子,大父未死而有二十五孙。是以人民众而货财寡,事力劳而供养薄,故民争;虽倍赏累罚而不免于乱。……故圣人议多少、论薄厚为之政。故罚薄不为慈,诛严不为戾,称俗而行也。故事因于世,而备适于事。"③显然,依韩非子的观点,由于人类与生俱来的性恶本质的存在,严格赏罚,循名责实最终必将成为人类社会得以持续发展的永久不变的常策。以这样的思想认识为基础,则文艺创作与审美鉴赏这些缺乏直接的现实功利的情感消费与精神愉悦活动,理所当然也就永远无法堂堂正正地走上历史舞台。也正因此,所以在《五蠹》中,韩非子又说:"故明主之国,无书简之文,以法为教;无先王之语,以吏为师。"④试想,在韩非子眼中,甚至连一般的"书简之文""先王之语"都难以接受,则与现实功利关系更远的审美鉴赏和文艺创作,自然也就更加难获他的肯认了。

那么,曹氏父子呢?他们对此又是怎样看呢?如果以"性偏论"思想为基础,则他们显然应持这样的观点,即人类社会不仅要有严格赏罚,循名责实的一面,对于许多现实功利较弱的事物也同样不能轻言舍弃。正如上文刘劭所说:"盖人流之业十有二焉,有清节家,有法家,有术家,有国体,有器能,有藏否,有伎(技)俩,有智意,有文章,有儒学,有口辨(辩),有雄杰。"在

---

① 夏传才、唐绍忠《曹丕集校注》,河北教育出版社,2013年,第110页。
② 严可均《全晋文》卷16,《全上古三代秦汉三国六朝文》,中华书局,1958年,第1141页。
③ 王先慎《韩非子集解》卷19,中华书局,1998年,第443~445页。
④ 王先慎《韩非子集解》卷19,中华书局,1998年,第452页。

这其中任何一家都是不能轻易排除的。如果说有什么例外的话，那也只不过是在不同的历史时期，由于社会形势的不同，依据社会的需要，对于不同的侧面、不同的行业有不同的侧重罢了。有关这一点，在三曹父子的相关论述里，阐述的也是很明白的。如曹操《以高柔为理曹掾令》说："夫治定之化，以礼为首；拨乱之政，以刑为先。"①十分明显，"为首""为先"只是说相对来讲更为重要，它们与"唯一""独尊"这样的表述是有天渊之别的。又，曹丕《典论·自叙》说："夫文武之道，各随时而用。"②又，《三国志·魏书·明帝纪》载曹睿之言曰："世之质文，随教而变。"③等等。显然与曹操所言也都是一意相贯的。

盖也正基于此，所以即使在特别强调以法为治的建安时期，作为当时实际的统治者，曹操对于儒学、文学等其他"流业"也是持兼收并蓄态度的。如曹丕《典论·自叙》说："上（指曹操）雅好诗书文籍，虽在军旅，手不释卷。"又，曹操《修学令》说："丧乱以来，十有五年，后生者不见仁义礼让之风，吾甚伤之。其令郡国各修文学，县满五百户置校官，选其乡之俊造者而教学之，庶几先王之道不废，而有以益于天下。"④等等。足见，与韩非子不同，三曹父子尽管也很重视严格赏罚，循名责实，但是他们的重视不仅只是一时的权变，并且即使在这个时候他们也仍没将其视为唯一的绝对。既然如此，则曹氏父子对于循名责实之策的重视，与他们对于文艺创作，审美鉴赏的青睐，自然也就并行不悖。由此也可使我们再次看到由于人性论思想的变革，给三曹父子的文艺思想所带来的巨大促进。众所周知，建安文学向以"文学自觉"享誉后世，看来这一"自觉"与他们的"性偏论"思想对于他们的文艺观念的影响也是分不开的。

通过韩非子与三曹父子的对比，不难看出他们的最大差别就在人性论上。由于对人性的认识不同，因而也导致了他们对循名责实，依法治国的统御理念的现实作用与历史地位作出了不同的评价，而对循名责实，依法治国的统御理念的现实作用与历史地位的不同评价，也进而使他们在有关文艺创作的社会价值、文质关系、历史属性的具体理解上产生了巨大分歧。

---

① 曹操《曹操集》，中华书局，1959年，第44页。
② 严可均《全三国文》卷8，《全上古三代秦汉三国六朝文》，中华书局，1958年，第1096页。
③ 陈寿《三国志》卷3，中华书局，1982年，第97页。
④ 曹操《曹操集》，中华书局，1959年，第32～33页。

韩非子之所以把文艺创作、审美鉴赏与循名责实,依法治国的统御理念完全对立起来,其最根本的原因就在于"在他看来,人是十分自私的生物,毫无道德良知,也不存在什么教育感化的可能性"[①],"不择手段地求利"乃是他们"固有的",永远也"不能改变的"本性,也是他们全部的"生存的意义和目的"[②],并且他们的这种求利的本性永远也不会得到满足。正是基于这样的认识,所以韩非子才把投机取巧、好逸恶劳、贪图享受也同时看作了人类的先天秉性之一。以这样的人性论思想为依据,那么,主张崇尚功利,严格赏罚,循名责实,反对情感消费,精神愉悦,艺术享受,自然也就成了韩非子治国理政的必然选择与唯一归宿。明白于此,那么韩非子与三曹父子之所以同尚实用,同尊法治,而对艺术审美的态度却大相径庭,其中的缘由也就不难理解了。

四、韩非子对审美艺术情感宣泄功能的展示及其客观意义

正如我们上文所说,作为先秦功利主义文艺观的集大成者,韩非子的贡献主要有两点:一是把功利主义"崇实尚用"的审美诉求提升到"文质论"的高度加以讨论,打通了它与儒道二家的联系,弥补了墨子只是简单斥责文艺的无用,而乏理论探析的不足。二是对审美艺术徒有娱情乐性之效,而无富国强兵之实的缺憾作了颇为具体的展示,使我们由此反而更清楚地看到了先秦学人对于审美艺术超越功利的情感宣泄功能的清醒认识。

众所周知,无论是在中国哲学史上还是文论史上,都存在着一个十分普遍的问题,具体来说,也就是中国古代学者虽然逻辑思辨能力并不差,但是建立完整的理论体系的意识却十分薄弱。也正因此,所以他们在阐述问题时,往往都是把更多的精力放在"应该如何如何"上,也即事物的"应然"层面上,而对"本来如何如何",也即事物的"本然"层面,却常常介绍得十分粗略,甚或不置一词,好像它们完全都是自明的似的。具体到文艺观上也同样如此。可以毫不夸张地说,在先秦时期应该说有很多学者对于审美艺术所具有的娱情乐性,也即情感宣泄功能,都已有了十分清醒的认识,但是由于他们只重"应然",不重"本然"的学术积习,致使罕少有人对此情感宣

泄的功能作正面展示。以《论语》为例，像"子在齐闻《韶》，三月不知肉味"（《述而》）[1]，"《关雎》之乱，洋洋乎盈耳"（《泰伯》）[2]之类的表述，可谓少之又少，而像如下这些告诫我们究竟应该如何对待文艺审美的表述，却俯拾皆是，如"思无邪"（《为政》）[3]，"乐而不淫，哀而不伤"（《八佾》）[4]，"尽善尽美"（同上）[5]，"文质彬彬"（《雍也》）[6]，"依于仁，游于艺"（《述而》）[7]，"子不语怪力乱神"（同上）[8]，"非礼勿言"（《颜渊》）[9]，"放郑声"（《卫灵公》）[10]，"辞达而已"（同上）[11]等等。这种情况在先秦其他典籍、其他学人那里也同样存在。如在墨子身上，其表现就也是很突出的。虽然说像韩非子一样，墨子也是力倡功利的，可是十分遗憾，对于审美艺术娱情乐性的情感宣泄功能，他也同样只有寥寥数语："子墨子之所以非乐者，非以大钟鸣鼓琴瑟竽笙之声以为不乐也，非以刻镂华［饰］文章之色以为不美也，非以犓豢煎炙之味以为不甘也，非以高台厚榭邃野之居以为不安也。"（《墨子·非乐上》）[12]正如孔子一样，他也把大量表述放在了告诫人们究竟应该如何对待审美艺术上。如果说对于审美艺术的情感宣泄功能，由于孔子并不完全反对，因此对此功能作正面呈示以作我们批判的靶子，对他来说还不算迫切的话，那么，墨子对此既完全否定，情感决绝，态度强烈，那他对此竟也少有提及，那就颇嫌失当了。试想一下，我们既要否定一个对象，而对这一对象的特点又不作必要呈示，那读者怎会知道我们究竟要否定的是一个什么对象呢？这显然是很难作出回答的。

　　但是韩非子就不同了，他对审美艺术娱情乐性功能的呈露，可以说是先秦任何一个学者都无法比拟的。虽然说如严格而论，他的呈示也同样不充分，但是对我们直接体验、真切把握先秦学人对于审美艺术超越功利的

①杨伯峻《论语译注》，中华书局，1980年，第70页。
②杨伯峻《论语译注》，中华书局，1980年，第83页。
③杨伯峻《论语译注》，中华书局，1980年，第11页。
④杨伯峻《论语译注》，中华书局，1980年，第30页。
⑤杨伯峻《论语译注》，中华书局，1980年，第33页。
⑥杨伯峻《论语译注》，中华书局，1980年，第61页。
⑦杨伯峻《论语译注》，中华书局，1980年，第67页。
⑧杨伯峻《论语译注》，中华书局，1980年，第72页。
⑨杨伯峻《论语译注》，中华书局，1980年，第123页。
⑩杨伯峻《论语译注》，中华书局，1980年，第164页。
⑪杨伯峻《论语译注》，中华书局，1980年，第170页。
⑫吴毓江《墨子校注》卷8，中华书局，1993年，第380页。

情感宣泄功能的认识,应当说还是足够明确的。之所以会有这样的情状,原因当然非止一端,但是其中最根本的恐怕还是韩非子长于驳论促成的。我们说韩非子长于驳论,这主要包含两方面的涵义。一是韩非子的议论说理每以驳论为主,二是韩非子的驳论艺术其发展也是相当全面的。在这其中一个十分突出的表现就是对于他要批驳的对象,他会自觉地予以展示。有关这一点,只要看看他的如下表述,就不难看出。如《韩非子·喻老》云:"宋人有为其君以象(象牙)为楮叶,三年而成。丰杀茎柯,毫芒繁泽,乱之楮叶之中而不可别也。此人遂以功食禄于宋邦。子列子闻之,曰:'使天地三年而成一叶,则物之有叶者寡矣!'"①又,同书《外储说左上》云:"客有为周君画荚者,三年而成。君观之与髹荚者同状,周君大怒。画荚者曰:'筑十版之墙,凿八尺之牖,而以日始出时加之其上而观。'周君为之,望见其状尽成龙蛇禽兽车马,万物之状备具。周君大悦。此荚之功非不微难也,然其用与素髹荚同!"②

在以上两段表述里,所谓"丰杀"也即肥瘦之意。"茎柯"也即叶子的主脉与支脉。"毫芒"也即叶子边缘的芒刺。"繁泽"也即叶子表面丰富的光泽。"画荚"也即在一片薄薄的荚膜上作画。"髹荚"也即仅仅涂了一层油漆的荚膜。由于仅仅涂了一层油漆,并未在其上画任何图案,所以也可将其称为"素髹荚"。从韩非子对这两个故事的表述看,他显然已认识到了象叶与画荚的极度迷人。前者把叶子的肥瘦、纹理,甚乃叶边的芒刺、叶面的光泽都雕刻了出来,以致乱入真叶,竟让人难以辨识。盖也正因其技艺之高堪比天工,所以才使他仅仅凭此就能"食禄宋国"。后者不仅能在一片薄薄的荚膜上绘出龙蛇禽兽车马为数众多的物象,而且还能做到"万物之状备具",也即物态宛然,惟妙惟肖,栩栩如生,致使周君为之振奋,为之大悦。可是由于这样的雕技、这样的画艺,除了叫人称奇,叫人感叹,给人娱乐,令人惊艳外,并不能给人带来任何实利,所以韩非子最终还是将其完全否定了。在前一故事里,韩非子借列子之口,讥贬其枉费时日:"使天地三年而成一叶,则物之有叶者寡矣!"在后一故事里,韩非子更直接作评,斥其空耗心力:"此荚之功非不微难也,然其用与素髹荚同!"

①王先慎《韩非子集解》卷7,中华书局,1998年,第165~166页。
②王先慎《韩非子集解》卷11,中华书局,1998年,第270页。

十分明显,韩非子在此之所以对象叶、画荚的高超技艺作如此鲜明的呈示,其根本之意就在以欲抑先扬的手法来大大提高他的论证力,使读者能够真切感受到一件艺术品,如果它仅仅具有让人耳目一新,精神振奋,欢情雀跃的美质,而不能给人带来任何实惠,那它的艺术性、超异性即使再高,也是徒劳无益的。但是事物总是一分为二的,韩非子对象叶、画荚的高超技艺作如此鲜明的呈示,其用意固是为了彰示艺术的无用,为他的驳论提供一个靶子,但另一方面他也让我们由此看到了他对审美艺术娱情乐性的情感宣泄功能的清醒认识。

关于审美艺术娱情乐性的情感宣泄功能,在《韩非子》中还有一段更精彩的表述,它对我们理解韩非子的审美艺术观念无疑更具说服力。这一表述也同样见于《外储说左上》,其文曰:"夫婴儿相与戏也,以尘为饭,以涂为羹,以木为胾,然至日晚必归饷(通飧)者,尘饭涂羹可以戏而不可食也。夫称上古之传颂,辩而不悫,道先王仁义而不能正国者,此亦可以戏而不可以为治也。"①由这一表述不难看出,韩非子的认识至少在以下两点都是很前沿的。一是他已经认识到了婴儿之戏的超功利性、纯娱乐性。这足以说明他乃世界上"游戏说"的最早提出者。二是他也看到了儒墨道等先秦诸子所热心传扬的上古"传颂"的理想化、游戏化色彩,也正因此,所以他才将其与儿童游戏等同起来。无论是儒家、墨家还是道家,他们确实都编过不少称扬上古帝王行仁而王、兼爱而帝或无为而治的故事,如"舜弹五弦琴而天下治","禹与天下人同劳动","周文王以百里王天下"等,这些故事也确如韩非子所说,都是夹杂着十分浓厚的审美加工的色彩的。它们乃上古先民追求幸福、追求圆满的情感的反映,散发着浓厚的娱情乐性的情感宣泄气息。有关这一点,除了韩非子,应当说先秦其他学人,如老庄、孔孟等,也都看到了,只是由于他们的学说对此并不特别反对,所以才皆未予以明确凸示。其实在他们心里,也未尝不知他们所作的这些描绘,都是带着十分强烈的夸张、虚构的文饰色彩的。也正基此,所以我们认为韩非子的独特之处就在于:基于他的思想阐发与驳论形式的需要,他把上古"传颂"娱情乐性的游戏特征向我们明确揭示出来了。也正由于他的这一揭示,才使我们十分清楚地看到了先秦学者对于上古"传颂"的真实认识。

---

① 王先慎《韩非子集解》卷 11,中华书局,1998 年,第 273 页。

　　如果说象叶、画荚这两个故事展现的乃是韩非子对于雕刻、绘画艺术的认识，那么，上古"传颂"展现的则是韩非子对于文学艺术的认识。因为所谓"传颂"其实也就是上古帝王恭行大道，御国理民的传说与故事，它们明显是要划归到文学创作的范畴的。虽然说文学、雕刻与绘画并不代表审美艺术的全部，但是由于它们都是审美艺术极为重要的门类，所以韩非子对于它们的看法，对于其他艺术门类应当说也一样是适用的。

　　总而言之，对于韩非子的审美艺术观念，我们必须把它放在中国古代学术轻"本然"重"应然"的文化大背景下来体味。只有如此，我们才能对于他的学术贡献有一个更为全面更为公正的认识。本来，对于审美艺术娱情乐性的本然特征，先秦学人都已有深切的体验，但是由于其轻"本然"重"应然"的学术习尚，致使罕少有人对此加以论析。有关这一点，在墨子身上表现得尤为突出。因为和韩非子一样，墨子也是一个典型的功利主义者。按照事物的一般逻辑，审美艺术既是功利主义者坚决否弃的对象，那他们就理应对它的本然之貌作一全面呈示。通过呈示，以让读者知道它究竟是一个什么对象，这个对象究竟具有什么特征，致使功利主义者对它如此不屑。但是十分遗憾，和孔孟老庄等其他学者一样，墨子对此所作的展示也同样是非常有限的。也正是基于这样的前提，所以我们认为韩非子对于审美艺术娱情乐性的本然特征的呈露极为难得。

　　虽然说对于审美艺术娱情乐性的本然特征加以呈示，此乃功利主义者自我肯认、反证其真的迫切需要，但是由墨子对此呈示的缺乏也足以见出：能否在审美艺术本然特征的展露上有所突破，这与个人理论建构意识的自觉也密切相关。可以毫不夸张地说，驳论艺术之所以能在韩非子手中得以成熟，这与他的理论建构意识的进一步自觉也是有着极密切的联系的。明白于此，那么，对于韩非子在这方面所作的贡献，我们也就并不奇怪了。特别是他把审美艺术娱情乐性的心灵抚慰功能，情感愉悦特征，与儿童游戏联系起来，这就更足让我们看到：先秦学人对于审美艺术情感宣泄功能的展现虽然颇不充分，但是这种不充分决不是认识的不充分，而是表述的不充分，我们绝不能因此就把先秦学人对于审美艺术本然特征的认识估计得太低。试想一下，连西方在 18、19 世纪之后才正式提出的"游戏说"，早在2000 年之前的先秦我国学者就已郑重提出了，我们又怎能说他们对于审美艺术娱情乐性的特征认识得不真切，体会得不充分呢？这样的理解显然是经不起推敲的。

弄清了以上这些道理，那么对于韩非子的文艺思想，我们至少还可增加以下两点认识。第一，韩非子对于艺术的否定，并不代表他没有认识到审美行为的特殊价值，没有认识到艺术活动的超功利性、纯娱乐性。只是由于他对现实功利的高度重视，才最终导致了他对超功利的艺术创造、审美欣赏作出了全然否定。换句话说，也就是韩非子对于审美艺术的否定乃是有他不得已的苦衷的。虽然他也看到了艺术活动、审美行为给人带来的快乐，但是经过权衡利弊之后，他最终还是在现实功利与精神享受方面选择了前者。第二，也正是因为看到了人的精神享受、情感消费对于人的现实功利的威胁，所以才使他在涉及艺术审美问题时，把他的许多笔墨都放在了对艺术审美的"危害性"的描述上。除了以上所列者外，其他又如《十过》云："不务听治而好五音，则穷身之事也。……耽于女乐，不顾国政，则亡国之祸也。"①《八奸》云："乐美宫室台池，好饰子女狗马以娱其心，此人主之殃也。"②《外储说左上》云："范且、虞庆之言，皆文辩辞胜而反事之情。人主说而不禁，此所以败也。夫不谋治强之功，而艳乎辩说文丽之声，是却有术之士而任'坏屋''折弓'也。"③《五蠹》云："今人主之于言也，说其辩而不求其当焉；其用于行也，美其声而不责其功焉。是以天下之众，其谈言者务为辨而不周于用。"④等等。有的学者说："韩非子是很懂得艺术的，……但韩非子又是一个强调'致霸王之功'的人，要处处事事以'法'为标准，以'术'为手段的'功用'主义者。"⑤"（他）不但以无用为理由来否认美和艺术的创造，而且还进一步声称美和艺术是有害于实用的。"⑥这一阐说应当说是很能展示韩非子的文艺观的本旨的。

五、余论

综合上文一系列论述不难看出，对于审美艺术娱情乐性的情感宣泄功能，先秦学者应该说都已认识到了，只不过他们各自所处的立场不同，对此

---

①王先慎《韩非子集解》卷 3，中华书局，1998 年，第 59 页。

②王先慎《韩非子集解》卷 2，中华书局，1998 年，第 54 页。

③王先慎《韩非子集解》卷 11，中华书局，1998 年，第 273 页。

④王先慎《韩非子集解》卷 19，中华书局，1998 年，第 451 页。

⑤敏泽《中国美学思想史》上卷，湖南教育出版社，2004 年，第 258～259 页。

⑥李泽厚、刘纲纪《中国美学史》（先秦两汉编），安徽文艺出版社，1999 年，第 375 页。

产生了不同的看法罢了。具体来说，儒墨道法四家相较，儒家究心的主要是它的善，希望它能做到情礼兼顾，文质兼备，达到"中庸"的最高境界。道家究心的主要是它的真，希望它能做到情由衷出，不杂人伪，达到"自然"的理想状态。虽然说表面看来，道家对文艺审美也是否定的，但是正如许多学者所说："老庄对美和艺术的否定，决不是因为美和艺术无用，不能当衣穿当饭吃，而是因为他们认为一般人对于美和艺术的追求已经达到了有害于人的生命发展的程度，不惜为这种追求而损害自己的生命。这种否定论，其实质并非要根本取消美和艺术，而是要反对审美和艺术领域中人的异化现象。"①也正鉴此，所以我们认为儒道二家对于审美艺术的情感宣泄功能都不是真要否定的，他们只是希望主体的情感宣泄要有一定的条件，要合一定的要求罢了。而与儒道二家不同，墨法二家所究心的则是审美艺术的虚，认为审美艺术徒有娱情乐性之效，而无致功生利之实，此乃他们最根本的认识。李泽厚、刘纲纪先生说："美与艺术同实用功利的关系，是韩非美学思想的中心问题。韩非把实用功利看作是决定事物价值的最根本的东西。一个事物如果只具有审美的、艺术的价值，而不具有实用功利的价值，那就是毫无意义的。……韩非明显地把实用置于审美之上，再美的东西，如果无用，也就谈不上有什么价值。"②这一看法对于墨子也同是适用的。

在学术界一直流行着这样一个争论，即墨子与韩非子究竟谁个对审美艺术的否弃，态度更坚决。有的学者说："法家比墨家更功利。如果墨家是'重质轻文'，法家就是'重质废文'。"③进言之，也就是："墨子只是不主张过分喜好艺术，怕的是因迷上艺术而劳民伤财，墨子不否定艺术的美学价值，而且明确说，正因为艺术具有很大的吸引力、诱惑力，为人君者要采取坚决的措施去禁止它。不过这'禁'也只是禁其'奢侈'，不是禁绝。随着社会物质生活条件的改善，温饱问题的解决，这'美'还是要讲究的。所以墨子的'非乐'，'非'的其实不是'乐'，而是奢乐，韩非子才是真正的'非乐'。"④但是另一方面，也有不少学者认为："法家并不是要完全取消文艺，

---

① 李泽厚、刘纲纪《中国美学史》(先秦两汉编)，安徽文艺出版社，1999年，第163页。
② 李泽厚、刘纲纪《中国美学史》(先秦两汉编)，安徽文艺出版社，1999年，第373～374页。
③ 刘文勇《先秦两汉魏晋南北朝文论讲疏》，巴蜀书社，2011年，第136页。
④ 陈望衡《中国古典美学史》，武汉大学出版社，2007年，第207页。

和墨家的主张是有所不同的。"①"它虽然也用功利主义的观点来看待美和艺术，但并不像墨子那样主张完全禁止它，而只是要求美和艺术必须有利于达到奴隶主建立其统治的功利主义目标。而且和墨子的思想刚好相反，法家是把美和艺术当作统治阶级尽情享乐的一种重要手段来看待的，根本不同于墨家的苦行主义。"②那么，对于以上这两种对立的认识，我们究竟应怎样看呢？应当说都是不周延的。其实无论是墨子还是韩非子，他们对审美艺术的否定都很坚决。不管是否定程度还是否定范围，二者之间都无什么差别。诚然，墨子确曾有以下话语："故食必常饱，然后求美；衣必常暖，然后求丽；居必常安，然后求乐。为可常，行可久，先质而后文，此圣人之务。"③但是韩非子也有类似的表达："故糟糠不饱者，不务粱肉；短褐不完者，不待文绣。夫治世之事，急者不得，则缓者非所务也。"④显而易见，在当时的历史条件下，墨韩二家显然都认为审美艺术的存在是没有价值的，我们没有必要去刻意判断他们对审美艺术的否定，究竟谁更坚决一些。

当然最后还需特予强调的是，无论是墨子还是韩非子，他们对审美艺术的否弃都是从整体着眼的，而并不是说在人们的生活里应当把它们绝对废除。如在《墨子·三辩》中就记载有一位名叫程繁的人的质疑：古代圣王，如尧舜、商汤、武王和成王等，皆各有乐，而墨子竟称"圣王无乐"，这明显与历史是不相合的。对此，墨子回答说：从尧舜到成王音乐日繁，而其政治安定却每况愈下。由此而观，则"其乐愈繁者，其治愈寡"。所以"圣王无乐"乃相对而言，因为圣王"有乐而少，此亦无也"，故而才有这样的说法，而

---

① 李建中《中国古代文论》（修订本），华中师范大学出版社，2007年，第25页。

② 李泽厚、刘纲纪《中国美学史》（先秦两汉编），安徽文艺出版社，1999年，第163页。

③ 孙诒让《墨子閒诂·墨子佚文》，中华书局，1986年，第606页。按，这节佚文见于刘向《说苑·反质》，有的学者认为："从这里看，似乎墨子也认为功利要求满足之后，可以进而求美。但对照前面引述，墨子在衣食住行问题上都明确主张只要功利，不要美，所以刘向的记述，并不符合墨子的思想。特别是'先质而后文'的说法，显然是儒家的。不过，墨家包含许多人物，刘向的记述也可能反映了后世墨家学派某些人的思想。"笔者认为这样的看法有一定道理，但是也不能太绝对。因为第一，墨子之所以求利反美，乃对当时的社会现实而言，如果社会有了进步，人们的物质生活条件改善了，墨子"非乐"的态度也是很有可能发生改变的。第二，墨家所说的"先质而后文"与儒家所说的"先质而后文"，只是字面的相似。前者主要指时间的先后，而后者则系逻辑的先后；前者质文可以分离，可以有质无文，而后者的质文却是彼此相须的，只是从逻辑地位讲，"质"的存在较"文"的存在更根本罢了。详李泽厚、刘纲纪《中国美学史》（先秦两汉编），安徽文艺出版社，1999年，第162页。

④ 王先慎《韩非子集解》卷19，中华书局，1998年，第450～451页。

并不是说圣王就真的"无乐"①。又,《韩非子·说疑》也云:"为人主者,诚明于臣之所言,则虽罝弋驰骋,撞钟舞女,国犹且存也;不明臣之所言,虽节俭勤劳,布衣恶食,国犹自亡也。"②这也同样说明韩非子并非要绝对禁乐。不过,墨子认为音乐应该越少越好,韩非子也谓"(君主)其于观乐玩好也,必令之有所出"(同书《八奸》)③,也即君主的"观乐玩好"必须谨遵法令,绝不能溢出法令所允许的范围之外,这也足以说明无论是韩非子还是墨子,他们对审美艺术的肯认都是很有限的,我们并不能因为他们并不完全禁乐,就从而模糊了他们对审美艺术的否定态度④。

---

① 吴毓江《墨子校注》卷 1,中华书局,1993 年,第 61～62 页。

② 王先慎《韩非子集解》卷 17,中华书局,1998 年,第 408 页。

③ 王先慎《韩非子集解》卷 2,中华书局,1998 年,第 56 页。

④ 按,如上所说,虽然古人的逻辑思考能力并不差,但是理论建构意识却往往十分薄弱,因此行文之中出现彼此抵牾的现象并不奇怪。如《商君书》中载有这样两句话:"富贵之门必出于兵,是故民闻战而相贺也。起居饮食所歌谣者,战也。"有的学者仅仅据此就从而认为:"在商鞅一派看来,诗歌是可以存在的,但要彻底脱胎换骨,要为农战服务,而不是为教化服务。这种诗歌观念,实际上也是致用的观念,而且是更赤裸裸的极端的致用观念。从这个意义上说,法家与儒家似乎又有共同点,只是法家将诗(不是《诗经》)用于农战而儒家将诗用于政教罢了。"这样的认识显然是很值得商榷的。如依这样的逻辑,那在《韩非子·外储说左上》中也载有歌者"讴癸"及其老师"射稽"以唱歌调节士气,帮助宋王构筑防御工事的事,难道我们也由此认为韩非子在此也是在借"讴癸""射稽"之歌,来鼓吹审美艺术对于现实功利的重要吗? 这显然是不可思议的。在《韩非子·五蠹》中载有这样一段话:"今境内之民皆言治,藏商、管之法者家有之,而国贫,言耕者众,执耒者寡也;境内皆言兵,藏孙、吴之书者家有之,而兵愈弱,言战者多,被甲者少也。故明主用其力,不听其言;赏其功,伐禁无用。故民尽死力以从其上。"试想一下,即使那鼓吹富国强兵之言,韩非子也反对士民谈论,他又怎么会对审美艺术持保留态度呢? 所以对《韩非子》中所涉及的那些肯定审美艺术的话,我们都要正确理解,切不可把它们看得太绝对了。如《韩非子·十过》说:"(平)公曰:'清商固最悲乎?'师旷曰:'不如清徵。'"《说林下》说:"刻削之道,鼻莫如大,目莫如小。"《外储说右上》说:"夫教歌者,先呼而诎之,其声反清徵者,乃教之。"等等。详蒋礼鸿《商君书锥指·赏刑》卷 4,中华书局,1986 年,第 105 页;陈伯海、翁其斌《中国诗学史》(先秦两汉卷),鹭江出版社,2002 年,第 202 页;王先慎《韩非子集解》卷 19、3、8、13,中华书局,1998 年,第 451～452、64、186、326 页。

第七章 汉乐府与"诗言志"

第一节 汉乐府之立与"诗言志"

在中国文论史上,对于"诗言志"观念的建构,官方音乐署衙的倡导与参与无疑也有十分重要的影响。虽然由于历史文献的缺乏,对于周秦二代音乐署衙的作为,我们已难知其详,但是对于汉代音乐署衙在这方面的成就,我们还是可观其大概的。当然,两汉音乐署衙在"诗言志"观念建构上所发挥的作用,其头绪十分繁多,内容也十分复杂,是很难一一讲清楚的,但是如果我们抓其大节,遗其细末,则其基本脉络还是不难察见的。

众所周知,在两汉诗乐史上有一个非常著名的疑案,那就是"罢黜百家,独尊儒术"的汉武帝,究竟是否设立过一个名为"乐府"的乐署机关。对于这一乐署之废,学术界并没有什么疑义,即都认为它乃废于西汉哀帝时,但是对于它究竟是立于汉初还是立于汉武帝,学术界的争议却是非常之大的。实事求是地说,汉武帝为适应其文化革新的需要,在已有的音乐署衙之外另立新署,以承担其诗乐革新的任务,这是汉唐学者早已肯定了的。宋代以后随着疑古之风的兴起,虽有个别学者予以怀疑,但也仅仅是表示怀疑罢了。直到"五四"之后,由于疑古之风的急剧升温,对于"汉武始立乐府"说的否定才真正明确起来,并且大有以宾为主,一家独尊之势。那么,事实果真如此吗?其实否定论者所持的论据是一点也经不起推敲的。否定之说之所以能够一家独大,广泛流行,这与当今学者的以今蔑古,盲目自信,显然有着极密切的联系。

乐府署衙的一立一罢,乃是两汉诗乐史上的一件大事,它不仅代表着中国诗乐发展方向、价值趣尚的转变,而且也是两汉朝廷对"诗言志"观念的建构进行主动干预的标志性事件。对于"汉武始立乐府"说的否定,不仅打乱了两汉历史、两汉文化、两汉诗乐发展的有序性,而且也掩盖了我国古人在"诗言志"观念的建构上所进行的变革与斗争。有鉴于此,对汉乐府的废立问题再加探讨,这对我们更进一步认识"诗言志"观念的建构历程无疑仍是很有帮助的。

一、古籍中的矛盾记载及上世纪 70 年代以前学界的反应

对于汉乐府究竟建立于何时,应当说东汉时的班固早已给出了明确答案。如其《汉书·礼乐志》曰:"至武帝定郊祀之礼,祠太一于甘泉,就乾位也;祭后土于汾阴,泽中方丘也。乃立乐府,采诗夜诵,有赵、代、秦、楚之讴。"①又,同书《艺文志》曰:"自孝武立乐府而采歌谣,于是有代赵之讴,秦楚之风,皆感于哀乐,缘事而发,亦可以观风俗,知薄厚云。"②又,其《两都赋序》也云:"至于武宣之世,乃崇礼官,考文章,内设金马石渠之署,外兴乐府协律之事。"③十分明显,依据班固的这些记载,汉代有一个名为"乐府"的音乐管理署衙乃由武帝首立应当说是毫无疑义的。既是如此,那么,否定论者又依据什么而对班固的记载进行否定呢?概而言之,不过是古籍中几条所谓的矛盾表述,以及几桩所谓的考古新发现罢了。

前人对于乐府始立时间的认识,以上世纪 70 年代为界可以分为前后两个时期。在 70 年代以前,由于还没有与乐府设立时间相关的考古发现,所以学术界有关这一问题的争议,完全是以古籍中的所谓的矛盾表述为依据的。具体来说,这些表述分别是:

(一)《史记·乐书》:"高祖过沛诗《三侯之章》,令小儿歌之。高祖崩,令沛得以四时歌舞宗庙。孝惠、孝文、孝景无所增更,于乐府习常肄旧而已。"④(二)《汉书·礼乐志》:"高祖乐楚声,故《房中乐》楚声也。孝惠二年,使乐府令夏侯宽备其箫管,更名曰《安世乐》。"⑤(三)《汉书·百官公卿表上》:"少府,秦官,掌山海池泽之税,以给共(供)养,有六丞。属官有尚书、符节、太医、太官、汤官、导官、乐府。"⑥(四)贾谊《新书·匈奴篇》:"若使者至也,上(文帝)必使人有所召客焉。令得召其知识,胡人之欲观者勿禁。令妇人傅白墨黑,绣衣而侍其堂者二三十人,或薄或弇(通掩),为

①班固《汉书》卷 22,中华书局,1962 年,第 1045 页。
②班固《汉书》卷 30,中华书局,1962 年,第 1756 页。
③费振刚等《全汉赋》,北京大学出版社,1993 年,第 311 页。
④司马迁《史记》卷 24,上海古籍出版社,1997 年,第 992 页。
⑤班固《汉书》卷 22,中华书局,1962 年,第 1043 页。
⑥班固《汉书》卷 19,中华书局,1962 年,第 731 页。

其胡戏以相饭。上（文帝）使乐府幸假之但乐，吹箫鼓鞀，倒挈、面者更进，舞者、蹈者时作，少间击鼓，舞其偶人。"①（五）《风俗通义·佚文》："巴有賨人，剽勇。高帝为汉王时，阆中人范目说高祖募取賨人，定三秦。……阆中有渝水，賨人左右居，锐气善舞，高祖乐其猛锐，数观其舞，后令乐府习之。"②

　　如上所言，班固在《汉书·礼乐志》《艺文志》和《两都赋序》中三度明言乐府乃为武帝首立，可是同是在《汉书》中，他却又有"孝惠二年，使乐府令夏侯宽备其箫管"，"少府，秦官……属官有……乐府"的表述，并且前者还和"至武帝定郊祀之礼……乃立乐府"一样，同出《礼乐志》，这样的表述显然是前后矛盾的。再加上《史记》《新书》和《风俗通义》也有高惠文景时仿佛已有乐府的记载，这就更让人感到不知所从。对于古籍之中的这些矛盾，前人的反应各种各样。有的对此置而不论，如颜师古注《汉书·礼乐志》"乃立乐府"曰："始置之也。乐府之名盖起于此，哀帝时罢之。"③有的认为班固笔下的"乐府令"乃系笔误，如何焯《义门读书记》曰："乐府令疑作太乐令。"④有的认为"乐府"可能是"太乐"的初名，如陈直《汉封泥考略》曰："乐府疑即太乐之初名。"⑤有的认为"乐府令"与乐府署并非一回事，如郭茂倩《乐府诗集》曰："乐府之名，起于汉魏。自孝惠帝时，夏侯宽为乐府令，始以名官。至武帝乃立乐府。"⑥又，陈钟凡、游国恩也云："惠帝时仅有'乐府令'，至'乐府'则立于武帝之时。……由'乐令'推广而成衙署，乐府至此大兴。"⑦"乐府一名，最早见于汉初，惠帝时有'乐府令'，但扩充为大规模的专署，则始于武帝。"⑧有的认为无论是《史记》所说的"乐府"还是

① 王洲明、徐超《贾谊集校注》，人民文学出版社，1996年，第141页。按，"但乐"，孙诒让认为应为"倡乐"之误。然《宋书·乐志》云："《但歌》四曲，出自汉世。无弦节，作伎，最先一人倡，三人和。魏武帝尤好之"，如此，则似作"但"字也有道理。详沈约《宋书》卷21，中华书局，1974年，第603页。
② 王利器《风俗通义校注》，中华书局，1981年，第490～491页。按，此段记述，也见《晋书·李特载记》，文字稍异。详房玄龄等《晋书》卷120，中华书局，1974年，第3022页。
③ 班固《汉书》卷22，中华书局，1962年，第1045页。
④ 何卓《义门读书记》卷16，中华书局，1987年，第259页。
⑤ 陈直《汉封泥考略》，《文史考古论丛》，天津古籍出版社，1988年，第345页。按，此文原载《艺观》1929年第3期。
⑥ 郭茂倩《乐府诗集》卷90，中华书局，1979年，第1262页。
⑦ 陈钟凡《汉魏六朝文学》，商务印书馆上海所，1931年，第28页。
⑧ 游国恩等《中国文学史》，人民文学出版社，1963年，第156页。

《汉书》所说的"乐府令"都系以后制追前事,如沈钦韩《汉书疏证》曰:"此以后制追述前事,《史》《汉》每有此病。"①不过也有学者认为这并非以后制追前事,而均为泛称,如王运熙曰:"《史记·乐书》的'乐府',《汉书·礼乐志》的'乐府令',都是泛称,实际即指'太乐'和'太乐令'。考西汉乐官,分为太乐和乐府二署。《汉书·百官公卿表》说:'奉常(即太常),掌宗庙礼仪,属官有太乐令丞。少府,掌山海池泽之税,以给供养,属官有乐府令丞。'隶属少府的乐府,系武帝所创立;隶属奉常的太乐,则汉初早已设立。"②等等。

如果说以上这些学者并没有因为古籍中的矛盾记载而改变他们对乐府始立时间的看法,那么下面三位学者的论述就明显对汉武始立乐府的观点产生怀疑了。如王应麟《玉海》说:"惠帝时有乐府令夏侯宽,更《安世乐》",乐府之立"似非始于武帝"③。顾炎武《日知录》说:"史家之文,多据原本,或两收而不觉其异,或并存而未及归一。……《礼乐志》上云'孝惠二年,使乐府夏侯宽备其箫管',下云'武帝定郊祀之礼,乃立乐府'。……此两收而未贯通者也。"④罗根泽《何谓乐府及乐府的起源》说:"'乐府'原是官名,它的设置大概在秦代","但大事扩充,值得我们特别论述,却要等到汉武帝。""颜师古在《礼乐志》'乃立乐府'句下,注云:'乐府之名,盖始于此。'这自然是错误的。"⑤彼此比较,不难发现尽管顾炎武说得没有王应麟、罗根泽明确,但是细究其意,可以肯定他也同样认为汉代乐府署衙是并不一定首立于武帝之时的⑥。

---

① 沈钦韩等《汉书疏证(外二种)》卷 14,上海古籍出版社,2006 年,第 440 页。

② 王运熙《乐府诗论丛》,古典文学出版社,1958 年,第 9 页。

③ 王应麟《玉海》卷 106,江苏古籍出版社、上海书店,1987 年,第 1939 页。

④ 黄汝成《日知录集释(外七种)》卷 26,上海古籍出版社,1985 年,第 1892~1894 页。

⑤ 罗根泽《罗根泽古典文学论文集》,上海古籍出版社,1985 年,第 100~102 页。按,罗氏此文原载《安徽大学月刊》1933 年第 1 期。在此稍前,他还出版有《乐府文学史》一书,在这部书中他对"乐府立于武帝"之说还未否定:"然则武帝之前,有乐府令,而无乐府官署之设;孝惠以沛宫为原庙,文景不过礼官肄业。故虽有乐府令,无可述之价值;故论'乐府文学'者,宜以武帝立乐府署为第一页。"详罗根泽《乐府文学史》,文化学社,1931 年,第 2 页。

⑥ 按,萧涤非先生著有《汉魏六朝乐府文学史》一书,乃由他的学位论文修改而成。该书抗日战争时期曾由中华文化服务社初版,1984 年稍作修改又由人民文学出版社再版。该书认为:"乐府之制,其来已久。……然乐府之名,则始见于汉。……高祖之时,固已有乐府之设。到惠帝二年,乃以名官。……然乐府之立为专署,则实始于武帝。"由于表述前后矛盾,所以这里不予采录。详萧涤非《汉魏六朝乐府文学史》,人民文学出版社,1984 年,第 5 页。

二、上世纪 70 年代以后的考古发现及在学界的影响

由以上所述可以看出:(一)古籍中的矛盾表述虽有五条,但是学者们特别关注的只有《史记》《汉书》中的三条。至于贾谊的《新书》和应劭的《风俗通义》,学者们显然都不太重视。(二)对于"汉武乃立乐府"的看法,以竭力维护者为主流,对此明确加以否定的只有罗根泽一人,至于顾炎武与王应麟则仅仅不过是提出怀疑罢了。可是到上世纪 70 年代后,情况就不同了。自上世纪 70 年代后,由于新的考古资料的不断发现,学者们对于班固"汉武始立乐府"说的怀疑、否定也与日俱增,甚至大有后来居上,以宾为主之势。

首先让我们先来回顾一下这些考古新发现:(一)1977 年在秦始皇陵墓附近出土了一件秦代编钟,其上刻有秦篆"乐府"二字。(二)2000 年中科院考古研究所汉长安城考古队,在西安市郊区相家巷村南农田中发掘了一处秦代遗址,出土秦封泥 325 枚,其中一枚刻有"乐府丞印"四字。(三)2004 年在西安市长安区神禾塬发现一座战国秦陵园遗址,初步推断其时代为战国晚期或略晚,墓主为秦始皇的祖母夏太后。此墓出土残磬一套,其中一件刻有"北宫乐府"四字。(四)1983 年广州象岗南越王墓出土铜铙一套八件,其上皆镌有"文帝九年乐府工造"字样。(五)陈直《文史考古论丛》一书中有《汉封泥考略》一文,举列所见汉代封泥多种,其中有两枚与乐府有关,一枚为"乐府钟官",一枚为"齐乐府印"[①]。虽然此文发表于《艺观》1929 年第 3 期,但是由于流布不广,直到 1988 年收入《文史考古论丛》出版后才广为学界所注意。所以这里也姑以 70 年代后的考古新发现待之。

由于上述这些新的考古资料的发现,加上上文所列那些所谓的矛盾表述,以致在最近几十年有很多学者都十分肯定地认为"汉武始立乐府"的说法是完全错误的。如刘方元曰:"秦代即设有乐官和乐府机关,并为汉代所沿袭","汉武帝之前的三个皇帝手里,都设有乐府机关","立乐府不自汉武帝始"[②]。不过,鉴于班固对于"汉武乃立乐府"说的反复申言,所以除了少

[①]陈直《文史考古论丛》,天津古籍出版社,1988 年,第 343~345 页。
[②]刘方元《立乐府不自汉武帝始论》,《江西师院学报》1980 年第 3 期,第 68~70 页。

数学者直接把汉武"乃立"说等同于汉武"始立"说而加以否定外，多数学者都把自己的关注点放在了对"乃立"之"立"的灵活解释上。

譬如有的把"立"字解释为扩充、扩大，如寇效信说："'乃立'绝非颜注的'始立'之义，而是包含着设立、扩充的意思。"①赵敏俐说："汉武帝时代的'立乐府'……应该视为扩充。这包括两方面的意义，其一是扩大其规模，其二是扩大其职能。"②有的把"立"字解释为改组，如曾祥旭说："这里的'立'应当是改组的意思。……改组后的乐府，由原来的太常管辖转移至宫廷少府管辖。"③有的把"立"字解释为"外兴"，如付林鹏说："'立'当为'外兴'之意，指汉武帝首先将乐府设置于上林苑内，即指汉武帝在上林苑原有歌舞设备的基础上重新设立了乐府机构。"④有的把"立"字解释为赋予权力、给以名分。如王福利说："'立'在此有加封、予以名分的意思，武帝'立乐府'的内涵在于使乐府的根本职能及政治、社会地位发生了本质变化，除乐器、宫廷娱乐乐章等事项外，被立后的乐府还兼掌大部分的雅乐，拥有了原由太常职掌的'协律'的身份。"⑤有的把"立"字解释为"立于"或"立之于"，如张永鑫说："所谓武帝'乃立乐府'，应该包含着武帝始定郊祀之礼与立于乐府这样两层意思。""'至武帝定郊祀之礼……乃立乐府'，并非指武帝始立乐府，而是指武帝始定由奉常掌理的郊祀之礼，同时又把它立之于乐府。"⑥有的把"立"字解释为确定、确立，如樊维纲说："'立'字在这里不是设立、设置义，而是确定、确立之义。……《礼乐志》关于'乃立乐府'那条记载，不应于'乐府'下断句，而应于'夜诵'下断句，'乃立乐府采诗夜诵'，是说确定了由乐府到民间采诗并在乐府中夜诵的制度。《艺文志》说的'立乐府而采歌谣'同此。"⑦等等。

不过，也需注意，否定"汉武始立"说的观点虽然越来越流行，但这并不意味着乐府乃"汉武首立"的看法从此就不再有人坚持了。如葛晓音曰：

①寇效信《秦汉乐府考略：由秦始皇陵出土的秦乐府编钟谈起》，《陕西师范大学学报》1978年第1期，第36页。
②赵敏俐《汉代乐府制度与歌诗研究》，商务印书馆，2009年，第69页。
③曾祥旭《论西汉后期的文学和儒学》，河南大学出版社，2010年，第2页。
④付林鹏《雅俗之争与汉代音乐机构之变迁令》，《乐府学》2009年第4辑，第6页。
⑤王福利《汉武帝"始立乐府"的真正含义及其礼乐问题》，《乐府学》2006年第1辑，第108页。
⑥张永鑫《汉乐府研究》，江苏古籍出版社，1992年，第53～54页。
⑦樊维纲《汉乐府札记》，《杭州师范学院学报》1990年5期，第22～23页。

"乐府之名,最早见于汉初,惠帝时设有乐府令的官职。汉武帝时,设立乐府署。"①显然,她所沿承的就还是前人所说的汉初只有乐府令,武帝时方有乐府署的观点。又,王运熙曰:"班固对西汉史实十分熟悉,记载翔实审慎,如武帝前已有乐府官署,当不至说武帝'立乐府''兴乐府协律之事'。因此,我仍部分地保留过去的看法,认为《史记》《汉书》武帝前的乐府、乐府令名称,只是太乐、太乐令的泛称。至于少府中的乐府官署,在西汉则仍由汉武帝建立。秦代少府虽已有乐府一官,但西汉初期大乱之后,民生凋敝,财政匮乏,文帝、景帝都注意节俭,故仅在太常属官中设太乐官署,应付朝廷必要的礼仪大典,而不设少府属官下的乐府。《汉书·百官公卿表》九卿下的各种属官,汉初不一定均已设置。至汉武帝时,国家府库充实,武帝又好大喜功,喜欢游宴娱乐,因此再次建立乐府。"②十分明显,他对他以前所提出的"汉武始立乐府"说,也依然是情有独钟的。又,孙尚勇曰:"乐府始建于春秋战国时期的诸侯国,秦仿照东方诸侯而设,至其统一六国,这一机构也在统一的中央政权中得到了保留",但是"汉初不设乐府机构"。由于《风俗通义》"年代较后",《史记·乐书》不是"司马迁本人所作",乃后人补辑,《新书·匈奴篇》也"经过后人修饰","非贾谊原书之貌",《汉书·礼乐志》之"乐府令"应为"太乐令"的省略说法"乐令"之误,南越国的乐府建制也可能是仿自秦人,陈直所说的"齐乐府印"更有可能是武帝之子齐怀王时物,所以所有这些论据都是不足凭信的。直至"武帝因改革制度、定郊祀、改变汉初单调的音乐风格等需要",到了这时才"设置了由李延年领导的乐府"③。不难看出,他的观点以及论证虽然与王运熙多有不同,但是在力证西汉乐府乃由武帝首立的指向上,则可以说是完全一致的。

三、对上述论争及其所依材料的简单分析

对于汉乐府究竟首立于什么时间,或者说西汉武帝究竟有没有设立过一个乐府署衙,学术界的争论如此激烈,这里面原因固然很复杂,但是其中这两个问题我们必须给以高度重视:一是前人对于所列证据的证明力是否均已有清醒的认识;二是前人是否均顾及到了不同证据之间的相互关联,

---

① 葛晓音《八代诗史》,中华书局,2007年,第2页。
② 王运熙《关于汉武帝立乐府》,《镇江师专学报》1998年第2期,第59页。
③ 孙尚勇《乐府建置考》,《云南艺术学院学报》2002年第4期,第29~34页。

也就是说是否均已避免了抓住一点，不顾其余的片面之习。

　　首先，让我们对否定论者所列证据作一简单分析。第一，1977 年出土的秦代"乐府"编钟，2000 年出土的秦代封泥"乐府丞印"，2004 年出土的秦代"北宫乐府"残磬，以及《汉书·百官公卿表上》所作的表述"少府，秦官。……属官有尚书、符节、太医、太官、汤官、导官、乐府"，这四条证据只可证明早在秦代即已有一个名叫"乐府"的署衙，但是我们并不能由此推断这一署衙从西汉初年就已被沿袭。因为"汉承秦制"固为旧说，但这并不意味着汉代官制对秦代官制乃是全盘继承，绝对同一的。《汉书·礼乐志》说"叔孙通因秦乐人制宗庙乐，……大氐（抵）皆因秦旧事焉"①，这"大氐（抵）"二字用以概括"汉承秦制"的涵义应当说也是非常恰切的。鉴此，则汉乐府是否在汉初即已设立，这显然还需要其他方面的证据。正如上文王运熙、孙尚勇所说："《汉书·百官公卿表》九卿下的各种属官，汉初不一定均已设置"，因为"秦代少府虽已有乐府一官，但西汉初期大乱之后，民生凋敝，财政匮乏"，所以中央朝廷"仅在太常属官中设太乐官署"是非常可能的。"至汉武帝时，国家府库充实"，"因改革制度、定郊祀、改变汉初单调的音乐风格等需要"，所以才有乐府机构的再度"设置"。对于王孙二家所说的情况，我们显然也是不能轻予否定的。

　　第二，《史记》"孝惠、孝文、孝景无所增更，于乐府习常肄旧"，《汉书》"孝惠二年，使乐府令夏侯宽备其箫管"，《新书》"上（文帝）使乐府幸假之但乐"，以及《风俗通义》"高祖乐其猛锐，数观其舞，后令乐府习之"这四条证据，其中的"乐府"二字若皆为实指，则乐府自汉初已立便毫无疑义。但是如果不是实指而为泛指或其他情况，则乐府至武帝始立，便也无可疑。那么，这四条证据究竟属哪种情况呢？十分明显，单从这四条证据本身我们也同样是无法获得一明确答案的。

　　第三，1983 年出土的南越铜铙，其上刻有"文帝九年乐府工造"八字。但是需要注意这里的"文帝"乃南越文帝，非汉文帝。虽然南越文帝九年，为汉武帝元光六年（前 129 年），其时间也在班固所说的"至武帝定郊祀之礼，……乃立乐府"前，但是它也同样不能说明汉代乐府汉初已立。因为正如《汉书·西南夷两粤朝鲜传》等史籍所载：秦始皇平定南越之后，值秦末

①班固《汉书》卷 22，中华书局，1962 年，第 1043～1044 页。

战乱,时在南越担任龙川县令的赵佗遂乘势而起,自称武王,并于孝惠、孝文之交一度称帝。后虽撤去帝号,自称藩臣,"然其居国,窃如故号",实际上还是一个小朝廷。赵佗死后,他的孙子赵胡即位,此为文王。文王死后,其子赵婴齐即位,此为明王。终其一生,也仍然不愿"用汉法,比内诸侯"[①]。尤其需要注意者,文王之时已去帝号,然其铜铙铭文却仍称"文帝",这更足说明南越君臣是仍把自己当独立王国看的。南越、汉朝既是两个不同的国家,则以其中一个的官制去推测另一个的官制,其论证力如何也就不言自喻了。考古工作者说:"南越王墓出土 8 件一套的勾鑃,自铭'文帝九年乐府工造',表明南越王国也设有乐府。勾鑃和同出的编钟、编磬,器形与战国末至西汉初的同类器相同,由此推测南越乐府的肄习乐章当系仿自汉廷。"[②]这样的论断显然很不严密。因为正如有的学者所说:"既云'与战国末至西汉初的同类器相同',何以南越乐府机构不能远承战国,近仿秦代呢?"[③]这一反驳显然也是不无道理的。

　　第四,陈直《汉封泥考略》所列之汉代封泥"乐府钟官"与"齐乐府印"这两个证据,对于汉乐府的创立时间也同样缺乏论证力。因为在这篇文章中作者对包括这两枚封泥在内的绝大多数封泥的镌刻时间,除了在开头笼统地指出"以出土者论之,皆为西汉景、武、昭、宣间物"外,便很少再有其他论述了。譬如在考及"乐府钟官"时他只说道"《公卿表》云:水衡都尉属官有钟官令丞",在考及"齐乐府印"时他也仅云"《公卿表》云:少府属官有乐府令丞。太常属官有太乐令丞。乐府疑即太乐之初名"[④],这样的空泛论说显然是说明不了什么问题的。尽管"齐乐府印"封泥含一"齐"字,为我们确定这枚封泥的时间提供了一些信息,可是考《史记·汉兴以来诸侯王年表》与《汉书·诸侯王表》,西汉齐国先后有两支:一支立于武帝"乃立乐府"前,首位齐王是高帝庶长子齐悼惠王刘肥,高帝六年初封,传至厉王次昌,武帝元朔二年薨,无后,国除为郡。另一支立于武帝"乃立乐府"后,首位齐王是武帝子齐怀王刘闳,元狩六年立,元封元年薨,无后,国也除为郡。显然这枚乐府印究竟是前者拥有还是后者,我们仍无法确定。孙尚勇先生认为

①班固《汉书》卷 95,中华书局,1962 年,第 3847～3854 页。
②广州市文物管理委员会等《西汉南越王墓》,文物出版社,1991 年,第 312 页。
③孙尚勇《乐府建置考》,《云南艺术学院学报》2002 年第 4 期,第 34 页。
④陈直《文史考古论丛》,天津古籍出版社,1988 年,第 343～345 页。

"此印更可能是齐怀王所有",如此,"则与武帝始立乐府之事实全合"①,这一看法固嫌武断,但是我们也无法断定它就一定是不成立的。

在此还有一个小小的公案值得一提。陈直《汉封泥考略》所考封泥,有关齐百官的共 48 枚。其中有一枚名叫"齐悼惠寝","寝"在这里大概取的乃是"寝庙",也即园庙的意思。对这枚封泥,陈直考证说:"《汉书·悼惠王传》云:惠王名肥,高祖六年立,食七十余城。后十三年,薨,子襄嗣,谥哀王。惠王九子,长哀王,次城阳景王,次济北王,次齐孝王,次济北王,次济南王,次菑川王,次胶西王,次胶东王。吴楚七国之乱,诸王绝灭,惟菑川传九世,至永王国除。现出封泥,以齐为最多,当为菑川王及懿王时物无疑。"②据《史记·汉兴以来诸侯王年表》和《汉书·诸侯王表》载:第一任菑川王为悼惠王之子刘贤,孝文十六年立,孝景三年因谋反被诛,故无谥号。第二任菑川王为悼惠王之子刘志,他先于孝文十六年被封为济北王,孝景四年才又徙为菑川王,在位 35 年,谥曰懿。鉴此,则十分明显陈直所说的"当为菑川王及懿王时物无疑",意思乃为这枚"齐悼惠寝"封泥当为菑川王刘贤和菑川懿王刘志之时的封泥无疑,它并不是针对包括"齐乐府印"在内的全部 48 枚封泥说的。可是有的学者没弄明这一点,不仅将这里的"菑川懿王"误认为"齐懿王",而且还将这句评定"齐悼惠寝"封泥的话误认作也是评定"齐乐府印"的。由此产生一些不必要的争论自然也就在所难免了。如孙尚勇说:"此封泥(指'齐乐府印'),陈直考为齐懿王(公元前 153～前132 在位)时物,与……西汉初期无乐府官署不合。"我们"认为此印更可能是齐怀王所有",如此,"则与武帝始立乐府之事实全合"③。又,赵敏俐云:"在对待齐官泥印封的问题上,孙尚勇的理由是此封泥经陈直考证为齐懿王(公元前 153～前 132)时物,与孙尚勇本人所考'西汉初期无乐府官署不合',所以就不予采信。以自己并不坚实的考证来否定别人已经考证明确的事实,这是更没有道理的。"④很明显,这样的争论对于我们顺利把握西汉乐府始立的时间是并无多大帮助的。

由以上所述不难看出,古籍中的矛盾表述与上世纪 70 年代以来的考

---

①孙尚勇《乐府建置考》,《云南艺术学院学报》2002 年第 4 期,第 34 页。

②陈直《文史考古论丛》,天津古籍出版社,1988 年,第 344 页。

③孙尚勇《乐府建置考》,《云南艺术学院学报》2002 年第 4 期,第 34 页。

④赵敏俐《汉代乐府官署兴废考论》,《文献》2009 年第 3 期,第 19 页。

古新发现，只能说明乐府之署秦代已设，但并不能说明汉代乐府汉初已立。对于武帝与乐府的关系，我们并不能由此即获得一明确的认识。更言之，也即是以上所列所有证据，既不能说明汉代乐府汉初已有，也不能说明汉代乐府武帝始立。要想对这一问题有更进一步的肯定，我们显然还需其他更有力的证据。

弄清了上述古籍文献与考古发现的论证力，下面再来看前人对它们的运用。首先来看上世纪 70 年代前学者们对于这些证据的运用。具体来说，颜师古仅就"至武帝定郊祀之礼，……乃立乐府"一句立论，显属不当。何焯怀疑"乐府令"应作"太乐令"，郭茂倩、陈钟凡与游国恩认为"乐府令"只能代表有乐官而并不能证明有乐署，这也同样只解决了班固《礼乐志》一处的矛盾。沈钦韩说《史记》《汉书》中的"乐府""乐府令"都是"以后制追述前事"，这虽然于《风俗通义》也同样适用，但是贾谊《新书》乃作于汉武"乃立乐府"前，"后制"之说与此显然不相应。陈直谓"乐府疑即太乐之初名"，固可化解所有矛盾，但是这样的解说由于太过主观，可能性不大，因而也同样是难予采信的。所以相比之下，应当说只有王运熙的"泛指"说与王应麟、顾炎武、罗根泽的"否定"说，才有可能是正确的。当然二者只能选一，它们是不可能全对的。

再看上世纪 70 年代之后学者们对于这些证据的运用。首先来看肯定论者的论说。如上所列，70 年代之后，地下考古已经充分证明乐府之署秦代已有，在这种情况下，有的学者竟依然认为"乐府之名，最早见于汉初"，"汉武帝时，设立乐府署"，这显然是不能成立的。又，有的学者虽然承认乐府之署秦代已有，但是为了玉成汉代乐府乃由武帝首立的结论，竟然在论据十分薄弱的情况下，贸然断定《史记·乐书》《汉书·礼乐志》《新书·匈奴篇》以及《风俗通义》中的记载尽皆不可信，这显然也是不够慎重的。因此相比而言，在力主"汉武始立"说的论者中，也仍然只有王运熙对其旧说的再度发明，也即既承认乐府之署秦代已有，又坚持汉乐府乃由武帝首立，《史记·乐书》《汉书·礼乐志》中的"乐府""乐府令"皆为泛指（这也适用《新书》和《风俗通义》），这样的论说才是相对圆满的。

下面再看否定论者的论说。如上所列，有很多学者都十分重视对"立"字的训解，可是无论把"立"字训解为"立之于"，把"乃立乐府"与上文"至武帝定郊祀之礼"连读，释为"乃立郊祀之礼于乐府"，还是把"立"字训解为

"确定""确立",把"乃立乐府"与下文"采诗夜诵"连读,释为"乃确立了乐府采诗夜诵的制度",这两种解说都只能"勉强读通"《汉书·礼乐志》"至武帝定郊祀之礼,……乃立乐府,采诗夜诵"这段话,而于《汉书·艺文志》中的"自汉武立乐府而采歌谣"依然是"读不通"的①。至于把"立"字训解为"扩充""改组""外兴"或"予以名分",这与"立"字的本义就更不相容了。因此,要想肯认"汉初已设乐府"说,就必须如王应麟、顾炎武或罗根泽、刘方元那样,直接怀疑或否认班固"乃立乐府","立乐府而采歌谣"与"外兴乐府协律之事"的记载的真实性。如果既想肯认"汉初已设乐府"说,又不敢明确指出班固记载有误,这样的做法显然也是行不通的。

四、对太乐与乐府职能的再探讨

由古籍文献与地下考古所提供的资料,我们只能得出乐府之署秦代已有的结论,对于汉初是否设有乐府或汉乐府是否由武帝首立,我们由此并不能推出明确的答案。与此相应,前人有关汉乐府设立时间的争论,其较为可信者也恰好可以分为两派。如上所示,一派以王运熙为代表,认为汉乐府确由武帝首立,《史记》《汉书》中的"乐府""乐府令"皆为泛指(这也适用《新书》《风俗通义》)。一派以罗根泽、刘方元为代表,认为乐府自汉初已立,《史记》《汉书》《新书》《风俗通义》中的"乐府""乐府令"皆为实指(按,由于王应麟与顾炎武只是怀疑,所以他们的代表性是比较弱的)。固然,在对其他证据的认识上,汉初论者与武帝首立论者也存在着对立,但是由于一方面从我们目前所掌握的材料看,我们只能证明《史记》《汉书》《新书》《风俗通义》中的"乐府""乐府令"是否系泛指,还不具备证明前人在其他证据的认识上谁对谁错的条件,另一方面是否系泛指的问题若得到了解决,那么前人在其他证据的认识上的正误也同样不难判断,因此下文我们就只着重探讨一下《史记》《汉书》《新书》《风俗通义》中的"乐府""乐府令"是否系泛指。不过要将这一问题完全弄清楚,我们必须首先探讨一下西汉的两个主要音乐机关太乐与乐府的分工。

有关太乐与乐府的分工,前人也有多种看法。有的认为二者分掌雅乐和俗乐,如王应麟《玉海》引吕氏曰:"太乐令丞所职,雅乐也;乐府所职,郑

---

① 赵敏俐《重论汉武帝"立乐府"的文学艺术史意义》,《社会科学战线》2001 年第 5 期,第 112 页。

卫之乐也。"①王运熙曰:"西汉乐官有太乐、乐府二署,分掌雅乐、俗乐。雅乐主要的为沿自周代的乐章,俗乐则以武帝以后所采集的各地风谣为大宗。"②有的认为太乐掌管的是宗庙祭祀雅乐,乐府掌管的是世俗观赏乐。这一看法与上一看法虽有相似,但是之间也有差别。如张永鑫曰:"'太乐'与'乐府'的职能各有分工。'太乐'掌宗庙祭祀乐舞,'乐府'则掌供皇帝享用的世俗乐舞。"③有的认为太乐掌管宗庙祭祀雅乐,乐府兼掌祭祀乐、娱宾乐和世俗观赏乐,如赵敏俐曰:太乐"掌管着宗庙祭祀雅乐",乐府不仅掌管"既可用于祭祀,亦可用于燕乐宾客"的"房中之乐","而且还掌管宫廷中用于观赏享乐的俗乐"④。有的认为太乐掌管宗庙祭祀雅乐,乐府在武帝之前只负责乐器制造,在武帝之后始兼掌宫廷俗乐,如李文初曰:"太乐职掌的是宗庙祭祀所需的雅乐",乐府在武帝之前"是一个负责制造乐器的官署",在武帝之后也承担了部分原由有掖庭、黄门职掌的"郑卫之乐"⑤。有的认为太乐掌管先秦雅乐,乐府掌管新兴雅乐,虽然存在新旧之异,但在具体用途上并无太大区别。如孙尚勇曰:"乐府与太乐都包括郊祀、宗庙、燕乐等内容,其根本的区别就是太乐所掌主要为先秦雅乐,乐府所掌主要是汉代以来新兴的音乐。实际上,乐府所掌新兴音乐是以俗乐的身份、雅乐的形式发挥着作用的。太乐、乐府相区别的前提是乐府承担采集民间音乐、异域音乐以造作新声的特殊职能。"⑥

前人有关太乐与乐府的分工,看法如此复杂,那么,其历史真相究竟如何呢?从目前我们所掌握的材料看,可以说其主要区别仅只在:太乐掌管宗庙乐,而乐府掌管郊祀乐和兵法武乐。

(一)太乐掌管宗庙乐。《汉书·百官公卿表上》:"奉常,秦官,掌宗庙礼仪,有丞。景帝中六年更名太常。属官有太乐、太祝、太宰、太史、太卜、太医六令丞。"⑦奉常掌管宗庙礼仪,太乐又是其下属之一。太乐掌管宗庙之乐,这一点显然没有疑义。有关这一点,如上所示,应当说学术界多数学

①王应麟《玉海》卷106,江苏古籍出版社、上海书店,1987年,第1939页。
②王运熙《乐府诗论丛》,古典文学出版社,1958年,第1页。
③张永鑫《汉乐府研究》,江苏古籍出版社,1992年,第42页。
④赵敏俐《汉代乐府官署兴废考论》,《文献》2009年第3期,第19～22页。
⑤李文初《汉武帝之前乐府职能考》,《社会科学战线》1983年第3期,第290～292页。
⑥孙尚勇《乐府建置考》,《云南艺术学院学报》2002年第4期,第39页。
⑦班固《汉书》卷19,中华书局,1962年,第726页。

者也都是肯认的。

（二）乐府掌管郊祀乐。《汉书·百官公卿表上》："少府，秦官，掌山海池泽之税，以给共养，有六丞。属官有尚书、符节、太医、太官、汤官、导官、乐府。"①乐府、太乐既属不同的府衙，二者之间显应有分工。太乐主管宗庙之乐，乐府自应另有所司。又，《汉书·礼乐志》："至武帝定郊祀之礼……乃立乐府……作十九章之歌。"②"乐府"既由"定郊祀之礼"道及，"十九章之歌"《礼乐志》下文又称"《郊祀歌》十九章"③，我们这里姑且不论乐府是否立于武帝之时，但乐府与郊祀之事密切相关，这一点则是可以完全肯定的。又，《礼乐志》复载汉哀帝刘欣罢乐府诏云："其罢乐府官。郊祭乐……在经非郑卫之乐者，条奏，别属他官。"丞相孔光、大司空何武奏："郊祭乐人员六十二人""外郊祭员十三人"，"皆不可罢"，"可领属太乐"。由此记载更足看出，郊祀乐在哀帝前确是由乐府负责的，哀帝罢除乐府后，才得转归太乐。

（三）乐府兼掌兵法武乐。这一点也可由《汉书·礼乐志》所载哀帝罢乐府诏推知："其罢乐府官。……古兵法武乐，在经非郑卫之乐者，条奏，别属他官。"丞相孔光、大司空何武奏："江南鼓员""骑吹鼓员"和"歌鼓员"等，"凡鼓十二，员百二十八人，朝贺置酒陈殿下，应古兵法"，"皆不可罢"，"可领属太乐"。"沛吹鼓员""族歌鼓员"和"商乐鼓员"等，"凡鼓八，员百二十八人，朝贺置酒，陈前殿房中，不应经法"，"可罢"。十分明显，乐府在掌郊祀乐的同时，也掌兵法武乐。而兵法武乐又可分为"陈殿下""应古兵法"的古兵法武乐和"陈前殿房中""不应经法"也即不"应古兵法"的新兵法武乐。这两者皆用于"朝贺置酒"，在乐府与太乐并行其间也归乐府管辖。哀帝罢乐府以后，新兵法武乐被罢黜，古兵法武乐则归太乐。

当然，太乐与乐府除了分工外，也有相通的地方，那就是它们和另外两个内廷机构黄门、掖庭一样，也都保存有不少郑卫俗乐。如上文孔光、何武奏答哀帝罢乐府诏曰："楚四会员十七人，巴四会员十二人，铫四会员十二

---

① 班固《汉书》卷19，中华书局，1962年，第731页。
② 班固《汉书》卷22，中华书局，1962年，第1045页。
③ 班固《汉书》卷22，中华书局，1962年，第1052页。按，有的学者认为："在汉代诗歌中，《郊祀歌》十九章是……一组重要的宗庙雅乐。"这一看法是不能成立的。详赵敏俐《汉代乐府制度与歌诗研究》，商务印书馆，2009年，第145页。

人,齐四会员十九人,蔡讴员三人,齐讴员六人,竽瑟钟磬员五人,皆郑声。"①这里之所谓"郑声"显然就是属于乐府管辖的。又,《史记·高祖功臣侯者年表》:"元封四年,(阳平)侯相夫坐为太常与乐令无可当郑舞人擅繇不如令,阑出函谷关,国除。"②此处的"乐令",《汉书·高惠高后文功臣表》《百官公卿表下》皆作"大乐令"③,显然乃是"太乐令"的简称。这说明太乐之中也同样保存着郑声。又,《汉书·礼乐志》:"今汉郊庙诗歌,未有祖宗之事,八音调均,又不协于钟律,而内有掖庭材人,外有上林乐府,皆以郑声施于朝廷。"在这里"郊庙"即郊祀与宗庙的合称。"不协于钟律"即不符合古雅钟律的要求。可以说把太乐、乐府和掖庭三者的以郑声为乐的情状都涉及到了。又,《礼乐志》又云:"至成帝时……郑声尤甚。黄门名倡丙强、景武之属富显于世。"④又,桓谭《新论·琴道篇》也曰:"汉之三王,内置黄门工倡。"⑤可见,内廷黄门也是提供郑卫之乐的重要机构之一。所不同者主要在:太乐、乐府乃国家专门的官僚机构,而掖庭、黄门则主要是为皇帝私人服务的;太乐、乐府专管音乐,而掖庭、黄门除了提供乐舞服务外,还兼管其他服务;太乐、乐府所掌之乐,雅郑兼具,而掖庭、黄门所掌之乐则恐怕都是一些郑卫之乐;太乐归属太常管辖,而乐府、掖庭、黄门则皆归少府管辖⑥。如上所列,前人在区分太乐与乐府的分工时,每每都谓郑卫俗乐应归乐府管辖,这样的认识显然是有失公允的。

五、对王运熙"泛指"说的再探讨

弄明了太乐与乐府的分工,则《史记》和《汉书》等古籍中的"乐府""乐府令"是否系泛指也就不难证明了。首先,汉魏六朝人的记载,往往把太乐官署简称为乐府,因而又称太乐令为乐府令。对此,王运熙先生早有充分

---

① 班固《汉书》卷22,中华书局,1962年,第1073~1074页。
② 司马迁《史记》卷18,上海古籍出版社,1997年,第780页。
③ 班固《汉书》卷16,中华书局,1962年,第601页。
④ 班固《汉书》卷22,中华书局,1962年,第1071~1072页。
⑤ 朱谦之校辑《新辑本桓谭新论》卷16,中华书局,2009年,第70页。按,"汉之三王",当指武帝、元帝和成帝。
⑥ 班固《汉书·百官公卿表上》:"少府,秦官,掌山海池泽之税以给共养,有六丞。属官有……乐府,……黄门……永巷……中黄门皆属焉。武帝太初元年更名……永巷为掖庭。"详班固《汉书》卷19,中华书局,1962年,第731~732页。

的论证:《续汉书·律历志》:"郎中京房,知五声之音,六律之数,上使太子太傅韦玄成、谏议大夫章杂,试问房于乐府。"《汉书·律历志上》:"五声八音十二律,职在太乐,太常掌之。"由此可知,《续汉书》之"乐府"正系指太乐而言的。又,《后汉书·桓谭传》:"谭父,成帝时为太乐令。"桓谭《新论》云:"昔余在孝成时为乐府令。"据《后汉书·桓谭传》,谭未尝为乐府令,以本传校《新论》,"昔余"之下显然脱一"父"字。非常明显,在桓谭笔下"乐府"也同样用的是泛称。又,《古今乐录》云:"《估客乐》,齐武帝之所制也。……使乐府令刘瑶管弦被之。""乐府令",《通典》《旧唐书》《通志》俱作"太乐令"。据此,则《古今乐录》这里用的也是泛称①。既然汉魏六朝人的记载,往往把太乐官署简称为乐府,因而又称太乐令为乐府令,那么,说《史记》《汉书》等古籍所载武帝以前的"乐府""乐府令",当系"太乐""太乐令",也就并非不可能。

其次,《史记·乐书》"于乐府习常肄旧"与《汉书·礼乐志》"使乐府令夏侯宽备其箫管"中的"乐府""乐府令"不可能是实指,二者只能视为泛称。因为"于乐府习常肄旧"云云所指乃刘邦的《大风歌》(即《三侯之章》),"使乐府令夏侯宽备其箫管"云云所指乃高祖唐山夫人的《房中乐》(也即《安世乐》),它们都是用于宗庙的。如上所言,西汉乐官分为太乐、乐府二署,它们之间分工明确:太乐主管宗庙之乐,乐府主管郊祀之乐和兵法武乐。《大风歌》《房中乐》既然同是用于宗庙,那它们显然都是由太乐掌管的。既然二者都由太乐掌管,则此处的"乐府""乐府令"皆为泛指而非实指,也就更无疑义了。

(一)《大风歌》属于宗庙乐。由上文所引《史记·乐书》的记载不难看出:"孝惠、孝文、孝景无所增更,于乐府习常肄旧"的行为,乃系指将刘邦的《三侯之章》,也即《大风歌》"令沛得以四时歌舞宗庙"。既然如此,则显而易见《大风歌》属于宗庙乐,实是无可争议的。又,《汉书·礼乐志》曰:"初,高祖既定天下,过沛,与故人父老相乐,醉酒欢哀,作'风起'之诗,令沛中僮儿百二十人习而歌之。至孝惠时,以沛宫为原庙,皆令歌儿习吹以相和,常以百二十人为员。文、景之间,礼官肄业而已。""风起"之诗即《三侯之章》。由《汉书》所载也可进一步证明,《大风歌》确属宗庙乐。

---

① 王运熙《乐府诗论丛》,古典文学出版社,1958年,第9~10页。

（二）《房中乐》也属宗庙乐。这由《汉书·礼乐志》也可看得很清楚："高祖时，叔孙通因秦乐人制宗庙乐。大祝迎神于庙门，奏《嘉至》，犹古降神之乐也。皇帝入庙门，奏《永至》，以为行步之节，犹古《采荠》《肆夏》也。干豆上，奏《登歌》，独上歌，不以管弦乱人声，欲在位者遍闻之，犹古《清庙》之歌也。《登歌》再终，下奏《休成》之乐，美神明既享也。皇帝就酒东厢，坐定，奏《永安》之乐，美礼已成也。又有《房中祠乐》，高祖唐山夫人所作也。周有《房中乐》，至秦名曰《寿人》。凡乐，乐其所生，礼不忘本。高祖乐楚声，故《房中乐》楚声也。孝惠二年，使乐府令夏侯宽备其箫管，更名曰《安世乐》。"①先言"叔孙通因秦乐人制宗庙乐"，继又言"又有《房中祠乐》，高祖唐山夫人所作也"，由《礼乐志》之行文逻辑不难看出，《房中乐》同叔孙通所制之乐一样，也同是属于宗庙的。

又，《仪礼·燕礼》"有房中之乐"郑玄注："弦歌《周南》《召南》之诗而不用钟磬之节也。谓之'房中'者，后夫人之所讽诵以事其君子。"贾公彦疏："案《磬师》云：'教缦乐燕乐之钟磬。'注云：'燕乐，房中之乐，所谓阴声也。二乐皆教其钟磬。'房中乐得有钟磬者……待祭祀而用之，故有钟磬也，房中及燕则无钟磬也。"②对于郑、贾二人的说法，梁启超《中国之美文及其历史》批评说："因歌名《房中》，又成于妇人之手，后世望文生义，或指为闺房之乐。此种误解，盖自汉末已然。魏明帝时，侍中缪袭奏言：'往昔议者以《房中》歌后妃之德，……省读汉《安世歌》，说"神来燕飨，嘉荐令仪"。无有《二南》后妃风化天下之言。……宜改曰《享神歌》。'今案：袭说甚是。《房中歌》盖宗庙乐章，故发端有'大孝备矣'之文。然虽经缪袭辨明，而后世沿认者仍不少。郑樵依违其说，乃曰：'《房中乐》者，妇人祷祠于房中也。'可谓瞎说。'房'，本古人宗庙陈主之所，这乐在陈主房奏，故以'房中'为名。后来房字意义变迁，作为闺房专用，故有此误解耳。"③又，陆侃如、冯沅君也云："试看'房中'下原有'祠'字，便知不指闺房。《后汉书》（卷七《桓帝纪》）'坏郡国诸房祀'句注：'房，谓祠堂也。'亦可助证。"④

---

①班固《汉书》卷22，中华书局，1962年，第1043～1045页。
②贾公彦《仪礼注疏》卷15，孔颖达等《十三经注疏》，中华书局，1980年，第1025页。
③梁启超《中国之美文及其历史》，东方出版社，1996年，第35～36页。按，缪袭之言，详见《宋书·乐志》。
④陆侃如、冯沅君《中国诗史》，作家出版社，1956年，第172页。

　　笔者按:《房中乐》本是宗庙乐,故诗中多有"乃立祖庙,敬明尊亲""神来宴娱,庶几是听"[1]之类的话,但去其钟磬也同样可以用作燕(宴)乐。郑玄、贾公彦误以"房中"为闺房,所以才认为可用于宾燕(宴)、闺中及祭祀三种场合。《房中乐》乃是宗庙之乐,这一点古人多有论述,如宋郭茂倩曰:"《安世歌》诗十七章,荐之宗庙"[2],清陈本礼曰:"《房中》十七章,乃高祖祀祖庙乐章"[3]等等。并且即是一些"汉武始立乐府"说的否定者对此也是不得不承认的,如罗根泽曰:"《房中歌》,本祭祀宗庙之乐,故曰:'大孝备矣。'故曰:'承帝之明。'故曰:'子孙保光。'"[4]张永鑫曰:"清人陈本礼《汉诗通笺》云:'《房中》十七章,乃高祖祀祖庙乐章。高祖生于沛,沛属楚地,凡乐乐其所生,礼不忘本,故高祖乐楚声。唐山夫人深于律吕,能楚声,故命夫人制乐十七章以祀其先。'考《安世房中歌》十七章多说四悬高张、称孝述德、歌功颂烈、敬祖荐神之语,几无人伦夫妇、后妃之德的说教,因此把《安世房中歌》论定为祭神乐歌,当无多大问题。"[5]等等。据此更见,梁启超等有关"《房中乐》盖宗庙乐章"的论断,的确是持之有故的。然时至今日,仍有学者认为:"周之房中乐,为国君夫人之燕乐,但其中也有房中祭祀之乐。后妃夫人,不仅侍御君子时用乐,祭祀之时亦用乐。高祖姬人唐山夫人以后宫材人之身份,制作《房中祠乐》,实援上述数种意思为依据,其'房中'一义,实兼有后妃夫人之房中与'祖庙'祠堂之'房中'两义。"[6]这样的认识显然是很难为据的。

　　《大风歌》《房中祠乐》均属宗庙乐,而宗庙乐乃是由太乐管辖的。《史记》《汉书》所载"于乐府习常肆旧""使乐府令夏侯宽备其箫管"云云,所指既分别为《大风歌》和《房中祠乐》,则毫无疑问二者就均应属于泛指,而系指太乐。有的学者说:"《安世房中歌》是继承先代雅乐的宗庙祭祀诗章"[7],但它却并"不由奉常中的太乐掌管,而由少府中的乐府掌管",因为它"有两个特点:其一是它乃是由楚声演唱的,这体现了汉高祖'乐其所生,

---

①班固《汉书》卷 22,中华书局,1962 年,第 1046～1047 页。

②郭茂倩《乐府诗集》卷 1,中华书局,1979 年,第 1 页。

③陈本礼《汉诗统笺》,嘉庆庚午(1810 年)襄露轩藏版,浙江图书馆藏。

④罗根泽《乐府文学史》,文化学社,1931 年,第 28 页。

⑤张永鑫《汉乐府研究》,江苏古籍出版社,1992 年,第 159 页。

⑥钱志熙《周汉"房中乐"考论》,《文史》2007 年第 2 期,第 58 页。

⑦赵敏俐《汉代乐府制度与歌诗研究》,商务印书馆,2009 年,第 139 页。

礼不忘本'的思想;其二是它继承了周代《房中乐》的传统。……既可用于祭祀,亦可用于燕乐宾客。"①这一说法显然是缺乏根据的。宗庙乐不管用何种音演唱,都无法改变它祭祀先祖的性质。尽管也可"燕乐宾客",但这决非它的首要功能。仅仅以此为据就轻易改变它的领属部门,并进而否定所涉"乐府"的泛指用法,这样的做法显然太随意了。

《史记》《汉书》中的"乐府""乐府令"既系泛指,则依理而论,《新书·匈奴篇》和《风俗通义》中的"乐府"也应如此。虽然从二书所载资料看,前者中的"乐府"涉及"吹箫鼓鼗""倒挈""面者""舞者""蹈者""击鼓舞偶"等多种俗乐,后者中的"乐府"所涉及的賓人歌舞也同样带有民间歌舞的性质,但是正如上文所说,太乐也同样承担为统治者提供郑卫俗乐的服务,因此,依照《史记》《汉书》之例,把二者也看作"太乐"的泛指,这也是完全可行的。

六、对"汉武首立汉乐府"的进一步说明

为了使"汉武首立汉乐府"的说法得到进一步确证,下面我们再作两点补充。(一)汉乐府是否由汉武首立,这也可从汉代郊祀乐产生的早晚得到说明。《汉书·郊祀志》:"其春,既灭南越,嬖臣李延年以好音见。上善之,下公卿议,曰:'民间祠有鼓舞乐,今郊祀而无乐,岂称乎?'公卿曰:'古者祠天地皆有乐,而神祇可得而礼。'……于是塞南越,祷祠泰一、后土,始用乐舞。益召歌儿,作二十五弦及空侯瑟自此起。"②由这一记载不难看出:郊祀活动在武帝以前本来无乐,至武帝时"李延年以好音见",方才用之。又,《汉书·礼乐志》:"至武帝定郊祀之礼","乃立乐府……以李延年为协律都尉,多举司马相如等数十人造为诗赋,略论律吕。"③将两段文字加以对照,不难看出《郊祀志》所载显然是可信的。如上所示,在西汉时期,太乐掌管宗庙之乐,乐府掌管郊祀之乐。武帝以前朝廷郊祀既然无乐,则显而易见,汉乐府这一音乐机关是不可能产生在武帝之前的。

(二)汉代乐歌确实存在一歌多用现象,但这并不影响太乐与乐府的分工。《汉书·礼乐志》载哀帝刘欣罢乐府诏云:"其罢乐府官。……古兵法武乐,在经非郑卫之乐者,条奏,别属他官。"丞相孔光、大司空何武奏:"《嘉

---

① 赵敏俐《汉代乐府制度与歌诗研究》,商务印书馆,2009年,第65页。
② 班固《汉书》卷25,中华书局,1962年,第1232页。
③ 班固《汉书》卷22,中华书局,1962年,第1045页。

至》鼓员"等,"凡鼓十二,员百二十八人,朝贺置酒陈殿下,应古兵法","皆不可罢"。"《安世乐》鼓员"等,"凡鼓八,员百二十八人,朝贺置酒,陈前殿房中,不应经法","可罢"①。如上所示,《嘉至》《安世乐》都属宗庙乐,归太乐管辖,在这里却皆列在了乐府所辖的兵法武乐中。这充分说明在汉代乐歌中确实存在着一歌多用现象。之所以会出现这种情况,这与汉人用乐取声不取义的特点显然是密切相关的。

汉人用乐取声不取义,对此古人讲得很清楚。如郑樵《正声序论》说:"武帝定郊祀,乃立乐府,采诗夜诵,则有赵、代、秦、楚之讴,莫不以声为主。"②吴莱《论乐府主声》说:"及武帝定郊祀,立乐府,举司马相如等数十人作为诗赋,又采赵、代、秦、楚之讴,使李延年稍协律吕,以合八音之调。如以辞而已矣,何待协哉! 必其声与乐家抵牾者多。"③张玉谷《古诗赏析》说:"今十八曲中,可解者少,细寻其义,亦绝无《古今注》所云'建威扬德,风敌劝士'者,不知何以谓之《铙歌》也。岂当时军中奏乐,只取声调谐协,而不计其辞耶?"④朱乾《乐府正义》说:"汉《铙歌十八曲》,并不言军旅之事,何缘得为军乐? ⋯⋯缘汉采诗民间,不曾特制凯奏,故但取《铙歌》为军乐之声,而未暇厘正十八曲之义。"⑤等等。综合以上各家所论不难看出,汉人乐歌取声不取义的现象确实存在着。也正因这一现象的存在,所以才又导致了一歌多用的现象。

不过,一歌多用并非简单照搬,它在乐器伴奏方面必作相应变化。《周礼正义·地官》述"鼓人"之职曰:"鼓人,掌教六鼓四金之音声,以节声乐,以和军旅。"⑥在孔光、何武的奏答中,一共提到 21 个"鼓"字,其中 20 个都与"兵法武乐"相关。如上所示,在这 20 个中,有 12 个是"应古兵法"的古兵法武乐,有 8 个是"不应经法"的新兵法武乐。和《周礼正义》有关"鼓人"职分的描述加以对照,不难推断像《嘉至》《安世乐》这样的宗庙乐,当它们被用作兵法武乐时大概都是要有鼓节伴奏的。上文贾公彦说《安世乐》在用于宗庙祭祀时要奏以钟磬,而在用于燕乐时则去其钟磬。这一论析对我

①班固《汉书》卷 22,中华书局,1962 年,第 1073 页。
②郑樵《通志二十略·乐略第一》,中华书局,1995 年,第 888 页。
③吴莱《论乐府主声》,转引自张永鑫著《汉乐府研究》,江苏古籍出版社,1992,第 61 页。
④张玉毅《古诗赏析》卷 5,上海古籍出版社,2000 年,第 106 页。
⑤朱乾《乐府正义》卷 3,乾隆五十四年秬香堂刻本。
⑥贾公彦《周礼注疏》卷 12,孔颖达等《十三经注疏》,中华书局,1980 年,第 720 页。

们正确认识汉代乐歌的一歌多用现象也同样有启发①。有的学者不了解这一点，仅以"《嘉至》为大祝迎神于庙门所奏之乐，属于叔孙通所制宗庙乐范围"，就遂加断定："乐府在汉武帝时已经侵夺了太乐的部分权力，以致两个机关的职能有重叠之处"，太乐掌管宗庙之乐、乐府掌管郊祀之乐这样的分工"不可信"②。这样的阐析显然也是很难服人的。

　　基于上述一系列论证，我们不难得出以下结论：（一）西汉音乐府衙分为太乐、乐府两个部门，太乐在西汉之初即已存在，而乐府则是在武帝时期方才建立的；（二）太乐主管宗庙之乐，乐府主管郊祀之乐和兵法武乐，在哀帝罢黜乐府以前，二者的分工十分明确；（三）由于二者同属音乐管理部门，本属同类，所以"乐府"一词有时也可以泛指太乐，成为乐府和太乐的通名。对乐府建立的时间学者们所以认识不一，其根本原因正在这里。"乐府"之名秦时已有，"汉承秦制"固为旧说，但西汉乐府于何时建立，我们还要以事实说话。我们不能总是只看到一点表面矛盾就首先推定古人有误，相反，倒应抱着谦谨敬畏的态度，尽最大努力予以疏通。毕竟古人距离历史事实在时间上比较近，在没有充分的文献依据与考古发明的情况下，就贸然断定古人有误，这样的盲目疑古习尚显然是应该力予戒止的。

七、乐府之立对"诗言志"观念建构的影响

　　通过上文一系列论述可以看出，汉乐府乃由武帝首立，确实毋庸置疑。表面看来汉乐府究竟是否由武帝首立，好像与"诗言志"观念的建构并无多大联系，而实际上二者之间的关联也是颇为密切的。因为如果认为汉乐府自汉初即已设立，那就意味着"汉承秦制"也包括音乐署衙在内。而如果认为汉乐府乃为武帝首立，这则更能体现汉代官方在诗乐文化建构上的热情自觉与积极努力。

①按，在孔光、何武所说的"应古兵法"的十二类鼓员中，还有一类叫"巴俞（渝）鼓员"。《晋书·李特载记》说："汉高祖为汉王，募賨人平定三秦，既而求还乡里。高祖以其功，复同丰沛，不供赋税，更名其地为巴郡。土有盐铁丹漆之饶，俗性剽勇，又善歌舞。高祖爱其舞，诏乐府习之，今《巴渝舞》是也。"将这段文字与上文所引《风俗通义》加以对照，不难发现除末尾多出"今《巴渝舞》是也"一句外，其他文字基本相同。据此足以看出原来保存在太乐（上文已证，与賨人歌舞相关的"乐府"也系泛指）之中作为俗乐使用的賨人歌舞，至武帝时也兼为乐府所用，并进而将其改造成了"应古兵法"的古兵法武乐。详房玄龄等《晋书》卷120，中华书局，1974年版，第3022页。
②付林鹏《雅俗之争与汉代音乐机构之变迁令》，《乐府学》2009年第4辑，第6页。

（一）汉武帝强烈的改革意识与"外儒内霸"治国理念的确立

我们知道，西汉武帝时期不仅是大汉王朝最繁荣最鼎盛的时期，而且也是其在政治经济文化等各方面进行改革，规模最宏大、变动最剧烈的时期。这不仅表现在政治经济军事上，而且也表现在文化建设上。有关这一点在相关文献里展现的也是很充分的。如《史记·平准书》载武帝元朔六年《议置武功驰赏官诏》曰："朕闻五帝之教不相复而治，禹汤之法不同道而王，所由殊路，而建德一也。"①又，同书《礼书》载武帝太初元年《定礼仪诏》曰："盖受命而王，各有所由兴，殊路而同归，谓因民而作，追俗为制也。议者咸称太古，百姓何望？ 汉亦一家之事，典法不传，谓子孙何？ 化隆者宏博，治浅者褊狭，可不勉与（欤）！"②又，班固《两都赋序》曰："大汉初定，日不暇给。 至于武宣之世，乃崇礼官，考文章，内设金马石渠之署，外兴乐府协律之事。"（见前）又，《汉书·武帝纪》班固赞曰："汉承百王之弊，高祖拨乱反正，文、景务在养民，至于稽古礼文之事，犹多阙焉。孝武初立，卓然罢黜百家，表彰六经，遂畴咨海内，举其俊茂，与之立功。兴太学，修郊祀，改正朔，定历数，协音律，作诗乐，建封禅，礼百神，绍周后，号令文章，焕焉可述。 后嗣得遵洪业，而有三代之风。"③等等。

由以上这些记载，不难发现汉武帝的改革意识确实极为明确，改革力度也确实极为巨大。他不仅认识到"汉亦一家之事，典法不传，谓子孙何"，表现出了高度的历史责任感与改革自觉性，而且也认识到"化隆者宏博，治浅者褊狭"，政治教化越是隆盛的王者，其改革规模就越是宏大，展示出了强烈的政治自信心与改革豪迈感。 如果我们看不到武帝时期的这种社会改革力度与文化创新局面，那么对汉乐府设立时间的争论就纯粹是一种知识之争，它的价值显然是要大打折扣的。而如果能把乐府之立与武帝时期的礼乐革新运动结合起来，那我们就可充分认识到以武帝为首的改革集团，其在乐府之立的举措上所呈显出来的大刀阔斧的改革勇气，一往无前的开拓精神与超乎前王的文化自觉。

那么，汉武帝的文化自觉，究竟自觉在什么方面呢？ 对此，学术界主要有两种看法。一是"罢黜百家，独尊儒术"，一是"儒法并用，外儒内法"。前

---

① 司马迁《史记》卷30，上海古籍出版社，1997年，第1160页。
② 司马迁《史记》卷23，上海古籍出版社，1997年，第981页。
③ 班固《汉书》卷6，中华书局，1962年，第212页。

者的根据主要是董仲舒的《举贤良对策》:"臣愚以为诸不在六艺之科孔子之术者,皆绝其道,勿使并进"①,《汉书·董仲舒传》的相关记述:"及仲舒对册,推明孔氏,抑黜百家"②,以及《汉书·武帝纪赞》:"孝武初立,卓然罢黜百家,表章六经。"(见前)后者的根据主要是《史记·平津侯主父列传》的相关记述:"习文法吏事,而又缘饰以儒术,上(武帝)大悦之"③,以及《汉书·元帝纪》所载汉宣帝的相关论述:"汉家自有制度,本以霸王道杂之,奈何纯任德教,用周政乎?且俗儒不达时宜,好是古非今,使人眩于名实,不知所守,何足委任!"④初看起来,两种说法各有道理,都有其相应的文献依据,但是如果结合汉武帝的生平行事,则不难发现前一种看法固不必说,即是后一看法也是不准确的。汉武帝的文化自觉还是应依汉宣帝所说称之为"外儒内霸","文法吏事"仅是其所行霸道的一部分。尽管这一部分非常重要,甚乃是其所行霸道的主体与根本,但是毕竟不是全部,不是其追逐的全部内容。把汉武帝的霸道与秦始皇所崇奉的韩非子的"法术"完全等同起来,这是不合乎当时的历史实际的。再进一步说,也即是虽然汉武帝的霸道与韩非子的"法术"都以现"实"功利的充分实现为最高原则,但是前者除了君主集权、富国强兵、雄霸天下的内容外,还有精神需求、情感享受方面的内容,这与韩非子所设计的"以吏为师,以法为教",近似于禁欲主义的生存模式显然是有很大不同的。再明确说,也即是韩非子所追求的"实"就是客观存在的物、权实利,而汉武帝所追求的"实"则也兼含人的情感宣泄、精神消费方面的审美体验与审美享受。

(二)汉武帝"立乐府而采歌谣"与其文化改革的关系

汉武帝是一个非常讲究情感宣泄与精神消费的君王,这无论在他对楚声的喜爱上,还是对亭台楼观歌舞活动的痴迷上,表现得都很突出。如《三辅黄图》与《三辅故事》曰:"汉昆明池,武帝元狩三年穿,在长安西南,周回四十里。"⑤"池中有龙首船,常令宫女泛舟池中,张凤盖,建华旗,作棹歌,杂以鼓吹,帝御豫章观临观焉。"⑥对此就是一很好的说明。有关这一点,

①班固《汉书·董仲舒传》卷56,中华书局,1962年,第2523页。
②班固《汉书》卷56,中华书局,1962年,第2525页。
③司马迁《史记》卷112,上海古籍出版社,1997年,第2233页。
④班固《汉书》卷9,中华书局,1962年,第277页。
⑤何清谷《三辅黄图校注》卷4,三秦出版社,1998年,第235页。
⑥何清谷《三辅黄图校注》卷4引《三辅故事》,三秦出版社,1998年,第240页。

我们通过东方朔的《化民有道对》,还可看得更清楚:"今陛下以城中为小,图起建章,左凤阙,右神明,号称千门万户。木土衣绮绣,狗马被缋罽,宫人簪玳瑁,垂珠玑。设戏车,教驰逐,饰文采,丛珍怪。撞万石之钟,击雷霆之鼓。作俳优,舞郑女。上为淫侈如此,而欲使民独不奢侈失农,事之难者也。"①

也同是由于对于情感宣泄、精神消费的高度重视,所以汉武帝对于那些以抒情言志、悲戚慷慨见长的楚声骚辞也特别青睐。由相关史籍不难看出,在汉代帝王中,特别喜爱楚声楚歌的主要有二人,一是刘邦,一是汉武帝。《汉书·礼乐志》说:"《房中祠乐》,高祖唐山夫人所作也。……高祖乐楚声,故《房中乐》楚声也。"(见前)其实不仅《房中乐》,刘邦回乡对其父老所作的《大风歌》,以及为其爱妾戚夫人所作的《鸿鹄歌》,也同样都是楚声。班固《汉书》说刘邦在歌唱《大风歌》时,"忼慨伤怀,泣数行下"②,在歌唱《鸿鹄歌》时不胜"歔欷",为之"罢酒"③,这都说明楚声楚歌的情感宣泄气息是非常浓厚的。对于楚声楚歌的陶醉,比起刘邦,汉武帝也毫不逊色,其乃还可说有过之而无不及。如《汉书·朱买臣传》曰:"会邑子严助贵幸,荐买臣。召见,说《春秋》,言'楚辞',帝甚说之,拜买臣为中大夫,与严助俱侍中。"④又,同书《淮南衡山济北王传》曰:"时武帝方好艺文,以(刘)安属为诸父,辩博善为文辞,甚尊重之。……使为《离骚传》,旦受诏,日食时上。"⑤又,同书《王褒传》曰:"宣帝时修武帝故事,……征能为'楚辞',九江被公,召见诵读,益召高材刘向、张子侨、华龙、柳褒等侍诏金马门。"⑥又,武帝《秋风辞》曰:"欢乐极兮哀情多,少壮几时兮奈老何?"⑦又,武帝《瓠子之歌》曰:"皇谓河公兮何不仁,泛滥不止兮愁吾人。"等等。所有这些,可谓都是武帝嗜爱楚声楚歌的明证。并且不仅如此,与刘邦相较,汉武帝还有一个更明显的特征,具体来说,那就是刘邦对于楚声楚歌的喜爱,主要缘于对故土乡音的自然怀恋,而武帝对于楚声楚歌的喜爱,则主要缘于对情感

①班固《汉书·东方朔传》卷65,中华书局,1962年,第2858页。
②班固《汉书·高帝纪》卷1,中华书局,1962年,第74页。
③班固《汉书·张良传》卷40,中华书局,1962年,第2036页。
④班固《汉书》卷64,中华书局,1962年,第2791页。
⑤班固《汉书》卷44,中华书局,1962年,第2145页。
⑥班固《汉书》卷64,中华书局,1962年,第2821页。
⑦李善等《六臣注文选》卷45,中华书局,2012年,第851页。

宣泄、精神消费活动的自觉抉择。

如上所说,在武帝设立乐府之前,汉廷已有一个音乐机关太乐,武帝之所以要在太乐之外另立一署,这与他对情感宣泄、精神消费活动的热恋、开放,也同样是分不开的。因为太乐毕竟是一比较严肃的机构,它乃专管宗庙祭祀的,在它里面进行大规模的音乐改革,这显然是有些不合时宜的。

首先来看相关典籍的描述。《汉书·礼乐志》曰:"至武帝定郊祀之礼,祠太一于甘泉,就乾位也;祭后土于汾阴,泽中方丘也。乃立乐府,采诗夜诵,有赵、代、秦、楚之讴,以李延年为协律都尉,多举司马相如等数十人造为诗赋,略论律吕,以合八音之调,作《十九章》之歌。以正月上辛,用事甘泉圜丘,使童男女七十人俱歌,昏祠至明,夜常有神光如流星,止集于祠坛,天子自竹宫而望拜,百官侍祠者数百人,皆肃然动心焉。"①又,同书《佞幸传》曰:"(李)延年善歌,为新变声。是时上方兴天地诸祠,欲造乐,令司马相如等作诗颂。延年辄承意弦歌所造诗,为之新声曲。而李夫人产昌邑王,(李)延年由是贵为协律都尉,佩二千石印绶,而与上卧起,其爱幸埒韩嫣。"②又,同书《外戚传》曰:"(李)延年性知音,善歌舞,武帝爱之。每为新声变曲,闻者莫不感动。延年侍上,起舞歌曰:'北方有佳人,绝世而独立。一顾倾人城,再顾倾人国。宁不知倾城与倾国?佳人难再得!'上叹息曰:'善!世岂有此人乎?'平阳主因言延年有女弟。上乃召见之,实妙丽善舞,由是得幸。"又,同传又曰:"上思念李夫人不已,方士齐人少翁言能致其神。乃夜张灯烛,设帷帐,陈酒肉,而令上居他帐,遥望见好女如李夫人之貌,还幄坐而步。又不得就视,上愈益相思悲感,为作诗曰:'是邪?非邪?立而望之,偏何姗姗其来迟!'令乐府诸音家弦歌之。"③又,《晋书·乐志下》曰:"胡角者,本以应胡笳之声,后渐用之横吹,有双角,即胡乐也。张博望入西域,传其法于西京,惟得《摩诃兜勒》一曲。李延年因胡曲更造新声二十八解,乘舆以为武乐。后汉以给边将,和帝时,万人将军得用之。魏晋以来,二十八解不复具存,用者有《黄鹄》《陇头》《出关》《入关》《出塞》《入塞》《折杨柳》《黄覃子》《赤之杨》《望行人》十曲。"④又,崔豹《古今注》曰:"《薤露》

---

①班固《汉书》卷22,中华书局,1962年,第1045页。
②班固《汉书》卷93,中华书局,1962年,第3726页。
③班固《汉书》卷97,中华书局,1962年,第3951~3952页。
④房玄龄等《晋书》卷23,中华书局,1974年,第715~716页。

《蒿里》,并丧歌也,出田横门人。(田)横自杀,门人伤之,为之悲歌,言人命如薤上之露,易晞灭也。亦谓人死,魂魄归乎蒿里,故有二章。一章曰:'薤上露何易晞,露晞明朝更复落,人死一去何时归!'其二曰:'蒿里谁家地,聚敛魂魄无贤愚。鬼伯一何相催促,人命不得少踟蹰。'至孝武时李延年乃分为二曲,《薤露》送王公贵人,《蒿里》送士大夫庶人。使挽枢者歌之,世呼为《挽歌》。"①等等。

由以上文献材料不难看出,汉武帝之所以要立乐府而采歌谣,其中一个极重要的目的就是创制新乐。《汉书·艺文志·诗赋略》说:"自孝武立乐府而采歌谣,于是有代赵之讴,秦楚之风,皆感于哀乐,缘事而发,亦可以观风俗,知薄厚云。"②这是不符合当时的实际的。有关这一点,有不少学者都看到了。如张永鑫曰:"汉武帝时代的乐府,从字面上看,'采诗夜诵,有赵、代、秦、楚之讴,秦、楚之风',给人一种采集民间诗歌的感觉,但在实际上,它只是从事于创制新曲,亦即新雅乐而已。"③这一见解无疑是十分精辟的。

那么,汉武帝为什么要创制新乐呢?有不少学者都认为:汉武帝之所以要创制新乐,其目的就是要"利用民间调子制作颂神歌","以此歌颂皇朝的祥瑞、威武、功德","以此'风化众庶','使各安其位不相夺',从而巩固封建统治"④,"巩固他的封建大一统政治地位,为了他的新的宗教礼乐文化活动服务"⑤。这一认识显然也是很值得商榷的。由以上所列足以见出,汉武帝之所以要创制新乐,一方面固然是为了天地之祀,也即交通天地,愉悦神灵,但另一方面他也让乐府创制了不少有关爱情、军旅与送葬的歌乐。并且正如我们上文所说,由于两汉音乐"莫不以声为主",也即"只取声调谐协,而不计其辞",所以那些歌唱爱情的歌乐自不必说,即是那些歌唱神灵、军旅与丧葬的歌乐,又何尝不可用于朝会宴饮、日常娱乐呢?关于军旅之乐用于朝会宴饮、日常娱乐,我们在上文已经涉及到了。如汉乐府中所保存的"兵法武乐",它们就常常用在"置酒朝贺"上。关于丧葬之乐用于朝会

①崔豹《古今注》卷中,中华书局,1985年,第10页。
②班固《汉书》卷30,中华书局,1962年,第1756页。
③张永鑫《汉乐府研究》,江苏古籍出版社,1992年,第62页。
④杨公骥《汉代文学》,《杨公骥文集》,东北师范大学出版社,1998年,第288页。
⑤赵敏俐《周汉诗歌综论》,学苑出版社,2002年,第271页。

宴饮、日常娱乐,这在古籍中也有明确记载,如《后汉书·周举传》曰:"(梁)商与亲昵酣饮极欢,及酒阑倡罢,继以《薤露》之歌,坐中闻者,皆为掩涕。"①虽然从目前我们所能见到的文献中,还未发现把郊祀之乐用在其他场合的例子,但是如前所说,《房中乐》本是用于宗庙的,可是去其钟磬,也可将其用于燕(宴)乐。既是如此,则把郊祀乐用于朝会宴饮、日常娱乐,也自是难免的。即便退一步说,郊祀、军旅与丧葬之乐并不用于其他场合,但是就其本身而言,也同样存在着一个音乐是否动听,旋律是否动情的问题。如上所引,班固《汉书》说李延年制作的《十九章》等"新声变曲","闻者莫不感动","皆肃然动心",据此就足可看出这些由乐府创制的新乐,其音律是多么动人的。

虽然说武帝时期,以李延年为代表的乐府音家所创制的乐曲,其旋律变化,审美效力究竟如何,我们已无法直接加以体验,但是通过其留传下来的配乐的诗章,如《十九章之歌》等,我们对其迷人的旋律仍不难想象。且不说诗篇中那华丽的辞藻,大胆的夸张,奇幻的意象,躁动的情感,即使仅就其句式的复杂性来看,我们对其美妙的节律,奇变的乐调,也不难有一个基本的判断。如《景星》全诗四言七言交替使用,《天地》全诗三四七言交替使用,《日出入》全诗四五六七言交替使用,《天门》全诗三四五六七言交替使用等等。像这样长短不齐,错综复杂,富于变换的句式,如果没有回环曲折,辗转腾挪,极尽变化的音律,显然是很难与之相配的。不少学者说:"《十九章之歌》歌词篇幅的加长,形制的复杂多样远远超过了前代的歌诗作品,也超过了汉初的《安世房中歌》。"这充分说明"随着乐曲音调的复杂多样、富于变化,歌诗也在追求着与之相适应的多样统一的风格。"②这一看法无疑是相当精辟的。

对于武帝时期的音乐改革,在历史上颇多批评之声。通过前人的这些批评,我们也同样不难推知武帝所进行的音乐改革,其审美旨趣究竟在何处。如《史记·乐书》曰:"又尝得神马渥洼水中,复次以为《太一之歌》。……中尉汲黯进曰:'凡王者作乐,上以承祖宗,下以化兆民。今陛下得马,诗以为歌,协于宗庙,先帝百姓岂能知其音邪?'上默然不悦。"③又,

---

①范晔《后汉书》卷61,中华书局年,1965年,第2028页。

②徐华《道家思潮与晚周秦汉文学形态》,华中师范大学出版社,2008年,第92页。

③司马迁《史记》卷24,上海古籍出版社,1997年,第993页。

《汉书·礼乐志》曰:"是时,河间献王有雅材,亦以为治道非礼乐不成,因献所集雅乐。天子下大乐官,常存肄之,岁时以备数,然不常御。常御及郊庙皆非雅声。"又曰:"今汉郊庙诗歌,未有祖宗之事,八音调均,又不协于钟律,而内有掖庭材人,外有上林乐府,皆以郑声施于朝廷。"①又,应劭《风俗通义》曰:"周室陵迟,礼崩乐坏,诸侯恣行,竞悦所习,桑间、濮上,郑、卫、宋、赵之声,弥以放远,滔湮心耳,乃忘和平,乱政伤民,致疾损寿。重遭暴秦,遂以阙忘。汉兴,制氏世掌大乐,颇能纪其铿锵,而不能说其义。武帝始定郊祀,巡省告封,乐官多所增饰,然非雅正。"②又,《文心雕龙·乐府》曰:"暨武帝崇礼,始立乐府,总赵代之音,撮齐楚之气,延年以曼声协律,朱马以骚体制歌。桂华杂曲,丽而不经。赤雁群篇,靡而非典。"③又,《隋书·音乐志上》曰:"(武帝)裁音律之响,定郊丘之祭,颇杂讴谣,非全雅什。"④等等。

盖也正是基于以上这些文献记述,所以有不少学者都认为:"作为一位多欲天子,汉武帝不仅要求乐府满足其政治需要,而且也要求乐府满足其审美娱乐需要。"⑤"汉武帝利用'新声变曲'为郊祀之礼配乐",这在"客观上"实际就"等于承认了从先秦以来就一直难登大雅之堂的世俗音乐——新声(郑乐)的合法地位"⑥。"如果我们抛弃道德、伦理和教化等社会因素,单纯从音乐的本质来讲,所谓的郑声、淫乐正是指音节趋于完整,旋律富于变化,适应人情之丰富变化而不加节制,以优美动听为最高原则的动人心魄的乐曲,其表现力和精神性明显较前代的音乐都大大地增强了。"人们在心理上害怕它,这正从反面说明在这种所谓的"郑声""淫乐"中,是包孕着巨大的"感人心志、动人心魄的力量"的。这种音乐,"它并不追求实际的教化功能,以及是否能够使人们的心灵保持中正平和",但是却竭力"追求极致的悲或者喜的动人效果"。这些"富于民间特色的新声,以优美动人、娱乐抒情为最高的追求目标,能够极其放纵、繁复,淋漓尽致地抒发创

---

① 班固《汉书》卷22,中华书局,1962年,第1070～1071页。
② 王利器《风俗通义校注·声音》卷6,中华书局,2010年,第267页。
③ 范文澜《文心雕龙》卷2,人民文学出版社,1958年,第101页。
④ 魏征等《隋书》卷13,中华书局,1973年,第286页。
⑤ 龙文玲《汉武帝与西汉文学》,社会科学文献出版社,2007年,第90页。
⑥ 赵敏俐《汉代乐府制度与歌诗研究》,商务印书馆,2009年,第76页。

造者心灵中的悲喜之情"①。也正是基于这样的认识,所以我们认为汉武帝之所以立乐府而采歌谣,大量创制新的乐曲,这其中固有祭天祀地,愉悦神灵的要因,但是在另一方面显然也蕴藏着假借郊祀需要,广纳民间俗乐,改造传统雅乐,以满足大汉君臣因经济、国力崛起而随之产生的强烈的情感宣泄、精神消费的审美追求。

(三)武帝一朝辞赋的繁荣与其音乐改革在审美追求上的一致性

当然,大汉君臣的审美觉醒,并不仅仅体现在音乐变革上,对于文辞的崇尚喜爱也是其重要的表征之一。《文心雕龙·时序》说:"逮孝武崇儒,润色鸿业,礼乐争辉,辞藻竞骛。"②对此即是一个很好的说明。不过,在这之中最突出的还应是汉大赋的产生。众所周知,由于武帝之前的西汉统治者,"以为繁礼饰貌,无益于治"③,深恐天下"争为口辩而无其实"④,坚持"歌者所以发德也,舞者所以明功也"⑤的政教戒律,笃好清静,摒弃浮华,致使他们不约而同地都呈现出了"不好辞赋"⑥的性格特征。但是到了武帝以后,情况就不同了。正如班固《两都赋序》所说:"至于武宣之世,乃崇礼官,考文章",大力开展文化革新。不仅"内设金马石渠之署,外兴乐府协律之事",而且还积极倡导辞赋创作,鼓励臣下"朝夕论思,日月献纳","时时间作",以致"孝成之世,论而录之,盖奏御者千有余篇,而后大汉之文章,炳焉与三代同风"⑦。

在这里边最突出的还是汉武帝,可以说他对辞赋的热爱简直达到了痴

---

① 徐华《道家思潮与晚周秦汉文学形态》,华中师范大学出版社,2008 年,第 98~101 页。

② 范文澜《文心雕龙注》卷 9,人民文学出版社,1958 年,第 672 页。

③ 《史记·礼书》:"文帝即位,有司议欲定仪礼,孝文好道家之学,以为繁礼饰貌,无益于治,躬化谓何耳,故罢去之。"详司马迁《史记》卷 23,上海古籍出版社,1997 年,第 981 页。

④ 《史记·张释之冯唐列传》:"释之从行,登虎圈。上问上林尉诸禽兽簿,十余问,尉左右视,尽不能对。虎圈啬夫从旁代尉对上所问禽兽簿甚悉,欲以观其能口对响应无穷者。文帝曰:'吏不当若是邪?尉无赖!'乃诏释之拜啬夫为上林令。……释之曰:'……今陛下以啬夫口辩而超迁之,臣恐天下随风靡靡,争为口辩而无其实。且下之化上疾于景(影)响,举错不可不审也。'文帝曰:'善。'乃止不拜啬夫。"详司马迁《史记》卷 102,上海古籍出版社,1997 年,第 2091~2092 页。

⑤ 汉景帝《定孝文帝庙乐诏》,司马迁《史记·孝文本纪》卷 10,上海古籍出版社,1997 年,第 303 页。

⑥ 《史记·司马相如列传》:"司马相如者,蜀郡成都人也。……以资为郎,事孝景帝,为武骑常侍,非其好也。会景帝不好辞赋,是时梁孝王来朝,从游说之士齐人邹阳、淮阴枚乘、吴庄忌夫子之徒,相如见而说之,因病免,客游梁。"详司马迁《史记》卷 117,上海古籍出版社,1997 年,第 2270 页。

⑦ 费振刚等《全汉赋》,北京大学出版社,1993 年,第 311 页。

迷的程度,有很多作家都是在他的不断奖掖下成长起来的。如严助,史载:"有奇异,辄使为文,及作赋颂数十篇。"①又如刘安,史载:"时武帝方好艺文,以安属为诸父,辩博善为文辞,甚尊重之。每为报书及赐,常召司马相如等视章乃遣。"②又如枚乘、枚皋,史载:"武帝自为太子,闻(枚)乘名,及即位,(枚)乘年老,乃以安车蒲轮征(枚)乘,道死。诏问(枚)乘子,无能为文者。""(枚皋)上书北阙,自陈枚乘之子,上得之大喜,召入见,待诏。皋因赋殿中。诏使赋平乐馆,善之,拜为郎。""从行至甘泉、雍、河东,东巡狩,封泰山,塞决河宣房,游观三辅离宫馆,临山泽,弋猎射驭狗马蹴鞠刻镂,上有所感,辄使赋之。"③又如司马相如,史载:"蜀人杨得意为狗监,侍上。上读《子虚赋》而善之,曰:'朕独不得与此人同时哉!'得意曰:'臣邑人司马相如自言为此赋。'上惊,乃召问相如。相如曰:'有是。然此乃诸侯之事,未足观也。请为天子游猎赋,赋成奏之。'……天子大悦。"④又载:"相如既奏《大人之颂》,天子大悦,飘飘有凌云之气,似游天地之间意。"⑤又载:"(武帝)好醉(词)赋,每所行幸及奇兽异物,辄命相如等赋之。"⑥等等。盖也正因西汉辞赋的兴盛,与武帝的奖掖有着莫大关系,所以武帝才会不无自豪地向人夸耀说:"方今公孙丞相、兒大夫、董仲舒、夏侯始昌、司马相如、吾丘寿王、主父偃、朱买臣、严助、汲黯、胶仓、终军、严安、徐乐、司马迁之伦,皆辩知闳达,溢于文辞。"⑦话里话外充满着不胜欢喜之情。

并且尤为可贵的是,汉武帝不仅鼓励、奖掖臣下作赋,他自己也同样是辞赋创作的积极参与者。史载他"自作诗赋数百篇,下笔即成,初不留思"⑧,看来他绝不是一静静的旁观者。虽然就我们目前所能见到的材料看,汉武帝的赋作只有一篇,即《李夫人赋》,其他如《李夫人歌》《秋风辞》《瓠子之歌》《柏梁联句》等,都只能算作"诗"而并不能视为"赋",但是即使这样,这些著作对其好"辞"的趣尚展现的仍是十分鲜明的。刘勰《文心雕

---

①班固《汉书·严助传》卷64,中华书局,1962年,第2790页。
②班固《汉书·淮南衡山济北王传》卷44,中华书局,1962年,第2145页。
③班固《汉书·枚乘传》卷51,中华书局,1962年,第2365~2367页。
④司马迁《史记·司马相如列传》卷117,上海古籍出版社,1997年,第2272页。
⑤司马迁《史记·司马相如列传》卷117,上海古籍出版社,1997年,第2311页。
⑥李昉等《太平御览》卷88《皇王部》引《汉武故事》,中华书局,1960年,第421页。
⑦班固《汉书·东方朔传》卷65,中华书局,1962年,第2863页。
⑧李昉等《太平御览》卷88《皇王部》引《汉武故事》,中华书局,1960年,第421页。

龙》说:"孝武爱文,柏梁列韵。"①徐祯卿《谈艺录》说:"孝武乐府,壮丽宏奇。"②王世贞《艺苑卮言》说:"自三代而后,人主文章之美,无过于汉武帝、魏文帝者。"③鲁迅《汉文学史纲要》说:"武帝词华,实为独绝,……虽词人不能过也。"④应当说对此认识的都是很清楚的。

那么,对于武帝的喜好辞赋,我们究竟应如何看呢?其实稍稍检视一下前人对于辞赋的评论,其中的奥秘就不难得知了。如西汉扬雄云:"赋者,……必推类而言,极丽靡之辞,闳侈钜衍,竞于使人不能加也。"⑤西晋皇甫谧云:"赋也者,所以因物造端,敷弘体理,欲人不能加也。引而申之,故文必极美;触类而长之,故辞必尽丽。然则美丽之文,赋之作也。"⑥明人屠隆云:"文章道钜,赋尤文家之最钜者。包举元气,提挟风雷,翕荡千古,奔峭万境,蒐罗僻绝,综引幽遐,而当巧自铸,师心独运。岂惟朴遬小儒却不敢前,亦大人鸿士所怯也。"⑦清人刘熙载云:"赋起于情事杂沓,诗不能驭,故为赋以铺陈之。斯于千态万状,层见迭出者,吐无不畅,畅无或竭。"⑧又,当今学者李泽厚、刘纲纪云:"赋"区别于诗的根本之处就"在于它处处自觉地讲求文词的华丽富美,以穷极文词之美为其重要特征。""它能给人充分的艺术美的享受,并以给人们这种享受为自觉追求的重要目的。"⑨等等。统观前人的这些评论,不难发现"辞赋"的最突出的特征就在追求极致。在前文第五章第三节,我们所说"描绘描到极致,叙述叙到极致,抒情抒到极致,议论议到极致",此乃汉大赋的"最大特点",可谓也正是以此为根据的。

既然如此,则显而易见,武帝对于辞赋的提倡,与他对于音乐的改革,其在本质精神上实是完全一致的。进言之,也即是它们体现的都是武帝一朝在情感宣泄、精神消费方面的高度自觉。充分放纵自己的情感,自由展

---

① 范文澜《文心雕龙注·明诗》卷 2,人民文学出版社,1958 年,第 66 页。
② 徐祯卿《谈艺录》,何文焕《历代诗话》,中华书局,2004 年,第 764 页。
③ 王世贞《艺苑卮言》卷 8,丁福保《历代诗话续编》,中华书局,1983 年,第 1072 页。
④ 鲁迅《汉文学史纲要》,《鲁迅全集》第 9 卷,人民文学出版社,1981 年,第 386 页。
⑤ 班固《汉书·扬雄传》卷 87,中华书局,1962 年,第 3575 页。
⑥ 皇甫谧《三都赋序》,郁沅、张明高《魏晋南北朝文论选》,人民文学出版社,1996 年,第 136 页。
⑦ 屠隆《啸庐四赋序》,《白榆集》文集卷 2,《屠隆集》第 3 册,浙江古籍出版社,2012 年,第 240 页。
⑧ 刘熙载《艺概·赋概》卷 3,上海古籍出版社,1978 年,第 86 页。
⑨ 李泽厚、刘纲纪《中国美学史》(先秦两汉编),安徽文艺出版社,1999 年,第 526～527 页。

现自己的哀乐,最大限度地落实自己的审美追求,这实已成为当时波涛汹涌、势不可挡的滚滚洪流。盖也正是基于这一事实,所以南宋朱熹说:"在战国之时,若申商孙吴之术,苏张范蔡之辩,列御寇庄周荀况之言,屈平之赋,以至秦汉之间韩非李斯陆生贾傅董相史迁刘向班固,下至严安徐乐之流,犹皆先有其实而后托之于言,惟其无本而不能一出于道,是以君子犹或羞之。及至宋玉相如王褒扬雄之徒,则一以浮华为尚,而无实之可言矣。"①今人张少康更谓:"文学的独立和自觉是从战国后期《楚辞》的创作初露端倪。经过了一个较长的逐步发展过程,到西汉中期就已经很明确了。这个过程的完成,我以为可以刘向校书而在《别录》中将诗赋专列一类作为标志。"②尤其是日人吉川幸次郎,他的话讲得更明确:"自觉的文学生活成为中国社会中悠久的传统,是从武帝时代开始的。"③简直把大力实施文化革新的汉武帝视作了开启中国文学自觉时代的先驱了。

由上文一系列论述不难看出,汉武帝之所以立乐府而采歌谣,大力进行新乐创作,这一行动并不是偶然的,也不像有的学者所说仅为郊祀而发。有关这一点,只要我们把这些诗乐创新与当时汉大赋的蓬勃发展结合起来,就不难推知了。我们完全可以这样说,无论是当时的诗乐创作还是辞赋创作,它们都是汉武帝大力进行文化革新的重要组成部分。汉武帝的文化革新固然有其润色鸿业、比隆前代的政治用心,但是如何满足国力强盛、雄霸天下之后,随之而起的情感宣泄、精神愉悦需要,这无疑也是武帝君臣所要着力解决的问题。明白于此,那么武帝之所以要立乐府而采歌谣,大量吸纳民间俗乐,使历来不登大雅之堂的郑卫之音充斥朝廷,之所以要奖掖群臣"朝夕论思,日月献纳",铺陈夸张,骋才驰藻,全力进行辞赋创作,其中的缘由也就不言自明了。

八、余论

总而言之,在汉武帝时代确实发生过一场轰轰烈烈的文化革新运动,而在这其中最突出的,就是俗乐的突起与大赋的勃兴。二者的指向都很明确,它们都一致指向人的情感宣泄与精神愉悦活动。如何使主体的心神获

---

① 朱熹《晦庵先生朱文公文集》卷 70《读唐志》,中华书局,1985 年,第 3 页。
② 张少康《论文学的独立和自觉非自魏晋始》,《北京大学学报》1996 年第 2 期,第 75 页。
③〔日〕吉川幸次郎《中国诗史》(章培恒等译),复旦大学出版社,2001 年,第 73 页。

得最大限度的愉悦，如何使主体的情志得到最充分淋漓的宣泄，这实为此次文化革新运动的一项重要内容。

不过，需要特别指出的是在汉武帝时代，虽然国力已相当强盛，经济已相当繁荣，版图已相当阔大，但是由于哲学思想、生存理论的相对滞后，还远未达到晋唐时期的开放程度，所以在当时进行的文化改革还大都是在儒家礼乐的包装点缀下巧妙进行的。也正缘此，所以有不少学者都把武帝的治国方纲概括为"外儒内霸"，也就是汉宣帝所说的"汉家自有制度，本以霸王道杂之"（见前）。如在理政方针上，汉武帝实行的乃是"以儒术缘饰文法吏事"；在文化生活上，汉武帝实行的乃是"内多欲而外施（饰）仁义"[1]。辞赋创作与诗乐革新也是这样。如在诗乐革新上，汉武帝所采用的显然就也是假借郊祀之名，以掩盖其立乐府而采歌谣，大肆吸纳郑卫之音，世俗之乐，以满足其强烈的不能自抑的情感宣泄与精神消费之实的。又如在辞赋创作上，辞赋作者之所以每每都要在文末来一个"曲终奏雅"，其目的也同是为其前文的娱情乐性，骋才驰藻，唯美是尚提供一件合法的外衣。有关这一点，我们在前文第五章第三节已经讲得很清楚了。也正由于当时的很多情感追求都很难为正统文化所接受，所以汉武帝的许多改革才不得不在儒家礼乐文化的包装点缀下巧妙进行。虽然说无论是乐府之立还是辞赋之作，汉武帝都有其润色鸿业、装点门面的政治考量，但是如果仅仅局限于此，而认识不到其文化改革在实际效果上对于"诗言志"观念带来的冲击，对于人的精神生活带来的解放，对于人的情感世界带来的激发，那也同样是不全面的。

第二节　汉乐府之罢与"诗言志"

《孟子·万章下》："颂其诗，读其书，不知其人，可乎？是以论其世也。是尚友也。""尚""上"古通。"尚友"，焦循正义云："上友古人。"[2]用现在的话说也就是与古人进行心的交通。可见，读古人的作品就是与古人进行心

---

[1]《史记·汲郑列传》："天子方招文学儒者，上曰吾欲云云，黯对曰：'陛下内多欲而外施仁义，奈何欲效唐虞之治乎！'上默然。"按，"施"字不通，当为"饰"之借字。上古二字同在书母，故可假借。详司马迁《史记》卷120，上海古籍出版社，1997年，第2344页。

[2]焦循《孟子正义》卷21，中华书局，1987年，第726页。

的对话,这早在孟子之时就已被认识得很清楚了。而要使这种"尚友"活动得以顺利实施,在孟子看来最基本的前提就是"知人论世"。这一原则相对于今日日益流行的阐释学来讲,固然也有其不足之处,但是作为一种古老传统的阐释方法,它之所以能够长期存在,也必是有其不可移易的合法根据的。

众所周知,在西汉元成之后,特别是哀平之后,中国文艺无论是在思想观念还是具体创作上,都有一个重大转关,而这一转关最具代表性的标志就是汉哀帝的"罢乐府"事件。汉哀帝的"罢乐府"开启了汉代文艺创作发展的新方向,也代表着大汉君臣对于文艺创作社会功能的重新定位,以及对于"诗言志"观念的新的理解、修正与规范。也正基于这一前提,所以笔者认为自"五四"以来,由于西方政治、哲学等意识形态的影响,我们对汉乐府诗歌的很多诠解,都严重脱离了当时的实际,违背了孟子"知人论世"的原则。譬如《孔雀东南飞》,这首最优秀的汉乐府民歌的代表作品,我们对其思想主旨的理解就与当时的历史背景、作者心理,以及作品的具体表述存在着严重矛盾。这样的情状对于我们全面认识"乐府之罢",给中国文艺带来的深刻影响、巨大转变,显然是很不利的。也正鉴此,所以我们认为结合《孔雀东南飞》的产生时代、作者心理,结合汉乐府的其他创作,结合当时人的文艺观念,对《孔雀东南飞》的思想主旨再加阐释,这对我们准确把握西汉哀帝的"乐府之罢"对于中国文艺的巨大冲击,对于"诗言志"观念的再度重塑,乃是非常有意义的。

一、汉哀帝的"乐府之罢"与两汉"诗言志"观念的变化

正如我们上文所说,汉武帝的改革意识是非常强烈的,如上所引,其《议置武功驰赏官诏》曰:"朕闻五帝之教不相复而治,禹汤之法不同道而王,所由殊路,而建德一也。"又,《定礼仪诏》曰:"盖受命而王,各有所由兴,殊路而同归,谓因民而作,追俗为制也。议者咸称太古,百姓何望?汉亦一家之事,典法不传,谓子孙何?化隆者宏博,治浅者褊狭,可不勉与(欤)!"据此足见,效法"五帝"的不相重复,自信"汉亦一家之事",反对儒者的"咸称太古",这实为汉武帝大力改革,勇于创新,不拘一格的"霸主"情怀的成功写照。

也正由于这种不拘一格的"霸主"情怀,因而才使他在具体行事上每每

展现出豁达通脱，兼收并蓄的英雄气魄。如《汉书·武帝纪》载其元封五年《求贤诏》曰："盖有非常之功，必待非常之人，故马或奔踶而致千里，士或有负俗之累而立功名。夫泛驾之马，跅弛之士，亦在御之而已。其令州郡察吏民有茂材异等可为将相及使绝国者。"[1]在这段文字里，所谓"奔踶""泛驾""跅弛"皆为贬义词，它们都有不循轨辙，不受拘制，放纵不羁的意味。与"负俗之累"一样，三者在此也同样意在说明治理天下，成就伟业，务要海纳百川，德能并举，五材并用。如果执着一隅，唯常是守，不知通变，那是干不出一番轰轰烈烈，地动山摇，气壮山河的事业的。武帝的诏书是这样写的，他在行动上也是这样做的。武帝时期擅长音律的李延年、擅长辞赋的司马相如，擅长滑稽的东方朔与枚皋，之所以皆能与卫青、霍去病、公孙弘、董仲舒、朱买臣等一班名臣一道，共同成为当时的璀璨明星、风云人物，这与武帝的兼容并包，五材并用思想，实是密切相关的。

　　汉武帝的这一统治政策一直延续到宣帝时期。《汉书·王褒传》曰："宣帝时修武帝故事，讲论六艺群书，博尽奇异之好，征能为'楚辞'九江被公，召见诵读，益召高材刘向、张子侨、华龙、柳褒等待诏金马门。……上颇作歌诗，欲兴协律之事，丞相魏相奏言知音善鼓雅琴者渤海赵定、梁国龚德，皆召见。""益州刺史因奏（王）褒有轶材，上乃征褒。……数从（王）褒等放猎，所幸宫馆，辄为歌颂，第其高下，以差赐帛。议者多以为淫靡不急，上曰：'不有博弈者乎？为之，犹贤乎已。辞赋大者与古诗同义，小者辩丽可喜。辟如女工有绮縠，音乐有郑卫，今世俗犹皆以此虞（娱）说（悦）耳目，辞赋比之尚有仁义风谕、鸟兽草木多闻之观，贤于倡优博奕远矣！'"[2]十分明显，汉宣帝之所以对于辞赋、诗乐的审美个性，认识如此清晰，评价如此之高，态度如此包容，这与汉武帝的深入影响显然也是有着极为密切的联系的。

　　宣帝之后，从元成开始，汉代统治便真正进入儒家一尊时期，但是尽管如此，在对文学艺术的态度上，元成二帝似乎还依旧保留着武宣之世的审美好尚。《汉书·元帝纪赞》称元帝"多材艺，善史书，鼓琴瑟，吹洞箫，自度曲，被歌声，分刌节度，穷极幼眇"[3]。《汉书·王褒传》称元帝"喜（王）褒所

①班固《汉书》卷6，中华书局，1962年，第197页。
②班固《汉书》卷64，中华书局，1962年，第2821～2829页。
③班固《汉书》卷9，中华书局，1962年，第298页。

为《甘泉》及《洞箫》颂,令后宫贵人左右皆诵读之"①。《汉书·礼乐志》称
成帝时"郑声尤甚,黄门名倡丙强、景武之属,富显于世"②。又,桓谭《新
论·离事》云:"昔余(父)在孝成帝时任乐府令,凡所典领倡优伎乐,盖有千
人之多也。"③所有这些,都充分说明汉武帝对于文学艺术的豁达情怀,直
到西汉的元成时代还依然呈现着积极影响。汉哀帝的"罢乐府"活动正是
在这样的背景下展开的。

　　首先来看哀帝的《罢乐府诏》是怎样说的。《汉书·礼乐志》:"是时(指
成帝时),郑声尤甚,黄门名倡丙强、景武之属,富显于世。贵戚五侯,定陵、
富平外戚之家,淫侈过度,至与人主争女乐。哀帝自为定陶王时疾之,又性
不好音,及即位,下诏曰:'惟世俗奢泰文巧,而郑卫之声兴。夫奢泰则下不
孙(逊)而国贫,文巧则趋末背本者众,郑卫之声兴则淫辟(僻)之化流,而欲
黎庶敦朴家给,犹浊其源而求其清流,岂不难哉!孔子不云乎?'放郑声',
'郑声淫'。其罢乐府官,郊祭乐及古兵法武乐,在经非郑卫之乐者,条奏别
属他官。'"④由哀帝的《罢乐府诏》不难发现,它主要表达了三层意思:其
一,"郑卫之声"的兴盛是"世俗奢泰文巧"的表现。其二,"奢泰"易导致臣
下的"不孙(逊)"与国家的贫穷,"文巧"易导致臣下的"趋末背本",好逸恶
劳,"郑卫之声"的兴盛易导致淫僻之风的流行。十分明显,如果不对三者
加以清除,而想使黎庶家给人足、敦朴守分,那是根本办不到的。其三,由
于"郑卫之声"的危害十分巨大,所以孔子早就作出了"郑声淫"的定位,提
出了"放郑声"的主张。既然如此,那我们就罢掉那乐府官吧。对于乐府中
那些合乎经法而不属郑卫之音的音乐,如郊祭乐与古兵法武乐,条奏上来,
别归他官。

　　将汉哀帝对诗乐的态度与武宣元成加以对比,不难得知他的思想实是
非常狭隘的。在他看来,人们对于郑卫俗乐的陶醉乃是其生活奢侈、好逸
恶劳的表现,如果对此放任自流,那就必然导致人欲的放纵,淫风的弥漫,
礼义廉耻的沦丧,敦朴之德的消散。十分明显,他所强调的完全就只是诗
乐的教诫功能,像武宣元成那种对于诗乐艺术所具有的独特的审美个性所

①班固《汉书》卷64,中华书局,1962年,第2829页。
②班固《汉书》卷22,中华书局,1962年,第1072页。
③朱谦之校辑《新辑本桓谭新论》卷16,中华书局,2009年,第70页。
④班固《汉书》卷22,中华书局,1962年,第1072～1073页。

持有的开放包容态度,我们在哀帝身上已难见其踪。

与哀帝的这种对于诗乐艺术的贬斥相呼应,对于辞赋创作当时人也同样开始了对它们的尖锐批评。如《汉书·扬雄传》载扬雄之言曰:"赋者,将以风(讽)也。必推类而言,极丽靡之辞,闳侈巨衍,竟于使人不能加也,既乃归之于正,然览者已过矣。往时武帝好神仙,相如上《大人赋》,欲以风(讽),帝反缥缥有凌云之志。繇(由)是言之,赋劝而不止,明矣。又颇似俳优淳于髡、优孟之徒,非法度所存,贤人君子诗赋之正也。"①又,《法言·吾子》曰:"或问:'吾子少而好赋。'曰:'然,童子雕虫篆刻。'俄而曰:'壮夫不为也。'或曰:'赋可以讽乎?'曰:'讽乎!讽则已,不已,吾恐不免于劝。'"又曰:"或问:'景差、唐勒、宋玉、枚乘之赋也,益乎?'曰:'必也淫。''淫则奈何?'曰:'诗人之赋丽以则,辞人之赋丽以淫。如孔氏之门用赋也,则贾谊升堂,相如入室矣。如其不用何?'"又曰:"或问:'君子尚辞乎?'曰:'君子事之为尚。事胜辞则伉,辞胜事则赋,事、辞称则经。足言足容,德之藻矣!'"②等等。虽然早在武帝时期,枚皋就有"为赋乃俳,见视如倡,自悔类倡"③的感叹,宣帝之时对于辞赋创作也有不少"以为淫靡不急"的议论,但是像扬雄这样,对于包括自己在内的赋家辞人,给出如此强烈的批评,这在以前实是未曾有过的。众所周知,扬雄在元成之时是以作赋擅长的,但到哀平之后却转到了哲学建构上。扬雄的这一转化与哀帝的"罢乐府"一样,也同样意味着汉代的文艺创作又出现新的转关了。

为了更好地说明这一点,下面我们不妨也在东汉选取一君一臣两个例子,以对哀帝、扬雄之后汉代的文艺转向作一再度展示。如明帝《下诏改乐名乐官》曰:"《尚书璇玑钤》曰:'有帝汉出,德洽作乐,名太予。'今且改郊庙乐曰太予乐,太乐官曰太予乐官,以应图谶。"④又,《诏班固》曰:"司马迁著书,成一家言,扬名后世,至以身陷刑之故,反微文讥刺,贬损当世,非谊士也。司马相如涊行无节,但有浮华之辞,不周于用。至于疾病而遗忠,主上求取其书,竟得颂述功德,言封禅事,忠臣效也。至是贤迁远矣。"⑤对汉明

①班固《汉书》卷87,中华书局,1962年,第3575页。
②汪荣宝《法言义疏》卷2,中华书局,1987年,第45～60页。
③班固《汉书·枚乘传》卷51,中华书局,1962年,第2367页。
④严可均《全后汉文》卷3,《全上古三代秦汉三国六朝文》,中华书局,1958年,第488页。
⑤班固《典引》引,李善等《六臣注文选》卷48,中华书局,2012年,第917页。

帝的诏书稍加审视即不难得知,如汉哀帝一样,汉明帝也同样是把道德教化,敦朴守分放在文艺创作的第一位的。也正因此,所以在前一诏书里,他把太乐的改名与道德的广博周遍联系在一起。在后一诏书里,他一方面批评司马迁的发愤抒情,抨击时弊与司马相如的纵情无节,骋才驰藻,另一方面对于司马相如的歌功颂德,建议封禅又大加赞誉,称之为忠臣之效,"贤迁远矣"。毋庸置疑,在对待文艺创作的态度上,他与汉哀帝实是一脉相贯的。

专制皇帝既是这种态度,那臣下自然也难相违。譬如班固,他在这方面就很典型。虽然在《汉书·司马相如传》与《两都赋序》中,他对西汉的大赋创作也给予了一定肯定,认为它们"或以抒下情而通讽谕,或以宣上德而尽忠孝"①,"扬雄以为靡丽之赋,劝百而风(讽)一,犹骋郑卫之声,曲终而奏雅,不已戏乎"②,但是在其更为正式的学术著作《艺文志》中,他对枚乘、司马相如与扬雄等的辞赋创作却皆给予了尖锐批评:"汉兴,枚乘、司马相如,下及扬子云,竞为侈丽闳衍之词,没其风(讽)谕之义,是以扬子悔之,曰:'诗人之赋丽以则,辞人之赋丽以淫。如孔氏之门人用赋也,则贾谊登堂,相如入室矣,如其不用何!'"显然,这一看法与扬雄晚年的看法也是高度相应的。又,同是在《艺文志》中,班固又说:"自孝武立乐府而采歌谣,于是有代赵之讴,秦楚之风,皆感于哀乐,缘事而发,亦可以观风俗,知薄厚云。"③这与汉武帝"立乐府而采歌谣"的初衷,显然也是相去甚远的。

二、从"汉乐四品"看东汉乐署的因革变化

当然,我们说汉哀帝的"罢乐府"乃两汉文艺转关的标志,只是从总体上说的,这并不意味着从此以后两汉的文艺创作自上而下就全部改观了。如《汉书·礼乐志》叙哀帝"罢乐府"的效果说:"然百姓渐渍日久,又不制雅乐有以相变,豪富吏民,湛(沉)沔(湎)自若,陵夷坏于王莽。"④又,北宋陈旸《乐书》说:"光武喜郑声,顺、桓说(悦)悲声,灵帝耽胡乐。若梁商,大臣,朝廷之望也,会宾以《薤露》之歌为乐。京师近地,诸夏之本也,嘉会以魁

---

① 费振刚等《全汉赋》,北京大学出版社,1993 年,第 311 页。
② 班固《汉书》卷 57,中华书局,1962 年,第 2609 页。
③ 班固《汉书》卷 30,中华书局,1962 年,第 1756 页。
④ 班固《汉书》卷 22,中华书局,1962 年,第 1074 页。

（傀）㑌（偓）、挽歌之技为乐，岂国家久长之兆也？然则人主之为乐，可不戒之哉！"①等等。对此展示的就是很清楚的。但是尽管如此，两汉文艺自"乐府之罢"后在整体上很快改观，这也是不容否认的。

进言之，也即是两汉的大政方针虽然自元帝开始，已明显转向，《汉书·元帝纪》载元帝"柔仁好儒，见宣帝所用多文法吏，以刑名绳下"，"尝侍燕（宴）从容言：'陛下持刑太深，宜用儒生'"②，即足证此，但是文艺的更替较之其他统治措施毕竟要缓慢，所以我们完全可以把西汉元成时期视为两汉文艺变革的过渡期。有关这一点，其实只要我们将扬雄的大赋与马王班张的大赋稍加比较，即不难得知。虽然与司马相如相较，扬雄的大赋已明显呈现出学问化、典雅化的倾向，但是就总体而言，其铺采摛文、骋才驰藻、娱情乐性的特征并没有太大改变。如果与王褒的辞赋加以比较，就更是如此。然而班固、张衡就不同了。虽然他们的赋作也是欲抑先扬，但是他们的欲抑先扬并不像"曲终奏雅"式的欲抑先扬那样纯为幌子，他们显然都是要以后篇否定前篇，也即以东都（京）否定西都（京）的。可是由于后篇掺入了太多的道德伦理、政治说教内容，致使其在艺术成就、审美色彩上都远远赶不上前篇。这样，就造成了一个十分奇特的现象：本是要被否定的对象，却反而显得璀璨亮丽，生动异常，而那要被肯定的对象却反而显得暮气沉沉，黯淡无光。这样的乱象显然只有在哀帝"罢乐府"后，儒家的"诗教"观念一统天下，独霸文坛的背景下才能发生。

由此我们也可再度看出，汉哀帝的"乐府之罢"，它在两汉文艺的变革史上确乎具有里程碑的意义。把它视为两汉之交文艺变革最具代表性的标志，也是当之无愧的。对于这一点，我们通过东汉乐署对西汉乐署的因承变化，也同样可以看得很清楚。

由东汉蔡邕《礼乐志》的记载不难看出，东汉朝廷音乐署衙所掌握的乐品主要有四种："汉乐四品：一曰太予乐，典郊庙、上陵、殿诸食举之乐。郊乐，《易》所谓'先王以作乐崇德，殷荐上帝'，《周官》'若乐六变，则天神皆降，可得而礼也'。宗庙乐，《虞书》所谓'琴瑟以咏，祖考来假'，《诗》云'肃雍和鸣，先祖是听'。食举乐，《王制》谓'天子食举以乐'，《周官》'王大食则

---

①马端临《文献通考》卷141引，中华书局，1986年，第1247页。
②班固《汉书》卷9，中华书局，1962年，第276页。

令奏钟鼓'。二曰周颂雅乐,典辟雍、飨射、六宗、社稷之乐。辟雍、飨射,《孝经》所谓'移风易俗,莫善于乐',《礼记》曰'揖让而治天下者,礼乐之谓也'。社稷,《诗》所谓'琴瑟击鼓,以御田祖'者也。《礼记》曰'夫乐施于金石,越于声音,用乎宗庙、社稷,事乎山川、鬼神',此之谓。三曰黄门鼓吹,天子所以宴乐群臣,《诗》所谓'坎坎鼓我,蹲蹲舞我'者也。其短箫铙歌,军乐也。其传曰'黄帝、岐伯所作,以建威扬德,风劝士'也。盖《周官》所谓'王师大献则令凯乐,军大献则令凯歌'也。"①从蔡邕的以上描述可以看出,较之西汉,东汉黄门署的职掌显然扩大了,而与太乐相当的太予乐,它的职掌则明显缩小了。

如上所说,西汉的音乐机构主要分太乐与乐府二署,太乐掌管宗庙乐,乐府掌管郊祀乐与兵法武乐。直到哀帝"罢乐府"后,这三类音乐才全归太乐。东汉之后,太乐更名为太予乐,对此《后汉书·显宗孝明帝纪》与《曹褒列传》讲得都很明确。如前者曰:"(永平三年)秋八月戊辰,改太乐为太予乐。"②后者曰:"帝善之,下诏曰:'今且改太乐官曰太予乐。'"③从蔡邕所列的音乐四品看,一二两类明显都属太予乐管辖。因为据《后汉书·百官二》载:"太予乐令一人。……凡国祭祀,掌请奏乐,及大飨用乐,掌其陈序。"④在上文一二两类乐品所包涵的乐种里,郊庙、上陵、辟雍、六宗和社稷显然都与祭祀有关,飨射和殿诸食举显然都与大飨有关。据此,说一二两品皆属太予乐显然是不应有异议的。

在蔡邕所列的音乐四品中,第三品黄门鼓吹和第四品短箫铙歌皆属军乐。不过,在具体使用上却并不只限军用场合,特别是前者更是这样。其实根据有关文献记载,所谓"鼓吹"实际下含鼓吹、横吹、骑吹和短箫铙歌四个小类,虽然它们所用乐器互有不同,但是由于皆要击鼓为节,所以才以"鼓吹"作统称⑤。蔡邕说鼓吹曲用于"宴乐群臣"。前文孔光、何武所奏答的"朝贺置酒陈殿下,应古兵法",不应予以罢黜的古兵法武乐中也有"骑吹

---

①范晔《后汉书·礼仪中》注引,中华书局,1965年,第3131～3132页。按,《宋书·乐志二》和《隋书·音乐志上》也有摘录。
②范晔《后汉书》卷2,中华书局,1965年,第106页。
③范晔《后汉书》卷35,中华书局,1965年,第1201页。
④范晔《后汉书》志25,中华书局,1965年,第3573页。
⑤按,一般认为,鼓、箫、笳并用,在车上或地上演奏者叫鼓吹,在马上演奏者叫骑吹。鼓、角并用,在马上演奏者为横吹。鼓、短箫、铙并用,在马上演奏者为短箫铙歌。

鼓员"一类。又,晋孙毓《东宫鼓吹赋》:"鼓吹者,盖古人之军声,振旅献捷之乐也。后稍用之朝会焉,用之道路焉。"①又,晋崔豹《古今注》:"汉乐有黄门鼓吹,天子所以宴乐群臣。短箫铙歌,鼓吹之一章耳,亦以赐有功诸侯。"②综合以上记载,不难发现"黄门鼓吹"和"短箫铙歌"虽系军乐,但在具体使用场合上却是相当灵活的。特别是前者,甚至可以说为朝贺宴饮助兴,已经成为它的主要功能了③。军乐在哀帝罢乐府后也归太乐管辖,东汉改太乐为太予乐,依理而论掌管军乐的也应是太予乐,可是在有关"鼓吹"的记载上却每每都冠有"黄门"二字,这足以说明东汉军乐乃是由黄门署管辖的。西汉黄门署只兼管一些俗乐,东汉黄门署却兼掌军乐(也用为宴乐),它的职权范围显然扩大了。《唐六典》卷14:"后汉少府属官有承华令,典黄门鼓吹百三十五人。"④《通典》卷25:"后汉有承华令,典黄门鼓吹,属少府。"⑤尽管在这两处记载里并没有提到"短箫铙歌",但是可以肯定,既然它与黄门鼓吹皆属军乐,则它们同属黄门署下的承华令管辖也必是毫无疑义的。

西汉的太乐与乐府所辖之乐,虽不像黄门和掖庭那样全为俗乐,但是也是有不少俗乐的。那东汉的太予乐、黄门和掖庭其情形又如何呢?首先东汉的掖庭与西汉应无两样,它的诗乐应该也全系俗乐。《后汉书·陈蕃列传》载王甫之言曰:"窦武何功,兄弟父子,一门三侯?又多取掖庭宫人,作乐饮宴。"⑥对此即是一绝好的说明。其次东汉的黄门所掌之乐应远较西汉为多,它的职掌明显扩大了。因为一方面像西汉黄门一样,东汉黄门也依然掌管着俗乐。《周礼·春官·旄人》"旄人掌教舞散乐"郑玄注说:"散乐,野人为乐之善者,若今黄门倡。"⑦对此体现得即很明确。另一方面在西汉先由乐府掌管,后又转归太乐的鼓吹、铙歌,在东汉也同样转到了黄

---

① 虞世南《北堂书钞·乐部四·鼓吹八》卷108注引,又见《仪饰部上·鼓吹六》卷130注引(文字稍异),中国书店,1989年,第415、514页。

② 崔豹《古今注》卷中,中华书局,1985年,第11页。

③ 按,太予乐所掌的大飨之乐,使用场合比较严肃,带有较多的礼仪色彩,而鼓吹乐因是燕乐群臣,气氛当然比较活泼。宋人郑樵说:"享(飨),大礼也。燕(宴),私礼也。"所言可信。详郑樵《通志二十略·乐略第一·乐府总序》,中华书局,1995年,第886页。

④ 李林甫等《唐六典》卷14,中华书局,1992年,第406页。

⑤ 杜佑《通典·职官七》卷25,中华书局,1984年,第148页。

⑥ 范晔《后汉书》卷66,中华书局,1965年,第2170页。

⑦ 贾公彦《周礼注疏》卷24,孔颖达等《十三经注疏》,中华书局,1980年,第801页。

门署下。有关这一点,我们在上文展示的也是很清楚的。之所以出现这种情况,原因不外有两点:一是鼓吹、铙歌均来自异域,音律活泼,不同于传统雅乐,与那些流行的俗乐反而更接近些。二是鼓吹、铙歌所用的场合乃宴乐、军旅,它们与祭祀、大飨乃两类根本不同性质的活动。前者对诗乐的要求是浓烈抒情,后者对诗乐的要求是严肃神圣。前者更强调乐调的审美效果,也即实际的感染力,后者更关注乐调的礼仪色彩,也即象征意味。由于无论在内容上还是风格上都与祭祀乐、大飨乐不相应,所以东汉人才将其从太予乐移除,而转至黄门署下。

结合哀帝的"乐府之罢",以及黄门署的职责变化,不难发现:第一,与西汉专门的音乐署衙太乐与乐府相较,东汉太予乐所掌之乐明显变得更为雅化,更为纯净了。它只负责祭祀乐与大飨乐这些严肃的诗乐,它们都是以中国传统雅乐为基础而创制出来的。在文献中我们之所以没有发现任何太予乐与俗乐发生瓜葛的记载,这与东汉人对于太予乐的着意雅化显然是分不开的。第二,与西汉相较,东汉黄门署所掌之乐,其品味也明显提高了。如上所述,与掖庭一样,黄门署也是专为皇宫服务的少府的下设机构,它在西汉也是专掌俗乐的。不过,随着黄门署在东汉地位的提高,原归乐府管辖,后又转归太乐的鼓吹、铙歌也由它掌管。如上所示,这些鼓吹、铙歌乃是由哀帝"罢乐府"时所保留的合乎"经法"的"古兵法武乐"变来的,它们在当时也被视为雅乐。这些诗乐进入黄门,黄门的乐品当然也就随之提升了。

既然如此,则不难察知东汉人对于诗乐的态度显然沿续了哀帝"罢乐府"的遗绪。汉哀帝已经罢黜了那些不合"经法"的"兵法武乐"与"郑卫之乐",东汉人更在此基础上,使诗乐的配属更趋合理。一方面作为朝廷专门的也是最高的音乐署衙,太予乐只掌祭祀乐与大飨乐这些庄重严肃的诗乐,它的神圣性、纯正性显然更突出了,另一方面鼓吹、铙歌这些宴乐群臣、祝捷贺功的雅乐的加入,也使黄门在很大程度上改变了其专掌俗乐、媚悦主上的不雅形象,不仅为皇家的私家用乐提供了由俗转雅的可能,而且也使东汉乐署的整体风貌获得了进一步改观。由东汉乐署的这些变化,我们可再度看出:汉哀帝的"乐府之罢"对于两汉文艺观的转向,其影响确实是非常深远的。

三、东汉乐署的"采诗"之风与西汉之异

我国向有"采诗"之风,这在学界早有共识。之所以会有这样的风习,原因不外以下两点。一是借"采诗"以观兴衰,易风俗,二是借"采诗"以创新乐,谱新曲。这一传统早在先秦就已很流行,两汉时期更得到了进一步发挥。不过,尽管如此,有一点我们仍需注意,具体说来,那就是虽然两汉"采诗"之风都很盛行,但是"采诗"的目的却因时代的不同而存在着明显差异。进言之,西汉"采诗"其主要目的乃在创新乐,谱新曲,而东汉"采诗"则主要为了观兴衰,易风俗。这也是东汉人在哀帝"乐府之罢"的基础上,对于东汉音乐署衙所作的又一变革。

关于西汉的"采诗"活动,应该说早在刘邦时代即已开始。应劭《风俗通义》曰:"巴有賨人,剽勇。高帝为汉王时,阆中人范目说高祖募取賨人,定三秦。……阆中有渝水,賨人左右居,锐气喜舞,高祖乐其猛锐,数观其舞,后令乐府习之。"[①]对此就是一很好的说明。不过,西汉时期真正大规模地进行"采诗",乃是武帝之后的事。武帝由于审美的自觉,同时也因郊祀的需要,所以不仅广泛"采诗",而且还特意设立了一个新的音乐署衙"乐府",以专门负责此事。关于武帝"采诗"的目的,最早给予解说的是《汉书·艺文志》:"自孝武立乐府而采歌谣,于是有代赵之讴,秦楚之风,皆感于哀乐,缘事而发,亦可以观风俗,知薄厚云。"(见前)但是正如我们前文所说,班固的这一论断与武帝"采诗"的初衷乃是根本不相合的。因为武帝之所以"立乐府而采歌谣",其唯一目的就在创制新曲。这不仅是其郊祀天地、愉悦神灵、期与交通的需要,而且也是其情感解放、精神开放、审美觉醒的反映。看不到在汉武帝"采诗"作乐,郊祀天地的背后,也蕴藏着大汉君臣因为经济、国力的崛起而随之产生的强烈的情感宣泄、精神消费需求,这也同样是不明智的。

也正基此,所以我们认为《汉书·艺文志》所提出的看法只能代表班固的观点,或者换句话说,只能代表东汉人的观点,它与汉武帝"采诗"的本旨乃是根本不相关的。《艺文志》之所以会提出这样的看法,这不过是东汉人根据东汉"采诗"的习尚,而作出的主观臆测,甚乃善意曲饰罢了。那么,在

---

① 王利器《风俗通义校注·佚文》,中华书局,1981年,第490～491页。

《汉书·艺文志》的这一表述里,究竟包藏着怎样的信息呢? 仔细品味,不难发现它至少潜含以下三层意思。第一,诗乐创作乃是人的内在情感的自然流露,它们都是源于现实,发自本心,真挚无伪的。第二,也正是因为它们源于现实,发自本心,真挚无伪,所以通过这些诗乐创作,我们完全可以对它们所反映的生活,所展露的情怀产生一个真切的认识。第三,有了这样真切的认识,我们自可进一步观风俗,识厚薄,知得失,这不仅是我们赖以自省,自我体察的重要途径,而且也是我们因材施政,因俗制乐,移风易俗的重要借鉴。

　　当然,以上这些诗乐见解,初看上去并不新鲜,因为早在先秦它们就已出现了,到了西汉更有进一步的发展。如《荀子·乐论》云:"夫乐者,乐也,人情之所必不免也。……故人不能不乐,乐则不能无形,形而不为道,则不能无乱。先王恶其乱也,故制雅颂之声以道(导)之,使其声足以乐而不流,使其文足以辨而不諰,使其曲直、繁省、廉肉、节奏,足以感动人之善心,使夫邪污之气无由得接焉。"①又,《礼记·乐记》曰:"凡音之起,由人心生也。人心之动,物使之然也。感于物而动,故形于声,声相应,故生变,变成方,谓之音。""是故治世之音安以乐,其政和;乱世之音怨以怒,其政乖;亡国之音哀以思,其民困。声音之道,与政通矣。"②又,《诗大序》也谓:"诗者,志之所之也。在心为志,发言为诗。情动于中而形于言,言之不足,故嗟叹之,嗟叹之不足,故永(咏)歌之,永(咏)歌之不足,不知手之舞之,足之蹈之也。……故正得失,动天地,感鬼神,莫近于诗。先王以是经夫妇,成孝敬,厚人伦,美教化,移风俗。"③等等。

　　但是,对于中国文学的发展稍有了解,即不难得知先秦西汉的这些诗乐见解,虽然在理论上已达相当的层次,以致使东汉的相关论述,自始至终也未能超越它们的藩篱,但是十分遗憾,直到哀帝"罢乐府"前,它们也依然未能成为人们的共识。至于说在具体的现实实践中加以落实,那更是东汉以后的事。有关这一点,只要我们看看两汉音乐署衙所保存的乐府民歌就不难晓知。正如许多学者所说,在现存的乐府民歌中,绝大多数都是东汉之诗,属于西汉者寥寥无几。之所以会出现这种情况,一个十分重要的原

---

①王先谦《荀子集解》卷14,中华书局,1988年,第379页。
②朱彬《礼记训纂》卷19,中华书局,1996年,第559~560页。
③孔颖达《毛诗正义》卷1,孔颖达等《十三经注疏》,中华书局,1980年,第269~270页。

因就在于,"西汉乐府广采民歌主要是为了'被声乐',造新声。具体地说,就是为了在崇祀的名义下改编雅乐,创制新声。所以,在这个意义上,西汉乐府更为重视的应当是乐曲,而不是歌辞"①。这就使得乐府歌辞虽然在西汉采集甚广,但是存录下来的却寥寥无几。这与东汉的"采诗"主要是为了知得失,易风俗,显然是有很大不同的。

也正是由于东汉的"采诗"主要是为了知得失,易风俗,所以不仅使大量的歌辞,也即诗歌,得以保存,而且也使这些诗歌深深地打上了极其鲜明的"诗教观"的烙印。具体说来,其主要表现在:

第一,以家庭生活为题材的诗歌明显增多。我们知道,以家庭为单位的社会组织形式不仅是儒家思想赖以产生的基础,而且也是儒家"诗教观"赖以产生的基础。家庭的亲好和睦,万里同风,这实乃儒家追求的最高目标。也正因此,所以反映家庭问题的诗歌才在汉乐府民歌中占了相当比重。如《上山采蘼芜》写的是丈夫休妻以后的懊悔,《孤儿行》写的是兄嫂对孤弟的迫害,《妇病行》写的是妇病儿啼,生活无着的酸辛,《东门行》写的是家贫难耐,铤而走险的激愤,《刺巴郡郡守诗》写的是官吏催债,假贷无门的无奈,《平陵东》《乌生》写的是遭劫破家的悲哀,《饮马长城窟行》《十五从军征》写的是战争失家的凄怆,《悲歌》《古歌》写的是游宦不归的怅惘,《陇西行》《艳歌行》写的是女性持家的守礼,《相逢行》《鸡鸣》写的是富家生活的奢侈等等。如果我们稍加留意,还可进而发现在汉乐府民歌中,"家"字以及与"家"相关的"妻"字、"儿"字,其出现频率相当之高。之所以如此,其原因依然不外是汉儒的"诗教观"本来就是以家庭建构为基础的。

第二,叙事诗数量急剧增多。众所周知,中国文学并不是以叙事见长的,这与"模仿说"主导下的西方文学显然有很大差异。也正因此,所以中国诗歌从《诗经》开始叙事诗就不多,《楚辞》里的叙事诗数量就更少了。西汉时的诗歌保存下来的本来就有限,叙事诗在其中所占的比重就更微乎其微。但是这一情状在东汉却得到了大大改观。由于东汉乐署的"采诗"活动,主要乃为了统治者的观风俗,知得失,美教化,易风俗,所以"乐府民歌从长篇《孔雀东南飞》到小诗《公无渡河》,都带有明显的情节性、故事性。即如一些抒情诗,如《白头吟》《怨歌行》《青青陵上柏》等作品,也多具浓郁

① 陈炎、仪平策《中国审美文化史》(秦汉魏晋南北朝卷),山东画报出版社,2000年,第163页。

的叙事成份。"一言以蔽之,东汉乐府民歌"并非偏于抒情,而是以叙事为基本特征的"①。班固之所以把乐府民歌的特点描述为"感于哀乐,缘事而发",应当说正是看到了其"饥者歌其食,劳者歌其事"的叙事特征的。明人徐祯卿、许学夷说:"乐府往往叙事,故与诗殊。"②"汉人乐府五言与古诗,体各不同。古诗体既委婉,而语复悠圆;乐府体既轶荡,而语更真率。盖乐府多是叙事之诗,不如此不足以尽倾倒。"③清人张实居、赵执信说:"乐府之异于诗者,往往叙事"④,"如《上留田》《霍家奴》《罗敷行》之类,多言当时事"⑤。等等。彼此对照,不难看出以上诸家对于汉乐府民歌的叙事特征,应当说看的都是很清楚的。

　　第三,诗歌的劝戒性倾向大大增强。正如有的学者所说:"儒家审美文化在东汉的全面发展,使得艺术的伦理教化功能得到了空前突出的强调。"⑥在很大程度上,东汉民歌叙事成份的激增就是为其伦理教化的现实功用服务的。也正因此,所以东汉民歌才大都呈显出了十分浓厚的劝戒意味。如《陌上桑》:"罗敷前置辞:使君一何愚! 使君自有妇,罗敷自有夫。"⑦《战城南》:"何以南? 何以北? 禾黍不获君何食? 愿为忠臣安可得。"⑧《白头吟》:"男儿重意气,何用钱刀为。"⑨《上山采蘼芜》:"新人虽言好,未若故人姝。"⑩《长歌行》:"少壮不努力,老大徒伤悲"⑪等等。这一倾向也大大影响了文人诗,如辛延年《羽林郎》:"人生有新故,贵贱不相逾。"⑫郦炎《诗二首》:"贤愚岂常类? 禀性在清浊。"⑬秦嘉《赠妇诗三首》:"皇灵无私亲,为善荷天禄。"⑭赵壹《鲁生歌》:"且各守尔分,勿复空驰

①陈炎、仪平策《中国审美文化史》(秦汉魏晋南北朝卷),山东画报出版社,2000年,第167页。
②徐祯卿《谈艺录》,何文焕《历代诗话》,中华书局,2004年,第769页。
③许学夷《诗源辩体》卷3,人民文学出版社,1987年,第67页。
④王士祯等《师友诗传录》,王夫之等《清诗话》,上海古籍出版社,1978年,第132页。
⑤赵执信《声调谱·论例》,王夫之等《清诗话》,上海古籍出版社,1978年,第321页。
⑥陈炎、仪平策《中国审美文化史》(秦汉魏晋南北朝卷),山东画报出版社,2000年,第164页。
⑦逯钦立《先秦汉魏晋南北朝诗·汉诗》卷9,中华书局,1983年,第260页。
⑧逯钦立《先秦汉魏晋南北朝诗·汉诗》卷4,中华书局,1983年,第157页。
⑨逯钦立《先秦汉魏晋南北朝诗·汉诗》卷9,中华书局,1983年,第274页。
⑩逯钦立《先秦汉魏晋南北朝诗·汉诗》卷12,中华书局,1983年,第334页。
⑪逯钦立《先秦汉魏晋南北朝诗·汉诗》卷9,中华书局,1983年,第262页。
⑫逯钦立《先秦汉魏晋南北朝诗·汉诗》卷7,中华书局,1983年,第198页。
⑬逯钦立《先秦汉魏晋南北朝诗·汉诗》卷6,中华书局,1983年,第183页。
⑭逯钦立《先秦汉魏晋南北朝诗·汉诗》卷6,中华书局,1983年,第187页。

驱。"①孔融《临终诗》:"人有两三心,安能合为一。"②《李陵别录诗二十一首》:"努力崇明德,皓首以为期"③等等。这一现象也同样表现在许多引物为喻的比兴里。别的且不说,即仅就《古诗十九首》而论,其中就有很多这样的例子。如《行行重行行》"胡马依北风,越鸟巢南枝",《青青陵上柏》"人生天地间,忽如远行客",《今日良宴会》"人生寄一世,奄忽若飚尘",《明月皎夜光》"南箕北有斗,牵牛不负轭",《冉冉孤竹生》"菟丝生有时,夫妇会有宜","伤彼蕙兰华,含英扬光辉。过时而不采,将随秋草萎",《回车驾言迈》"人生非金石,岂能长寿考",《驱车上东门》"浩浩阴阳移,年命若朝露",《客从远方来》"以胶投漆中,谁能别离兹"④等等。由于这些说理性、格言化的诗句的加入,显然使诗歌因而变得更富含蕴,启人深思。东汉"诗教观"的流行,对于东汉诗歌所产生的影响,我们由此不难得知。所有这一切,显而易见,都与汉哀帝"罢乐府"后,官方乐府署衙对于诗歌创作的自觉采集、积极引领、热心干预,密切相关。

东汉乐署的"采诗"之风与西汉之异已如上述,下面再探析一下东汉"采诗"究竟是在哪个乐署进行的。如上所示,东汉乐署主要有太予乐、黄门署与掖庭三大部门。太予乐主管祭祀乐与大飨乐,是一个比较严肃也比较专一的部门,而掖庭则纯粹是一个服务后宫的部门,并不是一个正式的官僚机构,据此则这两个部门显然都是不可能主持"采诗"活动的。而黄门署则不同,它乃关通内外,权力显赫的政府机构,后来发展为门下省,所以东汉的"采诗"活动一定是由它来负责的。它的职能与西汉的乐府也颇有相似,不仅管理鼓吹、铙歌等"兵法武乐",而且也管理郑卫俗乐,唯一的不同就是不再掌管郊祀乐。明白于此,那么,东西汉乐署的因承关系,我们也就看得更为清楚了。

四、上世纪"五四"以后学界对《孔雀东南飞》的曲释

《孔雀东南飞》是汉乐府民歌中篇幅最长的一篇,也是它们中最优秀的一篇,还是对东汉流行的儒家"诗教观"体现得最充分、最生动的一篇。由

①逯钦立《先秦汉魏晋南北朝诗·汉诗》卷6,中华书局,1983年,第190页。
②逯钦立《先秦汉魏晋南北朝诗·汉诗》卷7,中华书局,1983年,第197页。
③逯钦立《先秦汉魏晋南北朝诗·汉诗》卷12,中华书局,1983年,第337页。
④李善等《六臣注文选》卷29,中华书局,2012年,第538~543页。

于它的存在,才使东汉大力倡扬的儒家"诗教观"得到了最亮丽、最突出的展现。不过,十分遗憾,长期以来学者们对此认识的并不是很清楚。之所以存在这样的缺憾,一个十分重要的原因就在于学者们对于《孔雀东南飞》的主题一直都存在着很大误解。当然,对于《孔雀东南飞》主题的误解,乃是"五四"以后才出现的。"五四"之后西方各种社会思想的输入,为我们重新解读传统文化提供了新的视角,其最直接的结果就是产生了鲁迅、胡适等一大批学兼中西的文化大师。但是也必须承认,在运用这种新视角来对中国文化进行重新阐释时,也产生了诸多偏颇。这些偏颇也同样影响到了我们对《孔雀东南飞》主题的理解。

举例来说,刘大杰先生的《中国文学发展史》是他长期从事中国文学史教学和研究的成果。该书开始写作于上世纪 30 年代,初版于 40 年代,应该说代表了"五四"之后我国早期学人对于中国文学的独特认识。该书认为:"焦母、刘兄是封建势力的代表,诗人把他们那种专横势利的统治阶级的本质,写得非常真实,引起读者无比的愤恨。在刘兰芝的形象上,作者以满腔同情的笔力,在矛盾极其尖锐的复杂斗争过程中,真实而又生动地写出她那种反封建的坚强意志和争取婚姻自由的决心。仲卿的性格虽不如兰芝的坚强,然他始终是忠于爱情、忠于兰芝的。他正表现出小官僚知识分子的软弱性,但他这种软弱的性格,在矛盾斗争的过程中,逐步坚强起来,终于用自己的生命,完成了他的理想。"[①]显而易见,这一分析已对《孔雀东南飞》的人物作了重新的改造,使他们深深打上了作者所生活的那个深受西方政治哲学思想影响的时代的印记。尽管这一认识在当时不乏进步性,但是用今天的眼光看,它显然是比较幼稚的。

继刘大杰《中国文学发展史》之后,出现的另一部比较有代表性的文学史著作是游国恩等编写的《中国文学史》。该书初版于上世纪 60 年代初,在许多方面都较刘本有所超越,但是在对《孔雀东南飞》主题的认识上,其进步却是非常有限的。该书认为:"《孔雀东南飞》深刻而巨大的社会意义和思想意义,在于:通过焦仲卿、刘兰芝的婚姻悲剧有力地揭露了封建礼教、封建家长制的罪恶,同时热烈地歌颂了兰芝夫妇为了忠于爱情宁死不屈地反抗封建恶势力的精神,并最后表达了广大人民争取婚姻自由的必胜

---

① 刘大杰《中国文学发展史》,上海古籍出版社,1982 年,第 227 页。

信念。"①尽管游本已克服了刘本诸如"知识分子的软弱性"之类的机械比附,但在整体上应该说它仍没跳出前者的窠臼。这一缺憾也同样表现在当时人所撰写的其他文学史传本上。如朱东润主编的《中国历代文学作品选》的刊行比游本早一年,在很长一段时间内二者一直配套使用。朱本也认为《孔雀东南飞》"通过焦仲卿和刘兰芝的爱情悲剧,对封建制度和封建礼教的罪恶作了深刻的揭露和鞭斥"②。二者的认识如此接近,这显然不是偶然的。"五四"以来西方文化的传入对中国古代文学研究的影响之重,我们由此可见一斑。

尽管这一影响在改革开放以后已为不少学者所认识,但是它的余响直到现在也仍未完全消失。例如于非主编的《中国古代文学作品选》初版于1991年,该书认为《孔雀东南飞》"有力地揭露和抨击了封建礼教和封建家长制的罪恶,对这对青年夫妇的不幸遭遇给予深切的同情"③。袁世硕主编的《中国古代文学作品选》初版于2002年,该书认为《孔雀东南飞》"通过刘兰芝、焦仲卿的婚姻悲剧,暴露了封建礼教、封建家长制的罪恶"④。罗宗强、陈洪主编的《中国古代文学发展史》初版于2003年,该书认为《孔雀东南飞》"这首长篇叙事诗的意义,在于它深刻地反映了礼教对真情的摧残,歌颂了兰芝夫妇的反抗精神"⑤等等。勿庸置言,三者在思想上与上文游、朱的论述,实可谓是一脉相贯的。

那么,在一两千年前的两汉社会究竟有没有可能产生这样的反封建反礼教的主题呢?尽管对于儒家礼教的形成时间,我们可远溯于西周初年的周公旦,以后经孔子、孟子、荀子和董仲舒的补充修整又得以不断强化,但是严格而论,礼教在两汉的统治却是相当宽松的。有人说"五四"时期真正要打倒的乃是朱家店而并非孔家店、董家店,应当说是有它的道理的。

因为史书上有明确记载,说孔子的儿子死了,他就曾多次鼓励过儿媳改嫁,而且这种改嫁之风直到汉代也仍未受到限制。如陈平的夫人在嫁给陈平前已经"五嫁",而陈平犹自取以为妻⑥。朱买臣家贫,以卖柴为生,

①游国恩《中国文学史》,人民文学出版社,1963年,第169页。
②朱东润《中国历代文学作品》上编第1册,上海古籍出版社,2002年,第377年。
③于非《中国古代文学作品选》,高等教育出版社,1991年,第236页。
④袁世硕《中国古代文学作品选》,人民文学出版社,2002年,第436页。
⑤罗宗强、陈洪《中国古代文学发展史》,南开大学出版社,2003年,第261页。
⑥司马迁《史记》卷56《陈丞相世家》,上海古籍出版社,1997年,第1596～1597页。

"其妻亦负戴相随,数止买臣毋歌呕道中。买臣愈益疾歌,妻羞之,求去",也另嫁他人①。汉武帝的外祖母和母亲王夫人皆两嫁,母亲先嫁金王孙,生一女,然后又嫁汉景帝。但是汉武帝听说后并不以为羞,反而大喜过望,亲自把这个同母异父的大姐接到宫中与母相见,并授封为"修成君"②。如果说陈平娶妻、朱买臣遭弃、汉武帝外祖母再嫁之时尚属平民,对礼教之用还不够重视的话,那么汉景帝竟娶一个再嫁之妻,并把这个妻子封为皇后,"罢黜百家,独尊儒术"的汉武帝听说后不仅不以为羞,反而亲接同母异父的姐姐回宫,这样的行动就有点离奇了。贵为帝王的大汉皇帝,何以对女子再嫁如此宽容呢?唯一的解释只能是当时的礼教统治还远不够严密,还不像宋、明以后那样走向极端化。

　　汉武帝刘彻不以自己的同母异父姐姐为耻,无独有偶,光武帝刘秀对于他姐姐的再嫁也充满热心。刘秀的姐姐为湖阳公主,先嫁胡珍。胡珍死后,又看上了大司空宋弘。刘秀知道后非常高兴,并亲自出马为姐姐保媒。有一天,他让姐姐坐在屏风后,把宋弘召进朝堂说:"谚言'贵易交,富易妻',人情乎?"意思是说地位提高了就要换换朋友,有了钱财了就要换换妻子,这是不是也是人之常情呀?谁知宋弘听后却非常严肃地说:"臣闻:贫贱之知不可忘,糟糠之妻不下堂!"刘秀听后,知道事情不好办,只好回头不无遗憾地告诉屏风后的姐姐说:"小弟无能,姐姐的希望恐怕要落空了!"③在明知宋弘已有妻室的情况下,还要劝他离婚,与姐姐再婚,光武帝之所以这样荒唐,这也同样说明他的礼教观念是很淡薄的。

　　又,《孔雀东南飞》之小序说:"汉末建安中,庐江府小吏焦仲卿"④云云,据此则足见这个故事乃发生在建安时期。如果说以上所举之例皆属建安之前,那么我们不妨再看看建安人的所为。正始玄学的代表人物之一何晏乃汉末大将军何进之孙。《三国志·魏书·曹真传》裴松之注引《魏略》云:"太祖(曹操)为司空时,纳晏母并收养晏,其时秦宜禄儿阿苏亦随母在公(曹操)家,并见宠如公子。"⑤又,《魏书·后妃纪》:"武宣(曹操)卞皇后,

---

①班固《汉书》卷64《朱买臣传》,中华书局,1962年,第2791页。

②班固《汉书》卷97《外戚传》,中华书局,1962年,第3945~3948页。

③范晔《后汉书》卷26《宋弘》,中华书局,1965年,第904~905页。

④吴兆宜、程琰《玉台新咏笺注》卷1,中华书局,1985年,第43页。

⑤陈寿《三国志·魏书·曹真传》卷9裴松之注引《魏略》,中华书局,1982年,第292页。

琅邪开阳人,文帝(曹丕)母也。本倡家,年二十,太祖(曹操)于谯纳后为妾。……(建安)二十四年,拜为王后。……二十五年,太祖(曹操)崩,文帝(曹丕)即王位,尊后曰王太后。"①又曰:"文昭甄皇后,中山无极人,明帝(曹睿)母。……建安中,袁绍为中子熙纳之。熙出为幽州,后留养姑。及冀州平,文帝(曹丕)纳后于邺,有宠,生明帝(曹睿)及东乡公主。"②不难看出,和东西京一样在礼教统治方面建安时代也同样很开放,妇女在当时并不像宋、明以后那样受到诸多的摧残和限制。作为《孔雀东南飞》的主人公,刘兰芝被休以后,县令、太守两家竟争相提亲,对此也同样是一个绝好的说明。说在这样的条件下,当时人已有明确的反封建反礼教的意识,这显然是很难服人的。

随着改革开放的深入,有关中国古代文学的研究也获得了很大发展。学者们站在新的历史高度,对于《孔雀东南飞》的主题,又提出了许多新见。不过,大而言之,除了前面提到的绍承派外,又有两派。其一为改良派,以郭预衡、袁行霈为代表。他们二人所主编的《中国古代文学史》《中国文学史》也是目前高校最为流行的文学史教材,这两部教材无论在结构上还是内容上较之以前的文学史教材都有长足的进步。在《孔雀东南飞》主题的认识上也不例外。郭本认为《孔雀东南飞》"以歌颂爱情忠贞,控诉宗法制度为主题","冲突以兰芝的自求遣归而告终,宣告了封建家长制的胜利"③。"人物的挣扎、抗争,终于未能逃脱宗法、社会势力以及庸俗的社会意识织成的罗网,其悲剧的结局自然无可逆转。"④显而易见,郭本只谈"宗法制度""封建家长制"而不谈"封建礼教""封建制度",只说"社会势力"而不说"封建势力",此外还把"庸俗的社会意识"也引入其中来揭示焦、刘悲剧的成因,这样的解说显然已不是上文刘大杰、游国恩等人的解说所能范围的。再看袁本,袁本初版在1999年,比郭本的初版(1998)晚一年,但在《孔雀东南飞》主题的认识上却比郭本表现得更谨慎。在他看来焦、刘最后的"双双自杀"是"用以反抗包办婚姻,同时也表白他们生死不渝的爱恋之

①陈寿《三国志·魏书·后妃纪》卷5,中华书局,1982年,第156～157页。
②陈寿《三国志·魏书·后妃纪》卷5,中华书局,1982年,第159～160页。
③郭预衡《中国古代文学史》,上海古籍出版社,1998年,第269页。
④郭预衡《中国古代文学史》,上海古籍出版社,1998年,第275～276页。

情"①。郭本还提到"宗法制度"和"封建家长制",而袁本则仅涉及"包办婚姻",这种评价用语的改变显然是人为作用造成的。如果说郭本所说的"宗法制度""封建家长制"还带有一定的反封建意味的话,那袁本所说的"包办婚姻",其反封建意味就更淡了。二者之所以都不再沿用上文刘本、游本、朱本所使用的"封建势力""统治阶级""封建礼教""封建制度"以及"知识分子的软弱性"等术语,一个最根本的原因恐怕就是认识到了用这些"五四"以后才产生的术语去分析一两千年前的中国古代文学,其局限性无疑太大了②。

但是解决了这一问题,一个新的问题又来了。当时人既然还无反封建反礼教的觉悟,那么他们是不是就有反"宗法制度",反"包办婚姻"的觉悟呢? 这一点也同样是让人怀疑的。"父母之命,媒妁之言",这是中华民族的古老习俗。《诗经·卫风·氓》曰:"匪(非)我愆期,子无良媒。"③《豳风·伐柯》曰:"取(娶)妻如何,匪(非)媒不得。"④对此展示的都很明确。同样是到"五四"以后,这一习俗才受到了质疑。如果认为《孔雀东南飞》中已存有反"宗法制度",反"包办婚姻"的思想,这也同样是让人难以接受的。

大概也正因这一原因,所以新时期以来才有不少学者试图完全摆脱"阶级属性""礼法制度"等等局限,而对《孔雀东南飞》的主题作全新阐释。由于这些阐释对于前人的训解毫无依傍,全为新见,所以我们这里姑且将其命名为创释派。

如赵红娟、谢国先认为:"以现代精神分析学的眼光来看,焦、刘两家都父亲早亡,焦母与仲卿间存在着极深的'恋子'与'恋母'情结,前者是造成婆媳不和的最重要因素,后者则使仲卿在矛盾爆发后起不到缓冲作用。而刘兰芝天性中及娘家环境所造成的刚烈、反抗性格,除积极面外,客观上也有激化婆媳矛盾的消极作用。"⑤所以"《孔雀东南飞》是一出家庭悲剧,但在中国封建社会的土壤中产生的这一悲剧在全世界却具有普遍性。在老

---

① 袁行霈《中国文学史》,高等教育出版社,1999年,第228页。
② 按,郁贤皓主编的《中国古代文学作品选》初版于2003年,该书也认为《孔雀东南飞》"控诉了黑暗社会封建家长的罪恶",这显然沿袭的是郭预衡的观点。详郁贤皓《中国古代文学作品选》卷2,高等教育出版社,2003年,第48页。
③ 朱熹《诗集传》卷3,上海古籍出版社,1980年,第37页。
④ 朱熹《诗集传》卷8,上海古籍出版社,1980年,第96页。
⑤ 赵红娟《〈孔雀东南飞〉中家庭悲剧的心理析解》,《南京师范大学学报》1997年第2期,第108页。

年寡妇和她的儿子、儿媳所组成的非完整的扩大家庭中,婆婆和儿媳争夺她们共同关心的男子的情感,是这个家庭内的永恒难题。家庭内的情感争夺与社会制度和民族传统并无必然联系。"①

又,徐小杰、方士祥指出:人们在分析《孔雀东南飞》时"往往把批判的矛头指向社会制度、伦理、观念等等,而忽视了这是一个较为典型的家庭人伦悲剧。焦母的更年期综合症导致家庭权力错位才是造成焦、刘爱情悲剧的真正原因"②。

又,王汝弼云:造成焦、刘悲剧的原因既不在焦母也不在刘兄,乃完全是由县令、太守一手造成的。《孔雀东南飞》中所谓"云有第三郎""云有第五郎"这些含糊其词的说法,其实都不过是县令、太守欲娶刘兰芝为妾的委婉之辞。刘兰芝作为庐江府太守属下的一个微不足道的小吏焦仲卿的妻子,她的悲剧,包括被夫家所休在内,都是太守一手策划的。所以《孔雀东南飞》的主题并不是反封建、反礼教、反家长制,而是抨击官吏的腐化和堕落的③。

显而易见,如果说郭预衡、袁行霈两家只是缩小了《孔雀东南飞》的批判范围,还没有跳出"五四"以来因西方文化的传入而形成的思维定势的影响,仍是接着刘大杰、游国恩、朱东润的路子往下讲的话,那么王汝弼等人的看法则是希求完全摆脱"五四"以来所形成的思维模式的影响,而对《孔雀东南飞》的主题作出更加新颖、更为普遍的阐释。因为恋子情结、更年期综合症、官吏的腐化与堕落这些问题并不是哪个时代所特有的,即使对于我们当今社会,对于全世界,它们也同样适用。不过我们从中仍不难看出王汝弼等的解释也同样带有十分浓厚的以今解古的色彩。恋子情结、更年期综合症,这都是现代精神分析学的热门话题,而官吏的腐化与堕落则显然与我国乃至当今世界各国都在努力探求的廉政建设密切相关。虽然这些新解释意在摆脱"五四"以来因西方文化的传入而形成的思维模式的影响,颇有值得肯定之处,但是在以今解古方面,它们显然也仍未走出前人的误区。

---

① 谢国先《特定的文学作品与普遍的社会心理》,《云南民族学院学报》2002年第3期,第99页。
② 徐小杰、方士祥《试论刘兰芝被驱遣的深层原因》,《安徽广播电视大学学报》2002年第1期,第61页。
③ 王汝弼《乐府散论》,陕西人民出版社,1984年,第157～158页。

五、对《孔雀东南飞》主题的具体阐释

那么,我们应如何理解《孔雀东南飞》的主题呢? 一言以蔽之,正如上文开头所言,那就是要努力做到"知人论世"。再明确一点说,也就是对于《孔雀东南飞》所表达的思想,我们一定要把它放在哀帝"罢乐府"的大背景下来认识,一定要把它与哀帝"罢乐府"后两汉文艺的历史转向结合起来,与东汉文艺的整体风貌、东汉儒家的诗学理念结合起来。只有如此,我们才能对于《孔雀东南飞》的思想指向给出一个比较客观的评价。

首先来看这首诗的诗序:"汉末建安中,庐江府小吏焦仲卿妻刘氏,为仲卿母所遣,自誓不嫁,其家逼之,乃没水而死。仲卿闻之,亦自缢于庭树。时(人)伤之,为诗云尔。"[1]再看诗末焦、刘双双自杀后作者的描述:"两家求合葬,合葬华山旁。东西植松柏,左右种梧桐。枝枝相覆盖,叶叶相交通。中有双飞鸟,自名为鸳鸯。仰头相向鸣,夜夜达五更。行人驻足听,寡妇起傍徨。多谢后世人,戒之慎莫忘!"[2]"时(人)伤之,为诗云尔","多谢后世人,戒之慎莫忘",由《孔雀东南飞》的诗序与篇末描述不难发现:其劝戒倾向实是非常鲜明的。能否把握这一点,这实是我们能否准确理解《孔雀东南飞》主题的一个基本前提。

那么,事实果真如此吗? 我们的答案是完全肯定的。作为《孔雀东南飞》的主人公,刘兰芝在婆家作为儿媳受到婆婆的虐待,在娘家作为孤儿受到兄长的逼迫。焦、刘的双双自杀,实可以说完全是由焦母、刘兄的冷漠无情一手造成的。由此而断,不难得知,婆婆如何善待儿媳,兄长如何善待弱弟孤妹,这显然乃是《孔雀东南飞》摆在世人面前的一个十分重大的社会人伦道德问题。《孔雀东南飞》的诗序说"时(人)伤之","伤"的就是焦、刘二人的孤独、无助。《孔雀东南飞》的诗尾说"多谢后世人,戒之慎莫忘","戒"的就是这样的社会悲剧不再重演。焦母不顾儿子的感受,强逐儿媳,结果使自己痛失爱子,老而无依;刘兄因为贪图富贵,逼妹改嫁,结果使自己人财两空,遗笑乡里。尽管在焦、刘死后,双方家长皆翻然悔悟,而"求合葬",但是覆水难收,生命难再。《孔雀东南飞》正是通过对焦仲卿、刘兰芝这对

---

①吴兆宜、程琰《玉台新咏笺注》卷1,中华书局,1985年,第43页。
②吴兆宜、程琰《玉台新咏笺注》卷1,中华书局,1985年,第53～54页。

生死相依、天造地设的绝世佳侣的悲剧命运的沉痛描绘，十分郑重地向世人宣示：人伦关爱、家庭亲情对于一个社会的正常运转是多么重要的。

　　虽然在我们现在所能见到的汉诗中，有关婆媳关系的诗歌，除了《孔雀东南飞》外，尚别无所见，但是有关孤儿问题的诗歌却不在少数。如《孤儿行》写孤儿年纪幼弱，为兄嫂所迫，既"行贾"又"行汲"，既喂"马"又收"瓜"，"冬无复襦，夏无单衣"，受尽虐待，以至最后发出"愿欲寄尺书，将与地下父母：兄嫂难与久居"的呼号①。在《有所思》中女主人公遭受遗弃，也唯恐兄嫂"知之"②，这也同样涉及的是父母死后兄嫂对于孤妹的婚姻究竟应该持何态度的问题。在《妇病行》中垂死的妻子嘱咐丈夫"累君两三孤子，莫我儿饥且寒，有过慎莫笪笞，行当折摇（夭），思复念之"，考虑的是孤儿问题；在《东门行》中丈夫铤而走险，妻子百般阻拦，其所依凭的理由也同样是孤儿问题："上用仓浪天故，下当用此黄口儿。"③如果我们再考察一下当时的政府文告、皇帝诏令，涉及孤儿生存问题的文字也同样不在少数。

　　为什么汉代的歌诗、文告与诏令对孤儿问题如此看重，这实与儒家以家为本的人本主义思想密切相联系。古人所描绘的"使老有所终，壮有所用，幼有所长，矜寡孤独废疾者皆有所养"④的生动图景，虽然出现在《礼记·礼运》里，但这确实直到东汉才真正成为朝野上下的共识。明白于此，则《孔雀东南飞》所以在展示婆婆对于儿媳的不公正待遇的同时，也对刘兄不善待孤妹的丑恶嘴脸给予了生动刻画："我有亲父兄，性行暴如雷。恐不任我意，逆以煎我怀"，"阿兄得闻之，怅然心中烦。举言谓阿妹：'作计何不量！……不嫁义郎体，其往欲何云'"⑤，其中的道理也就不难理解了。

　　总之，《孔雀东南飞》的主旨并不在于要摧毁什么消灭什么，也不在展示什么人的心理或生活作风，它最根本的意图就在一个"教"字：教育人们要尊崇家庭道德规范，重视人伦关系构建，强化宗族情感纽带，从而确保家庭的亲好和睦，使焦、刘的悲剧不再重演。《孔雀东南飞》在诗尾采用"卒章显志"的方式，发表议论说："多谢后世人，戒之慎莫忘"，这一"戒"字与《毛

①逯钦立《先秦汉魏晋南北朝诗·汉诗》卷9，中华书局，1983年，第271页。
②逯钦立《先秦汉魏晋南北朝诗·汉诗》卷4，中华书局，1983年，第160页。
③逯钦立《先秦汉魏晋南北朝诗·汉诗》卷9，中华书局，1983年，第269～270页。
④朱彬《礼记训纂》卷9，中华书局，1996年，第331～332页。
⑤吴兆宜、程琰《玉台新咏笺注》卷1，中华书局，1985年，第47～49页。

诗序》在陈述诗歌的创作目的时所说的"上以风化下,下以风刺上,主文而谲谏。言之者无罪,闻之者足以戒"①中的"戒"字遥相呼应,这就更足让我们看到汉末这篇优秀的长篇叙事诗的主旨所在。通过对《孔雀东南飞》主题的探析,不难发现当我们在诠解某一文本时,如果仅从文本本身入手是远远不够的。只有将文本与其时代、作者联系起来,也即只有使文本的发生背景再度重现,文本才会如鱼得水,如龙归海,重新转化为一活的机体,它的意义才能凸显出来。所以尽管目前有关文本阐释的理论很多,但是以古诠古,"知人论世"这一传统阐释原则,显然仍有其不可否弃的价值。这不仅对于《孔雀东南飞》来说如此,对于两汉文学乃至整个中国古代文学来说也同样应如此。举例来说,如《诗经·卫风·氓》是不是在反对男权统治,《木兰辞》所塑造的是不是一个民族英雄,《桃花源记》是不是在反剥削反压迫,《水浒传》描写的是不是地主统治与农民起义的矛盾,《红楼梦》是不是意在展示封建主义的没落等等,所有这些问题,显然也都应放在"知人论世"理论的大背景下,予以重新认识。

最后再补充说明一个问题,即如何看待兰芝被休与令、守争婚的矛盾。由《孔雀东南飞》的描写不难看出,兰芝归家之后的经历颇具传奇色彩:一是令、守二家都来争婚,迫不及待:"还家十余日,县令遣媒来。""媒人去数日,寻遣丞请还。""府君得闻之,心中大欢喜。视历复开书:'便利此月内,六合正相应。良吉三十日,今已二十七。'"二是所配郎君皆不同凡俗:"云有第三郎,窈窕世无双。年始十八九,便言多令才。""云有第五郎,娇逸未有婚。"三是婚庆场面异常壮观:"交语速装束,络绎如浮云。青雀白鹄舫,四角龙子幡。婀娜随风转,金车玉作轮。踯躅青骢马,流苏金镂鞍。赍钱三百万,皆用青丝穿。杂彩三百匹,交广市鲑珍。从人四五百,郁郁登郡门。"②一个被婆家休掉的女子,一个郡府小吏之妻,竟然受到令、守二家如此的青睐,如此的礼遇,这样的描写显然太具传奇色彩了。

那么,对于这一现象我们究竟应当怎样解释呢?有的学者说:县令、太守二家的争相求婚,是带有很大的"添饰"也即虚构色彩的。诗人之所以这样做,"或许为了要加强兰芝钟情于仲卿的描写,为了要突出兰芝不慕权

---

① 孔颖达《毛诗正义》卷 1,孔颖达等《十三经注疏》,中华书局,1980 年,第 271 页。
② 吴兆宜、程琰《玉台新咏笺注》卷 1,中华书局,1985 年,第 48～51 页。

贵,不为强暴所屈辱的高贵品质与坚定意志。"①这一阐说应当只说对了一半。县令、太守二家隆重求婚固属虚构,对兰芝的钟情仲卿也固有反衬作用,但是这样的虚构其最终目的却不仅是为了凸显兰芝的忠贞,更不是为了凸显人物的什么反抗性。如上所言,《孔雀东南飞》的主旨就在训诫教化,为人们的家庭建设提供借鉴。诗作者之所以不惜笔墨,耗费了全文三分之一的篇幅,来虚构令、守求婚、迎娶的情节,其目的就是要借令、守的追攀以突出兰芝的美好,说明焦母休掉兰芝的无理与不智。这与诗歌借焦、刘的自杀以突出焦、刘的至爱,说明焦母、刘兄强行拆散这一天造地设的美满姻缘的不道与不该一样,也同样是带有十分浓厚的教戒色彩的。有的学者说:悲剧就是"将人生的有价值的东西毁灭给人看"②,其实后面还应再加一句,那就是"以教育后人使类似的悲剧不再重演"。据此,足见把令、守二家的隆重求婚和兰芝夫妇的双双自杀,仅仅理解为是为了突出主人公的蔑视富贵、勇于抗争、捍卫自由,这样的看法无疑太片面。《孔雀东南飞》之作的真正目的或者说主要旨意就在诗序"时(人)伤之"之"伤"字,和诗尾"多谢后世人,戒之慎莫忘"之"戒"字上,而并不在对焦、刘二人勇于反抗、追求自由、双双殉情的赞扬上。结合哀帝"乐府之罢"对于两汉文学产生的影响,结合汉人以诗为教的"诗教观",我们只能得出这样的结论。所以,那种认为《孔雀东南飞》重在歌颂爱情的观念也同样是值得反思的。

其次,与文人创作既重虚构又重逻辑的特点不同,民间文学往往带有更多的"想当然"色彩,带有更多的主观随意性。它们往往缺乏生活的必然,与实际生活有更大差距。可是也正因为它们具有这样的特点,所以才显得无理有情,无理而妙,无理而善,无理而真。恩格斯说:"一个成人不能再变成儿童,否则就变得稚气了。但是,儿童的天真不使成人感到愉快吗?"③这一评价虽然只是针对希腊艺术而发,但对汉乐府民歌的优秀代表《孔雀东南飞》也同样适用。一个被人休掉的女子,令、守二家竟然如获至宝,争相提亲,这样的故事显然太浪漫了。《孔雀东南飞》中像这样的精彩

①孙望《从"孔雀东南飞"的地理背景谈"孔雀东南飞"》,《光明日报》"文学遗产"版第19期,1954年9月7日。

②鲁迅《再论雷峰塔的倒掉》,《坟》,《鲁迅全集》第1卷,人民文学出版社,1973年,第178页。

③马克思在《〈政治经济学批判〉导言》,《马克思恩格斯选集》第2卷,人民出版社,1995年,第29页。

片段还有不少,如"十三能织素,十四学裁衣,十五弹箜篌,十六诵诗书"①,如"左手持刀尺,右手执绫罗。朝成绣夹裙,晚成单罗衫"②,如"两家求合葬,合葬华山旁。东西植松柏,左右种梧桐。枝枝相覆盖,叶叶相交通。中有双飞鸟,自名为鸳鸯,仰头相向鸣,夜夜达五更"等等。所有这些无一例外都向我们表明文学创作作为一种特殊的精神食粮,它首先遵从的乃是情感的逻辑、情感的需要,其次才是现实的定则、现实的可能。如果处处都以现实为准的,那是写不出流芳千古、世人共仰的优秀作品的。即是那些旨在劝戒的讽世之作,也毫不例外。

六、余论

综合以上所述,不难发现作为汉乐府民歌的杰出代表,《孔雀东南飞》的创作确实深深地打着那个时代的印记。以它为代表的为数众多的以家庭、婚姻为主要内容的诗歌作品,如《陌上桑》《孤儿行》《妇病行》《东门行》和《上山采蘼芜》等,之所以不约而同地都呈现出对于家庭道德、人伦亲情的高度关注,这显然不是偶然的。如上所说,东汉的"采诗"活动乃是由黄门署来负责的,虽然由于文献的大量遗失,我们现在已无法判断在"诗言志"观念的建构上,黄门署究竟有没有提出过一些明确的理论主张或者一些具体的指导意见,但是可以完全肯定地说既然采诗制诗、采乐制乐也是它的重要职责,那它就必定持有一定的诗乐理念。既然持有一定的诗乐理念,那诗乐艺术究竟应当关注什么样的问题,抒发什么样的情志,也就必然成为这一音乐署衙所不得不面对、不得不考虑的问题。也正基此,所以我们认为通过对东汉黄门署所采诗乐的考察分析,其在"诗言志"观念上所持的立场应当说是并不难察见的。或许在理论上黄门署的表述可能并不像东汉儒家学者那样明晰,那样系统,但是毫无疑问如果没有它的大力倡导、积极参与,那么,像《孔雀东南飞》这种反映家庭人伦情感的作品,不仅有可能因为没有得到及时采录而失传,甚至还有可能因为缺少必要的官方提倡的大气候、大背景,而根本无人予以创作。诚然,官方音乐署衙对于诗乐的采录,早在西周就开始了,《诗经》就是在两周音乐署衙所辑诗乐的基础上

---

① 吴兆宜、程琰《玉台新咏笺注》卷1,中华书局,1985年,第43页。
② 吴兆宜、程琰《玉台新咏笺注》卷1,中华书局,1985年,第51页。

编订而成的,但是将东汉乐府诗歌与《诗经》中的诗歌加以对照,不难发现汉乐府诗歌的指向性无疑是要远较《诗经》鲜明的。由《孔雀东南飞》等一系列主题相近的诗歌作品在整个汉乐府诗歌中所占的巨大比重,不难推断东汉音乐署衙在"采诗"过程中所持的标准实是要远较前代集中的,在"诗言志"观念的建构上所持的态度也是要远较前代主动的。而所有这一切,如果不与哀帝的"乐府之罢"联系起来,那我们对它们所呈现的时代特色,所代表的文艺趣尚,就不可能有一个透辟的理解。

第八章 "诗言志"观念在后世的深化

第一节 "兴趣说"对"诗言志"观念的深化

自从"诗言志"观念产生之后,我国古人对它的建构、升华与深化可谓一直都未停止过。所谓"建构"是比较宽泛的说法,一切对"诗言志"观念有所改造的做法都应包括在内。所谓"升华"主要是就其社会功能而言,它寄载着古人对于诗歌创作的道德教化功能、政治美刺功能的美好夙愿。而所谓"深化",则主要是就诗歌创作的本体特征而言,在它之上体现着古人对于诗歌创作文学本性的认识。换一句话说,也就是诗歌创作作为一种特殊的审美活动,它究竟应具备什么样的特质。

对于"诗言志"观念的建构,在先秦两汉时期可以说主要是围绕诗歌创作的社会功能展开的,道德教化、政治美刺乃是这一时期先民所着力强调的内容。虽然在辞赋创作中,已经明显包含着情感宣泄与才藻驰骋的自觉,但是这种自觉在当时并未获得合法的地位,就连辞赋家自己也把它们隐藏在"曲终奏雅"的光环之下。至于西汉元成以后的辞赋,更以"抒下情通讽谕,宣上德尽忠孝"[①]相约束,在它们身上所体现的情感宣泄、才藻驰骋倾向,也就更趋弱化了。也正基此,所以我们认为在中国文学史上,真正对"诗言志"观念进行深化,乃是从魏晋之后开始的。

魏晋之后,我国古人对于"诗言志"观念的深化当然体现在方方面面,但是其中最主要的不外以下三个维度:一是对诗歌创作抒情性的体认,二是对诗歌创作语言美的体认,三是对诗歌创作可感性的体认。这三个方面其实也是文学创作最本质的特征。关于诗歌的语言美,古人表述得很清楚,如曹丕"诗赋欲丽",陆机"诗缘情而绮靡"等都是非常著名的论语,所以我们无需多议。关于诗歌的抒情性与可感性,由于古人在很多时候讲得并

[①] 班固《两都赋序》,费振刚等《全汉赋》,北京大学出版社,1993 年,第 311 页。

不是很明确,所以我们很有必要再对他们的相关论述加以阐说。首先来看严羽的"兴趣说"。

一、首先探讨严羽"兴趣说"的原因

关于古人对"诗言志"观念的深化,我们接下来拟着重探讨三个问题,一是"兴趣说",二是"文气说",三是"境界说"。如果从这三个论题产生的先后看,我们显然应该先谈"文气说",但是由于古人对"兴"的探讨于时也甚早,并且我们在前文对"兴"的意蕴及审美特征也已作出诸多探索,所以为了使行文在逻辑上更为紧凑,我们还是紧承上文,接着阐析"兴趣说"比较恰当。

正如我们上文所说,在中国文论史上与"兴"相关的概念主要有四类。一是从天人合一角度讲的,如"比兴";二是从经典崇拜角度讲的,如"兴观群怨";三是从思想寄托角度讲的,如"兴寄""寄兴""兴托""兴谕";四是从放情纵性角度讲的,如"情兴""兴会""兴趣""兴致""意兴"。"天人合一""经典崇拜"所着重强调的都是诗歌的社会政教功能,"思想寄托"虽有含蓄蕴藉、言之有物两方面的涵义,其中已触及到文学创作应该含具的启人想象、耐人寻味的本然属性问题,但是它的主要侧重点仍然落在诗歌的主文谲谏与社会批判功能上。因此与"天人合一""经典崇拜"一样,"思想寄托"这一诗歌理念,它也同样只能视为对"诗言志"观念的升华而非深化。最起码就其所扮演的主要社会角色来看是这样的。

为了更进一步凸显"放情纵性"在中国文论史上的意义,下面我们不妨再就"兴寄说"与"情兴论"的历史渊源作一比较。具体来说,也就是虽然"兴寄""寄兴""兴托""兴谕"这些概念主要在魏晋之后才逐渐流行、逐渐丰满起来,但是它们所包含的诗歌创作理念在先秦两汉即已成人们的共识。如《诗经》里所说的"维是褊心,是以为刺"(《魏风·葛屦》)[1],"家父作诵,以究王讻"(《小雅·节南山》)[2],孔子所说的"迩之事父,远之事君"(《论语·阳货》)[3],孟子所说的"我岂好辩哉? 予不得已也"(《孟子·滕文公

---

[1] 朱熹《诗集传》卷 5,上海古籍出版社,1980 年,第 63 页。
[2] 朱熹《诗集传》卷 11,上海古籍出版社,1980 年,第 129 页。
[3] 杨伯峻《论语译注》,中华书局,1980 年,第 185 页。

下》)①,荀子所说的"天下不治,请陈佹诗"(《赋篇》)②,司马迁所说的"《诗》三百篇,大抵贤圣发愤之所为作也"(《太史公自序》)③,《诗大序》所说的"上以风化下,下以风刺上"④,《汉书·艺文志》所说的"感于哀乐,缘事而发"⑤等等,可以说都是这方面的经典表述。只是到了魏晋以后,才以"兴寄""兴托"等等词语,把这样的创作理念固定、标示出来罢了。所以我们完全可以这样说,在中国古代文学史上,有关诗歌社会功能的认识,在先秦两汉即已表现得非常成熟,很有体系了,在魏晋之后虽有发展,但这种发展实是很有限的,至多不过是在概念的使用与理论的表述上,呈现得更为规范罢了。

但是"情兴论"思想就不同了,"情兴论"思想实是魏晋之后发展起来的一种新的学说,它是以魏晋玄佛的人性论思想为基础的。魏晋玄佛人性论思想的核心就是人性至善,以此为前提,所以才从中发展出了崇尚自然、放情纵性的文学观念。这样的观念完全把情感的自由而发,不加节制视为理所当然,视为人的生命自觉的表现,所以才使作家能够在作品中那样不加拘束地展现自己的喜怒哀乐,自己的生命体验,从而催生出像嵇康、阮籍、陶渊明、谢灵运等那样富有魅力、映照千古的杰出诗人。他们的映照千古并不在他们的诗歌技巧如何高超,而主要乃在于他们的情感抒发,他们的任情讴歌给读者带来了一种抛却万累、豁然开朗、无拘无束、自由纵放的超越与快乐。这样的生命自由虽然在老庄散文、两汉大赋中已有体现,但是无论是前者还是后者,其体现都是不充分的。大赋创作总要披一件"曲终奏雅"的外衣,罩一个"通讽谕,尽忠孝"的光环,对于人的情感宣泄总是那样羞羞答答、半遮半掩,好像干了什么见不得人的事似的。老庄二家虽然高扬人性至善、自然至上的理论大旗,但是对于人的情感的自由宣泄也同样不是毫无保留的。如《老子》12章说:"五色使人目盲,驰骋田猎使人心发狂,难得之货使人之行妨,五味使人之口爽,五音使人之耳聋。"⑥《庄子·在宥》也云:"人大喜邪,毗于阳;大怒邪,毗于阴。阴阳并毗,四时不

---

① 焦循《孟子正义》卷13,中华书局,1987年,第446页。
② 王先谦《荀子集解》卷18,中华书局,1988年,第页。第480页。
③ 司马迁《史记》卷130,上海古籍出版社,1997年,第2487页。
④ 孔颖达《毛诗正义》卷1,孔颖达等《十三经注疏》,1980年,第271页。
⑤ 班固《汉书》卷30,中华书局,1962年,第1756页。
⑥ 高明《帛书老子校注》,中华书局,1996年,第273页。

至,寒暑之和不成,其反伤人之形乎! 使人喜怒失位,居处无常,思虑不自得,中道不成章,……彼何暇安其性命之情哉!"①等等。所以相对于先秦两汉,"情兴论"思想在魏晋的勃兴,确可以视为我国文学史上的一件大事。这一思想的产生,较之曹丕的"诗赋欲丽"、陆机的"诗缘情而绮靡"所展现出来的语言自觉,不仅可以说毫无愧色,而且还有过之而无不及。因为毕竟,先秦两汉学人对于诗赋语言的华美,已经有了相当清醒的认识。如司马相如谈论其作赋心得说:"合綦(纂)组以成文,列锦绣而为质。"②班固评论屈原赋的成就说:"其文弘博丽雅,为辞赋宗,后世莫不斟酌其英华。"③等等。所以较之"情兴论"思想对先秦两汉同类思想的突破,魏晋之后学者们在诗赋语言上的自觉,其创新度显然是要大为逊色的。

　　"情兴论"思想在中国文论史上既有如此之高的地位,那么,我们为什么不把它放在本章"'诗言志'观念在后世的深化"中来谈,而要把它放在第三章"'兴'与'诗言志'"中来谈呢? 其原因主要就在于前人对于"比兴"的认识,总是将它与"情兴""兴寄"夹缠在一起。就像不把"比兴""兴寄"结合起来,对两者都无法讲清楚一样,如果不对照"情兴"讲"比兴",那不仅会影响我们对"比兴"的认识,而且对于"情兴"的理解,其清晰度、深刻度也同样是要大打折扣的。

　　通过以上这些论述,我们显然是想辩明以下三点:第一,"兴寄""情兴"虽然都是魏晋之后产生的新概念,但是作为一种学说,"兴寄"的创新度是明显不够的。一方面它还是侧重在对诗歌创作社会功能的升华上,这与先秦两汉我国古人对"诗言志"观念的建构,其思想旨趣并无两样;另一方面"兴寄"这一说法虽然新颖,但是它所体现的诗歌理念在先秦两汉即已很流行,所以较之"情兴"这一新说,其创新性也同样是要远远弗如的。第二,"情兴论"思想主要乃是魏晋之后的新说,我们之所以把它放在第三章,与"比兴""兴寄"一起来讨论,主要是为了能将三者相互比较,从而把它们的蕴涵讲得更清楚。如果依照全书的逻辑,我们实应将其放在本章,方才合乎其在中国文论史上的地位。第三,"兴趣"与"情兴""兴会"等完全是同义

①王先谦《庄子集解》卷3,中华书局,1987年,第90页。
②司马相如《答盛览问作赋》,严可均《全汉文》卷22,《全上古三代秦汉三国六朝文》,中华书局,1958年,第246页。
③班固《离骚序》,洪兴祖《楚辞补注》卷1,中华书局,2000年,第50页。

词,不过当它进入严羽的笔端而成一种新说时,它又是对魏晋以来勃兴的"情兴论"思想的进一步发挥,它的内涵或者说它的侧重点与"情兴论"思想又是不完全一致的。也正由于它对"情兴论"思想既有继承又有进一步发挥,所以在逻辑上我们对它实是紧承前文的"情兴论"而接着往下讲的。较之"文气说",它在时间上尽管远远靠后,但是考虑到它与"情兴论"的联系,我们感到还是将其置于"文气说"之前更为合理。

二、兴趣说:严羽《沧浪诗话》的理论核心

正如许多学者所说,《沧浪诗话》乃是两宋时期最为深刻、最具体系的诗学著作。在这部著作中严羽以禅喻诗,对于诗歌创作的内在本质、外在表现以及学习途径都给出了独到的看法,并以此为契机,对于前人以及宋人的诗歌优劣也作出了自己独特的评价。不过在另一方面我们也不得不承认,由于《沧浪诗话》"诗话"式语言的简约性、诗意性的限制,严羽对于许多问题的表述都是不够清楚的。也正因此,所以直到今天,我们有关严羽"兴趣说"的认识,有很多地方也仍是不到位的。

实事求是地讲,在《沧浪诗话》中最居核心位置的概念乃是"兴趣"。其他概念,诸如"别材""别趣""熟参""妙悟""透彻之悟""真识""第一义""本色""当行""入神"等等,可谓都是以它轴心的。具体说来,"别材""别趣"就是指诗歌创作应以"兴趣"为宗,它在写作对象上与其他议论说理之文是有别的。但要真正了解这一点,唯一的办法就是"熟参",也即大量阅读前人的优秀作品,在反复的咀嚼回味中体察其以"兴趣"为宗的情感特质。如果完全、确实、真切不虚地体察到了这一点,这就叫"妙悟"或"透彻之悟",就叫有"真识",就叫觉解了诗歌创作的"第一义"。而依据这样的诗歌原则进行创作,所创作出的作品就叫"当行",就叫合"本色"。而"入神"则代表着以"兴趣"为诗的最高创作境界。

不过,要完全确认这一点,我们必须首先确认"别材""别趣"与"兴趣"三者究竟是不是异名同谓关系。这个问题解决不好,那么下面的"熟参""妙悟""透彻之悟"究竟要参悟什么,也就失去了定准。受此影响,则何谓"真识",何谓"第一义",何谓"本色",何谓"当行",何谓"入神",也同样无从谈起。那么,对于"兴趣""别材""别趣"三者的关系,前人究竟如何看呢?首先,一般学者都认为"兴趣"与"别趣"乃是同义的。有关这方面的论断实

可谓举不胜举。如王达津云："别趣即兴趣。"①叶朗云："'兴趣''别趣''兴致'基本上是同一个概念。"②张少康云："'意兴'即是'别趣',……兴趣、兴致、意兴三者基本意思是一样的。"③成复旺云："所谓'别趣',……也就是下文以盛唐为榜样进一步阐述时所说的'兴趣'。"④陈伯海云："所谓'别趣',亦即上一章所讲的'兴趣'。"⑤蒋凡云："'别趣',在《沧浪诗话》中有时通于'兴致''意兴',但更多的是代之以'兴趣'。"⑥等等。但是对于"别材",则一般都认为它与"兴趣""别趣"的含义是不同的。不过,如细分起来,我们也可将其归为以下四类:

其一,认为"材"与"才"通,"诗有别材"指诗歌创作需要特殊的才能。如张少康曰："'别材'之'材',与'才'通,即是'才能'之意,指诗歌创作要有特别的才能,不是只靠书本学问就能写出好诗的。"⑦陈伯海曰："所谓'别才',则是指诗人能够感受以至创作出具有这种艺术情味的诗歌作品的特殊才能,这也正是艺术活动不同于一般读书穷理工夫之所在。"⑧张长青曰："诗歌艺术与'书'和'理'有不同的特点,就诗人来说,应该具备不同于一般理论思维能力的审美能力,即'别材'。……历代优秀的诗歌创作经验证明,诗要用形象思维,写诗不能搞概念认识,不能掉书袋,不能玩文字游戏。"⑨等等。

其二,认为诗歌创作是现实生活的反映,"诗有别材"意指诗歌创作应以现实生活为题材。如王达津曰："严羽所谓别材,并非空虚的东西,同陆游一样是指生活。"⑩郑松生曰："严羽讲的'诗有别材',诗有特殊的材料,指的是生活材料,即通常我们所广义理解的生活题材。"⑪程小平曰："严羽

① 王达津《再论严羽妙悟说》,福建师大中文系《严羽学术研究论文选》,鹭江出版社,1987年,128页。
② 叶朗《中国美学史大纲》,上海人民出版社,1985年,第314页。
③ 张少康《中国文学理论批评史教程》,北京大学出版社,1999年,257～258页。
④ 成复旺等《中国文学理论史》(二),北京出版社,1987年,第484页。
⑤ 陈伯海《严羽和沧浪诗话》,上海古籍出版社,1987年,第86页。
⑥ 顾易生等《宋金元文学批评史》,上海古籍出版社,1996年,第384页。
⑦ 张少康《中国文学理论批评史教程》,北京大学出版社,1999年,256页。
⑧ 陈伯海《严羽和沧浪诗话》,上海古籍出版社,1987年,第86页。
⑨ 张长青《〈沧浪诗话·诗辨〉美学思想论析》,福建师大中文系《严羽学术研究论文选》,鹭江出版社,1987年,第67页。
⑩ 王达津《论〈沧浪诗话〉》,《古代文学理论研究论文集》,南开大学出版社,1985年,第183页。
⑪ 郑松生《严羽美学思想简论:读〈沧浪诗话〉》,福建师大中文系《严羽学术研究论文选》,鹭江出版社,1987年,第35页。

的意思是：诗所抒写、反映的对象，或题材、内容是一种较为特别的材料，它来自于现实生活，即所谓'别材'，而非书本。"①等等。

　　其三，认为诗歌创作是吟咏情性的，"诗有别材"意指诗歌创作应以人的情性为题材。如张连第曰："'别材'，指诗歌以'吟咏情性'为主的特点，和以学力为主的才识不同。"②成复旺曰："'别材'就是特殊题材，亦即下文所说的'情性'。古代'材'与'才'通，明刻本《沧浪诗话》又把'非关书也'误为'非关学也'，故后人多把'材'理解为与'学'相对的天才，以为'别材'就是特殊的才能。但这是不恰当的。……严羽的'别材'说就是强调诗有自己的特殊题材，是'吟咏情性'的，而不是讲说书本上的知识、学问的。"③柳倩月曰："所谓'诗有别材'，并不是说诗歌应以现实生活为材料，而是强调诗歌的创作应该以诗人的'情性'为诗材。……所谓'别材'就是要求诗歌创作者表现诗人个体自然激荡、天机发露的人生情性和生命激情为主，这就是'别材'所包含的独特内容。"④等等。

　　其四，除了以上所列外，还有其他一些认识。如有的学者谓："'材'指材具，诗人特有的艺术气质。"⑤有的学者谓："所谓'别材'便当指诗人所特具的一种善感的材质。"⑥有的学者谓："'诗有别材，非关书也'，是说诗由特殊的材质构成，而非由书本知识堆砌而成，这种'别材'，就是审美意象。"⑦等等。

　　那么，"别材"与"兴趣""别趣"在具体含蕴上果真有这么大的差别吗？如果我们紧扣《沧浪诗话》的原文，可以说是得不出这样的结论的。因为《沧浪诗话·诗辨》说："夫诗有别材，非关书也；诗有别趣，非关理也。然非多读书，多穷理，则不能极其至。所谓不涉理路，不落言筌者，上也。诗者，吟咏情性也。盛唐诸人惟在兴趣，羚羊挂角，无迹可求。故其妙处透彻玲珑，不可凑泊。"⑧由这段论述不难看出，"盛唐诸人惟在兴趣"一语，完全是

①程小平《〈沧浪诗话〉的诗学研究》，学苑出版社，2006年，第91页。
②张连第《〈沧浪诗话·诗辨〉辨析》，福建大学中文系《严羽学术研究论文选》，鹭江出版社，1987年，第56页。
③成复旺等《中国文学理论史》（二），北京出版社，1987年，第482～483页。
④柳倩月《诗心妙悟：严羽〈沧浪诗话〉新阐》，黑龙江人民出版社，2009年，第113～122页。
⑤袁行霈等《中国诗学通论》，安徽教育出版社，1994年，第601页。
⑥叶嘉莹《王国维及其文学批评》，北京大学出版社，2008年，第268～269页。
⑦张晶《禅喻唐宋诗学》，新星出版社，2010年，第149页。
⑧郭绍虞《沧浪诗话校释》，人民文学出版社，2000年，第26页。

承上文"夫诗有别材,非关书也;诗有别趣,非关理也"而来的。如果我们只认为"别趣"与"兴趣"是同义的,那就意味着"诗有别材"在下文是没有照应的。"别材"与"别趣"不仅是并列关系,而且还排在"别趣"之前,说"兴趣"一词只与"别趣"照应,而不与"别材"照应,这样的认识逻辑显然是很难讲通的。也正因此,所以我们认为,除非把"别材""别趣""兴趣"三者完全视为同义词,否则我们对严羽这段论述就真的无法给出一合理解释。有的学者说:"'兴趣',……严羽又称之为'别趣'。"正因严羽已经认识到诗歌创作以"兴趣"为本的特征,所以他才"把'兴趣'称为诗歌创作的'别材'",并将其视为"诗人将诗推向'入神'极致的最重要的主观因素"[①]。这一认识无疑是非常有见地的。

三、严羽"兴趣说"的真正含蕴

那么,在严羽诗论中,作为一个如此重要的概念,"兴趣"的含义究竟何在呢?对于这一问题,到目前为止学术界也主要有四种看法:其一,指象外之意,也即蕴涵在诗歌形象之外的审美情韵。如朱自清云:"所谓'别趣''意兴''兴趣',都可以说是象外之境。这种象外之境,读者也可触类引申,各有所得。"[②]刘健芬云:"'兴趣'是指蕴含在诗歌具体形象之中的审美情趣和神韵。它表现的最高境界就是'羚羊挂角,无迹可求'。其意是说诗歌的思想感情不是赤裸裸的表现,而是要融合在具体的形象之中成为浑然含蓄的整体。"[③]表面看来,朱自清说的是"象外",刘健芬说的是"形象之中",二者好像有很大差别,而实际上这仅仅只是用语之异,二者在本质上是并无什么不同的。又,吴观澜曰:"别趣即兴趣,是诗歌兴象中含蕴着的情韵,是诗歌艺术的本质特征。"[④]陈伯海曰:"'兴趣',是指诗人的'情性'融铸于诗歌形象整体之后所形成的那种浑然无迹而又蕴藉深沉的艺术情味,这正是诗歌有别于一般说理、记事文章的美学属性。"[⑤]等等。彼此对照,不难

①陈良运《中国诗学体系论》,中国社会科学出版社,1992 年,第 423～424 页。

②朱自清《诗言志辨》,华东师范大学出版社,1996 年,第 92 页。

③刘健芬《严羽"妙悟"说的审美特征》,福建师大中文系《严羽学术研究论文选》,鹭江出版社,1987 年,第 152 页。

④吴观澜《严羽"妙悟说"的理论内涵及意义》,福建师大中文系《严羽学术研究论文选》,鹭江出版社,1987 年,第 136 页。

⑤陈伯海《严羽和沧浪诗话》,上海古籍出版社,1987 年,第 86 页。

看出二家所说与朱自清、刘健芬也均是同一意思。

其二,指一种情景交融的艺术境界。这一看法与上一看法虽然颇多共通之处,但是其侧重点却是有明显之异的。上一看法重点强调的是象外(中或后)之韵、景外(中或后)之味,尽管它也同样认为情、景不能分离,然而十分清楚,具体到"兴趣"二字的涵义,它还是侧重在景象背后的情味或情韵上的。也就是说作者"兴趣"的表达固然离不开景、离不开象,但它与景、象毕竟不是一回事。可是如果认为"兴趣"乃指一种情景交融的艺术境界,则其侧重点显然落在景象上。换一说法,其实这也就是我们通常说的"意境"。也正鉴此,所以我们认为这一看法与上一看法虽然相通,但仍应视为两种看法。如王达津、郑松生曰:"意象和情趣契合,便称为兴趣"①,它是"有限形象与无穷情意的和谐统一"②。李建中曰:所谓"兴趣"也就是诗歌创作所特有的那种"即景生情、情景妙合、情趣无穷的诗美特质"③。童庆炳曰:"'兴趣'是'言有尽而意无穷'的一种诗的境界。这与司空图所引戴容州的话'诗家之景,如蓝田日暖,良玉生烟,可望而不可置于眉睫之前也'在意思上是一致的。"④蓝华增曰:"'兴趣'就是诗人的审美感情与艺术形象相渗透相融合而形成的审美范畴、审美概念"⑤,"'兴趣'即是意境"⑥。等等。

其三,指一种由外境感发而产生的审美情趣。如刘若愚曰:"'兴趣',……似乎是指由诗人之观照自然所引起的一种难以言喻的感觉或情绪。"⑦周勋初曰:"'兴',当指感兴,即诗人受外界事物的感发而激起的思想情绪上的波动;'趣',当指情趣。"⑧叶嘉莹曰:"'兴趣'应该并不是泛指一般所谓好玩有趣的'趣味'之意,而是指由于内心之兴发感动所产生的一

①王达津《再论严羽妙悟说》,福建师大中文系《严羽学术研究论文选》,鹭江出版社,1987年,第124页。
②郑松生《严羽美学思想简论》,福建师大中文系《严羽学术研究论文选》,鹭江出版社,1987年,第37页。
③李建中《中国古代文论》,华中师范大学出版社,2002年,第213页。
④童庆炳《中国古代文论的现代意义》,北京师范大学出版社,2001年,第265页。
⑤蓝华增《意境论》,云南人民出版社,1996年,第100页。
⑥蓝华增《意境论》,云南人民出版社,1996年,第50页。
⑦[美]刘若愚《中国文学理论》(杜国清译),江苏教育出版社,2005年,第57页。
⑧周勋初《中国文学批评小史》,长江文艺出版社,1981年,第139页。

种情趣。"①陈良运曰:"何谓'兴趣',概而言之,就是'不涉理路,不落言筌'的审美情趣,……是诗人在某一特定的境遇中主体与客体欣然'兴会'时被生发或被唤起的某种特殊的审美趣味。"②等等。彼此比较,不难看出,以上诸家虽然字面表达各有特点,但是在本质寓意上却是完全一致的。

其四,认为"兴趣"就是情兴、兴会,是诗人内心为外物所触而产生的一种情感亢奋状态。如袁行霈等曰:"所谓兴趣,指诗人的创作冲动,兴致勃发时那种欣喜激动的感觉。"③黄景进曰:"'兴趣'其实也可单称为'兴',如王子猷所谓'吾本乘兴而行,兴尽而返,何必见戴',其所谓'兴'即指'兴趣'而言。严羽所谓'盛唐诗人惟在兴趣',即是说盛唐诗人是凭一时兴致(感兴)来写诗,不是要说什么道理。因此,重点不在趣字,而在'兴'字。……'兴'为我国诗论中的关键字。"④柳倩月曰:"'兴趣'体现为'情兴',即感物起情,这是'兴趣'说最基础也是最基本的内涵。这一内涵体现为严羽对传统诗学'兴'这一命题中的'感物起情'之义的继承发扬,它揭示了诗歌'吟咏情性'的根本性质。"⑤等等。

那么,对于以上四种看法,我们究竟应如何看呢? 据实而论,可以说除了第四种看法较近正解外,其它三种看法都是很不周延的。之所以会出现这样的情状,原因固然很多,但是如上所言,其中最重要的恐怕还是《沧浪诗话》"诗话"式语言的简约性、诗意性,也即不明确性造成的。有关这一点,只要我们看一看严羽对其"兴趣"说的具体阐述就清楚了。《沧浪诗话·诗辨》云:"诗者,吟咏情性也。盛唐诸人惟在兴趣,羚羊挂角,无迹可求。故其妙处透彻玲珑,不可凑泊,如空中之音,相中之色,水中之月,镜中之象,言有尽而意无穷。"⑥以这样的表述来解释什么是兴趣,其涵蕴显然是很不明确的。不过,对这段文字细加品味仍不难得知,它主要表达了以下三层意思:

第一,人的情性是诗歌的本体,它的外在表现就是兴趣。由于兴趣乃是人的情性的最直接的展露,所以对于兴趣的抒发实际上也就是对于人的

---

① 叶嘉莹《王国维及其文学批评》,北京大学出版社,2008年,第267页。
② 陈良运《中国诗学体系论》,中国社会科学出版社,1992年,第423页。
③ 袁行霈《中国诗学通论》,安徽教育出版社,1994年,第1164页。
④ 黄景进《严羽及其诗论之研究》,台湾文史哲出版社,1986年,第96页。
⑤ 柳倩月《诗心妙悟:严羽〈沧浪诗话〉新阐》,黑龙江人民出版社,2009年,第113页。
⑥ 郭绍虞《沧浪诗话校释》,人民文学出版社,2000年,第26页。

内在情性的宣示。但是另一方面我们也需注意,"兴趣"虽然由"情性"而来,但它与"情性"毕竟不是一回事,我们绝不能说人只要有"情性",就一定善写诗。正如上文袁行霈等人所说,"兴趣"乃是一种兴致勃发、欣喜激动的情感,它与前文我们所说的"情兴""兴会"完全是换词为义。"性情虽是'兴趣'的本质或本源,但'性情'并不等于'兴趣'。"①只有当诗人的"情性"为外物所感,兴致勃发,难以遏止,不吐不快,形成强烈的创作冲动,在这种情况下我们才可称之为"兴趣"。也正因此,所以我们认为即是像以下这样的看法,也同样似是而非。如洪树华曰:"'诗者,吟咏情性也',一针见血地指出诗歌的本质特点:吟咏人的真情实性,吟咏人的思想感情。"②陆家桂曰:"《沧浪诗话》的审美特征,首先以情性美为其标志。""尽管严氏论诗的独特性是标示'兴趣',提倡'别材''别趣',要求'妙悟',但'诗者,吟咏情性也'一句是其中最根本所在,也是他美学思想最鲜明的旗帜。"③实事求是地说,"诗者,吟咏情性也",实是宋代一句老生常谈的话。如欧阳修曰:"诗出于民之情性。"④黄庭坚曰:"诗者,人之情性也。"⑤刘克庄曰:"变者诗之体制也,历千年万世而不变者人之情性也。"⑥戴复古曰:"陶写性情为我事,留连光景等儿戏。"⑦等等。所以相比而言,"盛唐诸人惟在兴趣"才是严羽真正要强调的。如果看不到这一点,那么,对严羽"兴趣说"与"诗言志"的关系,其认识也一定是模糊的。

第二,由于兴趣乃是因人的情性遭遇外物,为外物所触,刹那之间最直接的表露,所以它往往具有不假思索、自然生发、不可捉摸的特点。用严羽的话说也就是"不可凑泊""无迹可求"。有的学者说:"正因为兴趣属于直觉式的感触,它才是诗的、艺术的感情;也因为它是无所用意,无理路可寻,

①熊志庭《论"兴趣":读严羽〈沧浪诗话〉》,福建师大中文系《严羽学术研究论文选》,鹭江出版社,1987年,第227页。

②洪树华《〈沧浪诗话〉诗学体系及批评旨趣》,北京师范大学出版社,2010年,第73页。

③陆家桂《不袭牙后清音独远:〈沧浪诗话〉独特的审美标志》,福建师大中文系《严羽学术研究论文选》,鹭江出版社,1987年,第90～92页。

④欧阳修《诗解八篇》其五《定风雅颂解》,洪本健《欧阳修诗文集校笺·外集》卷10,上海古籍出版社,2009年,第1608页。

⑤黄庭坚《书王知载朐杂咏后》,郑永晓《黄庭坚全集辑校编年》,江西人民出版社,2008年,第838页。

⑥刘克庄《跋何谦诗》,蒋述卓等《宋代文艺理论集成》,中国社会科学出版社,2000年,第1072页。

⑦戴复古《论诗十绝》其五,蒋述卓等《宋代文艺理论集成》,中国社会科学出版社,2000年,第985页。

故云:'羚羊挂角,无迹可求。'"①这一认识无疑是极有见地的。

　　第三,人的情性为外物所触,所激起的并不仅仅是主体的兴趣,伴随而生的还有作者的言语冲动与理性体验。也正因作者的言语冲动与理性体验的协同助发,所以才使其兴趣的迸发显得格外酣畅、格外淋漓。而且严格说来,向外传达、向外呈示自己的语言才华、理性卓见,使读者分享自己的才华学养、卓见真识,这也同样是作家创作一个极为重要的动因。只不过作为一种特殊的审美活动,诗歌创作对于这些才华卓见的展示乃是与情感抒发有机融合在一起的,或者更为准确说,乃是浸孕于情感之中而以抒情写趣的面目出现的。严羽说"如空中之音、相中之色、水中之月、镜中之象,言有尽而意无穷",其实空、相、水、镜喻指的就是兴趣,也即作者勃发的情感,而音、色、月、象喻指的则是作者的语言素养及其对宇宙人生的觉解体认。也正因为作者的语言才华与理性卓见的展示都是伴随着作家兴趣的勃发自然而然进行的,所以才会产生"言有尽而意无穷"的艺术魅力。再明确说,也就是所谓"言有尽"也即语言不枝蔓,不堆砌,完全隐藏在情感里,丝毫也没有游离于情感之外而对作家的情兴形成遮蔽。上文严羽说"不落言筌",唐代皎然说"但见情性,不睹文字"②,司空图说"不著一字,尽得风流"③,其实都是这一意思。而所谓"意无穷",则是指作者的意旨表达不直露,与人的情感抒发密切结合在一起。上文严羽说"不涉理路",与此也是彼此相应的。之所以这样说,其主要原因是:我们一般所说的"理",无论是宇宙之理还是人生之理,都是立足于客观角度讲的。若从主观角度讲,则更恰当的说法显然是"意",也即作家对于宇宙之理、人生之理的觉解体认。诗歌创作作为文学创作的重要一翼,它并不只以作家之"意",也即作家对于宇宙之理、人生之理的觉解体认为传达对象,作家之"意"必须化入淋漓的情感,必须与"兴会感发"充分结合在一起,才能步入文学的殿堂。也正因此,所以才避免了作家表"意"的直白,使其获得了"意无穷"的魅力。

　　也正基于以上认识,所以我们认为前人有关严羽"兴趣说"的理解,不仅前三种看法难成立,即是第四种看法也是不完善的。因为它虽顾及到了"兴趣"与"情兴""兴会"的联系,但是却并没有意识到严羽在新的历史条件

①黄景进《严羽及其诗论之研究》,台湾文史哲出版社,1986年,第105页。
②皎然《诗式》,何文焕《历代诗话》,中华书局,1981年,第31页。
③司空图《二十四诗品》,何文焕《历代诗话》,中华书局,1981年,第40页。

下重提"兴趣"之说的真正用意。严羽的"兴趣说"已不同于中古的"情兴说"主要侧重于酣畅的情感,他所希望的主要乃是诗歌创作如何在保持其情感酣畅、兴致勃发的本体特征的同时,也尽可能充分地吸纳融合创作者丰厚的学养、卓异的认识。在上文他之所以在"夫诗有别材,非关书也;诗有别趣,非关理也"之后,紧接着说:"然非多读书,多穷理,则不能极其至",其根本用意正在这里。

再进一步说,也就是在严羽看来诗歌创作必须"多读书,多穷理",这是毫无疑义的。因为只有如此,才能丰富作家的学识,提升作品的品次。但是诗歌创作毕竟又是"吟咏情性"的,只有坚持有感而发,"惟在兴趣",如此才能确保其"别材""别趣"的本体特质。也正因此,所以诗歌创作固然要"多读书,多穷理",但是"多读书,多穷理"却并不意味着直接以书、理为诗。严羽在"诗者,吟咏情性也"这段表述后,继而批评宋人的创作弊端说:"近代诸公乃作奇特解会,遂以文字为诗,以才学为诗,以议论为诗,夫岂不工?终非古人之诗也。盖于一唱三叹之音有所歉焉。且其作多务使事,不问兴致:用字必有来历,押韵必有出处。读之反覆终篇,不知着到何在。……诗而至此,可谓一厄也。"①可以说把那种脱离诗人情感,违背诗歌创作规律,直接以书、理为诗的诗歌创作特征揭示的是非常清楚的。具体来说,在这一表述里,所谓"以议论为诗"也即在诗歌之中直接说理。所谓"以文字为诗"也即以奇字冷字为诗。所谓"以才学为诗"也即"用字必有来历,押韵必有出处",换句话说也就是"其作多务使事"。显而易见,"以议论为诗"与上文的"非关理也""不涉理路"相对立,"以文字为诗,以才学为诗"与上文的"非关书也""不落言筌"相对立,借用清人袁枚的话说也就是"误把抄书当作诗"②。它们的共同特点都是"不问兴致","于一唱三叹之音有所歉焉",未能使情、书、理三者有机交融在一起。明白于此,那么,严羽之所以会有"空中之音""水中之月"等一连串比喻,其内在意指也就不难得知了。说得再明确一点,也就是所谓"空中之音""水中之月"这些比喻,它们所表达的其实也就是"透彻玲珑,不可凑泊",也即"不涉理路,不落言筌"的意思。

然而非常遗憾,有不少学者都未认识到所谓"镜花水月"所要着重说明

---

① 郭绍虞《沧浪诗话校释》,人民文学出版社,2000 年,第 26 页。
② 袁枚《仿元遗山论诗》,《随园诗话》卷 5,江苏广陵古籍刻印社,1998 年,第 78~79 页。

的实乃情与言（书）、情与意（理）的关系，也即作家的盎然兴致与其学养识见的关系，而总是将其误认作情与景或意与境的关系。这样的例子实可谓举不胜举。如朱庭珍曰："情即是景，景即是情，如镜花水月，空明掩映，活泼玲珑。其兴象精微之妙，在人神契，何可执形迹分乎？"①张少康曰："空中之音，若闻若寂；相中之色，似见似灭；水中之月，非有非无；镜中之象，亦存亦亡。这和司空图引戴叔伦的话'蓝田日暖，良玉生烟，可望而不可置于眉睫之前'，确是非常相似的。意境具有虚实结合的特点，它若有若无，似虚似实，象外有象，景外有景，让人感到有无穷的言外之意。"②顾易生曰："'空中之音''水中之月''镜中之象'云云，虽然说得有点神秘化，实际上无非力图描绘出诗歌中的形象应该空灵蕴藉、深婉不迫，与现实保持一定距离，令人神往而不要太落实。这种艺术要求对于宋诗中某些过于散文化、抽象说理、一泻无遗、堆砌典故、缀补奇字等损害形象之美的偏弊，不失为有益的针砭。"③袁行霈曰："'空中之音、相中之色、水中之月、镜中之象'，这几句话因为和禅宗搭上了界，所以总让人觉得有点神秘的色彩。其实并不神秘，严羽不过是指出了诗歌语言的弹性和诗歌意象的多义性而已。"④等等。如上所析，严羽"诗者，吟咏情性也"这段文字，它要特别强调的实为诗歌的抒情性问题。希望诗歌创作能够把作家的情感（兴趣）、学养（书）、识见（理）有机地结合在一起，不要以才学、说理代替情感宣泄，这才是它的真正核心。显而易见，这样的认识与诗歌的意象、意境、情景并无多大关系。把本来讨论的"情感"问题硬说成是"形象"问题，甚至还说什么严羽只是"约略体会到形象思维和逻辑思想的分别，但没有适当的名词可以指出这分别"，所以只好用"镜花水月"这一系列比喻来加以说明⑤，这样的理解与严羽的本旨显然是相错甚远的。

那么，事实果真如此吗？对此，我们不妨再来看看严羽在《沧浪诗话·诗评》中所作的另一处表述："诗有词理意兴。南朝人尚词而病于理；本朝人尚理而病于意兴；唐人尚意兴而理在其中；汉魏之诗，词理意兴无迹可

---

① 朱庭珍《筱园诗话》卷1，郭绍虞《清诗话续编》，上海古籍出版社，1983年，第2337页。
② 张少康《中国文学理论批评史教程》，北京大学出版社，1999年，第260页。
③ 王运熙、顾易生《中国文学批评史新编》上册，复旦大学出版社，2001年，第356页。
④ 袁行霈《中国诗歌艺术研究》，北京大学出版社，2009年，第99页。
⑤ 郭绍虞《沧浪诗话校释》，人民文学出版社，1961年，第22页。

求。"①关于这里的"词理意兴"历来也有两种断句，一种认为应该读为"词、理、意兴"，"意兴"与"兴趣"乃异名同谓。如叶朗说："'兴趣''别趣''兴致'基本上是同一个概念。……'意兴'也就是'兴趣'。"②陈望衡说：严羽说"兴趣"，也说"兴致""意兴"，所谓"意兴"具体来说也就是"情与意融为一体"③等等。一种认为应该读为"词、理、意、兴"，"意"与"兴"乃是两个概念。如张长青曰："'意'指诗歌的内容，'兴'指诗歌的兴趣。"④蓝华增曰："意"即"意向化了的感情"，"兴"即"渗透着感情的艺术形象"⑤等等。我们认为无论从此处的语言环境讲，还是从严羽的整个理论架构讲，将"意兴"分读都是不当的。所谓"意兴"，其实也就是"兴趣"，只是相对而言，它较"兴趣"的内涵更多一些侧重罢了。陈望衡说它指"情与意融为一体"，这一看法是很有见地的。实事求是地说，任何情兴，任何兴趣都不可能是纯粹的情感，在它里边一定还包含有其他心理要素，譬如一个人的才学（书）、识见（理）等。有关这一点，我们在上文其实已讲得很详细。不过，作为作家对于宇宙人生之理的觉解体认，"意"在"情兴"中所占的比重显然要远超其他心理要素。也正基此，所以严羽这里才以"意兴"称之。

仔细分析严羽的这段文字，不难发现它的表述显然有些简略。如果将其语意完全展开，则其表达显然应该是："诗有词、理、意兴。南朝人尚词、尚意兴而病于理；本朝人尚理、尚词而病于意兴；唐人尚意兴而理、词在其中；汉魏之诗，词、理、意兴无迹可求。"它的意思显然是说：每个诗歌文本，一般都是由词、理、意兴三者构成的。南朝人重词重意兴，但是乏理；宋朝人重词重理，但是乏意兴；唐朝人重意兴，而理、词皆在意兴中；汉魏人词、理、意兴高度融合，故无迹可求。十分明显，严羽在这里所特别强调的显然依然是词、理、情的融合。如何使词与理都浸润于主体那浓郁的情感中，从而呈现出一种水乳交融、无迹可求的状态，这才是严羽心中诗歌创作的最高理想。如果不承认这一点，那么，严羽何以会对唐人的"尚意兴而理在其中"，汉魏人的"词理意兴无迹可求"，表现得如此神往，也就无从解释了。

<hr>

①郭绍虞《沧浪诗话校释》，人民文学出版社，1961年，第148页。

②叶朗《中国美学史大纲》，上海人民出版社，1985年，第314～315页。

③陈望衡《中国古典美学史》中卷，武汉大学出版社，2007年，第310页。

④张长青《〈沧浪诗话·诗辨〉美学思想论析》，福建师大中文系《严羽学术研究论文选》，鹭江出版社，1987年，第69页。

⑤蓝华增《意境论》，云南人民出版社，1996年，第107页。

由此,我们也可再度看出,所谓"水中之月""相中之色"云云,确乎应是对"兴趣"与"理""词"的水乳交融关系讲的。

众所周知,中国历来强调的都是"诗言志""诗缘情",严羽这里不仅进一步突出了这种"情""志"之起的突发性、不可捉摸性,也即审美直觉性,而且还进一步明确了这种突发之"情"与作家自身的才学素养(书)、远见卓识(理)三者之间的原生原发、不可分离、浑然一体的关系,厘清了诗歌情感所天然与俱的才学基础与理性价值。理论阐发如此深切、如此透辟,这在之前确是未曾有过的。至于说我们否定了"镜花水月"云云乃是旨在强调情与景、意与境不可分离的关系,表面看来似对严羽诗论的理论层次有所降低,但是依实而论,对于诗歌情景关系的探讨虽在六朝已有萌芽,可是直到清代的王夫之才真正把它讲清楚。在他之前所有的探讨应当说都是偶尔道之,并没有任何征兆表明早在清人之前学术界对此就已有专门的、系统的认识。基此,则否认"水中之月"云云与诗歌的形象思维有关,应当说并不会因此就降低了严羽诗论在中国诗论史上的地位。然而长期以来,一直都有不少学者仅据"水中之月"云云,就谓《沧浪诗话》已有形象思维的专门讨论,甚至不顾文词的实际,把"意兴""兴趣"之"兴"也释为"形象"①,甚而又谓"偏于逻辑思维者为理,偏于形象思维者为意"②等等,这样的看法显然都是很值得斟酌的。

四、从汉魏诗歌的"不假悟"看严羽"妙悟说"的含义

在《沧浪诗话》中还有一个重要概念,那就是"妙悟",也简称"悟"。对于这一概念如不能正确理解,那么也同样会影响我们对"兴趣"的认识。对于"妙悟"这一概念,前人的看法也十分之多,不过若概而言之,我们也可将其分为以下六类:

其一,"妙悟"即左右逢源,得心应手,无所窒碍的创作境界。如范晞文曰:"盖文章之高下,随其所悟之浅深,若看破此理,一味妙悟,则径超直造,四无窒碍。"③胡应麟曰:"严氏以禅喻诗,旨哉! 禅则一悟之后,万法皆空,

---

① 张连第《〈沧浪诗话·诗辨〉辨析》,福建师大中文系《严羽学术研究论文选》,鹭江出版社,1987年,第53页。
② 郭绍虞《沧浪诗话校释》,人民文学出版社,1961年,第149页。
③ 范晞文《对床夜语》卷2,丁福保《历代诗话续编》,中华书局,1983年,第415页。

棒喝怒呵,无非至理;诗则一悟之后,万象冥会,呻吟咳吐,动触天真。"①王应奎曰:"夫妙悟非他,即儒家所谓左右逢原(源)也,禅家所谓头头是道也。诗不到此,虽博极群书,终非自得之境。其能有句皆活乎?其能无机不灵乎?"②郁沅曰:"妙悟,也就是通过渐修而达到诗歌创作上运用自如,豁然无碍的境地。"③等等。

其二,"妙悟"即诗歌创作中的形象思维。如郭绍虞曰:"沧浪论诗,本受时风影响,偏于艺术性而忽于思想性,故约略体会到形象思维和逻辑思想的分别,但没有适当的名词可以指出这分别,所以只好归之于妙悟。"④成复旺曰:"严羽并不是以'悟'论诗的创始者,而是以'悟'论诗的发展者。……'妙悟'显然是指与逻辑思维相对待的另一种思维方法,即今人之所谓形象思维。"⑤刘健芬曰:"'妙悟'不是概念的逻辑推理,而是对具体可感的客观事物的直接观照。它可以从特殊中'悟'出一般,从偶然中把握必然,从一粒沙中看出大千世界。因此'妙悟'具有形象思维的特点,它有助于诗歌创作而不利于哲学思辩。"⑥等等。

其三,"妙悟"即诗歌创作中的审美直觉。如刘若愚曰:"妙悟"的意思即"直觉的领悟"。借助这一术语,"严羽暗示诗,或者至少最好的诗,是诗人对于超乎文字之外之现实的直觉领悟的具体表现"⑦。黄景进曰:"所谓妙悟也就是近人常说的'直觉'('妙'者因其直寻而妙,'悟'者觉也),也可说是'直接的认识'。……诗人之感兴是一种无所用意、直寻的过程,而禅者之悟道亦是如此,两者皆为'不涉思惟,不入理路'。"⑧童庆炳曰:"妙悟","用我们今天的话来说就是'直觉'。直觉是无需知识的直接帮助的,无需经过逻辑推理就可对事物的本质作直接的领悟。……诗歌创造是审美的创造,要以艺术直觉为主,要从生活中领悟那些富于诗意的成份,或者

①胡应麟《诗薮》内篇卷2,上海古籍出版社,1979年,第25页。

②王应奎《柳南续笔》卷3,《柳南随笔　续笔》,中华书局,1983年,第182页。

③郁沅《严羽诗禅说析辨》,《学术月刊》1981年第7期,第65页。

④郭绍虞《沧浪诗话校释》,人民文学出版社,1961年,第22页。

⑤成复旺等《中国文学理论史》(二),北京出版社,1987年,第487～489页。

⑥刘健芬《严羽"妙悟"说的审美特征》,福建师大中文系《严羽学术研究论文选》,鹭江出版社,1987年,第150页。

⑦[美]刘若愚《中国文学理论》(杜国清译),江苏教育出版社,2005年,第57～59页。

⑧黄景进《严羽及其诗论之研究》,台湾文史哲出版社,1986年,第174～175页。

说要诗意地领悟生活,不能只是一般地认识生活,这不能不说在很大程度上揭示了诗歌创作的特殊性。"①等等。

其四,"妙悟"即诗歌创作中出现的灵感。如朱光潜曰:"诗的境界的突现都起于灵感。灵感并无若何神秘,它就是直觉,就是'想象',也就是禅家所谓'悟'。"②陈良运曰:"严羽的'妙悟'说显然是承僧肇'妙悟'和竺道生'顿悟'而来。'妙悟'说到了诗人和诗论家手里,就成了对创作'灵感'最恰切的表述。……这样,严羽就赋予了'妙悟'说以诗的'灵感'的性质。"③梁超然曰:"佛家之悟、妙悟、顿悟,含意相近,所以严羽在《沧浪诗话》中又称悟、顿门,这在佛家都是指豁然开朗地明了佛教真谛的情景。严羽借佛家这一用语,就是指诗歌创作中豁然获得诗境的创作过程。……在创作过程中,我们常有这种体会,在生活中有所感受,产生了创作冲动,但一时间无法表述自己的思想感受,在反复思索之中,突然得到一种意象,于是豁然开朗,写出了作品。这在我们今天的创作理论中称之为灵感,有同志以为是指形象思维,似未中的。"④等等。

其五,"妙悟"即诗歌创作过程中的审美感发与体验。如程小平曰:"对严羽诗学而言,诗道妙悟首先就是要激活人们对社会生活、现实人生乃至永恒生命的诗性体验,这是关于严羽诗'悟'第一位的、本体性的含义。"⑤陶水平曰:"所谓'妙悟',也就是审美主体观照外物从内体验到某种审美兴味的心理过程。……'妙悟'作为一种特殊的审美感兴活动,与一个人的知识、才学并无必然联系。"⑥叶朗曰:"所谓'妙悟',是指审美感兴,也就是指在外物直接感发下产生审美情趣的心理过程。严羽认为这是构成诗人的本质的东西,所以说:'惟悟乃为当行,乃为本色。'"⑦等等。

其六,"妙悟"即对诗歌创作本体特征的领悟。如张少康曰:"诗歌是以'兴趣'为其特点的,而'兴趣'是不能靠知识学问来获得的,它要考'妙悟'

①童庆炳《中国古代文论的现代意义》,北京师范大学出版社,2001年,第266~268页。
②朱光潜《诗论》,上海古籍出版社,2001年,第43页。
③陈良运《中国诗学体系论》,中国社会科学出版社,1992年,第426~427页。
④梁超然《略说严羽诗歌理论之本质》,福建师大中文系《严羽学术研究论文选》,鹭江出版社,1987年,第111页。
⑤程小平《〈沧浪诗话〉的诗学研究》,学苑出版社,2006年,第89页。
⑥黄药眠、童庆炳《中西比较诗学体系》,人民文学出版社,1991年,第422页。
⑦叶朗《中国美学史大纲》,上海人民出版社,1985年,第316页。

来领会和掌握。……严羽认为诗歌艺术之奥秘,既非语言所能表达清楚,亦非理论所可阐说明白,必须'自家实证实悟','凿破此片田地',从大量上乘佳作中,凭借内在的直觉思维,从内心去感受和体验,方能默会艺术三昧。"①李伯勋曰:"(悟)就是通过'熟参''酝酿'的办法,发现了诗歌艺术的独特规律。他(严羽)认为诗歌成就的高下,不取决于书本知识的多少,而在于诗人是否认识和掌握诗歌创作的艺术规律。……孟襄阳的学问不如韩退之,为甚么他的诗歌的成就反而比韩退之高呢? 这没有别的秘密,就是由于孟襄阳认识和掌握了诗歌创作的特殊规律。"②李壮鹰、李春青曰:"严羽所谓'悟'实际上是指一种直觉跃迁式的艺术思维方式,而'妙悟''透彻之悟'是指经过长期的揣摩,对不可名言的诗歌创作规律的顿时领悟,达到豁然开朗的境界。"③等等。

对于"妙悟"的具体内涵,前人提出了如此之多的看法,我们究竟以何者为准呢? 实事求是地说,如果找不到坚实的依据,我们是很难作出判断的。十分幸运的是在《沧浪诗话》中还有这样一段话:"惟悟乃为当行,乃为本色。然悟有深浅,有分限,有透彻之悟,有但得一知半解之悟。汉魏尚矣,不假悟也。谢灵运至盛唐诸公,透彻之悟也;他虽有悟者,皆非第一义也。"(《诗辨》)依照这段文字的行文逻辑,严羽显然把诗歌分作了三类:一类是汉魏之诗,它们是"不假悟"的;一类是谢灵运至盛唐诸公之诗,它们是合乎"透彻之悟"的;一类是中唐以后的诗,它们即是有所悟,所悟的也不是"第一义",也即根本不属"透彻之悟",只能算作一知半解之悟。那么,汉魏之诗,为什么说它"不假悟"呢? 如果我们把这个问题搞清楚了,那么严羽所说的"妙悟"的含义也就不难得知了。

对于严羽"不假悟"的含义,前人也有如下三种解释:(一)"悟"即直觉,"不假悟"就是缺乏审美直觉。如陈望衡曰:"严羽说:'汉魏尚矣,不假悟也。'意思是汉魏人作诗崇尚写实,比较缺乏艺术想象,不看重审美直觉的作用。"④(二)"悟"即兴发感动,"不假悟"即诗歌没有直接展现诗人为外物

①张少康《中国文学理论批评史教程》,北京大学出版社,1999年,第260~261页。
②李伯勋《读〈沧浪诗话〉札记》,福建师大中文系《严羽学术研究论文选》,鹭江出版社,1987年,第78页。
③李壮鹰、李春青《中国古代文论教程》,高等教育出版社,2013年,第264页。
④陈望衡《中国古典美学史》中卷,武汉大学出版社,2007年,第309页。

所触的感发过程。如叶嘉莹曰："汉魏诗多以情事为主,纯粹写景的诗并不多见",较之盛唐之诗,"汉魏之诗更为质朴真切","更为直接,更不需要任何装点或假借"。而盛唐之诗由于"渐重装点假借等表现之媒介",因而"描写自然景物之作"在当时便已"蔚为大宗"。由于"重视表现之媒介",重视"景物之叙写",所以盛唐之诗"其兴发感动的过程当然更为明显易见"。而汉魏之诗由于多是一些"以情事为主的质朴直接之作",所以尽管"其兴发感动的力量"也确实"早就已存在于其质朴直接的叙写之中",但"在表面上"它毕竟"缺少由'此'及'彼'的感发之过程"。严羽之所以一方面说"汉魏尚矣,不假悟也",另一方面却又把它与盛唐之诗同列为"第一义",其"真正的缘故"正在这里①。(三)"悟"即觉解,"不假悟"即无需借助觉解体悟,也能写出本色当行的诗歌。如张健曰:"所谓悟是以有意的、人为的创作为前提的,这一阶段的诗人已经意识到诗歌有其应有的特征,诗人在创作上有意符合、体现诗歌应有的特征,于是才有悟的问题。在无意的、天然的阶段,诗人不是有意地去作诗,而是从心中自然流出,在他们的心里,没有意识到诗歌有一个应有的特征,自己有意去把握其特征,因而没有悟的问题,所以说'不假悟'。在严羽看来,汉魏诗歌虽然是无意的产物,却自然地完全合乎诗道,是诗道的最好体现。"②

　　将以上三种看法仔细加以对比,不难发现应当说只有第三种看法才是可信的。为了使这一问题得到更好的说明,我们不妨再来看一看《庄子·知北游》所记载的一个故事。这个故事说的是一个名叫"知"的人,为了弄清以下三个问题:"何思何虑则知道? 何处何服则安道? 何从何道则得道",而到处向人寻找答案。他首先找到无为谓,可是无为谓三问三不答。其实并非是不回答,实乃是因为他"不知答",也即根本就没弄懂对方的意思。无奈何"知"又找到狂屈询问,可是狂屈刚要回答,却又完全忘记了他要回答什么。于是不得已"知"又找到黄帝,黄帝的回答十分明确:"无思无虑始知道,无处无服始安道,无从无道始得道。"可是面对"知"的称赞,黄帝却十分惭愧地说:"彼无为谓真是也,狂屈似之,我与汝终不近也。""彼其真是也,以其不知也;此其似之也,以其忘之也;予与若终不近也,以其知之

---

①叶嘉莹《王国维及其文学批评》,北京大学出版社,2008年,第269页。
②张健《知识与抒情:宋代诗学研究》,北京大学出版社,2015年,第598页。

也。"①十分明显,在这段文字里庄子所谓"知之",也就是有所认识有所领悟的意思。无为谓正因为无所领悟,所以他才是最自然的,也即最能与道合一的。而黄帝与"知"也正因为有了领悟有了认识,所以才不能全凭心发,一无计虑。明白于此,则严羽所以把"不假悟"的汉魏之诗,置于已经有了"透彻之悟"的谢灵运以及盛唐诸公之上,也就不难理解了。明人许学夷《诗源辨体》说:"汉魏古诗,盛唐律诗,其妙处皆无迹可求。但汉魏无迹本乎天成,而盛唐无迹乃造诣而入也。"②这一论断可以说把汉魏之诗"不假悟"的特点揭示的是非常清楚的。

再进一步说,也就是由于汉魏古诗还处在我国诗歌创作的早期阶段,在这个时期人们的诗歌创作还依然处在一种自发状态,还没有形成文学的自觉,最起码从整体来看确乎如此。也正因这样,所以当时的创作每每都是出于不得已,都是作家内在情兴不可遏抑的自动宣泄。人们在创作时不仅不会考虑是否合乎诗歌以兴趣为宗的本色,而且也不会计较诗歌的语言、哲理、情感能否有机地融合在一起。他们所能作的就只是乘兴而发,兴尽言止,根本不去考虑究竟什么样的诗歌才合诗歌的极致。也恰恰正因如此,所以反而使他们的诗歌在情感抒发上展现得更为原发,更为本真,更为诚挚,更为酣畅。严羽所以说"汉魏尚(上)矣,不假悟也",可以说正是从这一角度立论的。

弄明了汉魏之诗"不假悟"的具体所指,那么,严羽所说的"妙悟"的含义也就不难察知。概而言之,所谓"妙悟"也就是对于诗歌创作以"兴趣"为宗的本体特色的直接体认。而要想实现这种直接的体认,唯一的办法就是熟参。用严羽的话说也就是:"先须熟读楚词,朝夕风咏以为之本;及读《古诗十九首》,乐府四篇,李陵苏武汉魏五言皆须熟读,即以李杜二集枕藉观之,如今人之治经,然后博取盛唐名家,酝酿胸中,久之自然悟入。"③显而易见,在严羽看来要想弄明诗歌创作的本质,最好对前代的那些优秀之作反复熟读,反复朗诵,使自己与作者完全合一,感作者所感,思作者所思,对作者那种为外物所激,情由中出,难以遏抑的情感状态产生切身的体会。只有如此,对于诗歌创作乘兴而发,不假计虑的本体特征才会获得真切的

①王先谦《庄子集解》卷2,中华书局,1987年,第185~186页。
②许学夷《诗源辨体》卷3,人民文学出版社,1987年,第48页。
③严羽《沧浪诗话·诗辨》,郭绍虞《沧浪诗话校释》,人民文学出版社,1961年,第1页。

感受。由于这样的真切感受往往如禅宗的顿悟成佛一样,都是在刹那之间忽然生悟,直接进入,与所悟对象完全合一,忘记彼我,忘记一切,毫发无隐,豁然开朗,目见身历,真实不妄,其妙难言,心悦神畅,所以学者们对此境界才有"妙悟""顿悟""悟入""单刀直入""直截根源"等等形容。据实而论,对于前人的诗歌创作缺乏这样真切的感受,我们是不能被视为对于诗歌创作的本体特征已经有了切己体验的。

五、从严羽的"入神说"看其"兴趣说"的真实意图

在《沧浪诗话·诗辨》里,还有这样一段文字:"诗之品有九:曰高,曰古,曰深,曰远,曰长,曰雄浑,曰飘逸,曰悲壮,曰凄婉。其用工有三:曰起结,曰句法,曰字眼。其大概有二:曰优游不迫,曰沉着痛快。诗之极致有一,曰入神。诗而入神,至矣,尽矣,蔑以加矣!惟李杜得之,他人得之盖寡也。"①在这段文字里,严羽给我们提出的又一个新的概念就是"入神"。在《沧浪诗话》里,有三个最重要的概念,一是"兴趣",二是"妙悟",三就是"入神"。虽然对于"兴趣""妙悟",我们已有比较清楚的认识,但是如果对"入神"的涵义缺乏深入的了解,我们对《沧浪诗话》的诗学理想也同样不会有一个准确的把握。

不过,在正式探讨"入神"的涵义前,我们需要先对汉魏之诗与盛唐之诗在严羽心中的不同地位再加审视。通览《沧浪诗话》的相关论述,不难得知严羽常常把汉魏之诗与盛唐之诗都视为诗歌的典范,如云:"以汉魏晋盛唐为师,不作开元天宝以下人物。"(《诗辨》)②又云:"论诗如论禅:汉魏晋与盛唐之诗,则第一义也。大历以还之诗,则小乘禅也,已落第二义矣。晚唐之诗,则声闻辟支果也。"(《诗辨》)③不过在有的时候他对二者又好像颇有轩轾之分。或者抬高汉魏而贬抑盛唐,如云:"汉魏尚(上)矣,不假悟也;谢灵运至盛唐诸公,透彻之悟也;他虽有悟者,皆非第一义也。"(《诗辨》)或者抬高盛唐而贬抑汉魏,如云:"嗟乎!正法眼之无传久矣!……故予不自量度,辄定诗之宗旨,且借禅以为喻,推原汉魏以来,而截然谓当以盛唐为

---

① 郭绍虞《沧浪诗话校释》,人民文学出版社,1961年,第7~8页。
② 郭绍虞《沧浪诗话校释》,人民文学出版社,1961年,第1页。
③ 郭绍虞《沧浪诗话校释》,人民文学出版社,1961年,第11~12页。

法。"(《诗辨》)①

　　那么,汉魏之诗与盛唐之诗究竟有什么差别,致使严羽有此不同的评价呢? 依据《沧浪诗话》全书的逻辑,我们显然可以得出如下结论,即在兴趣的自然触发,无迹可求方面,盛唐之诗较之汉魏之诗显然是要稍逊一筹的。因为汉魏之人本来就是任情而发,他们的创作本来就是一种因物生情,难以遏止的自发行为,因此在其内心根本就不会产生究竟如何才不背离诗歌本色的顾虑。而盛唐之人恰恰因为对于诗歌的本色有了领悟,所以反而更易使自己的创作变成一种有意行为,并进而导致创作主体与创作对象产生某种程度的分离,使自己的创作或多或少地打上某种形式主义的印记。所以从整体来看,严羽虽也肯定"盛唐诸人惟在兴趣,羚羊挂角,无迹可求",可是在与汉魏之诗并列时,他还是把真正的"无迹可求"归给了汉魏:"唐人尚意兴而理在其中;汉魏之诗,词理意兴,无迹可求。"固然他也每每标举盛唐诸人的"透彻之悟",可是相较于汉魏之诗的"不假悟",他还是认为后者是要更高一筹的:"汉魏尚矣,不假悟也。"不过,另一方面在严羽心里,盛唐之诗也有自己的优势,具体说来,也就是在它里面每每包涵着作家更多的学养与卓识,如上所说,我们实可以将其视为作家情兴、学养与卓识的高度统一。学养来自读书,卓识来自穷理,换言之,也即是盛唐之人的情感抒发虽不像汉魏之人那样完全源于自然,但是他们的整体文化素质恐怕也是汉魏之人远难企及的。因此,若从这个角度说,则汉魏之诗与盛唐之诗实可谓是各有优长,也各有不足的。

　　既然如此,那么是不是在严羽心中,对诗歌创作以"兴趣"为宗的本体特征一旦有了觉知,就意味着再也无法达到汉魏之诗那种"无迹可求"的境界了呢? 当然也不是。因为说盛唐之人在"无迹可求"方面赶不上汉魏,这也同样是从整体上讲的,落实到具体作家,譬如李杜,作为盛唐最杰出的代表,他们的创作可以说也是完全忘掉了他们的觉知,无所预设,无所祈求,而完完全全地一任兴趣的。一方面在兴趣的感发方面,倾泻方面,如汉魏一样一听自然,另一方面在兴趣所包含的哲意思理及语言素养方面又优于汉魏,高于汉魏,这就是严羽所以谓李杜"入神"的原因。严羽说"推原汉魏以来,而截然谓当以盛唐为法",这个"盛唐"其核心所在其实也当是就李杜

————————

① 郭绍虞《沧浪诗话校释》,人民文学出版社,1961 年,第 27 页。

讲的。既是如此,那么究竟怎样才算"入神"呢? 我们首先还是来看一看前人是怎么讲的。

对于严羽所以推重"入神"之境,把它作为诗歌的极至,前人也提出了各种解释。如有的学者认为这是严羽在强调诗歌创作的不加计虑、自然成文。如陶明浚曰:"'入神'二字之义,心通其道,口不能言。己所专有,他人不得袭取。""古人有古之妙处,我亦有我之妙处,同工异曲,异地皆然,如风行水上,自然成文。真能诗者,不假雕琢,俯拾即是,取之于心,注之于手,滔滔汩汩,落笔纵横,……又何滞之有乎? 此之谓入神。"①有的学者认为这是严羽在强调神似,如刘健芬云:"入神"即"要求诗歌不仅要写出事物之'形',而且要'悟'出事物之'神'。""如果诗歌只写物体形象的外形,那是远远不够的。它必须在形的基础上体现出神来。"②有的学者认为这是严羽在提倡物象描写要写出人的精神,如陈良运云:"'诗而入神',入谁之'神'?""'入'的是诗人主体之神,诗人在诗中的审美创造,最终是创造了他自己。"严羽这里乃是在"很巧妙地借用禅机来阐释六百余年之后西方的大智者大哲人所揭示的'美是人的本质力量对象化'这个大道理"③。而还有学者认为严羽在这里乃是在倡导神韵,如钱钟书云:"无神韵,非好诗;而祇有神韵,恐并不能成诗。此殷璠《河岳英灵集序》论文,所以'神来、气来、情来'三者并举也。""神韵非诗品中之一品,而为各品之恰到好处。……优游痛快各有神韵。""沧浪独以神韵许李杜,渔洋号为师法沧浪,乃仅知有王韦,撰《唐贤三昧集》,不取李杜,盖尽失沧浪之意矣。"④等等。

那么,对于前人的这些认识我们究竟应如何看呢? 实际上严羽这里之所谓"入神"应当乃是登入神人之境之意。神人做事全凭兴致,往来自如,不加思虑,眼界超俗,法力无边,严羽这里以此为喻,它不仅包含着诗人兴趣之发的不可预设、变化莫测,而且也包含着诗人胸怀的奇拔卓绝、诗人才力的无所不至。杜甫说"读书破万卷,下笔如有神"⑤,也即下笔如有神助

①陶明浚《说诗杂记》卷 8,郭绍虞《沧浪诗话校释》,人民文学出版社,1961 年,第 10 页。
②刘健芬《严羽"妙悟"说的审美特征》,福建师大中文系《严羽学术研究论文选》,鹭江出版社,1987 年,第 153～154 页。
③陈良运《中国诗学体系论》,中国社会科学出版社,1992 年,第 431 页。
④钱钟书《谈艺录》,三联书店,2008 年,第 108～109 页。
⑤杜甫《奉赠韦左丞丈二十二韵》,仇兆鳌《杜诗详注》卷 1,中华书局,1979 年,第 74 页。

（其《游修觉寺》"诗应有神助，吾得及春游"①可以助证），就好像西人柏拉图所说的神灵附体一样，这与严羽的"入神"之说虽然字面之义有异，但在实际上它们的所指则是完全一致的。也正鉴此，所以我们认为上文刘健芬、陈良运、钱钟书三家的观点都是很难站得住脚的，而陶明浚的描述也只说对了一半，也即他只注意到了诗歌创作一本兴趣、不加计虑的一面，而对与诗歌兴趣相伴而随的不同凡俗的思想意义、理性见解，以及诗人在语言表达方面的高超造诣，则他的阐述也是全无涉及的。据实而论，诗歌创作如果离开诗人胸襟的奇拔独到，离开诗人语言才力的炉火纯青，就像一般百姓那样，即使偶而也能吟咏出几句"天苍苍，野茫茫，风吹草低见牛羊"之类的自然清朴的诗句，但那也是很难以严羽、杜甫之所谓"入神""有神"来形容的。

那么诗人的不凡胸怀、超异才力从何而来呢？其实这一点我们上文已经论及到了。为了使这一问题变得更为明晰，下面我们不妨再予强调一下。《沧浪诗话·诗辨》说："夫诗有别材，非关书也；诗有别趣，非关理也。然非多读书，多穷理，则不能极其至。所谓不涉理路，不落言筌者，上也。"如上所言，"别材""别趣"也就是"唯在兴趣"之意。十分明显，在严沧浪的诗论里，读书、穷理也是和兴趣密切联系在一起的。不读书就不能丰富自己的语言储备、提高自己的语言驾驭能力，不穷理就不能开阔个人的胸襟、提高个人的思想认识。一首诗如果只有浓郁的情感、单纯的兴趣，而其中并不包含作家深刻的人生见解、宇宙意识，或者说虽然包含了这样的见解、这样的意识，而作家却并没有相应的语言才力予以表达，则这样的作品显然也是很难用"至"字来形容的。严羽一方面说不读书、不穷理就"不能极其至"，另一方面又说"诗之极致有一，曰入神。诗而入神，至矣，尽矣，蔑以加矣"，"致""至""极""尽"四者同义，依据严羽的这些论述，不难推断他之所谓"入神"毫无疑义也是以读书、穷理为其不可或缺的重要条件的。只不过书、理都不能直接入诗，诗歌创作要力避纯粹说理、文字堆砌，要使词、理都融化进诗人的血液里，使其随兴趣一同涌出罢了。严羽所谓"不涉理路，不落言筌"，其实就是这一意思。弄清了以上这些道理，那么严羽所以在肯定汉魏诗歌"不假悟""无迹可求"的同时，又将其置于李杜之下，也即并不

①杜甫《游修觉寺》，仇兆鳌《杜诗详注》卷9，中华书局，1979年，第786页。

将其置于"入神"之列,个中缘由我们也就不难明白了。因为毕竟在思想见识与语言才力方面,汉魏作家与李杜之间确是有天渊之别的。

认识了严羽"入神"的涵义,下面我们再补充一个问题。具体来说也就是严羽的"汉魏"之称是否恰当的问题。诚然,在许多前人的诗论里我们都可以看到"汉魏"连称的例子,如沈德潜云"汉魏诗只是一气转旋"[①],叶燮云"汉魏诗不可论工拙"[②]等等。但是如果严格而论,汉诗与魏诗的差别也是显而易见的。有关这一点,前人也同样看得很清楚。如谢榛曰:"《古诗十九首》,平平道出,且无用工字面,若秀才对朋友说家常话,略不作意,如'客从远方来,寄我双鲤鱼。呼童烹鲤鱼,中有尺素书'是也。及登甲科,学说官话,便作腔子,昂然非复在家之时。若陈思王'游鱼潜绿水,翔鸟薄天飞。始出严霜结,今来白露晞'是也。此作平仄妥帖,声调铿锵,诵之不免腔子出焉。"[③]又,胡应麟也云:"气象浑沦,难以句摘,此但可论汉古诗。""子建、子桓工语甚多,如'丹霞夹明月,华星出云间'、'秋兰被长坂,朱华冒绿池'之类,……章法句意,顿自悬殊,平调颇多,丽语错出。严氏往往汉魏并称,非笃论也。"[④]也正是基于这一认识,所以胡氏又云:严羽的"汉魏尚矣,不假悟也。谢灵运至盛唐诸公,透彻之悟"实应改为:"两汉尚矣,不假悟也。曹刘以至李杜,透彻之悟也。"[⑤]所说显然是非常有道理的。与《沧浪诗话》的相关论述加以对照,如其《诗评》曰:"汉魏古诗,气象混沌,难以句摘,晋以还方有佳句,如渊明'采菊东篱下,悠然见南山',谢灵运'池塘生春草'之类"[⑥],谢胡二家的看法无疑是更为切当的。也正鉴此,所以我们认为虽然汉、魏之诗确有许多相通的地方,严羽"汉魏"连称对于我们对其诗论思想的理解也无太大影响,但是对于汉、魏之别有一个清醒的认识,这对我们更准确地把握中国文学的发展历程,无疑仍是很有价值的。

六、余论

正如我们上文所说,"兴趣"一词如果仅就字面来看,与"情兴""兴会"

---

①沈德潜《说诗晬语》卷上,王夫之等《清诗话》,上海古籍出版社,1978年,第532页。

②叶燮《原诗》卷4,王夫之等《清诗话》,上海古籍出版社,1978年,第601页。

③谢榛《四溟诗话》卷3,丁福保《历代诗话续编》,中华书局,1983年,第1178页。

④胡应麟《诗薮》内编卷2,上海古籍出版社,1979年,第32页。

⑤胡应麟《诗薮》外编卷2,上海古籍出版社,1979年,第144页。

⑥郭绍虞《沧浪诗话校释》,人民文学出版社,1961年,第151页。

实无差别。但是严羽将它郑重提出，且大力褒扬，也确实有其不容小觑的意义。虽然诗歌创作应以情兴为本，早在魏晋即已成共识，到了唐代更得到普遍的认同，深入的实践，但是时至两宋，这一诗学理念却遇到了巨大挑战。由于两宋实行重文轻武、守内虚外、因循求稳、忌言兴革的基本国策，与此相应，重内圣轻外王、重才学轻事功、重理识轻俗务，也一变而成当时士风的主要倾向。反映到文学创作上，就在当时形成了一种阵容强大，来势猛烈，规模空前的诗歌创作风尚，具体来说，也就是"以文字为诗，以才学为诗，以议论为诗"。于是不仅读书、穷理成为人们进行诗歌创作的必不可少的基础，甚至诗歌创作也转而成了人们炫耀学问、展现理识的工具。这一现象不仅反映在江西诗派中，在宋代很多诗人身上都有体现。

如欧阳修《六一诗话》云："仁宗朝，有数达官，以诗知名，常慕'白乐天体'，故其语多得于容易。尝有一联云：'有禄肥妻子，无恩及吏民。'有戏之者云：'昨日通衢遇一辆軿车，载极重，而羸牛甚苦，岂非足下"肥妻子"乎？'闻者传以为笑。"[1]这一故事显然就反映了包括欧阳修在内的众多文人对于"得语容易"的"白乐天体"的轻视。又，苏东坡云："孟浩然之诗，韵高而才短，如造内法酒手而无材料尔。"[2]至黄庭坚更云："诗词高胜要从学问中来。"[3]"士大夫下笔须使有数万卷书，气象始无俗态。"[4]"（文章）但当以理为主，理得而辞顺，文章自然出群拔萃。观子美到夔州后诗，退之自潮州还朝后文，皆不烦绳削而自合矣。"[5]这简直把一个人的才学理识对于诗歌创作的重要意义推到了无以复加的地步。也正是因为对于作家的才学理识太过强调，所以也使宋人的不少创作打上了片面的炫才耀识的印记。对此有不少学者都看得很清楚，如张戒曰："《国风》《离骚》固不论，自汉魏以来，诗妙于子建，成于李杜而坏于苏黄。……子瞻以议论作诗，鲁直又专以补缀奇字，学者未得其所长，而先得其所短，诗人之意扫地矣。"[6]胡应麟曰："禅家戒事理二障，余戏谓宋人诗，病政坐此。苏、黄好用事，而为事使，

---

①欧阳修《六一诗话》，何文焕《历代诗话》，中华书局，2004年，第264页。
②陈师道《后山诗话》引，何文焕《历代诗话》，中华书局，2004年，第308页。
③胡仔《苕溪渔隐丛话》前集卷47引，人民文学出版社，1962年，第320页。
④袁衮《评书》引，毛万宝、黄君《中国古代书论类编》，安徽教育出版社，2009年，第247页。
⑤黄庭坚《与王观复书三首》其一，郑永晓《黄庭坚全集辑校编年》，江西人民出版社，2008年，第939页。
⑥张戒《岁寒堂诗话》卷上，丁福保《历代诗话续编》，中华书局，1983年，第455页。

事障也；程、邵好谈理，而为理缚，理障也。"①王夫之曰："人讥西昆体为獭
祭鱼，苏子瞻、黄鲁直亦獭耳。彼所祭者肥油江豚，此所祭者吹沙跳浪之鲑
鲨也。除却书本子，则便无诗。"②等等。

　　那么，面对这一现象诗人们究竟应当如何办呢？是不是就像当时的
"四灵诗派""江湖诗派"那样，重新回到晚唐雕山琢水，描物写景的道路上
呢？对此严羽批评说："近世赵紫芝、翁灵舒辈，独喜贾岛姚合之诗，稍稍复
就清苦之风。江湖诗人多效其体，一时自谓之唐宗。不知止入声闻辟支之
果，岂盛唐诸公大乘正法眼者哉！"③看来这种完全抛弃宋人新风而一味效
法晚唐诗风的做法，也是很难创出什么新局面的。又，张戒《岁寒堂诗话》
曰："诗者，志之所之也。情动于中而形于言，……用事押韵，何足道哉！苏
黄用事押韵之工，至矣尽矣，然究其实，乃诗中之一害，使后生只知用事押
韵之为诗，而不知咏物之为工，言志之为本也，风雅自此扫地矣。"④这显然
又是希望诗歌创作重新回到《诗》《骚》汉魏以来"风雅比兴"的道路上。其
审美好尚虽与"四灵""江湖"大相异趣，但是在对宋诗新风的否定上，他们
则是高度相合的。又，杨万里曰："大抵诗之作也，兴，上也；赋，次也；赓和，
不得已也。然初无意于作是诗，而是物是事，适然触于我，我之意适然感乎
是物是事，触先焉，而是诗出焉。我何与焉？天也，斯谓之兴。"⑤杨氏的看
法显然又与中古学者的"情兴论"思想如出一辙，对于宋人讲才学、讲理识
的创作风尚，他也同样未能予以正视。

　　也正基此，所以我们认为严羽"兴趣说"的提出在我国诗论史上确有其
不容小觑的意义。他的最大贡献就在于把流行于中古的"情兴论"思想与
宋代崇尚才学、强调理识的文人化学者化倾向结合起来，既维护了诗歌创
作以兴趣为宗的本色，又肯定了宋人企图以学养才识提升诗歌的文化品
位，以与唐人分庭抗礼的努力，大大丰富了兴盛于中古时期的"情兴论"思
想的蕴涵，为我国古代的诗歌创作又开辟了一条新的道路。有的学者说：
"在严羽的诗学中，唐诗与宋诗本来是对立的传统，唐诗传统是抒情型的，

---

① 胡应麟《诗薮》内编卷2，上海古籍出版社，1979年，第39页。
② 戴鸿森《姜斋诗话笺注》卷2，上海古籍出版社，2012年，第122页。
③ 郭绍虞《沧浪诗话校释》，人民文学出版社，1961年，第27页。
④ 张戒《岁寒堂诗话》卷上，丁福保《历代诗话续编》，中华书局，1983年，第452页。
⑤ 杨万里《答建康府大军库监门徐达书》，蒋述卓等《宋代文艺理论集成》，中国社会科学出版社，
　　2000年，第817页。

宋诗传统是知识型的;宋诗的知识特征原本建立在宋代诗人的知识基础之上,但严羽却试图在宋代诗人的知识基础上重建唐诗的抒情传统。多读书,多穷理,以奠定诗人的学问与义理基础;博观熟读诗歌作品,以奠定诗人的审美基础。在此基础上妙悟诗道,超越知识,而至唐人抒情兴趣之境界。"①这一见解无疑是非常之深刻的。再进一步说,也就是尽管严羽对于宋人读书穷理的肯定只有寥寥数句,但是他说不读书不穷理就不能"极其至",其表述的明晰性也是毋庸置疑的。古人著述往往有很大的随意性,并不像我们今人这样讲究结构严密。如果因为严羽涉及读书穷理的文字量太少,而忽视其在唐宋诗歌融合上所付的努力,那对严羽的审美趣尚就不可能有一个真切的体悟。

第二节 "文气说"对"诗言志"观念的深化

在中国文论史上,"文以气为主"也是一非常重要的命题,但是就如"赋比兴""兴观群怨"等命题一样,直到今天我们对于它的意义,其认识也仍是非常模糊的。"文气说"的提出不仅是"诗言志"观念的进一步深化,而且也是"诗言志"观念的必然发展。在这方面它与"情兴论"思想可谓相辅相承,共同构成了"诗言志"观念的左右两翼。之所以这样说,其主要原因是虽然抒情性、可感性与文饰性乃文学作品得以成形的三大要素,但是由于语言文饰从根本上讲只是确保文学的抒情性和可感性得以实现的凭借,因此如果从更本体的角度看,文学实是由抒情性与可感性两大要素构成的。众所周知,西方文学是以摹仿再现的叙事文学见长的,所以它的抒情性与可感性都可以寄载在形象上。而中国文学是以言志表现的抒情文学见长的,它的抒情性、可感性又如何呈示呢?我们认为如果说"情兴论"的提出主要是为了解决文学的抒情性问题的话,那么"文气说"的提出就主要是为了解决文学的可感性问题。再明确说,也即是人的情感不管如何强烈,如何不可遏止,它都要呈现为具体可感的外在情绪,方能为我们所感知。这些具体可感的外在情绪虽然可以借助声调、呼吸、脸色、眼神、动作、言语等各类身体表征展现出来,但是更深层地讲它们主要还是源于人的血气。所谓情绪

---

① 张健《知识与抒情:宋代诗学研究》,北京大学出版社,2015年,第608页。

根本而言不过是人的内在情志为外物所感而引发的血气反应而已。人的情志为外物所感产生的波动,在心理学上我们称之为情兴(即情感冲动),在生理学上我们称之为血气反应。既兼顾前者也兼顾后者,我们则称之为情绪或情绪反应。但是由于古人在概念使用上并不怎么严密,所以他们常常也把"情绪"名之曰"气"。所谓"文以气为主"其实也就是诗文创作要着力展现作家的血气情绪。只有当作家的血气情绪对其语言文字实现了充分灌注,这样的作品才能称为有"生气"。而所谓"气象"则不外是作家内在情志的血气化在其诗文作品的声韵、节奏、词色与意象上的体现。据此足见,主"言志"必然主"文气",主"文气"必然主"气象",或者说"言志说"必以"文气说"为归宿,"文气说"必以"气象说"为归宿,三者乃是一脉相贯的。只有当作家的内在情志充分血气化,我们才能说它是真实的,可感的,充满感染力的。如果看不到"文气说"与"诗言志"的密切联系,看不到"文气说"对于艺术情感真实性、可感性的高度强调,那我们对"诗言志"这一古老观念,就不可能有一个深切认识。

一、"气"在古籍文献中的复杂用法

要对"文气说"的涵蕴有一个透彻的了解,我们需首先梳理一下"气"在古籍文献中的复杂用法。"气"在古籍文献中的用法十分之多,经初步统计,至少存在以下七类:

其一,自然界的各类气体,如云气、水气、热气等。如《庄子·逍遥游》:"乘云气,御飞龙,而游乎四海之外。"①《楚辞·悲回风》:"观炎气之相仍兮,窥烟液之所积。"②等等。

其二,与人的呼吸、发声相关的气息活动。如《论语·乡党》:"屏气似不息者。"③《左传·襄三十一年》:"故君子在位可畏,⋯⋯声气可乐,动作有文。"④曹丕《答繁钦书》:"声协钟石,气应风律。"⑤等等。

其三,气味,加以引申也指嗜好、趣味。如李朝威《柳毅传》:"香气环

---

①王先谦《庄子集解》卷1,中华书局,1987年,第5页。

②洪兴祖《楚辞补注》卷4,中华书局,1983年,第160页。

③杨伯峻《论语译注》,中华书局,1980年,第98页。

④杨伯峻《春秋左传注》,中华书局,1990年,第1195页。

⑤夏传才、唐绍忠《曹丕集校注》,河北教育出版社,2013年,第98页。

旋,入于宫中。"①苏轼《答子勉三首》其二:"一点无俗气,相期林下风。"②李东阳《麓堂诗话》:"秀才作诗不脱俗,谓之'头巾气';和尚作诗不脱俗,谓之'馉饳气';咏闺阁过于华艳,谓之'脂粉气'。"③等等。

其四,哲学用语,指化生万物的宇宙本体元气,或元气所包含的阴阳之气、五行之气。阴阳之气有时也称精粗之气、清浊之气或天地之气。这方面的用例尤其之多,简直可谓举不胜举。如《鹖冠子·泰录》:"天地成于元气,万物乘于天地。"④《庄子·则阳》:"阴阳,气之大者也。"⑤《论衡·物势》:"万物含五行之气,五行之气更相贼害。"⑥《列子·天瑞》:"(气)清轻者上为天,重浊者下为地。"⑦《礼记·月令》:"天气下降,地气上腾,天地和同,草木萌动。"⑧《淮南子·精神训》:"烦(粗)气为虫,精气为人。"⑨《周易·系辞上》:"精气为物,游魂为变。"⑩《吕氏春秋·尽数》:"精气之集也,必有入也。集于羽鸟,与为飞扬;集于走兽,与为流行;集于珠玉,与为精朗;集于树木,与为茂长;集于圣人,与为敻明。"⑪等等。

其五,人的禀气。由于人也同样由元气化生,所以人体之中也同样包含着阴阳五行之气。并且因为各人所获得的阴阳五行之气的精粗比例不同,他们也显示出各自不同的个性。这方面的例子也十分之多,如《庄子·知北游》:"人之生,气之聚也。聚则为生,散则为死。……故曰:通天下一气耳。"⑫《礼记·礼运》:"故人者,其天地之德,阴阳之交,鬼神之会,五行之秀气也。"⑬王充《论衡·奇怪》:"(圣者)禀天精微之气,故其为有殊绝之

①李剑国《唐五代传奇集》第2编卷8,中华书局,2015年,第652页。
②苏轼《苏轼诗集》卷50,中华书局,1982年,第2752页。
③李东阳《麓堂诗话》,丁福保《历代诗话续编》,中华书局,1983年,第1384页。
④黄怀信《鹖冠子校注》卷中,中华书局,2014年,第244页。
⑤王先谦《庄子集解》卷7,中华书局,1987年,第234页。
⑥黄晖《论衡校释》卷3,中华书局,1990年,第146页。
⑦杨伯峻《列子集释》卷1,中华书局1979年,第8页。
⑧朱彬《礼记训纂》卷6,中华书局,1996年,第223页。
⑨刘文典《淮南鸿烈集解》卷7,中华书局,1989年,第218页。
⑩周振甫《周易译注》,中华书局,1991年,第233页。
⑪许维遹《吕氏春秋集释》卷3,中华书局,2009年,第66页。
⑫王先谦《庄子集解》卷6,中华书局,1987年,第186页。
⑬朱彬《礼记训纂》卷9,中华书局,1996年,第345页。

知。"①嵇康《明胆论》："夫元气陶铄，众生禀焉。赋受有多少，故才性有昏明。"②袁准《才性论》："凡万物生于天地间，有美有恶。物何故美？清气之所生也。物何故恶？浊气之所施也。"③任嘏《道论》："木气人勇，金气人刚，火气人强而躁，土气人智而宽，水气人急而贼。"④干宝《搜神记·五气变化》："天有五气，万物化成。木清则仁，火清则礼，金清则义，水清则智，土清则思。五气尽纯，圣德备也。木浊则弱，火浊则淫，金浊则暴，水浊则贪，土浊则顽。五气尽浊，民之下也。中土多圣人，和气所交也。绝域多怪物，异气所产也。苟禀此气，必有此形；苟有此形，必生此性。"⑤等等。

其六，流行于人身的血气。因为人也是由气化生的，所以他的五脏六腑、大小器官，以及所有的骨肉血脉筋络，应当说也都是由气构成的。不过由于在以上这众多构件中，只有血液是液态的，与气的属性最接近，所以气在全身的运行其实也就是血液的运行。或者说气是寄寓在血液之内，以血液的形态来运行的。《灵枢·营卫生会》说："血之与气，异名同类。"⑥《论衡·论死》说："血者，生时之精气也。"⑦可以说把这个问题展示的都是很清楚的。也正因此，所以古人才有"血气"一说。认为"血气"乃是人的生命所在，血气流布到哪里，哪里就充满生机，充满力量。缘此，人们便也要爱养血气，不要使生命受到损伤。如《黄帝内经·素问·八正神明论》："血气者，人之神也，不可不谨养。"⑧《淮南子·精神训》："耳目淫于声色之乐，则五藏摇动而不定矣；五藏摇动而不定，则血气滔荡而不休矣；血气滔荡而不休，则精神驰骋于外而不守矣。"⑨等等，不过正如上文所说，由于古人用词往往很不严谨，所以"血气"一词常常也单以一"气"字称之。有的学者说：

①黄晖《论衡校释》卷 3，中华书局，1990 年，第 160 页。

②戴明扬《嵇康集校注》卷 6，中华书局，2014 年，第 428 页。

③袁准《才性论》，严可均《全晋文》卷 54，《全上古三代秦汉三国六朝文》，中华书局，1958 年，第 1769 页。

④任嘏《道论》，严可均《全三国文》卷 35，《全上古三代秦汉三国六朝文》，中华书局，1958 年，第 1250 页。

⑤干宝《搜神记》卷 12，中华书局，第 146 页。

⑥河北医学院《灵枢经校释》卷 4，人民卫生出版社，1982 年，第 359 页。

⑦黄晖《论衡校释》卷 20，中华书局，1990 年，第 874 页。

⑧河北医学院《黄帝内经素问校释》卷 8，人民卫生出版社，1982 年，第 363 页。

⑨刘文典《淮南鸿烈集解》卷 7，中华书局，1989 年，第 222 页。

"气者,即吾之血气而充乎体者也。"①"人之气,从生理学而观,就是血气。"②这一看法显然是十分精辟的。譬如"肝气""肺气""胃气""体气"等等称呼,其实都是指流行于"肝""肺""胃""体"中的血气而言的。其他像这样的例子还有不少。如《左传·昭公元年》:"节宣其气,勿使有所壅闭湫底。"③《老子》10 章:"抟气致柔,能婴儿乎?"④《庄子·达生》:"壹其性,养其气,合其德。"⑤《春秋繁露·循天之道》:"平意以静神,静神以养气。"⑥等等。有的学者不了解"血气"一词的渊源由来,而误以为:"'血气'概念是从血液和呼吸之气升华发展而来,在古人看来,只有人类和禽兽才有血液,能呼吸,而草木、瓦石等则不然。人与禽兽都是有血气、有欲望的,若草木、瓦石等没有血气,则是无欲而自然的。这里已经认识到了生理或生物意义的生命,也即是把'血气'作为生命有机体的基础和本质。"⑦这样的认识显然是不够准确的。

其七,人的喜怒哀乐等情绪。人的血气本来是一种生理现象,但是它与人的心神志意之间也存在着复杂的相互依赖相互作用的关系。这可由四个方面加以说明:首先,人的血气的存在是人的心神志意活动得以产生的前提;其次,人的血气盛衰也是引起人的心神志意活动发生改变的重要因素之一;第三,不同的心神志意活动也能导致人的血气运动的不同变化;第四,人的心神志意活动也是影响人的血气存在是否健康的重要条件之一。以上四个方面,除第三方面外,道理都比较简单,并且也都不是本书讨论的重点,加之第四方面我们在上文也已有涉及,所以接下来我们主要就只阐析一下第三方面。人的心神志意对血气运行的影响,古籍之中多有论述。如《淮南子·原道训》:"夫心者,五藏之主也,所以制使四支,流行血气,驰骋于是非之境,而出入于百事之门户者也。"⑧《春秋繁露·循天之

---

① 黎靖德《朱子语类》卷 5,中华书局,1986 年,第 96 页。
② 陈良运《中国诗学批评史》,江西人民出版社,2007 年,第 97 页。
③ 杨伯峻《春秋左传注》,中华书局,1990 年,第 1220 页。
④ 高明《帛书老子校注》,中华书局,1996 年,第 262 页。
⑤ 王先谦《庄子集解》卷 5,中华书局,1987 年,第 157 页。
⑥ 苏舆《春秋繁露义证》卷 16,中华书局,1992 年,第 452 页。
⑦ 侯文宜《中国文气论批评美学》,中国社会科学出版社,2012 年,第 67 页。
⑧ 刘文典《淮南鸿烈集解》卷 1,中华书局,1989 年,第 35 页。

道》："气从神而成，神从意而出。心之所之谓意，意劳者神扰，神扰者气少。"①《鬼谷子·本经阴符七术》："志不养，心气不固；心气不固，则思虑不达。"②等等。而人的喜怒哀乐等情绪而被呼为"气"，也同样是从这一角度考虑的。因为当人的心神志意为外物所感而产生情感冲动时，其在身体上的最直接的反应就是血气的膨胀与流布，所以情感的产生与血气的流行总是相伴而随的。《文心雕龙·风骨》云："情与气偕，辞共体并。"③可以说正是就此而言的。朱光潜《诗论》说："心感于物（刺激）而动（反应）。……'动'蔓延于全体筋肉和内脏，引起呼吸、循环、分泌运动各器官的生理变化，于是有情感。"④其中所说的"循环"就同样是指人的血气流行来说的。这样的血气流行由于完全源自人的真情实感，并且还会扩展于人的肤色容貌，所以是一点也做不得假的。如《楚辞·大招》曰："曼泽怡面，血气盛只。"⑤《孟子·公孙丑上》赵岐注曰："气，所以充满形体为喜怒也。"⑥《大戴礼记·文王官人》曰："民有五性，喜怒欲惧忧也。喜气内畜，虽欲隐之，阳喜必见。怒气内畜，虽欲隐之，阳怒必见。欲气内畜，虽欲隐之，阳欲必见。惧气内畜，虽欲隐之，阳惧必见。忧悲之气内畜，虽欲隐之，阳忧必见。五气诚于中，发形于外，民情不隐也。"⑦等等。可以说把人的血气流行与其容色体貌的变化二者之间的关系揭示的是非常清楚的。

当然，同样由于古人在概念使用上的不严谨，他们对情感与情绪的称呼也往往是不加区分的。比如同是"喜怒哀乐"的字眼，可是却既可指情感，也可指情绪。所以表面看来古人好像也以"气"表情感，而实际上如果我们考虑到"气"乃指"血气"，我们是只能将其作"情绪"看的。以上所举例子固不必说，像以下这些例子也同样如此。如楚简《性自命出》："喜怒哀悲之气，性也。及其见于外，则物取之也。"⑧《礼记·乐记》郑玄注："愤，怒气

---

①苏舆《春秋繁露义证》卷16，中华书局，1992年，第452页。
②许富宏《鬼谷子集校集注》，中华书局，2008年，第208页。
③范文澜《文心雕龙注》卷6，人民文学出版社，1958年，第514页。
④朱光潜《诗论》，上海古籍出版社，2001年，第67页。
⑤洪兴祖《楚辞补注》卷10，中华书局，1983年，第224页。
⑥焦循《孟子正义》卷6，中华书局，1987年，第196页。
⑦王聘珍《大戴礼记解诂》卷10，中华书局，1983年，第191页。
⑧荆门市博物馆《郭店楚墓竹简》，文物出版社，1998年，第179页。

充实也。《春秋传》曰:'血气狡愤。'"①《淮南子·本经训》:"人之性,有侵犯则怒,怒则血充,血充则气激,气激则发怒。"②《春秋繁露·循天之道》:"怒则气高,喜则气散,忧则气狂,惧则气慑。"③《论衡·乱龙》:"夫图画,非母之实身也,因见形象,涕泣辄下,思亲气感,不待实然也。"④钟嵘《诗品序》:"气之动物,物之感人,故摇荡性情,形诸舞咏。"⑤李涂《文章精义》:"《论语》气平,《孟子》气激,《庄子》气乐,《楚辞》气悲,《史记》气勇,《汉书》气怯。"⑥等等。

二、孟子"养气说"的思想蕴涵与审美价值

在中国文论史上第一个明确提出"文以气为主"的学者当然是曹丕,但是如果说到第一个大力开掘"气"的涵蕴,强调"气"与人的内在情志的密切关系的学者,却不能不推孟子。如若不是孟子的大力提倡,大力实践,那么"气"作为一种以人的情志为核心的内心世界的血气化反应,也即情绪化反应,它能不能依然像后来那样顺利成为中国文化与中国文论建构中的一个十分重要的概念也就很难预知了。

那么,孟子在中国气论的建构史上究竟发挥了怎样的作用呢? 这可以从以下三个方面加以说明。首先,他旗帜鲜明地指出了人的内在情志与气的关系。《孟子·公孙丑上》:"夫志,气之帅也;气,体之充也。夫志至焉,气次焉。故曰:持其志,无暴其气。"⑦孟子所说的"气"也是指与人的情感密切相关的血气,这是毫无疑义的。《淮南子·原道训》:"夫形者,生之舍也;气者,生之充也。"⑧对此李泽厚、刘纲纪解释说:"'形'是人的身体('形骸'),'气'是充斥于人体中的'血气'。"⑨这一解释对孟子也是适用的。明白于此,那么如上所引,对于孟子这里的"气"字,东汉赵岐之所以会作出

---

①朱彬《礼记训纂》卷19,中华书局,1996年,第576页。
②刘文典《淮南鸿烈集解》卷8,中华书局,1989年,第265～266页。
③苏舆《春秋繁露义证》卷16,中华书局,1992年,第448页。
④黄晖《论衡校释》卷16,中华书局,1990年,第701页。
⑤曹旭《诗品笺注》,人民文学出版社,2009年,第1页。
⑥王水照《历代文话》第2册,复旦大学出版社,2007年,第1179页。
⑦焦循《孟子正义》卷6,中华书局,1987年,第196～197页。
⑧刘文典《淮南鸿烈集解》卷1,中华书局,1989年,第39页。
⑨李泽厚、刘纲纪《中国美学史》(先秦两汉编),安徽文艺出版社,1999年,第453页。

"气,所以充满形体为喜怒也"的评断,也就不难理解了。正如我们前文所说,"志"是一种非常强烈的情感。北宋陈淳分析"志"的涵义说:"志者,心之所之。之犹向也,谓心之正面全向那里去。如志于道,是心全向于道;志于学,是心全向于学。一直去求讨要,必得这个物事,便是志。若中间有作辍或退转底意,便不得谓之志。志有趋向、期必之意,就是心趋向那里去,期料要恁地,决然必欲得之,便是志。人若不立志,只泛泛地同流合污,便做成甚人?须是立志,以圣贤自期,便能卓然挺出于流俗之中,不至随波逐浪,为碌碌庸庸之辈。若甘心于自暴自弃,便是不能立志。"①这一见解可以说把"志"的涵义解释的是非常到位的。也正因"志"的这一情感特色,所以在心神志意等要素里,也以"志"与"气"的关系最直接。有关这一点,前人也是看得很清楚的。如秦观《浩气传》:"气之主在志,志之主在心,心者神之合也。"②王安石《礼乐论》:"生之与性相因循,志之与气相表里也。"③邓绎《藻川堂谭艺·日月篇》:"志者,气之英华也,故志得而气盛,志正而气定。"④徐梵澄《老子臆解》:"志气相为表里,非气无以持志,非志无以行气。"⑤等等。由于"志"与"气"的这一密切关系,所以在古籍里较之"心气""神气""意气"等等说法,"气""志"相连成文的文例也更普遍。如《楚辞·惜往日》:"信谗谀之溷浊兮,盛气志而过之。"⑥《礼记·孔子闲居》:"志气塞乎天地,此之谓五至。"⑦《淮南子·精神训》:"气志者,五藏之使候也。"⑧《文心雕龙·神思》:"神居胸臆,而志气统其关键。"⑨柳宗元《答贡士沈起书》:"得所来问,志气盈牍。"⑩等等。据此足见,孟子有关"志""气"关系的论说,实可谓是非常有见地的。

其次,对于中国的气论建构,孟子的第二个贡献是揭示了人的道义之志对于人的血气培养的重要意义。《孟子·公孙丑上》:"(公孙丑曰:)'敢

①陈淳《北溪字义》卷上,中华书局,1983年,第15~16页。
②徐培均《淮海集笺注》卷24,上海古籍出版社,1994年,第799页。
③王安石《临川先生文集》卷66,复旦大学出版社,2016年,第1200页。
④贾文昭《中国近代文论类编》,黄山书社,1991年,第73页。
⑤徐梵澄《老子臆解》,中华书局,1988年,第13页。
⑥洪兴祖《楚辞补注》卷4,中华书局,1983年,第150页。
⑦朱彬《礼记训纂》卷29,中华书局,1996年,第751页。
⑧刘文典《淮南鸿烈集解》卷7,中华书局,1989年,第222页。
⑨范文澜《文心雕龙注》卷6,人民文学出版社,1958年,第493页。
⑩柳宗元《柳河东集》卷33,上海古籍出版社,1993年,第299页。

问夫子恶乎长?'曰:'我知言,我善养吾浩然之气。''敢问何谓浩然之气?'
曰:'难言也。其为气也,至大至刚,以直养而无害,则塞于天地之间。其为
气也,配义与道。无是,馁矣。是集义所生者,非我(原作"義",依意改)袭
而取之也。行有不慊于心,则馁矣。'"①孟子所说的"气",也是指与人的情
志密切相关的血气,这一点我们在上文已有反复的论析。也正因此,所以
我们认为朱熹有关"浩然之气"与"非浩然之气"的划分并不准确:"气,只是
一个气,但从义理中出来者,即浩然之气;从血肉中出来者,为血气之气
耳。"②因为孟子所说的"义"虽也系由"道"而来,但它与朱熹所说的"义理"
却并不是一回事。孟子所说的"义"来自人的"羞恶之心",乃是一种理所应
当,不容逃避,万难不辞,至死不悔的情感冲动。"义不容辞""义无反顾"
"仗义直言""见义勇为""舍生取义""大义凛然""义重如山""义薄云天"等
等成语,皆足展现它的意义。也正缘此,所以《释名·释言语》说:"义,宜
也。"既属应该,自然不应回避。孟子用"羞恶"二字来对它加以概括,可谓
是非常准确的。既然"义"是一种理所应当,不容逃避的情感冲动,那它显
然也是一种强烈的情感,把它视为"志"的一种,无疑也是非常恰当的。
"义"与"志"二者之间既有如此的联系,则显而易见孟子此段有关"义""气"
关系的讨论,与其上文有关"志""气"关系的讨论实是遥相呼应的。十分明
显,孟子在这里实要揭示的是:如果人的生命血气得不到人的志义之情的
约束、推动,那它就仍是一种生理之气。只有经过人的志义之情充分灌注,
它才能成为一种摆脱了纯粹的生理欲望,承载着崇高的价值使命的"浩然
之气"。

　　不唯如此,在中国气论建构史上,孟子还有一项重要贡献,那就是他对
人的道德志义在血气中的落实也提出了自己的认识。他一变前人对于人
的生理血气的否定、提防而为积极培养,自觉依恃,从而使血气这一向饱受
诟病的东西一变而成人的道德践履的重要凭借,极大地改变了我国古代气
论文化的格局。其实有关这一点,上文已有涉及,譬如他说对于人的"浩然
之气"的培养要采用"直养而无害"的方式,对此就是一重要体现。所谓"直
养",顾名思义,恐怕也就是直接培养,也即径直在具体可感的生活事件中

---

①焦循《孟子正义》卷6,中华书局,1987年,第199～202页。
②黎靖德《朱子语类》卷52,中华书局,1986年,第1243页。

培养之意。只有面对具体的生活事件,人的天然与俱的良知良能、道德志义才能被唤起,受教者才能见之真,感之深,从而收获到一种侵入肌骨、切入身心的体验与认识。也只有在这个时候,人的自身血气才能被驱动,才能周流于体,充满于身,从而使其感受到一种至大至刚,顶天立地,无所屈挠,无所亏慊的英雄本色。换句话说,也就是孟子这里所作的论述实兼两方面的含蕴:一方面他强调人的生理血气必须要有道德志义来灌注,它才有价值,另一方面他也暗示人的道德志义只有落实在生理血气中,那才叫真实。两者缺一,可以说都是无法获得至大至刚,充塞天地的感受的。有不少学者对于"直养无害""塞于天地"缺乏认识,总是喜欢把"直"解为"正义",把"塞于天地"的主语视为"气",如云:"用正义去培养它,一点不加伤害,就会充满上下四方,无所不在"[1],这样的看法显然是很值得斟酌的。"直养"就是在具体事件中去直接感受,"塞于天地"就是因拥有此"至大至刚"之气而让主体感到自豪伟大,顶天立地。如果不了解这一点,那么对孟子所说的"浩然之气"的生理基础就不可能有一个真切的体认。如有的学者说:"夫浩然之气,非有异气,即鼻息出入之气。"[2]有的学者说:"所谓'浩然之气',用今天的眼光看来,其实就是一种昂扬的精神状态,一种因相信自己的言行合乎正义而产生的坚强的自信。"[3]等等。像这类解释,显然都是没有抓住孟子"浩然之气"的本质特性的。

对于孟子的"浩然之气",我们必须结合人的生理血气加以认识。《孟子·告子下》说:"征于色,发于声,而后喻。"[4]《尽心上》说:"仁义礼智根于心,其生色也,睟然见于面,盎于背,施于四体,四体不言而喻。"[5]又云:"形色,天性也。惟圣人,然后可以践形。"[6]等等。显而易见,在孟子看来,人的道德情感如果不能实现"践形",也即贯彻到他的血气里,并进而弥漫整个身体,那人对发于其性、根于其心的道德情感就根本不能算作有真正的

---

① 杨伯峻《孟子译注》,中华书局,2008 年,第 49 页。按,另外还有学者将"直"释为"自反常直,是以无所愧作",这也同样太迂曲。所谓"直养"即直接去格物以致良知,脱离具体的事事物物,不直接与这些具体的事事物物近距离接触,是根本无法培养出"浩然之气"的。详朱熹《四书集注·孟子集注》卷 3,上海书店 1987 年,第 37 页。

② 谭嗣同《思篇》,《谭嗣同全集·石菊影庐笔识》(增订本),中华书局,1981 年,第 137 页。

③ 王运熙、顾易生《中国文学批评史新编》上册,复旦大学出版社,2001 年,第 23 页。

④ 焦循《孟子正义》卷 25,中华书局,1987 年,第 871 页。

⑤ 焦循《孟子正义》卷 26,中华书局,1987 年,第 906 页。

⑥ 焦循《孟子正义》卷 27,中华书局,1987 年,第 937—938 页。

体认,也即"喻"。要想完完全全、实实在在地对自己的道德情感有所觉知,那他就必须使这一情感与自己的生理血气高度融合在一起,也即必须使它充分血气化、肉身化,也即情绪化,只有如此才能使主体产生真切的感受,直接的体验,并从而形成高度的自信,感觉到一种正义在身,真诚无伪,万善俱集,无所欠缺的独立豪情与磅礴浩气。也正基此,所以孟子对那种自得、真诚、充实的道德情感特别重视,在《孟子》一书处处都可见他对它们的热情赞誉。如《孟子·离娄下》:"君子深造之以道,欲其自得之也。自得之则居之安,居之安则资之深,资之深则取之左右逢其源,故君子欲其自得之也。"①又,《离娄上》:"诚者,天之道也。思诚者,人之道也。至诚而不动者,未之有也。"②又,《尽心上》:"仰不愧于天,俯不怍于人。"③"反身而诚,乐莫大焉。"④"尧舜,性之也;汤武,身之也;五霸,假之也。"⑤又,《尽心下》:"充实之谓美,充实而有光辉之谓大。"⑥等等。

由上文一系列论析,不难得知要想对孟子"浩然之气"的思想蕴涵有一准确把握,其中有两点我们必须有清醒的认识。一是孟子所说之"义"也属一种强烈情感,它与"志"实是遥相呼应的。在孟子所说的"仁义礼智"四端里,仁是一种恻隐之情,礼是一种恭敬之情,智是一种是非之情,义是一种羞恶之情。所谓是非之情也即对恻隐、恭敬之情的肯定或否定,它也同样是一种情感活动。如果一定要称之为判断,那它也是情感判断,是在情感的层面进行的。而所谓"羞恶之情"则是以情感判断为基础而产生的一种渴望把恻隐、恭敬之情付诸行为的强烈冲动。也正因此,所以我们认为它与"志"实是相通的。只不过"志"乃一泛称,而"义"则是一专称,仅指其中合乎人道的正面情感罢了。二是孟子所说之"气"并非情感,而是情感的血气化。也正因此,所以我们才把"浩然之气"的培养视为一种"践形"之举。既是如此,则显而易见,孟子在此所阐述的就是人的道德情感与人的生理血气二者间的关系问题。既强调血气的情感化、志义化、道德化,又强调情感的血气化、形色化、肉身化,这实为孟子气论思想的核心所在。这两方面

①焦循《孟子正义》卷16,中华书局,1987年,第558—559页。
②焦循《孟子正义》卷15,中华书局,1987年,第509页。
③焦循《孟子正义》卷26,中华书局,1987年,第905页。
④焦循《孟子正义》卷26,中华书局,1987年,第882页。
⑤焦循《孟子正义》卷27,中华书局,1987年,第924页。
⑥焦循《孟子正义》卷28,中华书局,1987年,第994页。

缺失任何一面都是不完善的。

特别是后者,在中国气论史上尤有里程碑意义。因为在孟子之前甚乃当时,对人的生理血气往往都是否定的。如《国语·周语中》:"夫戎狄冒没轻儳,贪而不让,其血气不治,若禽兽焉。"①《左传·昭公十年》:"凡有血气,皆有争心,故利不可强,思义为愈。"②《庄子·在宥》:"矜其血气,以规法度。"③《文子·九守》:"血气滔荡而不休,精神驰骋而不守。"④《列子·天瑞》:"血气飘溢,欲虑充起。"⑤等等。以上这些足以说明:在如何对待人的生理血气问题上,上古先民确乎都是倾向于对它加以抑制,加以约束的。在这方面,即连孔子也不例外。如《论语·季氏》:"子曰:'君子有三戒:少之时,血气未定,戒之在色;及其壮也,血气方刚,戒之在斗;及其老也,血气既衰,戒之在得。'"⑥诚然,在谈到孝养问题时,孔子也曾提出过"色难"的观点,如《论语·为政》:"子夏问孝,子曰:'色难。有事,弟子服其劳;有酒食,先生馔,曾是以为孝乎?'"⑦意思是说儿女行孝,敬爱之情发于颜色,这事最难。仅仅在衣食劳作方面给年长者以照顾,这并不算真孝。据此以断,则孔子对于内在情感的血气化显然也很重视。但是十分遗憾,孔子的表述不仅太简单,并且在字面上连"气"字都没出现,这与孟子显然是相去甚远的。也正基此,所以我们认为孟子"养气说"的提出,的确大大改变了我国传统的"血气论"思想的消极色彩,为它注入了新的活力,使人的生理血气一改往昔的负面角色,而转而成为人的道德实践的积极参与者与重要支撑者。

说得再明确一点,也就是一方面人的生理血气确乎需要人的道德情感的灌注,它才能得到升华,才能拥有可贵的品质与崇高的价值,而另一方面人的道德情感也同样需要得到人的生理血气的支撑,它才能获得落实,才能成为真正有生命力的东西。我们只有完全弄明了这一点,那么,对于孟子为什么要反复强调"征于色,发于声""见于面,盎于背",才会有一个真切

---

① 徐元诰《国语集解》,中华书局,2002年,第58页。
② 杨伯峻《春秋左传注》,中华书局,1990年,第1317页。
③ 王先谦《庄子集解》卷3,中华书局,1987年,第92页。
④ 王利器《文子疏义》卷3,中华书局,2000年,第117页。
⑤ 杨伯峻《列子集释》卷1,中华书局,1979年,第21页。
⑥ 杨伯峻《论语译注》,中华书局,1980年,第176页。
⑦ 杨伯峻《论语译注》,中华书局,1980年,第15页。

的认识。尤其是"形色,天性也"和"惟圣人,然后可以践形"这两句话,不仅把人的血气形色反应也看作其"天性"的一部分,而且也把人的道德情感的高度血气化、形色化,用孟子的话说也即"践形",看作人生的最高境界。如此推重人的道德情感的肉身化,如此崇尚人的血气反应在其人生修养中的重要作用,这无论在孟子之前还是当时都是未曾有过的。

　　对于孟子之"气"的独特性,应当说有不少学者都注意到了。如冯契曰:"孟子所说的'气',类似于我们通常讲的'勇气'或'理直气壮'之'气',是指表现于肉体活动或实际行动中的精神力量。"[①]唐君毅曰:"养气之名,与养性尽性等又不同。其不同,乃在气之一名,连于形色之身躯,故曰'气,体之充也'。"[②]张法曰:"道德是一种理性精神,气却是一种感性力量,当道德仁义与气合二为一的时候,道德就获得了感性的性质。"[③]等等。但是十分遗憾,对于"气"的具体所指,他们却并未进一步讲清楚。而有的学者虽然已看出"气"的"血气"之意,但是却并未把孟子之"气"在人的道德实践中的支撑意义突出出来。如王博曰:"浩然之气,……既然称之为气,就不能和血气全无关联。但既然称之为浩然之气,便和血气有了本质的区别。从孔子开始,儒家对于血气即保持着戒慎和节制的态度,孔子'君子三戒'之说就是很好的证明。孟子这里提到的养气说,进一步地涉及到血气的转化问题。"[④]朱良志曰:"与'志'相比,处于次要位置的'气'其实就是血气。……而孟子所说的至大至刚的浩然之气是由血气提升而至,是对血气的超越,将人的欲望导引到人伦秩序可以允许的阈限之内。"[⑤]等等。任何情感都必须充分血气化、形色化,也即肉身化、情绪化,我才能说它是真实的,是发自肺腑,真诚无伪,而这一点也恰恰正是孟子"养气说"所不同于传统"血气论"最突出的地方。人的感性生命固然离不开高尚的道德情感的主宰,但是再高尚的道德情感也仍然要以人的感性生命为依归。虽然以上二家皆已看出孟子之"气"的"血气"涵蕴,但是却并未将其对于人的道德实践的决定意义揭示出来,也正因此,所以我们认为他们对于孟子之"气",

---

① 冯契《中国古代哲学的逻辑发展》,东方出版中心,2009 年,第 126 页。
② 唐君毅《中国哲学原论·原道篇》,中国社会科学出版社,2006 年,第 117 页。
③ 张法《中国美学史》,四川人民出版社,2006 年,第 48 页。
④ 王博《中国儒学史》(先秦卷),汤一介、李中华《中国儒学史》,北京大学出版社,2011 年,第 336 页。
⑤ 朱良志《中国美学十五讲》,北京大学出版社,2006 年,第 386 页。

其认识也仍是不全面的。

孟子如此重视人的道德情感的血气化、情绪化,虽然他乃对人的自我修养而发,但是在客观上它的美学价值也是非常巨大的。一旦他这样的认识渗透到美学理论中,那他就会给人带来十分重要的启示。他会使人深刻意识到人的情感的血气化、情绪化,也即可感化,对于增强它的感染力,其意义是多么之大的。在《庄子·渔父》里载有这样一段话:"真者,精诚之至也。不精不诚,不能动人。故强哭者虽悲不哀,强怒者虽严不威,强亲者虽笑不和。真悲无声而哀,真怒未发而威,真亲未笑而和。真在内者,神动于外,是所以贵真也。"[1]孟子以上所说虽没有它系统,但是如"诚者,天之道也。思诚者,人之道也。至诚而不动者,未之有也","反身而诚,乐莫大焉","充实之谓美,充实而有光辉之谓大"等等论述,它们的核心意思与《庄子》所述实是一脉相承的。如果再考虑到《渔父》出自《庄子·杂篇》,它并不是庄子的亲笔,那孟子以上这些论断,它们在中国美学史上的地位也就更突出了。一个对象是否能成审美对象,最首要的前提就是要看它是否真切可感,使人产生直接的体验。中国美学向以人的情感为主要审美对象,简直堪称情感美学,而情感如果不落实在人的血气里,不形色化、肉身化,不变成真切可感的外部情绪,那它要想变成审美对象,实可谓是异想天开。也正缘此,所以我们认为孟子有关"志"与"气"、"义"与"气"关系的描述,在中国美学史上实有不可估量的价值。具体到文学创作就更是如此。一篇作品是否成功,最首先要看的就是它的抒情是否可感,是否能给人留下深切的体验。如果缺乏对人的血气、情绪的展现,那要想使它成为一篇感人的作品也同样是不可能的。许多学者都认为:"孟子之言,非为作文而设,而作文之法,孰有过此?"[2]"从曹丕提出'文以气为主',中经韩愈的气盛言宜说,直到清代桐城派文论的文气说,都可见出孟子养气说的影响。"[3]这些见解无疑都是非常精辟的。

三、先秦两汉"乐气说"的主要内容与艺术价值

正如许多学者所说,在先秦两汉时期我国的音乐理论是非常发达的,

---

[1] 王先谦《庄子集解》卷8,中华书局,1987年,第275页。
[2] 吴师道《张文忠公云庄家集序》,《吴师道集》卷15,浙江古籍出版社,2012年,第533页。
[3] 李泽厚、刘纲纪《中国美学史》(先秦两汉编),安徽文艺出版社,1999年,第188页。

其发达程度甚至超过诗歌。也正因此,所以早在我国第一篇诗歌专论《诗大序》出现之前,我国古人所写的许多音乐专论就已问世了。如荀子的《乐论》,《礼记》的《乐记》,《吕氏春秋》的《大乐》《侈乐》《适音》《古乐》《音律》《音初》《制乐》等。也正是以这一客观事实为前提,所以有不少学者都认为"中国的文学理论就是源起于音乐理论的"①。甚至还有学者说:"先秦的美学主要是音乐美学,当时诗、文、画论还只有一些零星的(尽管可能是重要的)观点,只有以《乐记》为代表的乐论在我国古代美学史上形成了第一个较为完整的体系。……它(指音乐)已被视为引起人们快乐的主要对象,因而音乐的美学也成为那时比较典型的、纯粹的美学理论,或者说是我国古典美学在先秦时期的一个具体的历史形态。"②虽然所作论述初看起来颇有些夸张,但是稍加审视,即不难看出它们与我国上古的客观情状还是颇相吻合的。

那么,具体到"气"这一范畴,我国上古乐论又有哪些建树呢? 这也可从以下三个方面加以说明。其一,坚守上古气本论的传统,认为音乐也是从由"气"衍生的。如《左传·昭公元年》:"天有六气,降生五味,发为五色,征为五声。"③《吕氏春秋·仲夏纪·大乐》:"万物所出,造于太一(即元气),化于阴阳。萌芽始震,凝漇以形。形体有处,莫不有声。声出于和,和出于适。和适,先王定乐,由此而生。""凡乐,天地之和,阴阳之调也。"④《礼记·乐记》:"地气上齐,天气下降,阴阳相摩,天地相荡,鼓之以雷霆,奋之以风雨,动之以四时,暖之以日月,而百化兴焉。如此,则乐者天地之和也。"⑤依据古人的这些记载,显而易见,在古人看来音乐创作乃是对天地之气的效仿。一方面地气上升,天气下降,阴阳和合,万物始生,另一方面万物之生,"莫不有声","声出于和,和出于适",所以无论从哪方面来看音乐制作都要以和为基。也正因此,所以古人才有"音不调乎雅颂者,不可以为乐"(《淮南子·泰族训》)⑥,"大乐与天地同和,大礼与天地同节"(《礼

---

① 张伯伟《中国诗学研究》,辽海出版社,2000年,第218页。
② 周来祥《论中国古典美学》,齐鲁书社,1987年,第269页。
③ 杨伯峻《春秋左传注》,中华书局,1990年,第1222页。
④ 许维遹《吕氏春秋集释》卷5,中华书局,2009年,第109—110页。
⑤ 朱彬《礼记训纂》卷19,中华书局,1996年,第572页。
⑥ 刘文典《淮南鸿烈集解》卷20,中华书局,1989年,第693~694页。

记·乐记》)①的论语。

其二,认为不同情感基调的音乐对于人的血气、情绪有不同影响,提倡以中和之音养性治气,从而使百姓血气和平,美善共生。对于血气放纵的危害,我国古人早就注意到了。如《左传·僖公十五年》:"乱气狡愤,阴血周作,张脉偾兴。"②等等。那么,如何来治理人的血气呢?上古乐论在这方面可谓投入了大量笔墨。首先我国先民认为不同的音乐对于人的血气有不同的影响。如《荀子·乐论》:"凡奸声感人而逆气应之,逆气成象而乱生焉。正声感人而顺气应之,顺气成象而治生焉。"③《礼记·乐记》:"夫民有血气心知之性,而无哀乐喜怒之常。……是故志微噍杀之音作,而民思忧;啴谐慢易、繁文简节之音作,而民康乐;粗厉猛起、奋末广贲之音作,而民刚毅;廉直劲正庄诚之音作,而民肃敬;宽裕肉好、顺成和动之音作,而民慈爱;流辟邪散、狄成涤滥之音作,而民淫乱。"④刘向《说苑·修文》:"雅颂之声动人,而正气应之;和成容好之声动人,而和气应之;粗厉猛贲之声动人,而怒气应之;郑卫之声动人,而淫气应之。"⑤等等。也正因为不同的音乐对于人的血气有不同的影响,所以在上古先民看来,每个明智的统治者都要高度重视乐教的作用,利用庄正和顺的音乐,宣和血气,泄导人情,防邪避乱,移风易俗。如《荀子·乐论》:"夫乐者,乐也,人情之所必不免也。……故人不能不乐,乐则不能无形,形而不为道,则不能无乱。先王恶其乱也,故制《雅》《颂》之声以道(导)之,使其声足以乐而不流,使其文足以辨而不諰,使其曲直、繁省、廉肉、节奏足以感动人之善心,使夫邪污之气无由得接焉。"⑥《礼记·乐记》:"乐也者,圣人之所乐也,而可以善民心。其感人深,其移风易俗,……是故先王本之情性,稽之度数,制之礼义,合生(性)气之和,道五常之行,使之阳而不散,阴而不密,刚气不怒,柔气不慑,四畅交于中,而发作于外,皆安其位而不相夺也。"⑦《吕氏春秋·季夏纪·音初》:"流辟诽越慆滥之音出,则滔荡之气、邪慢之心感矣,感则百奸众辟

①朱彬《礼记训纂》卷19,中华书局,1996年,第567页。
②杨伯峻《春秋左传注》,中华书局,1990年,第355页。
③王先谦《荀子集解》卷14,中华书局,1988年,第381页。
④朱彬《礼记训纂》卷19,中华书局,1996年,第576页。
⑤向宗鲁《说苑校证》卷19,中华书局,1987年,第508页。
⑥王先谦《荀子集解》卷14,中华书局,1988年,第379页。
⑦朱彬《礼记训纂》卷19,中华书局,1996年,第575~577页。

从此产矣。故君子反道以修德，正德以出乐，和乐以成顺。乐和而民乡方矣。"①等等。

其三，提出了著名的"气盛化神"说，认为诗乐创作，其情感必须发自肺腑，充满血气，从人的身体自然透出，方能获得动人心怀、沁人心脾、春风化雨的艺术魅力。如《礼记·乐记》曰："诗，言其志也；歌，咏其声也；舞，动其容也。三者本于心，然后乐器从之。是故情深而文明，气盛而化神。"②对于《乐记》这段论述，我们显应从两方面来认识。一是上古诗歌往往都是诗乐舞三位一体的。这一点前人已多论述，所以我们无需赘语。二是诗乐创作只有做到"情深""气盛"，才能获得"文明""化神"的效果。再明确说，也就是所谓"情深"也即发自肺腑，感情真挚，毫无造作。所谓"气盛"也即血气涌动，透体而出，形于颜色。所谓"文明"也即音声恳诚，言语真切，舞姿生动，可感性强。所谓"化神"也即春风化雨，移人性情，感人至深。仔细审视此文逻辑，"情深而文明，气盛而化神"显为互文，它的更为本原的表达显然应该是：情深—气盛—文明—化神。也即情深，故气盛；气盛，故文明；文明，故化神。也正基此，所以我们认为《乐记》对于诗乐创作中所存在的情感血气化现象，非常重视。它不仅认识到了"情深"与"气盛"二者之间原生原发的伴生关系，认识到了情感化为血气的必然性，而且也认识到了在情感充分血气化以后，随之而来的可感性、感染力的大大增强。一方面情感的血气化导致其外在之文（也即乐之声，诗之言，舞之容）也随之变得更趋直观化、真切化、生动化、可感化，另一方面诗乐的熏浸力、刺提力、催化力、感染力也由之获得大大提升。它可以如春风化雨一般，润人心脾，浸人肺肝，使其在毫无知觉的情况下，身心俱融，随感而化，沁入骨髓，永无改变。对于诗乐创作的艺术魅力理解如此之深，对于情感的血气化在诗乐创作中的重要意义评价如此之高，这样的认识不要说在当时的中国，即在当下的世界也是非常难得的。

也许会有学者说，"气盛化神"的观点当然很深刻，但是除了《乐记》，在当时的其他文献中却再也见不到了。这只能视为当时的学者偶然道之，并不能说明在当时已成共识。这样的理解显然是很值得斟酌的。众所周知，

---

① 许维遹《吕氏春秋集释》卷 6，中华书局，2009 年，第 143 页。
② 朱彬《礼记训纂》卷 19，中华书局，1996 年，第 582 页。

我国古人对于很多问题的认识都是很深刻的,但是其理论建构意识却常常又十分淡漠,对于概念的使用、思想的表述也很随意。在气论建构上也同样如此。不要说这里的"气盛化神"说,即是后来曹丕的"文以气为主"说,也同样不过是在《典论·论文》中偶然一见罢了。难道我们据此也认为曹丕的"文气说"在当时也未形成共识吗?这显然是不可思议的。有关这一点,我们还可从以下两方面加以说明。

首先,在先秦两汉的许多文献里,都不难看到我国古人对于"真""诚"的重视。如上所引,《庄子·渔父》:"真者,精诚之至也。不精不诚,不能动人。故强哭者虽悲不哀,强怒者虽严不威,强亲者虽笑不和。真悲无声而哀,真怒未发而威,真亲未笑而和。真在内者,神动于外,是所以贵真也。"《孟子·离娄上》:"诚者,天之道也。思诚者,人之道也。至诚而不动者,未之有也。"《尽心上》:"仰不愧于天,俯不怍于人。""反身而诚,乐莫大焉。"其他又如《礼记·中庸》:"诚者,天之道也;诚之者,人之道也。""诚则明矣,明则诚矣。""不诚无物,是故君子诚之为贵。"[①]《吕氏春秋·季秋纪·精通》:"悲存乎心而木石应之,故君子诚乎此而喻乎彼,感乎己而发乎人,岂必强说乎哉!"[②]又,《淮南子·缪称训》:"宁戚击牛角而歌,桓公举以大政;雍门子以哭见,孟尝君涕流沾缨。歌哭,众人之所能为也。一发声,入人耳,感人心,情之至者也。"[③]等等。

而与此相应,在当时的文献里还有一现象,那就是当时人对人的情感的形色化也同样推崇备至。如上所引,《论语·为政》:"子夏问孝,子曰:'色难。'"《孟子·告子下》:"征于色,发于声,而后喻。"《尽心上》:"仁义礼智根于心,其生色也,睟然见于面,盎于背,施于四体,四体不言而喻。"其他又如《礼记·祭义》:"孝子之有深爱者,必有和气;有和气者,必有愉色;有愉色者,必有婉容。"[④]《管子·心术下》:"金(全)心在中不可匿,外见于形容,可知于颜色。善气迎人,亲如兄弟;恶气迎人,害于戈兵。"[⑤]《荀子·劝学》:"有争气者勿与辩也,……不观气色而言谓之瞽。"[⑥]《大戴礼记·文王

---

① 朱彬《礼记训纂》卷31,中华书局,1996年,第777页。

② 许维遹《吕氏春秋集释》卷9,中华书局,2009年,第214页。

③ 刘文典《淮南鸿烈集解》卷10,中华书局,1989年,第338~339页。

④ 朱彬《礼记训纂》卷24,中华书局,1996年,第706页。

⑤ 黎翔凤《管子校注》卷13,中华书局,2004年,第783页。

⑥ 王先谦《荀子集解》卷1,中华书局,1988年,第17页。

官人》:"喜色由（油）然以生，怒色拂然以侮，欲色呕然以偷，惧色薄然以下，忧悲之色累然而静。诚智必有难尽之色，诚仁必有可尊之色，诚勇必有难慑之色，诚忠必有可亲之色，诚絜（洁）必有难污之色，诚静必有可信之色。质色皓然固以安，伪色缦然乱以烦。虽欲故之中，色不听也。"①等等。

一方面高度重视人的情感的真实性、至诚性，另一方面又高度重视它的形色化、肉身化。在这样的思想背景下，产生出"气盛化神"的美学认识，不是水到渠成的吗？或者说不是其题中应有之意吗？由此再见，如果仅仅由于"气盛化神"的说法在先秦两汉的文献里仅在《礼记·乐记》中一见，就从而认为这只是时人偶一道及，并不代表当时人的普遍看法，这样的认识显然太武断了。有的学者说："在曹丕的《典论·论文》提出'文以气为主'之前，《乐记》已把'气'和'乐'相联系，提出'乐气'的观念了，它是后来的'文气'说的重要渊源之一。……我们认为，曹丕的'文以气为主'的说法提出的历史渊源虽然可以上溯至孟子，但较为切近的大约是《乐记》。"②这样的见解无疑是完全合乎我国历史的发展逻辑的。

四、曹丕"文气说"的独特蕴涵与文学价值

在中国文论史上，曹丕的《典论·论文》向有千古文论之祖的美誉，之所以会有这样的高评，主要是因为他在这篇论文里提出了四个非常著名的观点，即"文以气为主"说，"文章经国"说，"诗赋欲丽"说与"文人相轻"说。不过，由于后三个观点涵义都比较简单，加之与本章的主旨也不甚相关，所以接下来我们就只重点讨论"文以气为主"的观点。

对于"文以气为主"的"气"字，前人的看法也十分之多，不过概而言之，我们也可将其粗略分为五类：其一，指作家天生与俱的才性气质。如陈钟凡曰："气有清浊，虽父兄子弟，不能相移。此实指'才性'言之，为后世阳刚、阴柔说之所本。"③朱东润曰："子桓之所谓气，指才性而言，与韩愈之所谓气者殊异。又《典论》称'徐干时有齐气'，'孔融体气高妙'，《与吴质书》言'公干有逸气'，其所指者，皆不外才性也。刘勰《文心雕龙·风骨篇》，论

---

① 王聘珍《大戴礼记解诂》卷 10，中华书局，1983 年，第 192 页。
② 李泽厚、刘纲纪《中国美学史》（魏晋南北朝编），安徽文艺出版社，1999 年，第 28 页。
③ 陈钟凡《中国文学批评史》，江苏文艺出版社，2008 年，第 23 页。

本于此。"①李建中曰:"曹丕所言之'气',是指表现在文学作品中的作家的自然禀赋、个性气质,属于生理和心理范畴,全然没有伦理道德色彩,完全不同于孟子所倡言的'浩然之气'。"②等等。

其二,指作家天生与俱的才性气质及其在作品中的反映。如郭绍虞曰:"'气',兼有两种意义,……蓄于内者为才性,宣诸文者为语势。盖本是一件事的两个方面,故亦不妨混而言之。"③袁行霈曰:"曹丕所说的'气',具有多种涵义,包括作家所禀受的'天地之性,五常之气',作家的人格、性情、才调以及作品的风格。作家禀气不同,其人格、性情、才调便有种种区别;这些区别反映到文学作品中,遂成为种种不同的风格。曹丕的文气论的基点建立在王充的元气论之上。"④杨明曰:"气是指作品的风貌,也兼指作家的气质。在曹丕看来,作品之气与作者之气是一致的,各位作者具有其独特的风格。"⑤等等。

其三,不仅指作家天生与俱的才性气质,也包括作家的内心情感。如李泽厚、刘纲纪曰:"曹丕所说的与'文'相连的'气',既是和创作不可分离的文学家天赋的气质、个性、才能,同时也是建安文学'慷慨以任气''梗概而多气'的'气',也就是文学家所要表现的充沛激越的情感。……它是文学家天赋的气质、个性、才能和文学家所要表现的情感的统一。"⑥陈望衡曰:"曹丕的'文以气为主'中的'气'应作比较宽泛的理解。它指人的精神气质或者说指人的思想、情感、才能、气质等主观方面的东西。'气'既有先天所禀,也有后天所得。'气'是人生理和心理相综合的生命力。"⑦归青、曹旭曰:"气中包含着人的情感状态","这个命题在一定程度上包含着对诗歌抒情性的体认"⑧等等。

其四,指作家的情志。如朱自清曰:"魏文帝《典论·论文》言'气',是

---

①朱东润《中国文学批评史大纲》,上海古籍出版社,1983年,第23~24页。

②李建中《中国古代文论》,华中师范大学出版社,2007年,第124页。

③郭绍虞《中国文学批评史》,商务印书馆,2010年,第94页。

④袁行霈等《中国诗学通论》,安徽教育出版社,1994年,第124页。

⑤王运熙、顾易生《中国文学批评史新编》上册,复旦大学出版社,2001年,第71页。

⑥李泽厚、刘纲纪《中国美学史》(魏晋南北朝编),安徽文艺出版社,1999年,第45页。

⑦陈望衡《中国美学史》上卷,武汉大学出版社,2007年,第537页。

⑧归青、曹旭《中国诗学史》(魏晋南北朝卷),陈伯海《中国诗学史》,鹭江出版社,2002年,第52页。

关于人的性情。现在我们讲的,是从唐以来的'气'的意念。"①罗宗强曰:
"'文以气为主',……强调了感情力量、感情气势。后人亦多从感情气势着
眼,强调'气'的动的力。"②张振龙曰:"建安文人在以'气'来品评作家作品
时,多把'气'看成是作家个人志向与情感的表现。而学界大都把建安文学
中的'气'解释为作家的才性、气质与作品的风格,虽有一定道理,但并没有
真正揭示出'气'的本体内涵。曹丕所谓的'文以气为主',就是指文学作品
以表达作家的'气'为主,即以表达作家的情感与志向为主要内容。这是曹
丕在继承古代文学传统的基础上,在建安文人创作中重'气'倾向与品评文
学中以'气'评价文学风尚的影响下,以文学理论家的胆识对文学情志本质
特征的精辟概括。"③等等。

其五,指作家的才气。如方孝岳曰:"魏文所说,可以说是才气之
气。"④刘若愚曰:"'气'所表现的概念是:根源于每一个作家之气质的个人
才华,亦即才气。"⑤叶朗曰:"这里的'气',就是指艺术家的生命力和创造
力。它包括生理与心理两个方面。……所以,曹丕所说的'气'与'情''志'
'意''才'等范畴不同。'情''志''意''才'等范畴是概括艺术家身上的某
一种精神因素或心理功能,而'气'的范畴则是概括艺术家的作为整体的生
命力和创造力。"⑥等等。

那么,对于前人的以上看法,我们究竟应怎样看呢?据实而论,应当说
都是不周延的。不过,相对而言,第三、第四两种看法都已认识到曹丕的
"文气说"与人的情感相关,这仍是十分难得的。正如我们前文所说,在中
国古代的气论里,当古人谈到人身之气时,往往都是指血气而言。也正是
以此为前提,所以"气"字才被再加引申,用以指称被人的内在情志所驱动
的血气情绪。如前所言,无论是孟子的"浩然之气",还是《乐记》的"气盛化
神",二者都是在这一意义讲的。曹丕的"文气说"也同样如此。可是有不
少学者都认为:"曹丕所提倡的'气',和孟子所说的'气'具有完全不同的性

---

① 朱自清讲授,刘晶雯整理《朱自清中国文学批评研究讲义》,天津古籍出版社,2004 年,第 68 页。
② 罗宗强《魏晋南北朝文学思想史》,中华书局 1996 年,第 32 页。
③ 张振龙《曹丕"文气说"文学史意义的历史透视》,《齐鲁学刊》2018 年第 1 期,第 108 页。
④ 方孝岳《中国文学批评》,三联书店,2007 年,第 81 页。
⑤ [美]刘若愚《中国文学理论》(杜国清译),南京教育出版社,2005 年,第 16 页。
⑥ 叶朗《中国美学史大纲》,上海人民出版社,1985 年,第 219 页。

质"①,"这恰好同孟子和《乐记》对'气'的看法成为鲜明的对照"②,这样的看法显然是很值得斟酌的。无论是孟子之"气"、《乐记》之"气",还是曹丕之"气",它们指的都是人的血气情绪,也即人的内在情志的血气化表现。如果一定要说有什么不同,那也不过是孟子、《乐记》比较强调这种血气情绪的道德属性,而曹丕比较强调这种血气情绪的禀赋之异罢了。但是三者所说之"气",作为人的内在情志的血气化反应,其表现形式却并无两样。前人之所以只看到它们的差异,而看不到它们的统一,这与他们对于"气"的涵蕴缺乏准确认识,显然有着千丝万缕的联系。

关于人的道德情感对其血气情绪的影响,我们前文已论,因此这里无需多议,但是对于曹丕的"禀气论"思想与其"文气说"的关系,我们尚需再作进一步阐析。具体说来,也就是孟子、《乐记》所奉持的乃"同禀论",而曹丕所奉持的乃"异禀论"。这两种思想虽然同属元气论,但是其具体侧重点却是颇有不同的。因为在"同禀论"思想看来,天地万物皆由元气化生,在这方面它们是完全一致的。虽然万物之间也有差异,但其差异只是所禀之气的精粗、厚薄等程度不同,其本然质性并无二致。如《庄子·知北游》:"人之生,气之聚也,聚则为生,散则为死。……故曰:通天下一气耳。"③《吕氏春秋·孟春纪·孟春纪》:"天气下降,地气上腾,天地和同,草木繁动。"④《淮南子·天文训》:"道(即元气)始于一,一而不生,故分而为阴阳,阴阳合而而万物生。"⑤等等。

然而在"异禀论"学者看来,万物虽然同出元气,但是由于元气兼含阴阳,杂蕴五行,在它里面本来就包涵着不同的成份,所以各人随其所禀气类的不同,也必然会展现出各自不同的情性与才智。如《论衡·幸遇(偶)》:"俱禀元气,或独为人,或为禽兽。并为人,或贵或贱,或贫或富。……非天禀施有左右也,人物受性有厚薄也。"⑥又,《本性》:"夫人情性,同生于阴

---

①张少康《中国文学理论批评史教程》,北京大学出版社,1999年,第98页。
②李泽厚、刘纲纪《中国美学史》(魏晋南北朝编),安徽文艺出版社,1999年,第30页。
③王先谦《庄子集解》卷6,中华书局,1987年,第186页。
④许维遹《吕氏春秋集释》卷1,中华书局,2009年,第10页。
⑤刘文典《淮南鸿烈集解》卷3,中华书局,1989年,第112页。按,原文"道""始"二字间有"曰规"二字,王念孙认为乃涉上文"故曰规生矩杀"而衍。所言甚辩,今从之。
⑥黄晖《论衡校释》卷2,中华书局,1990年,第40页。

阳,其生于阴阳,有渥有泊。玉生于石,有纯有驳;情性(生)于阴阳,安能纯善?"①又,《怪奇》:"圣者,……禀天精微之气,故其为有殊绝之知(智)。"②又,任嘏《道论》:"木气人勇,金气人刚,火气人强而躁,土气人智而宽,水气人急而贼。"③又,《人物志·九征》:"凡有血气者,莫不含元一以为质,禀阴阳以立性,体五行以著形。……是故温直而扰毅,木之德也;刚塞而弘毅,金之德也;愿恭而理敬,水之德也;宽栗而柔立,土之德也;简畅而明砭,火之德也。"④又,《搜神记·五气变化论》:"天有五气,万物化成。木清则仁,火清则礼,金清则义,水清则智,土清则思。五气尽纯,圣德备也。木浊则弱,火浊则淫,金浊则暴,水浊则贪,土浊则顽。五气尽浊,民之下也。中土多圣人,和气所交也。绝域多怪物,异气所产也。苟禀此气,必有此形;苟有此形,必生此性。"⑤等等。

　　但是事物总是一分为二的,各人因为禀气的不同固然使他们各有所长,然各有所长也必然各有所失。这一点也同样是"异禀论"思想的重要内容。如《人物志·体别》曰:"是故厉直刚毅,材在矫正,失在激讦;柔顺安恕,每在宽容,失在少决;雄悍杰健,任在胆烈,失在多忌;精良畏慎,善在恭谨,失在多疑;强楷坚劲,用在桢干,失在专固;论辨理绎,能在释结,失在流宕;普博周给,弘在覆裕,失在溷浊;清介廉洁,节在俭固,失在拘扃;休动磊落,业在攀跻,失在疏越;沉静机密,精在玄微,失在迟缓;朴露径尽,质在中诚,失在不微;多智韬情,权在谲略,失在依违。"⑥《昌言·佚文》曰:"山峙渊停者,患在不通;严刚贬绝者,患在伤士;广大圆荡者,患在无检;和顺恭慎者,患在少断;端殻清洁者,患在拘狭;辩通有辞者,患在多言;安舒沉重者,患在后时;好古守经者,患在不变。"⑦等等。

　　那么,作为一个元气"异禀论"者,曹丕的"文气说"又会因此表现出什么样的特点呢?或者换句话说,他所说的"气"的内涵会不会也因此而发生改变呢?要完全弄明这个问题,我们还要先来看它的原文:"文以气为主,

---

①黄晖《论衡校释》卷3,中华书局,1990年,第140页。

②黄晖《论衡校释》卷3,中华书局,1990年,第160页。

③严可均《全三国文》卷35,《全上古三代秦汉三国六朝文》,中华书局,1958年,第1250页。

④刘劭《人物志》卷上,文学古籍刊行社,1955年,第1~3页。

⑤干宝《搜神记》卷12,中华书局,第146页。

⑥刘劭《人物志》卷上,文学古籍刊行社,1955年,第7页。

⑦孙启治《昌言校注·佚文》,《政论校注昌言校注》,中华书局,2012年,第426页。

气之清浊有体,不可力强而致。譬诸音乐,曲度虽均,节奏同检,至于引气不齐,巧拙有素,虽在父兄,不能以遗子弟。"①仔细体味这段表述,不难得知它主要讲了三层意思:第一,文是以气为主的;第二,气的清浊皆有本源,不能人为勉强获得;第三,就如唱歌一样,虽然曲调节奏皆同,但是气息运用巧拙素养不同,其音色也同样会随之改变,而这一点也一样是无法传授的。虽然表面看来,这段文字只涉及到"气"的两个用法,一为"血气"之"气",如"文以气为主,气之清浊有体",一为"气息"之"气",如"至于引气不齐,巧拙有素",但是在"气之清浊有体"之"体"字上,还明显暗含着一本体之"气",也即各人从元气那里所禀之气。再具体说,也就是万物虽皆禀元气而生,但是其所禀气类却是互有不同的。有的阴气多一点,有的阳气多一点。有的金气多一点,有的木气多一点,有的水气多一点,有的火气多一点,有的土气多一点。这样的气才是各人生命的根本,也是其血气化生的本源。所谓"气之清浊有体"之"体",就是指此"气"而言的。如果一个人所禀之气偏阴,那他的血气就会多呈"浊"的特点。如果一个人所禀之气偏阳,那他的血气就会多呈"清"的特点。所谓"清浊"也就是指人的血气情绪的飘逸与深沉、淡婉与厚重、明朗与阴沉、温雅与粗犷等等不同的情调色彩。至于"引气不齐,巧拙有素"云云,则只是一譬喻,它所说的"气"乃发声歌唱的气息,无论与人的禀气还是血气都是有很大不同的。

　　弄明了曹丕的"文气说"与其气禀论的关系,那么,他所说的"文以气为主"之"气",与孟子所说的"我善养吾浩然之气"之"气"、《乐记》所说的"气盛化神"之"气",究竟是否一脉相承也就不难察知了。如上所说,在曹丕以上那段文字里,"文以气为主"所表达的显然是一个意思,"气之清浊有体,不可力强而致"所表达的显然是另一个意思。尽管后一意思才是曹丕真正要强调的,但是认为文学创作应该着力写出创作主体的血气情绪,这显然也是他的一个重要理念。否则,所谓"气之清浊有体"云云,也就无从谈起了。既是如此,则显而易见,较之孟子的"我善养吾浩然之气"与《乐记》的"气盛化神",曹丕的"文以气为主"对于文学创作的情绪化抒情特征,不仅认识更明确了,而且表述也更清楚了。实事求是地说,把"文以气为主"理解为文学创作应以抒写人的血气情绪为主,无论是较文学创作应以抒写人

---

①夏传才、唐绍忠《曹丕集校注》,河北教育出版社,2013年,第237页。

的精神气质为主,还是文学创作应以抒写人的思想情志为主,其语意都是要更畅顺的。

那么,"气"指人的血气情绪的涵蕴早就产生了,为什么直到曹丕才把它明确与"文"相关联呢? 这与东汉末年儒学的衰落、社会的变乱、礼教统治的破产、人的思想个性的解放无疑都有极密切的联系。众所周知,儒家礼教对于情感的抒发,向来都是有"哀而不伤,怨而不怒","发乎情,止乎礼义"的要求的。在这种要求下的情感抒发,对于人的生理血气的激发、驱动自然是有限的。但是到了汉末以后,由于礼教统治的破产,社会动乱的刺激,使得人的思想获得了极大解放。自由抒发建功立业的理想,毫不隐讳主体的个性锋芒,大胆表露自己的情感诉求,这样的风气简直就像波涛汹涌、跌宕起伏、奔腾不止的滚滚洪流,席卷了社会的各个领域,冲刷着文化的各个角落。在这样的历史背景下,抛弃各种陈规陋习的限制,充分展现自己的血气冲动,勇敢释放个人的生命情绪,这样的情感宣泄风尚不可避免也会涌入文学创作,而引起广大学者的注意,使他们不仅认识到个人情志血气化的不可避免性,而且也体验到这种情志的血气化对于提高审美对象的可感性、感染力,其作用是多么之大的。曹丕的"文气说"可谓正是在这样的背景下提出的。

那么,事实果真如此吗? 我们不妨看看相关文献的记载。如《后汉书·荀韩钟陈传论》曰:"汉自中世以下,阉竖擅恣,故俗遂以遁身矫絜(洁)放言为高。士有不谈此者,则芸夫牧竖已叫呼之矣。故时政弥惽,而其风愈往。"[①]又,同书《党锢传序》也云:"逮桓灵之间,主荒政缪,国命委于阉寺,士子羞与为伍,故匹夫抗愤,处士横议,遂乃激扬名声,互相题拂,品核公卿,裁量执政,婞直之风,于斯行矣。"[②]等等。这种纵情放意,骋怀任性的尚气之风到了建安,由于儒家思想的进一步衰落,个性解放的进一步深入,也随之得到了更进一步的发展。如曹丕的《典论·论文》述当时的文人风尚说:"今之文人,鲁国孔融文举,广陵陈琳孔璋,山阳王粲仲宣,北海徐干伟长,陈留阮瑀元瑜,汝南应玚德琏,东平刘桢公干。斯七子者,于学无所遗,于辞无所假,咸自以骋骥䮓于千里,仰齐足而并驰。以此相服,亦良

[①] 范晔《后汉书》卷62,中华书局,1965年,第2069页。
[②] 范晔《后汉书》卷67,中华书局,1965年,第2185页。

难矣!"①又,曹植《与杨德祖书》也云:"昔仲宣独步于汉南,孔璋鹰扬于河朔,伟长擅名于青土,公干振藻于海隅,德琏发迹于大魏,足下高视于上京。当此之时,人人自谓握灵蛇之珠,家家自谓抱荆山之玉。"②等等。虽然以上这些表述,篇幅都很简短,但是可以说将建安文人骋怀放意的尚气之风展现的都是非常充分的。

这样的尚气之风也同样展现在当时的文学创作中。如曹丕在其《又与吴质书》中回忆当时的创作活动说:"每至觞酌流行,丝竹并奏,酒酣耳热,仰而赋诗,当此之时,忽然不自知乐也。"③可以说把当时文人纵情放意、骋怀使气、不加节制的创作好尚呈现的也是非常清楚的。为了更好地说明这一点,我们不妨再来看看当时非常流行的一个极富代表性的词汇"慷慨"的使用情况。《说文·心部》"慨"字下曰:"忼慨,壮士不得志于心。"王筠句读据唐玄应《一切经音义》所引,以为当作:"忼慨,壮士不得志于心,情愤恚也。"徐锴注曰:"内自高亢愤激也。"段玉裁注曰:"他书亦叚(假)忼为之,作忼忾。"又,《玉篇·心部》:"忾,怒也。"《广雅·释诂》:"忾,满也。"《左传·文公四年》:"诸侯敌王所忾而献其功。"杜预注:"忾,恨怒也。"④又,杨伯峻注:"忾,《说文》作'鎎',云:'怒战也。'据王念孙《广雅疏证》张揖所据本已作'忾'。'忾''鎎'固可通假,当是'恨怒'之意。"⑤由以上所列,不难看出"忼"字显为"慷"之古文,"忾"字显为"慨"之古文,段玉裁将其视为"慨"之假借,显无依据。由于"忾"字从心气声,"忼"字从心亢声,并且"亢"字还有"高"意,因此参照以上各种解释,不难推断"忼"字必是"心情亢奋"的意思,"忾"字必是"血气饱满"的意思。也正鉴此,所以我们认为以这个在当时非常流行的词汇为例,来展现当时的文学创作风尚,无疑是很有说服力的。

当然"慷慨"一词产生甚早,早在先秦就已见使用,在两汉之时也不乏其例。如《屈原《哀郢》:"憎愠愉之修美兮,好夫人之慷慨。"⑥《史记·项羽

①夏传才、唐绍忠《曹丕集校注》,河北教育出版社,2013年,第234页。
②赵幼文《曹植集校注》卷1,人民文学出版社,1998年,第153页。
③夏传才、唐绍忠《曹丕集校注》,河北教育出版社,2013年,第110页。
④孔颖达《春秋左传正义》卷18,孔颖达等《十三经注疏》,中华书局,1980年,第1841页。
⑤杨伯峻《春秋左传注》,中华书局,1990年,第536页。
⑥洪兴祖《楚辞补注》卷4,中华书局,1983年,第136页。

本纪》："于是项王乃悲歌慷慨。"①《汉书·高帝纪下》："上乃起舞,慷慨伤怀。"②《汉书·赵充国辛庆忌传赞》："歌谣慷慨,风流犹存。"③司马相如《长门赋》："贯历览其中操兮,意慷慨而自昂。"④张衡《归田赋》："感蔡子之慷慨,从唐生以决疑。"⑤等等。但是它的真正流行还是在汉末以后。如无名氏《古诗十九首·西北有高楼》："一弹再三叹,慷慨有余哀。"⑥《李陵录别诗二十一首·寂寂君子坐》："悲意何慷慨,清歌正激扬。"⑦曹操《短歌行》："慨当以慷,忧思难忘。"⑧曹丕《于谯作》："余音赴迅节,慷慨时激扬。"⑨陈琳《游览诗二首》其二："收念还房寝,慷慨咏坟经。"⑩吴质《思慕诗》："慷慨自俯仰,庶几烈丈夫。"⑪等等。尤其是曹植,他对"慷慨"一词的使用更为频繁,简直可以说达到了不厌其烦的程度。如《前录自序》："雅好慷慨,所著繁多。"⑫《弃妇篇》："慷慨有余音,要妙悲且清。"⑬《赠徐干诗》："慷慨有悲心,兴文自成篇。"⑭《杂诗·飞观百余尺》："弦急悲声发,聆我慷慨言。"⑮《薤露行》："怀此王佐才,慷慨独不群。"⑯《箜篌引》："秦筝何慷慨,齐瑟和且柔。"⑰《情诗》："慷慨对嘉宾,凄怆内伤悲。"⑱等等。也正是汉末建安对"慷慨"一词的大量运用,才使这一词汇自此成为我国文坛的一个重要词汇,得到了为数众多的作家的青睐。

对于建安文学的尚气特征,我国古人早有认识。如沈约《宋书·谢灵

① 司马迁《史记》卷7,上海古籍出版社,1997年,第230页。
② 班固《汉书》卷1,中华书局,1962年,第74页。
③ 班固《汉书》卷70,中华书局,1962年,第2999页。
④ 费振刚等《全汉赋》,北京大学出版社,1993年,第100~101页。
⑤ 费振刚等《全汉赋》,北京大学出版社,1993年,第468页。
⑥ 逯钦立《先秦汉魏晋南北朝诗·汉诗》卷12,中华书局,1983年,第330页。
⑦ 逯钦立《先秦汉魏晋南北朝诗·汉诗》卷12,中华书局,1983年,第339页。
⑧ 曹操《曹操集》,中华书局,1974年,第5页。
⑨ 夏传才、唐绍忠《曹丕集校注》,河北教育出版社,2013年,第7页。
⑩ 俞绍初辑校《建安七子集》卷2,中华书局,2005年,第34页。
⑪ 逯钦立《先秦汉魏晋南北朝诗·魏诗》卷5,中华书局,1983年,第412页。
⑫ 赵幼文《曹植集校注》卷3,人民文学出版社,1984年,第434页。
⑬ 赵幼文《曹植集校注》卷1,人民文学出版社,1984年,第34页。
⑭ 赵幼文《曹植集校注》卷1,人民文学出版社,1984年,第42页。
⑮ 赵幼文《曹植集校注》卷1,人民文学出版社,1984年,第65页。
⑯ 赵幼文《曹植集校注》卷3,人民文学出版社,1984年,第433页。
⑰ 赵幼文《曹植集校注》卷3,人民文学出版社,1984年,第459页。
⑱ 逯钦立《先秦汉魏晋南北朝诗·魏诗》卷7,中华书局,1983年,第459页。

运传论》曰："自汉至魏四百余年,辞人才子文体三变。相如巧为形似之言,班固长于情理之说,子建、仲宣以气质为体,并标能擅美,独映当时。"①又,《文心雕龙·明诗》曰："暨建安之初,五言腾踊。文帝、陈思纵辔以骋节,王、徐、应、刘望路而争驱,并怜风月,狎池苑,述恩荣,叙酣宴,慷慨以任气,磊落以使才。"②又,《时序》曰："观其时文,雅好慷慨,良由世积乱离,风衰俗怨,并志深而笔长,故梗概而多气也。"③等等。可以说对建安文学的骋怀使气之风标示的都是非常明确的。对于前人的这些认识,后世学者也深表认同。如于頔曰:"王、曹以气胜,潘、陆以文尚。"④胡应麟曰:"魏之气雄于汉,然不及汉者,以其气也。"⑤许学夷曰:"汉人五言,得以偶然,故其篇章,人不越四五。至建安诸子,始专力为之,而篇什乃繁矣,⋯⋯皆'慷慨以任气,磊落以使才'者也。胡元瑞云:'魏之气雄于汉,然不及汉者,以其气也。'冯元成亦言:'诗至建安而温柔乖。'其以是夫!"⑥刘师培曰:"献帝之初,诸方棋峙,乘时之士,颇慕纵横,骋词之风,肇端于此。"⑦罗宗强曰:"随着经学束缚的解除,正统观念的淡化,思想出现了活跃的局面,僵化了的内心世界让位于一个感情丰富细腻的世界。重个性、重欲望、重感情,强烈的生命意识成了建安士人内心生活的中心。"⑧侯文宜曰:"曹植说自己的文学好尚是'雅好慷慨'(《前录自序》)。'慷慨'即直抒胸臆、意气激烈、情感表现之畅快淋漓之意。王运熙、顾易生《中国文学批评史新编》中指出:'这是批评史上首次明确地表述了对于强烈感情的爱好。'"⑨等等。

也正基于以上背景,所以曹丕才真切地感受到了人的血气情绪对于文学创作的重要性,不仅提出了"文以气为主"的划时代命题,而且对建安文人各自不同的血气特征也作出了精彩的评判。如云:"徐干时有齐气","应玚和而不壮,刘桢壮而不密,孔融体气高妙。"⑩又云:"孔璋章表殊健,微为

①沈约《宋书》卷67,中华书局,1974年,第1778页。
②范文澜《文心雕龙注》卷2,人民文学出版社,1958年,第66页。
③范文澜《文心雕龙注》卷9,人民文学出版社,1958年,第674页。
④于頔《释皎然杼山集序》,周祖譔《隋唐五代文论选》,人民文学出版社,1990年,第182页。
⑤胡应麟《诗薮》内编卷2,上海古籍出版社,1979年,第22页。
⑥许学夷《诗源辨体》卷4,人民文学出版社,1987年,第78页。
⑦刘师培《中国中古文学史讲义》,中国人民大学出版社,2004年,第10页。
⑧罗宗强《魏晋南北朝文学思想史》,中华书局,1996年,第6页。
⑨侯文宜《中国文气论批评美学》,中国社会科学出版社,2012年,第140页。
⑩曹丕《典论·论文》,夏传才、唐绍忠《曹丕集校注》,河北教育出版社,2013年,第235～236页。

繁富。公干有逸气,但未遒耳。""(仲宣)体弱,不足以起其文。""(伟长)怀文抱质,恬淡寡欲,有箕山之志。"①等等。很难想象,如果不是生逢建安,曹丕会有如此卓见? 有的学者说:"建安文学的发展实际上为曹丕的文气论批评积累了经验和认知,无论'梗概多气'还是'建安风骨',都表明世人对其充满血气、富有生命张力和饱满精神的一种评价,对此,曹丕不会意识不到。曹丕之作《典论》、诗赋,又何尝不是出自这种大宇宙生命感和生命的吟唱?"②这一认识无疑也是非常有见地的。

　　总之,曹丕以"异禀论"思想为基础的"文气说"确有他十分独特的内容,在他眼中不同作家之所以会呈现不同的风格,这实是由其先天禀气决定的。由于各人的禀气不同,必然会导致他们的血气不同。而禀气、血气二者的不同,还会进而导致他们产生不同的情感,引起不同的血气反应。而所谓风格则不外是对其情感所引起的血气反应在文中的体现所作的概称。不过另一方面我们也应看到,曹丕的"文气说"虽以"异禀论"思想为基础,但是他的文气理论却依然没有脱离元气论的大框架,依然没有违背内在情志血气化的情感反应模式。在这方面它与"同禀论"思想其实并没有什么两样。也正基此,所以我们认为对于曹丕的"文气说",我们不能只强调"气之清浊有体,不可力强而致"这一层意思,还要进一步看到不管曹丕对此如何重视,"文以气为主"这一总论也仍旧是它不可或缺的前提。如果离开了这一前提,那曹丕所有的文气论表述便都失去归依了。

五、刘勰在"文气说"建构上的重要贡献

　　自曹丕明确提出"文以气为主"后,古人论文恒及血气,便成了我国文论建构的重要内容。如葛洪《抱朴子·外篇·尚博》曰:"清浊参差,所禀有主,朗昧不同科,强弱各殊气。而俗士唯见能染毫画纸者,便概之一例。斯伯牙所以永思钟子,郢人所以格(搁)斤不运也。"③颜之推《颜氏家训·文章》曰:"凡为文章,犹人乘骐骥,虽有逸气,当以衔勒制之,勿使流乱轨躅,放意填坑岸也。"④李德裕《文章论》曰:"魏文《典论》称:'文以气为主,气之

---

① 曹丕《又与吴质书》,夏传才、唐绍忠《曹丕集校注》,河北教育出版社,2013 年,第 110 页。
② 侯文宜《中国文气论批评美学》,中国社会科学出版社,2012 年,第 143 页。
③ 杨明照《抱朴子外篇校笺》下册卷 32,中华书局,1997 年,第 109 页。
④ 王利器《颜氏家训集解》卷 4,中华书局,1993 年,第 266 页。

清浊有体.'斯言尽之矣！然气不可以不贯,不贯则虽有英词丽藻,如编珠缀玉,不得为全璞之宝矣。"①魏了翁《攻愧楼宣献公文集序》曰:"盖辞根于气,气命于志,志立于学。气之厚薄,志之小大,学之粹驳,则辞之险易正邪从之,如声音之通政,如蓍蔡之受命,积中而形外,断断乎不可掩也。"②宋濂《文原》曰:"为文必在养气,气与天地同,苟能充之,则可配序三灵,管摄万汇。不然,则一介之小夫耳。"③钱谦益《题燕市酒人篇》曰:"诗言志,志足而情生焉,情萌而气动焉。如土膏之发,如候虫之鸣,欢欣噍杀,纡缓促数,穷于时,迫于境,旁薄曲折而不知其使然者,古今之真诗也。"④等等。这样的表述实可谓是俯拾皆是的。

不过,在中国文论史上,最早对曹丕"文气说"予以系统发挥的显应数刘勰。据有关人士统计,在《文心雕龙》中对"气"字的使用高达 80 多次。由该书的相关论述不难得知,刘勰对曹丕的"文气说"非常熟悉,如云:"魏文称:'文以气为主,气之清浊有体,不可力强而致。'故其论孔融,则云'体气高妙';论徐干,则云'时有齐气';论刘桢,则云'有逸气'。公干亦云:'孔氏卓卓,信含异气,笔墨之性,殆不可胜。'并重气之旨也。"(《文心雕龙·风骨》)⑤将以上论述与前文所列加以对照,可以说曹丕"文气说"的主要内容刘勰全都涉及到了。刘勰对曹丕的"文气说"既如此熟悉,那他对这一理论又有哪些发明呢？这也可从以下三个方面加以阐析。

其一,他对人的情志与血气的关系作了进一步发掘,在这方面实可以上接孟子。正如我们前文所说,我国先民的理论认识能力并不低,但是理论建构意识却十分薄弱。这一缺憾也同样表现在情、气关系的论述上。虽然古人常常以"气"指代血气情绪,但是对于情、气的关系,其正面阐述却并不多。在刘勰之前除了孟子,几乎再无人对此作过专门探讨。《乐记》、曹丕也不例外。也正基此,所以我们认为刘勰在这方面的论述极为难得。首先在刘勰看来:"情与气偕,辞共体并。"(同上)⑥人的情志是不能脱离人的血气单独存在的。只要一个人产生情感,那他的血气就一定会相伴而动。

---

① 周祖譔《隋唐五代文论选》,人民文学出版社,1990 年,第 303～304 页。
② 蒋述卓等《宋代文艺理论集成》,中国社会科学出版社,2000 年,第 1024 页。
③ 蔡景康《明代文论选》,人民文学出版社,1993 年,第 3 页。
④ 钱谦益《牧斋有学集》卷 47,《钱牧斋全集》,上海古籍出版社,2003 年,第 1550 页。
⑤ 范文澜《文心雕龙注》卷 6,人民文学出版社,1958 年,第 513～514 页。
⑥ 范文澜《文心雕龙注》卷 6,人民文学出版社,1958 年,第 514 页。

很难想象，一个人的情感已经产生，而他的血气却毫无反应。所谓"面不改色""谈笑自若"云云，只不过是情感主体对于自己的血气情绪故意压制、故意掩盖罢了。在这里刘勰明确指出"情与气谐"，将气随情动的必然性讲得如此直接，不要说曹丕、《乐记》，即使与孟子相较也是有过之而无不及的。其次在情与气的关系上刘勰还有一句名言，那就是"气以实志"。虽然"气以实志"这一说法最早见于《左传·昭公九年》："味以行气，气以实志，志以定言，言以出令"①，但是《左传》所言显与文学创作不相关联，而刘勰之说则明显是对文学创作而发："气以实志，志以定言；吐纳英华，莫非情性。"（《文心雕龙·体性》）②所谓"气以实志"，也即作家的血气感应使他的内在情志变得更加笃诚挚切，真厚充实。《文心雕龙·风骨》说："缀虑裁篇，务盈守气，刚健既实，辉光乃新。"③所说也是这一意思。进言之，也即是人的内在情志必须充分血气化，才能由此变得满盈笃实，确保其发自我们内心深处，是我们内在真性的自然发露。只有这样的情感，发而为言，才能使文本的音韵、节奏、辞色、意象处处闪耀着主体情绪的光辉，处处洋溢着生命的活力。刘勰所说的"吐纳英华""辉光乃新"，所谓"英华"、所谓"辉光"显然都是指一个文本因为充满着人的血气情绪而散发的强烈的审美感染力而言的。

其二，与上文所说密切相联系，刘勰对文学创作中气与辞的关系也作了进一步探析。在这方面他也同样具有开创性，前人对此罕有论及。首先，刘勰喜用"辞气"一词。如《文心雕龙·诸子》："斯则得百氏之华采，而辞气之大略也。"④《封禅》："法家辞气，体乏弘润。"⑤《议对》："后汉鲁丕，辞气质素。"⑥《书记》："汉来笔札，辞气纷纭。"⑦《章句》："若乃改韵从调，所以节文辞气。"⑧《总术》："义味腾跃而生，辞气丛杂而至。"⑨等等。据此足见他对"辞""气"关系的重视。虽然"辞气"一词前代已见，如《论语·泰伯》

①杨伯峻《春秋左传注》，中华书局，1990年，第1312页。
②范文澜《文心雕龙注》卷6，人民文学出版社，1958年，第506页。
③范文澜《文心雕龙注》卷6，人民文学出版社，1958年，第513页。
④范文澜《文心雕龙注》卷4，人民文学出版社，1958年，第309页。
⑤范文澜《文心雕龙注》卷5，人民文学出版社，1958年，第393页。
⑥范文澜《文心雕龙注》卷5，人民文学出版社，1958年，第439页。
⑦范文澜《文心雕龙注》卷5，人民文学出版社，1958年，第456页。
⑧范文澜《文心雕龙注》卷7，人民文学出版社，1958年，第571页。
⑨范文澜《文心雕龙注》卷9，人民文学出版社，1958年，第656页。

"出辞气,斯远鄙倍矣"①,《史记·鲁仲连邹阳列传》"颜色不变,辞气不悖"②等,但那都不过是偶一用之,并且也均不是对文学而发的。所以如果就文学创作而言,像刘勰这样如此频繁地使用"辞气"一词,这仍足见出他对"辞"的血气活力的清醒认识。事实证明,也确乎如此。如《文心雕龙·辨骚》曰:"气往轹古,辞来切今。"③《祝盟》曰:"臧洪歃辞,气截云蜺。"④《杂文》曰:"藻溢于辞,辞盈乎气。"⑤《檄移》曰:"事昭而理辨,气盛而辞断。"⑥《风骨》曰:"相如赋仙,气号凌云,蔚为辞宗,乃其风力遒也。"⑦等等。像这样的表述,显然都是把"气"作为"辞"的血气生命看的。并且还有很多表述,虽然其中并无"辞"字,但那不过是换词为义,它们所讨论的也依然还是"气"与"辞"的关系问题。如《文心雕龙·征圣》曰:"精理为文,秀气成采。"⑧《诸子》曰:"列御寇之书,气伟而采奇。"⑨《章表》曰:"文举之《荐祢衡》,气扬采飞。"⑩《奏启》曰:"气流墨中,无纵诡随。"⑪《书记》曰:"志气盘桓,各含殊采。"⑫《体性》曰:"公干气褊,故言壮而情骇。"⑬《风骨》曰:"意气骏爽,则文风清焉。"⑭《丽辞》曰:"气无奇类,文乏异采。"⑮《才略》曰:"孔融气盛于为笔","阮籍使气以命诗"⑯等等。也正由于"气"在文学创作中具有如此重要的地位,所以刘勰认为即使有时并无辞采,但是只要血气充盈,其文章也依然会神采超迈。如《文心雕龙·风骨》云:"鹰隼乏采,而翰飞戾天,骨劲而气猛也。"⑰所说就是这一意思。

---

① 杨伯峻《论语译注》,中华书局,1980年,第79页。
② 司马迁《史记》卷83,上海古籍出版社,1997年,第1892页。
③ 范文澜《文心雕龙注》卷1,人民文学出版社,1958年,第47页。
④ 范文澜《文心雕龙注》卷2,人民文学出版社,1958年,第178页。
⑤ 范文澜《文心雕龙注》卷3,人民文学出版社,1958年,第254页。
⑥ 范文澜《文心雕龙注》卷4,人民文学出版社,1958年,第379页。
⑦ 范文澜《文心雕龙注》卷6,人民文学出版社,1958年,第513页。
⑧ 范文澜《文心雕龙注》卷1,人民文学出版社,1958年,第17页。
⑨ 范文澜《文心雕龙注》卷4,人民文学出版社,1958年,第309页。
⑩ 范文澜《文心雕龙注》卷5,人民文学出版社,1958年,第407页。
⑪ 范文澜《文心雕龙注》卷5,人民文学出版社,1958年,第423页。
⑫ 范文澜《文心雕龙注》卷5,人民文学出版社,1958年,第456页。
⑬ 范文澜《文心雕龙注》卷6,人民文学出版社,1958年,第506页。
⑭ 范文澜《文心雕龙注》卷6,人民文学出版社,1958年,第513页。
⑮ 范文澜《文心雕龙注》卷7,人民文学出版社,1958年,第589页。
⑯ 范文澜《文心雕龙注》卷10,人民文学出版社,1958年,第699~700页。
⑰ 范文澜《文心雕龙注》卷6,人民文学出版社,1958年,第514页。

　　其三,也同是缘于对"气"的价值的清醒认识,所以像孟子一样,刘勰对"养气"也极度重视。不过,与孟子不同,刘勰的"养气"主要是就文学而发,它是为创作服务的。这与孟子只是为了强化人的道德信仰,使人的道德志义肉身化,显然是有很大不同的。首先刘勰认为作家应该激炼其气,使其血气饱含爱憎,充满情义,只有如此,才能使含气之辞刚健笃实,辉光四射,满载着激动人心的力量。如《文心雕龙·奏启》说:"砥砺其气,必使笔端振风,简上凝霜。"①所述即是这一意思。虽然这一表述乃对奏启而发,但其实对其他文体也同样是适用的。在《文心雕龙》中还有《风骨》一篇,其中讲道:"《诗》总六义,风冠其首,斯乃化感之本源,志气之符契也。是以怊怅述情,必始乎风。"由于"风"的力量乃源于情志化了的"气",所以刘勰此文虽然通篇所讲都是"风",但其实其中也是潜含着炼气养气的重要性的。也正因此,所以在《风骨》中刘勰才有如下话语:"情之含风,犹形之包气","思不环周,索莫乏气,则无风之验也。"②在《文心雕龙》里,关于"养气",刘勰还有另一个观点,具体说来,那就是对于人的生理血气不可一味消损耗费,最好对它将养淳蓄,使其保持一种灵动的活力。只有如此,当它为情志所激发时,才能饱满充盈,郁勃难抑,充满生机。《文心雕龙·声律》说:"气力穷于和韵。"③《神思》说:"桓谭疾感于苦思,王充气竭于思虑。""方其搦翰,气倍辞前;暨乎篇成,半折心始。"④又,《养气》也云:"率志委和,则理融而情畅;钻砺过分,则神疲而气衰。""是以吐纳文艺,务在节宣,清和其心,调畅其气。烦而即舍,勿使壅滞。意得则舒怀以命笔,理伏则投笔以卷怀。逍遥以针劳,谈笑以药倦。常弄闲于才锋,贾馀于文勇,使刃发如新,腠理无滞,虽非胎息之迈术,斯亦卫气之一方也。"⑤等等。应当说无论是把耗气的危害,还是养气的方法,阐发的都是很充分的。

　　对于《文心雕龙》"气"的涵义,前人也曾提出过多种解释。如陆侃如、牟世金说:"刘勰所谓气,主要指作者所特有的气质,也指作者气质之体现在创作中而成为某些篇章的特点。"⑥陆道夫说:"从《文心雕龙》的《风骨》

①范文澜《文心雕龙注》卷5,人民文学出版社,1958年,第422~423页。
②范文澜《文心雕龙注》卷6,人民文学出版社,1958年,第513页。
③范文澜《文心雕龙注》卷7,人民文学出版社,1958年,第553页。
④范文澜《文心雕龙注》卷6,人民文学出版社,1958年,第494页。
⑤范文澜《文心雕龙注》卷9,人民文学出版社,1958年,第646~647页。
⑥陆侃如、牟世金《文心雕龙选译·征圣》,山东人民出版社,1962年,第76页。

《养气》《体性》《神思》《定势》等与气有关的重点篇章来看，……用'生命力'来解释刘勰的'气'字还是比较符合刘勰的本意。"①寇效信说："'气'与'情'（包括'理'）相近，但不等于'情'。""'气'是对'情'的更高要求，凡是具有以下品格的情，才算有'气'。第一，真挚性……第二，强烈性……第三，独特性。"②李逸津说：刘勰《文心雕龙》的"气"有多种涵义，它或"指人们的精气、血气"，或"指作家昂扬的精神状态或激情"，或"指人的才性、气质"，或"指文章思想内容所具有的气势、感染力"，或"指文章的声调语气"，或"指文章风格"，或"指空气、气候"，或"指人的呼吸、气息"，或"指人或物的气概"③等等。正如我们上文所说，刘勰之"气"，其核心意指就是人的内在情志的血气化，它也是就人的血气情绪来立论的。也正因此，所以我们认为上述一二两种看法都是很值得斟酌的。寇效信说"'气'是对'情'的更高要求"，它具有"真挚性""强烈性""独特性"三大特点，这一认识应当说与我们所说的"血气情绪"，其涵义已相当接近了。只可惜他并没有将此明确揭示出来。李逸津的解释虽说全面，但是由于并未意识到"血气""激情""气势""感染力""语气""风格""呼吸""气概"等等之间的密切联系，而将它们视为彼此独立的东西，因此他的阐说不仅不能启发人们去准确理解"气"的含蕴，而且还会对"气"的真实含蕴的呈露形成新的遮蔽。人的内在情志的血气化，自然会表现为"激情"，表现为"气概"，引起人的"呼吸"变化，形成一定的文章"气势"，增强作品的"感染力"，并进而影响文本的"语气""风格"。所以刘勰之"气"实可谓万变不离其宗，它的核心就是人的"血气情绪"。看不到这一点，我们是绝不可能对刘勰之"气"的准确蕴涵产生清醒认识的。至于说"精气""气质""空气""气候"等等用法，它们在《文心雕龙》的气论里是并不占什么重要地位的。

六、韩愈在"文气说"建构上的重要贡献

在中国文论史上，继刘勰之后再度以言"气"著名的学者应首推韩愈。其《答李翊书》曰："气，水也；言，浮物也。水大而物之浮者大小毕浮。气之

---

① 陆道夫《作为一种生命力的"气"：浅探〈文心雕龙〉"气"之范畴的文本意义》，《广东外语外贸大学学报》2004 年第 2 期，第 22 页。

② 寇效信《〈文心雕龙〉论作品之"气"》，《陕西师大学报》1989 年第 4 期，第 47～50 页。

③ 李逸津《略谈〈文心雕龙〉中"气"字的用法》，《天津师院学报》1981 年第 5 期，第 58～59 页。

与言犹是也,气盛则言之短长与声之高下者皆宜。"①这就是广为世人所称道的"气盛言宜"说。

对于韩愈这里的"气"字,前人主要有以下六种认识。其一,认为指行文的气势。如唐弢曰:"古文家有所谓文气,也叫作气势,至今老先生们在论文的时候,还有'气充词沛''气盛言宜''浩荡磅礴''条达酣畅'等等的评语,有些人甚而至于说:'气势纵横,笔力足以辟易千人!'足见那力量的宏大,以及气势的被重视了。唐宋古文家如韩愈、柳宗元、李翱、苏洵、苏轼等辈,都是很讲究气势的,刘禹锡称道柳宗元的文章,说他以'气为干,文为支';韩愈论文,也以为'气盛而言之,高下皆宜'。他们简直把气势看作文章的生命。"②其二,认为指作家的道德修养。如张少康曰:"韩愈所说的气与言的关系,就是仁义道德修养和文章之间的关系。……他所说的气,是指儒家的仁义道德修养达到很高水平后在精神气质上的一种体现。这种气不是老庄所说的自然之气,不是曹丕所说的先天禀赋、'不可力强而致'的气,而是像孟子所说的'配义与道'的后天修养而成的'浩然之气'。"③其三,认为指作者的精神状态。如杨明曰:"(韩愈)所谓气,指作者的精神状态。对于所要说明的道理充满自信,情感强烈,有高屋建瓴之势,又经过了深思熟虑,情思酣畅,沛然有余,便是所谓'气盛'。具有此种精神状态,则遣词造句时声调之抑扬、句式之长短,便能自然合宜。"④其四,认为指作家的特殊才能。如李壮鹰、李春青曰:"韩愈所谓的'气',与'德'有关,但不同于德,它实际指的是作家经过长期的涵养,从雄厚的内部积累中所产生的卷舒自如的思维能力和表现能力。"⑤其五,认为指作家的情感。如张立伟曰:"韩愈所讲的气,合内外动静观之,从作者方面说,主要指以个性为基础的情感,更简捷的说,气即性情。"⑥其六,认为指作家的综合心理素质。如尚永亮曰:"'气'是修养的结果,其中既有'仁义之途''诗书之源'等道德因素的贯注,又有源于个人秉赋和社会实践的精神气质、情感力量。……当

①肖占鹏《隋唐五代文艺理论汇编评注》,南开大学出版社,2015年,第739页。
②唐弢《文章修养》,三联书店,1998年,第157页。
③张少康《中国文学理论批评史教程》,北京大学出版社,1999年,第193页。
④王运熙、顾易生《中国文学批评史新编》上册,复旦大学出版社。2001年,第230页。
⑤李壮鹰、李青春《中国古代文论教程》,高等教育出版社,2013年,第193页。
⑥张立伟《韩愈"气盛言宜"新探》,《文学遗产》1988年第4期,第59页。

这种'气'极度充盈喷薄而出时,文章就会写得好,就会有动人的力量。"①等等。

我们在前文已反复申明,我国古人在就人谈气时,大多都是指人的血气而言的。如果讲的是文与气的关系,那就更是这样了。也正基此,所以我们认为韩愈所说也不例外。虽然在以上六种说法里,有三种说法都涉及到了情感,甚至还使用了"情感力量""情感强烈""情思酣畅"等等词语,可是最终也仍未将"气"与人的血气情绪联系起来。这样的局限,这样的缺憾,就使他们的表述不管怎样转弯抹角,但是最终也依然无法将"气"的情绪色彩完全、清晰地凸示出来。

诚然,在韩愈的相关表述里,他对人的道德修养是相当强调的。如其《答李翊书》曰:"行之乎仁义之途,游之乎诗书之源,无迷其途,无绝其源。""根之茂者其实遂,膏之沃者其光煜,仁义之人,其言蔼如也。"②又,其《进学解》假借弟子之口而自诉其为文之状曰:"先生口不绝吟于六艺之文,手不停披于百家之编,记事者必提其要,纂言者必勾其玄。贪多务得,细大不捐,焚膏油以继晷,恒兀兀以穷年。先生之业,可谓勤矣。""先生之于文,可谓闳其中而肆其外矣。"③尤其是在《答尉迟生书》里,韩愈更将人的道德高下与其血气邪正直接相联系:"夫所谓文者,必有诸其中,是故君子慎其实。实之美恶,其发也不掩。本深而末茂,形大而声宏,行峻而言厉,心醇而气和。……愈之所闻者如是,有问于愈者,亦以是对。"④在这段表述里,所谓"心醇"显然是指内心德养的醇厚之意。正因为德养醇厚,所以才血气和顺。十分明显,韩愈是明确把人的道德修养看作其血气反应的基础的。有关这一点,我们由同期其他学人的论述也同样可以得到证实。如柳冕《答荆南裴尚书论文书》曰:"文不知道则气衰。"⑤梁肃《为常州独孤使君祭李员外文》:"高明宽裕,何德之茂。……粹气积中,畅于四肢,发为斯文,郁郁有辉。"⑥李翱《答朱载言书》曰:"义深则意远,意远则理辩,理辩则气直,

①袁行霈《中国文学史》第 2 卷,高等教育出版社,1999 年,第 367～368 页。
②肖占鹏《隋唐五代文艺理论汇编评注》,南开大学出版社,2015 年,第 739 页。
③肖占鹏《隋唐五代文艺理论汇编评注》,南开大学出版社,2015 年,第 726～727 页。
④肖占鹏《隋唐五代文艺理论汇编评注》,南开大学出版社,2015 年,第 732 页。
⑤肖占鹏《隋唐五代文艺理论汇编评注》,南开大学出版社,2015 年,第 566 页。
⑥董诰等《全唐文》卷 522,第 6 册,中华书局,1983 年,第 5305 页。

气直则辞盛,辞盛则文工。"①等等。只要与曹丕、刘勰等的气论思想稍加对比,即不难得知韩愈等人对于"气"的道德属性的强调实可谓远接孟子。韩愈声称儒家之道在孟子之后不得其传,自己的学说正是遥继孟子。这与他的"文气"理论显然也是高度一致的。

不过,正如我们前文所说,强调"气"的道德属性并不影响它的含蕴,作为一种血气反应,它与儒家的仁义情感并无冲突。不管儒家所要求的情感多么特殊,"情与气偕"这一规律对它也一样适用。很难想象,儒家所提倡的道德情感,能使人的生理血气绝不产生任何反应。既然任何情感都会对人的血气形成驱动,都会引起人的情绪反应,那么,我们对韩愈之"气"就不能因其对道德的强调,从而作出别的界定。如果认为韩愈之"气"乃由儒家的道德志义所驱动,于是就不能再作"血气情绪"讲,这样的看法显然太机械了。

韩愈之"气"既然仍指人的内在情志的血气反应,那他所说的"气盛言宜"显然就包涵着极为深刻的思想内容。关于"气""言"二者的关系,前人已经多有讨论,但是他们所表达的大都不外是有什么样的"气",就有什么样的"言"这样的意指。曹丕是如此,刘勰也是如此。这一理路在唐代也同样很流行。如王勃《平台秘略赞·艺文》曰:"气凌云汉,字挟风霜。"②陈子昂《修竹篇序》曰:"骨气端翔,音情顿挫,光英朗练,有金石声。"③王昌龄《诗格·论文意》曰:"夫文章兴作,先动气,气生乎心,发乎言。"④李白《泽畔吟序》曰:"逸气顿挫,英风激扬,横波溢流,腾薄万古。"⑤殷璠《河岳英灵集》曰:"(储光羲)格高调逸,趣远情深,削尽常言,挟风雅之迹,浩然之气。"⑥皎然《诗议》曰:"建安三祖、七子,五言始盛,风裁爽朗,莫之与京。然终伤用气使才,违于天真。"⑦等等。与这样的思想理路相较,韩愈的"气盛言宜"说显然有着更为深刻的思想蕴意。它启示我们人的思想情感只有

①肖占鹏《隋唐五代文艺理论汇编评注》,南开大学出版社,2015年,第809页。
②何林天《重订新校王子安集》卷12,山西人民出版社,1990年,第196页。
③陈子昂《陈子昂集》卷1,中华书局,1960年,第15页。
④王昌龄《诗格》,张伯伟《全唐五代诗格汇考》,凤凰出版社,2002年,第162页。按,此文"发乎言"前原多一"心"字,依意删。
⑤瞿蜕园、朱金城《李白集校注》卷27,上海古籍出版社,1980年,第1586页。
⑥殷璠《河岳英灵集》卷下,傅璇琮等《唐人选唐诗新编》(修订本),中华书局,2014年,第239页。
⑦皎然《诗议》,张伯伟《全唐五代诗格汇考》,凤凰出版社,2002年,第103页。

充分血气化,高度真实,他的语言运用才能实现完全直觉化,才能做到得心应手,自由撷取,就仿佛从他的内心直接绽出一样。所以一个人在写作时,能否做到"气盛言宜",这与他的内心情感是否真实,是否发自肺腑,显然有着莫大联系。如果内心缺乏真实情感,其血气反应、语言表达都是根本做作不来的。宋人李格非曾有这样一段话:"诸葛孔明《出师表》,刘伶《酒德颂》,陶渊明《归去来词》,李令伯《乞养亲表》,皆沛然从肺腑中流出,殊不见有斧凿痕。是数君子,在后汉之末两晋之间,初未尝以文章名世,而其意超迈如此。吾是以知文章以气为主,气以诚为主。故老杜谓之'诗史'者,其大过人在诚实耳。"①将这段文字与韩愈所说加以对照,不难发现二者所述实可谓是一脉相贯的。

为了更好地说明这一点,我们不妨再来看看韩愈的《荆潭唱和诗序》:"夫和平之音淡薄,而愁思之声要妙;欢愉之辞难工,而穷苦之言易好也。是故文章之作,恒发于羁旅草野。至若王公贵人,气满志得,非性能好之,则不暇以为。"②在韩愈这段表述里也同样涉及到一个"气"字,不过这里的"气满"并不是血气涌动,情绪饱满之意,而是仕途顺利,心无愁虑,悠然自得之意。高官显贵"气满志得",那屈身下僚的失意穷士当然是"气不满志不得"。所以上下相较,不难得知其实在这段话的前文,也同样暗含着一个"气"字。正因为失意穷士每每"羁旅草野",有志难伸,有才难展,所以他们的血气反应才格外激楚,格外强烈。既然血气反应格外激楚,格外强烈,那他们的"文章之作"所以"要妙",所以"易好",自然也就不难理解了。十分明显,韩愈的这一序文,他所表达的其实也还是"气盛言宜"的意思。又,韩愈《送孟东野序》曰:"大凡物不得其平则鸣。草木之无声,风挠之鸣。水之无声,风荡之鸣。……金石之无声,或击之鸣。人之于言也亦然,有不得已者而后言。其歌也有思,其哭也有怀。凡出乎口而为声者,其皆有弗平者乎!乐也者,郁于中而泄于外者也,择其善鸣者而假之鸣。金石丝竹匏土革木八者,物之善鸣者也。"③在这段表述里,所谓"不得其平"也即内心无法平静之意。所谓"不得已",所谓"有弗平",所谓"郁于中",也同样都是指情感强烈,血气涌动,无法抑止。虽然行文之中并没出现"气"字,但是毫无

---

① 惠洪《冷斋夜话》卷 3,中华书局,1985 年,第 13 页。
② 肖占鹏《隋唐五代文艺理论汇编评注》,南开大学出版社,2015 年,第 749 页。
③ 肖占鹏《隋唐五代文艺理论汇编评注》,南开大学出版社,2015 年,第 746 页。

疑问,我们在它的字里行间,也同样可以体味到一个"气盛言宜"的意指。如前所说,古人述理,往往简略,看来这一缺憾在韩愈身上也同样存在着。

当然,韩愈的表述固然简略,但其基本意思我们还是完全可见的。如果再看一看同时其他人的论述,其思想意指也就更趋明白了。如上所引,梁肃《为常州独孤使君祭李员外文》曰:"粹气积中,畅于四肢,发为斯文,郁郁有辉。"李翱《答朱载言书》曰:"气直则辞盛,辞盛则文工。"又,梁肃《补阙李君前集序》又云:"文本于道,失道则博之以气,气不足则饰之以辞。盖道能兼气,气能兼辞,辞不当则文斯败矣。"①又,柳冕《答杨中丞论文书》《答衢州郑使君论文书》与柳宗元《答韦中立书》也谓:"气生则才勇,才勇则文壮,文壮然后可以鼓天下之动。""苟力不足者,强而为文则蹶,强而为气则竭,……故言之弥多,而去之弥远。"②"故吾每为文章,……未尝敢以昏气出之,惧其昧没而杂也;未尝敢以矜气作之,惧其偃蹇而骄也。"③等等。不难发现,在以上这些表述里,字里行间可谓处处都流露着"气盛言宜"的思想。这一现象充分说明对于人的内在情志的充分血气化,对于它的高度真实,在诗文语言的运用上所具有的重要意义,韩愈等人确实都已有十分清醒、十分切己的认识。

总而言之,韩愈"气盛言宜"说的提出,的确又在"文气说"的道路上向前跨越了一步。如果说《乐记》的"气盛化神"说主要强调的是人的内在情志的血气化所含具的真实性对于文艺作品感染力的提升,刘勰的"气盛辞断"说主要强调的是人的内在情志的血气化所含具的真实性对于作家文风的影响,那么,韩愈的"气盛言宜"说则主要强调的是人的内在情志的血气化所含具的真实性对于诗文创作语言表达的全面决定。换言之,也即是人的内在情志只有充分血气化,高度真实,无限真诚,他才能完全实现对言语活动的直觉体验与真切感知。再进一步说,也就是他不仅真切知道究竟要表达什么,而且也真切知道究竟要怎样表达。也只有在这样的情况下,他对语言的选择,包括对音韵、声调、节奏、词色、词义、修辞等的确定,才能真正做到与他的情感、意指完全相契,并进而使他的语言表达充满情感,饱含血气,富于生机,高度可感,特具感染力。韩愈说"气盛则言之短长与声之

①肖占鹏《隋唐五代文艺理论汇编评注》,南开大学出版社,2015年,第626页。
②肖占鹏《隋唐五代文艺理论汇编评注》,南开大学出版社,2015年,第570~571页。
③柳宗元《柳河东集》卷34,上海古籍出版社,1993年,第304页。

高下者皆宜",所谓"皆宜"其内涵显然是极为丰富的。它决不可能仅指某个单一的方面,它的所指无疑是要远较《乐记》、刘勰全面、广泛的。

众所周知,韩愈对于诗文创作的言辞非常重视,先后提出了"(文)无难易,惟其是尔","师其意,不师其辞"①,"惟陈言之务去"②,"词必己出","文从字顺"③等多个命题。那么,究竟如何才能做到"惟其是尔"呢?韩愈对此也有进一步阐发:"夫百物朝夕所见者,人皆不注视也,及睹其异者,则共观而言之。夫文岂异于是乎?汉朝人莫不能为文,独司马相如、太史公、刘向、扬雄为之最。"据此足见:"圣人之道,不用文则已,用则必尚其能者。能者非他,能自树立,不因循者是也!有文字来,谁不为文?然其存于今者,必其能者也。"④那么,如何才叫"能自树立,不因循"呢?答案是显而易见的,那就是一定要做到内在情志的高度真实,发自肺腑,没有一丝一毫的造作之伪。只有如此,才能实现情与气偕,气随情起,血气弥漫,睟面盎背,畅于四肢,发于颜色。也只有在这样的血气真情的驱动下,所为文字才能郁郁生辉,真切可感,语必己出,毫无因循,字里行间充满着一种勃勃生气。这样的创作才能叫作"宜",才能称为"是",才能看作"能自树立",才能成为天地之间熠熠闪光、真气扑鼻,人见人爱、人见人奇的卓卓雄文。这样的情状在韩愈身上,展现得可谓尤为突出。如柳宗元《答韦珩示韩愈相推以文墨事书》曰:"退之所敬者,子长、子云。子长于退之固相上下。若子云者,如《太玄》《法言》及《四愁赋》,退之独未作耳。决作之,加恢奇。至他文过子云远甚。子云之遣言措意,颇短局滞涩,不若退之猖狂恣睢,肆意有所作。"⑤司空图《题柳柳州集后》曰:"韩吏部诗歌累百首,其驱驾气势,若掀雷揭电,奔腾于天地之间,物状奇变,不得不鼓舞而徇其呼吸也。"⑥又,姚鼐《复刘明东书》也谓:"大约横空而来,意尽而止,而千形万态,随处溢出。此他人诗中所无有,惟韩文时有之,与子美诗同耳。"⑦等等。十分明显,如

① 韩愈《答刘正夫书》,肖占鹏《隋唐五代文艺理论汇编评注》,南开大学出版社,2015 年,第 744 页。

② 韩愈《答李翊书》,肖占鹏《隋唐五代文艺理论汇编评注》,南开大学出版社,2015 年,第 739 页。

③ 韩愈《南阳樊绍述墓志铭》,肖占鹏《隋唐五代文艺理论汇编评注》,南开大学出版社,2015 年,第 766 页。

④ 韩愈《答刘正夫书》,肖占鹏《隋唐五代文艺理论汇编评注》,南开大学出版社,2015 年,744～745 页。

⑤ 柳宗元《柳河东集》卷 34,上海古籍出版社,1993 年,第 307 页。

⑥ 肖占鹏《隋唐五代文艺理论汇编评注》,南开大学出版社,2015 年,第 1206 页。

⑦ 陈伯海《唐诗论评类编·流派并称论》(增订本),上海古籍出版社,2015 年,第 905 页。

果不了解韩愈"气盛言宜"的本蕴,那么,对于韩愈这种纵横驰骋,所向皆是,无不如意的诗文抒写,我们是决难有一个真切体味的。

七、"气辅说"的产生及其实质

在中国古代文论史上,与"文以气为主"的"气主说"相伴随,还有一种说法也很流行,那就是著名的"文以气为辅"说。为了行文表达的方便,我们姑称之为"气辅说"。"气辅说"思想的流行,显而易见,乃是作为"气主说"的反题出现的。有关这一点,我们在相关文献里并不难得到证实。

具体说来,由于中国农耕文明的影响,我国古人对于人的"血气之性"向来都是抱着警惕态度的。如前所引,《国语·周语中》曰:"夫戎狄冒没轻儳,贪而不让,其血气不治,若禽兽焉。"《左传·昭公十年》曰:"凡有血气,皆有争心,故利不可强,思义为愈。"《论语·季氏》曰:"君子有三戒:少之时,血气未定,戒之在色;及其壮也,血气方刚,戒之在斗;及其老也,血气既衰,戒之在得。"等等。也正因此,所以我国古人尽管对人的内在情志的血气化十分重视,如孔子认为尽孝应该达于气色,并认为这是非常难做到的,孟子也强调人的道德情感应该晬面盎背,畅于四肢,发于颜色(见前),但是从来都罕有人敢把"血气"置于主导地位。在这方面《孟子·公孙丑上》所说的"夫志,气之帅也","志至焉,气次焉"①,显然就很有代表性。这一情状也同样影响到我国的文论建设。从先秦到五代,时间长达十几个世纪,可是直接肯认"气主说"的论家却仅有三人:一是曹丕,上文已见。二是令狐德棻,其《周书·王褒庾信传论》曰:"虽诗赋与奏议异轸,铭诔与书论殊途,而撮其指要,举其大抵,莫若以气为主,以文传意。"②三是李德裕,其《文章论》曰:"魏文《典论》称:'文以气为主,气之清浊有体。'斯言尽之矣!"③无论是刘勰还是韩愈,也都是"文气说"的重要倡导者,但是即是他们也无"文以气为主"的明确表达。一直到两宋,"文以气为主"的说法才慢慢多起来。如刘弇《上运判王司封书》曰:"文章以气为主,岂虚言哉?孔子之气,周天地,该万变,故六经无余辞焉。"④李纲《道卿邹公文集序》曰:"文

---

① 焦循《孟子正义》卷6,中华书局,1987年,第196～197页。
② 肖占鹏《隋唐五代文艺理论汇编评注》,南开大学出版社,2015年,第81页。
③ 周祖譔《隋唐五代文论选》,人民文学出版社,1990年,第303～304页。
④ 蒋述卓等《宋代文艺理论集成》,中国社会科学出版社,2000年,第382页。

章以气为主，……士之养气刚大，塞乎天壤，忘利害而外死生，胸中超然，则发为文章，自其胸襟流出，虽与日月争光可也。"①陈善《扪虱新话》曰："文章以气为主，气韵不足，虽有词藻，要非佳作也。"②陆游《傅给事外制集序》曰："文以气为主，出处无愧，气乃不挠，韩柳之不敌，世所知也。"③姚鹿卿《庐山集序》曰："窃谓文章以气为主，尤不可以昏气出之。先生噫笑涕唾，皆为文章，下笔辄数千言，不假思索。如元气浑沦，太虚中随物赋春，无一点剪刻痕，而曲尽其妙，则所养者可知矣。"④等等。

那么，两宋文人既如此热情地倡导"气主说"，那是不是就意味着他们真地认为只有人的生理血气才是诗文的最后根源呢？这样的看法显然是难以成立的。因为无论是何人，也不会认为诗文创作其目的就只是为了表现人的血气情绪。他们之所以宣扬"文以气为主"，完全是就文艺创作的本体特征讲的，是对诗文作品情由衷出，发自肺腑，郁勃难抑，不可遏止的情绪化特征的切身体验与高度肯认。因此，它们与古人"治气""养气"，以志帅气的思想认识并不矛盾，二者完全是站在不同角度来立论的。

对于文学创作的血气化特征，如前所示，我国古人早有体悟。如《庄子·渔父》曰："真者，精诚之至也。不精不诚，不能动人。"⑤《孟子·离娄上》曰："（乐）生，则恶（何）可已也！恶（何）可已，则不知足之蹈之，手之舞之。"⑥《荀子·乐论》曰："夫乐者，乐也，人情之所必不免也。"⑦《礼记·乐记》曰："气盛而化神"，"唯乐不可以为伪"⑧。等等。以上所有这些表述，尽管皆没有曹丕"文以气为主"直接，但是其中显然也都暗含着这样的意思：文艺创作必须做到情真意诚，充满血气，它才能算作合格的作品，它才能饱含感人的力量。之所以直到曹丕才明确提出"文以气为主"的说法，这里面固然涉及到一个思想是否解放的问题，但另一方面体悟是否真切，认识是否清晰，理论建构意识是否自觉，与此也同样有着极密切的联系。明

①蒋述卓等《宋代文艺理论集成》，中国社会科学出版社，2000年，第624页。
②蒋述卓等《宋代文艺理论集成》，中国社会科学出版社，2000年，第683页。
③蒋述卓等《宋代文艺理论集成》，中国社会科学出版社，2000年，第787页。
④盖建民辑校《白玉蟾文集新编·附录》，社会科学文献出版社，2013年，第365页。
⑤王先谦《庄子集解》卷8，中华书局，1987年，第275页。
⑥焦循《孟子正义》卷15，中华书局，1987年，第533页。
⑦王先谦《荀子集解》卷14，中华书局，1988年，第379页。
⑧朱彬《礼记训纂》卷19，中华书局，1996年，第582页。

白于此,那么,我国古人何以直到两宋才对"文以气为主"的说法产生广泛的兴趣,其中的道理也就不言自喻了。因为众所周知,两宋时期是我国古代文化又一个重要变革期,其中一个十分突出的成就就是理学的产生。由于宋代理学是儒家学者面对佛道哲学的巨大挑战,而主动展开的文化自救活动,所以与此相应,我国古人的理论自觉也得到了极大提升。如果说前代文化的建构主要展现的是一种认识的自觉,那么,自宋代以后对于这些认识的系统表述,便也成了古代先贤的一项重要任务。"文以气为主"的说法之所以在两宋大量出现,这与两宋之后迅速兴起的理论建构意识的自觉所产生的影响显然也是分不开的。

也正是伴随着学者们对"气主说"接连不断的正面肯定,"文以气为辅"的说法才也随而产生。对于这一说法的性质如何,我们下文再讨论,在此我们需首先阐述一下"气辅说"的分类。

其一,意主气辅说。"文以意为主"的说法最早见于范晔的《狱中与诸甥侄书》:"常谓情志所托,故当以意为主,以文传意。以意为主,则其旨必见;以文传意,则其词不流。然后抽其芬芳,振其金石耳。"①如果结合司马迁《史记·五帝本纪》把"诗言志"改为"诗言意"②,我们显然可得出这样一个结论,即在史学家眼里,"以文传意""诗言意"这样的说法,无疑要较"诗言志""诗缘情""文以气为主"这样的表述更为准确。他们之所以会有这样的认识,这与他们鉴往知来的史家身份显然密切相关。特别是范晔,他认为人的"情志所托"一定要"以意为主",这就史书撰写来讲固然不失为一条明智的原则,但是若就诗赋创作来说,则这样的认识较之之前的"言志""缘情""主气"说,即使将其视为一种历史倒退,也毫不为过。所以相比而言,还是杜牧说得好:"凡为文以意为主,以气为辅,以辞彩章句为之兵卫,未有主强盛而辅不飘逸,兵卫不华赫而庄整者。四者高下,圆折步骤,随主所指,如鸟随凤,鱼随龙,师众随汤、武,腾天潜泉,横裂天下,无不如意。"(《答庄充书》)③因为他无论是对诗文之"意"还是诗文的"情气"都兼顾到了。

---

① 郁沅、张高明《魏晋南北朝文论选》,人民文学出版社,1996年,第256页。

② 司马迁《史记》卷1,上海古籍出版社,1997年,第27页。

③ 杜牧《杜牧全集》卷13,上海古籍出版社,1997年,第124页。按,原文"飘逸"下有"者"字,于意不通,疑为衍文,今删。或谓此"者"不衍,下文"兵卫不华赫"之"不"才是衍文,这一认识乍看也通,但仔细审味,也是极难成理的。因为无论从上下文的语意关系看,还是从杜牧的创作实际看,说杜牧反对文辞"华赫"都是讲不通的。

杜牧所提出的"意主气辅说"虽然产生在唐代,但它显然也是针对前人的"文以气为主"说来立论的。这一情况虽然和我们上文所说的"宋代理论自觉说"明显不符,但是也是完全可理解的。因为宋代的儒学复兴运动并不是突然而生,它也是有所因承的。发生于中唐的韩柳"古文运动",其中就包涵着非常浓厚的儒学复兴的成份。所以,我国古人的理论自觉虽然产生在宋代,但其实早在中唐就已启动了。如此看来,杜牧之所以能就"意""气"关系特加辨析,讲明"意""气""言"三者的关系,也是并不足怪的。杜牧之后,能就此论题再加申辩的还有不少。如王世贞曰:"气从意畅,神与境合,分途策驭,默受指挥,台阁山林,绝迹大漠,岂不快哉!"①恽向曰:"诗文以意为主,而气附之,惟画亦云,不论大小尺幅,皆有一意。"②厉志曰:"今人作诗,气在前,以意尾之。古人作诗,意在前,以气运之。气在前,必为气使;意在前,则气附意而生,自然无猛戾之病。"③钱泰吉曰:"诗文以意为主,气为辅。意必真必厚,气必潜必和。"④张裕钊曰:"古之论文者曰:文以意为主,而辞欲能副其意,气欲能举其辞。譬之车然,意为之御,辞为之载,而气则所以行也。"⑤等等。十分明显,他们与杜牧所言皆可谓是遥相呼应的。

其二,道主气辅说。在中国思想史上有许多重要概念,但是毫无疑问在这众多概念中,"道"的概念才是最尊贵的。明白于此,那么,古人何以会把"道"置"气"上也就同样不难理解了。具体来说,"道主气辅"这一观念其产生也是很早的。因为早在春秋末年曾子就说过这样的话:"君子所贵乎道者三:动容貌,斯远暴慢矣;正颜色,斯近信矣;出辞气,斯远鄙倍矣。"(《论语·泰伯》)⑥这一表述告诉我们君子之所以以道为贵,因为它至少有三个作用:一是它在我们"动容貌"时,可以"远暴慢";二是它在我们"正颜色"时,可以更"近信";三是它在我们"出辞气"时,可以"远鄙倍(背)"。虽

---

① 王世贞《艺苑卮言》卷1,丁福保《历代诗话续编》,中华书局,1983年,第964页。
② 恽向《题仿古山水册》,俞剑华《中国古代画论类编·山水》第4编,人民美术出版社,1998年,第771页。
③ 厉志《白华山人诗说》卷2,郭绍虞《清诗话续编》,上海古籍出版社,1983年,第2283页。
④ 钱应溥《警石府君年谱》引,陈文新、王同舟《中国文学编年史》(晚清卷),湖南人民出版社,2006年,第179页。
⑤ 张裕钊《答吴挚甫书》,郭绍虞《中国历代文论选》第3册,上海古籍出版社,2001年,第439页。
⑥ 杨伯峻《论语译注》,中华书局,1980年,第79页。

然曾子并没有明确指出我们应当以道制气,以气定辞,但是"道主气辅"这样的观念显然是潜含其中的。

在中国文论史上"道主气辅"的明确提出也同样是在两宋开始的,它无疑也是针对"文以气为主"的命题而发的。如王柏《题碧霞山人王公文集后》曰:"学者要当以知道为先,养气为助。道苟明矣,而气不充,不过失之弱耳。道苟不明,气虽壮,亦邪气而已,虚气而已,否则客气而已,不可谓载道之文也。"①吕南公《与汪秘校论文书》曰:"盖古人之于文,知由道以充其气,充气然后资之言,以了其心,则其序文之体,自然尽善。"②宋濂《浦阳人物记·文学篇序》曰:"道明而后气充,气充而后文雄,文雄而后追配乎圣经。不若是,不足谓之文也。"③方孝孺《与舒君》曰:"盖文与道相表里,不可勉而为。道者气之君,气者文之帅也。道明则气昌,气昌则辞达。文者,辞达而已矣。然辞岂易达哉?六经、孔、孟,道明而辞达者也。"④等等。以上这些表述,可以说把"道主气辅"说的蕴涵呈现的也都是很清楚的。

其三,理主气辅说。在中国哲学史上"理"与"道"在很多时候都可以说是异名同谓,一物二名,也正基此,所以我们认为"理主气辅"与"道主气辅"二者表达的实是同一意思。在中国文论史上将理与气直接挂钩加以表述,其时间至迟也应上溯至《颜氏家训·文章》:"文章当以理致为心肾,气调为筋骨,事义为皮肤,华丽为冠冕。"⑤在理为心肾,气为筋骨的表述里,显然就已潜含着"理主气辅"的义旨。不过,这一观念其正式表出也依然要延迟到两宋以后。这与"道主气辅"说的情况基本一致。如吴子良《林下偶谈》曰:"为文大概有三:主之以理,张之以气,束之以法。"⑥刘将孙《谭村西诗文序》曰:"文以气为主,非主于气也,乃其中有所主,则其气浩然,流动充满而无不达,遂若气为之主耳。……(故吾)辄欲更之曰:文以理为主,以气为辅。"⑦吴澄《吴伯恭诗序》曰:"研经务学,以培其本,他日本亦深,理亦明,

①蒋述卓《宋代文艺理论集成》,中国社会科学出版社,2000年,第1124~1125页。
②蒋述卓《宋代文艺理论集成》,中国社会科学出版社,2000年,第370页。
③蔡景康《明代文论选》,人民文学出版社,1993年,第23页。
④蔡景康《明代文论选》,人民文学出版社,1993年,第71页。
⑤王利器《颜氏家训集解》卷4,中华书局,1993年,第267页。
⑥吴子良《林下偶谈》卷2,中华书局,1985年,第20页。
⑦陶秋英《宋金元文论选》,人民文学出版社,1999年,第552页。

则心声所发,理为之主,气为之辅,虽古之大诗人何以尚兹?"①黄宗羲《孟子师说》曰:"人身虽一气之流行,流行之中,必有主宰。主宰不在流行之外,即流行之有条理者。自其变者而观之,谓之流行;自其不变者而观之,谓之主宰。养气者使主宰常存,则血气化为义理;失其主宰,则义理化为血气,所差在毫厘之间。"②魏禧《论世堂文集叙》曰:"气之静也,必资于理,理不实则气馁。"③等等。将以上这些表述与"道主气辅"说加以对照,不难发现其基本主旨实可谓是高度一致的。

其四,神主气辅说。"神主气辅"说的观念其产生也甚早,应当说早在西汉就已出现了。如《春秋繁露·循天之道》曰:"气从神而成,……神扰者气少,气少者难久矣。"④不过,董仲舒还没有将它与文联系起来。将这一观念直接运用于作文的应首推刘勰,如《文心雕龙·神思》说:"神居胸臆,而志气统其关键。"⑤又,《养气》说:"钻砺过分,则神疲而气衰。"⑥在这之中气为神使,神为气主的旨向其实就已相当明确了。当然真正将此完全讲清楚的也是宋人。如董羽《画龙辑议》对此表述得就很明白:"画龙者得神气之道也。神犹母也,气犹子也,以神招气,以母招子,孰敢不至?"⑦又,刘大魁《论文偶记》曰:"行文之道,神为主,气辅之。曹子桓、苏子由论文,以气为主,是矣。然气随神转,神浑则气灏,神远则气逸,神伟则气高,神变则气奇,神深则气静,故神为气之主。"⑧对此就阐述得就更到位了。

其五,志主气辅说。关于"志"与"气"的关系我们前文已有详论,孟子的"志帅气次"说实际就是"志主气辅"的意思。其他又如《大戴礼记·文王官人》曰:"志殷如,其气宽以柔,其色俭而不谄。"⑨所说与孟子也是一脉相承的。不过就像前面几种说法一样,将此问题完全说清的也依旧是宋人。如苏轼《送人序》曰:"文以述志","气以达其文","正志完气,所以言也"。⑩

①李修生《全元文》第14册卷486,江苏古籍出版社,1999年,第381页。
②黄宗羲《孟子师说》卷2,《黄宗羲全集》第1册,浙江古籍出版社,1985年,第61页。
③王镇远、邬国平《清代文论选》,人民文学出版社,1999年,第225页。
④苏舆《春秋繁露义证》卷16,中华书局,1992年,第452页。
⑤范文澜《文心雕龙注》卷6,人民文学出版社,1958年,第493页。
⑥范文澜《文心雕龙注》卷9,人民文学出版社,1958年,第646页。
⑦俞剑华《中国画论类编》第5编《花鸟畜兽梅兰竹菊》,人民美术出版社,1998年,第1024页。
⑧郭绍虞《中国历代文论选》第3册,上海古籍出版社,2001年,第434页。
⑨王聘珍《大戴礼记解诂》卷10,中华书局,1983年,第188页。
⑩苏轼《苏轼文集》卷10,中华书局,1986年,第325页。

魏了翁《攻媿楼宣献公文集序》《游诚之默斋集序》曰："辞根于气,气命于志。"①"文乎文乎!其根诸气,命于志!"②可以说将"志""气""文"三者的关系阐析的是相当透彻的。又,元代傅若金《孟天伟文稿序》曰："文之论,世皆曰主乎气,蒙则以为有志焉,不徒谓气也。今夫射不志乎彀,不能以中的;御不志乎绥,不能以及辙。梓匠轮舆,圆不志乎规,方不志乎矩,平直不志乎准绳,不能以成器。为文而不志乎古之作者,而能合道鲜矣。是故志以为主,而气以充之,必至之道也。"③清人钱谦益《爱琴馆评选诗尉序》《题燕市酒人篇》也谓："夫诗者言其志之所之也。志之所之,盈于情,奋于气,而击发于境风识浪奔昏交凑之时世。"④"志足而情生焉,情萌而气动焉。如土膏之发,如候虫之鸣,欢欣噍杀,纤缓促数。穷于时,迫于境,旁薄曲折而不知其使然者,古今之真诗也。"⑤对"志主气辅"说的意指阐述得就更充分了。

　　其六,才主气辅说。在中国思想史上影响"气"的因素十分之多,除了以上所列的意、道、理、神、志五者外,还有一个因素也极为古人所重视,那就是"才"。在古人看来,"才"的大小与"气"的盛衰,其联系也同样十分密切。有关这一点,可以说从"才气"一词的使用上就可见出端倪。如《史记·项羽本纪》曰："籍长八尺余,力能扛鼎,才气过人。"⑥又,《李将军列传》曰："李广才气,天下无双。"⑦那么,"气"从何来呢?显然是由身怀奇才而带来的高度自信激发出来的。足见,人的才能对他的血气也同样有驱使作用。不过,从才与气的关系入手解释诗文创作的发生规律,这一现象产生的也较晚,因为在刘勰的《文心雕龙》里,"才"与"气"还是被当作两种彼此并列的因素来看待的。如该书《明诗》述建安文人的诗文创作说："慷慨以任气,磊落以使才。"⑧又,《乐府》《体性》也有如下表述："魏之三祖,气爽

①蒋述卓等《宋代文艺理论集成》,中国社会科学出版社,2000年,第1024页。
②蒋述卓等《宋代文艺理论集成》,中国社会科学出版社,2000年,第1030页。
③顾易生等《宋金元文学批评史》引,上海古籍出版社,1996年,第1022页。
④钱谦益《牧斋有学集》卷15,《钱牧斋全集》,上海古籍出版社,2003年,第713页。
⑤钱谦益《牧斋有学集》卷47,《钱牧斋全集》,上海古籍出版社,2003年,第1550页。
⑥司马迁《史记》卷7,上海古籍出版社,1997年,第203页。
⑦司马迁《史记》卷109,上海古籍出版社,1997年,第2174页。
⑧范文澜《文心雕龙注》卷2,人民文学出版社,1958年,第66页。

才丽。"①"才有庸俊,气有刚柔。"②这充分说明刘勰对此其认识还是相当模糊的。

　　从现有文献看,最早对这一问题加以论述的似应为中唐的柳冕,如其《答杨中丞论文书》曰:"才少而气衰","养才而志气生焉。故才多而养之,可以鼓天下之气"。"嗟乎!天下之才少久矣,文章之气衰甚矣。"③十分明显,在柳冕对当时文风的不满与批评里,分明就已包涵着气为才使的意指。当然,能够将这一问题完全讲清楚的也依旧是宋人,在这方面吕南公的《与王梦锡书》就是一很典型的例子。如该文说:"才卑则气弱,气弱则辞蹇。为文而出于蹇弱,则理虽不失,人罕喜读。人不读矣,则谁复料其持论哉?"④把以才为主,以气为辅的重要价值诠解的就也很明切。有关这一问题的阐述,在后世还有很多。如魏禧《论世堂文集序》说:"气之静也,必资于理,理不实则气馁;其动也,挟才以行,才不大则气狭隘。然而才与理者,气之所冯,而不可以言气。才于气为尤近,能知乎才与气之为异者,则知文矣。"⑤汪琬《答陈蔼公论文书一》说:"仆尝遍读诸子百氏大家名流与夫神仙浮屠之书矣,其文或简炼而精丽,或疏畅而明白,或汪洋纵恣,透迤曲折,沛然四出而不可御,盖莫不有才与气者在焉。惟其才雄而气厚,故其力之所注,能令读之者动心骇魄,改观易听,忧为之解颐,泣为之破涕,行坐为之忘寝与食,斯已奇矣。"⑥等等。将魏汪二家所作阐述加以对照,不难看出:可以说对于以才为主,以气为辅对于诗文创作的重要意义,二家的见解都是很深刻的。

　　有关"气辅说"在宋代以后的流行已如上述,那么,对此我们究竟应如何看呢?接下来我们就以"理主气辅"说为例来加以说明。对于"理主气辅"这一说法,有的学者评论说:"文家之有气势,亦犹书家有黄山谷、赵松雪辈,凌空而行,不必尽合于理法,但求气之昌耳,故南宋以后文人好言义理者,气皆不盛。大抵凡事皆宜以气为主,气能挟理以行,而后虽言理而不厌,否则气既衰荼,说理虽精,未有不可厌者。犹之作字者,气不贯注,虽笔

---

①范文澜《文心雕龙注》卷2,人民文学出版社,1958年,第102页。
②范文澜《文心雕龙注》卷6,人民文学出版社,1958年,第505页。
③肖占鹏《隋唐五代文艺理论汇编评注》,南开大学出版社,2015年,第569～570页。
④蒋述卓等《宋代文艺理论集成》,中国社会科学出版社,2000年,第373页。
⑤王镇远、邬国平《清代文论选》,人民文学出版社,1999年,第225页。
⑥王镇远、邬国平《清代文论选》,人民文学出版社,1999年,第239页。

笔有法,不足观也。"①或又曰:"作家的气既以'六经'孔孟之道为思想基础,道或理是更为根本性的,因此这时期人们又提出了'文以理为主'的说法。如元代刘将孙说:'文以理为主,以气为辅'(《谭西村诗文序》),明代周忱说:'文以理为主,而气以发之'(《高太史凫藻集序》)都是。……'文以理为主'说的提出,反映了宋以来理学形成、儒家思想对文学领域影响的加强。实际上作家的思想道德提高了,也不一定就能产生浩然的气概。"②等等。以上二家虽然文字表述互有不同,但是对于"气辅"之说显然都是否定的。强调"气"在诗文创作中的重要性,这固然没错,但看不到"气辅""气主"二说的统一性,这也是不够辩证的。

因为正如我们前文所说,主张"文以气为主",并不是说就真地认为人的血气情绪才是诗文创作最根本的表现对象,除此以外,别的便都不重要了。古人之所以这样说,完全是由于随着文艺创作活动的展开,以及文艺作品数量的增加,人们对于诗文之作的特殊性已经有了比较清醒的认识。他们已经体味到作为一种言志产品,人的内在情志的血气化对于切实展现作者的情感,对于增强作品的可感性,提升作品的感染力,其意义是多么之大的。所以,他们之所以说"文以气为主",纯粹乃是就作品的审美特性讲的,决不是说文艺创作除了可感性,别的什么都不要了。

同样道理,宋代以后人们所以大力宣扬"气辅说",也并非真的认为人的血气情绪的具体展现,对于作品无足轻重,它们对于文本思想哲理的表达完全是可有可无的。有关这一点,即是从那些主张"理主气辅说"的学者的论述里,我们也不难察知。如明代刘基《苏平仲文集序》曰:"文以理为主,而气以摅之。理不明为虚文,气不足则理无所驾。"③又,周忱《高太史凫躁集序》也谓:"文以理为主,而气以发之。理明矣,而气或不充,则意虽精,辞虽达,而萎薾不振之病有所不免。"④也正缘此,所以我们认为对于古人的相关表述,我们切不可太拘泥,不能把他们的字面表述完全等同于他们的内心认识。虽然在宋代以后,我国古人的理论自觉已有很大发展,但是与今人相比,其理论表述的严密性还是要稍逊一筹的。既是如此,那么

①曾国藩《曾国藩日记·同治五年十月十四日》,岳麓书社,2015年,第331页。
②王运熙《古代文论中的文气说》,《文史知识》1984年第4期,第12~13页。
③蔡景康《明代文论选》,人民文学出版社,1993年,第25页。
④吴文治《柳宗元资料汇编》,中华书局,1964年,第218页。

如果我们处处都采用自然科学的态度,见甲是甲,见乙是乙,那对古人的学术定位就一定是不公允的。

有关这一点,我们在古人的其他相关表述里也同样可以得到证实。如明人王世贞《艺苑卮言》曰:"七言绝句,盛唐主气,气完而意不尽工;中晚唐主意,意工而气不甚完。然各有至者,未可以时代优劣也。"[①]清姚鼐《答翁学士书》曰:"意与气相御而为辞,然后有声音节奏高下抗坠之度,反复进退之态,彩色之华。故声色之美,因乎意与气而时变者也。"[②]由此足见,"气"有"气"的作用,"意"有"意"的作用,它们也是并行不悖的。"道""神""志""才"也应如此,它们与"气"也同样不能互相替代。这在古人那里看得也应很清楚。如果弄明了以上这些,那么,"气主""气辅"之间的矛盾,也就不再成其为矛盾了。它们不外是因立论角度不同,而各有侧重罢了。

八、"气象说"的产生及其实质

在中国文论史上还有一个十分重要的概念,那就是"气象"。这一概念的产生也同样与我国古代的"元气论"思想、"天人合一"思想密切相关。这也可以从以下三个方面加以说明。

首先,在我国古代的传统哲学里,万物都由元气化生。由于万物各色各样,五彩缤纷,寓目成象,万紫千红,所以古人就也把这些自然现象统称为"气象"。张载《正蒙·乾称》曰:"凡可状,皆有也;凡有,皆象也;凡象,皆气也。'"[③]可以说把"气"与"象"的关系交代的是非常清楚的。文献中这方面的用例十分之多,简直可谓不胜枚举。如《梁书·徐勉传》引徐氏《答客喻》曰:"春荣秋落,气象之定期。"[④]高适《信安王幕府诗》曰:"四郊增气象,万里绝风烟。"[⑤]李成《山水诀》曰:"气象:春山明媚,夏木繁阴,秋林摇落萧疏,冬树槎枒妥帖。"[⑥]范仲淹《岳阳楼记》曰:"朝晖夕阴,气象万千。"[⑦]等等。并且,由这一意义再加引申,"气象"一词也常常借以指那些并非自然

---

① 王世贞《艺苑卮言》卷4,《历代诗话续编》,中华书局,1983年,第1007页。
② 王镇远、邬国平《清代文论选》,人民文学出版社,1999年,第571页。
③ 张载《正蒙·乾称篇第十七》,《张载集》,中华书局,1978年,第63页。
④ 姚思廉《梁书》卷25,中华书局,1973年,第386页。
⑤ 刘开扬《高适诗集编年笺注》,中华书局,1981年,第40页。
⑥ 俞剑华《中国古代画论类编》第4编《山水》,人民美术出版社,1998年,第617页。
⑦ 范仲淹《范文正公文集》卷3,中华书局,1985年,第19页。

物象的人为景观。如亭台楼阁、村落市井、都邑古迹等。举例来说,如张子厚《九日亭》曰:"九日亭成气象高,宰君乘兴几回过。"①元绛《题鼓山元公亭》曰:"谁书吾姓揭亭颜,栋宇飞腾气象完。"②许顗《彦周诗话》曰:"《城南联句》云:'红皱晒檐瓦,黄团挂门衡。'是说干枣与瓜蒌,读之犹想见西北村落间气象。"③等等。

其次,由于人也是由元气化生的,因此人也是由元气构成的。尤其是遍布于人全身的血气,它们或因人的身体状况,或因人的心理变化,也会常常透过人的肤色、呼吸、神情、言语、行为等呈现出不同的感应象状,于是古人便也同样把这些血气感应呼为"气象"。这一称呼显然也是古人"天人合一"思想的反映。这方面的例子也十分之多,如《黄帝内经》卷五《素问》第十八篇,篇名就叫《平人气象论》④。由于《黄帝内经》主要讨论的乃人的身体状况,因此这里的"气象"显然应指人的生理气象。又,柳宗元曰:"元全柔,河南人,气象甚伟,好以德抱怨。"⑤二程曰:"人须当学颜子,便入圣人气象。"⑥李绶曰:"学者于道,能致知以玩索之,笃敬以涵养之,久而见面盎背,气象自别,非声音笑貌所能为也。"⑦等等。颜子的特异之处主要在精神,学者于道笃敬涵养也系指精神,这两处的"气象"都应指人的心理气象显然毫无疑义。柳宗元说元全柔"气象甚伟",可能不乏身体因素,但是如果仅仅指身体,柳宗元是决不可能予以推重的。由此以断,则在柳宗元笔下"气象"一词也同样应饱含心理意味。

第三,古人向有"文以气为主"之说,所以作为人的血气情绪也一定会反映在作品里,体现在作品的声韵、节奏、辞色、意象等各种要素上。因此,对于作家的内在情志的血气化感应在诗文中的体现,古人也同样称为"气象"。这也同样可以视为古人的"天人合一"思想在文学创作中的反映。也正因此,所以有不少学者都喜拿元气生物与作家的"以气为文"相比附。如王若虚《滹南诗话》曰:"乐天之诗,情致曲尽,入人肝脾,随物赋形,所在充

---

① 郑杰等《全闽诗录·闽诗录》丙集卷 16,福建人民出版社,2011 年,第 781 页。
② 厉鹗《宋诗纪事》卷 13,上海古籍出版社,2013 年,第 328 页。
③ 何文焕《历代诗话》,中华书局,1981 年,第 387 页。
④ 河北医学院《黄帝内经素问校释》卷 5,人民卫生出版社,1982 年,第 241 页。
⑤ 柳宗元《先君石表阴先友记》,《柳河东集》卷 12,上海古籍出版社,1993 年,第 110 页。
⑥ 程颢、程颐《二程集》卷 5,中华书局,1981 年,第 76 页。
⑦ 程洵《钟山先生李公绶行状》,程敏政《新安文献志》卷 87,黄山书社,2004 年,第 2127 页。

满,殆与元气相侔。"①元好问《杜诗学引》曰:"窃尝谓子美之妙,……如元气淋漓,随物赋形,如三江五湖合而为海,浩浩瀚瀚,无有涯涘,如祥光庆云千变万化,不可名状。"②方东树《昭昧詹言》曰:"韩公诗,文体多,而造境造言,精神兀傲,气韵沉酣,笔势驰骤,波澜老成,意象旷达,句字奇警,独步千古,与元气侔。"③等等。有的学者甚至更进一步认为文章就是元气所成。如陈旅《元文类序》曰:"元气流行乎宇宙之间,其精华之在人有不能不著者,发而为文章焉!然则文章者,固元气之为也。"④钱谦益《纯师集序》曰:"夫文章者,天地之元气也。"⑤费锡璜《汉诗总说》曰:"古诗浑浑浩浩,纯是元气结成。"⑥等等。由于作家的诗文创作与元气生物存在着如此高度的相似,所以"气象"一词才也被用来说明诗文创作的情感风貌。如明代谭浚《说诗》卷上"总辨"说:"夫诗言志,志克持者养其气,气不馁者慊其心。心有裁制,理乃自然。是集而生于中,则形而象于外,是谓气象。"⑦清人周星莲《临池管见》说:"古人谓喜气画兰,怒气画竹,各有所宜。余谓笔墨之间,本足觇人气象,书法亦然。王右军、虞世南字体馨逸,举止安和,蓬蓬然得春夏之气,即所谓喜气也。徐季海善用渴笔,世状其貌,如怒猊抉石,渴骥奔泉,即所谓怒气也。"⑧无论何志,无论何情,都要落实在人的血气感应上,不引起人的血气感应的情志是不存在的。而血气感应又会通过对言辞、物象的灌注,而呈现在作品的声韵、节奏、辞色与意象上。通览谭、周二家所作的描述,不难发现他们把"气象"一词在文艺创作中的得名缘由与具体体现,阐释的都是很明确的。

叶嘉莹说:"气象"一词,"当是指作者之精神透过作品之意象与规模所呈现出来的一个整体的精神风貌。而每一位作者之精神,既可以因其禀赋修养之异而有种种之不同,因之其表现于作品中之意象与规模,当然便可

①王若虚《滹南诗话》卷1,丁福保《历代诗话续编》,中华书局,1983年,第511页。
②陶秋英《宋金元文论选》,人民文学出版社,1999年,第452页。
③方东树《昭昧詹言》卷9,人民文学出版社,1984年,第219页。
④苏天爵《元文类》,商务印书馆,1958年,第1页。
⑤钱谦益《牧斋初学集》卷40,《钱牧斋全集》,上海古籍出版社,2003年,第1085页。
⑥王夫之《清诗话》,上海古籍出版社,1978年,第948页。
⑦吴文治《明诗话全编》第4册,凤凰出版社,1997年,第4015页。
⑧杨素芳、后东生《中国书法理论经典》,河北人民出版社,1998年,第529页。

以有种种不同之'气象'"①。所谓"规模"据叶先生所说,乃指作品的"时间感与空间感"是否"宏大",既是如此,则它显然也应归在意象上。也正是以此为基础,所以我们认为叶先生对于"气象"的界定也是值得商榷的。首先,正如有的学者所说:"'气象'虽是诗歌的外在风貌,但是又与人的主观感情密切相关。"②因为人的血气反应作为一种情绪化表现,它本身就是以人的内在情感的强烈化为前提的。如果我们在给"气象"下定义时,不能把这一点充分突出出来,那我们就不能说抓住了与西方"模仿说"有着明显区别的东方"言志说"的理论精髓。以"模仿说"为指导的西方文学,它们所重视的是物象摹写,客观再现,而以"言志说"为指导的东方文学,它们所强调的则是情感抒发,主观表现,这两者之间原是有根本区别的。所以彼此比较,把"气象"所要展现的对象确定为"作者之精神"显然没有将其确定为"作者情志的血气反应"来得更根本。其次,作者情志的血气反应在作品中的体现,决不仅仅只体现在意象上,除了意象,如上所说,还有文本的音调、节奏、辞色等多种要素。换句话说,也就是在我国古代的文论系统里,"气象"的蕴涵是要远较"意象"丰富的。也正基此,所以我们认为从这个角度说,叶先生有关"气象"的论说也同样是不周延的。

那么,事实果真如此吗?有关这一点,只要我们对前人的相关论述稍加审视,即不难得知。如方回《瀛奎律髓》曰:"(四灵)所用料,不过花、竹、鹤、僧、琴、药、茶、酒,于此几物,一步不可离,而气象小矣。"③范梈《木天禁语》曰:"翰苑、辇毂、山林、出世、偈颂、神仙、儒先、江湖、闾阎、末学,已(以)上气象,各随人之资禀高下而发。"④花、鹤、琴、茶、翰苑、山林,这些显然乃是从诗歌的意象来说气象的。又,赵翼《瓯北诗话》引黄庭坚曰:"太白如富贵人,终不作寒乞之语,他人则自露小家气象耳。"⑤胡应麟《诗薮》曰:"至淮南《招隐》,迭用奇字,气象雄奥,风骨峻嶒,拟骚之作,古今莫迨。"⑥"迭用奇字"以致"气象雄奥","不作寒语"以避"小家气象",这些显然又是从诗歌的辞色来说气象的。又,吕本中《童蒙训》引吕希哲曰:"气象者,辞令容

①叶嘉莹《王国维及其文学批评》,北京大学出版社,2008年,第235~236页。
②顾易生等《宋金元文学批评史》,上海古籍出版社,1996年,第400页。
③李庆甲《瀛奎律髓汇评》卷10,上海古籍出版社,2005年,第340页。
④何文焕《历代诗话》,中华书局,1981年,第751页。
⑤赵翼《瓯北诗话》卷1引,郭绍虞《清诗话续编》,上海古籍出版社,1983年,第1143页。
⑥胡应麟《诗薮》内编卷1,上海古籍出版社,1979年,第5页。

止,轻重疾徐,足以见之矣。不唯君子小人于此焉分,亦贵贱寿夭之所由定也。"①胡应麟《诗薮》曰:"钱刘诸子排律,虽时见天趣,然或句格偏枯,或音调屡弱,初唐鸿丽气象,无复存者。"②许学夷《诗源辨体》曰:"(贾)岛五言律气味清苦,声韵峭急,在唐体尚为小偏,而句多奇僻,在元和则为大变。东坡云:'郊寒岛瘦。'唐人诗论'气象',此正言'气象'耳。"③以上这些,则不惟涉及诗文的辞色,如"辞令容止""句格偏枯""句多奇僻",对其声韵、节奏,如"轻重疾徐""音调屡弱""声韵峭急",对于作品气象的影响,也同样给予了具体展示。又,姚鼐《敬敷书院课读四书文序目》曰:"夫辞调似为文之末事,然文之神气,实寓于此。调俗则神气亦随而薄劣矣。"④刘大魁《论文偶记》曰:"神气者,文之最精处也。音节者,文之稍粗处也。字句者,文之最粗处也。然论文而至于字句,则文之能事尽矣。盖音节者,神气之迹也;字句者,音节之矩也。神气不可见,于音节见之;音节无可准,以字句准之。音节高则神气必高,音节下则神气必下,故音节为神气之迹。一句之中,或多一字,或少一字;一字之中,或用平声,或用仄声;同一平字仄字,或用阴平、阳平、上声、去声、入声,则音节迥异,故字句为音节之矩。积字成句,积句成章,积章成篇,合而读之,音节见(现)矣,歌而咏之,神气出矣。近人论文,不知有所谓音节者,至语以字句,则必笑以为末事。此论似高实谬,作文若字句安顿不妙,岂复有文字乎?"又曰:"凡行文多寡、短长、抑扬、高下,无一定之律,而有一定之妙,可以意会,而不可以言传。学者求神气而得之于音节,求音节而得之于字句,则思过半矣。其要只在读古人文字时,便设以此身代古人说话,一吞一吐,皆由彼而不由我。烂熟后,我之神气即古人之神气,古人之音节都在我喉吻间。合我喉吻者,便是与古人神气音节相似处,久之自然铿锵发金石声。"⑤显而易见,在以上二家的论述里,虽然讨论的只是音调、节奏与"气"的关系,并没有直接涉及"象"的问题,但是毫无疑问这对我们深入认识"气象"一词的丰富涵蕴也仍是非常有启发的。

当然,在中国古代文论的话语系统里,"气象"一词的大量使用都是就

①吕本中《童蒙训》卷中引,商务印书馆,1937年,第15页。
②胡应麟《诗薮》内编卷4,上海古籍出版社,1979年,第78页。
③许学夷《诗源辨体》卷25,人民文学出版社,1987年,第257页。
④姚鼐《敬敷书院课读四书文序目》,见姚鼐辑《敬敷书院课读四书文》卷首,道光十三年重刻本。
⑤郭绍虞《中国历代文论选》第3册,上海古籍出版社,2001年,第434页。

整体而言的,它们一般都不指哪一具体的方面。如韩愈《荐士》曰:"建安能者七,卓荦变风操。逶迤抵晋宋,气象日凋耗。"①苏轼《与二郎侄一首》曰:"凡文字,少小时令气象峥嵘,采色绚烂,渐老渐熟,乃造平淡。"②《朱子语类》评韦应物曰:"其诗无一字做作,直是自在,其气象近道,意常爱之。"③戴复古《论诗十绝》曰:"诗家气象贵雄浑,雕镂太过伤于巧。"④谢榛《四溟诗话》曰:"赋诗要有英雄气象,人不敢道,我则道之;人不肯为,我则为之。厉鬼不能夺其正,利剑不能折其刚。"⑤胡应麟《诗薮》曰:"'明月自来还自去,更无人倚玉阑干。''解释东风无限恨,沉香亭北倚阑干。'崔鲁、李白同咏玉环事,崔则意极精工,李则语由信笔,然不堪并论者,直是气象不同。"⑥乔亿《剑溪诗说》曰:"读古人诗,要分别古人气象。盛唐诗有极不工者,气象却好;晚唐诗有极工者,气象却不好。"⑦等等。以上这些"气象"之语显然都不是指音调、节奏、辞色与意象中的哪一方面而言的,而应是指这些诸要素之间相互作用、相互配合而形成的各具特色、各有其长的整体风貌讲的。我们只有将它们与前文所列结合起来,才能确切领略它们的涵蕴。

在中国文论史上,以"气象"论诗的学者十分之多,不过其中更突出的还要数严羽与王国维。只是稍感遗憾的是他们的论语也同样都是就整体说的,并没有对"气象"的具体所指作出展示。如前者曰:"唐人与本朝人诗,未论工拙,直是气象不同。"⑧"汉魏古诗,气象混沌,难以句摘。"⑨"建安之作,全在气象,不可寻枝摘叶。"⑩"虽谢康乐拟邺中诸子之诗,亦气象不类。"(《沧浪诗话·诗评》)⑪"'迎旦东风骑蹇驴'绝句,决非盛唐人气象。"(同书《考证》)⑫"坡谷诸公之诗,如米元章之字,虽笔力劲健,终有子路事

①肖占鹏《隋唐五代文艺理论汇编评注》,南开大学出版社,2015年,第779页。
②苏轼《苏轼文集》第6册《苏轼佚文汇编》卷4,中华书局,1986年,第2523页。
③黎靖德《朱子语类》卷140《论文下》,中华书局,1986年,第3327页。
④蒋述卓等《宋代文艺理论集成》,中国社会科学出版社,2000年,第985页。
⑤谢榛《四溟诗话》卷4,丁福保《历代诗话续编》,中华书局,1983年,第1211页。
⑥胡应麟《诗薮》内编卷6,上海古籍出版社,1979年,第109~110页。
⑦乔亿《剑溪诗说》卷下,郭绍虞《清诗话续编》,中华书局,1983年,第1096页。
⑧郭绍虞《沧浪诗话校释》,人民文学出版社,1961年,第144页。
⑨郭绍虞《沧浪诗话校释》,人民文学出版社,1961年,第151页。
⑩郭绍虞《沧浪诗话校释》,人民文学出版社,1961年,第158页。
⑪郭绍虞《沧浪诗话校释》,人民文学出版社,1961年,第192页。
⑫郭绍虞《沧浪诗话校释》,人民文学出版社,1961年,第229页。

夫子时气象。盛唐诸公之诗,如颜鲁公书,既笔力雄壮.又气象浑厚,其不同如此。"(《答吴景仙书》)①等等。后者曰:"太白纯以气象胜。'西风残照,汉家陵阙。'寥寥八字,遂关千古登临之口。后世唯范文正之《渔家傲》、夏英公之《喜迁莺》,差足继武,然气象已不逮矣。""词至李后主而眼界始大,……《金荃》《浣花》能有此气象耶?"②"'树树皆秋色,山山唯落晖','可堪孤馆闭春寒,杜鹃声里斜阳暮',气象皆相似。""词中惜少此二种气象,前者惟东坡,后者惟白石,略得一二耳。""幼安之佳处,在有性情,有境界。即以气象论,亦有'横素波,干青云'之慨。"③等等。

在中国文论史上,与"气"相关的语汇还有很多。如"气调""气格""气骨""气韵""气势""声气""气味"等等。不过,它们得名的缘由却并不一致。这可以分为三种情况。首先"气味"的得名与人的血气完全无关,因为人的血气是谈不上味道的,所以用它论文完全是一种比喻。如吕本中《童蒙训》曰:"晋宋间人,……失于绮靡而无高古气味。"④《碧溪诗话》曰:"闲弃山间累年,颇得此数诗气味。"⑤等等。而"气调""气格""气骨""气韵""气势"五词则不同,它们中的"气"字都是指人的血气感应而言的。如钟嵘《诗品》评郭泰机曰:"文虽不多,气调警拔。"⑥颜之推《颜氏家训·文章》曰:"文章当以理致为心胸,气调为筋骨。"⑦裴度《寄李翱书》曰:"文之异,在气格之高下。"⑧叶梦得《石林诗话》曰:"欧阳文忠公始矫'昆体',专以气格为主。"⑨殷璠《丹阳集序》曰:"建安末,气骨弥高。"⑩陆游《读近人诗》:"雕琢自是文章病,奇险尤伤气骨多。"⑪萧子显《南齐书·文学传论》曰:"放言落纸,气韵天成。"⑫许学夷《诗源辨体》曰:"唐人之诗虽主乎情,而盛衰则在气

①郭绍虞《沧浪诗话校释》,人民文学出版社,1961年,第252～253页。
②王国维《人间词话》卷上,黄霖等导读,上海古籍出版社,1998年,第3～4页。
③王国维《人间词话》卷上,黄霖等导读,上海古籍出版社,1998年,第7～11页。
④何汶《竹庄诗话》卷1引,中华书局,1984年,第9页。
⑤黄彻《䂬溪诗话》卷4,丁福保《历代诗话续编》,中华书局,1983年,第363页。
⑥曹旭《诗品笺注》,人民文学出版社,2009年,第150页。
⑦王利器《颜氏家训集解》卷4,中华书局,1993年,第267页。
⑧肖占鹏《隋唐五代文艺理论汇编评注》,南开大学出版社,2015年,第693页。
⑨叶梦得《石林诗话》卷上,何文焕《历代诗话》,中华书局,1981年,第407页。
⑩殷璠《丹阳集》,傅璇琮等《唐人选唐诗新编》(增订本),中华书局,2014年,第131页。
⑪蒋述卓等《宋代文艺理论集成》,中国社会科学出版社,2000年,第778页。
⑫萧子显《南齐书》卷52,中华书局,1972年,第907页。

韵。"①司空图《题柳柳州集后序》曰:"韩吏部诗歌,……其驱驾气势,若掀雷揭电。"②朱庭珍《筱园诗话》曰:"诗之工拙,句之软健,在笔力气势,不在用字虚实也。"③等等。毫无疑义,以上这些虽说法各异,但显然都是指人的血气感应在诗文中的体现讲的。

比较复杂的应是"声气"一词。由于"气"字无论是作"血气"讲,还是"气息"讲,于"声气"都通,所以"声气"一词在古代文论里实有两意。众所周知,在汉语里"气"是有"气息"之意的,这在诗文中也有体现。如曹丕《悼夭赋》曰:"气纡结以填胸,不知涕之纵横。"④《大墙上蒿行》曰:"感心动耳,荡气回肠。"⑤曹植《送应氏二首》其一曰:"念我平生亲,气结不能言。"⑥陆机《鼓吹赋》曰:"节应气以舒卷,响随风而浮沉。"⑦等等。虽然这些"气"字与人的情志也有极密切的联系,但是显而易见,它们都是指人的气息而非血气,尽管它们也是受人的血气情绪支配的。有的学者说:"曹植《送应氏》二首之一:'念我平生亲,气结不能言。'气结,也就是感情郁结。曹丕《悼夭赋》:'气郁结以填胸。'也就是感情郁结于心中。他还有一首《大墙上蒿行》:'女娥长歌,声偕宫商,感心动耳,荡气回肠。'荡气,也就是感情激荡。"⑧这样的认识显然是不合实际的。

也正因为"气"在诗文里也常指人的呼吸气息,所以我们才说"声气"的成词也与此相关。有关这一点,在相关文献里展示的也是很清楚的。如刘劭《人物志·九征》曰:"夫气合成声,声应律吕。"⑨嵇康《声无哀乐论》曰:"夫声音,气之激者也。"⑩徐祯卿《谈艺录》曰:"情无定位,触感而兴,既动于中,必形于声。……引而成音,气实为佐;引音成词,文实为功。盖因情以发气,因气以成声,因声而绘词,因词而定韵,此诗之源也。"⑪又,戴侗

---

①许学夷《诗源辨体》卷32,人民文学出版社,1987年,第303页。

②肖占鹏《隋唐五代文艺理论汇编评注》,南开大学出版社,2015年,第1206页。

③朱庭珍《筱园诗话》卷3,郭绍虞《清诗话续编》,中华书局,1983年,第2375页。

④夏传才、唐绍忠《曹丕集校注》,河北教育出版社,2013年,第78页。

⑤夏传才、唐绍忠《曹丕集校注》,河北教育出版社,2013年,第29页。

⑥赵幼文《曹植集校注》卷1,人民文学出版社,1984年,第3页。

⑦陆机《陆机集》卷4,中华书局,1982年,第31页。

⑧罗宗强《魏晋南北朝文学思想史》,中华书局,1996年,第31~32页。

⑨刘劭《人物志》卷上,文学古籍刊行社,1955年,第4页。

⑩戴明扬《嵇康集校注》卷5,中华书局,2014年,第349页。

⑪徐祯卿《谈艺录》,何文焕《历代诗话》,中华书局,1981年,第765页。

《六书通释》也云:"夫文,声之象也,声气之鸣也。有其气则有其声,有其声则有其文。"①等等。也正由于"声气"一词,既可解作"声音气息",也可解作"声音血气",所以我们对该词的理解就要与古人不同的语境结合起来。如《文心雕龙·附会》曰:"夫才量学文,宜正体制,必以情志为神明,……宫商为声气。"②田锡《贻宋小著书》曰:"微风动水了无定文,太虚浮云莫有常态,则文章之有声气也,不亦宜哉?"③恽敬《答伊扬州书二》曰:"自皇甫持正、李南纪、孙可之以后,学韩者皆犯之,然其法度之正,声气之雅,较之破度败律以为新奇者,已如负青天而下视矣。"④章炳麟《辨诗》曰:"汉世《郊祀》《房中》之乐,有三言七言者,其辞闳丽诀荡,不本《雅》《颂》,而声气若与之呼召。"⑤将以上数例慎加对照,不难发现一四两例显然都是作"声音气息"讲的,而二三两例则无疑作"声音血气"讲更合适。尽管无论声音、气息都要受血气制约,但血气、气息其侧重点还是互有不同的。

对"气调""气格""气骨""气韵""气势""声气""气味"等的具体所指既已明晰,那么,与"气象"相较,其关系如何也就不难推知。说得再明确一点,也就是无论其"气"字是否与"气象"之"气"同意,作为诗文气象的不同表现,它们显然都是可以统摄在"气象"这一范畴之下的。"气象"是一总的名字,而"气调""气格"等则分别代表它的不同侧面。或者换句话说,诗文不同的声调、节奏、辞色、意象体现出不同的"气调""气格"等,而不同的"气调""气格"等又进而形成诗文不同的"气象"。所以我们既可直接就诗文的声调、节奏、辞色、意象讲"气象",也可就诗文的"气调""气格"等讲"气象"。显而易见,我们只有将以上这些诸多概念彼此间的关系完全理清楚,如此才能说真正弄明了"气象"的涵蕴。

如果以上所说不错,则与"意象""意境""境界"相较,"气象"一说至少拥有以下五大优势。一是它的产生、成熟时间比较早,在"意象""意境""境界"三大概念尚未定型前,它已在我国古代文论里广泛应用了。二是它更能体现"诗言志"的本体特征,更能炫示人的内在情志血气化这一诗文创作

---

①戴侗《六书故》前附,上海社会科学院出版社,2006年,第11页。
②范文澜《文心雕龙注》卷9,人民文学出版社,1958年,第650页。
③蒋述卓等《宋代文艺理论集成》,中国社会科学出版社,2000年,第8页。
④恽敬《大云山房文稿二集》卷2,《大云山房文稿》,国学整理社,1937年,第139页。
⑤章太炎《国故论衡》卷中,商务印书馆,2010年,第25页。

的总规律,呈显出诗文创作感物而作,发自肺腑,真诚无伪,难以遏止的艺术本质。三是它更能彰显人的内在情志血气化对诗文作品可感性的强化,展示诗文作品艺术感染力的渊源所自,揭示其感天地、泣鬼神的审美力量形成的原因。四是它涵蕴丰富,覆盖面广,对文学创作中的各种要素与古代文论里的诸多概念更具统摄力,更能昭示我国古代文论的系统性,与"摹仿说"主导下的西方文论的形象化、典型化学说形成鲜明的对照。五是它更能凸显中国文论与传统哲学的联系,不仅可以更好地宣示它赖以产生的"元气论"哲学的文化底蕴,而且也可更明切地呈现其"天人合一""文道一体"的诗学精神。显而易见,以上这些都是"意象""意境""境界"三大概念所不具备的。

九、余论

与"意象""意境""境界"相较,"气象说"虽有五大优势,但其实"可感性"才是它的主要核心,也是我们最应关注的地方。有关这一点,只要我们将中西文论稍加对比,即不难得知。具体说来,也就是"模仿说"主导下的西方叙事文学,注重的是"形象",强调的是"典型",追求以"直观"实现"可感",其可感性主要体现在人物形象的塑造上;"言志说"主导下的中国抒情文学,注重的是"气象",强调的是"生气",追求以"真诚"实现"可感",其可感性不仅体现在"境界""意境"赖以生成的"意象"上,而且也体现在诗文作品的声韵、节奏与词色上。虽然说西方以戏剧小说为主要体裁的叙事文学并非完全不重视作品的声韵、节奏与词色,但是与中国以诗词曲赋为主要体裁的抒情文学相比,其重视程度显然是远远不够的。也正基此,所以我们认为以"气象"标示我国文学的可感性,显然要较"意象""境界""意境"更具代表性。

由于"气象说"把"可感性"牢牢地建基在与"诗言志"的密切联系上,这就使它不仅能够更为全面、更为系统地反映中国文学的可感性特征,而且也能更为充分地展现其可感性产生的渊源所自。进言之,也即是"气象说"在本质上体现的实际仍是《孟子》"诚者,天之道也。思诚者,人之道也。至诚而不动者,未之有也"①和《庄子》"真者,精诚之至也。不精

---

① 焦循《孟子正义》卷 15,中华书局,1987 年,第 509 页。

不诚,不能动人"①的审美逻辑。唯有真的,才是发自人的生命深处的。只有发自人的生命深处的,才是充满血气的。只有充满血气的,才是饱涵生气的。只有饱涵生气的,才是最具感染力的。只要我们以"言志说"为中国文论的理论主导,我们是一定会得出这样的结论的。《管子·内业》说:"全心在中,不可蔽匿,和于形容,见于肤色。善气迎人,亲如兄弟;恶气迎人,害于戎兵。"②《淮南子·说山训》说:"画西施之面,美而不可说(悦);规孟贲之目,大而不可畏。君形者亡焉。"对此高诱解释说:"生气者,人形之君。规画人形,无有生气,故曰君形亡。"③据此足见,无论是在生活里,还是在艺术里,人的情感的高度真实,人的情志的充分血气化,都是其是否感人的至要条件。

因此,在诗文创作里,我们首先要做到的就是必须确保人的内在情志的血气化。这就意味着我们的情感一定要源自本性,发自肺腑,不可遏止,睟面盎背,畅于四肢,见于颜色。只有这样,我们才能说实现了充分的血气化。如《孟子·尽心上》说:"君子所性,仁义礼智根于心。其生色也,睟然见于面,盎于背,施于四体,四体不言而喻。"④张载《性理拾遗》说:"心统情性者也。有形则有体,有性则有情。发于性则见于情,发于情则见于色,以类应之也。"⑤朱光潜《诗论》说:"心感于物(刺激)而动(反应)。……'动'蔓延于全体筋肉和内脏,引起呼吸、循环、分泌运动各器官的生理变化,于是有情感。"⑥等等。虽然以上三家,有两家的论述都不是专对文学而发,但是对于我们正确理解人的内在情志的血气化,都是非常有帮助的。前文韩愈说"气盛而言宜",所谓"气盛"就也是指的这一意思说的。

诗文创作不仅要做到情志的血气化,而且还要做到"以气为主",也即做到表达的血气化,更进一步说也就是做到声韵、节奏、辞色与意象的血气化。只有如此,其具体表达才能称得上"宜",才能称得上有"生气",也即不仅做到了与其情志相符,而且也做到了表达效果的生动可感,真气扑鼻。就像与作家本人直接面对一样,能够真切感受到他的喜怒哀乐,音容笑语。

---

① 王先谦《庄子集解·渔父》卷 8,中华书局,1987 年,第 275 页。
② 黎翔凤《管子校注》卷 16,中华书局,2004 年,第 943 页。
③ 刘文典《淮南洪烈集解》卷 16,中华书局,1989 年,第 540 页。
④ 焦循《孟子正义》卷 26,中华书局,1987 年,第 906 页。
⑤ 张载《张载集·拾遗》,中华书局,1978 年,第 374 页。
⑥ 朱光潜《诗论》,上海古籍出版社,2001 年,第 67 页。

也正因此,所以我国古人对于艺术表达的血气情绪非常重视,处处都可见他们对它的渴求与赞语。如顾恺之《论画》评《小列女》曰:"面如恨,刻削为容仪,不尽生气。"①《世说新语·品藻》引庾道季语曰:"廉颇、蔺相如虽千载上死人,懔懔恒如有生气。"②方东树《昭昧詹言》曰:"诗文者,生气也。若满纸如翦彩雕刻无生气,乃应试馆阁体耳。"③姚鼐《答翁学士书》曰:"文字者,犹人之言语也。有气以充之,则观其文也,虽百世而后,如立其人而与言于此,无气则积字焉而已。"④方薰《山静居画论》曰:"气韵生动为第一义,然必以气为主。气盛则纵横挥洒,机无滞碍,其间韵自生动矣。杜老云:'元气淋漓障犹湿',即是气韵生动。"⑤由以上表述不难发现,古人对于诗文表达血气化的魅力,其认识是多么深刻的。又,台湾学者朱荣智曰:"人体的血气,行于脉络之中,遍身存在,无一处不到,也无一刻止息,所以人能行动捷健;死人与活人,就只是差一口气而已。文章也是如此,文辞必附文气而行,才能生动活泼。"⑥所说显然也是同一意指。

作家情志的血气化与审美表达的血气化,必然带来艺术感染的血气化,也即文学作品对读者的感染并不是表面的,肤浅的,而是切身的,深入骨髓的,能够充分引起读者的血气反应的。只有这样的感发对人的教育才深,对人的感化才速,对人的影响才久,对人的重塑才恒。前文《乐记》说"气盛而化神",所指也正是这个意思。有关这一点,前人还有许多精彩表述。如郭店楚简《性情论》曰:"凡声,其出于情也信,然后其入拨人之心也厚。"⑦苏轼《又跋汉杰画山二首》其二曰:"观士人画,如阅天下马,取其意气所到。乃若画工,往往只取鞭策皮毛槽枥刍秣,无一点俊发,看数尺许便倦。"⑧黄周星《制曲枝语》曰:"论曲之妙无他,不过三字尽之,曰:'能感人'而已。感人者,喜则欲歌欲舞,悲则欲泣欲诉,怒则欲杀欲割。生趣勃勃,生气凛凛之谓也。"⑨方东树《昭昧詹言》曰:"观于人身及万物动植,皆全是

---

① 俞剑华《中国古代画论类编》第2编《品评》,人民美术出版社,1998年,第347页。
② 徐震堮《世说新语校笺》卷中,中华书局,1984年,第293页。
③ 方东树《昭昧詹言》卷1,人民文学出版社,1984年,第25页。
④ 王镇远、邬国平《清代文论选》,人民文学出版社,1999年,第571页。
⑤ 俞剑华《中国古代画论类编》第1编《泛论》,人民美术出版社,1998年,第229页。
⑥ 朱智荣《文气论研究》,台湾学生书局,1986年,第264页。
⑦ 荆门市博物馆《郭店楚墓竹简》,文物出版社,1998年,第180页。
⑧ 苏轼《苏轼文集》卷70,中华书局,1986年,第2216页。
⑨ 黄周星《夏为堂人天乐传奇》卷首,文学古籍刊行社,1957年,第3页。

气所鼓荡。气才绝，即腐败臭恶不可近。诗文亦然。"①章学诚《文史通义·史德》曰："凡文不足以动人，所以动人者气也；凡文不足以入人，所以入人者情也。"②等等。

　　总而言之，在我国古代文论史上，"文气说"的提出不仅与"诗言志"的诗学思想密切相关，而且也与我国古代久盛不衰，以"天人合一"观念为核心的"元气论"思想密切相关。不少学者说："气论哲学实质上就是中国的生命哲学"③，"中国古代哲学是一种生命哲学"④，"中国古代美学是一种生命美学"⑤，中国文论从一开始就"具有与西方文论不同的哲学基础和民族气质"⑥。盖也正因如此，所以我国古代的诗学纲领才是"诗言志"而非"诗摹仿"。由天地自然之气到作家人身之气，由作家人身之气到诗赋文章之气，由诗赋文章之气再到读者人身之气，由读者人身之气再到天地自然之气。显而易见，由于我国古人把整个宇宙看作一个巨大的生命场，把宇宙万物看作一个庞大的相互影响、相互作用、息息相通的生命群，所以他们的文学观才会成为他们宇宙观的一部分，并随而深深打上"天人合一""天人一体"的鲜明印记。毫无疑义，如果我们脱离了这样的哲学背景、文化视域，那我们对"文气说"的真正蕴涵及审美价值，就不可能有一个全面而真切的体认。

第三节　"境界说"对"诗言志"观念的深化

　　正如我们前文所说，文艺创作要想发挥它的社会作用，要想落实它的感染力，那么，作家首先应考虑的，就是如何确保它的可感性。一个缺乏可感性的作品，无论它的情感多么高尚，它的故事如何曲折，它的辞藻多么丰富，那对读者来讲也是形同虚设，毫无价值的。也正基于这一前提，所以我

①方东树《昭昧詹言》卷1，人民文学出版社，1984年，第25页。
②叶瑛《文史通义校注》卷3，中华书局，1985年，第220页。
③许家竹《气化流行生生不息：重建中国的气论美学》，《山东师范大学学报》2005年第3期，第92页。
④刘纲纪《〈周易〉美学》，武汉大学出版社，2006年，第37页。
⑤刘纲纪《〈周易〉美学》，武汉大学出版社，2006年，第100页。
⑥张晶《〈中国文气论批评美学〉序二》，侯文宜《中国文气论批评美学》，中国社会科学出版社，2012年，第2页。

们认为王国维的"境界说",其最大贡献就在于明确提出了诗词创作的可感性问题,把诗词创作的可感性看作其是否可读,是否成功的最根本的标志。关于诗词创作的可感性,在我国传统文论里涉及也是甚早的,对于它对文艺创作的重要意义,我国古人也并不能说无认识,但是像王国维这样如此鲜明地大加阐扬,并将其视为诗词创作区别于其他文字写作的最根本的标志,这在以前的确还是未曾有过的。王国维之所以能清醒地认识到这一点,并对它作出如此严肃如此全面的阐发,这与他的较早接触西方文化,深受西方哲学美学思想的影响显然是分不开的。当然,王国维对于西方文化的接受并不是无选择的,在运用西方的哲学美学理论建构中国的诗学学说时,他对中国文学的尊重表现就更突出了。正如有的学者所说:"中国古典诗学才是其(王国维)词学的主要源头,西学只是以话语的方式点缀其中、佐证其说而已。""王国维中西会通的基石是稳稳地扎根在中国古典哲学、美学之中的。如果勉强要打个比方的话就是:王国维早年虽然穿着西学的鞋子,但在思想上其实是行走在中国的大地上。"①中国古典不仅"是王国维进行哲学美学思考的原点",而且其"借鉴西方的目的,也是用来反观中国古典",并以解决中国古典的实际问题为归宿。因此若从这个角度说,则中国古典其实"也是王国维诗学的终点"②。如果我们能紧紧抓住这一点,那么,无论是对王国维诗学思想的现代视角,还是理论局限,我们都会作出公允的评断。

一、王国维"境界说"的西学背景

众所周知,中西文化有着明显的差异,但这差异很少存在尖锐对立,它们大多都是可以相互借鉴,相互吸收,彼此促进的,最起码也是可以并行不悖,彼此共存的。譬如就学科关系来说,西方的学科划分是非常细致的,人们对于各学科的属性、规律的认识与区分也十分严格。但是在中国各学科的界线却并不那么分明,它们往往都是相互交叉,相互渗透,各有侧重而又彼此相通的。以文学来说,它自始至终都没有和哲学、史学、伦理学、政治学严格区分开来。譬如唐宋八大家与桐城派的古文,我们就很难说它们究

---

①彭玉平《〈王国维词学与学缘研究〉导论》,《王国维词学与学缘研究》,中华书局,2015 年,第 7 页。
②彭玉平《王国维词学与学缘研究》,中华书局,2015 年,第 53 页。

竟是文学还是非文学。也正因此,所以中西方的学科划分是很有相互参考、相互借鉴、相互补充、相互促进的空间的。

有关这一点,王国维也有极清醒的认识。如其《国学丛刊序》说:"居今日之世,讲今日之学,未有西学不兴而中学能兴者,亦未有中学不兴而西学能兴者。"①又,其《哲学辨惑》曰:"欲通中国哲学,又非通西洋之哲学不易明也。……异日昌大吾国固有之哲学者,必在深通西洋哲学之人,无疑也。"②尤其在《论近年之学术界》这篇论文里,王国维更把鸦片战争之后西方文化的输入,喻作新的佛教文化在我国的二度传播:"至今日而第二之佛教又见告矣,西洋之思想是也",并进而寄望广大士人能够像当年"吾国固有之思想与印度之思想互相并行而不相化合,至宋儒出而一调和之"一样,使中西文化也同样能够在相互撞击、相互厮磨、相互吸纳的过程中再来一次新的融合③。对于外国文化的借鉴价值,王国维既有如此的认识,则显而易见,如果抛开西方美学的影响,而对王国维的"境界说"作完全本土化的解释,那无疑是很难把握其学术精义的。

(一)中西文论对于审美可感性的不同态度

上文已论,由于中西文化的差异,中西学者对于艺术作品与审美对象的可感性,其态度是颇有差异的。这在文献中展现得也很清楚。从现有文献看,我国古人很早就对文艺作品的可感性产生了注意。如《诗·大雅·崧高》说:"吉甫作诵,其诗孔硕。其风肆好,以赠申伯。"④所谓"其诗孔硕""其风肆好",显然就是指它的感染力说的。又,《论语·泰伯》:"子曰:'师挚之始,《关雎》之乱,洋洋乎盈耳哉!'"⑤《述而》:"子在齐闻《韶》,三月不知肉味,曰:'不图为乐之至于斯也。'"⑥"子与人歌而善,必使反之,而后和之。"⑦这无疑也同样呈现了对艺术感染力的积极肯认。又,《孟子·尽心上》:"仁言不如仁声之入人深也。"⑧《荀子·乐论》:"夫声乐之入人也深,

①王国维《王国维集》(周锡山编校)第2册,中国社会科学出版社,2008年,第325页。
②王国维《王国维集》(周锡山编校)第1册,中国社会科学出版社,2008年,第257~258页。
③王国维《王国维集》(周锡山编校)第2册,中国社会科学出版社,2008年,第301页。
④朱熹《诗集传》卷18,上海古籍出版社,1980年,第213页。
⑤杨伯峻《论语译注》,中华书局,1980年,第83页。
⑥杨伯峻《论语译注》,中华书局,1980年,第70页。
⑦杨伯峻《论语译注》,中华书局,1980年,第75页。
⑧焦循《孟子正义》卷26,中华书局,1987年,第897页。

其化人也速","其感人深,其移风易俗,故先王导之以礼乐而民和睦"①。
这对艺术感染力的展现无疑就更明确了。又,《诗大序》曰:"诗者,志之所
之也。在心为志,发言为诗。情动于中,而形于言;言之不足,故嗟叹之;嗟
叹之不足,故永歌之;永歌之不足,不知手之舞之足之蹈之也。……故正得
失,动天地,感鬼神,莫近于诗。先王以是经夫妇,成孝敬,厚人伦,美教化,
移风俗。"②《礼记·乐记》曰:"诗,言其志也;歌,咏其声也;舞,动其容也。
三者本于心,然后乐器从之。是故情深而文明,气盛而化神。"③这则不仅
展现了艺术作品所具的感染力,而且还揭示了这些感染力所产生的原因。
所谓"气盛而化神",其实与《庄子·渔父》所说的"真者,精诚之至也。不精
不诚,不能动人"实为同一含蕴。说得再明确一点,也就是文艺创作只有情
由中出,发自肺腑,郁不可遏,充满血气,它才会为人所感知,并相应产生强
大的感染力。否则,它的情感不够真诚,缺乏血气,难于为人所体验,那它
的感染力也就无从谈起了。

　　但是在作品里作为人的内在情感的生理反应的血气情绪如何才能得
以体现呢?我国古人对此谈得却并不很充分。虽然他们也提出了"气象"
一词,并把声调、节奏、辞色、意象视为气象的重要体现,但是他们的阐述也
仍嫌太零乱、太随意,因而并未形成严密的体系。不错,除了以上所说者
外,我们在文献中还可找到如下话语,如《文心雕龙·隐秀》曰:"情在词外
曰隐,状溢目前曰秀。"④《六一诗话》引梅尧臣语曰:"状难写之景如在目
前,含不尽之意见于言外。"⑤等等。但是与我国古代卷帙浩繁的文论话
语、文论著作相比,这些表述也仍然显得凤毛麟角,微乎其微。如果再考虑
到它们大都来自不同人之口,那它们的零乱性、随意性也就更突出了。那
么,何以会有这样的情状呢?除了古人的理论建构意识比较薄弱外,由于
其学科分类不够严格,从而导致其对文学自身特性的认识也欠明确,这显
然也是其中一个极重要的原因。

　　而与中国文论、中国美学不同,西方文论、西方美学对于文艺创作的审

---

①王先谦《荀子集解》卷14,中华书局,1988年,第380～381页。
②孔颖达《毛诗正义》卷1,孔颖达等《十三经注疏》,1980年,第269～270页。
③朱彬《礼记训纂》卷19,中华书局,1996年,第582页。
④张戒《岁寒堂诗话》卷上引,丁福保《历代诗话续编》,中华书局,1983年,第456页。
⑤何文焕《历代诗话》,中华书局,2004年,第267页。

美特性,其阐述就显得明晰多了。譬如鲍姆加通撰有《美学》一书,最早提出了"美学"的概念,这个概念本身就是"感性学"的意思。有关这一点,在克罗齐的论述里展现得很明白。如克氏曰:当鲍姆加通提出"美学"这一概念时,他与前人的最大区别就是:他认为"美学"的对象就是那些与理性事实有着鲜明差别的感性事实。这样的理解显然意味着所谓美学其实也就是"感性认识的科学"。再进一步说,也即是:"诗的表象是那些混乱和幻象的表象。明确性,即理性,不是诗的。具体性越强,就越是诗。个别事物,极端具体的事物是最高的诗的事物。"①有的学者说:"自从鲍姆加通用'感性学'为美学这门学科命名,康德、席勒、黑格尔、叔本华、尼采等德国美学家都一致地把诗歌和艺术安置于感性的基础之上。"②这一论断与西方美学的发展实际无疑是完全相合的。

譬如康德说:"美是那不凭借概念而普遍令人愉快的。"③"如果只以概念来判断对象,那么美的一切表象(就)都消失了。"④因此,审美判断并"不是知识判断,从而(也)不是逻辑的,而是审美的"⑤,"(它)只能在个别的表现里被表象着","凭借概念来判定什么是美的客观鉴赏法则是不能有的"⑥。又,黑格尔说:"美是理念的感性显现"⑦,而艺术美又是美的最高形态,也正因此,所以显而易见,"艺术的内容就是理念,艺术的形式就是诉诸感官的形象"⑧。又,鲍桑葵曰:"审美态度的对象只能是表象"⑨,"是通过感受或想象而呈现在我们面前的表象。凡是不能呈现为表象的东西,对审美态度来说都是无用的。""除掉那些可以让我们看的东西外,什么都对我们没有用处,而我们所感受或者想象的只能是那些能成为直接外表或表象的东西。这就是审美表象的基本学说。"⑩等等。像以上这些西人的论述,

---

① [意]克罗齐《作为表现的科学和一般语言学的美学的历史》,王天清译,中国社会科学出版社,1984年,第57~58页。
② 罗钢《传统的幻象:跨文化语境中的王国维诗学》,人民文学出版社,2017年,第323页。
③ [德]康德《判断力批判》上卷,宗白华译,商务印书馆,1964年,第57页。
④ [德]康德《判断力批判》上卷,宗白华译,商务印书馆,1964年,第53页。
⑤ [德]康德《判断力批判》上卷,宗白华译,商务印书馆,1964年,第39页。
⑥ [德]康德《判断力批判》上卷,宗白华译,商务印书馆,1964年,第71页。
⑦ [德]黑格尔《美学》第1卷,朱光潜译,商务印书馆,1996年,第142页。
⑧ [德]黑格尔《美学》第1卷,朱光潜译,商务印书馆,1996年,第87页。
⑨ [英]鲍桑葵《美学三讲》,周煦良译,上海译文出版社,1983年,第9页。
⑩ [英]鲍桑葵《美学三讲》,周煦良译,上海译文出版社,1983年,第5~6页。

把审美对象与艺术表达的可感性、直观性特征阐析得如此斩截,如此明确,这与我国古人的同类表述确实形成了鲜明的反差。

(二)叔本华的美学思想对审美直观的强调

为了更充分地展现王国维"境界说"的西学渊源,下面我们不妨对叔本华的直观美学思想作一重点介绍。之所以如此,原因有二:第一,强调审美活动的直观性,也即可感性,乃是叔本华美学最显著的特征之一。在整个欧洲,可以说绝无哪位美学家对审美观照的直观性能像叔本华这样大力宣扬,反复说明,表现得如此投入与热情。第二,虽然说王国维对西方文化的接受十分广泛,像柏拉图、亚里士多德、康德、席勒、尼采、海甫定等许多西方哲人的思想他都接触到了,但是毋庸置言,叔本华的影响仍是最大的。有的学者说:"'境界说'的全部观念都直接来自叔本华《作为表象和意志的世界》,王国维只在选择传统文论概念,新创译名,容理论与批评于一体上显出创造性。"①"就如同王国维理解的'比兴',在很大程度上乃是对叔本华的'托喻'的一种翻译一样,他提出的'境界',其理论实质也是对以叔本华'直观说'为核心的若干西方理论的移植。"②这样的评断固然颇嫌夸张,但是我们由此也不难得知叔本华对于王国维的影响确乎是非常突出的。

那么,叔本华对于审美观照的直观性何以如此重视呢?这与他的整个学说框架无疑有着极密切的联系。因为在叔本华看来,构成整个宇宙基础的就是万物的生存意志,万物生存的最理想的表现就是其意志的自由、充分、圆满的客观化。这种客观化的结果就如柏拉图所说的"理式",也即"理念",我们完全可以将其视为各类事物最具代表性的典型。在各类事物中,每一个体都体现着一般,都有与其他个体相同的共性,都有一定的典型性,但是每个个体又都是不完善的,都是与那个"一般",那个"共性",那个最具代表性的典型,也即理念,存在着一定差距的。之所以会出现这样的情状,最根本的也是唯一的原因就在于每个个体、每类事物由于自身意志的驱动,都想获得优先的发展。它们各不相让,互相争斗,互相倾轧,战作一团,以致使每一个体都无法获得完全的自由、充分的圆满。人类社会也同样

---

① 王攸欣《选择·接受与疏离:王国维接受叔本华、朱光潜接受克罗齐美学比较研究》,三联书店,1999年,第91页。
② 罗钢《本与末:王国维"境界说"与中国古代诗学传统关系的再思考》,《文史哲》2009年第1期,第21页。

如此。

但与万物不同,人类作为万物的灵长,作为宇宙最顶层的统治者,作为意志客观化最顶级的代表,他们在与万物争斗的客观化过程中,还相伴产生了发达的智慧,也即高超的认识能力。这种认识能力既可以是直观式的,也即我们通常所说的直觉,也可以是逻辑式的,也即我们通常所说的推理。有了这样的认识能力,不仅可以使人类在与他物的争斗过程中获得更大的优势,而且也可使人类认识"意志"的本质,并进而谋划出相应的对策。说得再明确一点,也就是在叔本华看来,由于不同物类以及同一物类不同个体之间的相互争斗、相互制约,人的生存意志永远也无法得到圆满的实现,也即永远也无法做到随时随地都能自由充分的客观化。这样的人生局限必然给人带来无尽的痛苦,这些痛苦即使借助再惨烈的战争也无法从根本上加以消除,唯一的途径就是想办法使意志本身得到消除。而要想使意志本身得到消除,在叔本华看来只有四种途径,一是自杀,二是借助宗教救赎,三是借助哲学智慧,四是借助审美观照。自杀等于取消生命,这与意志根本相矛盾。宗教救赎乃是欺骗,所以它也是虚幻的。哲学智慧指对意志的本质有所洞悉,从而自觉抵制意志。但是意志与生俱来,它的唯一欲求就是获得满足,又有何人能够对它完全加以抵制?至多不过是对它加以弱化而已。所以相对而言,还是审美观照来得更为切实。

所谓审美观照,其实也就是人的认识由于某种契机,得以挣脱意志的奴役,不再作为意志的工具而为意志所驱使,而是作为一种自主的力量,得以在对万物的独立观审中,自由发挥它的洞识、想象与嬉戏的能力,透过万物并不完善、并不理想的表层形式,直觉到那个潜藏于其后的完美的、没有丝毫缺憾的圆满的理式,也即理念。在这个理式里,意志得到了完全自由的发展,没有受到任何局限。当我们看到这样的图景时,就像重逢了久违的亲人,就像又回到梦寐的家园,整个身心都会感到无比舒适、无比惬畅、无比快乐。但所有这一切,显然都是以直观为条件的。也正基此,所以叔本华对此描述说:"人们在事物上考察的已不再是'何处''何时''何以''何用',而仅仅只是'什么'。也不让抽象的思维、理性的概念盘踞着意识,而代替这一切的却是把人的全副精神能力(都)献给直观,侵沉于直观,并使全部意识为宁静地观审恰在眼前的自然对象所充满,不管这对象是风景,是树木,是岩石,是建筑物或其他什么。人在这时,按一句有意味的德国成语来说,就是人们自失于对象之中了。也即是说人们忘记了他的个体,忘记了他的意志。他已仅仅只是作为纯粹的主体,作为客体的镜子而存在,好像仅仅只有对象的存在而没有觉知这对象的人。所以人们也不能再把直观者(其人)与直观(本身)分开来,而是两者已经合一了。这同时即是整个意识完全为一个单一的直观景象所充满,所占据。"①再进一步说,也即是:"当我们称一个对象为美的时候,我们的意思是说这对象是我们审美观赏的客体。这又包含两方面:一方面就是说看到这客体就把我们变为客观的了,即是说我们在观赏这客体时,我们所意识到的自己(已)不是个体人,而是纯粹无意志的认识的主体。另一方面则是说我们在对象中看到的已不是个别事物,而是认识到的一个理念。而所以能够这样,只是由于我们观察对象不依靠根据律,不追随该对象和其自身以外的什么关系,这种关系最后总是要联系到我们的欲求的,而是观察到客体自身为止。"②

而所谓艺术创作,其实就不外是把这个已为我们所观赏、所陶醉、所热爱的审美对象搬移至我们的作品而已。有关这一点,叔本华也同样讲得很明晰:"艺术复制着由纯粹观审而掌握的永恒理念,复制着世界一切现象中本质的和常住的东西。……艺术的唯一源泉,就是对理念的认识。它唯一的目标,就是传达这一认识。"③"正因为理念现在是,将来也依然是直观的,所以艺术家(才)不是在抽象中意识着他那作品的旨趣和目标。浮现于他面前的不是一个概念,而是一个理念。……与此相反,摹仿者,矫揉造作的人,效颦的东施,奴隶般的家伙,这些人在艺术中都是从概念出发的。"④显而易见,如果以上所述不错,则审美直观实为叔本华美学思想最为核心的概念。如果舍弃了这一概念,则不唯叔本华的美学思想无从建立,即是他的哲学思想也是要塌毁殆半的。

二、王国维的美学思想对审美直观的强调

有不少学者都认为:"王国维是中国现代美学的奠基人,也是最早接受并融化西方美学思想的人物,其主要诗学观点'境界说'是以传统方式表述

①［德］叔本华《作为意志和表象的世界》,石冲白译,商务印书馆,1982年,第250页。
②［德］叔本华《作为意志和表象的世界》,石冲白译,商务印书馆,1982年,第291～292页。
③［德］叔本华《作为意志和表象的世界》,石冲白译,商务印书馆,1982年,第258页。
④［德］叔本华《作为意志和表象的世界》,石冲白译,商务印书馆,1982年,第327页。

的最早融化西方观念的理论,也可能是 20 世纪中国产生的最有影响的诗学理论。"①既是如此,那么在中国美学现代化的征程中,王国维究竟有哪些建树,使他享有如此高的盛誉呢?概而言之,至少有两点:一是审美的游戏性特征,二是审美的直观性特征。一方面由于我国重情感、重人伦、重道德的宗法文化特征,使人们的科学探索意识,学科划分、学科建构意识,一直都未获得充分的发展,另一方面作为这种宗法文化的重要体现,我国文学也一直存在着重言志轻摹仿,重抒情轻叙事,重写意轻刻画,重德教轻娱乐,重高雅轻浅俗的爱尚,这也同样使得艺术审美的游戏性、直观性特征每每受到遮蔽。我国古人之所以在这两方面的理论建树都不那么凸显,这与我国传统文化的特点显然有着千丝万缕的联系。也正基此,所以我们认为借助外来文化的启发,以发明、挖掘、补充、完善我国的固有文明,促进我国文化的建康发展,这的确乃是一条颇为难得,也颇为明智的途径。而王国维在这方面正是我们学习的榜样,在美学理论与文学思想的建构上尤其如此。不过,由于本书篇幅所限,也因"游戏说"与本书的主旨并不太关联,所以接下来我们就只拟着重谈一谈王国维的"直观说"在其美学理论中的体现。

首先,王国维接受了叔本华"直观乃一切真理之根本"的观点:"叔氏谓直观者,乃一切真理之根本,唯直接、间接与此相联络者,斯得为真理。而去直观愈近者,其理逾真。若有概念杂乎其间,则欲其不罹于虚妄,难矣。"②并且以此为基础,对于"直观"在人类文化建构中的历史作用,王国维也作了深入的探析:"盖自中世以降之哲学,往往从最普遍之概念立论,不知概念之为物,本由种种之直观抽象而得者,故其内容不能有直观以外之物。而直观既为概念以后,亦稍变其形,而不能如直观自身之完全明晰。一切谬妄,皆生于此。而概念之愈普遍者,其离直观愈远,其生谬妄愈易。故吾人欲深知一概念,必实现之于直观,而以直观代表之而后可。若直观之知识,乃最确实之知识,而概念者,仅为知识之记忆传达之用,不能由此而得新知识。真正之新知识,必不可不由直观之知识,即经验之知识中得

---

① 王攸欣《选择·接受与疏离:王国维接受叔本华、朱光潜接受克罗齐美学比较研究》,三联书店,1999 年,第 3 页。
② 王国维《叔本华之哲学及其教育学说》,《王国维集》(周锡山编校)第 2 册,中国社会科学出版社,2008 年,第 156~157 页。

之。然古今哲学家往往由概念立论,汗德且不免此,况他人乎?"①也正由于对于"直观"的学术价值有着极为清醒的认识,所以王国维才对"直观"的意义进行了反复的强调,简直达到了不厌其烦的地步。如云:"真正之知识,唯存于直观。即思索(比较概念之作用)时,亦不得不借想象之助。故抽象之思索,而无直观之为根柢者,如空中楼阁,终非实在之物也。"又云:"苟不直观一物,而但知其概念,不过得大概之知识,若欲深知一物及其关系,必直观之而后可,决非言语之所能为力也。"又云:"概念者,其材料自直观出,故吾人思索之世界,全立于直观之世界上者也。"②等等。在王国维看来,叔本华之所以能在大家辈出的西方哲坛崭露头角,再获突破,这与他对"直观"价值的高度重视实是分不开的。"直观"不仅是叔本华"意志哲学"赖以产生的凭借:"叔本华由锐利之直观与深邃之研究,而证吾人之本质为意志"③,而且也是其整个哲学得以推衍、得以建构的原发点:"至叔氏哲学全体之特质,亦有可言者。其最重要者,叔氏之出发点在直观(即知觉),而不在概念是也。"④

其次,虽然王国维把"直观"看作一切真理的基础,但是他也并不否认不同学科间存在的差别。换句话说,也就是"直观"虽然对任何学科都很重要,但是不同学科对于它的要求还是有别的。比如王国维比较诗歌与哲学的异同说:"特如文学中之诗歌一门,尤与哲学有同一之性质。其所欲解释者,皆宇宙人生上根本之问题,不过其解释之方法,一直观的,一思考的;一顿悟的,一合理的。"⑤再譬如他阐述美术与科学的异同说:"美术之知识全为直观之知识,而无概念杂乎其间。……科学之源,虽存于直观,而既成一科学以后,则必有整然之系统:必就天下之物分其不相类者,而合其相类者,以排列之于一概念之下,而此概念复与相类之他概念排列于更广之他

①王国维《叔本华之哲学及其教育学说》,《王国维集》(周锡山编校)第 2 册,中国社会科学出版社,2008 年,第 155 页。
②王国维《叔本华之哲学及其教育学说》,《王国维集》(周锡山编校)第 2 册,中国社会科学出版社,2008 年,第 159 页。
③王国维《叔本华与尼采》,《王国维集》(周锡山编校)第 2 册,中国社会科学出版社,2008 年,第 174 页。
④王国维《叔本华之哲学及其教育学说》,《王国维集》(周锡山编校)第 2 册,中国社会科学出版社,2008 年,第 155 页。
⑤王国维《奏定经学科大学文学科大学章程书后》,《王国维集》(周锡山编校)第 4 册,中国社会科学出版社,2008 年,第 14 页。

概念之下。故科学上之所表者,概念而已矣。美术上之所表者,则非概念,又非个象,而以个象代表其物之一种之全体,即上所谓实念(理念)者是也,故在在得直观之。如建筑、雕刻、图画、音乐等,皆呈于吾人之耳目者。唯诗歌(并戏剧小说言之)一道,虽藉概念之助以唤起吾人之直观,然其价值(亦)全存于其能直观与否。诗之所以多用比兴者,其源全由于此也。"[1]这样,通过以上两方面的比较,王国维就不仅把文艺审美与科学探索区别了开来,而且也将它与哲学研究区别了开来。有了这样的异同辨析,显而易见,文艺审美的独特性也就变得更趋鲜明了。

第三,也正基于对审美鉴赏的直观性的清醒认识,所以王国维认为一切之美都是形式美。譬如他说:"美之对象,非特别之物,而此物之种类之形式。"[2]也就是说一个对象究竟能不能称得上美,其中的关键并不在它是否是一特殊的个体,而反在于它的形式是否达到了该类物种最圆满的标准。如果达到了这样的标准,那我们就可以将其称为美的化身或美的典型。诚然,按照这样的说法,我们在现实生活中绝对无法找到这样的美,因为他所说的"美"实际也就是叔本华所说的"理念",也即"理式",如此之美的事物在现实生活中是根本不存在的,它只能通过天才的想象才能感知。但是在另一方面我们也需注意,在王国维的上述表述里,也分明包含这样一个意思:"美在形式。"这与他对审美直观的强调显然也是高度相契合的。很难想象,如果一个审美对象缺乏可感的形式,那它又靠什么来落实主体的直观? 也正基此,所以王国维认为无论是"优美"还是"壮美",也无论是何种艺术创作,它们都不可能背离"美在形式"这一总的规律:"一切之美,皆形式之美也。就美之自身言之,则一切优美皆存于形式之对称变化及调和。至宏壮之对象,汗德虽谓之无形式,然以此种无形式之形式能唤起宏壮之情,故谓之形式之一种,(亦)无不可也。就美术之种类言之,则建筑、音乐之美之存于形式,固不俟论,即雕刻、图画、诗歌之美之兼存于材质之意义者,亦以此等材质适于唤起美情故,故亦得视为一种形式焉。释迦与马利亚庄严圆满之相,吾人亦得离其材质之意义,而感无限之快乐,生无限

---

① 王国维《叔本华之哲学及其教育学说》,《王国维集》(周锡山编校)第 2 册,中国社会科学出版社,2008 年,第 160 页。

② 王国维《叔本华之哲学及其教育学说》,《王国维集》(周锡山编校)第 2 册,中国社会科学出版社,2008 年,第 152 页。

之钦仰。戏曲小说之主人翁及其境遇,对文章方面言之,则(文章)为材质,然对吾人之感情言之,则此等材质又为唤起美情之最适之形式。故除吾人之感情外,凡属于美之对象者,皆形式而非材质也。"①这段表述不够明确,我们需要稍加辨析。具体来说,也就是王国维把艺术分为二类。一类如建筑、音乐,它们的形式就是由它们的材质,如砖石、音声等直接构成的。另一类如雕刻、图画与诗歌,它们的形式则是它们的材质作为媒介间接构成的。如释迦摩尼与马利亚庄严圆满的面相,不管它们是由石头雕刻而成,还是由颜料描画而成,石头、颜料都不能充当其毛发血肉,而只能象征其毛发血肉。同样道理,戏曲小说之主人翁及其境遇,它们作为艺术形象也是由文章(语言文字)间接生成的。但是不管怎样,无论是建筑、音乐还是雕刻、图画、诗歌,所有的艺术美都要靠形式来承载,这则又是普遍无二的。不管其材质与其形式关系如何,都是如此。仔细品味王国维这段论述,不难发现尽管其表达颇嫌晦涩,但是其基本语意,我们还是不难得知的。

最后,受西方美学影响,王国维不仅极度重视审美直观与审美形式,同时他对西方的"天才论"学说也很感兴趣。这首先表现在他对西人相关论说的引用上,在这方面也仍以叔本华最为突出。如在《叔本华与尼采》中,他引叔本华之语说明天才长于直观的原因说:"天才者,不失其赤子之心也。盖人生至七年后,知识之机关即脑之质与量已达完全之域,而生殖之机关尚未发达,故赤子能感也,能思也,能教也。其爱知识也,较成人为深,而其受知识也,亦视成人为易。一言以蔽之曰:彼之知力盛于意志而已,即彼之知力之作用,远过于意志之需要而已。故自某方面观之,凡赤子皆天才也。又凡天才,自某点观之,皆赤子也。昔海尔台尔谓格代曰'巨孩',音乐大家穆差德亦终生不脱孩气。"②又如在《红楼梦评论》中,他引叔本华之语说明天才的艺术才华说:"真正之天才,于美之预想外,更伴以非常之巧力。彼于特别之物中,认全体之理念,遂解自然之嗫嚅之言语而代言之,即以自然所百计而不能产出之美,现于绘画及雕刻中。而若语自然曰'此即汝之所欲言而不得者也',苟有判断之能力者,(自然)必将应之曰:'是。'唯

① 王国维《古雅之在美学上之位置》,《王国维集》(周锡山编校)第 1 册,中国社会科学出版社,2008年,第 184～185 页。按,"雕刻"二字,原在"建筑"与"音乐"之间,今依意移至"图画、诗歌"之前。
② 王国维《王国维集》(周锡山编校)第 2 册,中国社会科学出版社,2008 年,第 177 页。

如是,故希腊之天才,能发见人类之美之形式,而永为万世雕刻家之模范。"①由以上引述足以看出,王国维对于叔本华的"天才论"学说确乎是情有独钟的。而之所以出现这样的情状,显而易见,这与他对"审美直观"的高度肯认可谓密切相关。

为了突出天才的独特性,王国维不仅大量引用叔本华等西方学者的言论,而且在他自己的论述里,对于天才的直观才能与艺术才华也同样作出了深入的分析与高度的评价。譬如他说:"独天才者,由其知力之伟大,而全离意志之关系,故其观物也,视他人为深,而其创作之也,与自然为一。故美者,实可谓天才之特许物也。"②又曰:"夫自然界之物,无不与吾人有利害之关系。纵非直接,亦必间接相关系者也。苟吾人而能忘物与我之关系观物,则夫自然界之山明水媚,鸟飞花落,固无往而非华胥之国,极乐之土也。岂独自然界而已?人类之言语动作,悲欢啼笑,孰非美之对象乎?然此物既与吾人有利害之关系,而吾人欲强离其关系而观之,自非天才,岂易及此?"③等等。十分明显,在王国维眼里,如果世上缺了天才,那审美鉴赏、艺术创造便都无从谈起了。即使勉强出现一些作品,那也将是极为肤浅,极不直观,极为缺乏感染力的。对于天才的艺术素质、审美品性评价如此之高,对于艺术审美的直观性特征认识如此之深,感受如此之切,这在当时的中国学界确乎是罕有其匹的。

当然,王国维对于天才的揄扬并不是绝对的,在他心里并不是有了天才,就别无所需了。如其《文学小言》曰:"天才者,或数十年而一出,或数百年而一出,而又须济之以学问,帅之以德性,始能产真正之大文学。此屈子、渊明、子美、子瞻等所以旷世而不一遇也。"又曰:"三代以下之诗人,无过于屈子、渊明、子美、子瞻者。此四子者,苟无文学之天才,其人格亦自足千古。故无高尚、伟大之人格,而有高尚、伟大之文学者,殆未之有也。"④十分明显,在王国维看来,审美鉴赏与文艺创作虽以直观性、形式性为其最根本特征,但这只是就其自身的特殊性讲的,就其与政治学、伦理学的差别

---

①王国维《王国维集》(周锡山编校)第1册,中国社会科学出版社,2008年,第20页。

②王国维《叔本华之哲学及其教育学说》,《王国维集》(周锡山编校)第2册,中国社会科学出版社,2008年,第153页。

③王国维《红楼梦评论》,《王国维文学论著三种》,商务印书馆,2001年,第4页。

④王国维《王国维集》(周锡山编校)第1册,中国社会科学出版社,2008年,第24页。

性讲的,而并不是说只要有天才,只要对直观、形式具有敏感性,那其他一切便都可忽略了。天才、学问与德性三者相辅相成,缺一不可,如果只有天才而没有学问与德性,那天才的价值也同样是要大打折扣的。

三、前人对王国维"境界说"的不同看法

如前所说,王国维在中国美学史上的贡献十分之多,但是最突出的则为两条,一是强调审美创造、审美鉴赏不计功利的"游戏说",二是强调审美创造、审美鉴赏不假概念的"直观说"。这两种学说尽管在西方早为常识,但是由于我国传统文化的种种限制,致使我国学人对此迟迟也未能给出明确的界说。游戏与直观,这是任何审美活动都须具备的特点,只是由于所处文化背景不同,其具体表现或隐或显罢了。也正基于这样的前提,所以我们认为王国维实为我国古代文论现代化的先行者。其最直接的体现就是"境界说"的提出。

对于王国维的"境界说",前人提出了很多看法,之所以会有这样的情状,原因固然很多,但是其中最主要的恐怕还是王国维《人间词话》"词话式"的表述方式,在语意表达上的模糊性造成的。那么,对于王国维的"境界说",前人究竟提出了哪些看法呢?大而言之,主要有以下八类:

其一,理念说。即认为王国维所说的"境界"其实就是叔本华的"理念"。如佛雏说:"王氏的诗词'境界'跟叔氏的艺术'理念',是平行的美学范畴。离开了作为理念之显现的那种'个象'或'图画',也就不成为'境界'了。"①萧华荣说:"自然、人生、自我都是存在于时空的'特别之物',内中都含有理念,诗人以'纯粹无欲之我'静观与再现这些'个物',其实再现的也就是理念,即美。这便是王国维所说的'境界',它是一种蕴蓄着理念的艺术图景。"②王攸欣说:"王国维的'境界'似可定义为:叔本华'理念'在文学作品中的真切对应物。或者说'境界'的本质就是再现'理念',表现意志。"③等等。也正是基于这样的认识,所以持此观点的学者一般都认为:"王国维的意境审美范畴与古典美学并不相关,它具有自己在西方美学影

---

① 佛雏《王国维诗学研究》,北京大学出版社,1999年,第218页。
② 萧华荣《中国古典诗学理论史》,华东师范大学出版社,2005年,第376页。
③ 王攸欣《选择、接受与疏离:王国维接受叔本华、朱光潜接受顾罗奇美学比较研究》,三联书店,1999年,第92页。

响下形成的近代的、独特的美学性格。"①

其二,意境说。即认为王国维所说的"境界"就是我国传统文论所说的"意境",也即一种情景交融、心物交融、意象交融的艺术图画。如敏泽曰:"'境界'也称'意境',是同义互用的名词,并无内涵上实质性的差异,历来如此。王国维也是'境界'和'意境'交互使用的。近年来,有一些学人着力于探讨二者的区别,究其实是并无多少意义的。"②钱仲联曰:"王国维论诗词,揭橥'境界'说。在《人间词话》里谈到'境界'的有十多条。单言之则称'境',重言之则称'境界',换言之又称'意境'。界就是境,并无分别。意与境则是不可分割的统一体。……诗人在生活的图画里所显示的东西,总是体现着一定的思想情感,所以'境界'不仅是指真实地反映客观现实的生活图景,也包括了作者主观的情感。"③冯友兰曰:"王国维在这里所说的境界他也称为'意境'。……在一个艺术作品中,艺术家的理想就是'意',他所写的那一部分自然就是'境'。意和境浑然一体,就是意境。总起来说,王国维认为,一个艺术作品都有理想和写实两个部分。写实是艺术家取自于自然的,理想是艺术家自己所有的。前者是'境',后者是'意',境加上意就成为意境。"④等等。

其三,形象说。即认为王国维所说的"境界"也是一种特殊的艺术形象,虽然它以情景交融为主,但与我们通常所说的人物形象,在根本性质上实是完全一致的。如祖保泉、张晓云曰:"一切文学都应该让形象说话,'境界'就是诗词的形象,以'境界'抒情就是让形象说话,它完全符合文学的'形象性'这一根本特点。"⑤姚全兴曰:"所谓'境界',就是具有'真景物、真感情'的充满诗情画意的艺术形象。它表现在艺术作品里,'其言情也必沁人心脾,其写境也必豁人耳目',因此有一种情景交融的具体、鲜明、生动的特点。王国维认为,创造出了这样的艺术形象的作品即谓之'有境界'。"⑥张文勋曰:"他(王国维)所说的'境界',不外是作品中的'情'与'景'二者,

---

① 潘知常《王国维'意境'说与中国古典美学》,《中州学刊》1988 年第 1 期,第 61 页。
② 敏泽《中国美学思想史》下卷,湖南教育出版社,2004 年,第 908 页。
③ 钱仲联《境界说诠证》,姚柯夫《〈人间词话〉及评论汇编》,书目文献出版社,1983 年,第 119 页。
④ 冯友兰《中国哲学史新编》第 6 册,《三松堂全集》第 10 卷,河南人民出版社,2000 年,第 466～467 页。
⑤ 祖保泉、张晓云《王国维与人间词话》,上海古籍出版社,1990 年,第 50 页。
⑥ 姚全兴《略谈〈人间词话〉的艺术论》,《读书》1980 年 4 期,第 108～109 页。

也就是说,客观的景物和主观的思想感情在作品中的鲜明、形象的表现,是'情'与'景'的统一。这里,接触到文学艺术的形象性的特征问题。……虽然,有的作家以抒情为主,有的以写景为主,但任何艺术形象,都是作家在一定的思想指导下,对现实生活进行艺术概括的结果。"①等等。

其四,作品世界说。即认为王国维所说的"境界"就是作家在作品中给我们呈现的主客统一的特殊世界。这一看法主要是李长之提出的。其《王国维文艺批评著作批判》曰:"境界即作品中的世界。不错,作品中的世界,和我们所居住的世界不同,但这不同处在什么地方呢?我们看在普通的世界,只是客观的存在而已。在作品的世界,却是客观的存在之外加上作者的主观,搅在一起,便变作一个混同的有真景物有真感情的世界。"②

其五,气象说。即认为王国维所说的"境界"就是作品中体现着作家情怀与风格的艺术气象。此说主要以陈鸿祥为代表。如其《王国维与文学》一书说:"'境界'就是由最能集中地抒发诗(词)人或作家之情怀,标志其艺术风格(或格调)的'名句'所表现出来的一种艺术'气象'。正是在这个意义上,号称'仙才'的李白,在王国维看来,其所以胜于他人者,全在'气象'。"③

其六,生气说。即认为王国维所说的"境界"就是作品展现的让人感到自然、动人的生气。此说主要以马正平为代表。如其《生命的空间:〈人间词话〉的当代解读》一书说:"当作品在读者心目中产生了'自然'的,'动人'的'生气'时,即'真挚之理,与秀杰之气,时流露于其间',我们便说这作品在'文章'(写作)上有意境(境界)。这就是说,所谓'意境(境界)'就是一种自由的,感觉'自然'的,'动人'的'生气',就是一种深厚高雅的空间感,'真挚之理,与秀杰之气,时流露于其间'。王国维认为,这是艺术的最高审美理想。"④

其七,景物说。即认为王国维所说的"境界"就是作品中所描写的景物,王国维的"境界说"明显带有重景轻情的特点。这一看法主要由徐复观提出。如其《王国维〈人间词话〉境界说试评》一文说:"王氏的所谓'境界',

---

①张文勋《从〈人间词话〉看王国维的美学思想实质》,《学术研究》1964年第3期,第26页。
②李长之《王国维文艺批评著作批判》,《李长之文集》第7卷,河北教育出版社,2006年,第215页。
③陈鸿祥《王国维与文学》,陕西人民出版社,1988年,第149页。
④马正平《生命的空间:〈人间词话〉的当代解读》,中国社会科学出版社,2000年,第211页。

是与'境'不分,而'境'又是与'景'通用的。此通过他全书的用辞而可见。他虽然说'境非独谓景物也,喜怒哀乐亦人心中之一境界',但他的重点是放在景物之'境'的上面。""他之所谓'境界'或'境',实即传统上之所谓'景',所谓'写景'。全书不仅"境""景"常互用,且所用'境'字、'境界'字,多可与'景'字互易。……王氏既把'境界'与'景'混同起来,于是除他书中的少数歧义外,他所说的'词以境界为最上',实等于说'词以写景为最上'。""但在诗词创作的长期体验中,写景虽然占有重要的地位,却很难说写景为诗词创作之本。因王氏执此以为本,所以王氏对写景问题,也似乎没有彻底把握到。"①

其八,意境层级说。即认为王国维所说的"境界"乃是一个偏正关系的词,"境"即"意境","界"即"分界",所谓"境界"即意境的层级。如向卫国曰:"'境界'并不等于'意境'。'境界'之'境'即相当于一般所谓'意境';'境界'之'界'则另有深义,实乃体现了王氏在同一个词的内部对'境'(即'意境')的审美价值域的某种要求和限定。"②卫淇曰:"何为境界?'境界'的意思接近于'意境',但不全是。《人间词话》中用'意境'一词的地方仅有一条,而用'境界'和'境'的地方却比比皆是。'境'可以说就是意境,'界'则是指一种精神上的高度。'境界'合起来,当是指具有深度和高度的意境。这样理解,对于通篇《人间词话》都是适合的。"③等等。

四、对"境""界""境界"三词含蕴的辨析

对于王国维"境界说"的涵蕴,前人的看法已如上述。虽然不少看法之间颇有交合,但是彼此龃龉,不相通容的地方也不在少数。这对我们准确认识王国维"境界说"的历史价值显然是很不利的。也正鉴此,所以我们很有必要再对"境界说"的蕴涵作一新的探索。不过,要想完全理清这一问题,我们必须首先对"境""界""境界"三词的不同作一辨析。

《说文·土部》:"境,疆也,从土竟声。经典通用'竟'。"《说文·音部》:"竟,乐曲尽曰竟。"段玉裁注:"曲之所止也。引申之凡事之所止,土地之所止皆曰竟。毛传曰:'疆,竟也。'俗别制'境'字,非。"据此,则"境"的本字乃

---

①徐复观《中国文学精神》,上海书店出版社,2004年,第52～53页。

②向卫国《"境界"新论》,《前沿》2002年2期,第116页。

③卫淇《人间词话典评》,陕西师范大学出版社,2008年,第83页。

是"竟","境"是一个后起字,它的本义乃是"边界""疆界"。由此意义再加引伸,遂又产生三个新意:一是疆域、境域、范围,如"无人之境""仙境""僻境";二是事物发展达到的水平、层次、高度,如"化境""妙境""能境";三是环境、境况、境象,如"家境""心境""胜境"。

又,《说文·田部》:"界,竟(境)也,从田介声。"段玉裁注:"'界'之言'介'也。'介''界'古今字。《尔雅》曰:'疆、界,垂(陲)也。'按,垂(陲),远边也。"据此,则"界"与"境"实为近义词。以此为基础,它也同样产生了两个引申义:一是分界、界线、界限;二是疆域、境域、范围。前者如"界标""界面""界尺""界定",后者如"眼界""仙界""动物界""学术界"。但是显而易见,"界""境"之间也有差异:"境"字没有"分界、界线、界限"的意思,"界"字没有"环境、境况、境象"与"水平、层次、高度"的意思。

再看"境界"。它的义项也是三个:一指"土地之所止",也即土地的边界或疆界,这显然用的也是"境""界"的本义。如《后汉书·仲长统传》:"当更制其境界,使远者不过二百里。"[①]《列子·周穆王》:"西极之南隅有国焉,不知境界之所接,名古莽之国。"[②]二指事物发展达到的水平、层次或高度。如白居易《偶题阁下厅》:"平生闲境界,尽在五言中。"[③]《朱子语类》:"今日之学者,虽曰存省,亦未到这境界。"[④]这显然取的乃是"境"字之义,因为如上所说,"界"字并无这一义项。足见在这一意义上"境界"实乃一偏义词,"界"字在此并无实意,只起音节陪衬作用。这与"窗户"一词的用法是完全相同的。三指环境、境况或境象,这显然取的也是"境"字之义。因为如上所说,"界"字也无这一义项。进言之,在这一意义上"境界"也同样是一偏义词。弄明这一点,对我们准确理解王国维"境界说"的涵蕴很有价值。但是十分遗憾,前人对此认识得并不清晰。在文献中这方面的用例虽不如上一类多,但其数量也不在少数。如文天祥《指南录后序》:"呜呼!死生,昼夜事也,死而死矣,而境界危恶,层见错出,非人世所堪。"[⑤]陆游《怀昔》:"老来境界全非昨,卧看萦帘一缕香。"[⑥]耶律楚材《外道李浩和景贤霏

---

①范晔《后汉书》卷49,中华书局,1965年,第1653页。

②杨伯峻《列子集释》卷3,中华书局,1979年,第104页。

③白居易《白居易集》卷19,中华书局,1979年,第417页。

④黎靖德《朱子语类》卷31,中华书局,1986年,第738页。

⑤文天祥《文天祥全集》卷13,中国书店,1985年,第313页。

⑥陆游《剑南诗稿》卷27,岳麓书社,1998年,第640页。

字韵予再和呈景贤》："我爱北天真境界,乾坤一色雪花霏。"①刘献廷《广阳杂记》："梦寐中所见境界,无非北方幼时熟游之地。"②吴敬梓《儒林外史》："同一个年月日时,一个是这般境界,一个是那般境界,判然不合。"③等等。如果以上所述不错,则显而易见"境界"的含义无论是与"境"还是"界"都不是对等的。"境""界"共有的"疆域、境域、范围"之意,"界"字所有的"分界、界线、界限"之意,"境界"都是不具备的。

在文献中对"境界"一词使用最广泛的应数佛经,在佛经中最常用到的主要是"境界"的"水平、层次、高度"与"环境、境况、境象"这两个意义。所谓"水平、层次、高度"也即一个人在佛理认识上或成佛实践上所达到的层次。如《无量寿经·至心精进第五》:"比丘白佛,斯义弘深,非我境界。"④《大乘唯识论序》:"唯识论者,乃是诸佛甚深境界,非是凡夫二乘所知。"⑤《坛经·般若品第二》:"悟无念法者,见诸佛境界。"⑥细加审视,不难发现在词义上它们与我们通常所说的"境界"实无二致。但"环境、境况、境象"则不同,佛经在"环境、境况、境象"这一意义上使用"境界"一词时,指的并不是客观的实境,而是人们对于大千世界的主观幻象。因为依佛教之说,大千世界本是空虚不实的,但是人们却把它们看作真,看作实。人们自以为真实可信的境象,其实际情况却并非如此。也就是说在佛教里意指具体境象的"境界",它们实际上都带有心物交融,也即主客观交融的色彩。

对于这一点,《辞海》诠解得很详细:"境界,佛教指六识所辨别的各自对象。如'眼识'能视'色','色'即成为'眼识'的境界。""六识,佛教对'识'所作的分类,指依随'六根'而对'六境'生起见、闻、嗅、味、触、思虑等作用的眼识、耳识、鼻识、舌识、身识、意识。前五识相当于感觉,第六识相当于综合感觉所形成的知觉和思维。""六根,梵文 Sadindriya 的意译,亦名'六情'。佛教指人身的眼、耳、鼻、舌、身、意。根是'能生'的意思,佛教认为眼、耳、鼻、舌、身、意具有能取相应之六境(色、声、香、味、触、法),产生相应之六识(眼识、耳识、鼻识、舌识、身识、意识)的六种功能,故名。""六境,佛

---

① 顾嗣立《元诗选》初集上,中华书局,1987 年,第 346 页。
② 刘献廷《广阳杂记》卷 1,中华书局,1985 年,第 32 页。
③ 吴敬梓《儒林外史》第 17 回,浙江古籍出版社,2015 年,第 106 页。
④ 鸠摩罗什等《佛教十三经》,中华书局,2010 年,第 21 页。
⑤ 严可均《全陈文》卷 18,《全上古三代秦汉三国六朝文》,中华书局,1958 年,第 3505 页。
⑥ 鸠摩罗什等《佛教十三经》,中华书局,2010 年,第 102 页。

教指眼识、耳识、鼻识、舌识、身识、意识等六识所感觉的六种境界,即色、声、香、味、触、法。系根据识体作用的不同而对认识对象所作的分类。如'眼识'能视'色','色'即成为'眼识'的境界,'法'作为'意识'的境界,范围最广,包括人的一切认识对象。此六境因被认为像尘埃一样能污染人的情识,亦名'六尘'。"①等等。

综合《辞海》对"境界""六识""六根""六境"四者的诠释,"境界"一词在佛经之中何以会带有心物交融的意义,其原因无疑是很清楚的。有关这一点,我们由佛经中的相关文例也同样可以看得很明白。如《大方广佛华严经·梵行品第十六》:"了知境界,如幻如梦。"②《大乘起信论》:"以能见故,境界妄现,离见则无境界。"③《法苑珠林》:"贪爱、无明二因缘故,所见境界皆悉颠倒。"④《五灯会元》:"(僧)问:'潭清月现,是何境界?'师曰:'不干你事。'(僧)曰:'借问又何妨?'师曰:'觅潭月不可得。'"⑤等等。世上本来无所谓境界,一切境界皆愚妄无明者对于虚幻不实的因缘和合之物的歪曲映现,就像满是灰尘的镜子对于客观外物的不实映现一样。显而易见,在佛经中"境界"一词在作"境象"讲时,它确乎带有十分浓厚的心物交融的特点。尽管佛教对此"境象"持完全否定态度,但是其心物交融的性质却是我们无论如何也否定不了的。正如有的学者所说:在佛经里,"所谓'境界'实在乃是专以感觉经验之特质为主的。换句话说,境界之产生全赖吾人感受之作用,境界之存在全在吾人感受之所及,因此外在世界在未经过吾人感受之功能而予以再现时,并不得称之为'境界',……而唯有当吾人之耳目与之接触而有所感受之后才得以名之为'境界'。"⑥这样的看法无疑是非常精辟的。

为了使这一问题得到更好的说明,下面我们再作两点补充。其一,在汉语里"境界"与"境"常常可以换用,但换用的缘由却并不一致。一是在二者都作"疆界"讲时,在这时不仅"境"与"境界"可以换用,"境"与"界","界"与"境界"也同样可以换用。二是在二者都作"层次"或"境象"讲时,在这时

---

①夏征农《辞海》(宗教分册),上海辞书出版社,1988年,第94~95页。

②澄观《大方广佛华严经疏》卷17,线装书局,2016年,第602页。

③高振农《大乘起信论校释》,中华书局,1992年,第46页。

④周叔迦、苏晋仁《法苑珠林校注》卷69,中华书局,2003年,第2049页。

⑤普济《五灯会元》卷8,中华书局,1984年,第454页。

⑥叶嘉莹《王国维及其文学批评》,北京大学出版社,12008年,第180~181页。

"境界"乃一偏义词,它所取的仅是"境"意,"界"字只起一音节辅助作用。也正因此,所以"境界"与"境"可以换用,而"境"与"界","界"与"境界"则皆不能换用。这一现象在佛经中也同样存在。不过,由于"疆界""层次"与本章的主旨都不甚相关,所以这里我们只就"境象"略举数例。如《坛经》:"对境心不起,菩提日日长。"①《五灯会元》:"一切众生自蔽光明,贪爱尘境,外缘内扰,甘受驱驰。"②《宋高僧传》:"一切境界,本自空寂,无一法可得。迷者不了,即为境惑。一为境惑,流转不穷。"③等等。显而易见,在这些经文里"境"与"境界"可谓完全同意,它们都是指人对因缘之物的贪恋执着,歪曲映现而言的,因此也均含有心物交融的色彩。

其二,丁福保对"境界"的解释值得商榷。其所编《佛学大辞典》曰:"境界,visaya,自家势力所及之境土。又,我得之果报界域,谓之境界。《无量寿经》上曰:'比丘白佛:斯义弘深,非我境界。'《入楞伽经》九曰:'我弃内证智,妄觉非境界。'"依据以上他的解释,并结合他所列举的例子,不难看出他之所谓"境界"显然只有人的思想认识所达到的高度或水平之意。这与佛经里的真实情况显然是不相合的。又,在《佛学大辞典》里,丁福保对"境"也有解释,其语曰:"心之所游履攀缘者,谓之境。如色之为眼识所游履,谓之色境。乃至法为意识所游履,谓之法境。"④这一解释才是就人对因缘假相的贪恋执着,歪曲映现讲的。将他对"境"的解释与"境界"的解释结合起来,才能说是"境"与"境界"在佛经里的比较完整的意思。上文《辞海》在解释"境界"一词时,一方面指出它"指六识所辨别的各自对象。如'眼识'能视'色','色'即成为'眼识'的境界",同时也标明除此之外,它还有另一意义:"犹言造诣。《无量寿经》:'斯义弘深,非我境界'"⑤,这样的诠解较之丁福保显然就全面多了。不过,稍显遗憾的是,它并没有明确指出"境"在佛经中的特殊意义,在这方面它又是逊于丁福保的。

总而言之,"境"与"境界"二词,经过佛教学者的悉心改造,广泛使用,其心物交融的意义得到了突出的呈现,鲜明的强调。有关这一点,梁启超

---

①慧能《坛经·机缘品第七》,鸠摩罗什等《佛教十三经》,中华书局,2010年,第115页。
②普济《五灯会元》卷2,中华书局,1984年,第86页。
③赞宁《宋高僧传》卷11,中华书局,1987年,第249页。
④丁福保《佛学大辞典》,上海书店出版社,2015年,第2489~2490页。
⑤夏征农《辞海》(宗教分册),上海辞书出版社,1988年,第94页。

讲得最透彻。其语曰:"境者心造也。一切物境皆虚幻,惟心所造之境为真实。同一月夜也,琼筵羽觞,清歌妙舞,绣帘半开,素手相携,则有余乐;劳人思妇,对影独坐,促织鸣壁,枫叶绕船,则有余悲。同一风雨也,三两知己,围炉茅屋,谈今道故,饮酒击剑,则有余兴;独客远行,马头郎当,峭寒侵肌,流潦妨毂,则有余闷。'月上柳梢头,人约黄昏后',与'杜宇声声不忍闻,欲黄昏,雨打梨花深闭门',同一黄昏也,而一为欢愁,一为愁惨,其境绝异。'桃花流水杳然去,别有天地非人间',与'人面不知何处去,桃花依旧笑春风',同一桃花也,而一为清净,一为爱恋,其境绝异。'舳舻千里,旌旗蔽空,酾酒临江,横槊赋诗',与'浔阳江头夜送客,枫叶荻花秋瑟瑟。主人下马客在船,举酒欲饮无管弦',同一江也,同一舟也,同一酒也,而一为雄壮,一为冷落,其境绝异。然则天下岂有物境哉,但有心境而已!"①这一论述虽然全篇说的都是"境"字,然毫无疑问,它于"境界"也一样是适用的。

也正是以此为基础,所以到魏晋以后,特别是隋唐以后,"境"与"境界"才一跃而成中国古代文论中的一个十分重要的概念。在中国古代文论里,无论是前者还是后者,其使用都是非常广泛的。前者如孔颖达《乐记正义》:"物,外境也。音乐初所起,在于人心之感外境也。"②皎然《秋日遥和卢使君》:"诗情缘境发,法性寄筌空。"③司空图《与王驾评诗书》:"思与境谐,乃诗家之所尚。"④苏轼《题渊明饮酒诗后》:"'采菊东篱下,悠然见南山。'因采菊而见山,境与意会,此句最有妙处。"⑤王世贞《艺苑卮言》:"神与境会,忽然而来,浑然而就,无岐级可寻,无色声可指。"⑥鹿乾岳《俭持堂诗序》:"神智才清,诗所探之内境也;山川草木,诗所借之外境也。"⑦等等。后者如张九成《心传录》:"先生读子美'野色更无山隔断,山光直与水相通',已而叹曰:'子美此诗,非特为山光野色,凡悟一道理透彻处,往往境界皆如此。'"⑧陆时雍《诗镜总论》:"张正见《赋得秋河曙耿耿》'天路横秋水,

---

① 梁启超《惟心》,于民《中国美学史资料选编》,复旦大学出版社,2008年,第562页。
② 孔颖达《礼记正义》卷37,孔颖达等《十三经注疏》,中华书局,1980年,第1527页。
③ 彭定求等《全唐诗》卷815,中华书局,1999年,第9257页。
④ 肖占鹏《隋唐五代文艺理论汇编评注》(修订版),南开大学出版社,2015年,第1205页。
⑤ 苏轼《苏轼文集》卷67,中华书局,1986年,第2092页。
⑥ 王世贞《艺苑卮言》卷1,丁福保《历代诗话续编》,中华书局,1983年,第960页。
⑦ 郭绍虞《中国文学批评史》下册引,商务印书馆,2010.年,第323页。
⑧ 蔡梦弼《杜工部草堂诗话》卷2引,丁福保《历代诗话续编》,中华书局,1983年,第208页。

星桥转夜流',唐人无此境界。"①黄宗羲《思旧录》:"宿观音阁,夜半鸟声聒耳,朗三推余起听,曰:'此非"喧鸟覆春洲"乎? 如此诗境,岂忍睡去!'薄暮,出步燕子矶,看渔舟集岸,斜阳挂网,别一境界。"②叶燮《原诗》:"苏轼之诗,其境界皆开辟古今之所未有,天地万物,嬉笑怒骂,无不鼓舞于笔端。"③况周颐《蕙风词话》:"盖写景与言情,非二事也。善言情者,但写景而情在其中。此等境界,唯北宋人词往往有之。"④等等。由以上所列不难发现,以"境"或"境界"指心物交融的艺术境象,这在中国古代文论里确乎已成一十分普遍的现象。这也是我们准确把握王国维"境界说"的历史地位的重要依据。如果对这一点认识不明确,那我们对王国维"境界说"的历史地位,其评价也一定是不到位的。

　　当然,无论是"境"还是"境界",它们在中国古代文论里也都还有另一意义,那就是艺术创作所达到的水平或层次。如蔡邕《九势》:"此名九势,得之虽无师授,亦能妙合古人,须翰墨功多,即造妙境耳。"⑤王僧虔《论书》:"谢静、谢敷并善写经,亦入能境。"⑥陈廷焯《白雨斋词话》曰:"樊榭词,拔帜于陈朱之外,窈曲幽深,自是高境。"⑦恽寿平《南田画跋》:"方壶泼墨,全不求似,自谓独参造化之权,使真宰欲泣也,宇宙之内,岂可无此种境界。"⑧沈德潜《说诗晬语》:"汉五言一韵到底者多,而'青青河畔草'一章,一路换韵,联折而下,节拍甚急,而'枯桑知天风'二语,忽用排偶承接,急者缓之,是神化不可到境界。"⑨翁方纲《石洲诗话》:"海宁查夏重酷爱苏诗'僧卧一庵初白头'之句,而并明人诗'花间啄食鸟红尾,沙上浣衣僧白头',亦以为极似子瞻。不知苏诗'身行万里半天下,僧卧一庵初白头',此何等神力! 而'花间''沙上'一联,只到皮陆境界,安敢与苏比伦哉!"⑩等等。但是正如前文所说,在"水平、层次、高度"的意义上使用"境""境界"二词,

---

①丁福保《历代诗话续编》,中华书局,1983 年,第 1409 页。

②黄宗羲《黄宗羲全集》第 1 册,浙江古籍出版社,1985 年,第 360 页。

③叶燮《原诗·内篇上》卷 1,王夫之等《清诗话》,中华书局,1978 年,第 570 页。

④屈兴国《蕙风词话辑注》卷 2,江西人民出版社,2000 年,第 58 页。

⑤张少康、卢永璘《先秦两汉文论选》,人民文学出版社,1999 年,第 655 页。

⑥严可均《全齐文》卷 8,《全上古三代秦汉三国六朝文》,中华书局,1958 年,第 2838 页。

⑦屈兴国《白雨斋词话足本校注》卷 4,齐鲁书社,1983 年,第 368 页。

⑧恽寿平《南田画跋》,西泠印社出版社,2008 年,第 61 页。

⑨王夫之等《清诗话》,上海古籍出版社,1978 年,第 531 页。

⑩翁方纲《石洲诗话》卷 3,郭绍虞《清诗话续编》,上海古籍出版社,1983 年,第 1410 页。

这与我们在其他场合对二词的使用,并无什么特别的不同。所以有关这一问题,我们这里除了各举数例,稍加展示外,也就无需再作他论了。

五、"意象""意境""境界"三者的异同

有关"境""界""境界"三词在中国传统文化中的语义流变已如上述,弄明了这一问题,再来看王国维"境界说"的具体涵蕴及学术价值,就明晰多了。不过,在正式谈论这一问题前,我们还需对"意象""意境""境界"三者的关系加以辨析。

首先来看"意象""意境"二者的关系。顾名思义,"意象"显然是意化之象。它的最早渊源应上溯到《周易·系辞上》里的"圣人立象以尽意"①。不过,最早使用"意象"一词,并对"意象"有所界定的则是王充。如《论衡·乱龙》说:"礼,宗庙之主,以木为之,长尺二寸,以象先祖。孝子入庙,……虽知木主非亲,亦当尽敬。"之所以如此,乃是因为孝子深知人们在制作木主时,已经"立意于象",把木主视为祖先的象征了。又,《乱龙》又云:"天子射熊,诸侯射麋,卿大夫射虎豹,士射鹿豕,示服猛也。名布为侯,示射无道诸侯也。夫画布为熊麋之象,名布为侯,礼贵意象,示义取名也。"②也就是说在古代的射礼活动中,一切都是带有象征意义的。无论是称布为侯,还是射布为猎,都是如此。所谓"礼贵意象",也即认为举行礼仪活动只是一种象征性的仪式,因此一切都应以意化之象来表示。依据上文的"立意于象",并结合《周易》的"立象尽意",不难得知:把"意象"解为"意化之象",这实是毫无疑义的。据此,足见"意象"一词从它一产生,就已深深打上了心物交融的烙印。

在中国文学史上,最早把"意象"一词引入文学批评领域的应数刘勰,其《文心雕龙·神思》曰:"使玄解之宰,寻声律而定墨;独照之匠,窥意象而运斤。"③在这两句表述里,"声律"显然乃是"声音之律",以此而断,则"意象"也当是"意化之象",这显然也是没有问题的。也正因此,所以自刘勰以后,"意象"便正式成为中国文论的一个重要概念。如王昌龄《诗格》:"久用

---

① 周振甫《周易译注》,中华书局,1991年,第249页。
② 黄晖《论衡校释》卷16,中华书局,1990年,第703~705页。
③ 范文澜《文心雕龙注》卷6,人民文学出版社,1958年,第493页。

精思,未契意象。"①司空图《二十四诗品·缜密》:"意象欲生,造化已奇。水流花开,清露未晞。"②郑杓《衍极·书要篇》:"若日月云雾,若虫食叶,若利刀戈,纵横皆有意象。"③王廷相《与郭价夫学士论诗书》:"夫诗贵意象透莹,不喜事实粘著。"④屠隆《汪识环先生集叙》:"唐宋以来,诸公好镕古文意象,而各师心自出。"⑤沈德潜《唐诗别裁集·凡例》:"渊明诗胸次浩然,天真绝俗,当于语言、意象外求之。"⑥刘熙载《艺概·书概》:"书与画异形而同品。画之意象变化,不可胜穷。"⑦等等。我们由此也可再度看出我国古人对于"心物交融"的重视,以及"心物交融"在我国传统文论里的重要地位。有的学者说:"与'形象'一词相比,'意象'之'象'更偏重主观意念,即所谓'人心营构之象',……而'形象'之'象'则偏重客观形状。"⑧这一阐述无疑是非常有见地的。

　　弄清了"意象"的具体涵蕴,接下来再看"意境"的所指。"意境",顾名思义,当也同是"意化之境"之意。那么,"意化之境"与"意化之象",二者之间有何区别呢?有的学者说:"意境的范围比较大,通常指整首诗,几句诗,或一句诗所造成的境界,而意象只不过是构成诗歌意境的一些具体的、细小的单位。意境好比一座完整的建筑,意象只是构成这建筑的一些砖石。把意象和意境这样区别开来并不是没有依据的,依据就在'象'和'境'的区别上。'象'和'境'是互相关联却又不尽相同的两个概念。《周易·系辞》说:'圣人立象以尽言。'王弼《周易略例·明象》说:'夫象者出意者也,言者明象者也。'象,本指《周易》里的卦象,它的涵意从一开始就是具体的,而境却有境界、境地的意思,它的范围超出于象之上。……象指个别的事物,境指达到的品地。"⑨这一看法无疑是正误参半的。一方面它把"意象"与"意境"看作部分与整体的关系,这当然是很有洞见的,然另一方面它又把"境"

---

①王昌龄《诗格》卷下,张伯伟《全唐五代诗格汇考》,凤凰出版社,2002年,第173页。

②何文焕《历代诗话》,中华书局,2004年,第41页。

③郑杓《衍极》卷上,徐娟《中国历代书画艺术论著丛编》(4),中国大百科全书出版社,1997年,第12页。

④王廷相《王氏家藏集》卷28,《王廷相集》第2册,中华书局,1989年,第502页。

⑤屠隆《栖真馆集》卷10,《屠隆集》第5册,浙江古籍出版社,2012年,第182页。

⑥沈德潜《唐诗别裁集》,中华书局,1975年,第3页。

⑦刘熙载《艺概》卷5,上海古籍出版社,1978年,第168页。

⑧张伯伟《禅与诗学》,浙江人民出版社,1992年,第100页。

⑨袁行霈《中国诗歌艺术研究》,北京大学出版社,2009年,第55~56页。

字释为"境界、境地",也即"品地",这则又是很值得商榷的。因为正如我们前文所说,在汉语里"境"字不仅有"水平、层次、高度"之意,而且也有"环境、境况、境象"之意。由于"境象"乃是由"边境",经"环境""境况"逐步引申出来的,所以它所包含的物象一般都不是单一的,而应是一个物象群。一个单一的物象,是很难称得上"境"的。明白于此,那么"意象"与"意境"何以会是部分与整体的关系,自然也就不足为怪了。足见,把"意境"之"境"释为"境象",显然要较"境界、境地"也即"品地"更为合理。

　　"意境"与"意象"之间的这种包涵与被包涵关系,在古典诗文里处处都有生动的体现。举例来说,如马致远《天净沙·秋思》:"枯藤老树昏鸦,小桥流水人家,古道西风瘦马,夕阳西下,断肠人在天涯。"①短短一首诗,竟一口气列出了十多个意象,巧妙地展现出了一个游子不归,睹秋思乡的缠绵意境,可以说把文学创作中意象与意境的关系十分清晰地凸示了出来。由此,我们也可更进一步看出"意象"虽是构成"意境"的基本单位,但意境却并不是意象的简单叠加。无论是在思想寓意上还是具体画面上,意境较之意象都要更为虚灵,更为深邃,更为完美。正如许多学者所说:"意象是构成诗的意境的元件,它与意境的关系,是局部与整体的关系,任何一个意象都与意境的呈现有关,但任何单个意象都不能等同意境"②,"不是意象的简单相加,而是在一个新的更高层次上的融合,产生一种新质,其容量大大超出了一个个意象和的总量"③。"意象是形成意境的材料,意境是意象组合之后的升华。意象好比稀微的水珠,意境则是漂浮于天上的云。云是由水珠聚集而成的,但水珠一旦凝聚为云,则有了云的千姿百态。那飘忽的、变幻的、色彩斑斓、千姿百态的云,它的魅力恰如诗的意境。这恐怕是每一个善于读诗,可以与之谈诗的人都会有的体验。"④如果对此缺乏认识,那我们对意象与意境的关系就不可能有一个深切的体味。

　　对于"意境"与"意象"的关系,学术界还有一种看法。如有的学者谓:"意境说的精髓,如果要用一句话来概括,就是'境生于象外'。艺术家的审美对象不是'象',而是'境'。'境'是'虚'与'实'的统一。所以'意境'的范

①施亮昭《元曲选》,上海书店出版社,1993年,第134页。
②陈良运《意象、意境异同论》,《学术月刊》1987年第8期,第46页。
③吴效刚《论诗歌的意象与意境》,《人文杂志》1993年第3期,第125页。
④袁行霈《中国诗歌艺术研究》,北京大学出版社,2009年,第48页。

畴不等于一般艺术形象的范畴('意象')。'意境'是'意象',但不是任何'意象'都是'意境'。'意境'的内涵比'意象'的内涵丰富。'意境'既包涵有'意象'共同具有的一般的规定,又包涵有自己的特殊的规定。正因为这样,所以'意境'是中国古典美学的独特的范畴。"①这一看法显然是不能成立的。有关这一点,只要我们对前人对"意境"一词的使用稍加审视即不难得知。

从现有文献看最早使用"意境"一词的应是王昌龄的《诗格》:"诗有三境:一曰物境。欲为山水诗,则张泉石云峰之境,极丽绝秀者,神之于心,出身于境,视境于心,莹然掌中,然后用思,了然境象,故得形似。二曰情境。娱乐愁怨,皆张于意而处于身,然后弛思,深得其情。三曰意境。亦张之于意而思之于心,则得其真矣。"但是这里所说的"意境"既与"物境""情境"并列,那它显然乃是"以意为境"之意,而非"意化之境"之意。也正因此,所以最早使用"意境"的著作实应为元代无名氏的《诗家一指》:"观诗,要知身命落处,与夫神情变化,意境周流,亘天地以无穷,妙古今而独往者,则未有不得其所以然。"②此后便是明人朱承爵《存余堂诗话》:"作诗之妙,全在意境融彻,出音声之外,乃得真味。"③不过,这也依然都属偶一用之。真正在古代文论里大量使用,则要到清代时期。如黄生《诗麈》:"欲追古人,则当熟读古人之诗,先求其矩矱,次求其意境。"④郑板桥《题画竹》:"大起造,大挥写,亦有易处,要在人之意境何如耳。"⑤贺裳《载酒园诗话》:"(《剑南全集》)大抵才具无多,意境不远,惟善写眼前景物。"⑥何文焕《历代诗话考索》:"崔峒'流水声中视公事,寒山影里见人家',意境直同山鬼游魂,真下劣诗魔也。"⑦朱庭珍《筱园诗话》:"我有我之精神结构,我有我之意境寄托。"⑧况周颐《惠风词话》:"《凤栖梧》歇拍云:'别有溪山容杖屦,等闲不许人知处。'意境清绝。"⑨等等。

---

① 叶朗《中国美学史大纲》,上海人民出版社,1985 年,第 621 页。
② 张健《元代诗法校考》,北京大学出版社,2001 年,第 639 页。
③ 朱承爵《存余堂诗话》,中华书局,1985 年,第 18 页。
④ 黄生《诗麈》卷 2,朱弁等《皖人诗话八种》,黄山书社,2014 年,第 85 页。
⑤ 郑燮《郑板桥集·补遗》,中华书局,1962 年,第 216 页。
⑥ 郭绍虞编《清诗话续编》,上海古籍出版社,1983 年,第 451 页。
⑦ 何文焕《历代诗话》,中华书局,2004 年,第 810 页。
⑧ 朱庭珍《筱园诗话》卷 1,郭绍虞《清诗话续编》,上海古籍出版社,1983 年,第 2343 页。
⑨ 屈兴国《蕙风词话辑注》卷 3,江西人民出版社,2000 年,第 126 页。

　　不唯如此，在清代还出现了多个大力倡导"意境说"的学者，"意境"一词在他们笔下俨然已成判定诗文高下的核心词汇。如乔亿《大历诗略》："文房五言皆意境好，不费气力。"①"卢允言诗意境不远，而语辄中情，调亦圆劲。"②"君胄诸诗，意境闲逸，大历高品。"③"耿拾遗诗意境稍平，音响渐细，而说情透漏。"④等等。陈廷焯《白雨斋词话》："（柳永）意境不高，思路微左，全失温韦忠厚之意。"⑤"（辛稼轩）气魄极雄大，意境却极沉郁。"⑥"王碧山词，品最高，味最厚，意境最深。"⑦"其年、朱垞，才力雄矣，而意境未厚。"⑧等等。

　　尤其是纪晓岚，在这方面更为突出。无论是在纪批《瀛奎律髓》里，还是在《四库全书总目》里，他都酷爱使用"意境"一词，两书相合竟高达几十处。如纪批《瀛奎律髓》评崔颢《黄鹤楼》"意境宽然有余"⑨，评杜甫《秋夜》"笔笔清拔，而意境又极阔远"⑩，评许浑《晓发鄞江北渡寄崔韩二先辈》"终是意境浅狭"⑪，评张籍《西楼望月》"意境甚别，而未能浑老深厚"⑫，评张子容《送孟六归襄阳》"气味较薄，意境较近"⑬，评黄庭坚《题落星寺》"意境奇恣，此种是山谷独辟"⑭，评王安石《葛溪驿》"老健深稳，意境殊自不凡"⑮，评宋祁《尹学士自濠梁移倅秦州》"风骨既遒，意境亦阔"⑯，评贾岛《寄韩潮州》"意境宏阔，音节高朗"⑰等等。又，《四库全书总目》之《东皋子集提要》

①雷恩海《大历诗略笺释辑评》卷 1，天津古籍出版社，2008 年，第 16 页。
②雷恩海《大历诗略笺释辑评》卷 2，天津古籍出版社，2008 年，第 183 页。
③雷恩海《大历诗略笺释辑评》卷 2，天津古籍出版社，2008 年，第 211 页。
④雷恩海《大历诗略笺释辑评》卷 2，天津古籍出版社，2008 年，第 366 页。
⑤屈兴国《白雨斋词话足本校注》卷 1，齐鲁书社，1983 年，第 58 页。
⑥屈兴国《白雨斋词话足本校注》卷 1，齐鲁书社，1983 年，第 91 页。
⑦屈兴国《白雨斋词话足本校注》卷 2，齐鲁书社，1983 年，第 174 页。
⑧屈兴国《白雨斋词话足本校注》卷 2，齐鲁书社，1983 年，第 411 页。
⑨李庆甲《瀛奎律髓汇评》卷 1，上海古籍出版社，2005 年，第 25 页。
⑩李庆甲《瀛奎律髓汇评》卷 12，上海古籍出版社，2005 年，第 451 页。
⑪李庆甲《瀛奎律髓汇评》卷 14，上海古籍出版社，2005 年，第 510 页。
⑫李庆甲《瀛奎律髓汇评》卷 22，上海古籍出版社，2005 年，第 916 页。
⑬李庆甲《瀛奎律髓汇评》卷 24，上海古籍出版社，2005 年，第 1022 页。
⑭李庆甲《瀛奎律髓汇评》卷 25，上海古籍出版社，2005 年，第 1118 页。
⑮李庆甲《瀛奎律髓汇评》卷 29，上海古籍出版社，2005 年，第 1295 页。
⑯李庆甲《瀛奎律髓汇评》卷 30，上海古籍出版社，2005 年，第 1328 页。
⑰李庆甲《瀛奎律髓汇评》卷 43，上海古籍出版社，2005 年，第 1557 页。

评王绩"意境高古"①,《东塘集提要》评袁说友"格调清新,意境开拓"②,《梅山续稿提要》评姜特立"意境特为超旷"③,《礼部集提要》评吴师道"风骨遒上,意境亦深"④,《北郭集提要》评许恕"格力颇遒,往往意境沉郁"⑤,《翠屏集提要》评张以宁"意境清逸"⑥,《整庵存稿提要》评罗钦顺"意境稍涉平衍"⑦,《众妙集提要》评赵师秀"大抵沿溯武功一派,意境颇狭"⑧,《文氏五家诗提要》评文徵明"诗格不高,而意境自能拔俗"⑨等等。像这样如此频繁地使用"意境"一词,来铨品诗文的高下优劣,这在以前实是未曾有过的。

除了纪晓岚,另外还有一人,那就是梁启超。虽然他对"意境"一词的使用并不多,但是他却是中国文论史上第一个明确以"意境说"相号召的学者,也是第一个明确把"意境"视为文学基本要素的学者。在梁启超看来,要使中国诗歌焕发生机,那就必须进行"诗界革命"。而要进行"诗界革命",那就必须做"诗界之哥伦布"。而要做"诗界之哥伦布",第一就要有"新意境"⑩。借用梁启超的话说,也就是:"能以旧风格含新意境,斯可以举革命之实矣。"⑪而谁要真地做到了这一点,那他就必"为二十世纪支那之诗王"。也正以此为基础,所以梁启超高度赞扬"宋明人善以印度之意境、语句入诗",并把苏轼奉为当时"诗界革命"的楷模。不过另一方面梁启超又认为:"此境(宋诗之境)至今日,又已成旧世界,今欲易之,不可不求之于欧洲。欧洲之意境、语句,甚繁富而玮异,得之可以陵轹千古,涵盖一切,今尚未有其人也。时彦中能为诗人之诗而锐意欲造新国者,莫如黄公度(黄遵宪),其集中有《今别离》四首,又《吴太夫人寿诗》等,皆纯以欧洲意境行之,然新语句尚少。"也正缘此,所以在梁启超心里,在当时进行"诗界革

①魏小虎《四库全书总目汇订》卷149,中华书局,2012年,第4743页。
②魏小虎《四库全书总目汇订》卷159,中华书局,2012年,第5130页。
③魏小虎《四库全书总目汇订》卷161,中华书局,2012年,第5185页。
④魏小虎《四库全书总目汇订》卷167,中华书局,2012年,第5398页。
⑤魏小虎《四库全书总目汇订》卷168,中华书局,2012年,第5440页。
⑥魏小虎《四库全书总目汇订》卷169,中华书局,2012年,第5480页。
⑦魏小虎《四库全书总目汇订》卷171,中华书局,2012年,第5596页。
⑧魏小虎《四库全书总目汇订》卷187,中华书局,2012年,第6348页。
⑨魏小虎《四库全书总目汇订》卷189,中华书局,2012年,第6409页。
⑩梁启超《夏威夷游记》,邬国平、黄霖《中国文论选》(近代卷下),江苏文艺出版社,1996年,第286~288页。
⑪梁启超《饮冰室诗话》,郭绍虞《中国历代文论选》第4册,中华书局,2001年,第134页。

命"依然是非常迫切的:"支那非有诗界革命,则诗运殆将绝。"①

　　统观以上所述,不难得知我国古人对于"意境"一词虽多有使用,尤其至清代,它甚至已成我国古代文论中一个极为核心的词汇,但是自始至终也没有人给它一个明确的界定。虽然有不少表述,确实使"意境"一词带上了一些"境生象外"的色彩,如"意境不远""意境稍平""意境寄托""意境最深""意境浅狭"等,但是也有不少表述这方面的色彩并不突出,如"意境融彻""意境清绝""意境闲逸""意境超旷""意境拔俗"等,甚至还有一些表述与此根本相抵牾,如"意境奇恣""意境宏阔""意境亦阔""意境沉郁""意境玮异"等。因此依据前人的已有表述,我们只能推知"意境"乃意与境相融合,心与物相融合,也即主客观相融合,所谓"境生象外"云云显然并不是它的必备特征。

　　那么,"心物交融",古人借此究竟要表达什么理念呢? 其实他们之所以对"意象""意境"这两个概念如此感兴趣,乃是由于他们对"诗言志"观念的高度肯认造成的。换言之,也即是在我国古人心里,诗歌主要是用来"言志"的,而非用来"体物"的,"摹仿"的。也正因此,所以对于那些片面体物,追求形似,寻求单纯的感官刺激的不良文风,古人常常都是否定的。如《文心雕龙·比兴》批评汉大赋说:"炎汉虽盛,而辞人夸毗","图状山川,影写云物","习小而弃大,所以文谢于周人也。"②隋李谔《上隋高祖革文华书》批评六朝诗风说:"魏之三祖,更尚文词,忽君人之大道,好雕虫之小艺。下之从上,有同影响,竞骋文华,遂成风俗。江左齐梁,其弊弥甚,贵贱贤愚,唯务吟咏。遂复遗理存异,寻虚逐微,竞一韵之奇,争一字之巧。连篇累牍,不出月露之形;积案盈箱,唯是风云之状。"③明许学夷《诗源辨体》批评元嘉诗风说:"太康五言,再流而为元嘉。然太康体虽渐入俳偶,语虽渐入雕刻,其古体犹有存者。至谢灵运诸公,则风气益漓,其习尽移,故其体尽俳偶,语尽雕刻,而古体遂亡矣。……刘勰云:'宋初文咏,俪采百字之偶,争价一句之奇,情必极貌以写物,辞必穷力而造新,此近世之所竞',是也。《南史》载:'灵运车服鲜丽,衣物多改旧形制,世共宗之。'其畔(叛)古趋变,

①梁启超《夏威夷游记》,邬国平、黄霖《中国文论选》(近代卷下),江苏文艺出版社,1996年,第286～288页。
②范文澜《文心雕龙注》卷8,人民文学出版社,1958年,第602页。
③魏征等《隋书》卷66,中华书局,1973年,第1544页。

类如此。"①等等。很明显,依古人的逻辑,无论是象还是境,它们都应被充分情感化、志意化,也即主观化。一切景语皆情语,一切境、象都应是情志的寓托,情志的载体,它们自身是没有独立性的。上文我们说,所谓"意象"也即意化之象,所谓"意境"也即意化之境,其根本意指也正在此。这也是我们从我国传统的"诗言志"观念出发所必然得出的结论。

不过,在另一方面我们也应看到,如果抛开对境、象的摹写,人的内在情志的展现也同样会受到局限。《周易·系辞下》说:"言不尽意","圣人立象以尽意"②,可以说把"象"对"意"的重要性呈示的也是非常清楚的。有关这一点,与我国传统哲学也是密切相通的。如王弼《老子指略》说:"四象不形,则大象无以畅;五音不声,则大音无以至。"③"四象""五音"乃天地万物的借指,"大象""大音"乃宇宙大道的代称。大道虽然高高在上,无所不能,但是如果没有天地万物的产生,它的妙用也同样无法显现。又,东晋孙绰《游天台山赋》说"即有而得玄"④,诗僧支遁也曾写过一篇名曰《即色游玄论》的文章⑤。他们所说的"玄"也同是指"大道"而言,所说的"有"和"色"也同是指天地万物而言。二者的意思也显然是说大道就体现在天地万物里,只有借助天地万物,依托天地万物,才能获得对大道的体认。另外,在很多佛典里也都载有"不舍世间而出世间"一类的话,如慧能《坛经》曰:"法元(原)在世间,于世出世间。勿离世间上,外求出世间。"⑥其逻辑理路与上文所列可谓也是完全一致的。虽然以上这些哲学话语并非对文学而发,但它们对于文学创作的影响却非常之大。因为古人向奉天人合一原则,大道与万物的关系,和志意与境象的关系,原就是统一的。大道是本,万物是末;志意是本,境象是末。大道与万物的关系模式,对志意与境象的关系模式明显具有统率作用。大道与万物是什么关系,志意与境象就也应是什么关系。只有合乎了这样的原则,我们才能说实现了天人合一,实现了与道同体。由于大道既高于万物又不离万物,既支配万物又体现于万物,与此相应,作家志意对于文学境象就也同样应具既支配又寄寓的地

①许学夷《诗源辩体》卷 7,人民文学出版社,1987 年,第 108 页。
②周振甫《周易译注》,中华书局,1991 年,第 249 页。
③楼宇烈《王弼集校释》,中华书局,1980 年,第 195 页。
④严可均《全晋文》卷 61,《全上古三代秦汉三国六朝文》,中华书局,1958 年,第 1806 页。
⑤吉藏《中观论疏》卷 2 末,《大藏经》卷 42,台湾佛陀教育基金会,1990 年,第 29 页。
⑥郭朋《坛经校释》,中华书局,1983 年,第 72 页。

位。也就是说虽然作家志意对于文学境象具有绝对决定作用,文学境象要靠作家志意才能获得价值,但作家志意若离开文学境象,也将同样无法得到展现。只有将两方面结合起来,才能说真正弄懂了"意境""意象"的涵蕴,弄懂了它们与中国传统文化,特别是传统哲学之间那种如影随形、难解难分的密切联系。

虽然说对于意与象、意与境的关系,前人罕有直接论述,但是"意化之象""意化之境"这样的观念却是实实在在广泛存在于中国古代文论的相关表述里的。如《文心雕龙·物色》说:"诗人感物,联类不穷。流连万象之际,沉吟视听之区。写气图貌,既随物以宛转;属采附声,亦与心而徘徊。"①在这段表述里,所谓"随物宛转"也即写出外物的本貌,所谓"与心徘徊"也即呈现内心的情采。显而易见,无论是物象的重要性,还是情感的重要性,刘勰对它们都顾及到了。像这样的表述还有很多,如王昌龄《诗格》曰:"诗一向言意,则不清及无味;一向言景,亦无味。事须景与意相兼始好。"②欧阳修《六一诗话》引梅尧臣语曰:"状难写之景如在目前,含不尽之意见于言外,然后为至矣。"③苏轼《书摩诘蓝田烟雨图》曰:"味摩诘之诗,诗中有画;观摩诘之画,画中有诗。"④谢榛《四溟诗话》曰:"作诗本乎情景,孤不自成,两不相背。""景为诗之媒,情乃诗之胚,合而为诗。"⑤"景多则堆垛,情多则暗弱,大家无此失矣。"⑥王夫之《姜斋诗话》曰:"情景虽有在景在物之分,而景生情,情生景,哀乐之触,荣悴之迎,互藏其宅。"⑦"情景名为二,而实不可离。神于诗者,妙合无垠。""截分两撅,则情不足兴,而景非其景。"⑧况周颐《蕙风词话》曰:"盖写景与言情,非二事也。善言情者,但写景而情在其中。此等境界,唯北宋人词往往有之。"⑨等等。由以上所列不难得知,"意化之象""意化之境"这样的观念确实在我国古代文论里广泛存在着。

①范文澜《文心雕龙注》卷10,人民文学出版社,1958年,第693页。
②张伯伟《全唐五代诗格汇考》,凤凰出版社,2002年,第158页。
③何文焕《历代诗话》,中华书局,2004年,第267页。
④苏轼《苏轼文集》卷70,中华书局,1986年,第2209页。
⑤谢榛《四溟诗话》卷3,丁福保《历代诗话续编》,中华书局,1983年,第1180页。
⑥谢榛《四溟诗话》卷1,丁福保《历代诗话续编》,中华书局,1983年,第1147页。
⑦戴鸿森《姜斋诗话·诗绎》卷1,上海古籍出版社,2012年,第34页。
⑧戴鸿森《姜斋诗话·夕堂永日绪论内编》卷2,上海古籍出版社,2012年,第72~76页。
⑨屈兴国《蕙风词话辑注》卷2,江西人民出版社,2000年,第58页。

弄明了"意境""意象"的具体涵蕴及其与传统文化,特别是传统哲学的联系,那么,对于它们的内在本质我们也就不难作出定位。实事求是地说,古人所说的"意境",所说的"意象"其实也就相当于西人所说的"形象",它们都是主客观的统一。只是相对而言,"意境""意象"更为侧重主观情感的抒发,而"形象"之说则更侧重客观物象的摹写罢了。众所周知,情感与可感乃文学的两个最基本的属性,但是由于中西文化对于主观世界与客观世界的不同侧重,致使它们对于文学这两大属性的态度也出现了差异。我国古人因为更强调人的内在心性的培养,更注重对人的主观世界的开发,因而在文学上便出现了这样的倾向:他们更崇尚"言志",更热衷抒情,更偏爱对人的情感作直接展示,更擅长以情绪的渲染打动他人。而西方学人因为更强调人的实践能力的培养,更注重对客观世界的驾驭,因而在文学创作上也出现了这样的倾向:他们更崇尚"摹仿",更热衷叙事,更偏爱对人的情感作间接展示,更擅长以事象的逼真打动他人。也正因此,所以我们认为"意境""意象"虽然大而言之也属形象论的范畴,但是它们却是一种特殊的形象,是深深地打着中华文化的烙印的,是带着浓厚的民族特色的。只有对此有了清醒的认识,才能说对"意境""意象"的真实蕴涵有了切实的把握。否则,其理解就一定是不深入的,甚乃是完全站不住脚的。

譬如有的学者说:"'意境'和'典型环境中的典型性格'一样,是比'形象'('象')、'情感'('情')更高一级的美学范畴。因为它们不但包含了'象''情'两个方面,而且还特别扬弃了它们的主('情')客('象')观的片面性而构成了完整统一、独立的艺术存在。所以,'意境',有如'典型'一样,如加以剖析,就包含着两个方面:生活形象的客观反映方面和艺术家情感理想的主观创造方面。为简单明了起见,我们把前者叫做'境'的方面,后者叫做'意'的方面。'意境'是在这两方面的有机统一中反映出来的客观生活的本质真实。"①而与此相反,也有学者认为:"古人使用的'意境'只是立意取境之义,是个不含有价值色彩的中性概念。从纪昀到近代梁启超乃至民国初年的诗话都是这么用的。"②"(而今人说的)意境与其说是属于中国古典美学的,不如说是专属于中国现代美学的。它在中国古代还不过是

---

① 李泽厚《"意境"杂谈》,李泽厚《美学旧作集》,天津社会科学院出版社,2002年,第301~302页。
② 蒋寅《原始与会通:"意境"概念的古与今——兼论王国维对'意境'的曲解》,《北京大学学报》2007年3期,第12页。

一般词汇,只是到了现代才获得了基本概念的意义。所以,意境应当被视为中国现代美学概念。意境是中国现代文学和美学界对自身的古典性传统的一个独特发现、指认或挪用的产物,其目的是解决中国现代人自身的现代性体验问题。它对现代人的重要性远胜于对古代人的重要性。……把意境看作古典美学概念,是错以现代人视点去衡量古代人,把意境对于现代人的特殊美学价值错误地安置到古代人身上。"①

两种看法如此对立,对此我们又如何看呢?笔者认为两者都是难成立的。之所以这样说,主要乃因为前者把"意境"的地位拔得太高了,后者把"意境"的地位贬得太低了,他们都有点太极端化。"意境"乃是"意化之境",这是毫无疑义的。说"意境"只是"立意取境",并进而否定它在中国古代文论中的重要地位,这是无论如何也讲不通的。林琴南《春觉斋论文》说:"意境者,文之母也。一切奇正之格,皆出于是。不讲意境,是自塞其途,终身无进道之日矣。"②所述可谓是非常精辟的。不过,另一方面我们也需注意,说"意境"相当于西方的"典型",这也同样不合实际。如上所列,古人每有"意境不远""意境稍平""意境不高""意境浅狭"之类的评语,这其中的"意境"显然就不能换为"典型"。一个人物塑造得不圆满,我们可以说它不典型。一首诗歌写得不圆满,则我们只能说它意境差,而绝不能说它无意境。可见,对于"意境"我们只能将其视为一种特殊的"形象",古人对它也完全是在"形象"的层级上来使用的。好的意境自然可以比肩典型,但并不是所有的意境都是好的意境。

弄清了"意境""意象"的本质,接下来再看它们与"境界"的联系。如前所述,"境界"乃是一个偏义词,它的意义就偏在"境"上,所以在"境象"这一意义上它与"境"字应当说是完全同意的。"境"与"境界"虽然在字面上都指客观物象,但在实际使用中它们也是常常带着主客观交融的色彩的,在佛经里与中国古代文论里尤其是这样。有关这一点,我们在上文也已讲得很清楚了。既是如此,则显而易见二者与"意境""意象"实是相通的。不过,仍如前文所说,"境象"的意义乃是由"边境""环境""境况"逐步引申而来的,所以在具体意指上它一般并不指单个的物象,而指一系列单个物象

---

①王一川《通向中国现代性诗学》,《北京师范大学学报》2001年3期,第32页。
②林纾《春觉斋论文·应知八则》,黄霖、蒋凡《新编中国历代文论选》(晚清卷),上海教育出版社,
　2008年,第218页。

构成的群象。也正基此,所以我们认为"境"与"境界"的意义无疑是要与"意境"更接近的。上引况周颐《蕙风词话》说:"盖写景与言情,非二事也。善言情者,但写景而情在其中,此等境界,唯北宋人词往往有之。"又,明人江盈科《雪涛诗评》说:"香山自有香山之工,前不照古人样,后不照来者议,意到笔随,景到意随,世间一切都着并包囊括入我诗内。诗之境界,到白公不知开扩多少。"①又,清人布颜图《书画心学问答》说:"山水不出笔墨、情景。情景者,境界也。"②由以上三家所述不难看出,在古人心里"境界"一词也确乎是以"情"与"景"、"意"与"景"的交融为特质的。不过,另一方面我们也不得不指出"境界"与"意境"既然字面有异,那么,顾名思义,它们的内涵就也应是各有侧重的。李泽厚说:"境界"一词与"意境"相较,"稍偏于单纯客观意味"③。这一认识无疑是非常有见地的。进言之,也即是"意境"更侧重的是境象的情意化、主观性,"境界"更侧重的是境象的可感性、客观性,它与"形象"的意蕴显然要更近些。如果认不清这一点,那么,对于王国维"境界说"的研究,也就同样无法深入下去了。

六、王国维"境界说"的具体涵蕴

如上所列,前人有关王国维"境界说"的看法主要有八类,即理念说、意境说、形象说、作品世界说、气象说、生气说、景物说与意境层级说。在这里面除了"形象说"较合王国维的意旨外,其他各说应当说都是不周延的。之所以这样说,主要乃因为在我们看来王国维的"境界",其准确的定义实应为:一种既心物交融,又真切不隔的艺术境象。理念说只强调了直观不隔,意境说只强调了情景交融,"世界""气象"这两种说法其用词明显太宽泛,"生气""景物""意境层级"这三种说法与"境界"的词义明显相抵牾,所以相比而言,还是"形象说"与王国维所说更接近。有关这一点,我们也同样不难证明。

(一)称"艺术境象"较"艺术形象"更合中国实际

上面我们说"形象说"与王国维更接近,对"形象说"的肯认显然是有保留的。因为所谓"形象"毕竟乃是一西方概念,它的主要所指乃在人物性格

---

①江盈科《雪涛诗文辑佚》卷2,《江盈科集》下册,岳麓书社,1997年,第802页。按,"着"字疑衍。
②吴世常《美学资料集》,河南人民出版社,1983年,第416页。
③李泽厚《"意境"杂谈》,李泽厚《美学旧作集》,天津社会科学院出版社,2002年,第301页。

及其外在表现,这也就是我们通常所说的"人物形象",它的产生显然乃是以"摹仿说"为主导的西方叙事文学为基础的。而中国文学首在"言志",直接抒情才是它的核心。这样直接的表情方式必然决定:其情感抒写绝不可能采用西方叙事写人的故事形式作主要形式。寄情于景、寓情于物,撷取那些更易意化,更富情采的人生片断、生活细节、自然景象作情感载体,才是它的最佳选择。也正因此,所以与其将它们称为"形象",还不如将它们称为"境象"更为合适。"形象"的侧重点在"形"上,"境象"的侧重点在"境"上。前者强调的是外形,是形貌,后者强调的是环境,是境况。前者主要在人形,后者主要在物象。所以两者的差别,还是很大的。也正基于这样的前提,所以我们认为王国维选用"境界"一词而不选用"形象"一词来概括中国文学的特征,十分明显,他是充分考虑到了中国文学的特点的。

(二)王国维讲境界与西方人讲形象,其根本意图完全一致

综合王国维的一系列论述不难得知,在中国文论史上,王国维实可谓是中国文论现代化的先觉者。之所以给他如此高的评价,一方面固然因为他最早接受了西方审美超功利的观念,成为国内"游戏说"的最早传扬者,另一方面也在于他同时也是西方形象论、直观论的最早接受者,是国内最早运用西方形象论、直观论的学说,对中国文学的创作特征进行系统阐说的开先者。

众所周知,文学创作作为一种特殊的审美活动,它主要具有三大特色:一是抒情性,二是可感性,三是修辞性。但是如果站在审美对象的艺术感染力如何实现的角度,可感性显然更基础。一首诗歌,一部作品,一个对象,如果缺乏可感性,那它的感染力是根本无从谈起的。然而对于这一点我国古人强调的却是非常不够的。

诚然,我国古人也确曾说过这样的话语,如"状溢目前曰秀","状难写之景如在目前"(见前),"诗传画外意,贵有画中态"①,"传神者必以形"②,"无词境,即无词心"③等等。尤其是王夫之,对此表述得更明确:"不能作景语,又何能作情语耶? 古人绝唱句多景语,如'高台多悲风','蝴蝶飞南

---

① 杨慎《升庵诗话》卷 13 引晁补之语,丁福保《历代诗话续编》,中华书局,1983 年,第 897 页。
② 董其昌《画禅室随笔·画诀》卷 2,于民《中国美学史资料选编》,复旦大学出版社,2008 年,第 369 页。
③ 屈兴国《蕙风词话辑注》卷 1,江西人民出版社,2000 年,第 10 页。

园','池塘生春草','亭皋木叶下','芙蓉露下落',皆是也,而情寓其中矣。以写景之心理言情,则身心中独喻之微,轻安(焉)拈出。"①在王夫之这段表述里,所谓"独喻之微"也即面对外在物象在内心产生的深幽微妙、他人难及的感受。所谓"轻安(焉)拈出"也即这样的独特感受,尽管他人难及,但是一旦借助景语,它也可得到十分轻易的展露。显而易见,王夫之所言与以上所列都是同一意思,只不过他的表述更充分罢了。它们与《周易》所说的"言不尽意","圣人立象以尽意"可谓都是遥相呼应的。

但是十分遗憾,像以上论述在中国古代文论里实在太少了,由于受我国"心性论"思想及"言志说"的影响,我国古人往往更加注重的还是象的情化,境的意化。如吴乔《围炉诗话》曰:"问曰:'言情叙景若何?'答曰:'诗以道性情,无所谓景也。'""夫诗以情为主,景为宾。景物无自生,惟情所化。"②李渔《窥词管见》曰:"词虽不出情景二字,然二字亦分主客,情为主,景是客。说景即是说情,非借物遣怀,即将人喻物。有全篇不露秋毫情意,而实句句是情,字字关情者。切勿泥定即景咏物之说,为题字所误。"③叶燮《原诗》曰:"千古诗人推杜甫,其诗随所遇之人之境之事之物,无处不发其思君王、忧祸乱、悲时日、念友朋、吊古人、怀远道,凡欢愉、幽愁、离合、今昔之感,一一触类而起。因遇得题,因题达情,因情敷句,皆因(杜)甫有其胸襟以为基。"④王夫之《姜斋诗话》也谓:"无论诗歌与长行文字,俱以意为主.意犹帅也,无帅之兵,谓之乌合。李杜所以称大家者,无意之诗,十不得一二也。烟云泉石,花鸟苔林,金铺锦帐,寓意则灵。"⑤等等。以这样的思想趣尚为导向,那么,我国传统文论自然不会在艺术境象的直观可感方面着力太多。而这也正是王国维的"境界说"所大力开拓、大有作为的地方。有关这一点,我们在其《人间词话》里是可以看得很清楚的。

如其语曰:"美成《苏幕遮》词:'叶上初阳干宿雨。水面清圆,一一风荷举。'此真能得荷之神理者。觉白石《念奴娇》《惜红衣》二词,犹有隔雾看花之恨。"又曰:"白石写景之作,如'二十四桥仍在,波心荡、冷月无声','数峰

---

①戴鸿森《姜斋诗话笺注·夕堂永日绪论内编》卷2,上海古籍出版社,2012年,第92页。
②吴乔《围炉诗话》卷1,郭绍虞《清诗话续编》,上海古籍出版社,1983年,第478页。
③李渔《笠翁一家言诗词集》附录,《李渔全集》第2卷,浙江古籍出版社,1991年,第511页。
④叶燮《原诗·内篇上》卷1,王夫之等《清诗话》,上海古籍出版社,1978年,第572页。
⑤戴鸿森《姜斋诗话笺注·夕堂永日绪论内编》卷2,上海古籍出版社,2012年,第45页。

清苦,商略黄昏雨','高树晚蝉,说西风消息',虽格韵高绝,然如雾里看花,终隔一层。梅溪、梦窗诸家写景之病,皆在一'隔'字。北宋风流,渡江遂绝。抑真有运会存乎其间耶?"又曰:"问'隔'与'不隔'之别,曰:陶谢之诗不隔,延年则稍隔矣。东坡之诗不隔,山谷则稍隔矣。'池塘生春草','空梁落燕泥'等二句,妙处唯在不隔,词亦如是。即以一人一词论,如欧阳公《少年游》咏春草上半阕云:'阑干十二独凭春,晴碧远连云。千里万里,二月三月,行色苦愁人',语语都在目前,便是不隔。至云'谢家池上,江淹浦畔',则隔矣。白石《翠楼吟》:'此地。宜有词仙,拥素云黄鹤,与君游戏。玉梯凝望久,叹芳草、萋萋千里',便是不隔。至'酒祓清愁,花消英气',则隔矣。"又曰:"'生年不满百,常怀千岁忧。昼短苦夜长,何不秉烛游。''服食求神仙,多为药所误。不如饮美酒,被服纨与素。'写情如此,方为不隔。'采菊东篱下,悠然见南山。山气日夕佳,飞鸟相与还。''天似穹庐,笼盖四野。天苍苍,野茫茫,风吹草低见牛羊。'写景如此,方为不隔。"[1]等等。

如此不厌其烦地反复论说"不隔"对于文学创作的重要性,这在之前确是闻所未闻的。那么,怎样才叫"不隔"呢? 在《人间词话》里王国维还说过这样一段话:"大家之作,其言情也必沁人心脾,其写景也必豁人耳目,其辞脱口而出,无矫揉妆束之态。以其所见者真,所知者深也。诗词皆然。持此以衡古今之作者,可无大误也。"[2]在这段话里虽然并未出现"不隔"的字眼,但是若结合王国维上文所举文例及相关论述,如"语语都在目前","犹有隔雾看花之恨","雾里看花,终隔一层"等,把它作为王国维对于"不隔"所作的界定,应当说也是完全可信的。如果说得再简炼一点,所谓"不隔"其实也就是"真切可感"。"真切"是前提,是基础,"可感"是结果,是目的。所谓"真切"也即"所见者真,所知者深",对于审美对象有真实的体验,深切的感受。所谓"可感"也即"其言情也必沁人心脾,其写景也必豁人耳目,其辞脱口而出",对于主体真实的体验,深切的感受能够作出充分的没有丝毫遮蔽的表达。由于无论是情感还是景物,都是作者所亲见亲历,亲感亲验的,没有丝毫的"矫揉"与"妆束",其语言表达自然也就随感而出,即兴而发,无需一丝一毫的停顿犹豫,计虑思索。一旦出现计虑思索,那就意味着

---

① 王国维《人间词话》卷上,黄霖等导读,上海古籍出版社,1998年,第8~10页。
② 王国维《人间词话》卷上,黄霖等导读,上海古籍出版社,1998年,第14页。

作家的语言不是由其内心直接喷出，不是迸自其生命的深处，与作家的本觉，也即本然的直觉出现偏差了。可见只有作家首先对审美对象有真切之感，然后其语言表达才有可能使读者感到真切可感。如果失去了对审美对象感受的真切性，那么，其语言表达的真切性、可感性，也就随之不存在了。语言表达的真切性、可感性既不存在，那艺术作品的感染力、生命力自然也就无从谈起了。

那么，王国维何以要如此大声疾呼宣扬“不隔”呢？这与我国传统文论对于文学可感性的缺乏关注显然是有密切联系的。有的学者说：“‘语语都在目前，便是不隔’，在原稿中本为‘语语可以直观，便是不隔’。这一处改动告诉我们，王国维提出‘隔’与‘不隔’，尽管采用了陌生的说法，却并不是无源之水，无本之木。它就本于叔本华的‘直观说’。所谓‘不隔’就是‘可以直观’；所谓‘隔’就是不能直观。”①换言之，也即是：“他的‘不隔’说和西方的‘形象’概念，坚持的是同一种视觉优先性，或用 W. J. T. 米切尔的话说，一种‘图画的专政’。”②对这一看法我们显然应从两方面来认识。首先把王国维的“不隔”等同于“直观”，这并不准确。因为王国维把“直观”改为“不隔”也可另作解释，那就是“直观”之说与中国文学并不是那么切合，所以王国维才改作了“不隔”。文学最基本的特征应是可感，“形象”“直观”只是“可感”的表现形式之一。它只适宜评价西方的“摹仿”艺术，用它来衡量中国的“言志”艺术并不贴切。如果一味强调“形象”“直观”在实现可感性上的唯一性，那就真成了“视角优先”与“图画专政”。但另一方面我们也不得不承认，王国维所以提出“不隔”的概念，这与西方的“直观”“形象”说对他的启发也确乎是分不开的。他之所以反复强调“不隔”对于诗词创作的重要性，其根本目的与西人一样，也是旨在强调审美对象的可感性的。因为正如我们上文所说，艺术对象一旦失去了可感性，那它的一切就都谈不上了。如果我们要探讨王国维“境界说”的意义，那它的最根本的意义正在这里。如果忽视了这一点，那王国维作为中国文论现代化的奠基人，其合法性究竟有多大，也就无需多议了。

---

① 罗钢《传统的幻象：跨文化语境中的王国维诗学》，人民文学出版社，2017年，第67～68页。
② 罗钢《传统的幻象：跨文化语境中的王国维诗学》，人民文学出版社，2017年，第149页。

（三）王国维对于可感性的强调与抒情性、含蓄性并无矛盾

对于诗词创作可感性的强调，固然是王国维对中国传统文论的重大突破，但是王国维在强调艺术境象可感性的同时，并未否定中国文学历来崇尚“言志”、喜欢“含蓄”的传统。因为文学之所以为文学，它最突出的特性就在可感。如果没有了可感性，它的抒情性、含蓄性的落实也同样要大打折扣。

通览前人对于王国维“境界说”的评价，不难发现他们常有四大误解。其一，误以为王国维只讲物景，不讲情感。如徐复观曰：“在诗词创作的长期体验中，写景虽然占有重要的地位，却很难说写景为诗词创作之本。”①“他的论境界皆偏在景的自身，没有把景和情的关系扣紧，许多依稀夹杂的说法皆由此而来。”②唐圭璋曰：“予谓境界固为词中紧要之事，然不可舍情韵而专倡此二字。境界亦自人心中体会得来，不能截然独立。五代北宋之词所以独绝者并不专在境界上。……上乘作品，往往情景交融，一片浑成，不能强分。”③等等。然而在实际上，王国维却根本没有否定情感的意思。他所说的“境界”本身就是心物交融的产物。称之为“境界”而不称为“意境”，只是鉴于传统文论对于审美对象可感性的乏述，而想借此对它加以凸示罢了。在《人间词话》里，涉及人的情感的表述不在少数。如曰：“词至李后主而眼界始大，感慨遂深，遂变伶工之词而为士大夫之词。”④又曰：“少游词境最为凄婉，至‘可堪孤馆闭春寒，杜鹃声里斜阳暮’，则变而凄厉矣。”⑤又曰：“幼安之佳处，在有性情，有境界。即以气象论，亦有‘横素波、干青云’之概，宁后世龌龊小生所可拟耶？”⑥又曰：“‘我瞻四方，蹙蹙靡所骋’，诗人之忧生也。‘昨夜西风凋碧树。独上高楼，望尽天涯路’似之。‘终日驰车走，不见所问津’，诗人之忧世也。‘百草千花寒食路，香车系在谁家树’似之。”⑦等等。所有这些，都充分说明把人的情感排除在王国维

---

① 徐复观《王国维〈人间词话〉境界说试评》，《中国文学精神》，上海书店出版社，2004年，第53页。
② 徐复观《王国维〈人间词话〉境界说试评》，《中国文学精神》，上海书店出版社，2004年，第59页。
③ 唐圭璋《评〈人间词话〉》，姚柯夫主编《〈人间词话〉及评论汇编》，书目文献出版社，1983年，第93页。
④ 王国维《人间词话》卷上，黄霖等导读，上海古籍出版社，1998年，第4页。
⑤ 王国维《人间词话》卷上，黄霖等导读，上海古籍出版社，1998年，第7页。
⑥ 王国维《人间词话》卷上，黄霖等导读，上海古籍出版社，1998年，第11页。
⑦ 王国维《人间词话》卷上，黄霖等导读，上海古籍出版社，1998年，第6页。

的"境界说"之外,是完全站不住脚的。王国维只是出于强调文学可感性的需要,对于作品的物景的一面呈示得更为鲜明,更为突出罢了。

其二,误以为王国维只强调真而忽视善,不重视人的道德情感。如金开诚曰:"王氏是不承认思想情操有高低、雅俗、美丑之分的,也不懂得各个时代的诗作是必须联系它的具体历史背景评价的。他所强调的只有一个抽象不变的'真'字。这种理论如果能够成立,则许多淫秽恶俗的黄色作品无不可以肯定,只要它们写得真实。"①聂振斌曰:"王国维的意境理论的最大缺陷,就在于他不声不响地把'善'排除了。他只分析强调了美与真的关系,而根本不提'善'对于美有什么意义。这是疏忽吗? 不。这是他的有意之笔。因为他认为人性是先验的,不可知的。人性善恶之争已有两千多年,孰是孰非谁也弄不清。……这正是他在文学艺术中不言善恶的原因。"②等等。诚然,在人性论上王国维持的是不可知论,但是他所以强调不可知,只是为了说明对此争论没有意义,并不是说人的善恶就无关紧要了。

不错,在《人间词话》里王国维确实还说过这样的话:"'昔为倡家女,今为荡子妇。荡子行不归,空床难独守''何不策高足,先据要路津? 无为守穷贱,坎轲长苦辛',可为淫鄙之尤。然无视为淫词、鄙词者,以其真也。五代北宋之大词人亦然。非无淫词,读之者但觉其亲切动人。非无鄙词,但觉其精力弥满。可知淫词与鄙词之病,非淫与鄙之病,而游词之病也。'岂不尔思,室是远而。'子曰:'未之思也,夫何远之有?'恶其游也。"③但是这不过是王国维为了更好地凸显文艺创作的真切性对其可感性的重要意义,而特意列出的一些特殊例子罢了。虽然古人向有"过犹不及"的说法,但是有时为了把思想观点展现得更明确,适当采用一点"矫枉过正"的做法也是未尝不可的。"岂不尔思,室是远而"企图要表达的固然是一种善念,但是由于它华而不实,非为真心,纯属"游词",所以反而不如那些饱含真情的"淫词""鄙词"来得更为感人。王国维这里之所以举出一些偏激的例子,主要是想与那些华而不实的"游词"作一对比,以凸显"真切"与"不隔"的密切联系。如果仅仅据此,就从而认为王国维只讲情感的真实性而不讲情感的

①金开诚《〈人间词话〉的"境界说"》,《古典文学论丛》第 2 辑,陕西人民出版社,1982 年,第 524 页。
②聂振斌《王国维美学思想研究》,商务印书馆,2012 年,第 234 页。
③王国维《人间词话》卷上,黄霖等导读,上海古籍出版社,1998 年,第 15～16 页。

高尚性,这也同样是有违王国维的实际的。

在《人间词话》里,王国维对人的高尚精神颇多赞语,如曰:"昭明太子称:陶渊明诗'跌宕昭彰,独超众类。抑扬爽朗,莫之与京'。王无功称:薛收赋'韵趣高奇,词义晦远。嵯峨萧瑟,真不可言'。词中惜少此二种气象,前者惟东坡,后者惟白石,略得一二耳。"又曰:"词之雅郑,在神不在貌。永叔、少游虽作艳语,终有品格。方之美成,便有淑女与倡伎之别。"①又曰:"读东坡、稼轩词,须观其雅量高致,有伯夷、柳下惠之风。白石虽似蝉脱尘埃,然终不免局促辕下。"又曰:"周介存谓:'梅溪词中,喜用"偷"字,足以定其品格。'刘融斋谓:'周旨荡而史意贪。'此二语令人解颐。"②等等。据此,则说王国维只重视诗词创作的真实性而不重视其思想性也就更难成立了。

其三,误以为王国维只崇尚直观而轻视含蓄。持这一观点的学者特别之多,如朱光潜曰:"王氏论隔与不隔的分别,说隔如'雾里看花',不隔为'语语都在目前',似有可商酌处。诗原来有偏重'显'与偏重'隐'的两种,……王氏的'语语都在目前'的标准似太偏重'显'。"③饶宗颐曰:"王氏论词标隔与不隔,以定词之优劣,屡讥白石之词有'隔雾看花'之恨,又云'梅溪、梦窗诸家写景之病,皆在一"隔"字'。予谓:'美人如花隔云端',不特未损其美,反益彰其美,故'隔'不足为词之病。""词者意内言外,以隐胜,不以显胜,……故以曲为妙,以复见长,不能单凭直觉,以景证境。吾故谓王氏之说,殊伤质直,有乖意内言外之旨。若夫'晦塞为深,虽奥非隐',如斯方为词之疵累。质言之,词之病,不在于隔而在于晦。"④等等。显而易见,这也同是对王国维的误解。因为正如有的学者所说:"(王国维)先生所说的不隔和语语都在目前,是指词句的自然与感情的真切而言,并非指表现的方法。如果词句合于自然真切的标准,不管用显隐的方法表现,都是好的。如果虚浮雕琢,任何方法都不算好。"⑤"王国维的'隔'与'不隔',……也可以说是对刘勰所说的'隐''秀'这对范畴中的'秀'的一种分析。'秀'是'状溢目前',所以'秀'也就是不隔。'状溢目前'的'秀'与'情

---

① 王国维《人间词话》卷上,黄霖等导读,上海古籍出版社,1998年,第7页。
② 王国维《人间词话》卷上,黄霖等导读,上海古籍出版社,1998年,第11～12页。
③ 朱光潜《诗论》,上海古籍出版,2001年,第48～49页。
④ 饶宗颐《〈人间词话〉平议》,何志韶《人间词话研究汇编》,台湾巨浪出版社,1975年,第88～89页。
⑤ 王德毅《王国维年谱》,兰台出版社,2013年,第87页。

在词外'的'隐'本来就是矛盾的统一,所以'不隔'与'隐'也是矛盾的统一。这里并不存在排斥'隐'的问题。"①

那么,事实果真如此吗? 我们不妨再来看看他的原文。在《人间词话》里,虽然王国维出于对诗词创作"真切可感"的强调,对于文学作品的含蓄性讲得并不多,但是其思想意指仍是清晰可见的。如曰:"美成深远之致不及欧秦。"又曰:"冯梦华《宋六十一家词选序例》谓:'淮海、小山,古之伤心人也。其淡语皆有味,浅语皆有致。'余谓此唯淮海足以当之。小山矜贵有余,但可方驾子野、方回,未足抗衡淮海也。"②又曰:"古今词人格调之高,无如白石,惜不于意境上用力,故觉无言外之味,弦外之响,终不能与于第一流之作者也。"③又曰:"词之为体,要眇宜修,能言诗之所不能言,而不能尽言诗之所能言。诗之境阔,词之言长。"④等等。据此足见,对于诗文创作的含蓄性,王国维是一点也不排斥的。诚然,由于我国古人对于诗歌"言志"本色的强调,致使作家笔下的物景都纷纷呈现出忌实趋虚,轻形重神的"情志化"特征,使它们与现实真相都存在着较大差距。如司空图《与极浦书》引戴叔伦语曰:"诗家之景,如蓝田日暖,良玉生烟,可望而不可置于眉睫之前也。"⑤但是这与王国维所提倡的"不隔"并不相龃龉。尽管所写景象不能直置"眉睫之前",但是这并不妨碍其"可望"的特点。王国维所说的"如在目前"与戴叔伦所说的"可望而不可置于眉睫之前",虽然字面表达不同,但是其本旨并不相悖。刘熙载《艺概》曰:"凡诗,迷离者要不间,切实者要不尽。"⑥所谓"不间""切实",其实就是真切不隔的意思,所谓"迷离""不尽"其实就是模糊含蓄的意思。可见含蓄与可感是完全可以统一起来的。又,钟嵘《诗品序》曰:"五言居文词之要,是众作之有滋味者也,故云会于流俗,岂不以指事造形,穷情写物,最为详切者邪!"⑦对于其中的"详切"二字,韩经太解释说:"'详'者,非'略',自然有详细、详明、详备之义;'切'者,

---

① 叶朗《中国美学史大纲》,上海人民出版社,1985年,第620页。
② 王国维《人间词话》卷上,黄霖等导读,上海古籍出版社,1998年,第7~8页。
③ 王国维《人间词话》卷上,黄霖等导读,上海古籍出版社,1998年,第10页。
④ 王国维《人间词话》卷下,黄霖等导读,上海古籍出版社,1998年,第19页。
⑤ 肖占鹏《隋唐五代文艺理论汇编评注》,南开大学出版社,2015年,第1207页。
⑥ 刘熙载《艺概》卷2,上海古籍出版社,1978年,第83页。
⑦ 曹旭《诗品笺注》,人民文学出版社,2009年,第23页。

不'隔',自然有切近、切实、真切之义。"①如果韩氏所说不错,则显而易见,在钟嵘眼里"有滋味"与"真切不隔",二者也同样是可以彼此相融的。

其四,误以为王国维专尚赋体,不喜比兴。如唐圭璋曰:"王氏既倡境界之说,而对于描写景物又有隔不隔之说。推王氏之意,则专赏赋体,而以白描为主,故举'池塘生春草''采菊东篱下'为不隔之例。主赋体白描,固是一法,然不能谓除此一法外,即无他法也。比兴亦是一法,用来言近旨远,有含蓄,有寄托,香草美人,致慨遥深,固不能斥为隔也。东坡之《卜算子·咏鸿》,碧山之《齐天乐·咏蝉》,说物即以说人,语语双关,何能以隔讥之。若尽以浅露直率为不隔,则亦何贵有此不隔?"②又,王镇坤先生也有类似看法。由于所说与唐圭璋基本相同,所以这里就不再重述了③。与上一误解加以对照,不难发现这一误解实是上一误解的进一步引发。上一误解既难成立,这一误解自然也是不足为凭的。有关这一点,我们由王国维《人间词话》的相关表述也同样可以看得很清楚。如曰:"宋直方《蝶恋花》:'新样罗衣浑弃却,犹寻旧日春衫著。'谭复堂《蝶恋花》:'连理枝头侬与汝,千花百草从渠许。'可谓寄兴深微。"④又曰:"近体诗体制,以五七言绝句为最尊,律诗次之,排律最下。盖此体于寄兴言情,两无所当,殆有韵之骈体文耳。"⑤特别是下面这一表述,把这一问题展现得更明确:"南唐中主词:'菡萏香销翠叶残,西风愁起绿波间。'大有众芳芜秽,美人迟暮之感。乃古今独赏其'细雨梦回鸡塞远,小楼吹彻玉笙寒',故知解人正不易得。"⑥"细雨梦回鸡塞远,小楼吹彻玉笙寒"两句明明是赋体,"菡萏香销翠叶残,西风愁起绿波间"两句明明是比兴。王国维肯定后者而否定前者,并批评后人审美错位,这更足说明他对"比兴"是一点也不轻视的。

总而言之,对于王国维的"境界说"要作辩证认识。由于他重在强调审美对象的可感性,以弥补我国传统文论的不足,所以他对其他方面的肯认自然也就少了一些。文学创作必须给人以切实的感受,以期在情感上打动人的情绪,这是一个很基本的问题,它绝不会与文学的其他方面相矛盾。

---

① 韩经太《诗艺与体物》,《文学遗产》2005年第2期,第31～32页。

② 唐圭璋《评〈人间词话〉》,姚柯夫《〈人间词话〉及评论汇编》,书目文献出版社,1983年,第94页。

③ 王镇坤《评〈人间词话〉》,何志韶《人间词话研究汇编》,台湾巨浪出版社,1975年,第76页。

④ 王国维《人间词话》卷下,黄霖等导读,上海古籍出版社,1998年,第22～23页。

⑤ 王国维《人间词话》卷上,黄霖等导读,上海古籍出版社,1998年,第15页。

⑥ 王国维《人间词话》卷上,黄霖等导读,上海古籍出版社,1998年,第4页。

在抒情性上、含蓄性上是如此,在其他问题上也同样如此。不明白这一点,那对王国维的"境界说"就很难有一个公允的评断。如有的学者说:"文学之事,最不宜有执一之谈,博采众长,转益多师,能入能止,始可成一家之面目。若夫崖岸过高,反生阴影。""静安先生以目前语、浑成语为不隔,凡用典、用事或加以人工修琢者,皆隔也。夫自然美妙之语,孰不知其可爱,然而不能废用典用事者。"①或又谓:"近人反对凝练,反对雕琢,于是梦窗千锤百炼、含意深厚之作,不特不为人所称许,反为人所痛诋,毋亦过欤? 古人言治玉,须切磋琢磨,始成精品。为诗文词者,亦何独不然? 即画家之配度结构,音乐家之创制腔格,雕塑家之规模神采,何一不需积日累月,惨淡经营,而后始臻上乘也。正因未美、未真而雕琢,愈雕琢乃愈真、愈美,非愈雕琢愈无生气也。字有未安,句有未妥,法有未密,色有未调,声有未响,心之所欲言者,尚不能尽情表达,于是呕心苦思,反复雕琢,改之又改,炼之又炼,务使字字精当,务使真情毕宣。范石湖谓白石诗为'裁云缝月之妙手,敲金戛玉之奇声',此语正可以移评梦窗词。"②等等。像这样的认识,显然都是有些片面的。

(四)从王国维对"意境""境界"的使用看其学术归趣

王国维的"境界说"并不是西方美学的照搬,而是试图借助西方理论的优长以匡正中国文论的不足。正如我们上文所说,文学创作的真切可感乃是其得以存在的基础,如果失去了这一点,那文学也就不配再称文学了。可是这一点,我国古人强调的却是非常不够的。王国维的"境界说"其最大贡献也正在此。不过,王国维强调文学的"真切可感",并不意味着他对情志化的否定,这由他在"境界""意境"二词的使用上所出现的犹豫摇摆也同样可以看得很清楚。

通览王国维的现存文字,"境界"一词显然出现得更早一些。写于1900年的《欧罗巴通史序》,其中就有"本自然之境界,顺山川之形势"的文句③。接下来在1904年写的《孔子之美育主义》与《红楼梦评论》里,更多次用到"境界"一词。如前者曰:"其视外物也,不以为与我有利害之关系,而

---

① 吴征铸《评〈人间词话〉》,姚柯夫《〈人间词话〉及评论汇编》,书目文献出版社,1983年,第97~99页。

② 唐圭璋《词学论丛》,上海古籍出版社,1986年,第982~983页。

③ 王国维《王国维文存》(方麟选编),江苏人民出版社,2014年,第676页。

但视为纯粹之外物。此境界唯观美时有之。"又曰："宫观之瑰杰,雕刻之优美雄丽,图画之简淡冲远,诗歌音乐之直诉人之肺腑,皆使人达于无欲之境界。"①后者曰："今使人日日居忧患,言忧患,而无希求解脱之勇气,则天国与地狱,彼两失之。其所领之境界,除阴云蔽天,沮洳弥望外,固无所获焉。"②又曰："如谓书中种种境界,种种人物,非局中人不能道,则是《水浒传》之作者必为大盗,《三国演义》之作者必为兵家,此又大不然之说也。"③等等。但是稍加审视即不难得知:《欧罗巴通史序》里"境界"指的是疆界,《孔子之美育主义》里的"境界"指的是人的思想、精神所达到的层次,《红楼梦评论》里的"境界"指的是人物所经历的境况或遭遇,它们都不是在心物交融的艺术境象的意义上使用的。

因此若从这个角度说,则在王国维的现有论著里,最早使用的还是"意境"一词。如在他 1905 年写的《论哲学家及美术家之天职》中载有这样一句话:"今夫人积年月之研究,而一旦豁然悟宇宙人生之真理,或以胸中惝恍不可捉摸之意境一旦表诸文字、绘画、雕刻之上,此固彼天赋之能力之发展,而此时之快乐,决非南面王之所能易者也。"④这里的"意境"显然就已指心物交融的艺术境象了。不过,对于这里的"意境"王国维并没有给出相应的解析,仅仅据此我们还很难推知它的具体含义。在文学思想上具有里程碑意义的应是他 1907 年写的《〈人间词〉乙稿序》。在这篇序文里他一共 14 次用到"意境"一词,并且还对"意境"的功能、含蕴作了十分具体的分析。

其文曰:"文学之事,其内足以摅己而外足以感人者,意与境二者而已。上焉者意与境浑,其次或以境胜,或以意胜,苟缺其一,不足以言文学。原夫文学之所以有意境者,以其能观也。出于观我者,意余于境。而出于观物者,境多于意。然非物无以见我,而观我之时,又自有我在。故二者常互相错综,能有所偏重,而不能有所偏废也。文学之工不工,亦视其意境之有无与其深浅而已。自夫人不能观古人之所观而徒学古人之所作,于是始有伪文学。学者便之,相尚以辞,相习以模拟,遂不复知意境之为何物,岂不

①王国维《王国维集》(周锡山编校)第 4 册,中国社会科学出版社,2008 年,第 4 页。

②王国维《王国维文学论著三种》,商务印书馆,2001 年,第 18 页。

③王国维《王国维文学论著三种》,商务印书馆,2001 年,第 26 页。

④王国维《王国维集》(周锡山编校)第 1 册,中国社会科学出版社,2008 年,第 182 页。

悲哉！苟持此以观古今人之词,则其得失,可得而言焉。"①

由这一序文不难看出,王国维对"意境"主要作了以下三个界定:其一,"意"与"境"两者缺一不可,它们都是文学创作所必须的。其二,"意境"的型式可分三类,一是"意余于境",二是"境多于意",而最高的水准则是"意与境浑"。其三,文学之所以为文学,其最根本的原因就在于它"有意境","能观也"。尽管在序文里王国维对"境界"一词根本未提及,也未把"能观"与"不隔"联系起来,但是显而易见,"境界"的概念已呼之欲出了。换言之,也即是王国维虽然使用了"意境"一词,但是他对"意境"的界定已明显不同于前人。前人所强调者主要在"意",而王国维所强调者已偏重在"境"。表面看来他好像两者兼重,而实际上强调"意境"的"能观"才是他的核心。"观物"之时所观者是"境","观我"之时因"非物无以见我","我"也要靠外物来体现,所以所观者也是"境",足见强调"意境"的"能观""不隔",才是其根本。王国维之所以未使用"境界"一词,大概因为较之"意境","境界"一词在古代文论里的使用明显偏少,所以才暂时没有引起他的注意。

果然,时间仅仅相错一年,在 1908 年所写的词学专著《人间词话》里,王国维就改以"境界"立论了。也正缘此,所以在这部著名的词学专著里他对"意境"的使用仅只一次,即:"古今词人格调之高,无如白石,惜不于意境上用力,故觉无言外之味,弦外之响,终不能与于第一流之作者也。"(见前)如果再考虑到"境界"乃一偏义词,而把"境"字看作"境界"的"省称"②,或者"简称"③,那"境界"一词的使用频率就更高了,简直可以说俯拾皆是。

那么,把"意境"换为"境界",究竟意味着什么呢？有不少学者都作了这样的解释:"意境"更侧重艺术境象的含蓄性,"境界"更强调艺术境象的直观性。如叶朗曰:"为什么王国维在侧重强调再现的真实性这一层涵义时,要用'境界'这个词而不用'意境'这个词？我想这和'境界'这个词比较'意境'这个词更多地具有客体方面的意味可能是有关系的。"④"意境说的精髓,如果要用一句话来概括,就是'境生于象外'。艺术家的审

---

①王国维《王国维集》(周锡山编校)第 1 册,中国社会科学出版社,2008 年,第 245～246 页。
②萧华荣《中国古典诗学理论史》,华东师范大学出版社,2005 年,第 375 页。
③滕咸惠《〈人间词话〉译评》,吉林文史出版社,2004 年,第 1 页。
④叶朗《中国美学史大纲》,上海人民出版社,1985 年,第 617 页。

美对象不是'象',而是'境','境'是'虚'与'实'的统一。所以'意境'的范畴不等于一般艺术形象的范畴('意象')。'意境'是'意象',但不是任何'意象'都是'意境'。'意境'的内涵比'意象'的内涵丰富。……王国维的境界说并不属于中国古典美学的意境说的范围,而是属于古典美学的意象说的范围。"①又,萧华荣也谓:"在王国维的诗学论著中,除'境界'外,还有'境''意境'。'境'一般是'境界'的省称,'意境'则与'境界'有细微差异,更侧重诗'境'所蕴的言外之意。"②等等。这样的认识显然是需要进一步斟酌的。因为正如我们前文所说,"意境说"对于诗文的含蓄性固然非常重视,但是我们并不能说含蓄性就是"意境说"最主要的特征。"意境说"最主要的特征是情景交融,也即境的意化,这才是王国维舍"意境"而用"境界"的最主要的原因。因为王国维"境界说"的最突出的特点就在强调艺术境象的真切不隔,这与"境界"一词在字面上显然更协调。有的学者说:"王国维的'境界说'代表了他对文学创作应'能写真景物、真性情'的要求,传统的'意境说'则代表了对诗词中的情景统一的要求。前者所求在于内容的真实与表现的显豁,后者所求在创作者的情感融化于作为对象的景致之中。将它们混为一谈,显然不利于把握它们的真实涵义。"③这一论述对于我们正确理解王国维"境界说"的涵蕴显然是非常有帮助的。

不过,另一方面我们也应看到,无论是"境界"一词,还是"意境"一词,在王国维笔下都是服务于同一个目的,王国维用它们所凸显的都是审美对象真切不隔的特征。无论是在传统文论里,还是王国维的"境界说"里,"境界"与"意境"的差别都不突出,只是稍稍各有侧重罢了。但不管是"境界"一词,还是"意境"一词,在王国维笔下与其传统意义却都有很大差距。也正因此,所以在《人间词话》里,"境"与"境界"虽然占了绝对优势,但对"意境"一词王国维也同样使用了一次。有的学者说:"这当然不会是王国维的疏忽,极大的可能是他并不认为这两个词有什么差异。"④或者换句话说,"境界"与"意境"虽有一字之异,但是在王国维笔下,"两者实在没有太大的

①叶朗《中国美学史大纲》,上海人民出版社,1985年,第621页。
②萧华荣《中国古典诗学理论史》,华东师范大学出版社,2005年,第375页。
③傅谨《王国维"境界说"辨微》,《杭州大学学报》1987年第3期,第61页。
④周一平、沈茶英《中西文化交汇与王国维学术成就》,学林出版社,1999年,第74页。

差别"①。无论是在传统文论里,还是王国维的"境界说"里,它们都是被"当作同义词来使用的"②。显而易见,这样的看法与王国维的实际无疑是非常相合的。

当然,对于"意境""境界"二词在王国维笔下的涵蕴,我们既要看到它们的统一,也要看到它们的差异,否则,王国维在《人间词话》里舍"意境"而用"境界"的举动就无法解释。尽管王国维对于"意境"的定位也是"能观",但是从字面看,"境界"较之"意境"显然更能凸显"能观"的意义。如果我们否定了王国维舍"意境"而用"境界"的有意性,那我们对其在中国文论建构上所付的努力,其认识也一定是不充分的。

从王国维现有的文字看,他对"境界"一词的偏爱一直持续到1910年。在此年所写的《清真先生遗事·尚论》里,他使用的还是"境界"一词:"一切境界,无不为诗人设。世无诗人,即无此种境界。……境界有二:有诗人之境界,有常人之境界。诗人之境界,惟诗人能感之,而能写之。若夫悲欢离合,羁旅行役之感,常人皆能感之,而惟诗人能写之。"③不过,在1912年写的《宋元戏曲考》与1913年写的《东山杂记》里,他又重新改用了"意境"一词。如《东山杂记·沈乙庵方伯〈秋怀诗〉》曰:"顷读沈乙庵方伯《秋怀诗》三首,意境深邃而寥廓,虽使山谷、后山为之,亦不是过也。"④又,《宋元戏曲考·元剧之文章》曰:"元剧最佳之处不在其思想结构,而在其文章。其文章之妙,亦一言以蔽之,曰:有意境而已矣。何以谓之有意境?曰写情则沁人心脾,写景则在人耳目,述事则如其口出是也。古诗词之佳者,无不如是,元曲亦然。明以后,其思想结构尽有胜于前人者,唯意境则为元人所独擅。"⑤又,同书《元南戏之文章》曰:"元南戏之佳处,亦一言以蔽之,曰:自然而已矣。申言之,则亦不过一言,曰:有意境而已矣。故元代南、北二戏佳处略同。"⑥等等。

虽然表面看来,王国维的以上论述所强调的与《〈人间词〉乙稿序》《人间词话》并无两样,但是仍有两点需要我们特别重视。一是相对于《〈人间

①蒋寅《古典诗学的现代诠释(增订本)》,中华书局,2009年,第41页。
②叶朗《中国美学史大纲》,上海人民出版社,1985年,第612页。
③王国维《王国维集》(周锡山编校)第1册,中国社会科学出版社,2008年,第53页。
④王国维《王国维集》(周锡山编校)第1册,中国社会科学出版社,2008年,第127页。
⑤王国维《王国维文学论著三种》,商务印书馆,2009年,第161页。
⑥王国维《王国维文学论著三种》,商务印书馆,2009年,第183页。

词〉乙稿序》,王国维对"意境"的直观性、可感性显然表述得更充分。较之前者所说的"能观",王国维这里所说的"写情则沁人心脾,写景则在人耳目,述事则如其口出",无疑把"能观"的所指大大具体化了。这与《人间词话》所说的"其言情也必沁人心脾,其写景也必豁人耳目,其辞脱口而出",显然更趋一致。二是较之《〈人间词〉乙稿序》《人间词话》,王国维显然又对中国传统文论进行了回归。因为中国传统文论一向强调的都是"言志",对于文学创作的可感不隔并不特别重视。在《〈人间词〉乙稿序》里,王国维虽然作了这样的表达:"文学之事,其内足以摅己而外足以感人者,意与境二者而已。上焉者意与境浑,其次或以境胜,或以意胜,苟缺其一,不足以言文学",但是由于他所面对的语境乃中国传统文论,所以他实际要强调的乃文学创作不能缺"境",而并非文学创作不能缺"意"。因为中国传统文论历来都不乏对"意"的强调,它们所欠缺的恰恰就在对"境"的张扬。也正因为王国维虽然说的是"意境",而实际上已经偏向于"境",所以我们才说《人间词话》"境界说"的提出,乃是《〈人间词〉乙稿序》的进一步发挥,二者之间实为一种递进关系。而《宋元戏曲考》对"意境"的使用,其语境显然已转为《人间词话》。相对于《人间词话》崇尚的"境界","意境"概念的重新提出,这实乃王国维诗词理论的重要转折。它充分说明王国维在强调艺术境象"可感不隔"的同时,对中国文学的"言志"倾向也同样深感应予兼顾。因为毕竟把艺术境象称为"境界",显然没有将其称为"意境"更能展现诗文创作心物交融的特点。也正基于以上分析,所以我们认为对于王国维对"意境"的重新使用,我们决不可等闲视之,我们要由此更进一步看到王国维在对中国古代文论作现代化改造的进程中所受的煎熬,所付的努力。"言志"是中国诗歌的纲领,"可感"是一切审美的基础,如何将二者结合起来,在吸收外来文化优长的同时,并不舍弃中国文化的本根,王国维在这方面显然为我们作出了可贵的探索。

当然,对于"境界"一词,王国维在1917的《与罗振玉论艺书》中,又使用了一次。其具体内容是介绍刚刚看到的一幅从清朝内府流出的描写亡清皇家园囿"北苑"的故国旧画,其文曰:"幅不甚阔,系画近景,上山作粗点大笔披麻皴,并有矾头,下作四五枯树及泉水,并有小草,境界全在公所藏诸幅之外。"①这里所说的"境界全在公所藏诸幅之外",意思是说所见旧画所画境象所展现的艺术风格,与罗振玉所藏内府旧画大大不同,其中的"境界"应该也是在心物交融、可观可感的艺术境象的意义上使用的。不过,由于这则材料并不是专门讨论艺术思想的,所以它的用语可能带有较大的随意性,因此在论证力上,其重要性显然是要远逊于《〈人间词〉乙稿序》《人间词话》和《宋元戏曲考》的。既是如此,则显而易见,我们并不能因为这一孤例的存在,就从而否定王国维在《宋元戏曲考》中所展现的新的诗学走向。

七、王国维"境界说"的学术地位

在中国文论史上王国维的"境界说"是有里程碑意义的,甚至把他视为中国文论现代化的奠基者也不为过。这可以从以下六个方面加以说明。

其一,是王国维首次明确了"不隔"乃文学创作最基本的原则,从而弥补了我国文论的致命缺陷,填补了我国文论的一大空白。在这方面其最突出的表现,就体现在对我国传统文论中的重要概念"境界"也即"意境"的改造上。有关这一点在其相关文论里可以看得很明白。如其《人间词话》曰:"词以境界为最上,有境界则自成高格,自有名句。五代、北宋之词所以独绝者在此。""严沧浪《诗话》谓:'盛唐诸公,唯在兴趣。羚羊挂角,无迹可求。故其妙处,透彻玲珑,不可凑拍。如空中之音、相中之色、水中之影、镜中之象,言有尽而意无穷。'余谓北宋以前之词,亦复如是。然沧浪所谓兴趣,阮亭所谓神韵,犹不过道其面目,不若鄙人拈出'境界'二字,为探其本也。"②又,其《〈人间词〉乙稿序》曰:"原夫文学之所以有意境者,以其能观也。出于观我者,意余于境,而出于观物者,境多于意。"(见前)又,其《宋元戏曲考》曰:"何以谓之有意境?曰写情则沁人心脾,写景则在人耳目,述事则如其口出是也。古诗词之佳者,无不如是,元曲亦然。"(见前)等等。十分明显,以上这些与其《红楼梦评论》所说的"惟美术之特质,贵具体而不贵抽象"③,实可谓一脉相连。它们都是就艺术创作的不隔、可感讲的。

也正是在这一意义上,所以有不少学者都认为:"在王国维的笔下,'境

---

① 王国维《与罗振玉论艺书》,《王国维集》(周锡山编校)第 1 册,中国社会科学出版社,2008 年,第 203 页。
② 王国维《人间词话》卷上,黄霖等导读,上海古籍出版社,1998 年,第 1~3 页。
③ 王国维《王国维文学论著三种》,商务印书馆,2009 年,第 24 页。

界'这个词汇已经没有多少中国古代诗学曾赋予它的意义。因而王国维在'境界'与'兴趣''神韵'之间规定的'本''末'关系,从根本上说,就是以西方诗学观念为'本',而以中国古代诗学观念为'末'。"①这样的看法固然颇有过激之处,但是它也启发我们:王国维的"境界说"相对于中国传统文论来说,其变革的力度确实是非常之大的。那么,王国维为什么会说"境界"是本,而"兴趣""神韵"是末呢? 其中的原因不外是:无论是"兴趣"还是"神韵",它们都是就心志情意方面讲的,也即指的都是人的主观方面,这与"境界说"的强调不隔,强调可感,也即强调艺术境象的客观独立,可赏可观,显然是有很大差别的。对于这一点,有不少学者都看得很清楚。如戚法仁曰:"海宁王氏《人间词话》一编,尤有所长,论词主境界,不为虚无要渺之谈。"②吴奔星曰:"较之所谓'兴趣''气质''神韵'等难于捉摸的说法,……('境界'说)比较接近现实,显示了艺术必须通过形象来反映现实的根本特征。我以为这就是为什么'有境界,本也'的理由。'境界'说之所以可贵,就是由于它在客观上通向艺术的根本规律。"③袁行霈曰:"严羽的兴趣说,王士镇的神韵说,袁枚的性灵说,虽然各有其独到之处,但都只强调了诗人主观情意的一面。……王国维高出他们的地方,就在于他不仅注意到诗人主观情意的一面,同时又注意到客观物境的一面。"④黄霖曰:"'兴趣''神韵'之说都偏重于读者的审美感受,……而王国维的'境界'则使人注重于产生'兴趣''神韵'的美的本质,使人从观赏'面目'而深入到追究本质,使空灵蕴藉的回味找到具体可感的形象本体。"⑤等等。正是由于王国维紧紧抓住了"意境""境界"中的"境"字所承载的具体可感的审美潜质,并吸收西人"直观形象"论的审美精神,对"意境""境界"这两个中国传统文论中的重要概念大加改造,脱胎换骨,才使我国文论如西方文论一样,也同样获得了一个坚实可信的美学基础,呈现出了一个明确而完善的理论体系,从而使中华文论也最终得以与西方文论并立于世,相互映照,相映生辉。

有不少学者都因对王国维对"意境""境界"的改造认识不深,遂误以为

---

①罗钢《传统的幻象:跨文化语境中的王国维诗学》,人民文学出版社,2017年,第160页。
②戚法仁《〈人间词话〉补笺序》,周锡山《人间词话汇编汇校汇评》(增订本)附录,上海三联书店,2013年,第400页。
③吴奔星《王国维的美学思想:"境界"论》,《江海学刊》1963年第3期,第34页。
④袁行霈《论意境》,《文学评论》1980年第4期,第135页。
⑤王运熙、顾易生《中国文学批评史新编》,复旦大学出版社,2003年,第482页。

王国维把"境界说"视为独创，颇嫌英雄欺人。如钱仲联曰："王氏自诩：'沧浪所谓兴趣，阮亭所谓神韵，犹不过道其面目，不若鄙人拈出'境界'二字，为探其本也。'言外之意，似谓'境界'说是自己所独创，这却未免英雄欺人。就我所涉猎的材料，在王氏以前或同时，用'境界'一词以说诗或词的，就已有司空图、王世贞、王士祯、叶燮、梁启超、况周颐诸家。尽管他们所阐说的并没有王氏的全面，说法也不完全相同，但总不失为王氏'境界'说的先河。"①像钱仲联一样，饶宗颐在列举了前人的众多用例后也谓："观堂标境界之说以论词，阐发精至，惟自道'境界'二字由其拈出，恐未然耳。"另外，甚至还有学者这样认为："王国维认为'境界'二字是探究文学的'根本'，这恰恰是本末倒置的说法。因为，文学艺术的'境界'既然是作家在一定的思想指导下对现实生活进行艺术概括的结果，那末，文学艺术的根本，应该是从作家的思想、生活及作品所反映的现实内容去探究。离开了这些东西而空谈'境界'，并把它作为文学的'根本'，岂不是舍本逐末，本末倒置？"②如此无视王国维对"境界""意境"的改造，以及这一改造对于中国文论的重大意义，这对王国维来说显然是很不公允的。

其二，针对中国文学长于抒情的特点，王国维还特意探讨了情感的隔不隔问题，凸显了"境界说"对于文学创作的普遍有效性。首先来看王国维自己的论述。如其《文学小言》曰："文学中有二原质焉：曰景，曰情。前者以描写自然及人生之事实为主，后者则吾人对此种事实之精神的态度也。故前者客观的，后者主观的也；前者知识的，后者感情的也。自一方面言之，则必吾人之胸中洞然无物，而后其观物也深，而其体物也切；即客观的知识，实与主观的情感为反比例。自他方面言之，则激烈之情感，亦得为直观之对象、文学之材料，而观物与其描写之也，亦有无限之快乐伴之。"③又，《人间词话》曰："境非独谓景物也，喜怒哀乐，亦人心中之一境界。故能写真景物，真感情者，谓之有境界，否则谓之无境界。"④对于写景诗的不隔可感，前人并无什么疑义，但是把情感也视为"境界"的一种，有不少学者都

---

① 钱仲联《境界说诠证》，姚柯夫《〈人间词话〉及其评论汇编》，书目文献出版社，1983年，第119—120页。
② 张文勋《从〈人间词话〉看王国维的美学思想实质》，《学术研究》1964年第3期，第26页。
③ 王国维《王国维集》（周锡山编校）第1册，中国社会科学出版社，2008年，第23页。
④ 王国维《人间词话》卷上，黄霖等导读，上海古籍出版社，1998年，第2页。

表示怀疑。如钱仲联曰:"什么是'境界'? 近人用艺术形象去解释它,其说有一定的理由。文学作品的特点,就是借形象以反映社会生活。……但是就'境界'这一用语的概念来说,还不完全等同于形象。王氏说'喜怒哀乐,亦人心中之一境界',如果说成'喜怒哀乐,亦人心中之一形象',就欠妥切。当然,诗人在作品中所塑造的自我形象,包蕴着喜怒哀乐的感情在内,但总不能说成喜怒哀乐的本身是人心中的一种形象。"①又,程大城曰:"王国维将喜、怒、哀、乐亦作人心中之一境的见解也有问题。""因为人类情绪是基于生理或心理的自然法则产生的抽象事实,它毫无形式可以握持,又怎能相同于'真景物'那样描写呢? ……不严格考察人类心理的事实性就提出这种无稽的言论,在今天生理学、心理学及哲学、美学发达的时期,其主张是一文不值的。"②那么,对于前人的这些疑义,我们又当如何看呢? 笔者认为这实是由于对于王国维的相关论述缺乏会通造成的。

在王国维《人间词话》的原稿里,载有这样两句话:"昔人论诗词,有景语、情语之别。不知一切景语,皆情语也。"③"一切景语皆情语",如果把"景"字看得宽泛一点,其实我们也可说"一切情语皆景语"。因为人的情感不管如何强烈,如何真挚,它都是不能直接加以表现的。必须有所假借,有所依凭,我们才能对它有所感知。也正是在这一意义上,所以王国维《〈人间词〉乙稿序》才提出了如下认识:"文学之事,其内足以摅己而外足以感人者,意与境二者而已。上焉者意与境浑,其次或以境胜,或以意胜,苟缺其一,不足以言文学。原夫文学之所以有意境者,以其能观也。出于观我者,意余于境。而出于观物者,境多于意。然非物无以见我,而观我之时,又自有我在。故二者常互相错综,能有所偏重,而不能有所偏废也。"(见前)由此足见,王国维所以说"境非独谓景物也,喜怒哀乐,亦人心中之一境界",并不是指人的情感也像景物一样是有形有色的,可以无所依凭,无所假借,仅靠自身就能使人获得感知。其真实情状显然是:在他心里境界是可以分为两类的,一类侧重于境(景),以境(景)胜,境(景)多于意(情),一类侧重于意(情),以意(情)胜,意(情)余于境(景)。那种完全无所依凭,无所寓托

①钱仲联《境界说诠证》,姚柯夫《〈人间词话〉及评论汇编》,书目文献出版社,1983年,第119~120页。
②程大城《评王国维的〈人间词话〉》,卢善庆《王国维文艺美学观》附,贵州人民出版社,1988年,第124~125页。
③王国维《人间词话》附二,黄霖等导读,上海古籍出版社,1998年,第34页。

就能让人感知的情感是根本不存在的。王国维之所以说喜怒哀乐也是一境界，完全是指那些意（情）余于境（景），以写意（情）为主的诗歌讲的，并不是说这类诗歌可以直接显情，对他物，包括人的声色行止，体貌衣饰，乃至周围环境，一点假借都不需要。只是相对于那些以写境（景）为主的诗歌，这类诗歌其写境（景）成份在全诗所占的比例相对较少罢了。王国维说"非物无以见我，而观我之时，又自有我在"，把写意（情）之诗与写境（景）之诗的共通性揭示的可谓是非常清楚的。当代著名王学研究专家佛雏说："'喜怒哀乐，亦人心中之一境界'，此即近人所谓'表现形象'，即跟以描写'景物'（包括人）为主的'造形形象'相区别。……诗人之'情'不可能完全脱离物象而赤裸裸地得到艺术表现。"①这一表述对我们准确把握王国维"情境论"的思想内蕴无疑是非常有启发的。

验之王国维的具体论述，也同样如此。如其《人间词话》曰："'生年不满百，常怀千岁忧。昼短苦夜长，何不秉烛游。''服食求神仙，多为药所误。不如饮美酒，被服纨与素。'写情如此，方为不隔。"（见前）又曰："词家多以景寓情。其专作情语而绝妙者，如牛峤之'甘作一生拚，尽君今日欢'，顾琼之'换我心为你心，始知相忆深'，欧阳修之'衣带渐宽终不悔，为伊消得人憔悴'，美成之'许多烦恼，只为当时，一饷留情'，此等词古今曾不多见。余《乙稿》中颇于此方面有开拓之功。"②以上这些所谓"专作情语"的例子，尽管它们所涉及的境象描写并不是那么工细，但是仔细审视，仍不难发现它们几乎每一句都是带有叙事意味的，即是像牛峤的"甘作一生拚，尽君今日欢"与顾琼的"换我心为你心，始知相忆深"也不例外，在它们里面也同样包含着主人公强烈的心理诉求与行为抉择。再加审视还可发现，像"不满百""千岁忧""苦夜长""秉烛游""求神仙""药所误""饮美酒""被纨素""衣带宽""人憔悴""甘拚""尽欢""换心""始知深""一饷留情"等等意象，虽然并没有多高的形似性，但是它们却全都带着十分浓厚的情绪色彩。这样的心象、事象与物象，对于那些阅读或朗诵的体验者来说，也同样是非常有感染力的。可见，王国维所谓的"专作情语"，实是相对而言的，我们绝不可作片面理解。如果仅仅因为这些表述的存在，就从而否定王国维"境界说""不

①佛雏《"境界"说的传统渊源及得失》，《古典文学论丛》第2辑，陕西人民出版社，1982年，第484页。
②王国维《人间词话》卷下，黄霖等导读，上海古籍出版社，1998年，第20页。

隔说"的普遍性,这对我们对王国维美学思想的理解也同样是有不利影响的。

其三,王国维以"境界""不隔"来界定中国文学,而避用西方的"形象""直观",这同样也展现了他对本土文化的尊重。正如许多学者所说:"王国维的'境界说'与其说是'叔本华美学思想沙漠中的一块绿洲',倒不如说是康、叔美学理论与中国传统美学思想融合为一的结晶。"[①]"(王国维)'不隔'的思想一方面是受西方美学思想中强调艺术直观特性,及重视艺术直觉作用的影响,……另一方面这也是总结中国传统文艺美学思想的产物。"[②]"(王国维)虽然穿着西学的鞋子,但在思想上其实是行走在中国的大地上。"[③]之所以这样说,一个非常重要的原因就在于他虽然深受西方"形象""直观"说的影响,但他却并未照搬西方"形象""直观"的概念,而是巧妙地使用了更切合中国传统的"境界""不隔"二词,来揭示"形象""直观"所要表达的美学精神。也就是说"境界""不隔"虽然与"形象""直观"在所指对象上颇有差异,但是它们的本质精神却是完全相通的,它们所要强调的显然都是艺术创作的可感性问题。再进一步说,也就是"形象""直观"面对的乃西方以"模仿说"为指导的叙事文学,而"境界""不隔"面对的乃中国以"言志说"为指导的抒情文学。两种文学虽都要求可感,但其可感性的表现却颇有不同:前者侧重客观形象,后者侧重主观境象。既是如此,则它们所适宜的概念术语也自应有异。也正缘此,所以我们认为王国维的做法可谓正是对中国文学特殊性的兼顾。它充分说明王国维的"境界说"虽然借鉴了西方的理论,但他确乎是以中国传统为基础的。

关于"意境""境界"的形象学意义,应当说有不少学者都注意到了。如李泽厚说:"艺术最基本的单位是形象,'意境'的基础首先就是'形象'。要诗、画有'意境',那最基本的要求就是'意境'必须通过'形象'出现。"[④]张文勋说:"所谓'境界',就是作家借助于典型化的方法,在作品中所创造出来的鲜明生动的艺术形象。"[⑤]张少康也云:"意境从根本上说也就是文学

---

① 周一平、沈茶英《中西文化交汇与王国维学术成就》,学林出版社,1999年,第73页。
② 张少康《中国文学理论批评史教程》,北京大学出版社,1999年,487页。
③ 彭玉平《〈王国维词学与学缘研究〉导论》,《王国维词学与学缘研究》,中华书局,2015年,第7页。
④ 李泽厚《"意境"杂谈》,李泽厚《美学旧作集》,天津社会科学院出版社,2002年,第302页。
⑤ 张文勋《从〈人间词话〉看王国维的美学思想实质》,周锡山《人间词话汇编汇校汇评》(增订本),
　上海三联书店,2013年,第3页。

作品的艺术形象。"①等等。但是对于这种艺术形象的特殊性,却有不少学者都未意识到,以致他们把王国维"意境""境界"的具体所指,与西方的形象化观念完全等同起来。如有的学者说:"王国维的诗学基本与传统诗学没什么关系,他是将源于西洋诗学的新观念植入了传统名词中,或者说顺手拿几个耳熟能详的本土名词来表达他受西学启迪形成的艺术观念。"②或又谓:"把形象看作诗歌本体的观点并不是中国古代诗学的共识,而是近代西方美学的产物。从 20 世纪初年,准确地说,从王国维的《人间词话》开始,这种观念才输入到中国,并逐渐占据了权威和统治的地位。……在相当长的一段时期,'形象本体'论充斥着中国各种各样的理论著作和文学教科书,甚至连当时的最高政治领袖毛泽东也说'诗要用形象思维'。……任何一种理论话语的产生都不可能脱离特定的社会体制和知识实践,西方的'形象本体论'也不例外,它并不是一种放之四海而皆准的客观真理,而是一种与复杂的历史关系相纠缠的权力话语。"③以这样的学术视角来看待王国维的学术贡献,这自然是十分片面的。

因为毕竟王国维以"境界""意境"代替西方的"形象",他是完全考虑到了中国文学的特殊性的。中国文学由于以言志抒情为主,所以它并不以故事情节的曲折完整取胜,也不以人物性格的典型鲜明取胜,它的可感性主要是由那些细碎零散的诗歌意象,诸如人生片断、生活细节与自然景象等来体现的。这样的诗歌意象所组成的诗歌群象,往往都带有十分浓厚的情绪化特征,而其形似性、可视性、完形性却并不怎样鲜明。也正基此,所以我们只能将其视为心物交融的艺术境象或艺术情境,将其称为偏重人物、偏重客观的艺术形象就颇嫌生硬。也就是说较之"形象"一词,"境"字于中国诗文显然更相宜。王国维之所以将其名为"意境""境界"而不名为"形象",其最根本的原因也正在此。

与"意境""境界"之称相联系,王国维对中国文学的尊重还表现在"隔不隔"之说的提出上。通览王国维的现有论著不难发现,在《人间词话》之前王国维对于文学可感性的形容都是用"观"或"直观"来表达,如其《人间词话乙稿〉序》说:"原夫文学之所以有意境者,以其能观也。"(见前)《奏定

---

① 张少康《中国文学批评史理论教程》,北京大学出版社,1999 年,第 483 页。
② 蒋寅《原始与会通:"意境"概念的古与今》,《北京大学学报》2007 年 3 期,第 16 页。
③ 罗钢《传统的幻象:跨文化语境中的王国维诗学》,人民文学出版社,2017 年,第 161 页。

经学科大学文学科大学章程书后》说:"文学中之诗歌一门,尤与哲学有同一之性质,其所欲解释者,皆宇宙人生上根本之问题。不过其解释之方法,一直观的,一思考的。"①《叔本华之哲学及其教育学说》说:"美术之知识全为直观之知识,而无概念杂乎其间。""美术上之所表者,……在在得直观之,如建筑、雕刻、图画、音乐等,皆呈于吾人之耳目者。""诗歌(并戏剧小说言之)一道,虽藉概念之助以唤起吾人之直观,然其价值全存于其能直观与否。"②等等。但是在《人间词话》里,王国维经过再三思考,最终还是放弃了"直观"而改用"不隔"③。西方学者所以喜用"直观"一词,这与他们的摹仿学说、叙事传统显然密切相关。而中国文学由于乃抒情文学,它的可感性乃体现在一系列意象上,体现在可视性并不是那么强烈的艺术境象,也即艺术情境上,因此"直观"一词与它显然有些不相合。我们可以说艺术境象一定是可感的,可以直觉的,但如果说它一定是可直观的,那就有点颇嫌牵强了。所以两相对照,王国维将"直观"改为"不隔",其涵盖面显然更全面了。因为顾名思义,所谓"不隔"显然包括各个方面,眼耳鼻舌身心各种器官都可涵盖在内。以这一词汇来概括中国文学的可感性特征,显然是非常恰切的。

诚然,在《人间词话》里,王国维有时也说"语语都在目前,便是不隔"④,但"语语都在目前"显然是个笼统的说法,它的实际意思应是语语都可直觉。如果一定要紧扣字眼,把"都在目前"理解为所写境象都是视角境象,这是不符合我们的汉语习惯的。如前所引,王国维说"大家之作"有三大特征:"其言情也必沁人心脾,其写景也必豁人耳目,其辞脱口而出。""如在目前"显然是将此三者都包括在内的。而"直观"一词就不同了,由于它是个外来词,人们还未来得及将其泛化,所以它的字面意思与实际意思还是统一的。王国维之所以在《人间词话》里将它舍弃,这显然是有他特殊的用意的。

然而有不少学者似并未看到这一点,他们仍将"不隔"与"直观"等同起

①王国维《王国维集》(周锡山编校)第4册,中国社会科学出版社,2008年,第14页。
②王国维《王国维集》(周锡山编校)第2册,中国社会科学出版社,2008年,第160页。
③按,在《人间词话》中仍有两则词话用到了"观"字,如"有我之境,以我观物","出乎其外,故能观之",但这两个"观"显然是"观照"的意思,它们与"直观"已非同义词,我们已不能再把它们看作"直观"的省略。详王国维《人间词话》卷上,黄霖等导读,上海古籍出版社,第1、15页。
④王国维《王国维〈人间词〉〈人间词话〉手稿》,浙江古籍出版社,2005年,第78页。

来,如云:"'不隔'说和西方的'形象'概念,坚持的是同一种视觉优先性,或用 W.J.T. 米切尔的话说,一种'图画的专政'。"①"'语语都在目前,便是不隔',在原稿中本为'语语可以直观,便是不隔'。这一处改动告诉我们,王国维提出'隔'与'不隔',尽管采用了陌生的说法,却并不是无源之水,无本之木,它就本于叔本华的'直观说'。所谓'不隔'就是'可以直观';所谓'隔'就是不能直观。更重要的是,它透露给我们,王国维在《人间词话乙稿序》中视作'意境'(境界)本质的'能观',就直接来源于叔本华所谓的'直观'。"②十分明显,如果采用这样的观点,那王国维的"不隔"之说其创新性也就全然消失了。王国维为适应本土文学所付的努力,也一下子全被我们抹杀了。以这样的态度来看待王国维的学术贡献,这对王国维的巨大成就来说,显然是很不公允的。

其四,王国维对西方文论的中国化还表现在他对"不隔"途径的界定上。如上所说,中国文学乃言志的而非摹仿的,乃抒情的而非叙事的。与此相应,其形成"不隔"的途径也自应有别。西方文学侧重客观的形似,形象的逼真,而中国文学则侧重主观的真诚,境象的情化。中国古人说"不诚无物"③,"真者,精诚之至也,不精不诚不能动人"④,可以说把中国文化的特点呈示的是很清楚的。中国文化如此,中国文艺也同样如此。如郭店楚简《性自命出》:"凡声,其出于情也信,然后其入拨人之心也厚。"⑤《文心雕龙·情采》:"夫桃李不言而成蹊,有实存也;男子树兰而不芳,无其情也。夫以草木之微,依情待实,况乎文章述志为本,言与志反,文岂足征!"⑥方东树《昭昧詹言》:"庄子曰:'真者,精诚之至也,不精不诚,不能动人。'尝读相如、蔡邕文,了无所动于心。屈子则渊源理窟,与《风》《雅》同其精蕴。陶公、杜公、韩公亦然。可见最要是一诚,不诚无物。诚身、修辞,非有二道。试观杜公,凡赠寄之作,无不情真意挚,至今读之,犹为感之。无他,诚焉耳。"⑦梅曾亮《太乙舟山房文集序》:"见其人而知其心,人之真者也;见其

①罗钢《传统的幻象:跨文化语境中的王国维诗学》,人民文学出版社,2017 年,第 149 页。
②罗钢《传统的幻象:跨文化语境中的王国维诗学》,人民文学出版社,2017 年,第 67~68 页。
③朱熹《中庸章句集注》,《四书章句集注》,上海书店出版社,1987 年,第 21 页。
④王先谦《庄子集解·渔父》卷 8,中华书局,1987 年,第 275 页。
⑤荆门市博物馆《郭店楚墓竹简》,文物出版社,1998 年,第 180 页。
⑥范文澜《文心雕龙注》卷 7,人民文学出版社,1958 年,第 538 页。
⑦方东树《昭昧詹言》卷 1,人民文学出版社,1984 年,第 3 页。

文而知其人,文之真者也。……失其真,则人虽接膝而不相知;得其真,虽千百世上,其性情之刚柔缓急,见于言语行事者,可以坐而得之。盖文之真伪,其轻重于人也,固如此。"①等等。王国维对于诗文"境界"的"不隔"可感,也同样是就这一角度立论的。

如上所引,其《人间词话》说:"大家之作,其言情也必沁人心脾,其写景也必豁人耳目。其辞脱口而出,无矫揉妆束之态。以其所见者真,所知者深也。""所见者真,所知者深",可谓正是就作家创作对审美对象的感受真切,至诚无伪讲的。像这样的表述还有很多,如曰:"词人者,不失其赤子之心者也。故生于深宫之中,长于妇人之手,是后主为人君所短处,亦即为词人所长处。"又曰:"尼采谓:'一切文学,余爱以血书者。'后主之词,真所谓以血书者也。"②又曰:"东坡之词旷,稼轩之词豪。无二人之胸襟而学其词,犹东施之效捧心也。"又曰:"善乎陈卧子之言曰:'宋人不知诗而强作诗,故终宋之世无诗。然其欢愉愁怨之致,动于中而不能抑者,类发于诗余,故其所造独工。'五代词之所以独胜,亦由此也。"③等等。类似的论述还见于他的《文学小言》,如曰:"'燕燕于飞,差池其羽''燕燕于飞,颉之颃之''睍睆黄鸟,载好其音''昔我往矣,杨柳依依',诗人体物之妙,侔于造化,然皆出于离人、孽子、征夫之口。故知感情真者,其观物亦真。"又曰:"屈子感自己之感,言自己之言者也。宋玉、景差感屈子之所感而言其所言,然亲见屈子之境遇,与屈子之人格,故其所言,亦殆与言自己之言无异。贾谊、刘向其遇略与屈子同,而才则逊矣。王叔师以下,但袭其貌而无真情以济之,此后人之所以不复为楚人之词者也。"又曰:"诗至唐中叶以后,殆为羔雁之具矣。故五季、北宋之诗(除一二大家外),无可观者,而词则独为其全盛时代。其诗词兼擅如永叔、少游者,皆诗不如词远甚,以其写之于诗者,不若写之于词者之真也。至南宋以后,词亦为羔雁之具,而词亦替矣(除稼轩一人外)。观此足以知文学盛衰之故矣。"④等等。像这样反复不断地阐述情感之真对于文学创作的重要性,这与我国的"言志"传统显然是高度相契合的。

---

① 梅曾亮《梅曾亮文选》,华东师范大学出版社,1992年,第83页。
② 王国维《人间词话》卷上,黄霖等导读,上海古籍出版社,1998年,第4~5页。
③ 王国维《人间词话》卷上,黄霖等导读,上海古籍出版社,1998年,第11~13页。
④ 王国维《王国维集》(周锡山编校)第1册,中国社会科学出版社,2008年,第24~25页。

对于王国维"隔"与"不隔"形成的原因,前人向有三种认识。一以朱光潜为代表,其《诗论》曰:"以我们看,隔与不隔的分别就从情趣和意象的关系上面见出。情趣与意象恰相熨帖,使人见到意象,便感到情趣,便是不隔。意象模糊凌乱或空洞,情趣浅薄或粗疏,不能在读者心中显出明了深刻的境界,便是隔。"①二以叶朗为代表,其《中国美学史大纲》曰:"从王国维自己的话来看,'隔'与'不隔'的区别,并不是从意象与情趣的关系上见出,而是从语言与意象的关系上见出。作家所用的语言能把作家头脑中的意象('胸中之竹')充分、完美地传达出来,并能在读者头脑中直接引出鲜明生动的意象,如'池塘生春草',就是不隔。作家所用的语言不能充分、完美地传达作家头脑中的意象,也不能在读者头脑中直接引出鲜明生动的意象,如'谢家池上,江淹浦畔',便是隔。"②三以叶嘉莹为代表,其《王国维及其文学批评》曰:"静安先生所提的'隔'与'不隔'之说,其实原来就是他在批评之实践中,以'境界说'为基准来欣赏衡量作品时所得的印象和结论。如果在一篇作品中,作者果然有真切之感受,且能作真切之表达,使读者亦可获致同样真切之感受,如此便是'不隔'。反之,如果作者根本没有真切之感受,或者虽有真切之感受但不能予以真切之表达,而只是因袭陈言或雕饰造作,使读者不能获致真切之感受,如此便是'隔'。"③仔细比较以上三家的看法,虽然说前两种看法也不算错,但是由于他们对王国维所说的"所见者真,所知者深"都强调不够,因此相对而言,还是要以叶氏之说更周延的。

当然,对于"真"的强调,并不是中国文化的专利,西方文化对"真"也很重视。不过,两相对照,它们还是各有偏重的。具体来说,西方讲"真"主要指客观事物的真理、真相、真实,中方讲"真"主要指主观情感的真切、真诚、真挚。王国维的阐述显然与中国文化更相一致,这也是由"诗言志"观念出发所必然得出的结论。王夫之曰:"身之所历,目之所见,是铁门限。"④对此昭示的即非常清楚。对于王国维之"真"的情感蕴涵,有不少学者都有清醒的认识。如陈洪曰:"'境界'的要义在'真'。这个'真'并非客观事物的

---

① 朱光潜《诗论》,上海古籍出版,2001 年,第 48 页。
② 叶朗《中国美学史大纲》,上海人民出版社,1985 年,第 619 页。
③ 叶嘉莹《王国维及其文学批评》,北京大学出版社,2008 年,第 207 页。
④ 戴鸿森《姜斋诗话笺注·夕堂永日绪论内编》卷 2,上海古籍出版社,2012 年,第 56 页。

真象、本质,而是精神、心理上的真切感受、体认。"①马正平曰:"王国维先生所说的'真',并不是艺术的'真实''真实性'问题,而是讲的是一种'真挚'和'真切'的感受、感觉。"②等等。这样的见解对我们准确把握王国维"境界说"的民族特色显然是非常有帮助的。

其五,王国维对西方文论的中国化还表现在他对"自然情兴"的肯认上。如上所说,由于受传统文化与"诗言志"观念的影响,王国维把诗文创作的不隔、可感最终还是落实在了内心情感的真切深挚上。那么,在什么样的情景下产生的情感,才是深挚真切的呢? 其实有关这一点王国维也同样讲得很明确。具体说来,也就是只有那些不假思索,倏然而生,发自肺腑,难以遏止的自然情兴才是最真切的。首先来看王国维对"自然"的强调。如其《人间词话》曰:"稼轩《贺新郎》词'送茂嘉十二弟',章法绝妙,且语语有境界,此能品而几于神者。然非有意为之,故后人不能学也。"③又曰:"纳兰容若以自然之眼观物,以自然之舌言情。此由初入中原,未染汉人风气,故能真切如此。北宋以来,一人而已。"④又曰:"近人词如复堂词之深婉,彊村词之隐秀,皆在吾家半塘翁上。彊村学梦窗而情味较梦窗反胜,盖有临川、庐陵之高华,而济以白石之疏越者。学人之词,斯为极则。然古人自然神妙处,尚未梦见。"⑤又曰:"人能于诗词中不为美刺投赠之篇,不使隶事之句,不用粉饰之字,则于此道已过半矣。"⑥又如其《宋元戏曲考·元剧之文章》曰:"元曲之佳处何在? 一言以蔽之,曰:自然而已矣。"⑦又,同书《元南戏之文章》曰:"元南戏之佳处,亦一言以蔽之,曰:自然而已矣。"⑧又,同书《余论》评汤显祖之不足曰:"汤氏才思,诚一时之隽,然较之元人,显有人工与自然之别。故余谓北剧、南戏限于元代,非过为苛论也。"⑨等等。

---

①陈洪《意境:艺术中的心理场现象》,南开大学中文系古典文学教研室《意境纵横谈》,南开大学出版社,1986 年,第 40 页。
②马正平《生命的空间:〈人间词话〉的当代解读》,中国社会科学出版社,2000 年,第 9 页。
③王国维《人间词话》卷下,黄霖等导读,上海古籍出版社,1998 年,第 20 页。
④王国维《人间词话》卷上,黄霖等导读,上海古籍出版社,1998 年,第 13 页。
⑤王国维《人间词话》卷下,黄霖等导读,上海古籍出版社,1998 年,第 22 页。
⑥王国维《人间词话》卷上,黄霖等导读,上海古籍出版社,1998 年,第 14 页。
⑦王国维《王国维文学论著三种》,商务印书馆,2001 年,第 160 页。
⑧王国维《王国维文学论著三种》,商务印书馆,2001 年,第 183 页。
⑨王国维《王国维文学论著三种》,商务印书馆,2001 年,第 192 页。

也正基于对于"自然"之情、"自然"之语的高度肯认,所以王国维对于那些情由中出、不假思索的乘兴之作尤为青睐。这在他的相关论述里展现得也很清楚。如《人间词话》曰:"抒情诗,国民幼稚时代之作。""今不如古,……须伫兴而成故也。"又曰:"长调自以周柳苏辛为最工,美成《浪淘沙慢》二词精壮顿挫,已开北曲之先声。若屯田之《八声甘州》,玉局之《水调歌头》'中秋寄子由',则伫兴之作,格高千古,不能以常调论也。"①又曰:"固哉,皋文之为词也!飞卿《菩萨蛮》、永叔《蝶恋花》、子瞻《卜算子》,皆兴到之作,有何命意?皆被皋文深文罗织。"②等等。尤其在《宋元戏曲考》之"元剧之文章"一节里,王国维对"自然"与"情兴"的关系更作了直接展示。如曰:"古今之大文学,无不以自然胜,而莫著于元曲。盖元剧之作者,其人均非有名位学问也,其作剧也非有藏之名山,传之其人之意也。彼以意兴之所至为之,以自娱娱人。关目之拙劣,所不问也;思想之卑陋,所不讳也;人物之矛盾,所不顾也。彼但摹写其胸中之感想,与时代之情状,而真挚之理,与秀杰之气,时流露于其间。故谓元曲为中国最自然之文学,无不可也。若其文字之自然,则又为其必然之结果,抑其次也。"③

十分明显,在王国维看来,那些不假思索的乘兴之作,由于它们乃触物起情,情起文生,物到情到,情到文到,不假拟议,不暇计虑,所以只有它们才是最自然的。也只有它们才能做到不计善恶,不计美丑,情由中出,发自肺腑,表达出最深挚、最真诚的切身感受。也只有这样的作品才能达到真正的可感、真正的不隔,使人如临其境,如历其情,从而在其内心产生最强烈、最持久的共鸣。

其六,王国维对西方文论的中国化还表现在他对"赤子之心"的揄扬上。这也是与他对真切不隔、自然情兴的反复强调密切相关联的。因为依照王国维的逻辑,文学创作要想做到可感不隔,那就必须有真切的感受、真切的表达。而要想做到感受与表达的真切,顺从自然,乘兴而作,不假思虑,无所拘泥,显然乃是其最佳途径。而要想做到自然、乘兴,那就必须要有一个清净无染的心灵。如果一个人的心灵受到了世俗社会的是非善恶、功名利禄的太多污染,那就好比一面明亮清洁的镜子布满了灰尘一样,它

①王国维《人间词话》卷下,黄霖等导读,上海古籍出版社,1998年,第18～20页。
②王国维《人间词话》卷下,黄霖等导读,上海古籍出版社,1998年,第23页。
③王国维《王国维文学论著三种》,商务印书馆,2001年,第160～161页。

对外物的映照就一定不会再那么清晰,那么明了了。所以如果从这一角度说,那么,保持内心的清净,对于文学创作的真切不隔来说,也就显得极为重要,甚至把它视为基础也不为过。王国维之所以特崇"赤子之心",也正是从这一角度考虑的。

对于"赤子"的揄扬褒赞,虽然在西方文化中也有反映,但是相对来讲,远未在我国传统文化里展现得那样突出。无论在儒、道那里都是这样。如《老子》20章曰:"我独泊兮未兆,若婴儿之未孩。"①28章曰:"常德不离,复归于婴儿。"②55章曰:"含德之厚,比于赤子。"③《孟子·离娄下》曰:"大人者,不失其赤子之心者也。"④《尽心上》也云:"人之所不学而能者,其良能也;所不虑而知者,其良知也。孩提之童无不知爱其亲者,及其长也(年龄稍大),无不知敬其兄也。"⑤等等。也正是由于儒、道先贤对"赤子之心"的大力揄扬,因此才奠定了它在中国文化史上的崇高地位。受其影响,在古代文论里,借"赤子"立说也一直是一极重要的话题。在这其中最突出的就是明代李贽的"童心说"。另外,如"公安三袁"的"性灵说",汤显祖的"至情说",徐渭的"真我说",龚自珍的"尊情说",梁启超的"少年说"等,在这方面也同样很著名。不过,相对而言,还是以李贽表达得最完善。如其《童心说》曰:"夫童心者,真心也。若以童心为不可,是以真心为不可也。夫童心者,绝假纯真,最初一念之本心也。若失却童心,便失却真心;失却真心,便失却真人。人而非真,全不复有初矣。"那么,"童心"既对人如此重要,人们又为何将其丢失了呢?对于这一点,李贽也同样有明确的回答:"盖方其始也,有闻见从耳目而入,而以为主于其内而童心失。其长也,有道理从闻见而入,而以为主于其内而童心失。其久也,道理闻见日以益多,则所知所觉日以益广,于是焉又知美名之可好也,而务欲以扬之而童心失;知不美之名之可丑也,而务欲以掩之而童心失。"那么,"童心"既失,又会造成怎样的恶果呢?对此,李贽进一步分析说:"天下之至文,未有不出于童心焉者也。""夫既以闻见道理为心矣,则所言者皆闻见道理之言,非童心自出之言也,

---

① 王弼《老子道德经注》,楼宇烈《王弼集校释》,中华书局,1980年,第47页。
② 王弼《老子道德经注》,楼宇烈《王弼集校释》,中华书局,1980年,第74页。
③ 王弼《老子道德经注》,楼宇烈《王弼集校释》,中华书局,1980年,第145页。
④ 焦循《孟子正义》卷16,中华书局,1987年,第556页。
⑤ 焦循《孟子正义》卷26,中华书局,1987年,第897～898页。

言虽工,于我何与? 岂非以假人言假言,而事假事,文假文乎! 盖其人既假,则无所不假矣。""于是发而为言语,则言语不由衷;见而为政事,则政事无根柢;著而为文辞,则文辞不能达。""所以者何? 以童心既障,而以从外入者闻见道理为之心也。"①虽然李贽所说并不是专对文学而发,但是显而易见这一阐述对文学创作无疑更具指导价值。王国维对"赤子之心"的强调,可以说也同是沿着这一理路走的。

如其《人间词话》曰:"词人者,不失其赤子之心者也。故生于深宫之中,长于妇人之手,是后主为人君所短处,亦即为词人所长处。"又曰:"纳兰容若以自然之眼观物,以自然之舌言情。此初入中原,未染汉人风气,故能真切如此。北宋以来,一人而已。"(见前)又曰:"社会上之习惯,杀许多之善人;文学上之习惯,杀许多之天才。"②又,其《文学小言》曰:"屈子之后,文学上之雄者,渊明其尤也。韦、柳之视渊明,其如贾、刘之视屈子乎! 彼感他人之所感,而言他人之所言,宜其不如李杜也。"又曰:"宋以后之能感自己之感,言自己之言者,其唯东坡乎! 山谷可谓能言其言矣,未可谓能感其所感也。遗山以下亦然。若国朝之新城,岂徒言一人之言已哉? 所谓'莺偷百鸟声'者也。"③等等。通过以上这些表述,不难发现王国维对于"社会上之习惯""文学上之习惯"对于作家思想、创作的不良影响,其认识也是极为深刻的。

盖也正因如此,所以在《人间词话》里,王国维有一个非常著名的论断,那就是:"客观之诗人,不可不多阅世。阅世愈深,则材料愈丰富,愈变化,《水浒》《红楼梦》之作者是也。主观之诗人,不必多阅世。阅世愈浅,则性情愈真,李后主是也。"④对于王国维的这一观点,有不少学者都持否定态度,如有的学者说:"不论'客观'或'主观'之诗人,没有丰富的生活阅历,都不可能写出优秀的作品。文学创作当然要出自真情,但这性情是在社会实践中培育的,并不是天生就有的。而性情的真伪则取决于诗人的写作态度,诗人忠实于生活、忠实于艺术、忠实于读者,就有真性情的表现,这同阅

---

① 李贽《焚书》卷 3,《焚书续焚书》,中华书局,2009 年,第 98～99 页。
② 王国维《人间词话》卷下,黄霖等导读,上海古籍出版社,1998 年,第 19 页。
③ 王国维《王国维集》(周锡山编校)第 1 册,中国社会科学出版社,2008 年,第 25 页。
④ 王国维《人间词话》卷上,黄霖等导读,上海古籍出版社,1998 年,第 4 页。

世深浅并无关系。"①或又谓:"以王氏之论推之,阅世愈浅则性情愈真,性情愈真则赤子之心愈纯,赤子之心愈纯则愈可产生好词章。设使此说得以成立,则后主最为感人之作不当出于被虏之后,而当出于被虏之前;后主赤子之心经臣虏生活后必当破损,其全真之时定为养尊处优之日。然'词话'论及后主词的十余处中,其意所指似皆为后主囚后之词,正是这些佳制,博得了王氏的盛赞。对此,王氏将何以解之?"②等等。

　　对于以上这些批评,也有学者坚决反对。在他们看来,"王国维说主观诗人不可多阅世,不是说绝对的不阅世。这表明阅世多少只是相对而言的。""主观诗人以抒写胸中郁积、表达强烈情感为目的,对情之真切与纯粹的要求远比客观诗人更直接更重要。为了不破坏心中纯情而能任性而发,阅世相对少些,无甚大碍。相反,被世俗污染同化,尤其不利于主体真诚品格与率真感情的培养。李煜生于深宫,长于妇人之手,恰恰为其成为一位主观诗人提供了隔离作用"③。较之上文那些全盘否定的意见,这样的看法显然是表现得更周延的。再进一步说,也就是所谓主观诗人,也即抒情诗人,主要是写自己的内心世界的,对于个人内心世界的抒写固然也离不开对外物的依托,因为它也需要寓情于物,托物言志,借景烘托等等,但是相对而言,与那些客观之诗相比,也即与那些戏剧、小说相比,它所需要的客观材料、外在凭借毕竟是相对有限的。也就是说相对于客观诗人来说,那些主观诗人并不需要太多的素材储备就也能写出非常优秀的诗歌。也正因此,所以对于那些主观诗人来说,保持内心的纯净无染,避免世俗观念的侵扰眩惑,拥有一颗赤子之心,这才是更重要的。只有确保这样的赤心,当我们面对生活时,才能产生真切的感受,作出真切的反映。而那些客观诗人,由于他们的创作主要是通过故事叙述以塑造人物的,因此深入生活,丰富阅历,积累素材,增广见闻,以为其写人叙事服务,也就成了他们的必然选择。虽然说保持自我童心的纯真,不受世俗观念的侵染,对于他们来讲也同等重要,但是由于人物塑造、情节叙述的需要,相对来讲,他们对于生活阅历的丰富,社会经验的积累,现实人生的体验,其要求无疑更迫切。但是事物都是一分为二的,随着生活的深入,阅历的增加,客观诗人所掌握

---

① 袁行霈《论意境》,《文学评论》1980 年第 4 期,第 141 页。
② 尚永亮《辨〈人间词话〉之"真"》,《江汉论坛》1983 年第 2 期,第 36 页。
③ 刘锋杰、章池《人间词话百年解评》,黄山书社,2002 年,第 98～99 页。

的素材,所积累的故事,所熟悉的人物自然增多了,但是他们对于世俗观念的抵制,对于不良风气的抗击,其任务也同样变得更艰巨了。所以如果从这个角度说,那么,客观诗人的多阅世,多经事,实为一种不得已的行为。如果不是文学创作所必须,如果不是人物塑造无法凭空想象,那么,在王国维心里,恐怕连客观诗人的多阅世也是无必要的。

当然,对于王国维的"童心崇拜",我们既要看到他对传统文论的继承,也要看到他与传统文论的差异。说得再明确一点,也就是在王国维心里,文学创作的可感不隔乃是其最基本的特征,而主观诗歌"言志"为主的特点又决定了它并不能像注重形象塑造的客观诗歌那样专求形似,因此如何确保内心情感的真切深挚也就成了它实现可感不隔的最主要的凭借。而要使内心情感真切深挚,那么不受世俗观念的侵污,保持内在的童真,显然乃是其不可或缺的条件。也正缘此,所以我们认为王国维的"赤心说"一方面固然与我国古代文论中以李贽为代表的"童心崇拜"情结有着极密切的联系,然另一方面在最后的落脚点上,也即在追求文学创作的可感不隔上,则他又与李贽等人形成了鲜明的对照。最起码李贽等对文学创作的可感不隔,其认识是远不如王国维这样清晰的。如果说李贽等的"童心崇拜"主要展现的是一种个性独立、精神解放的思想倾向的话,那么,王国维的"童心崇拜"则主要指向文学创作的真切可感,他们的思想出发点是并不完全一致的。

如果以上所说不错,那么显而易见,王国维的"境界说"虽系受西人"形象直观"说的启发发展而来,但它的得名,以及它对"不隔""真切""自然""情兴""赤子"等一系列概念的应用,显然又使它深深地打上了中国传统文化的鲜明印记。一方面它确实代表了中国传统文论的新的走向,是中国古代文论现代转换的里程碑,然另一方面它的这一新的走向、新的转换又是深深地扎根在中国传统文化的土壤里的。它并不是对西方"形象直观"说的直接移植或简单照搬,而是针对中国心性文化与言志文学的特点,无论是在概念的选择上,还是系统的重构上,都对西方的"形象直观"说作了积极的改造。也正由于这样的改造,所以才使"境界说"既保持了与西人"形象直观"说的相通性,又增添了丰富的大大不同于西人的新内容,使西人这一深受"摹仿说"影响的形象化、直观化理论,得以在以"心性论"与"言志说"为指导的中国文学的环境里生根发芽,开花结果,衍变为一种涵蕴丰富,饱含生机的新的理论学说。也正是在这一意义上,所以我们认为王国维不仅是中国传统文论现代化的先行者,而且也是西方文论本土化的奠基者。而在他之后迅速崛起,急遽膨胀,大有一统天下之势的形象化、典型化学说,在很大程度上反而背离了他的初心。

盖也正是以此为前提,所以有不少学者都认为王国维的"境界说","是他在文学和美学理论上的最大贡献"[①]。他与前人的一个很大不同,就"在于以'境界'为论词之核心,融汇中西,推陈出新,自铸独立的美学体系"[②],"将传统语境中被零散使用的'境界'二字激活为一种具有新的理论内涵的核心范畴"[③],使中国传统的"境界说","终于第一次有了自己早该具有的成熟的理论形态","在整个古典美学史行将结束时,为我们消灭了这一巨大的遗憾"[④]。对于这样的学术评价与历史定位,王国维显然是当之无愧的。

八、有无"我"的实质及局限

关于王国维"境界说"的基本涵蕴与学术价值已如上述,不过为了把这一问题讲得更清楚,下面我们还拟对王国维的"有我之境"与"无我之境"这两个概念的真实含义作一探讨。就目前的研究现状看,在"境界说"的理论体系里,人们对于这两个概念的认识,不仅分歧最为巨大,而且其争论也最为激烈。对于这两个概念的含义不弄清楚,我们不仅无法对它们在"境界说"中的地位作出界定,而且对"境界说"自身的理论构成与学术导向也同样无法作出准确的判断。

(一)前人在"有我""无我"的认识上存在的分歧

前人对王国维"有我""无我"说的认识既存在分歧,那么他们的分歧究竟何在呢? 在正式回答这个问题之前,我们不妨先来看看王国维本人的论述。在王国维的现有论著里,直接涉及这两个概念的地方主要有两处,它们都在《人间词话》里。其一曰:"有有我之境,有无我之境。'泪眼问花花不语,乱红飞过秋千去','可堪孤馆闭春寒,杜鹃声里斜阳暮',有我之境

---

①周锡山《博大精深,学贯中西的境界说》,《名作欣赏》1987年4期,第6页。

②陈鸿祥《人间词话人间词注评》,江苏古籍出版社,2002年,第3页。

③彭玉平《〈王国维词学与学缘研究〉导论》,《王国维词学与学缘研究》,中华书局,2015年,第307页。

④薛富兴《东方神韵:意境论》,人民文学出版社,2000年,第55页。

也。'采菊东篱下,悠然见南山','寒波澹澹起,白鸟悠悠下',无我之境也。有我之境,以我观物,故物我皆著我之色彩。无我之境,以物观物,故不知何者为我,何者为物。古人为词,写有我之境者为多,然未始不能写无我之境。此在豪杰之士能自树立耳。"其二曰:"无我之境,人惟于静中得之。有我之境,于由动之静时得之。故一优美,一宏壮也。"①仔细审视这两则表述,不难发现由于词话自身诗意性、简约性的语言表达的限制,王国维对"有我""无我"说的诠解显然很不明确。前人所以对此认识不一,一方面固然与王国维本人思想的复杂性密切相关,然另一方面这种词话式的语言表达的含糊性,显然在其中也扮演着一个很不光彩的角色。

总览前人对王国维"有我""无我"的认识,我们大致可以将其归为九类。其一,认为一切创作都是作家情感的反映,"有我""无我"之说根本难成立。如萧遥天曰:"'我'绝对不会无,王氏所提的无我之境,……'无'字定得太武断,我以为应作'忘'。"②季羡林曰:"'采菊东篱下,悠然见南山',王先生把它列入无我之境,我认为实际上是有我的。汉文可以不用主语,如译为英、德、法等文,主语必赫然有一个'我'字(I,ich,je)在。既然有'我'字在,怎么能说是无'我'呢?我觉得,在这里不是'无我'而是'忘我',不是'以物观物',而仍然是'以我观物',不过在一瞬间忘记了'我'而已。"③张文勋曰:"王国维把境界截然分成'有我之境'和'无我之境',这是不符合创作的客观规律的。我们知道文艺创作并不是作家主观的产物,但也不是离开作家世界观的照相似的反映。……文艺作品中所表现出来的'境界',自然也是客观现实在作家头脑中反映的产物,其中必然有作家主观的因素。"④等等。

其二,认为"有我之境"是移情于物,而"无我之境"乃冷静观物。如朱光潜曰:"所谓'以我观物,故物皆著我之色彩',就是'移情作用','泪眼问花花不语'一例可证。"而"采菊东篱下,悠然见南山"与"寒波澹澹起,水鸟悠悠下",则"是诗人在冷静中所回味出来的妙境(所谓'于静中得之'),没有经过移情作用。"所以与其说"无我之境"与"有我之境","似不如说'超物

---

① 王国维《人间词话》卷上,黄霖等导读,上海古籍出版社,1998年,第1~2页。

② 萧遥天《语文小论》,叶嘉莹《王国维及其文学批评》引,北京大学出版社,2008年,第193页。

③ 季羡林《门外中外文论絮语》,《文学评论》1996年6期,第7~8页。

④ 张文勋《从〈人间词话〉看王国维的美学思想实质》,《学术研究》1964年第3期,第26页。

之境'和'同物之境'"①。叶程义曰:"'有我''无我',非就内容言,乃就表达言。作者以身入其境者之身份而表达时之表达,为'有我'之表达。所表达之境,为'有我之境'。作者以第三者旁观而不参与其境之身份而表达时之表达,为'无我'之表达。所表达之境,为'无我之境'。"②王宗乐曰:"境界有有我之境与无我之境之分。有我之境,是以我观物,就是通过了诗人的情感而写出来,故有诗人心中喜怒哀乐的成分在内;无我之境,是以物观物,虽然也是诗人眼中所见的景物,但在写出来的时候,并没有通过诗人的情感,没有沾染上诗人心中喜怒哀乐的色彩。"③等等。

其三,认为"有我之境"感情比较明显,溢于言表,"无我之境"感情比较隐蔽,不露痕迹。如王振复曰:"'无我之境''有我之境'作为美学命题,是王国维对美、审美品类的理论概括。'有我之境',作者的主观情感、审美判断溢于言表,喷薄而出,是审美主观对于审美对象的移情'拥抱'。'无我之境',作者作为审美之'我',于'境'不露痕迹,犹王维之禅诗然,……是审美主观对审美对象的移情'化入'。"④童庆炳曰:"'无我之境'也是'与心徘徊'的产物,其中必然也'有我'。只不过在'有我之境'中是'明我',我的感情是显露出来的;而在'无我之境'中是'暗我',我的感情是隐藏起来的。"⑤萧华荣曰:"诗中物、我关系是中国传统诗论最注目的问题。其实无论'有我之境'还是'无我之境',皆渗透着诗人的主观情绪,所谓'一切景语皆情语',只不过一者较为深隐,一者较为外露而已。"⑥等等。

其四,认为"有我之境"是物的人化,"无我之境"是人的物化。这一看法应是上一看法的进一步深化,因此虽与上一看法有所重合,但我们还是应将它视为一种新的认识。如张少康曰:"所谓'有我之境'是指作家带着浓厚的主观感情去描写客观事物,故物皆含有明显的作家主观感情色彩,也就是说物'人化'了。所谓'无我之境'是指作家在对客观事物的描写中,把自己的意趣隐藏于其中,表面上看不出有作家主观的感情色彩,也就是

---

①朱光潜《诗论》,上海古籍出版社,2001年,第50页。
②叶程义《王国维词论研究》,台湾文史哲出版社,1991年,第55页。
③王宗乐《茗华词与人间词话述评》,台湾东大图书公司,1976年,第64页。
④王振复《中国美学史新著》,北京大学出版社,2009年,第363页。
⑤童庆炳《中国古代心理诗学与美学》,中华书局,1992年,第10页。
⑥萧华荣《中国古典诗学理论史》,华东师范大学出版社,2005年,第377页。

说人'物化'了。"①陈良运曰："'有我'是以特定主体之我而观而言情，所以会是'物的人化'。'无我'是'以自然之眼观物，以自然之舌言情'，所以会是'人的物化'或'情的物化'。'有我'与'无我'，皆有'我'有'情'，不过因'我'之立场地位不同与情感方式不同而如此区分罢了。"②林焕平曰："有我之境，是以我为主。作者接触景物时，心情激动，把这种激动的心情加到景物上去，高兴时看到一切景物也都在高兴，悲哀时看到一切景物也都在悲哀。所以，虽然也以景抒情，但未至物我一体，只是'以我观物'，所以'物皆著我之色彩'。这可以说是'缘情造境'，即王夫之之所谓'情中景'。因而，这是'景随情迁'。""无我之境，就是主观精神融汇于客观事物之中，情景交融，物我一体，二者不可分。""这就是王夫之所谓'景中情'。这种境界，是'情随景迁'。"③彼此对照，不难发现林焕平的论述虽所用字眼与张、陈有异，但三人所言实为同一意指。

其五，认为"有我之境"是写境，"无我之境"是造境。这显然是受了《人间词话》如下表述的启发："有造境，有写境，此理想与写实二派之所由分。然二者颇难分别。因大诗人所造之境，必合乎自然，所写之境，亦必邻于理想故也。"④如王元化曰："'有我之境'（或曰'写境'）和'无我之境'（或曰'造境'），乃侧重指出'理想与写实二派所由分'。所谓理想和写实二派，用我们今天的话来说，即现实主义和浪漫主义。"⑤吴宏一曰："写境以物观物"，"故近于无我之境"。"造境以我观物"，"所以比较近于有我之境"⑥。陈良运曰："'写境'就是'有我之境'，而'造境'即可臻至'无我之境'。……'造境'是无意而写，得天造之妙；'写境'是有意而造，得传移摹写之力。"⑦等等。

---

①张少康《中国文学理论批评史教程》，北京大学出版社，1999年，第489页。
②陈良运《境界、意境、无我之境：读〈论情境〉与王文生教授商榷》，《文艺理论研究》2003年第3期，第66～67页。
③林焕平《王国维文艺思想初探》，《林焕平文集》第3卷，广西师范大学出版社，1995年，第411～412页。
④王国维《人间词话》卷上，黄霖等导读，上海古籍出版社，1998年，第1页。
⑤王元化《王国维的境界说与龚自珍的出入说》，《文心雕龙创作论》附录，上海古籍出版社，1979年，第81页。
⑥吴宏一《王静安境界说的分析》，叶嘉莹《王国维及其文学批评》引，北京大学出版社，2008年，第194页。
⑦陈良运《中国诗学体系论》，中国社会科学出版社，1992年，第341页。

其六,认为"有我之境"是指那些主观诗或抒情诗,"无我之境"是指那些客观诗或写景诗。如滕咸惠曰:"'主观诗'抒发了诗人强烈激动的感情,其境界属于'有我之境'。诗人作为感情激越的审美主体征服客体,从对象中反射自己,所以'物皆著我之色彩'。'客观诗'描绘了悦目赏心的自然风物,其境界属于'无我之境'。诗人作为冷静理智的审美主体被客体所吸引,以致达到忘我的地步,主体似乎消失于对象之中,所以'不知何者为我,何者为物'。"①吴奔星曰:"所谓'有我之境',就是诗词的境界表现了主人公鲜明的感情色彩。所谓的'无我之境',就是抒情主人公的感情色彩被溶化在自然景物中。……前者主要是抒情诗的境界,后者主要是山水诗的境界。所谓'有我之境',就是以情为主,多半是情语;所谓'无我之境',就是以景为主,大体是景语。"②屠志芬曰:"当诗人把情放在第一位,即以情为主要表现对象时,情感必然鲜明突出,溢于景外,景物作为传情达意的手段,居于次要地位,这样创造出来的一定是'有我之境'。而当诗人把景放在第一位,即以景为主要表现对象时,景物必然鲜明突出,情感则隐没于景物之中或宕出景外,这样创造出来的一定是'无我之境'。……'有我''无我'二境的区别,根本就在于创作出发点的不同,即主要表现对象的不同。"③等等。

其七,认为"有我之境"是儒家境界,"无我之境"是道家境界。如饶宗颐曰:"寻王氏所谓无我者,殆指我相之冲淡,而非我相之绝灭。以我观物,则凡物皆著我相;以物观我,则浑我相于物之中。实则一现而一浑。现者,假物以现我;浑者,借物以忘我。王氏所谓'无我',亦犹庄周之物化,特以遣我而遗我于物之中,何曾真能无我耶?"④蔡报文曰:"境界说多少受到一些西方美学的影响,但骨子底里仍然是属于中国古典美学的范畴,……而'有我之境'与'无我之境'更是直接地根源于决定中国艺术意境的深层文化心理——儒学的人生观和庄学的人生观。"⑤柯汉琳曰:"'有我之境'乃超越'小我'之儒家境界,'无我之境'乃超越'大我'之道家境界。'以我观

①滕咸惠《〈人间词话〉刍议》,《文史哲》1986年第1期,第67页。
②吴奔星《王国维的美学思想:"境界论"》,《江海学刊》1963年第3期,第34页。
③屠志芬《论秦观词的"有我之境"》,《文艺评论》2011年第10期,第74页。
④饶宗颐《〈人间词话〉评议》,何志韶《人间词话研究汇编》,台湾巨浪出版社,1975年,第96~97页。
⑤蔡报文《"有我之境"与"无我之境":兼与叶朗先生商榷》,《美学》1994年第10期,第41页。

物'是以一已之情观物,仍末忘我;'以物观物'是以万物之理观物,即以'道心'观物,是为忘我大达,高于前者。……王氏推崇'无我之境',实为道家'贵无'思想的影响。"①等等。

其八,认为"有我之境"属常人之境,"无我之境"属诗人之境。这一看法显然是以王国维《清真先生遗事》所言为根据的:"有诗人之境界,有常人之境界。诗人之境界,惟诗人能感之,而能写之,故读其诗者,亦高举远慕,有遗世之意。而亦有得有不得,且得之者亦各有深浅焉。若夫悲欢离合、羁旅行役之感,常人皆能感之,而惟诗人能写之。故其入于人者至深,而行于世也尤广。"②如王向清、刘和平曰:"'有我之境'为'常人之境'","'无我之境'为'诗人之境'"③。姜春曰:"所谓'有我',则是指诗人没有'无我'的哲思,所写都是常人的思想情感,'以我观物,故物皆着我之色彩'。所谓'无我',主要是指诗人对自我的超越,超越认识的个体性,摆脱个人情感的束缚,把我视为万物中的一物,对它物没有任何欲求,从而使所创造的意境达到物我两忘的境界,'不知何者为我,何者为物'。"④等等。

其九,认为"有我之境"是作家充满意志欲望时所见之境,"无我之境"是作家摆脱意志欲望时所见之境。如叶嘉莹曰:"'有我之境'原来乃是指当吾人存有'我'之意志,因而与外物有某种对立之利害关系时之境界,而'无我之境'则是指当吾人已泯灭了自我之意志,因而与外物并无利害关系相对立时的境界。……静安先生所提出的'有我'与'无我'二种境界,实在是根据康德、叔本华之美学理论中由美感判断上所形成的两种根本的区分。"⑤佛雏曰:"掌握叔本华式的'认识的纯粹主体',乃是理解'有我''无我'之境的关键所在。这个纯粹的主体是'无意志'的,也即'无我'的。它不仅是审美静观所必备的主观条件,而且是达成审美静观的标志及其最后归宿。……就审美静观过程中客体所曾包含的现实的'我'的成分多少而言,这才有所谓'有我之境'与'无我之境'。'有我'者,有意志,客体中染有我的意志。'无我'者,无意志,客体中仿佛不见我的意志。"⑥陈成伟曰:

①柯汉琳《王国维"有我之境"与"无我之境"新论》,《华南师范大学学报》1994年第4期,第61页。
②王国维《王国维集》(周锡山编校)第1册,中国社会科学出版社,2008年,第53页。
③王向清、刘和平《论王国维境界说的系统性》,《求索》2006年第1期,第183～184页。
④姜春《王国维"无我之境"的哲学意蕴》,《江西教育学院学报》2005年第2期,第89页。
⑤叶嘉莹《王国维及其文学批评》,北京大学出版社,2008年,第189～190页。
⑥佛雏《王国维诗学研究》,北京大学出版社,1999年,第244页。

"'有我之境'与'无我之境'中的'我'指的是与事物相融产生喜怒哀乐的'欲之我'。'有我之境'是'欲之我'在物我关系的冲突中增添的强烈情感在平静中回忆时成为'知之我'后得到的境界,'无我之境'中物我之间没有利害关系,不存在'欲之我',是'知之我'在平静中通过直观外物得到的另一境界。因此,'有我之境'的诗句流露出诗人强烈的主观情感;'无我之境'的诗人自失于自然景物之中,与自然景物融为一体。"①等等。

(二)"有我""无我"的具体所指及其相互关系

前人对于"有我之境""无我之境"的看法已如上述,这些看法如此之多,这恐怕是王国维无论如何也不会想到的。不过,另一方面我们也不得不承认,王国维"有我""无我"的思想确实很复杂。它既与叔本华的意志美学有着千丝万缕的联系,又对叔本华的意志美学有所突破,加之叔本华的美学思想本身就不好理解,而王国维对于它的借鉴不仅与我国的文学传统存在矛盾,而且也对他的"境界说"有所偏离,在这样的情况下,前人理解互有抵牾,显然也是在所难免的。那么,对于王国维"有我""无我"的具体所指与相互关系,我们究竟应如何看呢?这可以从以下四个方面加以说明。

其一,王国维这里的"我"有特殊含义,我们不可作笼统理解。具体来说,它主要是指人类与生俱来的意志、欲望与痛苦。意志、欲望的存在带来痛苦,意志、欲望的解除带来快乐,这是王国维基于自己的生活阅历与时代背景,而从叔本华那里继承来的一个最基本的人生信条。这一观念反映到文学思想上,就产生了"有我之境"与"无我之境"这一对著名的文论范畴。也正缘此,所以我们对"有我""无我"的认识,就要紧扣有无意欲与痛苦这一核心来进行。脱离这一核心而去探讨"有我""无我"的涵义,那是根本行不通的。

其二,"有我之境"是指作家心含意欲痛苦时所观照到的境象,"无我之境"是指作家心无意欲痛苦时所观照到的境象。"有我之境",由于心含意欲痛苦,所以所观之物自然"皆著我之色彩"。如"泪眼问花花不语,乱红飞过秋千去","可堪孤馆闭春寒,杜鹃声里斜阳暮"。问花不语,杜鹃悲鸣,"红"而曰乱曰飞曰去,"馆"而曰孤曰闭曰寒,"阳"而曰斜曰暮,所有这些显

---

① 陈成伟《从"有我之境"与"无我之境"看王国维的解脱之道》,《漳州师范学院学报》2009年2期,第77页。

然都是深深地打着主人公的情感烙印的。而与此相反,"无我之境",由于心无意欲与痛苦,所以凭此心境,便可实现对外物的静观。所谓静观,也即是观赏者的注意力已经摆脱了自我痛苦的干扰,使他变成了一个纯粹的认识主体。生活的煎熬、人生的磨难、命运的多舛,这时他已全然忘记,他把他的全副精力都投注到了对外物的凝神观照中。这个时候他已不再像"有我之境"那样,从自我出发,去感受外物对自己是否有利或者是否合乎自己的心愿,也就是说他已不再"以我观物",根据自己的痛苦与需要观物了,而是完全站在一个纯粹的观赏者的立场上,聚精会神,不受任何干扰地观察着、欣赏着外物。这个时候外物已不再是自己的索求对象,而是一变而成一个可亲可爱、可悦可赏的知己同类。而伴随着这样的观赏活动的持续,观赏者还会进一步在不知不觉中化入外物,与外物合一,完完全全设身处地地体验着外物的生命律动。换一句话,也就是说他仿佛已经失去自我,"不知何者为我,何者为物",仿佛已成外物自身,由先前的人对外物的体验一变而成外物自己对自己的体验了。这也就是王国维所说的"以物观物",也即完完全全站在外物的立场上,以外物的身份体验着外物。

那么,以上所说究竟是否合乎叔本华与王国维的本旨呢?我们还是再来看看他们本人的论述。如叔本华描写人们摆脱了意欲和痛苦后的"观物"情形说:"人们在事物上考察的已不再是'何处''何时''何以''何用',而仅仅只是'什么'。也不让抽象的思维、理性的概念盘踞着意识,而代替这一切的却是把人的全副精神能力献给直观,浸沉于直观,并使全部意识为宁静地观审恰在眼前的自然对象所充满,不管这对象是风景,是树木,是岩石,是建筑物或其他什么。人在这时,按一句有意味的德国成语来说,就是人们自失于对象之中了。也即是说人们忘记了他的个体,忘记了他的意志,他已仅仅只是作为纯粹的主体,作为客体的镜子而存在,好像仅仅只有对象的存在而没有觉知这对象的人,所以人们也不能再把直观者(其人)与直观(本身)分开来了,而是两者已经合一了。"[1]又,王国维《红楼梦评论》说:"夫自然界之物,无不与吾人有利害之关系。纵非直接,亦必间接相关系者也。苟吾人而能忘物与我之关系观物,则夫自然界之山明水媚,鸟飞花落,固无往而非华胥之国,极乐之土也。岂独自然界而已,人类之言语动

---

①[德]叔本华《作为意志和表象的世界》,石冲白译,商务印书馆,1986年,249~250页。

作,悲欢啼笑,孰非美之对象乎?"①等等。通览叔、王二氏所作的描述,不难发现它们与我们上文所说实是完全一致的。再以王国维所举之例来看,"采菊东篱下,悠然见南山。山气日夕佳,飞鸟相与还","寒波澹澹起,白鸟悠悠下",山林峻茂,山鸟夕还,水波澹澹,白鸟悠悠,自然景象如此明秀,天地万物如此惬意,这的确是那些充满意欲、痛苦的人们所无暇顾及的。如果不是内心宁静,思无旁骛,凝神观照,那么大自然的无穷妙趣,我们是绝对无缘体验的。

其三,"有我之境"固有壮美的一面,但与壮美又不尽相同。众所周知,王国维继承叔本华的观点,把美感分为优美与壮美两种。如其在《叔本华之哲学及其教育学说》一文曰:"美之中,又有优美与壮美之别。今有一物,令人忘利害之关系,而玩之而不厌者,谓之曰优美之感情。若其物直接不利于吾人之意志,而意志为之破裂,唯由知识冥想其理念者,谓之曰壮美之感情。"②既是如此,则显而易见壮美的产生也同样要经历一个"由动之静"的过程。在开始的时候观赏者充满意欲,壮美的对象对他形成威压,让他情感波动,深感痛苦,但是随着意志的破裂,意欲的消失,他又终于实现了宁静,实现了对壮美对象的静观,体验到了它的圆满。不过,审美对象的威壮既让他意志破裂,感到难以抵抗,那么在具体的观赏过程中,他也必然会自始至终怀着一种敬畏与崇仰,使他与这对象之间始终都保持着一定距离,不能像对优美对象那样,可以实现与这对象的完全合一。

弄明了壮美与优美的异同,接下来再看"有我之境"的宏壮就容易多了。对于"有我之境"何以宏壮,前人也有他们的看法。如叶嘉莹曰:"在'有我之境'中,既有'物''我'利害之冲突,所以其美感多属于'宏壮'一类。"③滕咸惠曰:"诗人把强烈激越的感情作为审美对象,所以属于宏壮(崇高)的范畴。"④周振甫曰:"壮美是人在受到外界事物的压迫而又不能抗拒时所造成的悲剧或悲苦的感情时产生的美。'泪眼问花''杜鹃声里',都是写诗人被压抑中所表达出来的愁苦感情,所以是壮美。"⑤等等。但是

①王国维《王国维文学论著三种》,商务印书馆,2001年,第4页。
②王国维《王国维集》(周锡山编校)第2册,中国社会科学出版社,2008年,第153页。
③叶嘉莹《王国维及其文学批评》,北京大学出版社,2008年,第190页。
④滕咸惠《〈人间词话〉刍议》,《文史哲》1986年第1期,第67页。
⑤周振甫《〈人间词话〉初探》,姚柯夫《〈人间词话〉及其评论汇编》,书目文献出版社,1983年,第114页。

显而易见,这些看法无论是在叔本华的论著里,还是在王国维的论著里,都是很难找到根据的。实际上王国维之所以把"有我之境"视为"宏壮",也即视为"壮美"的表现之一,其最主要的原因乃在抒情主人公对自我痛苦、自我不幸的大胆倾诉。这种倾诉的大胆,无所回避,无所顾忌,才是欣赏者产生敬仰,产生"宏壮感"的最主要的原因。

有关这一点,我们在王国维的现有论著里是完全可以找到根据的。如其《人间嗜好之研究》曰:"常人对戏剧之嗜好,亦由势力之欲出。先以喜剧(即滑稽剧)言之,夫能笑人者必其势力强于被笑者也,故笑者实吾人一种势力之发表。然人于实际之生活中,虽遇可笑之事,然非其人为我所素狎者,或其位置远在吾人之下者,则不敢笑。独于滑稽剧中,以其非事实故,不独使人能笑,而且使人敢笑,此即对喜剧之快乐之所存也。悲剧亦然。霍雷士曰:'人生者,自观之者言之,则为一喜剧,自感之者言之,则又为一悲剧也。'自吾人思之,则人生之命运固无以异于悲剧。然人当演此悲剧时,亦俯首杜口,或故示整暇,汶汶而过耳。欲如悲剧中之主人公,且演且歌以诉其胸中之苦痛者,又谁听之,而谁怜之乎!夫悲剧中之人物之无势力之可言,固不待论。然敢鸣其苦痛者与不敢鸣其痛苦者之间,其势力之大小必有辨矣。夫人生中固无独语之事,而戏曲则以许独语故,故人生中久压抑之势力独于其中筐倾而篋倒之,故虽不解美术上之趣味者,亦于此中得一种势力之快乐。普通之人对戏曲之嗜好,亦非此不足以解释之矣。"①

细审王国维这段阐述,不难得知他主要表达了如下意思:喜剧人物的滑稽可笑可以让观赏者在观赏中产生一种优越感,悲剧人物的苦痛敢鸣可以让观赏者在观赏中产生一种敬畏感。由于喜剧使人产生优越感,比较好理解,所以这里无需赘语,下面我们就着重谈谈悲剧何以使人产生敬畏感的问题。原来在王国维看来,人生命运虽如悲剧,但是在实际生活中人们面对悲剧,由于各种原因,却并不敢予以倾诉。他们常常对此悲剧"俯首杜口",只字不提,甚至有的还要假扮悠闲,佯装快乐,也即"故示整暇,汶汶而过"。之所以如此,一个非常重要的原因就在于在现实生活中,即使有人也像戏剧中一样,且演且歌,以诉其痛,也是无人听之怜之的。但是在演出中

---

①王国维《王国维集》(周锡山编校)第 2 册,中国社会科学出版社,2008 年,第 319 页。

就不一样了,在演出中无论是演员还是观众,都处于一种虚拟状态,现实中的各种忌讳、拘禁与不便都已消失。一方面悲剧主人公的命运确可让观赏者在怜悯、同情的同时产生一种优越感、庆幸感,而另一方面悲剧主人公的大胆倾诉,无所回避,无所顾忌,直面人生,自鸣不平的勇气,也同样让观赏者为之感叹,竦然起敬,产生强烈的共鸣。特别是悲剧中那大段大段的独白,使主人公久藏的压抑筐倾箧倒,喷涌而出,这样的场面就更让人感到心潮起伏,备受鼓舞,由衷钦慕。悲剧的宏壮感就是这样产生的。

　　与此相类,"有我之境"的"宏壮感"也同样应这样理解。有的学者说:"有我之境,我们可以说,是那种包涵着一股生活意志,提供一种悲剧经验的境界。……古希腊常藉英雄个人的意志与命运之摆布,两者冲突的戏剧化,来达成悲剧效果。王国维所举有我之境的两则词句,都有这种个人意志与冥顽命运冲突的悲剧性。"①这一认识无疑是非常有见地的。如果看不到"有我之境"与悲剧的相通性,那么,对它的"宏壮美"我们是无论如何也难作出合理解释的。对于王国维的审美导向,有的学者曾这样评价说:"王国维对表达了'忧生忧世'感受和承担人生苦难、在人生旅途上含泪行进这种悲壮精神的作品情有独钟。在《人间词话》中,他最为称道的词都具有这种性质。""希望人直面痛苦并让生命从痛苦中矗立起来,很可能是王国维对文艺功用的最大期望。"②这一理解虽不是直接对"有我之境"而发,但是显而易见这对我们正确理解"有我之境"的深刻蕴涵无疑也是非常有借鉴价值的。

　　弄明了"有我之境"何以宏壮的原因,那么它与"壮美"的异同也就不难得知了。首先"有我之境"与"壮美"明显有相通的一面,它们不仅都是"由动之静"的,而且其中也都含有令人钦敬的情愫,这也是"有我之境"何以也属"壮美"的最主要的原因。不过,另一方面二者也有很大不同。一是二者"动"的原因不同。"壮美"所以使人心动,仅是因为它的"壮",而"有我之境"除此以外,还有抒情主人公的痛。这也同样让观赏者为之动容。二是二者所生美感的性质不同。"壮美"的美感来源于所观对象的圆满,在这方面它与"优美"是完全一致的,而"有我之境"的美感则来源于对因"不圆满"

---

①柯庆明《论王国维〈人间词话〉中的境界》,何志韶《人间词话研究汇编》,台湾巨浪出版社,1975年,第238~239页。
②程亚林《近代诗学》,湖南人民出版社,2000年,第196~197页。

而产生的痛苦的大胆宣泄,淋漓倾诉。它们虽然都使人有一种解放感,但是其具体缘由却是大不相同的。也正因如此,所以我们认为"无我之境"完全可与"优美"划等号,但"有我之境"与"壮美"却是并不完全一致的。

　　其四,要想对"有我之境""无我之境"的真实涵蕴有一个更透彻的了解,我们还需对其与"境界说"其他概念的异同作一辨析。在王国维"境界说"的理论体系里,除了"有我之境""无我之境"外,还有许多其他概念,如"情境"与"物境","主观诗人"与"客观诗人","写境"与"造境","大境"与"小境","常人之境"与"诗人之境"等。首先来看"情境"与"物境"。《人间词话》说:"境非独谓景物也。喜怒哀乐,亦人心中之一境界。故能写真景物,真感情者,谓之有境界。否则谓之无境界。"(见前)据此,则王国维显然把"境界"分为两种,一为情境,二为物境。但是正如前文所说,"情境"并不是单纯写情,它也写物,因为非物无以见情,只是相对而言,它的写物成份少一些罢了。那么,我们可不可以以"有我之境"对应"情境",以"无我之境"对应"物境"呢?答案显然是否定的。因为如上所说,"有我""无我"乃指有无意欲和痛苦,而并不是指是以写情为主,还是写物为主。如李华《春行寄兴》:"宜阳城下草萋萋,涧水东流复向西。芳树无人花自落,春山一路鸟空啼。"[1]罗隐《蜂》诗:"不论平地与山尖,无限风光尽被占。采得百花成蜜后,为谁辛苦为谁甜?"[2]等等。像这类诗歌,也皆以写物为主,但是我们却并不能把它们与"无我之境"联系起来,而仍要将其作"有我之境"来看待。又如李白《山中问答》:"问我何意栖碧山,笑而不答心自闲。桃花流水窅然去,别有天地非人间。"[3]写景的句子虽只"桃花流水窅然去"一句,但是我们也同样不能将其视作"有我之境",而只能把它当"无我之境"看。可见用写情为主,还是写物为主来划定"有我之境"与"无我之境"的区别,这样的做法是根本行不通的。既然不能把"情境"与"有我之境","物境"与"无我之境"等同起来,那么,把"有我之境"与"主观诗人"对应,把"无我之境"与"客观诗人"对应,自然也同样是不合适的。在王国维的原稿里,在"不知何者为我,何者为物"之下,本来还有"此即主观诗与客观诗之所分

---

①彭定求等《全唐诗》卷153,中华书局,1999年,第1593页。

②罗隐《甲乙集》卷8,潘慧惠《罗隐集校注》,浙江古籍出版社,1995年,第260页。

③瞿蜕园、朱金城《李白集校注》卷19,中华书局,1980年,第1095页。

也"一句,但是后来王国维最终还是把它删去了①。这也可以从另一侧面说明王国维对此是并不认同的。

　　下面再看"写境"与"造境"。《人间词话》曰:"有造境,有写境,此理想与写实二派之所由分。然二者颇难分别。因大诗人所造之境,必合乎自然,所写之境,亦必邻于理想故也。"据此可知,所谓"写境"就是以写实为主,所谓"造境"就是以理想为主。既是如此,那么,是否可以把"有我""无我"与"写境""造境"相对应呢?这也同样是不可行的。因为按照意志美学的逻辑,"优美""壮美"所直观的都是理念,它们都属理想之境。也正因此,所以我们只能把"有我之境"与"写境"等同起来,但却并不能把"无我之境"与"造境"等同起来。"无我之境"也即"优美"只是"造境"的一种,除此之外还有既不属"无我之境"也不属"有我之境"的"壮美",把"无我之境"与"造境"等同起来,这也同样不合意志美学的逻辑。

　　下面再看"大境"与"小境"。王国维对于这对概念的提出,也同样见于《人间词话》:"境界有大小,不以是而分优劣。'细雨鱼儿出,微风燕子斜',何遽不若'落日照大旗,马鸣风萧萧'?'宝帘闲挂小银钩',何遽不若'雾失楼台,月迷津渡'也?"②"有我之境"可以是大境,也可是小境。"无我之境",也即优美之境,则只能是小境,不能是大境。壮美之境只能是大境,不能是小境。由王国维所举之例看,"落日照大旗,马鸣风萧萧"与"雾失楼台,月迷津渡"都是大境,但前者显应是壮美之境,而后者则应是"有我之境"。"细雨鱼儿出,微风燕子斜"与"宝帘闲挂小银钩"都是小境,但前者显应是"无我之境",而后者则应是"有我之境"。可见"有我""无我"与"大境""小境"也同样不对应。

　　最后再看"常人之境"与"诗人之境"。有关这对概念的提出见于王国维《清真先生遗事》:"夫境界之呈于吾心而见于外物者,皆须臾之物。惟诗人能以此须臾之物,镌诸不朽之文字,使读者自得之。遂觉诗人之言,字字为我心中所欲言,而又非我之所能自言。此大诗人之秘妙也。境界有二:有诗人之境界,有常人之境界。诗人之境界,惟诗人能感之而能写之。故读其诗者,亦高举远慕,有遗世之意。而亦有得有不得,且得之者亦各有深

---

① 王国维《王国维〈人间词〉〈人间词话〉手稿》,浙江古籍出版社,2005年,第65页。
② 王国维《人间词话》卷上,黄霖等导读,上海古籍出版社,1998年,第1～3页。

浅焉。若夫悲欢离合,羁旅行役之感,常人皆能感之,而惟诗人能写之。故其入于人者至深,而行于世也尤广。"①细审王国维这段表述,不难发现他所说的"常人之境"实际就是上文所说的"写境",他所说的"诗人之境"实际就是上文所说的"造境"。"有我之境""无我之境"与"写境""造境"的关系,我们在上文既已说清,则二者与"常人之境""诗人之境"的关系也同样不言自明。

如果以上所说不错,则显而易见,前人有关"有我之境""无我之境"的看法虽有九种,但其中多数都是难成立的。比较可取的只有三种,一是把"有我""无我"与情感的显隐相对应,二是把"有我""无我"与"物的人化""人的物化"相对应,三是把"有我""无我"与意欲痛苦的有无相对应。"物的人化"即"以我观物","物皆著我之色彩"。"人的物化"即"以物观物",站在外物的立场上观物,我与物合,"不知何者为我,何者为物"。"物皆著我之色彩",情感当然要明显一些;以我入物,与物相合,情感当然要隐蔽一些。至于说把"有我""无我"与意欲痛苦的有无相对应,这在上文我们已有反复说明,对于它的可信性也就更无需多议了。足见,要对王国维"有我""无我"的本旨有一个准确理解,对以上三种看法的要义,我们还是要认真领悟的。不过另一方面我们也要看到,理解"有我之境""无我之境"的关键就在弄清"有我之境"何以"宏壮",它与"优美""壮美"究竟是什么关系。如果对这一点缺乏认识,那对"有我""无我"的真实涵蕴,其理解也同样是要大打折扣的。然而有关这一点,包括以上三种看法在内,前人却皆无合理的解释。也正由于这一缺憾的存在,所以致使以上三种看法虽然各有道理,可是却皆未成为学界的共识。对于"有我之境""无我之境"的真实涵蕴,研究者之所以直到今天也依然争论不休,这显然也是其中一个极重要的原因。

(三)如何看待"有我之境""无我之境"的学术价值

由前文一系列论述不难得知,王国维是很注意西方文论的中国化的。"有我之境""无我之境"在这方面也同样表现得很突出。首先来看"无我之境"。在《孔子之美育主义》一文里,王国维曾有这样一段表述:"人之根本在生活之欲,而欲常起于空乏。既偿此欲,则此欲以终。然欲之被偿者一,

---

① 王国维《王国维集》(周锡山编校)第 1 册,中国社会科学出版社,2008 年,第 53 页。

而不偿者十百，一欲既终，他欲随之，故究竟之慰藉终不可得。……然吾人一旦因他故，而脱此嗜欲之网，则吾人之知识已不为嗜欲之奴隶，于是得所谓无欲之我。无欲故无空乏，无希望，无恐怖。其视外物也，不以为与我有利害之关系，而但视为纯粹之外物，此境界唯观美时有之，苏子瞻所谓'寓意于物'（《宝绘堂记》）。邵子曰：'圣人所以能一万物之情者，谓其能反观也。所以谓之反观者，不以我观物也。不以我观物者，以物观物之谓也。既能以物观物，又安有有我于其间哉？'（《皇极经世·观物内篇》七）此之谓也。其咏之于诗者，则如陶渊明云：'采菊东篱下，悠然见南山，山气日夕佳，飞鸟相与还，此中有真意，欲辨已忘言。'谢灵运云：'昏旦变气候，山水含清晖。清晖能娱人，游子澹忘归。'……皆善咏此者也。"①在这段表述里，王国维对苏轼的话引得太简单，我们不妨看看它的原文："君子可以寓意于物，而不可以留意于物。寓意于物，虽微物足以为乐，虽尤物不足以为病。留意于物，虽微物足以为病，虽尤物不足以为乐。"②熟味苏轼这段话的文意，不难发现他所说的也同样不外是寓身于物，与物合一，"以物观物"，皆足为乐之意。这与邵雍所言实是完全相一致的。王国维在这里不仅引用了苏轼、邵雍的理论表述，而且还列举了陶渊明、谢灵运的具体诗例，其用意显然是要说明西人所说的这一美学现象，与我国古代的文学创作也同样是相通的。

"寓意于物""以物观物"，这样的现象在我国古代确是很普遍的，我国古人对此也认识得很清晰。比如苏轼，除了上文的《宝绘堂记》外，他还写过一首名为《书晁补之所藏与可画竹》的诗："与可画竹时，见竹不见人。岂独不见人，嗒然遗其身。其身与竹化，无穷出清新。庄周世无有，谁知此凝神？"③另外，在《朝辞赴定州论事状》一文里，他还说过如下话语："处静而观动，则万物之情毕陈于前。"④所有这些，都充分说明：苏轼对于这种凝神观照、化身于物的"无我之境"，其理解确乎是很透彻的。这样的例子还有很多，我们不妨再举几例。如程颢《秋日偶成》曰："万物静观皆自得，四时

---

①王国维《王国维集》（周锡山编校）第 4 册，中国社会科学出版社，2008 年，第 3～4 页。
②苏轼《苏轼文集》卷 11，中华书局，1986 年，第 356 页。
③苏轼《苏轼诗集》卷 29，中华书局，1982 年，第 1522 页。
④苏轼《苏轼文集》卷 36，中华书局，1986 年，第 1019 页。

佳兴与人同。"①周敦颐《周敦颐集》曰:"周茂叔窗前草不除去,问之,云:'与自家意思一般。'"②罗大经《鹤林玉露》曰:"曾云巢无疑,工画草虫,年迈愈精。余尝问其有所传乎,无疑笑曰:'是岂有法可传哉!某自少时,取草虫笼而观之,穷昼夜不厌。又恐其神之不完也,复就草地之间观之,于是始得其天。方其落笔之际,不知我之为草虫耶? 草虫之为我也? 此与造化生物之机缄盖无以异,岂有可传之法哉?'"③贺裳《皱水轩词筌》曰:"稗史称韩干画马,人入其斋,见(韩)干身作马形。凝思之极,理或然也。作诗文,亦必如此始工。如史邦卿《咏燕》,几于形神俱似矣。"④等等。足见,在王国维之前,虽然没有"无我之境"的称谓,但是对于这种凝神观照,化身于物的审美方式,我国古人还是相当熟悉的。王国维在阐述这一美学现象时,之所以一再拿我国古人的理论表述、诗歌创作为佐助,这也足以说明他已充分认识到对于外来文化的引入是一定要以对本土文化的发明为前提的。

有关这一点,在对"有我之境"的确立上,王国维的指向更明确。众所周知,在叔本华的美学体系里,"有我之境"的地位十分之低。虽然在他的论著里,我们并找不到"有我之境"的说法,但是他所竭力贬斥的"抒情诗",又称"歌咏体",与王国维所说的"有我之境"实是非常相近的。在叔本华看来,"抒情诗正因为主观成分最重,所以是最容易的一种诗体,并且在别的场合,艺术品本来只是少数真正天才的事,然而在这里,一个人尽管总的说来并不很杰出,只要他事实上由于外来的强烈激动而有一种热情提高了他的心力,他也能写出一首优美的歌咏诗"⑤。把"抒情诗"称为"最容易"的诗,称为并不需要"真正天才"的诗,其对这类诗歌的轻视之意,显然是不待明言的。可是在《人间词话》里,王国维尽管也说过这样的话:"古人为词,写有我之境者为多,然未始不能写无我之境,此在豪杰之士能自树立耳"(见前),但是即使仅就这句话自身来看,他对"有我之境"的否定也不像叔本华那样强烈。因为毕竟他也承认"古人为词,写有我之境者为多","有我之境"作为中国文学的主流,王国维显然并无抹杀之意。只是相对而言,他

①程颢、程颐《河南程氏文集》卷3,《二程集》,中华书局,2004年,第482页。
②周敦颐《周敦颐集》卷3,中华书局,2009年,第82页。
③罗大经《鹤林玉露》丙编卷6,中华书局,1983年,第343页。
④唐圭璋《词话丛编》第1册,中华书局,1986年,第704页。
⑤[德]叔本华《作为意志与表象的世界》,石冲白译,商务印书馆,1982年,第344~345页。

把"无我之境"的地位看得更高一点罢了。在《人间词话》中王国维所赞扬的作品几乎全为"有我之境"的作品,所赞扬的作家也几乎全是以写"有我之境"擅长的,对于那些为数众多的"忧生""忧世"之作,王国维一点也没表现出轻视之意。所有这些,都充分说明王国维对于中国文学并不主张削足适履,对于西方文论的吸纳也是有条件的。他之所以大量绍介西方美论,其最主要的目的还是要借以匡正我国美论的不足,促进国人的理论自觉,而并不是要从根本上否定中国文学。他对北宋词的欣赏,对于元杂剧的赞美,都是很能说明这一问题的。

　　为了更好地说明这一点,我们不妨再看几段他的话语。如其《屈子文学之精神》曰:"诗歌者,感情的产物也。虽其中之想象的原质(即知力的原质),亦须有肫挚之感情为之素地,而后此原质乃显。"①又,其《文学小言》曰:"激烈之情感,亦得为直观之对象、文学之材料,而观物与其描写之也,亦有无限之快乐伴之。"②又,其《英国大诗人白衣龙小传》曰:"盖白衣龙非文弱诗人,而热血男子也。既不慊于世,于是厌世怨世,继之以詈世。既詈世矣,世复报复之,于是愈激愈怒,愈怒愈激,以一身与世界战。夫强于情者,为主观诗人之常态,但若是之甚者,白衣龙一人而已。"③又,其《清真先生遗事》曰:"境界有二:有诗人之境界,有常人之境界。诗人之境界,惟诗人能感之,而能写之。……若夫悲欢离合,羁旅行役之感,常人皆能感之,而惟诗人能写之。故其入于人者至深,而行于世也尤广。"(见前)等等。由以上所述不难看出,王国维对于文学创作的抒情性实可谓高度重视,由这些表述我们绝难得出王国维轻视"有我之境"的结论。特别是在《清真先生遗事》里,王国维进一步指出:"常人之境"不仅"入于人者至深,而行于世也尤广",而且对于它的创作,和"诗人之境"一样,也必须是诗人方能胜任。毫无疑问,这就对"有我之境"的合法性作出了明确的界定。也正鉴此,所以我们甚至还可进一步认为王国维对于"有我""无我"层次高低的划分纯为形式,因为在我国传统文学里,"无我之境"的数量毕竟只占少数,而"有我之境"的数量则占绝对优势。

　　盖也正是以此为前提,所以有不少学者都认为:"王国维的'优美'与

---

① 王国维《王国维集》(周锡山编校)第 1 册,中国社会科学出版社,2008 年,第 30 页。
② 王国维《王国维集》(周锡山编校)第 1 册,中国社会科学出版社,2008 年,第 23 页。
③ 王国维《王国维集》(周锡山编校)第 2 册,中国社会科学出版社,2008 年,第 11 页。

'宏壮',已经超出了叔本华的'优美'与'壮美'的内涵"①,"并且也不是西方哲学家'壮美(崇高)''优美'审美范畴的概念的套用,而是他借用西方的美学概念总结中国传统诗词美学所得的创见和发明"②。"正是由于对拜伦、李煜等'主观诗人'的'倾倒喜爱',由于对抒情文学中主观情感的决定性意义的深切体认,才使他突破叔本华再现美学的藩篱,提出了一个与'无我之境'相对峙的,以主观情感的表现为特征的'有我之境'。"③"王国维固然受过叔本华的思想影响,也宣扬过叔本华唯心主义艺术观与哲学观。但是,《人间词话》毕竟是王国维较后期的著作,是他精心研究过中国古典诗词和诗论的优良传统后写出来的,对叔本华的思想影响已有所突破,如果我们还停留在用叔本华的理论来印证《人间词话》的观点,就会曲解王氏的本意。"④毫无疑义,以上所有这些阐述对于我们正确把握王国维"有我""无我"说的内涵,都是非常有启发的。

不过,事物总是一分为二的。王国维的"有我""无我"说,既与叔本华的"壮美""优美"说存在着明显的不同,那他就不应把它们硬搅在一起。实事求是地说,"有我""无我"之分本身并没有错,在文学创作中这种或以境(景)为主,或以意(情)为主的现象也是广泛存在的。有关这一点,王国维在其《〈人间词〉乙稿序》中讲的也是非常到位的:"文学之事,其内足以摅己,而外足以感人者,意与境二者而已。上焉者意与境浑,其次或以境胜,或以意胜。苟缺其一,不足以言文学。"(见前)可是王国维由于自身阅历以及所处时代的限制,致使他在以下两个方面都出现了偏颇。也正由于这两大偏颇的存在,致使有不少学者都认为:王国维"有我之境""无我之境"这对概念,"从一降生就先天不足,面临着重重的矛盾"⑤。

首先他对叔本华的"意志美学"太过沉迷,总喜把"理念的直观"作为审美活动的最高理想。这就使他不仅要在"有我之境"与"无我之境"的具体所指上再度作出更为特殊的规定,把"我"的内容紧紧限定在人的意欲痛苦

----

①蒋永青《境界之"真":王国维境界说研究》,中国社会科学出版社,2001年,第59页。

②蓝华增《〈人间词话〉的内在矛盾》,《文艺理论研究》1995年4期,第60页。

③罗钢《传统的幻象:跨文化语境中的王国维诗学》,人民文学出版社,2017年,第111页。

④刘士兴《释"有我之境"与"无我之境":读〈人间词话〉札记》,《武汉师范学院学报》1983年第4期,第54页。

⑤罗钢《七宝楼台,拆碎不成片断:王国维"有我之境""无我之境"说探源》,《中国现代文学研究丛刊》2006第2期,第164页。

上,而且还要对"有我""无我"的档级作出划分,把"无我之境"凌驾于"有我之境"之上。这样的结果,不仅使文学所抒情感的性质受到了局限,大大缩小了文学的抒情范围,而且也使文学创作"发愤抒情""不平则鸣"的合法性受到了质疑,使"有我之境"在文学创作中的重要地位受到了粗暴的人为抑制,弱化了它在文学王国中的价值。这与我国传统文学的创作实际显然是很不相配的。尽管王国维把"有我之境"的地位置于"无我之境"之下,并不意味着对它的取消,并且从王国维的全部表述看,他对"有我之境"的价值还是相当看重的,甚至他的整个以"不隔说"为核心的"境界说"的大厦也是以"有我之境"为基础的,但是他既把意欲痛苦的彻底解除作为审美观照的最佳状态、最高理想,那"有我之境"在理论上的合法性也就根本无法得到保障。因为正如许多学者所说,在"意志美学"的思想体系里,"有我"与"无我"的关系根本就是"不平衡"的,二者之间存在着明显的"优劣、高下之别"。"在叔本华体系的内部,不可能产生一个和'无我之境'相匹敌的,具有同样审美价值的'有我之境'。"①这一认识对于"有我之境"在王国维美学体系中的尴尬地位无疑展示的是非常清楚的。

其次,王国维对叔本华等的"优美""壮美"之说也太过迷恋,试图把所有创作都塞在这一框架里。其实无论是"有我之境"还是"无我之境",它们都包含"优美"和"壮美",我们完全没有必要从这一角度切入,对二者进行辨析。举例来说,如李白的"飞流直下三千尺,疑是银河落九天"②与杜甫的"泥融飞燕子,沙暖睡鸳鸯"③,显然都是"无我之境",可是它们却一属壮美,一属优美。再如"落花人独立,微雨燕双飞"④与"白骨露于野,千里无鸡鸣"⑤,也显然都是"有我之境",可是它们也同样应分属优美和壮美。既然"有我之境"与"无我之境"都包含"优美"和"壮美",那我们在将二者相对时,显然就没有必要把"优美""壮美"也牵扯进来。以"优美""壮美"为标准来对二者进行界定,这显然是很无道理的。进言之,也即是"优美""壮美"与"有我""无我",两者完全是从不同角度对诗歌所作的分类,我们根本没

---

① 罗钢《七宝楼台,拆碎不成片断:王国维"有我之境""无我之境"说探源》,《中国现代文学研究丛刊》2006 第 2 期,第 150 页。
② 李白《望庐山瀑布二首》其二,瞿蜕园、朱金城《李白集校注》卷 21,中华书局,1980 年,第 1241 页。
③ 杜甫《绝句二首》其一,仇兆鳌《杜诗详注》卷 13,中华书局,1979 年,第 1134 页。
④ 晏几道《临江仙·梦后楼台高锁》,龙榆生《唐宋名家词选》,上海古籍出版社,1980 年,第 91 页。
⑤ 曹操《蒿里》,《曹操集》,中华书局,1959 年,第 4 页。

有理由把它们对应起来。可是王国维由于对异域文化的偏爱，试图将一切文学都打上"优美""壮美"的标签。为了实现这一目标，他一方面把"无我之境"与"优美"等同起来，而另一方面又把"有我之境"也视为"壮美"。有关这一点，只要我们将他对"优美""壮美"的论述稍加审视就不难得知。

如其《古雅之在美学上之位置》曰："美学上之区别美也，大率分为二种：曰优美，曰宏壮。……前者由一对象之形式不关于吾人之利害，遂使吾人忘利害之念，而以精神之全力沉浸于此对象之形式中。自然及艺术中普通之美，皆此类也。后者则由一对象之形式，越乎吾人知力所能驭之范围，或其形式大不利于吾人，而又觉其非人力所能抗，于是吾人保存自己之本能，遂超越乎利害之观念外，而达观其对象之形式，如自然中之高山大川、烈风雷雨，艺术中伟大之宫室，悲惨之雕刻象、历史画、戏曲小说等皆是也。"[1]又，其《红楼梦评论》曰："美之为物有二种：一曰优美，一曰壮美。苟一物焉，与吾人无利害之关系，而吾人之观之也，不观其关系，而但观其物；或吾人之心中，无丝毫生活之欲存，而观其物也，不视为与我有关系之物，而但视为外物，则今之所观者，非昔之所观者也。此时吾心宁静之状态，名之曰优美之情，而谓此物曰优美。若此物大不利于吾人，而吾人生活之意志为之破裂，因之意志遁去，而知力得为独立之作用，以深观其物，吾人谓此物曰壮美，而谓其感情曰壮美之情。普通之美，皆属于前种。至于地狱变相之图，决斗垂死之像，庐江小吏之诗，雁门尚书之曲，其人固氓庶之所共怜，其遇虽戾夫为之流涕，讵有子颓乐祸之心，宁无尼父反袂之戚？而吾人观之，不厌千复。格代之诗曰：'凡人生中足以使人悲者，于美术中则吾人乐而观之。'此之谓也。此即所谓壮美之情。而其快乐存于使人忘物我之关系，则固与优美无以异也。"[2]

由以上两段论述不难看出，在对"优美""壮美"的理论表述上，王国维的表述与西方学者的表述并无两样，但是从他所举之例看，他的理解又与西方学者存在着巨大差异。因为西方学者所说的"壮美"主要指宏大事物，而并不指人生的悲剧，可是在以上王国维所举例子里，除了"自然中之高山大川、烈风雷雨，艺术中伟大之宫室"与西人相合外，其他各例，如"悲惨之

[1] 王国维《王国维集》（周锡山编校）第 1 册，中国社会科学出版社，2008 年，第 184 页。
[2] 王国维《王国维文学论著三种》，商务印书馆，2001 年，第 5 页。

雕刻象、历史画、戏曲小说","地狱变相之图,决斗垂死之象,庐江小吏之诗,雁门尚书之曲"等,都系人生悲剧,它们与西人的所指是完全不同的。上文我们说王国维的"有我""无我",其中的"我"字都系指人的意欲痛苦,王国维的"有我之境"也是带有浓厚的悲剧色彩的,如果将此与王国维这里的悲剧之例联系起来,那么,显而易见它们的所指实是完全一致的。王国维既把"有我之境"视为"壮美",而真正的"壮美"与"有我之境"又有明显差异,这就使得在西方美学中与"优美"相对的"壮美",既不能并入"宏壮"的"有我之境",也不能并入"优美"的"无我之境",而竟成了游离于"有我""无我"之外无所归属的概念,从而使王国维的美学体系陷入了严重的分裂。因为如果把与"优美"相对的"壮美"和"有我之境"视为同类,那"有我之境"的美感来源于对人的意欲痛苦的大胆宣泄,而"壮美之境"的美感则来源于对宏大之物"理念"的观照,二者之间显然存在巨大差异。可是如果把"壮美"与"无我之境"视为同类,王国维又明确指出"无我之境"属于"优美"。虽然二者所观照的都是客观的理念,但是它们的一"优"一"壮",其矛盾也同样是显而易见的。可见从这一角度说,王国维"有我之境""无我之境"的提出也同样是极不成功的。

总之,在王国维"境界说"的理论体系里,一切都显得那样严密,唯有"有我""无我"说的提出给这一体系增添了一个拙劣的尾巴。要使《人间词话》成为一完美的著作,我们最好对这一尾巴加以改造。如果在保留"有我""无我"之说的前提下,对以下论述加以删除,其一曰"古人为词,写有我之境者为多,然未始不能写无我之境,此在豪杰之士能自树立耳",其二曰"无我之境,人惟于静中得之。有我之境,于由动之静时得之。故一优美,一宏壮也",那么,王国维的"境界说"的体系就变得非常完善了。

九、余论

综合上文一系列论述,不难看出对于王国维"境界说"的成就,我们既要看到它的优长,也要看到它的不足。首先王国维深受西方美学"形象直观"说的启发,充分认识到审美对象的可感性对于文学创作的重要意义,并结合我国传统文学的实际,以"境界"来命名审美对象,以"不隔"来概括其可感特征,且把这一特征的具体实现牢牢地建基在感受的真切与自然的兴会上。这一方面充分凸显了我国传统文学的民族特色,体现了王国维对西方文论的中国化改造,另一方面也初步打通了我国传统文学与西方文学的联系,弥补了我国传统文论的不足,为我国传统文论的现代转换开辟了重要方向,作出了大胆尝试。也正因此,所以我们才把王国维视为西方文论中国化的开先者,与中国文论现代化的奠基者。不过,同时我们也应看到,王国维对西方文论的中国化改造也有不完善的地方,在这之中最突出的表现就是"有我之境""无我之境"的提出。实事求是地说,"有我之境""无我之境"的提法本身并没有错,王国维的缺憾主要就表现在对二者的解释上。他一方面把"我"的所指限定在人的意欲痛苦上,另一方面又把"有我之境""无我之境"与"优美""壮美"强行拼凑在一起。这不仅大大削弱了诗歌的"言志"功能,动摇了"发愤抒情""不平则鸣"等传统文论的合法性,而且也导致了自身理论的分裂,破坏了自我体系的完善性。因此,若从这一角度说,则王国维对西方文论的中国化改造,其缺憾也是显而易见的。

如果我们再进一步,把王国维的"境界说"与上一章的"气象说"加以对照,那王国维的美学贡献,其缺憾就更大了。因为首先对于文艺创作的可感性,我国古人早就注意到了。如《大雅·烝民》:"吉甫作诵,穆如清风。仲山甫永(咏)怀,以慰其心。"①《孟子·尽心上》:"仁言,不如仁声之入人深也。"②《诗大序》:"正得失,动天地,感鬼神,莫近于诗。"③等等。并且对于实现可感的途径,我国古人也同样有清醒的认识。具体来说,那就是要切实做到内在情志的血气化,也即情绪化、肉身化,并使之充分呈现在作品里。如《礼记·乐记》说:"情深而文明,气盛而化神。"④《文心雕龙·风骨》说:"缀虑裁篇,务盈守气,刚健既实,辉光乃新。"⑤韩愈《答李翊书》说:"气盛则言之短长与声之高下者皆宜。"⑥梁肃《为常州独孤使君祭李员外文》说:"粹气积中,畅于四肢,发为斯文,郁郁有辉。"⑦方东树《昭昧詹言》说:"诗文者,生气也。若满纸如翦彩雕刻无生气,乃应试馆阁体耳。"⑧黄周星

---

① 朱熹《诗集传》卷 18,上海古籍出版社,1980 年,第 215 页。
② 焦循《孟子正义》卷 26,中华书局,1987 年,第 897 页。
③ 孔颖达《毛诗正义》卷 1,孔颖达等《十三经注疏》,中华书局,1980 年,第 270 页。
④ 朱彬《礼记训纂》卷 19,中华书局,1996 年,第 582 页。
⑤ 范文澜《文心雕龙注》卷 6,人民文学出版社,1958 年,第 513 页。
⑥ 肖占鹏《隋唐五代文艺理论汇编评注》,南开大学出版社,2015 年,第 739 页。
⑦ 董诰等《全唐文》卷 522,中华书局,1983 年,第 5305 页。
⑧ 方东树《昭昧詹言》卷 1,人民文学出版社,1984 年,第 25 页。

《制曲枝语》说:"论曲之妙无他,不过三字尽之,曰:'能感人'而已。感人者,喜则欲歌欲舞,悲则欲泣欲诉,怒则欲杀欲割,生趣勃勃,生气凛凛之谓也。"①等等。据此,则文艺创作是否感人,其最重要的表征就在于人的情感是否已血气化,这种血气化的情感是否已呈现在作品里,呈现在作品的音韵、节奏、词色与意象上,它们都是可以作用于人的感官的。这也就是古人所说的"气象"。有关这一点,即是在《人间词话》里表现也很突出。如云:"太白纯以气象胜。""《金荃》《浣花》能有此气象耶?"②"'树树皆秋色,山山尽落晖','可堪孤馆闭春寒,杜鹃声里斜阳暮',气象皆相似。"③"幼安之佳处,在有性情,有境界。即以气象论,亦有'横素波,干青云'之慨。"④等等。并且更为难得的是王国维不仅使用了"气象"一词,而且对用来形容"气象"的真切不隔的"生气"一词,他也同样有使用。如《人间词话》:"诗人对宇宙人生,须入乎其内。……入乎其内,故有生气。"⑤《宋元戏曲考·余论》:"其(朱有燉)词虽谐隐,然元人生气,至是顿尽。"⑥等等。这充分说明王国维对"气象"与文学创作真切不隔的关系,也是有所认识的。但是十分遗憾,他最终也未将其上升为其美学理论的核心范畴。

　　与"气象"相较,"境界""意境"虽也可展现文艺创作的可感性,但是至少在以下五个方面,它们都远不如"气象"更为切当。一是"气象"的成熟、流行时间比较早,在"意境""境界"两大概念尚未定型前,它已在我国古代文论里广泛应用了。二是"气象"更能体现"诗言志"的本体特征,更能炫示人的内在情志血气化这一诗文创作的总规律,呈显出诗文创作感物而作,发自肺腑,真诚无伪,难以遏止的艺术本质。进言之,也即是只要讲"诗言志",就必然讲"气象",而无论是"境界"还是"意境",较之"气象"其与"诗言志"的关系都是要更疏远的。三是"气象"更能彰显人的内在情志血气化对诗文作品可感性的强化,展示诗文作品艺术感染力的渊源所自,揭示其感天地、泣鬼神的审美力量形成的原因。因为正如前文所说,在王国维的美学体系里,"境界""意境"之所以可感不隔,也主要源于作家感受的真切。

①黄周星《夏为堂人天乐传奇》卷首,文学古籍刊行社,1957年,第3页。
②王国维《人间词话》卷上,黄霖等导读,上海古籍出版社,1998年,第3～4页。
③王国维《人间词话》卷上,黄霖等导读,上海古籍出版社,1998年,第7页。
④王国维《人间词话》卷上,黄霖等导读,上海古籍出版社,1998年,第11页。
⑤王国维《人间词话》卷上,黄霖等导读,上海古籍出版社,1998年,第15页。
⑥王国维《王国维文学论著三种》,商务印书馆,2001年,第192页。

而要确保作家感受的真切，内在情志的血气化显然也是其最佳选择。因此从这一角度看，以"气象"来标示我国传统文学的可感性，其彰显力也同样要较"境界""意境"更胜一筹。四是"气象"更具统摄力，它不仅可以把作品的音韵、节奏、词色、意象都涵盖在内，而且还可把把"气调""气格""气骨""气韵"等众多气论概念统御其下，这较"境界""意境"的仅就"意象"立论，与其他概念罕少联系，也同样是要更全面的。五是"气象"更能凸显中国文论与传统哲学的联系，不仅可以更好地宣示它赖以产生的"元气论"思想的文化底蕴，而且也可更明切地呈现其"天人合一""文道一体"的诗学精神。

也正基于以上这些，所以我们认为较之"境界""意境"，"气象"显然更能昭示我国传统文学的民族特色，与"摹仿说"主导下的西方文论的形象化、典型化学说形成鲜明的对照。王国维不选择"气象"作为我国传统文论的基本范畴而选择"境界""意境"，显而易见他所走的也依然是西方以"主客分离"为背景，以"唯理论""认识论"为基础，以"模仿说"为指导的"形象化"的路子，而并非我国以"天人合一"为背景，以"元气论""心性论"为基础，以"言志说"为指导的"生气化"模式。所谓"形象化"也即形似化、具象化，其最高理想是典型化；所谓"生气化"也即血气化、情绪化，其最高理想是肉身化。二者所企求的虽都是可感不隔，但是它们的哲学基础与民族心理却是大不相同的。不过，对于"气象"的哲学渊源与文论价值，我国古人尽管早就认识到了，但是由于他们理论自觉意识的缺乏，致使他们对此迟迟都未能作出全面的梳理与系统的表达。也正基于这样的前提，所以我们认为王国维如果能够把他的"真切不隔"的审美诉求建立在"气象"上，那他在西方文论中国化与中国文论现代化的进程中，所作的贡献也就更大了。

主要参考文献

一、古籍类

鸠摩罗什等《佛教十三经》,中华书局,2010 年。

僧肇《注维摩诘经》,《大藏经》卷 38,台湾佛陀教育基金会,1990 年。

吉藏《中观论疏》,《大藏经》卷 42,台湾佛陀教育基金会,1990 年。

道宣《广弘明集》,上海商务印书馆,1936 年。

澄观《大方广佛华严经疏》,线装书局,2016 年。

高振农《大乘起信论校释》,中华书局,1992 年。

郭朋《坛经校释》,中华书局,1983 年。

慧皎《高僧传》,中华书局,1992 年。

赞宁《宋高僧传》,中华书局,1987 年。

普济《五灯会元》,中华书局,1984 年。

周叔迦、苏晋仁《法苑珠林校注》,中华书局,2003 年。

丁福保《佛学大辞典》,上海书店出版社,2015 年。

夏征农《辞海》(宗教分册),上海辞书出版社,1988 年。

魏小虎《四库全书总目汇订》,中华书局,2012 年。

孔颖达等《十三经注疏》,中华书局,1980 年。

伏胜《尚书大传》,中华书局,1985 年。

司马光《温公易说》,上海古籍出版社,1989 年。

李道平《周易集解纂疏》,中华书局,1994 年。

周振甫《周易译注》,中华书局,1991 年。

朱熹《诗集传》,上海古籍出版社,1980 年。

赵德《诗辨说》,中华书局,1985 年。

王柏《诗疑》,中华书局,1985 年。

郝敬《毛诗原解》,中华书局,1991 年。

王夫之《诗广传》,中华书局,1964 年。

王先谦《三家诗义集疏》，中华书局，1987年。

陈奂《诗毛氏传疏》，中国书店，1984年。

胡承珙《毛诗后笺》，黄山书社，1999年。

陈启源《毛诗稽古编》，《文渊阁四库全书》第85册，上海古籍出版社，
　　1987年。

姚际恒《诗经通论》，中华书局，1958年。

吴闿生《诗义会通》，中华书局，1959年。

袁梅《诗经译注》（雅颂部分），齐鲁书社，1982年。

程俊英、蒋见元《诗经注析》，中华书局，1991年。

陈子展《诗经直解》，复旦大学出版社，1983年。

孙诒让《周礼正义》，中华书局，2013年。

王聘珍《大戴礼记解诂》，中华书局，1983年。

朱彬《礼记训纂》，中华书局，1996年。

朱熹《四书章句集注》，上海书店，1987年。

刘宝楠《论语正义》，中华书局，1990年。

杨伯峻《论语译注》，中华书局，1980年。

李泽厚《论语今读》，安徽文艺出版社，1998年。

唐满先《论语今译》，江西人民出版社，1982年。

钱穆《论语新解》，巴蜀书社，1985年。

焦循《孟子正义》，中华书局，1987年。

王崧《说纬》，上海书店，1988年。

郑樵《六经奥论》，《文渊阁四库全书》第184册，上海古籍出版社，1987年。

林庆彰等《经义考新校》，上海古籍出版社，2010年。

皮锡瑞《经学通论》，中华书局，1954年。

周敦颐《周敦颐集》，中华书局，2009年。

程颢、程颐《二程集》，中华书局，1981年。

张载《张载集》，中华书局，1978年。

黎靖德《朱子语类》，中华书局，1986年。

朱熹《晦庵先生朱文公文集》，中华书局，1985年。

陈淳《北溪字义》，中华书局，1983年。

吕本中《童蒙训》，商务印书馆，1937年。

徐梓、王雪梅《蒙学辑要》，山西教育出版社，1992年。

郭璞注《穆天子传》，中华书局，1985年。

袁珂《山海经校注》，上海古籍出版社，1980年。

杨伯峻《春秋左传注》，中华书局，1990年。

徐元诰《国语集解》，中华书局，2002年。

刘向《战国策》（鲍彪等注），上海古籍出版社，1998年。

司马迁《史记》，上海古籍出版社，1997年。

班固《汉书》，中华书局，1962年。

杨树达《汉书窥管》，上海古籍出版社，1984年。

沈钦韩等《汉书疏证》（外二种），上海古籍出版社，2006年。

何清谷《三辅黄图校注》，三秦出版社，1998年。

石光瑛《新序校释》，中华书局，2009年。

向宗鲁《说苑校证》，中华书局，1987年。

范晔《后汉书》，中华书局，1965年。

陈寿《三国志》，中华书局，1982年。

葛洪《西京杂记》，中华书局，1985年。

房玄龄等《晋书》，中华书局，1974年。

徐震堮《世说新语校笺》，中华书局，1984年。

沈约《宋书》，中华书局，1974年。

萧子显《南齐书》，中华书局，1972年。

姚思廉《梁书》，中华书局，1973年。

魏征等《隋书》，中华书局，1973年。

李林甫等《唐六典》，中华书局，1992年。

杜佑《通典》，中华书局，1984年。

郑樵《通志二十略》，中华书局，1995年。

马端临《文献通考》，中华书局，1986年。

浦起龙《史通通释》，上海古籍出版社，2009年。

叶瑛《文史通义校注》，中华书局，1985年。

刘献廷《广阳杂记》，中华书局，1985年。

程敏政《新安文献志》，黄山书社，2004年。

黄佐《广州人物传》，中华书局，1985年。

李学勤《清华大学藏战国竹简》(叁),中西书局,2012 年。

荆门市博物馆《郭店楚墓竹简》,文物出版社,1998 年。

俞樾《诸子平议》,上海书店,1988 年。

黎翔凤《管子校注》,中华书局,2004 年。

河上公《老子道德经河上公章句》,中华书局,1993 年。

楼宇烈《王弼集校释》,中华书局,1980 年。

苏辙《道德真经注》,华东师范大学出版社,2010 年。

蒋锡昌《老子校诂》,商务印书馆,1937 年。

马叙伦《老子校诂》,古籍出版社,1956 年。

朱谦之《老子校释》,中华书局,1984 年。

高亨《老子正诂》,中国书店,1988 年。

徐梵澄《老子臆解》,中华书局,1988 年。

古棣《老子校诂》,吉林人民出版社,1998 年。

任继愈《老子绎读》,北京图书馆出版社,2006 年。

孙以楷《〈老子〉注释三种》,安徽人民出版社,2003 年。

黄钊《帛书老子校注析》,台湾学生书局,1991 年。

高明《帛书老子校注》,中华书局,1996 年。

陈鼓应《老子今注今译》,商务印书馆,2003 年。

任法融《道德经释义》,东方出版社,2012 年。

卢育三《老子释义》,天津古籍出版社,1987 年。

尹振环《帛书老子再疏义》,商务印书馆,2007 年。

王垶《老子新编校释》,辽沈书社,1990 年。

戴维《帛书老子校释》,岳麓书社,1998 年。

樊波成《老子指归校笺》,上海古籍出版社,2013 年。

李水海《帛书老子校笺译评》,陕西人民出版社,2014 年。

丁原植《郭店竹简〈老子〉释析与研究》,台湾万卷楼图书有限公司,1998 年。

四部要籍注疏丛刊《老子》,中华书局,1998 年。

王先谦《庄子集解》,中华书局,1987 年。

郭庆藩《庄子集释》,中华书局,1961 年。

杨伯峻《列子集释》,中华书局,1979 年。

孙诒让《墨子间诂》,中华书局,1986 年。

吴毓江《墨子校注》,中华书局,1993年。

王先谦《荀子集解》,中华书局,1988年。

王云路、史光辉《荀子直解》,浙江文艺出版社,2000年。

蒋礼鸿《商君书锥指》,中华书局,1986年。

王先慎《韩非子集解》,中华书局,1998年。

朱海雷《尸子译注》,上海古籍出版社,2006年。

许富宏《鬼谷子集校集注》,中华书局,2008年。

厉时熙《尹文子简注》,上海人民出版社,1977年。

黄怀信《鹖冠子校注》,中华书局,2014年。

许维遹《吕氏春秋集释》,中华书局,2009年。

刘文典《淮南鸿烈集解》,中华书局,1989年。

苏舆《春秋繁露义证》,中华书局,1992年。

汪荣宝《法言义疏》中华书局,1987年。

黄晖《论衡校释》,中华书局,1990年。

汪继培、彭铎《潜夫论笺校正》,中华书局,1985年。

桓谭《新辑本桓谭新论》(朱谦之校辑),中华书局,2009年。

孙启治《政论校注　昌言校注》,中华书局,2012年。

黄省曾、孙启治《申鉴注校补》,中华书局,2012年。

王利器《风俗通义校注》,中华书局,2010年。

河北医学院《灵枢经校释》,人民卫生出版社,1982年。

河北医学院《黄帝内经素问校释》,人民卫生出版社,1982年。

刘劭《人物志》,文学古籍刊行社,1955年。

杨明照《抱朴子外篇校笺》,中华书局,1997年。

王利器《颜氏家训集解》,中华书局,1993年。

宋祁《宋景文公笔记》,中华书局,1985年。

庄绰《鸡肋编》,中华书局,1983年。

叶适《习学记言序目》,中华书局,1977年。

项安世《项氏家说》,中华书局,1985年。

姚勉《姚勉集》,上海古籍出版社,2012年。

王应麟《困学纪闻》(翁元圻注),商务印书馆,1935年。

惠洪《冷斋夜话》,中华书局,1985年。

黄伯思《宋本东观余论》,中华书局,1988 年。

吴子良《林下偶谈》,中华书局,1985 年。

盖建民辑校《白玉蟾文集新编》,社会科学文献出版社,2013 年。

高拱《本语》,中华书局,1985 年。

江盈科《江盈科集》,岳麓书社,1997 年。

王廷相《王廷相集》,中华书局,1989 年。

李贽《焚书 续焚书》,中华书局,2009 年。

钱谦益《钱牧斋全集》,上海古籍出版社,2003 年。

黄汝成《日知录集释》,上海古籍出版社,1985 年。

黄宗羲《黄宗羲全集》,浙江古籍出版社,1985 年。

恽敬《大云山房文稿》,国学整理社,1937 年。

王应奎《柳南随笔 续笔》,中华书局,1983 年。

姚鼐辑《敬敷书院课读四书文》,道光十三年重刻本。

程廷祚《青溪集》,黄山书社,2004 年。

魏源《魏源全集》,岳麓书社,1989 年。

曾国藩《曾国藩日记》,岳麓书社,2015 年。

谭嗣同《谭嗣同全集》(增订本),中华书局,1981 年。

王国维《观堂集林》,中华书局,1959 年。

章太炎《国故论衡》,商务印书馆,2010 年。

章太炎《章太炎全集》,上海人民出版社,1984 年。

杜文澜《古谣谚》,中华书局,1984 年。

李善等《六臣注文选》,中华书局,2012 年。

沈德潜《古诗源》,中华书局,2006 年。

杜松柏《楚辞汇编》,台湾新文丰出版公司,1986 年。

朱熹《楚辞集注》,上海古籍出版社,2001 年。

洪兴祖《楚辞补注》,中华书局,1983 年。

汪瑗《楚辞集解》,北京古籍出版社 1994 年。

王夫之《楚辞通释》,上海人民出版社,1975 年。

蒋骥《山带阁注楚辞》,上海古籍出版社 1984 年。

郭沫若《屈原赋今译》,人民文学出版社,1981 年。

马茂元《楚辞注释》,湖北人民出版社,1999 年。

马茂元《楚辞选》,人民文学出版社,1998 年。

梅桐生《楚辞今译》,贵州人民出版社,2000 年。

姜亮夫《楚辞通故》,云南人民出版社 1999 年。

姜亮夫《楚辞今绎讲录》(修订本),北京出版社,1983 年。

汤炳正等《楚辞今注》,上海古籍出版社 1996 年。

崔富章等注《楚辞》,浙江古籍出版社,1998 年。

雷庆翼《楚辞正解》,学林出版社,1994 年。

刘永济《屈赋音注详解 屈赋释词》,中华书局,2010 年。

刘永济《屈赋通笺附笺屈余义》,中华书局,210 年。

姜亮夫《屈原赋校注》,人民文学出版社,1957 年。

文怀沙《屈原离骚今绎》,中华书局,1958 年。

闻一多《离骚解诂》,上海古籍出版社,1985 年。

游国恩《离骚纂义》,中华书局,1980 年。

马积高《历代辞赋总汇》,湖南文艺出版社,2014 年。

尹赛夫等《中国历代赋选》,山西教育出版社,1989 年。

费振刚等《全汉赋》,北京大学出版社,1993 年。

张玉谷《古诗赏析》,上海古籍出版社,2000 年。

郭茂倩《乐府诗集》,中华书局,1979 年。

陈本礼《汉诗统笺》,嘉庆庚午(1810 年)裒露轩藏版,浙江图书馆藏。

朱乾《乐府正义》,乾隆五十四年秬香堂刻本。

王洲明、徐超《贾谊集校注》,人民文学出版社,1996 年。

曹操《曹操集》,中华书局,1959 年。

夏传才、唐绍忠《曹丕集校注》,河北教育出版社,2013 年。

赵幼文《曹植集校注》,人民文学出版社,1984 年。

俞绍初《建安七子集》,中华书局,2005 年。

戴明扬《嵇康集校注》,中华书局,2014 年。

陆机《陆机集》,中华书局,1982 年。

干宝《搜神记》,中华书局,1979 年。

龚斌《陶渊明集校笺》,上海古籍出版社,1996 年。

顾绍柏《谢灵运集校注》,中州古籍出版社,1987 年。

钱仲联《鲍参军集注》,上海古籍出版社,2005 年。

吴兆宜、程琰《玉台新咏笺注》,中华书局,1985年。

吴淇《六朝选诗定论》,《四库存目丛书补编》第11册,齐鲁书社,2001年。

严可均《全上古三代秦汉三国六朝文》,中华书局,1958年。

逯钦立《先秦汉魏晋南北朝诗》,中华书局,1983年。

罗国威《日藏弘仁本文馆词林校证》,中华书局,2001年。

傅璇琮等《唐人选唐诗新编》,中华书局,2014年。

彭定求等《全唐诗》,中华书局,1999年。

董诰等《全唐文》,中华书局,1983年。

高棅《唐诗品汇》,上海古籍出版社,1988年。

沈德潜《唐诗别裁集》,中华书局,1975年。

王绩《王无功文集》,上海古籍出版社,1987年。

陈子昂《陈子昂集》,中华书局上海所,1960年。

何林天《重订新校王子安集》,山西人民出版社,1990年。

陶敏、易淑琼《沈佺期宋之问集校注》,中华书局,2017年。

陈熙晋《骆临海集笺注》,上海古籍出版社,1985年。

张九龄《曲江集》,广东人民出版社,1986年。

张说《张燕公集》,上海古籍出版社,1992年。

刘开扬《高适诗集编年笺注》,中华书局,1981年。

廖立《岑嘉州诗笺注》,中华书局,2004年。

李云逸《王昌龄诗注》,上海古籍出版社,1984年。

赵殿成《王右丞集笺注》,上海古籍出版社,1998年。

佟培基《孟浩然诗集笺注》,上海古籍出版社,2000年。

瞿蜕园、朱金城《李白集校注》,中华书局,1980年。

仇兆鳌《杜诗详注》,中华书局,1979年。

王亦军、裴豫敏《李益集注》,甘肃人民出版社,1989年。

雷恩海《大历诗略笺释辑评》,天津古籍出版社,2008年。

屈守元、常思春《韩愈全集校注》,四川大学出版社,1996年。

李嘉言《长江集新校》,上海古籍出版社,1983年。

孙望《韦应物诗集系年校笺》,中华书局,2002年。

柳宗元《柳河东集》,上海古籍出版社,1993年。

吴文治《柳宗元资料汇编》,中华书局,1964年。

元稹《元稹集》,中华书局,1982年。

白居易《白居易集》,中华书局,1979年。

瞿蜕园《刘禹锡集笺证》,中华书局,1989年。

杜牧《杜牧全集》,上海古籍出版社,1997年。

刘学楷、余恕诚《李商隐诗歌集解》,中华书局,1988年。

祖保泉、陶礼天《司空表圣诗文集笺校》,安徽大学出版社,2002年。

潘慧惠《罗隐集校注》,浙江古籍出版社,1995年。

聂安福《韦庄集笺注》,上海古籍出版社,2002年。

李剑国《唐五代传奇集》,中华书局,2015年。

龙榆生《唐宋名家词选》,上海古籍出版社,1980年。

洪本健《欧阳修诗文集校笺》,上海古籍出版社,2009年。

范仲淹《范文正公文集》,中华书局,1985年。

王安石《临川先生文集》,复旦大学出版社,2016年。

苏轼《苏轼文集》,中华书局,1986年。

苏轼《苏轼诗集》,中华书局,1982年。

苏辙《栾城集》,上海古籍出版社,1987年。

徐培均《淮海集笺注》,上海古籍出版社,1994年。

郑永晓《黄庭坚全集辑校编年》,江西人民出版社,2008年。

林景熙《霁山文集》,《文渊阁四库全书》第1188册,上海古籍出版社,1987年。

胡寅《斐然集》,中华书局,1993年。

陆游《剑南诗稿》,岳麓书社,1998年。

文天祥《文天祥全集》,中国书店,1985年。

方回《桐江集》,江苏古籍出版社,1988年。

李庆甲《瀛奎律髓汇评》,上海古籍出版社,2005年。

吴师道《吴师道集》,浙江古籍出版社,2012年。

李修生《全元文》,江苏古籍出版社,1999年。

苏天爵《元文类》,商务印书馆,1958年。

顾嗣立《元诗选》,中华书局,1987年。

施亮昭《元曲选》,上海书店出版社,1993年。

屠隆《屠隆集》,浙江古籍出版社,2012年。

徐渭《徐渭集》,中华书局,1983年。

陈子龙《安雅堂稿》,辽宁教育出版社,2003年。

归庄《归庄集》,中华书局,1962年。

张惠言《茗柯文编》,上海古籍出版社,1984年。

郑燮《郑板桥集》,中华书局,1962年。

李渔《李渔全集》,浙江古籍出版社,1991年。

梅曾亮《梅曾亮文选》(王镇远选注),华东师范大学出版社,1992年。

黄周星《夏为堂人天乐传奇》,文学古籍刊行社,1957年。

郑杰等《全闽诗录》,福建人民出版社,2011年。

吴敬梓《儒林外史》,浙江古籍出版社,2015年。

尹赛夫等《中国历代赋选》,山西教育出版社,1989年。

郁贤皓《中国古代文学作品选》,高等教育出版社,2003年。

朱东润《中国历代文学作品选》,上海古籍出版社,2002年。

于非《中国古代文学作品选》,高等教育出版社,1991年。

袁世硕《中国古代文学作品选》,人民文学出版社,2002年。

董运庭《春秋诗话笺注》,中国社会科学出版社,2013年。

黄怀信《上海博物馆战国楚竹书〈诗论〉解义》,社会科学文献出版社,2004年。

张少康《文赋集释》,人民文学出版社,2002年。

曹旭《诗品笺注》,人民文学出版社,2009年。

范文澜《文心雕龙注》,人民文学出版社,1958年。

刘永济《文心雕龙校释》,中华书局,1962年。

陆侃如、牟世金《文心雕龙选译》,山东人民出版社,1962年。

黄侃《文心雕龙札记》,上海古籍出版社,2000年。

张伯伟《全唐五代诗格汇考》,凤凰出版社,2002年。

陈伯海《唐诗论评类编》(增订本),上海古籍出版社,2015年。

吴文治《宋诗话全编》,江苏古籍出版社,1998年。

厉鹗《宋诗纪事》,上海古籍出版社,2013年。

郭绍虞《宋诗话辑佚》,中华书局,1980年。

魏庆之《诗人玉屑》,上海古籍出版社,1978年。

罗大经《鹤林玉露》,中华书局,1983年。

何汶《竹庄诗话》,中华书局,1984年。

胡仔《苕溪渔隐丛话》,人民文学出版社,1962年。

郭绍虞《沧浪诗话校释》，人民文学出版社1961年。

朱弁等《皖人诗话八种》，黄山书社，2014年。

张健《元代诗法校考》，北京大学出版社，2001年。

吴文治《明诗话全编》，凤凰出版社，1997年。

胡应麟《诗薮》，上海古籍出版社，1979年。

朱承爵《存余堂诗话》，中华书局，1985年。

许学夷《诗源辨体》，人民文学出版社，1987年。

何文焕《历代诗话》，中华书局，2004年。

丁福保《历代诗话续编》，中华书局，1983年。

王夫之等《清诗话》，上海古籍出版社，1978年。

郭绍虞《清诗话续编》，上海古籍出版社，1983年。

戴鸿森《姜斋诗话笺注》，上海古籍出版社，2012年。

方东树《昭昧詹言》，人民文学出版社，1984年。

袁枚《随园诗话》，江苏广陵古籍刻印社，1998年。

唐圭璋《词话丛编》，中华书局，1986年。

屈兴国《白雨斋词话足本校注》，齐鲁书社，1983年。

屈兴国《蕙风词话辑注》，江西人民出版社，2000年。

刘熙载《艺概》，上海古籍出版社，1978年。

王国维《王国维文存》（方麟选编），江苏人民出版社，2014年。

王国维《人间词话》，黄霖等导读，上海古籍出版社，1998年。

王国维《王国维〈人间词〉〈人间词话〉手稿》，浙江古籍出版社，2005年。

王国维《王国维文学论著三种》，商务印书馆，2001年。

王国维《王国维集》（周锡山编校），中国社会科学出版社，2008年。

王水照《历代文话》，复旦大学出版社，2007年。

郭绍虞《中国历代文论选》，上海古籍出版社，2001年。

张少康、卢永璘《先秦两汉文论选》，人民文学出版社，1996年。

郁沅、张明高《魏晋南北朝文论选》，人民文学出版社，1996年。

周祖譔《隋唐五代文论选》，人民文学出版社，1990年。

肖占鹏《隋唐五代文艺理论汇编评注》，南开大学出版社，2015年。

陶秋英《宋金元文论选》，人民文学出版社，1999年。

蒋述卓等《宋代文艺理论集成》，中国社会科学出版社，2000年。

蔡景康《明代文论选》,人民文学出版社,1993年。

王镇远、邬国平《清代文论选》,人民文学出版社,1999年。

黄霖、蒋凡《新编中国历代文论选》(晚清卷),上海教育出版社,2008年。

邬国平、黄霖《中国文论选》(近代卷),江苏文艺出版社,1996年。

贾文昭《中国近代文论类编》,黄山书社,1991年。

于民《中国美学史资料选编》,复旦大学出版社,2008年。

恽寿平《南田画跋》,西泠印社出版社,2008年。

于安澜《画论丛刊》,人民美术出版社,1989年。

俞剑华《中国画论类编》,人民美术出版社,1998年。

毛万宝、黄君《中国古代书论类编》,安徽教育出版社,2009年。

杨素芳、后东生《中国书法理论经典》,河北人民出版社,1998年。

徐娟《中国历代书画艺术论著丛编》,中国大百科全书出版社,1997年。

虞世南《北堂书钞》,中国书店,1989年。

李昉等《太平御览》,中华书局,1960年。

王应麟《玉海》,江苏古籍出版社、上海书店,1987年。

崔豹《古今注》,中华书局,1985年。

崔述《崔东壁遗书》,上海古籍出版社,1983年。

王念孙《读书杂志》,上海古籍出版,2015年。

何卓《义门读书记》,中华书局,1987年。

赵翼《陔余丛考》,中华书局,1963年。

王重民《校雠通义通解》,上海古籍出版社,1987年。

刘熙《释名》,中华书局,1985年。

戴侗《六书故》,上海社会科学院出版社,2006年。

段玉裁《说文解字注》,浙江古籍出版社,1998年。

蒋人杰《说文解字集注》,上海古籍出版社,1996年。

二、著作类

蒋善国《尚书综述》,上海古籍出版社,1986年。

陈梦家《尚书通论》,河北教育出版社,2000年。

刘丽文《春秋的回声:〈左传〉的文化研究》,北京燕山出版社,2000年。

徐复观《中国人性论史》(先秦篇),三联书店,2001年。

牟宗三《从陆象山到刘蕺山》,上海古籍出版社,2001年。

冯契《中国古代哲学的逻辑发展》,东方出版中心,2009年。

唐君毅《中国哲学原论:原道篇》,中国社会科学出版社,2006年。

冯友兰《中国哲学史》,华东师范大学出版社,2000年。

葛兆光《中国思想史》,复旦大学出版社,1998年。

汤一介、李中华《中国儒学史》,北京大学出版社,2011年。

冯友兰《三松堂全集》,河南人民出版社,2000年。

钱穆《国史大纲》(修订本),商务印书馆,1994年。

郭沫若《历史人物》,人民文学出版社,1979年。

高亨《文史述林》,中华书局,1980年。

陈直《文史考古论丛》,天津古籍出版社,1988年。

顾颉刚等《古史辨》,上海古籍出版社,1982年。

郑良树《老子新论》,上海古籍出版社,2011年。

孙以楷《老子通论》,安徽大学出版社,2004年。

南怀瑾《老子他说续集》,东方出版社,2010年。

郭沂《郭店竹简与先秦学术思想》,上海教育出版社,2001年。

谢无量《诗经研究》,商务印书馆,1923年。

张西堂《诗经六论》,商务印书馆,1957年。

黄振民《诗经研究》,台湾正中书局,1982年。

陈桐生《史记与诗经》,人民文学出版社,2000年。

傅斯年《〈诗经〉讲义稿》,上海古籍出版社,2011年。

潘啸龙、蒋立甫《诗骚诗学与艺术》,上海古籍出版社,2004年。

游国恩《楚辞论文集》,古典文学出版社,1957年。

姜亮夫《楚辞今绎讲录》(修订本),北京出版社,1983年版。

杨金鼎等《楚辞研究论文选》,湖北人民出版社,1985年。

浦江清等《祖国十二诗人》,中华书局,1955年。

金开诚《屈原辞研究》,江苏古籍出版社,1992年。

赵逵夫《屈骚探幽》,巴蜀书社,2004年。

逯钦立《屈原离骚简论》,辽宁人民出版社,1957年。

聂石樵《屈原论稿》,人民文学出版社,1992年。

黄中模等《中日学者屈原问题论争集》,山东教育出版社,1990年。

张中一《屈赋新考》,湖南省屈原学会,1986 年。

魏炯若《离骚发微》,四川人民出版社,1980 年。

陈彦辉《春秋辞令研究》,中华书局,2006 年。

姜书阁《先秦辞赋原论》,齐鲁书社,1983 年。

李大明《汉楚辞学史》,中国社会科学出版社、华龄出版社,2004 年。

万光治《汉赋通论》,中国社会科学出版社、华龄出版社,2004 年。

龚克昌《汉赋研究》,山东文艺出版社,1990 年。

曹道衡《汉魏六朝辞赋》,上海古籍出版社,1989 年。

阮忠《汉赋艺术论》,华中师范大学出版社,2008 年。

马积高《历代辞赋研究史料概述》,中华书局,2001 年。

曹明刚《赋学概论》,上海古籍出版社,1998 年。

马积高《赋史》,上海古籍出版社,1987 年。

曹虹《中国辞赋源流综论》,中华书局,2005 年。

龚克昌《中国辞赋研究》,山东大学出版社,2003 年。

唐圭璋《词学论丛》,上海古籍出版社,1986 年。

叶嘉莹《叶嘉莹说词》,上海古籍出版社,1999 年。

董治安《先秦文献与先秦文学》,齐鲁书社,1994 年。

赵敏俐《周汉诗歌综论》,学苑出版社,2002 年。

章必功等《先秦两汉文学论集》,学苑出版社,2004 年。

袁长江《先秦两汉诗经研究论稿》,学苑出版社,1999 年。

徐华《道家思潮与晚周秦汉文学形态》,华中师范大学出版社,2008 年。

鲁迅《汉文学史纲要》,《鲁迅全集》第 9 卷,人民文学出版社,1981 年。

鲁迅《坟》,《鲁迅全集》第 1 卷,人民文学出版社,1973 年。

广州市文物管理委员会等《西汉南越王墓》,文物出版社,1991 年。

曾祥旭《论西汉后期的文学和儒学》,河南大学出版社,2010 年。

龙文玲《汉武帝与西汉文学》,社会科学文献出版社,2007 年。

王运熙《乐府诗论丛》,古典文学出版社,1958 年。

王汝弼《乐府散论》,陕西人民出版社,1984 年。

罗根泽《乐府文学史》,文化学社,1931 年。

赵敏俐《汉代乐府制度与歌诗研究》,商务印书馆,2009 年。

张永鑫《汉乐府研究》,江苏古籍出版社,1992 年。

陈钟凡《汉魏六朝文学》,商务印书馆上海所,1931年。

萧涤非《汉魏六朝乐府文学史》,人民文学出版社,1984年。

刘师培《中国中古文学史　论文杂记》,人民文学出版社,1959年。

刘师培《中国中古文学史讲义》,中国人民大学出版社,2004年。

葛晓音《八代诗史》,中华书局,2007年。

徐仁甫《古诗别解》,上海古籍出版社,1984年。

陆侃如、冯沅君《中国诗史》,作家出版社,1956年。

[日]吉川幸次郎《中国诗史》(章培恒等译),复旦大学出版社,2001年。

[日]青木正儿《中国文学概说》(隋树森译),开明书店,1947年。

杨公骥《中国文学》,吉林人民出版社,1980年。

刘大杰《中国文学发展史》,上海古籍出版社,1982年。

游国恩等《中国文学史》,人民文学出版社,1963年。

中国社会科学院文学研究所《中国文学史》,人民文学出版社,1962年。

郭预衡《中国古代文学史》,上海古籍出版社,1998年。

袁行霈《中国文学史》,高等教育出版社,1999年。

罗宗强、陈洪《中国古代文学发展史》,南开大学出版社,2003年。

陈文新等《中国文学编年史》,湖南人民出版社,2006年。

陈寅恪《金明馆丛稿二编》,三联书店,2001年。

钱锺书《管锥编》,三联书店,2008年。

郭沫若《郭沫若全集》,科学出版社,2002年。

郭沫若《卷耳集》,人民文学出版社,1981年。

李长之《李长之文集》,河北教育出版社,2006年。

郭绍虞《照隅室古典文学论集》,上海古籍出版社,1983年。

杨公骥《杨公骥文集》,东北师范大学出版社,1998年。

陈世骧《陈世骧文存》,辽宁教育出版社,1998年。

林焕平《林焕平文集》,广西师范大学出版社,1995年。

陶鸿庆《陶鸿庆学术论著》,浙江人民出版社,1998年。

周策纵《弃园文粹》,上海文艺出版社,1997年。

罗根泽《罗根泽古典文学论文集》,上海古籍出版社,1985年。

郑临川《闻一多论古典文学》,重庆出版社,1984年。

冯沅君《冯沅君古典文学论文集》,山东人民出版社,1980年。

佛雏、金开诚等《古典文学论丛》第 2 辑,陕西人民出版社,1982 年。

胡念贻《中国古代文学论稿》,上海古籍出版社,1987 年。

朱自清《诗言志辨》,华东师范大学出版社,1996 年。

王文生《诗言志释》,三联书店,2012 年。

胡家祥《志情理:艺术的基元》,百花洲文艺出版社,2017 年。

赵沛霖《兴的起源:历史积淀与诗歌艺术》,中国社会科学出版社,1987 年。

黎锦熙《修辞学比兴篇》,商务印书馆,1936 年。

刘怀荣《赋比兴与中国诗学研究》,人民出版社,2007 年。

陈丽虹《赋比兴的现代诠释》,中国美术学院出版社,2002 年。

周策纵《古巫医与"六诗"考:中国浪漫文学探源》,上海古籍出版社,2009 年。

钟子翱、黄安祯《刘勰论写作之道》,长征出版社,1984 年。

黄春贵《文心雕龙之创作论》,台湾文史哲出版社,1978 年。

王元化《文心雕龙创作论》,上海古籍出版社,1979 年。

福建师范大学中文系《严羽学术研究论文选》,鹭江出版社,1987 年。

陈伯海《严羽和沧浪诗话》,上海古籍出版社,1987 年。

程小平《〈沧浪诗话〉的诗学研究》,学苑出版社,2006 年。

黄景进《严羽及其诗论之研究》,台湾文史哲出版社,1986 年。

洪树华《〈沧浪诗话〉诗学体系及批评旨趣》,北京师范大学出版社,2010 年。

柳倩月《诗心妙悟:严羽〈沧浪诗话〉新阐》,黑龙江人民出版社,2009 年。

朱智荣《文气论研究》,台湾学生书局,1986 年。

赵树功《气与中国文学理论体系构建》,人民出版社,2012 年。

侯文宜《中国文气论批评美学》,中国社会科学出版社,2012 年。

卫淇《人间词话典评》,陕西师范大学出版社,2008 年。

滕咸惠译评《人间词话》,吉林文史出版社,2004 年。

陈鸿祥《人间词话人间词注评》,江苏古籍出版社,2002 年。

王宗乐《苕华词与人间词话述评》,台湾东大图书公司,1976 年。

刘锋杰、章池《人间词话百年解评》,黄山书社,2002 年。

周锡山《人间词话汇编汇校汇评》(增订本),上海三联书店,2013 年。

姚柯夫《〈人间词话〉及评论汇编》,书目文献出版社,1983 年。

何志韶《人间词话研究汇编》,台湾巨浪出版社,1975 年。

王攸欣《选择、接受与疏离:王国维接受叔本华、朱光潜接受克罗齐美学比较研究》,三联书店,1999 年。

祖保泉、张晓云《王国维与人间词话》,上海古籍出版社,1990 年。

陈鸿祥《王国维与文学》,陕西人民出版社,1988 年。

马正平《生命的空间:〈人间词话〉的当代解读》,中国社会科学出版社,
　2000 年。

叶嘉莹《王国维及其文学批评》,北京大学出版社,2008 年。

罗钢《传统的幻象:跨文化语境中的王国维诗学》,人民文学出版社,2017 年。

聂振斌《王国维美学思想研究》,商务印书馆,2012 年。

周一平、沈茶英《中西文化交汇与王国维学术成就》,学林出版社,1999 年。

卢善庆《王国维文艺美学观》,贵州人民出版社,1988 年。

彭玉平《王国维词学与学缘研究》,中华书局,2015 年。

叶程义《王国维词论研究》,文史哲出版社,1991 年。

叶嘉莹《王国维及其文学批评》,北京大学出版社,2008 年。

佛雏《王国维诗学研究》,北京大学出版社,1999 年。

蒋永青《境界之"真":王国维境界说研究》,中国社会科学出版社,2001 年。

王德毅《王国维年谱》,兰台出版社,2013 年。

南开大学中文系古典文学教研室《意境纵横谈》,南开大学出版社,1986 年。

蓝华增《意境论》,云南人民出版社,1996 年。

薛富兴《东方神韵:意境论》,人民文学出版社,2000 年。

蔡先金等《孔子诗学研究》,齐鲁书社,2006 年。

王昆吾《中国早期艺术与宗教》,东方出版中心,1998 年。

池昌海《先秦儒家修辞要论》,中华书局,2012 年。

张少康《先秦诸子的文艺观》,上海文艺出版社,1981 年。

李春青《先秦文艺思想史》,北京师范大学出版社,2012 年。

俞志慧《君子儒与诗教:先秦儒家文学思想考论》,三联书店,2005 年。

陆晓光《中国政教文学之起源:先秦诗说论考》,华东师范大学出版社,
　1994 年。

傅道彬《诗可以观:礼乐文化与周代诗学精神》,中华书局,2010 年。

许结《汉代文学思想史》,南京大学出版社,1990 年。

刘文勇《先秦两汉魏晋南北朝文论讲疏》,巴蜀书社,2011 年。

罗宗强《魏晋南北朝文学思想史》,中华书局 1996 年。

闻一多《神话与诗》,上海人民出版社,2006年。

张晶《禅与唐宋诗学》,新星出版社,2010年。

顾易生等《宋金元文学批评史》,上海古籍出版社,1996年。

程亚林《近代诗学》,湖南人民出版社,2000年。

张伯伟《禅与诗学》,浙江人民出版社,1992年。

钱钟书《谈艺录》,中华书局,1984年。

朱光潜《诗论》,上海古籍出版社,2001年。

徐复观《中国文学精神》,上海书店出版社,2004年。

［美］刘若愚《中国文学理论》(杜国清译),江苏教育出版社,2005年。

袁行霈《中国诗歌艺术研究》,北京大学出版社,2009年。

陈良运《中国诗学体系论》,中国社会科学出版社,1992年。

陈良运《中国诗学批评史》,江西人民出版社,2007年。

张伯伟《中国诗学研究》,辽海出版社,2000年。

袁行霈《中国诗学通论》,安徽教育出版社,1994年。

霍松林《中国诗论史》,黄山书社,2007年。

萧华荣《中国古典诗学理论史》,华东师范大学出版社,2005年。

陈伯海等《中国诗学史》,鹭江出版社,2002年。

黄药眠、童庆炳《中西比较诗学体系》,人民文学出版社,1991年。

蒋寅《古典诗学的现代诠释》(增订本),中华书局,2009年。

朱自清《朱自清中国文学批评研究讲义》(刘晶雯整理),天津古籍出版社,
　　2004年。

陈钟凡《中国文学批评史》,江苏文艺出版社,2008年。

方孝岳《中国文学批评》,三联书店,2007年。

罗根泽《中国文学批评史》,上海古籍出版社,1984年。

郭绍虞《中国文学批评史》,商务印书馆,2010年。

朱东润《中国文学批评史大纲》,上海古籍出版社,1983年。

周勋初《中国文学批评小史》,长江文艺出版社,1981年。

张少康《中国文学理论批评史教程》,北京大学出版社,1999年。

成复旺等《中国文学理论史》,北京出版社,1987年。

敏泽《中国文学理论批评史》,人民文学出版社,1981年。

王运熙、顾易生《中国文学批评史新编》,复旦大学出版社,2001年。

袁济喜《新编中国文学批评发展史》,中国人民大学出版社,2010 年。

李建中《中国古代文论》(修订本),华中师范大学出版社,2007 年。

李壮鹰、李春青《中国古代文论教程》,高等教育出版社,2013 年。

胡经之、李健《中国古典文艺学》,光明日报出版社,2006 年。

童庆炳《中国古代文论的现代意义》,北京师范大学出版社,2001 年。

王达津《古代文学理论研究论文集》,南开大学出版社,1985 年。

中国人民大学古代文论资料编选组《中国古代文论研究论文集》,上海古籍
　　出版社,1989 年。

周裕锴《中国古代阐释学研究》,商务印书馆,2003 年。

唐弢《文章修养》,三联书店,1998 年。

王希杰《修辞学通论》,南京大学出版社,1996 年。

周振甫《中国修辞学史》,商务印书馆,2004 年。

李怡《中国现代新诗与古典诗歌传统》,北京大学出版社,2008 年。

宗白华《美学散步》,上海人民出版社,1981 年。

刘纲纪《〈周易〉美学》,武汉大学出版社,2006 年。

梁启超《中国之美文及其历史》,东方出版社,1996 年。

陈炎等《中国审美文化史》,山东画报出版社,2000 年。

李泽厚、刘纲纪《中国美学史》(先秦两汉编),安徽文艺出版社,1999 年。

李泽厚、刘纲纪《中国美学史》(魏晋南北朝编),安徽文艺出版社,1999 年。

李泽厚《美学旧作集》,天津社会科学院出版社,2002 年。

李泽厚《美的历程》,安徽文艺出版社,1999 年。

陈望衡《中国古典美学史》,武汉大学出版社,2007 年。

敏泽《中国美学思想史》,湖南教育出版社,2004 年。

童庆炳《中国古代心理诗学与美学》,中华书局,1992 年。

朱良志《中国美学十五讲》,北京大学出版社,2006 年。

叶朗《中国美学史大纲》,上海人民出版社,1985 年。

周来祥《论中国古典美学》,齐鲁书社,1987 年。

王振复《中国美学史新著》,北京大学出版社,2009 年。

吴世常《美学资料集》,河南人民出版社,1983 年。

[意]克罗齐《作为表现的科学和一般语言学的美学的历史》,王天清译,中
　　国社会科学出版社,1984 年。

［德］黑格尔《美学》,朱光潜译,商务印书馆,1996 年。

［英］鲍桑葵《美学三讲》,周煦良译,上海译文出版社,1983 年。

［日］今道友信《关于美》,鲍显阳、王永丽译,黑龙江人民出版社,1983 年。

［德］叔本华《作为意志和表象的世界》,石冲白译,商务印书馆,1982 年。

［德］康德《判断力批判》,宗白华译,商务印书馆,1964 年。

［德］马克思、恩格斯《马克思恩格斯选集》,中共中央马克思恩格斯列宁斯
     大林著作编译局编译,人民出版社,1995 年。

中共中央文献研究室编《毛泽东文集》,人民出版社,1999 年。

李圃《甲骨文字学》,学林出版社,1995 年。

杨树达《积微居小学金石论丛》,上海古籍出版社,2007 年。

曹先擢、苏培成《汉字形义分析字典》,北京大学出版社,1999 年。

三、论文类

高华平《诗言志续辨:结合新近出土楚简的探讨》,《文学评论》2008 年第
     1 期。

刘毓庆《先秦两汉诗经著述考》,《诗经研究丛刊》第 2 辑,学苑出版社,
     2002 年。

夏传才《诗经学四大公案的现代进展》,《河北学刊》1998 年第 1 期。

萧华荣《春秋"称诗"与孔子诗论》,《古代文学理论研究丛刊》第 5 辑,上海
     古籍出版社,1981 年。

骆玉明《论"不歌而颂谓之赋"》,《文学遗产》1983 年第 1 期。

奚敏芳《〈国语〉赋诗考述》,《孔孟学报》1996 年第 71 期。

水渭松《对于"赋诗言志"现象的历史考察:兼论〈诗经〉的编集和演变》,《东
     方丛刊》第 2 辑,广西师范大学出版社,1996 年。

郝明朝《〈荀子〉引〈诗〉说》,《聊城大学学报》2002 年第 4 期。

刘毓庆《〈商颂〉非宋人作考》,《山西大学学报》1980 年第 1 期。

张启成《论〈商颂〉为商诗》,《贵州文史丛刊》1985 年第 1 期。

张启成《论〈商颂〉为商诗补证》,《贵州文史丛刊》1996 年第 5 期。

黄挺《〈商颂〉"宋诗说"驳议》,《韩山师专学报》1986 年第 2 期。

陈桐生《〈商颂〉为商诗补证》,《文献》1998 年第 2 期。

周宝宏《〈诗经·商颂·殷武〉的词义研究》,《辽宁大学学报》2001 年第

5 期。

姚小鸥《〈商颂〉五篇的分类与作年》,《文献》2002 年第 2 期。

宋涟圭《〈商颂·殷武〉之景山考》,《邯郸职业技术学院学报》2002 年第
　　2 期。

李山《〈商颂〉作于'宗周中叶'说》,《北京师范大学学报》2003 年第 4 期。

王永《〈商颂〉十二篇之原貌索隐:兼论王国维之〈说商颂〉》,《宁夏大学学
　　报》2006 年第 5 期。

江林昌《甲骨文与〈商颂〉》,《福州大学学报》2010 年第 1 期。

张中宇《〈国语〉〈左传〉的引"诗"和《诗》的编订:兼考孔子"删诗"说》,《文学
　　评论》2008 年第 4 期。

冯良方《孔子删诗说辨析》,《孔学研究》第 13 辑,云南人民出版社,2007 年。

翟相君《孔子删诗说》,《河北学刊》1985 年第 6 期。

刘操南《孔子删〈诗〉初探》,《杭州大学学报》1987 年第 1 期。

王先进《孔子删诗问题的研究》,《山东大学学报》1989 年第 4 期。

徐醒生《"孔子删诗说"管见》,《淮北煤师院学报》1992 年第 4 期。

范军《"孔子删诗"说述略》,《编辑学刊》1997 年第 1 期。

江秀玲、姜修章《"孔子删诗说"辨正》,《人文杂志》1998 年第 5 期。

刘生良《〈诗论〉与"孔子删诗说"》,《光明日报》2003 年 1 月 15 日。

胡三林《"孔子删诗说"概观》,《高等函授学报》2005 年第 6 期。

朱金发《孔子删〈诗〉说讨论综述》,《南阳师范学院学报》2007 年第 1 期。

刘立志《孔子删〈诗〉论争平议》,《南京师大学报》2008 年第 6 期。

徐正英《清华简〈周公之琴舞〉与孔子删〈诗〉相关问题》,《文学遗产》2014
　　年第 5 期。

徐正英《清华简〈周公之琴舞〉组诗的身份确认及其诗学史意义》,《复旦学
　　报》2014 年第 1 期。

岑仲勉《楚辞注要翻案的有几十条》,《中山大学学报》1961 年第 2 期。

薛亚康《关于楚辞中的几个问题》,《解放军外语学院学报》1990 年第 1 期。

赵逵夫《〈离骚〉的比喻和抒情主人公的形貌问题》,《中国社会科学》1992
　　年第 4 期。

池万兴《屈原的"男女君臣之喻"与汉赋作家的女性人格》,《运城师专学报》
　　1993 年第 3 期。

梅琼林《〈离骚〉:男女君臣之喻及其原型追索》,《中南民族学院学报》1994年第 6 期。

龚维英《女嬃为屈母说》,《贵州社会科学》1982 年第 3 期。

朱碧莲《论〈离骚〉中的女嬃和"子兰"》,《兰州大学学报》1985 年第 1 期。

刘石林《女嬃考》,《求索》1990 第 2 期。

李兰柱《女嬃试诠》,《许昌师专报》1990 年第 2 期。

蒋方《女嬃之角色及其意义的探析》,《文学遗产》1990 年第 3 期。

蒋方《离骚中的女嬃和上古时期的女性名号》,《古典文学知识》2003 第 4 期。

金开诚《〈离骚〉的整体结构和求女、问卜、降神解》,《文学遗产》1985 年第 4 期。

赵沛霖《〈离骚〉求女的寓意及其观念基础》,《河北学刊》1991 年第 1 期。

王锡荣《〈离骚〉"求女"喻指发微》,《吉林大学社会科学学报》1995 年第 1 期。

胡大雷《从屈原的人生痛苦论〈离骚〉"求女"指寓》,《山西大学师范学院学报》2002 年第 2 期。

梅桐生、刘中黎《论〈离骚〉"求女"情节的深层文化心理》,《贵州文史丛刊》2003 年第 2 期。

李炳海《〈离骚〉抒情主人公求女综考》,《江西社会科学》2010 年第 8 期。

魏泽奇《论〈离骚〉的"五求女"及其喻意》,《牡丹江教育学院学报》2012 年第 1 期。

周致中《离骚篇名臆解》,《上海师范大学学报》1981 年第 4 期。

钮国平《〈离骚〉题意小议》,《甘肃师大学报》1981 年第 9 期。

龚维英《〈离骚〉题义别解》,《重庆师范学院学报》1982 年第 3 期。

李嘉言《离骚丛说》,《河南师大学报》1982 年第 5 期。

李星《离骚三辨》,《汉中师院学报》1983 年第 1 期。

孙文鎏《"离骚"题辩》,《浙江师范学院学报》1983 年第 1 期。

王廷洽《〈离骚〉题义新解》,《艺文志》第 2 辑,山西人民出版社,1983 年。

黄崇浩《〈离骚〉题旨辨证》,《黄冈师专学报》1984 年第 2 期。

陈子展《读离骚经:辨骚札记之一》,《贵州文史丛刊》1985 年第 2 期。

牛龙菲《"离骚"新解》,《江汉论坛》1985 年第 5 期。

杨斌《"离骚"新解》,《唐都学刊》1986 年第 3 期。

郭祥贵《"离骚"别解》,《苏州大学学报》1987 年第 4 期。

周建忠《〈离骚〉题义解说类览及反思》,《文史哲》1990 年第 6 期。

张叶芦《〈离骚〉三论》,《贵州教育学院学报》1990 年第 6 期。

顾农《〈离骚〉新论》,《天津师范大学学报》1991 年第 5 期。

潘啸龙《〈离骚〉疑义略说》,《荆州师专学报》1995 年第 3 期。

钱玉趾《离骚新解》,《文史杂志》2002 年第 2 期。

吴奇《"离骚"新诠》,《沙洋师范高等专科学校学报》2007 年第 1 期。

丁之强《"离骚"意蕴与屈原之死》,《重庆职业技术学院学报》2008 年第
    1 期。

宋黎黎《"离骚"释义》,《科教导刊》(中旬刊)2011 年第 1 期。

白志勇《〈离骚〉"民"字解》,《宝鸡文理学院学报》2008 年第 4 期。

龙文玉、麻荣远《苗语与楚语:兼答夏剑钦同志》,《学术月刊》1983 年第
    7 期。

龚维英《一曲太阳家族的悲歌》,《求索》1987 年第 5 期。

白晓梅《〈易传〉"修辞立其诚"的文学理论意义》,《福建师范大学学报》1985
    年第 1 期。

王有芬《从"修辞立其诚"到〈修辞学发凡〉》,《北京第二外国语学院学报》
    1997 年第 6 期。

丁秀菊《"修辞立其诚"的语义学诠释》,《周易研究》2007 年第 1 期。

陈敬夫《赋体探源》,《中国文学研究》1988 年第 3 期。

李蹊《论汉赋结尾的审美意味》,《社会科学辑刊》1991 年第 1 期。

詹福瑞《汉大赋的内在矛盾与文士的尴尬》,《文艺研究》2001 年第 6 期。

费振刚《汉赋概说》,《广西大学梧州分校学报》2002 年第 2 期。

孙晶《尚奇:汉赋创作的潜在动力》,《山西师大学报》2003 年第 1 期。

许抗生《初读郭店楚简〈老子〉》,《中国哲学》第 20 辑《郭店楚简研究》,辽宁
    教育出版社,1999 年。

裘锡圭《郭店〈老子〉简初探》,《道家文化研究》第 17 辑《郭店楚简专号》,三
    联书店,1999 年。

萧无陂:《近三十年来〈老子〉文本考证与研究方法述评:兼与韩国良先生商
    榷》,《孔子研究》2012 年第 3 期。

寇效信《秦汉乐府考略：由秦始皇陵出土的秦乐府编钟谈起》，《陕西师范大学学报》1978 年第 1 期。

刘方元《立乐府不自汉武帝始论》，《江西师院学报》1980 年第 3 期。

李文初《汉武帝之前乐府职能考》，《社会科学战线》1983 年第 3 期。

樊维纲《汉乐府札记》，《杭州师范学院学报》1990 年第 5 期。

王运熙《关于汉武帝立乐府》，《镇江师专学报》1998 年第 2 期。

赵敏俐《重论汉武帝"立乐府"的文学艺术史意义》，《社会科学战线》2001 年第 5 期。

赵敏俐《汉代乐府官署兴废考论》，《文献》2009 年第 3 期。

孙尚勇《乐府建置考》，《云南艺术学院学报》2002 年第 4 期。

王福利《汉武帝"始立乐府"的真正含义及其礼乐问题》，《乐府学》第 1 辑，学苑出版社，2006 年。

钱志熙《周汉"房中乐"考论》，《文史》2007 年第 2 期。

付林鹏《雅俗之争与汉代音乐机构之变迁》，《乐府学》第 4 辑，学苑出版社，2009 年。

孙望《从"孔雀东南飞"的地理背景谈"孔雀东南飞"》，《光明日报》"文学遗产"版第 19 期，1954 年 9 月 7 日。

赵红娟《〈孔雀东南飞〉中家庭悲剧的心理析解》，《南京师范大学学报》1997 年第 2 期。

谢国先《特定的文学作品与普遍的社会心理：从〈孔雀东南飞〉所表现的婆媳矛盾说起》，《云南民族学院学报》2002 年第 3 期。

徐小杰、方士祥《试论刘兰芝被驱遣的深层原因》，《安徽广播电视大学学报》2002 年第 1 期。

张少康《论文学的独立和自觉非自魏晋始》，《北京大学学报》1996 年第 2 期。

王元化《释〈比兴篇〉"拟容取心"说》，《文学评论》1978 年第 1 期。

张震泽《〈诗经〉赋比兴本义新探》，《文学遗产》1983 年第 3 期。

鲁洪生《从赋比兴产生的时代背景看其本义》，《中国社会科学》1993 年第 3 期。

胡念贻《论赋比兴》，《文学评论丛刊》第 1 辑，中国社会科学出版社，1978 年。

熊开发《关于"兴象"之"兴"字源语义的辨析》，《北京联合大学学报》2016 年第 3 期。

袁济喜《论六朝"感兴说"与时代风尚》,《中国社会科学院研究生院学报》
　　1990 年第 4 期。

王一川《感兴传统面对生活—文化的物化:当代美学的一个新课题》,《文艺
　　争鸣》2013 年第 13 期。

郁沅《严羽诗禅说析辨》,《学术月刊》1981 年第 7 期。

李逸津《略谈〈文心雕龙〉中"气"字的用法》,《天津师院学报》1981 年第
　　5 期。

王运熙《古代文论中的文气说》,《文史知识》1984 年第 4 期。

张立伟《韩愈"气盛言宜"新探》,《文学遗产》1988 年第 4 期。

寇效信《〈文心雕龙〉论作品之"气"》,《陕西师大学报》1989 年第 4 期。

陆道夫《作为一种生命力的"气":浅探〈文心雕龙〉"气"之范畴的文本意
　　义》,《广东外语外贸大学学报》2004 年第 2 期。

许家竹《气化流行生生不息:重建中国的气论美学》,《山东师范大学学报》
　　2005 年第 3 期。

张振龙《曹丕"文气说"文学史意义的历史透视》,《齐鲁学刊》2018 年第 1 期。

向卫国《"境界"新论》,《前沿》2002 年第 2 期。

袁行霈《论意境》,《文学评论》1980 年第第 4 期。

陈良运《意象、意境异同论》,《学术月刊》1987 年第 8 期。

吴效刚《论诗歌的意象与意境》,《人文杂志》1993 年第 3 期。

蒋寅《原始与会通:"意境"概念的古与今》,《北京大学学报》2007 年第 3 期。

吴奔星《王国维的美学思想:"境界"论》,《江海学刊》1963 年第 3 期。

张文勋《从〈人间词话〉看王国维的美学思想实质》,《学术研究》1964 年第
　　3 期。

姚全兴《略谈〈人间词话〉的艺术论》,《读书》1980 年第 4 期。

金开诚《〈人间词话〉的"境界说"》,《古典文学论丛》第 2 辑,陕西人民出版
　　社,1982 年。

尚永亮《辨〈人间词话〉之"真"》,《江汉论坛》1983 年第 2 期。

刘土兴《释"有我之境"与"无我之境":读〈人间词话〉札记》,《武汉师范学院
　　学报》1983 年第 4 期。

滕咸惠《〈人间词话〉刍议》,《文史哲》1986 年第 1 期。

傅谨《王国维"境界说"辨微》,《杭州大学学报》1987 年第 3 期。

周锡山《博大精深,学贯中西的境界说》,《名作欣赏》1987 年第 4 期。

潘知常《王国维'意境'说与中国古典美学》,《中州学刊》1988 年第 1 期。

柯汉琳《王国维"有我之境"与"无我之境"新论》,《华南师范大学学报》1994
年第 4 期。

蔡报文《"有我之境"与"无我之境":兼与叶朗先生商榷》,《美学》1994 年第
10 期。

蓝华增《〈人间词话〉的内在矛盾》,《文艺理论研究》1995 年第 4 期。

陈良运《境界、意境、无我之境:读〈论情境〉与王文生教授商榷》,《文艺理论
研究》2003 年第 3 期。

姜春《王国维"无我之境"的哲学意蕴》,《江西教育学院学报》2005 年第
2 期。

王向清、刘和平《论王国维境界说的系统性》,《求索》2006 年第 1 期。

罗钢《七宝楼台,拆碎不成片断:王国维"有我之境""无我之境"说探源》,
《中国现代文学研究丛刊》2006 第 2 期。

罗钢《本与末:王国维"境界说"与中国古代诗学传统关系的再思考》,《文史
哲》2009 年第 1 期。

陈成伟《从"有我之境"与"无我之境"看王国维的解脱之道》,《漳州师范学
院学报》2009 年第 2 期。

屠志芬《论秦观词的"有我之境"》,《文艺评论》2011 年第 10 期。

季羡林《门外中外文论絮语》,《文学评论》1996 年第 6 期。

王一川《通向中国现代性诗学》,《北京师范大学学报》2001 年第 3 期。

韩经太《诗艺与体物》,《文学遗产》2005 年第 2 期。

后　记

　　这本书由后期资助项目修改而成，也是我在书局出版的第二本书。第一本以博士论文为基础，名曰《道体·心体·审美：魏晋玄佛及其对魏晋审美风尚的影响》，主要探讨魏晋玄学、佛学与美学。这本书以"诗言志新辨"为题，主要体现了笔者对"诗言志"及其相关问题的理解。

　　无论是前者还是后者，都是前人反复讨论过的一些传统热门论题。笔者所以不揣冒昧，再予探讨，实是出于以下认识。其一，自"五四"以来，我国学人对传统文化的研究，往往都带着一西学套子。新时期以来虽有改观，但在不少领域其实并无根本转变。其二，目前学界的学术探索，涉及传统问题的少，开辟空白领域的多。填补空白固然可喜，但是如果方向太偏，选题太窄，其学术价值显然也是要打折扣的。其三，返本开新固为一切文化发展的动力，但是要想真正落实，绝非填补一些细枝末节的空白就能实现。笔者所以常爱选择一些传统热门话题展开探索，正是看到了它们所承载的巨量信息对于我国当下文化重建的意义。古人云："得中原者得天下。"如果要想真正实现中华文化的当代重建，离开了古代主流文化的基础，无疑是很难成功的。

　　而要以古代主流文化为基础，首先就要探求它们的本真。只有弄清了它们的本真，我们方能有所借鉴。而实际情况恰恰是对于传统主流文化，我们往往以为很了解了，而其实却依然蜷缩在西方文化的阴影下。尽管已不像先前那样亦步亦趋，但是千方百计，总想与西方文化保持一点联系，这则仍是我们目前的学术积习。在这种情况下，要想完全弄清中华文化的本貌，显然是不大可能的。中华文化自有中华文化的特色，它与西方文化并无高下之分。如果总是站在西人的视角，认为西方所有的，我们中国也不弱，那么对于中华文化的特色，我们是永远也认不清楚的。

　　也正基于以上心理，所以在魏晋文化的研究中，笔者着重凸显了它的本末论，也即一方面承认它是本体论，而另一方面又揭示了生成论思想对于它的奠基意义。如此，就把魏晋文化的精神导向，与我国传统的天人合一思想密切结合在一起，从而从根本上解除了前人扣在它之上的"现象—本质""共性—个性"的西学套子，彰显了中华文化的"生生"理想、"圣王"情结与"心本"趣尚。

与此相应，在本书的写作过程中，笔者也紧紧抓住传统文论的"言志"总纲，从古代文学中着重挑选了 20 几个与之相关的热门论题，对它们又作了一一辨析。内容涉及多个方面，如"诗言志"的本义，"诗言志"观念产生的年代，我国先民对"诗言志"之"志"合法性的打造，我国先民在"诗言志"之"言"的创建上所付的努力，"诗言志"主导下的中国文学在抒情性与可感性上的独到特色等等。通过探索，进一步明确了"志"的"情动"本蕴，展示了"诗言志"观念在中国文学史上的纲领地位；对一系列与"诗言志"相关的传统热门论题作了新的阐释，凸显了"言志说"主导下的中国文学在抒情性与可感性上的独到特色。西方文化注重理性，中国文化注重情感，二者既无高下之别，我们就没有必要遮遮掩掩。本书对于"志"的"情动"本蕴的再度强调，对于"诗言志"观念纲领地位的再度探讨，可以说与中华文化的民族本色，也是高度相契合的。

当然，以上这些都是笔者的私见，是否成立还有待学界的评断。最后再补充说明两点：其一，本书主要由笔者负责，南阳师范学院韩少春、田小枫、魏丽苹、李倩、张睿，南京师范大学苏爱风等协助完成。其二，在本书的写作出版过程中，先后得到了中国人民大学徐正英，中国社会科学院孙少华，陕西师范大学柏俊才，南阳师范学院刘畅等多位专家学者的指导与帮助，中华书局罗华彤主任与陈乔编辑也为本书的修改完善及最后出版提供了许多宝贵意见，我的爱人李慧珊女士也为本书的顺利面世付出了许多辛勤的汗水，在此一并表示由衷感谢！

韩国良

2019 年 6 月于南阳卧龙岗太古斋寓所